新日本古典文学大系 32

江談抄 中外抄 富家語

後藤昭雄
池上洵一
山根對助
校注

岩波書店刊行

目次

『江談抄』説話目次……5
『中外抄』『富家語』の言談……15
凡例……25
江談抄……三
第一　三
第二　三
第三　六二
第四　一〇五
第五　一六九
第六　二一五

中外抄……二五七
上 二五七
下 三一一
富家語……三六三

原文

江談抄……四七五
中外抄……五四九
富家語……五七三

解説

江談抄……後藤昭雄……五九三
中外抄・富家語……池上洵一……六〇六

人名索引

中外抄・富家語……23
江談抄……2

『江談抄』説話目次

江談抄　第一

公の事

一　中納言の例なきに依り叙位行はれざる事
二　惟成の弁意に任せて叙位を行ふ事
三　内宴の始めの事
四　八十嶋祭の日は主上の御衰日を避くべき事
五　同じ祭の日、儲宮の御衰日を避けらるる例
六　仁王最勝講ならびに臨時の御読経の仏具の居ゑ様の事
七　石清水の臨時祭の始めの事
八　賀茂祭に放免綾羅を着る事
九　最勝講の始めの事
一〇　相撲の節に禄を公卿に賜ふことの起こり
一一　五節の始めの事
一二　同じ時、滝口を殊に饗応する事
一三　賀茂の臨時の祭の始めの事
一四　仏名に出居有りや否やの事
一五　幼主の御書始めの事
一六　御馬御覧の日、馬助以上参上すべき事
一七　神泉苑に請雨経の法を修する事
一八　陰陽師吉平三たび五竜祭を勤むる事
一九　延喜の聖主臨時の奉幣の日、風気にはかに止む事
二〇　花山院御即位の後、太宰府兵仗を帯びざる事
二一　警蹕の事
二二　殿上の陪膳の番の三番は三壺に准ずる事
二三　殿上の陪膳の番の起こりの事
二四　同じ葛野の童絶え了んぬる事
二五　紫宸殿の南庭の橘桜両樹の事
二六　安嘉門の額の霊踏み伏する事
二七　大内の門などの額書ける人々の事

摂関家の事

二八　摂政関白の賀茂詣に公卿ならびに子息の大臣を共にする事
二九　殿下騎馬の事
三〇　大嘗会御禊の日、殿下車に乗り供奉の事
三一　大入道殿夢想の事
三二　大入道殿中関白に譲り申さしめ給ふ事
三三　町尻殿御悩の事
三四　藤氏献策の始めの事

三五　熊野三所本縁の事
三六　源頼国熊野詣の事
三七　聖廟の御忌日は音楽はかの廟社には停止すべき事
三八　紀家長谷寺に参る事
三九　興福寺の諸堂に安置せる諸仏の事
四〇　藤氏の氏寺の事
四一　聖徳太子の御剣の銘の四字の事
四二　弘法大師の如意宝珠瘞納の札の銘の事
四三　弘法大師の十人の弟子の事
四四　増賀聖、慈恵僧都の慶賀に前駆する事
四五　教円座主唯識論を誦む事
四六　玄賓、律師を辞退する事
四七　同じく大僧都を辞退する事
四八　亡考道心の事
四九　時棟経を読まざる事

江談抄　第二

雑事

一　天安皇帝宝位を惟喬親王に譲りたまはむといふ志有る事
二　陽成院三十疋の御馬を飼はるる事
三　冷泉天皇御璽の結緒を解き開かんとし給ふ事
四　円融院の末、朝政乱るる事
五　華山院禁中を出でて花山に向かはるる事
六　花山院の御時、女房以下の袴を禁ぜらるる事
七　済時卿の女三条院に参る事
八　堀川院崩じたまひ御運は天度に叶ふ事
九　上東門院の御帳の中に犬出で来たる事
一〇　九条殿燧の火の事
一一　小野宮二位に叙せらるる事
一二　小野宮右府範国が五位の蔵人を嘲ける事
一三　惟仲中納言の申請の文の事
一四　惟成の弁失錯の事
一五　公方の違式違勅の論の事
一六　外記の日記を図書寮の紙工ら盗み取る間、師任自然に書き取る事
一七　音人卿別当為りし時、長岡の獄を洛陽に移す事
一八　六壬占の天番二十八宿天に在るべくして地番に在るは不審なる事
一九　大外記師遠諸道兼学の事
二〇　助教広人諸道を兼学し諸の舞を習ひ工巧に長ずる事
二一　天暦皇帝手跡を道風に問はるる事
二二　道風朝綱手跡相論の事
二三　兼明佐理行成等同の手書きの事
二四　積善、衛玠を能書と作す事
二五　平中納言時望一条左大臣を相する事
二六　平家往昔より相人為る事

二七　行成大納言堅固の物忌を為すといへども召しに依り参内する事
二八　延喜の比、束帯一具をもつて両三年を経る事
二九　小野宮殿蔵人頭を渡されざる事
三〇　四条中納言、弼君顕定を嘲る事
三一　範国恐懼する事
三二　実資公任俊賢行成ら公事を問はるるにその作法おのおの異なる事
三三　諸の屏風などその員有る事
三四　しかるべき人は着袴に奴袴を着ざる事
三五　善男事に坐し承伏する事
三六　御剣の鞘に巻き付けらるるは何物なりやといふ事
三七　貞信公と道明と意趣有るかといふ事
三八　古人の名の唐名に相通ずる名などの事
三九　古人の名ならびに法名の事
四〇　経頼卿死去の事
四一　英明檳榔の車に乗る事
四二　忠文昇殿を聴さるる事
四三　忠文炎暑の時に出仕せざる事
四四　元方大将軍と為る事
四五　人家の階隠の事
四六　鹿の宍を喫ふ人は当日内裏に参るべからざる事
四七　呪師猿楽の物瑩き始むる事

江談抄　第三

雑事

一　吉備大臣入唐の間の事
二　吉備大臣の昇進の次第
三　安倍仲麿歌を読む事
四　花山院御轅に犬を乗せて町を馳せらるる事
五　清和天皇の先身は僧為る事
六　菅家本は土師氏なり、子孫多しといへども官位至らざる事
七　伴大納言の本縁の事
八　勘解由相公は伴大納言の後身なりといふ事
九　梨本院は仁明天皇の皇居為る事
一〇　花山法皇西塔の奥の院をもつて禅居と為したまふ事
一一　河原院は左大臣融の家なりと云々
一二　緒嗣大臣の家瓦坂の辺に在る事
一三　仲平大臣の事
一四　藤隆方の能くするところの事
一五　入道中納言顕基談らるる事
一六　忠輔卿仰ぎの中納言と号くる事、大将の事
一七　惟成弁田なぎの弁と号くる事
一八　源道済船路の君と号くる事
一九　藤隆光を称ひて大法会の師子と号くる事
二〇　勘解由相公暗打の事

二一　英雄の人をもつて右流左死と称ふ事
二二　忠文民部卿鷹を好む事
二三　大納言道明市に到りて物を買ふ事
二四　致忠石を買ふ事
二五　橘則光盗を搦むる事
二六　保輔強盗の主為る事
二七　善相公と紀納言と口論の事
二八　菅根と菅家と不快の事
二九　菅家菅根の頬を打たるる事
三〇　勘解由相公と惟仲と怨みを成す事
三一　有国名簿をもつて惟成に与ふる事
三二　融大臣の霊寛平法皇の御腰を抱く事
三三　公忠弁たちまちに頓滅するも蘇生し、にはかに参内する事
三四　佐理の生霊行成を悩ます事
三五　小蔵親王の生霊佐理を煩はす事
三六　熒惑星備後守致忠を射る事
三七　陰陽師弓削是雄朱雀門において神に遇ふ事
三八　野篁ならびに高藤卿百鬼夜行に遇ふ事
三九　野篁は閻魔庁の第二の冥官為る事
四〇　都督熒惑の精為る事
四一　郭公は鶯の子為る事
四二　嵯峨天皇の御時、落書多々なる事
四三　波斯国語の事
四四　松浦廟の事
四五　古塔の銘
四六　畳の上下の事
四七　名物の事
四八　笛の事
四九　横笛の事
五〇　葉二は高名の笛為る事
五一　穴貴は高名の笛為る事
五二　小蚶絵の笛求め出さるる事
五三　博雅の三位横笛を吹く事
五四　笙の事
五五　不々替は高名の笙為る事
五六　琵琶の事
五七　玄象牧馬の本縁の事
五八　朱雀門の鬼玄上を盗み取る事
五九　井手、愛宮の伝へ得たる事
六〇　小螺鈿の事
六一　元興寺の琵琶の事
六二　小琵琶の事
六三　博雅の三位琵琶を習ふ事
六四　和琴
六五　鈴鹿河霧の琴
六六　箏
六七　三鼓
六八　左右の大鼓の分前の事
六九　帯

七〇 剣
七一 壺切は張良の剣為る事
七二 壺切の事
七三 硯
七四 高名の馬の名等
七五 近衛舎人の名を得たる輩
七六 一双の随身等
七七 随身は公家の宝なりといふ事

江談抄 第四

一 蘭省の花の時の錦帳の下
二 苑花雪の如くして同じく輦に随ふ
三 鳳池の後面は新秋の月
四 酔中に賞翫していかんせんとす
五 閣を閉ぢて唯聞く朝暮の鼓
六 迸笋纔かに鳴鳳の管を抽んづ
七 白雲は帯に似て山の腰を囲り
八 年々の別れの思ひは秋の雁に驚く
九 雲衣は范叔が羈中の贈
一〇 鹿鳴き猿叫んで孤雲惨み
一一 家を離れて三四月
一二 家門一たび閉ぢて幾ばくの風煙ぞ
一三 落花狼藉たり風狂して後
一四 天山には弁へず何れの年の雪ぞ
一五 金波霧を巻き毎に相思ふ
一六 汶陽の篁篠は遥かに韻を分かち
一七 青嵐漫ろに触れて粧なほ重し
一八 野に着いては展べ鋪く紅錦繡
一九 五嶺蒼々として雲往来す
二〇 気霽れて風新柳の髪を梳る
二一 周墻壁立して猿は空しく叫び
二二 自ら都に良き香の尽きざること有り
二三 君と後会せんこと定めなかるべし
二四 暗に野人と作す天の与へし性
二五 河畔の青袍愛づべしといへども
二六 悲しびは尽く河陽に父と離れし昔
二七 悲しびは倍す夜蛬の砌に鳴く夕
二八 双涙幾たびか揮ふ巾上の雨
二九 酔うて西山を望めば仙駕遠く
三〇 且つ飲み且つ醒めて憂ひ未だ忘れず
三一 言ふなかれ撫養してなほ子の如しと
三二 百里嵩の車は長く轄すべし
三三 三千世界は眼の前に尽き
三四 巫巌泉咽びて渓猿叫び
三五 鶏の漸く散ずる間に秋色少し
三六 蘭蕙苑の嵐の紫を摧いて後
三七 楊貴妃帰つての唐帝の思ひ
三八 瑶池は便ちこれ尋常の号なり
三九 詞は微波に託けてかつがつ遺るといへども

四〇　蒼苔路滑らかにして僧寺に帰る
四一　胡角一声霜の後の夢
四二　班姫扇を裁して誇尚すべし
四三　山は熢燧を投げて秋の雲晴れ
四四　深しとや為ん浅しとや為ん風の声暗し
四五　抜提河の浪虚妄なるべし
四六　仏の神通をもつて争か酌み尽くさむ
四七　仁寿殿中聖人に謁す
四八　春娃眠り足りて鴛衾重し
四九　竜宮浪動いては群魚従ひ
五〇　他の時は縦ひ鶯花の下に酔ふとも
五一　外物の独り醒めたるは松澗の色
五二　九枝灯尽きてただ暁を期す
五三　蘇州舫故りて竜頭暗し
五四　江は巴峡より初めて字を成す
五五　三五夜中の新月の色
五六　蝸牛の角の上に何の事をか争ふ
五七　憐ぶべし九月初三の夜
五八　これ花の中に偏に菊を愛するにはあらず
五九　蛍火乱れ飛んで秋已に近し
六〇　四五朶の山の雨に粧へる色
六一　聖皇自ら長生殿に在しませば
六二　再三汝を憐れぶこと他の意にあらず
六三　沙を踏み練を披て清秋に立つ
六四　夜を逐つて光多し呉苑の月
六五　たちまちに朝使の荊棘を排くに驚く
六六　東行西行雲眇々
六七　雌黄を点着すること天意有り
六八　誰か知らむ秋昔の情盛りならしむるを
六九　雨を含める嶺松は天更に霽れ
七〇　巌前木落ちて商風冷ややかに
七一　裴文籍が後と君を聞きしこと久し
七二　この花はこれ人間の種にあらず
七三　長沙の鵩翅凶何ぞ急やかなる
七四　識らんと欲ふ滔々として流れ出づる処を
七五　今霄詔を奉じて歓び極まりなし
七六　寒瀬風を帯びて薫ること更に遠し
七七　涯の頭の百味は自ら擣くにあらず
七八　近く臨む十二因縁の水
七九　見れば氷雪のごとく齅げば桐のごとし
八〇　真図我に対へども詩の興なし
八一　郷涙数行征戎の客
八二　陶門跡絶えぬ春の朝の雨
八三　一行の斜雁は雲端に滅えぬ
八四　万里に東に来たること何れの再日ぞ
八五　蒼波路遠し雲千里
八六　山腰の帰雁は斜めに帯を牽く
八七　多く花を栽ゑて目を悦ばしむる儔を見れば
八八　花の色は蒸せる粟のごとし
八九　文峰に轡を案ず白駒の影

九〇　林霧に声を校ぶれば鶯は老いず
九一　人煙一穂秋の村僻れり
九二　嵩に帰る鶴舞うて日高けて見ゆ
九三　摩訶迦葉の行の中に得
九四　真如の珠の上の塵は礼を厭ふ
九五　山雨に鐘鳴りぬ荒巷の暮
九六　瑶池偸かに感ず仙遊の趣
九七　邴原は叔済に資り
九八　舞を逐うて羅襪に生じ
九九　鷹鳩変らず三春の眼
一〇〇　機縁更に尽きて今帰り去らんとす
一〇一　昔は契る蓬莱宮の裏の月
一〇二　荒村の桃李なほ愛すべし
一〇三　翅を低るる沙鷗は潮の落つる暁
一〇四　一条の露白し庭の間の草
一〇五　朝には山雲隠して細帙巻き
一〇六　碧玉の装へる箏の斜めに立てる柱
一〇七　都府楼は纔かに瓦の色を看る
一〇八　書窓に巻有つて相収拾す
一〇九　桃李言はず春幾ばくか暮れたる
一一〇　三巴峡の月雲収まりて白し
一一一　酈県の村閭は皆潤屋
一一二　佳辰令月歓無極
一一三　青山に雪有りて松の性を諳んず
一一四　一樽酒は尽く青山の暮
一一五　漁舟の火の影は寒くして浪を焼く
一一六　三千の仙人は誰か聴くことを得たる
一一七　蛇は剣の影に驚いてすなはち死を逃る
一一八　北斗の星の前に旅雁を横たふ
一一九　夕霧の人の枕を埋むことを愁ふといへども
一二〇　死はこれ老閑生も也得たり
一二一　黄壌には誰か我を知らむ
一二二　もし宋玉の粧ひて重ねて下るにあらずは
一二三　和風暁に扇て吹き尽くさんことを恐る
一二四　遊子三年塵土の面
一二五　古渡南に横たはりて遠水かと迷ひ

江談抄　第五

詩の事

一　文集の中に他人の詩作の入れる事
二　文集に同じ詩なきやといふ事
三　文集に常に作るところの手を炙るといふ事
四　斉名元稹集に点せざる事
五　王勃・元稹集の事
六　糸類の字元稹集に出づる事
七　白行簡の作れる賦の事
八　古集の体に、あるいは対有り、あるいは対ならざる事
九　古集ならびに本朝の諸家集等の事

一〇　王勃の八歳の秀句の事
一一　秋を焼く林葉は火還つて寒しの句の事
一二　菅家の御文章の事
一三　六条宮の御草の事
一四　菅家の九日群臣に菊花を賜ふの御読み様の事
一五　菅家の御作は元稹の詩の体為る事
一六　菅家の御草の事
一七　菅家の御草の事
一八　後中書王の酒をもつて家と為すの御作の事
一九　世尊の大恩の詩の読み様の事
二〇　天浄くして賓雁を識るの詩の事
二一　資忠の簟は夏の施為りの詩の事
二二　文章博士実範の長楽寺の詩の事
二三　月は明らかなり水竹の間の詩の腰句の事
二四　日本紀の撰者の事
二五　扶桑集の撰せらるる年紀の事
二六　本朝麗藻・文選少帖・東宮切韻の撰者の事
二七　新撰本朝詞林の詩の事
二八　粟田障子・坤元録の詩の撰者の事
二九　扶桑集に順の作多き事
三〇　朗詠集に相如の作多く入れる事
三一　四韻の法は同字を用ゐず長韻の詩は避けざる事
三二　匡衡の詩に波浪濤を用ゐる、是れ同義の字を置く例なる事
三三　両音の字をもつて平声に用ゐて作れる詩は憚るやといふ事
三四　両音の字通用の事
三五　音に随ひて訓を変ふる字の事
三六　丼丼の字の和名の事
三七　䉷の字近代の人の詩に件の字を作らざる事
三八　吽の字の事
三九　杣の字の事
四〇　美材文集の御屛風を書ける事
四一　四条大納言の野行幸の屛風詩の事
四二　鷹司殿の屛風詩の事
四三　鷹司殿の屛風の斉信の端午の詩の事
四四　清行の才菅家嘲り給ふ事
四五　斉信常に帥殿・公任を庶幾する事
四六　輔尹と挙直は一双の者なる事
四七　順・在列・保胤・以言等の勝劣の事
四八　時綱と長国の勝劣の事
四九　本朝の詩は文時の体を習ふべき事
五〇　父子共に文章を相伝ふる事
五一　維時中納言才学を夢みる事
五二　為憲の文章を夢みる事
五三　成忠卿は高才の人なる事
五四　斉名は正通の弟子なる事
五五　道済は以言の弟子為る事
五六　文章の評論和漢ともに有る事
五七　村上御製と文時三位の勝劣の事

五八　斉信の文章帥殿許さるる事
五九　公任と斉信は詩敵為る事
六〇　為憲・孝道の秀句の事
六一　勘解相公保胤を誹謗する事
六二　匡衡・以言・斉名の文体おのおの異なる事
六三　広相七日の中に一切経を見る、凡そ書籍は皆横さまに見る事
六四　広相左衛門尉に任ぜられ是善卿許されざる事
六五　隠君子の事
六六　匡衡献策の時一日題を告ぐる事
六七　源英明の作文時卿難ずる事
六八　源為憲の作文時卿難ずる事
六九　以言斉名の詩を難ずる事
七〇　左府と土御門右府との詩の事
七一　源中将師時亭の文会の篤昌の事
七二　秀才国成敦信の亭に来たり談る事
七三　都督自讃の事
七四　都督自讃の事

江談抄　第六

長句の事

一　暁梁王の苑に入れば
二　樵蘇往反す
三　新豊の酒の色は
四　菓はすなはち上林苑の献ずるところ
五　泰山は土壌を譲らず
六　佳人尽くに晨粧を飾る
七　春過ぎ夏闌けぬ
八　隴山雲暗し
九　王子晋の仙に昇りし
一〇　昇殿はこれ象外の選びなり
一一　前途程遠し
一二　楊岐路滑らかなり
一三　谷水花を洗ふ
一四　日に瑩き風に瑩く
一五　昔忉利天の安居九十日
一六　廻翔を蓬島に願ふも
一七　丹蛍を聚めて功を積み
一八　虚弓避り難し
一九　漢皓秦を避りし朝
二〇　蕭会稽が古廟を過ぎりし
二一　漢高三尺の剣
二二　仁は秋津洲の外に流れ
二三　梁元の昔の遊び
二四　花上苑に明らかなり
二五　栄路遥かにして頭已に斑なり
二六　昼夜八十の火
二七　漢の四皓出づといへども

二八　秦皇泰山の雨
二九　白首に臨んで始めて知んぬ
三〇　唐人「兎裘賦」に感ずる事
三一　順の序の「王朗八葉の孫」の句の事
三二　菅家の御序、秀勝なる事
三三　在昌の「万八千年の声塵」の事
三四　菅三品の尚歯会の序の事
三五　匡衡の「菊花宮殿に映ず」の序の事
三六　斉名の序の事
三七　以言の序、破題に秀句なき事
三八　斉名の勧学会の序の事
三九　斉名の「念ひを山林に摂む」の序の秀逸なる事
四〇　以言の「古廟春方に暮れぬ」の序の事
四一　高積善、式部卿宮において序を作り自謙する事
四二　江都督の安楽寺の序の間の事
四三　都督の表の事
四四　匡衡の天台返牒の事
四五　聖廟の西府の祭文、天に上る事
四六　田村麿卿伝の事
四七　左府の和歌序の事
四八　匡衡の願文の中の秀句の事
四九　仁和寺の五大堂の願文の事
五〇　寛平法皇、周易を愛成に受けたまふ事
五一　周易の読み様の事
五二　抱朴子の文に云はく
五三　「三史文選師説漸く絶ゆ」の事
五四　文選の「三都賦」の事
五五　文選に言ふところの「麝は柏を食らひて馨し」を李善難義と為す事
五六　高祖の母劉媼の媼の字の事
五七　和帝・景帝・光武紀等に読み消つ処有る事
五八　張車子の富は文選の「思玄賦」を見るべき事
五九　類聚国史五十四
六〇　師平、新国史を焼く事　新国史失はるる事
六一　遊子は黄帝の子為る事
六二　首陽の二子の事
六三　雲直あるいは夢沢と称ひ、楚雲と号くる事
六四　華騮は赤馬為る事
六五　駱賓王の事
六六　豊山の鐘の事
六七　三遅の因縁の事
六八　また打酒格・帰田抄の事
六九　波母の山の事
七〇　護塔鳥の事
七一　擬作の起こりの事
七二　連句 七言
七三　五言

『中外抄』『富家語』の言談

『中外抄』『富家語』はあくまでも言談の記録であって、説話集ではない。言談は日付順に記録されており、言談の内容による分類など所謂類聚の手は加えられていない。このため各条は必ずしも特定の主題の下に纏まっているとはいえず、標題を立てて一覧に供するには無理なところがあるが、内容の大略を総覧するための便を考え、あえて「言談」の一覧を掲げることにした。

（池上）

『中外抄』の言談

〔上巻〕

保延三年（一一三七）

正月　五日　1 叙位儀の宣命使の作法

二月　八日　2 布袴と半臂

3 出衣の心得

三月二〇日　4 一条院、寒夜に衣を脱ぐ

5 大外記と五位史

六月一二日　6 人名の訓み方

7 花山院、御前定に失あり

8 賀茂光栄、弊衣を厭はず

一一月一四日　9 平等院領荘園の米

二五日　10 大臣大将の夜行幸供奉

11 大臣大将と老懸

12 列見・定考の上卿の出入門

13 忠実の幼名

一二月　七日　14 道長、誦経料の牛の車に乗らず

保延四年（一一三八）

正月二六日　15 五位蔵人の禁色

二八日　16 東三条殿における師実の生活

17 東三条殿の角振・隼明神

18 昔は触穢を強ちに忌まず

19 頼通の春日詣

20 春日祭と潔斎

四月　七日　21 仁海をめぐる逸話

一七日　22 賀茂奉幣の心得

一一月一〇日　23 大臣着座の先例

『中外抄』『富家語』の言談

24 着座の心得
25 着座の畳

保延五年(一一三九)
四月　一日 26 物忌と内裏の火事
五月 27 狐と閻魔天供
七月一〇日 28 光孝天皇の即位をめぐる逸話

保延六年(一一四〇)
七月　四日 29 才学への思ひと生涯の回顧
30 出家後の准三宮
31 四方拝の仕方
九月二九日 32 生涯の回顧と自己点検
一〇月二五日 33 渡徙の室礼
二七日 34 室礼の実行
一二月　□日 35 伊勢の拝礼の仕方

永治二年・康治元年(一一四二)
二月一七日 36 伊勢・賀茂の神事と忌み
四月　九日 37 匡房は管絃を知らず
二九日 38 春日の神馬
39 法興院・京極殿をめぐる神異
40 立文の作法
41 御幸の時の衣装
六月一六日 42 神社拝礼時の精進
一三日 43 喪服の帯
44 天地の方位
一〇月一三日 45 楚鞦と物詣
46 物忌にさす忍草
47 ものの食し方
二三日 48 東三条殿における師実の生活
49 東三条殿に出現せる天狗、退散す
一一月一〇日 50 手を洗ふ方角

康治二年(一一四三)
四月一八日 51 源頼信と三人の男子
五月　四日 52 東三条殿角明神の霊異
七日 53 更衣をめぐる諸心得
54 仏事を忌む日の干支
六月　□日 55 相撲節と耳桶
七月二七日 56 顔色の善悪
57 藤原泰憲の逸話
八月　一日 58 琵琶の袋
九月一一日 59 興福寺御堂供養の設営
一五日 60 巫女の夢告
二五日 61 葬所と墓所
一〇月一〇日 62 出家への思ひと生涯の回顧

康治三年・天養元年(一一四四)
正月二八日 63 祈年祭の潔斎
64 神事と僧尼の禁忌
三月　三日 65 節供をめぐる問答

66 御灯祓をめぐる問答
久安三年（一一四七）
七月一九日 67 祇園社の神威
68 宇佐八幡宮の神威
69 祇園社の牛頭天王
70 祇園社の蛇毒気神
71 園城寺の新羅明神
72 中原師平の思ひ出
一一月一五日 73 公季とえつつみ
久安四年（一一四八）
四月一八日 74 孔雀と火事・雷
75 鸚鵡の言葉
76 天変の軽重
77 存命中の忌日法要
五月二三日 78 四天王寺参詣時の見聞
79 邸宅の門
80 法興院の馬場と老尼
81 法成寺の九体仏と定朝
82 侍読顕業の急逝と相人正家の炯眼
83 日記の心得
84 相撲節を知る者
85 明月に消灯の是非
閏六月 四日 86 女子の瑞兆、毛亀と足蛇の不思議
87 女子の瑞兆、金鳳の夢
『中外抄』『富家語』の言談

〔下巻〕
七月 一日 1 内裏造営と当梁年
2 匡房、摂関に学問は無用と説く
一一日 3 円宗寺の寺号
八月 五日 4 神社の精進
二四日 5 女叙位の位記・請印
6 内覧・関白の職務
7 官奏における内覧の職務
8 関白と大臣の席次
9 道長の童随身・文殿衆
一一月二四日 10 四条宮、宿曜を用ゐず
一二月一四日 11 小袖と単衣
12 江家次第の批評
二九日 13 大外記三善為長の失態
久安五年（一一四九）
三月 五日 14 嗽の回数
□七日 15 天変と大臣慎、仲平の逸話
二三日 16 拝賀の作法
七月二五日 17 ところせき人頼通の逸話
18 名医丹波雅忠の思ひ出
一〇月 二日 19 着陣の装束
久安六年（一一五〇）
七月一七日 20 亡き師実と中原師平の思ひ出

21 瓮拝における拝礼の回数
22 行成蘇生譚と実頼薨去時の逸話
23 文書の封じ方と天文奏の見方
24 三昧堂の建立
二七日 25 訴訟裁定の心得
八月 九日 26 上﨟の教養
27 女性の化粧の変化
28 男性の衣装の変化
一一日 29 実行・実能の人物評と公季の逸話
30 興福寺別当補任問題と匡房の逸話
二〇日 31 小鷹狩の思ひ出
32 覚継の人物評
一一月一二日 33 鰯と鯖
34 頼通の随身・家司たち
二三日 35 硯の名品と能書師房の逸話
一二月二〇日 36 朔日の精進
仁平元年(一一五一)
三月一〇日 37 多武峰の大織冠の御影
二八日 38 訴へあるとき、財宝を贈る
六月 八日 39 内裏焼亡と鼠・犬の怪、後三条院の犬の逸話
七月 六日 40 後三条御記について
七日 41 高陽院の殿舎配置と大饗
一五日 42 清水寺の霊験と不浄
43 師実・頼通の犬
一一月 八日 44 神社参詣と仏・経の忌避
二五日 45 神社参詣と食宍の忌避
一二月 八日 46 賀茂臨時祭に際し頼長父子への注意
47 大饗の鷹飼・競馬をめぐる諸話
三〇日 48 平緒の心得
仁平二年(一一五二)
正月 七日 49 師実、修正会末日は素足で歩く
仁平四年(一一五四)
三月一一日 50 道長、木幡三昧に法螺を吹く
51 摂関家は宿曜を用ゐず
三月一四日 52 覚鑁と面会の思ひ出
二九日 53 頼義、母を疎みし逸話
四月二七日 54 賀茂祭の葵の付け方
五月二一日 55 渡徙の心得
六月 四日 56 夏の衣服
一二日 57 魔事の祈禱
一一月 六日 58 寿に代へて人を祈る

『富家語』の言談

久安(七年)(一一五一)
正月 1 海浦の御厨子
一〇日 2 内覧の家の室礼
一五日 3 朱器の節供

九月　4 服薬時の御灯祓
仁平三年(一一五三)
四月下旬　5 物忌の忍草
6 喪中の御書
7 山吹の衣を出ださず
久寿二年(一一五五)
正月一七日　8 大饗の日の平緒
久寿三年(一一五六)
正月　9 葬家の正月行事
10 女房車の車副
11 上臈は黄生を着用せず
12 車の下簾
保元二年(一一五七)
13 臨時客の服装、桜下襲と半臂
14 臨時客の下襲は御斎会にも着用
15 師実、長谷寺詣の鞍
16 薫物の処方
17 菓物の食し方
18 乾煎の食し方
19 晴の儀の視線の位置
20 教通の逸話、上臈は侍の名を呼ばず
21 賀茂社はめでたき社
『中外抄』『富家語』の言談
22 宮中の懺法、先例あり
23 菅原院は忌所なり
24 諸社行幸と競馬
25 実季、橋寺供養後、頓死す
26 敦久に賜衣、通俊秀句す
27 敦久・敦時に賜衣の例
28 桃花の石帯
29 諸道の名人
30 笏の横目と板目
31 競馬の日、遠所に行幸の際の剣
32 紙のたたみ方
33 京極殿西御堂の仏像
34 笏の持ち方
35 除目執筆の硯
36 小鷹狩の装束
37 上臈の理髪役の心得
38 高倉殿は凶所なり
39 四条宮は吉所なり
40 辛未日と仏事
41 春日・賀茂山中の神異
42 騎射の袴
43 人の家での食事
44 忠平は大臣兼別当か
45 道長の童随身
46 桜下襲と半臂の心得
47 承前、下襲と半臂

『中外抄』『富家語』の言談

48 西宮記・北山抄と江家次第
49 伊勢幣の上卿
50 上卿の作法
51 検非違使別当の装束
52 節会内弁、謝座拝の装束
53 饗座の食礼
54 五節帳台試の履物
55 五節の打橋の渡し方

保元三年(一一五八)

56 教通の練歩
57 除目執筆の作法
58 饗宴の座の設営
59 蘇芳下襲と表衣
60 内宴と赤色袍
61 解斎の粥
62 立后の倚子
63 諸社奉幣と精進
64 奉幣の吉日
65 火色下襲
66 頼通の不例
67 叙位の尻付
68 石清水臨時祭の帰立の思ひ出
69 相撲節と笙吹き利秋
70 兼家女超子、庚申の夜に頓死
71 師実夫妻の清水寺参詣
72 内弁の謝座の作法
73 頼通室隆姫の思ひ出
74 馬の毛色
75 和琴に押す錦
76 競馬の咎
77 俊家、雪の日の装束
78 無心衆の競馬装束
79 競馬の舞楽装束
80 除目執筆の墨色
81 奏書・中文の署名法
82 垂水御牧
83 頼通の外出と随身
84 下車の心得
85 着座の故実
86 主上の毎日の御拝
87 主上奏覧の御書の封じ方
88 内弁の下襲の心得
89 稲荷・祇園同日行幸

平治元年(一一五九)

90 東三条殿の釜の神秘
91 大嘗会の秘儀
92 直衣の紋様の二部織物
93 基実の装束
94 主上の小口袴
95 着袴の仕方

96 六角斎宮の邸宅
97 東三条殿の故実
98 和琴の故事、唐錦の袋は不可
99 師輔の豪胆と祓へ
100 大嘗会御禊、女御代の出衣
101 大嘗会御禊、院の桟敷の柱松
102 御禊の日、俊憲の装束
103 道長、内弁勤仕の時、柿浸しを食す
104 師実、後三条院の即位の内弁を勤む
105 伊尹の逸話と一条家の没落
106 后宮の衣装
107 非常の赦
108 賀茂臨時祭の帰立の心得
109 臨時除目の場所

永暦元年(一一六〇)

110 冷泉院は紫宸殿で即位
111 平安京の邸第の地相
112 対代とは
113 馬馳の行事と舎人の装束
114 師実、忠実に罪人の首を見せず
115 師通、忠実に市政見物を勧む
116 簾を出入する作法
117 京極殿の土御門面は通らず
118 獄門の近衛面は通らず
119 賀茂行幸に私奉幣は不可

『中外抄』『富家語』の言談

120 施薬院の明堂図
121 元斎宮・斎院に子息なし
122 行幸と鳳輦
123 立ちながら書を見る作法

応保元年(一一六一)

124 節会の外弁の平緒
125 童女の晴れ着
126 小野宮実頼と天神、衆人の挙哀
127 小野宮実頼、京童の話を聞く
128 高房邸の屋敷神と御産
129 小松殿の屋敷神と亀卜
130 公助、老父に打れて逃げず
131 惟家、師実の長谷詣に供奉
132 惟家、師実の御出に供奉
133 高藤の結婚、勧修寺縁起
134 除目の大間書の封じ方
135 高陽院の庭石
136 高陽院で心誉、頼通を加持
137 高陽院で観修、心誉を加持
138 師実と侍
139 朗詠の秘訣
140 神泉苑の竜と実頼
141 練歩の時の笏の持ち方
142 食事の時の箸の取り方
143 内弁が舎人を召す時の秘訣

『中外抄』『富家語』の言談

144 笏の持ち方
145 賀茂臨時祭の挿頭花の取り方
146 指貫の踏みくくみ方
147 束帯の尻と平緒
148 風ふくれ病
149 陪膳の頓智、頼通の立腹を鎮む
150 陪膳について
151 手を洗ふ方角
152 相撲の名勝負
153 師輔と実頼の装束の違ひ
154 大口に食すべからず
155 陪膳の心得
156 束帯・帯剣で乗車時の心得
157 坂上宝剣の秘話
158 物忌の忍草
159 陣の座に着する時の心得
160 節会の内弁の練歩の心得
161 食事にはまづ散飯を取るべし
162 天皇に奏覧する文書の心得
163 車中では笏を持たず
164 車中での剣の置き方
165 御前での食事の心得
166 束帯で乗車する時の心得
167 款冬の衣をめぐる話題
168 殿上人以下の晴の帯
169 白重の着用に関する心得
170 師実の養生
171 道長の装束
172 烏帽子の時代的変化
173 烏帽子の被り方
174 騎馬に弓箭を帯する事
175 装束から乗車まで
176 相撲の内取
177 装束・理髪に勤仕する時の心得
178 直衣での着座法
179 扇の心得
180 念珠の心得
181 摂関の唐車乗用
182 束帯での着座法
183 陽成院、神璽・宝剣を開き見むとす
184 男色の相手、信雅・成雅評
185 春日奉幣についての質疑
186 直衣では揖せず
187 直衣のはこへに紙を入るること
188 率川祭の日の精進
189 貴人は倉に入らず
190 堀河院と管絃の道
191 忠実に狐が憑く話
192 頼通は平田荘の絹を重用
193 管絃の具と笏の突き方
194 花山院第の凶事と禁忌
195 跪居の仕方

196 日記の御厨子
197 唐装束の心得
198 唐装束と履物
199 摂関四方拝の仕方
200 摂関四方拝と歳下食
201 摂関四方拝の装束
202 東三条殿の設営
203 東三条殿の公卿座
204 東三条殿西面の臨時客
205 寝殿南廂の臨時客
206 器物の蓋の置き方
207 節会の内弁の着座の心得
208 節会の内弁の練歩の心得
209 枕の方角
210 荷前使の剣
211 摂関四方拝の呪文
212 膳部の出し方と食し方
213 管絃に召されたる諸大夫の座
214 除目・叙位における関白の着座
215 更衣
216 長絹の狩衣
217 置物の御厨子
218 除目執筆の着座の注意
219 紫苑色の指貫
220 帷の重ね方
221 検非違使別当の装束

222 硯を賜りて書く時の作法
223 除目の大間書を綴る寸法
224 除目の筆・墨
225 除目で関白が大臣を召す言葉
226 黄生の袴
227 初任公卿への車の貸与
228 除目の大間書の綴り方
229 除目の任人の書き方
230 除目の尻付の書き方
231 生の下袴
232 節会での飲酒の作法
233 辛煮の食し方
234 丁字色の帷
235 皆練襲
236 雁被
237 瑠璃色の指貫
238 染装束
239 交菓物の食し方
240 表衣の雲立涌文
241 皆練襲と黒半臂
242 節会内弁の心得と封書の名の書き方
243 降雨御幸供奉の心得と烏帽子の話題
244 車の下簾
245 車の物見の簾と網代車の下簾
246 納言の網代車の車副
247 東三条殿の臨時客の設営

『中外抄』『富家語』の言談
248 日隠しの間の溝を埋む
249 叙位・除目の墨の濃淡
250 忠節は報禄を求めず
251 非大将の納言の車の諸綱
252 非大将の納言の車の下簾
253 食後に袖で口を拭はず
254 瓜の食し方
255 瓜をめぐる頼通の思ひ出
256 侍は湯殿・樋殿・御清目に従事
257 師実、釜殿に背を探らしむ
258 車の簾を褰げる役

凡例

一　底本

『江談抄』は国文学研究資料館 史料館蔵本を用いた。『中外抄』は、上巻は宮内庁書陵部蔵本、下巻は前田育徳会尊経閣文庫蔵本(「久安四年記」)を用いた。なお、上巻の冒頭に、京都御所東山御文庫蔵『富家語抜書』冒頭の四条分を付した。『富家語』は益田勝実氏蔵本を用いた。

二　原文および訓み下し文

1　歴史的仮名遣いによる漢字仮名混じりの訓み下し文を本文とし、原文を巻末に掲げた。

2　適宜句読点を施し、条を区切って巻ごとに通し番号を付した。

3　底本の欠字箇所および欠損等による判読不可能の箇所は□で、判読不能の文字は▨で示した。

4　底本における二行割書の注記は、小字一行とした。

5　漢字は原則として現在通行の字体に改め、常用漢字表にある文字は新字体を用いた。いわゆる異体字は原則として正字に改め、必要に応じて注を付した。

6　原文

(イ)『江談抄』は、底本の誤写等により文意不明の箇所について、他本を参照して底本を改めた場合には、条末の校異に示した。

校異は次の様に示した。

記(柳)―紀　底本の「紀」を柳原本によって「記」に改めたことを示す。

底本の傍書を採用した場合は特に注記しなかった。

事実の誤りに類する事柄は訂正せず、本文の脚注に注記した。

(ロ)『中外抄』『富家語』は、明らかな誤りをも含めて底本を忠実に翻刻し、問題のある箇所については、底本の傍書の有無、他本の状況を適宜条末の校異に示した。

(ハ)残画から推定した場合は校異にあげなかった。

7　訓み下し文

(イ)『江談抄』は、前項の方針で作成した原文に基づいて訓み下した。

(ロ)『中外抄』『富家語』は、底本から直接訓み下した。

底本の文字を改めるなどして訓み下した箇所は、底本の状況と訂正の根拠を脚注に示した。

通字、書き癖と思われる漢字等は適切な用字に改め、底本の用字に機械的に従うことはしなかった。

(ハ)会話や心中思惟に相当する部分等を「　」でくくった。「　」の内部では順次「　」『　』を用いた。

漢字に付した振り仮名は校訂者による訓みを示す。振り仮名は歴史的仮名遣いによった。

三　脚注

1　脚注で使用した文献のうち、次のものはそれぞれ以下のテキストにより、章段・説話の番号もこれに従った。

白氏文集　那波本
枕草子　新日本古典文学大系本
類聚句題抄　類題古詩　本文と索引
朗詠注　和漢朗詠集正安二年奥書本、専修大学図書館蔵和漢朗詠集建長三年書写本、天理図書館蔵和漢朗詠集貞和三年書写本
古事談　新訂増補国史大系本(各巻ごとに番号をつけた)
続古事談　続古事談注解
古今著聞集　日本古典文学大系本

2　人名については、当該箇所の文脈上必要な説明に限定し、人物の伝は巻末の人名索引に譲った。

四　校異に取り上げた諸本、諸文献は次の略称によって示した。

柳　宮内庁書陵部蔵柳原紀光奥書本
群　群書類従板本
水　醍醐寺蔵水言鈔
神　神田喜一郎氏旧蔵本
前　前田育徳会尊経閣文庫蔵本
古　古本系江談抄注解
類　類聚本系江談抄注解

証注　江談證注
和　和漢朗詠集
新　新撰朗詠集
闘詩行事略記　天徳三年八月十六日闘詩行事略記
朗詠注　和漢朗詠集正安二年奥書本、専修大学図書館蔵和漢朗詠集建長三年書写本、天理図書館蔵和漢朗詠集貞和三年書写本
文集　白氏文集
意　意改
本　本文により補訂(目録のみ)
陵　宮内庁書陵部蔵本

五　巻頭の目次の後に「江談抄説話目次」「中外抄・富家語の言談」を、巻末に「江談抄人名索引」「中外抄・富家語人名索引」を付した。

六　分担

『江談抄』は、原文と訓み下しを山根對助が担当し、後藤昭雄がこれを補訂した。脚注は後藤昭雄が担当した。

『中外抄』『富家語』は、原文を山根對助が担当し、訓み下しと脚注を池上洵一が担当した。

江《ごう》談《だん》抄《しょう》

山根對助
後藤昭雄
校注

『江談抄』は大江匡房の言談を藤原実兼が筆録したものである。匡房は東宮学士、左大弁、式部大輔等を経て参議となり、大宰権帥に任ぜられ、正二位、権中納言、大蔵卿に至る。後三条、白河、堀河三代の天皇の侍読も勤め、院政期を代表する文人学者である。実兼は若く二十八歳で急死したが、「件の人は頗る才智有り、一見一聞の事忘却せず。仍て才芸年歯を超ゆ」と称される俊才であった。

『江談抄』は基本的には公卿の有職故実の伝承である口伝教命の系譜のもとにあるが、話者、筆録者が学問の世界の大家と俊秀ということから、いわばその文学版、学界版ということができよう。

テキストには、本来の言談のかたちをよく伝えていて書写年代も古い、古本系と呼ばれる三本と、これに基づいて類聚再編された類聚本系の諸本がある。底本としたものは類聚本の一本で三条西家旧蔵本。三条西公枝自筆本に拠って、江戸時代の享保二十年(一七三五)に書写された本である。

本書は巻一に公事・摂関家事・仏神事49条、巻二に雑事47条、巻三に雑事77条、巻四に詩事125条、巻五に詩事74条、巻六に長句事73条を収める。このように類聚本によって見ると、『江談抄』には文事に関わる言談がいかに多いかということがよくわかる。このことは性格を同じくする『中外抄』『富家語』と比較すれば、一層明らかであろう。匡房の言談であることから当然のことではあるが、この点に『江談抄』の特色がある。

また一方で、雑事の中に、本書中最も長大な話である「吉備大臣入唐の間の事」(三・1)を初めとして、「伴大納言の本縁の事」(三・7)「融大臣の霊、寛平法皇の御腰を抱く事」(三・32)「博雅の三位琵琶を習ふ事」(三・63)など、後代の説話集に受容されることになる、話の面白さを味わうことのできる言談が含まれている。

江談抄　第一

公の事

（一）中納言の例なきに依り叙位行はれざる事
（二）惟成の弁意に任せて叙位を行ふ事
（三）内宴の始めの事
（四）八十嶋祭の日は主上の御衰日を避くべき事
（五）同じ祭の日、儲宮の御衰日を避けらるる例
（六）仁王最勝講ならびに臨時の御読経の仏具の居ゑ様の事
（七）石清水の臨時祭の始めの事
（八）賀茂祭に放免綾羅を着る事
（九）最勝講の始めの事
（一〇）相撲の節に禄を公卿に賜ふことの起こり
（一一）五節の始めの事
（一二）同じ時、滝口を殊に饗応する事
（一三）賀茂の臨時の祭の始めの事
（一四）仏名に出居有りや否やの事
（一五）幼主の御書始めの事
（一六）御馬御覧の日、馬助以上参上すべき事
（一七）神泉苑に請雨経の法を修する事
（一八）陰陽師吉平三たび五竜祭を勤むる事
（一九）延喜の聖主臨時の奉幣の日、風気にはかに止む事
（二〇）花山院御即位の後、太宰府兵仗を帯びざる事
（二一）警蹕の事
（二二）殿上の陪膳の番の三番は三壺に准ずる事
（二三）殿上の陪膳の番の起こりの事
（二四）同じ葛野の童絶え了んぬる事
（二五）紫宸殿の南庭の橘桜両樹の事
（二六）安嘉門の額の霊踏み伏する事
（二七）大内の門などの額書ける人々の事

摂関家の事

（二八）摂政関白の賀茂詣に公卿ならびに子息の大臣を共にする事
（二九）殿下騎馬の事
（三〇）大嘗会御禊の日、殿下車に乗り供奉の事
（三一）大入道殿夢想の事
（三二）大入道殿中関白に譲り申さしめ給ふ事
（三三）町尻殿御悩の事
（三四）藤氏献策の始めの事

仏神の事

（三五）熊野三所本縁の事

(三六)　源頼国熊野詣の事
(三七)　聖廟の御忌日は音楽はかの廟社には停止すべき事
(三八)　紀家長谷寺に参る事
(三九)　興福寺の諸堂に安置せる諸仏の事
(四〇)　藤氏の氏寺の事
(四一)　聖徳太子の御剣の銘の四字の事
(四二)　弘法大師の如意宝珠瘞納の札の銘の事
(四三)　弘法大師の十人の弟子の事
(四四)　増賀聖、慈恵僧都の慶賀に前駆する事
(四五)　教円座主唯識論を誦む事
(四六)　玄賓、律師を辞退する事
(四七)　同じく大僧都を辞退する事
(四八)　亡考道心の事
(四九)　時棟経を読まざる事

江談抄第一

公《おほやけ》の事

（一）中納言の例なきに依り叙位《じよゐ》行はれざる事

命《おほ》せられて云はく、「延長《えんちやう》[一]の末、貞信公《ていしんこう》[二]、小野宮殿《をののみやどの》[三]の加級《かきふ》[四]の事をもつて延喜《えんぎ》[五]の聖主《せいしゆ》に申さる。主上具《しゆしやうみな》[六]許されず。その後叙位[七]の日、貞信公所労《しよらう》[八]と称《い》ひて参らしめず。その時ただ[九]一人なり。大納言道明卿《みちあきらきやう》[一〇]を召さるるに、また所労と称ひて参られず。中納言[一一]の例なきに依り、叙位[一二]停止《ちやうじ》せらる。明日[一三]の節会《せちゑ》に、道明卿参上す。主上仰せられて云はく、「去《い》ぬる夜に所労と称ひて参らず。今日参り仕ふるはいかん。弁じ申[一四]すべし」と。道明退出の時に歎きて曰はく、「道明を私《わたくし》[一五]有りと思《おぼ》しめすにこそありけれ」と。この外に言ふところなし。家に還《かへ》りて後、所労有りて参らず。遂《つひ》にもつて薨逝《こうせい》[一六]す」と。

一　醍醐天皇（在位八九七―九三〇年）の治世の年号。九二三―九三一年。ただし、後述の具体例および道明の没年から、延喜の誤りであろう。群書類従本に「延喜廿」と傍注。
二　藤原忠平。
三　藤原実頼。忠平の子。
四　位を上げること。延喜二十年の頃、実頼は従五位下。
五　醍醐天皇。延喜は治世の年号。九〇一―九二三年。
六　天皇の尊称。
七　正月五日（または六日）内裏で行われた公事で、五位以上の位階を勅によって授ける行事。年中行事秘抄所引の村上天皇御記に「天徳五年正月五日、此日有二叙位儀一〈年来六日行之。而或及二暁更一、七日節会自及二懈怠一。仍如二年中行事一、以二此日一行之〉」。
八　病気を理由に。痔疾であった。→注一二。
九　群書類従本には上に「大臣」とある。延喜二十年には大臣は右大臣忠平のみであった。
一〇　延喜二十年正月の時点で、大納言は道明一人であった。
一一　叙位儀の上卿を中納言が勤めた先例がない。北山抄一・叙位儀事に「大臣以下起レ座、出レ自二日華門一、着二議所一〈…大納言為二上卿一之日、猶可レ入レ自二東面一歟〉」とあり、大納言は上卿となりえた。
一二　貞信公記抄・延喜二十年正月六日に「痔発不参。又大納言不参。叙位儀停止」。「停止」は字類抄に「評定分、制詞、チヤウシ」。
一三　七日の白馬（あおうま）の節会。正月七日、左右馬寮が庭中を引きまわす白馬を天皇が見る儀式。貞信公記抄・延喜二十年正月七日に「痔。不二参入一。道明大納言行二内弁事一。群臣着座之後、有二勘当一退出。不レ参二昨召一、今日参入也」。
一四　その理由を弁明せよ。
一五　私心がある。忠平に遠慮する気持があって、叙位には病気を理由に欠席したと。
一六　道明の死は延喜二十年（九二〇）六月十七日。

（二）惟成《これしげ》の弁《べん》、意《い》に任《まか》せて叙位《じよゐ》を行ふ事

また云はく、「花山院《くわざんゐん》、御即位《ごしよくゐ》[一]の日に、大極殿《だいごくでん》[二]の高座《たかくら》[三]の上において、いまだ剋限《こくげん》[四]をふれざる先に、馬内侍《うまのないし》[五]を犯さしめ給ふ間、惟成の弁[六]は玉《ぎよく》佩《はい》[七]ならびに御冠《おんかうぶり》[八]の鈴の声に驚き「鈴《すず》[九]の奏《そう》」と称《い》ひて、叙位[一〇]の中文《まうしぶみ》を持参す。天皇御手をもつて帰さしめ給ふ間、意に任せて叙位を行へり」と云々。

（三）内宴《ないえん》の始めの事

また命《おほ》せられて云はく、「内宴の始めは[一一]、嵯峨《さが》天皇の時が始めなり。[一二]弘仁四年癸巳《みづのとみ》の歳《とし》なり。「[一三]桜花を翫《もてあそ》ぶ」の序は野相公《やしやうこう》書けりと云々。題は善相公《ぜんしやうこう》[一四]進《たてまつ》る」と。

（四）八十嶋祭《やそしままつり》の日は主上《しゆしやう》の御衰日《ごすいにち》を避くべき事

また云はく、「[一五]八十嶋祭は、多く酉《とり》の日をもつて使立《つかひた》[一六]てならびに祭[一七]

一 花山天皇の即位は永観二年（九八四）十月十日。日本紀略同日条に「天皇即㆓位於大極殿㆒」。時に十七歳。 二 大内裏朝堂院の正殿。天皇が政務を見、百官の朝参や即位、朝賀など国家の大礼を行う。 三 高御座（たかみくら）。大極殿の中央に設けられた玉座。 四 即位儀では儀式の進行が鼓や鉦を打って知らされる（江家次第十四）。 五 古事談一には「花山院御即位之日、馬内侍為㆓褰帳命婦㆒進参之間、天皇令㆑引㆓入高御座内㆒給、忽以配偶云々」とある。 六 藤原惟成。花山天皇の寵臣で、時に左少弁。のち権左中弁。 七 組糸に玉を貫いて腰に帯びる装飾具。北山抄五に「玉佩者右方少前寄懸㆑之当㆓右膝㆒、随㆑歩令㆑有㆓其音㆒也」。 八 冕冠。前後に玉を貫いた玉垂れがある。小右記・永観二年十月十日に「被㆑仰云、玉冠甚重、已可㆓気上㆒。仍□可㆑脱㆓御冠㆒」の記事がある。 九 天皇出御に当たって、先払いに鳴らす鈴の下賜を願い出ること。 一〇 即位儀の後半に叙位が行われる。江家次第十四に「次式部叙位、次兵部叙位。次叙人等共拝舞」。中文は官位の叙任昇進を請願する文章。奏状。 一一 正月二十日頃、宮中で行われる天皇主催の私宴。賦詩、女楽が行われ、饗宴を賜った。弘仁の遺美と称された（文徳実録・仁寿二年正月二十二日）。 一二 八一三年。河海抄十三所引の内宴記は同じく「弘仁四年始有㆓内宴㆒」とする。類聚国史七十二は平城天皇大同四年正月二十三日の曲宴を、年中行事秘抄は弘仁三年二月十二日の花宴節を内宴の初例とする。 一三 これに該当する詩序は現存しない。野相公は小野篁であるが、その「早春侍㆓宴清涼殿㆒翫㆓鶯花㆒」詩序（本朝文粋十一）を誤るか。ただし承和元年（八三四）以後の作。 一四 三善清行。承和十四年（八四七）の生まれで、時代的に矛盾する。 一五 即位儀礼として、大嘗祭の翌年、難波津で行われた祭礼。祭使が天皇の衣を持って下向、海に臨んで琴に合わせて衣を振り動かすのが祭儀の中心。 一六 勅使下向の日。使について江家次第十五に「以㆓典侍一人㆒為㆑使〈多用㆓御乳母㆒〉」。 一七 江家次第十五に「大嘗祭次

りを行ふ日と為《な》す。もし日次宜《ひなみよろ》しからざる時は行はずといへども、使立てならびに祭りを行ふ日の間に、必ず一日は酉の日を用ゐる。しかうして延喜《えんぎ》[18]の聖主《せいしゅ》十四歳の時、件《くだん》の使を立てらる。酉の日は御衰日[19]なり。主上[20]二十二歳、よりて酉の日をもつて御衰日と為す。しかるによりてまた避く」と。

(五) 同じ祭の日はなほ儲宮《まうけのみや》の御衰日《ごすいにち》を避けらるる例

また云はく、「延久《えんきう》[21]の時、主上の御衰日に当たらずといへども、儲宮[22]の御衰日に当たるをもつてまた避く」と。

(六) 仁王《にんわう》・最勝講《さいしようかう》ならびに臨時の御読経《みどきやう》の仏具の居《す》ゑ様《やう》の事

また云はく、「禁中の仁王講[23]・最勝講[24]ならびに臨時[25]の御読経、また御仏名《おぶつみやう》[26]などの仏具[27]の置き様ならびに居ゑ様、皆もつて同じからざるなり。講筵《かうえん》[28]は御読経より多く、御読経は仏名より多し」と云々。

年行レ之。…令二陰陽寮勘二申日時一、…可レ立レ使之日、祭日勘二載於一紙一、…両日之間、必用二酉日一」。
一八 醍醐天皇。元慶九年(八八五)の生まれで、十四歳は昌泰元年。日本紀略・同年六月に「廿八日丙寅、八十嶋使発遣之」。
一九 陰陽道で諸事を行うのに悪いとされる日。生まれた年の干支によって日が定まる生年衰日と年齢によって日が定まる行年衰日の二つがあるが、当時は後者が行われた(拾芥抄・八卦部)。ここは、十四歳の醍醐天皇にとって、酉の日が衰日に当たるの意。江家次第に注一七の引用に続いて「但当二御衰日一者、用二他日一。昌泰元、御歳十四。天暦元、御歳廿二等例也」。
二〇 ここには脱文が考えられる。注一九所引の江家次第の記事から、主上は村上天皇である。天暦元年(九四七)十一月二十八日戊寅に祭使発遣、三十日庚辰に八十嶋祭が行われ(日本紀略)、酉の日を避けている。
二一 後三条天皇(在位一〇六八―一〇七二年)の治世の年号。一〇六九―一〇七四年。
二二 皇太子。ここは貞仁親王、のちの白河天皇。後三条天皇は延久元年に八十嶋祭を行ったが、この時、皇太子貞仁は十七歳。十七歳も卯・酉が衰日である(拾芥抄・八卦部)。江家次第十五に「雖レ非二主上御衰日一、当二東宮御衰日一者、又用二他日一。延久元年東宮御年十七。是中宮東宮同日祭之故也」。
二三 鎮護国家のため、仁王般若経を講読する法会。即位後の一代一度仁王会、春秋二季の年中行事の仁王会、災疫を除くための臨時の仁王会があり、大極殿、紫宸殿、清涼殿などで行われた。 二四 本書一・9参照。
二五 百人の僧を大極殿に請じて大般若経を読誦させ、天下泰平、国家安穏を祈願する法会。二月と八月の吉日三日間行われるのを季(き)の御読経というが、これに対して臨時に行われるもの。 二六 十二月十九日から三夜、清涼殿で僧に仏名経を読ませて、一年間の罪障を除くことを祈願する法会。 二七 図書寮式に講説仁王般若経、二季御読経(「臨時御読経亦同」という)、御仏名における仏具などについての記事がある。 二八 講義の場。仁王講と最勝講。

（七）　石清水《いはしみづ》の臨時の祭の始めの事

また云はく、「[一]蔵人式《くらうどしき》に云はく、「[二]石清水の臨時の祭は、[三]安和《あんわ》□年三月中《なか》の午《うま》の日、[四]始めて祭らるるところなり。使は[五]大入道なり。[六]舞人《まひびと》の装束《さうぞく》は[七]下襲《したがさね》は桜色」」と。[八]非常の宰相は江銅臭、不次の納言は

（八）　賀茂《かも》の祭《まつり》に放免綾羅《はうめんりようら》を着る事

命《おほ》せられて云はく、「[九]放免、[一〇]賀茂の祭に[一一]綾羅を着る事、知らるるやいかん」と。答へて云はく、「由緒《ゆいしよ》尋ぬといへども、いまだ弁《わきま》へず」と。命せられて云はく、「賀茂の祭の日、[一二]桟敷《さじき》において、隆家卿《たかいへきやう》、斉《ただ》信《のぶ》卿に問ひて云はく、「放免、綾羅錦繡《きんしう》の服を着用して[一三]検非違使《けびゐし》の共《とも》人《びと》と為《な》るは何故《なにゆゑ》なりや」と。[一四]戸部《こほう》答へて云はく、「[一五]非人《ひにん》の故に[一六]禁忌《きんき》を憚《はばか》らざるなり」と。公任卿《きんたふ》云はく、「しからば放火殺害《はうくわせつがい》を致すといへども、[一七]禁遏《きんあつ》を加ふべからざるか。他の罪科《ざいくわ》は皆刑罰を加ふ。美服を着《き》る条《でう》においては、指《さ》したる証文有るか」と。斉信卿答へて云はく、

一　普通には寛平二年（八九〇）橘広相が宇多天皇の命を承けて撰定したものをいう。現存せず、佚文が残るのみ。ほかに天暦蔵人式の佚文も伝わるが、安和年間の記事を含む本書はこれらと異なる。　二　石清水八幡宮で三月午の日に行われた祭礼。例祭である八月十五日の放生会に対していう。　三　冷泉・円融天皇治世の年号。九六八—九七〇年。　四　起源について、江家次第六には「臨時祭起二天慶五年四月廿七日一。石清水臨時祭、平将門乱逆報賽也。…天禄二年三月八日、臨時祭。其以後毎年祭之」とあり、この天慶五年（九四二）に始まり、天禄二年（九七一）より恒例となったとする説が一般である。
五　藤原兼家。兼家については、日本紀略・安和元年九月二十三日に「石清水臨時祭。使左近中将藤原兼家」とある。
六　江家次第六に「舞人、四位四人、五位四人、六位二人」。
七　束帯の時、袍・半臂の下に着る。後の裾を長くして袍の下に出す。「桜色」は襲（かさね）の色。表は白、裏については諸説がある。　八　↓九〇頁注五。
九　検非違使庁の下役。釈放された囚人で、犯罪者の捜査、逮捕などに従事した。　一〇　京都の賀茂別雷神社（上賀茂社）と賀茂御祖神社（下賀茂社）の祭礼。四月の中の酉の日に行われる。葵祭。　一一　あとの「綾羅錦繡の服」に同じ。美々しく着飾った服。　一二　一段高く設けられた見物席。
一三　京中の違法、非行を取り締まり、治安の維持に当たる官吏。令制の刑部省・弾正台・京職の職掌を吸収して強い権限を持った。　一四　民部卿の唐名。斉信をさす。
一五　もと仏語で、人間でないものの意。
一六　華美な服装についての禁令。賀茂祭で美服を着ることが流行し、しばしば禁止令が出されたことは「所レ着衣裳、非二綾羅錦繡一莫レ不二著用一。…自今以後、宜下仰二検非違使一、重加中禁遏上」（天延三年二月二十五日宣旨、政事要略七十）、「年来不二唯其数之過差一、兼亦着二綾羅一施二光華一。因レ之、禁制之旨、再三重畳」（天元五年三月廿二日太政官符、同）などにみえる。　一七　禁止。注一六の天延三年宣旨に用例。
一八　贓物は不正に取得した品物。令制の刑部省所属の官司

「一八贓物所《ざうもつしよ》より出で来る物を染めて一九文《あや》を摺《す》り成《な》せる衣・袴《はかま》など、件《くだん》の日、二〇掲焉《けちえん》の故に着用せしむるところか」と。二一四条大納言頗《すこぶ》る二二甘心《かんじん》せらる」と云々。

（九）　最勝講《さいしようかう》始め行はるる事

また談《かた》られて云はく、「二三最勝講は、一条院《いちでうゐん》の御時、始め行はるるなり。二四長保《ちやうほ》四年五月七日以後に行はるるものなり。三条院《さんでうゐん》の御時は行はれざるか」と。

（一〇）　二五相撲《すまひ》の節《せち》の日、二六禄《ろく》を公卿《くぎやう》に賜《たま》ふことの起こり

（一一）　浄御《きよみ》原《はら》天皇、五節《ごせち》を始めたまふ事

また云はく、「二七清原《きよみはら》天皇の時、二八五節を始めたまふ 二九天智《てんち》か。 三〇吉野《よしの》川において琴を鼓《ひ》くや、天女《てんにょ》下り降り、前庭に出でて歌を詠《よ》むと云々。よりてその例をもつて始めたまふ。天女歌ひて云はく、

に贓贖司があり、罪人の財産の没収分配、贓物や罪の償いに供出された金品の収納などをつかさどった。贓物所は同様の性格の検非違使庁管下の所か。
一九 政事要略六十七に、仁寿四年正月廿日の「祭使着二用摺袴一、雖下事寄二神供一着用上、莫レ令レ参二宮中一」という右大臣宣について、弾正式の「摺染成レ文衣袴、縁二公事一所レ着、不レ在二禁限一」の条文を根拠に「祭使着用、豈不二公事一哉」と述べているのと同じ論理である。 二〇 派手で目立つ。
二一 公任。 二二「カムジム、承伏詞歟」(字類抄)。納得する。
二三 五月の吉日を選び、五日間、清涼殿で金光明最勝王経を講説させ、天下泰平を祈願する法会。東大寺・興福寺・延暦寺・園城寺の僧を選び、十巻を朝夕二回一巻ずつ講じさせた。 二四 一〇〇二年。五月七日から十一日までの五日間行われ、権記に詳細な記事がある。ただし江家次第七には「最勝講、寛弘六年以来被レ行也。此前或行或止、不定也」とある。
二五 毎年七月、諸国から強力の者を召し集めて、宮中で天皇がその相撲を観覧した行事。
二六 給禄については江家次第八に「或有二王卿出居等給レ禄例一。…親王大臣御衣、納言白褂、参議合褂、或親王大臣半臂下襲、大納言袙一重、中納言参議表袴。公卿進二出於庭中一、西面北上、拝舞云々」とあり、西宮記に天徳三年・康保五年の、北山抄に承平二年の例をあげるが、起源については未詳。本条は表題のみで、本文を欠く。
二七 天武天皇。 二八 大嘗祭・新嘗祭に行われた舞楽を中心とした公事。十一月に五日間に亘って行われ、最後の豊明節会の夜に五節舞姫による舞が演じられる。ここはその舞。天武天皇による創始のことは、続日本紀・天平十五年五月五日の詔にも見えるが、本条が基づくのは江家次第十（政事要略二十七にも）所引の本朝月令。「本朝月令云、五節舞者浄御原天皇之所レ制之。相伝云、天皇御二吉野宮一、日暮弾レ琴有レ興。俄爾之間、前岫之下、雲気忽起。疑如二高唐神女髣髴一、応レ曲而舞、独入二天矚一、他人無レ見。挙レ袖五変。故謂二之五節一云々。其歌云、乎度綿度茂邕度綿左備須茂可

[一]乙女子《をとめご》が乙女さびすも唐玉《からたま》を乙女さびすもその唐玉を」と云々。

（一二）五節《ごせち》の時、滝口《たきぐち》を殊《こと》に饗応《きやうおう》する事

また問ひて云はく、「[二]五節の時、[三]滝口を殊に饗応せしむる事、何故《なにゆゑ》ぞ」と。命《おほ》せられて云はく、「指《さ》したる例なし。ただ[四]周防守通宗《すはうのかみみちむね》通俊《みちとし》が兄なり、[五]五節を献ずる時、滝口らを相語らひ、美麗《びれい》なる装束《さうぞく》をもっておのおの与へしむるなりと云々。五節の役に仕へしめんがためなり」と。

（一三）賀茂《かも》の臨時《りんじ》の祭の始めの事

また云はく、「[六]亭子院《ていじゐん》の時、[七]賀茂の臨時の祭始むる事。[八]村上《むらかみ》の時、[九]主殿寮《とのもりつかさ》の下部《しもべ》に[一〇]先《さき》の朝《みかど》の作法を問はしめたまふ事」と。

（一四）仏名《ぶつみやう》に出居《いでゐ》有りや否《いな》やの事

「[一一]仏名の時に[一二]出居有りや否やの事、先年故[一三]資仲《すけなか》と資綱卿《すけつなきやう》と論ぜらる

良多万乎多茂度邇麻岐底乎度綿左備須茂」。二九 天智天皇。天智は天武の兄で、この注は誤り。三〇 奈良県吉野に発し、和歌山県との境を流れる川。紀ノ川となる。天武天皇は川に添う宮滝の離宮にしばしば遊幸した。

一 少女が少女らしく振舞っているよ、舶来の玉をもって少女らしく振舞っているその舶来の玉よ。本朝月令所引の歌とは少異がある。万葉集五の山上憶良の長歌に「乙女らが乙女さびすと唐玉をたもとにまかし」の句がある。

二 →九頁注二八。三 蔵人所に属し、内裏の警固に当たった武士。清涼殿の東北にある滝口所に詰めたことからの称。

四 周防守任官は承保四年(一〇七七)十月三日、周防守としての所見の下限は承暦四年(一〇八〇)十月。

五 五節の舞姫は公卿が二人、殿上人・国司が二人を献上し、その支度には贅を競った。

六 宇多天皇の治世。亭子院は退位後の御所。

七 四月の賀茂祭(八頁注一〇)に対して、十一月、下の酉日に行われるのを例とした。寛平元年(八八九)十一月二十一日に初めて行われたが、それについて大鏡裏書所収の寛平御記に「寛平元年十月壬午。…未二登祚一之時、鴨明神託レ人曰、自余之神、一年得二二度之祭一。只予一度而已。其自二弘仁一始得二斎女并百官供奉一。不二敢所一レ怨。只極寂莫。然秋時欲レ得二此幣帛一。是所三以嘱二汝也。…十一月廿一日己酉、辰二刻走馬并舞人等、奉レ向二鴨社一。以二時平朝臣一為レ使」とある。

八 村上天皇。以下は諸本一続きとするが、本来別条。

九 宮内省に所属し、天皇の身辺の雑事、宮中の清掃、灯火、薪炭などをつかさどった役所。「下部」は雑役に従事する身分の低い者。一〇 醍醐天皇の時代。十訓抄三に「村上天皇ひそかに賤しきつかさ人の年老たるを召して、延喜の先朝と当世といかなるかはり目かあると問はせ給ひければ、…当世は除目おこなはるるに、続松のいささか入りまさるやうにぞおぼえ侍ると申したりければ、いみじく御感ありけり」とある。古今著聞集三・76では「主殿寮に松明罷入候。率分堂に草候」と答える。

と云へり。これ普通の事にして、何ぞ争論に及ばんや。また磬[一四]《けい》を立つる事、故経信《つねのぶ》卿と隆俊《たかとし》卿と相論あり。かの時はいまだ一決せず」と云々。

（一五）幼主の御書始《ふみはじ》めの事

談《かた》られて云はく、「幼主の書始め[一五]はこれ十二月の庚寅[一六]《かのえとら》の日を待ちて始めらるる事なり。件《くだん》の日なき年は行はれず」と。

（一六）御馬御覧《おうまごらん》の日、馬助《うまのすけ》以上参上すべき事

「往代[一七]《わうだい》、御馬御覧の日は、馬助[一八]以上参上す」と云々。また命《おほ》せられて云はく、「忠文民部卿[一九]《ただふみみんぶきやう》、助《すけ》たりし時、延喜[二〇]《えんぎ》の聖主《せいしゆ》御馬御覧の日、滝[二一]《たき》口《ぐち》の陣の方より参入して東の庭に祗候《しこう》す。時に北下《しも》なり。悪駑[二二]《はねうま》の御馬二疋、たちまちもつて相沛艾[二三]《あひはいがい》するも、人の頼《よ》り副《そ》ふなし。忠文自《みづか》ら進み出でて、これを取り放つ[二四]。事畢《をは》りて退出する間に、寮[二五]《れう》の御馬部《めぶ》の宿老《しゆくらう》の者、一人偸《ひそ》かに語りて云はく、「あはれはえなき代[二六]《よ》かな。先[二七]《さき》の朝《みかど》の

一二→七頁注二六。 一三 宮中で儀式、行事が行われる時、臨時に設ける座。またその座で事を行う人。ここは人。江家次第十一・御仏名に「次出居将着座〈不レ着ニ剣笏ー。異ニ他出居ー…〉」。 一三 北山抄九裏書に出居座について争論した帥入道(資仲)記を引く。
一四 仏具として使われる打楽器。への字形で架に下げる。多く銅製。図書寮式・御仏名装束に「磬一枚〈加レ槌〉」。
一五 天皇や皇子、上流貴族の子弟が七、八歳になって初めて漢籍の講義を受ける儀式。幼主の例として、中右記・天永二年十二月十四日に「或人云、天子御書始、近代一条院・堀川院・当今(鳥羽)也」。
一六 「壬寅」の誤り(深沢徹)。本朝世紀・寛治元年十二月二十四日に、堀河天皇(九歳)の御書始のことを記して、「江記云、件日非ニ上吉ー由、道言申之。然而前一条院、寛和二年十二月八日壬寅、有ニ御書始ー。被レ追ニ件例ー云々」。
一七 天皇が馬を観覧する儀式。正月の白馬(あおうま)や八月の駒牽、また臨時祭の折などに行われた。
一八 左右馬寮の次官。江家次第八・信濃御馬に「近衛次将・本府比府佐・馬頭・助等著ニ北屋座ー」。
一九 藤原忠文。天慶四年(九四一)民部卿となり、その官で没した。忠文は延喜七年(九〇七)から十四年まで左馬頭であったが、馬助であったことは不詳。 二〇 醍醐天皇。
二一 清涼殿の東庭、御溝水の落ち口にある警固の武士の詰所。 二二 暴れ馬。北山抄九・御ニ覧御馬ー事に「次牽ニ左三以上御馬ー。御覧訖、牽ニ右御馬ー如レ前。次馳ニ左右十列御馬ー、次召ニ左右悪駑各両三疋ー」。 二三 馬が勇み跳ねる。「イサムナリ、ハイガイ」(字類抄)。殿暦・康和二年正月六日に「路間、兵衛尉国元馬沛艾事外也」。
二四 馬を引き離した。 二五 馬寮で馬の世話をする下級の役人。職員令・左馬寮に「馬部六十人」。 二六 ぱっとしない時代だ。 二七 醍醐朝の前代、宇多天皇の治世。馬寮にほかに馬を取り押さえられる者のいないことを慨歎した。

御時ならましかば」と云々。主上《しゆしやう》この事を聞こしめして恥ぢしめ給ふ」と云々。

（一七）神泉苑《しんせんゑん》に請雨経《しやううきやう》の法を修《しゆ》する事

また云はく、「神泉苑[一]に請雨経[二]の法を修すること四箇度。人々は、大僧都《だいそうづ》空海《くうかい》[三]、一七《いちしち》ケ日雨降らず。二ケ日を延ぶ。九ケ日に竜神泉苑を破り天に上《のぼ》る。すなはち雨降りて天下潤沢《じゆんたく》なり。陰陽師《おんやうじ》[四]滋岳川人《しげをかのかはひと》、五《ご》[五]竜祭《りゆうさい》を懃《つと》む。今度《このたび》[六]はことに成精《せいせい》の度を同じくす」と云々。また云はく、「大僧都元杲《げんかう》[七]、一七ケ日雨降らず。二ケ日を延ぶ。九日に至りて雨降る」。また云はく、「小僧都《せうそうづ》元真《げんしん》[八]、一七ケ日雨降らず。二ケ日を延ばすも遂に降らず。よりて鎮西《ちんぜい》[九]の安楽寺《あんらくじ》に隠居す」と云々。また云はく、「阿闍梨《あじやり》仁海《にんがい》、寛仁《くわんにん》[一〇]二年六月四日に始む。五ケ日の間に雨降る。律師《りつし》[一一]に任ずべきの状、宣旨《せんじ》を蒙《かうぶ》り、八月十一日[一二]権律師《ごんのりつし》に任ぜらる」と。

（一八）陰陽師《おんやうじ》[一三]安倍吉平《あべのよしひら》、三たび五竜祭《ごりゆうさい》[一四]を懃《つと》むと云々

一 平安京に造営された禁苑。大内裏の東南端に二条通りを隔てて相対する。京都市中京区御池通に園池の一部が現存する。
二 大雲輪請雨経、大雲経祈雨壇法などの所説により、五穀成熟のために降雨を祈る密教の修法。
三 祈雨日記に「大師伝云、天長元年、依二旱災一、奉レ勅、於二神泉苑一可レ修二請雨経之法一者。…亦大師勤仕。雖レ経二七日一、専無二雨気一。…出定延修二二箇日一夜、大師告曰、池中有レ竜、号曰二善如一。元是無熱達池竜王之類所二勧請一也。従二池水一現二其形一。結願之日、重雲覆レ天、雷鳴二四方一、急降二膏雨一、池水涌満、至二于火壇之上一。自レ是以後、三箇日間普雨」。
四 職員令・陰陽寮に「陰陽師六人〈掌、占筮相レ地〉」。
五 陰陽道で行う祈雨の祭。請雨法を修する間、陰陽師に三日間行わせた。水左記・永保二年七月二十日に「始レ自二今日一三ケ日、陰陽頭道言、於二神泉苑一奉二仕五竜御祭一云々。請雨経御修法之時、又有二此祭一。是前例云々」。
六 この時はことに空海と同じく精魂込めて行った、の意か。ただし、空海と川人が同時に行うことは、史実としてはありえない。
七 その自伝や日本紀略、祈雨日記等に神泉苑で請雨経を修したことが見える。
八 祈雨日記に永延元年（九八七）、正暦二年（九九一）に神泉苑で祈雨法を行ったが雨が降らなかったことを記し、「僧綱補任云、元真…正暦四年任二権少僧都一、長徳二年月日辞退赴二鎮西一。寛弘五年十二月卒二於安楽寺一」、また僧綱補任彰考館本に「請雨経法之間、無二其験一。攀縁云々」。
九 筑紫大宰府にある寺。菅原道真を葬る。今の太宰府天満宮。
一〇 一〇一八年。御堂関白記・六月四日に「今夜初二請雨経法一。仁海修。又祭二五竜一。吉平」、同八日に「此日雨降。…又仁海御修善等所レ致也」。
一一 僧の階級の一つ。僧正・僧都に次ぎ、五位に相当する。
一二 日本紀略・寛仁二年八月十六日に「今日、阿闍梨仁海任二

（一九）　延喜《えんぎ》の聖主《せいしゆ》、臨時の奉幣《ほうへい》に出御《しゆつぎよ》の間の事

ある人語りて云はく、「[一五]延喜の聖主、[一六]臨時の奉幣の日、[一七]南殿《なでん》に出御したまふ。これより先、風気有り。笏《しやく》を把《と》り靴を[一八]着《は》きて、拝し奉らんとしたまふ間、風いよいよ猛《まう》に、御屛風殆《ほとほ》と顚倒《てんだう》すべし。仰せられて云はく、「あな見苦しの風や。神を拝し奉らんとする時に、何ぞこの風有らんや」と。即剋《そくこく》に風気にはかに止《や》む。御起伏の間に、御鬢《びん》地に[一九]委《たたな》はる。靴の後ろより見ゆ。はなはだもつて長く御《おは》しけるにこそあめれと云々。[二〇]宇治殿《うぢどの》の仰せらるるなり」と。

（二〇）　華山院御後《くわざんゐんご》即位《しよくゐ》の後、太宰府《だざいふ》兵仗《ひやうちやう》を帯びざる事

また命《おほ》せられて云はく、「[二一]花山院御《ご》即位《しよくゐ》の後十日、[二二]大宰府に[二三]兵仗を帯ぶる者一人もなし。これ[二四]皇化《くわうくわ》の程なく遠く及びし験《しるし》なり」と。

権律師」。去月請雨経法之賞也」、また左経記・長元五年六月六日に、仁海の言談として「弘法大師被レ伝ニ請雨経之法一之後、依レ旱行ニ此法一之人七人也。大師・真雅・聖宝・寛空等僧正、元杲・元真等僧都、并仁海也。而大師有レ験。…元杲有レ験有レ賞、元真無レ験」。

一三 底本では表題の体裁になっているが表題ではない。また底本に「イ此一行、前段ノ末ニ書連」の注記があるが、柳原本・群書類従本がそうである。「陰陽師」→注四。

一四 →注五。吉平は仁海が請雨経法を修した時に五竜祭を行っている。→注一〇。

一五 醍醐天皇。

一六 恒例の祭以外に、重大な吉凶の事に際して、諸社に勅使を遣して幣(ぬさ)を奉った。

一七 内裏の正殿、紫宸殿の別称。即位礼など重要な公事が行われた。

一八 名義抄に「ハク」。

一九 名義抄に「ツモル、ユタカナリ、タタナハル」。

二〇 藤原頼通。

二一 →六頁注一。

二二 筑前国に置かれた地方官庁で、対外的な軍事と外交、および西海道の九国二島の管轄を任務とした。

二三 兵器。

二四 天皇の徳による感化。

（二一）　警蹕《けいひつ》の事

ある人云はく、「警蹕[一]を問ひて云はく、「天子は用ゐるも文選《もんぜん》[二]に見ゆ、私行[三]の時、何ぞこれを用ゐるや」と。答へて云はく、「公卿《くぎやう》[四]は皆隠《かく》し、公達《きんだち》[五]も隠すなり。秘事なり」と云々。また云はく、「警蹕は文選に云はく、『出[六]づるを警、入るを蹕』と。これ天皇迎送《げいそう》の事か」と。「近衛《このゑ》[七]司《づかさ》、諸人を誡《いまし》むる義なり。卿相《けいしやう》[八]・公達、私行の時に諸人を誡むるは、卿相は皆隠し、公達は隠すなり」と云々。この事都督《ととく》[九]の説なり」と。

（二二）　殿上《てんじやう》の陪膳《はいぜん》の番の三番は三壺《さんこ》に准《じゆん》ずる事

また命《おほ》せられて云はく、「殿[一〇]上の陪膳の番を定むる事、花山院《くわざんゐん》[一一]の御《ぎよ》宇《う》の時始まれるなり。時の人六番[一二]に結ぶべきの由《よし》定め申すなり。しかるに惟成《これしげ》[一三]の弁《べん》議して云はく、「三[一四]壺を負へる巨鼇《きよがう》、四番に結ぶ准拠《じゆんきよ》なり。件《くだん》の無[一五]極家誓、四番と為《な》すべしといへり」と。なほ三番に結ぶべきなり。詳《くは》しくは漢書《かんじよ》[一六]に見ゆ。時棟《ときむね》この事を知る。また殿[一七]上の簡《ふだ》は三

一　天子が外出する時、先払いが声をかけて道筋を戒め、通行を止めること。「ケイヒツ」（字類抄）。西宮記九・行幸時警蹕事に「宸儀入御之時、出㆔下自㆓御輿㆒、佇立之間、称㆑之」、宸儀出入警蹕に「凡宸儀出入之時、左右大将以下称㆓警蹕㆒」。

二　文選には「東京賦」「甘泉賦」「赭白馬賦」「三月三日曲水詩序」（顔延之）に「警蹕」の用例がある。

三　私的な外出。後文から、公卿公達のそれ。

四　摂関・大臣を公、大中納言・参議および三位以上を卿という。

五　上流の貴族の子弟。安斎随筆二十八に「天子の外はせぬ事なれ共、公卿公達は私にてさきをおはすなり。私事なる故、朝廷にはかくして行ふなり」と解する。いま、これに従った。

六　文選にこのままの語句はない。近いものとして、「三月三日曲水詩序」の「警蹕清夷」についての劉良注に「天子出入曰㆓警蹕㆒」。

七　近衛府の役人。近衛府は皇居の中心部の警固を任務とした役所で、行幸の供奉警備にも当たった。

八　公卿に同じ。字類抄に「公卿部、ケイシヤウ」。

九　大宰帥の唐名。大江匡房をいう。匡房は永長二年（一〇九七）から康和四年（一一〇二）まで、また長治三年（一一〇六）から天永二年（一一一一）まで、大宰権帥の官にあった。

一〇　天皇の食事に侍して給仕をすること。西宮記八・陪膳事に「本殿朝夕膳、四位奉仕〈女房可㆑候也〉。朝干飯陪膳、女房候。無㆓女房㆒者、五位以上候〈正五者〉。公卿供㆓朝夕膳㆒者、挿㆑笏不㆑脱㆑剣」。番はその当番。

一一　花山天皇の治世に陪膳の当番を定めたことについては未詳。

一二　六組に分かれて当番となる。　一三　→六頁注六。

一四　渤海の東の海中にあり、仙人の住む方丈・蓬萊・瀛州の三山。壺の形をしている。巨鼇は巨大な亀。文選十二「海賦」の「崇島巨鼇」の李周翰注に「崇島、蓬萊方丈瀛洲三山。在㆓海中㆒。大鼇負㆑之而浮」。また注一八参照。しかし、そ

番なり。[一八]文選《もんぜん》の巨鼇《きよがう》の文に見ゆるが故なり」と。

（二三）　[一九]殿上《てんじやう》の陪膳《はいぜん》の番の起こり

（二四）　[二〇]殿上《てんじやう》の葛野《かどの》の童《わらは》絶え了《をは》んぬる事

（二五）　紫宸殿《ししんでん》の南庭《なんてい》の橘《たちばな》・桜両樹の事

「[二一]内裏《だいり》紫宸殿の南庭の[二二]桜の樹《き》、橘の樹は旧跡なり。[二三]件《くだん》の橘の樹の地は、昔[二四]遷都以前は[二五]橘本大夫《たいふ》の宅《いへ》なり。枝条《えだ》改まらず、[二六]天徳《てんとく》の末に及べりと云々。また、[二七]川勝《かはかつ》の旧宅といへり。ただし、これはある人の説なり」と。

（二六）　安嘉門《あんかもん》の額《がく》の霊《りやう》踏み伏する事

「[二八]入道《にふだう》の帥談《そちかた》りて曰はく、「[二九]安嘉門の額は髪逆《さかさま》に生へたる童《わらは》の靴沓《くつ》を着《は》きたる体《すがた》なり。昔件《くだん》の門の前を渡り行く者、時々踏み伏せらるる

れが四番の根拠となることについては未詳。
一五 未詳。ただし「無極」は列子・湯問の語。なお、侍中群要三所引の寛弘二年（一〇〇五）の陪膳番定文は四番に組む。ただし今按には「件番無二定数一。只以二当時昇殿四位之数一定レ之」という。　朝野群載五・陪膳番に引く寛徳二年（一〇四五）の定文も四番。
一六 見出しえない。
一七 殿上間に昇殿を許された者の官職、氏名を記した札。
一八 巻五の「呉都賦」、巻十二の「海賦」の「巨鼇」の李善注に「列子曰、渤海之東、名曰二帰墟一、其中有二五山一。帝命二禺強一使下巨鼇十五挙レ首載中五山上」とあり、列子・湯問には続いて「迭為二三番一、六万歳一交焉」とある。
一九 →注一〇。その起源については未詳。
二〇 殿上の灯や火の世話をした少女。山城国葛野郡に居住した秦氏の女子を当てた。主殿寮式に「火炬小子四人、取二山城国葛野郡秦氏子孫堪レ事者一為レ之」。侍中群要一・上二格子一事に「件灯楼、…旧説云、葛野童取天置二仁寿殿露台下一」。
二一 →一三頁注一七「南殿」。
二二 古事談六には、もと梅で、平安遷都の時に植えられ、天徳の内裏焼亡で焼け、桜を植えたという。拾芥抄・宮城部所引の或記には、承和年中に枯れ、仁明天皇が桜に植えかえたとする。
二三 拾芥抄・宮城部に「或記云、…橘、本者橘本大夫時樹也。枝条不レ改。及二天徳之末一云々〈見二康和（保カ）二年御記一〉」。
二四 延暦十三年（七九四）の桓武天皇による平安遷都。
二五 未詳。古事談は橘大夫。帝王編年記・天徳四年三月二十日に「小一条左大臣記云、橘本主秦保国也」。
二六 天徳四年（九六〇）九月の内裏焼亡。
二七 拾芥抄・宮城部に「或記云、大内裏、秦川勝宅」。
二八 藤原資仲。応徳元年（一〇八四）出家。
二九 大内裏の北面三門のうち、西側の門。額字は橘逸勢の書。古今著聞集七・287に「げにや、この安嘉門の額はむかし人をとりける。おそろしかりける事かな」。

に依りて、窃《ひそ》かに人登り行き中央を摺《す》り損《おと》す」と。

（二七）　大内《おほうち》の門などの額《がく》など書ける人々の事

余《われ》問ひて云はく、「件《くだん》の額など誰人《たれ》の手跡《しゆせき》なりや」と。答へて云はく、「南面は[一]弘法大師《こうぼふだいし》[二]、東面は嵯峨帝《さがのみかど》[三]、北面は橘逸勢《たちばなのはやなり》[四]なりと云々。[五]就中《なかんづく》に皇嘉門《くわうかもん》[六]の額は殊《こと》に霊《りやう》有りて、人を害《そこな》ふ由《よし》、秘説に見ゆと云々。また、大極殿《だいごくでん》[七]の額は敏行《としゆき》[八]中将の手跡なり。ただし火災[九]以前は誰人の書なりや」と。

摂関家の事

（二八）　摂政関白《せつしやうくわんばく》の賀茂詣《かもまうで》に公卿《くぎやう》ならびに子息の大臣を共にする事

「摂[一〇]政関白の賀茂詣に、公卿ならびに子息の大臣を共にし、御前《おまへ》[一一]に弁《べん》・少納言《せうなごん》、後ろに検非違使《けびゐし》らを供奉《ぐぶ》せしむるは、いづれの世に始ま

一　大内裏南面の美福・朱雀・皇嘉の三門。
二　空海。
三　陽明・待賢・郁芳の三門。
四　安嘉・偉鑒・達智の三門。
五　「ナカニツイテ、ナカムツクニ」（名義抄）。
六　高野大師御広伝に「大学助紀百枝、其宅対㆓皇嘉門㆒、其額字大師之書也。門字如㆓力士之跋扈㆒。古老伝曰、此額有㆑霊。百枝常開㆓北窓㆒見㆓此額㆒。百枝昼寝、如㆑夢見㆔力士之立㆓枕上㆒、而挙㆑拳将㆑打。百枝驚見、力士即飛還而為㆓額字㆒。百枝従㆑此得㆑病、遂卒。後住㆓此家㆒者数輩如㆑之〈見㆓紀家怪異実録㆒〉」。
七　→六頁注二。
八　藤原敏行。その能書のこと、本書二・21参照。
九　これに該当する大極殿の火災は貞観十八年（八七六）四月十日のそれ。三代実録・同日条に「是夜、子時、大極殿災。延㆓焼小安殿、蒼竜白虎両楼、延休堂及北門北東西三面廊百余間㆒、火数日不㆑滅」。
一〇　賀茂詣は四月の中の申の日（賀茂祭の前日）の摂政関白の賀茂社への参詣をいうが、本条にもいうように、当初は四月に限定されなかった。師光年中行事・摂関賀茂詣事には「天禄二年九月廿六日戊午、摂政右大臣〈謙徳公〉賀茂詣也。是摂関賀茂詣始歟」とするが、これも四月ではない。
一一　江家次第二十・賀茂詣に「其行列次第。先御随身十四人、…次少納言・弁、次御車、次陪従、次検非違使二人、次公卿以下相従如㆑常」。

るや。この事指《さ》せる日記に載せざるはいかん」。「[一二]江左大丞《がうさだいじやう》云はく、「[一三]天慶《てんぎやう》以往《いわう》、およそ父子共に大臣の例なし [一四]九条殿記《くでうどのき》に見ゆ。しかるに貞信公《ていしんこう》 忠平《ただひら》 の御時、[一五]小野宮《をののみや》・九条殿《くでうどの》両府《りやうふ》御共に候《さぶら》はる。ただし、かの時は必ずしも四月の御祭の間に参詣せられざるなり」と云々。

[一六]源右相府《げんうしやうふ》仰せられて云はく、「大入道殿《おほにふだうどの》 兼家《かねいへ》 御[一七]摂録《せふろく》の間、[一八]子姪《してつ》の大臣・大納言以下一族の人多くもつて朝《てう》に在るなり。よりてか[一九]の時より始まれるか。また御後ろに御武者五、六人ばかり有り。しかるに近代は検非違使《けびゐし》をもつて具せらるるか。[二〇]小野宮殿は大臣の時、祭日の早旦《さうたん》に参詣せられ、[二一]還向《げかう》の次《ついで》に、[二二]一条大宮《いちでうおほみや》もしくは堀川《ほりかは》の辺《ほとり》にて、車を立てて見物す。前駆《ぜんく》わづかに十余人か。あながちに[二三]過差《くわさ》を好まれず。件《くだん》の前駆の人々をもつて祭に差し遣《つか》はす。[二四]内侍《ないし》の前駆の料《れう》に渡せるなり」と。

それ以前に公卿を引率《いんそつ》して参らるる事は聞かざるか。ただし、子姪の人々、おのおのわが志として参詣せらるる時、同じくは御共にとて参らるるなりと云々。定まれる例にはあらず。ただ、おのおの用意

一二 左大弁大江斉光。北山抄一に有職故実書かと思われる「斉光卿記」の名が見える。
一三 朱雀天皇の治世(在位九三〇—九四六年)。九三八—九四七年。底本に異本には「天暦」とあると注記する。これに従えば村上朝。九四七—九五七年。「以往」は以前。
一四 藤原師輔の日記。九暦・九記とも。天暦元年(九四七)から天徳四年(九六〇)までの抄略本と佚文が現存。
一五 藤原実頼と弟師輔。天暦元年四月から同三年八月まで、忠平が関白太政大臣、実頼・師輔が左右大臣であった。ただしその間の賀茂詣は未詳。
一六 右大臣源師房。
一七 摂政関白。正しくは「摂籙」。「セウロク」(字類抄)。兼家は寛和二年(九八六)から永祚二年(九九〇)まで、摂政。
一八 姪は甥。子の道隆(内大臣)・道兼(権大納言)、甥の朝光(大納言)、従兄頼忠(太政大臣)、弟為光(右大臣)、従弟済時(権大納言)など。
一九 永延二年(九八八)四月二十二日の参詣は祭の間。ほかに永延元年六月二十九日、永祚元年(九八九)二月二十八日にも。
二〇 実頼は天慶七年(九四四)右大臣、天暦元年(九四七)に左大臣、康保四年(九六七)太政大臣。
二一 社寺に参詣して帰ること。
二二 一条大路と大宮大路の交叉する所。堀川はその東の一条堀川。
二三 華美、ぜいたく。
二四 内侍司の女官。勅使として派遣された。「前駆の料」はその前駆の役として。

なりと云々。行成卿《ゆきなりきやう》など幼少の時、祭の日に社頭《しやとう》に参らるるに、前駆《ぜんく》は二十余人、僕従らは美服すと云々。大略《たいりやく》おのおの参詣せらるるか。

[一]治部卿《ぢぶきやう》 伊房《これふさ》 云はく、「[二]宇治殿《うぢどの》の少将にて御坐《おはしま》す時、堀川《ほりかは》の大臣《おとど》 顕光《あきみつ》、[三]賀茂詣《かもまうで》に前駆せしめたまふと云々。[四]宇治殿摂録《せふろく》の時、堀川の大臣[五]上《しやう》卿《けい》と為《な》りて[六]陣《ぢん》の定《さだめ》有り。[七]内覧《ないらん》の文《ふみ》遅く来《きた》りて、数剋《すうこく》を経たり。傍《かたはら》の人に語りて云はく、『[八]わが前駆を為せし人なり』」と云々。

また、宇治殿仰せて云はく、「[九]一《いち》の人障《さは》り有りて不参の時は、二の人必ず参詣せられけり。近代は殊なる事なきなり。またこれ[一〇]当時は前駆は[一一]参来《まうき》上り難く、[一二]一二の舞のごとかるべき故に[一三]停止《ちやうじ》せらるるか」と。

治部卿 伊房 云はく、「『九条殿《くでうどの》の[一四]御遺誡《ごゆいかい》に云はく、〝わが後《のち》たる人は、[一五]賀茂・[一六]春日《かすが》の御祭日には必ず社頭に参詣すべきなり。ただし、春日においては路《みち》遠く煩《わづら》ひ有れば、[一七]大原野《おほはらの》に参るべきなり〟といへり。しかるに大原野に参ることすでにもつて断絶せるなり』と。件《くだん》の事極《いみ》じき秘事にして、世間に流布《るふ》せる遺誡には載《の》せず。もしくは、件の事、別の[一八]御記《ぎよき》に在るか。

一 藤原伊房。永保二年(一〇八二)から寛治二年(一〇八八)まで治部卿。
二 藤原頼通。長保五年(一〇〇三)から寛弘四年(一〇〇七)までの間、右近衛少将。
三 寛弘二年(一〇〇五)四月十九日のこと(池上洵一)。
四 頼通は寛仁元年(一〇一七)摂政、同三年関白。
五 政務の会議で、議事をとりしきる首座の公卿。首席の大臣が、不在の場合は大・中納言が務める。
六 左右近衛の陣座で行われた公卿による国政の評議。
七 天皇に奏請する文書を摂関に提出して点検を受け、上奏の承認を得ること。
八 宇治殿は昔私の賀茂詣に際して前駆をした人なのだ。
九 摂政・関白。朝廷で第一の座に着く人の意。
一〇 現在は。
一一 参上する。「参来　マウコ」(名義抄)。
一二 一の人の真似をするようなものである。
一三 「チヤウジ」(字類抄)。
一四 藤原師輔が子孫のために書いた家訓。九条右丞相遺誡として現存。以下の記事はない。
一五 →八頁注一〇。
一六 奈良市東部三笠山麓にある春日神社。藤原氏の氏神。祭日は二月、十一月の上の申の日。藤原氏の氏長者、摂関の春日詣が行われた。
一七 京都市西京区の大原野神社。桓武天皇による長岡遷都のとき、春日明神を勧請したと伝える。嘉祥三年、藤原冬嗣の奏請によるとも。祭日は二月上の卯と十一月中の子の日。
一八 九条殿記(→一七頁注一四)があるが、現存本には見えない。

　また故[一九]宇治殿の御時、[二〇]殿上人《てんじやうびと》をもつて舞人《まひびと》と為して、賀茂に参詣せしめたまふこと二ケ度なり。[二一]後《ご》一条院《いちでうゐん》敦成《あつひら》の御時に一度、[二二]後《ご》冷泉院《れいぜいゐん》親《ちか》仁《ひと》の御宇《ぎよう》の時に一度なり。[二三]件の度に[二四]内大臣以下中納言資平《すけひら》卿に至るまでは乗車し、[二五]兼頼《かねより》卿以下[二六]非《ひ》参議《さんぎ》の三位に至るまでは皆《みな》騎馬なり。件の日の儀式は例年に異なれり。[二七]下《しも》の御社《みやしろ》の馬場の西の辺《ほと》りに檜《ひ》皮葺《はだぶき》の舎《いへ》一宇《いちう》を立てて御在所《ございしよ》と為し、[二八]上達部《かんだちめ》を[二九]饗《あへ》する事有り。まづ祓殿《はらへどの》に着き、御禊《おんはらへ》の後、件の御所に着き、使《つかは》を差して奉幣し、[三〇]社内に参らしめ給はず。[三一]上《かみ》の社の祓の儀も前に同じきか。

　また、上達部の騎馬の前駆は、[三二]大入道殿《おほにふだうどの》の御時に始まるなり。[三三]小《こ》一《いち》条大将《でうだいしやう》は[三四]内議を知らず、御出立《ごしゆつたつ》の所に参会せらる。にはかに[三五]扈従《こしよう》すべき儀有りて馬を借らる。これ謀《はか》らるるなり。腹立《ふくりふ》すといへども、[三六]なまじひに供奉《ぐぶ》せらると云々。

　[三七]二条殿《にでうどの》御摂録の間に[三八]件の儀なし。[三九]賢主国に臨み、諸事皆聖意に決する故なり。[四〇]延久《えんきう》年中二、三年の間なりにして、宇治殿の御時の例に任せて行ふべき由、[四一]殿下《でんか》の仰せらるるところなり。[四二]先人の申されて云はく、

一九　頼通が摂関であった時。→注四。
二〇　四位・五位で清涼殿の殿上間の昇殿を許された者。
二一　後一条天皇。在位は長和五年(一〇一六)—長元九年(一〇三六)。
二二　後冷泉天皇。在位は寛徳二年(一〇四五)—治暦四年(一〇六八)。
二三　以下の記述から、後冷泉天皇の康平四年(一〇六一)九月二十一日のことか。扶桑略記に「関白参二詣賀茂社一。殿上人侍臣勤二仕舞人一。中納言以下公卿前駆。不レ異二行幸一。希代之事歟」。
二四　藤原師実。
二五　藤原兼頼。この時、権中納言。
二六　三位でまだ参議にならない者。
二七　下賀茂神社(現京都市左京区下鴨)。
二八　公卿(→一四頁注四)のこと。
二九　もてなし、馳走。
三〇　宇治殿自身は社の中にお入りにならない。
三一　上賀茂神社(現京都市北区賀茂川)。
三二　藤原兼家。
三三　藤原済時。
三四　内々の相談。
三五　お供をする。
三六　不本意ながら、しぶしぶ。原文「憖」。「ナマシヒ」(名義抄)。
三七　藤原教通。治暦四年(一〇六八)から承保二年(一〇七五)まで関白。
三八　摂関の賀茂詣に上達部が騎馬で前駆すること。
三九　後三条天皇。在位、治暦四年(一〇六八)—延久四年(一〇七二)。
四〇　後三条天皇の治世。二年は一〇七〇年。
四一　摂関に対する敬称。二条殿教通。
四二　未詳。

『まづ御内裏《だいり》に参り、[一]御気色《みけしき》に依りて披露《ひろう》に及ぶべきなり。しからざれば、自《おのづか》ら[二]障《さは》り有りと称せんか』と。殿下承諾せしめ給はず。命旨《めいし》すでに出づ。人々あまねく[三]天気《てんけ》不快を聞きて、[四]件《くだん》の事を遂げず。嗤《わら》ひを路人に取り給ふなり」と。

為仲《ためなか》云はく、「二条殿の御時、上達部《かんだちめ》皆《みな》は参られず。時の人、『先例に乖《そむ》く』と謂《い》へり。宇治殿この由を聞こしめし、仰せられて云はく、『賀茂詣の日、上達部必ずしも皆[五]参来《まうこ》ず。[六]故御堂《こみだう》の御時、不参の人々有り。時光《ときみつ》中納言などは、御堂の出立の所に参り、出御《しゆつぎよ》の後に、車を立てて見物す。仰せられて云はく、かの[七]尹丸《ただまる》舞人たらば、装束《さうぞく》いかに美ならんや、と仰せられしかば、時光《ときみつ》は、美麗《びれい》に候はん、などこそは戯《たはぶ》れ仰せられけれ。子姪《してつ》の人にあらずは、必ずしも扈従《こしよう》せざる先例なり。[八]我摂録の初度、[九]故殿、別の使を差遣《さしつかは》し、仰せられて云はく、関白物詣《ものまうで》の日、別の障りなくば、必ず来訪せらるべき由、[一〇]催し仰せられし故に、人々辞退せず。[一一]何ぞいはんや一族の人をや。それより以降《このかた》、[一二]流《りう》例《れい》と為《な》るなり。[一三]親昵《しんぢつ》の人にあらずは、[一四]来《きた》るといへども共をせざるを、

一 天皇のお気持をうかがって公表するべきである。
二 前駆を命ぜられた人々は、差障りがあって務められないというのではないか。
三 天皇の御気嫌が悪い。
四 関白の賀茂詣に公卿が騎馬で前駆すること。
五 →一八頁注一一。
六 藤原道長。二条殿(教通)・宇治殿(頼通)の父。
七 未詳。当時、舞人として有名であった者であろう。前田本は「平丸」。
八 頼通。→一八頁注四。
九 道長。
一〇 催促なさったので。
一一 一族の人々であれば参上するのはいうまでもないことだ。
一二 慣例。
一三 親しい。
一四 摂関の賀茂詣にお供をなさること。本条の冒頭の話題に戻る。

何ぞ難ずること有らんや』」と云々。

また子息の大臣参り仕へらるる事、一五大入道殿の御時の一六内大臣道隆《みちたか》、一七入道殿の御時の一八内大臣宇治殿なり。一九宇治殿御摂関の間、久しく絶えて、件の事なし。二〇康平《かうへい》四年に至り、また件の儀有り。内大臣師実《もろざね》。また二一左右内府ならびに北政所《きたのまんどころ》参らるる事、故大殿の御時より始まるなり」。

（二九）　殿下騎馬の事

命《おほ》せられて云はく、「二二後《ご》一条院《いちでうゐん》の御宇《ぎよう》の間、行幸の日、二三殿下騎馬にて御輿《みこし》の後ろに供奉《ぐぶ》せしめ給ふなり」と。

（三〇）　大嘗会御禊《だいじやうゑごけい》の日、殿下車に乗り供奉《ぐぶ》の事

「二四後朱雀院《ごすざくゐん》、二五大嘗会御禊の日、始めて御車に乗り、二六供奉せしめ給ふなり。その後、常の例と為《な》るなり」と。

一五 藤原兼家。
一六 永延三年(九八九)から永祚二年(九九〇)まで内大臣。
一七 藤原道長。
一八 頼通。寛仁元年(一〇一七)から同二年まで内大臣。
一九 →一八頁注四。
二〇 →一九頁注二三。
二一 中右記・天承二年(一一三二)四月十九日に「去永保三年賀茂詣時、京極北政所依二参給一、入道左府・六条右府被レ参也」とあるのをさす。永保三年は一〇八三年。左右内府は、左大臣源俊房・右大臣源顕房・内大臣藤原師通(師実の子)。北政所は師実の妻で、俊房・顕房兄弟の妹麗子。故大殿は関白藤原師実。
二二 後一条天皇。在位は長和五年(一〇一六)―長元九年(一〇三六)。
二三 後一条天皇在位中、摂政・関白の地位にあったのは道長と頼通であるが、道長は最初の一年強のことであるから、ここは頼通のことか。
二四 後朱雀天皇。前条の後一条天皇の次の天皇。
二五 大嘗会は即位後、天皇が初めて新穀を神に供える儀式。一代一度の大祭で、十一月に行われるが、それに先立って、天皇は賀茂川で身を清める潔斎を行った。後朱雀天皇の御禊は長元九年(一〇三六)十月二十九日。
二六 前条からの連想で語られており、主語は頼通。栄花物語三十三に「殿はこの度は御車にて、ひき後れて候はせ給」。

（三一）　大入道殿《おほにふだうどの》夢想の事

「大入道殿[一] 兼家《かねいへ》 納言為《た》りし時、夢に合坂《あふさか》[二]の関を過《よ》ぎるに、雪降り、関路《くわんろ》ことごとく白しと見しめ給ひて、大いに驚かしめて、雪は凶《あ》しき夢なりと思《おぼ》して、夢解《ゆめと》[三]きを召し、謝《ちが》[四]はしめんと欲《おも》ひて語らしめ給ふに、夢解き申して云はく、「この御夢は極めて吉《よ》き想《さう》なり。慥《たし》かにもつて恐るること有るべからず。その故は、人必ず斑牛《まだらうし》[五]を進《たてまつ》らしむべし」と。すなはち人斑牛を進らしむ。夢解き纏頭《かつげもの》[六]に預《あづ》かるなり。大江匡衡《まさひら》参らしむるに、この由、御物語り有り。匡衡大いに驚きて、「纏頭[七]を召し返すべし。合坂の関は関白の関の字なり。雪は白の字なり。必ず関白に到らしむべし」と。大いに感ぜしめ給ふ。その明年《あくるとし》[八]に関白の宣旨《せんじ》を蒙《かうぶ》らしめ給ふなり」と。

（三二）　大入道殿《おほにふだうどの》、中関白《なかの》に譲り申さしめ給ふ事

「大入道殿[九]、臨終に有国《ありくに》を召して曰《い》はく、「[一〇]子息の中、誰人《たれ》をもつ

一 兼家は、安和二年（九六九）中納言、天禄三年（九七二）権大納言、ついで大納言となり、天元元年（九七八）まで在官。
二 山城（京都）と近江（滋賀）との境の逢坂山に置かれた関。東国への往来の要衝。
三 人の見た夢の意味を占う人。二中歴十三・一能歴に夢解五人の名をあげる。
四 名義抄に「カタチカヒ、チガフ」。悪夢を見た時、その災いを避けるために占いを行う夢違（ゆめちがえ）をさせる。
五 毛がまだら模様の牛。「斑」は名義抄に「マタラナリ」。夢解は単なる牛の献上の予兆と解釈した。
六 褒美。「カツゲモノ」（名義抄）。
七 大鏡・師輔伝に「いみじき吉相のゆめも、あしざまにあはせつればたがふとむかしより申つたへて侍事なり」。夢解の解釈は間違った夢合わせで、褒美などはとんでもないことである。
八 兼家が関白の宣旨を得たのは永祚二年（九九〇）で、史実とはくい違う。
▽諸法要略抄に類話がある。「物語云、御堂殿被レ繋二白馬於御前一。資業奉レ問二其故一。夢見二会坂関雪降一。夢解曰、可レ得二白馬一云々。果々此馬来。仍愛レ之也云々。資業申云、可下令レ成二関白一給上。関白書故也。此事可レ有二御祈一云々。即日登レ山、参二三昧和尚慶円御許一、被レ語二申此事一。仍被レ修二北斗法一。七日満夜、自二大虚一星宿下降、御堂殿褁二御袖一之由、御覧之。資業猶可下摂二籙天下一給上之由、更無二相違一云々」。登場人物が道長と資業に変わっているが、話型は同じである。また、匡衡が吉兆を予言する類似の話は本書二・9、小右記・寛弘九年五月十一日に見える。
九 藤原兼家。正暦元年（九九〇）七月に死去。
一〇 道隆・道兼・道長・道綱があった。

て摂録《せふろく》[一一]を譲るべきか」と。有国申して云はく、「執権《しつけん》[一二]せしむるは町尻《まちじり》[一三]殿《どの》か」と云々。これ道兼《みちかね》の事なりと云々。また惟仲《これなか》[一四]に問はしむ。惟仲申して云はく、「かくのごとき事は次第[一五]の理有るべきなり」と。また大夫史《たいふのし》[一六]国平《くにひら》に問はしむ。国平の申す旨、惟仲に同じ。二人の説に依りて、遂《つひ》に中関白[一七]道隆《みちたか》に譲らる。関白摂録の後、仰せられて云はく、「我、長嫡《ちやうちやく》[一八]をもつてこの仁《にん》[一九]に当たる。これ理運《りうん》[二〇]の事なり。何《なん》ぞ喜悦するに足らんや。ただ有国に報ゆべきをもつて悦《よろこ》びと為すのみ」と云々。故に幾程《いくほど》もなく除名《ぢよめい》[二一]に及び、父子官を奪はる」と云々。

（三二）　町尻殿御悩《まちじりどののごなう》の事

「町尻殿 道兼《みちかね》 所悩《しよなう》[二二]危急の時、有国《ありくに》申さしめて云はく、「譲状《ゆづりじやう》を書きて、所職《しよしよく》[二三]を入道殿[二四]に譲らるべし」といへれば、粟田殿《あはたどの》[二五]命《おほ》せられて云はく、「関白は譲状を書く事にあらず」と云々。

一一 →一七頁注一七。
一二 政治の実権を握ること。
一三 有国が道兼に親近していたことは、栄花物語三に「有国は粟田殿の御方にしばしば参りなどしければ」とある。
一四 兼家が有国と惟仲を重用したことは、栄花物語三に「有国・惟仲を大殿いみじきものにおぼしめしたり」。
一五 兄弟の順序に従うこと。
一六 史は太政官に属し、弁官のもとで文書関係の事務を担当した。その五位の者を大夫史という。
一七 史実では、兼家が道隆に関白を譲ったのは正暦元年五月で、臨終の時ではない。
一八 長男で嫡子。
一九 任。
二〇 理にかなった運命。
二一 日本紀略・正暦二年二月二日に「除㆓名従三位勘解由長官藤原朝臣在国㆒。大膳属秦有時被㆓殺害㆒之間、依㆑有㆓造意之聞㆒也」、また栄花物語四に「関白殿(道隆)は、入道殿(兼家)うせさせ給ひて二年ばかりありて、有国を皆官位もとらせ給て、押い籠めさせ給てしを、…子(貞順)は丹波守にてありしも取らせ給へりしかば、あさましう心憂し」とある。
二二 道兼は長徳元年(九九五)四月二十七日、道隆の後を承けて関白となったが、五月八日、流行の疫病に罹って死去。
二三 関白の職。
二四 藤原道長。道兼の後の関白職をめぐって、道長と道隆の子伊周との間で抗争が予想されるなか、道隆に怨みを懐く有国は道長を推したのであろう。
二五 道兼。

(三四)　藤氏《とうし》献策《けんさく》の始めの事

「藤氏[一]献策[二]の始めは佐世《すけよ》[三]なり。昭宣公《せうせんこう》[四]の家司《けいし》[五]にて、家より起《お》こらるるに、天神《てんじん》[六]も縁に引かれて座しめ給ひけれども、時の儒者《じゆしや》ら皆《みな》ことごとく用ゐざりければ、昭宣公歎息せられて切々に請《こ》はる」と云々。予《われ》[七]問ひて云はく、「何故《なにゆゑ》をもつて請《う》[八]けざるや」と。答へて云はく、「その事に理《ことわり》有り。紀家《きけ》[九]・良香《よしか》[一〇]ら云はく、「藤《ふぢ》[一一]にまきたてられなば、我らが流《りう》は成り立たじ。しからずとも、藤氏は止《や》んごとなき流《りう》なれば昇進すべきなり」と云々。しかりといへども遂《つひ》にもつて献策す。問頭《もんとう》[一二]の儒は良香《よしか》なり。献策の日は、昭宣公荒薦《あらむしろ》[一三]を敷きて庭に下《お》り、天道《てんたう》[一四]に申し請はしめ給ふ」と云々。

仏神の事

(三五)　熊野《くまの》三所《さんしよ》の本縁《ほんえん》の事

一 藤原氏の中国風の呼称。
二 大学寮における最終課程の試験である対策に及第すること。
三 尊卑分脈には「藤氏儒士始也」とある。
四 藤原基経。
五 親王家、摂関大臣家の庶務をつかさどった職員。本官を有する四位五位の者が兼任する。
六 菅原道真。佐世との縁は、母が共に伴氏であること、道真の娘が佐世の妻であること、佐世が道真の父是善の門人であることの三つがある。
七 藤原実兼。
八 儒者たちは佐世が献策することを認めようとしないのだろうか。
九 紀長谷雄。
一〇 都良香。
一一 藤原氏の勢力が拡大して他氏族を圧迫することを、藤が蔓を張っていくことにたとえた。大鏡・藤氏物語に「この姓のいでくるをききて、紀氏の人のいひける、藤かかりぬる木はかれぬるものなり。いまぞ紀氏はうせなんずるとぞのたまひけるに」。
一二 献策に当たって試問する試験官の学者。類聚符宣抄九・文章得業生試に「右大臣(基経)宣、文章得業生越前権大掾藤原佐世、宜下令二大内記都宿禰良香一問上之者。貞観十六年七月廿三日」。都氏文集五に、この時の良香による策問二条「決二群忌一」「弁二異物一」および策判がある。
一三 名義抄に「薦 コモ、ムシロ」。
一四 天地を主宰する神としての天。
一五 和歌山県にある本宮(熊野坐神社)・新宮(熊野速玉神社)・那智(熊野那智神社)の三山の総称。修験道の聖地として信仰を集めた。
一六 本体。
一七 三重県伊勢市にある伊勢神宮。皇大神宮(内宮)と豊受大神宮(外宮)からなる。大峰縁起に、熊野権現の本縁は天照大神五代の孫で、摩竭提国の浄飯王五代の孫に当たる慈

また問ひて云はく、「熊野三所の本縁[一五]はいかん[一六]」と。答へられて云はく、「熊野三所は伊勢《いせ》[一七]太神宮《だいじんぐう》の御身《ごしん》なりと云々。本宮《ほんぐう》ならびに新宮《しんぐう》は大神宮なり。那智《なち》は荒祭《あらまつり》[一八]なり。また太神宮は救世《くせ》[一九]観音《くわんおん》の御変身なりと云々。この事は民部卿《みんぶきやう》[二〇]俊明《としあき》の談《かた》らるるところなり」と云々。

(三六)　源頼国熊野詣《みなもとのよりくにくまのまうで》の事

また談《かた》られて云はく、「源頼国は高名《かうみやう》の逸物《いちぶつ》[二一]なり。しかるに服者《ぶくしや》[二二]にて熊野山[二三]に参詣せしところ、還向《げかう》[二四]の時、よくよく物凶《あ》しきなり」と云々。

(三七)　聖廟《せいべう》の御忌日《おんきじつ》は音楽はかの廟社《べうしや》には停止《ちやうじ》すべき事

「経信《つねのぶ》[二五]の帥《そち》、常に示されて云はく、「聖廟[二六]の御忌日は音楽はかの廟[二七]社には停止すべき事なり。菅家《かんけ》の御作に、『仲秋月を翫《もてあそ》ぶ遊び、家の[二八]忌《い》みを避けてもつて長く廃せり』の句を『九日《きうじつ》[二九]菊酒の飲《いん》の序《じよ》』に作らしめ給ふなり。しかれば音楽の事はなかるべきか」と云々。つらつら[三〇]

悲大顕王とする説が見える(宮家準)。
一八　荒祭の宮。伊勢神宮の別宮の一つで、天照大神の荒御魂を祭る。
一九　観音菩薩をいう。
二〇　源俊明。寛治八年(一〇九四)より民部卿。
▽本条の言談の背景を語る記事が明文抄五にある。「政事要略云、右府生竹田種理語云、伊勢遷宮□為官史生行事功了。参向彼宮。夢禰宜中臣氏長教曰、於外鳥居之下中南無救世観世音菩薩可奉礼拝。仍百遍許突額。夢覚之後、以此旨語氏長。答云、可蒙大神宮御助也。成検非違使哉者。明年補府生。氏長之言、似有其験。若大神観音御変。依奇夢記之。于時寛弘三年二月廿日。匡房卿談曰、俊明卿説、大神宮者救世観世音御垂跡也云々。若就政事要略言之歟」。長寛元年(一一六三)、伊勢と熊野が同体か否かについて、諸儒が意見を具申した。この時の記録である長寛勘文に引用された藤原永範の勘文にも、「熊野本宮者伊勢内宮也。新宮者同外宮也。那智者同荒祭宮云々」という説が見える。
二一　傑出した者。字類抄に「イチブツ、人也。イチモツ、馬也」。
二二　近親者の死によって喪に服している者。
二三　熊野三所(→注一五)をいう。
二四　→一七頁注二一。
二五　源経信。嘉保二年(一〇九五)大宰権帥となり赴任、その地に没した。
二六　菅原道真。その忌日は二十五日。道真は延喜三年(九〇三)二月二十五日、大宰府で死去。
二七　北野天満宮(京都市上京区)。
二八　家父の忌み。道真の父是善は元慶四年(八八〇)八月三十日に死去。
二九　菅家文草二「同諸才子、九月三十日、白菊叢辺命飲」詩序をいう。同四「八月十五日夜、思旧有感」にも「菅家故事世人知、翫月今為忌月期」と詠む。
三〇　よくよく。原文「倩」、「ツラ〳〵、思也」(字類抄)。

この事を案ずるに、計《はか》り難きなり。[一]神慮《しんりよ》の趣、暗《そら》にもつて測《はか》り難きなり」と云々。

（三八）　紀家長谷寺《きけはせでら》に参る事

命《おほ》せられて云はく、「[二]紀家、大納言を望まんがために、[三]長谷寺に参りて祈請《きしやう》す。夢に人有り、告げて曰はく、「[四]他国に遣はすべき[五]文章の人なり」と云々。この告げを得て後、幾程《いくほど》を歴《へ》ずして[六]逝去《せいきよ》す」と云々。

（三九）　興福寺《こうぶくじ》の諸堂《しよだう》に安置せる諸仏の事

また云はく、「[七]興福寺内に置かるる仏は、[八]金堂《こんだう》には釈迦仏《しやかぶつ》ならびに[九]脇士《けふじ》の[一〇]薬王《やくわう》・薬上観音《やくじやうくわんおん》二体、[一一]弥勒浄土《みろくじやうど》を置く。[一二]講堂《かうだう》には阿弥陀仏《あみだぶつ》、[一三]観音、虚空蔵《こくざう》を置く。[一四]南円堂《なんゑんだう》には[一五]不空羂索《ふくうけんざく》ならびに[一六]四天王《してんわう》を置く。[一七]膀《ばう》前《ぜん》の[一八]西金堂《さいこんだう》には釈迦仏《しやかぶつ》ならびに十一面《じふいちめん》観音を置く。[一九]東金堂《とうこんだう》には薬師如来《やくしにょらい》、[二〇]十二大将、[二一]日光《につくわう》・月光《がつくわう》を置く。[二二]北円堂《ほくゑんだう》には弥勒《みろく》、四天《してん》、[二三]阿難《あなん》、[二四]迦葉《かせふ》を置く。食堂《じきだう》には[二五]千手《せんじゆ》観音を置く」と。

一 道真を神格化していう。 二 紀長谷雄。延喜十年（九一〇）権中納言となり、翌十一年に中納言。 三 奈良県桜井市に現存。本尊は十一面観音。長谷寺霊験記に長谷雄の父貞範が参籠起請して夢想によって男子を授かり、長谷雄と名付けたという話が見える。 四 他土。娑婆世界を此土とし、それ以外の国土。 五 すぐれた文章の才を持った人。 六 延喜十二年（九一二）二月十日死去。▽今昔物語集二十四・25には「長谷雄、中納言マデ成上テ有ケルニ、大納言ノ闕有ルニ依テ、此ヲ望ムトテ、長谷ニ詣テ観音ニ祈リ申シケル夜ノ夢ニ示シテ宣ハク、汝ヂ文章ノ人タルニ依テ、他国ヘ可遣也ト見テ夢覚ヌ。何ナル示現ニカ有ラムト怪ミ思テ、京ニ返ケリ。其後、長谷雄ノ中納言、幾程ヲ不経シテ死ニケリ。然レバ、示現ノ如ク他国ニ生レニケリトゾ、人疑ヒケル」とある。 七 奈良市にある法相宗大本山。南都七大寺の一つ。藤原鎌足の発願により、妻鏡女王が山城国に山階寺として創建、平城京遷都に際して移し、興福寺と称した。藤原氏の氏寺として栄えた。 八 興福寺流記に「中金堂院、七間四面、奉レ安二置丈六釈迦如来像、脇士四人、四大天王一、…同堂奉レ安二置弥勒浄土一」。 九 本尊の仏、如来の両脇に侍立する菩薩。「わきじ」とも。 一〇 薬王・薬上の二菩薩は兄弟。薬によって人々の身心の治病をする。 一一 弥勒菩薩（釈迦入滅後、五十六億七千万年後に下生して衆生を救済するとされる未来仏。現在は菩薩として兜率天に住する）を中心とした群像。浄土を立体的に具象化したもの。興福寺流記に「宝字記云、弥勒仏像一軀（注略。以下同）、菩薩八軀、羅漢僧四口、天人十六軀、金剛力士十二軀、八部神、師子二頭、薄山火炉一具、玉宝頂三具、菩提樹二根、宝幢二株、華樹四根」とある。 一二 興福寺流記に「弘仁記云、阿弥陀丈六一軀、脇侍菩薩二軀、彩色四天王像四柱」。 一三 菩薩の一。無量の智慧や功徳を有し、人々に利益安楽を与える。 一四 興福寺流記に「安二置不空羂索観音像并四天王像一也。長岡右大臣（内麻呂）発二大願一所レ奉レ造。後閑院贈太政大臣（冬嗣）以二弘仁四年一造二立円堂一、所レ安二置尊像一」。

（四〇）藤氏《とうし》の氏寺《うぢでら》の事

また云はく、「藤氏の人々の始められたる事、古《いにしへ》よりなほ在り。大《だい》[二六]職冠《しよくくわん》は興福寺《こうぶくじ》[二七]、法華寺《ほつけじ》[二八]、施薬院《せやくゐん》[二九]を建つ。淡海公《たんかいこう》[三〇]は佐保殿《さほどの》[三一]を建つ。閑《かん》[三二]院大臣《ゐんのおとど》は勧学院《くわんがくゐん》[三三]を立て、南円堂《なんゑんだう》[三四]を始む。忠仁公《ちゆうじんこう》[三五]は長講会《ちやうかうゑ》[三六]を始む。昭宣《せうせん》[三七]公《こう》は木幡《こはた》[三八]の墓を点ず。房前宰相《ふささき》は手づから南円堂の不空羂索《ふくうけんざく》[三九]ならびに四天王《してんわう》[四〇]を作る。貞信公《ていしんこう》[四一]は法性寺《ほつしやうじ》[四二]を立つ。九条右府《くでううふ》[四三]は楞厳院《りようごんゐん》[四四]を建つ。大《おほ》[四五]入道殿《にふだうどの》は法興院《ほふこうゐん》[四六]を建つ。中関白《なかのくわんばく》[四七]は積善寺《しやくぜんじ》[四八]を建つ。入道殿[四九]は木幡塔《こはたたふ》[五〇]、三昧堂《さんまいだう》を造り、法成寺《ほふじやうじ》[五一]を建つ。宇治殿《うぢどの》[五二]は平等院《びやうどうゐん》[五三]を建つ」と。

（四一）聖徳太子《しやうとくたいし》の御剣[五四]の銘の四字の事

丙毛槐林《へいもうくわいりん》[五五] 吉切槐林[五六]。これ守屋《もりや》[五七]の大臣《おとど》の頸《くび》を切るなり。

（四二）弘法大師の如意宝珠瘞納《によいほうじゆえいなふ》の札《ふだ》の銘の事

また云はく、「弘法大師の如意宝珠瘞納[五八]の札の銘に云はく、「宇[五九]一山

一五 変化観音の一。多く一面三目八臂像。一六 四方を護る護法神。持国天(東)・増上天(南)・広目天(西)・多聞天(北)。一七 立て札。一八 天平六年(七三四)光明皇后が亡母橘夫人のために造立。一九 神亀三年(七二六)聖武天皇が伯母元正天皇の病気回復を祈願して造立。二〇 クビラ・バサラ等の十二神将。薬師如来の眷属で衆生を守護する。二一 日光菩薩・月光菩薩。薬師如来の脇士。二二 養老五年(七二一)元明・元正両天皇によって不比等の一周忌に造立。興福寺流記に「奉レ安二弥勒仏像、脇士二人、羅漢二人、四大天王一」。二三 釈迦の従弟で十大弟子の一人。長年にわたって釈迦に侍し、多聞第一と呼ばれ、仏典の編纂に重要な役割を果たした。二四 釈迦十大弟子の一人。頭陀(仏道修業)第一といわれ、釈迦入滅後の教団の指導者となった。二五 千手千眼観音。千の手と千の目は、観音の衆生救済の慈悲とその力の広大さを表す。二六 鎌足。二七 →注七。二八 奈良市に現存。天平十三年(七四一)光明皇后が父不比等の旧宅を改めて、総国分尼寺として創建。鎌足の建立ではない。二九 病人に薬を与え、治療する救護施設。天平二年(七三〇)光明皇后によって設けられた。これも鎌足によるものではない。三〇 不比等。三一 奈良市の北部、佐保に建てられた邸宅。三二 冬嗣。三三 藤原氏一門の子弟の教育のために造られた大学寮別曹。弘仁十二年(八二一)に創設。三四 →注一四。三五 良房。三六 長期にわたって経典を講ずる法会。興福寺縁起に「承和十三年歳次丙寅、故太政大臣贈正一位美濃忠仁公、奉二為先考先妣忌日一、於二興福寺一始修二長講会一也」。三七 基経。三八 現京都府宇治市木幡。「点」は選び定める。栄花物語十五に「又木幡といふ所は、太政大臣基経のおとど、後の御諡昭宣公なり、そのおとどの点じ置かせ給へりし所なり。藤氏の御墓と仰せ掟てたりける所に」とある。三九 →注一五。四〇 →注一六。四一 忠平。四二 延長初年(二年(九二四)か)創建。賀茂川の東、九条の南(現京都市東山区)。有力な氏寺であったが、道家がその地に東福寺を建立すると廃された。四三 師輔。四四 比叡山横

精進峰竹[一]目底土心水道場」と。この文、いまだ読めず」と云々。

（四三）　弘法大師の十人の弟子《でし》の事

また云はく、「弘法大師の十[二]人の弟子、その五人は門徒を伝へ、五人は門徒を立つ。真済僧正《しんぜいそうじやう》は高尾《たかを》[三]を伝へ、真雅《しんが》僧正は貞観寺《ぢやうぐわんじ》[四]を伝へ、実恵《じつゑ》僧都《そうづ》は東寺《とうじ》[五]を伝へ、真然《しんぜん》僧正は高野《かうや》[六]を伝へ、真如《しんによ》親王は超証寺《てうしようじ》[七]を伝ふ」と云々。

（四四）　増賀聖《ぞうがひじり》[八]、慈恵《じゑ》僧都《そうづ》の慶《よろこ》びに前駆《ぜんく》する事

（四五）　教円座主《けうゑんざす》、唯識論《ゆいしきろん》を誦《よ》む事

「教[九]円座主唯[一〇]識論十巻を暗誦する間、第一を誦み始めてより第十巻に次《つ》[一一]いづる時、住[一二]房の松の樹《き》の下に、春日大明神《かすがだいみやうじん》[一三]の舞[一四]はしめ給ふ事侍り。尤《もと》も憐《あは》れに興有る事なり」と。

川の首楞厳院であるが、これはその法華三昧堂。天暦八年（九五四）建立。四五 兼家。四六 兼家の別邸を出家後の正暦元年（九九〇）寺とした。二条の北、京極の東にあった。四七 道隆。四八 初め兼家が洛東に創建、正暦五年道隆が法興院の傍に移築した。供養の盛儀が枕草子二五九段に見える。四九 道長。五〇 木幡の浄妙寺の多宝塔と三昧堂。寛弘四年（一〇〇七）、同二年に建立。二度の供養願文を大江匡衡が執筆した。五一 現京都市左京区鴨川の西辺にあった。治安二年（一〇二二）に完成。壮麗な寺院で、栄花物語十七にそのさまを詳述する。五二 頼通。五三 道長の別荘を伝領して永承七年（一〇五二）寺とした。▽大江匡衡の「為二左大臣一供二養浄妙寺一願文」（本朝文粋十三）に「其後后妃丞相、積レ功累レ徳、寔繁有レ徒矣。建二興福寺法華寺一。開二勧学院施薬院一。忠仁公始二長講会一。昭宣公点二木幡墓所一。貞信公建二法性寺一修二三昧一。九条右相府建二楞厳院一修二三昧一。先考建二法興院一修二三昧一」とあり、本条と重なる。

五四 大阪市四天王寺現蔵。寺伝では百済より貢進し、聖徳太子の佩用という。五五 正しくは丙子椒林。佩裏の腰元に篆書で金象嵌。これを丙毛槐林と誤読して伝承を生んだ。五六 諸本、注記として小書きされているが、丙毛と吉切との関連が解しがたい。五七 吉切槐林を「吉く槐林を切る」と解しての注。槐林が大臣を意味することから、聖徳太子や蘇我馬子らに亡ぼされた物部守屋の首を切るものと解した。▽新井白石が誤読を正して、丙子は年紀、椒林は刀工の名とする説を出した（本朝兵器考）。五八 埋め納める。宀一山記に「大師造二作宝珠一精進峰被レ埋レ之畢」。五九 宇は宀（ベン）で、宀一山は室生寺（奈良県宇陀郡）の山号。宀一山記に「彼処名為二宀一山一。又云二精進峰一」。

一 御遺告の「土心水師之竹木目底」の訛伝で、堅恵法師の箱の底の意（真鍋俊照）。▽中右記・長承三年五月二十五日に「弘法大師於レ唐所二得

（四六） 玄賓《げんぴん》、律師《りつし》を辞退する事

また云はく、「[一五]弘仁《こうにん》五年、玄賓初めて律師に任ぜらる。辞退の歌に云はく、

[一六]三輪川《みわがは》の清き流れに洗ひてし衣の袖は更に穢《けが》れじ」と云々。

（四七） 同じく大僧都《だいそうづ》を辞退する事

また云はく、「[一七]大僧都を辞する歌に云はく、

[一八]外国《とつくに》は山水《やまみづ》清し事多き君が都は住まぬなりけり」と。

また云はく、「[一九]洛陽《らくやう》を去りて[二〇]他国に赴く間、道に来会はせたる女人、衣《ころも》を脱ぎて奉り侍りしに、歌に云はく、

[二一]三輪川《みわがは》の渚《なぎさ》の清き唐衣《からごろも》くると思ふな得つと思はじ」と。

（四八） 亡考道心《ばうかうだうしん》の事

命《おほ》せられて云はく、「[二二]亡考は[二三]道心者なり。毎日[二四]念誦読経《ねんじゆどきやう》してあへて

給㆓之如意宝珠㆒被㆑埋㆓南山㆒。人全不㆑知、醍醐門流之人知㆑之云々」とある。
二 高野大師御広伝では真済、真雅、実恵、道雄、円明、真如、果隣、泰範、智泉、忠延。 三 神護寺（京都市右京区）。天長元年（八二四）建立。空海が入寺し、真済に伝えた。
四 清和天皇誕生の時、藤原良房が真雅と図って創建。京都市深草にあったが廃絶。 五 京都市南区に現存。延暦十五年（七九六）に創建。弘仁十四年（八二三）に空海に賜与。死後、実恵が長者となる。 六 金剛峰寺（和歌山県）。弘仁九年、空海が創建。 七 真如が承和二年（八三五）創建。奈良市の平城天皇陵付近にあったが、廃絶。
八 本文を欠くが、続本朝往生伝の増賀伝の「僧正申㆓慶賀㆒之日、入㆓於前駆之員㆒。増賀以㆓干鮭㆒為㆑剣、以㆓牝牛㆒為㆓乗物㆒。供奉之人雖㆓却去㆒、猶以相従。自曰、誰人除㆑我、勤㆓仕禅房御車牛口前駆㆒乎」の話であろう。 一〇 成唯識論。唐玄奘訳。世親の唯識三十頌の注釈書で、法相宗の根本経典。
九 長暦三年（一〇三九）天台座主となる。
一一 「ツイヅ」（名義抄）。 一二 天台座主記に「第廿八、大僧都教円〈東尾坊〉治山九年」。 一三 春日神社（→一八頁注一六）の祭神。 一四 教訓抄七に「今万歳楽体舞ヲ云」と注する。
▽教訓抄七・舞曲源物語に「日域ニシテ歌舞音楽ノ目出事」の一つとしてこの話をあげ、春日権現験記絵にはこの場面を図柄とする。
一五 八一四年。玄賓はすでに大同元年（八〇六）に大僧都となっており（→注一七）、史実とは異なる。 一六 三輪川は初瀬川の下流、三輪山付近での呼称。この歌は和漢朗詠集下、袋草紙、発心集一、古事談六などに引かれる。
一七 平城天皇治世の大同元年四月二十三日、大僧都となる（日本後紀）。 一八 外国は都を遠く離れた国。この歌は閑居友上、古今著聞集五に引く。古今著聞集では嵯峨天皇による補任とする。 一九 平安京の中国風の呼称。
二〇 僧綱補任に「弘仁五年、遁去。住㆓備中国湯川山寺㆒」。古今著聞集には「伯耆国にすみ侍けり」。
二一 三輪川の清らかな水際のように清浄な布施であるこの

もつて懈《おこた》らず。しかりといへども自《みづか》らはしからず。彼は道心堅固《けんご》なる事、他事にあらず。よくよく[一]仮《いとま》有るか。またはすこぶる信心ありといふべし。常に[二]頸紙《くびかみ》差さぬ[三]水干《すいかん》の、法師の衣のごとくなる、結紐《ゆひひも》にて五十ばかりつらぬきたる珠誦《じゆず》を持ちて、[四]精進《しやうじん》を論ぜず、[五]葷腥《くんせい》を食らふといへども、「[六]先師助け給へ」と云ふをもつてその[七]口実と為《な》す。あるいはまた、常に[八]累代《るいだい》の文書を抜《ひら》きてその朽《く》ち損じたるを修理《すり》し、皆 悉《ことごと》くに捺印《なついん》し、重んずること極まりなし。ある人問ひて云はく、「何故かくのごとくなる」と問ひければ、「[九]弊身《へいしん》は江家《がうけ》の文預《ふみあづ》かりなり」とぞ命せられける」と云々。

（四九） 時棟《ときむね》経を読まざる事

また命《おほ》せられて云はく、「時棟は全《もは》らもつて経を読まず。ただ理趣《りしゆ》[一〇]分《ぶん》ばかりを清範《せいはん》に受け習ふなり。観音をば[一一]観音《くわんいん》と読むなり。[一二]補怛羅山《ほたらさん》の観音《くわんいん》と云ふは常の事なり」と云々。

衣を、あなたは私に与えたとはお思いなさるな、私ももらったとは思いません。布施を行うとき、布施をする人、受け取る人、与える品物という三つに執着しない正しい布施を三輪(さんりん)清浄の布施という。これをふまえて詠む。
三 亡父。匡房の父成衡。
亖 悟りを求める深い信仰心をもった人。 亖 念仏。

一 「イトマ」(名義抄)。「暇」に同じ。
二 袍、狩衣、水干などの丸く首を包むように作ったえり。
三 狩衣の一種で、簡素にしたもの。下級貴族の略服。
四 仏事に関わって魚肉を食わず菜食すること。その精進を問題とせずに。神田本は「不レ論ニ精進不精進一」。
五 生臭いもの。臭い野菜と肉。
六 亡くなった師。神田本は「先聖先師」。これによると、大学寮における釈奠で祭る孔子とその弟子の顔回となる。
七 口ぐせ。
八 本書二・17に文書修理の具体的な叙述がある。
九 本書二・17にも「常には我はこれ江家の文預かりなりとぞ申され侍りし」とある。

一〇 般若理趣分。大般若経の第五七八巻。真言密教で重んじられた。
一一 底本には傍訓なし。群書類従本の「観音(イン)」に従って読む。「音」は漢音はイン、呉音はオン。
一二 底本に「ホタラセン」と傍訓があるが、群書類従本の「ホタラサン」に従って改める。「補」「山」に漢音、呉音の区別があり、漢音ではホタラサン、呉音ではフタラセン。
▽時棟は呉音で読むべき仏教語も漢音で読んだということであろう。匡房は対馬貢銀記に「欽明天皇之代、仏法始渡ニ吾土一。此島有ニ一比丘尼一。以ニ呉音一伝レ之。因レ茲、日域経論、皆用ニ此音一」と記述している。

江談抄　第二

雑　事

（一）天安皇帝宝位を惟喬親王に譲りたまはむといふ志有る事
（二）陽成院三十疋の御馬を飼はるる事
（三）冷泉天皇御璽の結緒を解き開かんとし給ふ事
（四）円融院の末、朝政乱るる事
（五）華山院禁中を出でて花山に向かはるる事
（六）花山院の御時、女房以下の袴を禁ぜらるる事
（七）済時卿の女三条院に参る事
（八）堀川院崩じたまひ御運は天度に叶ふ事
（九）上東門院の御帳の中に犬出で来たる事
（一〇）九条殿燧の火の事
（一一）小野宮二位に叙せらるる事
（一二）小野宮右府範国が五位の蔵人を嘲ける事
（一三）惟仲中納言の申請の文の事
（一四）惟成の弁失錯の事
（一五）公方の違式違勅の論の事
（一六）外記の日記を図書寮の紙工ら盗み取る間、師任自然に書き取る事
（一七）音人卿別当為りし時、長岡の獄を洛陽に移す事
（一八）六壬占の天番二十八宿天に在るべくして地番に在るは不審なる事
（一九）大外記師遠諸道兼学の事
（二〇）助教広人諸道を兼学し諸の舞を習ひ工巧に長ずる事
（二一）天暦皇帝手跡を道風に問はるる事
（二二）道風朝綱手跡相論の事
（二三）兼明佐理行成等同の手書きの事
（二四）積善、衛玠を能書と作す事
（二五）平中納言時望一条左大臣を相する事
（二六）平家往昔より相人為る事
（二七）行成大納言堅固の物忌を為すといへども召しに依り参内する事
（二八）延喜の比、束帯一具をもつて両三年を経る事
（二九）小野宮殿蔵人頭を渡されざる事
（三〇）四条中納言、弼君顕定を嘲る事
（三一）範国恐懼する事
（三二）実資公任俊賢行成ら公事を問はるるにその作法おのおの異なる事
（三三）諸の屏風などその員有る事
（三四）しかるべき人は着袴に奴袴を着ざる事
（三五）善男事に坐し承伏する事
（三六）御剣の鞘に巻き付けらるるは何物

なりやといふ事
(三七)　貞信公と道明と意趣有るかといふ事
(三八)　古人の名の唐名に相通ずる名などの事
(三九)　古人の名ならびに法名の事
(四〇)　経頼卿死去の事
(四一)　英明檳榔の車に乗る事
(四二)　忠文昇殿を聴さるる事
(四三)　忠文炎暑の時に出仕せざる事
(四四)　元方大将軍と為る事
(四五)　人家の階隠の事
(四六)　鹿の宍を喫ふ人は当日内裏に参るべからざる事
(四七)　呪師猿楽の物瑩き始むる事

江談抄 第二

雑事《ざふじ》

（一） 天安皇帝《てんあんくわうてい》、惟喬親王《これたかしんわう》に譲位の志有る事

命《おほ》せられて云はく、「天安皇帝[一]、宝位《ほうゐ》[二]を惟喬親王[三]に譲る志有り。太《だい》[四]政大臣忠仁公《じやうだいじんちゆうじんこう》、天下の政《まつりごと》を惣摂《そうせつ》し、第一の臣為《た》り。憚《はばか》り思《おぼ》して口より出ださざる間、漸《やうや》く数月を経たりと云々。あるいは神祇に祈請《きしやう》し、また秘法を修し、仏力に祈る。真済僧正《しんぜいそうじやう》[五]は小野親王《をののしんわう》[六]の祈師為り、真雅《しんが》僧都は東宮《とうぐう》[七]の護持《ごぢ》[八]僧為《そうた》りと云々。おのおの祈念を専《もは》らにし、互ひに相猜《うら》[九]ましむ」と云々。

（二） 陽成院《やうぜいゐん》、三十疋の御馬を飼はるる事

また云はく、「陽成院、御所《ごしよ》[一〇]に御厩《おんうまや》を立て、常に三十疋の御馬を飼

一 文徳天皇。天安はその治世の年号。以下の言談の前半に関連するものとして、大鏡裏書の四品惟喬親王東宮諍事に「承平元年九月四日夕、参議実頼朝臣来也。談及二古事一。陳云、文徳天皇最二愛惟喬親王一。于時太子幼沖。帝欲下先暫立二惟喬親王一而太子長壮時還継中洪基上。其時先太政大臣作二太子祖父一為二朝重臣一。帝憚未レ発。太政大臣憂レ之、欲レ使二太子辞譲一」(重明親王の李部王記の佚文)とある。

二 天皇の位。

三 文徳天皇の第一皇子。母は紀名虎の娘、静子。

四 藤原良房。外孫が皇太子に立つ惟仁親王。

五 紀氏の出身で、紀僧正とも呼ばれた。惟喬親王の祈禱師となったのは親王の母と同族であることによるか。

六 惟喬親王。後年、洛北の小野に隠棲した。

七 惟仁親王。即位して清和天皇。文徳天皇第四皇子。母は良房の娘明子。嘉祥三年(八五〇)十一月、生後九ケ月で、三人の兄を超えて皇太子に立った。

八 本来天皇について身体を護るために加持祈禱をする僧。真雅については、三代実録・貞観十六年三月二十三日に「先皇仁寿之初、今上(惟仁)降誕之日、星垂二長男之光一、月有二重輪之慶一。故太政大臣美濃公、憂三竜姿之不レ免レ在二襁褓一、憐二鳳徳之未レ得レ勝レ衣、与二僧正真雅和尚一私相謀、使下念二諸仏之加持一、修中真言之秘密上」、同元慶三年正月三日の真雅卒伝に「清和太上天皇降誕之初、入侍擁二護聖躬一。太政大臣忠仁公与二真雅一相謀建二立精舎一、安二置尊像一、奉二為震宮一於レ此修善。…和尚自二清和太上天皇初誕之時一、未二嘗離二左右一、日夜侍奉。天皇甚見二親重一」とある。

九 名義抄に「ソネム、ウタガフ、ウラム、キラフ」。

一〇 今昔物語集二七・5に「陽成院ノ御マシケル所ハ、二条ヨリハ北、西洞院ヨリハ西、大炊御門ヨリハ南、油小路ヨリハ東、二町ニナム住セ給ケルニ」。

はる。北辺院《きたのべのゐん》[一]と号《なづ》く」と。

（三）　冷泉天皇《れいぜい》、御璽《ぎよじ》の結緒《ゆひを》を解き開かんとし給ふ事

「故[二]小野宮《をののみや》右大臣語りて云はく、「冷泉院、御在位[三]の時、大入道殿《おほにふだうどの》[四]兼家《かねいへ》忽《たちま》ち参内の意有り。よりてにはかに単騎馳《は》せ参り、御在所を女房に尋ぬ。女房云はく、『夜[五]の御殿《おとど》に御《おは》します。ただ今、御璽[六]の結緒を解き開かしめ給ふなり』といへり。驚きながら闥《かど》[七]を排《おしひら》きて参入す。女房の言《ことば》のごとく筥《はこ》の緒《を》を解きたまふ間《ころほひ》なり。よりて奪ひ取り、本《もと》のごとく結ぶ」」と云々。

（四）　円融院《ゑんゆうゐん》の末、朝政乱るる事

「円融院[八]の末、朝政はなはだ乱る。寛和《くわんわ》[九]二年の間《あひだ》、天下の政《まつりごと》忽《たちま》ち淳素[一〇]に反《かへ》る。多くはこれ惟成《これしげ》[一一]の力なりと云々。天下今にその賚《たまもの》[一二]を受く」と云々。

一　三代実録・仁和三年五月十四日「太上天皇(陽成)於二北辺馬埒亭一観二覧騎射競走馬一」の北辺馬埒亭と関わりがあるか。▽陽成天皇が馬を愛好し、常軌を逸していたことは、三代実録・元慶七年十一月十六日に「天皇愛好在レ馬。於二禁中閑処一、秘而令レ飼。以下右馬少允小野清如善養二御馬一、権少属紀正直好中馬術上、時々被レ喚侍二禁中一。蔭子藤原公門侍二奉階下一。常被二駆策一。清如等所レ行、甚多二不法一」とみえる。

二　藤原実資。

三　康保四年(九六七)―安和二年(九六九)。

四　冷泉院の母安子の兄で、時に蔵人頭。急に参内したのは天皇の異常な行動を予感したというのであろう。

五　清涼殿内の天皇の寝所。

六　「天皇御璽」と刻した内印をいうが、ここは三種神器の一である神璽(八坂勾玉)であろう。公式令に「天子神璽〈謂、践祚之日寿璽。宝而不レ用〉」。

七　宮中の小門。▽続古事談一に「神璽宝剣、神ノ代ヨリツタハリテ御門ノ御マモリニテ、サラニアケヌク事ナシ。冷泉院ウツシ心ナクヲハシマシケレバニヤ、シルシノハコノカラゲヲヲトキテアケムトシ給ケレバ、ハコヨリ白雲タチノボリケリ」という類話を記す。

八　在位は安和二年(九六九)―永観二年(九八四)。

九　花山天皇の治世をさす。永観二年即位、翌年、寛和と改元。同二年(九八六)六月退位。続本朝往生伝の後三条天皇伝に「花山天皇二箇年間、天下大治」。

一〇　素朴で飾り気がない。続本朝往生伝に後三条天皇の治世について、「俗反二淳素一、人知二礼儀一、日域不レ及二塗炭一。民于レ今受二其賜一之故耳」。平治物語上に、信西が後白河天皇の治政を助けたことについて、「世を淳素に返し、君を尭舜に致し奉る。延喜天暦の二代にも越え、義懐惟成が三年にも過ぎたり」。

一一　惟成が藤原義懐と共に花山朝の治政に与って力があっ

（五）　華山院《くわざんゐん》、禁中を出でて華山《はなやま》に向かはるる事

命《おほ》せられて云はく、「粟田関白《あはたのくわんぱく》[一三]、花山院に扈従《こしよう》して、禁中を出でて花山[一四]に向かはれし時、大入道殿《おほにふだうどの》[一五]、平維敏《たひらのこれとし》をもつて出家[一六]を止《とど》むる使と為《な》す。時の人、維敏の気色《けしき》を見ておもへらく、万人敵せず[一七]と」と云々。

（六）　花山院《くわざんゐん》の御時、女房以下の袴《はかま》を禁ぜらるる事

また云はく、「花山院[一八]の御時、女房ならびに下女《しもをんな》らの袴を禁ぜらるるも、ひとつ裳袴《もはかま》[一九]は免ぜらる」と云々。

（七）　済時卿《なりときのきやう》の女《むすめ》、三条院《さんでうゐん》に参る事

「為仲《ためなか》云はく、「済時卿の女[二〇]、三条院東宮《とうぐう》の時に参らるる日の夕べ、大将《だいしやう》[二一]、大入道殿《おほにふだうどの》[二二]に参り、申されて云はく、『輦車《てぐるま》[二三]の宣旨《せんじ》を下《くだ》されんや。件《くだん》の事莫大《ばくだい》の恩を蒙《かうぶ》らんと欲《おも》ふ』と。返答して云はく、『などかは[二四]。恩許有るべき事なり。奏達[二五]せんと欲ふ』と云々。大将、感悦に堪へず、

たことについては、大鏡・伊尹伝に「花山院の御時のまつりごとは、ただこのとの(義懐)と惟成の弁としてをこなひたまひければいとみじかりしぞかし」。

一二　「タマ物」(名義抄)。賜物。

一三　藤原道兼。日本紀略・寛和二年六月二十三日に「今暁丑剋許、天皇密々出ニ禁中一向ニ東山華山寺一落飾。于レ時、蔵人左少弁藤原道兼奉レ従レ之。先ニ于天皇一、密奉ニ剣璽於東宮一、出ニ宮内一云々」。兼家の外孫に当たる東宮(一条天皇)の即位を図って、花山天皇を欺いて出家させた。

一四　花山(京都市山科区)にあった元慶寺。貞観十年(八六八)陽成天皇誕生に際して遍照が創建した。

一五　藤原兼家。道兼の父。

一六　道兼が一緒に出家してしまうのをとどめるためである。大鏡・花山院伝には、兼家は道兼が出家する事態になることを危惧して、源氏の武者たちを遣して護らせたことを記している。

一七　誰も敵対できそうにない。

一八　→注九。

一九　栄花物語十九に、彰子が田植えを見る場面に「若うきたなげもなき女ども五六十人ばかりに、裳袴といふ物いと白くて著せて」とある。

二〇　娍子。正暦二年(九九一)十一月、東宮入内。

二一　済時。貞元二年(九七七)右大将、正暦元年左大将に転じ、死去するまで在官。

二二　藤原兼家。ただし事実としては前年の正暦元年に没している。

二三　人の手で引く屋形車。内裏への出入に、特に宣旨によって使用が許可される。

二四　反語。ないはずはない。

二五　天皇へ奏上すること。

起坐拝舞[一]して退出す。入内《じゆだい》の剋限《こくげん》に及び、宣旨を相待つといへども、すでにもつて音なし。筵道《えんだう》[二]を敷きて参入せらるるなり。時の人、密《ひそ》かに紅梅《こうばい》[三]の大将と号《なづ》く。また、かの大将[四]の家の前庭に紅梅あり。すなはち空拝《こうばい》と称《い》ふ」と云々。

（八）　堀河院崩《ほりかはゐんほう》じたまひ、御運は天度《てんど》に叶《かな》ふ事

談《かた》られて云はく、「堀川院[五]崩じ給ふ事、大略《たいりやく》御運は天度[六]に叶へるか。近代[七]の帝王、二十余年に及びたまふ宝位《ほうゐ》[八]は希代《きたい》の事なり。御宿曜《すくえう》[九]過ぎ畢《をは》んぬ。しかるに御宝位の運久しき故、今に持《たも》[一〇]たしめ給ふなり」と云々。予《われ》[一一]問ひて云はく、「御算《おんいのち》[一二]尽きなば、御宝位あに久しからんや、いかん」と。談《かた》られて云はく、「この事尤《もと》も興然《きようぜん》[一三]なり。ただし彦祚《げんそ》[一四]初めて謁して宿曜の事を相語らふ日、帝王[一五]の御運は漢家《かんか》・本朝《ほんてう》共に凡人に異なるなり。その故は、寿命百歳、宝位五十年の帝王在《ましま》すべきに、六十算に至ると云々。即位せしめ給はば、百歳の寿《いのち》残るところは四十年。五十の宝祚、期《ご》するところ四十年なり。よりて五十年[一六]の宝位、今

一 謝意を表すために行う拝礼。普通には天皇に対して行う。
二 貴人が歩くとき、裾が汚れないように道に敷く筵。
三 「こうばい」に紅梅と空しく拝礼する意をかける。
四 小一条殿。
▽古事談二では、娍子の女御からの立后を期待してのこととする。

五 応徳三年(一〇八六)即位、在位二十一年で、嘉承二年(一一〇七)死去。二十九歳。
六 天の運行。
七 堀河天皇以前の天皇の在位期間は、白河十五年、後三条五年、後冷泉二十四年、後朱雀十年など。
八 皇位。
九 宿曜経にもとづく占星術。物事の吉凶、人間の運命などを予言した。ここでは、それによって判断される運命。
一〇 「タモツ」(名義抄)。
一一 藤原実兼。
一二 名義抄に「イノチ」。命数、寿命。
一三 興味あるさま、の意であろう。
一四 宿曜師。二中歴十三・一能歴・宿曜師に「彦祚〈仁統弟子〉」。
一五 ここに脱文あるか。以下は彦祚の言談であろう。
一六 予定された五十年の皇位は十年が欠けてしまうことになろう。

十年は欠くべし。しかれども六十一年より即位して、なほ五十年の位を伝へ給ふなり。よりて算《いのち》は百十年に延引す。しかるに百歳に至る時に大病有るなり。その心を得ず、宿曜を信じ、[一七]算を期して位を通ぜんとせば、今十年を持たず、すなはち算また尽くるか。位五十年、位を避けずは、また位を持たしめ、齢《よはひ》を延ばすなり。しかして帝王の位は[一八]荒涼《くわうりやう》に避くべからず。また帝王は、位は強く、算は弱き事なり。これによりて、凡人に異なりと云ふなり。凡人はしからず。官位をもって[一九]鬼瞰《きかん》有れば、職を辞して齢を延ばす。宿曜の秘説なり。皆その理《ことわり》有りと云々。この事秘事なり。[二〇]披露《ひろう》するは由なし。匡房は隠居せんと欲《おも》ふ。[二一]足下《そくか》朝《てう》に仕へしめば、また朝議《てうぎ》に預かるべき人なり。[二二]その心を得《う》べきなり」と云々。

（九）　上東門院《じやうとうもんゐん》の御帳《みちやう》の内に犬出で来たる事

「[二三]上東門院、一条院《いちでうゐん》の女御《にようご》たりし時、帳《とばり》の中に犬の子、[二四]不慮のほかに入りてあり。見つけて大いに奇《あや》しみ恐れては入道殿道長《みちなが》に申さる。

一七 寿命を期待して、皇位をこれに合わせようとすれば、の意か。
一八 いいかげんに。無分別に。
一九 鬼が高貴の人に禍をなすこと。楊雄の「解嘲」(文選四十五)の「高明之家、鬼瞰㆓其室㆒」にもとづく。菅原道真の「辞㆓右大臣職㆒第一表」(菅家文草十)に「鬼瞰必加㆓睚眦㆒」。
二〇 公にするのは不適当である。
二一 そなた。実兼をいう。
二二 (将来に備えて)その肝要を心得ておくべきである。
▽本条は堀河天皇死去の嘉承二年七月十九日から実兼が蔵人に任ぜられた天仁元年(一一〇八)十月までの間、おそらく天皇の死の直後における言談であろう。匡房の死は天仁二年であるが、中右記・嘉承二年三月三十日に、匡房は病のため「此両三年行歩不㆓相叶㆒。仍不㆓出仕㆒」とある。隠居のことにふれているのも、こうした事情からであろう。

二三 藤原彰子。道長の娘。長保元年(九九九)十一月、女御として入内、翌二年二月には中宮となる。
二四 思いがけもなく。

入道殿、匡衡《まさひら》を召して密々《みつみつ》にこの事を語らしめ給ふに、匡衡申して云はく、「極《いみ》じき御慶賀なり」と申すに、入道殿、「何故ぞや」と仰せらるるに、匡衡、申して云はく、「皇子《みこ》出で来たらしめ給ふべき徴《しるし》なり。犬の字は、これ点を大の字の下に付くれば、太の字なり。上に付くれば、天の字なり。これをもつて謂《おも》ふに、皇子出で来給ふべし。さて、太子に立ち、必ず天子に至り給はんか」と。入道殿大いに感ぜしめ給ふ間、御懐妊有り。[一]後朱雀院《ごすざくゐん》天皇を産み奉らしむるなり。この事秘事なり。退席の後、匡衡私《ひそ》かに件《くだん》の字を勘《かんが》へしめて、家に伝へしむるなり」と云々。

（一〇）　[二]九条殿《くでうどの》、燧《ひうち》の火の事

（一一）　[三]小野宮《をののみや》、二位に叙せらるる事

一 寛弘六年(一〇〇九)十一月二十五日誕生。幼名は犬宮(御堂関白記・同十二月七日)。
▽この話は十訓抄一に採られているが、そこでは、帳内に犬が子を生んだとし、生まれた皇子は後一条天皇(後朱雀天皇の兄)とする。これに関連して、百錬抄・寛弘五年八月に「中宮〈彰子〉御在所塗籠内犬産」、同九月十一日に「中宮於二土御門第一誕二第二皇子一。後一条院是也」の記事がある。匡衡が文字によって吉兆を予言する類似の話は本書一・31にもある。

二 藤原師輔。燧は火打ち石、「ヒウチ」(名義抄)。表題のみで本文を欠くが、次の話であったと思われる。師輔自ら九暦・天暦八年十月十八日に「初行二法花三昧一。未レ作レ堂。仍構二立借屋一所レ行也。予打レ火、一度打着。見聞者感歎」と記すが、慈慧大僧正伝には詳細な記事がある。「九条右丞相、登二楞厳峰一、欽二仰大師一、歴二覧地勢一。忽発二願念一、草二創法華三昧堂一。丞相、於二大衆中一、自敲二石火一、誓曰、願依二此三昧之力一、将レ伝二我一家之栄一。国王国母、太子皇子、槐路棘位、栄華昌熾、継レ踵不レ絶、充二衍朝家一。若素願潜通、適有二鏡谷之応一者、所レ敲石火、不レ過二三度一。而有二効験一、一敲之間、忽焉出レ火。在在緇素、尽以抃躍。丞相手自挑レ灯。蘭釭之影、応二棘誠一而昭晳」。

三 本条も本文を欠く。小野宮は前条の九条殿師輔との対比から、その兄実頼と考えられる。実頼は天慶九年(九四六)に従二位、天暦八年(九五四)に正二位に叙せられている。

（一二）小野宮右府《をののみやうふ》、範国《のりくに》が五位の蔵人《くらうど》を嘲《あざ》ける事

範国、甲斐《かひ》の前司《ぜんじ》より五位の蔵人に補せらるる事、極《いみ》じき僻事《ひがごと》なり。

「故[四]小野宮右府、[五]陣《ぢん》に参らる。件《くだん》の日は範国、[六]甲斐の前司より[七]五位の蔵人に補せらるる日なり。右府[八]甘心《かんじん》せられず。すなはち、嘲りを成《な》し、人に問はれて云はく、「[九]甲斐の前司には誰か罷《まか》り成りたる」と云々。[一〇]宇治殿《うぢどの》この事を聞こしめし、仰せられて云はく、「[一一]大臣以上の身をもつて陣の座に居《を》りて、朝議を嘲らるる事しかるべからず」と云々。すなはち[一二]勘発《かんぼつ》せられ、経頼《つねより》をもつて勘発使《かんぼつし》と為す」と云々。「その時、蔵人頭《くらうどのとう》は[一三]経輔《つねすけ》なり。[一四]よりてかの頭に示さる。随《したが》つてその由を申せしなり。宇治殿咎《とが》め仰せらる。後日、右府《うふ》、経輔を怨めり」と云々。

（一三）惟仲《これなか》中納言の申請の文の事

「惟仲中納言、[一五]肥後守《ひごのかみ》為りし時、申請の文有り 文の名尋ぬべし、忘却し了んぬ。[一六]陣《ぢん》において[一七]上卿《しやうけい》に献ず。上卿は一条《いちでう》左大臣雅信《まさのぶ》なり。上卿こ

四 藤原実資。右府は右大臣の唐名。
五 陣座。公卿が国政の評議を行う場所。左右の近衛府の陣にあった。
六 前司は前任の国司。左経記・長元四年(一〇三一)九月二十一日に「甲斐前司範国朝臣」とみえる。
七 五位の殿上人の中から、名家の家筋で才能のある者を選んで任命する。範国は長元九年三月、また後朱雀天皇の治世となった同年四月に、五位蔵人となる。
八 納得されなかった。→九頁注二二。
九 …の前司になる、といういい方は、枕草子二二段にも見え、新たな国司になりそこなったことをいう表現である。ここでは、範国は甲斐前司のままではないのか、という皮肉であろう。
一〇 藤原頼通。長元九年は関白左大臣。
一一 実資は時に右大臣。
一二 「カムボツ」(字類抄)。譴責する。
一三 経輔は長元七年十月―同九年四月、さらに同年十二月―長暦三年十二月の間、蔵人頭。
一四 実資が経輔に対して範国の五位蔵人への補任に反対の意志を示し、そのことを経輔が頼通に伝えた、の意であろう。
一五 惟仲は天元四年(九八一)十月、肥後守となる。
一六 →注五。
一七 →一八頁注五。

の文を難ぜらる。惟仲もつて恨みと為《な》す。上卿命《おほ》せられて云はく、「この文は陣において難じ、[一]里第《りてい》において許す文なり。これ先例なり」と。惟仲恥と為す」と云々。

（一四）惟成《これしげ》の弁《べん》、失錯《しつさく》の事

また云はく、「有国《ありくに》、[二]蔵人頭《くらうどのとう》為《た》りし時、[三]瓜《うり》三駄の解文《げもん》をもつて[四]中文《まうしぶみ》と取り違へ、[五]陣《ぢん》の座に下《くだ》す間、惟成の弁、失錯と知りながら、[六]上卿《しやうけい》に読み申す」と云々。

（一五）公方《きんかた》の違式《ゐしき》違勅《ゐちよく》の論の事

問ふ、「公方の[七]違式違勅の論、その義はいかん」と。答へて云はく、[八]「天暦《てんりやく》の御時、諸国の受領《ずりやう》の[九]率分《りつぶん》を済《な》さざる輩《ともがら》、[一〇]公文《くもん》を勘《かんが》ふる時、諸司の文書《もんじよ》を[一一]勘会《かんくわい》して署判を加ふる者、[一二]その罪状を勘ふべき由、公方に問はる。公方勘へて云はく、「違式に当たる」と云々。仰せられて云はく、「事は勅語より出づ。しかればすなはち[一三]違勅たるべし」と。公

一 私邸。▽北山抄十・勘出事に次の記事があり、本条と同じことを記述している。「於㆑陣申㆓大納言㆒云々。故実、上卿不㆑許、後日可㆑下由、是依㆓官物窂籠文㆒也云々。一条源左相府〈雅信〉為㆓上卿㆒、下㆓惟仲㆒所㆑申勘出、彼夜不㆑被㆑許。惟仲称㆓本意相違由㆒。仍被㆑答㆓此由㆒。惟仲不㆑知㆓故実㆒由、恥申云々」。また本書二・25も本条と密接な関連がある。

二 有国が蔵人頭であったのは正暦元年（九九〇）の五月十四日から八月三十日までの間。なお惟成はこれより先寛和二年（九八六）に出家し、永祚元年（九八九）に没している。

三 瓜三駄を進上することを記した解（下級の役所から所管の役所へ、また諸家・個人が役所へ上申する文書）。類似の例として、枕草子一二六段に「そへたる立文には、解文のやうにて、進上餅餤一包。依例進上如件。別当少納言殿とて、月日かきて」とある。また三十五文集に「故左大臣殿被㆑送㆓両院蜜瓜㆒文」（紀長谷雄）がある。

四 臣下が事柄を申し述べ、また請願する文書。奏状。

五 →三九頁注五。

六 →一八頁注五。

七 式（令の施行に関する諸規則）に違反することと勅命に違反すること。そのいずれの罪に相当するかについての相論。

八 村上天皇（在位九四五―九六七年）の治世。天暦（九四七―九五七）はその年号。

九 納入すべき租税の未納分を一定の割合で別納させたもの。天暦六年に制定された当初は徴収率は十分の一であったが、のち十分の二となった。その率分を貢納しない者。古今著聞集三「村上天皇年長けたる下部に政道を問ひ給ふ事」に、「率分堂に草のしげれるとは、諸国のみつぎもののまゐらぬよしなるべし」とある。

一〇 公文書。ここでは大計帳・正税帳・朝集帳・調帳のいわゆる四度公文などの諸国から中央に提出する文書。

一一 現物と帳簿とを照合して署名する。

一二 具体的な記述がないが、率分未納であるのを見逃して、文書に署名して認可した罪であろう。

方しかるべからざる由執《と》り申す。ここに文範《ふみのり》をもつて問はしむる間、問ひて云はく、「[一四]勅語の起請《きしやう》を破るを皆違式と称《い》ふべくは、何故《なにゆゑ》に[一五]格《きやく》の条中の注に云へるや、[一六]『もしこの格に違《たが》はば、課するに違勅の罪をもつてせよ』」と。公方、答へて云はく、「[一七]この文をもつて案ずるに、[一八]格の条の事、偏《ひと》へに皆違勅と謂《い》ふべくは、[一九]何ぞさらに今始めて違勅の詞《ことば》有らんや。格の条の事、必ずしも違勅と称《い》ふべからざる故に、新たに[二〇]違勅の文を立つ」と。文範、また難じて云はく、「格の条に違勅の文を立つる条、[二一]陳状《ちんじやう》しからば、[二二]今の条に称して曰《い》はく、『論ずるに違勅の罪をもつてせよ』と。この条はいかん」と。公方陳《の》ぶるところの旨なし。遂《つひ》にこの過《とが》に依りて[二三]左遷に及ぶ。

公方卒《しゆつ》[二四]して後、子の允亮《まさすけ》その父の恥を思ひ、この事を[二五]研精《けんせい》すること七、八年ばかり、遂に文書《もんじよ》を相具して文範の亭《てい》に向かひ、討論せんと欲《おも》ひしところ、文範命《おほ》せて云はく、「問はしめ給ひし[二六]聖主も御坐《おはしま》さず。公方もその身存せず。[二七]僕《われ》もまた老いたり。この討論もつて無益《むやく》なり」と云々。允亮文書を懐《ふところ》にして還《かへ》り畢《をは》んぬ」と。

一三 政事要略八十一に「違勅之科、是徒二年也。職制律、所レ謂被二詔書一有レ所二施行而違一者条是也」。なお違式の処罰は笞四十。
一四 天皇のことばに基づいた規定。
一五 律令を補完するために臨時に出される法令。詔勅や太政官符として出される。
一六 類聚三代格所収の官符中に類似の文言が用いられている例は多い。たとえば貞観二年十一月九日の太政官符「不レ可レ割二取伊勢大神宮神戸百姓一事」(巻一)に「宜下依二延喜廿年四月十四日格一、永無中改減上。若有二乖忤一、科二違勅罪一」。ここで文範は、格の注に違勅の罪という文言があるから、違式ではなく、違勅であるという。
一七 文範が例にあげた格条の注記。
一八 格条に違反することが。
一九 ことさらに「課するに違勅の罪」というような文言を書き入れる必要はないのではないか。
二〇 違勅の罪によって罰するという注記を付したのである。
二一 反論、弁明の主張を述べること。あなたのいう通りならば。
二二 未詳。
二三 日本紀略・天徳二年(九五八)十月十日に「以二左衛門権佐兼明法博士惟宗朝臣公方一左二貶大蔵権大輔一、依二勘文失錯一也」。
二四 不明。ただし、安和二年(九六九)四月には勘申を行い(政事要略八十一)、親信卿記・天延二年(九七四)二月十日には「故美濃介公方朝臣」とあることから、この間に没した。
二五 学問に勉め励む。
二六 村上天皇。康保四年(九六七)死去。
二七 文範は七十歳前後。

問ふ、「この論、私曲相須《しきよくあひま》[一]つがごときか」と。答へられて云はく、「[二]私曲相須つは諸道の沙汰《さた》に及ぶ。違勅はただ公方一身《いつしん》のみなり」と。

（一六）外記《げき》の日記《につき》を図書寮《づしよれう》の紙工ら漸々《やうやう》に盗み取る間、師任《もろたふ》自然《じねん》に書き取る事

談《かた》られて云はく、「[三]外記の日次《ひなみ》の日記を[四]一筆に書き取る人は孝言《たかとき》なり。近代希有《けう》の事なり。[五]大夫《たいふ》の外記《げき》の[六]懇切に依るなり。一生中《いつしやうちゆう》の間、常に紙を巻きて牛飼《うしかひ》・小舎人童《ことねりわらは》らをもつて持たしむ」と云々。[七]予《われ》問ひて云はく、「外記の日次の日記、また誰《たれ》人か持てるや」と。答へられて云はく、「日次の日記を持てる人、粗《ほぼ》聞くところなり。ただし、皆ことごとく持たしむる人は稀《まれ》なり。[八]師遠《もろとほ》の祖父《おほぢ》の[九]師任《もろたふ》、大外記《だいげき》の間、皆ことごとく書き取るところなり。師任書き取りし後、外記の日記など、[一〇]図書寮《づしよれう》の[一一]紙工《しこう》のために[一二]漸々《やうやう》に盗み取らるるなり。事発《あら》はれて、日記の本《もと》を尋ねらるるに、故[一三]師平《もろひら》の許《もと》に在り。希代の事なり。帝王の運いまだ尽きざるの致すところなり。もし師任当初書き取らずは、[一四]一本

一 承和十二年（八四五）の善愷訴訟事件（→五四頁注七）に関連して伴善男らと正躬王らとの間で行われた争論。私（私心）と曲（不正）とが、私の曲として一つのものか、私と曲とそれぞれ別のものかという論と、私と曲とは別であるが、一緒になった時に初めて罪になるのか、あるいは私であっても曲であっても罪に当たるのかということに関して論争が行われた。

二 私曲相須の問題は多くの方面に及んでいるが、違勅のことはただ公方一人に関してのことだ。

▽北山抄十に「勘二会公文一所司罪状」のことがあり、「公方・右弼相二論違勅違式一事」として本条と同一のことが公方と桜井右弼との相論として記述されている。またこれに続いて「私曲相須事」の記事があり、北山抄と本条との関連が推測される。

三 外記は太政官の四等官。少納言の下にあって、奏文を作り、詔勅を正し、公事儀式に従事した書記官。大外記以下、少外記、史生があった。日記は外記が日々の出来事を記録したもの。

四 一人で。

五 外記で五位に任じられたもの。

六 格別の心遣い。

七 実兼。

八 中原氏。延久二年（一〇七〇）―大治五年（一一三〇）。匡房、実兼と同時代の人。

九 師任は長久二年（一〇四一）大外記となる（二中歴二）。この頃、大外記は中原・清原二氏によって独占、世襲されていた。

一〇 中務省に属し、宮中の図書の保管、国史の編纂、書籍の筆写、紙・筆・墨の管理支給などを行った。

一一 図書寮の造紙手。定員四人。特殊な紙を漉く技術者。

一二 外記日記が盗まれるという事件は、水左記・治暦二年（一〇六六）七月十日に「被レ仰云、外記文書等者（先か）日盗失。件文書等本相尋可レ令二書写一。於二料紙一者可レ召二諸国一者」とあり、扶桑略記の翌三年四月二十七日、「先レ是窃被レ盗二外記日記二百巻一。新写納二文殿一了」もこれと関わるか。台記・仁

の日記定めて絶え失せなまし。皆ことごとく持たる人稀なる故なり。国家の奉為《おんため》に、さばかり忠を致す者なれば、子孫は絶えずして繁昌《はんじやう》するなり。この師任・師平は殊に寛仁《くわんじん》の心有り、一五強《あなが》ちに貪欲《とんよく》なしと云々。師遠、相継ぎて一事を失はず、その跡を継げり。また希有《けう》の事なり。一六当時の一物《いちぶつ》なり」と。

（一七）　音人卿《おとんどきやう》別当《べつたう》為りし時、長岡《ながをか》の獄《ごく》を洛陽《らくやう》に移す事

談《かた》られて云はく、「匡房《まさふさ》帝王に仕へ一七納言に至れるは、一八始祖《しそ》音人卿の一九検非違使《けびゐし》の別当為りし時、国家の奉為《おんため》に能《よ》く忠を致せし故にして、必ず帝王に仕ふるなり」と云々。予《われ》問ひて云はく、「その由緒《ゆいしよ》はいかん」と。答へられて云はく、「音人検非違使の別当為りし以前、獄所は二〇長岡京に在り。件《くだん》の所にて、獄所は極めて二一荒涼なるをもつて囚人《しうじん》ややもすれば逃げ去りぬ。よりて音人この二二獄門を改め立てし後は、逃ぐる刑《つみ》人《びと》なし。また二三恩を重んずるなり。二四善根《ぜんこん》を修《しゆ》する人、二五饗饌《きやうせん》を与へて施饗《せきやう》と称《い》ふは、これかの時に始まるなり。よりて音人の最後に談られける

平元年(一一五一)二月十日にも図書寮の壁工が外記局文を盗んだことが見える。

一三 師遠の子で師任の父。寛治五年(一〇九一)死去。注一二所引の扶桑略記に記された事件に際して、新写の外記日記は師平の本を用いて書写された(水左記・治暦三年四月二十七日)。

一四 一まとまりの。

一五 「アナガチニ」(名義抄)。

一六 本書二・19に、師遠を評して「今世尤物也」。

一七 堀河天皇の寛治八年(一〇九四)に権中納言となる。

一八 大江匡衡も音人を江家の始祖と称する(江吏部集中)。匡房は続本朝往生伝に音人の伝を収める。

一九 検非違使(→八頁注一三)の長官。音人は貞観十六年(八七四)三月、別当となる。

二〇 平安京が都となる前、延暦三年(七八四)から同十三年まで都が置かれた地。現京都府長岡京市・向日市。

二一 荒れはてていて。

二二 平安京に獄舎を移築した。門によって獄舎を象徴させた。平安京では東西に獄所があり、東獄は近衛南、西洞院西に、西獄は勘解由南、西堀川西にあった。後のものであるが、平治物語絵巻に獄門の絵がある。

二三 このような行動はまた国に対して恩を重んずるものである、の意か。

二四 善い行いをする人は。

二五 ご馳走。

は、「我が子孫は国家に忠を致すに依りて、必ず帝王に仕へて[一]大位《たいゐ》に至るべきなり。ただし、刑人のその罪尤《もと》も重き者、これ囚獄《しうごく》の門に依りて[二]輙《たやす》く逃ぐる者なし。また[三]路次《ろし》を往行する者の、ややもすれば食物を与へたるも、別法の目《もく》に依りて輙く獄門に入ること能《あた》はず。その[四]報いに依りて定めて子孫少なくあらん」と云々。この事尤もの理《ことわり》なり。よりて匡房《まさふさ》も[五]靭負佐《ゆげひのすけ》為りし時、その[六]蹤《あと》を追はんがために路頭[七]夜行《やかう》の事、[八]稠《きび》しくもつて申し置きしところなり。国家の奉為《おんため》に忠を致すためなり。よりて[九]後三条院《ごさんでうゐん》の御時、全《もは》らもつて強盗の聞えなし。

また、[一〇]身において学びて抜群ならしむるは、[一一]先考無才《せんかうむさい》為りといへども、能《よ》く伝家の文書の条々、書写を為《な》して加へらるるの致すところなり。先考は[一二]明障子《あかりしやうじ》をもつて四面に立て、その中に家の文書を[一三]曝涼《ばくりやう》し、[一四]皆ことごとく印を捺《お》せり。また損じ失《う》せたるところには、必ずその本を尋ね求めて[一五]共継《ともつぎ》せらるるなり。常には「我はこれ江家《がうけ》の文預かりなり」とぞ申され侍りし。青侍《あをさぶらひ》四人をもつて、件《くだん》の障子の中に置き、一人には[一六]続飯《そくひ》を糊《こ》せしめ、一人には文《ふみ》を抜《ひら》かしめ、一人には[一七]継ぎ立た

一　高位。
二　「タヤスク」（名義抄）。簡単に逃亡する者はいなくなった。
三　道を行き来する。
四　他本は「依其報定子孫ニアラン」。
五　衛門佐の別称。匡房は治暦五年（一〇六九）一月、衛門権佐となる。
六　音人のやり方に追随しようと。
七　夜間の通行。
八　「キビシ」（名義抄）。
九　在位は治暦四年（一〇六八）—延久四年（一〇七二）。匡房は続本朝往生伝の後三条天皇伝では「天皇五箇年之間、初視㆓万機㆒、俗反㆓淳素㆒、人知㆓礼儀㆒、日域不㆑及㆓塗炭㆒。民于㆑今受㆓其賜㆒之故耳」と記し、その治世を聖代と捉えている。
一〇　私の学問を他に抜きんでたものとさせたのは。
一一　亡父。大江成衡。
一二　和紙を張って採光できるようにした障子。今の障子。
一三　日に当て風を通す。虫干し。
一四　以下と同様の記述が本書一・48にも見える。
一五　紙を継いで補写する。
一六　飯粒を練って作った糊。
一七　継ぎ貼りをさせ。

しめ、一人には書き継がしむ。かくのごとくして年月を送る。[一八]後代の物語なり。披露《ひろう》せらるべからざるか」と。

（一八）　[一九]六壬占《ろくじんせん》の天番《てんばん》、二十八宿《しゆく》、天に在るべくして地番《ちばん》に在るは不審なる事

命《おほ》せられて云はく、「[二〇]陰陽家《おんやうけ》の事、[二一]心に得らるるや、いかん」と。答へて云はく、「[二二]書籍《しよじやく》においては、大略随分歴覧《たいりやくずいぶんれきらん》すといへども、委《つまびら》かに学ぶこと能《あた》はず。この間、[二三]陰陽博士《おんやうはかせ》宗憲《むねのり》に逢《あ》ひて、占《うらな》ひの事少々学び請《こ》ひ候《さぶら》ふところなり」と云々。命せられて云はく、「占ひの事は尤《もと》も知らるべき事なり。ただし番の事能《よ》く学ばるるや。番には不審のこと在るなり。[二四]天番は[二五]二十八宿在るべきに、地番に在り。地番は[二六]十二神在るべきに、天番に在るはいかん。この事学ばるべきなり」と云々。

（一九）　大外記《だいげき》師遠《もろとほ》、諸道兼学の事

命《おほ》せられて云はく、「[二七]大外記師遠は諸道兼学の者か。今の世の[二八]尤物《いうぶつ》

一八 後の世の語りぐさになることであるが、あまり他人に披露されるべきことではないだろう。

一九 占術の一つ。十干、十二支、十二神、八卦、五行などの相互の関係を考え合わせて、吉凶を占う。

二〇 ここでは陰陽道のこと。

二一 心得ておられるか。

二二 日本国見在書目録に六壬雑占、六壬経、六壬式枢機経、釈六壬式六十四卦法、六壬式、六壬式雑占書等が記載されている。

二三 朝野群載十五所収、六壬占状の一つ、永久元年(一一一三)十二月十八日の「陰陽寮怪異吉凶占文」に「陰陽博士兼因幡権介賀茂朝臣宗憲」。

二四 天盤のこと。地盤(地番)と共に占いに用いる道具。天盤は円形、地盤は方形で、天盤を地盤の上に重ね、回転させて占う。天盤には北斗七星、十干、十二支、十二神を、地盤には八卦、十干、十二支、二十八宿が記される。左経記・長元元年(一〇二八)四月五日に「参二関白殿一。令レ御二覧故滋岡川人奉持太一式盤二枚一〈陰一枚、陽一枚〉」とある。陰の式盤が地盤、陽が天盤である。

二五 天球の黄道周辺を二十八に区分した区画。その中心になる星座で呼ぶ。口遊・陰陽門に、角・亢・氐・房・心・尾・箕・斗・牛・女・虚・危・室・壁・奎・婁・胃・昴・畢・觜・参・井・鬼・柳・星・張・翼・軫。

二六 神后・大吉・功曹・太沖・天罡・太乙・勝光・小吉・伝送・従魁・河魁・登明(古事類苑所引、儀度六壬選日要訣)。

二七 大外記となった年時が、師遠年中行事では寛治四年(一〇九〇)一月、二中歴二では康和三年(一一〇一)二月。

二八 すぐれたもの。傑物。本書二・16にも師遠を評して「当時之一物也」という。

なり。能《よ》く達《いた》ることは[一]中古の博士《はかせ》に劣らざるか」と。

（二〇）助教広人《じよけうひろひと》、諸道を兼学し、諸《もろもろ》の舞を習ひ、工巧《くけう》に長ずる事

「[二]助教[三]広人はこれ能《よ》く[四]左伝《さでん》を読み、諸道を兼学し、諸の舞を習ひ、[五]工巧に長ず。[六]時の人失《しつ》なきか。ただし、一目は[七]精《まなこ》を亡《うしな》ふ。一眼は誠に明らかなり。[八]高村《たかむら》が[九]文章博士《もんじやうはかせ》の[一〇]対策《たいさく》の判に預かりて、科《とが》・[一一]病累《へいるい》多く、落第に処せり。しかるに[一二]弘仁皇帝《こうにんくわうてい》命《おほ》せて及第に置かるる時、高村窃《ひそ》かに云はく、「一目亡《うしな》へる人、何ぞ我が[一三]策を知らんや」と。広人聞きて云はく、「一目をもつて汝《なんぢ》の書を見るに、なほ見るべきに足らず。何ぞいはんや両眼共に存する時をや」と。これらの例をもつて思へば、[一四]紀伝《きでん》・明経《みやうぎやう》は共にもつて広く学ぶべきなり」と云々。

（二一）天暦皇帝《てんりやくくわうてい》、手跡《しゆせき》を道風《みちかぜ》に問はるる事

「[一五]天暦皇帝、[一六]道風朝臣を召し、勅して云はく、「我が朝《てう》の上手は

一 中古を評価の基準とすることは本書五・73にも見える。
二 大学寮明経道の教官。博士に次ぐ。
三 該当の人物を見出しえない。宗人の誤りとすれば、滋善宗人がある。本姓、西漢人（かわちのあやひと）。三代実録・貞観五年正月二十日の卒伝に「少遊二学館一、従二大学博士御船宿禰氏主一、受二三礼一。一聞而記二於心一焉。氏主顧謂二同志一云、此生、後代之礼聖也。天長年中、為二美作博士一、以二経学優洽一、被レ召二侍嵯峨院一。承和七年擢二拝直講一、久而遷二助教一」。
四 春秋左氏伝。学令に定められた大学で教授すべき経書の一つ。
五 「クケウ」（字類抄）。工芸。
六 当時の人々は、広人には欠けたものはないのではないかといった、の意か。本文に脱文があろう。
七 「マナコ」（名義抄）。目が見えなかった。
八 未詳。小野篁が考えられるが、篁は文章博士になったこともなく、対策についても明証がない。
九 本文はこう読まざるをえないが、「文章博士の対策」ということはありえない。もとは「高村が対策」で、「文章博士」は高村についての注記であったものか。
一〇 大学寮における最高課程の試験。またその答案。判はその審査。
一一 詩文の表現上の欠点。
一二 嵯峨天皇。弘仁はその治世の年号。
一三 対策。
一四 大学寮における学科。紀伝は史記や文選などの歴史・文学を、明経は孝経や論語などの経書を学習する。
一五 村上天皇。天暦は治世の年号。
一六 小野道風。天徳三年（九五九）の内裏詩合に清書を勤め、闘詩行事略記に「木工頭小野道風者能書之絶妙也」。応和元年（九六一）には焼亡後再建された内裏の諸殿舎門の額を書く。天暦期の坤元録屏風詩を書いたことが本書四・19に見える。

誰人《たれ》ぞや」と。申して云はく、「空海《くうかい》・[一七]敏行《びんかう》」と。時の人難じて云はく、「大師《だいし》の御名においては音読に奏すべきなり。敏行をばなほ『としゆき』となむ奏すべき」」と云々。

（一二二） 道風《みちかぜ》・朝綱《あさつな》、手跡相論《しゆせきさうろん》の事

「[一八]天暦《てんりやく》の御時、[一九]野《や》道風と[二〇]江《がう》朝綱と常に[二一]手書《てか》きの相論を成せし時、両人議して曰はく、「[二二]主上《しゆしやう》の[二三]御判《ごはん》を給はりて、互ひに勝劣を決すべし」と云々。よりて御判を申し請《う》けしところ、主上仰せられて云はく、「朝綱が書の道風に劣れる事、譬《たと》へば道風の朝綱が才《ざえ》に劣れるがごとし」」と云々。

（一二三） 兼明《かねあきら》・佐理《すけまさ》・行成等同《ゆきなりとうどう》の手書《てか》きの事

「[二四]兼明・[二五]佐理・[二六]行成の三人は[二七]等同の[二八]手書きなり。おのおの皆、様《さま》は少しく相乖《あひたが》[二九]ふなり。後《のち》の人、[三〇]殿最《でんさい》を決し難きか。故[三一]源右相府《げんうしやうふ》曰はく、「行成卿は、世人、道風《みちかぜ》に劣ると謂《おも》へるか」と。まことは佐理・兼明

一七 藤原敏行。仁和元年（八八五）の藤原基経の、寛平七年（八九五）の源能有の五十賀屛風詩を書き、前者を見た島田忠臣は「相府恩加二草聖一深」と賛える（田氏家集・中）。
一八 村上天皇の治世。
一九 小野道風。
二〇 大江朝綱。その書跡としては紀家集十四断簡が遺存するが、他にはその能筆をもの語る資料は見出しえない。
二一 能筆。
二二 天皇の尊称。
二三 判定。
二四 兼明の能書については、栄花物語一に「御手をえもいはず書き給ふ。道風などいひける手をこそは世にめでたきものにいふめれど、これはいとなまめかしうをかしげにかかせ給へり」とある。
二五 佐理については、大鏡・実頼伝に「佐理の大弐、世の手書きの上手」とある。
二六 行成については、大鏡・伊尹伝に「いまの侍従大納言行成卿、世のてかきとののしりたまふは」とある。
二七 「トウドウ」（字類抄）。同等の。
二八 能筆。
二九 「タガフ」（名義抄）。
三〇 優劣。もと考課に用いる語で、殿は劣る、最はすぐれていること。
三一 源師房。

に等《ひと》しとなむ、世人は称《い》ひける」と。

（二四）　積善《もりよし》、衛玠《ゑいかい》を能書と作《な》す事

「積善、「[一]衛玠の家風」と作るは、衛玠の能書の義、所見有るか、いかん」と。答ふ、「衛玠は能書なり。故に「家風」と称《い》ふか」と。[二]分明《ふんみやう》には告げられず。

（二五）　平中納言時望《へいちゆうなごんときもち》、一条左大臣《いちでうさだいじん》雅信《まさのぶ》を相《さう》する事

「故[三]右大弁時範《うだいべんときのりかた》談りて云はく、「[四]一条左大臣年少の時、故[五]平中納言時望到る。その父の式部卿敦実親王《しきぶきやうあつみしんわう》、雅信を召し出して、時望に[六]相せしむ。時望相して云はく、『必ず[七]従一位《じゆいちゐ》左大臣に至らんか。[八]下官《げくわん》の子孫もし[九]申し触る事有らば、[一〇]必ず挙用《きよよう》有るべきなり』と。数刻感歎すと云々。時望卒《しゆつ》して後、一条左大臣、かの[一一]知己《ちき》の言《ことば》に感じて、[一二]惟仲《これなか》、肥後《ひご》の公文《くもん》の間、ことに[一三]芳心《はうじん》を施す。惟仲はこれ時望の孫《うまご》、珍材《よしき》の男《をのこご》なり」と云々。この語《こと》は、故[一四]平宰相《へいさいしやう》の説なり。かの家に伝へ語る

一　積善の散佚の詩文に「衛玠家風」という語句があったものと考えられる。衛玠は晋の人。祖父の瓘、父の恒は共に能書家として有名で、恒には四体書勢の著がある。しかし玠については能書であったことを示す資料は見出しえない。そこでこのような質問になったのであろう。

二　「フンミヤウ」（字類抄）。はっきりと。匡房も衛玠が能書であることの明確な論拠は示しえなかったというのであろう。

三　平時範。没年は天仁二年（一一〇九）。

四　源雅信。生年は延喜二十年（九二〇）。

五　時範の六代前の祖先。元慶元年（八七七）—承平八年（九三八）。

六　人相を見る。次条（26）に「平家自㆓往昔㆒累代伝㆓相人之事㆒」。

七　雅信は貞元三年（九七八）に左大臣、寛和三年（九八七）に従一位となる。

八　官吏の自称。

九　相談申しあげることがあるときには。

一〇　是非とも取り挙げていただきたい。

一一　自分のことを本当によく知ってくれたことば。

一二　→二・13。

一三　「ハウジム」（字類抄）。親切な心。

一四　平親信。天慶八年（九四五）—寛仁元年（一〇一七）。時望の孫で、珍材の兄弟直材の子。また時範の四代前の祖先。宰相は参議の唐名。

由、時範の談るところなり」と。

（二一六）　平家《へいけ》往昔《わうせき》より相人《さうにん》為《た》る事

また「[一五]平家は往昔より累代[一六]相人の事を伝ふ。また惟仲《これなか》中納言、その母は[一七]讃岐《さぬき》の国の人なり。珍材《よしき》[一八]讃岐介《さぬきのすけ》為りし時、生むところの子なり。しかして任を去りし後に尋ね来たる。珍材召し入れて相すと云々。「汝《なんぢ》必ず大納言に至らんか。ただし貪《むさぼ》る心に依り、すこぶるその妨《さまた》げ有らん。慎《つつし》むべきなり」と云々。後《のち》はたして[一九]中納言に至り、[二〇]太宰帥《だざいのそち》と為《な》る。件《くだん》の時、[二一]宇佐宮《うさぐう》の[二二]第三の宝殿《ほうでん》に封《ふう》を付く。件の事に依り、[二三]任を停《とど》めらる。これ往年《わうねん》[二四]先親の伝へ語るところなり」と云々。

（二一七）　行成《ゆきなり》大納言、堅固《けんご》の物忌《ものいみ》を為《な》すといへども、召しに依り参内する事

また云はく、「行成大納言、[二五]蔵人頭《くらうどのとう》為りし時、堅固の物忌に依り[二六]里亭に籠居《ろうきよ》せし間、禁中より大切《たいせつ》の事と称《い》ひて召し有り。参上せしむる

一五　25条に登場する桓武平氏時望流。
一六　人相を見ること。
一七　大鏡裏書、公卿補任、尊卑分脈には「備中国青河郡司女」とある。
一八　讃岐介となったことの記事は他に見えない。
一九　長徳四年（九九八）中納言となる。
二〇　長保三年（一〇〇一）大宰権帥となる。
二一　大分県宇佐市の宇佐八幡宮。伊勢神宮に次ぐ宗廟として朝廷の尊崇が厚かった。
二二　日本紀略・寛弘元年（一〇〇四）三月二十四日に「宇佐宮命婦幷神人等参二入陽明門一、愁二申大宰帥平惟仲卿非例事一。是則惟仲卿依レ封二彼宮宝殿一也」。
二三　日本紀略・寛弘元年十二月二十八日に「大宰権帥惟仲卿停任。…依二宇佐宮司訴一也。法家所レ勘二申罪名一、殊宥二其罪一、只停二其職一也」。
二四　亡父。匡房の父成衡。
▽古事談六に類話がある。「珍材朝臣従二美作一上道之路、寄二宿備後国品治郡一、召二郡司女一令レ打レ腰之間、懐孕畢。後其児至二七歳一之時、郡司相具前立レ之、参二珍材之許一、述二子細一。珍材思二出件事一涕泣。珍材者極相人也。仍見二此児一可レ至二二位中納言一之相アリト云テ養育。果如二父之相一云々」。

二五　長徳元年（九九五）八月から長保三年（一〇〇一）八月まで蔵人頭。
二六　私邸に引きこもる。

時、殿上《てんじやう》においてにはかに[一]心神度《ど》を失ふ。恐れながら[二]清涼殿《せいりやうでん》に参る。[三]主上《しゆしやう》先づその気色《けしき》を識《し》り、音《こゑ》を揚《あ》げて、「誰《た》そあれは」と仰せらる。すなはち御音《おんこゑ》に応じて「朝成《あさひら》」と称《い》ふ。[四]御簾《みす》の限りに留む。行成、御前に入りてこの難を免かると云々。これすなはち、行成の祖父《おほぢ》[五]一条大《いちでうだい》将《しやう》と朝成、[六]大納言に敵人《かたきびと》為るに依り、[七]陵《しの》がんと欲《おも》ふなり」と云々。

（二一八）　延喜《えんぎ》の比《ころほひ》、束帯《そくたい》一具をもつて両三年を経《ふ》る事

また談《かた》りて云はく、「[八]延喜の比、[九]上達部《かんだちめ》の[一〇]時服《じふく》は美麗《びれい》なるを好まず。[一一]朱雀院《すざくゐん》の御時、ある公卿、消息《せうそこ》を内裏の女房が許《もと》に遣はし、奏せしめて云はく、「先《さき》の朝《みかど》の恩賜の[一二]御下襲《したがさね》は、年月推移し、処々《ところどころ》破損せり。[一三]大略束帯《たいりやくそくたい》一具を調《てう》ずれば、御下襲一領《いちりやう》申し下さるべし」といへり。近代の例、両三年の間、節会《せちゑ》・[一四]公政《こうせい》の庭に着用せるか。何ぞいはんや、諸国の受領《ずりやう》は[一五]封物《ほうぶつ》を済《な》さず、[一六]無頼《ぶらい》の公卿は[一七]桑下《さうか》の人に類すべきをや」と云々。

一　精神状態がおかしくなる。
二　内裏の宮殿の一つ。天皇の日常の居所。
三　一条天皇。
四　天皇は行成にとり憑いた怨霊を御簾を境に止められた、の意か。
五　藤原伊尹。
六　大納言をめぐって敵であったので、の意であろう。朝成が大納言昇進を望んだとき、伊尹がこれを無視したので、朝成は怒って怨霊となった話が古事談二、続古事談二、十訓抄九に見える。
七　名義抄に「シノグ、ヲカス」。大鏡・伊尹伝では蔵人頭任官をめぐっての争いとして、「(朝成は)さて家にかへりて、このぞう(族)ながく断たむ。もし男子も女子もありとも、はかばかしくてはあらせじ。あはれといふ人もあらば、それをも怨みんなどちかひてうせ給にければ、代々の御悪霊とこそはなりたまひたれ」とある。
▽朝成の悪霊が行成に危害を加えようとする話は大鏡・伊尹伝にも見える。
八　醍醐天皇(在位八九七—九三〇年)の治世の年号。九〇一—九二三年。
九　大臣・大中納言・参議および三位以上の貴族。公卿。
一〇　その時期に着る服。朝廷から諸臣に対して毎年二度支給された。大鏡・時平伝に、時平が醍醐天皇と示し合わせて、故意に華美な服装で参内し、これを天皇が厳しく叱責することで、世間の贅沢を取り締まった話が記されている。
一一　醍醐天皇の次の天皇。在位、延長八年(九三〇)—天慶九年(九四六)。
一二　→八頁注七。
一三　公事に着用した朝服。最も正式な礼服。
一四　政治をとり行うこと。国政。
一五　貢納物を収めない。
一六　「タノムコトナシ、又タヨリナシ、フライ」(字類抄)。頼り所のない。
一七　まるであの桑下の飢えた人のようである。晋の趙盾は

（二九）　小野宮殿《をののみやどの》、蔵人頭《くらうどのとう》を渡されざる事

また命《おほ》せられて云はく、「英明《ふさあきら》[一八]、少年にして相戯《あひたはぶ》れて小野宮殿[一九]を狎《な》れ凌《しの》ぐ。この故をもつて蔵人頭[二〇]を渡されず」と云々。

（三〇）　四条中納言《しでうちゆうなごん》、弼君顕定《ひつのきみあきさだ》を嘲《あざけ》る事

また「四条中納言[二一]、蔵人頭《くらうどのとうた》為りし時、弼君顕定[二二]を嘲る。詐《あざむ》きて虚《きよ》[二三]誕《たん》をもつて宇治殿《うぢどの》[二四]の仰せと為《な》す それ中言《なかごと》[二五]なり。宇治殿聞こしめし、定頼《さだより》を勘発《かんぼつ》[二六]せられて云はく、「摂政・関白などは人の嘲哢《てうろう》[二七]するものにもあらず」と。この事に依り、半年ばかり蟄居《ちつきよ》すと云々。顕定は宇治殿の方人《かたうど》[二八]なりと云々。定頼《さだより》は二条殿《にでうどの》[二九]の方人《かたうど》なり。故に意緒《いしよ》[三〇]有るか。古今、蔵人頭、久しく勘事《かんじ》[三一]に処せらるる例なり」と云々。

（三一）　範国恐懼《のりくにきようく》する事

また「範国五位《ごゐ》[三二]の蔵人《くらうど》と為《な》りて奉行《ぶぎやう》[三三]する事有り。小野宮右府《をののみやのうふ》[三四]、上卿《しやうけい》[三五]

首山で狩をした時、桑の下に飢えた人がいるのを見て、これを助け、のちに彼に助けられたという（春秋左氏伝・宣公二年、史記三十九・晋世家）。

一八　源英明。延喜四年（九〇四）頃―天慶二年（九三九）。

一九　藤原実頼。昌泰三年（九〇〇）―天禄元年（九七〇）。

二〇　蔵人頭は退任する時、後任者を推薦する習慣のあったことは、大鏡・伊尹伝に「おほかたむかしは、前頭の挙によりてのちの頭はなることにて侍りしなり」。表題に「小野宮殿、蔵人頭を渡されざる事」とあり（水言鈔の目録も「英明不為頭事」）、本文もそのように理解すべきであるが（小野宮殿にのみ敬称が付されること、およびそれと「渡されず」という表現との対応）、史実とは異なる。英明は延長五年（九二七）二月から同八年正月まで蔵人頭。実頼は延長八年八月に蔵人頭となる（職事補任）。

二一　藤原定頼。長和六年（一〇一七）三月から寛仁四年（一〇二〇）十一月まで蔵人頭。

二二　源顕定。「弼君」の称は弾正大弼であったことによる。

二三　いつわり、うそ。

二四　藤原頼通。↓一八頁注四。

二五　「ナカコト」（字類抄）。間に立って両方に告げ口をすること。

二六　↓三九頁注一二。

二七　あざけりからかう。

二八　味方、ひいきをする人。

二九　藤原教通。頼通の弟。

三〇　思うこと。

三一　勘当。拾遺集十九に「延喜御時、按察のみやす所ひさしくかむじにて」。禁秘抄下・召籠に「師頼為レ頭之時、与二蔵人定仲一、同二見五節帳台一。有二沙汰一。師頼恐懼、三十日許籠居。為レ頭人勘事不レ聞事也」。

三二　↓三九頁注七。

三三　命を受けて事を行う。

三四　藤原実資。

三五　↓一八頁注五。

と為《な》り陣[一]に候《こう》せらる。中文《まうしぶみ》[二]を下す時、弼君顕定《ひつのきみあきさだ》[三]、南殿《なでん》[四]の東妻《ひがしづま》において陰根《いんこん》[五]を出ださる。範国堪《た》へずして遂《つひ》にもつて笑ふ。右府案内《あんない》[六]を知られず、大いにもつて咎《とが》め、奏達《そうたつ》[七]に及ぶ。範国この事に依り恐懼[八]す」と。

（三二）　実資《さねすけ》・公任《きんたふ》・俊賢《としかた》・行成《ゆきなり》ら公事《くじ》を問はるるに、その作法おのおの異なる事

また命《おほ》せられて云はく、「資業《すけなり》、談《かた》りて云はく、「実資・公任・俊賢・行成の四人、御使と為《な》りてかの亭《てい》[九]に向かふ。公事《くじ》[一〇]を問はれし時、その作法おのおの異なれり。右府《うふ》[一一]は日記中より証文[一二]に備ふべき処を取り出さる。俊賢は先に日記を見畢《をは》り、識《し》り覚えて陳《の》べらる。公任はただ執政《しつせい》[一三]の申すに依るべき由申さる。四人の体《てい》、皆もつて同じからざるなり」」と云々。

また命《おほ》せられて云はく、「この人々、皆朝議《てうぎ》[一四]に達《いた》るといへども、式《しき》[一五]目《もく》を造らるるにおいては、多く公任作り献ぜらる。その人を人とし[一六]、その家を家とするが故なり。ただし自《みづか》らの作法・進退《しんだい》[一七]は自《みづか》らその知る

一　→三九頁注五。
二　奏上文。陣座における決議を中文にして天皇に奏聞し、裁可を得る。
三　→五一頁注二二。　四　紫宸殿の東の端。
五　男性器。　六　事情。
七　天皇へ奏上すること。
八　勅勘を受けて自宅に籠り謹慎する。五一頁注三一の禁秘抄参照。
▽本条は今昔物語集二八・25「弾正弼源顕定出閇被咲語」の典拠。
九　「かの亭」では不明であるが、水言鈔、前田本では、本条の前に本書五・42「鷹司殿屏風詩事」が置かれており、これは鷹司殿屏風詩に採録された資業の詩に難癖をつけた藤原義忠が頼通から謹慎を命じられる話である。その連想から、頼通邸をさすのであろう。
一〇　政務、あるいは朝廷の儀式。
一一　右大臣。実資をいう。
一二　証拠の文となりうる箇所。
一三　摂政関白。
一四　朝廷の政務に熟達している。
一五　法式、規定。公任には有職故実の著述として北山抄がある。
一六　その人となり、家柄を人々が認めるからである。公任は小野宮家の嫡流。
一七　「シンダイ」(字類抄)。
一八　どのような図柄であるかは未詳。江家次第八・相撲召仰に「東方御簾西辺立二亘五尺漢書御屏風一〈…近例依レ無二漢書御屏風一、立二大宋御屏風一〉」とあるほか、枕草子二七八段、北山抄三、雲図鈔に見え、四方拝、内宴、御仏名、立太子儀などに立てられている。
一九　打毬は杖で球を打ち相手の門に入れる競技。馬に乗って行うのと今のホッケー風のとがあった。その屏風は小右記・万寿元年九月十九日、殿暦・天仁二年九月六日に見え、共に高陽院の競馬に用いられる。なお江次第鈔一には「大

ところに劣れり」と云々。

（三三）　諸《もろもろ》の御屏風などその員《かず》有る事

また云はく、「諸の御屏風など、その数有り。いはゆる[一八]漢書《かんじよ》・[一九]打《だ》毬《きう》・[二〇]坤元録《こんげんろく》・[二一]変相図《へんさうづ》・[二二]賢聖《けんじやう》・[二三]山水《せんずい》などの御屏風などの類《たぐひ》これなり。時に随ひて立つ。委《くは》しき事は[二四]装束司記《さうぞくしき》の文に見ゆるか」と。

（三四）　しかるべき人は着袴《ちやくこ》に奴袴《さしぬき》を着ざる事

「[二五]戸部卿《こほうきやう》曰はく、「[二六]故右大将《うだいしやう》、御童稚《どうち》の時、[二七]着袴の日の夕べ、[二八]上東門院《じやうとうもんゐん》より御装束一襲《ひとかさね》を奉らる [二九]兼日《けんじつ》申し請《こ》はるるに依りてなり。[三〇]奴袴を副《そ》へ進《たてまつ》られず。時の人、あるいは忘却せしめ給ふ由を称《い》ひ、あるいは重ねて申し請はるべき由を申す。[三一]殿下返答なく不審なり。剋限《こくげん》至れり。着用し給はず。その後、院この旨を聞こしめし、仰せて云はく、『[三二]宜《よろ》しき人は、着袴の時に、奴袴を着ざるなり。近代の人々は案内を知らざるか』と。時に近習《きんじふ》の上達部《かんだちめ》・殿上人《てんじやうびと》・[三三]非参議《ひさんぎ》ら[三四]識者済々《せいせい》たり。何

宋屏風、画二唐人打毬一也」とする。
二〇　→本書四・19。
二一　地獄変(地獄絵)の屏風。仏名に立てる。古今著聞集十一・387に「(巨勢)弘高、地獄変の屏風を書けるに、楼の上より桙をさしおろして、人をさしたる鬼をかきたりけるが」とある。ほかに枕草子七七段、栄花物語三、御堂関白記・長和四年十二月十九日、雲図鈔などに見える。
二二　紫宸殿に置かれた賢聖障子か。中国の賢人名臣三十二人の肖像を描き、銘を付す。古今著聞集十一「紫宸殿賢聖障子幷びに清涼殿等の障子画の事」参照。
二三　江家次第八・相撲召仰、同十二・斎王群行、北山抄三・内宴などに見える。
二四　儀式を行う式場の設営をする装束司の記録。通憲入道蔵書目録、本朝書籍目録に五巻とある。散佚し、江家次第、西宮記、政事要略ほかに佚文が残る。
二五　民部卿の唐名。源経信をさす。承暦五年(一〇八一)から寛治八年(一〇九四)まで民部卿。
二六　藤原通房。扶桑略記・長久五年(一〇四四)四月二十七日に「右近大将権大納言藤原朝臣通房薨逝。年廿。関白左大臣頼通朝臣嫡子也」。万寿二年(一〇二五)生れ。
二七　初めて袴を着ける成人儀式。三歳から七歳ごろまでに行われた。装束は尊貴の親戚から贈られた。
二八　藤原彰子。通房の叔母。一条天皇の后、後一条天皇の母。万寿三年出家して上東門院の号を賜わる。
二九　前もって、以前に。
三〇　「奴袴　佐師奴枳乃波賀万」(二十巻本和名抄)。
三一　関白の敬称。通房の父頼通。
三二　水左記・承保二年(一〇七五)八月十六日に「今日春宮御着袴也。…左府(教通)帰二着殿上一、謂二下官一曰、前々着袴之人、不レ云二上下一、無レ着二指貫一。而今夜所レ被レ設二御指貫一也。是不レ似二前例一」。
三三　→一九頁注二六。
三四　故実に通じた人が多くそろっている。「済々」は「セイ〳〵。多威儀貌、多也、集也」(字類抄)。

ぞ伝聞せざらんや。尤《もと》も恥辱多きか。資業《すけなり》・章信《あきのぶ》[一]もこの旨を知らず。なほもつて古賢に及ばざるなり」」と云々。

（三五）　善男《よしを》事に坐し承伏《しようふく》する事

「[二]善男事[三]に坐する日、[四]大納言南淵年名《みなぶちのとしな》・参議菅原是善卿《すがはらのこれよしきやう》ら、勅を奉じて勘解由使《かげゆし》の局《つぼね》において推問《すいもん》す。[五]さらに承伏せず。すなはち詐《いつは》りて人をして謂《い》はしめて云はく、「[六]息男の佐已《すけすで》にもつて承伏し畢《をは》んぬ。何ぞ独り然《しか》らざるか」と。善男聞きて、「口惜《くちを》しき男かな」と云ひて承伏す。また法隆寺《ほふりゆうじ》[七]の僧善愷《ぜんがい》訴へし時、左大弁正躬《さだいべんまさみ》王ら、善男の十弊《じふへい》[八]を訴へり。善男また正躬らが二十姦《かん》[九]を陳《の》べて曰はく、「群蚊雷《ぐんぶんいかづち》[一〇]を成す日は、善男国に死する時なり」」と。

（三六）　御剣《ぎよけん》の鞘《さや》に巻き付けらるるは何物なりやといふ事

また談《かた》りて曰はく、「御剣[一一]の鞘に五、六寸ばかりの物の巻き付けらるる有り。人、何物といふ事を知らず。資仲卿《すけなかきやう》、自《みづか》ら撰[一二]進の四巻に云は

一　前田本は「斉信」。
二　伴善男。
三　事件にあって罪になる。字類抄に「坐事　ツミセラル」。貞観八年（八六六）のいわゆる応天門の変。閏三月、応天門が炎上し、同九月、放火の罪によって、善男、その子中庸らが遠流に処せられた。
四　三代実録・貞観八年八月七日に「勅二参議正四位下行左大弁兼勘解由長官南淵朝臣年名、参議正四位下行右衛門督兼讃岐守藤原朝臣良縄一、於二勘解由使局一、鞫二問大納言正三位兼行民部卿太皇大后宮大夫伴宿禰善男一」。なお菅原是善が尋問に当たったことは史書に見えない。これに関して底本に、表題の下に「イ本云、奉勅於勘解由使局推問之人者参議南淵年名同藤原良縄也。此所談大僻事歟」の書入れがある。
五　三代実録・貞観八年九月二十五日の告文に「或人告言久、大納言伴宿禰善男可所レ為奈利。驚怪比賜比天、令三所司勘定一尓、正身固争天不三承伏一止云止毛、子弁従者等乎拷訊須留尓、事端既顕天更無レ可レ疑」。
六　中庸。時に右衛門佐。
七　承和十二年（八四五）の善愷訴訟事件。善愷が檀越の登美直名の不法を告訴し、左大弁正躬王らがこれを審判して、直名を遠流に処することを主張したのに対し、善男は正躬王らは違法の訴えを認めたとして糾弾した。
八　十の欠点。
九　二十の悪事。
一〇　群がった蚊が雷のような音をあげる。小人たちが群集して誹謗中傷することをたとえる。漢書五十三・景十三王伝の中山靖王伝に「聚蟁成レ靁」（蟁は蚊の、靁は雷の古字）とあるのを用いた。
一一　三種の神器の一つの草薙剣。
一二　未詳。前田本は「撰集之三巻」。巻数が相違するが、玉葉・安元二年十一月十四日には「資仲所レ抄之事十巻〈其名謂二五巻抄一〉」が見える（和田英松）。江家次第には資仲御抄、資仲卿次第の引用がある。本朝書籍目録に資仲の著作とし

く、「[一三]故大納言の教命《けうめい》[一四]に云はく、『予《われ》、昔[一五]三条院の御宇《ぎよう》の時に殿上人為《た》り。[一六]無名門《むみやうもん》より参内す。主上《しゆしやう》は殿上の[一七]御倚子《ごいし》に御《おは》します。予《われ》、謹みて地上に跪《ひざまづ》き候《さぶら》ふ。仰せて云はく、[一八]小板敷《こいたじき》に昇《のぼ》り候ふべし、といへり。仰せに随ひて小板敷に祗候《しこう》す。仰せて云はく、御剣の鞘に纏《ま》き付けらるる物有り。これ何物なりや。汝《なんぢ》、聞くところ有るか、といへれば、予奏して云はく、至愚《しぐ》の身、かくのごとき事知り難し、といへり。また仰せられて云はく、なほ申すべし、といへれば、奏して云はく、慥《たし》かなる説承らず。ただしある人申して云はく、もしこれ御辛櫃《からひつ》の鎰《かぎ》か、と、といへれば、[一九]天気《てんけ》感有り。後日《ごじつ》、[二〇]景理朝臣《かげまさあそん》相語りて云はく、主上仰せて云はく、我秘事《ひじ》を問へり。衆人は知らず。しかるに資平《すけひら》の申すところ、すでに相叶《かな》へり。尤《もと》も感ずるところなり、といへりと。そもそも件《くだん》の鎰の事は[二一]右丞相《うじようしやう》の仰せなり。また[二二]清慎公《せいしんこう》の御口伝《みくでん》に在り』」[二三]と。また[二四]江左大丞《がうさだいじよう》の説に云はく、「[二五]神璽《しんじ》の筥《はこ》の鎰、[二六]宝剣の組に纏きて、纏き籠《こ》むる由、[二七]延喜の御日記に見ゆ。これ秘事なり。普通の御記《ぎよき》にはあらず。秘したる御記に在り」と云々。

て節会抄、青陽抄がある。
一三 藤原資平。資仲の父。正二位大納言に至り、治暦三年(一〇六七)没。
一四 朝儀、政務などについての故実を教授する言談。受けた者が筆録した。
一五 在位、寛弘八年(一〇一一)—長和五年(一〇一六)。資平は長和四年、蔵人頭となる。
一六 内裏の殿上間の小庭に通じる東の門。
一七 殿上間に天皇着座のために置かれた椅子。「倚子 イシ、胡床之類也」(字類抄)。
一八 殿上間の南側にある板敷。蔵人が伺候する。
一九 天皇の御気嫌。
二〇 大江氏。三条朝の蔵人。ただし在職は寛弘八年—長和三年(職事補任)。
二一 右大臣。藤原実資をいう。資平の父。
二二 藤原実頼。実資の祖父。口伝は教命(→注一四)に同じ。実頼の口伝は未詳。
二三 ここまでが故大納言教命を承けた資仲の「四巻」にもとづく言談。
二四 左大弁大江斉光。
二五 →三四頁注六。
二六 御剣(→注一一)。組は組みひも。
二七 醍醐天皇の日記。その一部が延喜天暦御記抄の断簡および諸書所引の佚文として残る。現存の佚文には見えないが、土右記・治暦五年五月三日に、「天皇御璽筥黒漆押掩半蓋也。有レ鎖矣。其鎰納二御剣緒中一云々」とある。
▽御剣に結びつけられた物が何であるかをめぐっての秘説二つが語られるが、前者は実頼・実資—資平—資仲という小野宮流で伝承された口伝である。資平の教命の部分が古事談一に採録される。後者の江左大丞説は富家語183と関連する。

（三七）　貞信公《ていしんこう》と道明《みちあきら》と意趣《いしゆ》有るかといふ事

また命《おほ》せられて云はく、「貞信公は[一]弱年にして右大臣為《た》り。時に道[二]明は一《いち》の大納言なり。この時、貞信公辞[三]退して左大臣に任ぜしめず。[四]道明薨《こう》ぜし後、幾程《いくほど》を歴《へ》ずして左[五]大臣に任ぜられ、定方《さだかた》は右大臣に任ず。もし意[六]趣有るか」と。

（三八）　古人の名の唐名《たうめい》に相通ずる名などの事

また云はく、「古人の名の唐[七]名に相通ずる名など。三善清行《みよしのきよゆき》居逸《きよいつ》[八]。嶋田忠臣《しまだのただおみ》達音《たつおん》。紀長谷雄《きのはせを》発超《はつてう》[九]。源　順《みなもとのしたがふ》真玻《しんけふ》[一〇]。慶保胤《けいやすたね》定沢[一一]、法名心覚《ほふみやうしんかく》[一二]。江《がう》挙周《たかちか》達幸《たかう》[一三]。藤明衡《とうあきひら》安蘭《あんらん》[一四]。江匡房《がうまさふさ》満昌《まんしやう》[一五]」と。

（三九）　古人の名ならびに法名《ほふみやう》の事

また云はく、「古人の名の読[一六]まれざるものならびに法名など。定基《さだもと》[一七]江家《がうけ》、法名寂照《ほふみやうじやくせう》[一八]、参川入道《みかはにふだう》[一九]これなり。唐号《たうがう》は円通《あんつう》[二〇]。遍昭僧正《へんぜうそうじやう》[二一]、良峰宗貞《よしみねのむねさだ》。能因《のういん》

一 藤原忠平。延喜十四年（九一四）八月、右大臣となる。時に三十五歳。　二 道明が首席の大納言となったのは延喜十八年六月。　三 左大臣への就任を辞退した。　四 延喜二十年六月、道明没。　五 日本紀略・延長二年（九二四）正月二十二日に「天皇御㆓南殿㆒。以㆓右大臣藤原朝臣忠平㆒任㆓左大臣㆒、以㆓大納言藤原定方㆒任㆓右大臣㆒」。　六 恨み。

▽右大臣の座に誰かがいれば、首席の大納言は昇進することができない。そこで、道明に含むところのあった忠平は、左大臣の座が空いていても、道明の昇進を阻止するため、左大臣になろうとはしなかったというのである。

七 唐名は中国風の呼称。名のよみに近似した音の漢字を当てた中国風の名。二中歴十三には「纇名」という。　八 キョイツがキヨユキに近似する。本朝文粋十二・詰眼文の作者表記に「善居逸」。　九 紀家集十四「法華会記」では「発韶」、雑言奉和の詩序では「発昭」と自称する。これはハッセウで、ハセオにより近い。　一〇 二中歴は「真峡」。ともにシンケウでシタガフに通じる。　一一 水言鈔、二中歴は「定譚」。定にヤスの読みがあり、譚（沢）はタネに近似するとみるべきか。　一二 朝野群載二「賽菅丞相廟願文」（保胤）に「沙門心覚」とあるが、匡房は続本朝往生伝では「寂心」とする。　一三 水言鈔、二中歴は「多幸」。　一四 安伎比良（あきひら）の安良に好字を宛てたか（碩鼠漫筆一）。　一五 本朝続文粋一「続座左銘」に「江満昌」と自称する。

▽二中歴には以上の外に「兼明〈謙光〉」をあげる。古今著聞集序の橘南袁（成季）、金言類聚抄の撰者名、潭朗も同様の例である。

一六 難読の名の意か。　一七 大江氏の意。　一八 続本朝往生伝に「法名寂照」。　一九 出家前に三河守であったことによる。　二〇 宋史四九一に「景徳元年其国僧寂照等八人来朝。…詔号㆓円通大師㆒、賜㆓紫方袍㆒」。　二一 続本朝往生伝に「僧正遍照者承和之寵臣也。俗名宗貞」。　二二 注記の「大師」は本来定基に付された「円通大師」の後の

橘 永愷《たちばなのながやす》。[二二]今毛人《いまえびす》大師《だいし》。[二三]愛発《よしちか》。[二四]朝成《あさひら》。[二五]惟成《これしげ》法名悟妙《ごめう》。華山院《くわざんゐん》法名入覚《にふかく》[二六]。義懐中納言《よしちかちゆうなごん》法名悟真《ごしん》[二七]。[二八]大入道殿《おほにふだうどの》法名如実《によじつ》。仲平《なかひら》静覚《じやうかく》[二九]。道長《みちなが》行観《ぎやうくわん》[三〇]、また行寛と改む。高光少将《たかみつせうしやう》、[三一]如覚《によかく》道号[三二]寂真《じやくしん》。[三三]内相藤押勝《とうおしかつ》仲麿《なかまろ》、恵美大臣《ゑみのおとど》と号す」と。

また云はく、「藤慶《とうけい》は道明大納言《みちあきらだいなごん》の字《あざな》[三四]と云々。[三五]藤文《とうぶん》は在衡《ありひら》の字と云々。[三六]藤賢《とうけん》は有国《ありくに》の字と云々。[三七]式大《しきだい》は惟成の字と云々」と。

(四〇) 経頼卿《つねよりきやう》死去の事

また命《おほ》せられて云はく、「経頼卿、[三八]宇治殿《うぢどの》の御勘責《ごかんせき》を蒙《かうぶ》りし後、幾《いく》程《ほど》を歴《へ》ずして病《やまひ》有りて死去す[三九]」と云々。

(四一) 英明《ふさあきら》檳榔《びんらう》の車に乗る事

また命《おほ》せられて云はく、「英明、昔檳榔[四〇]の車に乗り、[四一]法性寺《ほつしやうじ》の御国《みこ》[四二]忌《き》に参らる。公卿多くもつて参会す。朝成卿《あさひらきやう》云はく、「公卿の車の外に檳榔の車有り。誰人の車なりや」と。英明答へられて云はく、「下《げ》[四三]官《くわん》の車なり。もし咎《とが》め仰せらるるならば、檳榔の車に乗るべからざる

二字の誤入。従ってこれは難読の名の例。水言鈔に「イマエヒス」と付訓。二三 二中歴十三に「ヨシチカ」、尊卑分脈に「チカナリ、チカノリ、ヨシアキラ」。
二四 東松本大鏡・伊尹伝に「アサヒラ」と付訓。
二五 水言鈔に「成」に「シケ」と付訓。日本紀略・寛和二年六月二十三日に「惟成、法名悟妙」。なお性空上人伝記遺続集には「法号寂空」。
二六 日本紀略・寛和二年六月二十三日に「御僧名入覚」。
二七 日本紀略・寛和二年六月二十三日に「義懐卿、法名悟真」。
二八 藤原兼家。日本紀略・正暦元年五月八日に「法名如実」。
二九 貞信公記抄・天慶八年九月二日に「新発御名静覚也」。
三〇 日本紀略・寛仁三年三月二十一日に「法名行観、後改㆓行覚㆒」。三一 道号は法名の意で、不審。三二 大鏡・師輔伝裏書、多武峰略記ほかにも見える。高光の父は師輔であるが、この本文にも疑問がある。水言鈔は「此父号寂真」。
三三 藤原仲麻呂。孝謙天皇の寵を受け、紫微内相となり、恵美押勝の名を与えられた。
三四 大学寮で用いる別称としての学生の字。入学に際して撰定される。氏の一字と別の一字の二字が通例。藤原道明の字は桂林遺芳抄、公卿補任・延喜九年には藤階とある。
三五 二中歴十三にも見える。
三六 ほかに善秀才宅詩合、二中歴、尊卑分脈に見える。
三七 水言鈔、二中歴では式太。これは上の一字を氏の名から採らない例。
三八 藤原頼通。三九 長暦三年(一〇三九)八月二十四日死去。
▽古事談二「経頼、頼通ニ勘発セラレ急死スル事」は同話。これには経頼が源師房(頼通の猶子)をそしったためという。
四〇 檳榔毛の車。牛車の一つで、ビロウの葉で表面を覆った車。四一 →二七頁注四二。
四二 ここは、平安時代以来行われるようになった天皇・皇后の忌日に寺院で行われる法要。法性寺での国忌は西宮記一に「自㆓天暦年㆒、於㆓法性寺㆒有㆓御八講㆒」とあり、親信卿記・天延元年(九七三)四月二十九日にも見えるが、英明生前の例は未詳。四三 官人の自称。

由、所見有らば承はらんと欲《おも》ふ」と云々。件《くだん》[一]の法式所見なし」と云々。

（四二）　忠文《ただふみ》昇殿を聴《ゆる》さるる事

また命《おほ》せられて云はく、「忠文近衛司《このゑつかさ》[二]と為《な》りて、昇殿を聴さるる仰せ有り。しかれども仰せを承らずと云々。陣の直《とのゐ》[三]の夜ごとに寮《れう》[四]の御馬一疋を取りて枕辺に立たしめ、常に語りて云はく、「馬の秣《まぐさ》[五]を食ふを聞くは眠られざる[六]計《はかりごと》なり」」と云々。

（四三）　忠文《ただふみ》炎暑の時に出仕せざる事

また「忠文秋冬は陣《ぢん》[七]の直《とのゐ》を勤む。夙夜《しゆくや》[八]懈怠《けたい》せず。炎暑の時は暇《いとま》を請ひて宇治《うぢ》[九]の別業《べつげふ》に向かひ、暑さを避くるをもつて事と為《な》す。ある時は、被髪《ひはつ》[一〇]して宇治河に浴《かはあ》[一一]みす」と云々。

（四四）　元方《もとかた》大将軍と為《な》る事

また命《おほ》せられて云はく、「天慶《てんぎやう》[一二]の征討使《せいたうし》の時、朝議《てうぎ》[一三]その事[一四]に堪《た》ふる

一　政事要略六十七に「檳榔毛車制数等、亦無二其限一。然而古今之間、王卿皆用レ之矣」、西宮記十七・車には「檳榔毛、太上皇已下四位以上通用」とある。
二　近衛府の官人。忠文は延喜十九年（九一九）右近衛少将となる。
三　近衛の陣での宿直。右近衛の陣は月華門にあった。「直トノヰ」（名義抄）。
四　馬寮。
五　「マクサ」（名義抄）。
六　眠られない時の。原文「不眠」は「眠らざる」（眠らないための）とも解されるが、次に引く北山抄の記事によってこう解する。
▽北山抄九・陣中事裏書に「忠文少将好不二昇殿一、為二地下将一、常宿二侍陣一。殿上侍臣往反之輩問レ之。不レ称レ名者、以二鳴鏑一射レ之。又性不レ聞二馬蒭喰音一之時、不レ能レ寝。仍立二寮御馬於直廬一、飼レ蒭聞レ之」とあり、本条と密接な関連がある。
七　→注三。
八　日夜怠ることはなかった。詩経・大雅・烝民に出る成句。
九　現京都府宇治市。忠文の宇治の別荘については、本朝麗藻下「与二諸文友一泛二船於宇治川一聊以逍遥」（藤原伊周）の自注に「深草西岸有二一旧墟一、臨レ河有二楊柳再三株一。人伝、天慶征東使終焉之地也」とある。天慶征東使は忠文をいう。
一〇　髪を結わず、ざんばらにして。
一一　「カハアム」（字類抄）。
一二　天慶二年（九三九）の平将門の乱の征東使。
一三　朝廷での議論。
一四　反乱平定の任務を十分に果たしうるということで。
一五　征東大将軍。
一六　原文「欲」。名義抄に「トス」。
一七　すべて。どんなことも。律令語。例として続日本紀・天応元年六月十六日に「府中雑務、一事已上、今毛人等行レ之」。
一八　藤原忠平。時に摂政太政大臣。その子には実頼・師保・

をもって、元方をもって大将軍[一五]に為さんとす[一六]。元方聞きて云はく、「大将軍の言ふところは、[一七]一事以上国家に用ゐられざるはなし。もし大将軍に拝されなば、必ず貞信公《ていしんこう》[一八]の子息一人を請ひて、副将軍と為さん」と云々。これに因《よ》りて、[一九]この議を寝《や》む」と云々。

（四五）人家の階隠《はしがくし》の事

「人家の階隠[二〇]は元は同じ[二一]からざる事なり。その起こり、知らるるやいかん」と。答へて云はく、「知らず」と。命《おほ》せられて云はく、「荷前《のさき》[二二]の行幸《みゆき》の日、天皇[二三]五条の皇后[二四]の御在所《おましどころ》より出で御《おはしま》すに、御輿《みこし》を輦《さしよ》す[二五]るために、新たに議すること有りて、階隠を造るなり。よりて階隠はこの時に出《い》だす[二六]なり」と。

（四六）鹿《か》の宍《しし》を喫《く》ふ人は当日内裏《だいり》に参るべからざる事

また命《おほ》せられて云はく、「宍を[二七]喫へ[二八]る当日は内裏に参るべからざる由、年中行事障子《ねんちゆうぎやうじのしやうじ》[二九]に見ゆ。しかるに元三《ぐわんさん》[三〇]の間、御薬《みくすり》[三一]・御歯固《はがため》[三二]を供《くう》し、

師輔・師氏・師尹・忠君があった。
一九 元方を大将軍にすることはとり止めになった。「寝 タユ、ヤム」（名義抄）。
▽征東大将軍には、前条（43）に語られている藤原忠文が天慶三年（九四〇）正月に任命された。本条は、その連想による言談であろう。
二〇 寝殿造りの正殿の階段を覆うために張り出した小屋根。
二一 顕昭古今集註所引の江談は「聞かざる事なり」。
二二 荷前使発遣の日、天皇が建礼門前の幄舎に出御することであるが、古今集註所引江談には「芹河行幸」とあり、花鳥余情四にも「仁和芹河の行幸次、幸二八条院一。為レ作下寄二御輿一之便上、初造二階隠一云々。見二吏部王記天慶六年一也」とある。この仁和の芹河行幸は仁和二年（八八六）十二月十四日。三代実録に「行二幸芹川野一。寅二剋、鸞駕出二建礼門一」。
二三 芹河行幸のこととすれば、光孝天皇。
二四 仁明天皇の后藤原順子をいい、その御在所は二中歴十・名家歴に「東五条〈五条后家〉」とある東五条院をさすことになるが、順子は貞観十三年（八七一）に没していて、疑問。
二五 「サシヨル」（名義抄）、「サシマワス」（字類抄）。
二六 古今集註所引江談は「始まるなり」。
二七 和名抄に「肉」に「字亦作レ完。之々」。
二八 「クフ、クラフ、ハム」（名義抄）。
二九 朝廷で行われる年中行事の名を記した衝立障子。清涼殿東南隅の落板敷に立てられていた。仁和元年（八八五）藤原基経が奉ったという。その九月条に「喫レ宍及弔レ喪問レ病、忌三日。弔レ喪問レ病及到二山作所一、遭二三七日法事一者、雖二身不一レ穢、而当日不レ可レ参二入内裏一」とある。
三〇 元日から三日間。
三一 天皇に屠蘇・白散・度嶂散の三種の薬酒を差し上げる。元旦の儀式。
三二 歯は年齢の意。長寿を祝って食物を天皇に供する。江次第鈔一に「延レ年固レ齢之義也」。その食物は江家次第一・供御薬に「大根一坏、苽串刺二坏、押鮎一坏、煮塩鮎一坏、猪完（ゐのしし）一坏、鹿完（かのしし）一坏」とある。

鹿《か》一盛り・猪《ゐ》一盛りを供するなり。近代は雉《きじ》[一]をもつて盛るなり。しかれば元三日の間、臣下宍《しし》を喫《く》ふといへども、忌むべからざるか。はた主上《しゆしやう》[二]一人は食《を》し給ふといへども、忌み有るべからざるかと云々。ただし、愚《ぐ》[三]案《かんが》[四]へ思ふに、昔の人は鹿を食ふこと、殊に忌み憚《はばか》らざるか。上古《しやうこ》の明王《めいわう》は常に膳《ぜん》に鹿の宍を用ゐる。また稠人広座《ちうじんくわうざ》[五]の大饗《だいきやう》[六]に件《くだん》の物を用ゐると云々。もし起請《きしやう》[七]以後この[八]制有るか。件の起請は何時《いつ》と慥《たし》かには覚えず。また年中行事障子[九]の始めて立てられし時は、何《いつ》の世なるかを知らず。検《しら》べ見るべきなり」と。

（四七）　呪師猿楽《しゆしさるがく》の物瑩《みが》き始むる事

また「呪師猿楽等の物[一〇]、瑩き[一一]始むる事、後三条院《ごさんでうゐん》、円宗寺《ゑんしゆうじ》[一二]に供養せしめ給ひし時、舞装束《まひさうぞく》を人の択《えら》びと為《な》すに、俊綱朝臣《としつなあそん》の始めて構へ出だせし事なり」と云々。

一 江家次第に「猪完」に「以レ雉代レ之」、「鹿完」に「以二田鳥(しぎ)一代レ之」の注記がある。
二 天皇。
三 自称。
四 「カムガフ」(名義抄)。
五 多くの人が集まっている席。「稠人 集会部、チウジン」(字類抄)。三国志三十六・蜀書・関羽伝に「稠人広坐」。
六 大宴会。年中行事としては、正月の二宮(中宮・東宮)の大饗、大臣の大饗があり、大臣に任ぜられた時にも行われた。
七 意見を提案上奏すること。ここでの起請は具体的には不明。
八 肉食した日の参内の禁制。
九 年中行事秘抄に「殿上年中行事障子事。仁和元年三月廿五日、太政大臣〈昭宣公〉献二年中行事障子一。今案、彼年始被レ立二年中行事障子一歟〈見二小野宮記一云々〉」とある。
一〇 雑芸の一つ。法会のあとに説法の内容を所作を交えてわかりやすく演じた。
一一 華麗な装束をするようになったのは、 の意か。
一二 後三条天皇の勅願により、延久二年(一〇七〇)に建立。初め円明寺と称した(中外抄上54参照)。仁和寺の南西(京都市右京区)にあった。続本朝往生伝・後三条天皇に「作二円宗寺一、始置二二会一(最勝会・法華会)」とあり、本朝続文粋十一、匡房の「円宗寺鐘銘」に「夫円宗寺者、為二護国利生、弘法伝灯一、殊発二叡慮一所二草創一也。択二地於仁和寺勝形之左一、卜二処於古先帝山陵之前一」とある。その供養が延久二年十二月二十六日に行われたことは扶桑略記に記され、法会の次第は源経信の「円明寺供養式」(朝野群載二)に詳細に記されているが、呪師猿楽のことは記述がない。ただし延久五年正月八日の円宗寺修正会に呪師猿楽が行われたことが為房卿記の同日条および水左記・承暦四年(一〇八〇)二月四日に見える。

江談抄　第三

雑事

（一）　吉備大臣入唐の間の事
（二）　吉備大臣の昇進の次第
（三）　安倍仲麿歌を読む事
（四）　花山院御轅に犬を乗せて町を馳せらるる事
（五）　清和天皇の先身は僧為る事
（六）　菅家本は土師氏なり、子孫多しといへども官位至らざる事
（七）　伴大納言の本縁の事
（八）　勘解由相公は伴大納言の後身なりといふ事
（九）　梨本院は仁明天皇の皇居為る事
（一〇）　花山法皇西塔の奥の院をもつて禅居と為したまふ事
（一一）　河原院は左大臣融の家なりと云々
（一二）　緒嗣大臣の家瓦坂の辺に在る事
（一三）　仲平大臣の事
（一四）　藤隆方の能くするところの事
（一五）　入道中納言顕基談らるる事
（一六）　忠輔卿仰ぎの中納言と号くる事、大将の事
（一七）　惟成弁田なぎの弁と号くる事
（一八）　源道済船路の君と号くる事
（一九）　藤隆光を称ひて大法会の師子と号くる事
（二〇）　勘解由相公暗打の事
（二一）　英雄の人をもつて右流左死と称ふ事
（二二）　忠文民部卿鷹を好む事
（二三）　大納言道明市に到りて物を買ふ事
（二四）　致忠石を買ふ事
（二五）　橘則光盗を搦むる事
（二六）　保輔強盗の主為る事
（二七）　善相公と紀納言と口論の事
（二八）　菅根と菅家と不快の事
（二九）　菅家菅根の頬を打たるる事
（三〇）　勘解由相公と惟仲と怨みを成す事
（三一）　有国名簿をもつて惟成に与ふる事
（三二）　融大臣の霊寛平法皇の御腰を抱く事
（三三）　公忠弁たちまちに頓滅するも蘇生し、にはかに参内する事
（三四）　佐理の生霊行成を悩ます事
（三五）　小蔵親王の生霊佐理を煩はす事
（三六）　熒惑星備後守致忠を射る事
（三七）　陰陽師弓削是雄朱雀門において神に遇ふ事
（三八）　野篁ならびに高藤卿百鬼夜行に遇ふ事
（三九）　野篁は閻魔庁の第二の冥官為る事
（四〇）　都督熒惑の精為る事
（四一）　郭公は鶯の子為る事

(四二) 嵯峨天皇の御時、落書多々なる事
(四三) 波斯国語の事
(四四) 松浦廟の事
(四五) 古塔の銘
(四六) 畳の上下の事
(四七) 名物の事
(四八) 笛の事
(四九) 横笛の事
(五〇) 葉二は高名の笛為る事
(五一) 穴貴は高名の笛為る事
(五二) 小蚶絵の笛求め出さるる事
(五三) 博雅の三位横笛を吹く事
(五四) 笙の事
(五五) 不々替は高名の笙為る事
(五六) 琵琶の事
(五七) 玄象牧馬の本縁の事
(五八) 朱雀門の鬼玄上を盗み取る事
(五九) 井手、愛宮の伝へ得たる事
(六〇) 小螺鈿の事
(六一) 元興寺の琵琶の事
(六二) 小琵琶の事
(六三) 博雅の三位琵琶を習ふ事
(六四) 和琴
(六五) 鈴鹿河霧の事
(六六) 箏
(六七) 三鼓
(六八) 左右の大鼓の分前の事
(六九) 帯
(七〇) 剣
(七一) 壺切は張良の剣為る事
(七二) 壺切の事
(七三) 硯
(七四) 高名の馬の名等
(七五) 近衛舎人の名を得たる輩
(七六) 一双の随身等
(七七) 随身は公家の宝なりといふ事

江談抄　第三

雑《ざつ》　事《じ》

（一）　吉備《きび》入唐《につたう》の間の事

「吉備大臣《きびのおとど》[一]入唐して道を習ふ間、諸道、芸能に博《ひろ》く達《いた》り、聡恵《そうけい》なり。唐土《もろこし》の人すこぶる恥づる気有《けはひ》[二]り。密《ひそ》かに相議《はか》りて云はく、「我ら安からぬ事なり。まづ普通[三]の事に劣るべからず。日本国の使到来《たうらい》せば、楼《ろう》に登らしめて居《ゐ》しめむ。この事委《つまびら》かに聞かしむべからず。また件《くだん》の楼に宿る人、多くはこれ存《あ》[四]り難し。しかれば、ただまづ楼に登らせて試みるべし。偏《ひと》へに殺さば忠《ただ》[五]しからざるなり。帰さばまた由《よし》なし。留まりて居《を》らば、我らのためにすこぶる恥有りなん」と。楼に居《ゐ》しむる間、深更に及びて、風吹き雨降りて、鬼物《おに》伺《うかが》ひ来たれり。

吉備隠身《いんしん》[六]の封《ふう》を作《な》し、鬼に見えずて、吉備云はく、「何物なりや。

一　吉備真備。続日本紀・宝亀六年十月二日の薨伝に「霊亀二年、年廿二、従レ使入唐、留学受レ業。研二覧経史一、該二渉衆芸一。我朝学生播二名唐国一者、唯大臣（真備）及朝衡（阿倍仲麻呂）二人而已。天平七年帰朝」。
二　「ケハヒ」（名義抄）。
三　普通の事で負けてはならない。
四　生きながらえることはむずかしい。
五　「タダシ」（名義抄）。
六　姿を隠す呪術の固め。「隠身」は日本霊異記・中1に「隠身聖人」。「封」は名義抄に「カタム」。

我はこれ日本国王の使《つかひ》なり。王事《わうじ》[一]盬《もろ》きこと靡《な》し。鬼何ぞ伺ふや」と云ふに、鬼云はく、「尤《もと》も悦《よろこ》びと為《な》す。我も日本国の遣唐使《けんたうし》なり。言談《げんだん》[二]承らむと欲《おも》ふ」と云ふに、吉備云ふやう、「しからば早《はや》入れ。しからば鬼の形相《ぎやうさう》を停《とど》めて来たるべきなり」と云ふに随ひて、鬼帰り入りて、衣冠《いくわん》を着《つ》けて出で来たるに相謁するに、鬼まづ云はく、「我もこれ遣唐使なり。[三]我が子孫の安倍《あべ》氏は侍《はべ》るや。この事聞かんと欲ふに、今に叶《かな》はぬなり。我は大臣[四]にて来て侍りしに、この楼に登せられて食物《じきもつ》を与へられずして餓死せしなり。その後鬼物《おに》と成る。この楼に登る人に[五]害心なくとも、自然《じねん》に害を得るなり。かくのごとく相逢ひて、本朝の事を問はんと欲《おも》ひしに、答へずして死せるなり。貴下に逢ひ申すは悦ぶところなり。我が子孫、官位は侍りや」と。吉備答へて、某人《なにがし》、某人の官位の次第、子孫の様、七、八ばかり語らしむるに、聞きて、大いに感じて云はく、「[六]悦びと成すこと、この事を聞くに至極《しごく》なり。この恩に貴下にこの国の事、皆ことごとく語り申さんと思ふなり」と。吉備大いに感悦し、「[七]尤も大切なり」と云々。天明けて、鬼退帰《かへ》り畢《をは》

一 詩経に出典をもつ有名な成句。ここは、国王に関わりのある事は堅固で誰も敵対することはできないはずだ、の意。
二 あなたの話をお聞きしたい。
三 これによって、鬼は阿倍仲麻呂であることが明らかになる。本書三・3参照。
四 史実ではない。仲麻呂は養老元年(七一七)遣唐留学生として入唐した。
五 私には害を加えようという気持ちはないのだが、楼に登った人は自ら害を被ることになる。
六 この事を聞いて、うれしさはこのうえもない。
七 まことにありがたいことだ。

んぬ。
その朝《あした》、楼を開き、食物持て来たるに、鬼の害を得ずして存命《ぞんめい》す。唐人《たうひと》これを見ていよいよ感じて云はく、「希有《けう》の事なり」と云ひ思ひしに、その夕、また鬼来たりて云はく、「この国に議《はか》る事あり。日本の使の才能は奇異なり。書《ふみ》を読ましめて、その誤りを笑はんとす」と云々。吉備云はく、「何の書なりや」と。鬼云はく、「この朝《てう》の極めて読み難き古書なり。文選《もんぜん》と号《なづ》くとて、一部[八]三十巻、諸家の集の[九]神妙《しんべう》の物を撰《えら》び集むるところなり」と云々。その時、吉備云はく、「[一〇]この書を聞きて伝へ説かしむるや、いかん」と。鬼云はく、「我は叶《かな》はじ。貴下を具し申して、かの[一一]沙汰《さた》の所にて聞かしめんと為《な》すはいかん」と。「楼を閉じたり。争《いかで》か出でらるべきや」と云ふに、鬼云はく、「我は飛行自在の術有り。到りて聞かんと思ふ」と云ひて、楼の戸の隙《ひま》より出でて、相共に文選の講所に到る。帝王の宮において[一二]終夜《よもすがら》三十人の儒《じゅ》士《し》を率ゐ、終夜講を聞かしめて、吉備聞きて、ともに楼に帰る。鬼云はく、「聞き得しめたりや、いかん」と。吉備云はく、「[一三]聞き畢んぬ。

八 日本国見在書目録に「文選卅〈昭明太子撰〉、文選六十巻〈李善注〉」。なお、五臣注文選も三十巻。
九 「シンベウ」(字類抄)。
一〇 この書の読誦を聞いて、私に伝え教えてくれるか。
一一 議論をしている所であなたにお聞かせしようというのはどうでしょうか。
一二 本文やや舌足らず。一晩中三十人の儒士に文選の講義を聞かせているのを、吉備は聞いて、の意か。
一三 すっかり聞いてしまった。

もし[一]旧《ふる》き暦十余巻求め与へらるるか」と云ふに、鬼約《ちぎり》を受《い》れ、暦十巻与《とも》にすなはち持ち来たる。吉備得て、文選[二]上帙《じやうちつ》の一巻を、端々《はしばし》を三、四枚づつ書かしめて持ちたるに、一両日を歴《へ》て、[三]誦《しよう》を皆ことごとくに成す。侍者をして食物《じきもつ》を荷はせて、文選をして楼に送らしめ、儒者一人、勅使と為《な》りて試みんと欲《おも》ふに、[四]文選の端《はし》を破りつつ楼の中に破り散らし置きたり。使の唐人の来たれる者見て、おのおの怪しみて云はく、「この書はま[五]たや侍《はべ》る」と乞ふに、「多し」と云ひて与へしむるに、勅使驚きて、この由を帝王に申すに、「この書はまた[六]本朝にあるか」と問はるるに、「出で来たりてすでに[七]年序《ねんじよ》を経たり。文選と号《なづ》けて、人皆[八]口実と為して誦するものなり」と申すに、唐人云はく、「[九]この土《ところ》に在るなり」と云ふに、吉備「[一〇]見合はせん」と云ひて、[一一]三十巻を乞ひ請《う》け取りて書き取らしめ、日本に渡らしむるなり。

また聞きて云はく、「唐人議《はか》りて云はく、『才《ざえ》は有りとも、芸は必ずしもあらじ。[一二]囲碁をもつて試みんと欲ふ』と云ひて、白石をば日本に擬《なぞら》へ、[一三]黒石は唐土に擬へて、『この勝負をもつて日本国の客を殺す様《さま》

一 不用となった暦の余白や紙背に聞き憶えた文選の文を書きつけるためである。
二 三十巻が上中下三帙に分けられていたことになる。大学寮進士科の試験では文選上帙の暗誦読解能力が試みられた。また「文選上帙」の語例は正倉院文書にみえる。
三 全部暗誦してしまった。
四 暦の反故を用いて書かれた文選である。
五 他にもありますか。
六 日本。
七 年数。
八 よく口にすることば。
九 この中国にあるものなのだ。
一〇 比較してみよう。
一一 策略をめぐらして文選を手に入れ、書写して日本へもたらした。
一二 遣唐使と囲碁については、大宝年中、唐に留学した弁正は囲碁の名手であったので、諸王時代の玄宗としばしば対局して優遇された(懐風藻・釈弁正伝)、また伴少勝雄は延暦二十三年の遣唐使派遣に際して、囲碁が上手であったので一員に加えられた(三代実録・貞観八年九月二十一日)などのことがある。西宮記六裏書の承和六年十月一日の記事には遣唐使碁師の称が見える。
一三 当時は上席者が黒石を持った。江家次第五・列見事に「史二人取二菅円座四枚一敷二碁枰南北一。上首二人居二此円座一。上首把レ黒、下臈把レ白。公卿以下、移二着碁所一見レ之」とある。

を謀《はか》らんと欲ふ』」と。鬼また聞きて吉備に告げしむ。吉備、囲碁の有様を問ひ聞かしめて、列楼に就《つ》きて組[一四]み入れを計《かぞ》へて三百六十目《もく》を計《かぞ》へ、別して聖目《せいぼく》[一五]を指して、一夜の間に持《ぢ》[一六]を案じ了《をは》りし間、唐土の囲碁の上手らを撰び定め、集めて打たしむるに、持にて打ち、勝負なき時、吉備偸《ひそ》かに唐方《がた》の黒石一つを盗み、飲み了《をは》んぬ。勝負を決せんとする間、唐負け了んぬ。唐人ら云はく、「希有《けう》の事なり」と。「極めて怪し」と云ひて、石を計《かぞ》ふるに黒石足らず。よりて卜筮《ぼくぜい》[一七]を課《こころ》[一八]みて占ふに、「盗みて飲めり」と云ふ。推《と》[一九]ひて大いに争ふに、腹中に在り。しからば瀉薬《しややく》[二〇]を服《ぶく》せしめんとて呵梨勒丸《かりろくぐわん》[二一]を服せしむるも、止《とど》[二二]むる封《ふう》をもつて瀉《くだ》さず。遂《つひ》に勝ち了んぬ。よりて唐人大いに怒りて、食《じき》を与へざる間、鬼物《おに》夜毎《よごと》に食を与へ、すでに数月に及べり。

しかるにまた鬼来たりて云はく、「今度議《はか》る事有るも、我が力は及ばず。高名智徳《かうみやうちとく》の密法[二三]を行《ぎやう》ずる僧の宝志《ほうし》[二四]に課《おほ》せしめて、鬼物[二五]もしくは霊人の告ぐるかとて結界《けつかい》せしめて、文[二六]を作りて、貴下に読ませんといふ事あり。力も及ばず」と云ふに、吉備術尽きて居たる間、案のごと

一四　組入天井。木を格子形に組んで板を張った天井。
一五　碁盤の目の上に記された九つの黒点。「セイホク」(字類抄)。
一六　引き分け。引き分けとなるように考える。
一七　占い。
一八　「心ミル」(名義抄)。
一九　「トフ、タツヌ」(名義抄)。
二〇　下し薬。下剤。
二一　カリロクで製した丸薬。カリロクは西アジア方面原産の落葉高木。卵円形の実を薬用とする。わが国へは鑑真がもたらしたという。類聚雑要抄四に「訶梨勒丸〈諸風幷眼病、大便不通、服レ之〉」と効用を記す。小右記・治安三年十一月十六日に「暁更服二呵梨勒廿丸一。日来腹中擁結。頗瀉之後、臨レ夜腹中有二解散気一」、翌十七日に「五更服二呵梨勒卅丸一。…権左中弁経頼持下来前日令二下勘一紀伊国司申請文上。依レ服二瀉薬一不二相逢一」。
二二　下痢を止める固めの呪術。「封」→六三頁注六。
二三　秘密の行法を行う。
二四　梁の禅僧。四一八—五一四年。吉備よりは二百五十年ほど前の人。
二五　鬼あるいは霊力のある者が告げはしないかと、入ることができないようにして。
二六　→六九頁注二〇。

く楼より下ろして、帝王の前にて、その文を読ましむるに、吉備目暗みて、およそこの書を見るに、字見えず。本朝の方に向かひて、しばらく本朝の仏神 神は[一]住吉大明神《すみよしだいみやうじん》、仏は[二]長谷寺観音《はせでらくわんおん》なり に訴へ申すに、目すこぶる明らかにして、[三]文字ばかり見ゆるに、読み連ぬべき様《やう》なきに、蛛《くも》一つにはかに文の上に落ち来て、[四]いをひきてつづくるをみて読み了《をは》んぬ。よりて、帝王ならびに作者もいよいよ大いに驚きて、元のごとく楼に登らしめて、偏《ひと》へに食物《じきもつ》を与へずして命を絶たんとす。「今より以後楼を開くべからず」と云々。鬼物《おに》聞きて吉備に告ぐ。吉備、「尤《もと》も悲しき事なり。もしこの土《ところ》に百年を歴《へ》たる双六《すごろく》の[五]筒《どう》・[六]簺《さい》・盤侍《ばんはべ》らば、申し請けんと欲《おも》ふ」と云ふに、鬼云はく、「在り」と云ひて求め与へしむ。また筒[七]棗《なつめ》、盤《ばん》[八]楓《かつら》なり。簺《さい》を[九]枰《へい》の上に置きて筒を覆ふに、唐土の[一〇]日月《じつげつ》封ぜられて、二、三日ばかり現れずして、上は帝王より下は諸人に至るまで、唐土大いに驚き騒ぎ、叫喚《さけ》ぶこと隙《ひま》なく天地を[一一]動《とどろ》かす。占はしむるに、[一二]術道の者封じ隠さしむる由推《おしはか》る。方角を指すに、吉備の居住する楼に当る。吉備に問はるるに、答へて云はく、「我は知

一　住吉神社(大阪市住吉)の祭神。表筒男命・中筒男命・底筒男命および神功皇后を祭る。海路の神、軍神また和歌の神として信仰された。
二　長谷寺(一→二六頁注三)の本尊の十一面観世音菩薩。
三　文字だけは見えるが、読む順序がわからないでいたところ。
四　くもの糸。
五　簺を入れて振り出すつつ。「ドウ、双六筒」(字類抄)。催馬楽、大芹に「杵(しゆ)の木の盤、むしかめの止宇(筒)、犀角の簺」。
六　簺。さいころ。
七　筒の材質をいう。次の楓も同じ。
八　「カツラ、ヲカツラ」(名義抄)。
九　双六盤。文選五十二・博奕論に「其所レ志、不レ出二一枰之上一」とあり、李善注に「方言曰、投レ博謂二之枰一。皮兵切」。和名抄には「唐韻云、枰〈皮命反、一音平〉、按簙局也。陸詞曰、局。棊板枰也」。
一〇　真備が日月を封じ込めたこと、理由は異るが、扶桑略記・天平七年四月二十六日に「夫所レ受業、渉二窮衆芸一。由レ是、大唐留惜、不レ許二帰朝一。或記云、爰吉備窃封二日月一、十箇日間、天下令レ闇怪動。令レ占之処、日本国留学人不レ能二帰朝一、以二秘術一封二日月一。勅令二免宥一、遂帰二本朝一」と見える。
一一　「ト、ロカス」(名義抄)。
一二　真備をさす。古今著聞集七・294に「術道一にあらず。その道まち〳〵にわかれたり。推古天皇十年、百済国より暦本・天文・地理・方術書をたてまつりてよりこのかた、道をならひ伝へて、今にたゆる事なし。その中に秘術験をあらはして、奇異多くきこゆ」とある。真備については、扶桑略記・天平七年四月二十六日に「凡所レ伝学、三史・五経・名・刑・算術・陰陽・暦道・天文・漏剋・漢音・書道・秘術・雑占、一十三道」とある。

らず。もし我を強く[一三]冤陵《えんりよう》せらるるによりて、一日《ひとひ》、日本の仏神に祈念するに、自《おのづか》ら感応《かんおう》有るか。[一四]我を本朝に還《かへ》させらるべくは、[一五]日月何ぞ現れざらんや」と云ふに、「帰朝せしむべきなり。[一六]早く開くべし」と云へり。よりて筒《どう》を取れば、日月ともに現はる。ために吉備すなわち帰へらるるなり」と云々。

[一七]江帥《がうそち》云はく、「この事、我慥《たし》かに委《くは》しくは書に見る事なしといへども、[一八]故孝親朝臣《たかちかあそん》の先祖より語り伝へたる由語られしなり。またその謂《いは》れなきにあらず。太略粗《たいりやくほぼ》書にも見ゆるところ有るか。[一九]我が朝の高名はただ吉備大臣に在り。文選・囲碁・[二〇]野馬台《やまたい》[二一]はこの大臣の徳なり」と。

（一二）　吉備大臣《きびのおとど》の昇進の次第

[二二]吉備は右衛士少尉《うゑじのせうゐ》下　道朝臣国勝《しもつみちのあそんくにかつ》が子なり。本姓は[二三]下道。天平宝字《てんぴやうほうじ》八年[二四]九月十一日、従三位勲二等に叙せらる。すなはち参議中衛大将《ちゆうゑのだいしやう》に任ぜらる。[二五]天平七年四月、入唐留学生《につたうるがくしやう》。正六位下を授けられ、大学《だいがくの》助《すけ》を拝す。元は従八位下。[二六]百五十巻の雑書、色々の弓箭《ゆみや》の具などを献

一三　無実の罪でひどい目にあわせる。
一四　注一〇所引の扶桑略記参照。
一五　日月が姿を現すに違いない。
一六　封を早く開きなさい。
一七　匡房。
一八　橘氏。匡房の外祖父。この言談の伝承の系譜を語る。
一九　続日本紀・宝亀六年十月二日の薨伝に「我朝学生播二名唐国一者、唯大臣及朝衡（安倍仲麻呂）二人而已」。
二〇　野馬台讖（しん）。野馬台詩とも。六七頁注二四の宝志に作らせた文がこれである。本書五・71に「宝志野馬台讖」とある。五言二十四句の詩の形を持つ。三善清行の善家秘記、承平六年（九三六）の日本書紀講書の日本紀私記丁本に引用があり、十世紀前半には確実に存在していた。五・71に見るように予言の記として読まれた。
二一　この三つが日本へ伝えられたのはこの大臣のおかげである。
二二　本条は続日本紀・宝亀六年十月二日の真備の薨伝によるところが多い。
二三　下道氏は備中国下道郡（岡山県吉備郡・川上郡）を本拠とする豪族。
二四　九月十一日の日付は公卿補任・天平宝字八年条に見える。またこの宝字八年の記事のみ時間的順序が乱れる。
二五　天平七年は帰国の年。薨伝に「天平七年、帰朝。授二正六位下一、拝二大学助一」。
二六　続日本紀・天平七年四月二十六日に、真備が将来の唐の文物を献上した記事があり、唐礼一百卅巻、太衍暦立成十二巻、楽書要録十巻、射甲箭廿隻、平射箭十隻などが見える。

ず。[一]色目《しきもく》は続日本紀《しよくにほんぎ》の第[二]十二巻に在り。八年正月辛丑《かのとうし》に[三]従五位下に叙せらる。[四]高野天皇《たかのてんわう》、師として授《う》けたまふ。九年二月[五]戊子《つちのえね》、従五位下。十二月[六]丙寅《ひのえとら》、従五位上を加ふ。中宮職《ちゆうぐうしき》の官人を賞せらるるに依り、真備、亮為《すけた》るをもちてなり。[七]及び漢書《かんじよ》。恩寵はなはだ深く、姓を吉備朝臣と賜ふ。[八]累《かさ》ねて遷《うつ》りて、七歳の中《うち》に従四位上右京大夫《うきやうのだいぶ》兼右衛士督《うゑじのかみ》に至る。[九]十一年、大宰少弐《だざいのせうに》と為《な》る。[一〇]天平宝字二年、筑前《ちくぜん》に左降《さかう》せられ、後に肥前守《ひぜんのかみ》と為る。[一一]四年、入唐副使《につたうふくし》と為る。[一二]六年六月、正四位下、大宰大弐《だいに》に任ぜられ[一三]造東大寺《ざうとうだいじ》長官《ちやうくわん》を兼ぬ。あるいは[一四]参議を歴《へ》ざるなり。[一五]天平神護《てんひやうじんご》二年正月八日、中納言に任ぜられ、同三月十六日、大納言に任ぜられ、同十月二十日、右大臣に任ぜらる。大将元のごとし。年七十四。神護《じんご》[一六]慶雲《けいうん》三年二月[一七]癸卯《みづのとう》、天皇、大臣の亭《てい》に幸《みゆき》したまひて、従二位を授く。この日の幸《みゆき》は[一八]芳慶《はうけい》なり。[一九]造東大寺長官と為る。宝亀《ほうき》元年十月、中衛大将《ちゆうゑのだいしやう》を止《や》む。同二年三月[二〇]致仕《ちじ》す。年七十九。[二一]十月二日薨《こう》ず。[二二]また説《い》はく、十月二十二日に薨ず、と。[二三]年八十一。[二四]国史に云はく、八十三と云々。[二五]生年は甲午《きのえうま》なり。[二六]帰朝の年紀尋ぬべし。

一 「シキモク」(字類抄)。目録。
二 同巻・天平七年四月二十六日条。
三 続日本紀によれば外従五位下。
四 孝謙天皇。真備は天皇の東宮時代の学士。薨伝に「高野天皇師レ之、受二礼記及漢書一。恩寵甚渥。賜二姓吉備朝臣一」とある。本条はこれに九年の記事を挿入したために文が乱れている。
五 続日本紀は戊午(十四日)。
六 続日本紀・同日(二十七日)に「又賜二中宮職官人六人位一各有レ差。亮従五位下下道朝臣真備授二従五位上一」。
七 →注四。
八 「カサヌ、シキリ」(名義抄)。
九 公卿補任の頭書に「十一年、大宰少弐」。薨伝によれば少弐となったのは藤原広嗣。
一〇 天平勝宝二年の誤り。
一一 天平勝宝四年。
一二 天平勝宝六年四月。
一三 薨伝は「宝字七年、功夫略畢。遷二造東大寺長官一」。
一四 参議を経ている。
一五 以下、任右大臣までは公卿補任による。
一六 正しくは「景雲」。
一七 続日本紀・二月癸亥(二十四日)に「幸二右大臣第一、授二正二位一」。
一八 よろこび。
一九 前出。衍文である。
二〇 辞職する。
二一 宝亀六年の十月二日。
二二 根拠未詳。
二三 続日本紀・宝亀元年十月丙申の上表に「去天平宝字八年、真備生年数満二七十一」とあるのによると八十一歳。
二四 薨伝に「薨時年八十三」。
二五 公卿補任に「八年甲午生」。持統八年。
二六 天平七年三月。

（三） 安倍仲麿《あべのなかまろ》歌を読む事

二七「霊亀《れいき》二年、遣唐使《けんたうし》と為《な》り、仲麿、渡唐《ととう》の後、帰朝せず。二八漢家《かんか》の楼上において餓死す。吉備大臣《きびのおとど》後《のち》に渡唐の時、鬼の形に見《あらは》れて、吉備大臣と言談《げんだん》して唐土の事を相教ふ。仲麿は帰朝せざる人なり。歌を読むことに禁忌有るべからずといへども、なほ快《こころよ》からざるか、いかん」と。

二九師清《もろきよ》、手づから返すなり。

「三〇天《あま》の原《はら》ふりさけみれば春日《かすが》なる三笠《みかさ》の山に出でし月かも

件《くだん》の歌は、仲丸《なかまろ》の読みし歌と覚え候ふ。遣唐使にやまかりたりし。唐にて読めるか、いかん。何事にまかりたりしぞ。禁忌有るべきことか」と。三一永久《えいきう》四年三月、ある人師遠《もろとほ》に問へり。

（四） 三二花山院《くわざんゐん》、御轅《ながえ》に犬を乗せて町を馳《は》せらるる事

二七 七一六年。八月、遣唐留学生となり、翌養老元年入唐。天平勝宝五年、遣唐使と共に帰国の途中難破して唐へ戻り、そのまま唐に在って、宝亀元年(七七〇)没した。
二八 本書三・1参照。
二九 中原氏。後出の師遠の子。
三〇 古今集九・羇旅。詞書「唐土にて月を見てよみける」。左注「この歌は、昔、仲麿を唐土に物習はしに遣はしたりけるに、あまたの年を経て、え帰りまうで来ざりけるを、この国よりまた使まかり至りけるにたぐひて、まうで来なむとて出で立ちけるに、明州と言ふ所の海辺にて、かの国の人餞別しけり。夜に成りて、月のいと面白くさし出でたりけるを見て、よめるとなむ語り伝ふる」。
三一 一一一六年。匡房および実兼の没後。
▽匡房没後の記事であることが明白な一条である。本条は「天の原」の歌以下の後半と前半とに分かれる。後半は、ある人の師遠に対する質問、前半は、師遠の子師清の、それに対する答えと考えられる。その答えは三・1の匡房の言談に拠ったものということであろう。両者で話題になっている禁忌は、明確ではないが、唐に在って、異国のものである歌を読むという行為についていうか。
三二 表題のみで本文を欠く。水言鈔では「轅」を「猿」に作る。他の文献にも類話を見出せず、詳細は不明であるが、花山院の奇矯な行動を語る伝承の一つである。

（五）　清和《せいわ》天皇の先身は僧為《た》る事

また命《おほ》せられて云はく、「清和太上天皇《だじやうてんわう》、先身は僧為り。件《くだん》の僧、[一]内供奉十禅師《ないぐぶじふぜんじ》を望む。[二]深草《ふかくさ》天皇は補せしめんと欲《おも》ひたまふ。しかるに[三]善男《よしを》奏してもつて停《とど》む。件の僧、悪心を発《おこ》し法華経《ほけきやう》三千部を読み奉る。願《ぐわん》に云はく、「[四]千部の功力《くりき》をもつて、[五]当生《たうしやう》によろしく帝王と為《な》るべし。千部の功力をもつて、善男のためにその妨《さまた》げを成すべし。残りの千部の功力をもつて、まさに[六]妄執《まうしふ》を[七]蕩《とらか》して苦を離れ道を得べし」と。この僧、命終《みやうじゆう》して幾程《いくほど》もなく、清和天皇[八]誕生したまふ。[九]童稚の齢《よはひ》為りといへども、先世《せんぜ》の宿縁《すくえん》に依り、[一〇]事に触れて善男を悪《にく》ましめたまふ。善男その気色《けしき》を見て修験《しゆげん》の僧を語らひ得て、[一一]如意輪法《によいりんほふ》を修せしむ。よりてすなはち[一二]寵を成せり。しかれども[一三]宿業《しゆくごふ》の答ふるところ、[一四]事に坐して罪に至る」と云々。

一　宮中の内道場に供奉した十人の高僧。大極殿における御斎会の読師を勤めたり、天皇の夜居の僧として奉仕した。
二　仁明天皇。清和天皇の二代前の天皇。在位天長十年（八三三）―嘉祥三年（八五〇）。
三　伴善男。
四　千部を読誦した功徳の力によって。「功力　クリキ」（字類抄）。
五　来世。
六　迷いから生じる執着心。
七　「トク、トラカス」（名義抄）。消滅させる。
八　嘉祥三年（八五〇）三月二十一日の誕生。
九　清和天皇は九歳で即位。
一〇　あらゆる事につけて。「触事」はもとは中国口語。
一一　如意輪観音を供養念誦して意願満足、罪障消滅などを祈願する密教の秘法。
一二　寵愛を得た。
一三　以前の行い。善男が僧（天皇の前身）の内供奉十禅師になりたいとの願望を邪魔したこと。
一四　→五四頁注三。
▽伴氏系図に家伝説として同話が見えるが、そこでは善男に邪魔をされた僧は怒って焼身自殺をしている。また、僧が天皇に転生する話は、日本霊異記に、伊予の石槌山の修行僧寂仙が神野親王（嵯峨天皇）に生まれ変わったという話（下・39）がある。

(六)　菅家《かんけ》、本は土師《はじ》氏なり。子孫多しといへども官位至らざる事

談《かた》られて云はく、「菅家の人は子孫多くして官位は至らず。その故有り。菅家[一五]の本姓《ほんせい》は土師氏なり。河内《かはち》の国の土師寺《はじでら》[一六]はこれその先祖の氏寺《うぢでら》なり。しかるに帝王[一七]、陵墓《りようぼ》に葬斂《さうれん》するに必ず人をもつて埋めしむる事あり。漢土[一八]の法なり。我朝[一九]もまたもつてしかるべきなり。しかるに件《くだん》の土師氏は土人《はにびと》をもつて替《か》ふ。格《きやく》[二〇]の文に見ゆ。よりて万民のためにその生恩《せいおん》を施すといへども、国家の奉為《おんため》には不忠なり。よりて人は多くして官は少《まれ》なり」と云々。また命《おほ》せられて云はく、「高名《かうみやう》[二一]の秘事はなほ侍《はべ》るなり」と。

(七)　伴大納言《ばんだいなごん》の本縁《ほんえん》の事

談《かた》られて云はく、「伴大納言[二二]は先祖知らるるや」と。答へて云はく、「伴《とも》[二三]の氏文《うぢぶみ》大略《たいりやく》見候ふか」と。談られて云はく、「氏文[二四]には違《ちが》ふ事を

一五　菅原氏。天応元年(七八一)土師氏の改氏姓の請願によって分立した。氏の名は本拠地の大和国添下郡菅原郷(奈良市)に基づく。続日本紀・天応元年六月二十五日に「遠江介従五位下土師宿禰古人、散位外従五位下土師宿禰道長等一十五人言、土師之先、出レ自二天穂日命一。…望請、因二居地名一、改二土師一以為二菅原姓一。勅依レ請許レ之」。
一六　土師連八島が河内国志紀郡土師里(大阪府藤井寺市道明寺)の宅地に仏塔を建てたのに始まるという。のち道明寺と改称して現存。
一七　皇帝が亡くなって陵墓に葬るとき、人を一緒に埋める。
一八　春秋左氏伝・成公二年八月の宋文公、史記五・秦本紀三十九年の繆公の卒去の記事などに殉死のことが見える。
一九　日本書紀・垂仁天皇二十八年十一月の倭彦命の埋葬の記事に見える。また注二〇参照。
二〇　類聚三代格十二・延暦十六年四月二十三日付太政官符「応レ停三止土師宿禰等例預二凶儀一事」に「臣等謹検二故事一、上古淳朴、葬礼無レ節。属レ有二山陵之事一、毎以レ殉二埋生人一、鳥吟魚爛而不レ忍二見聞一。爰及二纏向珠城朝廷垂仁天皇御世一、皇后薨逝。梓宮在レ庭。天皇甚傷、顧二問群臣一。後宮葬礼、為二之奈何一。于レ時、土師宿禰等遠祖野見宿禰進奏曰、神聖之徳、伏済二民命一。殉埋之礼、殊乖二仁政一。因即喚二来出雲国土師部三百余人一、自領取レ埴、造二諸物象一進。天皇甚悦、以代二殉人一。号曰二埴輪一。所謂立物是也」とある。
二一　未詳。
二二　伴善男。
二三　現存しない。氏文は氏族の系譜や祖先の事跡、伝承などを記した文章。
二四　氏文の記事とは違う、次のようなことを伝え聞いている。

伝へ聞き侍《はべ》るなり。伴大納言は[一]本は佐渡国《さどのくに》の百姓《ひやくせい》なり。かの国の[二]郡司《ぐんじ》に従ひてぞ侍りける。それに、かの国にて、[三]善男夢に見るやう、[四]西の大寺《おほてら》と東の大寺とに跨《また》がりて立ちたりつと見て、妻《め》の女にこの由を語る。妻の云はく、[五]「見るところの夢は[六]胯《また》こそは裂かれめ」と[七]合はするに、善男驚きて、[八]由なき事を語りぬと恐《お》ぢ思ひて、主《あるじ》の郡司の宅《いへ》に行き向かふに、件《くだん》の郡司は極めたる[九]相人《さうにん》にてありけるが、年来《としごろ》はさしもあらで、にはかに夢の[一〇]後朝《こうてう》行きたるに、[一一]円座《わらふだ》を取りて出で向かひて、事の外に[一二]饗応《あへしらひ》して[一三]召し昇せければ、善男怪しみを成して、また恐るるやう、[一四]我をすかして、この女の云ひつるやうに由なき事に付きて、跨《また》裂かんとするにやと思ふほどに、郡司談《かた》りて云はく、「汝《なんぢ》は[一五]高名高相《かうみやうかうさう》の夢を見てけり。しかるを由なき人に語りければ、必ず[一六]大位に至るとも、定めてその[一七]徴《しるし》の故に、[一八]不慮の外の事出で来て、[一九]事に坐するか」と云ひけり。しかる間、善男縁《えん》に付きて京上《のぼ》りしてありける程に、七年と云ふに、[二〇]大納言に至りにける程に、かの夢合せたる徴にて[二一]伊豆国《いづ》に配流《はいる》せらると云々。この事、[二二]祖父《おほぢ》の伝へ語られしところなり。またそ

一　史実ではない。また善男は佐渡との関わりはないが、彼の父国道はその父継人の藤原種継射殺事件に連坐して佐渡に配流となり、二十年間その地にあった。
二　郡の長官。
三　大鏡・師輔伝に、師輔が「夢に、朱雀門の前に、左右の足を西・東の大宮にさしやりて、北向にて内裏をいだきて立てりとなん見えつる」と語ったのを、小賢しい女房が「いかに御股いたくおはしましつらん」と言ったので、夢が違って、子孫は栄えたが、自分は摂関になれなかったという類話がある。
四　平城京の西大寺と東大寺とも考えられるが、神田本に「西ノ大寺ト東ノ大寺」とあるのを参考にして解する。
五　あなたの見た夢は股が裂けてしまうという夢です。
六　「モ、、マタ」(名義抄)。
七　夢合わせをした。夢の意味を判断した。
八　つまらぬこと(話すべきではないこと)を言ってしまったものだ。
九　人相見。
一〇　翌朝。
一一　藁を渦巻き状に丸く編んだ敷物。郡司が自ら敷物を手にして迎える。
一二　応対する。柳原本に「アヘシラヒ」と傍訓。
一三　縁側に坐らせた。普通には従者は地面に膝まづいて郡司に対面する。
一四　私をだまして妻と同じようにつまらぬことにことよせて股を裂こうとするのだろうか。
一五　有名な人物になるすぐれた相の夢。
一六　高位。
一七　夢合わせによって定められた運命の前兆。
一八　思いがけないこと。
一九　事件に巻き込まれて罪を得る。
二〇　善男が大納言となったのは貞観六年(八六四)正月。
二一　三代実録・貞観八年九月二十二日に「大納言伴宿禰善男、…坐レ焼ニ応天門一、当レ斬。詔降ニ死一等一、並処ニ之遠流一。善

の後に、広俊《ひろとし》[23]が父の俊貞《としさだ》も、かの国の住人の語りしなりとて語りき」
と云々。

（八）　勘解由相公《かげゆしやうこう》は伴大納言《ばんだいなごん》の後身《こうしん》なりといふ事

「勘[24]解由相公はこれ伴[25]大納言の後身[26]なり。伊豆国《いづ》[27]には伴大納言の影《えい》[28]を留《とど》む。件《くだん》の影は有国《ありくに》の容貌とあへてもつて違《たが》はず。また善男《よしを》臨終に云はく、「当生《たうしやう》[29]必ず今一度奉[30]公の身と為《な》らん」」と云々。

（九）　梨本院《なしもとゐん》は仁明《にんみやう》天皇の居《をりどころ》為《た》りし事

また云はく、「梨[31]本院は左近府《さこんふ》の西に在るなり。仁明天皇の居[32]なりと云々。実録《じつろく》[33]に見ゆ」と云々。

（一〇）　花山法皇《くわざんほふわう》、西塔《さいたふ》[34]の奥[35]の院をもつて禅居《ぜんこ》[36]と為《な》したまふ事

男配二伊豆国一。

二二　大江挙周。

二三　中原広俊か。ただし父俊貞は未詳。

二四　藤原有国。

二五　伴善男。

二六　生まれ変わり。

二七　伊豆は善男が流され、没した地。↓注二一。

二八　肖像画。

二九　来世では。

三〇　朝廷に仕える身。

三一　梨下院とも。内裏の東北、上東門を入って南側の左近衛の西側にあった。

三二　「ヲリトコロ」(名義抄)。

三三　文徳実録・仁寿三年二月十四日に「帝(文徳天皇)自二東宮一移二幸梨下院一。此院、先代(仁明天皇)別館也。在二左近衛府西一」とある。

三四　比叡山延暦寺の三塔の一つ。根本中堂の北西の地域。北谷・東谷・南谷・南尾谷・北尾谷および黒谷に分かれ、中堂の釈迦堂や法華堂・常行堂などの堂院がある。

三五　未詳。なお三塔諸寺縁起、西塔の真言院の条に「横川真言堂。胎蔵五仏在。五箇国封戸具。是華山院御願云々。奥院宮西塔御坐。飯室尋禅僧正、此仏封戸相副奉レ渡。西塔宮御住山便奉レ宛給也。仍云二真言院一。花山院御子也」とある。

三六　出家後の住居。

（一一）　河原院《かはらゐん》[一]は左大臣融《とほる》の家なりと云々

（一二）　緒嗣大臣《をつぐのおとど》の家、瓦坂《かはらざか》の辺《ほとり》に在る事

「緒嗣[二]大臣の家は法住寺《ほふぢゆうじ》[三]の北の辺《ほとり》[四]、瓦坂[五]の東に在り。よりて山本《やまもとの》[六]大臣《おとど》と号《なづ》くるなり。故治部卿大納言《ちぶきやうのだいなごん》[七]、命《おほ》せられて云はく、「公卿記《くぎやうき》[八]には法性寺《ほつしやうじ》[九]の巽《たつみ》[一〇]に在り。今の観音寺《くわんおんじ》[一一]これなりと」」と云々。

（一三）　仲平大臣《なかひらのおとど》の事

「治部卿《ちぶきやう》[一二]伊房《これふさ》談《かた》りて云はく、「仲平大臣は富饒《ふねう》[一三]の人なり。枇杷殿《びはどの》[一四]一町の内の四分の一に住屋《すみか》を立て、残りには皆倉庫を立つ。珍宝玩好《ちんほうぐわんかう》[一五]、勝《あ》げて計《かぞ》ふべからず」」と云々。

（一四）　藤隆方《とうたかかた》の能《よ》くするところの事

「藤隆方、殿上《てんじやう》[一六]において、その能《よ》[一七]くするところ十八箇を計《かぞ》ふ。碁《ご》も

一 源融が賀茂川のほとりに造営した邸宅。八町を占める広大な規模で、陸奥の塩釜の風景を模した庭園を造り、風流を尽くしたという。現在の五条大橋の西、枳殻（きこく）邸の辺りがその跡とされる。本書三・32参照。
二 藤原緒嗣。
三 藤原為光の建立。京都市東山区、三十三間堂の東南にあった。永延二年（九八八）三月、落慶供養が行われた。長元五年（一〇三二）十二月、焼亡。
四 「ホトリ」（名義抄）。
五 東山区今熊野にある道。阿弥陀峰から山科へ通じる。
六 東山の麓の意。→注八。
七 藤原経任か。
八 公卿補任・承和十年条の緒嗣の尻付の「号二山本大臣一。墓在二法性寺巽一。今号二観音寺一是也」の記事はきわめて近い。公卿記は公卿補任の史料となった書か。なお公卿補任巻首の序には「公卿伝」とある。
九 →二七頁注四二。
一〇 東南。
一一 拾芥抄・諸寺部・諸寺に「観音寺〈在二法性寺一〉」、三十三所観音に「観音寺〈等身千手、山本左大臣〉」。
一二 藤原伊房。治部卿であったのは永保二年（一〇八二）十二月から寛治二年（一〇八八）八月まで。
一三 「フネウ」（字類抄）。富裕、裕福。玉葉・承安二年十一月二十日に「申刻大夫外記頼業真人依二昨日召一来。…此次談二雑事一語云、…仲平大臣無才富人云々」。
一四 二中歴十・名家歴に「枇杷殿〈近衛南、室町東。仲平公家。抄云、仲平大臣伝領、好植二比巴一、故号云々〉」。
一五 日本書紀・神功皇后摂政五十一年に「玩好珍物、先所レ未レ有」。
一六 清涼殿の殿上の間。
一七 得意なもの。

数《かず》と為《な》す。人すこぶる嘲《あざけ》る」と。

（一五）入道中納言顕基談《あきもとかた》らるる事

また命《おほ》せられて云はく、「入道中納言顕基[一八]、常に談られて云はく、『咎《とが》なくて流罪《るざい》とせられて、配所《はいしよ》にて月を見ばや』」と云々。

（一六）忠輔卿《ただすけきやう》、仰《あふ》ぎの中納言と号《なづ》くる事、大将《だいしやう》の事

また命《おほ》せられて云はく、「忠輔中納言は、世人《よひと》[一九]、仰ぎの中納言と号くるなり。小一条大将済時《こいちでうだいしやうなりとき》、遇《あ》ひて云はく、『ただ今、天に何事か侍《はべ》る』と云ふに、忠輔云はく、『大将を犯せる星[二〇]こそは現れぬれ』と云々。幾程《いくほど》を経《へ》ずして済時薨《こう》ず[二一]」と云々。

（一七）惟成《これしげ》の弁《べん》、田なぎの弁と号《なづ》くる事

また云はく、「惟成の弁を称《い》ひて田なぎ[二二]の弁と号くるは、初めて禁《きん》内裏《だいり》の田ならびに西の京[二三]・朱雀門《すざくもん》[二四]・京中などの田を刈らしむる故な

一八 源顕基。後一条天皇の寵臣で、天皇の死去に伴って出家。続本朝往生伝に伝がある。
▽顕基のこの口実は一つの美意識として後代の人々の共感を得、袋草紙、宝物集、古本説話集、古事談、発心集、撰集抄、十訓抄、古今著聞集、徒然草などに見える。

一九 今昔物語集二十八・22に「今昔、中納言藤原忠輔ト云フ人有ケリ。此ノ人、常ニ仰テ空ヲ見ル様ニテノミ有ケレバ、世ノ人、此レヲ仰ギ中納言トゾ付タリケル」とある。

二〇 金星、太白星。暦林問答集・釈星に「太白星、金之精。其位西方、主ㇾ秋。白帝之子、大将之象、以司ニ凶兵ㇾ」とある。今昔物語集二十・43に「天慶ノ比、天文博士、月、大将ノ星ヲ犯スト云フ勘文奉レバ、此レニ依テ、左右近ノ大将重ク可慎ト云ヘリ」の例がある。

二一 長徳元年(九九五)没。不用意な戯れ言が死を招くこととなった。

二二 田なぎは田薙ぎの意。字類抄に「薙 ナク、伐草也」とある。

二三 天元五年(九八二)執筆の慶滋保胤の「池亭記」(本朝文粋十二)に、当時西京が荒廃していたことが記されている。

二四 大内裏南面中央の正門。ここから南へ朱雀大路が通じる。
▽京内で田を作ることは禁止されていた。延喜式四十二・左(右)京職に「凡京中不ㇾ聴ㇾ営ニ水田ㇾ。但大小路辺及卑湿之地、聴ㇾ殖ニ水葱芹蓮之類ㇾ」とある。惟成は有名無実化していたこの規制を厳密に遵守させようとしたのである。本書二・4、二・6と関連する。

り」と。

（一八）　源道済《みなもとのみちなり》、船路《ふなぢ》の君《きみ》と号《なづ》くる事

「源道済、蔵人《くらうど》[一]為りし時、藤原頼貞《ふぢはらのよりさだ》[二]荒武蔵《あらむさし》これなりに号《なづ》けて船路の君と称《い》ふと云々。この人腹立《ふくりふ》[三]せざる時は、はなはだもつて優《いう》なり。しかるに性はなはだ悪《あ》しき人なり。よりて向かふべからず。船路[四]は天気和《わ》[五]順《じゅん》の日は、はなはだもつて優なり。風波悪しき時は、人堪《た》ふべからず。故に船路の君と称ふ」と。

（一九）　藤隆光《とうたかみつ》を称《い》ひて大法会《だいほふゑ》の師子《しし》と号《なづ》くる事

また「藤原隆光を称ひて大法会[六]の獅子[七]と号くるは、その体《すがた》極めて威儀有りて、心情なき故の称《な》なり」と。

（二〇）　勘解由相公《かげゆしやうこう》、暗打《やみうち》の事

「勘解由相公[八]、昔、暗打[九]せらるべき儀有り。有国《ありくに》聞きて、偸《ひそ》かに暗

一 道済は長保三年（一〇〇一）正月、蔵人となる。
二 藤原頼貞としては該当する人物を見出しえない。源頼貞か。尊卑分脈に「武蔵守、従五位下」とあり、御堂関白記・寛仁元年（一〇一七）十月四日に武蔵守として見える。道済と同世代であり、武蔵守で、「荒武蔵」の称にもふさわしい。
三 「フクリウ」（字類抄）。
四 船の旅。「藤原のときざね、ふなぢなれど、馬のはなむけす」（土佐日記）。
五 穏やかな。
六 大規模な法会。拾芥抄・諸僧部に「大法会」の項目があり、「導師・呪願・唄師・散花・引頭・堂達・納衆・梵音・錫杖」とその時の役僧をあげる。
七 法会で演じられる獅子舞の獅子。承暦元年（一〇七七）十二月の法勝寺供養記に「次公卿已下、着ニ堂前座一。此間乱声。…師子出臥ニ舞台巽坤一。…定者・散花・引頭・納衆・讃衆・梵音・錫杖等次第雁行、経ニ金堂・講堂・舞台等一、東西大行道。左右師子分舞。次楽人行列、衆僧行道」と見える。
▽水言鈔では18・19条を一続きとする。すなわち隆光に大法会の獅子というあだ名を付けたのは道済ということになるが、二条に分けると、それが曖昧になる。
八 藤原有国。
九 暗がりの中で打ちこらす。「暗　ヤミ」（名義抄）。

き処《ところ》に油を持ちて立ち、偸かにその油をもつて打つ人の[一〇]直衣《なほし》の袖に灑《そそ》き、明旦《あした》に見て、その人を知り、油をもつて験《しるし》と為《な》さんとす」と云々。

（一一）　英雄《えいゆう》の人をもつて右流左死《うるさし》と称《い》ふ事

「世、英雄の人をもつて右流左死と称ふ。[一一]四字は皆呉音。その詞《ことば》は由緒有り。昔、[一二]菅家《かんけ》は[一三]右府《うふ》為《た》り、時平《ときひら》は[一四]左府《さふ》為り。ともに人望あるなり。その後、右府[一五]事有りて流され、左府は[一六]薨逝《こうせい》す。故に、時の人、人望有る者を称《い》ひて、[一七]右流左死《うるさし》と号《なづ》く」と云々。

（一二）　忠文民部卿《ただふみみんぶきやう》、鷹《たか》を好む事

「[一八]忠文民部卿鷹を好めり。重明親王《しげあきらしんわう》その鷹を乞《こ》はんがために、[一九]宇治《うぢ》の[二〇]宅《いへ》に向かふ。忠文鷹をもつて親王に与ふ。親王[二一]臂《ひぢ》して還《かへ》る。路《みち》に鳥に遇《あ》へり。この鷹[二二]すこぶるもつて凡《ぼん》なり。親王すなはち路より帰りて、鷹を忠文に返し与ふ。忠文更に他の鷹を取り出だして云はく、「この鷹を献上せしめんと欲《おも》ふも、[二三]おそらくはその用を為《な》さじ」と。すなは

一〇　公家の平服。

一一　この四字は呉音に読めという注記。
一二　菅原道真。
一三　右大臣の唐名。道真は昌泰二年(八九九)二月、右大臣となる。
一四　左大臣の唐名。道真の任右大臣と同時に、時平、左大臣となる。
一五　昌泰四年正月、大宰権帥に左降、配流される。
一六　延喜九年(九〇九)四月四日死去。
一七　江家次第二十・路頭礼節事に「宇治殿与㆓二条殿㆒逢㆓途中㆒給。御前相共下。二条殿随身近利、乍㆑乗㆑馬入㆓傍小路㆒不㆑下、車過畢後、打出高追㆑前。宇治殿褰㆓車後簾㆒見、且感㆓近利㆒給。又被㆑仰云、我随身有㆓右流左死之者㆒、今日可㆑揚㆓近利㆒云々」の例がある。

一八　→一一頁注一九。
一九　→五八頁注九。また公卿補任・天暦元年条に「号㆓宇治民部卿㆒」。
二〇　「イヘ」(名義抄)。
二一　「ヒヂ」(名義抄)。鷹を肱にとまらせて。
二二　はなはだつまらぬ鷹で鳥を捕えることもしない。
二三　お役には立たないでしょう。

ち与ふ。[一]李《り》部王《ほうわう》得《え》て還る。路に鳥に遇ひて放つに、鷹雲に入りて去れり。この鷹[二]五十丈《ぢやう》の内に鳥を得ば、必ず撃《と》ると云々。すこぶる主《あるじ》の凡なるを知りて飛び去るか」と。

（一二三）　大納言道明《みちあきら》市《いち》に到りて物を買ふ事

また命《おほ》せられて云はく、「[三]往代《わうだい》の人、多く[四]市に到りて自《みづか》ら物を買ふ。道明、妻《め》[五]と同車して市に到りて物を買ふ。市の中に一《ひと》りの嫗《おうな》有り。大納言の妻を見て曰はく、「君は必ず[六]大納言の妻と為《な》らん」と。次《つ》いで道明を見て曰はく、「この人の力か」」と云々。

（一二四）　致忠《むねただ》石を買ふ事

また命《おほ》せられて云はく、「[七]備後守《びんごのかみ》致忠元方《もとかた》の男[八]閑院《かんゐん》を買ひて家と為《な》す。[九]泉石の風流を施さんと欲《おも》ふに、いまだ[一〇]立石《たていし》を得ること能《あた》はず。すなはち金《こがね》一両をもつて石一つを買へり。件《くだん》の事[一一]洛中《らくちゆう》に風聞す。件の事をもつて[一二]業《なりはひ》と為す者、この事を伝へ聞き、争つて[一三]奇巌怪石《きがんくわいせき》を運載し、

一 式部卿親王の唐名。式部卿は重明親王の最終官。
二 五十丈の範囲内で鳥を見つけたら、必ず捕える。「撃 トル、ツカム」(名義抄)。
▽本条は今昔物語集二十九・34の出典。
三 「ワウタイ」(字類抄)。昔。匡房にとって道明はおよそ二百年前の人となる。
四 左京・右京の七条に官設の東西の市が設けられていた。延喜式四十二・東西市司に「凡市皆毎レ鄽立レ牓題レ号。各依二其鄽一、随レ色交関」。「凡毎月十五日以前集二東市一、十六日以後集二西市一」。
五 尊卑分脈によれば、橘房上女・丹治比蔭光女・藤原常作女の三人の妻がある。
六 道明は延喜十四年(九一四)大納言となる。そうしてこれが極官。
七 天徳三年(九五九)二月六日の宣に備後守と見える(類聚符宣抄八)。
八 二中歴十・名家歴に「閑院〈二条南、西洞院西。冬嗣大臣家。又左大将朝光家。イ金岡畳二水石一云々。公季卿伝領。本主備後守致忠〉」。日本紀略・貞元元年(九七六)十一月二日に「今夜、太政大臣(兼通)従二朱雀院一遷二坐閑院一。件所右京大夫藤原致忠所領也」。左経記・長元元年(一〇二八)九月十六日に「去夕丑一刻許、閑院焼亡。件院故陸奥守致忠朝臣作レ之。次故堀河大相国(兼通)伝領。次当時大相国(公季)伝領」。
九 菅原淳茂の「翫二庭前紅梅一詩序」(平安朝佚名詩序集抜萃)に「皇城近東有二一禅院一。故法眼和尚之花園也。地富二泉石一、天縦二風流一」。
一〇 石組みに用いる庭石。「水は長々と下より流れ舞ひて楼を巡りたり。立て石どもはさまざまにて、反橋のこなたかなたにあり」(うつほ物語・楼上上)。橘俊綱の作庭記には「石をたてん事」についての詳細な記述がある。
一一 京中に。
一二 「ナリハヒ」(名義抄)。
一三 慶滋保胤の「冬日於二極楽寺禅房一同賦二落葉声如一レ雨」詩序(本朝文粋十)に「奇巌怪石之千象万形、霊樹異草之大隠

もつてその家に到りて売らんとす。ここに致忠答へて云はく、「今は買はじ」と云々。石を売る人すなはち門前に抛《なげう》つと云々。しかる後、その風流有るものを撰《えら》んで立つ」と云々。

（二一五）　橘《たちばなの》則光《のりみつ》盗《ぬすびと》を搦《から》むる事

また命《おほ》せられて云はく、「橘則光、[14]斉信《ただのぶ》大納言の宅《いへ》において、自《みづか》ら[15]盗を搦《から》む。[16][17]勇力《ゆうりよく》人に軼《す》ぐ」と云々。

（二一六）　保輔《やすすけ》強盗の主《ぬし》為《た》る事

命《おほ》せられて云はく、「致忠《むねただ》の男《をのこご》保輔 保昌《やすまさ》が兄なり これ[18]強盗の主なり。事発覚して獄に繋《つな》がれし後、致忠獄に到り、その身を召し出し、己《おのれ》の膚《はだ》をもつてその身に触《ふ》る」と云々。

（二一七）　善相公《ぜんしやうこう》と紀納言《きのなごん》と口論の事

また談《かた》られて云はく、「[19]善相公と[20]紀納言と口論の時、善相公云はく、

無名、潤二色庭戸一、鏽二藻風流一」。

一四　御堂関白記・寛弘四年正月五日に、中御門の斉信の家が焼亡したことが見え、栄花物語十一には「斉信大納言の大炊御門の家」とある。

一五　権記・長徳四年十一月八日の「藤中納言息法師〈狂悪者也〉与二宰相中将(斉信)宅牧童一相闘。童被レ疵北走。法師追レ之入二中将宅一。童北而去。法師走二上廊一、更追二中将一〈于レ時中将在二廊間一也〉。則光朝臣慮外来会、捕二法師一」という事件がこれに当たるか。

一六　「カラム」(名義抄)。捕える。

一七　日本後紀・弘仁二年五月二十三日に「田村麻呂、赤面黄鬚、勇力過レ人」。則光については、今昔物語集二十三・15に「今昔、陸奥前司橘則光ト云人有ケリ。兵ノ家ニ非ネドモ、心極テ太クテ思量賢ク、身ノ力ナドモ極テ強カリケル」とある。

一八　日本紀略・永延二年(九八八)六月十三日に「権中納言顕光卿家、強盗首藤原朝臣保輔籠居云々。仍囲二彼家一捜二求之一」、十七日に「左獄被二禁固一強盗首保輔、依二自害疵一死去了。是右馬権頭藤原致忠三男也。件致忠、日来候二左衛門弓場一。昨日免」。
▽続古事談五・45にこの時の保輔の逮捕から自害に至る詳細な記事がある。

一九　三善清行。

二〇　紀長谷雄。長谷雄が二歳年長。

「無才《むさい》の博士《はかせ》[一]は和主《わぬし》[二]より始まるなり」と云ひけり。時に紀家《きけ》は秀才[三]なりと云々。これをもつて思ふに、善家《ぜんけ》は止《や》[四]むごとなき者なり。孝言《たかとき》[五]聞きて、「竜《りゆう》の咋《く》ひ合ふは、咋[六]ひふせられたるに悪《わろ》からず。他の獣《けだもの》は倚《よ》り付かざるものなり」」と云々。

（二八）　菅根《すがね》と菅家《かんけ》と不快の事

命《おほ》せられて云はく、「菅根と菅家[七]と不快[八]なり。菅家事[九]に坐せしむる日、寛平上皇《くわんひやうじやうくわう》[一〇]、この[一一]事を停止《ちやうじ》せむことを申さんがために参らしめたまふ。菅根仰せを通ぜず、皆もつて遏絶《あつぜつ》[一二]す。これ菅根の計《はかりごと》[一三]なり」と。

（二九）　菅家《かんけ》、菅根《すがね》の頰《ほほ》を打たるる事

「菅根は止《や》[一四]むごとなき者なり。しかりといへども、殿上庚申《かうしん》[一五]の夜に、天神[一六]に頰を打たるるなり」と云々。

（三〇）　勘解相公《かげしやうこう》と惟仲《これなか》と怨みを成す事

一 学者。字類抄には「ハカセ」「ハクシ」の二つの訓がある。二 お前。三 文章得業生(大学寮、紀伝道の最高課程の学生)の唐名。長谷雄は元慶三年(八七九)に得業生となる。四 一流の人物である。五 巻末人名索引参照。六 食い伏せられても悪くはない。七 菅原道真。八 「フクワイ」(字類抄)。仲がよくなかった。九 →七九頁注一五。一〇 宇多上皇。寛平三年(八九一)以来、道真を抜擢重用していた。一一 延喜元年(九〇一)正月二十五日、道真の左遷が決定するが、日本紀略・同三十日に「太上皇御二幸左衛門陣一。官人以下衛士不レ下二胡床一。上皇通レ夜不レ還」、二月一日に「上皇還二本宮一。今日権帥向レ任」、また扶桑略記・同年正月二十五日に「宇多法皇馳二参内裏一。然左右諸陣警固不レ通。仍法皇敷二草座於陣頭侍従所西門一、向レ北終日御レ庭。左大弁紀朝臣長谷雄侍二門前陣一。火長以上不レ下二榻座一。晩景法皇還二御本院一」。一二 「アツセツ」(字類抄)。一三 「ハカリコト」(名義抄)。前田本の訓「サマタク」の意。一四 →注四。一五 道教にもとづく俗信で、庚申(かのえさる)の日は、人体に潜んでいる三尸虫が、人の睡眠中に天に昇り、その人の悪事を天帝に密告するので、その日は徹夜して、管絃・詩歌・双六・碁などをして時を過ごした。西宮記三・御庚申に「出御。王卿依レ召参候。置二御料銭一供二御菓子一。有レ仰有レ集レ攤。或有二作文、歌遊、倭歌一」。菅家文草四に「庚申夜、述レ所レ懐」の詩がある。一六 菅原道真を神格化した称。一七 互いに怨みを抱いて仲が悪い。一八 もともとの起こり。最初の原因。一九 有国は貞元三年(九七八)から天元五年(九八二)まで石見守。永観二年(九八四)に越後守となる。石見前司と称されるのは、この間のこと。二〇 惟仲は天元四年に肥後守。離任の時期は明確でないが、永延元年(九八七)七月に右少弁になっているので、肥後前司と称されるのは、そのしばらく以前のことである。史実としては二人が石見前司・肥後前司と呼ばれた時期は重ならない。二一 神社、山陵に幣を奉るために遣わされる勅使。

「有国《ありくに》と惟仲と[一七]怨隙《ゑんげき》を成せる本縁[一八]は、有国石見《いはみ》[一九]の前司《ぜんじ》為《た》り、惟仲肥《ひ》[二〇]後《ご》の前司為り、[二一]奉幣使《ほうへいし》の間、[二二]論《あらそ》へり」と云々。

（三一）　有国《ありくに》、名簿《みやうぶ》をもって惟成《これしげ》に与ふる事

「有国[二三]名簿をもって惟成に与ふ。惟成驚きて曰はく、「[二四]藤賢《とうけん》・[二五]式太《しきたい》は、往日《わうじつ》[二六]一双《いつさう》なり。何ぞ敢《あ》へてもつてかくのごときや」と。有国答へて云はく、「一人の跨《また》に入りて、万人の首《かうべ》を超えんと欲《おも》ふ」」と。

（三二）　融大臣《とほるのおとど》の霊《りやう》、寛平法皇《くわんぴやうほふわう》の御腰を抱《いだ》く事

「資仲卿《すけなかきやう》曰はく、「[二七]寛平法皇、[二八]京極御休所《きやうごくのみやすんどころ》と同車して[二九]川原院《かはらゐん》に渡《と》御《ぎよ》し、山川《さんせん》の形勢を観覧《くわんらん》せらる。夜に入りて月明らかなり。御車の畳を取り下《おろ》さしめて御座《おまし》と為《な》し、御休所と[三〇]房内《ばうない》の事を行はしめたまふ。殿中《でんちゆう》の[三一]塗籠《ぬりごめ》に人有り、戸を開きて出で来る。法皇問はしめ給ふ。対《こた》へて云はく、『融にて候ふ。御休所を賜らんと欲《おも》ふ』と。法皇答へて云《のたま》はく、『汝《なむぢ》、[三二]在生《ざいしやう》の時、臣下為《た》り。我は主上《しゆしやう》為り。何ぞ猥《みだ》りにこの言

二二 「アラソフ」(名義抄)。奉幣使をめぐる争論の具体的事実については未詳。
二三 「ミヤウフ」(字類抄)。安斎随筆六に「名簿は人に随従すべき証に名乗を書き、年月日、官位、姓名を書きて送るなり」。　二四 →五七頁注二六。　二五 →五七頁注二七。
二六 一対。大鏡・伊尹伝に「明理・行成と一双にいはれたまひしかども」。栄花物語三に「摂政殿(兼家)は今年六十にならせ給へば、…殿の家司ども皆よろこびしたるなかにも、有国・惟仲を大殿いみじきものにおぼしめしたり。有国は左中弁、惟仲は右中弁にて、世のおぼえ、才なども、人よりことなる人々にて」「さるは入道殿の、有国・惟仲をば左右の御まなこと仰せられけるを」とあり、一双の者とされている。なお、有国は惟成より十歳の年長である。
▽有国が惟成に従属の姿勢をとろうとしたのは、花山朝下、惟成が権力を持っていた時のことか。大鏡・伊尹伝に「花山院の御時のまつりごとは、ただこのとの(義懐)と惟成の弁としてをこなひたまひければ、いといみじかりしぞかし」、袋草紙に「花山院の御時、中納言義懐は外戚、惟成の弁は近習の臣にて、おのおの天下の権を執れり」とある。
二七 宇多法皇。　二八 藤原褒子。
二九 →七六頁注一。また源順の「奉レ同二源澄才子河原院賦一」(本朝文粋一)に「有レ院無レ隣、自隔二囂塵一。山吐二嵐之漠漠一、水含二石之磷磷一。丞相(融)遺二幽居一、誰忘二前主一。法王垂二叡覧一、猶感二後人一」、十巻本字類抄所引の本朝文集に「夫河原院者弘仁先朝第十二皇子左丞相融卿之甲第也。相府在世之間、窮二風流之体一、擅二遊蕩之美一。畳レ山累レ巌、草木比二其枝一、鑿レ池湛レ水、魚鳥戯二其波一。調二管絃於仙台一、翫二文籍於月殿一。寛平法帝、脱屣之後、時々遊覧焉。勝地再逢レ主、幽境重得レ時」とある。
三〇 「云開中也、バウナイ」(字類抄)。寝室での行為。性交。
三一 「ヌリコメ」(字類抄)。寝殿造の部屋の一つ。空間を壁で仕切って、明り取りを付け、妻戸で出入りするようにした場所。物を収蔵する場所であるが、人を閉じ込めたり、人や霊が隠れ籠もる空間ともなった。　三二 生前には。

を出だすや。退《まか》り帰るべし』といへれば、霊物《れいぶつ》[一]恐れながら法皇[二]の御腰を抱く。御休所半ば死して顔色を失ふ。御前駆《ごぜんく》[三]ら皆中門の外に候《さぶら》ひて、御声達すべからず。ただ牛童《うしわらは》[四]すこぶる近く侍《はべ》る。件《くだん》の童を召し、人々を召して御車を輦《さしよ》[五]せ、御休所を扶《たす》け乗せしむ。顔色色なく、起立すること能《あた》はず。扶け乗せしめて還御《くわんぎよ》し、浄蔵大法師《じやうざうだいほふし》[六]を召して、加持《かぢ》せしめたまふ。わづかにもつて蘇生すと云々。法皇先世《せんぜ》の業行《ごふぎやう》[七]に依りて日本国王と為《な》り、宝位[八]を去るといへども、神祇《じんぎ》守護し奉り、融の霊を追ひ退け了《おは》んぬ。その戸の面《おもて》に打物《うちもの》[九]の跡有り。守護神追[一〇]ひ入れしめし跡なり」と。また、ある人の云はく、「法皇簾《すだれ》の中に御《おはしま》して、融の霊檻《おばしま》[一一]の辺《ほとり》に参り居たり」」と云々。

（二二）　公忠《きんただ》の弁《べん》たちまちに頓滅《とんめつ》するも蘇生し、にはかに参内する事

「公忠の弁にはかに頓滅[一二]し、両三日を歴《へ》て蘇生す。家中に告げて云はく、「我を参内《さんだい》せしめよ」と。家人信《う》けず、もつて狂言[一三]と為《な》すも、

一　死霊。
二　河海抄二・夕顔所引の江談では「霊物抱二御息所御腰一」とある。
三　行列の先導をする者。
四　牛車の牛を引く者。
五　「サシヨル」（名義抄）。近づける。
六　大法師は僧の位階の一つ。拾遺往生伝・中の大法師浄蔵伝に「又依二京極更衣女御之所悩一、有二大師禅定法皇之勅喚一。大法師不レ能二固辞一、将以参上。先レ是本尊護法且行、接縛平愈」とある。
七　人間の肉体的・精神的なすべての行為。結果として果を招来する。
八　皇位。
九　武器。
一〇　融の霊を塗籠に追い込んだ。
一一　欄干。「檻〈音監。文選檻読、師説於波之万〉、殿上欄也」（和名抄）。
▽本朝文粋十四の「宇多院為二河原院左大臣一没後修二諷誦一文」（延長四年（九二六））に融の亡霊出現のことがすでに記されている。ただし京極御息所のことは見えない。
一二　急死。
一三　ばかばかしい言葉。世迷い言。
一四　熱心なので。
一五　→一〇頁注三。
一六　醍醐天皇。
一七　冥土の役所、閻魔の庁。
一八　水言鈔、前田本では、本書六・45「聖廟西府祭文上レ天事」の次に本条が続くことから、この人は菅原道真ということであろう。北野天神縁起にはそのように記す。「公忠頓滅して、冥宮の門の前にいたりてしばらく見るほどに、たけ一丈余りなる人、身には衣冠うるはしく、手には金の

事はなはだ[一四]懇切なるに依り、相扶《あひたす》けられて参内す。[一五]滝口《たきぐち》の戸の方より参り、事の由を申す。[一六]延喜《えんぎ》の聖主《せいしゆ》驚き躁《さわ》いで謁《えつ》せしめ給ふ。奏して云はく、「初め頓滅の剋《とき》、覚えずして[一七]冥官《みやうくわん》に至る。門前に[一八]一《ひと》りの人有り。長《たけ》は一丈余り、紫の[一九]袍《はう》を衣《き》て、[二〇]金《こがね》の書札《しよさつ》を捧《ささ》げ、訴へて云はく、『延喜の主《あるじ》の[二一]所為《しよゐ》、尤《もと》も安からず』といへり。堂上《だうじやう》に[二二]朱と紫を紆《まと》へる者三十ばかりの輩《ともがら》有り。その中の[二三]第二座の者咲《わら》ひて云はく、『延喜の帝《みかど》はすこぶるもつて[二四]荒涼《くわうりやう》なり。もしくは改元有るか』と云々。事了《をは》りて夢のごとく、たちまちに蘇生す」と。よりてたちまちに[二五]延長《えんちやう》と改元す」と云々。

次《つ》いで談話は古事に及ぶ。

(三四)　佐理《すけまさ》の生霊行成《いきりやうゆきなり》を悩ます事

「[二六]前奥州《ぜんあうしう》云はく、「[二七]佐理卿、[二八]平生《へいぜい》の時、[二九]行成卿、某所の[三〇]額《がく》を書きて[三一]進《たてまつ》るべき由、勅命《ちよくめい》を蒙《かうぶ》る。[三二]先達《せんだち》の候《さぶら》ふ由を奏せられず、書きて進らんとする間、佐理の生霊来たりて、行成を悩ませり。数日に及びて[三三]痛《はなは》

ふみはさみに中文をさゝげて、うつたへらるゝを耳をそばだてゝ聞侍しに、延喜の主上のしわざどもやすからずと、詞をつくし給ひき。こゝに菅丞相よとさとり給ぬ」。

一九　男性官人の朝服の表着。紫の衣袍を着用するのは三位以上。

二〇　金字で書いた書状。

二一　道真を大宰権帥に左遷したこと。

二二　朱と紫の印綬を帯びた者。高位の人。白氏文集七十一「胡吉鄭劉盧張等六賢皆多㆓年老㆒、予亦次焉。偶於㆓弊居㆒合㆓成尚歯会㆒、…」に「拖㆑紫紆㆑朱垂㆓白鬚㆒」。

二三　本書三・39に「この弁(篁)第二の冥官に坐せらる」とあり、篁を念頭に置くか。

二四　思慮に欠けた振舞いをする。軽率。

二五　日本紀略・延長元年閏四月十一日に「詔改㆓延喜廿三年㆒、為㆓延長元年㆒。依㆓水潦疾疫㆒也」とある。水害疫病が理由とされているが、三月二十一日に皇太子保明親王が死去したのは「挙㆑世云、菅帥霊魂宿忿所㆑為也」とあり、四月二十日に道真を本官右大臣に復し、正二位が追贈されていることからすれば、道真の怨霊鎮魂と深く関わっていよう。▽荏柄天神社本北野天神御伝幷御託宣等には、「延喜廿三年四月日、蔵人修理亮源公忠内裏宿直夜、夢中、菅御殿門、奉㆓書文於帝釈宮㆒給」という記事が見える(西田長男)。

二六　前陸奥守。橘為仲か。承保三年(一〇七六)―承暦四年(一〇八〇)の頃、陸奥守。本書一・28、二・7にその言談がある。

二七　→四七頁注二五。

二八　後文に「存生の間」とあり、元気であった時の意。佐理は長徳四年(九九八)没。

二九　→四七頁注二六。

三〇　額の字を書くことは書家にとってはなはだ名誉なことであった。佐理が正四位下、従三位に叙せられたのは、ともに殿門の額を書いた功に依る。

三一　「タテマツル」(名義抄)。

三二　佐理は行成より二十八歳年長。

三三　「ハナハダ」(名義抄)。

だ悩めり」と云々。予《われ》、主殿頭《とのものかみ》[一]公経《きんつね》[二]に謁《あ》[三]ひし次《ついで》に、この事を語る。公経答へて云はく、「佐理存生《そんせい》の間、按察《あぜち》[四]大納言、いまだかつて一度も額を書かれざりしか」と云々。

（三五）　小蔵親王《をぐらしんわう》の生霊佐理《いきりやうすけまさ》を煩はす事

「前中書王隠遁《ぜんちゆうしよわういんとん》[五]せし間、佐理、度々《たびたび》勅宣に依り、止《や》むごとなき勅書などを書かる[六]。しかる間、小蔵親王[七]の生霊に依り、常にもつて煩ひ給ふ。これ奥州《あうしう》[八]の僻事《ひがごと》[九]なり」と云々。

（三六）　熒惑星《けいこくせい》、備後守致忠《びんごのかみむねただ》を射る事

また命《おほ》せられて云はく、「備後守致忠[一〇]、天暦《てんりやく》[一一]の御時に蔵人《くらうど》為《た》り。天《てん》[一二]文博士保憲《もんはかせやすのり》を召して、召し仰せたまふ事有り。致忠御使と為《な》りて往反《わうはん》せし間に、粗《ほぼ》天文の事を知る。後、厠《かはや》[一三]において、人に向かひて天文の事を陳《の》ぶ。たちまち射る者有り。矢、柱に中《あた》れり。致忠驚きて云はく、「尤《もと》もの理《ことわり》なり。厠において天文を談《かた》る。故に熒惑星[一四]の吾を射るなり。

一　主殿寮（→一〇頁注九）の長官。
二　藤原氏。康和元年（一〇九九）七月二十三日没。本朝世紀の卒伝に「尤巧二草隷一、又好詠二和歌一」。
三　「アフ」（名義抄）。
四　行成。寛仁四年（一〇二〇）権大納言、万寿三年（一〇二六）按察使を兼ねる。
五　兼明親王。平安京郊外嵯峨の小倉に隠棲した。→四七頁注二四。
六　清書する。　七　兼明親王。　八　→八五頁注二六。
九　間違い。34条の奥州の話が誤解だというのである。34条と35条とが前田本では一続きになっている。これが本来の形であろう。35条は公経の言談の続きとなる。
一〇　→八〇頁注七。
一一　村上天皇の治世。致忠がその時、蔵人であったことは、九暦・天暦十一年正月十四日に見える。
一二　天文の観察、異変の判断上奏、天文生の教育などを行った。保憲は賀茂氏。天徳四年（九六〇）四月二十三日、天文博士となる（扶桑略記）。
一三　「賀波夜」（和名抄）。便所。
一四　「ケイコク」（文鳳鈔一）。五星（五つの惑星）の一つ。火星。またその神。聖徳太子伝暦・敏達天皇九年に「熒惑色赤、主二南・火一。此星降化為レ人、遊二童子間一。好作二謡歌一、歌二未然事一、蓋是星歟」とあり、未来を予言する。五星二十八宿神形図巻（深沢徹紹介）では、馬上に座し、六臂で手に武器を持つ姿で描かれる。
一五　五星の一つ。歳星ともいい、史記二十七・天官書の注に「歳星者東方木之精」。
一六　→一二頁注四。
一七　三代実録・貞観六年八月八日に「播磨国餝磨郡人陰陽寮陰陽師従八位下弓削連是雄」。善家異記（政事要略九十五）には是雄が占いで神異を示した話が見える。
一八　→七七頁注二四。朱雀門には霊異のものが棲む。本書三・50、三・58参照。
一九　小野篁。

今年木星[一五]の助け有り。故に柱に中る」と云々。

（三七）　陰陽師《おんやうじ》[一六]弓削是雄《ゆげのこれを》[一七]、朱雀門《すざくもん》[一八]において神に遇《あ》ふ事

（三八）　野篁《やくわう》ならびに高藤卿《たかふぢきやう》、百鬼夜行《ひやくきやぎやう》に遇《あ》ふ事

また云はく、「野篁[一九]ならびに高藤卿、中納言中将[二〇]の時、朱雀門《すざくもん》[二一]の前において百鬼夜行[二二]に遇へる時、高藤車より下《お》る。夜行の鬼神ら高藤を見て、「尊勝陀羅尼《そんしようだらに》[二三]」と称《い》へりと云々。高藤知らざるも、その衣《ころも》の中に、乳母《めのと》の尊勝陀羅尼を籠《こ》めたる故なりと云々。野篁[二四]、その時、高藤の奉為《おんため》に芳意《はうい》[二五]を致し、鬼神に遇はしむ」と云々。

（三九）　野篁《やくわう》は閻魔庁《えんまのちやう》の第二の冥官為《みやうくわんた》る事

「その後五、六ケ日を経て、篁《たかむら》、結政《かたなし》[二六]に参る剋限《こくげん》[二七]に、陽明門《やうめいもん》[二八]の前において、高藤卿《たかふぢきやう》のために車の簾《すだれ》・鞦《しりがい》[二九]などを切らると云々。時に、篁は左中弁《さちゆうべん》[三〇]なり。すなはち篁、高藤の父[三一]の冬嗣《ふゆつぐ》の亭《てい》に参りて、子細を申さ

二〇　高藤に付された注記か（篁には中納言、近衛中将の官歴はない）。高藤は寛平九年（八九七）—昌泰二年（八九九）、中納言。ただし中将にはなっていない。
二一　→七七頁注二四。
二二　鬼や変化のものが夜中に列をなして市中を徘徊すること。その日は正・二月は子の日、三・四月は午の日というように決まっていて、忌夜行日といい、その日の子時の外出は避けた。大鏡に藤原師輔が、今昔物語集十四・42に藤原常行が百鬼夜行に遭った話が見える。
二三　仏頂尊勝（仏陀の頭頂の肉髻相を仏格化した仏頂尊）の功徳を讃える仏頂尊勝陀羅尼経。滅罪、延命、厄除の効験がある。注二二の師輔・常行も同じく尊勝陀羅尼の験力によって鬼難を逃れている。ことに常行の話は「乳母、奇異カリケル事カナ。去年、己レガ兄弟ノ阿闍梨ニ云テ、尊勝陀羅尼ヲ令書テ、御衣ノ頸ニ入レシガ此ク貴カリケル事。…若君モ其ノ尊勝陀羅尼衣ノ頸ニ有リト云フ事不知給ザリケリ」と状況がはなはだ類似する。
二四　篁は仁寿二年（八五二）の死没で、史実としてはありえない。
二五　親切心。
二六　「カタナシ」（字類抄）。朝廷の政務の一つ。太政官に諮るべき諸司・諸国の文書を弁官らが先立って整理すること。文書をひろげて読み上げ、元に戻すことを結（かた）ねるという。
二七　延喜式十一・太政官に「凡弁官申レ政時剋。自二三月一至二七月一辰三剋。自二九月一至二正月一巳二剋。二八両月巳一剋」とある。
二八　大内裏の東面、北から二番目の門。近衛御門大路からの入口で、近衛御門ともいう。
二九　「シリガイ」（字類抄）。牛車をひく牛の尻にかけて轅を固定する紐。
三〇　承和十三年（八四六）九月から十五年正月まで左中弁。
三一　正しくは祖父。その邸は閑院（→八〇頁注八）。ただし冬嗣は天長三年（八二六）に没していて、史実としてはありえない。

しむる間、高藤にはかにもつて[一]頓滅《とんめつ》すと云々。篁すなはち高藤の手をもつて引き発《おこ》す。よりて蘇生す。高藤庭に下《お》りて篁を拝して云はく、「覚えずしてにはかに[二]閻魔庁に到る。この弁、[三]第二の冥官に坐せらると云々。よりて拝するなり」と云々。

（四〇）　都督《ととく》、熒惑《けいこく》の精為《せいた》る事

「[四]匡房《まさふさ》をば世の人謂《い》へること有りと云々。聞くべき事侍《はべ》るなり。先年、陰陽道《おんやうだう》の僧都《そうづ》慶増《きやうぞう》[五]来たりて云はく、「世間の人、殿をば[六]熒惑の精と申すなり。しかれば[七]閻魔庁《えんまのちやう》の訴へ仕らんとて来たるなり」と云々。この事を聞きて以来《このかた》、[八]身ながらも事の外なりと思ひ給ふるなり。唐の大宗《たいそう》の時にぞ、[九]熒惑《けいこく》の精《せい》は燕《えん》・趙《てう》の間の山に降《お》[一〇]りたりける。李淳風《りじゆんふう》と云ふ者、「熒惑の精降りぬ」と云ひければ、大宗人を遣《つかは》して見せしむるに、白頭の翁ありと云々。また李淳風も熒惑の精なり。かくのごとき精、皆有る事なり」と云々。

一 急死する。 二 冥途にあり、閻魔王が死者の生前の罪をさばくという役所。
三 小野氏系図の一本に「閻魔第二冥官云々。破軍星垂跡也」、下学集・人名門に「小野篁〈…即破軍星化身。故輒往二還於冥府一歟〉」とある(石原昭平)。本命属星信仰では破軍星は午年生まれの人の本命星であり、延暦二十一年壬午生まれの篁は破軍星の垂迹となり(吉原浩人)、冥途と往還できるという。
▽水言鈔では38条とこの39条とを一続きの言談とする。本条の冒頭の叙述から考えてもそれが本来のかたちであろう。今昔物語集二十・45も「篁ハ閻魔王宮ノ臣トシテ通フ人也ケリ」として語る。
四 この匡房のことを世間の人たちがうわさしているというのは次のようなことを聞いていますという。
五 二中歴十三・一能歴の宿曜師の項に「慶増〈大僧都〉」。禄命師の項にも見える。
六 →八六頁注一四。匡房を熒惑の精とするのは、属星信仰によれば、長久二年辛巳生まれの匡房の本命星は武曲星(＝熒惑)となることによる(吉原浩人)。
七 閻魔庁(→注二)への訴えをしようと思って来た。このことばは熒惑の精は冥途と往還できるという理解を前提とするが、同じく七星の一つである破軍星がそうであることは注三参照。 八 自分でも特別の人間だと思う。
九 現在の河北省の北部および山西省西部の地。戦国時代の燕・趙二国の地。
一〇 八六頁注一四の聖徳太子伝暦にも熒惑星が人界に降りた話がある。
一一 →五三頁注二五。
一二 「郭公鳥 保止々支須」(新撰字鏡)。
一三 沓代の貸金を負わせている(貸しがある)鳥。俊頼髄脳にその話があるが、本条では後文「真実の郭公鳥は…」との対応から、もずということになる。俊頼髄脳に「ほととぎすなきつる夏の山辺にはくつていださぬ人やわぶらむ」の歌について、「郭公といへる鳥はまことにはもずといへる

（四一）　郭公《ほととぎす》は鶯《うぐひす》の子為《た》る事

[一一]「戸部卿談《こほうきやうかた》りて曰はく、「[一二]郭公は真《まこと》にあらざるなり。[一三]沓手《くつて》負《おほ》せたる鳥の呼びて云はく、『[一四]ほととぎす、ほととぎす』と云ふなり。真実《まこと》の[一五]郭公鳥は卯《う》の花の垣に隠れ居て云はく、『[一六]ことごとし』と云ふなり。また、[一七]万葉集に云はく、『[一八]藍縷鳥《ほととぎす》は鶯の子なり』と。昔、人の宅《いへ》の樹《き》の蔭《かげ》に巣を造りて子を生む。やうやく生長せる比《ころほひ》、近づきて臨み見るに、鶯よりすこぶる大きなる鳥なり。羽毛やうやく具《そなは》りてその羽を舐《ねぶ》る。すなはち奇《あや》しび思ふ間に、『ほととぎす』と鳴きて去り了《をは》んぬ」と云々。

（四二）　嵯峨《さが》天皇の御時、落書《らくしよ》多々なる事

[一九]「嵯峨天皇の時、「無悪善」と云ふ落書[二〇]、世間に多々なり。篁《たかむら》読みて云はく、『[二一]さがなくはよかりなまし』と読む」と云々。天皇聞き給ひて、「篁が所為《しよゐ》なり」と仰せられて、罪を蒙《かうぶ》らんとするところ、篁

鳥なり。そのもずをほととぎすとはいふべきなり。昔くつぬひにてありける時、くつの料をとらせざりければ、今四五月ばかりにたてまつらむと約束してうせにけり。その後、いかにも見えざりければ、はかるなりけりと心をえて、くつをこそ得ざらめ、とらせしくつてをだに返しとらむと思ひて、とらせむとちぎりし四五月にきて、時鳥こそ、時鳥こそと呼びありくなり」とある。

一四　もずが沓代を請求する呼びかけの声である。

一五　たとえば枕草子二〇五段に「卯の花の垣根ちかうおぼえて、ほととぎすもかげにかくれぬべくぞ見ゆるかし」。

一六　鳴声を「ことごとし（大げさだ）」と聞きなした。俊頼髄脳ではもずの鳴声。「もずまる、…かきねをつたひて、時々ことごとしとつぶやくなり」。

一七　巻九・一七五五に「鶯の生卵の中に霍公鳥（ほととぎす）独り生まれて」とあるのをいう。

一八　万葉集にはこの用字は見えず、和名抄に「[監+鳥][縷+鳥]〈保度々岐須〉、今之郭公也」。また俊頼髄脳に「ほととぎすを鶯のことといへる事は万葉集に詠めり。…おぼつかなき事にてあるを、時助と申しし右の舞人の、故帥大納言に申ししは、弟子なりける舞人の家のかたはらに、鶯の巣をくひて、子をうみたりけるが、やうやういでたちになる程に、ひとつの子、ことのほかにおほきになりて、巣よりほかの竹の枝にゐて、さすがに母の鶯の虫をくくめければ、大口をあきてくひけるをみて、時助にかたりければ、まかりて見ける折に、ほととぎすと二声なきてまかりにけり」とある。故帥大納言は源経信。

▽ほととぎすをめぐる二話はともに俊頼髄脳に見えるが、これも経信から出たものと思われ、同源の話が異伝となって、一方は子俊頼の著作に書きとどめられた。

一九　在位大同四年（八〇九）―弘仁十四年（八二三）。

二〇　社会風潮や特定の個人に対する風刺、批判を目的として書かれた匿名の文・句。

二一　「さが」に、悪いことと嵯峨をかけた。「悪」をサガと読んだことになるが、古訓ではこれでサガナシ。

申して云はく、「[一]さらに候《さぶら》ふべからざる事なり。才学の道、[二]しかれば今より以後絶ゆべし」と申すと云々。天皇、「尤《もと》ももつて道理なり。しからば、この文《ふみ》読むべし」と仰せられて書かしめ給ふ。

[三]一伏三仰不来待書暗降雨慕漏寝《つきよにはこぬひとまたるかきくもりあめもふらなんこひつつもねん》。かくのごとく読む」と云々。

[四]十　二十　三十　五十。落書の事。

[五]海岸香。怨み在る落書なり。

[六]二冂口月八三。中とほせ。市[七]中小斗を用ゐる。

[八]欲。唐のけさう文。谷の傍らに欠有り。日本の返事を欲す。

[九]木の頭切れて、月の中破《わ》る。不用。

[一〇]粟天八一泥。加故都《かこつ》。

ある人云はく、「[一一]為市々々、有砂々々」と。

また、左[一二]縄足出。しめとよぶ。

（四三）　[一三]波斯国語《はしこくご》

[一四]一　ササカ。二　トア。三　アカ。四　ナムハ。五　リマ。六　ナム。七

一　決してあってはならないことです。
二　私が処罰されることがあれば。
三　漢字の原文が問題で、右の傍訓が篁の読み。類歌に古今集十五・775「月夜には来ぬ人待たるかきくもり雨も降らなむわびつつもねむ」。一伏三仰を「つきよ」と読むのは万葉集に見える戯訓の用法。万葉集・一八七四では「三伏一向夜」をツクヨと読むが、これは樗蒲というばくちで、四枚の木片を投げ、その出た目が三伏一向(下向き三、上向き一)のとき、ツクというのを借りた戯訓。二六八、三三八四の「一伏三起」「一伏三向」は、同様の戯訓でコロ。一伏三仰をツキと読むのはこれらを誤解したものか。
四　四十が欠けていることに意味があろうが、未詳。
五　本書一・7の末尾に続くべき語(水言鈔では連続する)。合わせて「非常の宰相は江銅臭、不次の納言は海岸香」となる。先例に倣わないやり方で任ぜられた参議大江氏は金で官職を買ったもので俗臭に満ち、抜擢された中納言の清潔さは海岸香のようである、の意。銅臭は後漢の崔烈が銭五百万で司徒の官を買い、人々から嫌われたという故事(蒙求)。海岸香は法華経に見える香の名。
六　二冂口月八三の真中に線を引けの意。そうすると、市中用小斗という字となる。　七　市(ちい)では小さな升を用いる。「大唐事文類聚四に李用晦の芝田録によるとして「長慶中有レ文、雷震而死。背上粉書云、市中用二小斗一」とあり、法華経直談鈔に「二冂口月八三事」があり、次の記事がある。「大唐有者市出米売買、売時小斗以出、買時大斗取也。或時雷鳴二雲上一、忽此商人殺也。雨止空晴見、背二冂口月八三云文。皆人不レ知。而一人儒者来、馬上見レ之、鞭当レ中見、此文中竪一文字引可レ被レ読心得、如レ其読、市中小斗用読也」。このような説話を典拠にもつ(田口和夫)。　八　唐からの懸想文(恋文)に、谷の横に欠があるとあり、それが欲の字となり、日本からの返事がほしいという意味である。
九　木の字の上が切れると不、月の中央が割れると用。つまり不用で、懸想文に対する返事であろう。
一〇　この五字をどう読むかという謎。答えは、あはでやひ

トク。八 ゲンビラ。九 サイビラ。十 サラロ。二十 トアロ。三十 アカフロ。四十 ヒハフロ。百 ササラト。千 ササホロ。

（四四） 松浦廟《まつらのみや》[15]の事

「件《くだん》の二の宮[16]は綱時の大臣《おとど》なり」と。

（四五） 古塔《こたふ》の銘《めい》の事

また云はく、「古塔の銘に云はく、「粟天八一《すてのやつなり》[17]」と。この文いまだ読まれずと云々。件《くだん》の塔の在り所尋ぬべきなり」と云々。

（四六） 畳《たたみ》の上下《かみしも》の事

また談《かた》られて云はく、「畳の上下を知りて敷くべき事なり。面《おもて》の莚《むしろ》を裏に折り返して閉ぢ付けたるを上と知るなり。折らずしてただ付くるを下に敷くべきなり」と云々。

とりぬる（恋人に逢えないで一人寝をすることであろうか）で、かこつ。泥は名義抄に「ヌル」。

一二 未詳、原文のままにあげておく。 一三 左縄足出の四字をシメとよぶの意。シメはしめなわ。しめなわは左編みになった縄の藁の端を切らずに垂らす。日本書紀・神代上「端出之縄」の注に「左縄端出、此云二斯梨倶梅儺波一」とある。

一三 中国でのペルシアの呼称。日本でも倣って用いられ、東大寺諷誦文稿、日本国見在書目録、うつほ物語などに用例がある。唐末から宋にかけて、東南アジアの一部をもいうようになり、ここでの波斯国語はマレー語。

一四 現在のマレー語と比べると、一 sa(satu)、水言鈔はサ、ア、二中歴はサア。二 dua。三 tiga。二中歴はチカで一致する。四 ampat。五 lima。六 enam。七 tujoh。原文の「免」は「兔」の誤りであろう。八 delapan。九 sembilan。十 sa-puloh。二十 dua-puloh。三十 tiga-puloh。四十 ampat-puloh。百 sa-ratus。千 sa-ribu。

一五 佐賀県唐津市の鏡神社。神功皇后が三韓征伐の時に祭った鏡を神体とし、のち藤原広嗣を合祀する。十巻本字類抄に「松浦明神〈マツラノミヤ、坐二肥前国一〉」。

一六 二宮の祭神は綱時大臣であるの意。綱時は疑問で、広嗣がこれに当たる。広嗣は天平十二年（七四〇）九州で乱を起こして敗れ、肥前国松浦郡で斬刑に処せられ、のち悪霊となり、恐れられた。扶桑略記・天平十八年六月五日に「広継霊者、今松浦明神也」。

一七 実隆公記・明応五年閏二月十九日に「早朝進発可レ詣二芳野一。…下レ坂著二比曾寺一。此地勝絶之寺也。欽明天皇御願也云々。塔有二二基一相対。中央有二楼門一。件額云、粟天八一云々。未レ知二其謂一」とあり、比曾寺の額に書かれた文字のこととされている。また太子伝玉林抄九に比蘇寺額事があり、次のような説を引く。「秘決云、粟天八一云々。大難レ得レ意。或人云、粟（ラチ）ニシテ天ノ八（ハチ）ヲ一（チイ）ナリト可レ読云々。謂ク天ハ如二唐笠（カラカサ）一ノ以ニスト八支（ヘサ、）一ヲ云事在レ之。破レ之云レ一也。如レ云二万行一門唯有一門一也云々。後江帥聞レ之可二爾読一云ナリト云々。已上天王寺所伝」。本

（四七）　名物《めいぶつ》

命《おほ》せられて云はく、「高名《かうみやう》の物など知らるるや、いかん」と。

（四八）　笛

[一]大水竜《おほすいりう》。小《こ》水竜《すいりう》。[二]青竹《あをたけ》。[三]葉二《はふたつ》。[四]柯亭《かてい》。[五]讃岐《さぬき》。中管《ちゆうくわん》。[六]釘打《くぎうち》。[七]庭筠《ていきん》。

（四九）　横笛《よこぶえ》の事

[八]横笛は[九]大水竜《おほすいりう》、小《こ》水竜《すいりう》。[一〇]天暦《てんりやく》の御時の宝物《ほうぶつ》なり。

（五〇）　葉二《はふたつ》は高名《かうみやう》の笛為《た》る事

また命《おほ》せられて云はく、「葉二は高名の横笛《よこぶえ》なり。[一一]朱雀門《すざくもん》の鬼の笛と号《なづ》くるはこれなり。[一二]浄蔵聖人《じやうざうしやうにん》笛を吹きて、深更《しんかう》朱雀門を渡るに、[一三]鬼《おに》大声にて感ず。それより、この笛を件《くだん》の聖人《しやうにん》に給ふと云々。その後《のち》、次第《しだい》に伝へて[一四]入道殿に在り。[一五]後一条院《ごいちでうゐん》御在位の時、蔵人《くらうど》某《なにがし》をもつて、

条の「ステテノヤツナリ」の訓は天王寺所伝という「天ノハチヲチラシテイチナリ」という訓の訛伝であろう。ただし意味は不明である。

▽次の48条以下を導く一条である。類聚本ではこれを独立した一条としたため曖昧なものとなっているが、神田本では「又名物宝物等名ハ被レ知乎、如何。答云、不ニ知給一。被レ命云、横笛者大水竜、…」となっていて、名物をめぐる問答のかたちをよく残している。

一　横笛の名器。枕草子八九段に「御前にさぶらふ物は御琴も御笛も皆めづらしき名つきてぞある。…水竜、小水竜、宇陀の法師、釘打、葉二、なにくれなど」。古事談六に、唐人が日本へ向かう途中、船が沈もうとしたので、代りにこの笛を沈めて無事に渡海し、のち千両で竜王から取返したこと、頼通が買取って宇治宝蔵に収めたという話がある。続教訓抄に「此笛管大ニ音豊ナリ。衆管ニ超タル故ニ大ノ字ヲ加フ。笛水中ノ竜吟ヲ写ス。故ニ水竜ト称ス」とある。

二　中右記・康和四年(一一〇二)三月九日に宰相中将忠教、右衛門督宗通が青竹を吹いたことが見える。続教訓抄に「青竹ハ会宴ノ事ニ用ラル。菩提樹院ニ後一条院ノ御影ヲカキタテマツリタリケルニ、御傍ニ笛ヲカカセ給タルカタチカキマイラセタンナルハ青竹ガ形ナリ」とある。

三　→三・50。

四　続教訓抄に「柯亭ハ三条関白ノ笛ナリ。四条大納言公任コレヲ伝フ。大二条殿〈教通公〉彼ノ大納言ノムコナリ。仍是ヲ伝ヘ給フトイヘリ」とある。名は後漢の蔡邕が愛用した笛にもとづく(芸文類聚四十四・笛)。

五　続教訓抄に「音声清高、名抜群」とある。

六　枕草子に見える。→注一。

七　拾芥抄・楽器部には「庭筠　タケ」とある。筠は竹の意。

▽教訓抄、続教訓抄、十訓抄ほかに笛の名器としてあげるが、続教訓抄にはいずれも笛竹(くれ竹)であることを注する。またこれらの笛の優劣について「本朝ノ横笛ハ葉二ヲ

この笛を召さる。蔵人笛の名なるを知らず。ただ「はふたつ参らせさせ給へ」と申すに、入道殿、「[一六]何事も承るべきに、[一七]歯二つこそえ欠くまじけれ。もしこの葉二《はふたつ》の笛か」とて進《たてまつ》[一八]らしめ給ふ」と云々。

（五一）　穴貴《あなたふと》は高名《かうみやう》の笛為《た》る事

また命《おほ》せられて云はく、「[一九]穴貴と云ふ笛は高名の笛なり。しかりといへども損失せり。[二〇]式部卿宮《しきぶきやうのみや》この笛を吹き給ひし時、御衣《おんぞ》の上に雪降りかかりたりけるを打ち払ひし間、折れ了《をは》んぬ」と云々。

（五二）　小蚶絵《こきさきゑ》の笛求め出さるる事

また命《おほ》せられて云はく、「[二一]小蚶絵は高名《かうみやう》の笛なり。[二二]一条院《いちでうゐん》の御時に、この笛失《う》せ了《をは》んぬ。よりてかたがた祈請《きしやう》せられし間《あひだ》、[二三]五《ご》七日《しちにち》ばかりに、[二四]御湯殿《おゆどの》の下に在り。見付けて御覧ずるに、空《むな》しくもつて朽《く》ち了んぬ。よりて少々切る。その後《のち》なほその音美《よ》きなり」と云々。

モテ第一トス。…第二ハ青竹、第三ハ柯亭、第四ハ大水竜、…第五ニハ小水竜ナリ」とする。
八 和名抄に「与古不江」。
九 →注一。
一〇 村上天皇の御代。在位九四六―九六七年。
一一 →七七頁注二四、八七頁注一八。
一二 浄蔵が管絃にすぐれていたことは二中歴十三・一能歴に管絃人としてあげる。続教訓抄には「此浄蔵ハ三善清行宰相ノ男ナリ。横笛ノ上手、尾張浜主ガ弟子ナリ」とある。
一三 続教訓抄に葉二は鬼丸とも呼んだとあるが、このことから出た別称であろう。
一四 藤原道長。御堂関白記・寛弘七年正月十一日に「従二華山院御匣殿許レ得二横笛一〈歯二〉。只今第一笛也」。
一五 道長の外孫に当たる。在位、長和五年(一〇一六)―長元九年(一〇三六)。
一六 天皇の仰せであるからどのような事でもお聞きすべきであるが。
一七 歯二本は欠くことができません。わざと「歯二つ」と聞きなした。
一八 「タテマツル」(名義抄)。
一九 二中歴十三・名物歴に、この笛の音を聞いて、鬼が「あな、たふと」といったので、この名で呼ぶようになったとある。
二〇 貞保親王。延喜二十一年(九二一)新撰横笛譜を撰進、その序が現存する。文机談二に「南宮長二諸芸一事」があり、貞保親王が管絃に広く通じていたことを記す。
二一 本書三・54には笙の名器の一つとして「小蚶界絵」をあげる。蚶はアカガヒ、ニナ。和名抄に「岐佐」。
二二 在位、寛和二年(九八六)―寛弘八年(一〇一一)。
二三 三十五日目ほどに。
二四 清涼殿の西廂の北端に設けられた。

（五三）　博雅《ひろまさ》の三位《さんゐ》横笛《よこぶえ》を吹く事

談《かた》られて云はく、「博[一]雅の三位の横笛を吹くに、鬼の吹き落とさると。知らるるや、いかん」と。答へて曰はく、「慮外《りよぐわい》[二]ながら、承知し候《さふら》ふなり」と。

（五四）　笙《しやう》

大蚶界絵《おほきさきゑ》[三]。小蚶界絵《こきさきゑ》[四]。雲和《うんわ》[五]。法花寺《ほつけじ》[六]。不々替《いなかへじ》[七]。小笙《こしやう》[八]。

（五五）　不々替《いなかへじ》は高名《かうみやう》の笙《しやう》為《た》る事

また命《おほ》せられて云はく、「不々替はこれ笙の名なり。唐人《たうひと》売らんとす。千石《せんごく》に買はんと云ふに、「いな[九]、かへじ」と云ひければ、もつて名と為《な》す」と云々。

（五六）　琵琶《びは》

一 古今著聞集六・244に「博雅卿は上古にすぐれたる管絃者也けり」。その新撰楽譜（博雅笛譜とも）は現存最古の笛譜。
本書三・63参照。　二 意外なことだが。
三 古今著聞集六・246に「きさきゑ」。続教訓抄十一にその形状についての詳細な記事がある。
四 本書三・52には笛の名としてあげるが、中右記・康和四年（一一〇二）三月九日に「右衛門督吹レ笛〈青竹〉、下官吹レ笙〈木佐絵〉」とある。続教訓抄には二条殿（藤原教通）のものとする。また大小いずれかは不詳であるが、「キサケエハ累代ノ宝物ナリ。神霊アリトイヘリ。而ニ保延四年二月廿四日、土御門内裏ノ焼亡ニ焼亡畢」とある。
五 未詳。芸文類聚四十四・笙に「漢武内伝曰、西王母命ニ侍女董双成一吹ニ雲和之笙一」とあり、名はこれに由来するか。
六 続教訓抄に「禅定殿下之仰ニ云、法華寺ト云笙ハ名物ナリ。此笙ヲ華山供養ノ行道ニ、楽人久延カ吹ケルニハ、笛モ全クキコエサリケリ。件ノ笙、能算ガ伝テ後、堀川院凡テ交丸ニツクラレ了」とある。　七 次条（55）参照。　八 未詳。
九 「いな、替へじ」で、いや、替えたくないの意。「不、不替」と字を宛てた。名義抄に「不　イナ」。
▽枕草子八九段に「淑景舎などわたり給て、御物語のついでに、まろがもとに、いとをかしげなる笙の笛こそあれ。故殿のえさせ給へりしとの給を、僧都の君、それは隆円に給へ。をのがもとにめでたき琴侍り。それにかへさせ給へと申給を、聞きもいれ給はで、こと事をのたまふに、いらへさせたてまつらんと、あまたたび聞え給ふに、猶物ものたまはねば、宮の御まへの、いなかへじとおぼしたる物をとの給はせたる、御けしきのいみじうをかしき事ぞかぎりなき。此御笛の名、僧都の君もえしり給はざりければ、只うらめしうおぼいためる。是は職の御曹司におはしまいし程の事なめり。上の御まへに、いなかへじといふ御笛のさぶらふ名なり」とあり、一条天皇の許に蔵されていた。
一〇 →57・58条。　一一 →57条。　一二 →59条。　一三 →59条。
一四 →60条。　一五 →60・61条。　一六 →62条。　一七 →60条。
▽枕草子八九段に「御前にさぶらふ物は、御琴も御笛も皆

[一〇]玄象《げんじやう》。[一一]牧馬《ぼくば》。[一二]井手《ゐで》。[一三]渭橋《ゐけう》為尭《ゐげう》。[一四]木絵《もくゑ》。[一五]元興寺《ぐわんごうじ》。[一六]小琵琶《こびは》。[一七]無名《むみやう》。

（五七）　玄象《げんじやう》・牧馬《ぼくば》の本縁《ほんえん》の事

予《われ》問ふ、「[一八]玄象・[一九]牧馬は元は何《いづれ》の時の琵琶《びは》なりや」と。答へられて云はく、「玄象・牧馬は[二〇]延喜《えんぎ》の聖主《せいしゆ》の御琵琶か。件《くだん》の御時、琵琶の上《じやう》手《ず》に[二一]玄上《はるかみ》といふものあり」と云々。予また問ひて云はく、「しからば[二二]件の名に依りて付けしむるか」と。命《おほ》せられて云はく、「委《つまびら》かには覚えざるなり」と。

（五八）　朱雀門《すざくもん》の鬼、玄上《げんじやう》を盗み取りし事

「玄上、昔[二三]失《う》せ了《をは》んぬ。在り所を知らず。よりて[二四]公家《くげ》件《くだん》の琵琶《びは》を求め得んがために、[二五]法《ほふ》を二《に》七日《しちにち》の間修《しゆ》せしめらるるに、[二六]朱雀門《すざくもん》の楼上《ろうじやう》より[二七]頸《くび》に縄を付けてやうやく降ろすと云々。これすなはち朱雀門の鬼の盗み取りしなり。しかして修法《しゆほふ》の力に依りて顕《あら》はるるところなり」と云々。

めづらしき名つきてぞある。玄上、牧馬、井手、渭橋、無名など」とある。

一八 教訓抄八に「玄上。〈又玄象。玄上宰相比巴也〉」とあり、玄上とも。禁秘抄上に「玄上。累代宝物也。置二中殿御厨子一。根源様、人不レ知レ之。掃部頭貞敏渡唐之時、所レ渡琵琶二面、其一歟。…凡此琵琶、云レ体云レ声、不レ可レ説。未曾有物也。為二霊物一」とある。

一九 糸竹口伝下に「牧馬ハ槽ニ四角アル馬ノ形ヲ木絵ニ彫入タリ。延喜帝ノ御物也。玄象ヨリ勝リテナルトナン。或人、撥面ノ絵ニ牧ノ馬ヲ書タリト云、僻事也」。御堂関白記・寛仁元年十二月四日に「摂政持二琵琶一面一〈木馬也〉授二能通朝臣一」とあり、殿暦によれば、のち師通、忠実に伝えられた。

二〇 醍醐天皇。

二一 藤原氏。神田本に「ハルカミ」と訓。

二二 禁秘抄上に「或云、玄象呑二青鉢之水一。所謂号二玄象一。又玄上宰相献二延喜帝一。仍号二玄上一。両説也。但妙音院入道付二玄上説一歟」。撥面に玄象（黒い象）が描かれていることによるとする説もあった。

▽注一八の禁秘抄に記された藤原貞敏が唐より将来したという説は古事談六、十訓抄十にも見えるが、このことは三代実録・貞観九年十月四日の貞敏卒伝に詳しい。

二三 百錬抄・天元五年（九八二）十一月十七日に「内裏焼亡。…或記云、炎上之間、累代御物多紛失。牙御笏、紫檀御脇息、玄上等也」、同十二月六日に「玄上従二式御曹司東垣一、付レ物抜落畢」とある。

二四 天皇。注二三の天元五年の時とすれば円融天皇。

二五 加持祈禱を十四日間行わせる。

二六 →七七頁注二四。朱雀門に霊異のものが棲むこと、本書三・37、三・50参照。

二七 教訓抄八に琵琶の所名の一つとして「頸」とある。

▽十訓抄十、古今著聞集十七・595に採録。今昔物語集二十四・24に、村上天皇の時に不明となり、源博雅が捜し求めて羅城門の鬼から取り返したという類話がある。

（五九）　井手《ゐで》琵琶《びは》の名愛宮《あいのみや》の伝へ得たる事

「[一]琵琶は井手[二]といふ琵琶、高名《かうみやう》の物なり。延喜《えんぎ》[三]の孫《うまご》にて十五《じふご》[四]の宮《みや》の子に愛宮[五]と申す人の琵琶なり。伝へて今に宇治《うぢ》[六]の宝蔵《ほうざう》に在り。渭橋《ゐけう》[七]もまた高名の琵琶なり。三条式部卿《さんでうしきぶきやう》[八]の宝物《ほうぶつ》なり」と。

（六〇）　小螺鈿《こらでん》の事

「小螺鈿[九]は高倉宮《たかくらのみや》[一〇]の琵琶《びは》なり。木絵《もくゑ》[一一]の琵琶はまた殿下《でんか》[一二]に在り。元興《ぐわんごう》[一三]寺《じ》、一名は切られ琵琶、後冷泉院《ごれいぜいゐん》の御宝物《ごほうぶつ》なり。元は元興寺[一四]の財《たから》[一五]なり。しかるに後冷泉院春宮《とうぐう》[一六]の時、件《くだん》の寺の別当《べつたう》、寺の修理に宛《あ》てんがために売らしむるを、納殿《をさめどの》[一七]の金《こがね》をもつて、後朱雀院《ごすざくゐん》[一八]の買ひ献ぜしめ給ふなりと云々。今に伝へて殿下[一九]に在り。無名《むみやう》[二〇]といふ高名の琵琶を上東門院《じやうとうもんゐん》[二一]は宝物にて持たしめ給ふ間に、済政《なりまさ》[二二]の三位《さんゐ》の三条の亭《てい》に御坐《おはしま》さしむる間、焼亡《ぜうまう》[二三]に焼け了《をは》んぬ」と云々。

一 神田本では、本書の三・47条、49条に続いて本条がある。冒頭の「琵琶は」は49条の「横笛は」に対応する。
二 枕草子八九段に見え、順徳院御琵琶合に一番に末濃と番えられ、「殊有二音勢一。自レ昔名誉ことなる物なり。平等院経蔵の琵琶の内、本願ことに此を重ず。けぢかくて聞には渭橋に不レ可レ過歟。然せめちからことに有て、たとひ尽レ力て弾レ之といへども、聊もひびらく所なし。至二其条一者、霊物之外、これに過たるはなし」とある。形状については八音抄に詳しい。　三 醍醐天皇。
四 盛明親王。日本紀略・寛和二年四月二十八日に「今日四品盛明親王出家〈五十九〉。醍醐第十五之子也」。
五 源高明の娘明子。藤原道長の妻。拾遺集八・498の作者として「愛宮」。その詞書に「左大臣(道長)の土御門の左大臣(源雅信)の婿になりて後、したうづの型を取りにをこせて侍りければ」。彼女は叔父に当たる盛明親王の養女となった。栄花物語一に「源氏の大臣(高明)のあるがなかのおとの女君(明子)の五つ六つばかりにおはするは、大臣の御はらからの十五の宮の、御女もおはせざりければ、迎えとり奉り給て、姫宮とてかしづき奉り給て、養ひ奉り給ふ」。
六 宇治平等院の宝蔵。伝承されたもの、空想上のものも含む多くの宝物が秘蔵される場所と考えられた。渭橋、元興寺、木絵、葉二、水竜なども収蔵されていた。井手は明子、道長、頼通と伝承されたのであろう。
七 枕草子八九段、順徳院御琵琶合、糸竹口伝に見える。
八 未詳。重明親王は式部卿となり、東三条に邸宅を持ったが、三条式部卿と称された明証がない。
九 未詳。本書三・66には箏の名器として見える。
一〇 後朱雀天皇皇女祐子内親王。中右記・長治二年十一月七日に「号二高倉一宮一」。
一一 順徳院御琵琶合に「昔は摂録の家の宝物にて、鳥羽院御時より被レ施二入勝光明院一」。
一二 藤原忠実。　一三 →61条。
一四 もと飛鳥の地に創建された飛鳥寺を平城遷都にともなって移したもの。南都七大寺の一つ。奈良市に現存。

(六一) 元興寺《ぐわんごうじ》の琵琶《びは》の事

「元興寺といふ琵琶は名物なり。修造《しゆざう》のために保仲《やすなか》が許《もと》に遣はす間、[二四]念珠《ねんじゆ》の匠《たくみ》盗み取りて尻を切り了《をは》んぬ。よりて[二五]切り琵琶と号《なづ》く。後冷泉《ごれいぜい》院《ゐん》の宝物《ほうぶつ》なり」と。

(六二) 小琵琶《こびは》の事

「小琵琶は高名《かうみやう》の物なり。小琵琶は、後冷泉院《ごれいぜいゐん》の御宝物《ごほうぶつ》なり。件《くだん》の琵琶は音《おと》はなはだ細かりければ、大きなる過《とが》なりとて、[二六]宇治殿《うぢどの》当時の上手《じやうず》ら召し集め、腹を[二七]鐫《ゑ》るべき由仰せらる。[二八]霊物《れいぶつ》を恐るるために、有《あり》行《ゆき》を召して[二九]卜筮《ぼくぜい》せしめらる。[三〇]卜筮は可なり」と。

(六三) 博雅《ひろまさ》の三位《さんゐ》琵琶《びは》を習ふ事

「博雅の三位の[三一]会坂《あふさか》の目《め》暗《くら》に琵琶を習へるは知らるるか、いかん」と。[三二]答へて曰はく、「知らず」と。談《かた》りて曰はく、「尤《もと》も興《きよう》有る事なり。

一五 「タカラ」(名義抄)。
一六 長暦二年(一〇三八)―寛徳二年(一〇四五)の間、東宮。
一七 金銀、衣服、調度などを収蔵する所。西宮記八・所々事に「納殿〈累代御物在二宜陽殿一〉」。
一八 後冷泉院の父で、前代の天皇。
一九 藤原忠実。その殿暦・天永三年十二月十九日に元興寺について「件琵琶本余物也」と記す。
二〇 枕草子八九段に「無名といふ琵琶の御琴を、上の持てわたらせたまへるに、…これが名よ、いかにとかと聞えさするに、ただいとはかなく、名もなしとの給はせたるは、猶いとめでたしとこそおぼえしか」とある。教訓抄八には「蟬丸比琶也」と伝える。
二一 一条天皇中宮の藤原彰子。
二二 源氏。尊卑分脈に「贈従三位。笛、鞠、郢曲、和琴、箏」とある。上東門院別当。邸が三条にあったことは御堂関白記・寛仁元年四月二日に「渡二済政三条家一」。
二三 小記目録十九に「長元三年(一〇三〇)三月十日、女院御所焼亡事〈済政三条宅〉」と見える。
二四 数珠を作る職人。 二五 ↓60条。
▽古今著聞集十二・428に採録。
二六 藤原頼通。 二七 「ヱル」(名義抄)。くりぬく。 二八 楽器が霊力を秘めた物と考えられていたことをもの語る。
二九 「ボクゼイ」(字類抄)。占いをさせた。
三〇 占いは「よい」と出た。
▽八音抄に異伝を記す。「小琵琶は音ちいさかりけるによりて、知足院殿の御時、うちをくりたらば音いできなんとて、有行といふ陰陽師めして御占ありて、慶教僧正と申けるめでたき人して御祈ありて、腹をはなちてうちをくられて、聊音出来たりと日記にありとかや、ききおきたり」。知足院殿は頼通の曾孫忠実。
三一 会坂に住む盲人。会坂は逢坂、合坂とも。↓二二頁注二。
三二 本条は語り手と聞き手との問答の形をとどめている。

博雅は高名《かうみやう》の管絃《くわんげん》の人にて、いみじく道を重く求むるに、会坂の目暗は[一]琵琶最上の由、世上に風聞《ふうぶん》す。[二]人々請ひ習はしむといへども、さらにもつて得ず。また、住まふ所極めてもつて[三]ところせくて、行き向かふ人[四]少々《まれまれ》に、博雅まづ下人《げにん》をもつて内々にいはするやう、[五]「などかくて思ひ懸けざる所には住ひするぞ。京都《みやこ》に居て過ぎよかし」と[六]すかすに、目暗歌を詠みて曰はく、

[七]世の中はとてもかくても過ぐしてん宮も藁屋《わらや》も果てしなければ

と詠みて答へず。使《つかひ》の者この由をもつて云ふに、博雅思ふやう、この目暗の[八]命《いのち》は旦暮《たんぼ》に在り。我も寿《いのち》は知らねども、なほ[九]流泉《りうせん》・啄木《たくぼく》といふ曲は、この目暗のみこそ伝ふなれ。[一〇]相構へて弾くを聞きて伝へんと欲《おも》ふところ、三ケ年の間、夜々《よよ》会坂の目暗の許《もと》に向かひ、窃《ひそ》かに宅《いへ》の頭《ほとり》に立ち聞くに、さらにもつて弾かず。[一一]三年といふ八月十五夜、[一二]をろうわくもりたるに風少し吹くに、博雅思ふやう、あはれ今夜《こよひ》は興有る夜かな。会坂の目暗、流泉・啄木などは、今夜か弾くらんと思ひて、[一三]琵琶の譜《ふ》を具して会坂に向かふに、[一四]案《あん》のごとく琵琶を鳴らしむる程に[一五]盤《ばん》

一　琵琶に関しては最高であるということが世間でうわさになっていた。
二　人々は頼んで習おうとしたが、実現しなかった。
三　狭くて窮屈で。
四　「少　マレナリ」(名義抄)。
五　どうしてこんな思いがけもない所に住んでいるのか。都で過ごしなさい。
六　勧めると。
七　世の中はどのようにしてでも過ごしていきましょう。宮殿も藁ぶきの小屋でもそこで住みおおせることはできないのだから。和漢朗詠集下・述懐、俊頼髄脳、新古今集十八ほかに。俊頼髄脳、新古今集では作者は蟬丸。
八　命は今日あすに迫っている。
九　流泉は石上流泉ともいう。楊真操とともに琵琶の三名曲。源平盛衰記十二に、承和年間に遣唐使の藤原貞敏が廉承武から習い受けたという。
一〇　何とかして盲人が弾くのを聞いて伝えよう。
一一　三年目の。
一二　少し月の表面が曇って。「をろ」は接頭語。名義抄「少」に「オロカナリ」。
一三　曲調を写し取るためである。
一四　思ったとおり。
一五　「バンシキテフ」(字類抄)。十二律の一つ盤渉(洋楽のロに近い)を主調とする音階。
一六　自分ひとり心の思いを慰めて。
一七　逢坂の関に吹く嵐の激しいなかで盲目の私はじっと耐えています、世(夜)を過ごすために。「しひて」は強いてと目しいての意を、「よ」は世と夜とをかける。
一八　私以外にも風流人が世間にいるだろうかなあ。今夜管絃の道に心ある人がやって来てほしいものだ。
一九　こういう者だと。
二〇　博雅のことをうわさに聞いていたので、感じ入ってしみじみと話をして。
二一　譜によって伝授を受けて。

渉調《しきてう》に鳴らす。博雅聞きて尤も興有り。啄木はこれ盤渉調なり。今夜この絃《げん》を鳴らす。定めて弾かんとするかと思ひて、うれしく思ふ間、目暗独[一六]り心を遣《や》りて、人もなきに歌を詠《よ》みて曰《い》はく、

[一七]あふさかの関の嵐のはげしきにしひてぞ居《ゐ》たるよを過《す》ぐすとて

と詠みて絃を鳴らすに、博雅涙を流して啼泣《ていきふ》す。道を好むことあはれなりと思ふに、目暗独りまた云はく、「あはれ興有る夜かな。もし我[一八]ならぬすき者や今夜《こよひ》世間にあらむな。今夜心得たらん人の来遊せよかし。物語せん」と独り云ふを聞きて、博雅音《こゑ》を出だして云はく、「博雅こそ参りたれ」と云ひければ、目暗云はく、「たれにかをはする」と問ふに、「[一九]しかなり」と答ふ。目暗を[二〇]とに聞きければ、感じて物語りして心を遣《や》りて、件《くだん》の曲を伝へしむと云々。博雅身に琵琶を随《したが》へざるに依り、ただ譜[二一]をもつて伝へ請《う》けて帰ると云々。[二二]諸道の好者《すきもの》はただかくのごとかるべきなり。近代の作法は誠にもつて有[二三]るべからず。さればこそ上手《じやうず》[二四]は、諸道にあれ、近代になき事なり。誠にもつてあはれなり」と談《かた》らるるに、また問ひて云はく、「件の曲、近代ありや」と。

二二 以下、匡房の慨歎。
二三 そうあってはならないものだ(間違っている)。
二四 名手がどの道においても近年はいない のだ。本当に歎かわしいことだ。

一 以下三行あとの「答へられて云はく」まで底本なし、神田本により補う。 二 本書のみの所伝。 三 本書三・53参照。
四 教訓抄八・横笛に「秘事者、皇帝・団乱旋・師子・荒序、是笛四曲也。皆在ニ一越調一」とある。皇代は皇帝で、皇帝破陣楽。 五 博雅。
▽今昔物語集二十四・23に同話があるが、盲人を敦実親王の雑色である蟬丸とし、焦点がこのことに移っている。
六 →65条。
七 枕草子八九段に「御前にさぶらふ物は御琴も御笛も皆めづらしき名つきてぞある。…又和琴なども、くちめ、しほがま、二貫などぞきこゆる」。西宮記八裏書所引醍醐御記・延喜十八年(九一八)二月二十六日に「参ニ入於六条院一云々。了召ニ王卿一給レ酒。両三盃後、有レ命召ニ朽目和琴一」。政事要略二十六所引承平四年(九三四)十一月二十日の記事に「勅召ニ書司一。即就ニ障下一召レ之。書司称唯。仰云、御手奈良之万為礼。書司即取ニ朽女一〈倭琴名〉」とあり、朱雀天皇愛用の品であった。 八 →65条。
九 「斉」は「斎」に通じ、斎院。教訓抄八に琵琶の逸物の一つとして見える。 一〇 →65条。
一一 和名抄「日本琴」に「万葉集云、日本琴〈…体似レ箏而短小。有ニ六絃一。俗用ニ倭琴二字一。夜万度古度〉」。
一二 禁秘抄上に「鈴鹿。与ニ玄上一同累代宝物也。但毎年御神楽、万人用レ之」。また清涼殿の項に「置物御厨子二脚〈上玄上、中鈴鹿、下笛筥〉」。御堂関白記・寛弘七年正月十一日に「従ニ華山院御匣殿許一、得ニ横笛一〈歯二〉。只今第一笛也。

答へられて曰はく、「[一]しからず」と。また問ひて云はく、「件の目暗の名はいかん」と。答へられて云はく、「慥《たし》かには覚えず。ただし[二]千歳《ちとせ》と云ふかや」と云々。また問ひて云はく、「[三]横笛は博雅極めて候《さふら》ふものか」と。答へられて云はく、「第一なり。競《きそ》ふ者なし。[四]皇代《わうだい》・団乱《とら》旋《でん》を第一の曲に用ゐるなり。伝ふる者少なし。[五]件の人の伝ふるところなり」と。

（六四）　和琴《わごん》

井上《ゐのうへ》。[六]鈴鹿《すずか》。[七]朽目《くちめ》。[八]河霧《かはぎり》。[九]斉院《さいゐん》。[一〇]宇多法師《うだのほふし》。

（六五）　鈴鹿《すずか》・河霧《かはぎり》の事

「[一一]和琴《わごん》は[一二]鈴鹿。これは累代《るいだい》の帝王の[一三]渡り物なり。河霧《かはぎり》は[一四]故上東門院《こじやうとうもんゐん》に渡りて持たしめ給ふ時、[一五]故大臣殿、右大臣に任ぜられ、初めて参らしめたまふ引出物《ひきいでもの》に献《たてまつ》らる。よりて[一六]殿下に在り。[一七]宇多法師《うだのほふし》は[一八]寛平法《くわんぴやうほふ》皇《わう》の御和琴なり。御遊びの時、まづ「[一九]みたらし」と召す」と云々。

左宰相中将(源経房)志二和琴一。是故小野宮殿(実頼)第一物〈鈴鹿〉。頼親朝臣献レ箏。螺鈿」。
一三 代々伝領される物。大鏡一・三条院に、冷泉院について「代々のわたり物にて」。鈴鹿について、兵範記・仁安三年(一一六八)二月十九日に、六条天皇の譲位のことを述べて、「今日被レ渡御物等、玄上、鈴鹿、笛筥、御硯筥、御剣」。
一四 一条天皇中宮彰子。道長の娘。承保元年(一〇七四)没。
一五 藤原師実。頼通の子で、上東門院の甥。康平八年(一〇六五)右大臣となる。康和三年(一一〇一)没。
一六 藤原忠実。
一七 枕草子八九段に「うだのほうし」。源氏物語・藤裏葉に「うへの御遊びはじまりて、書の司の御琴ども召す。…うだの法しのかはらぬこゑも朱雀院はいとめづらしくあはれにきこしめす」とあり、虚構の物語にも登場する。ほかに花鳥余情十八所引延喜八年御記、西宮記八裏書所引延喜十八年御記、河海抄十二所引小右記・長保二年十一月十五日条などに見える。
一八 宇多天皇。
一九 西宮記十六・宸宴事に「於二南殿一依レ有二御遊一、召二倭琴一之時、上卿仰二書司一云、御手奈良之云々〈謂二宇陀法師一也〉」、江家次第六・二孟旬儀に「此日有二御遊一者、出居召レ琴云、書司御手鳴。新儀式云、謂二宇陀ノ法師一也」とあり、ともに「みてならし」という。「みたらし」はその変化したもの。貴人が手にお取りになるもの、の意。
二〇 和名抄に「風俗通云、神農造レ箏。或曰、蒙恬所レ造、秦声也。…〈…俗云象乃古度〉。形似レ瑟而短。有二十三絃一」。
二一 教訓抄八・箏に「逸物者、大螺鈿、小螺鈿、秋風、塩竈」。拾芥抄・楽器部には小螺鈿と共に「天暦御箏」とする。御堂関白記・寛弘七年正月十一日に藤原頼親から「箏螺鈿」を贈られたことを記す。
二二 古今著聞集十三・453に「箏〈秋風。吏部王記ニハ風声ト注セラレタリ〉」とある。
二三 和名抄「腰鼓」に「唐令云、高麗伎一部、横笛腰鼓各一〈腰鼓、俗云三鼓(那波本は「俗云三乃豆々美」)〉」。教訓抄九に「三鼓。高麗ノ楽器也。…師説云、此鼓者、為二古楽拍子之鼓一、手ニテ打レ之」とあり、詳細な説明がある。
二四 金剛寺本諸打物譜に「クロトウ、薬師寺宝物也」、教訓抄九に

（六六）　箏《さうのこと》[二〇]

大螺鈿《おほらでん》[二一]。小螺鈿《こらでん》。秋風《しうふう》[二二]。

（六七）　三鼓《さんのつづみ》[二三]

黒筒《くろとう》[二四]。神明寺《じみやうじ》[二五]。神明黒筒《じみやうくろとう》と号《なづ》く。

（六八）　左右の大鼓《たいこ》の分前《わきまへ》の事

また命《おほ》せられて云はく、「大鼓[二六]の左右を知る事は、左には鞆絵《ともゑ》[二七]の数三筋なり。また筒《とう》も赤く色採《いろど》るなり。右は鞆絵の数二筋。また筒も青く色採るなり」と。

（六九）　帯《おび》[二八]

唐雁《たうかり》[二九]。落花形[三〇]。垂無《たりなし》[三一]。鵝形[三二]。雲形[三三]。鶴通天《つるつうてん》[三四]。鴦通天《をしつうてん》[三五]。

帯[三六]は、唐雁、落花形。ともに御堂《みだう》[三七]の宝蔵《ほうざう》に在り。

「昔彼黒筒ヲ、日吉行幸之時、於二社頭一不レ知二在所一。経二廿余年一之後、大津之辺ニテ求二出之一。アマト云物ニ指上テアリケレバ、ススバミタレドモ、聊不レ損也」とある。

二五 教訓抄九に「此鼓名物者、慈明寺黒筒、又鳴丸。今薬師寺黒筒也」とある。慈明寺は神明寺であろう。

二六 雅楽に用いる大太鼓。庭上に台に据えて用いる。左右一対。ここに語られる違いのほかに、教訓抄九に「左太鼓者、顕二竜姿一、立二日形一。右太鼓者、顕二鳳体一、立二月形一」。

二七 渦を巻きながら流れる水の形状を模様化したもの。巴。

二八 衣冠束帯の時に用いる石帯。黒漆塗の革に玉石の飾りをつけた。多くの種類があり、儀式、身分に応じて細かく規定されていた(延喜式四十一・弾正台、西宮記十九・衣など)。

二九 二中歴十三・名物歴には「唐狩〈一云、雁〉」。

三〇 兵範記・久安五年十月十九日に藤原忠実が着した巡方の帯について「已似二落花形一、美麗無レ極物也」とあるほか、中右記・寛治二年十一月十一日、玉葉・治承二年十月二十九日に見える。

三一 神田本に「タリナシ」の訓がある。

三二 左経記・万寿五年四月八日に藤原頼通が後一条天皇に献じたことが見える。年中行事秘抄・賀茂祭使に「鵝形〈宇治〉」とあるのは宇治宝蔵(→九六頁注六)に収蔵されたことをいうか。

三三 大鏡・兼家伝に「雲形といふ高名の御帯は三条院にこそはたてまつらせたまへるかこのうらに、春宮にたてまつると、かたなのさきにて、自筆にかかせたまへるなり。このごろは一品宮(禎子内親王)にとこそうけたまはれ」。

三四 中右記・大治五年七月二十五日に「鶴通天帯、御堂帯」とあり、左経記・万寿五年四月八日には、頼通が東宮に献じたことが見え、台記・久安七年二月二十二日にも。

三五 中右記・嘉承二年十二月九日、殿暦・長治二年四月十五日に御堂の帯であると記し、年中行事秘抄・賀茂祭使にも「鴦通天〈法成寺〉」とある。ほかに殿暦・天仁二年十一月二十一日、兵範記・仁安二年四月三十日に。

三六 神田本は以下、別条とする。

三七 藤原道長建立の法成寺(→二七頁注五一)。

(七〇) 剣《つるぎ》

[一]壺切《つぼきり》。

(七一) 壺切《つぼきり》は張良《ちやうりやう》の剣為《つるぎた》る事

また命《おほ》せられて云はく、「壺切は昔の名将の剣なり。張良の剣と云々。[二]雄剣《ゆうけん》と云ふは僻事《ひがこと》なりと云々。資仲《すけなか》の説くところなり」と。

(七二) 壺切《つぼきり》の事

「剣《つるぎ》は壺切。ただし壺切は[三]焼亡《ぜうまう》したるか。いまだ詳《つまび》らかならず。件《くだん》の剣は[四]累代東宮《るいだいとうぐう》の[五]渡り物なり。しかるに[六]後三条院《ごさんでうゐん》東宮の時、二十三年の間、[七]入道殿献《たてまつ》らしめ給はずと云々。その故は、[八]藤氏腹《とうしばら》の東宮《とうぐう》の宝物《ほうぶつ》なれば、何ぞこの東宮の得しめ給ふべきかと云々。よりて後三条院の仰せらるるやう、「壺切、我持ちて[九]無益《むやく》なり。更にほしからず」と仰せられけり。さて遂《つひ》に[一〇]御即位《ごしよくゐ》の後こそ進《たてまつ》られけれ。これ皆、古人の伝

一 →71・72条。
二 春秋時代の刀匠干将が作った二剣のうちの一つ。呉王闔閭に献じたという。
▽前田本には「張良」を「長良」、「雄」を「融」とする。これによれば、長良は藤原長良(八〇二―八五六)、融は源融(八二二―八九五)であろう。なお長良の剣であったとする説は、有職抄三所引の花園院宸記・正和二年十月十四日にも「壺切御剣、最初長良中納言ノ剣ナリ。然ルニ昭宣公、寛平ノ聖主ニ進テヨリ以来、代々青宮ニ伝テ御譲トス」と見える(甲田利雄)。
三 百錬抄・康平二年(一〇五九)正月八日に「皇居一条院焼亡。…壺切剣為二灰燼一〈不レ被レ献二東宮一也〉」。
四 宇多御記・寛平元年正月十八日に「太政大臣(基経)奏云々。昔臣父(良房)有二名剣一。世伝二壺切一。…令レ候二東宮一剣若是歟」、醍醐御記・延喜四年二月十日に「召二左大臣一仰二立太子宣命旨一。…左大臣時平朝臣奏曰、貞観故事有二御剣一。以二山陰朝臣一為レ使云々。吾又始為二太子一初日、帝賜二朕御剣一〈名号二壺切一〉。左近少将定方為レ使、持二壺切剣一賜二皇太子一」とある。御堂関白記・寛弘八年十月十日に「従二内裏一東宮被レ渡二流代御剣一」とあるのも壺切。ほかに禁秘抄上、続古事談一・3に東宮の累代の宝物であることを記す。
五 →一〇〇頁注一三。 六 寛徳二年(一〇四五)立太子、治暦四年(一〇六八)即位。 七 藤原頼通。 八 藤原氏を母親とする。
九 後三条天皇の母は三条天皇皇女禎子。
一〇 続古事談一・3にこの時の話がある。
▽土右記・永承元年十一月二十二日によれば、東宮(後三条)の許に壺切は伝えられていた(松浦辰男)。一方、小右記・寛仁元年(一〇一七)八月二十三日に類似の出来事のあったことを記す。「左大将教通卿云、今日従レ内奉レ遣二御剣於青宮一〈号二切壺一。須レ被レ奉二前太子一、而前摂政悋而不レ奉。是東宮御護歟。見二延喜御記一〉」。青宮は敦良親王(後朱雀天皇)。母は道長の娘彰子。前太子は敦明親王。済時の娘娍子を母とし、道長の血縁につながらず、圧力を受けて太子を辞した。
一一 「ススリ、スミスリ」(名義抄)。和名抄に「書譜云、用

へ談《かた》るところなり」と云々。

（七三）　硯《すずり》[一一]

露《つゆ》[一二]。鶏冠木《かへで》[一三]。

（七四）　高名《かうみやう》の馬の名等《など》

赤六。穂坂十七栗毛《ほさかじふしちくりげ》[一四]。恋地《こひぢ》[一五]。鳥子《とりのこ》[一六]。尾白《をしろ》[一七]。榛原《はいはら》[一八]。翡翠《ひすい》[一九]。若菜《わかな》。別栗《くり》[二〇]毛《げ》。御坂《みさか》。近江《あふみ》[二一]栗毛。三日月《みかづき》。本白《もとしろ》。和琴《わごん》[二二]。宇都浜《うどはま》[二三]。穂檀糟毛《かすげ》[二四]。鳥形《とりかた》。花形《はなかた》[二五]。光《ひかり》。野口《のぐち》。宮橋《みやはし》。前黒糟毛《まへくろかすげ》[二六]。後黒糟毛。望月《もちづき》[二七]。宮城《みやぎ》[二八]。野王《やわう》。尾《を》花《ばな》。日差《ひさし》。蝶額《てふひたひ》。大甘子《おほかうじ》[二九]。小甘子。白絃《しらいと》。夏引《なつひき》。

（七五）　近衛舎人《このゑのとねり》[三〇]の名を得たる輩《ともがら》

尾張安居《をはりのやすゐ》[三一] 童名安居《わらはなあんご》。改めず訓を用ゐると云々。六人部助利《むとべのすけとし》[三二]。尾張兼時《かねとき》。山《やまの》広景《ひろかげ》。播磨武仲《はりまのたけなか》。播磨[三三]定正《さだまさ》。茨田助平《まんたのすけひら》。下野重行《しもつけのしげゆき》。土師武利《はじのたけとし》。清井《きよゐの》正武《まさたけ》。

レ硯之法、石為二第一一、瓦為二第二一、夜鶴庭訓抄一に「すゞりのよきといふは、するに墨も硯もともにつぶるやうにおぼゆべし。すりたる水のをそくひ、又泡ふかず、とろめかず、なめらぬをよきといふ也」。

一二　中外抄下35参照。

一三　未詳。よみ方は新撰字鏡に「鶏冠樹〈加戸天〉」とある。

一四　村上御記・応和三年五月十五日に「召二左馬寮十七栗毛於東庭一」と見える。穂坂は産地の甲斐の御牧にちなむ名。九条年中行事に八月の駒牽について「十七日、牽二甲斐穂坂御馬一事」。九条殿記・天慶七年五月六日に「穂坂九葦毛」「望月十九鹿毛」などが見える。

一五　藤原道長の馬。長和二年（一〇一三）九月十六日、道長、三条天皇にこ比千と鳥子を貢進（小右記）、寛仁元年（一〇一七）九月二十日、後一条天皇はそのうちの古比千を尾白と共に道長に下賜した（御堂関白記、小右記）。一六　→注一五。一七　→注一五。一八　榛原はもと遠江国の地名（静岡県榛原郡）。東関紀行に「菊川を渡りて、いくほどなく一村の里あり。こまばとぞいふなる」という「こまば」がこれに当たり、その地名にちなんだ名か。一九　御堂関白記・寛弘二年（一〇〇五）正月十九日に「満正朝臣献レ馬。翡翠」と見える。

二〇　江家次第十九・臨時競馬事に「近江栗毛者、則忠卿為二近江守一之時、所二出来一駿馬也。其体似レ駄、走時足付レ腹。…惟敦為二上野守一献二別栗毛一。為レ令レ勝二於近江栗毛一」とある。二一　→注二〇。

二二　二中歴十三・名物歴には「伃囚琴丸馬」の注記がある。

二三　うど浜は駿河国安倍郡（静岡県清水市）の海岸であるが、馬との関連は不明。二四　二中歴には「栴檀糟毛」とある。糟毛は灰色に白の混じった毛の色。

二五　中外抄下26に、宇治殿（頼通）の乗馬とある。

二六　殿暦・天仁二年（一一〇九）九月六日に、高陽院の競馬で中臣兼重が「黒糟毛」に乗ったことが見える。

二七　信濃の御牧にちなむ名であろう。九条年中行事・八月に「廿三日、牽二信濃望月御馬一事」とある。

二八　江家次第十九・臨時競馬事、今昔物語集二十三・26に、

（七六）　一[一]双の随身等《ずいじんなど》[二]

村上《むらかみ》の御時、兼時《かねとき》・重行《しげゆき》、安信《やすのぶ》[三]・武文《たけふみ》。円融院《ゑんゆうゐん》の御時、安近《やすちか》・武文。一条院の御時、正近《まさちか》・公忠《きんただ》。後朱雀院《ごすざくゐん》の御時、近俊《ちかとし》・助友《すけとも》。後冷泉院《ごれいぜいゐん》の御時、近重《ちかしげ》・助友《すけとも》。

（七七）　随身《ずいじん》は公家《くげ》の宝なりといふ事

「故[四]帥《そち》大納言、常に談《かた》りて云はく、「随身は公[五]家の宝なり。三条院《さんでうゐん》の御時の正近《まさちか》などがやうなる者有り難かるべしと云々。一生の間、競《くらべ》馬《うま》に負けず」と云々。自[六]余《じよ》の宝物《ほうぶつ》は別紙に注《しる》す」と云々。

競馬で尾張兼時が宮城に乗った話がある。
二九　二中歴には「大柑子、小柑子」。
三〇　近衛府の下級役人。
三一　江家次第十九・臨時競馬事に「尾張氏与㆓播磨氏㆒代々為㆑敵。尾張遠望相㆓播磨武仲㆒、武仲相㆓遠望子安居㆒、安居相㆓武仲子貞理㆒、貞理相㆓安居子兼国兼時㆒」とある。注記は幼名はアンゴで（神田本は「安居丸」）、成人後は安居を訓読みしてヤスイと称したという意味。三二　二中歴十三・一能歴では「時則、寛部、助則イ」とするが、未詳。九条殿記・天慶七年五月六日の競馬に見える下毛野助則と関係あるか。
三三　注三一所引の江家次第に見える播磨貞理。
▽匡房が続本朝往生伝の一条天皇伝で、時の近衛としてあげる六人のなかに下野重行、尾張兼時がある。

一　一対に並び称される。
二　貴人の外出の時、警護のために従った近衛府の役人。
三　江家次第十九・臨時競馬事に「物部武文、朱雀院競馬、天暦聖主（村上）被㆑仰云、此男者将来乗尻也。保信与㆓武文㆒度々相会。八幡競馬之時、武文勝、花山院京極殿御幸競馬、保信勝」とある。
四　源経信。
五　天皇。
六　これ以外の。

江談抄　第四

(一)

一蘭省《らんしやう》の花の時の錦帳《きんちやう》の下《もと》　廬山《ろさん》の雨の夜《よ》の草庵《さうあん》の中《うち》　二白《はく》

古人伝へて云はく、「この句、三文集《ぶんしふ》第一の句なり」と云々。四故源《こげん》右府《うふ》仰せて云はく、「五三連《さんれん》を避けざる句なり。六規模《きぼ》と為《な》し難《がた》し」と云々。

(二)

七苑花《ゑんくわ》雪の如《ごと》くして同じく輦《れん》に随《したが》ふ　宮月《きゆうげつ》眉《まゆ》に似て直廬《ちよくろ》に伴《ともな》ふ　八白《はく》

この詩、九文集《ぶんしふ》の中、両所に在りと云々。一〇天宝楽叟《てんほうがくそう》の長韻詩《ちやうゐんし》に在り。

また一一四韻詩《しゐんし》に在りと云々。

一 諸君は花咲く時節に秘書省の錦のとばりのもとで楽しい時を送っているが、私は廬山の雨の夜、草ぶきの庵の中でわびしく過ごしている。「蘭省」は秘書省。宮中の図書、記録を管理する役所。「廬山」は江西省九江県にある山。白居易はこの山の香炉峰に草堂を建てた。和漢朗詠集下・山家に引く。文集十七「廬山草堂夜雨独宿、寄㆓牛二・李七・庾三十二員外㆒」の第二聯。

二 白居易。

三 白居易の詩文集、白氏文集。

四 源師房。

五 作詩上の規則の一つ、下三連。作文大体・詩病に「下三連病者、五言七言共、毎句終三字連㆓同声㆒也」とあり、一句中の下三字に平声また仄声の文字が続くことは避けるべきこととされた。前句の「錦帳下」が仄声が続き、この詩病を犯すことになる。

六 手本とすることはできない。

▽朗詠注に見える。この一聯に関しては、枕草子七八段の、清少納言が、「蘭省花時錦帳下」の下の句を尋ねられて「草の庵をたれかたづねん」と答え、「草の庵」とあだ名された話が有名。

七 御苑の花が雪のように舞う中で一緒に天子の御輦のお供をし、宮殿の上に眉のように細い月が懸かる夜、共に宿直所で過ごしたりもした。文集十四「答㆓馬侍御見㆒㆑贈」の第三聯。千載佳句上・人事部・近臣に引く。

八 白居易。

九 白氏文集。

一〇 文集十二「江南遇㆓天宝楽叟㆒」が十六韻詩で、これに当たると思われるが、この一聯は見えない。なお同じ巻十二の「酔後走㆑筆、酬㆓劉五主簿長句之贈㆒、兼簡㆓張大・賈二十四先輩昆季㆒」は五十韻の長韻詩であるが、この詩に「宮花似㆑雪従㆓乗輿㆒、禁月如㆑霜坐㆓直廬㆒」の一聯があり、類似している。これを誤ったものか(甲田利雄)。

一一 律詩。注七の「答㆓馬侍御見㆒㆑贈」をいう。

▽この言談は本書五・2にも重出する。

（三）

[一]鳳池《ほうち》の後面《こうめん》は新秋《しんしう》の月　　竜闕《りようけつ》の前頭《せんとう》は薄暮《はくぼ》の山

　　　白[二]　　斐李文《ひりぶん》[三]が綸閣《りんかく》を拝せる詩に同ず

[四]この詩尋ぬべし。[五]文集《ぶんしふ》か。[六]洛中集《らくちゆうしふ》か。[七]巻集《くわんしふ》に見ゆと云々。あるいは[八]紫金集《しきんしふ》と名づく。

（四）

[九]酔中《すいちゆう》に賞翫《しやうくわん》していかんせんとす

いまだ心を将《も》つて地《ただ》に忍《しの》ぶことを得ず

　　　[一〇]内宴《ないえん》。半《なか》ば開《さ》ける花を翫《もてあそ》ぶ　　[一一]延喜《えんぎ》御製《ぎよせい》

故老云はく、「この[一二]落句《らくく》の下《しも》の七字、[一三]講師《かうじ》・読師《どくし》の諸儒《しよじゆ》味はふも、[一四]叡情《えいじやう》に[一五]諧《かな》はず。その由を仰せらる。儒者恐《かしこま》る」と。

（五）

一　中書省のうしろの空には初秋の月が出て、蒼竜闕の前面には夕暮れの山を望む。「鳳池」は鳳凰池の略。宮中にある池。その近くに中書省があったので中書省をもいう。「竜闕」は未央宮の門外にあった高楼、蒼竜闕。

二　白居易。

三　千載佳句では「聞㆓斐李二舎人拝㆓綸閣㆒」。

四　この詩は現存の白氏文集には見えない。和漢朗詠集下・禁中に引く。千載佳句上・四時部・早秋と下・宮省部・禁中にも。なお和漢朗詠集には詩題を記さない。

五　白氏文集。

六　白氏洛中集。白居易が洛陽にいた太和三年（八二九）から開成五年（八四〇）までの詩八百首を十巻にまとめたもの。開成五年成立。菅家後集「詠㆓楽天北窓三友詩㆒」に「白氏洛中集十巻」、西宮記十一・蔵人所講書に「天慶五年八卅、於㆓殿上㆒、大学頭維時初講㆓洛中集㆒」。後二条師通記・寛治六年十月十九日に「洛中集一巻、自㆓左大弁許㆒所㆑得」。この左大弁は匡房。

七　未詳。　八　未詳。

▽朗詠注に見えるが、「巻集に見ゆ」以下がない。本文に疑問があり、本来のものではなく、後の錯入か。

九　酔いのうちに花をめでようとするが、どうすればよかろうか。開きかけた花の初々しい美しさに心を押さえきれない。「地に忍ぶ」は原文「地忍之」。特殊な措辞であるが、漢書七十四・丙吉伝に「吉曰、以㆓酔飽之失㆒去㆑士、使㆓此人将復何所㆑容、西曹地忍之」とある。「地」は顔師古の注に「地亦但也」、名義抄に「タダ」。

一〇　日本紀略・延喜十七年（九一七）正月二十三日に「内宴。題云、翫㆓半開花㆒」。内宴は小野宮年中行事・正月に「廿日内宴事〈廿一二三日間、若有㆓子日㆒、便用㆓其日㆒〉。所司装㆓束仁寿殿㆒。…先例、親王一人預㆑之。…文蔵人頭奉㆑仰、差㆓内竪㆒令㆑仰㆓廻可㆑参文人等㆒。儒士并文章博士索㆓傑出者一両㆒。但内記依㆑例預㆑之」。また本書一・3参照。

一一　醍醐天皇。

一二　律詩の第七・八句。

一六閣《かく》を閉《と》ぢて唯《ただ》聞く朝暮《てうぼ》の鼓《つづみ》　楼《ろう》に登りて遥《はる》かに望む往来《わうらい》の船
一七河陽館《かやうくわん》に行幸《ぎやうがう》す　一八弘仁御製《こうにんぎよせい》

故賢相伝へて云《い》はく、「白氏文集《はくしぶんしふ》の一本の詩、一九渡来して御所《ごしよ》に在《あ》り。尤《もと》も秘蔵《ひさう》せられ、人敢《あ》へて見ることなし。この句はかの集に在り。叡覧《えいらん》の後、すなはちこの二〇観《くわん》に行幸せられ、この御製有るなり。小野篁《をののたかむら》を召して見せしめたまふに、すなはち奏《そう》して曰《い》はく、『遥』をもつて『空』と為《な》さば、いよいよ美《よ》かるべし」といへり。天皇《てんわう》大いに驚き、勅《ちよく》して曰《のたま》はく、「この句は二一楽天《らくてん》の句なり。汝《なんぢ》を試《こころ》みたるなり。二二本《もと》は『空』の字なり。今、汝の詩情は楽天と同じきなり」とのたまへり。二三文場の故事、尤《もと》もこの事に在り。よりて書《しる》す」と。

（六）

二四迸笋《はうじゆん》纔《わづ》かに鳴鳳《めいほう》の管《くわん》を抽《ぬき》んづ　蟠根《はんこん》なほ臥竜《ぐわりよう》の文《もん》を点ず
清涼《せいりやう》の秋月は曾《すなは》ち露を承《う》く　和暖《わだん》の春天は始めて雲を掃《はら》ふ
二五禁庭《きんてい》に竹を種《う》ゑらる。たまたま二六鄙懐《ひくわい》を述べて諸《もろもろ》の二七好事《かうじ》に呈《てい》す　二八中書王《ちゆうしよわう》

一三 詩宴での披講の時に詩を読みあげる役目の人。読師は詩を書いた懐紙を読み上げる順序に整理する役。
一四 天皇のお心。
一五 「カナフ」（名義抄）。
一六 たかどのを閉ざしてただ朝夕の時刻をつげる太鼓の音を聞き、楼に登っては行き来する船をはるかに眺めている。文集十八「春江」の第二聯。千載佳句上・人事部・閑居にも引く。
一七 淀川の北、山城国乙訓郡山埼（京都府大山崎町）にあった離宮。文華秀麗集下に嵯峨天皇以下の「河陽十詠」がある。
一八 嵯峨天皇。
一九 白氏文集の日本への伝来について、史料に明証があるのは仁明天皇の承和年間（八三四―八四八）であるが、この話はおよそ二十年早い嵯峨天皇の時代とする。
二〇 たかどの。河陽館をいう。
二一 白居易。
二二 現行の文集も「空」。
二三 文学の故事としてはこれが一番だ。
二四 勢いよく伸びた竹の芽生えはようやく笛を造ることができるほどになり、地面にわだかまっている根はまだ竜が臥しているような模様を表したばかりである。それも、すがすがしい秋の月のもと、露の恵みを受け、なごやかで暖かい春の空にようやく雲を払うほどに成長するだろう。「迸笋」は田氏家集上「題二橘才子所レ居池亭一」に「始抽迸笋排二大筆一」、「鳴鳳管」は文集十三「題二李次雲窓竹一」に「不レ用三裁為二鳴鳳管一」、後聯の「承露」「掃雲」は芸文類聚八十九・竹の江逌の「竹賦」に「承二清露一以擢レ茎、払二景雲一以容与」の例がある。前聯は和漢朗詠集下・竹に引く。
二五 宮中の庭。徒然草二〇〇段に「呉竹は葉細く、河竹は葉広し。御溝に近きは河竹、仁寿殿のかたによりて植へられたるは呉竹なり」。
二六 私の思い。
二七 風雅を好む人々。文集に散見の語。
二八 中務卿の唐名。兼明親王。

故老伝へて云はく、「延長《えんちやう》[一]の末、清涼殿《せいりやうでん》[二]を醍醐寺《だいごじ》[三]に移し立て、さらにまた改め作り[四]、本のごとく竹を種《う》うるなり」と云々。

（七）

[五]白雲《はくうん》は帯《おび》に似《に》て山の腰を囲《めぐ》り　青苔《せいたい》は衣《ころも》の如《ごと》く巌《いはほ》の背《せ》に負《お》はる

[六]在中《ありなか》の詩

[七]こけ衣着《き》たる巌《いはほ》はまびろけて衣着《きぬき》ぬ山の帯するはなぞ

女房

（八）

[八]年々《としどし》の別れの思ひは秋の雁《かり》に驚く　夜々《よよ》の幽声《いうせい》は暁《あかつき》の鶏《にはとり》に到る

[九]擣衣《たうい》の詩　[一〇]後中書王《ごちゆうしよわう》

後中書王の文藻《ぶんさう》[一一]は、この詩以後、万人歎伏《ばんにんたんふく》すと云々。

（九）

[一二]雲衣《うんい》は范叔《はんしゆく》が羈中《きちゆう》の贈《おくりもの》　風櫓《ふうろ》は瀟湘《せうしやう》の浪上《らうしやう》の舟

一 醍醐天皇治世(在位八九七―九三〇)の年号。九二三―九三一年。 二 →五〇頁注二。
三 京都市伏見区に現存。貞観十六年(八七四)聖宝が創建。醍醐・朱雀・村上三代の御願寺となる。清涼殿が醍醐寺に移築されたということは、貞信公記抄・天暦元年(九四七)十二月二十七日に「又壊二清涼殿一欲レ運二醍醐一。過二正月賭弓一、令レ壊何」、日本紀略・同三年三月の末尾に「今月日、醍醐寺建二法華三昧堂一。運二清涼殿材木一作レ之」とある。ただし本条とは年代にくい違いがある。なお「延長末」に当たる承平元年(九三一)清涼殿の一部が取り壊されたことは花鳥余情八所引の李部王記・同十一月七日に「始壊二清涼殿南一間一。因二去年雷電一改造也」と見える。天暦二年のこと。四月、村上天皇、遷御。 四 清涼殿を新造した。
五 白雲は帯のように山腹を囲み、青い苔は衣のように岩の背にかかっている。 六 都在中。 七 苔の衣を着ている岩はその衣をはだけて、衣を着ない山が帯をしているのはなぜだろう。「まびろく」は衣服をはだける意。
▽漢詩と和歌との唱和。ともに典拠未詳であるが、大井河御幸詩「望二秋山一」の「百丈山腰帯二白雲一」、白居易の作に仮託される平安末期成立の仲文章・学業篇の「白雲帯レ風不レ離二山腰一、薜蘿懸レ巌不レ絶二於松枝一」は在中詩に類似する。さらにこの詩と歌とは、謡曲「白楽天」に受容され、白楽天と住吉明神との唱酬となる。「楽天明神に向かうて、…唐土の詩を作つて聞かすべしとて、青苔衣を帯びて巌の肩に懸かり、白雲帯に似て山の腰を囲る。心得たるか翁と申す。明神聞こしめし、日本の歌もこの心にて候とて、この詩の心を基にて歌一首御連らね候。苔衣着たる巌はさもなくて衣着ぬ山の帯をするかなと詠じ給へば」。
八 長い間夫と別れている妻は、毎年秋になって雁の声を聞くにつれて愁いの思いを新たにし、毎夜衣を打つ幽かな音は夜を徹して鶏の鳴く明方まで続く。和漢朗詠集上・擣衣に引く。 九 擣衣は布を柔らかくし、つやを出すため、木槌で布を打つこと。夫と別れて暮らす女の冬支度の仕事として詠まれ、詩はその閨怨の情を主題とする。

[一三]賓鴻《ひんこう》はこれ故人　[一四]同人の作

古人云はく、「「范叔」と「瀟湘」はいはゆる[一五]双声側対《さうせいそくつい》なり。「[一六]蕭相」をもつて「范叔」に対するか」と云々。また云はく、「「[一七]秋雁《しうがん》は数行《すかう》の書《しよ》」の詩を作る時、[一八]以言《もちとき》・匡衡《まさひら》ともにこの句を詠ず」と云々。

（一〇）

[一九]鹿鳴《しかな》き猿叫《さるさけ》んで孤雲《こうん》惨《いた》み　葉《は》落ち泉《いづみ》飛んで片月《へんげつ》残る

[二〇]秋声多く山に在り　[二一]同人

この詩、[二二]六条宮《ろくでうのみや》、[二三]雄張《ゆうちやう》の御気色《みけしき》有り。しかるに以言《もちとき》の「[二四]衆籟《しゆうらい》暁《あかつき》に興《おこ》つて林頂《りんちやう》老いたり」の句を覧《み》て、大いに[二五]歎息妬気《たんそくとき》せしめ給ふと云々。

（一一）

[二六]家を離れて三四月　涙を落とす百千行

万事《ばんじ》皆夢の如《ごと》し　時々《よりよりか》彼の蒼《さう》を仰ぐ

一〇 具平親王。 一一 文才。▽朗詠注に見える。

一三 雁が着ているように見える雲は范叔が旅の途中で須賈から贈られた衣のようで、風の中に聞こえる櫓の音に似た雁の鳴き声は瀟湘の波の上で屈原に声をかけた漁父の舟が立てているかと思われる。「范叔」は秦の宰相。魏王の使として昔仕えた須賈が秦に来た時、范叔が弊衣を着て会うと、須賈はその寒苦を憐んで衣服を与えた(史記七十九・范雎伝)。「瀟湘」は湖南省洞庭湖の南、瀟水と湘水の合流する所。楚の屈原が放逐されてさまよった時、漁父が舟で湘水まで来て屈原に忠告した(楚辞・漁父)。和漢朗詠集上・雁に引く。 一三 賓鴻は雁。礼記・月令に「鴻雁来賓」。雁は春に去って秋にまた帰ってくるので故人(昔なじみ)という。 一四 後中書王具平親王。 一五 文鏡秘府論では、意味の上では無関係であるが、双声で対をなすものと説明される。双声は同じ子音の字を組み合わせた熟語。瀟湘がそれであるが、范叔は双声ではないので秘府論の説には該当しない。ここでは、対句の片方が、字音では双声で、字形では側対(字形の偏あるいは旁が対応する)をなすこと。 一六「瀟湘」から、さんずい偏を除いた。漢の宰相蕭何のことで、秦の宰相范叔と対となる。 一七 秋の空を連なって飛ぶ雁は空に書かれた数行の書である。寛弘四年(一〇〇七)九月十七日の詩宴の題(御堂関白記)。 一八 以言の詩は作文大体、本書四・105に、匡衡の詩は江吏部集下に見える。▽朗詠注に見える。

一九 鹿が鳴き猿が叫び、はなれ雲は悲しげに、木の葉が散り滝が流れ落ちて、片われ月が残っている。類聚句題抄(11)、新撰朗詠集下・山に引く。 二〇 崔曙の「潁陽東渓懐古」の一句(本間洋一)。 二一 後中書王具平親王。 二二 具平親王。 二三 意気盛んなど様子であった。 二四 夜明け方に秋風が起こってさまざまの音を立てさせると、林の梢もまばらになるほど散ってしまい。類聚句題抄(12)、和漢朗詠集下・山に引く。 二五 ねたましくお思いになった。▽本書五・13参照。

一 雁《かり》の足に粘《ねやか》り将《も》ては帛《きぬ》を繫《か》けたるかと疑ふ
烏《からす》の頭《かしら》に点《さ》し着きては家に帰らんことを憶《おも》ふ　二 菅家《くわんけ》

三 この句は「謫居《たくきよ》の春雪」四 の絶句《ぜつく》なり。しかうして天暦《てんりやく》五 の時、比良《ひらの》六 宮《みや》において御託宣《ごたくせん》有り。「我に志あらん者は、これらの句を詠ずべし」と。

（一一二）

七 家門一たび閉ぢて幾《いく》ばくの風煙《ふうえん》ぞ　筆硯《ひつけん》抛《なげう》ち来たりて九十年
蒼穹《さうきゆう》を仰ぐ毎《ごと》に故事《こじ》を思ふ　朝々暮々《てうてうぼぼ》涙漣々《れんれん》たり
八 天満天神《てんまんてんじん》　正暦《しやうりやく》九 二年御託宣《ごたくせん》

（一一三）

一〇 落花狼藉《らうぜき》たり風狂《きやう》して後《のち》　啼鳥竜鐘《ていてうりようしよう》す雨の打つ時
朝綱《あさつな》　一一 残春《ざんしゆん》を送る

一二 楊巨源《やうきよげん》の詩に、「狼藉」、「竜鐘」の対《つい》を為《な》す詩有りと云々。

三六 京の家を離れて三、四か月が過ぎ、涙が百すじ千すじ頰を流れ落ちる。この世のすべては夢のようで、時に青い天をふり仰いで我が運命を訴える。菅家後集に収める。題は「自詠」。

一 雁の足に春の雪がねばりついて手紙の白絹をかけているかと思われる。烏の頭に春の雪が点を打ったように付いていて、家に帰ることができるのかと思う。「繫帛」は匈奴に捕われた蘇武が雁の足に帛書を結んで天子に健在を知らせたという故事、「烏頭」は燕の太子丹が秦に人質となったとき、秦王が、烏の頭が白くなり、馬に角が生えたら帰国を許そうといったので、丹が天を仰いで嘆息すると、たちまちそうなって帰ることができたという故事による。
二 菅原道真。
三 「雁の足に」以下の二句。
四 菅家後集所収。
五 村上天皇の治世。
六 天満宮託宣記に「天暦元年三月十二日酉時、天満天神託宣記。近江国比良宮ニテ禰宜神良種カ男太郎丸、年七歳ナル童ニ託テ宣ク、…我家ニハ後集ノ二句ヲヤ令レ誦セシメヨ。離レ家三四月ト雁足ニ黏ラム将テ帛ヲ懸タルカト疑ト云句トヲ誦セヨ」と見える。比良宮は比良明神か。滋賀県滋賀郡の白髭神社。
七 家門が閉ざされてから、風やもやがどれほど訪れたことであろうか。文筆を投げうってからすでに九十年。天を仰ぎ見るたびに昔のことが思い出されて、朝に夕に涙がとめどなく流れ落ちる。
八 菅原道真。神格化しての呼称。
九 天満宮託宣記には正暦三年（九九二）とあり、その十二月四日、安楽寺の僧に示した託宣として、この詩を引く。
▽道真の託宣詩は本書四・65にも見える。
一〇 風が吹き荒れた後には落花が散り乱れ、雨が強く降る時は鳥も老いやつれた声で鳴く。和漢朗詠集上・落花に引く。延長六年（九二八）十一月に制作された内裏屏風詩の第三

（一四）

[一三]天山《てんさん》には弁《わきま》へず何《いづ》れの年の雪ぞ　合浦《かつほ》には迷《まよ》ひぬべし旧日《きうじつ》の珠《たま》

禁庭《きんてい》に月を翫《もてあそ》ぶ

故老伝へて云はく、「詩を講ぜし間、[一四]読師《どくし》早く他の詩を置く。[一五]延《えん》喜《ぎ》の聖主《せいしゆ》抑《おさ》へて読ましめず、再三この句を誦《ず》したまふ。作者感に堪《た》へず、膝《ひざ》を叩《たた》き、高く感じて曰はく、「あはれ聖主かな、聖主かな」と。時の人咲《わら》へり」と。

（一五）

[一六]金波《きんは》霧《きり》を巻き毎《つね》に相思《あひおも》ふ　涼風《りやうふう》八月の時に似《に》ず

[一七]天徳《てんとく》三年八月十三日内裏《だいり》詩合《しあはせ》。[一八]月と秋期《しうき》有り

[一九]右方、作者直幹《なほもと》なり。ある人密《ひそ》かに云はく、「[二〇]江納言《がうなごん》維時《これとき》、これらの詩を評定《ひやうぢやう》せんとす。よりて左方は納[二一]言を雇《やと》ひて作らしむ」と云々。

聯。小野道風筆、屛風土代として現存。

一一 屛風土代では「惜二残春一」。朗詠注も同じ。

一二 全唐詩所収の楊巨源の詩に「竜鐘（鍾）」の語を用いた詩が二首あるが、「狼藉」と対をなす詩はない。

▽朗詠注に見える。「狼藉」と「竜鐘」との対語を秀逸なものとして、その先例を指摘したもの。

一三 月の光が皓々と照らしている様子は、天山のいつ降ったかとも知れない雪のようであり、水面にきらめく月の光は、合浦に帰ってきた昔の真珠かと思われる。「天山」は新疆地区の中央を東西に走る山脈。朗詠注正安本裏書に「御覧広志曰、西域有二白山一、通歳有レ雪。一曰二天山一」。「合浦」はいま広東省海康県。真珠の産地。後漢の時代、太守が乱獲したので、珠はよそへ逃げていたが、孟嘗が太守となって善政を行うと、珠が再び合浦へ帰ってきたという（後漢書七十六・循吏列伝）。和漢朗詠集上・月に引く。三統理平の詩。

一四 →一〇六頁注一三。

一五 醍醐天皇。

一六 霧が収まって輝きを増す月光をいつも心に思っているが、秋風の吹く八月の今ほど思うことはない。「巻」は名義抄に「ヲサム」。

一七 村上朝の天徳三年（九五九）八月十六日、清涼殿で行われた詩合で、詩合の最初。十番。作者は左方、菅原文時・源順、右方、大江維時・橘直幹。維時が判者となり、小野道風が清書した。天徳三年八月十六日闘詩行事略記に詳細な記録があり、この詩も引かれる。

一八 月と秋の約束がある。一番の詩題。白氏文集五十六「対レ琴待レ月」の第四句。なおこの詩に「金波出レ霧遅」の句がある。

一九 直幹の詩の一・二句。なお左方は菅原文時。

二〇 闘詩行事略記に「次召二参議大江維時朝臣一。称唯起座、進候二御倚子南辺一。奉レ勅為二判者一」。

二一 実際には維時は右方の作者として三番詠作している。

▽詩合における左右双方の作者獲得の裏話を語る。

（一六）

[一]汶陽《ぶんやう》の篁篠《くわうせう》は遥《はる》かに韻《ゐん》を分かち　巴峡《はかふ》の流泉《りうせん》は近くに声を報ず
[二]銀字《ぎんじ》吹く時鸞《らん》は響きを発《おこ》し　玉徽《ぎよくきひ》弾く処《ところ》鳳《ほう》は和鳴《わめい》す
[三]感《かん》は成《な》る一曲羌人《きやうじん》の念《おもひ》　夢は断つ三更叔夜《さんかうしゆくや》の情《こころ》
[四]孤竹《こちく》唇に当つれば秋月落ち　孫桐《そんとう》指に応《こた》へて暁風《げうふう》軽し
[五]同詩合《しあはせ》。[六]秋声管絃《しうせいくわんげん》に脆《きよ》らかなり

右方、作者。ある人曰はく、「この詩を評定《ひやうぢやう》せんとする者は江納《がうな》言維時《ごんこれとき》といへれば、右方の人密《ひそ》かに納言に属《しよく》して作らしむ。[七]占手《うらて》の絶句《ぜつく》とこの[八]最手《ほて》とは[九]一韻《いちゐん》なり」と云々。

（一七）

[一〇]青嵐漫《せいらんすず》ろに触れて粧《よそほひ》なほ重し　皓月《かうげつ》高く和して影は沈まず
[一一]省試《しやうし》。[一二]御題《ぎよだい》。[一三]山明らかにして松の雪を望む　[一四]菅在明《かんありあきら》

古人曰はく、「[一五]評定《ひやうぢやう》以前に、[一六]延喜《えんぎ》の聖主《せいしゆ》この句を詠じて、御琴

一　汶水の北に生い茂る竹が鳴るかのような笙の音は遠く余韻を響かせ、巴峡を流れ下る急流のような琵琶の調べはあたりに漂う。「汶」は斉の南、魯の北（山東省）を流れる川。潘岳の「笙賦」（文選十八）に「鄒魯之珍、有二汶陽之孤篠一」。「巴峡」は長江の巫山から巴東まで（湖北省）の名称。両岸迫って急流をなす。「流泉」は琵琶の曲名でもある（→九八頁注九）。良岑安世の「山亭聴琴」（文華秀麗集下）に「三峡流泉坐上知」。二　笛を吹くと鸞が鳴くかと思われるような響きが起こり、玉徽を押さえつつ琴を弾けば鳳凰が互いに鳴き交わすような音。「銀字」は銀で音階を記した笛。「玉徽」は玉で作った琴の目印の円点。嵇康の「琴賦」（文選十八）に「若二鸞鳳和鳴戯一雲中一」。三　曲に込められた胡人の思いに感懐を催し、真夜中に聞こえる嵇康の愛した琴の音に夢を破られる。「羌」は中国西方に住む異民族。馬融の「長笛賦」（文選十八）に「近世双笛従レ羌起」。「叔夜」は晋の文人嵇康の字（あざな）。「琴賦」の作があり、その序に「余少好二音声一、長而翫レ之。…衆器之中、琴徳最優。故綴二叙所レ懐、以為二之賦一」。四　笛を唇に当てると折しも秋の月の沈むころ、琴が指の動きに応じて響きを立てるなか、明け方の風が軽やかに吹く。「孤竹」は竹笛。張協の「七命」（文選三十五）に「吹二孤竹一拊二雲和一」、李善注に「周礼曰、孤竹之管、雲和之琴瑟」。「孫桐」は琴。「琴賦」に「顧二茲梧一而興レ慮、…乃斲二孫枝一、准二量所レ任。至人攄レ思、制為二雅琴一」。五　天徳三年八月十六日内裏詩合。六　秋の季節の音は管絃の音のなかに清らかに響く。第十番の詩題。白氏文集十八「小曲新詞二首」（その二）の第二句。ここにあげるのは右方、大江維時の六韻詩の第二聯から第五聯まで。類聚句題抄（6）にもこの形で採録する。七　「ウラテ」（名義抄）。もと相撲で一番最初に手合せをする童。和名抄「相撲」に「本朝相撲記、有二占手・垂髪・総角・最手・助手等之名一」。そこから、物合せでの最初のもの。八　「ホテ」（名義抄）。占手の対、力士の最高位。ここでは最後の十番をいう。九　同じ韻。ただし一番の詩（→四・15）は左方、右方ともに押韻は支韻の字を用い、この十番詩は左

を弾《ひ》きたまふ。諸儒《しよじゆ》伝へ承《うけたまは》りて及第《きふだい》せしむ」と。

（一八）

[一七]野に着いては展《の》べ鋪《し》く紅錦繡《こうきんしう》　天に当たつては遊織《いうしよく》す碧羅綾《へきらりよう》

蟄戸《ちつこ》を洗ひ開きて雪《ゆき》雨を翻《ひるがへ》す　蟠竜《はんりよう》を投げ出して水《みづ》氷を破《わ》る

[一八]内宴《ないえん》。春生《しゆんせい》　[一九]野相公《やしやうこう》

古老相伝ふ、「昔、わが朝《てう》、唐《たう》に白楽天《はくらくてん》有りて、文に巧みなるを伝へ聞く。楽天、また日本に小野《をののたかむら》篁有りて詩を能《よ》くするを聞く。[二〇]常嗣《つねつぐ》の来唐の日を待ち依《よ》る。いはゆる望[二一]海楼は篁のために作るところなり。篁[二二]、副使として入唐の時、大使と論有りて進発せず。会[二三]《くわい》昌《しやう》五年の冬、楽天亡《し》して、後年にまた文集《ぶんしふ》渡来す。中に篁の作るところと相同じ句三つなり。「野[二四]草芳菲《はうひ》たり紅錦《こうきん》の地、遊糸《いうし》繚乱《れうらん》たり碧羅《へきら》の天」、「野[二五]の蕨《わらび》は人手《て》を拳《にぎ》る、江の蘆《あし》は錐嚢《きりふくろ》を脱す」、「元和《げんわ》[二六]の小臣白楽天、舞《まひ》を観《み》歌を聞きて楽《がく》の意《こころ》を知る」等の句なり。天下、篁を珍重《ちんちよう》す」といへり。

右ともに庚韻の字を用いていて、同一の韻ではない。一韻の意味、疑問。 一〇 ほしいままに広がり漂う山の気に触れて松を覆う雪はなお重く、白く輝く月はまだ沈まず高く懸って白雪と調和している。 一一 擬文章生から文章生へ昇る時の、式部省が行う試験。類聚句題抄に一首(212)として採録する六韻詩の第六聯。 一二 天皇が選定した題。 一三 宋の顔延之の「贈㆓王太常㆒」中の一句(本間洋一)。 一四 類聚句題抄は「菅名明」。これが正しい。菅野名明。 一五 及落の判定。公卿補任・天禄三年の藤原守義の尻付に「延長二十二―文章生(字会、山明望㆓山雪㆒)」とある。題が一致すること(「山雪」は「松雪」の誤りであろう)から、名明の省試受験も延長二年(九二四)のこととなる。 一六 醍醐天皇。

一七 草花が野辺に咲き乱れている様子は紅の錦や刺繡をした織物をのべ敷いたようであり、晴れた空にかげろうが立ち上るのは緑のうす絹や綾を織りなしたかのようである。冬ごもりをしている虫の穴の入口を洗って開くかのように雪は雨と変わり、とぐろを巻いていた竜を投げ出すかのように水が氷を割って流れ出す。前聯は和漢朗詠集上・春興に引く。 一八 続日本後紀・承和九年(八四二)正月二十日に「天皇内㆓宴於仁寿殿㆒、公卿及知㆑文士陪焉。同賦㆓春生之題㆒」とあり、この時の作。「春生」はもと白居易詩の題(白氏文集十七)。 一九 小野篁。 二〇 藤原常嗣。承和五年(八三八)遣唐大使として入唐。 二一 古事談六「白楽天、小野篁ノ渡唐ヲ待ツ事」に、篁が唐に渡ることを聞いた白楽天が望海楼を構えて待ったという話が見える。この話は白居易の詩句「登㆑楼遥望往来船」(→四・5)を核として作られたもの(小川豊生)。 二二 篁は承和の遣唐使の副使に任命されたが、風波に遭い出帆に失敗するなかで、自分の乗る船を大使常嗣の危険な船ととり換えられたことに抗議して乗船を拒否し、遣唐使を風刺する詩を作った。そのため篁は除名され、隠岐へ配流となった。 二三 唐の年号。承和十二年(八四五)。白居易の没年は会昌六年であるが、政事要略六十一・糺弾雑事に引く白居易伝にも会昌五年卒とあり、そうした説があ

（一九）

[一]五《ご》嶺蒼々《れいさうさう》として雲往来《わうらい》す　ただ憐《あは》れむ大庾万株《たいゆうばんちう》の梅

[二]天暦《てんりやく》十年内裏《だいり》御屏風詩《おんびやうぶのし》　[三]菅三品《かんさんぼん》

[四]広州《くわうしう》の山中に嶺《みね》五つ有り。その一に大庾在《あ》り。嶺上《れいじやう》に梅樹多し。南枝まづ花開く。この[五]御屏風詩の題目は左大弁《さだいべん》大江朝綱《おほえのあさつな》、勅《ちよく》を奉じて[六]坤元録《こんげんろく》の中より撰進《せんしん》す。三人、詩を作る。すなはち朝綱・文章博士《もんじやうはかせ》橘 直幹《たちばなのなほもと》・大内記《だいないき》菅原文時《すがはらのふみとき》なり。参議大江維時《これとき》、詔《せう》を蒙《かうぶ》りて評定す。采女正《うねめのかみ》巨勢公忠《こせのきんただ》画《ゑが》き、左衛門佐《さゑもんのすけ》小野道風《をののみちかぜ》書く。並びに当時の秀才《しうさい》なり。すべて八帖《はつてふ》二十首。[七]三人の作は六十首。江《がう》十首、橘《きつ》二首、菅《かん》八首を選定す。作者の思ひを灑《そそ》くこと、この詩に如《し》かず。ある人云はく、「[八]紀在昌《きのありまさ》、作に入らず。内心窃《ひそ》かに歎きを為《な》す」と云々。

（二〇）

[九]気霽《は》れて風新柳《しんりう》の髪を梳《くしけづ》る　氷消えて波旧苔《なみきうたい》の鬚《ひげ》を洗ふ

ったと思われる。二四 野の草がかぐわしく美しく咲き乱れて紅の錦を広げたような春の野原、かげろうが立ち乱れ緑の薄絹を張ったかのような空。この句は白居易の作ではなく、劉禹錫の「春日書㆑懐、寄㆓東洛白二十二・楊八二庶子㆒」の第三聯。千載佳句上・四時部・春興、和漢朗詠集上・春興に引く。これは前掲の篁の詩の前聯に類似する。二五 春の野に萌え出たワラビは人が拳を握っているかのようである。水辺の葦の新芽は錐が袋から抜け出したようだ。現存の白居易詩には見えない。これに似た篁の詩というのは、和漢朗詠集上・早春に引く「紫塵嫩蕨人拳㆑手、碧玉寒蘆錐脱㆑嚢」。二六 元和の御代の臣たる白楽天は、この七徳舞を見、七徳歌を聞いてその楽の趣意を知った。「元和」は唐の徳宗の年号。白氏文集三・新楽府「七徳舞」の第二聯。この句と似た篁の作は現存する詩にはない。

▽四・5と同じく白居易を規範として、小野篁の詩境がこれに近似したものであったことを語る。

一 五嶺の山脈は青々としてその上を雲が往き来するだけだが、大庾嶺だけは万株もの梅の花が咲き乱れてすばらしい光景だ。「五嶺」は後漢書六十四・呉祐伝の注に引く裴氏広州記に「大庾・始安・臨賀・桂陽・掲陽、是為㆓五領㆒」とある。「大庾」は唐の張九齢が山を開き梅樹を植えさせた。和漢朗詠集上・梅に引く。二 天暦十年は村上天皇治世、九五六年。→注五。三 菅原文時。四 以下、「南枝先花開」まではもと「大庾」についての注文か。何らかの文献からの引用のように思われる。例えば白氏六帖三十・梅に「南枝〈大庾嶺上梅、南枝落、北枝開〉」。五 日本紀略・天暦三年（九四九）の終りに「仰㆓左大弁大江朝臣㆒、令㆑撰㆓坤元録㆒。為㆓詩題廿首㆒。仰㆓采女正巨勢公忠㆒、令㆑図㆓屛風八帖㆒。仰㆓朝綱朝臣・文章博士橘直幹・大内記菅原文時等㆒作㆑詩。式部大輔大江維時撰㆓定之㆒。右衛門佐小野道風書㆑之」とある。日本紀略は天暦三年とし、本条には天暦十年とするが、この記事の朝綱らの官職から見ると、天暦五年から七年までのこととなる。六 中国の地誌。日本国見在書目録に「坤元録百巻」、宋史芸

内宴《ないえん》[一〇]。春暖《しゆんだん》　都良香《みやこのよしか》

故老伝へて云はく、「かれこれ騎馬の人、月夜に羅城門《らじやうもん》を過《よ》ぎつてこの句を誦《しよう》す。楼上《ろうじやう》に声有りて曰《い》はく、「あはれ」と云々。文の神妙《しんべう》、自《おのづか》ら鬼神《きしん》[一一]を感ぜしむるなり」と。

（二一）

[一二]周墻壁立《しうしやうへきりつ》して猿は空《むな》しく叫び　連洞門《れんとうもん》深くして鳥は驚かず

[一三]延喜《えんぎ》二年十月六日、大内《おほうち》においてこの試《し》有り。秀才進士《しうさいしんじ》らを召す。博文《ひろふみ》、時に秀才なり。この句、叡感《えいかん》有り。ここに及第せる者は二人、博文・藤諸蔭《とうもろかげ》なり。博文は蔵人所《くらうどどころ》の雑色《ざふしき》[一四]に補せらる。諸蔭もまた同[一五]所に候《さぶら》ふ。すべて参る者は十人、不参の者は三人なり。挙直朝臣《たかなほあそん》[一六]云はく、「かの時、博文はただ所《ところ》に候ふのみ。諸蔭をもつて雑色に補せらるるなり。口伝《くでん》に云はく、『延喜の聖主勅《ちよく》して曰《のたま》はく、『博文の詩は作文《さくもん》の体を得たり。しかれども諸蔭の詩は毎句上の字に逸人《いつじん》[一七]の名を用ゐる。才に余力有るなり。もつて優《まさ》れりと為《な》す』と。よりて

文志に「魏王泰坤元録十巻」とある。泰は唐の太宗の子、李泰。佚書で、日本では弘決外典抄、和名抄、明文抄などに佚文を引用する。括地志と同一の書とも考えられている。七 三人で六十首の詩を作り、その中から朝綱が以下の通り、計二十首を撰定。八 類似の話が六・33に見える。▽坤元録屛風詩については、本書五・28に、後代、権威あるものと考えられていたことが見え、四・70に文時の佚詩を引く。佚詩はほかに新撰朗詠集下・隣家、和漢兼作集八に直幹の作が残る。また権記・寛弘七年六月十九日に行成が「坤元録詩二巻」を書写したことが見える。九 天気はうららかに晴れわたって、風がまるで髪をくしけずるように新芽の萌え出た柳をそよがせ、氷は消えて波があたかも鬚を洗うかのように旧年から残っている苔をひたしている。和漢朗詠集上・早春に引く。一〇 題を朗詠注には「春暖早春賦」とするが、伝公任筆詩書切には「内宴春暖」とあり一致する。菅家文草二に「早春、侍二宴仁寿殿一、同賦二春暖一、応製」があり、藤井懶斎奥書本には「元慶二二」と注する。これによれば、元慶二年(八七八)正月二十日の内宴(三代実録)の作となる。一一 古今集真名序に和歌の働きを述べて「動二天地一、感二鬼神一」。楼門には霊異のものが住む。▽本朝神仙伝、撰集抄八、十訓抄十などに類話が見える。一二 ぐるりとめぐらした垣が立っているだけで隠者もいなくなって猿が空しく叫んでいるばかり、続く洞も入口は奥深く人気もなくて鳥も驚かされることもない。扶桑集七所収、藤原博文の「山無レ隠」の第三聯。一三 醍醐朝、九〇二年。日本紀略・延喜二年十月六日に「召二秀才進士於弓場殿一、賦レ詩」。江家次第十九・弓場殿試事に「延喜二年十月六日〈壬寅〉。山無レ隠〈毎レ句用二後漢逸人名一〉。文章得業生藤原博文作二秀句一、補二蔵人所雑色一、文章生藤原諸蔭毎レ句第一字用二逸人名一候二内所一。及第者二人。〔頭書〕及第者二人。今度、初参者十人、不参者三人。挙直朝臣説云、博文候二内所一、諸蔭補二雑色一。不参者文章生橘列相・菅惟熙・橘善延」とある。一四 蔵人所の下級職員。ただし蔵人に昇任する有

抽《ぬきん》でて雑色に補せらる」と云々。

（一二二）

一 自《おのづか》ら都《みやこ》に良《よ》き香《か》の尽きざること有り　後来賓館《ひんくわん》にまた相尋《あひたづ》ねむ

二 鴻臚館《こうろくわん》の南門《なんもん》　都良香《みやこのよしか》

故老伝へて云はく、「裴《はい》三、この句に感ずること尤《もと》もはなはだし。ただし、「四作者定めて姓名を改めしならん」と問ふに、およそ時の人、大いに感ず」と云々。

（一二三）

五 君と後会《こうくわい》せんこと定めなかるべし　これより懸《か》けて望まむ北海の風

裴《はい》大使の帰るを送る　都在中《みやこのありなか》

故老曰はく、「在中、六越前掾《ゑちぜんのじよう》に任ぜられ、かの州において裴と七交《まじ》はりを結べり。別れに臨んで詩を呈《てい》す。裴、大いに感ず。ただし、八勅命《ちよくめい》を蒙《かうぶ》らずして意《こころ》に任せて詩を寄する由《よし》、朝家《てうか》召し問はるべし。

望な職とされた。禁秘抄上に「員数八人。代々皆転二蔵人一。仍公卿子孫、又可レ然諸大夫多補レ之」。一五 蔵人所の所衆となる。一六 注一三の江家次第の頭書に見える「挙直朝臣説」。挙直は諸蔭の孫。一七 注一三の江家次第参照。各句の第一字に後漢書・逸民列伝の隠者の名を詠み込んだ。

一 おのずから都には両国修好の良い雰囲気が残って尽きることがない。のちにその名残りを求めて迎賓館を訪れることだろう。上句には自分の名前を掛ける。

二 鴻臚館は外国使節を接待する施設。七条の北、朱雀大路の東西に二館があった。似た情況での作として、扶桑集七に大江朝綱の「奉レ和下裴使主到二松原一後、読二予鴻臚南門一臨レ別口号一、追見二答和一之什上」がある。良香の詩は貞観十四年(八七二)五月に入京した渤海使の帰国を送る時の作。三代実録の同五月二十五日に「臨レ別、掌客使都良香相二遮館門一、挙レ觴而進」とある。

三 渤海使の一人。ただし三代実録等の史料に確認できない。

四 言道を良香と改名した。三代実録・貞観十四年五月七日に「掌渤海客使少内記都宿禰言道、自修二解文一、請二官裁一偁、姓名相配、其義乃美。若非二佳令一、何示二遠人一。望請改二名良香一、以遂二穏便一。依レ請許レ之」。

▽本朝神仙伝の都良香伝に「本名言道。又改二良香一。鴻臚館贈答詩云、有二都良香一。北客見レ之曰、此人必改二名姓一」とある。

五 あなたとの再会ははっきりと決めることはできないだろう。これからは心にかけて貴国の方から吹く風を望むことであろう。

六 二中歴十二・詩人歴には「越前権掾」とある。

七 柳原本は「裴璆」。裴璆とすれば、延喜十九年(九一九)に来朝し、二十年五月に帰国した時のことであろう。越前国松原(敦賀市)に着岸、帰国もこの地からと考えられる。

八 外国の使者と日本人との接触は厳しく制限されていた。延喜式・玄蕃寮に「凡諸蕃使人、…其在レ路不レ得二与レ客交雑一、亦不レ得レ令二客与レ人言語一。所レ経国郡官人、若無レ事亦

しかれども、裴の感ずること有るを聞きて寛宥《くわんいう》[九]せらる」と云々。

(二四)

[一〇]暗《そら》に野人《やじん》と作《な》す天の与へし性《せい》　狂官《きやうくわん》は古《いにしへ》より世の呼びし名

惟十四《ゐじふし》[一一]に酬《むく》ゆ　野相公《やしやうこう》[一二]

故老伝へて云はく、「野相公、人となり不羈《ふき》[一三]にして直《ちよく》を好む。世その賢《けん》を妬《ねた》みて、呼びて野狂《やわう》と為《な》す。これすなはち篁[一四]の字の音は狂の字の音なりと云々。よりてこの句を作る」と。

(二五)

[一五]河畔《かはん》の青袍《せいはう》愛《め》づべしといへども　小臣《せうしん》の衣の上には太《はなは》だ心なし

正月の叙位《じよゐ》に漏れし年の内宴。雪尽[一六]きて草の牙《め》生ふ　菅淳茂《かんあつしげ》

この句に依りて叙位[一七]せらる。臨時[一八]。

不レ須二与レ客相見一。停宿之処、勿レ聴二客浪出入一」。

九 ゆるされた。

一〇 人々は私のことをひそかに野人としているようだが、それは天が与えた性質である。狂官とは昔から世間で呼んでいる名である。世間でいわれていた「野狂」の呼称の「野」と「狂」とをそれぞれ前句と後句に置き、前句の「野」に小野を、「性」に姓を懸ける。

一一 惟良春道。十四は春道を排行で呼んだもの。扶桑集七の篁の詩の「近以二拙詩一寄二王十二一、適見二惟十四和レ之之什一、因以解答」も同じ。底本には「惟古」とあるが、これによって「惟十四」に改める。

一二 小野篁。

一三 常識に束縛されることを嫌う。

一四 篁は呉音でワウ、狂も名義抄に和音「ワウ」とする。

▽小野篁と惟良春道との唱和詩はほかにも扶桑集・擲金抄にある。本条の詩句は世間でささやかれているあだ名を音通を利用して逆手に取って、居直った姿勢がうかがわれ、一聯の句であるが、篁の人となりをよくもの語る。

一五 河のほとりに芽を出した青草の青袍のような色は愛すべきものだが、私の衣の色としては緑の色はまことに無情なものだ。「青袍」は緑色のうえのきぬ。六位の官人の衣服。

一六 日本紀略・延喜十二年(九一二)正月二十一日に「内宴。題云、雪尽草芽生〈以レ萌為レ韻〉。於二仁寿殿一被レ行レ之」とあり、この時の作。句題は白氏文集十三「早春独遊二曲江一」の「氷銷泉脈動、雪尽草牙生」に基づく。

一七 北山抄三・内宴事に「同(延喜)十二年、申刻、夕陪膳、更衣代出陪レ之。読レ詩了、授二式部丞淳茂従五位下一、令二恒佐唱一。淳茂候二階下一、称唯拝舞」とある。

一八 北山抄の例によれば、内宴の際、臨時の叙位が行われることが多い。この年の叙位は正月六日(日本紀略)。

▽淳茂が五位に叙せられ、緋衣を許されたことを謝した詩が四・73に見える。

（二一六）

一悲しびは尽《つ》く河陽《かやう》に父と離《わか》れし昔　楽しびは余る仁《じ》寿《じう》侍《じ》臣《しん》の今

淳茂《あつしげ》、昔、二先君《せんくん》と三謫行《たくかう》せられし日、公《おほやけ》の使ひのために駆《お》はる。路に四河陽《かやう》の駅に宿り、一宿の後、分かれ去る。暁《あかつき》に五遥《はる》かに拝し、談《かた》りて六遂《つひ》に再び逢《あ》はず。今仁寿殿に侍し、七至恩《しおん》の勅命《ちよくめい》下りて八栄級《えいきふ》に預《あづ》かる。悲しびは□飛に至り、九時に当りて涕涙《ているい》一に故《ふる》きに似ると云々。

（二一七）

一〇悲しびは倍《ま》す夜蛬《やきよう》の砌《みぎり》に鳴く夕《ゆふべ》　涙は催す黄葉の庭に落つる晨《あした》
箕裘《ききう》絶えなんとす家三代　水菽《すいしゆく》酬《むく》い難《がた》し母七旬《しちじゆん》

秋の懐ひ　藤後生《とうのちおふ》

この詩、一一天覧《てんらん》を経《へ》て、一二方略《はうりやく》の宣旨《せんじ》を蒙《かうぶ》ると云々。

（二一八）

一 昔、河陽駅で父と別れた時には、悲しみのありったけを味わったが、侍臣として仁寿殿の宴に侍る今、楽しみは身に余るものがある。
二 父、菅原道真。
三 昌泰四年（九〇一）正月二十五日、道真は大宰権帥に左遷され、子供たちも連座して諸国へ左遷された。菅家後集「詠二楽天北窓三友詩一」に「自二従勅使駆将去一、父子一時五処離」。
四 山城国乙訓郡山埼（京都府大山崎町）。摂津との国境で、淀川沿いの交通の要地。嵯峨天皇が中国の河陽県（河南省）に因んで名付けた。
五 父道真の姿を遠く拝して。
六 道真は延喜三年、大宰府で没した。
七 この上ないお恵みの。
八 名誉ある位階。前条四・25にいう「叙位」。→一一七頁注一七。本条の詩は前条と同時の作となる。
九 （悲しみの涙と喜びの涙との違いはあるものの）今この時に流す涙はまったく昔と同じである。
▽叙述の部分は詩の詠作事情を記した淳茂の文章を引用したものか。
一〇 こおろぎが石畳で鳴いている夕暮れには悲しみが一段とつのり、もみじが庭に散る朝、涙が溢れてくる。学問の家の伝統も父祖以来三代にして途絶えようとし、七十の老母に粗末な食事を供することもできない。「倍」は名義抄に「マス」。「箕裘」は父祖の仕事を見習って承け継ぐこと。「三代」は祖父佐世・父文貞・後生。佐世については尊卑分脈に「藤氏儒士始也」とある。→本書一・34。文貞も対策及第して、のち文章博士、式部大輔となる。「水菽」は水を飲み、豆の粥をすすること。
一一 天皇の御覧。ここでは村上天皇。
一二 対策を受けることを特に許可する宣旨。対策は文章得業生から受けるのが原則であるが、文章生で特に宣旨を得て受験する方途もあった。その宣旨。後生には天暦四年（九五〇）十二月、方略宣旨が下された（類聚符宣抄九）。同じく

一三 双涙《さうるい》幾《いく》たび揮《ふる》ふ巾上《きんじやう》の雨　二毛《じぼう》多く鋪《し》く鏡中の霜

藤行葛《とうゆきふち》　述懐

右兵衛督《うひやうゑのかみ》一四 忠君《ただきみ》、五位《ごゐ》の蔵人《くらうど》為《た》りし時、この詩をもつて一五 天覧《てんらん》に入る。哀憐《あいりん》有りて、一六 登省《とうじやう》の宣旨《せんじ》を蒙《かうぶ》る。

（二九）

一七 酔うて西山《せいざん》を望めば仙駕《せんが》遠く　微臣《びしん》涙は落つ旧恩《きうおん》の衣《ころも》

一八 内宴《ないえん》　一九 昭宣公《せうせんこう》

公《こう》の二〇 家伝《かでん》の文に云はく、「二一 元慶《ぐわんぎやう》四年正月二十日、宴の座に侍して、左右に謂《い》ひて曰《い》はく、「前《さき》に二二 太上皇《だいじやうくわう》に陪《はべ》りて、二三 この宴を命《おほ》せらる。今日着るところは太上皇の脱ぎ下されし御衣《おんぞ》なり」と。この日の二四 応製詩《おうせいし》の末句はこれに及ぶ。満座感動し、あるいは涙を拭《ぬ》ふ者有り。時に太上皇、二五 水尾山寺《みのをさんじ》に御《おはしま》す」と。

類聚符宣抄九に、文章博士の三統元夏・橘直幹が同年四月に奉った、後生に方略試を請う奏状があり、「業企二箕裘一、齢過二丁壮一」とある。

一三 両の目から雨のように流れ落ちる涙をハンカチでいくたび拭ったことか。鏡の中に霜かと映るのは多くの白髪まじりの鬢。

一四 底本は「忠臣」。島田忠臣ということになるが、時代的にも合わず、右兵衛督にもなっていない。本文を改める。忠君は天徳二年(九五八)正月から応和二年(九六二)二月まで、五位蔵人。

一五 →注一一。ここも村上天皇。

一六 文章生試(省試)を受けることを許可する宣旨。類聚符宣抄九に天徳四年(九六〇)八月二十七日のその宣旨がある。

一七 酔って西方の山を望めば、太上天皇は遥か遠くその地におはします。私の感涙はかつて恵み賜った衣の上に流れ落ちる。

一八 →一・3

一九 藤原基経。

二〇 公卿補任・貞観六年の基経の尻付にも家伝が引用される。

二一 三代実録によれば、元慶四年(八八〇)の内宴は二十一日。「天皇御二仁寿殿一、内二宴於近臣一。奏二女楽一、賦レ詩極レ歓」とある。

二二 清和天皇。

二三 この内宴に出席するようにと御下命を頂いた。

二四 天皇の命に答えて作る詩。

二五 三代実録・元慶四年(八八〇)八月二十三日に「太上天皇遷レ自二水尾山寺一、御二嵯峨棲霞観一。以二水尾有レ営二造仏堂一也」、同十二月四日の没伝に「遂御二山庄一、落飾入道。…俄而入二丹波国水尾山一、定為二終焉之地一」とある。水尾山寺は現在の京都市右京区嵯峨水尾の円覚寺。

(三〇)

[一]且《か》つ飲《の》み且つ醒《さ》めて憂《うれ》ひ未《いま》だ忘れず
会稽山《くわいけいざん》の雪頭《かしら》に満ちて新たなり

[二]酒を雪中の天に消すといふことを賦《ふ》す　越前掾菅斯宣《ゑちぜんのじようかんこれのぶ》

この詩は山城守《やましろのかみ》雅規《まさのり》の作り与ふるところなり。[三]満座褒賞《ほうしやう》す。[四]斯宣悲泣《ひきふ》せり。人ことごとく[五]頤《おとがひ》を解《と》く。斯宣時に七十なり。

(三一)

[六]言ふなかれ撫養《ぶやう》してなほ子の如《ごと》しと　この字の反音《はんおん》これ息郎《そくらう》

家の南の階《きざはし》の下にたちまち桑樹《さうじゆ》を生ずるに題す　[七]江相公《がうしやうこう》

時の人美《ほ》む。能を妬《ねた》む者曰《い》はく、「先にこの句を思ひて、栽《う》ゑらる」と。相公《しやうこう》聞きて咲《わら》へり。

(三二)

一 酒を飲んでもまた酔いは醒めて憂いを忘れることはできず、会稽山の雪のように頭は白髪で真白だ。酒は忘憂物といわれる(陶潜「飲酒二十首(その七)」)。会稽山は中国の越(えつ)にあることから、同字の日本の越(こし)の国(越前)の山をいったもの。
二 酒の酔いを雪ぞらに醒ます。同時に作られた藤原篤茂の詩序「冬日陪二藤相公亭子一、同賦レ消二酒雪中天一」(本朝文粋八)があり、「三冬仲月六日下春」、十一月二十六日とあるが、いつの年であるかは未詳。
三 宴席の人は皆ほめそやした。
四 柳原本の異本注記に「斯崇」とあり、斯宗か。本朝一人一首八に「按二菅氏譜一、無二斯宣一。而雅規従弟有二期〔斯〕宗者一。与二斯宣字一相似。彼此其一誤乎」。
五 大笑いをした。
▽嘆老の詩も代作されたものであれば、その人の白髪頭をからかうものとなる。
六 言ってくれるな、桑の木をいつくしみ育てることがまるで自分の子供のようだと。この桑の字の反音は息郎つまりむすこなのだから。「反音」は半切。漢字音を示す方法で、ある字の音を他の二字の、上の字の頭の子音と下の字の韻とで示す。桑については新撰字鏡に「桑桒 二形、息郎反」、字類抄にも「桑 クハ、息郎反」とある。
七 大江音人、朝綱のいずれか明確でないが、次条で朝綱を江相公と称していることから、ここも朝綱か。
八 日照りが続く時には、百里嵩の車はずっとくさびをさして巡行を続けてほしいものだ。五官掾の涼輔が雨を祈って身を焼こうとした火も雨が降ってついに燃えることはない。「百里嵩」は漢代の人、徐州の刺史となった時、領内で旱魃があり、嵩が巡行すると、その車の行く所には甘雨が降ったという(芸文類聚五十・刺史所引謝承後漢書)。「轄」は名義抄に「クサビサス」。「五官掾」は官職で、ここは後漢の諒輔をいう。日照りが続き、万物が枯死しようとした時、雨を祈って我が身を焼こうとすると、たちまち大雨が降ったという(後漢書八十一)。

[八]百里嵩《ひやくりすう》の車は長く轄《くさび》すべし　　五官掾《ごくわんじよう》の火は遂《つひ》に燃ゆることなし

[九]省試《しやうし》。御題《ぎよだい》。[一〇]旻天豊沢《びんてんほうたく》を降らす　　大江如鏡《ゆきあきら》

ある人云はく、「佳句と為《な》すべし。天皇[一一]しきりに誦《ず》したまふ。世もつて奇《あや》[一二]しむ。ただし他の句の字を誤《あやま》つに依《よ》り落第せり。本《もと》は「不轄」に作る。[一三]江相公《がうしやうこう》改めて「長可轄」に換《か》ふ。[一四]高成ことごとく人のために作る」と云々。

（三三）

[一五]三千世界《さんぜんせかい》は眼《まなこ》の前に尽き　　十二因縁《じふにいんえん》は心の裏《うち》に空《むな》し

晩夏、[一六]竹生嶋《ちくぶじま》に参りて懐《おも》ひを述ぶ　　都良香《みやこのよしか》

故老伝へて云はく、「下七字、作者思ひ得《え》難し。嶋主《しまぬし》の[一七]弁財天《べんざいてん》の告げ教へたまふ」と。

（三四）

[一八]巫巌《ふがん》泉咽《むせ》びて渓猿《けいゑん》叫び　　胡塞《こさい》笳《あしぶえ》寒くして牧馬《ぼくば》鳴く

九　↓一一二頁注一一。この省試のことは貞信公記抄、天暦二年（九四八）六月十四日に「省試。有㆓御題㆒、旻天降㆓豊沢㆒」とある。
一〇　文選二十、王粲の「公讌詩」の第一句。本条の「旻天」は「昊天」の誤り。夏空に恵みの雨を降らす。
一一　村上天皇。
一二　「アヤシフ」（名義抄）。
一三　大江朝綱。この時の省試の判定に当たった儒者の一人（類聚符宣抄九）。
一四　以下、未詳。この省試の受験者に高階成忠があるが、それを「高成」と称したとするのも無理がある。柳原本・群書類従本は「高感」。
一五　竹生島から琵琶湖を見渡すと、あらゆる世界を観じ尽くす思いがするし、人間世界の煩悩も払い去られて心の中が浄められる気がする。「三千世界」は仏教でいうありとあらゆる世界。「十二因縁」は人間の苦悩の原因となる十二の項目。無明・行・識・名色・六処・触・受・愛・取・有・生・老死。和漢朗詠集下・山寺に引く。
一六　琵琶湖北部にある小島。浅井比売命を祭る都久夫須麻神社、また宝厳寺があり、その弁天堂には本寺仏として弁才天女を祭る。
一七　もとインドの河の神。天女形で琵琶を持つ。音楽、弁舌、財福などの神として信仰され、七福神の一人となる。▽朗詠注に見える。以後、袋草紙上、撰集抄八、十訓抄十、古今著聞集四などに採録される。
一八　巫峡の巌では泉がむせび泣くような音をたて、谷に棲む猿が悲しそうに叫んでいる。異民族との国境をなすとりでで芦笛が寒々と鳴り、牧場の馬も悲しげにいななく。「巫巌」は巫峡の岩山。巫峡は四川省巫山県の東にあり、長江の上流で、岩山が迫り、急流をなす難所。そこでは猿が悲しい声で泣く。「江従㆓巴峡㆒初成㆑字、猿過㆓巫陽㆒始断㆑腸」（和漢朗詠集下・猿）。「胡塞」の「笳」と「牧馬」は文選四十一、李陵の「答㆓蘇武㆒書」に「涼秋九月、塞外草衰、夜不㆑能㆑寐。側㆑耳遠聴、胡笳互動、牧馬悲鳴」とある。

[一]竹露松風幽独《いうどく》の思ひ　瑶箏玉瑟《えうさうぎよくしつ》宴遊の情《こころ》

[二]駅馬《えきば》閣声相《かくせいあひ》応ず　[三]菅雅熙《かんまさひろ》

題は[四]菅李《り》部《ほう》。この日の[五]貫首《くわんしゆ》の[六]上卿《しやうけい》橘《たちばなの》大納言《だいなごん》好古《よしふる》、再三朗詠し誦《ず》して曰はく、「腸《はらわた》断ゆ、腸断ゆ。ただし牧馬は定めてこれ[七]文馬《ぶんば》ならん」といへり。言《こと》は[八]天聴《てんちやう》に及び、叡感専《えいかんもは》ら深し。

（三五）

[九]鶏《にはとり》の漸《やうや》く散ずる間《あひだ》に秋色少し

鯉《り》が常に趨《わし》る処に晩声微《かす》かなり

[一〇]菅師匠《かんししやう》の旧亭において、[一一]一葉《いちえふ》庭に落つといふことを賦《ふ》す　保胤《やすたね》

故老云はく、「[一二]文時《ふみときし》没にて後、旧亭において作るところなり。故にその心有り」と。

（三六）

[一三]蘭蕙苑《らんけいゑん》の嵐の紫を摧《くだ》いて後《のち》

一 竹の葉に露の置く夜、松風を聞きながらひとり静かに思いにふけり、美しい琴が奏される華やかな宴会のさまを思いやる。 二 宿駅の馬の声と高殿での宴の音とが響き合う。 三 日本紀略・応和二年六月十七日、二中歴十二・詩人歴に見える菅原惟熙であろう。 五 ある事において、かしらとなる人。 四 菅原文時。李部は式部大輔の唐名。 扶桑略記・元慶元年十一月三日の大江音人の薨伝に「文雄貫首之弟子也」。 六 →一八頁注五。 七 毛に美しい文様のある馬。 八 天皇のお耳に達し。村上天皇であろう。 九 主人が亡くなり、その飼っていた鶏がしだいにいなくなったこの庭は秋の気配もまだ深くはなく、門弟がいつも師に教えを受けていたこの庭に、夕暮、木の葉の落ちる音がかすかに聞こえる。「鶏漸散」は白居易の「過二元家履信宅一」（白氏文集五十七）の「雞犬喪レ家分散後、林園失レ主寂寥時」による。「鯉常趨」は論語・季氏の「鯉趨而過レ庭」による。鯉は孔子の子。子供の頃、庭先を小走りに通ったとき、孔子から詩経を学ぶべきことを教えられた。「趨」は名義抄に「ワシル」。和漢朗詠集上・立秋に引く。 一〇 菅原文時。保胤の師であったことは続本朝往生伝の保胤伝に「師二事菅三品一、門弟之中、已為二貫首一」と見える。その邸については十訓抄三に「二条殿よりは南、京極よりは東は菅三位の亭也」とある。 一一 白氏文集十八「新秋」に「二毛生レ鏡日、一葉落レ庭時」。これに拠ると考えられ、「時」を誤脱させたもの。 一二 文時は天元四年（九八一）九月八日没。

▽朗詠注に見える。

一三 蘭や蕙の咲く苑に嵐が吹いて紫の花をくだき散らしたのち、宮中の庭に月が寒々と霜を照らすなかに、菊の花が前栽の所々に咲き残っている。「蓬萊洞」は仙人の住む宮殿。ここでは宮中の意。和漢朗詠集上・菊および作文大体・詩雑例に引く。 一四 菊の香りは帝の徳の暖かさによって香炉の煙のように広がり、月に照らされた花の姿は深い帝のめぐみを受けて石畳に影を落として融け合っている。本文の□は底本一字分空白で、右に「落字歟」と注記。また句の下に「此一行イ無」と、この一聯のない本があることを注記する。

蓬萊洞《ほうらいとう》の月の霜を照らす中《うち》
一四香は徳暖かなるにより鑪《ろ》の煙《けぶり》散ず
影は恩深きがために□砌《みぎり》と融けたり　一五花寒くして菊叢《くさむら》に点ず　一六菅三品

故老云はく、「この詩、深く案ずべし」と云々。

（三七）

一七楊貴妃《やうきひ》帰《かへ》つての唐帝《たうてい》の思《おも》ひ　李夫人《りふじん》去《さ》つての漢皇《かんくわう》の情《こころ》
雨に対《む》かひて月を恋ふ

故老云はく、「一八数年作り設《まう》けて、八月十五夜の雨を待つ。一九六条宮《ろくでうのみや》に参りて作るところなり」と云々。

（三八）

二〇瑶池《えうち》は便《すなは》ちこれ尋常《よのつね》の号《な》なり　此夜《こよひ》の清明《せいめい》は玉も如《し》かじ
二一月影秋の池に満つ

故老云はく、「淳茂《あつしげ》この詩を二二河原院《かはらゐん》において講ず。二三上皇《じやうくわう》仰せられ

この一聯は本書以外には見えない。一五 天暦七年（九五三）十月五日の残菊宴で、橘直幹が撰進した詩題（九条殿記）。朗詠集永済注に「題ノ意ハ、余花ハミナカレツキヌルニ、菊ノミヒトリノコル意ナリ」。一六 菅原文時。
▽和漢朗詠集では「蘭蕙苑」の一聯は「菊是草中仙」の題の保胤の「蘭苑自慙為二俗骨一、槿籬不レ信有二長生一」の次にあるが、正安本では、この句に「此詩深可レ案云々」の注がある。それが後の写本では注の位置がしだいにずれて、この文時の詩に付されたもののようになる。
一七 雨のなかで見ることのできない月を恋しく思うのは、楊貴妃が死んだあとの唐の玄宗の気持ち、李夫人が亡くなったあとの漢の武帝の心のようだ。「帰」は死ぬ意。白居易の長恨歌は楊貴妃の死とその後の玄宗の思いを詠む。「去」も死ぬ意。同じく白居易の新楽府「李夫人」も愛妃を失った帝王の悲歎を主題とする。和漢朗詠集上・十五夜に引く。また類聚句題抄(99)に引く。群書類従本には詩題の下に「源順」の作者注記がある。一八 数年間、前もって作って用意していた。一九 具平親王の邸宅。千種殿。二中歴・名家歴に「千種（ちくさ）殿〈六条坊門北、西洞院東。中務卿具平親王家。抄云、保昌并江帥伝二領之一〉」。この邸宅はのちに匡房が買得した（水左記・承暦元年十二月十五日）。
▽朗詠注に見える。
二〇 あの瑶池もこの月に照らされた池に比べると色あせてしごく普通の名になってしまう。今夜の月の清らかな美しさは瑶池の玉も及ばないほどだ。「瑶池」は崑崙山にあり、仙女西王母が住むという。「尋常」は名義抄に「ヨノツネ」。和漢朗詠集上・八月十五夜に引く。
二一 日本紀略・延喜九年（九〇九）閏八月十五日に「夜、太上法皇召二文人於亭子院一、令レ賦下月影浮二秋池一之詩上」とある。「満」と「浮」と異なるが、この詩宴での作。淳茂はこの時序者となっていて、その詩序が本朝文粋八にある。群書類従本には詩題の下に「菅淳茂」の作者注記がある。二二 拾芥抄中・諸名所部に「六条坊門南、万里少路東八丁云々。融大臣家。後寛平法皇御所」とある。注二一の日本紀略、淳茂の

て云《のたま》はく、「此夜《こよひ》恨みとするところは、一先公の見ざることとなり」と云々。二北野《きたの》の御事か」と。

(三九)

三詞《ことば》は微《び》波《は》に託《つ》けてかつがつ遣《や》るといへども
心は片月《へんぐゑつ》を期《ご》して媒《なかだち》と為《せ》んとす　四牛女《ぎうぢよ》に代りて夜を待つ

古人伝へて云はく、「この度、文時《ふみとき》と輔昭《すけあきら》と、父子《ふし》詩を相《あひ》論ず」と云々。

(四〇)

五蒼苔《さうたい》路滑《なめ》らかにして僧寺に帰る　紅葉《こうえふ》声乾いて鹿《しか》林に在り

六本《もと》はこれに作る。「滑」の字、ある人訓《よ》みて云はく、「七狎《な》る」と。八しかるべからずと云々。

(四一)

詩序では亭子院とする。同じ宇多上皇の居所であることから、異伝が生まれたのであろう。三 宇多上皇。

一 次にいうように淳茂の父の道真。道真はすでに延喜三年に没している。この上皇の言は中秋観月が菅家の故事であったことによる(渡辺秀夫)。
二 菅原道真。天暦元年(九四七)六月、道真の祠を北野に移す。▽朗詠注に見える。正安本では末尾の「北野御事歟」を「先公」の注記のかたちで書く。
三 ことばをさざ波に託してともかくも言いやるけれども、本当の心は片われ月が出るのを待って、それを仲立ちにして逢おうと思っているのです。文選十九、曹植の「洛神賦」の「無㆓良媒㆒以接㆑懽兮、託㆓微波㆒而通㆑辞」に基づく。和漢朗詠集上・七夕に菅原輔昭の詩として引く。
四 織女に代わって牽牛に会える夜を待つ。▽朗詠注正安本、菅家本には「古人伝曰、此度文時輔昭相㆓博詩草㆒云々」とある。これによれば、父子で詩稿を交換したという話になる。
五 青々とした苔におおわれた山路は滑りやすいが、僧はその路を寺へ帰っていく。紅葉はかさかさと乾いた音を立て、鹿は紅葉を踏みながら林の中で遊んでいる。晩唐の温庭筠の「宿㆓雲際寺㆒」の第二聯。ただし「滑」は「熟」。和漢朗詠集上・鹿に引く。千載佳句上・地理部・山中にも。
六 朗詠注には次のように書く。

　熟本作之滑字或人訓云押不可然

　蒼苔路滑僧帰寺

「熟本作之」は「滑」がもとの詩では「熟」であることを注記したもの。その注記を本来の位置から切り離して、詩句の後に記事として置き、さらに「熟」の字が脱落したものが本条のかたちである(黒田彰)。
七 「滑」がもとの詩ではナルと訓む「熟」(たとえば名義抄に「ナル」)であることから、「滑」もナルと読むといった。
八 「なる」とは読めない。▽朗詠注にまで戻ることによって初めて解釈が可能となる。

九 胡角《こかく》一声霜の後《のち》の夢　漢宮《かんきゆう》万里月の前の腸《ものおもひ》　一〇 王昭君《わうせうくん》　朝綱《あさつな》

「霜」の字、これ韻に一一 要須《えうす》の字なり。しかして一二 大韻《だいゐん》を犯して作る。

（四二）

一三 班姫扇《はんきあふぎ》を裁《さい》して誇尚《くわしやう》すべし　列子《れつし》車を懸《か》けて往還《わうくわん》せず

一四 清風何処《いづこ》にか隠る　保胤

本《もと》、上の句は「一五 庶人簟《あむしろ》を展《の》べて宜《よろ》しく相待つべし」と云々。しかるに後《のち》に一六 中書王《ちゆうしよわう》改作せらると云々。

（四三）

一七 山は烽燧《ほうすい》を投げて秋の雲晴れ　海は波瀾《はらん》を恩《めぐ》みて暁の月涼し

この詩は、源為憲《みなもとのためのり》、人のために作れるなり。後に一条院《いちでうゐん》感ぜしめ給ふと聞きて、自作と称《い》ふと云々。

九 胡人の吹く角笛の一声に霜夜の夢を覚まされ、漢の都は万里のかなた、月の光に腸も断ち切られる思いである。和漢朗詠集下・王昭君に引く。一〇 漢の元帝の宮女であったが、匈奴との親和政策のため、匈奴の王の妃として異国に遣わされた。悲劇の女性として詩に多く詠まれ、楽府題ともなった。一一 「エウス」（字類抄）。なくてはならない、必須。一二 詩病の一つ。脚韻字と同じ韻の字をその聯の中で用いること。「霜」は脚韻字「腸」と同じ陽韻で、大韻を犯す。▽朗詠注（貞和本）に見え、さらに次の逸話が加わる。「此詩、朝綱為二澄景一作、蔵在二枕筥中一。而殿上人々欲二作文一時、澄景称二王昭君可レ作由一。人得レ意、窃開レ筥得レ之云々」。一三 涼風が止んだので、班姫は白絹を裁って扇を作り誇らしげに使うだろう。列子は風に乗って空を飛ぶことができず、車をしまって往き来することを止めてしまう。「班姫」は漢の成帝の愛妃の班婕妤。趙飛燕に成帝の寵愛を奪われたことを、秋になって涼風が吹いてうち棄てられる扇にたとえて嘆いた「怨歌行」（文選二十七）の作者。その詩に「新裂二斉紈素一、皎潔如二霜雪一、裁為二合歓扇一、団々似二明月一」。列子については、荘子・逍遥遊に「夫列子御レ風而行。冷然善也。旬有五日而後反」とある。「懸車」は車を吊り下げて用いないこと。和漢朗詠集下・風に引く。一四 白氏文集一「月夜登レ閣避レ暑」の第三句「清風隠二何処一」による。一五 庶民はせめて竹のむしろを広げて風が吹くのを待つのがよい。「簟」は名義抄に「アムシロ」。作文大体・詩雑例に余情幽玄体の一例として、下句「列子…」とともに引く。一六 兼明親王。▽朗詠注に見える。「しかるに後に中書王」の箇所は、「しかるに後中書王」とも読める。とすると、後中書王すなわち具平親王となる。兼明と具平、年代的にはいずれも可能性があるが、保胤は具平の師匠であった。そのことから兼明と考えられる。一七 山にはのろしのような煙が立ち上って秋の雲が晴れた空に浮かび、海は波を立てて明け方の冷やかな月がかかっている。

（四四）

一深しとや為《せ》ん浅しとや為ん風の声暗し　何《いづれ》か紫何か紅露の影秋なり

二夜の蘭《らん》は色を弁ぜず　以言《もちとき》

古人云はく、「満座《まんざ》相感じて云はく、「三文集《ぶんしふ》の四態《さま》も有りけるは」」と云々。

（四五）

五抜提河《ばつだいが》の浪虚妄《こまう》なるべし　耆闍崛《ぎじやくつ》の雲去来《きよらい》せず

六常にここに住して法を説く　以言《もちとき》

ある人云はく、「この句、文の神妙《しんべう》なるものなり」と。

（四六）

七仏の神通《じんづう》をもつて争《いかで》か酌《く》み尽くさむ　僧祇劫《そうぎこふ》を歴《ふ》とも朝宗《てうそう》せむとす

八弘誓《ぐぜい》深きこと海のごとし　以言《もちとき》

一 蘭の花の色は深いのか浅いのか、夜の暗さのなかで風の音が聞こえる。紫なのか紅なのか、花に置く露はまさに秋の風情。類聚句題抄(265)、新撰朗詠集上・蘭に引く。

二 夜の闇のなかでは蘭の色は区別できない。

三 白氏文集。白氏文集の詩に措辞、句形の近似したものを求めると、巻四の「牡丹芳」の「紅紫二色間ニ深浅一、向背万態随ニ低昂一」、巻十四の「嘉陵夜有レ懐」の「不レ明不レ闇朧朧月、非レ暖非レ寒慢慢風」（新撰朗詠集上・春夜に引く）がある。

四 名義抄に「サマ、スガタ」。

▽五・47に再出。

五 抜提河の波は立っては消えるいつわりのものであるように、釈迦がこの河のほとりで入滅したというのもいつわりであろう。耆闍崛山にかかる雲がじっと止まっているように、釈迦は常にその山にあって法を説いている。「抜提河」は中インド、クシナガラ国にある川。大唐西域記六に「拘尸那掲羅国。…城西北三四里、渡ニ阿恃多伐底河一。…西岸不レ遠、至ニ娑羅林一。…如来寂滅之所也」。「耆闍崛」は中インド、マカダ国、王舎城の東北にある山。釈迦が法華経を説いた所。法華経・序品に「一時仏住ニ王舎城耆闍崛山中一」。

六 句題の法華経・如来寿量品の偈の一句。私はいつもこの世にあって法を説く。

七 観音の誓いの深くて測りがたいことは、仏の神通力によっても汲みつくすことができないほどである。その恵みの広さ深さは、百川の水が海に集まり注ぐように、永遠に尽きることがない。「僧祇劫」は無限の時間。「朝宗」は多くの川が海に集まり注ぐこと。和漢朗詠集下・仏事、擲金抄中・経句題に引く。朗詠集とは小異があり、擲金抄と一致する。

八 法華経・観世音菩薩普門品の偈の一句。「汝聴ニ観音行、善応ニ諸方所一。弘誓深如レ海、歴レ劫不ニ思議一」とある。観音の衆生を済度しようという誓願の広大なことは海のようである。

この句、「〓[九]」の字の「夕」、はなはだ大きに作りて書けり。「朝宗」対を為《な》せり。[一〇]寂心上人《じやくしんしやうにん》見て感歎し、すこぶる妬気《とき》有り。

（四七）

[一一]仁《じ》寿殿《じうでん》中聖人に謁《えつ》す　残桜《ざんあう》景《ひかり》暮れて哭《こく》すること慇懃《いんぎん》なり
[一二]水は巴《は》の字を成す初三《そさん》の日　源《みなもと》は周年《しうねん》より起こつて後幾《のちいく》ばくの霜ぞ

この詩は旧[一三]きを作詩せるものなり。およそ篤茂《あつしげ》の作れる詩は哀れなるか。弟子[一四]においてはその体を習ひ、その風心[一五]《ふうしん》を増すものなりと云々。

（四八）

[一六]春娃《しゆんあい》眠り足《た》りて鴛衾《ゑんきん》重し　老将《らうしやう》腰疲れて鳳剣《ほうけん》垂れたり

この詩の題は「弱[一七]柳は鶯に勝《た》へず」と云々。匡衡《まさひら》朝臣この題を聞きて以言《もちとき》に謂《い》はく、「上[一八]句七字を作らむ。下七字を継ぐべし」と云々。以言その末を次《つ》げり。二人ともに感歎し、おのおの一篇を終《を》

九　普通には「酌」。「朝宗」の「朝」と対語とするために「〓」の字を用い、旁の「夕」を大きく書いた。
一〇　慶滋保胤の法名。
▽朗詠注には「〓、為㆓朝対㆒、用㆓此字様㆒。講時、保胤入道在㆑座、見㆑此後被㆑陳曰、依㆑如㆑是、不㆑去㆓文場㆒也。見㆓此句作㆒、骨心有㆓攀縁㆒。且為㆓菩提之妨㆒云々」とある。
一一　仁寿殿で帝に拝謁した。その時のことを思い起こして、散り残った桜を照らす日も暮れゆくなかに切にいたみ泣く。「聖人」は天子の尊称。詠作事情が明らかでないが、天皇（村上か）への追慕と惜春の感傷を詠んだものであろう。
一二　水が巴の字を描いて曲りくねって流れる三月三日の曲水の宴、それは遠く周の時代に起こって、そののち幾年を経たのであろうか。曲水宴の起源を周代とすることは、荊楚歳時記の注に引く続斉諧記に「昔周公卜城㆓洛邑㆒、因㆓流水㆒以泛㆑酒」と見える。和漢朗詠集上・三月三日に引く。
一三　昔のことを詩に詠んだものである。
一四　弟子はその篤茂のスタイルを学んで。大江以言はその一人。本書五・55参照。その以言について、五・62に同文が見える。
一五　風流心。空海の「勅賜屛風書了即献表」（性霊集三）に「蒼公風心、擬㆓鳥跡㆒而揮㆑翰、王少意気、想㆓竜爪㆒而染㆑筆」。
▽この二聯は脚韻も相違する。もとは別の詩である。
一六　春のけだるさのなかで、美女は目を覚ます。眠りは十分であったものの、おしどりの模様のふとんが重く感じられる。年老いた将軍は腰も弱って腰に帯びる宝剣も垂れている。「春娃」は白氏文集六十四「洛中春遊、呈㆓諸親友㆒」に「春娃無㆓気力㆒、春馬有㆓精神㆒」。「鴛衾」は大江朝綱の「為㆓中務卿親王家室㆒四十九日願文」（本朝文粋十四）に「鴛鴦衾空、向㆓旧枕㆒而湿㆑袂」。春のまだ柔らかな柳の枝が鶯の重さにも耐えられないことを、春の美女と老将の姿態になぞらえた。新撰朗詠集上・柳に以言の作として引く。
一七　白氏文集六十四「楊柳枝詞八首」（その三）に「緑糸条弱不㆑勝㆑鶯」。
一八　すなわち聯句である。

ふ。故に件《くだん》の句は、ともに[一]二人の集に在り。

（四九）

[二]竜宮《りゆうぐう》浪動いては群魚《ぐんぎよ》従ひ　鳳羽《ほうう》雲興《おこ》つては百鳥《ひやくてう》鳴く　以言《もちとき》

題は「松は衆木の長為《た》り」。この句、古人[三]大似物《おほにせもの》と号《い》ふ。ある人云はく、「この句、[四]甘心《かんじん》せず。しかるに[五]本朝秀句《ほんてうしうく》に入るはいかん」と。

（五〇）

[六]他《ほか》の時は縦《たと》ひ鶯花《あうくわ》の下《もと》に酔《ゑ》ふとも　近日《このごろ》は那《いかで》か獣炭《じうたん》の辺《ほとり》を離れむ

[七]獣炭は羊琇《やうしう》の作るところなり。

（五一）

[八]外物《ぐわいぶつ》の独《ひと》り醒《さ》めたるは松澗《しようかん》の色　余波《よは》の合力《かふりよく》するは錦江《きんかう》の声

山水ただ紅葉　以言《もちとき》

一 匡衡の詩集、江吏部集は現存するが、この一聯は見えない。以言の詩集は、通憲入道蔵書目録に「以言集八帖」と見えるが現存しない。

二 竜神の住む海中の宮殿では、波が動くと多くの魚がこれに従い、空に雲が湧き起こって、鳳凰が羽ばたいて飛ぶと、多くの鳥がこれにつれて鳴く。松が木々の中で最も優れたものであることを、海中の竜神、空を飛ぶ鳳凰にたとえた。

三 似物は別のものにたとえて詠むこと。比喩。作文大体・詩雑例に似物体があり、「天浄識二賓鴻一」の題で詠んだ道真の「碧玉装箏斜立柱、青苔色紙数行書」を例としてあげる。また俊頼髄脳に「歌には似物といふ事あり。さくらを白雲によせ、散る花をば雪にたぐへ」とある。

四 字類抄に「カムジム。承伏詞歟」。

五 現存しない。本朝書籍目録に「本朝秀句　五巻。藤原明衡撰」、民経記・嘉禄二年八月八日に「先日申請候本朝秀句上之下返上候」とあり、佚文は深賢記、河海抄にも見える。

六 ほかの季節にはたとえ鶯の鳴く花の下で酒に酔うことがあっても、このごろの寒さではどうして酒を暖める火のそばを離れられようか。和漢朗詠集上・炉火に引く。群書類従本には「火是臘天春。輔昭」の詩題・作者注記がある。「火是臘天春」（火は十二月の寒さのなかで春をもたらすものである）は白氏文集五十二「対レ火翫レ雪」の第三句。なお、その第六句に「獣炭敲初折」の例がある。

七 獣の形に作った炭。晋書九十三・羊琇伝に「琇性豪侈。費用無二復斉限一而屑レ炭和作二獣形一、以温レ酒。洛下豪貴咸競効レ之」とある。

▽朗詠注に見える。

八 山の木々がすべて酒に酔ったかのように紅葉しているなかで、赤くなっていないのは谷間の松の色だけだ。紅葉を吹き散らせた風の音が波の音に合わさって、錦江で錦を濯ぐ音かと思われる。「独醒」は楚辞・漁父に「衆人皆酔、我独醒」とある。「錦江」は蜀（四川省）にある川。その川で織った錦をさらしたという。和漢朗詠集上・紅葉に引く。

故[九]橘工部《きつこうぶ》孝親《たかちか》語られて云はく、「少《わか》き年、[一〇]江博士《がうはかせ》の宅《いへ》に向かふ。匡衡博士《まさひらはかせ》云はく、この句を冠《かうぶり》の筥《はこ》に書きて曰《い》はく、「以言の詩は日[一一]び新たなりと謂ふべし」」と。

（五二）

[一二]九枝《きうし》灯《ともしびつ》尽きてただ暁《あかつき》を期《ご》す　一葉舟《いちえふ》飛んで秋を待たず

[一三]鴻臚館《こうろくわん》において[一四]北客を餞《はなむけ》す　菅庶幾《かんもろちか》

この句、下の句を作るも、上の句を作る能《あた》はず。朝綱《あさつな》に語り合へるに、朝綱諫《の》[一五]べられて曰《い》はく、「灯[一六]の由を作るべし」と。よりて作るところなり。

（五三）

[一七]蘇州《そしう》舫《ふね》故りて竜頭《りゆうとう》暗し　王尹橋《わうゐん》傾《かたぶ》きて雁歯《がんし》斜めなり

[一八]江南《かうなん》の物を問ふ　白[一九]

九 工部はここでは宮内大輔の唐名。孝親は匡房の外祖父。一〇 大江匡衡。一一 日々に進歩している。

▽朗詠注に見える。「孝親」は「橘工部」の、「匡衡」は「博士」の注のかたちで書く。

一二 送別の宴も終わり燭台も燃え尽きて、出発の朝を待つばかり、木の葉の散る秋を待たずに、君の乗る一隻の船は飛び去って行くのか。「九枝灯」は九本の枝をもつ燭台。和漢朗詠集下・餞別に引く。

一三 →一一六頁注二。一四 渤海使。

一五 「ノフ」(名義抄)。一六 灯のことを詠むのがいいだろう。

▽朗詠注に見える。朝綱が登場していることから、延喜八年(九〇八)に来朝した裴璆を大使とする渤海使の帰国の際のこととなる。日本紀略・同六月某日に「掌客使諸文士、於二鴻臚館一餞二北客帰郷一」とあり、この餞宴での朝綱の詩序が本朝文粋九にある。また菅原淳茂の詩のことが四・71に見える。庶幾の名は本条以外には見えない。

一七 蘇州から持ち帰った船は古びて船首の竜頭の模様もかすかになり、王尹の橋は傾いて雁の行列のようだったその橋板も斜めになっている。「蘇州」は江蘇省の都市。白居易は宝暦二年(八二五)蘇州刺史となった。「池上篇序」(白氏文集六十)に「罷二蘇州刺史一時、得二太湖石、…青板舫一以帰」とある。「王尹橋」は河南尹の王起が白居易の洛陽の新居のために造った橋。白氏文集五「答二王尚書問二履道池旧橋一」に「虹梁雁歯随レ年換、素板朱欄逐レ日修」。

一八 白氏文集五十七所収。その第三聯。和漢朗詠集下・懐旧に引く。また千載佳句上・人事部・懐旧に。一九 白居易。

▽本条では詩句をあげるのみで話が失われているが、朗詠注には次の注記がある。「一条院御時、殿上人因二准彼句一詠二殿上人一曰、防州舞旧竜王暗、相尹冠傾鸑尾斜」。一条天皇の時代、ある人がこの白居易の詩句をまねて、防州(周防守某氏)と相尹(藤原相尹か)をからかった句を作ったという話である。

(五四)

江《かう》[一]は巴峡《はかふ》より初めて字を成《な》す　猿は巫陽《ぶやう》を過ぎて始めて腸《はらわた》を断つ

白[二]　蕭処士《せうしよし》[三]の黔南《けんなん》に遊ぶを送る

件《くだん》の詩は、天暦《てんりやく》[四]の御時、朝綱《あさつな》・文時《ふみとき》勅《ちよく》に依《よ》りて文集《ぶんしふ》[五]第一の詩を撰進す。共に相議せずしてこの四韻《しゐん》[六]を献《たてまつ》ると云々。申して云はく、「[七]一句に至りては勝《まさ》るもの有りといへども、[八]四韻の体を備ふるをもつて進《たてまつ》るところなり」と云々。

(五五)

三五夜中《さんごやちゆう》[九]の新月《しんげつ》の色　二千里《じせんり》の外《ほか》の故人《こじん》の心

白[一〇]　八月十五夜[一一]、禁中に月に対し元九《げんきう》に寄す

新月は、人おもへらく[一二]、微月《びげつ》[一三]の初めて生ずるなりと。斉信《ただのぶ》・公任《きんたふ》、相論《さうろん》せられ、この詩をもつて証と為《な》す。夕に[一四]東方に見ゆる月なり。

一 長江は巴峡のあたりから初めて巴の字を描くように屈曲して流れ、巫陽を過ぎるころから、猿の悲しい泣き声が聞こえてきて、人々にはらわたが断ち切れるような思いをさせる。「巴峡」→一一二頁注一。「巫陽」は巴峡の一つ、巫峡のほとり、巫山の南。→一二一頁注一八。和漢朗詠集下・猿に引く。千載佳句下・別離部・行旅にも。
二 白居易。
三 白氏文集十八所収。これはその第三聯。蕭処士は蕭悦。黔南は黔州(四川省東南部)の南。
四 村上天皇の治世。
五 白氏文集。
六 四韻詩すなわち律詩。ほかの聯は「能レ文好レ飲老蕭郎、身似二浮雲一鬢似レ霜、生計抛来詩是業、家園忘却酒為レ郷、…、不レ酔黔中争去得、磨囲山月正蒼蒼」。
七 一句だけということではほかにすぐれた作がありますが。
八 律詩としての体裁。
▽朗詠注に見える。ただし「申して云はく」以下を欠く。なお和漢朗詠集上・月に引かれた第四聯(注六参照)に付された注はそれをも含む。正安本によると、「天暦御時、仰二朝綱文時一令レ進二文集第一詩一。二人倶進下送二蕭処士遊二黔南一詩上。人々感之。皆申云、佳句雖レ多以二四韻具体之詩一進之」とある。
九 十五夜の今夜、出たばかりの月の光をみるにつけて、遠く離れた地にいる旧友の君の心が思いやられる。和漢朗詠集上・十五夜に引く。千載佳句上・時節部・八月十五夜にも。
一〇 白居易。
一一 白氏文集十四所収。その第二聯。文集では「八月十五日夜、禁中独直、対レ月憶二元九一」。元九は元稹。
一二 原文「以為」。名義抄に「オモヘラク」。
一三 月初めの三日月。
一四 東の方に見える出たばかりの月。
▽朗詠注に見える。

（五六）

[一五]蝸牛《くわぎう》の角《つの》の上に何の事をか争《あらそ》ふ　石火《せきくわ》の光の中にこの身を寄せたり

この詩、往古《わうこ》より読み[一六]の説有りと云々。

（五七）

[一七]憐《あはれ》ぶべし九月初三《そさん》の夜　露は真珠に似《に》たり月は弓に似たり　暮江吟《ぼかうぎん》[一八]　白[一九]

古人伝へて云はく、「「憐」の字の訓《くん》は楽《うつくしぶ》[二〇]なり。禁諱《きんき》[二一]を避《さ》くる時は、件《くだん》の訓を用ゐるべし」と。

（五八）

[二二]これ花の中に偏《ひとへ》に菊を愛するにはあらず　この花開《ひら》きて後更《のちさら》に花のなければなり　元[二三]　菊花[二四]

隠君子《いんくんし》琴《きん》を鼓《ひ》く時、元稹《げんしん》の霊《れい》人に託《つ》きて称《い》ひて曰はく、「件《くだん》の詩、

一五 かたつむりの角の上のような小さな世界で、一体何を争うのか。石を打ち合わせて出る一瞬の火花のような短いこの世に身を寄せているに過ぎないのだ。「蝸牛角上」は荘子・則陽に見える、蝸の左の角に触氏、右の角に蛮氏が国をかまえ、土地を争って戦ったという故事による。「石火」は潘岳「河陽県作二首」（文選二十六）に「人生㆓天地間㆒、百歳孰能要。頚如㆓槁㆑石火㆒、瞥若㆓截㆑道飆㆒」とある。和漢朗詠集下・無常に引く。群書類従本には「対酒。白」の詩題・作者注記がある。白氏文集五十六「対㆑酒五首」の第二首の第一聯。

一六 たとえば朗詠集貞和本に「争㆓何事㆒」について「何事を争フ」「何事を争フヤ」「争ふコト何ノ事ソヤ」（片仮名が原注）という三通りの読み方が付され、菅家本に「寄㆓此身㆒」について「此の身をヨセタリ」「此の身を寄ス」の二つの読みが示されている。このような読み方をいうのであろう。

一七 九月三日の夕暮れは何とすばらしいことか。草に置く露はまるで真珠のようで、空の月は弓を懸けたかのようだ。和漢朗詠集上・露に引く。千載佳句上・四時部・暮秋にも。

一八 白氏文集十九所収。その三・四句。

一九 白居易。

二〇 名義抄に「楽」に「ウツクシフ」の訓があり、また「憐」にも「アハレフ、カナシフ」とともに「ウツクシフ」の訓がある。

二一 「アハレフ」の訓からは、哭・愴・悲・悽・哀などの語が連想されるので、忌み避けるべきものと考えられたのであろう。

▽朗詠注に見える。

二二 花の中でことさらに菊を愛好するというのではない。この花が咲いたあとはまったく花がないからだ。和漢朗詠集上・菊に引く。

二三 元稹。

二四 元氏長慶集十六所収。その三・四句。

「開尽[一]」なり。「後」の字しかるべからず」と。あるいは謂《い》はく、「嵯峨の隠君子この詩を吟じ琴を弾《ひ》くに、天より糸のごときもの下り来りて云はく、「我自《みづか》らこの句の貴きを愛す」と。その霊宿執《しゆくしふ》[二]有るに依《よ》り、琴を聞きてその感に堪《た》へず」と。

（五九）

蛍火《けいくわ》[三]乱れ飛んで秋已《すで》に近し　辰星《しんせい》早く没《ぼつ》して夜初めて長し

元[四]　夜坐す[五]

辰星は古来の難義なり。ただし漢書《かんじよ》を見るに、師曰《い》[六]はく、「仲月《ちゆうげつ》[七]の星なり」と。今[八]五月を過ぎて六月に当たる故なりと云々。

（六〇）

四五朶《しごだ》[九]の山の雨に粧《よそ》へる色　両三行《りやうさんかう》の雁《かり》の雲に点ずる秋

杜荀鶴《とじゆんかく》　淮陽道中《わいやうだうちゆう》[一〇]の詠

古来の難義なり。ただし大略《たいりやく》古集《こしふ》を見るに、蓮《はちす》をもつて山に喩《たと》

一 後句の「開きて後」は「開尽」が正しい。元氏長慶集は「開尽」。 二 前世からの執念。

▽朗詠注に前半部が見える（「あるいは謂はく」以下はない）。この句は秀句として愛好され、菅原道真の「暮秋賦ニ秋尽翫レ菊詩序」（菅家文草五）、千載佳句下・草木部・菊に引かれ、源氏物語・宿木、浜松中納言物語一にはこの句を朗誦する場面がある。

三 蛍が乱れ飛んで早くも秋近くになり、なかご星が早く沈むようになって夜もようやく長くなり始めた。「辰星」はさそり座のアンタレス。大火、心星。左伝・昭公元年に「主レ祀ニ辰星一、辰大火也」。和漢朗詠集上・蛍に引く。千載佳句上・四時部・晩夏にも。

四 元稹。 五 元氏長慶集二十所収。その第三聯。「辰星」を「星辰」に作る。 六 顔師古の注。

七 四季それぞれの真ん中の月。ここでは仲夏、五月。ただし漢書の顔師古注にこの通りの語句は見いだせない。朗詠注正安本裏書に「漢書伝第六曰、辰星出ニ於四孟一。孟康曰、四孟四時之孟月也。当レ見ニ四仲一」とある。これは巻三十六・楚元王伝中の一文で、「辰星出ニ於四孟一」に対する顔師古の注に「四時之孟月也。当レ見ニ四仲一也」とある。これによるものか。四仲は四季の中の月。 八 元稹がこのように詠んだのは、今はもう五月を過ぎて六月に当たるからだ。

▽朗詠注に見える。

九 四つ五つと聳える山は雨でひときわ紅葉が深まって化粧したように鮮やかで、空を二列三列と飛んで行く雁はちょうど秋の雲に点を打ったようである。和漢朗詠集上・雁に引く。千載佳句上・四時部・秋興にも。

一〇 全唐詩六百九十二所収。その第三聯。ただし「雋陽道中」（朗詠注も）。「点」を「帖」に作る。千載佳句は「淮南道中作」。 一一 未詳。 一二 出典未詳。花山は華山。中国の五名山の一つ。華岳ともいう。陝西省華陰県の南にある。

一三 華山は樹木が生い繁ってうす暗く、その美しい山肌の色はあくまでも濃く、刀で削って作りあげたその姿はあたかも三つの青い蓮の花のようである。「削成」は芸文類聚

ふるなり。呂栄《りよえい》[一一]の花山《くわざん》[一二]を望む詩に云はく、「花岳陰森《くわがくいんしん》[一三]として秀色濃《しうしよくこま》やかに、削《けづ》り成す三朶《さんだ》の碧芙蓉《へきふよう》」と。張方古《ちやうはうこ》[一四]の女几山《ぢよきさん》[一五]の詩に云はく、「空《むな》[一六]しく唱《とな》ふ香几《かうき》は山上に在《あ》り。碧玉《へきぎよく》の蓮花数朶《れんくわすうだ》高し」と云々。

（六一）

楊衡《やうこう》　上春詞《じやうしゆんし》

聖皇《せいくわう》[一七]自《おのづか》ら長生殿《ちやうせいでん》に在《ま》しませば　蓬萊王母《ほうらいわうぼ》が家《いへ》におもむかず

蓬萊王母が家は二所《ふたところ》[一八]か。

（六二）

白[二〇]　康叟《かうそう》[二一]に贈る

再三汝《なんぢ》[一九]を憐《あは》れぶこと他《ほか》の意にあらず
天宝《てんぽう》の遺民《ゐみん》見るに漸《やうや》く稀《まれ》らなり

再度三度の三は去声《きよしやう》[二二]に用ゐるべし。しかるに平声《ひやうしやう》に用ゐたり。

七・華山に「西山経曰、太華山削成而四方」。「碧芙蓉」は青緑色の蓮の花。山の峰をたとえた。華山には蓮花峰・仙人掌・落雁峰と呼ばれる三つの峰がある。蓮にたとえるのは華山の山頂に池があり蓮花が咲くという故事(初学記五・華山所引華山記)による。

一四 未詳。朗詠注正安本は「張万古」。

一五 出典未詳。女几山は河南省宜陽県の西にある山。

一六 女几山の姿は、誰も経を唱える者もいない香炉台が山の頂にあって、碧玉色の蓮の花が数本高くつっ立っているかのようだ。朗詠注は「空唱」を「空留」とする。

▽朗詠注に見える。「古来難義也」の上に「四五朶」とあり、論点が明確になる。山の峰々をいうのに、「一朶」という語を用いるのが難義とされたのであるが、山を蓮に喩えた発想があり、そこから、山について「一朶」という表現が生じたというのである。

一七 聖天子はもともと長生殿にいらっしゃるので、不老不死の仙薬を求めて蓬萊山や西王母の家に行かれる必要はない。「長生殿」は唐の皇帝の寝殿。「蓬萊」は渤海にあり仙人が住むという想像上の島。「王母」は西王母。崑崙山に住むという仙女。不死の薬をもつ。和漢朗詠集下・帝王に引く。千載佳句下・宮省部・禁中にも。

一八 別々の場所。

▽蓬萊と西王母の住む所とが二所ということをことさらに問題にしているのは、「蓬萊の王母の家」という読み方があったからであろう。朗詠注で「萊」の下に「一」を付し、「一説無㆓之点㆒」と注記するのは、そのことを示すものだろう。

一九 しばしばお前のことを憐れみ思うのは、ほかでもない、天宝時代の生き残りを見るのもしだいに稀になったからである。「天宝」は玄宗時代の年号。和漢朗詠集下・老人に引く。千載佳句上・人事部・老人にも。

二〇 白居易。

二一 白氏文集十八所収。これはその三・四句。

二二 「三」は平声に用いる場合と去声に用いる時とがあるが、再三、しばしばの意味で用いる時には去声。

▽朗詠注に見える。「三」を平声に用いたのは二四不同の規則(一句中の第二字と第四字とは平仄が同じであってはい

（六二）

[一]沙《いさご》を踏み練《ねりきぬ》を披《き》て清秋に立つ　月は上《のぼ》る長安《ちやうあん》の百尺の楼

[二]文集《ぶんしふ》　八月十五夜の詩

この詩、[三]朝綱《あさつな》卒去の後、数年を送る。[四]相公《しやうこう》の二条京極《にでうきやうごく》の[五]梅園《うめぞの》の旧亭において、八月十五夜、時の[六]好士《かうし》□輩有り。月を翫《もてあそ》びてかの梅園の旧亭に到る。老いたる比丘尼《びくに》一人有り。出で来たりて問ひて云はく、「誰人の遊ばしめ給ふや。[七]故宰相殿の人は、ただ尼《あま》一人を遺《のこ》すのみなり。かの家の[八]奴《やつこ》は[九]その員《かず》死亡し、尼また[一〇]明旦《みやうたん》を知らず」と云々。好事《かうじ》の人々いよいよもつて感歎し、あるいは泣く。しかる間、尼公《あまぎみ》、「そもそも「月は上る長安の百尺の楼」の詩、[一一]往日《むかし》の相公の詠《えい》に似ず、[一二]「月に」とこそ詠ぜられしか。[一三]今夜《こよひ》なり。[一四]月によりて百尺の楼に上《のぼ》るなり。[一五]月はなにしに楼には登るべきぞ」と云ふに、人々皆信伏《しんふく》して尼に問ふ。答へて云はく、「故宰相殿の[一六]物張《ものはり》なり」と。よりて人々おのおの[一七]纏頭《かつげもの》を給ひて、終夜《よもすがら》語り了《をは》んぬ。相公の風

けない)を守るため。第四字の「汝」は仄声であるから、第二字の「三」は平声として用いなければならない。

一　砂を踏みしめ、ねりぎぬの衣を着て、すがすがしい秋の夜気の中に立つと、折しも月は長安の高い楼の上に懸かっている。「練」は和名抄に「禰利岐沼。熟絹也」、「披」は「キル」(名義抄)。

二　現存の白氏文集には見えない。

三　朝綱は天徳元年(九五七)没。

四　参議の唐名。朝綱。

五　二中歴十・名家歴に「梅園〈二条南、京極東。朝綱卿家〉」。王沢不渇鈔下所引の「冬日於二防州前太守書閣一同詠二山雪旁白一和歌序」に「防州前太守有二一書閣一。本是後江相公之梅園也」。

六　今昔物語集二十四・27では「文章ヲ好ム輩十余人伴ヒテ」。

七　注四に同じ。

八　「ヤッコ、ツカヒヒト」(名義抄)。

九　多く亡くなり。

一〇　「ミヤウタン」(字類抄)。明日知れぬ命です。

一一　「ムカシ」(名義抄)。

一二　相公は「月に上る」と詠誦された。上る主体を人と解釈する立場。

一三　八月十五夜のことであった。

一四　月によって。月の美しさに感興を催して。

一五　月がどうして楼に登ることがありましょうか。

一六　裁縫や洗濯などをする下女。

一七　「カツゲモノ」(名義抄)。褒美。

一八　「チンチヨウ　称誉分」(字類抄)。すばらしい。

詠一八珍重《ちんちよう》なりと云々。

（六四）

一九夜《よ》を逐《お》つて光多し呉苑《ごあん》の月　朝《あした》ごとに声少なし漢林《かんりん》の風

秋葉日に随つて落つる詩　二〇後中書王《ごちゆうしよわう》

「漢林」の事、人々伊鬱《いうつ》二一して曰はく、「もし漢の上林苑《しやうりんゑん》か。離合《りがふ》二二意に任《まか》すなり」と云々。宮、「詞林」二三をもつて証《しよう》せらる。人々歎伏《たんぷく》す。以言云はく、「この句佳句なりといへども、中書王の御詩においては「八葉《はちえふ》二四の風声は祖業《そげふ》を承《う》け、一枝《いつし》の月の桂《かつら》は孫謀《そんぼう》を作《な》す」の句にしかず」と云々。

（六五）

二五たちまちに朝使《てうし》の荊棘《けいきよく》を排《ひら》くに驚く

官品《くわんぽん》高く加はりて感拝成る

仁恩《じんおん》の邃窟《すいくつ》に覃《およ》ぶを悦《よろこ》ぶといへども

一九 日ごとに落葉していくので、呉の長洲苑では木々をすかして地上を照らす月の光が夜ごとに多くなり、漢の上林苑では木の葉を吹き鳴らす風の音が朝ごとにかそけくなっていく。「呉苑」は呉王の長洲苑。今の江蘇省呉県にあった。「漢林」は漢の武帝が長安に造営した上林苑。和漢朗詠集上・落葉に引く。

二〇 具平親王。

二一 「イキトヲル、イウツ。不審詞也」（字類抄）。気持ちがすっきりしない。

二二 ことばを分けたりくっつけたりして新しい語彙を作ること。「漢林」がこうした方法で、「漢の上林苑」をつづめて作り出された語であるとすれば、勝手な造語だと人々はいうのである。

二三 多くの詩文、また詩文を集めたもの。「夫和歌者、託二其根於心地一、発二其華於詞林一者也」（古今集真名序）および書名の文館詞林、本朝詞林はその例。また、詩人の仲間、文壇。「文路春行看不レ足、詞林秋望老弥深」（新撰朗詠集下・文詞）はこの例。ただしいずれにしても「漢林」の語構成とは異なり、例証とはなりえない。

二四 八代に及ぶ名声は祖先からの家業としての学問を承け継いだもので、試験に合格したことは子孫のためのはかりごとである。「一枝月桂」は試験に合格すること。晋の郤詵が試験に合格して、武帝からどう思うかと尋ねられて、桂林の一枝、崑山の片玉のようなものだと卑下したという故事に基づく。出典不明。

▽朗詠注に見える。

二五 突然驚かされた、勅使がいばらを押し分けて訪れて来たことに。高い官職位階が加えられて感謝の思いが生じる。御恩恵が奥深い岩屋にまで及ぶことをうれしく思うけれども、ただ生前も没後も左遷されたという汚名を蒙っていることを恥ずかしく思う。「邃窟」は、古事談などによれば、大宰府の安楽寺をさす。古事談五、北野天神縁起、天満宮託宣記にも見える。

ただ羞《は》づらくは存《そん》しても没《ぼつ》しても左遷《させん》の名あることを

一贈左大臣の宣命《せんみやう》の勅使《ちよくし》に示されし詩　正暦《しやうりやく》四年

二太政大臣を贈られし後の託宣《たくせん》　三正暦五年四月

四昨《きのふ》は北闕《ほくけつ》に悲しみを蒙《かう》ぶる士《ひと》と為《な》り

今《けふ》は西都《せいと》に恥を雪《すす》ぐ尸《かばね》と作《な》る

生を恨み死を歓《よろこ》ぶ我をいかんせん

今すべからく望み足りて皇基《くわうき》を護《まも》るべし

五吾は希《ねが》ふ段干木《だんかんぼく》の優息《いうそく》して魏君《ぎくん》に藩《はん》たりしを

吾は希ふ魯仲連《ろちゆうれん》の談咲《だんせう》して秦軍を却《しりぞ》けしを

六この詩は、七天満天神《てんまんてんじん》八詠ぜしむる人のために、毎日七度護《まも》らんと誓はしめ給ひし詩なり。

（六六八）

九東行西行雲眇々　二月三月日遅々

一〇菅家後集《かんけこうしふ》　一一楽天《らくてん》の北窓三友《ほくさうさんいう》の詩を読む

一 日本紀略・正暦四年(九九三)五月二十日に「贈㆓故右大臣正二位菅原朝臣左大臣正一位㆒」とあり、この時の託宣詩ということになる。古事談には次のように記す。「一条院御宇、北野天神御贈位贈官〈正二位、正一位、左大臣云々〉。件位記詔書等勅使菅原幹正。正暦四年八月十九日、太宰府到来、同廿日未剋参㆓着安楽寺㆒。御位記筥ヲ置㆓案上㆒再拝、読申時、絶句詩化現云々」。 二 日本紀略・正暦四年(九九三)閏十月二十日に「重贈㆓故正一位左大臣菅原朝臣太政大臣㆒」とある。 三 天満宮託宣記では五年十二月。 四 昔は宮中で左遷の命を受けて悲しみを味わったが、今日は大宰府で太政大臣を贈られて、なきがらの身でその恥をすすぐこととなった。生前の恨み、死後のよろこび、私はどうすればいいのだろうか。今は望みもかなえられ、帝の天下統治の大事業の基礎を守護申しあげよう。 五 段干木が特別何もせず、ゆったりと憩いつつ、魏の君主を守ったことを私は理想とする。魯仲連が戦いに加わらず、談笑のなかで秦の軍隊を退却させたことを私は理想とする。段干木は戦国時代の魏の人。官にはつかなかったが、魏の文侯は客として礼遇した。諸侯はその文侯の態度を見て感心し、魏を侵そうとはしなかった(史記四十四)。「藩」は囲いとなって守ること。魯仲連は戦国時代の斉の人。趙が秦軍に包囲された時、魯仲連は口説によって秦王を帝とする企てを止めさせた。秦軍は魯仲連を畏敬して退却した(史記八十三)。この詩は左思の「詠史八首」(文選二十一)のその三の冒頭「吾希段干木、偃息藩㆓魏君㆒。吾慕魯仲連、談笑却㆓秦軍㆒」に拠る。この詩は本条以外には見えない。 六「吾は希ふ段干木の」以下。 七 神格化された道真の呼称。 八 何を詠じるかが不明確であるが、天満宮託宣記には「昨は北闕に」の詩に付して「古老伝云、此詩、北野天神為㆓令㆑詠之人㆒、毎日七度令㆓守護㆒誓給云々」とある。

▽道真の託宣詩は本書四・12にも見える。

九 雲はあちらへ行き、またこちらへと遥かに空を漂い、二月、三月の春の日あしはのどかである。上句は道真父子の各所への配流をなぞらえる。 一〇 一巻。大宰府流謫時代の

この詩は後代《こうだい》に及び、菅家の人の室家《しつか》[一二]、北野《きたの》[一三]に参らしめて詠ぜしむる間、天神《てんじん》[一四]教へしめて曰《い》はく、「[一五]とさまにゆきかうさまにゆきくもはるばる。きさらぎやよひひうらうら」と詠ずべしと云々。

（六七）

雌黄《しわう》[一六]を点着《てんちやく》すること天意有り　款冬《くわんとう》誤《あやま》つて暮春の風に綻《ほころ》ぶ

題不詳。作者知らず。あるいは云はく、「清慎公《せいしんこう》[一七]の小野宮《をののみや》の宴。今作者なし」と云々。

大隅守清原為信《おほすみのかみきよはらのためのぶ》云はく、「故親父《ちち》[一八]典薬頭《てんやくのかみ》真人《まひと》相談《あひかた》りて云はく、「昔、中書大王《ちゆうしよだいわう》[一九]大納言たりし時、かの大王の第《てい》に詣《いた》る。地は風流に[二〇]富み、天は煙霞を縦《ゆる》す。青陽《せいやう》[二一]の時に当たり、暮《ゆふべ》に黄花《くわうくわ》の盛んに開くを見る。時に大王、欄干《らんかん》に憑《よ》りこの句を吟詠せらる」といへり。某《ぼう》人《ひと》の朱雀院《すざくゐん》[二二]において作るところなり。その気色《けしき》[二三]を見るに、作者を称《しよう》誉《よ》せらるるなり。ここに、父真人縦容《しようよう》[二四]として言はく、「款冬は和名《わみやう》山ふぶき、本草《ほんざう》[二五]に見ゆ。その花は冬に開く。今、款冬をもつて山吹《やまぶき》

詩を集める。現存。一一「楽天」は白居易。「北窓三友」は白氏文集六十二所収。一二 夫人。具体的には未詳。一三 道真を祀る北野天満宮。京都市上京区に現存。一四 →注七。一五「東西」をトサマカウサマと読むことは日本書紀・雄略三年四月条の古訓に見える。「眇々」は名義抄・字類抄に「ハルカナリ」、「遅々」は名義抄に「ウラ〳〵」。一六 天は心あって間違いを訂正するために雌黄を付けているのだ。款冬（やまぶき）が名前からは冬の花なのにあやまって暮春に咲いているから。山吹が所々に咲いている様子を、書物に雌黄で点を付けたのに見立てた。「雌黄」は砒素の硫化物で黄色。顔料、また黄紙に書写した文字の訂正に用いた。↓注二五。和漢朗詠集上・款冬に引く。一七 藤原実頼。小野宮はその邸。二中歴十・名家歴に「小野宮〈大炊御門南、烏丸東〉」。朗詠注に作者を「清慎公」とするものがある。一八 名は未詳。典薬頭は職員令・典薬寮に「頭一人〈掌㆘諸薬物、療㆓疾病㆒、及薬園事㆖〉」。真人は姓。一九 兼明親王。大納言であったのは康保四年（九六七）から天禄二年（九七一）まで。邸宅は二中歴十・名家歴に「御子左殿〈三条北、大宮東二町。兼明親王家。小倉宮〉」とある。二〇 山水のすばらしい景色に恵まれている。大江朝綱の「暮春同賦㆓落花乱㆓舞衣㆒㆒」詩序（本朝文粋十）に「天縦㆓風流㆒、地得㆓形勝㆒」、都良香の「百華亭行幸」詩序（平安朝佚名詩序集抜萃）に「天縦㆓煙霞㆒、地繞㆓水樹㆒」など。二一 春。二二 累代の天皇が譲位後の御所とした後院。四条の北、朱雀大路の西に八町を占めた。宇多・朱雀の両上皇がここで詩宴を催している。二三 その句を吟詠される御様子を見るに、親王は作者を褒めたたえておられるようである。二四「シヨウヨウ 近習分」（字類抄）。貴人の許に伺候する。また相対して談話する。二五 本草和名。深根輔仁撰。現存。狩谷棭斎によれば、延喜十八年（九一八）醍醐天皇の勅により編纂。巻九に「款冬。…和名也末布々岐」とある。なお和名抄に「本草云、款冬、一名虎鬚〈一本冬作㆑東。一云夜末布布岐、一云夜末布岐」。これによれば、つわぶき。

の名と為《な》すは誤りなり」と。ここにおいて、中書大王感悟《かんご》して云《のたま》はく、「[一]若《なんぢ》、学者に詩を言ふべからず」と。

（六八）

[二]誰か知らむ秋昔《しうせき》の情《こころ》盛りならしむるを　三五の晴天夜を徹して遊ぶ

[三]月影秋の池に泛《う》かぶ　[四]江相公《がうしやうこう》[五]亭《てい》

古人相伝ふ、「昔、凶《あ》しき人有り。相公に告げて曰《い》はく、「[六]江納言《がうなごん》常に曰はく、『[七]相公は詩に巧みなるも、才《ざえ》においては浅きなり』」と。相公聞きて、[八]亭子院《ていじゐん》の詩の席に、江納言は必ず[九]講師《かうじ》為《た》らむ。相公この句を作り、[一〇]誤りて読ましめんと欲《おも》ふ。しかるに[一一]作者の心のごとくに講ず。相公大いに感ず。「[一二]昔」はなほ夜のごとく、「[一三]為」はなほ教のごときなり」と。

（六九）

[一四]雨を含める嶺松《れいしよう》は天更《さら》に霽《は》れ　秋を焼く林葉《りんえふ》は火還《かへ》つて寒し

一 お前のような学者に対しては、詩を詠ずることもできないなあ。

二 秋の夜は感興が高揚することを誰か分かってくれるだろうか。十五夜の晴れわたった空のもと、夜通し遊び楽しんでいる。

三 ↓一二三頁注二一。

四 大江朝綱。

五 詩宴の行われた亭子院をいうものか。

六 大江維時。

七 同様の比較論が本書五・51に見える。

八 宇多上皇の居所。二中歴十・名家歴に「亭子院〈寛平法皇御所。七条坊門南、油小路東〉」。詩宴が亭子院で行われたことは日本紀略にも見える。↓一二三頁注二一。

九 ↓一〇六頁注一三。

一〇 維時に恥をかかせようとしたのである。

一一 維時は朝綱の作意の通りに詩を読みあげた。

一二 朝綱が維時の読み誤りをねらった箇所。「秋昔」の「昔」。たとえば楚辞・大招に「以娯レ昔只」、注に「昔、夜也」。名義抄に「昔　ムカシ、イニシヘ、ヨル」。

一三 詩の前句「情盛りならしむる」、原文は「為情盛」。その「為」。易・井に「為二我心惻一」とあり、注に「為猶レ使也」。

一四 雨音のように聞こえるのは嶺の松に吹く風の音、空はいっそう晴れわたり、秋の林を焼いているかのように見えるのは紅葉の色、秋気のなかでかえって寒さを感じさせる。和漢朗詠集下・松に引く。

この詩などを奏《そう》す。宣旨《せんじ》に、「「還[一八]」「寒」等の音、同音なるはいかん」と。

延喜《えんぎ》[一五]御屏風《おんびやうぶ》の詩。幽居《いうきよ》[一六]の秋晩《しうばん》　江相公《がうしやうこう》[一七]

（七〇）

巌[一九]前木《このは》落ちて商風《しやうふう》冷ややかに　浪上《らうじやう》に花開きて楚水《そすい》清し

青草《せいさう》の旧名は岸に遺《のこ》る色　黄軒《くわうけん》の古《こ》楽《がく》は湖に寄する声

天暦御屏風《てんりやくおんびやうぶ》[二〇]の詩　菅三品《かんさんぼん》[二一]

かの時聞ける者伝ふ、「作者この句の入[二二]らざるをもつて愁《うれ》ひと為《な》す。判者《はんじや》[二三]聞きて曰《い》はく、「黄帝《くわうてい》[二四]、楽《がく》を洞庭《どうてい》の野《や》に張る。尤《もと》もこれ強《あなが》[二五]ちなる文の第一なり。専《もは》ら詩にあらず」と。作者聞きていよいよ久しく愁《うれ》ふ。後代、臨終に常に怨《うら》みの詞《ことば》を吐《は》く」と云々。

また故大府卿《だいふきやう》[二六]江匡衡《がうまさひら》云はく、「坤元録《こんげんろく》の屏風の洞庭《どうてい》の詩に云へる「黄軒《くわうけん》の古楽」の句を維時《これとき》[二七]難じて云はく、「荘子《さうじ》の成英《せいえい》[二八]の疏《そ》のごとく、天地の間に洞庭の野有り。大湖の洞庭にあらず」と云々。この

一五 未詳。延喜は醍醐天皇の治世。
一六 朗詠注には「山居秋晩」。
一七 大江朝綱。
一八 朗詠注には「火還寒三字、有レ煩二音読一由、時人称レ之。相公以二文集商声清脆一被レ為レ例云々」とあり、同じ子音の字が連続することに対する疑問。
▽後句については本書五・11参照。
一九 岩の前の木は葉を落として秋風は冷たく吹き、浪は花が咲いたように白く泡だって楚水は清らかに流れる。洞庭湖の岸辺の青草の色は古い青草湖の名を想わせ、湖の岸に打ち寄せる波の音は、昔、洞庭の野で黄帝が奏した楽の音かと思われる。「楚水」は楚の地方の川。洞庭湖近くの川。「青草」は初学記七・湖に「青草湖、一名洞庭湖」。「黄軒」は中国の伝説上の帝王、黄帝。荘子・天運に「帝張二咸池之楽於洞庭之野一」とある。この詩は坤元録屏風詩撰定に際しての作で、洞庭湖を詠む。
二〇 →四・19。
二一 菅原文時。
二二 屏風詩の撰に漏れた。
二三 大江維時。本書四・19参照。
二四 黄帝が音楽を演奏した洞庭は湖ではない。後段に語られる。
二五 無理な表現の第一だ。
二六 大府卿は大蔵卿の唐名。匡房は晩年大蔵卿となり、本書でもこの称で呼ばれているが(四・89)、匡衡は大蔵卿の経歴はない。誤って注を付したものか。
二七 屏風詩の撰者。
二八 成玄英の著した荘子の注釈。日本国見在書目録に「荘子疏十〈十一、西華寺法師成英撰〉」、旧唐書・経籍志に「荘子疏十二巻〈成玄英撰〉」。

難はすこぶる強《あなが》[1]ちなる難か。文章[2]には許さるるところ有るか」と。ある人問ひて云はく、「件《くだん》[3]の事はその詞《ことば》の詩の詞にあらざるをもつて難きと為すか」と。答へられて曰はく、「この為憲《ためのり》が案[4]は僻事《ひがこと》なり。千載佳句《せんざいかく》[5]の注に注せり。件[6]の義にあらず。ただ大湖の洞庭の義にあらざるなり」と。

（七一）

裴文籍《はいぶんせき》[7]が後《のち》と君を聞きしこと久し
菅礼部《かんれいほう》の孤《みなしご》と我を見ること新たなり

渤海《ぼつかい》の裴大使《はいたいし》と逢《あ》ひて感有り　淳茂《あつしげ》[8]

故老曰《い》はく、「裴[9]公この句を吟じて泣血《きふけつ》すと云々。裴璆《はいきう》は裴頲《はいさく》[10]の子なり。頲、文籍少監《ぶんせきせうかん》[11]をもつて入朝《にふてう》す。菅相公《かんしやうこう》[12]、礼部侍郎《れいぶじらう》[13]をもつて贈答[14]し、この句有り」と。

（七二）

一 無理な非難。 二 文飾として許されるのではなかろうか。 三 この事は用語が詩語ではないということを（非難されているとして作者は）歎いているのでしょうか。 四「その詞の詩の詞にあらず」をいうか。 五 大江維時編の佳句撰集。二巻。成立は天暦年中（九四七―九五七）か。唐代の詩人の七言詩の佳句を十五の部立に類聚する。その注についての記述はほかには見えない。 六 用語が詩語ではないということではない。 七 文籍院少監裴公の子孫としてあなたのことは早くから聞いていたが、あなたが礼部侍郎菅原道真の遺児としての私を見るのは今初めてだ。扶桑集七「初逢㆓渤海裴大使㆒、有㆑感吟」の第二聯。自注に「往年賢父裴公以㆓文籍少監㆒奉㆑使入朝。予先君時為㆓礼部侍郎㆒、迎接慇懃」とある。和漢朗詠集下・交友に引く。 八 道真の子。延喜八年（九〇八）の渤海使来朝に当たって掌客使を務めた。 九 裴璆。延喜八年来朝の渤海使の大使。 一〇 正しくは裴頲。元慶六年（八八二）十一月来朝、七年五月まで滞在した。 一一 文籍院少監。文籍院は唐の秘書省に相当し、図書の管理、文章の制作を掌る。少監はその次官。三代実録・元慶七年五月三日に「授㆓大使文籍院少監正四品賜紫金魚袋裴頲従三位㆒」。 一二 菅原道真。相公はここでは大臣の意。 一三 治部大輔の唐名。職掌の一つに「諸蕃朝聘事」（職員令）がある。三代実録・元慶七年四月二十一日に「以㆓従五位上行式部少輔兼文章博士加賀権守菅原朝臣道真㆒権行㆓治部大輔事㆒」とあり、道真の「鴻臚贈答詩序」（菅家文草七）に「元慶七年五月、余依㆓朝議㆒、仮称㆓礼部侍郎㆒接㆓対蕃客㆒」。 一四 道真が裴頲と贈答した詩九首が菅家文草二に残る。また道真以下の日本の文人と渤海使との間で贈答された詩をまとめて鴻臚贈答詩が作られた。その序が文草七にある。▽朗詠注に見えるが、冒頭の「故老曰、裴公吟此句泣血云々」がない。 一五 この花は人間世界の種ではない。仙境の玉の木の枝に咲く二番目の花である。「瓊樹」は玉を生じるという珍しい木。文選の雪賦に「林挺㆓瓊樹㆒」とある。「大唐神都青竜寺

一五この花はこれ人間《じんかん》の種《しゆ》にあらず　瓊樹《けいしゆ》の枝頭の第二の花なり

暮春、孫王《そんわう》の書亭《しよてい》において花を賦《ふ》す　一六江相公《がうしやうこう》

一七この花はこれ人間の種にあらず　再び平台一片《へいたいいつへん》の霞《かすみ》に養《やしな》はれたり

名花閑軒《かんけん》に在《あ》り　一八菅三品《かんさんぼん》　同題

伝へ聞く、「時に相公《しやうこう》一九、文章博士《もんじやうはかせ》為《た》り、吏部《りほう》二〇、秀才《しうさい》為り。同じく七字を作るも、その下句は意おのおの異《こと》なれり。江は二郎の意に作り、菅は親王の子の親しく養はるるに作る。王孫《わうそん》は桃園源納言《ももぞのげんなごん》二二なり。その後に養ふは十二親王二三なり。時の人、下七字の勝劣を詳《つまび》らかにすること難《かた》し。今に美談と為《な》す」と。また云はく、「朝綱《あさつない》称はれて云はく、「後代の人、予《われ》并びに文時をもつて一双《いつさう》と為《な》さんか」」と。

（七三）

二四長沙《ちやうさ》の鵩翅《ほうし》凶《きよう》何ぞ急《すみ》やかなる　大沛《たいはい》の竜鱗《りゆうりん》怒り深からず

二五内宴、勅有りて初めて芳緋《はうひ》二六を賜《たま》ふ。感涙に堪《た》へず。伏して中懐《ちゆうくわい》二七を抽《ぬき》いで、敬《つつし》んで員外納言《ゐんぐわいなごん》二八に上《たてまつ》る。

故ニ朝国師灌頂阿闍梨恵果和尚之碑」（性霊集二）の「皇帝皇后、崇ニ其増益一。瓊枝玉葉、伏ニ其降魔一」は親王皇孫のたとえの例。和漢朗詠集下・親王付王孫に引く。詩題「名花在ニ閑軒一」。一六 大江朝綱。一七 この花は人間世界の種ではない。再び平台の赤い雲気に養育されて咲いた花である。「平台」は漢の文帝の第二子孝王が築いた離宮（漢書四十七・文三王伝）。孫王の邸宅になぞらえる。「再」は父親王・孫王と二代に亘ることをいう。和漢朗詠集で前句の次に配列され、詩題を「同前」とする。一八 菅原文時。

一九 朝綱が文章博士となったのは承平四年（九三四）十二月。二〇 ここでは式部大輔をいい、文時をさす。彼が秀才（文章得業生）であったのは承平末から天慶五年（九四二）まで。二一 「第二花」として、孫王が第二子であるという意味で詠作し。二二 源保光。醍醐天皇皇子、代明親王の第二子。二三 行明親王か。宇多天皇の皇子であるが、父上皇出家後の誕生であったため、醍醐天皇の猶子となり、第十二皇子となる。この十二親王についての話は醍醐天皇に養育された皇親という連想から語られたものであろう。

▽朗詠注に終りの「朝綱称はれて云はく」以下の一文のみが見え、これを朝綱の句と文時の句との行間に注する。

二四 長沙へ飛んで行ったおおとりは突然降りかかってきた不幸の何と急であったことか。しかし天子の怒りは深くはなかった。「長沙」は今の湖南省、洞庭湖の南東の地。漢代の文人賈誼は長沙王の大傅に左遷された。菅家後集の「叙意一百韻」に「長沙沙卑湿」。「大沛」は広大な沢。これに漢の高祖の出身地の沛をかける。「竜鱗」は竜のうろこ。竜のあごの下には逆さに生えたうろこがあり、これに触れると怒ることから天子の怒りを逆鱗という。前句は延喜元年（九〇一）父道真の左遷に連坐して淳茂も播磨へ配流されたこと、後句はいま五位に叙せられたことをいう。前句の「何」は底本「行」、菅家後集前田家乙本巻末所引の江談には「何」とある（谷口孝介）。これに拠る。

二五 延喜十二年（九一二）正月二十一日の内宴か。日本紀略に「内宴。題云、雪尽草芽生。於ニ仁寿殿一被レ行レ之」。

この詩を献《たてまつ》り後、夢に家君[一]の仰せて云はく、「汝《なんぢ》淳茂《あつしげ》、何ぞ喜ぶや」と。覚《さ》めて後《のち》数日にして病悩す。

（七四）

識《し》[二]らんと欲《おも》ふ滔々《たうたう》として流れ出づる処《ところ》を　南陽《なんやう》の平氏《へいし》これ清源《せいげん》

置酒《ちしゆ》[三]淮《わい》のごとしといふことを賦《ふ》す　江相公《がうしやうこう》[四]

北堂[五]に讃州平刺史《さんしうへいしし》の物を贈《おく》りしに感じて作れるなり。この詩の注に云はく、「坤元録《こんげんろく》[六]に云はく、「淮水《わいすい》[七]は南陽の平氏県に出づ」」と。故に云ふ」と。刺史《しし》[八]は平中興《たひらのなかき》なり。讃岐守《さぬきのかみ》[九]為りし時、秀才《しうさい》[一〇]以下学生《がくしやう》以上を本堂に招き、膳《ぜん》を羞《すす》[一一]めて紙を頒《さづ》[一二]く。相公[一三]は秀才為り。この句を作る。中興朝臣この句に感じて同車して帰宅し、女子[一四]を授くと云々。

（七五）

今宵《こよひ》[一五]詔を奉じて歓び極まりなし　建礼門《けんれいもん》前儛踏《ぶたふ》の人

二六 五位に叙せられ緋衣を許されたことをいう。衣服令に「五位、浅緋色」。北山抄三・内宴事に「同（延喜）十二年、…読詩了。授二式部丞淳茂従五位下一」。二七 心の思いを述べて。二八 権中納言の唐名。該当するのは藤原道明。

一 父道真。
▽本書四・25参照。

二 淮水が滔々として流れ出す源を知りたいと思ったが、南陽の平氏県がその清らかな水源であった。
三 酒宴が設けられ次々とふるまわれる酒は涌き出る淮水の水のようだ。
四 大江朝綱。
五 大学寮の紀伝道の講堂。
六 →一一四頁注六。
七 水経注三十・淮水に「淮水出二南陽平氏県一、胎二簪山東北一過二桐柏山一」とあり、注に「風俗通曰、南陽平氏県桐柏、大復山在二東南一。淮水所レ出也」。現在の河南省にある。
八 国守の唐名。
九 延喜十年（九一〇）讃岐守となり、同十五年近江守に転ずる。
一〇 文章得業生の唐名。
一一 「ススム」（名義抄）。
一二 「サヅク」（名義抄）。
一三 朝綱が文章得業生に補せられた時期は明確ではない。延喜十一年に文章生となり、同十六年にはすでに得業生であるから、その間のこととなる。それから対策及第した同二十二年までが文章得業生の時期となる。
一四 尊卑分脈に朝綱の女、江御に「母 後撰作者」とあり、これは後撰集歌人の「なかきが女」で、この「女子」である。
一五 こよい及第の詔を承って喜びはこの上もなく、建礼門の前で私は拝舞する。「建礼門」は内裏外郭南面の中央の門。「儛踏」は拝礼の作法。ここでは及第したことへの感謝。

宗岡秋津《むねをかのあきつ》は久しく大学に住まひて、時世[一六]に趨《わし》らず。延喜[一七]《えんぎ》十七年十一月四日、試[一八]《し》を奉ずる日に及第す。同月十三日の外記日記[一九]《げきにき》に云はく、「秋津久しく学館に住まひ、年齢已《すで》に積もれり。頻《しき》りに数年の課試《くわし》に逢《あ》ひ、常に一身の落第を歎く。今年たまたま天統の聞[二〇]《ぶん》に逢ひ、たちまち及第の列に預《あづ》かれり」と云々。故老伝へて云はく、「昔、老生有り。大庭[二一]に拝舞す。青衫[二二]《せいさん》は月に映《かかや》き、白髪は霜を戴《いただ》く。夜行[二三]《やかう》の宿衛《しゆくゑい》奇《あや》しみて問ふに、老生答ふることなく、ただこの句を詠ずるも、吟詠[二四]の趣《おもむき》知るなし。よりてその身を召して、蔵人所《くらうどどころ》に参らしむ。侍する人驚きて由緒《ゆいしよ》を尋ぬ。事、天聴[二五]《てんちやう》に及び、その姓名を問ひたまふ。勅[二六]《しる》して云はく、「今日勅《ちよく》により及第せる文章生《もんじやうしやう》秋津なり」と。深く天恩に感じ、竊《ひそ》かに紫庭[二七]《してい》に拝せしなり」と。

（七六）

寒瀬[二八]《かんらい》風を帯びて薫《かを》ること更《さら》に遠し　夕陽《せきやう》浪を焼いて気《けはひ》また長し

菊潭[二九]《きくたん》の水自《おのづか》ら香《かんば》し　淳茂《あつしげ》

一六 時流に便乗するようなことをしなかった。
一七 九一七年。醍醐天皇の時代。
一八 宣旨を得て文章生となるための試験を受ける。
一九 →四二頁注三。
二〇 天皇のお耳に達し。
二一 紫宸殿の前の庭。
二二 身分の低い者の着る青色の衣服。
二三 夜廻りの警備の者。
二四 警備の者には朗誦の趣意がわからなかった。
二五 醍醐天皇のお耳に。
二六 「シルス」（名義抄）。
二七 宮中の庭。
二八 寒々とした流れの上を風が吹き渡り菊水の芳香はさらに遠くまで香り、夕日は波をあかあかと染めて香気は長く消えることがない。
二九 日本紀略・延喜十三年（九一三）十月十五日に「太上法皇於二亭子院一召二王卿文士等一令レ賦二菊潭水自香一」とある。菊潭は河南省南陽県の西北にある川。水源の菊のしずくを含む水は甘く香りがあり、飲むと長生を得るという。

右、承句[一]、詞意清新にして、能《よ》[二]く家の様《さま》を伝ふ。虬竜《きうりよう》[三]の片甲《へんかふ》を拾《ひろ》ひ、鳳凰《ほうわう》の一毛を得たりと謂《い》ふべきものなり。延喜[四]の聖主、太上法皇《だいじやうほふわう》[五]の詔《せう》に依り、宴の詩を評定《ひやうぢやう》せしめ、奏せしめ給ふ。御書[六]に「某《それがし》[七]言《まう》す。右近《う》権《ごん》中《の》将《ちゆうじやう》衆樹《もろき》朝臣《あそん》、「菊潭の水自ら香ばし」の応製[八]の詩を持ちて示し、兼ねて詔の旨《むね》を伝へ、この詩篇の可否を評定せしむ。臣素《もと》より涇渭《けいゐ》[九]の清濁を別《わ》かつことなし。何ぞ詩語の讖議《しんぎ》を知るに足《た》らんや。一たび藻鑑《さうかん》[一〇]に臨み、推辞[一一]して胆を露《あら》はす。しかるに天旨《てんし》重ねて降《くだ》り、命[一二]を逃《の》がるるに地なし。その妄動[一三]を忘れ、かの優劣を叙す。そもそも詩は篇を挙《あ》ぐといへども、要[一四]は辞に煩《わづら》はさるるに在り。故に一両句を摘《と》り、高下[一五]を次第するのみ。可もなく不可もなきものは、なほ反覆して注勒《ちゆうろく》[一六]せず。某謹《つつし》みて言《まう》す」と。

（七七）

涯《きし》[一七]の頭《ほとり》の百味は自《おの》ら擣《つ》くにあらず　　浪の上の栴檀《せんだん》は焚《た》くを待たず

右、辞句は滞《とどこほ》るといへども、思風[一八]間発す。あるいは興味老いたり

一　律詩の第二聯。
二　菅原家の詩風を伝えている。
三　すぐれたものの一端を受けついでいる。虬竜は和名抄に「虬竜、文字集略云、虬、竜之無レ角青色也」。書断に「麟鳳一毛、亀竜片甲」。
四　醍醐天皇。
五　宇多法皇。
六　宴詩を判定させた結果の醍醐から宇多への書簡。
七　自分の謙称。
八　天皇(上皇)の命令に答えて作った詩。
九　涇水と渭水。ともに今の陝西省にある川。涇水は濁り、渭水は澄んでいる。
一〇　事物の鑑別。
一一　辞退したいということを心から申し述べました。
一二　御下命をのがれることはできません。
一三　軽はずみな行動であることも忘れて、詩の優劣について申し述べます。
一四　要点は判断に迷うようなことば遣いにあります。
一五　優劣を順序づけるにすぎません。
一六　しるすことはしない。
一七　岸辺のさまざまの美味は搗きととのえたのではなく、自然の甘味であり、浪の寄せるほとりの栴檀の香は焚くまでもない、おのずからの香しさ。法華経・薬王菩薩本事品に「雨二海彼岸栴檀之香一」とある。菊潭の甘味、香気を詠んだもの。
一八　詩句に込められた思いは表れている。「文賦」(文選十七)に「思風発二於胸臆一、言泉流二於脣歯一」とある。

といへども、[一九]言泉流利《りうり》す。[二〇]かれを採《と》り、これを補《おぎな》ふ、おのおの作者の旨有り。

（七八）

[二一]近く臨む十二《じふに》因縁《いんえん》の水　多く勝《まさ》る三千世界の花

[二二]紅桜の花の下にて作る。太上法皇《だいじやうほふわう》の製に応《こた》ふ　[二三]江相公《がうしやうこう》

故老伝へて云はく、「この詩を講ずる間、満座感歎す。江相公独り許さず。法皇問ひたまふ。奏して云はく、「十二因縁はこれ煩悩《ぼんなう》なり。図《はか》らざりき、禅定《ぜんぢやう》法皇の煩悩の水に蓋《おほ》はれたまはんとは」と。衆人忽《たちま》ち驚く」と。

（七九）

[二四]見れば氷雪のごとく齅《か》げば桐のごとし　侍女黼帳《ふちやう》の中より伝ふ

[二五]贈納言《ぞうなごん》

[二六]寛平《くわんぴやう》二年四月一日、例に依り、群臣に飲を賜ふ。別に掌侍《ないしのじよう》藤

一九　ことばが泉のように涌き出て滞るところがない。
二〇　よい所をとって不満足な点を補う。
▽作者、詩題ともに不明であるが、前条に続いて、「菊潭水自香」の題による詩とそれに対する評言であろう。

二一　紅の桜の花は水に臨んで咲き懸かり、あらゆる世界の花よりもすばらしい。「十二因縁」と「三千世界」については本書四・33参照。新撰朗詠集上・花に引く。
二二　本朝文粋十の大江朝綱の詩序「紅桜花下作、応㆓太上法皇製㆒」は同時の作。太上法皇は宇多法皇。昌泰二年（八九九）出家。
二三　大江朝綱。
▽底本（柳原本も）には江相公の作者表記があるが、人々が感歎したなかで、朝綱ひとりが認めなかったというこの話によれば、詩句を朝綱の作とするのは不自然である。ただし新撰朗詠集にも江相公の作とする。

二四　頂いた扇は見ると氷か雪のように真白で、嗅ぐと桐の花の香り、それを侍女が縫い取りのあるとばりの中から取り次いでくれた。「黼帳」は黒白の糸で斧の模様を縫い取りしたとばり。
二五　橘広相。
二六　八九〇年。宇多天皇の治世。四月一日には孟夏旬儀が行われる。時候が改まる初めの儀式。天皇から臣下に宴を賜わった。

原宜子に勅して御扇[一]を頒《わ》かち賜《たま》ふ。詩[二]をもつて思ひを取る。

(八〇)

[三]真図《しんと》我に対《むか》へども詩の興《きよう》なし
恨《うら》むらくは衣冠《いくわん》を写せども情《こころ》を写さざることを　[四]真を像《かたど》る　[五]菅贈大相国《かんぞうだいしやうこく》

[六]渤海《ぼつかい》の裴大使《はいたいし》の真図を見て感有りと云々。

(八一)

[七]郷涙数《きやうるいす》行征戎《かうせいじゆう》の客《かく》　棹歌《たうか》一曲釣漁《てうぎよ》の翁《をう》　山川千里の月　保胤《やすたね》

詩境に入る由《よし》、かの師匠[八]菅三品《かんさんぼん》示し給ふ。「一曲」の字、人々難ず。作者云はく「[九]河千里にして一曲す」と云々。

(八二)

[一〇]陶門跡《たうもんあと》絶えぬ春の朝《あした》の雨　燕寝《えんしん》色衰へぬ秋の夜の霜

一 江家次第六・二孟旬儀に「給レ扇儀」のことが記されている。「内案未レ奏前、内侍取ニ入レ扇楊筥蓋一、出ニ御帳東北一、坐ニ東御屏風南妻一」。
二 詩によって思いを述べた。
三 肖像画は私に向かいあっているけれども、詩を詠もうという思いはわき起こってこない。その服装はよく写しえても、その心までも写し出すことができないのが残念だ。
四 菅家文草二では「見ニ渤海裴大使真図一有レ感」。その第三・四句。
五 菅原道真。
六 菅家文草の詩題そのまま。→注四。裴大使は裴頲。→四・71。
七 遠い辺地に出征している将兵は月にはるかな故郷を思って涙を流し、千里の川の流れに浮かんで釣をしている老漁夫は月に興じて一節の舟歌を歌っている。和漢朗詠集上・月に引く。
八 菅原文時。文時が保胤の師であったことについては一二二頁注一〇参照。
九 春秋公羊伝・文公十二年に「河千里而一曲也」とある。この一曲の意を懸けることで、「山川千里月」という句題に合うというのであろう。
▽朗詠注に「講夜、文時不ニ称歎一。作者伊鬱。後日無レ人之時招曰、汝入ニ詩境一云々。一曲字人々難レ之。作者曰、千里一曲云々」とある。
一〇 春雨の降る朝は隠棲した陶淵明の家の門を訪れる人もなく、秋の霜の降りる夜は容色も衰え寵愛を失った女性の寝室はもの寂しい。和漢朗詠集下・閑居に引く。本朝麗藻下所収詩の第三聯。
一一 閑居していると時が長く感じられる。白氏文集六十六「奉レ和下裴令公新成ニ午橋庄緑野堂一即事上」の第六句。
一二 燕寝はくつろぎ休む部屋、居間。造化は万物を作り出すもの、神。またこれによって作り出された自然などの意。この一文解しがたい。
一三 本朝一人一首五に、これに関して「今案、許郢州集寄ニ

閑[一一]中日月長し　以言《もちとき》

「燕寝[一二]」は造化なりと云々。今案ずるに、許渾《きよこん》[一三]の殷尭藩《いんげうはん》に贈る詩に准《なぞら》ふべき事有り。

（八三）

一行《いつかう》[一四]の斜雁《しやがん》は雲端《うんたん》に滅《き》えぬ　二月の余《よ》花《くわ》は野外に飛ぶ　春日眺望《しゆんじつてうばう》

ある人云はく、「閏《うるふ》二月ばかりに依り、「二月余」[一五]に作る」と云々。しかるに正筆《しやうひつ》[一六]の草を見るに閏月《うるふづき》の事なし。またある人云はく、「孝言《たかとき》・佐国《すけくに》、二月[一七]余花の説を相論ず」と云々。

（八四）

万里[一八]に東に来たること何《いづ》れの再日《さいじつ》ぞ
一生西を望まむことこれ長き襟《ものおもひ》なり

ある人云はく、「この句は詩の本様[一九]なり」と云々。案ぜらるべし。

殷尭藩一四韻頸聯曰、帯レ月独帰蕭寺遠、翫レ花頻酔庾楼深。其句勢雖レ異、其用二故事一相似。彼言二月花一、此言二雨霜一。其意相似乎」とある。
▽朗詠注には「六条宮被レ難曰、陶家可レ作二衡門一也。不レ与二燕寝造化一云々。而予案、許渾贈二尭藩一詩有二准レ之事一」とある。

一四 一列になって空を斜めに飛んで行く雁は雲の彼方に消え、二月の散り残った花は野を吹く風に飛んで行く。和漢朗詠集下・眺望に引く。「順」の作者注記がある。源順の作。

一五 これによれば「二月余の花」と解することになる。

一六 直筆の詩の草稿。それにはほかの句に閏月と判断される表現は見えない。

一七 「二月の余花」と解するか、「二月余の花」と解するかであろう。孝言に「余花雪尽残句少」（首夏即事）「余花庭静晩霞紅」（春日世尊寺即事）、佐国に「閏余二月漸蹉跎」（春日独居詠）の詩句のあることから（いずれも本朝無題詩）、孝言が前者、佐国が後者の立場で争論したのであろう。
▽朗詠注に見えるが、「またある人云はく」以下はない。

一八 あなたと今日別れたならば、万里の遠い海を渡ってあなたが東の方日本に再び来られるのはいつの日であろうか、私は今から一生あなたのいる西の方を眺めて長く物思いをするであろう。「襟」は字類抄に「モノヲモヒ」。和漢朗詠集下・餞別に引く。「野」の作者注記がある。小野篁の作。

一九 基本的なかたち。
▽朗詠注に見え、詩題を「謝二沈三十一」とする。沈三十は文徳実録・仁寿二年（八五二）十二月二十二日の篁の薨伝に「近者大宰鴻臚館、有二唐人沈道古者一。聞三篁有二才思一、数以レ詩賦一唱レ之。毎レ視二其和一、常美二艶藻一」と見える沈道古。篁の彼との唱和詩は扶桑集七にも「和下沈卅感二故郷応得一同時見レ寄之作上」がある。

（八五）

一蒼波《さうは》路《みち》遠し雲千里　白霧《はくぶ》山《やま》深し鳥一声

奝然《てうねん》二入唐《にったう》し、件《くだん》の句をもつて己《おのれ》の作と称《い》ふ。「雲」三をもつて「霞」と為《な》し、「鳥」をもつて「虫」と為す。唐人《たうひと》称《い》ひて云はく、「佳句《かく》と謂《い》ひつべし。恐るらくは「雲」「鳥」と作るべし」と。

（八六）

四山腰《さんえう》の帰雁《きがん》は斜めに帯を牽《ひ》く　水面の新虹《しんこう》はいまだ巾《きん》を展《の》べず

五後入道殿《のちのにふだうどの》において「六秋雁数行《しうがんすかう》の書」の詩を賦《ふ》せらる。匡衡《まさひら》・以言《もちとき》の二人、終夜ならびにこの句を詠ずと云々。

（八七）

七多く花を栽《う》ゑて目を悦《よろこ》ばしむる儔《ともがら》を見れば
時に先《さき》だつて予《あらかじ》め養《やしな》ひて開くを待ちて遊ぶ

一 湖の青い波は遠く雲に連なって千里もあるかと見渡され、霧が白く立ちこめた山は深く、鳥の声だけが一声聞こえる。和漢朗詠集下・行旅に引く。群書類従本には「橘直幹。石山作」の作者・詩題注記がある。石山は近江(滋賀県)の石山寺。
二 天元五年(九八二)に入宋。
三 一部語句を差し換えた。
▽朗詠注に見える。古今著聞集四に入る。
四 春になって北へ帰る雁が列をなして山のあたりを飛んで行くのは山の腰を斜めにしめた帯のようであり、水の上にかかり始めた虹はまだ水面に手巾を十分に広げていないように見える。山腰に対して雁を腰にしめる帯にたとえ、水面に対して虹を面(かお)をふく手巾にたとえる。和漢朗詠集上・雁付帰雁に引く。群書類従本には「春日閑居。都在中」の詩題・作者注記がある。
五 藤原道長邸。
六 →一〇九頁注一七。
▽四・9の言談の後半部分と同一であるが、本条には秋雁の詩を詠む場で春の帰雁の詩を詠唱するという季節的な矛盾がある。本来四・9の詩句に付された朗詠注が誤ってこの詩句のものとされたのであろう。
七 花を植えて目を楽しませている人々を多く見ていると、花の咲く季節に先立って養い育て、花が開くのを待って遊宴している。和漢朗詠集上・前栽に引く。群書類従本には「栽二秋花一。菅三品」の詩題・作者注記がある。菅原文時の作。

「開くを待ちて遊ぶ」を末生《まつせい》[八]ら伊《い》鬱《うつ》[九]す。しかれば文集《ぶんしふ》[一〇]の「我を待ちて遊ぶ」をもつて証と為《な》すべし。「予め養ふ」は後漢書《ごかんじよ》[一一]の帝紀《ていき》に見ゆと云々。

（八八）

花[一二]の色は蒸《む》せる粟《あは》のごとし　俗《しよく》呼びて女郎《ぢよらう》と為《な》す　順《したがふ》[一三]

あるひと云はく、「近日「粟」をもつて「栗」と為す。怪《あや》しむべし。文選《もんぜん》[一四]の注を検《かんが》ふるに木の名なり」と云々。

（八九）

文峰《ぶんぽう》[一五]に轡《くつばみ》を案ず白駒《はくく》の影　詞海《しかい》に舟を艤《よそ》ふ紅葉《こうえふ》の声

秋いまだ詩境を出でず　以言《もちとき》

以言は初め「駒《こま》の過ぐる影」「葉の落つる声」に作ると云々。六《ろく》[一六]条宮《でうのみや》草《さう》[一七]を見て「白」の字の要《えう》[一八]なる由《よし》を書かる。よりて改作すと云々。以言と斉名《ただな》と相試[一九]みらるる日に承《うけたま》はりて作ると云々。斉名常

八　後学の者。
九　→一三五頁注二一。
一〇　白氏文集十五「盧侍御与二崔評事一、為レ予於二黄鶴楼一致レ宴、宴罷同望」に「江辺黄鶴古時楼、労致二華筵一待レ我遊」とある。
一一　後漢書一・光武帝紀十三年に「非三徒有二予養導択之労一」とあり、李賢注に「予養、謂下未レ至二献時一予前養上レ之」。
▽朗詠注に見える。
一二　おみなえしの花の色は蒸した粟のようで、俗に名も女郎花と呼んでいる。和漢朗詠集上・女郎花に引く。本朝文粋一・雑言詩にも。
一三　群書類従本には、この後に「詠二女郎花一」の詩題注記がある。
一四　文選四十二の魏文帝の「与二鍾大理一書」に「窃見二玉書一、称二美玉一。…黄侔二蒸栗一」の句があり、六臣注に「良曰、…栗木実、蒸レ之其色鮮黄」と見える。
▽朗詠注に見えるが、正安本裏書には「或者近日以レ栗為レ粟。可レ怪レ之。検二文選注一、木名也云々。或者佐国也」とあり、本条と異なる。また詩句の「粟」に「栗」の異本注記がある。なお、和名抄には「女郎花　新撰万葉集詩云、女郎花。和歌云、女倍芝」とある。
一五　秋がまさに過ぎ去ろうとする日、詩文の峰には秋の日影がしばらく手綱を控えて歩みをとどめており、詩の海には舟装いをして去ろうとする紅葉を吹く風の声がまだ聞かれる。「文峰」「詞海」は詩題にいう「詩境」、詩文詠作の場。「白駒」は秋の日。白は五行説で秋の色。「紅葉」は舟にたとえる。白氏六帖三・舟に「落葉〈古者観二落葉一因以為レ舟〉」。和漢朗詠集上・九月尽に引く。
一六　具平親王。
一七　草稿。
一八　最も重要であることを。
一九　文章生試験の日。

にもつて愁ひと為《な》す。称《い》ひて曰はく、「最手《ほて》一の片《かた》へに廻《めぐ》るは何の謀《ぼう》計《けい》ぞ」と云々。斉名の臨終《りんじゆう》に宮訪《とぶら》はる。報命《ほうめい》して「恩旨《おんし》二は恐悚千《きようしようせん》廻《くわい》たり。ただし「白」の字の事は忘却せず」と云々。

また大府卿談《たいふきやうかた》三りて曰はく、「件《くだん》の題の斉名の作は、「霜花後乗す詞《さうくわこうじようし》四林《りん》の裏《うち》、風葉前駆す筆駅《ふうえふせんくひつえき》の程《ほど》」なり。下七字に至りては、風の葉を駆《か》りて前駆を渉《わた》す義、尤《もと》も興《きよう》有り。「霜花後乗」ははなはだもつて由《よし》なし。かの時、斉名云はく、「以言の詩の『白駒』の『白』の字、六条宮の直さしめずは、我が詩に劣らまし」と。しかるに件《くだん》の詩、「紅」「白」の二字を直さずといへども、「案五」「艤六」の両字、吉《よ》く題意を尽くし、「いまだ出でず」の心をこの義の中に籠《こ》む。しかればすなはち斉名の「霜花」の句に勝《まさ》ると謂《い》ふべきか」と云々。ある人問ひて云はく、「ただし「白」の字を直さざれば、「駒過景」「葉落声」の三字の読みははなはだもつて砕《くだ》くるか」と。答へて云はく、「「白」の字なくは読みの砕くるにあらず。上の句に秋の心なきか。「白駒」は秋なり。「白」の字直《あたひ》七千金なり」と。

一 最高の力士が片方に与するというのは。「最手」→一一二頁注八。
二 御恩情のほどは恐縮千万に存じます。
三 大蔵卿の唐名。匡房をいう。
四 秋の終わりの日にあっては、霜はあとに続く従者で、詩文のなかにその美しさが詠まれるのはしばらく後のこと、風に舞う木々の葉が筆を走らせることの先駆けとなって詩興を催させる。「後乗」はあとにつき従う車馬。
五 おさえる、ひかえるの意。
六 船出の用意をする意。
七 本朝文粋十四「左相府為二寂心上人一四十九日修二諷誦一文」に「一字千金、思二金容一而謝レ徳」。
▽朗詠注に前半部を記す。白字については、→五・23

八 霧の立ちこめた林で鳴く晩春の鶯の声も年老いた私にくらべると若々しく、岸辺を吹く風になびく柳の新しい枝も老いの我が身にくらべればまだしっかりしている。和漢朗詠集下・老人に引く。群書類従本には「尚歯会詩、菅三品」の詩題・作者注記がある。尚歯会は老人がその長寿を祝う会。尚歯は歯（よわい）を尚（とおと）ぶこと。七人の老人（七叟）が会し、親戚弟子などが陪席して、祝宴を催し、詩文を作った。ここは安和二年（九六九）三月十三日、大納言藤原在衡が粟田山荘で主催したもの。菅三品は菅原文時。七叟の一人で詩序の作者であった。
九 文時の子。

（九〇）

[八]林霧《りんぶ》に声を校《くら》ぶれば鶯は老いず　岸風《がんぷう》に力を論ずれば柳はなほ強《こは》し

[九]輔昭《すけあきら》称《い》ひて云はく、「「強」の字誠《まこと》に強きなり」と。文時《ふみとき》[一〇]案ずべき由《よし》を称《い》はる。数刻案ぜし後、改むべき字なき由を申す。文時曰《い》はく、「[一一]予計《われはか》りなく案ぜしところなり」と。

（九一）

[一二]人煙一穂《じんえんいっすい》秋の村僻《さか》れり　猿の叫び三声暁峡《けうかふ》深し

「[一三]人煙」は近代は忌《い》みて作らず。

（九二）

[一四]嵩《すう》に帰る鶴舞うて日高《た》けて見ゆ　渭《ゐ》を飲む竜昇《りようのぼ》つて雲残らず

[一五]晴れて後《のち》山川清し　以言《もちとき》

件《くだん》の以言の詩、講ぜられし時、以言はすなはち[一六]講師《かうじ》為《た》り。件の句

一〇 代わりに何の字を置けばよいか考えるようにと。

一一 私もほかに考えようがなく。

▽朗詠注に見える。ただし終りの文時の言の「計りなく（無計）」を「三年」とする。

一二 秋の辺鄙な村里に人家から一筋の煙が立ち昇り、明け方の奥深い山の谷間に猿の叫び声がいく度も響く。和漢朗詠集下・猿に引く。群書類従本に「秋山閑望、紀納言」の詩題・作者注記がある。

一三 人家から立ち昇る煙。曹植の「送㆓応氏㆒詩二首」（文選二十）、李白の「蜀道難」、杜甫の「北征」などに用例があるが、人を焼く火葬の煙を連想させるものとして忌まれたか。

▽朗詠注に見える。同様の詩語として忌避すべき語について、作文大体・俗説に「或人賦㆑花之詩、用㆓発枝柯三字㆒。至㆓于同音朗詠㆒似㆓験僧之放呪㆒。又或人詩、用㆓感無端三字㆒。至㆓于読㆓其破文㆒似㆓貧家之称㆑無㆓紙端㆒云々。如㆑此類、宜㆓避忌㆒也」とあり、袋草紙下には「窓灯」（騒動に似る）「天末」（天罰に似る）「青蘋」（清貧に似る）などの語をあげる。

一四 嵩山に帰ろうとする王子喬の白鶴は晴れた空に舞い上がって日はいよいよ高く見え、渭水の水を飲んだ黒竜は天に昇り去って雲も残らない。「嵩」は河南省にある五岳の一つ嵩高山。周の霊王の太子晋（王子喬）は嵩山に昇って仙人となり、三十余年ののち、約束通り白鶴に乗って緱氏山頂にやって来た（列仙伝）。「渭」は甘粛省を源とし、陝西省を流れ黄河に注ぐ川。黒竜が山から出て渭水で水を飲み、その行く道に土山ができたので竜首山と名づけたという（芸文類聚九十六・竜に引く辛氏三秦記）。和漢朗詠集下・晴に引く。類従句題抄（339）にも。

一五 長保五年（一〇〇三）五月二十七日、藤原道長が宇治に遊覧した時の作文の題（権記）。

一六 →一〇六頁注一三。

を読みし時、「帰嵩《きすう》」の二字、「飲渭《いんゐ》」の二字、音にて連読す。もしその由《よし》有るかと云々。為憲朝臣《ためのりあそん》同じくその座に在り。件の朝臣の文[一]場ごとに[二]随身《ずいしん》するところの嚢《ふくろ》を名づけて土嚢《どなう》と曰《い》ふ。これ[三]抄等《せうなど》を入るる器《うつはもの》なり。この詩を講ずるを聞きて情感に堪《た》へず、頭を嚢に入れて涕涙《ているいす》数行《かう》。時の人あるいは感じ、あるいは笑へりと云々。[四]慶滋《よししげの》為政《ためまさ》同じくこの座に在り。後日難じて曰はく、「この詩[五]忌諱《きゐ》を犯す。「竜昇」の字尤《もと》も避くべし。これ黄帝の[六]登遐《とうか》の事なり」と云々。以言聞きて微咲《びせう》し、敢《あ》へて一言を陳《の》べず。大略《たいりやく》言ふに足《た》らざるか。

（九三）

[七]摩訶迦葉《まかかせふ》の行《ぎやう》の中に得《え》　妙法蓮花《めうほふれんげ》の偈《げ》の裏《うち》に求む　保胤《やすたね》

「[八]静かなる処を志し楽《ねが》ふ」の詩なり。ある人難じて云はく、「この句、何の[九]秀発《しうはつ》なるところ有りて[一〇]本朝佳句《ほんてうかく》に入るや。上句の「迦葉の行」はもしこれ[一一]頭陀《づだ》か。上句には常に頭陀の事を行ずる心有り。下句ははなはだもつて[一二]荒涼《くわうりやう》なり。何の句か法華経《ほけきやう》の一偈《いちげ》にはあらざ

一 詩文を詠作する場。　二 携える。　三 水言鈔では「如二詩抄一物」。　四 この時の為政の詠詩が本朝麗藻下にある。　五 禁忌。　六 遠い天に昇る意で、帝王の死をいう。それを「竜昇」の語で表現した例として源順の「三月尽日遊二五覚院一、同賦二紫藤花落鳥関関一」詩序（本朝文粋十一）に「嵯峨院者我先祖太上皇之仙洞也。…自下竜昇二漢口一人控中胡髯上」とあり、これは史記二十八・封禅書に「黄帝采二首山銅一、鋳二鼎於荊山下一、鼎既成。有レ竜、垂二胡髯一下迎二黄帝一、黄帝上騎、群臣後宮従上者七十余人、竜乃上去、余小臣不レ得レ上、乃悉持二竜髯一、竜髯抜堕、堕二黄帝之弓一。百姓仰望、黄帝既上レ天。乃抱二其弓与二胡髯一号」とあるのを踏まえる。

▽為憲の感泣の話は古今著聞集四に入る。

七 静かな所をどこに求めうるかといえば、摩訶迦葉が行う頭陀行のなかに得ることができ、また法華経に説かれる偈のうちに求めることができる。「摩訶迦葉」は仏の十大弟子の一人で頭陀（衣食住についての欲望を捨てて清浄に修行に励むこと）第一と称された。「偈」は仏の教えを述べ、また仏菩薩の徳を賛える詩句。　八 この詩の句題。法華経・従地涌出品の世尊の説く偈の一句。「常行二頭陀事一、志二楽於静処一」。　九 すぐれていること。　一〇 現存しない。本朝書籍目録に「本朝佳句二帖」と見える。藤原師通が所持し（後二条師通記・寛治六年十二月二十八日）、朗詠注正安本、和漢朗詠抄注に書名が見える。　一一 →注七。　一二 「クワウリヤウ」（字類抄）。大まかで明確でない。「妙法蓮華の偈の裏」という言い方では漠然としすぎているということか。　一三 →一五〇頁注三。

▽この詩は康保元年（九六四）九月十五日の勧学会での詠作（勧学会記）。

一四 珠を覆う塵のごとくその仏性を煩悩によって覆われている世俗の人々は真如の珠のような不軽菩薩が彼らを礼拝するのをいやがった。不軽菩薩の忍辱の心によって、石を投げた者たちもそれがかえって済度される縁となった。法

る」と。一三 大府卿《だいふきやう》答へて云はく、「思ふところかくのごとし。ただしその対《つい》すこぶる優なる故か」と。

（九四）

一四 真如《しんによ》の珠《たま》の上の塵《ちり》は礼を厭《いと》ふ　忍辱《にんにく》の衣の中の石は縁を結ぶ　一五 以言《もちとき》

「一六 我敢《あ》へて汝らを軽《かろ》みせず」。ある人問ひて曰《い》はく、「上句、その義はいかん」と。一七 大府卿《だいふきやう》答へて云はく、「「真如の珠」は一八 不軽大士《ふきやうだいし》、「塵」は一九 颰陀婆羅《ばつだばら》等か。二〇 真如仏性《しんによぶつしやう》の理《ことわり》の上に二一 煩悩《ぼんなう》の客塵《かくぢん》積もり、その礼を忌《い》み厭《いと》ふ心か。この詩の上句二二 髣髴《はうふつ》たり。作者の心はいかん」と。

（九五）

二三 山雨に鐘鳴りぬ荒巷《くわうかう》の暮　野風に花落ちぬ遠村の春　二四 帥殿《そちどの》

この詩は帥殿の「二五 斉信《ただのぶ》と眺望《てうばう》す」の詩なり。「荒巷暮」の三字に、

華経・常不軽菩薩品に「爾時、有二一菩薩比丘一。名二常不軽一。…遠見二四衆一、亦復故往、礼拝讃歎。…如レ此経二歴多年一、常被二罵詈一、不レ生二瞋恚一、常作二是言一、汝当レ作レ仏。説二是語一時、衆人或以二杖木瓦石一而打二擲之一、避走遠往、猶高声唱言、我不三敢軽二於汝等一、汝等皆当レ作レ仏」とあるのに基づく。新撰朗詠集下・仏事に引く。

一五 群書類従本にはこの後に「不軽品」の詩題注記がある。

一六 この詩の句題。常不軽菩薩品の一句。→注一四。

一七 →一五〇頁注三。

一八 常不軽菩薩。法華経・常不軽菩薩品に「於二像法中一、増上慢比丘有二大勢力一。爾時、有二一菩薩比丘一、名二常不軽一。是比丘、凡有レ所レ見、若比丘、比丘尼、優婆塞、優婆夷、皆悉礼拝讃歎而作二是言一。我深敬二汝等一、不三敢軽慢二」とある。なお梁塵秘抄二・不軽品に「不軽大士の構へには逃るゝ人こそ無かりけれ、謗る縁をも縁として、終には仏に成したまふ。不軽大士ぞあはれなる、我深敬汝等と唱へつゝ、打ち罵り悪しき人も皆、救ひて羅漢と成しければ」の二首がある。

一九 賢護と訳される。インド王舎城に住む大金持。常不軽菩薩品に「爾時、四衆常軽二是菩薩一者、豈異人乎。今此会中、跋陀婆羅等五百菩薩、師子月等五百比丘尼、思仏等五百優婆塞、皆於二阿耨多羅三藐三菩提一、不二退転一者是」とあり、不軽大士を軽んじた一人。

二〇 梁塵秘抄二・不軽品に「仏性真如は月清し、煩悩雲とぞ隔てたる、仏性遥かに讃へてぞ、礼拝久しく行ひし」。

二一 外から来て清浄な心をけがす煩悩。心に固有のものでなく偶然のものであるから「客塵」という。維摩詰所説経・問疾品に「菩薩断二除客塵煩悩一而起二大悲一」。

二二 ぼんやりとしてはっきりしない。

二三 山に雨が降り寺の鐘が鳴り響くもの寂しい里の夕暮、野を吹く風に花が散る遠い村里の春。二四 藤原伊周。

二五 本朝麗藻上の「暮春与二右金吾一眺二望施無畏寺上方一」の詩。その第三聯。右金吾は右衛門督で、斉信。

長国《ながくに》深くもつて感ず。この事[一]夢想に存《あ》りと云々。

（九六）

[二]瑶池《えうち》偸《ひそ》かに感ず仙遊《せんいう》の趣《おもむき》　また賞す林宗《りんそう》の李《り》膺《よう》を伴《ともな》へるを

橘倚平《たちばなのよりひら》

この詩は省試《しやうし》[三]の詩なり。題[四]は「飛葉《ひえふ》舟と共に軽《かろ》し」なり。澄《ちよう》[五]・陵《りよう》・氷《ひよう》・膺《よう》を勒《ろく》す。倚平、登省《とうじやう》[六]の事を祈るために、毎日夜々清水寺《きよみづでら》[七]に参詣《さんけい》する間、宝前《ほうぜん》[八]に夢想あり。示して云はく、「今度の登省は、李膺[九]煩《わづら》ひなるべし」と云々。その事[一〇]さらにもつて心を得ざる間、勒《ろく》韻《ゐん》の中に膺の字有り。その時、夢想の心を得たり。作、官韻《くわんゐん》[一一]に叶《かな》へり。「李膺」と作らざる輩《ともがら》[一二]は登省せず。よりて倚平[一三]は及第すと云々。これすなはち観音《くわんおん》[一四]の霊験《れいげん》なり。

（九七）

[一五]郕原《へいげん》は叔済《しゆくせい》に資《よ》り　雲鶴《うんかく》誉《ほ》めらるること居多《きよた》なり

一 「この事」が曖昧。長国が「荒巷暮」の措辞に感心したことか。あるいは伊周がこの三字を夢想によって得たということか。

二 池の水面は風に吹かれる紅葉に彩られて瑶池のような美しさで、神仙の遊びのような趣きを感じさせ、舟が軽やかに進むさまは林宗が李膺を伴い舟に乗って行くかのようなすばらしさである。「瑶池」→一二三頁注二〇。「林宗」は郭太の字。その「李膺」との交友については後漢書六十八郭太伝に「游㆓於洛陽㆒、始見㆓河南尹李膺㆒、膺大奇㆑之、遂相友善。於㆑是、名震㆓京師㆒。後帰㆓郷里㆒、衣冠諸儒送至㆓河上㆒、車数千両。林宗唯与㆓李膺㆒同舟而済。衆賓望㆑之、以為㆓神仙㆒焉」とある。

三 →一一二頁注一一。

四 日本紀略・康保二年(九六五)十月二十三日に「天皇御㆓朱雀院柏梁殿㆒。…召㆓擬文章生於池頭㆒奉㆑試。題云、飛葉共㆑舟軽」とある。

五 詩の韻字として澄・陵・氷・膺を定めた。後文の「勒韻」。韻字を順序まで含めて決めること。桂林遺芳抄・寮省之試事に「登省記曰、康保二年十月二十三日、行㆓幸朱雀院㆒。御題。於㆓蔵人所㆒被㆑行之。飛葉共㆑舟軽〈勒七、澄陵氷興膺〉」とある。

六 文章生試(省試)に及第する。

七 京都市東山区に現存。延暦十七年(七九八)坂上田村麻呂によって延鎮を開基として創建された。本尊は十一面観音。

八 仏前。

九 李膺で苦しむであろう。

一〇 全く何のことか納得できないでいたが。

一一 詩題の出典あるいはこれと関連する故事にかかわり、かつ韻字を含む二字の熟語。

一二 橘正通はその一人。「不㆑作㆓官韻㆒故」に落第した(本朝神仙伝)。

一三 西宮記十三所引の村上御記に「良久令㆑奏㆓橘倚平詩一枚㆒。申云、自余詩、或有㆑病有㆑難、不㆑可㆓及第㆒。…二十九日、依㆓博士判㆒、下㆓橘倚平詩於式部省㆒為㆓文章生㆒」。

一四 江家次第十九の応和二年六月十七日の弓場殿試の記事に「藤原公方作㆓官韻㆒。但以㆓張子純㆒作㆓長純㆒。先㆑是、於㆓清水寺㆒祈㆑之。夢中給㆓此題㆒。公方返㆑座、先対㆓清水寺㆒礼云々」という、類似した観音霊験談が見える。

一五 郕原は叔済のもとに身を寄せ、雲中の白鶴として誉め

[一六]雲中の白鶴。[一七]羅字。[一八]八十字を限る　三善豊山《みよしのとよたか》　[一九]第八句

「[二〇]叔済《しゆくせい》」の字をもつて、誤りて「升」に従ふ。よりて不第。[二一]省《しやう》試《し》の詩なり。

（九八）

[二二]舞を逐《お》うて羅襪《らべつ》に生じ　歌に驚いて画梁《ぐわりやう》に起こる

[二三]塵を詠む。六韻を限りと為《な》す。[二四]第四句。[二五]博士に任ず　菅清岡《かんきよをか》

清岡の家伝《かでん》に云はく、「大学の庁において試みる。及第せる者は清岡・[二六]善主《よしぬし》なり。これすなはち叔父《をぢ》と姪《をひ》となり。世おもへらく[二七]栄《さかり》なり」と。

（九九）

[二八]鷹鳩《ようきう》変らず三春《さんしゆん》の眼《まなこ》　鹿馬《ろくば》迷ふべし二世の情《こころ》　以言《もちとき》

この句、「[二九]恨《うら》むらくは漢雲《かんうん》の子細《しさい》に暗きことを」に依《よ》り、[三〇]叡感《えいかん》の余《あま》り、蔵人《くらうど》に補せんとす。しかりといへども[三一]入道殿《にふだうどの》ならびに殿上人《てんじやうびと》

たたえられることも多かった。「邴原」は後漢末の人。黄巾の乱を避けて遼東太守公孫度のもとに身を寄せたが、のち引きとめる公孫度を振り切って故郷に帰った。その時のこととして、世説新語・賞誉篇に「公孫度目二邴原一、所レ謂雲中白鶴。非三燕雀之網所二能羅一也」。「叔済」は公孫度の字(あざな)。なお、邴原、公孫度ともに三国志・魏書に伝がある。「資」は名義抄に「ヨル」。

一六 注一五の世説新語にもとづく省試の詩題。古今和歌集目録の春道列樹の伝に「延喜十年五月十九日補二文章生一〈雪中白鶴〉」とある。「雪」は「雲」の誤りと考えられ、本条の省試はこの時のことであろう。一七 指定された韻字。

一八 八十字で作詩するようにという条件。五言詩であるから、八韻十六句となる。一九 第八聯。

二〇 世説新語の劉孝標の注に引く魏書には、公孫度の字は叔済とあるが、三国志の伝には、字は升済とある。豊山はこれに従って「升済」としたところ、誤りと評定されたというのであろう。なお、「升」を底本には「叔」に作るが、「叔」の草体が「升」に似ることからの誤写。

二一 →一一二頁注一一。

二二 塵が、舞に従ってうす絹の足袋のもとから舞いあがり、また、すばらしい歌声に驚いたかのように美しく彩られた梁(はり)から起こる。前句は文選十九「洛神賦」の「陵レ波微歩、羅韈生レ塵」による。後句は文選十八「嘯賦」の「虞公輟レ声而止レ歌」の李善注に「劉向別録曰、有レ人歌賦。楚漢興以来、善雅歌者魯人虞公、発レ声清哀、遠動二梁塵一」とある。

二三 経国集十四所収。「五言、奉レ和（「試」の誤り）詠レ塵一首〈六韻為レ限〉」とある。二四 第四聯。二五 この一句、不審。

二六 その詠塵詩が経国集にある。文徳実録・仁寿二年十一月七日の卒伝から、この省試は天長二年(八二五)。

二七 名義抄に「サカリナリ」。

二八 鷹は春になると鳩に変化するというが、凡庸な目にはそうした道理も見えない。暗愚な二世皇帝のように鹿か馬かの判断にも迷うだろう。前句は礼記・月令の「仲春之月、鷹化為レ鳩」をふまえる。後句は史記六・秦始皇本紀の、趙

[一]承引《しよういん》せざる故に補せず。よりて放言を為《な》して作るところなり。その時の殿上人の[二]諺《あたこと》に曰《い》はく、「[三]湯気《ゆげ》上《のぼ》らんとす」と云々。本姓[四]弓削《ゆげ》なればなり。

（一〇〇）

[五]機《き》縁《えん》更《さら》に尽きて今帰り去らんとす　七十三年世間に在り

この詩は、[六]大江斉光《おほえのなりみつ》卒去《そつきよ》の後、良源僧正《りやうげんそうじやう》の夢に見るところなり。

（一〇一）

[七]昔は契《ちぎ》る蓬萊宮《ほうらいきゆう》の裏《うち》の月　今は遊ぶ極楽界の中《うち》の風

この詩は、[八]義孝《よしたか》の少将《せうしやう》卒去の後、賀縁阿闍梨《がえんあじやり》夢に少将を見るに、[九]歓楽《くわんらく》の気色《けしき》有り。阿闍梨云はく、「君は何ぞ心地《ここち》喜ばしげにては坐《おは》せらるるぞ。[一〇]母君の恋ひ慕はるるには」といへば、少将詠みて曰《い》はく、

[一一]時雨《しぐれ》とはちぢの木の葉ぞ散りまがふなにふるさとの袂《たもと》濡《ぬ》るらん

高が自分の権威を試そうとして、二世皇帝に鹿を献じながら馬といい張ったという逸話にもとづく。道長の横車に屈した一条天皇を非難する。天上の様子にうといことを恨めしく思う。→六・17。二九 天上の様子にうといことを恨めしく思う。三〇 一条天皇がこの句の表現に感心されるあまり。ここの所、六・17参照。三一 藤原道長。

一 承知しなかったのは以言が中関白家方についたためか。本書五・28参照。

二 名義抄に「アタコト」。ざれ言。

三 怒りで湯気を立てているということと、弓削以言が殿上間に昇ることを望んでいる（蔵人は昇殿できる）という意味とを懸ける。

四 尊卑分脈に「為㆓弓削姓㆒、後帰㆓本姓大江㆒」。

五 私はこの世にあるべき縁がすっかり尽きて、今本来の所へ帰って行く。七十三年、世の中に生きていたのだ。

六 永延元年（九八七）十一月七日没。

▽事実は良源が斉光より先に寛和元年（九八五）に没している。僧綱補任に「寛和元年正月三日卯時、…口念㆓弥陀㆒遂入滅。…時春秋七十四。同正月三日後夜、参議大江斉光夢想云、七十三年在㆓人間㆒、化縁既尽還㆓本土㆒云々」とある。

七 昔は宮中の月の下であなたと親しい交りを結んだが、今は極楽世界でひとり風の中で遊んでいる。「蓬萊宮」→一三三頁注一七。ここは宮中をたとえる。

八 天延二年（九七四）九月十六日、疱瘡にかかり、二十一歳で没した。

九 喜び楽しんでいる様子であった。

一〇 代明親王の娘恵子女王。藤原伊尹の妻。

一一 この極楽世界ではしぐれはさまざまの木の葉が美しく散り乱れるのです。どうしてふるさとの俗世では袖を濡らして悲しんでいるのだろう。

▽この義孝往生談は①後拾遺集十、②義孝集、③大鏡・伊尹伝、④日本往生極楽記、⑤大日本国法華経験記下、⑥今昔物語集十四・42、⑦同二十四・39、⑧宝物集三、⑨袋草紙上など多くの文献に見える。このうち、①②⑦は歌のみ、

と詠みて後、またこの詩を詠ず。

（一〇二）

一二 荒村《くわうそん》の桃李《たうり》なほ愛すべし　何ぞいはんや瓊林華苑《けいりんくわゑん》の春

橘 広相《たちばなのひろみ》、九歳昇殿 一三 の詩、「暮春」と云々。童名《どうみやう》は文人《もんにん》と云々。

（一〇三）

一四 翅《つばさ》を低《た》るる沙鷗《しやおう》は潮《うしほ》の落つる暁《あかつき》　糸を乱る野馬《かげろふ》は草の深き春　一五 菅家《かんけ》

この詩の題に云はく、「一六 蘭気《らんき》軽風に入る」の詩なり。「鶴間雲」の三字は古集に有りと云々。一七 元稹《げんしん》の詩に「那《なん》ぞ薤上《かいじやう》の露をもつて、鶴の辺《ほとり》の雲を待たん」と有りと云々。また他の古集中に「鶴間雲」の三字有り。

④⑤⑥は詩のみを引く。また②では僧を「せいみん僧都」とし、詩は③では藤原実資、④⑤⑥では藤原高遠の夢の中に現れて詠じたとする。歌詞も上句に異同がある。

一二 荒れさびれた村里の桃や李でもその美しさはやはり愛すべきものである。まして宮中の玉のように美しい林や花園の春のすばらしさはなおさらのことだ。

一三 童(わら)殿上。

一四 本条は本文に混乱があり、詩句と言談とがくい違っている。水言鈔を参考にすると、言談は「吹皐遠染鶴間雲」に関してのものである。なお、この道真の詩句については本書五・6参照。「皐(はさ)を吹きて遠く染む鶴の間の雲」。蘭のかぐわしい香りが風に乗って沢を吹きわたり、鶴が飛ぶ雲にも染み入っている。「皐」と「鶴」については毛詩・鶴鳴に「鶴鳴二于九皐一」。

一五 菅原道真。

一六 天徳三年(九五九)八月十六日の村上天皇主催の詩合における第二番の詩題。詩句は橘直幹の詩の第四句。詩は天徳三年八月十六日闘詩行事略記に収載。

一七 元稹ではなく、白居易の詩。白氏文集五十七「不レ如二来飲一レ酒七首」の第五首の第二聯。どうしてニラの葉の上に置く露のような短い命で、鶴に乗って雲のあたりを飛ぶことを期待するのか。

（一〇四）

[一]一条の露白し庭の間の草　三尺の煙青し瓦の上の松《しよう》

以言《もちとき》　[二]栖霞寺《せいかじ》。無題詩

「庭間草」の三字はすでに詩の詞《ことば》にあらず。はなはだもつて凡鄙《ぼんぴ》なる由、[三]儀同三司《ぎどうさんし》命《おほ》せられて云はく、「以言は[四]詩匠なりといへども、[五]都《す》べて古集の体なし。[六]これすなはちこの詩心か」と。

（一〇五）

[七]朝《あした》には山雲隠して緗帙《しやうちつ》巻き　暮《ゆふべ》には林雀《りんじやく》を過《よ》ぎりて注文《ちゆうぶん》加ふ

[八]秋雁《しうがん》は数行《すかう》の書　以言《もちとき》

この詩、[九]当座の人云はく、「半ばは難じ、半ばは誉《ほ》む」と。明衡《あきひら》は[一〇]請《う》けず。「[一一]あに遠き空の雁《かり》、林雀を通り過ぎんや」と。

（一〇六）

一 庭の草に一すじの露が白く光っている。瓦の上に生えたしのぶ草は三尺の青いもやのようだ。「松」はしのぶ草。白居易の新楽府「驪宮高」に「牆有レ衣兮瓦有レ松」。なお以言は本朝麗藻上「敷レ簟待二客来一」の詩にも「一条露滑憑二言約一、六尺煙平誡二酒盃一」の対語を用いている。

二 京都嵯峨野の現在の清涼寺の地にあった。源融の山荘棲霞観を寺に改めたもの。無題詩は、五言詩の一句を題にする句題詩の対で、句を題にしないもの。

三 藤原伊周。長承二年相撲立詩歌所引の伊周の「遊二栖霞寺一」の題で詠まれた「庭松百尺歴レ年老、山月幾曲仍旧団」はこの時の作か。

四 詩の大家。扶桑略記・元慶四年八月三十日の菅原是善薨伝に「小野篁詩家之宗匠」。

五 まったく古集の風体がない。

六 この詩もこうした詩心の詩であろうか。

七 朝、山に起つ雲が覆い隠して、ちょうど浅黄色の布の帙で書物を巻いたようだ。夕暮に林の間を飛ぶ雀の近くを飛び過ぎると、書き加えられた注の文字のように見える。「帙」は書物を包む覆い。詩題に即して、空を飛ぶ雁の列を書に見立て、これを隠す雲を帙に、林間を飛ぶ雀を注の文字に見立てた。詩は作文大体に収載。これはその第三聯。

八 ↓一〇九頁注一七。

九 その座にいた人。

一〇 「ウク」（名義抄）。認めなかった。

一一 どうして遠い空を飛ぶ雁が林を飛びまわる雀のそばを通り過ぎることがあろうか。

一二 晴れ渡った秋の空を雁が列をなして飛んで行くさまは、青い玉で飾った箏の上に琴柱を斜めに立てたようであり、また青苔で作った色紙に数行の文字を書いたようである。「柱」は和名抄に「古度知」。「青苔色紙」は海苔で作った紙。中国、南越に産するという（拾遺記）。

一三 菅原道真。

一四 菅家文草五所収。寛平六年（八九四）九月九日、重陽宴での作（日本紀略）。

一二碧玉《へきぎよく》の装《よそほ》へる箏《しやうのこと》の斜めに立てる柱《ことぢ》　青苔《せいたい》の色の紙の数行《すかう》の書　一三菅家《かんけ》

題は「一四天浄《きよ》うして賓鴻《ひんこう》を識《し》る」の一五胸句《きようく》なり。一六統理平《とうまさひら》疑ふ。一七唐韻《たうゐん》の注に見ゆ。一八三史、一九十三経の中に出でずと云々。

（一〇七）

二〇都府楼《とふろう》は纔《わづ》かに瓦の色を看《み》る　観音寺《くわんおんじ》はただ鐘の声を聴くのみ　二一菅家《かんけ》

この詩は、二二鎮府《ちんふ》における「二三門を出でず」の二四胸句《きようく》なり。その時、儒者云はく、「この詩は文集《ぶんしふ》の「二五香炉峰《かうろほう》の雪は簾《すだれ》を撥《かか》げて看る」の句に二六はまさざまに作らる」と云々。

（一〇八）

二七書窓《しよさう》に巻《くわん》有つて相収拾《あひしうしふ》す　詔紙《せうし》に文《ぶん》なくしていまだ奉行《ぶぎやう》せず　保胤《やすたね》

一五 第二聯をいう(作文大体)。
一六 三統理平。類聚句題抄に同題の理平の詩(334)がある。何を疑ったのか、明らかでないが、考えられるのは「青苔色紙」か。
一七 唐の孫愐が隋の陸法言らの切韻を改訂増補した韻書。なお、これ以下とほとんど同文が本書六・27に見える。
一八 口遊・書籍門に「史記、漢書、後漢書〈謂二之三史一〉」。
一九 周易、尚書、毛詩、周礼、儀礼、礼記、春秋左氏伝、春秋公羊伝、春秋穀梁伝、論語、孝経、爾雅、孟子。
二〇 左遷の身の私は門を出ることもなく、大宰府の楼はわずかに屋根の瓦の色を見るだけで、観世音寺は鐘の音を聞くばかりである。「観音寺」は正式には観世音寺。大宰府にあり、天智天皇により創建された。日本三戒壇の一つ。
二一 菅原道真。
二二 鎮西府すなわち大宰府。
二三 菅家後集所収。その第二聯。和漢朗詠集下・閑居に引く。なお、この詩題は白氏文集に見える。
二四 →注一五。
二五 香炉峰につもる雪は、寝たまま手を伸ばし簾をはねてながめる。「香炉峰」は江西省九江県の廬山の北峰。白氏文集十六「香鑪峰下新卜二山居一、草堂初成、偶題二東壁一。五首」の第四首の第四句。和漢朗詠集下・山家に引く。
二六 よりもすぐれているほどに作られた。
▽大鏡・時平伝に見える。
二七 書斎の窓辺に山吹が咲いているさまはちょうど黄巻を展げたようなので、それを拾い収める。しかし詔勅を書く黄紙に似てはいるが、文字が書いてないので、これを頂いて執り行うことはない。「巻」は黄巻。「黄巻 クワウクワン、書籍名」(字類抄)。書物の虫食いを防ぐために黄檗(おうばく)の葉で染めた黄色の紙を用いた。「詔紙」は詔書。これも黄紙を用いた。禁秘抄下に「勅書〈書二黄紙一、自二唐大宗貞観一始レ之〉」とある。和漢朗詠集上・款冬に引く。

「収拾」は唱和集《しやうわしふ》[一]に「つむぐ」[二]。[三]この処《ところ》の義に叶《かな》はず。

（一〇九）

[四]桃李《たうり》言《ものい》はず春幾《いく》ばくか暮れたる　煙霞《えんか》跡《あと》なし昔誰か栖《す》みし　文時《ふみとき》

「桃李不言」と「煙霞無跡」はすなはち対句《ついく》を為《な》す。淳茂《あつしげ》の[五]願文《ぐわんもん》に在るなり。古人は必ずしも同じ事を避けざるか。

（一一〇）

[六]三巴《さんは》峡《かふ》の月《つき》雲収まりて白し　七里《しちり》灘《たん》の波《なみ》葉落ちて紅《くれなゐ》なり　藤為時《とうためとき》

この詩は「田家の秋」[七]の詩なり。以言《もちとき》この詩を見て云はく、「「白」の字の置き処《ところ》を習ふべし」と云々。

（一一一）

一 劉白唱和集か。日本国見在書目録に「劉白唱和々二」、御堂関白記・寛仁二年十月二十二日に「佐理書二唱和集一」。劉は中唐の詩人、劉禹錫。劉白唱和集は現存しないが、白氏文集五十四の「答二劉和州一」に「我亦思レ帰二田舎下一、君応レ厭レ臥二郡斎中一、好相収拾為二閑伴一、年歯官班約略同」の例がある。 二 名義抄に「ツムク」。

三 注一の白居易詩は親しむの意で、保胤の詩の拾い収めるの意味とは相違する。

▽朗詠注に見える。

四 仙人が去ってから何度の春が過ぎていったのか尋ねてみても、花は答えはしない。たなびく煙霞は跡をとどめず、昔ここに誰が住んでいたのか、知ることもできない。「桃李言はず」は史記百九・李将軍列伝に引く諺「桃李不レ言、下自成レ蹊」による。和漢朗詠集下・仙家付道士隠倫に引く。

五 該当する願文は未詳。なお、菅家文草五「三月三日同賦二花時天似一レ酔」に「煙霞遠近応二同戸一、桃李浅深似二勧盃一」の用例がある。

▽朗詠注に見える。

六 三巴の峡谷にかかる月は雲も消えて白く輝き、七里灘に立つ波は紅葉が散り落ちて紅に染められている。「三巴」は後漢に置かれた巴、巴東、巴西の三郡の地。今の四川省の東部に当たる。「七里灘」は浙江省の厳陵山の西、絶壁が七里にわたって続く難所。和漢兼作集七に引く。

七 和漢兼作集では「田家秋意」。

▽この言談は本書五・23にも含まれている。この詩は粟田山荘障子詩（→五・28）の一首。同題での大江匡衡の詩が江吏部集に（ただし「田家秋音」）、紀斉名・高丘相如の詩が和漢朗詠集下・田家に見える。

八 菊の咲き乱れた様子はまるで黄金をまき散らしたように見えるので、酈県の菊の咲いた村里は皆金持のようであり、陶淵明の家の子供たちは富豪の坊ちゃんということで、危険な端近に坐るようなことはしない。「酈県」は芸文類聚八十一・菊に「風俗通曰、南陽酈県有二甘谷一、谷水甘美。云、其山上大有レ菊、水従二山上一流下」とあるのをふまえる。

八酈県《てきけん》の村閭《そんりよ》は皆潤屋《じゆんをく》　陶家《たうか》の児子《じし》は垂堂《すいだう》せず　九菊は一叢《いつさう》の金《こがね》を散ず

一〇善相公《ぜんしやうこう》初めは「酈県の村閭は皆富貨《ふくわ》」に作ると云々。一一心に褒誉《ほうよ》有るべきの由存《よしあ》り。しかるに一二菅家《かんけ》ただ一三紀納言《きなごん》の「一四廉士《れんし》路《みち》の裏《うち》に」の句を美《ほ》めて、この詩に感ぜられず。宴罷《や》んで退出する時、相公一五鬱結《うつけつ》を散《と》かず、一六建春門《けんしゆんもん》において菅家に尋ねらる。仰せて云はく、「「富貨」の字、恨むらくは「潤屋」に作らざることを」と。相公改作すと云々。

（一一二）

一七佳辰令月《かしんれいげつくわんぶきよく》歓無極　万歳千秋楽未央《ばんぜいせんしうらくびやう》　謝偃《しやえん》　一八雑言詩《ざふごんし》

この詩は一九踏歌《たふか》の詩なり。古塔の瓦の銘《めい》に、「万歳千秋楽未央」の字有り。今案ずるに、件《くだん》の文は二〇集神州三宝感通録《しふしんしうさんぽうかんつうろく》の上《じやう》に見ゆ。件の録に云はく、「二一仁寿《じんじゆ》二年正月、また舎利《しやり》を五十三州に分布し、四月八日に至り、同じ年時に下す。その州左のごとし」と云々。その中の二二梨州《りしう》の塔の地下の瓦の文に「千秋楽」と云々。件の録は唐の二三麟徳《りんとく》

「潤屋」は礼記・大学の「富潤レ屋、徳潤レ身」による。陶淵明は「采レ菊東籬下」の句で有名。「垂堂」は文選三十九「上書諫猟」の「鄙諺曰、家累二千金一、坐不二垂堂一」による。和漢朗詠集上・菊に引く。和漢兼作集八にも。

九 黄色い菊が咲き乱れているさまは黄金をまき散らしたようだ。唐太宗の「秋日二首」の「露凝二千片玉一、菊散二一叢金一」による。日本紀略・昌泰二年（八九九）九月九日に「天皇御二南殿一、賜二重陽宴一。題云、菊散二一叢金一」とある。

一〇 三善清行。

一一 内心、人々から褒められるであろうと思っていた。

一二 菅原道真。この宴での詩が菅家文草六にある。

一三 紀長谷雄。

一四 長谷雄の「延喜以後詩序」（本朝文粋八）に「又九日賦二菊散二一叢金一詩曰、廉士路中疑不レ拾、道家煙裏誤応レ焼。丞相常吟賞、以為二口実一。乗レ酔執二予手一曰、元白再生、何以加レ焉」とある。清廉な人は路の途中で菊を見て黄金ではないかと疑っても、拾いはしない。

一五 もやもやした気持ちが晴れず。

一六 内裏の外郭の東側の正門。

▽朗詠注に見えるが、本文に多少の相違がある。

一七 このよい時、よい月のめでたい時にあたって歓びは極まりなく、千秋万歳を祝い、楽しみは尽きることがない。盧照隣の「登封大酺歌」に「九州四海常無レ事、万歳千秋楽未レ央」。

一八 一句の字数が不定の句からなる詩。

一九 地を踏み調子を取って歌いながら舞う、その詞章。全唐詩三十八に謝偃の「踏歌詞三首」がある。ただしこの句は見えない。

二〇 唐の道宣の撰。三巻。

二一 巻上に「仁寿二年正月、復分二布舎利五十三州一。至二四月八日一、同午時下。其州如レ左」とある。仁寿は隋の文帝の時の年号。二年は六〇二年。

二二 注二一の引用のあと、州の一つとして「黎州〈地下瓦文、千秋楽〉」とある。　二三 六六四年。

元年、一終南山《しゆうなんざん》の釈氏《しやくし》撰するところなりと。

（一一三）

二青山《せいざん》に雪有りて松の性を諳《そら》んず　碧落《へきらく》に雲なくして鶴の心に称《かな》へり

許渾《きよこん》　三殷尭藩《いんげうはん》に寄す

許渾の詩は多く一体なり。四詩の後に、文時これを許渾の作と謂《い》ふ。ただしこの句に至りては、体すこぶる他の詩に異なれりと云々。

（一一四）

五一樽酒《いつそん》は尽く青山の暮　千里書《しよ》は廻《かへ》る碧樹《へきじゆ》の秋

許渾《きよこん》　六郡園の秋日、洛中《らくちゆう》の友に寄す

この句は許渾集に両三所に在り。「七洛中の友人に寄す」、また「八元《げん》書上人《しよしやうにん》の蘇州に帰るを送る」なり。

（一一五）

一 道宣。終南山は陝西省西安(長安)の南にある。▽大江匡衡の「供二養同寺(浄妙寺)塔一願文」(本朝文粋十三)に「古之塔瓦文、有二万歳千秋楽未央之七字一」とある。本条の「古塔の瓦の銘に、万歳千秋楽未央の字有り」はこれに拠るものであろう。

二 山に雪が積もる時にこそ常に緑の色の変わらない松の本性が明らかになり、一片の雲もなく晴れわたった青空が鶴の心にかなうのだ。「諳」は名義抄に「アキラカニ、サトル」。和漢朗詠集下・松に引く。千載佳句下・遊牧部・眺望にも。

三 全唐詩(五百三十五)では「寄二殷尭藩先輩一」。その第二聯。

四 本文に混乱があるか。朗詠注では、この前後「多一体之詩也。故文時」。

▽朗詠注に見える。許渾は「送二張厚浙東謁二丁常侍一」の詩でも、「青山有レ雪松当レ澗、碧落無レ雲鶴出レ籠」という相似した句を作っている。

五 青々とした山が暮れる頃、樽の酒も飲み尽くし、緑の木々も秋色を帯びてくる時、遠い友人からの便りが届いた。

六 全唐詩五百三十六では「郊園秋日寄二洛中友人一」(許渾の丁卯集には未収)。

七 全唐詩五百三十三の「京口閑居寄二京洛友人一」。

八 全唐詩五百三十六の「送三元昼上人帰二蘇州一兼寄二張厚一二首」のその一。

▽本書五・2参照。

九 漁船のいさり火が寒々として浪を焼くかのように海面に映えている。駅鈴の音が聞こえてくるが、旅人が夜の山道を越えて行くようだ。和漢朗詠集下・山水に引く。千載佳句下・別離部・行旅にも。

一〇 全唐詩六百九十二では「秋宿二臨江駅一」。その第三聯。「焼浪」を「帰浦」に作る。

[九]漁舟《ぎよしう》の火の影は寒くして浪を焼く　駅路の鈴の声は夜山を過ぐ

杜荀鶴《とじゆんかく》　[一〇]臨江《りんかう》の駅に宿する詩

[一一]古人語りて云はく、「忠文民部卿《ただふみのみんぶきやう》、[一二]大将軍と為《な》りて下向《げかう》せし時、駿河国《するがのくに》[一三]清見関《きよみがせき》に宿す。[一四]軍監清原滋藤《ぐんげんきよはらのしげふぢ》、夜にこの句を詠ず。将軍涙を拭《ぬぐ》へり」と云ふ。

（一一六）

[一五]三千の仙人は誰か聴くことを得たる　含元殿《がむぐゑんでん》に角《あらそ》ふ管絃《くわんげん》の声

章孝標《しやうかうへう》

この詩の意、人得ること難し。及第の日、[一六]破東平《はとうへい》に報ずる詩なり。

（一一七）

[一七]蛇《じや》は剣の影に驚いてすなはち死を逃《のが》る

馬は衣の香《か》を悪《にく》みて人を嚙《か》まんとす

都良香《みやこのよしか》　[一八]渤海《ぼつかい》の客に代はりて左親衛源中将《さしんゑいげんちゆうじやう》に寄せ上《たてまつ》る

一一　朗詠注では時棟(大江)とする。袋草紙上も「見二江記一」として時棟の話とする。

一二　天慶三年(九四〇)二月、平将門の乱の平定のため、征東大将軍となって下向する。

一三　静岡県清水市興津の清見寺がその跡といわれる。更級日記に「清見が関は片つ方は海なるに、関屋どもあまたありて、海までくぎぬきしたり」。

一四　律令制の軍団の、将軍、副将に次ぐ三等官。二中歴十二・詩人歴に「陸奥軍監」。

▽この話は平家物語五、東関紀行、十訓抄十などにも引かれる。

一五　多くの仙人たちも誰が聴くことができただろうか、含元殿で競いあうように奏されるこの管弦の音を。「三千仙人」について、朗詠集私注に「漢武好レ仙、祈二大乙星一。感レ之、西王母含元殿三千女行来宴也」という。「含元殿」は唐の大明宮の中央正面にある宮殿。「角」は名義抄に「アラソフ」。和漢朗詠集下・禁中に引く(「三千」を「三十」とする本もある)。

一六　人名のように見えるが、姓としての破は疑問。

▽朗詠注に見える。

一七　剣の光は蛇もその影に驚いて殺されないようにと逃げるだろう。衣は馬がその香りをいやがって嚙みつこうとするだろう。前句は史記八・高祖本紀の「行レ前者還報曰、前有二大蛇一当レ径、願還。高祖酔曰、壮士行、何畏。乃前、抜レ剣撃斬レ蛇」という故事をふまえる。和漢朗詠集下・将軍に引く。

一八　扶桑集七所収。「左親衛」以下は「上二右親衛源中郎将一」とある。その第三聯。渤海客は貞観十四年(八七二)に来朝した渤海使。左親衛源中将は五月十八日、鴻臚館で渤海国王の書簡、進物を受領した左近衛中将源舒。なお扶桑集によれば、五月二十五日、渤海使に勅書を与える使となった右近衛中将源興。

一魏《ぎ》の文帝《ぶんてい》の時、朱建平《しゆけんへい》馬を相《さう》する事なり。

（一一八）

二北斗《ほくと》の星の前に旅雁《りよがん》を横たふ　南楼《なんろう》の月の下《もと》に寒衣《かんい》を擣《う》つ
劉元淑《りうげんしゆく》　三薄命論《はくめいろん》

この詩は、劉元淑の詩なり。しかるに朗詠集《らうえいしふ》中には白《はく》四と云へり。

（一一九）

五夕霧《せきぶ》の人の枕を埋《うづ》むことを愁《うれ》ふといへども
なほ朝雲《てううん》の馬鞍《ばあん》より出づることを愛す

六山の名なり。「七青山《せいざん》馬鞍の雲」と云々。

（一二〇）

八死はこれ老閑生《らうかんせい》も也《また》得たり
何事を将《も》つて余《われ》をいかにせんとかする
元九　一〇放言《はうげん》

一 後句の典拠。三国志・魏書二十九・朱建平伝に「建平又善相レ馬。文帝将レ出、取レ馬外入。建平道遇レ之語曰、此馬之相、今日死矣。帝将レ乗レ馬。馬悪二衣香一、驚齧二文帝膝一。帝大怒、即便殺レ之」とある。
二 北斗七星の前には渡ってくる雁が列をなし、南の楼にかかる月の光のもとで、遠征の夫の身を想いながら妻は冬の衣を打っている。「南楼」は晋の庾亮が南楼に登って月を賞翫したという故事（晋書七十三・庾亮伝）から月に関連する。「擣二寒衣一」は布を柔らかくし、つやを出すために、木槌で布を打つ。冬の衣服の準備。和漢朗詠集上・擣衣に引く。千載佳句上・四時部・秋夜にも。
三 全唐詩七百七十三では「妾薄命」。その第八聯。千載佳句、朗詠注は「薄命篇」。四 白居易。伝行成筆近衛本、藤原伊行筆本などに白居易の作と注記する。
▽朗詠注（正安本は裏書）に「劉元叔詩也。不レ可レ謂レ白」とある。
五 山中の住まいは、夕霧が枕元にまで立ち籠めてうっとおしいけれども、明け方の雲が馬鞍山から立ち昇っている景色はやはりすばらしい。和漢朗詠集上・霧に引く。柳原本には「後江相公」の作者注記がある。
六 以下、諸本いずれも、詩句の下に双行注として書く。私注には「山居秋晩。後江相公。馬鞍山名。詩曰、青山馬鞍雲」とある。
七 用例としての詩句をあげたものであるが、出典未詳。「馬鞍」は太平御覧四十九・馬鞍山に「南越志云、始皇朝望レ気者云、南海有二五色気一。遂発二卒千人一、鑿レ之以断二山之岡阜一。謂二之鑿竜一。今所レ鑿之処、形如二馬鞍一、故名焉」。
八 死というものは老いてのちのいとまであり、生もまたよかろう。いったい何が私をどうできるというのか。「也得」はそれもまたよいの意。千載佳句上・人事部・感興に引く。
九 元稹。
一〇 元氏長慶集十八・放言五首。その第一首の第四聯。
▽本条は詩句をあげるのみ。
一一 あの世では誰が私だと知ってくれようか。私は白髪頭

（一二一）

[一一]黄壌《くわうじやう》には誰か我を知らむ　白頭《はくとう》にしてなほ君を憶《おも》ふ　五言《ごごん》　白[一二]

この詩は「元少尹《げんせうゐん》[一三]の詩に題す。二首」なり。同じく引く[一四]。六十[一五]。

また五十一。

（一二二）

[一六]もし宋玉《そうぎよく》の粧《よそほ》ひて重ねて下《くだ》るにあらずは
疑ふらくはこれ襄王《じやうわう》の夢の長《とこしな》へならざるか
[一七]綺窓《きさう》に吹き乱れて風の色は脆《もろ》し
珠砌《しゆせい》に灑《そそ》き来りて雨の声《おと》は香《かうば》し
[一八]花は落つ鳳台《ほうだい》の春　江相公《がうしやうこう》[一九]

故老曰《い》はく、「相[二〇]公常にこの句の美を称《い》ふなり」と。

[二一]蒼苔路滑かにして僧寺に帰る　紅葉声乾いて鹿林に在り

となって亡き君のことを思っている。和漢朗詠集下・懐旧に、続く「唯将㆓老年涙㆒、一灑㆓故人文㆒」の二句と共に引く。一二 白居易。一三 白氏文集五十一の「題㆓故元少尹集後㆒二首」。その第一首の第一聯。一四 重ねて引いている。一五 現行本では巻五十九。その「故京兆元少尹文集序」に引く。

▽本書五・2参照。

一六 もし宋玉(弄玉)が美しく粧ってふたたび下ってきたのでなければ、おそらく襄王のはかない夢に現れた神女ではなかろうか。落花の下で舞う舞姫を詠む。「宋玉」は弄玉の誤り。弄玉は秦の繆公の娘、夫の簫史と共に簫を好く奏し、鳳台に住んだ(注一八参照)。「襄王夢」は文選十九「神女賦」に「楚襄王与㆓宋玉㆒遊㆓於雲夢之浦㆒、使㆔玉賦㆓高唐之事㆒。其夜王寝、果夢与㆓神女㆒遇」とあるのをふまえる。一七 美しいあや絹を張った窓辺に吹き乱れるのは風にもろくも散る花びら、玉を敷いたような美しい石畳に雨のように降りそそぐ落花はかぐわしい。本朝文粋十「冬日於㆓極楽寺禅房㆒同賦㆓落葉声如㆑雨」詩序(慶滋保胤)に「試聞則雨声不㆑休、近見亦風色是脆」。一八 上官儀の「安徳山池宴集」(全唐詩四十)の一句(津田潔)。鳳台は弄玉が夫と共に住んだ高楼。文選二十八「升天行」の李善注に「列仙伝曰、簫史者秦繆公時人也。善吹㆑簫。繆公有㆑女、号㆓弄玉㆒、好㆑之。公遂以妻㆑之、遂教㆔弄玉作㆓鳳鳴㆒、居数十年、吹似㆓鳳声㆒。鳳皇来止㆓其屋㆒。為作㆓鳳台㆒、夫婦止㆓其上㆒、不㆑下数年、一旦皆随㆓鳳皇㆒飛去」とある。一九 大江朝綱。二〇 朝綱。

▽詩題・作者注記は底本では前聯の下に書かれているが、後聯も同題の詩と考えられる。本朝一人一首、日本詩紀では大江音人の詩としているが、本書では朝綱を「江相公」と称しているので朝綱と解する。従って本条は朝綱の自画自賛の話となる。新撰朗詠集下・妓女に「豊楽宮舞姫」の題の江相公の「若非㆓宋玉家辺女㆒、疑是襄王夢裏人」があるが、前聯とはなはだ近い。「若非…、疑(定)是…」の句形を朝綱は好んだらしく、類聚句題抄所収の詩(254・417)にも用いる。

二一 本書四・40と重出。

就、本はこれに作る。「滑」の字、ある人訓みて云はく、「狎る」と。しかるべからずと云々。

（一一三）

[一]和《わ》風《ふう》暁《あかつき》に扇《あふぎ》て吹き尽《つ》くさんことを恐る
清景《せいけい》夜明らかに須《すべか》らく静かに看《み》るべし　知房《ともふさ》

また命《おほ》せられて云はく、「去《い》ぬる春に、「月の前に桜花を惜しむ」の作を呈す。前美州《ぜんびしう》[二]知房[三]一句を贈らる。この句はいかん」と。僕《われ》[四]答へて云はく、「もしくは「[五]夜衰紅《すいこう》を惜しんで燭《ともしび》を把《と》りて看る」の詩の様《さま》か」と。答へられて云はく、「近し」と。この詩、天仁《てんにん》[六]三年の事なり。

（一一四）

[七]遊子《いうし》三年塵土《ちんど》の面《おもて》　長安万里月花《げつくわ》の西　季仲《すゑなか》

[八]僕《われ》問ひて云はく、「去年、[九]前帥《さきのそち》季仲、常州《じやうしう》より詩を送られ畢《をは》んぬ。

一 のどかな春風があけ方に吹いて、桜の花をすっかり吹き散らしてしまうのではないかと心配である。満開の清らかな景色は明るい月明りのなかで静かに賞美すべきだ。
二 前美濃守藤原知房。中右記・天永三年(一一一二)二月十八日に「聞、前美乃守知房朝臣巳時許卒去〈年六十七〉。…心性甚直、頗有㆓文章㆒」。
三 同題で詠んだ前掲の句を贈ってきた。
四 藤原実兼。
五 白氏文集十四「惜㆓牡丹花㆒二首」の第一首の一句。「惆悵階前紅牡丹、晩来唯有㆓両枝残㆒、明朝風起応㆓吹尽㆒、夜惜㆓衰紅㆒把㆑火看」。
六 一一一〇年。匡房の死の前年。
七 旅人となって三年、顔は辺地の塵や土でよごれ、都は万里のかなた、月が向かう西にある。
八 藤原実兼。
九 藤原季仲。大宰権帥であった長治二年(一一〇五)日吉社の訴えにより周防に、翌年に常陸国に左遷された。中右記・元永二年六月二十四日に「去朔日在㆓常陸国㆒流人季仲入道薨〈年七十四〉。…長治二年在㆓宰府㆒間、依㆓日吉神訴㆒配㆓流常陸国㆒之後出家。今年卒去也。有㆓才智㆒有㆓文章㆒、可㆑惜可㆑哀。但心性不㆑直、遂逢㆓其殃㆒歟。於㆓辺土㆒失㆓其命㆒、是前世之宿報也。又何為也」。

この句いかん。「遊子」はその[一〇]義由《よし》なし。しかのみならず「面」の字はいかん。文集《ぶんしふ》に云はく、「[一一]遊子塵土の顔」。もしこの句を模《も》するか、いかん。白氏《はくし》文集《ぶんしふ》に云はく、「[一二]万巻《まんぐわん》の図書は天禄《てんろく》の上、一条の風景は月花の西」。これすなはち「[一三]集賢閣《しふけんかく》に呈す」の一句なり。「[一四]天禄」は閣の名、「[一五]月花」は門の名なり。[一六]かの閣は件《くだん》の月華《げつくわ》の西に在るか。[一七]桂月《けいげつ》の西にあらず。この詩ははなはだもつて奇異《きい》なりと。

また[一八]江都《がうと》督咲《とくわら》はると云々。

（一二五）

[一九]古渡《こと》南に横たはりて遠水《ゑんすい》かと迷《まど》ひ　秋山西に繞《めぐ》りて屏風《びやうぶ》に似たり

江佐国《がうすけくに》

また命《おほ》せられて云はく、「一昨日、[二〇]江都督《がうととく》申されて云はく、「江佐国の『[二一]淳和院《じゆんなゐん》の眺望《てうばう》』の詩の上句は、その[二二]謂《いは》れなし。予《われ》案じ得たるところは『[二三]寒樹《かんじゆ》東□応障日』なり。この句、今案ずるにいかんと云々。ただし、『東』の字の下の字はいまだ思ひ得ず。障子《しやうじ》は本は

一〇 水言鈔にはこの前に「遊子、其意未レ被レ得歟。以二離人遷客一謂レ之甚以理也」とある。左遷された身を「遊子」の語でいうのは適切ではないという。
一一 白氏文集九「出二関路一」に「山川函谷路、塵土游子顔」。
一二 万巻の図書は天禄閣(集賢閣)上に所蔵され、一筋につづく風景を月華門の西に見はるかすことができる。
一三 白氏文集五十六の「和二劉郎中学士題二集賢閣一」。その第三聯。集賢閣は唐の開元年間に置かれた宮中の役所。中書省に属し、書籍を収集管理した。
一四 漢代、宮廷所蔵の図書を納めた宮殿。ここでは集賢閣にたとえる。
一五 大明宮内の皇帝が日常の政務を執る宣政殿の前の西側の廊。その西側に門下省、さらにその西北に集賢閣がある。
一六 集賢閣。
一七 月。月に桂の木があるといういい伝えによる。白詩の「月花の西」は月華門の西の意で、月が渡って行く西という意味ではない。
一八 匡房。都督はここでは大宰権帥の唐名。
一九 古い渡し場が南に横たわって、川は遠くどこへ流れていくのかと迷わされ、秋の山が西方に連なっていてちょうど屏風を立てたようだ。本朝無題詩六「淳和院眺望」の第二聯。新撰朗詠集下・眺望に引く。
二〇 →注一八。
二一 淳和院は京都市右京区にあった離宮。初め南池、淳和天皇の所有で、その後院となる。のち后正子が伝領したが、その母橘嘉智子(嵯峨后)の別宮とする記述もある。西院とも称し、今その地名が残る。
二二 必然性がない。
二三 寒樹東に［　］まさに日を障(さ)ふべし。冬木立が東にあって日を遮ることだろう。

日を障《さ》ふるなり。しかればすなはち、その対《つい》[一]は叶《かな》ふと謂《い》ふべし」と。

美州《びしう》[二]聞きて談《かた》られて曰《い》はく、「橘 孝親《たちばなのたかちか》[三]「内に菩薩行《ぼさつぎやう》を秘《かく》す」の詩を作りて云はく、「潔清《けつせい》[四]の丹地《たんち》に珠《たま》長く琢《みが》く。十四の秋天《しうてん》月暫《しばら》く陰《くも》る」の句、上の七字は下の七字に似ず[五]。明衡《あきひら》云はく、「試みに求むれども、いまだ得ず」と云々。しかるに先年、都督[六]案ぜられて云はく、「上句[七]、何ぞこれなからんや」と云々。よりてその句を問ふに、答へられて云はく、「『清涼《しやうりやう》[八]たる夏の水蓮《はちす》なほ懶《ものう》し』。この句はいかん」と云々。僕《われ》[九]申して云はく、「しかればすなはち斉名《ただな》の詩に似たるか。件《くだん》の詩に云はく、『眼《まなこ》[一〇]の蓮はあに清涼の水に養はれんや。面《おもて》の月は長く十五の天に留《とど》めたり』の句なり。かの詩[一一]、もしこの句を避けんがために、強《し》ひて上句を求むるか」と。よりて甘心《かんじん》[一二]の気《けはひ》有るか」と。

一 障日(日をさえぎる)と屏風(風をふせぐ)とで対語になる。
二 藤原知房か。→一六六頁注二。
三 法華経・五百弟子授記品の偈の一句。「内秘二菩薩行一、外現是声聞」。
四 清浄な心で珠を長くみがくように修行につとめるが、それは利他の行を欠いたもので、あたかも秋天にかかる十四日の月が円満の明かるさに欠けるようなものだ。擲金抄中・経句題に引くが、上句「長琢」は「空孕」。
五 ふさわしくない。
六 匡房。
七 上の句はどうしてもこうでなければならないだろう。
八 すがすがしい夏の水面に蓮がものうげに咲いている。
九 知房。
一〇 阿難の青い蓮のような眼は普通の蓮のように清涼な水の中で育ったものではない。その満月のような顔は十五夜の月がいつも空にかかっているようだ。大智度論三に阿難を讃歎して「面如二浄満月一、眼若二青蓮華一」。和漢朗詠集下・仏事に引く。
一一 孝親のその詩は、あるいはこの句との類似を避けようとして。
一二 匡房は納得した様子だった。「甘心」→一二八頁注四。

江談抄　第五

詩の事

（一）　文集の中に他人の詩作の入れる事
（二）　文集に同じ詩なきやといふ事
（三）　文集に常に作るところの手を炙るといふ事
（四）　斉名元稹集に点せざる事
（五）　王勃・元稹集の事
（六）　糸類の字元稹集に出づる事
（七）　白行簡の作れる賦の事
（八）　古集の体に、あるいは対有り、あるいは対ならざる事
（九）　古集ならびに本朝の諸家集等の事
（一〇）　王勃の八歳の秀句の事
（一一）　秋を焼く林葉は火還つて寒しの句の事
（一二）　菅家の御文章の事
（一三）　六条宮の御草の事
（一四）　菅家の九日群臣に菊花を賜ふの御読み様の事
（一五）　菅家の御作は元稹の詩の体為る事
（一六）　菅家の御草の事
（一七）　菅家の御草の事
（一八）　後中書王の酒をもつて家と為すの御作の事
（一九）　世尊の大恩の詩の読み様の事
（二〇）　天浄くして賓雁を識るの詩の事
（二一）　資忠の簟は夏の施為りの詩の事
（二二）　文章博士実範の長楽寺の詩の事
（二三）　月は明らかなり水竹の間の詩の腰句の事
（二四）　日本紀の撰者の事
（二五）　扶桑集の撰せらるる年紀の事
（二六）　本朝麗藻・文選少帖・東宮切韻の撰者の事
（二七）　新撰本朝詞林の詩の事
（二八）　粟田障子・坤元録の詩の撰者の事
（二九）　扶桑集に順の作多き事
（三〇）　朗詠集に相如の作多く入れる事
（三一）　四韻の法は同字を用ゐず長韻の詩は避けざる事
（三二）　匡衡の詩に波浪濤を用ゐる、是れ同義の字を置く例なる事
（三三）　両音の字をもつて平声に用ゐて作れる詩は憚るやといふ事
（三四）　両音の字通用の事
（三五）　音に随ひて訓を変ふる字の事
（三六）　爿爿の字の和名の事
（三七）　篇の字近代の人の詩に件の字を作らざる事
（三八）　㖑の字の事
（三九）　杣の字の事
（四〇）　美材文集の御屛風を書ける事
（四一）　四条大納言の野行幸の屛風詩の事

(四二) 鷹司殿の屏風詩の事
(四三) 鷹司殿の屏風の斉信の端午の詩の事
(四四) 清行の才菅家嘲り給ふ事
(四五) 斉信常に帥殿・公任を庶幾する事
(四六) 輔尹と挙直は一双の者なる事
(四七) 順・在列・保胤・以言等の勝劣の事
(四八) 時綱と長国の勝劣の事
(四九) 本朝の詩は文時の体を習ふべき事
(五〇) 父子共に文章を相伝ふる事
(五一) 維時中納言才学を夢みる事
(五二) 為憲の文章を夢みる事
(五三) 成忠卿は高才の人なる事
(五四) 斉名は正通の弟子なる事
(五五) 道済は以言の弟子為る事
(五六) 文章の評論和漢ともに有る事
(五七) 村上御製と文時三位の勝劣の事
(五八) 斉信の文章帥殿許さるる事
(五九) 公任と斉信は詩敵為る事
(六〇) 為憲・孝道の秀句の事
(六一) 勘解相公保胤を誹謗する事
(六二) 匡衡・以言・斉名の文体おのおの異なる事
(六三) 広相七日の中に一切経を見る、凡そ書籍は皆横さまに見る事
(六四) 広相左衛門尉に任ぜられ是善卿許されざる事
(六五) 隠君子の事
(六六) 匡衡献策の時一日題を告ぐる事
(六七) 源英明の作文時卿難ずる事
(六八) 源為憲の作文時卿難ずる事
(六九) 以言斉名の詩を難ずる事
(七〇) 左府と土御門右府との詩の事
(七一) 源中将師時亭の文会の篤昌の事
(七二) 秀才国成敦信の亭に来たり談る事
(七三) 都督自讃の事
(七四) 都督自讃の事

江談抄 第五

詩の事

（一） 文集《ぶんしふ》の中に他人の詩作の入れる事

命《おほ》せられて云はく、「文[一]集の中に他人の詩作の入れること、知らるるか」と。答へて云はく、「知らず。何の作なるか」と。命せられて云はく、「第[二]六帙《ちつ》の中の李[三]紳《りしん》の作れる詩なり」と。「その詩はいかん」と。命せられて云はく、「『[四]長く鴻宝集《こうほうしふ》に添《そ》ひ、小乗経《せうじようきやう》に離《か》かることなし』と云々。鴻宝集と云ふは大[五]乗経《だいじようきやう》を云ふなり。これによりて、文集をば、古人も大乗経の次、小[六]乗経の上とぞ云ひける。故橘[七]孝親《たちばなのたかちか》は常に信じて、敢へてもつて忽[八]諸《いるかせ》にせず。およそ反[九]古《ほく》などにも敢へて鼻かまぬ人なり」と云々。

一 白氏文集。
二 当時、わが国に将来されていた白氏文集七十巻は七帙に、一帙十巻に収められていた。通憲入道蔵書目録に「一合第百五櫃。一結八帖白氏文集。二帙欠。三帙十帖。…六帙十帖。七帙十一帖」とある。第六帙は巻五十一—六十をさす。同様のいい方は本書五・53に、また後二条師通記・永長元年十二月五日に「江中納言(匡房)来臨。受二文集説一。一二六七帙所レ読也」と見える。
三 現存の白氏文集(那波本)では巻六十一「聖善寺白氏文集記」に付された李紳の「看下題二文集一石記上、因成二四韻一以美レ之」。その第四聯。
四 現存文集では「長」を「永」に、「無離」を「莫雑」に作る。白氏文集は永遠に至宝の集たる大乗経と共にあり、小乗経とかかわることはない。
五 大乗はあらゆる衆生を悟りに導く乗物の意。その教えを説いた華厳、大集、般若、法華、涅槃の五部の経典。
六 修行による個人の解脱を説く阿含経、四部律などの諸原始経典。
七 匡房の外祖父。
八 「イルカセ」(名義抄)。おろそかにしなかった。
九 「反故 ホク、俗ホンコ」(字類抄)。文集を書いた紙は不用となったものでも。

（二）　文集《ぶんしふ》に同じ詩なきやといふ事

また命《おほ》せられて云はく、「[一]文集に同じ詩なきや」と。僕《われ》[二]答へて云はく、「[三]苑花《ゑんくわ》雪の如くして行輦《かうれん》に随《したが》ふ。宮月眉《きゆうげつまゆ》に似て直廬《ちよくろ》に伴《ともな》ふ」。この詩、天宝楽叟《てんぽうがくそう》の長韻詩に在り。また四韻詩に在り」と。また云はく、「[四]一に老年の涙をもつて、泣いて故人の文に灑《そそ》く」。また「[五]晦叔《くわいしゆく》を哭《こく》す」の「[六]ただ両眼の涙をもつて、一に秋風の襟《えり》に灑く」」と云々。僕曰《い》はく、「[七]許渾集《きよこんしふ》に「一樽酒《いつそん》は尽《つ》く青山の暮。千里書《しよ》は廻《かへ》る碧樹《へきじゆ》の秋」の句、三か所に在り」と。[八]帥《そち》答へられて云はく、「しかなり」と。僕問ひて云はく、「[九]文集の「放々竜々《はうはうりゆうりゆう》牛の角《つの》に在り。雷竜《らいりゆう》を撃《う》ち来たりて牛狂死《きやうし》す」は、その義いかん」と。帥答へられて云はく、「件の事、[一〇]旌異記《せいいき》に見ゆ。[一一]具《つぶ》さには記《おぼ》えず」と。

（三）　文集《ぶんしふ》に常に作るところの「手を炙《あぶ》る」といふ事

また問ひて云はく、「[一二]文集に常に作るところの「[一三]手を炙る」はその

一　白氏文集。
二　藤原実兼。
三　この言談は四・2に前出。
四　君の死を悼み、ひたすらこの老いの涙を、古くからの友人である君の遺された詩文のうえにそそぐのだ。白氏文集五十一の「題ニ故元少尹集後一二首」の第一首の後聯。また巻五十九の「故京兆元少尹文集序」にも。→四・121。
五　白氏文集六十二「哭ニ崔常侍晦叔一」。その古詩の最後の聯。「両眼」は「病眼」に作る。
六　君の死を悲しみ、両眼から流れ出る涙が、ひたすらうすら寒い秋風に吹かれる胸元にそそぎ落ちる。この詩の場合は、同じ詩が重出するというのではなく、先の「一以ニ老年涙一、泣灑ニ故人文一」と表現がきわめて類似しているということ。
七　この言談も四・114に前出。
八　匡房。
九　白氏文集十六「偶然二首」のその二の第二聯「乖竜蔵在ニ牛領中一、雷撃レ竜来牛枉死」をいう。乖竜が牛の首の中に隠れていたが、雷が竜を撃ったところ、牛も巻き添えで死んでしまった。偶然にどういう事が起こるか、測り知れないということ。乖竜は人や動物、古木などに隠れ棲むという怪物。枉死は横死。太平広記四百二十五・郭彦郎に北夢瑣言を引いて「世言、乖竜苦ニ於行雨一而多竄匿、為ニ雷神捕一レ之。或在ニ古木及楹柱之内一。若曠野之間、無レ処ニ逃匿一、即入ニ牛角或牧童之身一。往往為ニ此物一所レ累而震死也」。
一〇　隋の侯白が文帝の命で編纂した仏教説話集。日本国見在書目録・雑伝家に十巻と見える。現存せず、古小説鉤沈に十条を収める。
一一　くわしくは覚えていない。「記」は「オホユ」（十巻本字類抄）。
一二　白氏文集。
一三　手をかざすと火傷をする。権勢が盛んで近よりがたいことをいう。文集には四例ある。巻十五「放言五首」のその四に「昨日屋頭堪レ炙レ手、今朝門外好レ張レ羅」、五十二「偶

義いかん」と。答へられて云はく、「[一四]淮南子《えなんじ》の事なり。具《つぶ》さには記《おぼ》えず」」と。

（四）　斉名《ただな》、元稹《げんしん》集に点《てん》せざる事

また命《おほ》せられて云はく、「一条院、[一五]元稹集下巻をもつて、斉名に[一六]点じ進《たてまつ》るべき由仰せらる。しかりといへども、辞し遁《のが》れたり」と云々。

（五）　王勃《わうぼつ》・元稹《げんしん》集の事

また命《おほ》せられて云はく、「[一七]注王勃集・[一八]注杜工部《とこうぶ》集等、尋ね取るところなり。[一九]元稹集はたびたび唐人《たうひと》に[二〇]誂《あつら》ふといへども、求め得ず」と云々。

（六）　糸類《しらい》の字、元稹《げんしん》集に出づる事

[二一]予談《われかた》りて云はく、「[二二]菅家《かんけ》の御作は、[二三]元稹集に[二四]類《に》たる由、[二五]先日仰せあり。[二六]その言誠《げんまこと》にして験《しるし》有り。菅家の御草《ごさう》に云はく、「[二七]翅《つばさ》を低《た》るる沙鷗《さおう》は潮《うしほ》の落つる暁。糸を乱《みだ》る野馬《やば》は草の深き春」と。元稹の詩に云はく、

作二首」のその一に「焦レ心一身苦、炙レ手旁人熱」、六十二「詠興五首」の「出レ府帰二吾廬一」に「炙レ手外炎炎、履レ氷中慄慄」、六十五「感興二首」のその二に「熱処先争炙レ手去、悔時其奈噬レ臍何」。

一四　漢の淮南王劉安が学者に命じて作らせた書。諸種の説話を集める。もと内篇二十一篇、外篇三十三篇(漢書芸文志)で、内篇のみが現存する。「炙手」のことは現存本に見えない。

一五　元稹の文集は元氏長慶集百巻。日本国見在書目録には「元氏長慶集廿五」と見える。「元稹集下巻」とはどういうものか不明。

一六　訓点をつけて献上する。

一七　王勃は初唐の詩人。日本国見在書目録に「王勃集卅」と共に「新注王勃集十四」が見える。

一八　杜工部は杜甫。杜甫の詩は千載佳句、新撰朗詠集に採録されるが、杜甫の集について記すのは本条が最初。

一九　→注一五。

二〇　「アツラフ」(名義抄)。依頼する。

二一　藤原実兼。

二二　菅原道真。

二三　→注一五。

二四　「ニタリ、コトシ」(名義抄)。

二五　→五・15。

二六　そのおことばは本当で証拠があります。

二七　暁の潮の引いた砂の上にはかもめが翼をたれて下り、草の生い茂った春の野にはかげろうが糸のように乱れ立っている。「野馬」は名義抄に「カケロフ」。菅家文草三「晩春遊二松山館一」の第三聯。和漢朗詠集上・暮春に引く。

「塵《ちり》[一]を擺《はら》へる野馬は春暖かきことなし。水を拍《う》つ沙鷗は湿《うる》ほへる翅低れたり」と。この両句実《まこと》にもつて相類《あひに》たり」と。予《われ》また云はく、「善《ぜん》[二]家《け》の柳[三]の詩に「糸類[四]」の字有り。元稹の詩に云はく、「春柳[五]の黄類」と。これまたかの集より出づ」と。答へられて云はく、「両家[六]はなはだもつて興有り」と云々。また[七]善家の内宴《ないえん》[八]の「何《いづ》れの処《ところ》にか春先づ到《いた》る」の詩に、「柳眼《りうがん》[九]新《あら》たに結んで糸類出づ。梅房《ばいばう》坼《さ》けんとして玉瑕《ぎよくか》成る」と。

（七）　白行簡《はくかうかん》の作れる賦《ふ》の事

予《われ》問ひて云はく、「白[一〇]行簡の作れる賦の中に、何をもつて勝《まさ》るとすべきか」と。答へられて云はく、「「夫《ふ》[一一]を望んで化《くわ》して石と為《な》る賦」、第一なり。そもそも白行簡は知らるるか。何の流《りう》か」と云々。答へて云はく、「知らず」と。命《おほ》せられて云はく、「居易《きよい》の弟なり。さて賦は行簡勝れり」と云々。答へて云はく、「しからば、何ぞ世の人、行[一二]簡の集をもつて強《あなが》[一三]ちに規模《きぼ》[一四]とせざるか」と云々。命《おほ》せられて云はく、

一　かげろうは塵をはらって漂っているが春はなおまだ寒く、水面を打って飛ぶ砂浜のかもめは濡れた翼をたれている。白氏文集五十三「答二微之見レ寄」の第三聯。ただし上句は「擺レ塵野鶴春毛暖」。白居易の詩で、元稹の作ではない。元稹の詩に対する答詩であるので誤ったか。

二　三善清行。

三　未詳。ただし「糸類」の語は後出の内宴詩にある。あるいはこれをいうか。

四　糸の結び目。

五　現存詩にはこの措辞はない。ただし、白氏文集五十六「和二微之春日投二簡陽明洞天一五十韻」に「柳眼黄糸類、花房絳蠟珠」があり、これを誤るか。

六　道真と清行。

七　以下の言談は水言鈔にはない。

八　日本紀略・延喜十三年正月二十一日に「内宴。題云、何処春先到」により、「光」は「先」。この句題は三善清行の撰定（西宮記二・内宴）。「内宴」→六頁注一一。

九　柳の新芽が萌え出てちょうど糸に結び目ができたようで、梅の花房がほころびようとして、まるで玉にきずができたよう。「柳眼」は元氏長慶集に、巻二十二「寄二浙西李大夫一四首」のその一の「柳眼梅心漸欲レ春」のほか四例がある。「梅房」は白氏文集十一「開元寺東池早春」に「梅房小白裹、柳彩軽黄染」。

一〇　白居易の弟。旧唐書百六十六の伝に「文筆有二兄風一。辞賦尤称二精密一。文士皆師二法之一」とある。

一一　文苑英華三十一、全唐文六百九十二所収。昔、貞女が国難に赴く夫を見送って、そのまま石になったという望夫石の伝説を賦す。初学記五・石の字対「望夫」に「又（幽明録）曰、武昌北山上有二望夫石一。状若二人立一。古伝云、昔有二貞婦一。其夫従レ役遠赴二国難一。携二弱子一餞二送此山一、立望レ夫而化為二立石一。因以為レ名焉」。この賦のことは本書六・19にも見える。

一二　旧唐書の伝に「文集二十巻」とあるが、現存しない。

「詩はなほ居易勝れるなり。行簡敵《あた》[一五]るべからず。兄弟《きやうだい》[一六]五人なり。その中に敏仲《びんちゆう》有り」と云々。

（八）　古集の体《たい》に、あるいは対《たい》有り、あるいは対ならざる事

「古集の体[一七]に、あるいは対[一八]する有り、あるいは対せざる有り。いかん」と。命《おほ》せられて云はく、「これ方干《はうかん》は欠唇《けつしん》[一九]の者なり。盧照隣《ろせうりん》は悪《あく》[二〇]疾《しつ》の人なり。李白《りはく》は謫仙《たくせん》[二一]なり」と。ある人問ひて云はく、「李白をもつて謫仙人と号《なづ》くる由、文集《ぶんしふ》[二二]に見ゆ。これ文章の体を謫仙に譬《たと》へて謂《い》へるか。また実《まこと》にもつて金骨《きんこつ》[二三]の類《たぐひ》か」と。答へられて云はく、「実に謫[二四]仙なり」と。

（九）　古集ならびに本朝の諸家集等の事

問ひて云はく、「古集ならびに本朝の諸家集等の中に、人を称《い》ふところ、十一[二五]、十二と称ふごとき類《たぐひ》、その義いかん」と。帥《そち》答へて云はく、「件《くだん》の事、以言集《いげんしふ》[二六]の雑筆《ざふひつ》の中に見ゆ。以言、唐人《たうひと》に対《む》かひてこの

一三　「アナカチニ」(名義抄)。
一四　手本。
一五　「アタル」(名義抄)。かなわない。
一六　正しくは四人。敏中はいとこ。旧唐書の伝に「居易従父弟也」。
▽和漢朗詠註抄に「白居易兄弟五人也。白簡行居易弟也。聖夫化為レ石賦白簡行作也。第一透逸也云々。兄弟五人之中有二敏中云人一云々。賦簡行勝也、詩居易勝云々」とある。
一七　文体。
一八　駢儷文のように対句を多用するものとそうでないものがある。
一九　みつ口。唐才子伝七に「干、貌陋兎缺」とある。
二〇　新唐書二百一の伝に「病去レ官、居二太白山一、得二方士玄明膏一餌レ之。会二父喪一、号嘔、丹輒出。由レ是疾益甚。…疾甚、足攣、一手又癈。…病既久、与二親属一訣、自沈二潁水一」とある。
二一　天上の世界から罪によって地上の人間界に流された仙人。俗世間を超越している人をいう。
二二　白氏文集十七「江楼夜吟二元九律詩一成二三十韻一」に「毎歎陳夫子〈陳子昂著二感遇詩一称二於世一〉、常嗟李謫仙〈賀知章謂二李白一為二謫仙一〉」とある。〈 〉内は白居易の自注であるが、これは新唐書二百二の李白の伝に「白亦至二長安一、往見二賀知章一。知章見二其文一、歎曰、子謫仙人也」とあるのをふまえる。
二三　仙人の体つきの形容。白氏文集一「夢レ仙詩」に「苟無二金骨相一、不レ列二丹台名一」。
二四　本来は文章をいったもの。注二二所引新唐書参照。
▽最初の問いとこれに対する答えの「方干」云々が対応していない。
二五　いわゆる排行。白氏文集十七「廬山草堂夜雨独宿、寄二牛二・李七・庾三十二員外一」(→一〇五頁注一)の牛二・李七・庾三十二は古集の例。本書四・24の「惟十四」(→一一七頁注一一)は本朝諸家集の一例。
二六　現存しない。通憲入道蔵書目録に「以言集八帖」。

事を問ふに、答へて云はく、「人の子孫を立つるところ、譬《たと》へば一人有り。件《くだん》の人、子三人有り。始め嫡子《ちやくし》より次第に一、二、三と称ふ。次に嫡子に子五人有り。嫡孫《ちやくそん》より次第に四、五、六、七、八と称ふ。次に二男に子四人有り。その嫡子より次第に九、十、十一、十二と称ふ。次に三男に子三人有り。その嫡子より次第に十三、十四、十五と称ふ。次に嫡孫に子二人有り。十六、十七と称ふ。次に庶《しよ》の子を称ふ。かくのごとく次第に称ひて、限るに四十九をもつてし、五十に及ばず」と。また、ある説に、「ただ嫡男をもつて十一と称ひ、二男をもつて十二と称ふ。十の字に至りては、ただもつて加ふるのみ」と云々。「しかればすなはち、二十、三十においては、その義はいかん」と。「この説すこぶる拠《よ》るところなし。以言集を引き見るべし」と。

（一〇）　王勃《わうぼつ》の八歳の秀句《しうく》の事

また命《おほ》せられて云はく、「一王勃八歳にして作るところの秀句ありと云々。覚えず」と。

一　八歳で作った秀句のことは未詳。ただし早熟の文才については旧唐書百九十上のその伝に「勃六歳解レ属レ文、構レ思無レ滞、詞情英邁」、楊炯の王勃集の序に「器業之敏、先二乎就一傅。九歳読二顔氏漢書一、撰二指瑕十巻一」。

二　→四・69。

三　花の色の燃えるような赤い色は火で春の空を焼いたようである。白氏文集六十四「早春招二張賓客一」の第六句。千載佳句上・四時部・春興、和漢朗詠集上・花に引く。

四　目当て。

五　すだれの前に枝を垂れた池の辺りの柳が新緑に芽ぶいてくると、両家は一緒に春の景色を眺め楽しむ。「両家」は南斉の陸慧暁と張融。二人は屋敷を並べて住んでいたが、その間の池のほとりに二株の楊柳があったという。和漢朗詠

（一一）「秋を焼く林葉《りんえふ》は火還《ひかへ》つて寒し」の句の事

また、「[二]「秋を焼く林葉は火還つて寒し」と云ふ句は、「[三]華光焔々《くわくわうえんえん》として火春を焼く」の句を準的《じゆんてき》[四]とするなり」と。問ひて云はく、「[五]「簾《すだれ》に当たる柳色は両家《りやうか》の春」の句なり」と。

（一二）菅家《かんけ》の御文章の事

命《おほ》せられて云はく、「[六]菅家の御作の中には、なほ匡房《まさふさ》が知らざる事多し」と云々。答[七]へられて云はく、「尤《もと》もの理《ことわり》なり。匡房が知らざる事は別紙に注《しる》す。しかれば御所学[八]の才智、習はしめ給ふ文章は、天に受けしめ給ふなり。左右《さう》[九]を申すべからず。居易《きよい》[一〇]をも、楽府《がふ》[一一]の「採詩《さいし》官《くわん》」は断《あきら》[一二]かに作り損ずるなり。失錯《しつさく》有る由《よし》、仰せられけりと云々。[一三]その甲乙《かふおつ》[一四]を知らしめ給ふは尤も希夷《きい》[一五]なり。しかれば居易の楽府上下[一六]の作、詩[一七]官の事を諷諭《ふうゆ》せんがためなり。しからば、作り損ずるはいかん」と。

集下・隣家に引く菅原文時の句。

▽「問云」以下は問答として意味をなさない。脱文があろう。和漢朗詠集下・隣家に、文時の句と同じく「両家春」の語を含む白居易の「明月好当㆓三径夜㆒、緑楊宜㆑作㆓両家春㆒」がある。「当簾柳色両家春」の詩はこの白居易詩を準的とするものであることをめぐっての問答であったものだろう。

六 菅原道真。

七 この前に質問の語句があったはずである（神田本も同じく脱文がある）。

八 道真の学問における才知。

九 とやかく言うべきことではない。

一〇 白居易のことさえも。

一一 白氏文集三・四所収の新楽府五十首。「採詩官」はその最後に置かれた詩。詩題注に「鑑㆓前王乱亡之由㆒」とあり、前代の帝王が国を乱し亡ぼした理由をかがみとして、天子が自分を戒めることを願った詩。五十首の結論として新楽府を作った意図を述べたもの。

一二 「アキラカ」（字鏡集）。

一三 以下匡房の感想。

一四 上下、優劣。

一五 奥深くてはかりがたいことである。希夷はもと老子の語。聞くこともできず、見ることもできない奥深い道理。

一六 白氏文集巻三が上二十首、巻四が下三十首。

一七 古代の制度として、天子の命をうけて各地をめぐり、民間の歌謡を採集する役人があり、天子はこれによって民衆の考えを知り、政治の参考にしたという。新楽府はその流れを汲むもので、当時の政治社会を諷刺批判するものであることを教えさとすためのものである。

▽信救の新楽府略意に「江帥言談記云、此採詩官部白楽天多有㆓作誤事㆒之由、菅丞相所㆓記給㆒也。予未㆑見㆓具誤文㆒、以㆓自智㆒又難㆑決矣」とある。

（一三）　六条宮《ろくでうのみや》の御草《ごさう》の事

また命《おほ》せられて云はく、「[一]秋声多く山に在り」の詩は、[二]六条宮の御作なり。「[三]鹿鳴き猿叫ぶ」の句、[四]雄張《ゆうちやう》の御気色《みけしき》有り。しかるに以言《もちとき》の「[五]衆籟暁《しゆうらいあかつき》に興《おこ》る」の句を覧《み》て、大いに歎息《たんそく》[六]妬忌《とき》せしめ給ふ。[七]件《くだん》の詩の[八]胸句《きようく》またもつて神妙《しんべう》、一首の[九]秀句なり」と。

（一四）　菅家《かんけ》の「九日、群臣に菊花を賜《たま》ふを観《み》る」の御詩の読み様《やう》の事

「[一〇]菅家の「[一一]九日、群臣に菊花を賜ふを観る」の御作に云はく、「[一二]術中彭祖九重門」と。その読み様はいかん」と。[一三]帥《そち》答へられて云はく、「古今、件《くだん》の句に読み様有りと云々。「[一四]術《じゆつ》の中《うち》は彭祖《はうそ》なり九重《きうちよう》の門《もん》」と読むべし」と云々。問ふ、「次の句の「鶏雛《けいすう》老いず仙人の曙《しよ》」の「曙」の字はいかん」と。云はく、「もしくは「署」の字か。官署の義なり。[一五]仙官の義なり」と。「「鶏雛」、その義はいかん。件の事は、

一　↓一〇九頁注二〇。
二　具平親王。
三　↓一〇九頁注一九。
四　↓一〇九頁注二三。
五　↓一〇九頁注二四。
六　嫉妬する。詩経、桃夭の序に「不二妬忌一、則男女以レ正、婚姻以レ時」。
七　上文を承けての匡房の感想。
八　律詩の第二聯。類聚句題抄(12)には「衆籟暁興林頂老、群源暮叩谷心寒、風聞遠及霜鐘動、俗韻来添月杵闌」を引くが、これは第二・三聯と考えられるので、胸句は前聯をさす。
九　和漢朗詠集下・山にも引く。
▽本書四・10とほとんど同文。ただし「件の詩の胸句」以下はそれにはない。
一〇　菅原道真。
一一　菅家文草二所収。元慶七年九月九日、紫宸殿での重陽宴の作。
一二　この詩の第二句。
一三　匡房。
一四　宮中の宴に侍して菊酒を飲むと、不老の術を得て彭祖のような長寿を得ることとなる。彭祖は顓頊の玄孫で、尭の臣下。八百歳余りの長寿であったという仙人。魏文帝の「与二鍾繇一書」(芸文類聚四・九月九日)に「至二於芳菊一、紛然独栄、…故屈平悲二冉々之将一レ老、思レ食二秋菊之落英一。輔レ体延レ年、莫二斯之貴一。謹奉二一束一、以助二彭祖之術一」。
一五　仙人の役所。

[一六]側《ほの》かに見るといへども、慥《たし》かには覚えず」と。答へられて云はく、「[一七]菊をもて薬に合はせ、[一八]碁子《きし》のごとくにして服《ふく》す。もし信ぜざれば、鶏《にはとり》の雛《ひな》に与へて食せしむ。老いに至るも死せざること、[一九]菊花方《きくくわはう》に見ゆ」と云々。帥命《おほ》せられて云はく、「件の詩の次の句、[二〇]「[二一]五柳《ごりう》が暁雲孫《うんそん》に租《みつ》ぐにあらず」、この事、心の及ぶところにあらず」と。予《われ》答へて云はく、「[二二]禁囲《きんゐ》の仙菊繁華《せんきくはんくわ》にして、昔時《せきし》の五柳東籬《とうり》の閑寂《かんじやく》に勝《まさ》る心か」と。また命せられて云はく、「「租」の字の読みはいかん。いまだ覚《さと》らざる事なり」と云々。また命《おほ》せられて云はく、「件の詩の[二三]落句《らくく》はいかん」と。予答へて云はく、「件の落句の「黎収《れいしう》」の[二四]読み様はいかん。件の事、[二五]文選《もんぜん》の舞賦《まひのふ》に見ゆるか、いかん」と。答へられず。

（一五）　菅家《かんけ》の御作は元稹《げんしん》の詩の体為《た》る事

また命《おほ》せられて云はく、「[二六]菅家の御作は元稹の詩の体なり。古人もまた云へること、かくのごとし」と。[二七]帥《そち》、「菅家の御作は心の及ぶところにあらず」と。

一六 「ホノカニ」(名義抄)。
一七 菊を仙薬と調合する。芸文類聚八十一・菊に「抱朴子曰、劉生丹法、用₌白菊花汁蓮汁樗汁₋和ﾚ丹蒸ﾚ之。服一年、寿五百歳」。
一八 「キシ、コイシ」(名義抄)。碁石。
一九 未詳。
二〇 第七句。
二一 菊を摘む陶淵明のもとへ王弘が酒を贈った故事があったけれども、今は淵明の子孫に酒を貢ぐのではない。「暁」は菅家文草は「晩」。五柳は五柳先生と称した陶淵明。雲孫は八代のちの子孫。
二二 宮中に咲き乱れる菊花の華やかさは、むかし陶淵明が東の垣根のもとで静かに菊を賞愛した趣にまさっている。東籬は陶淵明の有名な「采ﾚ菊東籬下、悠然見₌南山₋」(飲酒其五)の句による。
二三 第四聯。「莫ﾚ教₌舞妓偸飡去₋、恐未₌黎収₋月裏奔」。
二四 「おもむろにおさむ」と読む。
二五 巻十七所収。それに「黎収而拝、曲度究畢。遷延微笑、退復₌次列₋」とあり、六臣注に「善曰、…舞将ﾚ罷徐収₌斂容態₋而拝」。ゆっくりと舞い収める。
二六 「菅家」は菅原道真。↓五・6。
二七 匡房。

(一六)菅家《かんけ》の御草《ごさう》の事

また命《おほ》せられて云はく、「菅三品《かんさんぼん》[一]云はく、「[二]菅家の御草は亀の甲《かふ》を削《けづ》りて、その上に綵鏤《さいろう》[三]を加へたるがごとし。心力《しんりよく》の及ぶところにあらず。紀家《きけ》[四]の作は檜《ひ》の木を削りて、磨瑩《まえい》[五]を加へたるがごとし。何物にも用ゐるべし。尤《もと》も庶幾《しよき》[六]すべし」と云々。しかればすなはち、いはんや区々《くく》[七]の末学《まつがく》においては、それ自《みづか》らあに楽《ねが》[八]はんや」と云々。問ふ、「菅家の御作は眼及ばず[九]、文集《ぶんしふ》[一〇]は眼及ぶ。これ何の故《ゆゑ》ぞや。その時代に寄り、その文章に寄り、これらは庶幾するか」と。帥《そち》[一一]云はく、「人に依るなり。紀家[一二]は同じ時なり。しかれども似ざるのみ。もしくはこれ殊《こと》に幽《いう》[一三]玄《げん》の道有るか」と。

(一七)菅家《かんけ》の御草《ごさう》の事

また命《おほ》せられて云はく、「菅家[一四]云はく、「温庭筠《をんていゐん》の詩の体は優善《いうぜん》なり」」と。

一 菅原文時。
二 菅原道真。
三 美しい彩りを刻みこむ。
四 紀長谷雄。
五 みがき。
六 「コヒネカフ、ショキ」(字類抄)。目標とすべきものだ。
七 取るに足りない私のような者は。
八 「ネカフ、ホス」(名義抄)。目標とすることなどできない。
九 よくわからない。
一〇 白氏文集。
一一 匡房。
一二 長谷雄は道真と同じ承和十二年(八四五)の生まれ。
一三 奥深くたやすくは知りえない道理。
▽14・15条にくり返される道真の詩文に対する「心の及ぶところにあらず」という言辞の別の表現が本条の「幽玄の道有るか」であろう。

一四 菅原道真。
▽温庭筠の没年は八七〇年頃、道真は九〇三年であるから、道真は新しい詩人の詩を読んでいたことになる。また最も早い温庭筠詩の受容である。以後は千載佳句に一八首、和漢朗詠集に三首が採録され、匡房の詩境記に言及がある。

（一八）後中書王《ごちゆうしよわう》の「酒をもつて家と為《な》す」の御作の事

「[一五]後中書王の「[一六]酒をもつて家と為す」の御作に云はく、「[一七]杜康昔構容人息」。下の三字の読みはいかん」と。[一八]帥《そち》答へられて云はく、「「[一九]人の息《いき》を入《い》ると読むべし」と云々。いまだ詳《つまびら》かには覚えず。何の書に出づるか」と云々。

（一九）「世尊《せそん》の大恩《だいおん》」の詩の読み様《やう》の事

「また「[二〇]世尊の大恩」の詩の作、「[二一]重く重きこと雲を干《をか》す嵩嶺《すうれい》よりも重し。深く深きこと日を納《い》るる海潮《かいてう》よりも深し」。かくのごとく読むべしと云々。近代の人、その説を知らず」と。

（二〇）「天浄《きよ》くして賓雁《ひんがん》を識《し》る」の詩の事

「「[二二]天浄くして賓雁を識る」の詩、「[二三]頻寒着」の三字は読まれず。何《なん》等《ら》の書《しよ》の文なりや。およそかくのごとき類《たぐひ》尤《もと》も多し」と。[二四]僕《われ》貢士《こうし》答へ

一五 具平親王。
一六 本朝麗藻下・酒所収の「唯以レ酒為レ家」の詩。この詩題は白氏文集十六「憶二微之一傷二仲遠一」の「只将レ琴作レ伴、唯以レ酒為レ家」による。
一七 「以レ酒為レ家無レ所レ営、時々吟詠助二歓情一、杜康昔構二容人息一、陶令重来寄二我生一」とある第三句。杜康は中国古代に初めて酒を作ったとされる人。この句を含む第二聯は新撰朗詠集下・酒に引く。
一八 匡房。
一九 底本「人ノ息キ入ト」。新撰朗詠集の群書類従本は「人の息(き)を容(い)れ」と読む。ただし古写本では、梅沢本・大谷大学本は「人ノヤスムコトヲイレ」、陽明文庫本は「人ヲイレテヤスム」、穂久邇文庫本は「人ノヤスマムコトヲユルシ」、フォッグ美術館本は「人ノヤスムコトヲイレタリ」と読む。
二〇 本朝麗藻下に同じ場で作られた「暮秋、勧学会。於二法興院一聴レ講二法華経一、同賦二世尊大恩一」の高階積善の詩序があり、この詩が藤原道長の援助で再興された勧学会での作であることが知られる。「世尊大恩」は法華経・信解品から選ばれた句題。
二一 釈迦の恩の広大であることは、雲をしのぐ高山よりも重く、太陽を入れる海よりも深い。この詩は作者未詳。
二二 菅家文草五の「重陽節侍レ宴同賦三天浄識二賓鴻一。応製」。空が晴れわたっていて雁が飛んでいくのがよく見えるの意。
二三 第五句「時霜唯痛頻寒着」中の三字。「しきりに寒さのつかんこと」と読む。「着」は添う、加わる意。
二四 藤原実兼。「貢士」は「僕」に付された注記で、文章生の唐名。

て云はく、「千載佳句《せんざいかく》[一]の詩[二]に云ふ「雁着行」の「着」の字、「雁」の義すこぶる[三]近きか」と。命《おほ》せらる、「この義[四]は公に叶《かな》ふと謂《い》ふも、かの詩は叶はずと云々。この事、前濃州知房《ぜんのうしうともふさ》[五]も同じく不審《ふしん》とす」と云々。

（二一）　資忠《すけただ》の「簟《むしろ》は夏の施為《まうけた》り」の詩の事

また云はく、「菅《かん》資忠の「簟[六]は夏の施為り」の詩、「玄紀《げんき》[七]」の「紀」をもつて平声《ひやうしやう》に用ゐる。礼記《らいき》[八]の説と相違す」と云々。

（二二）　文章博士実範《もんじやうはかせさねのり》の「長楽寺《ちやうらくじ》」の詩の事

また命《おほ》せられて云はく、「故文章博士実範の「長楽寺[九]」の「松柏《しようはく》山寒うして枝長からず」の句の詩[一〇]に「白駒《はくく》」と云ふ。「『白駒[一一]』、尋ぬべし」と。注書[一二]して云はく、「盧照隣集《ろせうりんしふ》[一三]に見ゆ」と。主人[一四]感ぜらる」と云々。予《われ》[一五]云はく、「盧照隣集は、往年《わうねん》一見せしところなり。件《くだん》の集に泥人《でいじん》[一六]の事有り。いかん」と。帥《そち》[一七]答へられて云はく、「もしくは旱天《かんてん》[一八]に用ゐる事か」と。僕《われ》曰はく、「いな。冢墓《ちようぼ》[一九]の詩なり」と。詳《つまび》らかに答へ

一　↓一四〇頁注五。

二　巻下・別離部・秋別の羅隠の「南都水暖蓮分レ影、北極天寒雁著レ行」中の三字。ただし、この句の「著」は「あらわす」と読むべきもので、道真の詩とは意味が異なる。

三　やや。

四　この一文、意味解しがたい。

五　前美濃守。知房は承徳三年（一〇九九）正月、美濃守となり（本朝世紀）、康和四年九月には在任（殿暦）。

六　応和二年（九六二）六月十七日の弓場殿における学問料試の詩題。↓注七。「簟」は竹の皮や葦で作ったむしろ。「施」は名義抄に「マウク」。芸文類聚六十九・薦席に「雑記曰、呉議郎張純詣二鎮南将軍朱拠一、拠曰、為賦二一物一、然後乃坐。純賦曰、席為二冬設一、簟為二夏施一」とあり、詩題はこれによる。

七　江家次第十九・弓場殿試事に「村上応和二年六月十七日」のこととして「簟為二夏施一〈以レ純為レ韻。官韻張純〉」の題で、「藤原公方作二官韻一。但以二張子純一作二長純一。…菅原資忠不レ作二官韻一、作二玄純一。是覃名。作二秀句一犯二鶴膝一。仰曰、資忠文体可レ観。尤是奉レ公。可レ賜二学問料一」とある。これによると「玄紀」は「玄純」の誤りか。純は平声・仄声の両音がある。

八　五経の一。周末から秦・漢時代の儒家の礼に関する説を集めた書。四十九編。ここにいうその「説」は詩句が示されていないので明確にしがたいが、詩題との関連から、たとえば尚書・顧命に「牖間南嚮、敷二重篾席黼純一」とあり、篾席は竹の敷物で、純はへり、ふちの意。一方、礼記・深衣に「具二父母大父母一、衣純以レ繢」とあり、ここもへりの意で、鄭玄の注に「純、謂レ縁レ之也」。このような語句に関してのことか。

九　本朝無題詩八の「秋日長楽寺即事」。その第六句。松柏の生えた山は寒々として木の枝も長くは伸びていない。

一〇　同じ題で作られた匡房の詩。第三聯に「白駒過レ隙往難レ反、鴻雁随レ陽去也留〈有レ注〉」とある。白駒は白い馬。「人生二一世間一、如二白駒過一レ隙」（史記五十五・留侯世家）のように時間が瞬時に過ぎることのたとえとしていう。

られず。

(二三)「月は明らかなり水竹《すいちく》の間《かん》」の詩の腰句《えうく》の事

また命《おほ》せられて云はく、「予《われ》[二〇]、近曾《さいつころ》[二一]、右金吾亭《うきんごてい》[二二]において「月は明ら[二三]かなり水竹の間」の詩を作る。腰句[二四]の「陸張《りくちやう》[二五]の池は白し両家の秋」と云ふ句の「白」の字、江都督《がうとく》[二六]命せられて云はく、「『冷』の字に改むべきか」と云々。「藤原為時《ふぢはらのためとき》の詩の『三巴峡《さんはかふ》[二七]の月《つき》雲収まりて白し』の句、以言《もちとき》云はく、『〃白〃の字、置き処を習ふべし。この句の〃白〃の字、はなはだもつて優《いう》なり』と云々。また以言の詩の『桂花《けいくわ》[二八]秋白し』の句の『白』の字、またその体[二九]を得たり。この外に学ぶべし。ただし、余《よ》[三〇]事《じ》なり」」と云々。

(二四)日本紀《にほんぎ》の撰者の事

談《かた》られて云はく、「日本紀[三一]は見らるや」と。答へて云はく、「少々は見たるも、いまだ広きに及ばず。そもそも日本紀は誰人の撰するとこ

一一「白駒」の語の典拠を確かめてみるべきだといわれた。後出の「主人」の言であろう。
一二 自注を付した。
一三 盧照鄰の幽憂子集六の「対二蜀父老問一」に「来不レ可レ違、類二鴻雁之随一レ陽。去不レ可レ留、同二白駒之過一レ隙」とある。
一四 未詳。
一五 藤原実兼。
一六 泥人形。現存作に見えない。
一七 匡房。
一八 日照り。雨乞いのために用いる。文選四十二の「与二広川長岑文瑜一書」に「頃者炎旱。…土竜矯二首於玄寺一、泥人鶴二立於闕里一」とあり、六臣注に「済曰、土竜泥人並祈レ雨之物也」。
一九 墓。現存詩に該当するものはない。墓の詩に詠まれる泥人は人形(ひとがた)であろう。
二〇 後文に匡房の言談が引かれるので、これは匡房ではない。水言鈔の配列では二条前が五・41であるので、知房かとも考えられるが明確ではない。
二一「サイツコロ」(名義抄)。
二二 右衛門督の唐名。もし匡房の晩年のこととすれば、あるいは藤原能実か。嘉承三年(一一〇八)―天永二年(一一一一)、右衛門督。
二三 和漢兼作集七に「月明水竹間」の題の藤原永実(一〇五三―一一一九)の詩がある。これによって底本の「月明水簡」を改める。
二四 律詩の第三聯。
二五 陸慧暁と張融の両家の間にある池は白く光ってまさに秋の風情である。「両家」→一七七頁注五。
二六 匡房。 二七 →四・110。
二八 新撰朗詠集下・遊女の「桂花秋白雲閑地、蘆葉春青水冷天」の一部。月が秋には白く冴え。
二九 使い方が的確だ。
三〇 余談。
三一 日本書紀。三十巻。神代から持統天皇まで。養老四年(七二〇)成立。

ろなりや」と。答へられて云はく、「日本紀は舎人親王《とねりしんわう》の撰なり。また[一]続日本紀《しよくにほんぎ》は左大弁《さだいべん》[二]菅野真道《すがののまみち》の撰なり。その功に依り、[三]免田《めんでん》三十町を給はる。[四]三代実録《さんだいじつろく》は[五]昭宣公《せうせんこう》の撰ばせらるるなり。[六]文徳実録《もんとくじつろく》は[七]都 良香《みやこのよしか》の撰するところなり。序は[八]菅丞相《かんじようしやう》なり」と云々。

（二五）　扶桑集《ふさうしふ》の撰せらるる年紀《ねんき》の事

また云はく、「[九]扶桑集は[一〇]長徳年中《ちやうとくねんちゆう》に撰するところなりと云々。時に[一一]九代を歴《へ》たるか。今上《きんじやう》の時なり」と。

（二六）　本朝麗藻《ほんてうれいさう》・文選少帖《もんぜんせうてふ》・東宮切韻《とうきゆうせつゐん》の撰者の事

また云はく、「[一二]本朝麗藻は高積善《かうもりよし》の撰するところなり。[一三]橘贈納言《きつぞうなごん》は[一四]文選少帖を抄《せう》するところなりと云々。また[一五]東宮切韻は、菅家《かんけ》の[一六]主刑部《しゆぎやうぶ》[一七]尚書《しやうしよ》、十三家の切韻を集めて一家の作と為《な》すといへり。著述の日、[一八]聖《せい》[一九]廟《べう》執筆し、[二〇]滞綴《たいてつ》せしめ給ふ」と云々。

一　日本書紀に続く国史。四十巻。文武天皇元年（六九七）から桓武天皇延暦十年（七九一）まで。延暦十六年成立。
二　編者の一人。
三　租税を収めることを免除された田。日本後紀・延暦十六年二月十三日に撰進の功により正四位下に昇叙された記事があるが、賜田のことは見えない。なお、同正月十五日に長岡京地一町が与えられているが、関連あるか。
四　六国史の最後。五十巻。清和・陽成・光孝の三代、天安二年（八五八）から仁和三年（八八七）まで。延喜元年（九〇一）の成立。
五　藤原基経であるが、三代実録の編纂には関与していない。
六　文徳天皇一代、嘉祥三年（八五〇）から天安二年（八五八）までの歴史書。十巻。元慶三年（八七九）成立。
七　編者の一人。三代実録・元慶四年八月三十日に「是善撰二文徳天皇実録十巻一。文章博士都朝臣良香預レ之」。
八　菅原道真。序は菅家文草七所収。「奉二家君教一所レ製也」の注記がある。
▽底本には末尾に細字の次の書入れがある。「首書云、日本書紀者撰者不知。続日本紀者真道所撰也。日本後紀者左大臣緒嗣撰之。続日本後紀者忠仁公撰也。文徳実録者照宣公所撰之。都良香雖列序未知彼撰、菅丞相序不見。若僻事歟。三代実録者左大臣時平所撰也。照宣公寛平三年薨了。争可在延喜元年連署哉」。
九　漢詩集。紀斉名撰。本来十六巻であるが、巻七・九の二巻のみ現存。二中歴十二「詩作者、扶桑集七十六人」によると、仁明朝以後、一条朝の前までの詩を採録する。
一〇　九九五—九九九年。底本には「一条院」の傍注がある。
一一　その時から当代の帝まで九代を歴ていることになろうか。一条天皇から言談の行われている鳥羽天皇までの九代。今上は現在の天皇。
一二　漢詩集。二巻。現存（上巻は巻首・巻尾を欠く）。成立は寛弘の末頃と推定される。円融朝から当代一条朝までの詩を採録する。本朝書籍目録に「本朝麗藻二巻。高階積善」。
一三　橘広相。
一四　現存せず、未詳。

（二七）　新撰本朝詞林《しんせんほんてうしりん》の詩の事

「為憲《ためのり》の撰するところの本朝詞林[21]は故二条関白殿[22]に在り。件《くだん》の書は諸家の集を為憲に撰ばしめ給ふものなり。世間に流布披露《るふひろう》する本ははなはだもつて省略せるなり。保胤《やすたね》[23]・正道《まさみち》[24]等の集の詩二百余首、今書き入るるところなり。有国集《ありくにしふ》[25]は故広綱《ひろつな》[26]の集むるところにして、幾《いく》[27]ばくならず」と云々。

（二八）　粟田障子《あはたさうじ》・坤元録《こんげんろく》の詩の撰者の事

また申されて云はく、「粟田障子[28]の詩は輔正卿《すけまさきやう》撰す。坤元録[29]の詩は維時卿《これときききやう》撰す。しかればすなはち作者[30]と判者とおのおの互ひに長短有[31]りて、その巧みなるに随《したが》ふなり。粟田の詩に、以言《もちとき》、帥殿《そちどの》[32]の方人《かたうど》[33]なるをもつて入れられず。怨《うら》みて言ひて云はく、「坤元録[34]といへども、絶《ぜつ》句《く》一首は何ぞ罷《まか》り入らざらんや」と云々。故文章博士実範《もんじやうはかせさねのり》、後にこの事を伝へ聞きて、この言を許されず」と云々。

一五　韻書。東宮は東が平声の最初の韻、宮が五音の主音であることによるという(三僧記)。三代実録・元慶四年八月三十日の是善の薨伝に「自撰㆓東宮切韻廿巻、…㆒」。現存せず、和名抄、釈日本紀などに佚文がある。

一六　刑部卿の唐名。是善をいう。

一七　三僧記一に「入㆓東宮切韻㆒十三家」として陸法言・郭知玄・尺氏・長孫納言・韓知十・武玄之・薩峋・麻杲・王仁昫・祝尚丘・孫愐・孫伷・沙門清徹をあげる(川瀬一馬)。切韻はここでは韻書の意。

一八　道真をいう。是善の子。

一九　勘仲記、建治二年(一二七六)七月二十五日に、平等院宝蔵に聖廟御筆の東宮切韻のあったことが見える(川口久雄)。

二〇　「滞」は何かの誤りか。

二一　現存しない。後二条師通記・寛治五年七月十四日に、師通が父師実から借りた書籍の一つに「詞林十巻詩」とあるのはこれか。

二二　藤原師通。承徳三年(一〇九九)没。

二三　本朝書籍目録に「保胤集二帖」と見える。

二四　橘正通の集のことを語るものとして本朝麗藻下に具平親王の「題㆓故工部橘郎中詩巻㆒」がある。

二五　通憲入道蔵書目録に「勘解由相公草二巻」、本朝書籍目録に「勘解由相公集二巻」として見える。

二六　有国の玄孫。没年は不明。

二七　作品の数は多くない。

二八　藤原道兼が正暦元年(九九〇)頃、粟田(京都市左京区)に造営した山荘の障子の名所絵に題して詠まれた詩。大江匡衡、藤原為時、紀斉名、高丘相如の詩が江吏部集、本朝麗藻、和漢朗詠集、新撰朗詠集にある。

二九　→一一四頁注五・六。

三〇　坤元録詩の作者は大江朝綱、橘直幹、菅原文時の三人(→四・19)。

三一　得意不得意。

三二　藤原伊周。

三三　仲間。味方。長徳二年(九九六)伊周の失脚の時に、以言もその一党として飛騨権守に左遷された(小右記・同年十月十一日)。

三四　坤元録屏風詩の撰集は以言の生存時よりはるかに以前。過去の権威ある屏風詩として挙げたものであろう。

（二九）　扶桑集《ふさうしふ》に順《したがふ》の作多き事

また云はく、「[一]扶桑集の中に順の作尤《もと》も多し。時の人難ず」と。問ふ、「順の序、紀家《きけ》[二]の序よりも多きはいかん」と。帥《そち》[三]答へて云はく、「「[四]花光水上に浮かぶ」の序は順の序なり。専《もは》ら入るべからざるなり。しかるに斉名《ただな》、その祖師《そした》[五]為るをもつて、多く入るる由、時の人難ず」と。

（三〇）　朗詠集《らうえいしふ》に相如《すけゆき》の作多く入れる事

また「四《し》[六]条《でう》大納《だいな》言《ごん》は高相如《かうすけゆき》の弟子《でし》なり。よりて朗[七]詠集を撰ぶ時、多く相如の作を入れたり。いはゆる「[八]蜀茶《しよくちや》は漸《やうや》くに浮花《ふくわ》の味《あぢ》はひを忘る」、ならびに「[九]樵蘇《せうそ》往反《わうはん》す」の句、何の秀発《しうはつ》[一〇]有るか」と。

（三一）　四韻の法は同字を用ゐず、長韻の詩は避けざる事

また云はく、「[一一]四韻の法は同[一二]字を用ゐず、[一三]長韻の詩は強《あなが》ちに避けず。

一　↓一八四頁注九。
二　紀長谷雄。
三　匡房。
四　現存本の扶桑集にはないが、本朝文粋十に見える。
五　本書五・54に「問云、斉名者誰人弟子哉。帥云、橘正通之弟子也。正通者順之弟子」とある。
六　藤原公任。
七　和漢朗詠集。
八　真夏には暑さを忘れるために飲んだ蜀の茶も、涼しくなったので飲むこともしだいに少なくなって、茶碗に白く泡立った茶の味も忘れるようになった。巻上・秋興所収。後句は「楚練新伝擣㆑雪声」。
九　木こりや草刈りが往き来する。巻上・落葉所収。以下「杖穿㆓朱買臣之衣㆒。隠逸優遊、履踏㆓葛稚川之薬㆒」。↓六・2。
一〇　↓一五二頁注九。
一一　四韻詩、すなわち律詩。
一二　一首の中で同じ字を用いない。
一三　六韻十二句以上の詩。その詩では同じ字を用いることを必ずしも避けない。

江以言《がうもちとき》の円成寺当座《[一四]ゑんじやうじたうざ》の詩に、第二の上の句に云はく、「郷園沼遰《[一五]きやうゑんてうてい》として雲を隔てしむ」と。第五の下の句に云はく、「初めて[一六]逢《あ》ふ雲洞薜蘿《うんとうへいら》の僧」と。これすなはち「雲」の字両所なり。第二の下の句に云はく、「林草凋残《[一七]りんさうてうざん》して雪に凌《しの》がる」と。また、第七の上の句に云はく、「泉《[一八]せん》戸《こ》草残りて寒雪圧《かんせつあつ》す」と云ふ。「草」の字両所なり。また、第三の上の句に云はく、「風澗《[一九]ふうかん》寒き時緑桂《りよくけい》を斟《く》む」と。また第六の上の句に云はく、「風情忽《[二〇]ふうじやうたちま》ちに発《おこ》りて吟《ぎん》ずることなほ苦し」と。「風」の字両所なり。風月のごとき字の類《たぐひ》は必ず避く[二一]。しかるに以言は用ゐる。この詩はすでに本朝麗藻《[二二]ほんてうれいさう》に在り」と云々。

（三二）　匡衡《まさひら》の詩に「波・浪・濤」を用ゐる。これ同義の字を置く例なる事

また「匡衡朝臣が引くところの省試《[二三]しやうし》の詩、句を置くに、「波・浪・濤」を用ゐる。これ同義の字を置く例なり。また保胤《やすたね》は「四五朶《[二四]しごだ》」を「風煙行《ふうえんかう》」に対し、江以言《がうもちとき》は「蓬莱洞《[二五]ほうらいとう》」を「十二楼《じふにろう》」に対す。皆詩人

一四　本朝麗藻下の「歳暮遊㆓園城寺上方㆒」。十韻詩。
一五　ふるさとは遥かに遠く雲に隔てられ。
一六　初めてかずらで織った服をまとった山寺の僧に出会った。雲洞は雲の湧き出る洞穴。
一七　林のなかの草は枯れしおれて雪に覆われている。
一八　泉の側の庵の近くには草が枯れ残って、冷たい雪に押しつぶされている。
一九　風の吹きわたる谷間の寒い時、酒を飲んで体を暖める。緑桂は芳香樹の桂を浸して造った酒。
二〇　たちまち詩興が湧き起こってくるが、それを口に詠じようとして苦しんでいる。
二一　重複して用いるのを避ける。
二二　↓一八四頁注一二。
二三　↓一一二頁注一一。ここでは本朝文粋七の「請㆘重蒙㆓天裁㆒弁㆗定大内記紀斉名称㆑有㆓病累瑕瑾㆒所㆑難学生大江時棟奉㆑試詩㆖状」に引く藤原長穎の詩。その奏状に「古今省試詩、以㆓字異訓同之字㆒、並㆑句用㆑之、是例也」として、長穎の及第詩をその例として引用する。「滄海無㆓波白㆒、初知遇㆓太平㆒。金宮奔浪静、玉闕乱濤晴」。そのあとの注記に「波浪濤三字、其義一也。非㆓只両字㆒、已用㆓三字㆒」とある。なお「四五朶」は本書四・60参照。
二四　この語句を含む保胤の詩は現存せず、未詳。
二五　類聚句題抄「詩情似㆑得㆑仙」の詩(156)に「月秋十二楼前路、風暮蓬莱洞裏門」とあるのをいう。「十二楼」は崑崙山上にあるという仙人の居所。史記十二・孝武本紀に「方士有㆑言、黄帝時為㆓五城十二楼㆒」、注に「崑崙玄圃五城十二楼、此仙人之所㆓常居㆒也」。「蓬莱」も渤海にあるという仙人の住む島。
▽諸本一条とするが、「また保胤は」以下は本来、別条か。また表題は内容を誤解したものである。

の秀句《しうく》なり」と。

(二二二)　両音の字をもつて平声に用ゐて作れる詩は憚《はばか》るやといふ事

予《われ》また問ひて云はく、「[一]両音の字をもつて平声に用ゐて作れる詩、なほ作るを憚るべきや」と。命《おほ》せられて云はく、「憚るべからず。[二]天神の御作に、「[三]鶴は千里を飛ぶもいまだ地を離れず」の句、「[四]坐《ゐ》て炉辺《ろへん》に在《あ》れば手亀《かが》まらず」の句の「離」の字、「亀」の字は、[五]毛詩《もうし》・荘子《さうじ》の文に両字は[六]他声なり。なほ憚らず[七]平声に用ゐらる。また、朝綱《あさつな》の[八]登省《とうじやう》の詩に、両音の字をもつて平声に用ゐし時、評定《ひやうぢやう》の諸儒《しよじゆ》、[九]仗座《ぢやうざ》において落第にせんとするに、朝綱傍《かたは》らに立ちて詠じて云はく、「鶴飛千里未離地」と音《おん》に[一〇]頌《しよう》しけり。諸儒なほ聞き入れざりしところ、朝綱云はく、「[一一]菅丞相《かんじようしやう》の仰せられし事も聞きて侍るなり」と云ひけるを、[一二]延《えん》喜《ぎ》の聖主《せいしゆ》聞こしめして、「彼は謂《いはれ》有り。及第にすべきなり」と仰せ下されしなり。しかれば憚るべからざるか」と。

一　平声・仄声の両音をもつ字を平声として用いて。
二　菅原道真。
三　鶴は千里の天空を飛ぶけれども大地を離れることはない。菅家文草二「勧二野営一住二学曹一」の第六句。「地」を「雲」に作る。
四　炉辺に坐れば暖かくて手にひびができることもない。菅家文草四「客居対レ雪」の第四句。「坐」を「居」に作る。
五　漢の毛亨が伝えたことから詩経をいう。
六　亀を他声(仄声)とすること、疑問。
七　はなれるの意の離は平声・仄声の両方があるが、道真の詩は一句の第六字で、第二字の飛(平声)、第四字の里(仄声)と二六対、二四不同で対応すべきであるから、ここは平声。また、ひびが切れる意の亀も平声。
八　文章生となるための試験。朝綱は延喜十一年(九一一)に文章生。その詩は現存しない。
九　字類抄に「陣座　チンノサ。一名仗座」とあり、陣座(→三九頁注五)に同じ。
一〇　詠じる。誦に同じ。
一一　道真。
一二　醍醐天皇。
▽後半の朝綱の話は十訓抄四「大江朝綱詠二道真詩一及第事」に入る。

(三四)　両音の字通用の事

僕《われ》また問ひて云はく、「明衡《あきひら》の詩[一三]の「車帷裳《ゐしやう》[一四]を漸《ひた》す」の「漸」の字はいかん。「漸台《せんだい》[一五]」も同じく霑《ひたす》[一六]の義なり。しかるに他声《たしやう》[一七]に用ゐるはいかん」と。答へられて云はく、「「漸台」の義はなほもつて平声《ひやうしやう》なり。しかればすなはち明衡の失《あやま》ちなり。ただし両音の字に通用の例有り[一八]。文章の許すところなり。時に随《したが》ひて斟酌《しんしやく》すべきか。菅家《かんけ》[一九]の御作に云はく、「鶴[二〇]は千里を飛ぶもいまだ地を離れず」と。「離[二一]」の字を平声に用ゐる。これその例なり。また「坐《ゐ》[二二]て炉辺に在れば手亀《かが》まらず」と。この詩は脂《し》[二三]の韻を用ゐる。荘子《さうじ》[二四]のごときは、真臻《しんしん》[二五]の韻なきにあらず、また去声《きよしやう》に用ゐるなり」と。僕問ひて云はく、「脂を用ゐる由《よし》、東宮切《とうきゆうせつ》[二六]韻《ゐん》の諸家[二七]の釈《しやく》の中に一説有るか」と。答へらる、「しかなり」と。僕問ひて云はく、「古賢[二八]の尚《たふた》ぶところ、仰いで信を取るといへども、世《せ》[二九]説一巻私記《せついつくわんしき》は紀家《きけ》[三〇]・善家《ぜんけ》相共に累代《るいだい》の難義《なんぎ》を釈せられし書なり」と。

一三　現存の詩に見えない。
一四　車はとばりを水に濡らしながら進む。詩経・衛風・氓の「淇水湯湯、漸二車帷裳一」による。帷裳は女車のとばり。漸は鄭箋に「漬也、湿也」。
一五　漢書二十五下・郊祀志に「作二建章宮一。…其北治二大池一。漸台高二十余丈、名曰二泰液一」とあり、顔師古の注に「漸、浸也。台在二池中一、為二水所一レ浸、故曰二漸台一」。
一六　名義抄に「ウルフ、ヒタス」。
一七　漸はひたす、うるおすの意では平声。それを明衡の詩は他声(仄声)の字として用いているのはどうであろうか。
一八　平声と他声(仄声)の両音のある漢字は通用する場合がある。
一九　菅原道真。
二〇　→注三。
二一　→注七。
二二　→注四。
二三　ひびが切れる意の亀は真韻であるが、「客居対雪」の脚韻は脂韻で、ここでは脂韻(かめの意)として用いている。
二四　荘子・逍遥遊に「宋人有下善為二不レ亀レ手之薬一者上」とある。
二五　広韻では(平声)十七真と十九臻で通用する。
二六　→一八四頁注一五。
二七　→一八四頁注一七。
二八　昔の賢人が大切にしたものは尊んで信じますが。
二九　現存しない。世説は世説新語。南朝宋の劉義慶の著、劉孝標の注。後漢から東晋までの名士の逸話を集めたもの。
三〇　紀長谷雄と三善清行。

（三五）　音《おん》に随ひて訓《くん》を変ふる字の事

またある人云はく、「[一]音に随ひて訓を変ふる字、その音を労[二]せず用ゐる事は文章の一体なり。古人の伝ふるところなり」と。

（三六）　⿻井木⿻井石の字の和名の事

命《おほ》せられて云はく、「延喜《えんぎ》[三]の御時、渤海国使《ぼつかいこくし》[四]二人来朝す。その牒状《てふじやう》[五]に、⿻井木⿻井石、この両字はおのおの使二人の姓名為《た》り。紀家《きけ》[六]見て、いまだ文字を知らずといへども、呼びて云はく、「井木《せいぼく》[七]のづぶり丸、井石《せいせき》[八]のざぶり丸参れ」と喚《よ》ぶに、おのおの応《こた》へて参らしむと云々。異国の作り字なり。当時の会釈《あしやく》[九]をもつて読めり。神妙《しんべう》[一〇]と謂《い》ふべきものなり。異国の者聞きて感ず」と云々。

（三七）　⿱竹閵の字、近代の人の詩に件《くだん》の字を作らざる事

また云はく、「[一一]⿱竹閵の字、近代の人は詩に作らずと云々。明衡《あきひら》[一二]ならび

一　例えば前条で話題となっている亀は、かめの意のときは音はキ、ひびが切れるの意では音はキン、すなわち音キでは訓はカメ、音キンでは訓は「カカマル」（名義抄）。このような文字をいうか。
二　「労」の意味、解しがたい。
三　醍醐天皇の治世。
四　渤海は七世紀末から十世紀初めまで、中国東北地方の東南部から朝鮮半島北部を領有した国。この間、日本へ三十四回来朝したが、ここは延喜八年（九〇八）の使節ということになる。日本紀略・正月八日に「渤海客来」。
五　牒はもと四等官以上の官人が官庁に申達する上申文書と規定されるものであるが、実例では幅広い範囲で用いられた通達の文書で、このように外交文書としても用いられた。壬生家文書所収の咸和十一年の渤海国中台省牒は遺存する貴重な例。
六　紀長谷雄。和漢朗詠註抄の「江談云」としての引用では紀淑望（長谷雄の子）とする。
七　字形を木が井戸に沈んだと解して、その時の音として「づぶり」と呼んだのだろう。「この平張は川にのぞきてしたりければ、づぶりと落ち入りぬ」（大和物語一四七段）。
八　文字を石が井戸に落ちたと解して「ざぶり」と呼んだ。「季武、河ヲザブリ〳〵ト渡ルナリ」（今昔物語集二十七・43）。
九　解釈。
一〇　「シンベウ」（字類抄）。
▽⿻井木、⿻井石は黒本本節用集に「サンブリ」「ドンブリ」の訓があり、大塔物語に「⿻井石切漬ケ、⿻井石突入レ」に「サンブト」「ドンブト」の訓がある。
一一　名義抄に「力振反」とあり、音はリン、表柱、はしら。また広韻には「損也」とあり、そこなうの意。
一二　二人の現存の詩に「⿱竹閵」字を用いたものはない。なお範綱の詩は中右記部類紙背漢詩十に一首のみ現存。

に範綱《のりつな》この字を作る。件の人以後、強《あなが》ちにもつて作らずと云々。ある人の秘抄の中に有り」と。

（三八）　吽の字の事

予《われ》問ひて云はく、「吽、この字はいかん」と。答へられて云はく、「件《くだん》の字は塚[一三]の古文字なり。塚の古文字は二万[一四]六千六百六十日と読むと云々。筭[一五]位をもつて読ましむるか。時の博士は読めりと云々。人[一六]の寿命の日数なり」と云々。

（三九）　杣《そま》の字の事

また問ひて云はく、「杣の字は誠に本朝の作り字か、いかん」と。命《おほ》せられて云はく、「杣[一七]の字は本朝の山田福吉《やまだのさきよし》の作るところなり。榊[一八]《さかき》の字はまた日本紀[一九]《にほんぎ》に見ゆ」と云々。

一三　塚に書かれていた古い文字。
一四　中国の古代数学における算木の並べ方では、二万は‖、六千は⊥、六百は丅、六十は⊥。これを一つの文字のように組み合わせると吽となる。
一五　算木の位。筭は算に同じ。
一六　約七十四年になる。
一七　和名抄に「杣、功程式云、甲賀杣、田上杣〈杣、読㆓曾万㆒。所㆑出未㆑詳。但功程式者修理筭師山田福吉等弘仁十四年所㆓撰上㆒也〉」とあり、箋注に「杣字皇国所㆑造会意字、非㆓漢字㆒。然既見㆓宝亀十一年西大寺資財帳及延暦廿三年太神宮儀式帳㆒。江談抄以為㆔山田福吉造㆓是字㆒者蓋誤㆓読本書㆒也」という。
一八　和名抄の「竜眼木」に「楊氏漢語抄云、竜眼木〈佐賀岐、…〉日本紀私記云、坂樹刺立、以為㆓祭㆑神之木㆒〈今案、本朝式用㆓賢木二字㆒、漢語抄用㆓榊字㆒。並未㆑詳〉」とあり、箋注に「榊字又出㆓日本後紀㆒、又新撰字鏡、榊、梻、椗、杜、皆訓㆓佐加木㆒。…榊即皇国所㆑製会意字、蓋以㆓祭祀必用㆒㆑之也」という。
一九　日本書紀には用いられていない。

（四〇）　美材《よしき》、文集《ぶんしふ》の御屏風を書ける事

また云はく、「小野美材、内裏《だいり》の[一]文集の御屏風を書き了《をは》んぬ。奥書《おくがき》に、「[二]大原《たいげん》の居易《きよい》は昔の詩聖、小野美材は今の[三]草神《さうしん》」」と云々。

（四一）　四条大納言《しでうだいなごん》の野行幸《ののみゆき》の屏風詩の事

[四]近曾《さいつころ》、美乃前司《みののぜんじ》知房《ともふさ》に[五]謁《まみ》えし次《ついで》に談《かた》られて云はく、「[六]四条大納言の[七]野行幸の屏風詩の「[八]徳は飛沈《ひちん》を照らす雲夢《うんぼう》の月」の句の下の三字は、本《もと》は「[九]霊囿《れいいう》の月」と作られたり。後に「雲夢」に改めらる」と。

（四二）　鷹司殿《たかつかさどの》の屏風詩の事

また命《おほ》せられて云はく、「[一〇]鷹司殿の屏風詩は斉信卿《ただのぶきやう》撰ばる。斉信すこぶる多く資業《すけなり》の詩を入れらる。「[一一]花塘宴《くわたうのえん》」の詩の「[一二]色糸《いろのいと》」の句も撰び入る。義忠《のりただ》聞きて[一三]宇治殿《うぢどの》に申すと云々。「糸の字は[一四]他声《たしやう》なり。平《ひやう》声《しやう》にあらず。僻事《ひがごと》と謂《い》ふべし。詩は[一五]俊遠《としとほ》・保昌《やすまさ》が作るべきなり。資業

一　白氏文集。その詩文を書いた屏風であるが、ほかに所見がない。
二　山西省の県名。白居易の祖先の出身地。白居易はその作品のなかでしばしば「太原白居易」と自称している。
三　草書の神。美材の能書については、菅原道真の「傷㆓野大夫㆒」（菅家後集）に「況復真行草書勢、絶而不㆑継痛哉乎」という。
四　→一八三頁注二一。
五　「アフ、マミユ」（名義抄）。
六　藤原公任。
七　野行幸は天皇が群臣を率いて野原へ出遊し、鷹狩りを見ること。それを題として詠んだ屏風詩。次の42条の鷹司殿屏風詩の一つであろう。
八　天子の徳は、ちょうど雲夢を照らす月のように、そこに棲む鳥や魚にまでも及んでいる。飛沈は鳥と魚。雲夢は楚の地にあった広大な沢。文選七の「子虚賦」に「楚有㆓七沢㆒。嘗見㆓其一㆒。…名曰㆓雲夢㆒。雲夢者方九百里」。
九　霊囿は周の文王が設けた、鳥獣を放し飼いにした園。詩経・大雅・霊台に「王在㆓霊囿㆒、麀鹿攸㆑伏」。
一〇　藤原道長の妻、源倫子の邸宅。左京、万里小路の東、鷹司小路の北。
一一　花の咲く堤での宴。
一二　今鏡九・唐歌には「色の糸詞つづりて春の風にまかせたり」とあり、日本詩紀はこれに拠って「色糸詞綴任㆓春風㆒」とする。
一三　藤原頼通。
一四　平声に対し、上声・去声・入声という。仄声。先の日本詩紀の本文で考えると、二字目は、四字目の「綴」（仄声）、六字目の「春」（平声）との呼応から、平声でなければならない。　義忠の発言はそのことをいうかと思われるが、糸は平声。
一五　橘俊遠と藤原保昌。詩文も残らず、詩人と目すべき人物ではない。

は[一六]当任《たうにん》の受領《ずりやう》なるに依りて、その詩多く入れらる」と云々。[一七]戸部納言《こほうなごん》、この事を聞きて、[一八]文集《ぶんしふ》の詩を勘《かんが》へ献《たてまつ》る。「[一九]声々《せいせい》の麗句《れいく》は寒玉《かんぎよく》を敲《う》つ。句々《くく》の妍詞《けんし》は色の糸を綴る」と云々。宇治殿この事を聞《き》こしめして、義忠を[二〇]勘《かんが》へ仰せらる。義忠は蟄居《ちつきよ》す。明年三月に及ぶも免《ゆる》されず。すなはち女房につけて和歌を献《たてまつ》ると云々。

[二一]青柳《あをやぎ》の色の糸にて結びてし縒《よ》れ葉ほどけで春ぞ暮れぬる

この歌に依りて免《ゆる》さる」と云々。

（四三）　鷹司殿《たかつかさどの》の屏風の、斉信《ただのぶ》の端午《たんご》の詩の事

「[二二]鷹司殿の屏風詩の、斉信の[二三]端午の詩の「[二四]片月《へんげつ》に絃《いと》を鳴らして士卒《しそつ》喧《かまびす》し」の句、道済《みちなり》、[二五]筑前国《ちくぜんのくに》に在りて伝へ聞き、「この句は、『[二六]徳は飛《ひ》沈《ちん》を照らす』の句に勝《まさ》れり。件《くだん》の句は秀句なりといへども、[二七]村濃《むらこ》く糸の染め違ひたる様《さま》なり」」と云々。また[二八]帥《そち》示されて云はく、「「[二九]雲夢《うんぼう》」の字は平声《ひやうしやう》か。[三〇]文選《もんぜん》に両音有るか」と。

一六 現任の国守。資業は丹波守（寛仁四年任）、播磨守（長元元年任）、伊予守（長暦三年任）を歴任。今昔物語集二十四・29では、ここは「此レ資業ガ当職ノ受領ナルニ依テ、大納言其ノ饗応（賄賂）有テ被入タル也」。
一七 民部卿大納言の唐名。斉信。
一八 白氏文集。
一九 美しい句はいずれも口に詠ずれば美しい玉をたたくようで、句ごとのきれいな言葉は色糸をつづり合わせたようである。白氏文集五十三「酬二微之一」の第二聯。新撰朗詠集下・文詞にも引く。
二〇 問い質して罰する。
二一 色の糸ということから結ぼれてしまったもつれは解けないまま春は暮れてしまった。縒れ葉はよじれた葉。前田家本は「ヲモヒヲトカデ」、今昔は「ウラミヲトカデ」、今鏡は「かれ葉はとけで」（「よれ葉ほどけで」とも）。
二二 →注一〇。
二三 五月五日の節供。その詩はこの句のみ。
二四 空に弓張月が懸かるもとで、士卒たちは絃を鳴らして弓を競い、騒ぎ立てる。端午には近衛の騎射が行われた。
二五 道済は長和四年（一〇一五）筑前守となり、大宰少弐を兼ねた。
二六 →注八。
二七 同じ色で濃淡をつけて染めたもの。
二八 匡房。
二九 「徳照二飛沈一」に続く二字。「雲」は平声。「夢」は平声、仄声（去声）の両方があるが、沢の名としては仄声。
三〇 「子虚賦」（→注八）ほかに例がある。

（四四）　清行《きよゆき》の才、菅家《かんけ》嘲《あざけ》り給ふ事

「善相公《ぜんしやうこう》[一]は巨勢文雄《こせのふみを》の弟子なり。文雄、清行を薦《すす》むる状に云はく、「清行の才名は時輩《じはい》を超越《てうゑつ》す」と云々。菅家[二]この事を嘲《あざけ》らしめ、すなはち「超越」を改めて「愚魯《ぐろ》[三]」の字と為《な》す。また広相《ひろみ》に問はる。云はく、「詳《つまびら》[四]かならず、詳かならず」と云々。菅家怨《うら》ましめて、「先君[五]是《これ》善《よし》なりの門人為《た》るも、事において芳意《はうい》なし」」と云々。

（四五）　斉信《ただのぶ》常に帥殿《そちどの》・公任《きんたふ》を庶幾《しよき》する事

また命《おほ》せられて云はく、「斉信常に帥殿[六]・公任を庶幾す[七]。また中務《なかつかさの》[八]宮《みや》に感歎す。斉信常に称せられて云はく、「帥殿は文章[九]をもつて許さる」と云々。その年歯《ねんし》[一〇]はすでにもつて等輩《とうはい》なり。かの人の許し給ふをもつて面目と為《な》す。あに甚《はなはだ》[一一]しからずや」と云々。

（四六）　輔尹《すけただ》と挙直《たかなほ》は一双の者なる事

一　三善清行。
二　菅原道真。
三　おろか。本朝文粋十「三月尽日陪二吉祥院聖廟一賦二古廟春方暮一詩序」に「以言性是愚魯」。
四　私はよくわからない。
五　亡き父。道真の「奉二昭宣公一書」（政事要略三十）に「広相者某先父相公之内人。然而未四曾聞三為レ某有二恩怨一」という。
六　藤原伊周。
七　↓一八〇頁注六。
八　具平親王。
九　私の文章を認められた。五・58参照。
一〇　年齢。斉信は伊周より七歳年長。
一一　なんとひどいことではないか。

また命《おほ》せられて云はく、「輔尹と挙直は[一二]一双の者なり。匡衡《まさひら》、書を行成大納言《ゆきなりのだいなごん》の許《もと》に送りて云はく、「為憲《ためのり》・為時《ためとき》・孝道《たかみち》・敦信《あつのぶ》・挙直・輔尹、この六人は[一三]凡位《ぼんゐ》を越ゆる者なり。故にその身貧し」」と云々。

「統理平《とうまさひら》・高五常《かうかずつね》は詩に工《たく》みなる者なり」と云々。また云はく、「[一四]紀家《きけ》深く五常に感ぜらる。また、先年[一五]菅三品《かんさんぼん》の自筆に書かれし[一六]統理平集を見る。[一七]好むところの事は善悪を嫌《きら》はざるか。はたまた先達《せんだつ》なるか」と。

（四七）順《したがふ》・在列《ありつら》・保胤《やすたね》・以言《もちとき》等の勝劣の事

問ふ、「順と在列の勝負はいかん」と。[一八]帥《そち》答へて云はく、「順勝《まさ》る」と。問ふ、「順と保胤の勝劣はいかん」と。帥答ふ、「保胤勝る」と。問ふ、「順と以言はいかん」と。帥答へて曰《い》はく、「以言勝るか。ただし、故人[一九]孝親朝臣《たかちかあそん》はあるいは順をもつて勝ると為《な》さむ。予偸《われひそ》かに[二〇]甘心《かんじん》せざるのみ。「[二一]夜の蘭《らん》は色を弁ぜず」の題に、以言作りて云はく、「深しとや為《せ》む浅しとや為む風の声暗し」と。満座相感じて云はく、「文《ぶん》

一二 →一〇四頁注一。
一三 平凡な才能、力量。水言鈔は「凡伍」。
一四 紀長谷雄。その「延喜以後詩序」（本朝文粋八）に「故越州別駕高大夫（高丘相如）、以ㇾ文見ㇾ知。与ㇾ予相善。遂定㆓交於筆硯之間㆒」とある。
一五 菅原文時。
一六 現存せず、他に所見がない。
一七 長谷雄の五常に対する、また文時の理平への評価は、自分の好むことについてはよしあしを問題としなかったのであろう。あるいはまた先輩だからなのか。「善悪」は具体的には不明。
▽「統理平」以下は水言鈔は別条。

一八 匡房。
一九 匡房の外祖父。
二〇 →九頁注二二。
二一 以下本書四・44参照。以言についてこの話をあげたのは、順より以言が勝っているとする自説を証するためである。

集《しふ》の態《さま》もしけるは」」と云々。

(四八) 時綱《ときつな》と長国《ながくに》の勝劣の事

問ひて云はく、「時綱[一]と長国[二]はいかん」と。帥《そち》[三]答へて云はく、「長国勝《まさ》るか。明衡《あきひら》談《かた》りて云はく、「[四]長国に仰せらるるは、恨みと為《な》すべからず」」と云々。

(四九) 本朝の詩は文時《ふみとき》の体《たい》を習ふべき事

「本朝の集の中には、詩においては、文時の体を習ふべきなりと云々。文時も「文章を好まむ者は我が草《さう》[五]を見るべし」と云々。この草[六]以往《いわう》は、[七]賢才の風情《ふうじやう》を廻《めぐ》らすといへども、なほもつて荒強《くわうきやう》なりと云々。また[八]六条宮《ろくでうのみや》、[九]保胤《やすたね》に「詩はいかが作るべき」とありけるも、「[一〇]文芥集《ぶんかいしふ》」を保胤に問はしめ給へ」とぞ云ひける。[一一]筆《ひつ》においてはしからざるか」と。

一 光孝源氏。長久三年(一〇四二)の頃、文章生。寛治二年(一〇八八)事に坐して安房に配流された。
二 中原氏。天喜二年(一〇五四)没。中右記部類紙背漢詩五に永承三年(一〇四八)の明衡と同席しての詩がある。
三 匡房。
四 水言鈔は「仰」を「作」に作る。この一文の意味、捉えがたい。
▽匡房は「暮年詩記」(朝野群載三)で、時綱について「前肥前守時綱朝臣、深得詩心」、長国については「故肥前守長国朝臣、予先祖李部大卿之門人也。長於文章」と述べている。
五 文章。
六 以前。「サキツカタ、古今部、イワウ」(字類抄)。
七 すぐれた才能の人でも、心に抱く思いを表すことにおいてはまだ優雅繊細さに欠ける。
八 具平親王。
九 保胤は具平親王の師で、文時は保胤の師。
一〇 文時の詩文集。現存しない。通憲入道蔵書目録に「文芥集一結十巻、同集一結六巻、同集一結七巻」と見える。言泉集に佚文が残る。
一一 詩、賦などの韻文に対して散文をいう。文鏡秘府論・西に「筆者詔策移檄章奏書啓等也。即而言之、韻者為文、非韻者為筆」。

（五〇）　父子共に文章を相伝ふる事

問ひて云はく、「古今、[一二]父子の文章を相伝ふる者は希《まれ》なるか」と。帥答へて云はく、「良香《よしか》と子の在中《ありなか》、[一三]菅家《かんけ》と御子《みこ》の淳茂《あつしげ》、文時《ふみとき》と子の輔昭《すけあきら》、村上と御子の[一四]六条宮《ろくでうのみや》、この外になし」と云々。

（五一）　維時《これとき》中納言才学を夢みる事

「維時中納言、[一五]日記の中に書きて云はく、「[一六]菅家《かんけ》、夢の中に告げしめて云はく、『汝《なんぢ》の才学漸《やうや》く[一七]朝綱《あさつな》に勝《まさ》る由《よし》、記《しる》すところなり』」と云々。しかりといへども、文章においては、敵にあらざるか」と。

（五二）　為憲《ためのり》の文章を夢みる事

「[一八]橘孝親《たちばなのたかちか》の父[一九]名尋ぬべし師匠と為《な》すべき者を求め、その先祖の[二〇]学《がく》館院《くわんゐん》を建てし者名尋ぬべしに祈請《きしやう》す。夢の中に告げて云はく、「文章は為憲《ためのり》に習ふべし」といへれば、為憲聞きて[二一]雄を称す」と云々。

一二　父子共にすぐれた文章を伝えている者。
一三　菅原道真。
一四　具平親王。

一五　他に所見がない。
一六　菅原道真。
一七　維時とは従兄弟。朝綱が二歳年長。

一八　匡房の外祖父。
一九　橘氏系図に「内成」とある。この注記は次のものと共に筆録者実兼の心覚えであろう。
二〇　橘氏の子弟のための教育施設。嵯峨天皇の后橘嘉智子が弟の氏公と共に建て、のち大学別曹の一つとなった。文徳実録・嘉祥三年(八五〇)五月五日に「后亦与ニ弟右大臣氏公朝臣一議開ニ学舎一、名ニ学官院一。勧ニ諸子弟一誦ニ習経書一、朝夕済々」、日本紀略・康保元年(九六四)十一月五日に「勅以ニ学館院一為ニ大学寮別曹一」。
二一　(自分を)すぐれた者なのだといった。雲州往来下に「和歌蜂起、相互称レ雄」。

（五三）　成忠卿《なりただきやう》は高才の人なる事

また云はく、「[一]成忠は高才の人なり。儀《ぎ》[二]同三司《どうさんし》の御亭《ごてい》にて文集[三]の二帙《ちつ》の詩と六帙の詩を闘《たたか》はせし日、二帙の詩の最初に、「[四]天宮閣早春《てんきゆうかく》」の詩を出だせり。成忠難ずと云々。「[五]天宮閣は寺なり。何ぞ最初にこの詩を出だすや」と成忠卿相論の詞有り。その同じ事をもつて量《はか》るに、かの人は才智の者なり」と云々。

（五四）　斉名《ただな》は正通《まさみち》の弟子《でし》なる事

問ひて云はく、「斉名は誰《たれ》人の弟子なりや」と。帥《そち》[六]云はく、「橘《たちばなの》正通《まさみち》の弟子なり。正通は順の弟子なり」と。問ふ、「何をもつて知るや」と。帥云はく、「為憲集《ためのりしふ》[七]に云はく、「順、家集《かしふ》[八]をもつて一の弟子の正通に付せずして我に付す」といへり。これをもつて知る」と云々。

（五五）　道済《みちなり》は以言《もちとき》の弟子《でし》為《た》る事

一　高階氏。娘貴子は伊周の母。
二　藤原伊周。准大臣の意で、寛弘二年、伊周が大臣の下、大納言の上に任じられたとき自称した。
三　白氏文集。二帙は巻十一—二十、六帙は巻五十一—六十に当たる。→一七一頁注二。
四　現存の白氏文集（那波本）では巻五十八所収。
五　詩題に「早秋登二天宮寺閣一贈二諸客一」（六十五）とあり、「天宮閣秋晴晩望」（六十七）に「梵閣暮登時」とある。洛陽にあった。
六　匡房。
七　他に見えず未詳。
八　他に見えず未詳。

「道済は以言の弟子なり。昔、[九]詩を以言に請ふ。以言[一〇]稠人《ちうじん》において称して曰はく、「[一一]彼の風情《ふうじやう》日《ひび》に新たなり。遂《つひ》に時の人もつて[一二]一双と為《な》さむ」」と云々。問ふ、「以言は誰人《たれ》の弟子なりや」と。答ふ、「篤茂《あつしげ》の弟子なり」と。

（五六）文章の評論《さうろん》、和漢ともに有る事

「賢人君子といへども、[一三]文道の評論、和漢ともに有る事なり。[一四]宋の明帝《めいてい》と鮑明遠《はうめいゑん》と文章を争ふ間、明帝はその性はなはだもつて凶悪なり。よりて鮑明遠殺されもぞするとて、[一五]故《ことさら》に作り損ず。時の人曰はく、「文衰へたり」と云ふ。隋《ずい》の煬帝《やうだい》と薛道衡《せつだうかう》と文章を争ふ間、[一六]薛道衡遂《つひ》に殺され了《をは》んぬ」と云々。

（五七）村上御製《むらかみぎよせい》と文時三位《ふみときさんゐ》の勝負の事

また談《かた》られて云はく、「村上の御時、「宮鶯暁《きゆうあうあかつき》の光に囀《さへづ》る」の題の詩に、文時三品《ふみときさんぼん》を召して講ぜしめられしに、その間の物語は知らるる

九 詩について教えを以言に請うた。
一〇 大勢の人のなかで。→六〇頁注五。
一一 彼の心に抱く詩趣は日々新しいものがある。
一二 私と彼とを一対とするようになるだろう。
▽水言鈔は「問ふ、以言は…」以下を別条とする。

一三 文章の道における争論。
一四 南北朝時代の宋。明帝は文帝の誤り。南史十三・臨川烈武王道規伝に「鮑照字明遠、東海人、文辞贍逸、…文帝以為ニ中書舎人一。上好レ為ニ文章一、自謂人莫ニ能及一。照悟ニ其旨一、為ニ文章一、多ニ鄙言累句一。咸謂照才尽。実不レ然也」とある。
一五 「コトサラニ」(名義抄)。
一六 薛道衡は煬帝に高祖文皇帝頌を献ったが、父文帝を弑して位を嗣いだ煬帝はこれを文帝を褒めて自分を非難するものとして悦ばず、罪に陥れて殺させた(隋書五十七)。
▽匡房は「詩境記」(朝野群載三)ではこの故事を「宋明帝・隋煬帝、並欲ニ慰納一、与其豪□。鮑明遠・薩道衡等争レ礼、遂不ニ内属一」と記している。

か、いかん」と。答へて云はく、「知らず」と。語られて云はく、「尤《もと》も興《きよう》有ることとなり。件《くだん》の日は村上と文時と相互に相論の日なり。件の御製に云はく、「[一]露濃《こま》やかにして緩《ゆる》く語る園花《ゑんくわ》の底《もと》。月落ちて高く歌ふ御柳《ぎよりう》の陰《かげ》」と作らしめ給ふを、文時、「[二]西楼《せいろう》に月落ちて花の間《あひだ》の曲。中殿《ちゆうでん》に灯《ともしび》残《のこ》つて竹の裏《うち》の音《こゑ》」と作りたりければ、主上《しゆじやう》聞《き》こしめして、「我こそこの[三]題は作り抜きしたれと思ふに、文時の詩またもつて[四]神妙《しんべう》なり」と仰せられて、文時を召し、御前に近づけて、「[五]偏頗《へんぱ》なく我が詩の事、[六]憚《はばか》りなく難《なん》の有無《うむ》を申せ」と仰せらるるに、文時申して云はく、「御製神妙に侍り。ただし下《しも》の七字は文時が詩にもまさらせたまひたり。『御柳の陰』なれば、宮と思《おぼ》え候《さぶら》ふに、上の句は、いづこに[七]宮の心は作らしめ御《おは》するにか候ふらむ。園は宮にのみやは候ふべき」と申すに、村上の仰せらるるやうは、「足下《そくか》は知らぬか。その園は[八]我が園ぞかし」と仰せらるるに、文時申して云はく、「しかこそ侍るなれ。[九]上林苑《しやうりんゑん》の心にこそ侍るなれ。しかりといへども、いかが侍るべからむ」と申すに、「[一〇]尤《もと》も謂《いはれ》有り」と仰せらるるに、一《ひと》り問答して云は

一 明け方露がしとどにおりて、鶯は宮中の庭園の花の中でゆっくりと囀り、月は山に没し、御苑の柳の陰で高く鳴いている。新撰朗詠集上・鶯に引く。
二 西楼に月は没して鶯は花の間で囀り、中殿になお灯火が残るなか、庭の竹の中で鳴いている。西楼は豊楽殿の西北の霽景楼。中殿は清涼殿。その前に呉竹がある。和漢朗詠集上・鶯、和漢兼作集一に引く。
三 この題では抜群の詩を作った。
四 すぐれている。
五 公平に。
六 遠慮せずに欠点があるかないかを。
七 詩題の「宮鶯」の「宮」という意味はどこにこめてお作りになったのでしょうか。
八 天皇にとっての「我が園」はすなわち「宮」になる。
九 長安の西にあった御苑。秦の始皇帝が創建し、漢の武帝が拡張増設し、広大な規模を有した。
一〇 十分な根拠があるのだ。

く、「また興有る仰せ事あり」と云ひて、「さこそは侍りなん」と申して座を退かんとするに、主上また仰せらるるやう、「しからば、我が詩と足下の詩と勝劣《しようれつ》はいかん。慥《たし》かに差《さ》し申すべし」と仰せらるるに、文時申して云はく、「御製は勝《まさ》らしめ給ふ。尤も神妙なり」と申すに、主上仰せらるるやう、「よもしからじ。慥かになほ申すべきなり」と仰せられて、蔵人頭《くらうどのとう》を召して仰せらるるやう、「もし文時この詩の勝劣を申さず、実《まこと》に依《よ》りて申さしめずは、今より以後、文時の申す事、我に奏達《そうたつ》[一一]すべからず」と仰せらるるを聞きて、文時申して云はく、「実には御製と文時が詩と対座《たいざ》[一二]に御座《おはしま》す」と申すに、「実に誓言《せいごん》を立つべし」と仰せらるるに、また申して云はく、「実には文時が詩は今[一三]一膝《ひとひざ》居《ゐ》上《あが》りて侍り」と申して、逃げ去り了《をは》んぬ。主上感歎せしめ給ひて、涕泣《ていきふ》し給ふ」と云々。

（五八）　斉信《ただのぶ》の文章、帥殿《そちどの》許さるる事

また云はく、「斉信はいかん」と。答へられて云はく、「[一四]小《こ》松雄《まつを》君《ぎみ》は

一一　臣下の上奏を取り次ぐことは蔵人の大きな任務。
一二　対等。
一三　一段上にあります。先の「対座」に関連させての比喩。
▽今昔物語集二十四・26に同話がある。

一四　斉信の幼名。他に見えないが、兄の誠信が幼名を松雄君といったことは口遊の序、栄花物語四に見える。

もし斉信か」と。云はく、「斉信自《みづか》ら称《い》ひて云はく、「[一]帥殿《そちどの》、文章をもつて許され給ふ」と云々。[二]儀同三司《ぎとうさんし》は、これその年歯《ねんし》を論ずれば、斉信の後進等輩《とうはい》なり。しかるにかの人の許さるるをもつて面目《めんぼく》と為《な》す。あに甚《はなは》だしからずや」と。

（五九）　公任《きんたふ》と斉信《ただのぶ》は詩敵《してき》為る事

また「[三]帥殿《そちどの》常に示して云はく、「公任と斉信は詩敵[四]と謂《い》ひつべし。もし相撲《すまひ》に譬《たと》へば、公任は善《よ》く擲《なげう》つといへども、斉信を[五]仆《たふ》すべからず」」と云々。

（六〇）　為憲《ためのり》・孝道《たかみち》の秀句の事

「為憲の文章は為時《ためとき》・孝道に劣れりと云々。これに就きて言はば、孝道の秀句はただ三つなり。「[六]巫《ふ》陽《やう》月有り猿三叫《さんけう》。晋嶺《しんれい》雲なし雁一行《いつかう》」の句、「[七]明妃《めいひ》涙《なみだ》有り」の句、「[八]樹は応《まさ》に子《み》熟《じゆく》すべし」の句等なり。[九]為憲はその員《かず》有り」と。

一　以下は五・45とほとんど同文。
二　↓一九八頁注二。
三　藤原伊周。
四　詩の好敵手。
五　「タフル」（名義抄）。
六　空高く月が照らす巫峡では猿が悲しげに三たび叫び、雲もなく晴れあがった晋山の上空を雁が一列渡っていく。巫陽は巫峡（↓一一二頁注一）の陽（みなみ）。本朝麗藻下「晩秋遊二弥勒寺上方一」の第三聯。「晋嶺」を「商嶺」に作る。
七　類聚句題抄所収（79）「望レ月遠情多」の題の一句「明妃有レ涙塞垣秋」をいう。明妃は王昭君（↓一一五頁注一〇）。
八　擲金抄中・経句題所引「安二住希有地一」の題の一句「樹応二子熟一菩提種」をいう。
九　為憲には多くの秀句がある。

（六一）勘解相公《かげしやうこう》、保胤《やすたね》を誹謗《ひばう》する事

「一〇勘解相公、常に保胤を誹謗すと云々。「一一庚申《かうしん》を守る序」に云はく、「それ庚申は古の人守り、今人も守る」と。勘解相公嘲《あざけ》りて云はく、「『古の人守り、今の人守る』と読むべし」と云々。また書籍の不審《ふしん》の事をもつて保胤に問ふに、保胤常に「有り有り」と称《い》ふ。よりて勘解相公、保胤を試みるために、虚《いつは》りの本文を作りて問ふに、また「有り有り」と称ふ。よりて嘲りて、有り有りの主と号《なづ》く。保胤伝へ聞きて、一二長句を作りて云はく、「一三蔵人所《くらうどどころ》の粥《かゆ》唇を焼く、平雑色《へいざふしき》の恨《うら》み忘れ難し。金吾殿《きんごどの》の杖《ちやう》骨を砕《くだ》く、藤勾当《とうこうたう》の恩報《むく》い難し」と云々。この事は皆由緒《ゆいしよ》有り。一四かの人の一五瑕瑾《かきん》なりと云々。古人皆もつてかくのごとし。保胤は一六仏に仕ふるといへども、人の性、一七軽慢《きやうまん》せらるれば、その憤《いきどほ》り堪へざる者か」と云々。

一〇 藤原有国。
一一 平安朝佚名詩序集抜萃所収「花樹数重開」の題の詩序。「夫庚申者、古人守、今人守。誠有レ以矣。故排ニ石渠一而萃ニ金友一、展ニ半月一而釣ニ流霞一。盖送レ夜兼賞レ春焉」とある。「庚申」→八二頁注一五。
一二 作文大体に文章中の句について「長句〈従ニ五字一至ニ九字一〉」とある。ここは六・七—六・七の隔句。
一三 蔵人所の粥が熱くて唇に火傷をした。そんな粥を食わせた雑色の平氏への恨みは忘れられない。衛門府で骨が砕けるほどに杖で打たれた。勾当の藤原氏から受けた御恩に報いることもできない。雑色は蔵人所の下級職員。金吾は左右衛門府の唐名。勾当は摂関大臣家の侍所の次官をいうが、兼家の家司を務めた有国をいうか。その「恩」とは嘲りを受けたことへの皮肉であろう。
一四 有国。
一五 欠点。短所。
一六 続本朝往生伝に「自ニ少年之時一、心慕ニ極楽一〈其心見ニ日本往生伝序一〉。…寛和二年遂以入レ道〈法名寂心〉。経ニ歴諸国一、広作ニ仏事一」。
一七 「キヤウマン 无礼分」(字類抄)。ばかにされると。
▽古事談六に類話がある。

（六二）　匡衡《まさひら》・以言《もちとき》・斉名《ただな》の文体おのおの異なる事

予《われ》また問ひて云はく、「匡衡・以言・斉名、三人の文体おのおの異なれり。しかしてともにその佳境を得たり」と。答へられて云はく、「斉名は偏《ひと》へに古集をその心腹《しんふく》に持ちて、敢《あ》へて新意なし。文々句々、皆古詞を採摭《さいせき》[一]す。故《かるがゆゑ》にその体に風騒《ふうさう》[二]の体有り。その得ざる[三]日に至りては、また目を驚かさず。新意なき故なり」と。予《われ》申して云はく、「斉名の作は詩のみにあらず、雑筆《ざふひつ》[四]もなほ古集を採《と》りて潤色《じゆんしよく》[五]す。誠にして験《しるし》有り。千載佳句《せんざいかく》[六]の詩に云はく、「江都《かうと》[七]謳謡《おうえう》して杜母《とぼ》に誇り、洛《らく》城歓会《じやうくわんくわい》して車公《しやこう》を憶《おも》ふ」と。斉名この句を採りて、餞《はなむけ》[八]の序に云はく、「海沂《かいぎ》[九]の政《まつりごと》は王祥《わうしやう》に頼《よ》りてたとひ康《やす》くとも、洛城の遊びは車公を憶ひてあに忘れんや」と。これその験有るなり」と。また命《おほ》せられて云はく、「以言の文体はこれと相違す。作るところの詩は、意《こころ》に任せ、詞《ことば》を恣《ほしいまま》にして、都《すべ》[一〇]て轡策《ひさく》[一一]なし。その体実《まこと》に新しく、その興《きよう》いよいよ多し。得ざる[一二]日に至りては、後学[一三]の法《のり》とすべきにあらず。すなはち一

一　拾いとる。「撰ニ録稗田阿礼所レ誦勅語旧辞一以献上者、謹随ニ詔旨一、子細採摭」（古事記序）。
二　詩経の国風と楚辞の離騒。古典的な。
三　先例のある語句を用いていないときは。
四　「筆」↓一九六頁注一一。
五　文飾を加える。
六　↓一四〇頁注五。
七　江都では人々があなたの治政の徳を褒めたたえる歌をうたって、かの杜詩にもまさっていると賞賛し、都では楽しい集いのあるたびに車胤のようなあなたがその席にいないことを寂しく思うことになるだろう。白居易の「寄ニ李蘄州一」の一聯。千載佳句上・人事部・刺史所収。「洛城」を「洛陽」に作る。蘄州に赴任する李氏に贈ったもの。杜母は後漢の杜詩。南陽の太守として善政を行い、杜母と称された。車公は車胤、晋書八十三のその伝に「善ニ於賞会一。当時毎レ有ニ盛坐一而胤不レ在。皆云、無ニ車公一不レ楽」とある。
八　現存せず未詳。
九　海辺の政治は王祥のようなあなたの治政によって平安なものとなりましょうが、都では遊宴が催されるたびごとに、皆が車胤のようなあなたのことを思い出して忘れることはないでしょう。王祥は晋の人。晩年、徐州の別駕（次官）となって乱れていた州内をよく治めたので、人々が「海沂之康、実頼ニ王祥一、邦国不レ空、別駕之功」と歌った（晋書三十三）。
一〇　まったく。打消を強める。
一一　たづなとむち。拘束するもの、制限を加えるもの。
一二　このような以言の特色が表れていないときは。
一三　後学の者の手本。
一四　↓四五頁注二八。
一五　↓六・28。
一六　↓一二七頁注一二。この句は以言の師の藤原篤茂（↓五・55）の作。
一七　本書四・47に同文がある。本条では「弟子において」は弟子としての意か。そう解しても、以言の詩の自由奔放をい

代の尤物《いうぶつ》[一四]なり。「汗は赤騮《せきりう》[一五]の溝に収まる」の句は及ぶべからざるものなり。「源《みなもと》[一六]は周年《しうねん》より起《お》こつて後幾《のちいく》ばくの霜ぞ」の句これなり。以言は弟子[一七]においてその体を習ひ、その風心《ふうしん》を増すものなり」と。

(六二三)　皆横さまに見る事

広相《ひろみ》七日の中《うち》に一切経《いつさいきやう》を見る。およそ書籍は

また云はく、「広相、献策《けんさく》[一八]の時に、七日の中に一切経[一九]を見る。およそ書籍は皆横[二〇]さまに見る。かくのごとしといへども、抜萃《ばつすい》[二一]の性、なほ[二二]忘却の事に備ふること有り。故何《ゆゑいかん》となれば、先年、唐年号寄韻《たうねんがうきゐん》[二三]の書を見るに、これ広相の抄《ぬき》[二四]づるところなりと云々。件《くだん》の書は年号の難等《なんなど》を注《しる》し付したり。いはゆる大象《たいしやう》[二五]は大人象[二六]の義に渉《わた》り、隆化《りゆうくわ》[二七]は降死の体[二八]に似たり。ある人問ひて云はく、「大象は後周《こうしう》の年号、隆化は北斉《ほくせい》の年号なり。件[二九]の年号に北斉は周に滅ぼされしか」と。また魏《ぎ》の時に、正《せい》[三〇]始《し》の年号有り。ある人云はく、「正の字は一《ひと》たび止《や》むなり。詳《あきら》[三一]かには所出の書を覚えず」と。また唐[三二]の高宗《かうそう》のときに通乾《つうけん》の年号有り。反音《はんおん》[三三]

う直前の言談と食違いがある。
▽古今著聞集四、今鏡九・唐歌に慶滋保胤が匡衡・斉名・以言の文章を批評する話がある。

一八 →二一四頁注二。広相の献策は貞観六年(八六四)。
一九 すべての仏教経典。
二〇 「横　ヨコサマ」(名義抄)。
二一 ずば抜けた、抜群。
二二 なお万一忘れてしまった時に備えていた。
二三 現存しないが、中国の年号を韻によって分類したものであろう。
二四 「ヌキヅ」(名義抄)。
二五 後周、静帝の時の年号。五七九―五八〇年。
二六 意味不明。
二七 北斉の後主の時の年号。五七六―五七七年。
二八 字形の近似。
二九 隆化二年(五七七)、後周の武帝に滅ぼされた。
三〇 廃帝、斉王芳の時の年号。二四〇―二四九年。その末年に司馬氏による政権の奪取があった。
三一 「ツハヒラカニ、アキラカニ」(名義抄)。
三二 旧唐書五・高宗本紀下・儀鳳三年十二月に「詔停㆓明年通乾之号㆒。以㆓反語不㆑善故㆒也」とある。通乾の反音からは「天」が、乾通の反音からは「窮」が出て「天窮」、天子の命運が窮まるということになるとして採用されなかった。
三三 反切とも。ある字の発音を他の二字の、上の字の頭の子音と下の字の母音を組み合わせて表す。
▽江家次第十八・改元事に、宣政〈宇文亡日〉、広運〈軍走〉、隆化〈降死〉、大象〈大人象〉、大業〈大苦末〉、天正〈天一止〉、元始〈不吉〉などを列挙する。また元秘抄四に「和漢年号字難」の条があり、大象、隆化を例としてあげる。年号の反音の問題については元号字抄の「改元新号字難事」などに言及がある。

は不吉なり。よりて改む。この事、唐書《たうじよ》に見ゆ」と。

（六四）　広相左衛門尉《ひろみさあもんのじよう》に任ぜられ、是善卿《これよしきやう》許されざる事

また云はく、「広相[一]左衛門尉に任ぜらる。[二]是善卿この事を許されずと云々。菅家《かんけ》[三]献策《けんさく》の時、[四]省《しやう》の門に来たる。かの時、強《あなが》ちに[五]小屋に籠《こも》らず、ただ省の門を徘徊《はいくわい》す。広相[六]毛《け》沓《ぐつ》を着《は》きてこの処に到り、[七]徴事《ちようじ》の処々《ところどころ》を相共に披《ひら》きて勘《かんが》ふるに、一事通ぜざる有り。広相馬を[八]策《むち》ちて[九]嵯峨《さが》の隠君子《いんくんし》の許《もと》に到りて問へり」と云々。

（六五）　隠君子《いんくんし》の事

問ひて云はく、「隠君子の名はいかん」と。答へられて云はく、「[一〇]淳《じゆん》か。[一一]字談《かた》られず。本を見るべし。[一二]嵯峨《さが》源氏《げんじ》の類《たぐひ》か。[一三]策林判問《さくりんはんもん》の諸儒の論は、尤《もと》も見るべきものなり。是善《これよし》と音人《おとんど》の相論《さうろん》の事、尤も興有り」と云々。また云はく、「良香《よしか》は、文章の道、[一四]天に受けたりと謂《い》ふべし。[一五]「天に受けたり」尋ぬべし。学ぶを謂ひて、また「[一六]慈父《じふ》よろしく愛子《あいし》

一　貞観八年(八六六)正月、右衛門大尉に任ぜられた(公卿補任)。「左」は誤りであろう。
二　広相は是善の門人であった。↓五・44。
三　道真の献策(↓二二四頁注二二)は貞観十二年三月二十三日で問者は都良香。その対策文は菅家文草八にある。
四　式部省。
五　対策を書く時には小屋に籠るのを通例とした。桂林遺芳抄に「試衆小屋事」があり、兵範記・仁平四年四月二十日に「今日秀才両人〈基業・範季〉献策。…権少輔引ニ率省官等一着ニ本省一〈…幄東方、南北行造ニ小屋二宇一。基業小屋在レ北。…引ニ廻幔一懸レ簾。…範季小屋在レ南〉」とある。
六　騎馬の時に着用する毛皮で作った沓。
七　都氏文集五にある「策ニ秀才菅原一文二条」の「明ニ氏族一」「弁ニ地震一」がこの時の策問。徴事はその具体的な小問。
八　「ムチウツ」(名義抄)。
九　次の65条参照。
一〇　本朝皇胤紹運録に嵯峨天皇の皇子に淳王と見え、今鏡六・志賀のみそぎに「嵯峨の帝の御子に隠君子と申しける御子は、御み身にいかなることのおはしけるとかや、さて嵯峨に籠り居給ひて、ひき物のうちに垂れ籠めて、人にも見え給はで、童にてぞおはしける。この頃ならば法師にぞなり給はまし、昔はかくぞおはしける。心も聡く暇もおはするままに、よろづの書をひらき見給ひければ、身の御才人にすぐれ給ひておはしけるに」とある。
一一　実兼の注記であろう。匡房は言談の中で、隠君子の名をジュンと語ったが、どういう漢字なのかは述べなかった。しかるべき資料を見て確認しなければならないという注記。
一二　嵯峨天皇の皇子女のうち、母親の身分が低い者を臣籍に降して源朝臣の氏姓を与えた。
一三　白氏文集四十五―四十八所収の策林から、策林は献策(↓二二四頁注二二)の模範文例集、また都氏文集五の策問、策判から、判問はその審査記録、問題文を集めたものと考えられる。
一四　天から与えられた。本朝書籍目録に本朝策林の名が見える。

に伝ふべし」と。この句尤も珍重《ちんちよう》なり」と云々。

（六六）　匡衡献策《まさひらけんさく》の時、一日、題を告ぐる事

また帥[一七]命《そちおほ》せられて云はく、「[一八]匡衡献策の時に、文時《ふみとき》[一九]、前《さき》の一日に題を告げらる。匡衡、文時の亭《てい》に参り、「期日は今明《こんみやう》なり。題はいかん」と問ひしところ、文時、「足下《そくか》、ために婚姻《こんいん》を好まるるも、自《みづか》ら好むところは寿考《じゆかう》[二〇]なり」と云々。すなわち帰り了《をは》んぬ。当日の早旦《さうたん》、徴事《ちようじ》[二一]を告げらると云々。「[二二]大公望《たいこうばう》が周文《しうぶん》に逢《あ》へる、渭浜《ゐひん》の波面《おもて》に畳《たた》めり」。菅三品《かんさんぼん》[二三]見て云はく、「『面は渭浜の波を畳み、眉《まゆ》[二四]は商山《しやうざん》の月を低《た》れたり』と作るべし」と直さると云々。この事、また区々[二五]の短慮《たんりよ》に叶《かな》へり。興《きよう》有り、興有り」と。

（六七）　源英明《みなもとのふさあきら》の作、文時卿《ふみときぎやう》難ずる事

また命《おほ》せられて云はく、「源英明の「池冷《すず》[二六]しくしては水三伏《さんふく》の夏なし」の句、文時卿云はく、「『水冷しくしては池三伏の夏なし、風高く

一五　「受之天」という表現の典拠を確かめたいという実兼の注記か。
一六　都氏文集五「策㆓文章生菅野惟肖㆒文」の「弁㆓論文章㆒」に「慈父母須㆑移㆓於愛子㆒」とあるのをいう。
▽三つの話題があるが、最初の隠君子の名のことは前条64の続き。次の献策についての儒者の論は再び64条の道真の献策のことへ立ち帰っての言談。最後の良香に関する話は彼が道真の献策の時の問者であったことからの連想である。
一七　匡房。
一八　匡衡の献策(→二四頁注二二)は天元二年(九七九)五月二十六日(中古歌仙三十六人伝)。江吏部集中「述懐古調詩」に「二十八献策、徴事玄又玄」。
一九　この時の問頭博士。
二〇　長寿。「考」は老の意。文時はこの時、八十歳。
二一　→注七。用例は注一八所引の「述懐古調詩」参照。問題は予告通り「寿考」で、文時の策文が本朝文粋三にある。
二二　匡衡の対策(本朝文粋三)の中の句。太公望が渭水のほとりで周の文王に逢ったときには、その顔に波のようなしわが寄っていた。太公望は呂尚。彼が年老いて渭水の南で釣をしていた時に、周の西伯(のち文王)に出会い、召されて師となった。和漢朗詠集下・老人に引く。
二三　文時。
二四　注二二の句と対をなす「綺里季が漢恵を輔けし、商山の月眉に垂れたり(綺里季が商山を出て漢の恵帝を補佐して帝位に即けた時は、その眉が月の光のように白く垂れていた)」を直したもの。
二五　小さな自分の考え。
二六　池のほとりは水が涼しいので夏の暑さも感じられない。三伏は夏の終わりから立秋前後三十日間の最も暑い日。和漢朗詠集上・納涼に引く。対をなす下句は「松高風有㆓一声秋㆒」。松は高くそびえて吹き下ろす風に秋のさわやかな響きが伝わってくる。

しては松一声《いっせい》の秋有り』と作るべし」」と云々。

（六八）　源為憲《みなもとのためのり》の作、文時卿《ふみときぎやう》難ずる事

また「源為憲の「[一]鶴閑《しづ》かにして翅刷《つばさかいつくろ》ふ」の句、文時卿云はく、「『翅閑かにしては鶴千[二]年の雪を刷ふ、眉《まゆ》老いては僧八[三]字の霜を垂《た》る』と作るべし」」と云々。

（六九）　以言《もちとき》、斉名《ただな》の詩を難ずる事

また命《おほ》せられて云はく、「斉名の作れる「[四]行色《かうしよく》花飛んで岐路《きろ》の月」の句の語、以言云はく、「月夜に花を見るや、いかん」」と。

（七〇）　左府《さふ》と土御門右府《つちみかどうふ》との詩の事

問ふ、「[五]左府と[六]土御門右府と、詩はいかん」と。[七]帥《そち》答へられて云はく、「源右府勝《げんうふまさ》れるか」と。[八]予《われ》云はく、「才学においては然《しか》るなり。同年の論にあらず。詩は左府の御作《ごさく》は古人の流有り。すこぶる凡流《ぼんりう》にあ

一　鶴は静かに降り立って、翼をつくろっている。本朝麗藻下「奉レ和下藤賢才子登二天台山一之什上」の第三聯「鶴閑翅刷千年雪、僧老眉垂八字霜」をいう。和漢朗詠集下・鶴に引く。
二　鶴が長寿を保ってその羽が雪のように純白であること。
三　眉が霜のように白く八の字形に垂れている。
四　いま旅立ちのとき、折から風に吹かれて花が散り乱れ、別れ道を月が照らしている。「行色」は旅立とうとする様子。出典不明。
五　左大臣。源俊房。
六　源師房。俊房の父。
七　匡房。
八　実兼。
九　原詩未詳。楼台は高殿と物見台。
一〇　原詩未詳。ただし全く同じ詩句が白居易詩に見える。白氏文集十九「新秋早起、有レ懐二元少尹一」の第三句に「漆匣鏡明頭尽白」。千載佳句上・人事部・老にも引く。漆匣は漆塗りの鏡箱。
一一　「コクスイ、三月三日名」（字類抄）。三月三日の上巳の節供に行われた年中行事。庭の曲りくねった流れに沿って席を作り、水に浮かべた酒盃が前を通り過ぎないうちに詩歌を詠み、盃の酒を飲む。宮中や貴族の邸宅で行われた。落句は律詩の第四聯。
一二　この世の中でこのようなすばらしい詩会はめったにないことであろう。中右記部類紙背漢詩十八「暮春陪二内相府曲水宴一同賦二羽爵泛レ流来一応教詩」の題で詠まれた藤原季

らず」と。問ふ、「源右府の秀句《しうく》は何の句なりや」と。帥殿答へられて云はく、「「[九]楼台美麗《ろうたいびれい》」ならびに「[一〇]漆匣鏡《しつかふ》明らかなり」と云ふ句なり」と。予云はく、「左府は、[一一]曲水《ごくすい》の宴の落句《らくく》は凡流にあらず。「[一二]人間《じんかん》この会応《まさ》に希有《けう》なるべし、[一三]花前の主客三台《しゆかくさんたい》備はる」なり」と云々。すこぶる[一四]服膺《ふくよう》せらるる気《けはひ》なり。

（七一）　源中将師時亭《げんちゆうじやうもろときてい》の文会《ぶんくわい》の篤昌《あつまさ》の事

命《おほ》せられて云はく、「[一五]文場《ぶんぢやう》に何らの事侍《はべ》るや」と。答へて云はく、「指《さ》したる事候《さふら》はず。[一六]一日《ひとひ》こそ[一七]源中将 師時 の亭に[一八]文会候ひしか」と。答へられて云はく、「昨日、[一九]進士《しんじ》篤昌の来たり談《かた》るところなり。人々の詩、大略《たいりやく》聞けり。貴下《きか》の詩は篤昌すこぶる[二〇]受けざるか」と。答へて云はく、「尤《もと》もの理《ことわり》なり。また[二一]篤昌の詩は希有《けう》なり。坐せる人々の中され候ふはいかん」と。命せられて云はく、「しかなり。言ふに足らざるものか。[二二]事の外に英雄《えいゆう》の詞《ことば》をこそ称し侍りしか。文場の気色《けしき》はいかん」と。答へて云はく、「傍若無人《ばうじやくぶじん》なり。奇怪《きくわい》第一の事これに過ぐ

仲の詩の第七句。俊房の作ではない。同じ詩宴での詩であることによる実兼の記憶違いであろう。なお、この句は白氏文集六十八「雪暮、偶与二夢得一同二致仕裴賓客王尚書一飲」の「人間此会亦応レ稀」、同七十一の尚歯会詩の「人間此会更応レ無」に倣う。

一三 花の前に居並ぶ主人と客のなかに大臣がそろっている。具体的には宴の主催者内大臣藤原師通と、このように詠じている左大臣の俊房。注一二の詩宴での俊房の詩の第八句。中右記部類紙背漢詩は「備」を「催」に作る。また「台」は欠字。

一四 心にしっかりと止めて忘れない。

▽曲水宴は寛治五年（一〇九一）三月十六日、藤原師通が主催したもので、後二条師通記に詳細な記事がある。匡房もこの詩宴に参加しており、中右記部類紙背漢詩十八に詩がある。俊房と師房の才学については、今鏡七・堀河の流れに「土御門殿（師房）堀河殿（俊房）あひつぎて御身の才も文作らせ給ふ方も優れ給へるに、土御門殿は才優れ、堀河殿は文作らせ給ふ事優れておはするとぞ聞こえ給ひける」とある。

一五 詩文の場。

一六 先日。

一七 源師時。長治三年（一一〇六）三月、右近衛中将。今鏡七・堀河の流れに「大納言の次の御弟は師時の中納言と申しし。…大蔵卿匡房と申しし博士の申されけるは、この君は詩の心得て、よく作り給ふとぞ誉め聞こえける」。

一八 師時の日記、長秋記・天永二年（一一一一）六月二十日に「於二八条亭一有二詩合事一。…蔵人実兼記二今日事一。題五首〈四季雑等也〉。…左講師篤昌、右講師周光」とある。この時のことか（小峯和明）。

一九 文章生の唐名。

二〇 評価しない。

二一 篤昌の詩はめったにないような（珍奇な）ものです。その場の人々のおっしゃることはどうでしょうか。

二二 匡房の許を訪れた篤昌が盛んに「英雄」の語を口にしていた。

べからず。奴袴《さしぬきのはかま》の事制止有るべき事なり」と。命せられて云はく、「英雄を立つるは尤もの理なり。宝志《ほうし》の野馬台《やまたい》の讖《しん》に、「天命三公《てんめいさんこう》に在り。百王《ひやくわう》流れ畢《ことごと》く竭《つ》きぬ。猿犬《あんけん》英雄と称す」と見えたり。王法衰微《わうはふすいび》して、憲章《けんしやう》許されざる徴《しるし》なり」と。予《われ》答へて云はく、「件《くだん》の讖は何事の起こりか」と。命せられて云はく、「いまだ知られざるか、いかん」と。答へて云はく、「知らず候ふ」と。命せられて云はく、「件の讖はこれわが朝の衰相《すいさう》を寄せて候ふなり。よりて将来して、讖書《しんじよ》と号《なづ》くるなり。よりてために日本国を野馬台《やまたい》と云ふなり。また本朝に渡るに由緒《ゆいしよ》有る事なり」と。

（七二）　秀才国成《しうさいくになり》、敦信《あつのぶ》の亭《てい》に来たり談《かた》る事

「敦信山城前司《やましろのぜんじ》為りし時、秀才国成、時にかの亭に来たりて文事を談る。国成帰りて後、敦信常に言ひて云はく、「秀才はよきものかな。書薬《きやく》がかからましかば」といへり。書薬と称《い》ふは明衡《あきひら》これなり」と。

一 →五三頁注三〇。指貫。詩会の折に篤昌がはいていたのである。
二 →六九頁注二〇。
三 天の命令はもはや大臣のうえにある。連綿と続いた王統は皆尽きてしまい、猿や犬のごとき者が英雄と称している。
四 法律。
五 どのような事の予兆なのでしょうか。
六 衰亡していく様子。
七 中国から持ってきて。本書三・1に吉備真備が将来したことを語る。
八 未来の出来事を予言した書。
九 日本に伝来したのも理由のあることなのだ。
一〇 後出の明衡の父。敦信が前山城守であった時期は明確でないが、寛弘九年(一〇一二)十二月の頃、山城守の任に在った(六波羅蜜寺縁起)。
一一 文章得業生の唐名。国成は小右記・長和四年(一〇一五)十二月四日には文章得業生とあるが、左経記の翌五年四月五日には刑部丞として見える。
一二 こんな風であったならなあ。
一三 書薬は書莱の誤りで(大曾根章介)、書莱はアキヒラのキ・ラに音の近い字を当てたものか(碩鼠漫筆一)。底本には「明衡童名也」という傍注がある。

（七二）　都督自讃《ととくじさん》の事

命《おほ》せられて云はく、「[一四]つらつら物情を案ずるに、官爵《くわんしやく》[一五]と云ひ、福禄《ふくろく》[一六]と云ひ、皆文道の徳をもつて経《へ》たるところなり。何ぞいはんや才芸名誉の殆《ほとほ》と中古[一七]の人に過ぐるをや、と思ひ給ふるところなり。自讃に似《に》たりといへども、また謂《いはれ》なきにあらず。寿命においては七十[一八]に及ばん事、近代の有り難《がた》き事なり。短寿の類《たぐひ》にあらず。顔回《がんくわい》は至聖[一九]なるも僅《わづ》かに三十[二〇]か。よりて世間の事全《もは》ら思ふところなし。ただ遺恨《ゐこん》とするところは、蔵人頭《くらうどのとう》[二一]を歴《へ》ざると子孫がわろく[二二]てやみぬるとなり。足下《そくか》[二三]などのやうなる子孫あらましかば、何事をか思ひ侍らまし。家の文書、道の秘事《ひじ》、皆もつて煙滅《えんめつ》[二四]せんとするなり。就中《なかんづく》[二五]に史書、全経《ぜんけい》[二六]の秘説《ひせつ》も徒《いたづら》にて滅びんとするなり。委《ゆだ》[二七]ね授《さづ》くる人なし。貴下《きか》に少々語り申さんと欲《おも》ふ。いかん」と。答へて云はく、「生中《しやうちゆう》[二八]の慶《よろこ》び、何をもつて如《し》かんや」と。答へられて云はく、「史記《しき》の爛脱《らんだつ》[二九]はただ三巻なり。本紀《ほんぎ》[三〇]第一・第四・第五の伝なり。後漢書《ごかんじよ》には二十八将論[三一]なり」と。共に注有り。別

一四 原文「倩」、「ツラツラ」（名義抄）。
一五 官位。
一六 幸せ。
一七 永昌記・天永二年十一月五日に匡房の死を記した後に「高才明敏、文章博覧、無レ比二当世一。殆超二中古一」とある。中古を評価の基準とすることは本書二・19にも見える。
一八 匡房は死の前年、天永元年に七十歳。
一九 この上ない知徳すぐれた人。
二〇 二十九歳で没した（史記六十七・仲尼弟子列伝）。
二一 水左記・永保元年（一〇八一）八月二十八日に「後聞、右中弁藤原通俊朝臣補二蔵人頭一云々。春宮権亮公定朝臣、左中弁匡房朝臣等、為二位階之上臈一、成二競望一之輩也。今漏二其選一、各忿怒云々」とある。
二二 よくないままで終わってしまうことだ。匡房の子には隆兼・維順があったが、隆兼は康和四年（一一〇二）早世した。
二三 あなた。実兼。
二四 煙のように消えてしまう。
二五 「ナカムツクニ」（名義抄）。なかでも、とりわけ。
二六 すべての経書。
二七 亡息隆兼の追善願文（本朝続文粋十三）に「累祖相伝之書、収拾誰人」。
二八 一生の喜びでこれに及ぶものがありましょうか。
二九 乱脱とも。経書や仏典の訓読の際、文意を通じやすくするため、文や語句の順序を入れかえて読むこと。
三〇 本紀第一は五帝本紀、第四は周本紀、第五は秦本紀。伝は注釈。中右記・寛治八年（一〇九四）九月六日に「又問云、史記之中、有二乱脱一之由雖レ承、未レ知二何巻一。如何。被レ答曰、五帝本紀三所、韓世家二所者」という藤原宗忠と通俊との問答が見え、本条と類似する。
三一 二十八将は後漢の光武帝の功臣二十八人。論はこれに対する論評。後漢書二十二・朱景王杜馬劉傅堅馬列伝に見える。

紙に有り。

談《かた》られて云はく、「菅三品《かんさんぼん》[一]の作らるるところの老閑行《らうかんかう》[二]、能《よ》く心得らるるか、いかん」と。答へて云はく、「いまだ得心《とくしん》せず。ただし粗《ほぼ》[三]先父の談説に依《よ》りて、纔《わづ》かに文字を置ける様《さま》、承知するところなり。「昼[四]」「夜」の各一字より十・廿の字を数ふるに至るべきか」と云々。談《かた》られて云はく、「しかなり。譬《たと》へば扇《あふぎ》の本末《もとすゑ》のごときなり。件《くだん》の行は、文時《ふみとき》の三ヶ年の間、時として懈《おこた》らず案じ作るところなり。草《さう》[五]して後《のち》、先《ま》づ順《したがふ》の許《もと》に見せしめしところ、順見て、一夜の中《うち》に和[六]せしめ、文時の許に送らしむと云々。文時大きに歎かしめ、不覚[七]の人の由《よし》を示し給ふ。時の人またもつて難[八]じ傾《かたぶ》けり。その故は、体凡[九]ならず。ただ念《おも》[一〇]ふことなきなり。またその憚《はばか》[一一]りもなし。一々[一二]遺《ゐ》恨《こん》なり」と。また談《かた》られて云はく、「文時もすこぶる順をば受[一三]けざりけるか。順の作るところの河原院《かはらのゐん》[一四]の賦《ふ》を文時見て云はく、「文体過失なきか。ただし賦の体にはあらず。中間より奥は、已《すで》に賦《ふ》の文章にあらず。なにわざしたるぞ」と云はれける。さて、「この賦、我見きと順には聞かしめざれ」

一 菅原文時。 二 本朝文粋十二所収の雑言詩。貞元二年(九七七)秋、八十歳の作。 三 亡父。実兼の父、季綱。 四 昼、夜、逓来、代謝、春暗往、夏暗過というように、一字ずつの対句で始まり、次に二字、ついで三字の対と一字ずつ字を加えて行き、十二字の対で終わる。すなわち扇を広げたような形になる。 五 草稿を作って。 六 和する詩を作り。 七 思慮の浅い人。 八 非難する。 九 順の和詩の詩体は平凡ではない。 一〇 配慮するところがない。 一一 遠慮がない。 一二 こうした点がそれぞれ恨みを残すところである。 一三 認めなかったようだ。 一四 本朝文粋一の「奉レ同ニ源澄才子河原院賦一」。 一五 →一四頁注九。 一六 「暮年詩記」(本朝続文粋十一、朝野群載三)には「八歳通ニ史漢一」。史記と漢書。 一七 「暮年詩記」に「予四歳始読レ書」。 一八 「暮年詩記」に「十六作ニ秋日閑居賦一。故大学頭明衡朝臣深以許焉」。「秋日閑居賦」は本朝続文粋一所収。作者表記に「年十六」の注記がある。 一九 李広は漢の朝廷に仕え飛将軍とあだ名されたが、仕える以前には住居を隴山に定めて住んでいた。范蠡は越のすぐれた宰相であったが、のちには湖辺に隠遁した。李広は漢の武帝に仕えた武将。匈奴の討伐に功績があり、迅速な行動から飛将軍と恐れられた。陝西省隴西の出身。范蠡は越王勾践を助けて呉王と戦ったが、のち隠棲して富を築いたという。列仙伝に入る。 二〇 「暮年詩記」に「後、作下落葉埋ニ泉石一詩上。(明衡)感曰、已到ニ佳境一」。 二一 羊祜をしのぶ碑文は嵐のあとの落葉に埋もれて見えなくなってしまい、淮南王が服した仙薬の色のような紅葉が泉の水のなか深く沈んでいる。羊子は晋の人、羊祜。生前山水を楽しんだ襄陽(湖北省)の硯山に、死後碑が建てられ、これを見る者は涙を流したので、杜預が堕涙碑と名づけた。淮南は漢の高祖の孫、淮南王劉安。神仙の道を好み、仙薬を服して昇天した。和漢兼作集九に引く。 二二 →本書六・42。

とぞ云はれける」と。

（七四）都《と》督自《とくじ》讃《さん》の事

[一五]都督また云はく、「身に取りての自讃は十余《あま》り有り。その中に、八[一六]歳にして史記《しき》に通ず。[一七]四歳にして書を読めり。[一八]十六歳にして「秋日閑居《かんきよ》の賦《ふ》」を作る。その一句に云はく、「[一九]李広《りくわう》は漢室《かんしつ》の飛将なり。宅《いへ》を隴山《ろうざん》に卜《ぼく》す。范蠡《はんれい》は越国《ゑつこく》の賢相なり。緑《ろく》を湖水に避く」と云々。明衡朝臣《あきひらのあそん》深くもつて感ず。また[二〇]「落葉泉石《せんせき》を埋《うづ》む」の詩に、「[二一]羊子《やうし》の碑文《ひぶん》は嵐の裏《うち》に隠る。淮南《わいなん》の薬の色は浪の中に深し」と云々。[二二]安楽寺《あんらくじ》の御殿《ごてん》鳴《な》るの序の一句に曰はく、「[二三]尭女《げうぢよ》の廟《べう》は荒れて、春竹は一掬《いつきく》の涙に染まる。徐君《じよくん》の墓は古りて、秋松三尺《さんじやく》の霜を懸《か》けたり。異代《いだい》の名を垂《た》るといへども、皆同日の論にあらず」と云々」と。また云はく、「[二四]高麗《かうらい》より医師《くすし》を申す返牒《へんてふ》に云はく、「[二五]双魚《さうぎよ》なほ達《いた》り難し鳳池《ほうち》の月。扁鵲《へんじやく》何ぞ鶏林《けいりん》の雲に入らん」と。これすなはち[二六]承暦《しようりやく》四年の事なり。その後、[二七]鎮西《ちんぜい》に赴《おもむ》く日、宋朝《そうてう》の[二八]賈人《こじん》云はく、「[二九]宋の天子の鍾愛賞翫《しようあいしやうぐわん》有る句に

二三 尭の娘を祭る廟は荒れて、春の竹は夫の死を悲しんで流した涙に染められている。徐君の墓は古びて、傍らの松には霜のような光を放つ三尺の剣が懸けられている。これらは時代を異にして後世によく知られたことではあるが、安楽寺の廟の盛大さと同日に論じることはできない。尭女は尭の娘の娥皇と女英。舜の妃となったが、夫の死を悲しんで流した涙が竹にふりかかって皆斑紋ができたという。また歎き悲しんで湘水に身を投げ、その神となった。徐君は徐(安徽省)の君主。季札が使者として上国に行く途中、その国を訪れた。君主はその剣を欲しいと思ったが口に出さなかった。季札もその気持ちを知っていたが、使者として剣を佩びている必要があって献上しなかった。季札が再び徐にたち寄った時、君主は死んでいたので、季札は剣をその墓の側の木に懸けて立ち去った。

二四 本朝続文粋十一、朝野群載二十の「日本国大宰府牒㆓高麗国礼賓省㆒。却㆓廻方物等㆒事」。高麗より医師の派遣を要請してきたが、日本はこれを拒否した。「暮年詩記」に「故式部大輔実綱朝臣、雖㆑不㆑深㆓文章㆒、猶非㆑無㆓感激㆒。見㆓予高麗返牒㆒而心伏」とある。

二五 書簡はやはり朝廷に奏達することはむずかしい。名医はどうしても朝鮮に遣わすことはできない。双魚は双鯉魚のことで手紙をいう。文選二十七「飲馬長城窟行」に「客従㆓遠方㆒来、遺㆓我双鯉魚㆒、呼㆑児烹㆓鯉魚㆒、中有㆓尺素書㆒」。鳳池は宮中の池、鳳凰池。中書省が近くにあったので中書省、転じて宮中。扁鵲は中国古代の名医。鶏林は新羅の別称。この句は、「双魚」は二匹の魚、「扁鵲」は一羽のカササギの意も持ち、「池」「林」と縁語的に対応する。

二六 一〇八〇年。白河朝。高麗返牒に関する一連の動勢については水左記、帥記の同年閏八月条に詳しい。

二七 大宰権帥として大宰府に赴任したとき。匡房は承徳元年(一〇九七)、大宰権帥となり、翌二年十月赴任。

二八 商人。

二九 元稹の「白氏長慶集序」(元氏長慶集五十一)に「又云、雞林賈人求㆑市頗切。自云、本国宰相毎以㆓百金㆒換㆓一篇㆒」とあるのに拠る(小川豊生)。

して、「百金をもつて一篇に換《か》ふる句なり」と。

▽底本では「都督自讃事」の表題もなく、73条より改行のうえ、直接続く。注で指摘するように本条は「暮年詩記」と密接な関係がある。高麗返牒の話は古今著聞集四、続古事談二、十訓抄一に入る。

江談抄　第六

一 長句の事

（一）

二 暁《あかつき》梁《りやう》王《わう》の苑《その》に入《い》れば　雪群山《ぐんさん》に満てり

夜庾《ゆ》公《こう》が楼に登れば　月千里に明らかなり　三 白賦《はくふ》　四 買嵩《ばいすう》

五 秋賦を検するに、「登」の字は「帰」の字に作れり。「雪群山に満てり」はこれ六 文選《もんぜん》の文なり。

（二）

七 樵蘇《せうそ》往反《わうばん》す　杖朱買臣《しゆばいしん》が衣を穿《うが》つ

隠逸優遊《いんいついういう》す　履葛稚川《くつかつちせん》が薬を踏む

一 作文大体・筆大体に「従二五字一至二九字一用レ之。或云二十余字一。有レ対、可レ調二平他声一」という。

二 明け方に梁王の兎園に入ると、雪は山々をおおい尽くしており、夜、庾公の南楼に登ると、月は千里の彼方まで明るく照らしている。「梁王之苑」は漢の梁孝王が築いた兎園。文選十三・雪賦に「梁王不レ悦、游二於兎園一、酒置二旨酒一、命二賓友一。…俄而微霰零、密雪下」。「庾公之楼」は晋の庾亮が秋夜に登った南楼(→一六四頁注二)。「月明二千里一」は文選十三・月賦に「隔二千里一兮共二明月一」。和漢朗詠集上・雪に引く。

三 未詳。

四 朗詠注では作者を謝観とする。京都府立図書館本は賈嵩とする(校異和漢朗詠集)。

五 未詳。

六 巻十四・鮑照の舞鶴賦に「冰塞二長河一、雪満二群山一」とある。

▽「雪満二群山一」の出典を指摘した後半部は朗詠注に見える。

七 山人たちは山道を行き帰りするが、散り敷いた紅葉の上に杖ついて、ちょうど朱買臣の錦の衣に穴をあけて行くようなものだ。隠者は気ままに山中を歩きまわるが、落葉を踏みしめて行き、まるで葛稚川の作った丹薬を踏むようなものだ。「往反　ワウバン」(字類抄)。「朱買臣之衣」は漢の武帝が朱買臣を会稽太守に任命して「富貴不レ帰二故郷一、如二衣レ繡夜行一」といった故事(漢書六十四・朱買臣伝)により錦繡をいう。「葛稚川」は晋の葛洪。神仙の法を好み、煉丹の秘術を学び、「在レ山積年、優游閑養」した(晋書七十二・葛洪伝)。和漢朗詠集上・落葉に引く。

長和寺、落葉す山中の路の序　高相如《かうすけゆき》 一

紅葉をもつて薬と為《な》す例なり。紅宮。二「履」の字あるいは「屐《げき》」三に作る。文選《もんぜん》四の意なり。

（三）

新豊《しんほう》五の酒の色は　鸚鵡盃《あうむはい》の中《うち》に清冷たり
長楽の歌の声は　鳳凰管《ほうわうくわん》の裏《うち》に幽咽《いうえつ》す

友人の大梁《たいりやう》に帰るを送る賦《ふ》 六

友人の大梁に帰るを送るにあらず。七 その意《こころ》は賦の中に見《あら》はる。

（四）

菓《くだもの》八はすなはち上林苑《しやうりんゑん》の献《けん》ずるところ　含《ふふ》めば自《おのづか》ら消えぬ
酒はこれ下若村《かじやくそん》の伝へたるところ　傾《かたぶ》くればはなはだ美なり
晴れて草樹《さうじゆ》の色を添《ま》す

含消梨《がんせうり》九はこれ梨の名なり。

一 本朝文粋十「初冬於二長楽寺一同賦二落葉山中路一詩序」。長和寺は長楽寺の誤り。
二 朗詠注は「紅雪」とする。紅雪は菅家文草十二「奉レ勅雑薬供二施三宝衆僧一願文」ほかに見える薬の名。
三 朗詠注は「屐」に作る。伝世尊寺行尹筆本和漢朗詠集も「屐」（校異和漢朗詠集）。
四 朗詠注には「文集」とするものもある。
五 新豊県の名酒はオウム貝の盃の中に冷たく澄みきっている。長楽宮の酒宴の歌声は笛の音に和して、むせぶように聞こえる。「新豊」は長安の東にある県の名。「長楽」は長安の西北にあった宮殿。和漢朗詠集下・酒に引く。
六 朗詠注は「送二友人一賦。公乗億」。大梁は河南省開封県。
七 朗詠注は「件賦送三友人帰二大梁一也。非下送二友人一而帰中大梁上。其意見二於賦中一」。これが本来のものであろう。
八 菓物は上林苑から献上されたもののようで、口に含むと自然にとろけ、酒は下若村に伝えられた美酒のようで、盃を傾けるとすばらしい味である。「上林苑」→二〇〇頁注九。また西京雑記一に「初修二上林苑一、群臣遠方各献二名果異樹一」。「下若村」は江南道（浙江省長興県）の若渓の北にある村。村人が下若の水で酒を造ると芳醇であったという（初学記八）。和漢朗詠集下・酒に引く。本朝文粋十一、大江朝綱の「早春侍二内宴一同賦三晴添二草樹光一」詩序の句。
九 初学記二十八・梨に「辛氏三秦記曰、漢武帝園、…有二大梨一、如二五升瓶一。落レ地則破。其主取二布嚢一承レ之。名曰二含消梨一」とある。
▽日本紀略・延長六年（九二八）正月二十一日に「内宴。題云、晴添二草樹光一」とあり、この時の作。
一〇 泰山はわずかな土も嫌わないで積み上げたからあの高さになったのだ。黄河や海はどんな小さな流れでも受け入れるからあの深さになるのである。和漢朗詠集下・山水に引く。

（五）

一〇泰山《たいさん》は土壌《どじやう》を譲《ゆづ》らず　故《かるがゆゑ》に能《よ》くその高きことを成す
河海《かかい》は細流《せいりう》を厭《いと》はず　故に能くその深きことを成す　漢書一一

一二文選は、「高」を「大」に作り、「厭」を「択」に作る。下の「成」字を「　」。

（六）

一三佳人《かじん》尽《ことごと》くに晨粧《しんさう》を飾《かざ》る　魏宮《ぎきゆう》に鐘動く
遊子《いうし》なほ残月《さんげつ》に行く　函谷《かんこく》に鶏《にはとり》鳴く

以言朝臣《もちときあそん》、称《い》ひて云はく、「函谷鶏鳴の四字、絶妙と謂《い》ふべし」と。

（七）

一四春過ぎ夏闌《た》けぬ　袁司徒《ゑんしと》が家の雪路達《みちたつ》しぬべし

一一 和漢朗詠集の「漢書」とする出典注記によるものであろうが、史記の誤り。巻八十七・李斯列伝。
一二 巻三十九、李斯の「上二書秦始皇一」に見える。ここに指摘する通りの本文。末尾の欠文は「作就」と推定される。
▽朗詠注に見える。欠文の箇所は「作レ就」。
一三 魏の王宮に暁を知らせる鐘がなると、王宮に仕える美女たちは皆起きて朝の化粧をし、函谷関に鶏が鳴いて夜明けを告げるが、旅人は残月のもとを歩き続ける。前句は南斉書二十・武穆裴皇后伝の「上数遊二幸諸苑囿一、載二宮人一従二後車一。宮内深隠、不レ聞二端門鼓漏声一。置二鍾於景陽楼上一。宮人聞二鍾声一、早起装飾」に、後句は斉の孟嘗君が秦から逃げるとき、夜半に函谷関に至り、食客に鶏の鳴き声をまねさせて関門を開かせて脱出した故事（史記七十五・孟嘗君列伝）による。和漢朗詠集下・暁に引く。
▽朗詠注に見える。題・作者を「暁賦。賈嵩」とする。また「一条院御時、三条皇后宮参上給夜、御送女房及レ暁退下。儀同三司引導且詠二此句一、聞者断腸」という話を記す。
一四 春が過ぎて夏も盛りとなって、袁安の家の前に積もった雪も溶けて路が通じるようになっただろう。また、朝には南風、夕べには北風が吹くようになり、鄭弘が薪を採りに行く若耶渓の風も人に知られるようになっただろう。「袁司徒」は後漢の司徒（三公の一つ）となった袁安。仕官する前のこととして、大雪の時にも除雪しなかったので、死んだと思われた（後漢書四十五・袁安伝注所引の汝南先賢伝）。鄭大尉は後漢の大尉（三公の一つ）となった鄭弘。若い時に薪を採りに若耶渓に入り、仙人に出会って、朝に南風、暮に北風を吹かせて欲しいと頼むと、その通りになった（後漢書三十三・鄭弘伝注所引の孔霊符会稽記）。私のようなものでなく、袁安や鄭弘のような賢才を大臣として召し出してほしいという主旨。和漢朗詠集下・丞相に引く。本朝文粋五の「為二一条左大臣一辞二右大臣一第三表」中の句。

旦《あした》には南暮《ゆふべ》には北　鄭大尉《ていたいゐ》が渓《たに》の風人に知られたり

右大臣の新たに職に任ぜられしときの第三表[一]　菅三品《かんさんぼん》[二]

時の人称《い》ひて云はく、「恨むらくは先朝《さきのみかど》[三]天暦《てんりやく》[四]と申すに見せ奉らざることを」と。

（八）

隴山《ろうざん》[五]雲暗し　李将軍が家に在《あ》る

穎水《えいすい》浪閑《しづ》かなり　蔡征虜《さいせいりよ》がいまだ仕《つか》へざる

清慎公《せいしんこう》[六]大将を辞する状　文時《ふみとき》

ある人の夢に、行役神《ぎやうやくじん》[七]、「この句によりて文時が家に弘めず」と云々。

（九）

王子晋《わうししん》[八]の仙に昇《のぼ》りし　後人祠《し》を維嶺《ゐれい》の月に立つ

羊大傅《やうたいふ》の世を早うせし　行客《かうかく》涙を峴山《けんざん》の雲に墜《お》せり

相規《すけのり》

一 底本に「一条殿」の傍注がある。貞元二年(九七七)源雅信が右大臣に任じられた時、恒例に従って辞表を三度奉った。その六月十四日付の第三表。
二 菅原文時。
三 先帝。
四 村上天皇。
▽朗詠注に見える。ただし、この聯の一つ前の、同じく第三表中の「傅氏巌之嵐」云々の句頭に書く。
五 隴山には雲が暗く垂れこめて、その下で、李広はまだ召し出されることもなく家にいる。穎水の波は静かで、そのほとりで蔡遵は仕えないで過ごしている。「隴山」は甘粛省隴西の山。史記百九の李将軍列伝に「李将軍広者隴西成紀人也」。「穎水」は河南省を流れ淮水に注ぐ川。「蔡征虜」はのちに征虜将軍となった蔡遵。後漢書二十の伝に「穎川穎陽人也」。人に知られない辺地に将軍たるべき資質の人物が埋もれていることをいう。和漢朗詠集下・将軍に引く。
六 本朝文粋五の「為清慎公請罷左近衛大将状」。清慎公は藤原実頼。天暦九年(九五五)九月十七日付の奏状。
七 行疫神。疫病をはやらせる神。
▽朗詠注に見え、「不弘」を「不行」に作る。十訓抄十、古今著聞集四に入る。
八 王子晋は仙人となって天に昇り、後世の人はゆかりの維嶺にほこらを建ててその霊を祀った。羊祜は早死したが、旅人は彼が愛好した峴山の雲を見て涙を落とした。「王子晋」は周の霊王の太子。「維嶺」は緱嶺が正しい。王子晋は仙人に従って嵩高山に登り、三十年後、白鶴に乗って緱子山に現れたが、再び飛び去り、のち祠が立てられたという(列仙伝)。「羊大傅」は晋の羊祜。死後、侍中大傅を追贈された。→二一三頁注二一。和漢朗詠集下・懐旧に引く。本朝文粋十一「初冬陪菅丞相廟同賦籬菊有残花詩序」中の句で、康保元年(九六四)、安楽寺詩宴での作。

件《くだん》の句、後の人、安楽寺《あんらくじ》[九]において月夜に窃《ひそ》かに見るに、直衣《なほし》[一〇]の人有りて詠ぜらると云々。もし天神[一一]の感ぜしめ給ふかと云々。

（一〇）

[一二]昇殿《しようでん》はこれ象外《しやうぐわい》の選びなり　俗骨《しよくこつ》はもつて蓬莱《ほうらい》の雲を踏むべからず
尚書《しやうしよ》はまた天下の望みなり　庸才《ようさい》はもつて台閣《たいかく》の月を攀《よ》づべからず

直幹《なほもと》の民部《みんぶ》[一三]少輔《せうふ》に任ぜられんことを請《こ》ふ申文《まうしぶみ》[一四]なり。件《くだん》の中文は、[一五]天暦帝《てんりやくのみかど》、御書机《おんふづくゑ》に置かしめ給ふと云々。

（一一）

[一六]前途《せんど》程《ほど》遠し　思ひを雁山《がんさん》の暮《ゆふべ》の雲に馳《は》す
後会《こうくわい》期《ご》遥《はる》かなり　纓《えい》を鴻臚《こうろ》の暁《あかつき》の涙に霑《うるほ》す

[一七]鴻臚館において北客《ほくかく》に餞《はなむけ》する詩の序　[一八]後江相公《ごがうしやうこう》

この句、渤海《ぼつかい》の人涙を流し胸を叩《たた》けり。後《のち》数年を経て、[一九]この朝《てう》の人に問ひて曰《い》はく、「江朝綱《がうあさつな》は三公《さんこう》[二〇]の位に至れるか」と。答へて云

九 →一一二頁注九。
一〇 後代になるが、一条兼良の桃花蘂葉に「又社参之時、不レ可レ着二直衣一。神体ハ必直衣ニ而現給故也と故殿被レ仰者也」という（吉原浩人）。
一一 菅原道真の神格化。
▽朗詠注に見える。古今著聞集四に入る。
一二 昇殿は一般とは異なった特別の選任であり、凡俗の身は殿上に昇ることはできない。弁官は天下の人が望む職であるから、凡庸の才の者は太政官に席を列ねることはできない。「象外」は形あるものの外の意。俗世間を超越したもの。「蓬莱」は神仙の住む島。ここは内裏をいう。「尚書」は弁官の唐名。和漢朗詠集下・述懐に引く。
一三 本朝文粋六の「請レ被下特蒙二天恩一兼中任民部大輔闕上状」。天暦八年（九五四）八月九日の作。これによって少輔は大輔の誤り。
一四 官位の叙任昇進を要請して朝廷に上申する文書。枕草子一九七「文は」の段に「願文、表、博士の申文」。
一五 村上天皇。
▽朗詠注に見える。直幹申文をめぐっては十訓抄十、古今著聞集四に別の話があり、のち直幹申文絵詞が作られる。
一六 これからの道のりは遠く、帰っていく北のかた雁山の夕暮の雲を望んで、行路の困難を思いやる。再び会えるのは遥か後のことであろう。鴻臚館での送別の宴も終わろうとする明け方に、惜別の涙で冠のひもを濡らすことだ。「雁山」は中国北境の山。「鴻臚」→一一六頁注二。和漢朗詠集下・餞別に引く。
一七 本朝文粋九「夏夜於二鴻臚館一餞二北客一」詩序。北客は裴璆を大使とする渤海使。延喜八年（九〇八）六月の作。
一八 大江朝綱。
一九 本朝。日本。
二〇 大臣。
▽朗詠注に見える。古今著聞集四に入る。

はく、「いまだし」と。渤海の人云はく、「日本国は賢才を用ゐる国にあらざることを知れり」と云々。

（一二）

一楊岐《やうき》路滑《みちなめ》らかなり　我《わ》が人を送ること多年
李門《りもん》波高し　人の我《われ》を送ること何《いつ》れの日ぞ

二別れの路に花飛べる色の詩の序

三前中書王《ぜんちゆうしよわう》、この句を見て称せられて云はく、「四以言《もちとき》は平同《へいとう》なり」と云々。これより才名初めて聴《ゆる》さる。

（一三）

五谷水《こくすい》花を洗ふ　下流を汲んで上寿《しやうしう》を得たる者三十余家
地血味《ちけつあぢ》はひを和《くわ》す　日精《じつせい》を飡《くら》つて年顔《ねんがん》を駐《とど》めたる者五百箇歳《ごはくかせい》

六群臣に菊花を賜ふの序　七紀納言《きなごん》

高五常《かうかずつね》の序に八この序に似たる作有り。古人伝へて云はく、「五常

一 別れ道で人に別れることはやさしいことで、私は長年国司となって地方に赴任する友人たちを見送ってきた。しかし試験に及第することはむずかしく、人々が私の赴任を送ってくれるのはいつのことであろうか。「楊岐」は楊朱が岐路を見て泣いたという故事（淮南子・説林訓）に基づく熟語で、別れ道。「李門」は後漢書六十七・李膺伝に見える登竜門。黄河上流にある竜門を遡ることができた魚は竜になるという。和漢朗詠集下・餞別に引く。

二 本朝文粋九「暮春於二文章院一餞二諸故人赴一レ任同賦二別路花飛白一詩序」。すなわち「色」は「白」が本来の形。

三 兼明親王。

四 以言は私と同程度である。

▽朗詠注に見える。ただし「平同」を「手聞」とする。

五 谷の水が菊の花を洗って流れ下り、その下流の水を飲んで長寿を得たものが三十余家。地血汁をまぜ、その菊花を食うと五百年間若々しい顔を保つことができる。前句は芸文類聚八十一・菊の「風俗通曰、南陽酈県有二甘谷一。谷水甘美。云、其山上大有レ菊、水従二山上一流、下得二其滋液一。谷中有二三十余家一、不二復穿一レ井、悉飲二此水一、上寿百二三十、中百余、下七八十者」による。後句は抱朴子内篇四の「劉生丹法、用二白菊花汁、地楮汁、樗汁一、和レ丹、蒸レ之三十日、研合服レ之一年、得二五百歳一」による。「日精」は菊の名（抱朴子）。和漢朗詠集上・九日に引く。

六 本朝文粋十一「九日侍レ宴、観レ賜二群臣菊花一」詩序。

七 紀長谷雄。

八 現存しない。

が作りて後、納言称《い》はれて曰《い》はく、「余《われ》頗《も》[九]しこの序を改作せば佳境に到るべし」と。よりてこの序を作る」と云々。

(一四)

[一〇]日に瑩《みが》き風に瑩く　高低千顆万顆《せんくわばんくわ》の玉
枝を染め浪を染む　表裏一入再入《いちじふさいじふ》の紅《くれなゐ》

花光水上に浮かぶの詩の序[一一]　三品《さんぽん》[一二]

この序は冷泉院《れいぜいゐん》[一三]の花宴なり。序の遅きこと極《きは》まりなし。主上還《しゆしやうくわん》[一四]御《ぎよ》せんとしたまふ。しかるに序[一五]の首《はじめ》を聞こしめすに依り留まり給ふ。「万葉の仙宮《せんぐう》、百花の一洞なり」と云々。

(一五)

昔忉利天《たうりてん》[一六]の安居九十日《あんごくじふにち》　赤栴檀《しやくせんだん》を刻《きざ》んで尊容《そんよう》を模《ぼ》し
今跋提河《ばつだいが》の滅度《めつど》より二《じ》千年《せんねん》　紫磨金《しまごん》を瑩《みが》いて両足《りやうぞく》を礼《らい》す　匡衡《まさひら》

この句、仁康上人入唐《にんかうしやうにんにつたう》[一七]の時、母のために六波羅密寺《ろくはらみつじ》において仏

九「モシ」(名義抄)。
▽底本のままでは解釈できないので、朗詠注に従って本文を改めた。
一〇 池のほとりの木々の花は池に映って梢の花は日に輝き、池の水は風に吹かれて輝いて、千箇万箇の玉のようだ。梢の花は枝を彩り、水に映る花は波を染めて、その色は表裏を濃く薄く一たび二たびと染めた紅の布のようだ。白氏文集六十五「八月十五日夜同二諸客一翫レ月」の「嵩山表裏千重雪、洛水高低両顆珠」に倣う。和漢朗詠集上・花に引く。
一一 本朝文粋十「暮春侍二宴冷泉院池亭一同賦二花光水上浮一」詩序。
一二 菅三品、菅原文時。
一三 扶桑略記・応和元年(九六一)三月五日に「於二冷泉院釣殿一、有二花宴一」、日本紀略同日条に、「天皇御二釣台一、召二文人一有二桜花宴一。花光水上浮。…文時献レ序」。
一四 村上天皇。なお内裏が前年に焼亡したため、当時、天皇は冷泉院に滞在していた。
一五 序の冒頭。「冷泉院者、万葉之仙宮、百花之一洞也」。
▽朗詠注に見える。
一六 昔、釈迦が忉利天に昇って九十日間安居した時、優塡国王は仏に会えないことを嘆き、栴檀を刻んで釈迦の形像を作ったという。今、釈迦が跋提河のほとりで入滅して二千年を経て、紫磨金を磨いてその尊像を造って礼拝する。「忉利天」は須弥山頂にある帝釈天の住む世界。「安居」は僧が夏の三か月間、外出せず籠って修行すること。「両足」は仏。和漢朗詠集下・仏事に引く。本朝文粋十三「為二仁康上人一修二五時講一願文」中の句。
一七 事実と相違し、匡房の記憶の誤りか。この願文は仁康が金色丈六の釈迦像を造立し、華厳経等を書写して、正暦二年(九九一)三月、河原院で五時講を行った時のもの。「入唐の時」というのは、本朝文粋でこの願文の次にある「奝然上人入唐時、為レ母修レ善願文」と混同したものであろう。

経を供養せし願文《ぐわんもん》なり。[一]講筵《かうえん》に参会せる貴賤《きせん》[二]済々《せいせい》たり。講畢《をは》りて、集会の人皆ことごとく[三]散ぜしむる間、保胤《やすたね》[四]入道《にふだう》なほ留まりて、[五]俗客《しよくかく》の座に到り、匡衡《まさひら》の背を叩きて云はく、「弼殿《ひつどの》[六]筆《か》きたりけり」と云々。時に匡衡は[七]弾正弼《だんじやうのひつ》なり。この講席に在る故なり。また入道陳《の》べて云はく、「かくのごときに依りて[八]文場に出でざるなり。この句作を見て[九]骨心《こつしん》に攀縁《はんえん》有り。且《まさ》に菩提《ぼだい》の妨《さまた》げ為《た》らんとす」と云々。

（一六）

[一〇]廻翔《くわいしやう》を蓬島《ほうたう》に願ふも　霞袂《かへい》いまだ遇《あ》はず
控御《こうぎよ》を茅山《ばうさん》に思ふも　霜毛《さうもう》徒《いたづら》に老いたり

藤雅材《とうまさき》、この句に依りて、にはかに[一一]蔵人《くらうど》に補せらると云々。

（一七）

[一二]丹蛍《たんけい》を聚《あつ》めて功《こう》を積み　尭日《げうじつ》の南明《なんめい》を仰ぐといへども
青鳥《せいてう》に問ひて事を記《しる》す　恨《うら》むらくは漢雲《かんうん》の子細《しさい》に暗きことを

一　この五時講の様子が続古事談四・24に詳しく語られている。
二　大勢であった。↓五三頁注三四。
三　散会する。
四　寛和二年(九八六)出家。
五　僧侶に対して俗人。
六　「カク」(十巻本字類抄)。和漢朗詠集永済注には「筆コソ至リニケレ」。
七　永観二年(九八四)十月、弾正少弼。
八　↓一五二頁注一。
九　骨身にしみて平静ではいられない。攀縁は心が外界のことに煩わされて乱れること。
▽朗詠注では「件句、後中書王殊加二褒誉一自書二其由一給云々。自レ此匡衡之文鼓二動於天下一云々」という別の話を記していて、四・46の句に付された朗詠注が本条の後半にほぼ一致する。
一〇　鶴は蓬莱を飛びまわろうと願っても、まだ仙人に出会うことはなく、茅山で仙人の乗り物になりたいと思っても、白毛となって老いてしまった。「蓬島」は仙人の住む島。「霞袂」は仙人の衣。「控御」は本来、馬を自在にあやつること。「茅山」は江蘇省にある山。茅君が二人の弟とそれぞれ白鶴に乗ってその山頭にいたという。仙山を殿上になぞらえて、昇進できないままに年老いた不遇を嘆く気持ちをこめた。本朝文粋十一「仲春釈奠、聴レ講二毛詩一、同賦二鶴鳴二九皐一」詩序中の句。新撰朗詠集下・鶴に引く。この釈奠は天徳四年(九六〇)二月七日のものであろう。
一一　天徳四年三月三十日の内裏歌合に蔵人として見える。
一二　苦学して功を積み重ね、聖帝の明らかな徳を仰ぎみるけれども、使者に尋ねて事を記すのみで、天上の詳しいことについては不案内であることを残念に思います。「丹蛍を聚む」は晋の車胤の蛍の光の故事。「尭日」は聖帝尭を日にたとえていう。「青鳥」は青い鳥が西王母の使いとなった

この句に依りて蔵人に補せんとす。しかりといへども[一三]入道殿《にふだうどの》ならびに殿上人《てんじやうびと》の[一四]承引《しようゐん》せざる故に補せず。

（一八）

[一五]虚弓《きよきゆう》避《さ》り難《がた》し　いまだ疑ひを上弦《じやうげん》の月の懸《かか》れるに抛《なげう》たず
奔箭《ほんせん》迷《まど》ひ易《やす》し　なほ誤りを下流の水の急《すみ》やかなるに成す

「懸」、「急」の字有るべからざる由、文時《ふみとき》心中に思へり。三十年の後、有るべき由を案じ得て、称《い》ひて云はく、「我れ朝綱《あさつな》に[一六]減《おと》ること三十年なり」と云々。

（一九）

[一七]漢皓秦《かんかうしん》を避《さ》りし朝《あした》　望《のぞ》み孤峰《こほう》の月を礙《さ》ふ
陶朱越《たうしゆゑつ》を辞せし暮《ゆふべ》　眼《まなこ》五湖の煙《けぶり》に混《こん》ず
雲を[一八]視《み》て隠《いん》を知る賦《ふ》　以言《もちとき》

[一九]後中書王《ごちゆうしよわう》称《い》ひて云はく、「件《くだん》の賦、以言は物の上手なれば、[二〇]夫《ふ》を

故事から、使者。「漢雲」は天の川の雲。ここでは宮中の意をかける。本朝文粋八・大江以言の「七夕陪㆓秘書閣㆒、同賦㆓織女雲為㆒㆑衣」詩序中の句。長保五年(一〇〇三)七月七日の作(権記)。
一三 藤原道長。
一四 承知しない。
▽本書四・99参照。
一五 空を飛ぶ雁は、上弦の月が空に懸かっているのを見て、弓の形のような月が自分を射ようとするのではないかという疑いを捨てきれないし、流れ下る川の水が急なのを見て、矢ではないかと思い迷っている。「虚弓」は月を弓に見立てていう。戦国策五に「雁従㆓東方㆒来。更嬴以㆓虚発㆒而下㆑之」。梁の庾肩吾の「九日侍㆓宴楽遊苑㆒応令」に「騰猿疑㆓矯箭㆒、驚雁避㆓虚弓㆒」、また唐の熊孺登の「湘江夜泛」に「江流如㆑箭月如㆑弓」。和漢朗詠集上・雁に引く。本朝文粋十一・大江朝綱の「重陽日侍㆑宴、同賦㆔寒雁識㆓秋天㆒」詩序中の句。
一六 「オトル」(名義抄)。
▽朗詠注に見える。
一七 漢の四皓が秦の乱れを避けて商山に隠れた時は、湧き立つ雲に遠望をさえぎられてそびえ立つ峰の月も見えず、陶朱公が越を去って五湖に舟を浮かべた時は、湖面に立ちこめる雲霧のために何も見分けがつかなかった。「漢皓」は東園公・角里先生・綺里季・夏黄公の四人の老人。秦の暴政を避けて商山に隠れたが、漢の世になると出て仕えた。「陶朱」は越の宰相范蠡。のち隠遁して姓名を変え、陶に行って朱公と称した。和漢朗詠集下・雲に引く。
一八 雲の立つのを見て、そこに隠者がいることを知る。本朝文粋一所収。
一九 具平親王。
二〇 白行簡の作。↓一七四頁注一一。

望んで化して石と為《な》る賦をもつて規模《きぼ》[一]と為して作るところか。体に至りては知らず」と云々。

（二〇）

[二]蕭会稽《せうくわいけい》が古廟《こべう》を過《よ》ぎりし　託《つ》けて異代《いたい》の交《まじ》はりを締《むす》ぶ

張僕射《ちやうぼくや》が新才を重んぜし　推《お》して忘年《ばうねん》の友と為《な》せり

香《か》[三]乱れて識《し》り難しの詩の序　後江相公《ごがうしやうこう》[四]

[五]蕭允《せういん》、呉札《ごさつ》の廟《べう》を過《よ》ぎり、張纘《ちやうさん》[六]、江総《かうそう》と交はりを結べること、ならびに陳書《ちんしよ》[七]に見ゆ。

（二一）

[八]漢高《かんかう》三尺の剣《けん》　居《ゐ》ながら諸侯《しよこう》を制し

張良一巻《ちやうりやういつけん》の書　立ちどころに師傅《しふ》に登る

件《くだん》の句は雅材《まさき》の冊文《さくぶん》[九]なり。「[一〇]歌舞を調和す」。後漢書《ごかんじよ》の句にあらず。

一 手本。
▽朗詠注に見える。
二 会稽郡の丞の蕭允は季札の古廟を通った時に、これによせて時代を越えた交わりを結び、尚書僕射の張纘は若い才能のある者を重んじ、江総を推薦して年齢の違いを忘れて友人とした。和漢朗詠集下・交友に引く。
三 本朝文粋十「晩春陪㆓上州大王臨水閣㆒、同賦㆓香乱花難㆑識」詩序。
四 大江朝綱。
五 陳書二十一・蕭允伝に「允又為㆓長史㆒、帯㆓会稽郡丞㆒。行経㆓延陵季子廟㆒、設㆓蘋藻之薦㆒、託為㆓異代之交㆒」とある。呉札は呉の季札。
六 張纘が正しい。陳書二十七・江総伝に「尚書僕射范陽張纘、…並高才碩学。総時年少有㆑名。纘等、雅相推重、為㆓忘年友㆒」。
七 陳代の正史。三十六巻。唐の姚思廉の撰、貞観十年（六三六）成立。
▽朗詠注に見える。
八 漢の高祖は庶民から身を起こし三尺の剣を持って、やすやすと諸侯を制して天下を統一し、張良は一巻の兵法書を読んで、たちまちに帝王を補佐する大官にまで昇った。前句については、史記八・高祖本紀に「吾以㆓布衣㆒、提㆓三尺剣㆒取㆓天下㆒。此非㆓天命㆒乎」とある。後句については、史記五十五・留侯世家に、張良は一老人から一編の書を授けられ、これを読めば王者の師となろうと励まされ、その太公兵法を学んで、高祖に重んじられたという。和漢朗詠集下・帝王に引く。
九 対策文。大学寮における最高課程の試験の答案。雅材は応和二年（九六二）九月二十六日、文章得業生として受験（日本紀略）。
一〇 冊文の課題。本来、注記であったものであろう。
▽和漢朗詠集の藤原行成筆本など、この句の出典を「後漢書」と注記するものがあるが、その誤りを指摘したもの。朗詠注では、この句の次に置かれる「項庄之会㆓鴻門㆒」云々

（二二）

仁《じん》[一一]は秋津洲《あきつしま》の外《ほか》に流れ　恵《めぐ》みは筑波山《つくはやま》の陰《かげ》よりも茂《しげ》し

日本《やまと》の国の体《すがた》は、秋津虫《あきづ》[一三]の臀呫《となめ》せるがごとくなりと云々。

古今の序[一二]　淑望《よしもち》

（二三）

梁元《りやうげん》[一四]の昔の遊び　春王《しゆんわう》の月漸《やうや》くに落ち

周穆《しうぼく》の新たなる会《くわい》　西母《せいぼ》の雲帰《かへ》んなむとす

鳥声管絃に韻《ひび》くの序[一五]　文時《ふみとき》の作

後中書王《ごちゆうしよわう》[一六]難ぜられて云はく、「「既而」[一七]の下に小句なく、この句有り。文時の忽忙《こつばう》[一八]なり」と。また故源右府《げんうふ》[一九]命《おほ》せられて云はく、「「梁元」は不吉[二〇]の帝《みかど》なりといへども、作るは一端[二一]を取るなり。「春王」は台なり。梁元の作るところなり」と。

の句に注する。

一一　帝の仁徳は日本国の外にまであふれ出し、その恩恵は筑波山の山かげに草木が茂るよりも豊かである。「秋津洲」は日本国の異称。和漢朗詠集下・帝王に引く。

一二　古今和歌集の真名序。本朝文粋十一にも採録。

一三　とんぼが交尾してつながっているようだ。日本書紀・神武天皇三十一年四月一日に「皇輿巡幸、…廻二望国状一曰、妍哉乎国之獲矣。雖二内木綿之真迮国一、猶如二蜻蛉之臀呫一焉。由レ是、始有二秋津洲之号一也」とある。「秋津虫」はトンボの古名。「臀」はしり、「呫」はなめる意で、交尾している姿。

一四　梁の元帝の昔の遊宴のような今日の宴は、春の月がしだいに傾き、周の穆天子が西王母と会したようなその宴も終りに近づいて、西王母が歌った雲も帰ろうとしている。後句は穆天子伝三の「天子觴二西王母于瑶池之上一。西王母為二天子一謡曰、白雲在レ天、山陵自出、道里悠遠、山川間レ之、将子無レ死、尚能復来」にもとづく。和漢朗詠集下・帝王に引く。

一五　本朝文粋十一「仲春内宴侍二仁寿殿一、同賦三鳥声韻二管絃一詩序」。康保三年（九六六）二月二十一日の内宴での作（日本紀略）。

一六　具平親王。

一七　詩序の原文では、「既而」のすぐ後にこの句が続く。小句の語は作文大体などに見えないが、他の詩序では「既而」の後に四字句の対（緊句）が置かれているものがある。そうした句作りになっていないことをいう。

一八　粗忽。

一九　源師房。

二〇　魏に敗れて殺された。

二一　その事跡の一部を取り上げたのである。

▽朗詠注に見える。「春王台也」以下は「春王」の語の右傍に付されたもの。

（二二四）

[一]花上苑《しやうゑん》に明らかなり　　軽軒九陌《けいけんきうはく》の塵《ちり》に馳《は》す
猿空山《こうさん》に叫ぶ　　斜月千巌《しやげつせんがん》の路を瑩《みが》く　　閑賦《かんふ》　張賛《ちやうさん》[二]

「軽軒馳」と「閑[三]」と義異《こと》なれり。深く案ずべしと云々。ある人云はく、「閑人有りて、[四]奔車《ほんしや》を聞くなり」と云々。

（二二五）

[五]栄路《えいろ》遥《はる》かにして頭已《かしらすで》に斑《まだら》なり　　生涯暮れて跡将《まさ》に隠れんとす
大王万歳《だうわうばんぜい》の風月《ふうげつ》に侍らむこと　　向後《きやうこう》いまだ必ずしも知るべからず
　　　　　橘正通《たちばなのまさみち》　梅近くして夜香多し[六]

この句、[七]七条宮《しちでうのみや》の宴の序の[八]自謙《じけん》の句なり。満座の人涙を拭《ぬぐ》はざるはなし。その後長く去りて之《ゆ》く所を知らず。ある人云はく、「また[九]高麗国《かうらいこく》にて仙を得たり」と云々。

一　花が上林苑に咲きにおう頃には、軽やかな車が都大路を砂塵をあげながら走り廻り、猿が人気のない深山で鳴き叫ぶとき、西に傾いた月が幾重にも重なる岩山道を照らしている。「上苑」→二〇〇頁注九。「九陌」は東西に走る九条の大通り。和漢朗詠集上・花に引く。
二　朗詠注は張読。
三　「閑賦」という作品の題としての閑(しずかさ)。
四　走る車。
▽朗詠注に見える。朗詠百首に「花みにといそぐ車はすぎぬれど我のみゆかで思ひこそやれ」と詠むのは、ある人の説と同じ。

五　栄達の道から遠く隔たって頭はすでに白髪交じり、私の生涯も終りに近づき世を捨て身を隠そうとしている。親王の永遠に続くはずの詩宴に侍することも今後あるかどうかわからない。
六　本朝文粋十「春夜陪二第七親王書斎一、同賦二梅近夜香多一」詩序の句題。
七　六条宮の誤り。具平親王。
八　序の作者である自分のことを卑下して述べる句。詩序の最後の段。作文大体・雑序体に「次自謙句。先置二我名二字一、置二如レ予者一。但随レ所書レ之。次我可レ云レ不レ足二其器一也。傍二題目之趣一書レ之為レ佳。長短字句可レ任レ意也。是尚述懐句中也」。
九　朝鮮に建てられた王国。九一八年建国、九三六年半島を統一し、一三九二年まで続いた。
▽本朝神仙伝の「橘正通事」の後半は本条とほぼ同話。

（二六）

一〇昼夜《ちうや》八十《はちじふ》の火　仮《かり》に鶴林《かくりん》の煙《けぶり》を唱《とな》ふ
東方五百《とうはうごひやく》の塵《ちり》　長く鷲峰《じゆぶ》の月を懸《か》けたり　以言《もちとき》

この句、「月一一に懸かれり」と読むべきか。「月を懸けたり」と読むべきか。答へ、詳《つまび》らかには示されず。この句は優美《いうび》にあらず。ただ人を恐れしむるのみなり。

（二七）

一二漢の四皓《しかうい》出づといへども　応曜《ようえう》独《ひと》り淮陽《わいやう》の雲に留まる
尭《げうみ》三たび徴《め》せども来たらず　許由《きよいう》長く穎水《えいすい》の月に棲《す》めり
一三後入道殿《ごにふだうどの》の御表《おんへう》　匡衡《まさひら》

「応曜淮陽に栖《す》む」の句、一四斉名《ただな》疑へり。この事、一五唐韻《たうゐん》の注《ちゆう》に見ゆ。一六三史《さんし》、十三経《じふさんきやう》には出でずと云々。

一〇 釈迦は夜半に八十歳で沙羅双樹の間で入滅して、荼毘に付されたというが、それは仮の姿で、実はその寿命は無量永劫で、霊鷲山に懸かる月のように尽きることはない。「昼夜」は「中夜」が正しい(本朝文粋、新撰朗詠集は「中夜」)。法華経・序品に「我今於二中夜一、当レ入二於涅槃一」。「鶴林」は釈迦が入滅した沙羅双樹の林。白色に変わり白鶴の群のようであったという。「東方五百之塵」は無量数をいう語(法華経・如来寿量品)。「鷲峰」は釈迦が説法した所。本朝文粋十「九月十五日於二予州楠本道場一、擬二勧学会一聴レ講二法華経一、同賦二寿命不レ可レ量一」詩序中の句。新撰朗詠集下・仏事に引く。
一一 新撰朗詠集の古写本では、梅沢本・穂久邇文庫本が「月ニ」、陽明文庫本が「月ヲ」と訓む。
一二 四皓は隠れ住んでいた商山を出て漢に仕えたけれども、応曜だけは淮陽の山中に留って出仕しなかった。尭は天下を譲ろうとたびたび召したけれども、許由は固辞して長く穎水のほとりに隠れていた。「四皓」→二一三頁注一七。「応曜」については白氏六帖七・隠逸に「漢有二応曜一、隠二於淮陽山中一。与二四皓一倶徴、曜独不レ至。時人謂レ之曰、南山四皓不レ如二淮陽一老一」とある。新撰朗詠集下・仙家に引く。
一三 本朝文粋四「入道大相国謝二官文書内覧一表」。藤原道長に出された内覧の宣旨を辞退する表。長徳四年(九九八)三月の作。
一四 斉名は匡衡が代作したこの表に対して「答下入道前太政大臣辞二大臣幷章奏等一表上勅」(本朝文粋二)を書いている。その中で、匡衡があげた故事について「至下彼応曜独臥二於淮陽一、許由長遊中於穎水上、親已非二戚里一、心何在二済川一」という。
一五 →一五九頁注一七。唐韻を増補した広韻の応字の注に先の注一二所引の白氏六帖の記事とほぼ同文が引かれている。唐韻にもあったものであろう。
一六 →一五九頁注一八・一九。

（二八）

一 秦皇泰山《しんくわうたいざん》の雨　風は黄雀《くわうじやく》の跡《あと》消え
周穆長坂《しうぼくちやうはん》の雲　汗は赤騮《せきりう》の溝《みぞ》に収《をさ》まる　二 松声夏に当たりて寒し
以言《もちとき》の作なり。

（二九）

三 白首に臨んで始めて知んぬ
恨むらくは面《おもて》を鼇波《がうは》万里の外に隔《へだ》つることを
玄蹤《げんしよう》を仰いで遥《はる》かに契《ちぎ》る
願はくは膝《ひざ》を竜華三会《りゆうげさんゑ》の朝《あした》に促《ちかづ》けんことを　四 天台座主《てんだいざす》覚慶《かくきやう》遣唐《けんたう》の返牒《へんてふ》

（三〇）　唐人《たうひと》「兎裘賦《ときうのふ》」に感ずる事

五「一物集《いちもつしふ》は渡唐の書なり。唐人、「六 兎裘賦」を見て云はく、「この賦

一 秦の始皇帝が泰山に登った時、出会った雨で夏の暑い風もあと方もなく涼しくなり、周の穆天子が長松の坂を登った時、雲が湧き起こって乗馬の汗もたちまちに収まってしまった。「泰山雨」は秦の始皇帝が泰山で封禅を行った時、突然の風雨に出会い、松の木陰に雨宿りしたこと。「黄雀」は夏に吹く東南の風。「長坂」は穆天子伝四に「天子南還、升二于長松之隥一〈坡有二長松一〉」とある。「赤騮」は穆天子が所有した八名馬の一つの華騮（→六・64）。
二 松を吹く風の音は夏にも寒く感じさせる。本朝文粋十「夏日侍二左相府池亭一、諸道講論後、同賦二松声当レ夏寒一」詩序。新撰朗詠集下・松に引く。
▽本書五・62で「汗収二赤騮溝一」の句が「不レ可レ及者也」と賞賛されている。
三 年老いて初めて相知り、万里の大海を隔ててお会いできないことを心から残念に思いますが、あなたの優れた行いの跡を仰いで遥かにお約束します、将来弥勒出現の時には膝を交えてお会いすることを。「鼇波」は大亀が海に浮かぶ山々を支えたということから大海をいう。「竜華三会」は弥勒菩薩が遠い未来に人間世界に出現して竜華樹の下で三度説法して人々を救済すること。「促」は名義抄に「チカツク」。新撰朗詠集下・交友に引く。
四 本朝文粋十二「牒二大宋国杭州奉先寺伝二天台智者教一講経論和尚一」。覚慶が奉先寺の僧に送った返書。大江匡衡の作。
▽本条は摘句のみで、言談がない。本書六・44参照。
五 現存しない。書名はすぐれた文章を集めたものの意か。和漢朗詠集永済注に三か所に一物集の名が見えるが、その一つ、蘭の部の「扶桑豈無レ影乎」云々の句について、「此ハ菟裘ノ賦ノ文也。此賦、一物集ニアリ」とある。
六 兼明親王の作。本朝文粋一所収。藤原氏の専権に対する憤りを述べたもの。
七 本朝文粋八の「沙門敬公集序」。
八「王朗八葉之孫、摭二徐詹事之旧草一」とある。この句は和

はこの国にも往代《わうだい》の人の作たりせば、文選《もんぜん》には入りなまし」と云々。尤《もと》も神妙《しんべう》なる事か」と。

(三一) 順《したがふ》の序の「王朗八葉《わうらうはちえふ》の孫《うまご》」の句の事

問ひて云はく、「順の序の[七]「[八]王朗八葉の孫」は誰の事か」と。「[九]詳《つまび》らかには覚えず」と云々。[一〇]次《つ》いで談話は古事に及ぶ。

(三二) 菅家《かんけ》の御序、秀勝《しうしよう》なる事

[一一]帥《そち》、「[一二]序においては読む毎《ごと》に腸《はらわた》を断《た》たざるはなし。「[一三]柏梁《はくりやう》と称《い》ひて蘭《らん》亭《てい》に擬《なぞら》へ、華林《くわりん》と同じうして拱木《きようぼく》を種《う》う」の句、ならびに「[一四]秋水何《いづれ》の処《ところ》にか見る」の序の「[一五]風月天に同じけれども、閑忙《かんばう》他に異《こと》なる」の句、ならびに「[一六]花の時は天も酔へるに似たり」の序の、「[一七]魏文《ぎぶん》を思ひて風流を翫《もてあそ》ぶ」の句、「[一八]催粧《さいしやう》」の序の、「[一九]内はすなはち綺羅脂粉《きらしふん》、また風月鶯花《あうくわ》」の句等《など》は心肝に染《し》むものなり」と。

また談《かた》られて云はく、「[二〇]菅家の御作の「[二一]自余《じよ》の時輩《じはい》はこれ鴻儒《こうじゆ》なり」

漢朗詠集下・文詞にも引く。徐詹事集(宋の太子詹事徐湛之の集)を編纂したのは王僧孺であるが、彼は王朗の子王粛の八代の孫(梁書三十三・王僧孺伝)。

九 水言鈔ではこの上に「可レ見二徐詹事集一」の一文がある。

一〇 水言鈔では本条の次に、本書二・15の「公方の違式違勅の論の事」がある。古本系のこの配列では意味を持つが、本書では意味を失っている。

一一 匡房。

一二 詩序。

一三 柏梁台と名付け、蘭亭の曲水宴の風流になぞらえて詩宴を催し、華林園と同じようにして大木を植えた。「柏梁」は漢の武帝が長安城中に造った台。「蘭亭」は晋の王羲之が曲水宴を行った所として知られる。浙江省紹興の近く。「華林」は魏の文帝が洛陽に築いた庭園。菅家文草六「三月三日侍二朱雀院柏梁殿一惜二残春一」詩序中の句。

一四 菅家文草六「九日後朝、侍二朱雀院一、同賦二閑居楽二秋水一」詩序。この序に「秋水見二於何処一」の句がある。

一五 風月といった自然の風景は同じであるが、これを眺める人間は暇な者と忙しい者とそれぞれに違っている。

一六 菅家文草五「三月三日同賦二花時天似一レ酔」詩序。和漢朗詠集上・三月三日にも引く。

一七 魏の文帝のことを思い遣りながら、曲水宴の風流を楽しむ。

一八 菅家文草五「早春観レ賜二宴宮人一、同賦二催粧一」詩序であるが、以下の句を持つのは、巻二「早春侍二宴仁寿殿一、同賦二春暖一」詩序。「催粧序」に「羅綺」と「脂粉」が対語として用いられていることからの混同であろう。

一九 仁寿殿の内ではあでやかな絹の衣装をまとい美しく化粧をした美女が侍り、清風明月のもとに鶯が鳴き花開く風景がある。

二〇 菅家後集所収の「傷二野大夫一」詩。詩序ではない。小野美材の死を悼む。

二一 (紀長谷雄)以外の人々は大学者ではあるが、詩人ではない。

の句を見て、善相公《ぜんしやうこう》[一]は、「清行《きよゆき》候《さぶら》ふものを。いかにかくは仰せらるるにか」とて」と云々。

僕《われ》[二]また云はく、「「宮人《きゆうじん》[三]、夜に入りて殿上《てんじやう》に灯《ひ》を挙《あ》ぐるは例なり」の句、神《しん》[四]なり、また妙《めう》なるか」と。

（二三三）在昌《ありまさ》の「万八千年の声塵《せいぢん》」の事

「在昌の序[五]に云はく、「万[六]八千年の声塵」と。その[七]心はいかん」と。答へて云はく、「分明《ぶんみやう》[八]には覚えず。下句の「七十二代の軌躅《きたく》」は、泰《たい》[九]山《ざん》に封《ほう》ずる者七十二君か」と。その次《ついで》に云はく、「在[一〇]昌、坤元録屏風《こんげんろくびやうぶ》詩《し》に漏《も》れて愁歎《しうたん》せし間、既《すで》にもつて病悩し死[一一]去せり」と云々。

（二三四）菅三品《かんさんぼん》の尚歯会《しやうしくわい》の序の事

また云はく、「菅[一二]三品の尚[一三]歯会の序の「な[一四]ほ已《すで》に衰へたる齢《よはひ》なり」の句は、力[一五]なくして余情《よせい》有り。美女の病《や》めるごときなり」と。

一　三善清行。
二　藤原実兼。
三　菅家文草五「賦㆓雨夜紗灯㆒詩序」の冒頭。
四　神妙を強調したい方。きわめて優れている。
▽水言鈔では、第二段落が別条で、本書三・27の次にあり、また第三段落がない。
五　本朝文粋九「北堂漢書竟宴、詠㆑史得㆓蘇武㆒詩序」。その冒頭に「若夫、万八千年声塵、堙㆓滅於巣穴之居㆒、七十二代軌躅、寂㆓寥於縄木之化㆒」とある。
六　中国古代の王の天皇氏や地皇氏の治世の名声の意。史記・補三皇本紀に「天地初立、有㆓天皇氏㆒。…兄弟十二人、立各一万八千歳。地皇氏十一頭、…亦各万八千歳」と見える。
七　その意味。
八　「フンミヤウ」(字類抄)。はっきりとは。
九　史記・補三皇本紀に「管子亦曰、古封㆓太山㆒七十二家」。
一〇　→四・19。
一一　在昌は天徳四年(九六〇)五月の在世が知られ(日本紀略)、坤元録屏風詩成立の天暦五年(九五一)―七年からかなり経過しているので、死因とするのは事実ではないであろう。
一二　菅原文時。
一三　本朝文粋九「暮春藤亜相山庄尚歯会」詩序。安和二年(九六九)三月十三日、大納言藤原在衡主催の粟田山荘における尚歯会での作。
一四　「文時、少㆓於楽天㆒三年、猶已衰之齢也」とある。この句は和漢朗詠集下・老人に引く。
一五　古今和歌集真名序の、小野小町についての評語「艶而無㆓気力㆒。如㆓病婦之着㆒花粉㆒」に拠るか。

（三五）　匡衡《まさひら》の「菊花《きくくわ》宮殿に映ず」の序の事

一六 瑶池《えうち》に詩を賦《ふ》して　遥《はる》かに春宵《しゆんせう》の月に往来《わうらい》す
汾水《ふんすゐ》に楽《がく》を奏して　漫《すずろ》に秋風の波に遊吟《いうぎん》す

「匡衡の序に一七云はく、「瑶池に詩を賦して、春宵の月に往来す」と。「春宵」の事、一八所見有りや」と。答へられて云はく、「穆天子伝《ぼくてんしでん》を見るべし。件《くだん》の書は六巻の書なり。一九四時《しいじ》を立つ。しかればすなはち「春」の字、拠《よ》るところ有るか」と云々。

（三六）　斉名《ただな》の序の事

また示されて云はく、「斉名の「二〇僕夫《ぼくふ》巷《ちまた》に待つ。鶏籠《けいろう》の山暁《あ》けんとす」の句の「僕夫」は、これ二一前書《ぜんしよ》二二儒林伝《じゆりんでん》の文なり」と云々。

（三七）　以言《もちとき》の序、破題《はだい》に秀句《しうく》なき事

また命《おほ》せられて云はく、「匡衡《まさひら》常に談《かた》りて云はく、「以言の序、二三破題

一六 周の穆王は瑶池のほとりで詩を作り、遠く春宵宮へ巡幸して月を賞美し、漢の武帝は汾水に船を浮かべて音楽を演奏させ、秋風の吹く波の上で歌を朗詠し遊んだ。「瑶池」↓一一三頁注二〇。後句は漢武帝の「秋風辞」（文選四十五）に「秋風起兮白雲飛、草木黄落兮雁南帰、…泛二楼紅一兮済二汾河一、横二中流一兮揚二素波一、簫鼓鳴兮発二棹歌一」とあるのに基づく。

一七 江吏部集下「重陽侍レ宴、同賦二花菊映一宮殿一」詩序。

一八 九月の重陽宴での作であるのに「春宵」の語を用いていることからの疑問か。この「春宵」は春宵宮か。拾遺記三・周穆王に「三十六年、王東巡二大騎之谷一、指二春宵宮一」と見える。

一九 四季に分けてある。穆天子伝は記事の初めに干支を記すが、一部にその上に「季夏」「孟冬」などと記す所がある。これをいうか。ただしその例は少ない。

二〇 御者たちは邸の外の道路で宴が終わるのを待っているが、山の端がしだいに明るくなってきた。「鶏籠之山」は安徽省呉県にある山。宋の文帝が第七子宣簡王のために邸宅をそこに建てた（宋書七十二・文九王伝）。ここでは、村上天皇の第七皇子具平親王の邸をなぞらえる。本朝文粋八「仲秋陪二中書大王書閣一、同賦二望レ月遠情多一」詩序中の句。新撰朗詠集下・酒に引く。

二一 漢書。後漢書に対していう。その一例として、今鏡・藤波の中・飾大刀に「其の左の大臣（頼長）は御みめもよくおはし、身の御才も広き人になむきこえ給ひし、堀川大納言に前書とかきこゆる書受け伝へさせ給へりけり」。

二二 その王式伝の「歌二驪駒一」の注に「文穎曰、其辞云、驪駒在レ門、僕夫具存。驪駒在レ路、僕夫整レ駕也」。

二三 句題の意味を説明、展開させた句。王沢不渇鈔によれば、詩序は五段落から構成され、破題は第三段に置かれる。

の句に秀句なし」と云々。この事誠《まこと》にもつてしかり。匡衡の序は、破題に秀句多し。「[一]班婕妤《はんせふよ》が団雪《たんせつ》の扇《あふぎ》、岸風《がんふう》に代《か》へて長く忘れたり」の句、ならびに「[二]酔郷氏《すいきやうし》の国、四時《しいじ》独り温和《をんくわ》の天に誇る」の句等《など》のごときなり」と。

（三八）　斉名《ただな》の勧学会《くわんがくゑ》の序の事

「斉名の勧学会[三]の序の「[四]独《ひと》り東山《ひがしやま》の勧学会、終《つひ》に風煙泉石の地を記《しる》さむがためのみにあらず」の句、[五]為憲《ためのり》云はく、「[六]この句有るべからず」と云々。しかれば、この序はいよいよもつて優美なるか」と云々。

（三九）　斉名《ただな》の「念《おも》ひを山林に摂《をさ》む」の序の秀逸《しういつ》なる事

「斉名の「[七]念ひを山林に摂む」の序は秀逸なるものなり。保胤《やすたね》の「[八]沙《いさご》を聚《あつ》めて仏塔を為《つく》る」は敵《あた》[九]るべからず。[一〇]以言《もちとき》の数度の勧学会の序もまたもつて敵らず」と。

一 班婕妤が歌った団雪の扇も、岸辺を渡る風が涼しいので長く忘れられてしまう。「班婕妤」は漢成帝の愛妃。その「怨歌行」（文選二十七）に「新裂斉紈素。皎潔如ニ霜雪一。裁為ニ合歓扇一。団団似ニ明月一」。江吏部集上、本朝文粋八の「夏夜守ニ庚申一侍ニ清涼殿一、同賦ニ避レ暑対ニ水石一」詩序中の句。和漢朗詠集上・納涼に引く。

二 酔郷氏の国は、夏の暑さも冬の寒さもなく、一年中穏やかな天候であることを誇る。「酔郷」は唐の王績の「酔郷記」に描かれた仮想の国。「其気和平一揆、無ニ晦明寒暑一」という。江吏部集中「初冬於ニ左親衛藤亜将亭一、同賦ニ煖寒従ニ飲酒一」詩序中の句。和漢朗詠集下・酒に引く。

三 本朝文粋十「暮春勧学会、聴レ講ニ法華経一、同賦レ摂ニ念山林一詩序。勧学会は大学寮の学生と叡山の僧とが一同に会して仏法を学び漢詩を作った会。三月と九月の十五日を会期とした。

四 （この詩を作るのは）ただ東山で行われる勧学会の場には、すばらしい自然の風景があることを記すのが決して目的ではない。

五 為憲も勧学会の参加者。「勧学会記」を書く。

六 ありえないほどすばらしい句だ。

七 →注三。題は法華経・序品中の句。

八 本朝文粋十「暮秋勧学会、於ニ禅林寺一聴レ講ニ法華経一、同賦ニ聚レ沙為ニ仏塔一詩序。題は法華経・方便品中の句。

九 斉名の序にはかなわない。

一〇 現存するものは本朝文粋十「九月十五日、於ニ予州楠本道場一擬ニ勧学会一聴レ講ニ法華経一、同賦ニ寿命不レ可レ量」詩序のみであるが、東山本作文大体所引の「深入ニ禅定一」詩序も勧学会の序である可能性が高い。

(四〇)　以言《もちとき》の「古《こ》廟《べう》春方《まさ》に暮れぬ」の序の事

「以言の「古[一一]廟春方に暮れぬ」の序の終句の「一[一二]生ただ道腴《だうゆ》を楽しみ、万事皆廟意《べうい》に任す」の句、為憲《ためのり》云はく、「こ[一三]の句有るべからず」」と。また云はく、「以[一四]言の古廟の序に、「廟」の字はなはだ多き由、時の人難ず。件《くだん》の序に「廟」の字七、八か所有り」と云々。

(四一)　高積善《かうもりよし》、式部卿宮《しきぶきやうのみや》において序を作り自謙《じけん》する事

また云はく、「高積善、式[一五]部卿宮 敦康《あつやす》 において序[一六]を作る。自[一七]謙の句に云はく、「海[一八]西白茅《かいせいはくばう》の秋、独り外家夙夜《ぐわいかしゆくや》の遺老《ゐらう》と為《な》る」と。時の人、その外[一九]戚と為すを嘲哢《てうろう》す」と云々。

(四二)　江都督《がうとく》の安楽寺《あんらくじ》の序の間の事

また問ひて云はく、「江[二〇]都督、西[二一]府の安[二二]楽寺において、内[二三]宴《ないえん》の序を作らしむる時、御殿の戸の鳴る由《よし》風[二四]聞す。件《くだん》の事の実否《じつぴ》いまだ決せず、

一一 本朝麗藻下、本朝文粋十の「三月尽日陪㆓吉祥院聖廟㆒、同賦㆓古廟春方暮㆒」詩序。古廟は菅原氏の氏寺の吉祥院をいう。
一二 一生ひたすら詩文の道の善美を楽しみ、すべてを聖廟(道真)の御心にお任せする。「道腴」は文選四十五「答㆓賓戯㆒」に「味㆓道之腴㆒」とあり、注に「腴、道之美者也」。
一三 →注六。
一四 以下は水言鈔では別条。
一五 一条天皇第一皇子。母は藤原道隆の娘定子。
一六 この序は現存しない。
一七 →二二六頁注八。
一八 帥宮の邸宅にちがやがそよぐ秋、私はひとり外戚の生き残りの年寄として日夜仕えている。「海西」は九州大宰府をいう。敦康親王は長和五年(一〇一六)式部卿になる以前、大宰帥であったことから、ここではその邸をいうのであろう。大鏡・師尹伝に「式部卿の宮と申は、故一条院の一のみこにおはします。その宮をば、としごろ帥宮と申ししを」。
一九 敦康の母定子の母は高階貴子で積善と兄妹。積善は敦康の大伯父に当たる。ただし、詩宴の行われたと考えられる長和年間には積善は従四位下の少弁で、その積善がいっぱしの外戚を気取っているとして嘲笑した。
▽敦康親王邸での詩宴の例として小右記・長和二年九月二十四日に「去夜、於㆓帥宮㆒有㆓作文㆒。左大臣及属文卿相会合。後日四条大納言云、帥宮才智太朗、尤足㆓感歎々々㆒」。
二〇 大江匡房。永長二年(一〇九七)大宰権帥となり、翌承徳二年赴任。
二一 大宰府。
二二 →一二頁注九。
二三 本朝続文粋八「早春内宴、陪㆓安楽寺聖廟㆒、同賦㆓春来悦者多㆒」詩序。内宴は本書一・3参照。宮廷文化の移植として、内宴、曲水、七夕、残菊のいわゆる四度宴が安楽寺で行われた。
二四 うわさになっている。

いかん」と。答へられて云はく、「件の事、都督談《かた》られて云はく、「内宴に序を作りし時、御辺《ほとり》に人有りて、その中の句を詠ずるがごとし。府官らが見聞するところなり。しかれども、件の夜は、終りに属《あ》たるに依《よ》り、事の疑ひ有り。後日、曲水宴《ごくすいのえん》の序の披講《ひかう》の時、御殿の戸に声有り。満座の府官僚下《ふくわんれうか》、一人を遺《のこ》さず皆もつて聞けり」と。僕《われ》また問ふ、「件の声は何許《なにばか》りぞや」と。答へられて云はく、「雷《いかづち》のごとし。事の疑ひなし。また件の序を書きし時、夢の中に人有り、告げて云はく、『この序の中に失誤《しつご》有り。直《なほ》すべし』と。夜夢《やむ》たちまち驚く。反覆して件の序を見るに、『柳中《りうちゆう》の景已《かげすで》に暮れぬ。花前の飲《いんや》止まんとす』の句有り。『柳中』は秋の事なり。春の時にあらず。すなはち覚悟して直せり」」と云々。

（四三）　都督《ととく》の表《へう》の事

また都督命《おほ》せられて云はく、「表を今両三度《りやうさんど》作らんと欲《おも》ふ。草《さう》を作ることなほ多し。しかるに年すでに老いたり。病めり。露命《ろめい》消えなん

一 匡房以外の人の言談。
二 大宰府の役人たち。
三 宴も終ろうとしていたので。「属」は名義抄に「アタル、アフ、ヲヨフ」。
四 本朝続文粋八の「三月三日陪二安楽寺聖廟一、同賦三繁流叶二勝遊一詩序」。「曲水宴」→二〇九頁注一一。
五 作られた作品を読み上げること。
六 古今著聞集四「大江匡房夢想によりて安楽寺祭を始むる事」に、この序の一部を引いて、「かやうの秀句どもをかきいだされたりけるに、尊廟のふかくめでさせ給にけるにこそ。講ぜらるる時、御殿の戸のなりたりけるは、満座の府官僚管、一人ものこらずみなこれをききけり」とある。
七 下僚。下役人。
八 花のもとでの酒宴も終ろうとしている。
九 礼記・月令に「季秋之月、日在レ房、昏虚中、旦柳中」。「柳」は星座の名。本朝文粋九、大江以言の「暮秋、陪二左相府宇治別業一即事」の「既而柳中之影頻転」もその意味。
一〇 現存の序の「柳谷景斜、華塘灯挙」が訂正の結果であろう。
▽類話が袋草紙、十訓抄十、古今著聞集四に見える。

一一 大宰帥の唐名。匡房をいう。
一二 臣下が事柄を天皇に上奏する文章。実例は摂関大臣が官職を辞退する辞表が多い。
一三 草稿。
一四 命。
一五 前もって準備した。
一六 朝廷に仕え、また民間に在る。すぐれた補佐役の傅説(ふえつ)は皇帝の夢に現れて宰相となった。呂尚は釣をして魚は得られなかったが人を得た。七十歳にして、狩に出かけた文王に出会ってその師となった。前句は殷の武丁がすぐれた補佐を得ることを夢に見て、天下に捜し求めて傅説を見出して宰相としたことをいう。「霖雨」は長雨。日照りを潤すもの。尚書・説命に、武丁が傅説にいった言葉として

とす」と云々。問ひて云はく、「[一五]作り儲《まう》くるところの句は、何等《なんら》の句なりや」と。答へられて云はく、「「[一六]朝《てう》に在《あ》りまた野《や》に在り。霖雨《りんう》殷丁《いんてい》の夢に入る。人を釣り魚《うを》を釣らず。七十にして文王《ぶんわう》の畋《かり》に遇《あ》ふ」。この句いまだ出さず。[一七]遺恨《ゐこん》なり」と云々。

（四四）　匡衡《まさひら》の天台返牒《てんだいへんてふ》の事

「[一八]匡衡の天台返牒の終句、「願はくは膝を竜華三会《りゆうげさんゑ》の暁《あかつき》に促《ちかづ》けんことを」の句、為憲《ためのり》云はく、「[一九]この句有るべからず」といへれば、以言《もちとき》謂《い》はく、「為憲は能《よ》く文章を知れる者か。ただし、[二〇]空也《こうや》聖人《しやうにん》の誄《るい》は、はなはだ見苦しきものなり。誄にあらず、これ伝なり。[二一]口遊《くちずさみ》、また二失有り。一は[二二]朔望弦晦《さくばうげんくわい》をもつて二十四気と為すこと。一は[二三]晋朝《しんてう》の七賢に山簡《さんかん》を加ふること、これなり」」と。

（四五）　聖廟《せいべう》の西府《さいふ》の祭文《さいぶん》、天に上《のぼ》る事

「[二四]聖廟、[二五]昔西府において無罪の[二六]祭文を造《つく》り、山において山の名尋ぬべ

「若歳大旱、用レ汝作二霖雨一」。後句については二〇七頁注二二参照。措辞は白氏文集六「渭上偶釣」の「昔有二白頭人一、亦釣二此渭陽一、釣レ人不レ釣レ魚、七十得二文王一」による。

一七　本当に残念だ。

▽現存の表に類想の句がある。本朝続文粋五、藤原師通のために書いた「後二条関白辞二内大臣一第三表」に「君以レ求二賢才一為レ先、国以レ得二良佐一為レ本。殷丁夜夢、傅野之草煙老。周文昔狩、渭浜之月波寒」。嘉保二年(一〇九五)の作。これに比べると本条の措辞は秀逸である。

一八　→六・29。

一九　→二三二頁注六。

二〇　現存する。誄は死者を悼み、その生前の功績を称える文章。

二一　貴族の子弟のための小百科辞典。天禄元年(九七〇)、藤原為光の子松雄君(七歳)のために作られたもので、多方面にわたる初歩的な知識を暗唱して学習するよう短句として記し、類纂する。

二二　朔は月の第一日。望は十五日。弦は月の八日前後の上弦と二十三日前後の下弦。晦は月の終わりの日。二十四気は十五日を一気とし、一月を二気とし、一年を二十四気に数えるもので、立春、雨水、啓蟄、春分など。口遊・陰陽門には「朔、望、弦、晦、建、除、満、平、定、執、破、危、成、収、開、閉〈謂二之廿四気、十二直一〉」とある。

二三　いわゆる竹林の七賢。世説新語・任誕に「陳留阮籍、譙国嵇康、河内山濤、三人年皆相比、康年少亜レ之。預二此契一者、沛国劉伶、陳留阮咸、河内向秀、琅邪王戎。七人常集二于竹林之下一、肆レ意酣暢。故世謂二竹林七賢一」。口遊・人倫門では山濤でなく、山簡(山濤の子)をあげる。

二四　菅原道真を神格化していう。

二五　大宰府。道真は延喜元年(九〇一)大宰府へ左遷された。

二六　神を祭る時に神前で読誦して神霊に告げる文。この祭文に当たるものは現存しない。

し訴へしに、祭文漸々《やうやく》[一]に天に飛び上がれり」と云々。

（四六）　田村麿卿《たむらまろきやう》伝の事

また云はく、「[二]田村麿卿伝は弘仁《こうにん》[三]の御製《ぎよせい》なり。その一句に云はく、「張将軍《ちやうしやうぐん》[四]の武略《ぶりやく》、当《まさ》に轡《くつばみ》を案じて前駆《ぜんく》すべし。蕭相国《せうしやうこく》の奇謀《きぼう》、宜《よろ》しく鞭《むち》を執《と》りて後乗《こうじよう》すべし」と云々。神《しん》[五]の神妙《しんべう》なり」と。

（四七）　左府《さふ》の和歌序の事

「左府[六]の竹[七]の題の和歌序は優美と謂《い》ふべし。ただし「黄帝《くわうてい》[八]・帝尭《げう》」を改めて「炎帝《えんてい》[九]・帝魁《ていくわい》」と為《な》さば、いよいよ善《よ》からんか。これ文選《もんぜん》[一〇]の成文なり」と。予《われ》云はく、「黄帝・帝尭は今少しばかり[一一]和歌序と覚え候ふか」と。帥命《そちおほ》[一二]せられて云はく、「なほ下句に「赤人《あかひと》[一三]・人丸《ひとまろ》」と我《われ》始めて作らむ日は、なほ片方は健《つよ》[一四]く作るべきなり」と。

（四八）　匡衡《まさひら》の願文《ぐわんもん》の中の秀句《しうく》の事

一　名義抄に「漸」に「ヤウヤク」。しだいに。
二　坂上田村麻呂の伝。現存。群書類従に「田邑麻呂伝記」として収録する。
三　嵯峨天皇の御作。現在は否定される。なお嵯峨天皇に田村麻呂の死を傷む詩のあったことは小野岑守の「奉レ和下傷ニ右衛大将軍坂宿禰一御製上」（凌雲集）に知られる。
四　田村麻呂に対しては、武略にすぐれたあの張良が手綱をおさえて前駆の役をつとめるべきであり、奇抜なはかりごとに長じた蕭何も鞭を執って後乗となるべきである。「張将軍」は張良。漢の高祖の軍師として功績があった。「蕭相国」は蕭何。同じく高祖の功臣で、初代の丞相。
五　神妙の強調表現。
六　左大臣源俊房。
七　本朝続文粋十の「暮春侍ニ中殿一詠ニ竹不上改レ色」和歌序。題は匡房の献題。殿暦・長治二年（一一〇五）三月五日に「今日於ニ大内一有ニ和歌事一。江中納言献レ題、左府被レ作レ序」。和歌序は歌会で詠まれた歌群に冠せられた序文。王沢不渇鈔下に和歌序について、「其情同ニ詩序一。但其体可ニ優玄一」。
八　和歌序に「吾君、徳載ニ八埏一、高継ニ黄帝帝尭之跡一。詞兼ニ六義一、自叶ニ赤人人丸之流一」とある。黄帝、帝尭ともに中国古代の伝説上の帝王。黄帝は五帝の最初、尭は四番目。
九　中国古代の伝説上の帝王。神農氏ともいう。帝魁はその子。　一〇　文選三「東京賦」に「昔常恨ニ三墳五典既泯一、仰不レ睹ニ炎帝帝魁之美一」とある。　一一　和歌序らしく思われます。
一二　匡房。　一三　注八参照。「赤人・人丸」は山部赤人と柿本人麻呂。万葉集の代表的歌人。
一四　底本に「ツヨク」と傍訓がある。ここでは文選の措辞をそのまま用いること。袋草紙上・序代庭訓に「偏依ニ風俗一用ニ和語一其体弱、又風情漢事其体強」と和歌序における強弱を問題とする。
▽八雲御抄二にこの和歌序について「此両度序ハ匡房内々書儲。若可レ書之由ヲ存歟。但俊房宗忠書畢」とある。
一五　仏事を行う時に、施主の祈願の意を述べる文章。寺院堂塔の建立、仏像経典の造立書写、死者の冥福を祈る忌日

また命《おほ》せられて云はく、「以言《もちとき》、匡衡に問ひて云はく、「尊下《そんか》の[一五]願文の中《うち》、秀句は何の句なりや」と。匡衡すなはち「[一六]古剣窓に在り。秋水を撫《な》でて涙を拭《ぬぐ》ふ」の句を詠ず。以言、再三もつて詠じ、[一七]感ずるや否《いな》やを陳《の》べず」と云々。

(四九) 仁和寺《にんなじ》の五大堂の願文《ぐわんもん》の事

また命《おほ》せられて云はく、「[一八]院の「[一九]仁和寺の五大堂の御願文」は、これすなはち[二〇]老耄《らうもう》の身の思ひ得たるところの句なり。[二一]須臾《しゆゆ》にして忘却《ばうきやく》す。よりて思ひ得たる時、[二二]且《かつがつ》もつて進覧《しんらん》するところなり」と云々。「その願文に云はく、「[二三]伏羲《ふくぎ》より四十万年、漢朝《かんてう》に訪《とぶら》ふにいまだ有らず。神《じん》武《む》より七十二代、我が朝に聞くにいまだ聞かず」と。これすなはち後《ご》三条院《さんでうゐん》を誉《ほ》め奉る句なり」と云々。「「伏羲より四十万年」は[二四]荘子《さうじ》の文なり」と云々。

[二五]次《つ》いで近代の願文の事に及ぶ。

[二六]江都督《がうととく》曰はく、「[二七]故中宮《ちゆうぐう》の御願文に云はく、「[二八]蕙質《けいしつ》は秋に馨《かうば》し。瓊芝《けいし》

法会などに用いられた。

一六 亡き夫の愛用の剣は窓際にあり、秋の澄みきった水のような研ぎ澄まされたその剣を撫でては悲しみの涙を拭く。「秋水」は剣の比喩。菅原道真の「右大臣剣銘」(菅家文草七)に「暁霜三尺、秋水一条」。本朝文粋十四「為二右近中将源宣方一四十九日願文」中の句。長徳四年(九九八)十月、宣方の妻のために作ったもの。

一七 水言鈔目録には「匡衡秀句、以言不レ感事」という。

一八 白河法皇。

一九 「円宗寺五大堂願文」(江都督納言願文集一)の誤り。天仁三年(一一一〇)三月、白河法皇が五大明王を供養した時の作。「円宗寺」→六〇頁注一二。五大堂については、願文に「昔有下建二一別堂一安二五大尊一之御願上。…北門之中、灌頂堂之西、土木丹青、尽二不レ日之勤営一、宇藻梲、極二渉レ年之志意一。即奉レ安二置彩色一丈六尺不動、降三世、軍荼利、大威徳、金剛夜叉像各一体一」。

二〇 この時、匡房は七十歳。翌年死去。

二一 すぐに忘れてしまう。　二二 とりあえずお目にかける。

二三 伏羲以来今に至るまで四十万年、中国に例を求めてみてもその例はない。神武天皇より七十二代、我が国に尋ねてみてもまだ聞いたことがない。円宗寺を建立した後三条天皇の英明を称賛する。願文では「伏羲以来四十万年、尋二之異域一、未レ有レ斉レ之。神武之後七十一代、訪二之本朝一、誰得レ越レ之」とあり、本文に異同が多い。

二四 荘子には見出せない。なお、列子・楊朱に「伏羲已来三十余万歳」の例がある。　二五 この一文は本条では無意味であるが、水言鈔では文選の賦について語る六・54の次にある。　二六 →二三三頁注二〇。

二七 江都督納言願文集二の「法勝寺常行堂供養願文」。応徳二年(一〇八五)八月二十九日、白河天皇の中宮賢子の追善供養が法勝寺で行われた時の作。

二八 中宮の美質は秋に薫る香草のようで、あの西晋の瓊芝の美しさをもあざ笑うほどである。願文では「蕙問日新、編二瓊芝於西晋之風一」。

を西晋《せいしん》の風に咲《わら》ふ」と。この句尤《もと》も珍《ちん》[一]と為《な》す」と。「瓊芝は楊皇后《やうくわうごう》[二]の字《あざな》か」と。答へて云はく、「しかり。楊駿《やうしゅん》[三]が女《むすめ》なり」と。

また問ひて云はく、「同じ願文[四]に云はく、「闇野《あんや》の石」、「斜谷《やこく》の鈴」と。この義いかん」と。答へて云はく、「「闇野[五]の石」は、漢帝《かんてい》、李夫《りふ》人《じん》を恋ひ、闇野の石をかの形に刻《きざ》む。石答へて云はく、「我[六]に毒有り。近づかしむべからず」と云々。「斜谷の鈴」は、玄宗《げんそう》[七]の蜀《しょく》に幸せし時、斜谷の鈴の声を聴きて貴妃《きひ》を思へり。「夜[八]の雨に猿を聴けば腸《はらわた》を断《た》つ声」の「猿[九]」の字、「鈴」の字に改むべし。件《くだん》の事、昔披見《ひけん》せしところなり」と云々。僕《われ》問ひて云はく「しかれば文集《ぶんしふ》は僻事《ひがこと》か。また伝写の誤りか」と。詳《つまび》らかには答へず。「見るところの書尋ね記すべし。忘却し畢《をは》んぬ」と。

また問ひて云はく、「「昭陽殿《せうやうでん》[一〇]に花を翫《もてあそ》ぶ戸、芳塵《はうちん》凝《こ》りて払《はら》はず」。この句肝葉《かんえふ》に銘ずるところなり」と。答へられて云はく、「実《まこと》[一一]にもつて神妙《しんべう》の句なり。いはんや吟ずるに自《おのづか》ら堪へざる気有り」と。

また命《おほ》せられて云はく、「故女御殿《にようごどの》[一二]の願文に云はく、「昭陽殿《せうやうでん》[一三]の美人

一 「瓊芝」(普通名詞としては美玉と香草)との対比で「蕙」(香草)の語を用い、さらに「馨」を縁語的に使ったことを得意に思うのであろう。

二 西晋の武帝の皇后。楊文宗の娘。晋書三十一・武元楊皇后伝に「姿質美麗」という。

三 楊駿の娘ではなく、姪。楊駿の娘(名は芷、字は季蘭)も武帝の皇后となっているので、思い違いであろう。

四 願文に「韶顔如レ在二眼前一。瑩二金人一而擬二闇野之石一。嬌音絶二於耳底一。叩二花鐘一而代二斜谷之鈴一」とある。

五 王子年拾遺記(太平広記七十一所引)の董仲君伝に、漢武帝が道士の董仲君に黒河の北、対野の都に出る、石像を造れば人語を話すという石を求めさせて、李夫人の像を刻ませた話がある。これによるか。源氏物語・宿木の「昔おぼゆる人形をも作り」について、河海抄に「武帝以二董仲君一李夫人貌作以二温石一」と注する。漢帝・李夫人→本書四・37。

六 拾遺記に「此石毒、特宜二近望一。不レ可レ迫也」とある。ただし石が話すのではない。

七 唐の玄宗が安禄山の乱を逃れて長安から蜀へ向かう時。斜谷は陝西省郿県の西南にある谷。貴妃は玄宗の愛妃の楊貴妃。楊太真外伝に「至二斜谷口一、属二霖雨渉一レ旬、於二桟道一、雨中聞二鈴声一。隔レ山相応。上既悼二念貴妃一、因採二其声一、為二雨霖鈴曲一、以寄レ恨焉」とある。

八 白居易の「長恨歌」の一句。「斜谷鈴」からの連想。この句は和漢朗詠集下・恋にも引く。

九 日本に伝存する古写本は「猿」、宋版本系は「鈴」。匡房は版本系の本を見ている(太田次男)。

一〇 中宮が帝と共に花を賞美された御殿の戸には、かぐわしい塵が固まっていて払うこともない。本朝続文粋十三「右府室家為二亡息后一被レ供二養堂一願文」中の句。匡房の作。「不払」を「永扃」に作る。右大臣源顕房の妻が、娘で白河天皇中宮であった賢子の追善のために建てた堂の供養の願文。賢子の死は応徳元年(一〇八四)。

一一 自讃である。

一二 江都督納言願文集二の「道(前か)女御道子逆修願文」。道子は白河天皇の女御。

一三 昭陽殿に住む李夫人は反魂香の煙によって再び現れ。

は香煙《かうえん》に就《つ》いて再び見《あらは》れ、玄都館《げんとくわん》[一四]の瘦馬《しうば》尋ぬべし」と。この句、汝《なんち》知るや否《いな》や」と。「「玄都館の瘦馬」、その意はいかん」と。答へられて云はく、「仙[一五]人有りて、詩を件《くだん》の館に呈すと云々。件[一六]の詩の中に「山下鬼」「瘦[一七]馬」「羅巾《らきん》」「玉」等の義有り。詩覚えず。尋ね記すべし。「山[一八]下鬼」は鬼の字、これ馬嵬《ばくわい》なり。「羅巾」は、貴[一九]妃、羅巾をもつて自《みづか》ら縊《くび》る。「花[二〇]玉」は環《くわん》にして、これ貴[二一]妃の少名なり。見るところの書忘却す。尋ぬべし」と云々。これ江都督《がうとく》の談《かた》られしところなり。

（五〇）寛平法皇《くわんぴやうほふわう》、周易《しうえき》を愛成《ちかなり》に受けたまふ事

命《おほ》せられて云はく、「周[二二]易、見らるるやいかん」と。答へて云はく、「少々一見せしところなり。周易は、上古《しやうこ》の人、誰[二三]の説をもつて用ゐらるるや」と。命せられて云はく、「善淵《よしぶち》愛成、能《よ》くこれを読めりと云々。永貞《ながさだ》[二四]が弟なり。寛[二五]平法皇は周[二六]易を愛成に受けて読み給ふと云々。竟宴《きやうえん》[二七]の日に叙位あり」と云々。

白居易の新楽府「李夫人」に「反魂香降夫人魂」。

一四 願文に「玄都観之瘦馬、賦ニ羅衣一而不レ帰」。玄都館は唐代、長安にあった道教の寺。明皇雑録(太平広記三十一所引)の李遐周伝に「李遐周者、頗有ニ道術一。唐開元中、嘗召入ニ禁中一、後求レ出住ニ玄都観一」と見える。ただし、やせ馬のことは見えない。

一五 李遐周伝に「天宝末、禄山豪横跋扈、遠近憂レ之。而上意未レ寤。一旦遐周隠去、不レ知レ所レ之。但於ニ其所レ居壁上一、題ニ詩数章一、言ニ禄山僭窃及幸蜀之事一」とある。すなわち李遐周が玄都観の壁に詩を書き記したこと。

一六 李遐周伝に「其末篇曰、燕市人皆去、函関馬不レ帰、若逢ニ山下鬼一、環上繋ニ羅衣一」とある。

一七 瘦馬のことは見えない。 一八 李遐周伝に詩(注一六)の一句一句の意味を説明する。そこに「若逢ニ山下鬼一者、馬嵬。蜀中駅名也」。「山」の下に「鬼」で「嵬」の字となるが、これは楊貴妃が殺された馬嵬を意味する。

一九 楊貴妃がうすぎぬのスカーフで首をくくって自殺した。李遐周伝に「環上繋ニ羅衣一者、貴妃小字玉環。馬嵬時、高力士以ニ羅巾一縊レ之也」。伝では、高力士が絞殺したとし、やや相違する。 二〇 「花」は模様のある、美しいの意か。ただし「花玉」の語は詩にはない。 二一 →注一九。

▽匡房の説明にもかかわらず「玄都館(観)の瘦馬」の意味は明らかにならない。典拠未詳であるが、これは楊貴妃のことである。玄都観は道教寺院をいい、楊貴妃が一時女道士であったことによっていうか。

二二 易、易経とも。五経の一つ。陰陽説に基づき、卦の組み合わせによって万物の変化の原理を説く。

二三 学令では鄭玄あるいは王弼の注によって学習することが定められていた。

二四 貞観三年八月六日、釈奠で周易を講じる(三代実録)。愛成が弟であることは菅家文草十の「為ニ大学助教善淵朝臣永貞一請ニ解レ官侍ヒ母表」にも見える。 二五 宇多天皇。

二六 日本紀略・仁和四年(八八八)十月九日に「天皇始読ニ周易於大学博士善淵朝臣愛成一也」とあり、大鏡裏書・宇多天皇御

（五一）　周易《しうえき》の読み様の事

また云はく、「周易に云はく、[一]「参天《かたきなし》、[二]両地《かたきあり》」、「陰《いん》[三]にも一《なく》、陽《やう》にも一《なく》」、「[四]履レ校《足ヲ入》滅レ趾《足》」。この読み、秘事なり」と云々。

「如料《とらをなづくるごとし》[五]螓々神」。

また云はく、「[六]筆執論に百二十様有り」と云々。

（五二）

抱朴子《はうぼくし》[七]の文に云はく、「[八]文章と栄耀《えいえう》とは十尺と一丈との事のごとし」と云々。

また云はく、「[九]学積もりて聖《せい》と成り、水積もりて淵《ふち》に及ぶ」と云々。

また云はく、「[一〇]王昭君《わうせうくん》に子有り。知牙師《ちがし》と号《なづ》く。匈奴《きようど》の子なり」と云々。

また云はく、「[一一]書籍《しよじやく》腹に盈《み》つる士と云ふといへども、文章手に従ふ生を追ひ難し」と。

事にも見えるが、田氏家集下の詩序には翌寛平元年のこととする。「寛平元年十月九日、御ニ読周易一。三年六月十三日講畢。博士善愛成把レ巻奉レ授。別駕忠臣侍読都講」。

三七 書物の講義終了時に行われる宴。田氏家集の序に「講畢澆章。時賜ニ曲席一」。当該の書を題にしての詠詩、賜禄などがあった。愛成の叙位のことは他には見えない。

▽周易の本文と王弼および韓康伯の注の字句を抜き出し、仮名、ヲコト点を付した宇多天皇筆の周易抄が現存する。

一→二三九頁注二二。 二 説卦伝に見える。「参レ天両レ地而倚レ数」。聖人は天の数を三、地の数を二として数を作った。「かたきなし、かたきあり」は底本にある仮名。そう読む根拠は未詳。 三 繋辞上伝に「一陰一陽、之謂レ道」。陰があれば、これと対応する陽があるの意。 四 上経・噬嗑に「初九、屨レ校滅レ趾。无レ咎。象曰、屨レ校滅レ趾。不レ行也」。校は枷。足かせを着けて足を傷つけるの意。本条は右傍の注記によって「足を履(ふ)みて足を入る」と読むのか。

五 周易の語句ではない。「螓」は字書に見出せない。細注の「々神」は本来「ニ(音)神」で、音がシンであることを示す。これによれば「螓」か。この字も不明。名義抄の「虪〈音騰黒虎〉」が近いか。料はなでる意。荘子・盗跖に「疾走料ニ虎頭一編ニ虎須一」とある。また広弘明集四の釈彦琮の「通極論」に「既如レ料レ虎、復似レ見レ竜」の例があり、本条に近い。「とらをなつくる」は底本の訓。

六 未詳。水言鈔目録は筆勢論。この書は日本国見在書目録に「筆勢論一巻〈王羲之撰〉」と見える。

▽周易の読みについては、周易抄にも「反目そはえ」のように例がある。

七 晋の葛洪の著。道家の書で、神仙の道や道徳、政治などを説く。 八 外篇尚博(文行にも)の「文章之与ニ徳行一、猶ニ十尺之与ニ一丈一」であろう。「徳行は本なり、文章は末なり」という説に対する反論。等価値であるという。

九 抱朴子の文ではない。以下も同じ。明文抄五・文事部の「水積成レ淵、学積成レ聖〈葛氏〉」が最も近いが、説苑三・建

（五三）「三史文選《もんぜん》師説漸《やうや》く絶ゆ」の事

「[一二]「三史文選、師説漸く絶えて、詞華翰藻《しくわかんさう》、人もって重んぜず」の句、菅宣義《かんのぶよし》、これを見て云はく、「[一三]文道の宗匠は足下《そくか》[一四]一人か。宣義がなからむ時、書かるべき句なり」と云ふ。匡衡《まさひら》答へて云はく、「足下たち生[一五]まれしむればこそ『漸く』とは書け」」と云々。

（五四）文選《もんぜん》の「三都賦《さんとのふ》」の事

また問ひて云はく、「文選の「[一六]三都賦」の序に云はく、「楊雄《やうゆう》は甘泉《かんせん》[一七]を賦し、玉樹《ぎよくじゆ》の青葱《せいそう》たるを陳《の》ぶ」と云々。すなはち賦する[一八]ところ実《じつ》なきなり。しかるに坤元録《こんげんろく》[一九]に云はく、「甘泉宮に玉樹有り」と。楊雄の賦するところ、これなり。その義はいかん」と。答へられて云はく、「[二〇]これ書籍の相違する事なるのみ。ただし玉樹は何ぞや」と。僕《われ》答へて云はく、「知らず」と。命《おほ》せられて云はく、「[二一]玉樹は槐《ゑんじゆ》なり。[二二]江家《がうけ》の私記《しき》なり」と。

本にも「水積成レ川、則蛟竜生焉。土積成レ山、則予樟生焉。学積成レ聖、則富貴尊顕至焉」。
一〇 このままの文は見出せない。後漢書八十九・南匈奴列伝に「知牙師者、王昭君之子也」。「王昭君」→一二五頁注一〇。
一一 出典未詳。ただし「書籍盈レ腹」は後漢書八十下・趙壱伝に「文籍雖レ満レ腹、不レ如二一嚢銭一」の例がある。書物が腹につまっているような学識のある人でも、文章がすらすらと出来上がる者には及ばない。
一二 三史および文選についての師説がしだいに伝えられなくなり、詩文を人びとが重んじなくなった。「三史」→一五九頁注一八。師説は大学寮で行われた漢籍講義の教官の講説。大江匡衡の「請下特蒙二天恩一因二准先例一兼中任備中介闕上状」（本朝文粋六）の句。 一三 扶桑略記・元慶四年八月三十日、菅原是善の薨伝に「小野篁詩家之宗匠」。
一四 あなた。 一五 水言鈔は「坐」。
一六 巻二所収。左思の作。
一七 楊雄は甘泉賦を作って、玉樹が青々と繁っていることを述べた。甘泉賦も文選七にある。甘泉宮の壮麗さを叙述するなかに「翠二玉樹之青葱一兮」。
一八 三都賦序では、甘泉賦の叙述を他の賦の例とあわせて、「仮二称珍怪一、以為二潤色一。…於レ辞則易レ為二藻飾一、於レ義則虚而無レ徴」、事実ではなく、文章表現上の潤色であるという。これを受けるか。 一九 →一一四頁注六。
二〇 書物の間で記述に相違があるというだけの事だ。
二一 事物異名録三十に「三輔黄図、甘泉谷北岸有二槐樹一。今謂二玉樹一。即楊雄所レ謂玉樹青葱也」とある。
二二 書陵部蔵管見記紙背文選二に、該当部分に欄外注として「槐也。江中納言被レ申也」とある（山崎誠）。
▽玉樹については、甘泉賦の注に「漢武帝故事曰、上起二神屋一、前庭植二玉樹一。珊瑚為レ枝、碧玉為レ葉」とあり、漢書八十七上・楊雄伝の注に「玉樹者武帝所レ作。集二衆宝一作レ之、用供レ神也。非レ謂二自然生一レ之。而左思不レ暁二其意一、以為レ非二本土所一レ出。蓋失レ之矣」という。

（五五）　文選《もんぜん》に言ふところの「麝《じや》は柏《はく》を食《く》らひて馨《かうば》し」を李善《りぜん》難義と為《な》す事

「文選に言ふところの「麝[一]は柏を食らひて馨し」を、李善[二]《りぜん》もつて難義と為《な》す。しかるに件[三]《くだん》の書は集注本草[四]《しふちゆうほんざう》の文を引きて、件の事を明らかにす。これをもつて謂《い》はば、両家[五]の博覧殆《ほとほ》と李善に勝るか。しかるに件[六]の書中に「太傅越《たいふゑつ》」と号《い》ふところあり。区々[七]の末学《まつがく》といへども、明らかに見得るところなり」と。答へられて云はく、声[八]に応じて対《こた》ふ、「これ東海王越[九]《とうかいわうゑつ》か」と。僕《われ》答へて云はく、「しかり」と。[一〇]つらつらこの事を案ずるに、神速の至りと謂ふべし。

その次《ついで》に命《おほ》せられて云はく、「善家[一一]《ぜんけ》の不審とせらるる事有り。春秋[一二]《しゆんじう》後語《こうご》の文に、予《われ》この事を見得たり」と云々。

（五六）　高祖《かうそ》の母劉媼《りうあう》の媼の字の事

都督[一三]《ととく》命《おほ》せられて云はく、「史記[一四]《しき》ならびに漢書《かんじよ》の高祖の母劉媼の媼は

一　ジャコウジカは柏を食って芳香を放つ。巻五十三の嵆康の養生論の一句。　二　李善注には「本草名医云、麝香形似レ麝、常食二柏葉一、五月得レ香。又夏月食レ蛇多、至レ寒香満」とあり、特に難義とはしていない。

三　何をいうのか不明であるが、水言鈔では本条は五・34の次にある。従って世説一巻私記をいう。世説新語・文学篇に王導が声無哀楽論、養生論、言尽意論の三つの論を用いた話があり、劉孝標の注に養生論を引用するが、それにこの句が含まれ、この箇所についてのことと考えられる。

四　梁の陶弘景の著。新唐書・芸文志に「陶弘景集注神農本草七巻」とある。神農本草経を補訂したもの。続日本紀・延暦六年五月十五日に見える。

五　五・34にいう紀家と善家、紀長谷雄と三善清行。

六　これも世説一巻私記。世説新語・賞誉編に「大傅東海王」の逸話があり、その劉孝標注に「趙呉郡行状曰、…大傅越与二穆及王承・阮瞻・鄧攸一書曰」とある。これについての記事がこの書にあったわけである。

七　→一八〇頁注七。

八　匡房の返事がすばやかったという注記。

九　司馬越。泰の子。三公の一つの大傅となり、東海王に封ぜられた。

一〇　注八に同じ。　一一　三善清行。

一二　現存しない。日本国見在書目録に「春秋後語十巻〈孔衍記。𩖐本〉。春秋後語十巻〈范陽盧蔵用注〉」とある。

一三　匡房をいう。

一四　史記八・高祖本紀および漢書一・高帝紀に見える。史記に「父曰二太公一、母曰二劉媼一」。　一五　証拠。

一六　以下、太平広記三百十所引纂異記所収の「三史王生」によると考えられる。

一七　纂異記に「有二王生者一。不レ記二其名一。業二三史一、博覧甚精。性好二誇炫一、語甚容易。毎レ弁二古昔一、多以臆断。旁有二議者一、必大言折レ之」。

一八　→二三一頁注二一。

媼の字にあらず。これ温の字なり。その事、証験《しようげん》[一五]有り。昔[一六]、王生《わうせい》[一七]なる者有り。前書《ぜんしよ》[一八]を読みて、高祖[一九]を難じて云はく、「布衣《ふい》[二〇]より起こり、三尺の剣を提《ひつさ》げて天下を取る。それ賢なりといへども、その母の名の媼の字を改めざるは愚と謂《い》ふべし。これすなはち媼[二一]の字の訓《くん》、媼《おうな》と通ずる故なり」と。その後、夢[二二]の中《うち》に高祖を見る。高祖忽《にはか》に数人を率ゐて王生を責めて云はく、「汝《なんぢ》[二三]、泗水亭《しすいてい》の碑を見ずや。媼はこれ僻字《へきじ》[二四]なり。温の字なり。汝、僻字の書を読みて、猥《みだ》りに先王[二五]を誹謗《ひばう》せり。その罪はなはだ多し」と。すなはち従者に命じて王生を縛《しば》る。父[二六]の太公《たいこう》贖《あが》[二七]ふ。既《すで》に頃《しばら》くして夢覚[二八]めたり。汗背に浹《あまね》[二九]し」と。

(五七)　和帝《わてい》・景帝《けいてい》・光武紀《くわうぶき》等に読み消《け》つ処《ところ》有る事

「後漢書《ごかんじよ》[三〇]和帝紀に読[三一]み消つ処一行有り。史記《しき》景帝紀[三二]の「太上皇后崩」の五字読み消つ。また後漢書光武紀の「代祖《だいそ》[三三]光武皇帝」の「代」の字、「世《せい》」音に読むべしと云々。予《われ》案ずるに、尤《もと》も理有り。しかるに俗人この音に読む者なし。普通の事といへども知らざるか」

一九 纂異記では「嘗遊レ沛、因酔入二高祖廟一、顧二其神座一、笑而言曰、提二三尺剣一、滅二暴秦一、翦二強楚一。而不レ能レ免二其母烏老之称一」。
二〇 庶民。
二一 纂異記では、王生は急死し、そこで高祖と論争するが、その時のこととして、「王生頓首曰、臣常覧二大王本紀一、見二司馬遷及班固一云、母劉媪。而注云、烏老反。釈云、老母之抄也」。字類抄に「媪 オホナ、オウナ。媪同」とある。
二二 纂異記では急死し、そこで高祖に会う。
二三 纂異記に「是夕纔寐而卒。見二十数騎一。擒至二廟庭一。漢祖按レ剣大怒曰、史籍未レ覧二数紙一、而敢褻二黷尊神一。烏老之言、出レ自二何典一。若無レ所レ拠、爾罪難レ逃。…漢祖益怒曰、朕中外泗水亭長碑、昭然具載矣。曷以二外族温氏一而妄称二烏老一乎」。泗水は秦代の郡名。今の江蘇省沛県。高祖がまだ壮年の頃、その亭長となった。碑は班固の撰。
二四 誤字。　二五 高祖が自らをいう。　二六 高祖の父。
二七 「アカフ」(名義抄)。金品でつぐなう。纂異記には「太公曰、此人理不レ可レ屈。宜二速逐上レ之。不レ爾、必遭二杯羹之譲一也」。
二八 纂異記では蘇生したとする。
二九 「アマネシ」(名義抄)。
三〇 巻四の孝和帝紀。
三一 訓読する時に読まない語句あるいは文。次の史記がその例であるように禁忌による場合が多い。
三二 巻十一・孝景本紀、二年四月壬午に「孝文太后崩」とある。
三三 現行の本は「世祖光武皇帝」であるが、後漢書の注は唐の章懐太子李賢が施しているので、太宗李世民の「世」を憚って同義の「代」に換えた本があったと思われる。大江以言の「冬日於二飛香舎一聴三第一皇子初読二御注孝経一」詩序(本朝文粋九)に「漢代祖之有二鼎嗣一、慙二曩史於十歳之塵一」という代祖は光武帝をいう。

と。

（五八）張車子《ちやうしやし》の富は文選《もんぜん》の「思玄賦《しげんのふ》」を見るべき事

予《われ》[一]問ひて云はく、「丹波殿《たんばどの》[二]の御作詩の中に「司馬遷《しばせん》[三]の才漸《やうや》く進むといへども、張車子の富はいまだ平均ならず」」と。「[四]張車子の事は集注《しふちゆう》[五]文選の「思玄賦」[六]の中に見ゆ。第一に興有る事なり。漢土《かんど》[七]に術《ずち》[八]なく貧しき人あり[九]その名を注せざるか。清貧の中にも比《たぐ》ひなき者なり。司命《しめい》[一〇]・司禄《しろく》[一一]の神見て憐《あは》れびをなすやう、「この人の貧は前生《ぜんしやう》[一二]の果報《くわほう》なり。与《あた》へんとすといへどもその種子《しゆし》[一三]なし。しかればただ車子と云ふ人は未生《みしやう》[一四]の者なり。その福は巨多《こた》[一五]なり。先づ件《くだん》の車子の福をもつてしばらく借らん」と云ひて、司命・司禄、夢想をもつて告げしめて云はく、「汝、福の種子なし。よりて未生の車子と云ふ人の福をもつて、しばらく借り与へしむるなり。今を過ぐる[一六]何年かに車子生まるべし。その時、必ず福を返し与ふべきなり」と云ひて、与へしむる間、にはかに慮《おも》はざる外に、[一七]一天の人、財物《たからもの》を与へしむ。已《すで》に富人《ふじん》と成りて、件の年限を

一　実兼。
二　大江匡衡。寛弘七年三月、丹波守。
三　あなたのかの司馬遷のような文才はしだいに進歩しているけれども、私は張車子のような富は平等に得てはいない。江吏部集中「餞ニ越州刺史赴レ任」の第三聯。
四　以下が匡房の言談と考えられる。
五　御堂関白記・寛弘元年十月三日、同十一月三日および朗詠注正安本裏書に見える。これが一部現存する文選集注と同一かは未詳。
六　巻十五所収。張衡の作。その「或輦レ賄而違レ車兮、孕行産而為レ対」の句の李善注に「車、人名也。孕、懐レ子也。昔有ニ周犨者一。家甚貧、夫婦夜田。天帝見而矜レ之、問ニ司命一曰、此可レ富乎。司命曰、命当レ貧。有ニ張車子財一。可ニ以仮一レ之。乃借而与レ之、期曰、車子生、急還レ之。田者稍富、致レ貲巨万。及レ期、忘ニ司命之言一、夫婦輦ニ其賄一以逃。与ニ行旅者一同宿、逢下夫妻寄ニ車下一宿上。夜生レ子。問ニ名於夫一、夫曰、生ニ車間一、名ニ車子一也。従レ是所レ向失レ利、遂更貧困」とある。
七　中国。
八　どうしようもないほど。
九　文選注では周犨。
一〇　人の生命を支配する神。
一一　文選注には見えない。俸禄をつかさどる神の意か。
一二　前世の所行の報い。
一三　物事を生成させるもと。
一四　この世に生まれていない者。
一五　「コタ」（字類抄）。きわめて多い。
一六　今から何年か後。
一七　ただ一人の絶対者。天帝。

過ぐす間、これが思ふやう、この福の主《あるじ》の生まるべき年は今年なり。[一八]取りもぞ返さるるとて、財物を運びて偸《ひそ》かにその土《ど》を去りて、異国に移りて恐れ思ふ間、常にただ恐るるに、従者の中に一人妊《はら》める者ありて、旅行の共[一九]において生産《う》めり。この者はかくのごとき物の中にや生まれたるとて、「件の従者らの中に、子産みたる者やある」と問ふに、「候ふ」と云ふ。問ひて云はく、「名は何といふ名ぞ」と問ふに、「昨日産みて候へば、[二〇]幾程《いくほど》に名づくべきか」と云ふ。「さてもいかで名はなかるべきぞ」と云ふに、母云はく、「かくのごとく旅立たしむ。しかれば宅《いへ》なくて、財物を積ましめ給ふ車の轅《ながえ》の中にて生まるるなり。よりて車子と名づけんと欲《おも》ふなり」と云ふに、「財の主出《い》で来《く》」と云ひて、にはかに逃げ去り畢《をは》んぬ」と云々。

（五九）

[二一]類聚国史《るいじゅこくし》五十四。[二二]安康天皇《あんこうてんわう》の三年、天皇、[二三]眉輪王《まひわのわう》のために殺《しい》せまつられたまひぬ。[二四]大泊瀬天皇《おほはつせのすめらみこと》、[二五]坂合黒彦皇子《さかあひのくろひこのみこ》、深く[二六]疑はるることを

一八　取り返されはしないか。
一九　伴をしているなかで。
二〇　どれほどの間もないうちに名がつけられましょうか。

二一　六国史を事項別に分類再編纂したもの。菅原道真撰。二百巻。うち六十二巻が現存する。「五十四」は水言鈔では「五十九」。巻五十四は現存するが本条と一致しない。巻六十一が納言参議の薨卒記事であることから、大臣の薨去の部として巻五十九が正しい。本条は底本に日本書紀古訓による傍訓が多く付されている。それを訓読に採用した。
二二　この一文は日本書紀・安康天皇三年の条。安康天皇は允恭天皇の第三子。諱は穴穂皇子。父天皇の後を承けて即位。在位三年。
二三　仁徳天皇皇子、大草香皇子の子。母は後に安康天皇皇后となる中蒂姫。父皇子が安康天皇に殺されたことを知って天皇を刺殺した。
二四　雄略天皇。以下、雄略天皇即位前紀。天皇は允恭天皇の第五子。兄安康天皇の後を承けて即位。
二五　允恭天皇の第二子で、雄略天皇の同母兄。
二六　安康天皇の死に関わっているのではないかと雄略天皇に疑われていること。

恐《おそ》りて窃《ひそ》かに眉輪王に語る。遂《つひ》に共に間《ひま》[一]を得て、出でて円大臣《つぶらのおほおみ》[二]の宅《いへ》に逃げ入る。天皇使《つかひ》を使はして乞《こ》ふ。大臣、使を以《まだ》して　報《かへりごとまう》して曰《まう》さく、「けだし聞く、人の臣《きみ》事有るときは逃げて王室《きみのみや》に入ると。いまだ君王《きみ》の臣《やつこ》の舎《や》に隠匿《かく》るるをば見ず。方今《いま》、坂合黒彦皇子と眉輪王と、深く臣が心を恃《たの》みて、臣の舎《いへ》に来たれり。誰《いかが》[三]忍びて送りまつらむや」とまうす。これによりて、天皇また益《ますます》 兵《いくさ》を興《おこ》して大臣の宅を囲む。大臣庭に出で立たして、脚帯《あしゆひ》[四]を索《こ》ふ。時に大臣の妻、脚帯を持ち来たりて、愴《かなし》び傷懐《こころやぶ》れて歌ひて曰はく、「[五]おみのこはたえのはかまをななへをしにはにたたしてあゆひなだすも」と。大臣装束《よそひごと》已《すで》に畢《をは》りて、軍門《みかど》に進《まをすす》んで跪拝《をが》みて曰さく、「臣戮《つみ》せらるといへども、敢《あ》[六]へて命《おおんこと》を聴《ゆる》さしむること莫《な》けん。古の人云へること有り、「匹夫《いやしひと》[七]の志も奪ふべきこと難《かた》し」といへるは、方《まさ》[八]に臣に属《あた》れり。伏して願はくは、大王《きみ》、臣が女《むすめ》韓媛《からひめ》[九]と葛城《かづらき》[一〇]の宅七区《いへななところ》とを奉献《たてまつ》りて、もつて罪を贖《あが》[一一]はんことを請《うけたまは》らむ」とまうす。天皇許したまはずして、火を縦《はな》ちて宅を燔《や》きたまふ。ここにおいて、大臣と黒彦皇子と眉輪王と倶《とも》に燔き死《ころ》されぬ。

一　人のいない時。
二　葛城玉田宿禰の子。履中天皇二年、国政を執る。
三　「いかが」は底本の訓。雄略紀は「詎」。
四　袴をかかげて結ぶための紐。
五　臣の子は栲の袴を七重をし庭に立たして脚帯撫だすも。夫はたえで作った袴を幾重にもお召しになって庭にお立ちになり、あゆいを撫でておいでになる。
六　決して御命令には従いません。
七　論語・子罕に「三軍可レ奪レ帥也。匹夫不レ可レ奪レ志也」。
八　まさに私にぴったりです。
九　古事記に訶良比売。雄略天皇の妃となり、清寧天皇と稚足姫皇女とを生む。
一〇　葛城山の東北山麓。今の奈良県御所市西部。葛城氏の本拠。
一一　→二四三頁注二七。

[一二]推古《すいこ》天皇《てんわう》の[一三]三十四年の夏五月、戊子《つちのえね》の朔《ついたち》、[一四]大臣《おほおみ》薨ず。よりて[一五]桃原《ももはら》の墓《はか》に葬《はふ》る。大臣はすなはち稲目宿禰《いなめのすくね》の子なり。性、武略有りて、また[一六]弁才あり。もつて[一七]三宝《さんぼう》を恭《つつし》み敬《うやま》ひて、[一八]飛鳥川《あすかがは》の傍《ほとり》に家《いへゐ》せり。すなはち庭の中に小さき池を開く。よりて小さき嶋《しま》を池の中に興《つ》く。故《かれ》、時の人、嶋の大臣と曰ふ。

（六〇）　師平《もろひら》、[一九]新国史《しんこくし》を焼く事　新国史失はるる事

（六一）　遊子《いうし》は黄帝《くわうてい》の子為《た》る事

「遊子に二説有り。一は[二〇]黄帝の子なり。黄帝の子[二一]四十人有り。その最《もと》も末の子、旅行の遊びを好み、敢へてもつて宮中に留まらず、旅遊の路において死去すと云々。その死せむとする時、誓ひて云はく、「我常に旅行の遊びを好めり。もし我がごとく旅行を好む者有らば、必ず守護神と成りて、その身を[二二]擁護《おうご》せむ」と誓ひて、[二三]道《さ》祖神《へのかみ》と成りて旅行の人を護らしむ。この事、[二四]集注《しふちゆう》文選《もんぜん》の「[二五]祖席《そせき》」の所に見ゆるなり。

一二 以下、蘇我馬子の薨去の記事で、推古紀からの引用。この部分には底本に訓点はない。
一三 六二六年。
一四 蘇我馬子。敏達天皇元年(五七二)大臣となる。
一五 奈良県高市郡明日香村の石舞台が馬子の墓といわれている。
一六 弁舌の才。
一七 仏と経典と僧。
一八 奈良県高市郡高取山を源とし、飛鳥地方を北流して大和川に入る。
▽本条は類聚国史の記事をそのまま引用したもので、きわめて異質である。なお、水言鈔にもある。なぜこのような史書の引用が本書に含まれているのかについては不明。
一九 現存しない。三代実録の後を継ぐものとして編纂された。本朝書籍目録に「四十巻。朝綱撰、或清慎公撰。自㆓仁和㆒至㆓延喜㆒」とあり、中右記、釈日本紀、師光年中行事ほかに佚文がある。
二〇 中国古代の伝説上の帝王。
二一 史記一・五帝本紀には「黄帝二十五子。其得㆑姓者十四人」とある。
二二 「オウコ　仏法部」(字類抄)。
二三 和名抄に「道祖　風俗通云、共工氏之子、好㆓遠遊㆒。故其死後、祀以為㆓祖神㆒。〈漢語抄云、道祖、佐部乃加美〉」。
二四 →二四四頁注五。
二五 文選二十の類題「祖餞」の李善注に「崔寔四民月令曰、祖、道神也。黄帝之子、好㆓遠遊㆒死㆓道路㆒。故祀以為㆓道神㆒、以求㆓道路之福㆒」。

餞送《せんそう》の起こりはこの縁なり」と。予《われ》また問ひて云はく、「この事尤《もと》も興有り。祖[一]餞の両字の訓読はいかん」と。命《おほ》せられて云はく、「両字ともに「むく」なり。旅行の人に酒を酌《く》ましめて饗《きやう》[二]せしむるに、その上分《じやうぶん》[三]をもつて、道祖神にむけて[四]旅行を祈り付けしむるなり。よりて祖席と号《なづ》く」と云々。予《われ》また問ひて云はく、「その今一の説はいかん」と。命《おほ》せられて云はく、「件《くだん》の一人の遊子は、ただ遊子とてさるものあるか。それも見る事侍るなり。詳《つまびら》かならず」と。

（六二） 首陽《しゆやう》の二子の事

「先年、木工助敦隆《もくのすけあつたか》が来たりしに、言談の次《ついで》に、「首[五]陽の二子、何《いづれ》か[六]廉《れん》なること勝りたる」と問ひしに、答ふるやう、「伯[七]夷《はくい》・叔斉《しゆくせい》は孤《こ》竹《ちく》の二子なりとぞ知りて候ふ。その廉の勝劣は知らず」と云々。いまだその廉を見ざるか」と。「いかん[八]」と。「伯夷勝るか。天[九]、その廉を試みんがために、白鹿二つを与へしむ。叔斉は飢ゑに堪へず、心中にこの鹿を食はむと欲《おも》ひしところ、鹿その心を知りて、にはかに去り了《をは》

一 祖については、漢書五十三・臨江閔王劉栄伝に「栄行、祖㆓於江陵北門㆒」とあり、注に「師古曰、祖者送㆑行之祭、因饗飲也」。
二 ご馳走してねぎらう。
三 よい所。
四 供えて。
▽本条は本書四・124の「遊子三年塵土の面」、あるいは六・6の「遊子なほ残月に行く」の句をきっかけとしての言談か。

五 首陽山。山西省永済県の南というほか数説がある。
六 清廉である。
七 史記六十一・伯夷列伝に「伯夷叔斉、孤竹君之二子也」。孤竹は孤竹国(殷から周にかけて、河北省北東部にあった国)の君主、孤竹君。孤竹君は弟の叔斉を後継ぎにしようとしたが、伯夷と叔斉は互いに譲り合って位に即かなかった。のち周に行ったとき、武王が殷の紂王を討ちに出かけるのに会い、諫めたが聞き入れられず、首陽山に隠れ住んで餓死した。
八 実兼の問い。
九 琱玉集十二に「伯夷兄弟遂絶㆑食七日。天遣㆓白鹿㆒乳㆑之。逕㆓由数日㆒。叔斉腹中私曰、得㆓此鹿宍㆒噉㆑之、豈不㆑快哉。於㆑是、鹿知㆓其心㆒、不㆓復来下㆒。伯夷兄弟倶餓死也。出㆓列士伝㆒」とある。

んぬ」と云々。

（六三）　雲直《うんちよく》あるいは夢沢《ぼうたく》と称《い》ひ、楚雲《そうん》と号《なづ》くる事

また云はく、「雲夢《うんぼう》[一〇]は雲直[一一]あるいは夢沢と称ひ、楚雲と号くと云々。瑶池《えうち》[一二]は周に在り。故に周瑶と為《な》す。柏梁《はくりやう》[一三]は漢に在り。故に漢柏と呼ぶ。松江[一四]は呉に在り。呉松と称ふ。雲夢は楚に在り。故に楚雲[一五]に作るなり」と。

（六四）　華騮《くわりう》は赤馬為《た》る事

「故土御門《つちみかどう》[一六]右府《ふ》の御亭《ぎよてい》の作文《さくもん》に、紅葉《こうえふ》の詩の序、作りて云はく、「嵐《らん》[一七]は華騮周坂《くわりうしうはん》の暁《あかつき》に似たり」と。注書して云はく、「驊騮は赤馬なり。穆天子伝《ぼくてんしでん》[一八]に見ゆ」と云々。右府その注を御覧じて、件《くだん》の書を借り召さる」と云々。

一〇　昔、楚の国にあった大きな湖。
一一　雲直、夢沢の称については未詳。
一二　→一二三頁注二〇。周にあるというのは事実ではない。周の穆王が瑶池のほとりで西王母と会ったという伝説(→二二五頁注一四)にもとづくか。用例は本朝続文粋九、大江隆兼の「暮春於ニ秘書閣一同賦ニ禁庭松表一ㇾ貞」詩序に「瓊林碧沼之象ニ神仙一也、編ニ周瑶於万里之浪一」。
一三　漢の武帝が長安城に築いた台。注一二の詩序に「華閣柳榭之極ニ壮麗一也、嘲ニ漢柏於千載之風一」。
一四　太湖を源とし、江蘇省を流れる。今の呉淞江。本朝文粋三、大江以言の対策「詳ニ春秋一」に「江東呉松之波、遣ニ懐於秋風之夕一」。
一五　水言鈔では「楚夢」。その例として、本朝文粋十・源順の「冬日於ニ神泉苑一同賦ニ葉下風枝踈一」詩序に「紅林地広。呑ニ楚夢於胸中一」、本朝続文粋三、藤原友実の対策「野沢佳趣」に「猟徒千万騎、幸ニ楚夢一而称ㇾ獲」。
一六　源師房。承保四年(一〇七七)没。
一七　紅葉に彩られた明け方の山気はあたかも周の穆王が乗って坂を登った華騮のような赤さである。「周坂」→二二八頁注一。紅葉詩序についてはこの句以外未詳。
一八　巻一に「天子之駿、赤驥・盗驪・白義・踰輪・山子・渠黄・華騮・緑耳」とあり、「華騮」の郭璞の注に「色如ㇾ華而赤。今名ニ馬標赤一者為ニ棗騮一。棗騮赤也」。

（六五）駱賓王《らくひんわう》の事

また云はく、「[一]駱賓王、徐敬業《じよけいげふ》のために檄《げき》[二]を作りて云はく、「一坏《いちばう》[三]の土いまだ乾かざるに、六尺《りくせき》の孤何《いづ》くにか在る」と。則天皇后《そくてんくわうごう》云はく、「かくのごとき人を挙《あ》げざるは宰相の誤りなり」」と。

また命《おほ》せられて云はく、「駱賓王は「帝宮篇《ていきゆうへん》」[四]をもつて第一の秀句と為《な》す」と。[五]その句は覚えずといへり。

（六六）豊山《ほうざん》の鐘の事

予《われ》問ひて云はく、「「[六]風聞《ふうぶん》遠く及んで霜鐘《さうしよう》動く」、その意はいかん」と。答へられて云はく、「「[七]霜鐘」は豊鐘なり。山と山と相聞こゆるなり」と。

（六七）三遅《さんち》の因縁《いんえん》の事

[八]三遅。

[九]酒式に云はく、「[一〇]一遅は通ずるを得ず。二遅は須間架均《あひだかまへひとしうすべし》[一一]。三遅は悠々《いういう》[一二]たるを得ず。犯《をか》す者は罰一盃」と云々。

一 唐の嗣聖元年(六八四)、則天武后の専横に抗して徐敬業、駱賓王らが揚州に挙兵した時のこと。新唐書二百一・駱賓王伝に「徐敬業乱、署二賓王一為二府属一。為二敬業一伝二檄天下一、斥二武后罪一。后読、但嘻笑。至二一抔之土未レ乾、六尺之孤安在一。蹙然曰、誰為レ之。或以二賓王一対。后曰、宰相安得レ失二此人一」。

二 軍事に際して同志を募り、また戦いを布告する文章。

三 先帝が没してまだその墓の土も乾かないのに、幼少の遺児は今どこにいるのだろうか。「一坏の土」は墳墓の土。「六尺の孤」は論語・泰伯の語。集解に「孔曰、六尺之孤、幼少之君」。高宗の死後、帝位に即いた中宗が、則天武后によってすぐに廃されたことをいう。

四 帝京篇であろう。駱賓王文集九所収。九十八句の長編詩。菅家文草二「夢二阿満一」に「読レ書諳二誦帝京篇一」とあり、自注に「初読二賓王古意篇一」。

五 実兼が自分のことを記したと解したが、なお不確か。

六 霜に感応して鐘が鳴り、その音は風に乗って遠くにまで聞こえる。大江以言の「秋声多在レ山」の詩の一句。この句を含む二聯が類聚句題抄(12)にある。↓一七八頁注八。

七 豊山に九鐘があり、霜が降ると自然に鳴るという(山海経・中山経)。法性寺関白御集の「秋日聴レ講二普賢経一賦三衆罪如二霜露一」に「豊山鐘響不レ能レ和」。

▽水言鈔では本書五・13に直接続く。同題の詩についての言談で、これが本来のかたちであろう。

八 酒席に遅れてくること。またその人に課した罰酒。酒が五巡した後に到着することを一遅といい、三盃の罰酒を、七巡後は二遅で五盃を、十巡後は三遅で十盃を飲ませた。

九 飲酒の礼式を定めた書であるが、これは新定酒式か。本朝書籍目録に「新定酒式一巻〈幷序 式部大輔菅清公撰〉」とあり、西宮記八にその引用が見える。

一〇 以下、西宮記八に同文の引用がある。西宮記では「通」は「通風」。明解を得ない。

一一 「アヒタカヘ(マ)ヒトシウスヘシ」という底本の傍訓は「須間架均」の訓読。二つの訓から「間架」は「あひだかまへ」

（六八）　また打酒格《だしゆきやく》[一三]・帰田抄《きでんせう》[一四]の事

鼠尾《そび》[一五]　—その酒尽く。故に鼠尾を成す。

連珠《れんじゆ》[一六]　●—●—●—●シ[一七]　その酒差《やや》多し。故に連珠《れんしゆ》と。注なり。

瀝滴《れきてき》[一八]　●　●　●　●○ラ[一九]　余沢《よたく》いまだ断《た》えず。故に瀝滴と命《なづ》く。注なり。

また云はく、「平索着清《へいさくちやくせい》[二〇]と云々。仮令《たとひ》[二一]酒に応ずれば顧みて「平[二二]」と曰《い》ふ声を唱《とな》ふ。盞《さかづき》を把《と》りて「索[二三]」と曰ふ。しかる後、順を待ち、これを手にし右に和す[二四]。手に盞を把《と》れば、すなはち左傍の人、よろしく「着[二五]」と曰ふべし。飲み畢《をは》りて滴《したた》りなくば、また「清[二六]」と曰ふ」と云々。

（六九）　波母《はぼ》の山《やま》の事

また「都督《ととく》[二七]の西府《さいふ》において作るところの詩序[二八]の「波母の山」、その義はいかん。事側《ほの》[二九]かに見るといへども、慥《たし》かには覚えず」と云々。答

であろう。間架は間隔で、罰酒を飲む時に、等しい間を置いて飲むの意か。
三 西宮記には「不㆑得㆑修㆑之」とある。ゆっくりと飲んではいけない。
一三 現存せず、未詳。打酒は酒を飲むこと。口語的用法。万葉集六の題詞に「打酒歌」の例がある。
一四 未詳。なお、欧陽修の帰田録二に「打酒」のように動詞の代りに用いられる「打」の口語的用法についての説がある。関りはないか。
一五 瓶の酒を注ぐ時、すうっと筋のようになって酒が終るのを鼠の尻尾に見立てた。
一六 図のように酒がやや多めに細く連って出てくるのを、糸に連ねた珠に見立てた。
一七 未詳。水言鈔にはない。
一八 したたり。しずく。図のように残りの酒がポタリポタリと滴って終わらないのをいう。
一九 未詳。水言鈔にはない。
二〇 以下に説明されるように、酒を飲む時に唱えることば。
二一 「タトヒ」（名義抄）。もし。
二二 西宮記八・酒座事に「陪膳釆女擎㆑盞欲㆑献。爰親王進跪唱㆑平。天皇即執㆑盞御飲、了称㆑精。…献者差進跪唱㆑平〈唱㆑平訖、還㆓前所㆒也〉。御精訖〈索看准㆓常例㆒〉」とある。
二三 注二二の西宮記に「索」と見える。
二四 右の人に唱和する。
二五 西宮記には「看」とあり、本文にゆれがある。
二六 西宮記では「精」。
二七 匡房。大宰権帥の唐名でいう。
二八 この詩序は現存しない。ただし江都督納言願文集二の「鳥羽三重御塔」願文に「蓋開、西天鵝王之教、眇飛㆓波母之山㆒、東方君子之邦、悉化㆓月氏之俗㆒」の例がある。
二九 「ホノカニ」（名義抄）。

へられて云はく、「[一]「波母の山は日出づる国をいふなり」とぞ都督《ととく》は談《かた》られし」と答へらる。「淮南子《ゑなんじ》[二]に見ゆと云々。件の書の常に披露《ひろう》するところの巻になし」と云々。

（七〇）　護塔鳥《ごたふてう》の事

僕《われ》また問ひて云はく、「護塔鳥[三]はいかん」と。答へられて云はく、「内伝博要《ないでんはくえう》[四]に見ゆ。具《つぶ》[五]さには記《おぼ》えず」と。

（七一）　擬作《ぎさく》の起こりの事

また談《かた》られて云はく、「擬作[六]の起こりは天神[七]始めて作り儲《まう》けらる。有るべき由《よし》なり」と云々。

（七二）　連句[八]　七言

尾[九]を樹間に払ふ黄牛《くわうぎう》の背　　手を門前に打つ白雁《はくがん》の声

一 後代のものであるが、延暦寺護国縁起に「相伝云、淡海国比叡山云々。波母国〈日本国異名也〉、波母山〈比叡山元名也〉」とある。 二 淮南子四・墜形訓に「八紘之外、乃有㆓八極㆒。…東南方曰㆓波母之山㆒、曰㆓陽門㆒」とある。
三 本朝文粋十、紀斉名の「晩秋於㆓禅林寺上方㆒眺望」詩序に「岫幌日落、迎㆑仏之使飛㆑煙。松戸人稀、護㆑塔之鳥棲㆑月」と見える。この句は新撰朗詠集下・山寺に引く。また匡房自身も「大炊殿一条塔供養」願文(江都督納言願文集五)に「護塔之竜、護塔之鳥、待㆓於慈氏之下生㆒」と用いる。
四 現存しない。日本国見在書目録・雑家にも「内伝博要卅。内伝博要抄五」とあるが、内典博要であろう。続高僧伝一・僧伽婆羅伝に「逮㆓太清中㆒、湘東王記室虞孝敬、学周㆓内外㆒、撰㆓内典博要三十巻㆒。該㆓羅経論㆒、条㆓貫釈門㆒。諸有要事、備皆収録。頗同㆓皇覧・類苑之流㆒」とある。仏教に関する類書か。啓白釈経本抄に佚文がある。
五 ↓一七二頁注一一。
▽水言鈔では本書六・36に続く。ともに紀斉名の詩序のなかの語についての言談である。
六 ある場合になぞらえて詩文を作ること。あるいは備えてあらかじめ作っておくこと。今鏡二・すべらぎの中・たまづさに、源俊頼の作歌の方法について、「おほかたは、見るものきくことにつけてなむ詠みまうけられ侍りける。当座に詠むことはすくなき擬作とかきてぞ侍りける」とある。
七 菅原道真。菅家文草一の「賦㆓得詠㆑青」の題注に「十韻、泥字、擬作」とある。
▽江都督納言願文集所収の作には擬作が少なくない。匡房にとって擬作は関心事であったと思われる。本書六・43参照。
八 複数の作者が句を作り、それを重ねて一聯、また一首の詩としたもの。 九 木に繋がれて尻尾で背中を払う飴牛。黄牛は和名抄に「阿女宇之」。
▽七言は一例だけであるが、王沢不渇鈔上に「連句者其様如何。…七言連句尤稀也」という。
一〇 二藍の着物で一夏を過ごした。くちば色の着物は何度

（七三）　五言

[一〇]二藍一夏《ふたあゐひとなつ》を経《へ》たり　[一一]菅《かん》　　朽葉幾廻《きうえふいくめぐ》りの秋ぞ　[一二]紀《き》

[一三]泡は垂る観薬《くわんやく》の口　泰能《たいのう》　　貧《ひん》は負ふ泰能の肩　斉名《ただな》

[一四]芸閣《うんかく》に二《に》貞《てい》序《つい》づ　公任卿《きんたふきやう》　　蘭台八座《らんだいはちざ》の賢《けん》　惟貞《これさだ》

[一五]何《か》能《のう》才子は何人《なにびと》ぞ　斉信《ただのぶ》卿　　[一六]明法生為親《みやうぼふせいためちか》を何能《かのう》と称《い》ふなり

[一七]朝器《てうき》は朝器にあらず　秀才　　[一八]茂才《もさい》はこれ茂才

[一九]深草《ふかくさ》の人は器《うつはもの》を為《つく》る　匡衡《まさひら》　　[二〇]小松の僧は湯を沸かす

[二一]牛に負《おほ》す一屋《ひとつや》の具　　馬に乗る二分《にぶ》の人

[二二]千六百年の鶴　時棟《ときむね》　　二三両月《にさんりやうげつ》の鶯　明衡《あきひら》

□　　扇《あふぎ》はまた[二三]貢士《こうし》の腰

人は[二四]山城介《やましろのすけ》と曰《い》ふ　孝言《たかとき》　　世は[二五]水駅官《すいえきのくわん》と称《い》ふ　佐国《すけくに》

[二六]家々《いへいへ》に孔子を懸く　　処々《しよしよ》に彭侯《はうこう》を呼ばふ

[二七]文武両家の姓　隆兼《たかかね》　　江平一士《がうへいいつし》の名

[二八]貫月査《くわんげつさ》は海に浮かぶ　時棟　　[二九]宣風坊《せんふうばう》は京に在り　明衡

めの秋になることか。「二藍」で「一夏」、「朽葉」が朽ちずに何度も秋に会うと洒落た。作文大体に音対の例として「二藍」と「朽葉」をあげ、「九与レ朽同音。故以レ朽対レ二也」という。一一 菅原道真。一二 紀長谷雄。

一三 観薬の口から泡が垂れている。泰能の肩には貧乏神が背負われている。観薬は斉名に関わる呼称となるが、未詳。

一四 御書所には惟貞・最貞の二人が並んでいる。互いに相手を称賛する。芸閣、蘭台、八座はいずれも唐名。二貞は惟貞とその兄弟の最貞であろう。佐世の孫、文行の子。惟貞は小右記・永観二年十二月八日に内御書所開闔として見える。最貞は扶桑集の作者(二中歴十二・詩人歴)。類聚句題抄、新撰朗詠集に詩がある。一五 何能という者はいったいどういう人物なのだろうか。この句は六字句で、また連句の体をなしていない。

一六 大学寮明法道の学生。為親は内蔵為親か。御堂関白記に右大史、左大史として見える。何能は為親の字(あざな)であろう。雲州消息中に「何能才子已没。師匠誰人乎」と見える。

一七 朝器は朝廷の有為の人材ではないの意か。朝器は文章生の字か。一八 文章得業生の唐名。一九 山城国。今の京都市伏見区深草。土器の生産が行われた。古今著聞集十六・556に「深草かはらけ持ちて参りたりけるに」。

二〇 河内国交野郡の小松寺。河内国小松寺縁起に、その堂舎僧坊の一つとして「辰巳角、湯屋」が記されている。

二一 家中の家財道具を牛に背負わせる。馬に乗って行く国の目(さかん)。二分は目を給与の配分率十分の二によっていう。除目抄一に「目ヲハ称二二分一」。

二二 変化を遂げ千六百年にして形が定まるという鶴。二月三月の両月しか鳴かない鶯。初学記三十・鶴に「相鶴経曰、…故七年少変、十六年大変、百六十年変止、千六百年形定」。大和物語一三一段に「先帝の御時、卯月のついたちの日、鶯のなかぬをよませ給ひける。公忠。春はただ昨日ばかりを鶯のかぎれるごともなかぬ今日かなとなむよみたりける」。二三 文章生の唐名。

二四 ここでは揚名介としていう。名目だけの国司の次官を揚名介といい、山城・上野・上総等に置かれた。

三五 「山」に対して「水」という。水駅は水路の駅。廐牧令に「凡水駅不レ配レ馬処、量二閑繁一、駅別置二船四隻以下、二隻以上一」。駅だから馬があるはずなのに、水駅には船しかなくて、駅とは名前だけだが、世間では、そこの官人といっている。

三六 庚申の夜には、家々で孔子の画像を懸けて祭り、方々で彭侯の名を唱えている。前句については、水左記・承暦五年二月三日に「今夜奠二先聖一。故殿御時、毎二庚申一有二此事一」。本朝無題詩五、輔仁親王の「秋夜守二庚申一」に「庚申閑守尊尼父、茶菓礼成甲夜初」の例がある。後句については口遊・時節門に「彭侯子、彭常子、命児子、悉入二窈窅之中一、去二離我身一〈謂二之庚申夜誦一〉。今案、毎二庚申一勿レ寝、而呼二其名一、三尸永去、万福自来」とある。

三七 文の家の姓と武の家の姓と。その大江と平の二つの姓を合わせた江平は一人の名である。江平はあるいは隆兼の字（あざな）か。

三八 中国古代の聖帝尭の時代に出現したいかだ。拾遺記一に「尭登レ位三十年、有二巨査一浮二於西海一。査上有レ光、夜明昼滅。海人望二其光一、乍大乍小、若二星月之出入一矣。査常浮二繞四海一、十二年一二周天一、周而復始。名曰二貫月査一」。

三九 都の坊名。左京の五条。ここに菅原氏の邸宅があった。

▽このうち「深草の人…」、「千六百年の鶴…」、「人は山城介と…」の三聯は「伝藤原忠通筆葦手下絵往来書巻」に引かれ、「古来之口談也」とある。

中《ちゆう》外《がい》抄《しよう》

山根對助
池上洵一
校注

〔内容〕

『中外抄』は平安朝最末期を生きた関白藤原忠実の言談の記録である。筆録者は大外記中原師元。書名の「中」は中原、「外」は大外記を表す。言談の時期は保延三年(一一三七)から仁平四年(一一五四)まで、忠実六十歳から七十七歳まで足掛け十八年にわたる。話題は儀礼・作法等に関する口伝・教命、即ち公卿として心すべき先例・故実の伝授を中核とするが、当時の世相に対する批判や討論を交えて活気があり、とくに頼長の言動をめぐる記事は彼の強烈な個性を活写して生彩を放つ。知識のための知識の伝授ではなく、現実に公卿として生きるための教えであるから、話題は生活の細部にまで及び、有職故実書や公家日記には伺い難い細則や心得の類が具体的に語られていて貴重である。説話的な話題も相当数あって『古事談』等との関係が注目されるが、言談の日付を明示し、場の状況についても簡潔、的確に明記してあるため、発話の契機や話題の連関など、口承説話の生態を探るための好個の手掛かりを提供している。

〔談話者・筆録者〕

談話者藤原忠実は藤原摂関家の嫡流で、関白師通の嫡男。父師通は早世、祖父師実も続いて没したため、若くして氏長者・摂政・関白となった。白河院と対立して一旦失脚するが、鳥羽院政の開始とともに復権、長男忠通と対立し次男の頼長を偏愛した。頼長が保元の乱(一一五六)に敗死の後は知足院に幽閉され、応保二年(一一六二)八十五歳で没した。『中外抄』の言談は鳥羽院政期、即ち忠実の生涯の絶頂期に当たる。

筆録者中原師元は師遠の三男。師元は大外記として活躍する実務官僚であったが、摂関家には家司として臣従し、忠実の信頼を得た。保元の乱後は忠通の子基実の家司となり、大炊頭・出羽守等を歴任して、承安五年(一一七五)六十七歳で没した。

〔諸本〕

上巻と下巻が別々に分かれて伝存する。上巻の現存諸本は弘長三年(一二六三)書写の三条西家旧蔵本を祖とするが、現蔵者は未詳。このため宮内庁書陵部蔵本を底本とした。但し諸本に共通する巻首の欠落部分は、京都御所東山御文庫本『富家語抜書』(実際には『中外抄』の抜書)により補った。下巻は現存唯一の古写本である前田育徳会尊経閣文庫蔵本(「久安四年記」)を底本とした。

（中外抄　上）

（一）

保延三年[一]正月五日。太政《だいじやう》[二]の下《もと》に参りたるに、御前に召さる。叙位《じよゐ》[三]の間の事を仰せらる。その次《ついで》に、仰せて云はく、「宣命使《せんみやうし》[四]は[五]たびごとに揖《いふ》あり。大略は朝賀《てうが》[六]のをはりの様なる事なり。御堂《みだう》[七]は件《くだん》の事を一条摂政[八]に習はしめ給ふ。その後、我等[九]の一家は沙汰せず。但し、指南あらば、今[一〇]始めて勤めしむるも、尤《もと》も安き事なり。その中に不審の事あり。階《きざはし》[一一]を昇るに音あり。この事は術《ずち》なし」と云々。

（二）

同[一二]二月八日。大殿[一三]に参り、御前に召さる。雑事《ざふじ》を仰せられし後、仰せて云はく、「布袴《ほうこ》[一四]はやさしき事なり。但し、夏は半臂《はんぴ》[一五]を着《ちやく》せざるな

上一条　叙位の儀の宣命使に関する話題。本条談話当日に行われた叙位と、二日後の七日節会を意識した話題であろう。

一　一一三七年。この年藤原忠実は六十歳の前関白太政大臣。中原師元は二十九歳。　二　前太政大臣（忠実）のもとに参上した意。上9には「参大殿下」の例がある。

三　この年の叙位は正月五日（本条当日）に行われた（中右記）。

四　元日節会や七日節会で宣命を読み上げる役の人。五日の叙位の議に基づき、七日の節会で叙位の儀が行われる（参議要抄上・宣命使事）。

五　江家次第二・七日節会「宣命使就レ版〈出レ自ニ軒廊東二間一南行、当ニ日華門北扉一、乍ニ南向一揖、西折、経ニ公卿列南一、就ニ宣命版一揖〉…宣命使復座〈欲レ離レ版揖左廻、欲ニ北折一時有レ揖〉」。

六　底本「朝賀之ヲソリ了様ナル事」は文意未詳。「ヲハリノ様ナル事」が原姿とみて、かく訓読する。朝賀は元日節会。その最後に宣命使が揖して版に就く。作法は七日節会も同じ（江家次第一・元日節会）。　七　藤原道長。

八　藤原伊尹。但し、伊尹の薨時、道長はまだ七歳であった。「一条左大臣」（源雅信。道長の室倫子の父）と混乱があるか。

九　自分たち摂関家の人間は宣命使を勤めていない。上14にも同様の例がみえる。

一〇　今初めて勤めてもたやすいことだ。

一一　（自分たちがすると）階段を昇るとき音がする。これだけは如何ともしがたい。宣命使は版位に就いて宣命を読み上げて後、再び軒廊に戻り、東階を昇って本座に復す。その時には音を立てず静かに行動するのをよしとされた。参議要抄上・宣命使事「退還之儀如ニ進儀一。…比レ至ニ軒廊下一、漸々其歩程、頗可レ宜也」。

上二条　布袴に関する話題。

一二　保延三年（一一三七）。　一三　藤原忠実。

一四　束帯に次ぐ礼装。束帯の表袴・大口袴の代わりに指貫と下袴を着用したもので、朝儀以外の内々の式に使用。

一五　袍と下襲との間に着た短い衣。

り。而《しか》るに、故時範《ときのり》[一]は着しき。日記[二]を嗜《たしな》むといへども、また、伝へ[三]を習はざるなり。時の人咲《わら》ひしなり」と。

（三）

同日、仰せて云はく、「出衣《いだしぎぬ》[四]は、また人の体《てい》の吉《よ》く見ゆる事なり。而《しか》るに、近代[五]の人は出衣を見せ縁《へり》[六]などのやうに表衣《うへのきぬ》[七]・直衣《なほし》[八]などのうしろより出だしたるなり。これ案内《あない》[九]を知らざるなり。後は見えずして左右の妻[一〇]の四、五寸も六、七寸も出だすなり」と。

（四）

同三月廿日[一一]。大殿[一二]に参る。仰せて云はく、「帝王・一の人[一三]は、慈悲の心をもつて国を治むべきなり。故殿[一四]の仰せて云はく、上東門院[一五]の仰せられけるとて、「先の一条院[一六]は、寒き夜には、わざと御直垂《ひたたれ》[一七]を推し脱ぎて御坐《おはしま》しければ、女院《にようゐん》の『などかくては』と申さしめ給ひければ、『日本国の人民の寒かるらむに、吾、かくて暖かにてたのしく[一八]寝たる

一 平時範。定家の男。文章博士。
二 時範には日記、時範記(歴代残闕日記所収)がある。
三 口伝・教命を受けなかった。由緒正しき故実の伝授は口伝・教命により行われる。

上三条　出衣に関する話題。装束とその乱れに関連して前条から連想されたか。

四 直衣や狩衣の下に着る桂や衵などの裾を、指貫に着込めず、襴の下からわざと出して着ること。
五 忠実にとって「近代」は常に批判の対象。
六 満佐須計装束抄二「きぬをいだすことは、…うしろはなをし(直衣)にても、うへのきぬにてもきたらんに、らん(襴)のすそより、へりをきたるやうにみゆまじきなり。見せたる人々あり。あさまし」。
七 袍。朝廷に出仕する時の正服の上着。束帯・布袴・衣冠の時に着用する。
八 貴族の平服。形は袍に似てやや短く狭い。
九 事情(由緒正しい教えや故実)を知らない。
一〇 褄。着物の裾の左右両端の部分。

上四条　寒夜に衣を脱いで人民を思う天皇の話。一種の政道論。古事談一・34、続古事談一・1は本条に依拠。同話は十訓抄(片仮名本)一・1、宝物集六、月刈藻集上など。同話型で醍醐天皇の事跡とする話が続古事談一・1の末尾、十訓抄(平仮名本)一・1、大鏡・雑々物語等にみえる。

一一 保延三年(一一三七)。 一二 藤原忠実。
一三 摂政・関白。 一四 藤原師実。忠実の祖父。
一五 一条天皇中宮藤原彰子。道長の女。
一六 第六十六代一条天皇。
一七 衣服としての直垂ではなく、直垂衾(ひたたれぶすま)をさす。襟と袖を付けて直垂のような形をした夜具。今昔物語集二十六・17「綿四五寸許有直垂」が、その実例。古事談「御直衣ヲ推脱テ」、続古事談「御衣をしのけて」。
一八 満ち足りた気持ちで寝ているのが、心が痛むので。

上五条　本条は書陵部本の冒頭に位置する。大外記と五位史に関する話題。保延三年(一一三七)四、五月頃の談

が不便《ふびん》なれば』とぞ仰せられける」と。

(五)

また、仰せて云はく、「大外記[一九]□他の人[二〇]□叶ふべからず。また、五[二一]位の史は政重《まさしげ》[二二]の後一人[二三]なり。故政孝《まさたか》[二四]は五位の史の時に、最勝講《さいしょうこう》[二五]の立紙《たてがみ》[二六]を吾が許《もと》へ持て来たる。説く[二七]べからざる事なり」と。

(六)

保延三年[二八]六月十二日。雑事《ざふじ》を仰せられし後、師元《もろもと》[二九]の申して云はく、「篤昌《あつまさ》[三〇]は篤衡《あつひら》と改め了《をは》んぬ。件《くだん》の名は後一条院[三一]の御名と同じきか。件の条、尤《もと》も不審に候ふ」と。

仰せて云はく、「件の御名は敦成《あつひら》なり。人の「敦成《あつなり》[三二]」と後に申しければ、上東門院[三三]は、「あつひらとこそ聞きしか」と仰せられける」と。

話か。

一九 太政官の外記局の最上首。外記は少納言の下にあって、奏文を作り、公事の儀式などに従った書記官。大外記が二名、少外記が二名。以下、欠字部分を含めて、大外記(局務)は中原・清原両氏の世襲であることをいうか。

二〇 中原・清原氏以外の人。

二一 太政官の官局の最上首左大史(官務)で五位を得たもの。平安中期以後は小槻氏が世襲した。橋本義彦『平安貴族社会の研究』第三部「官務家小槻氏の成立とその性格」参照。

二二 小槻政重。盛仲の男。左大史。天養元年(一一四四)卒。

二三 職原鈔上「大政官中有㆓三局㆒、左右弁官〈左右大史掌㆓其局㆒〉、外記是也。近代左大史兼㆓左右㆒。…中古以来、小槻宿禰為㆓一史㆒行㆓官中事㆒、謂㆓之官務㆒。多是五位也。其余彼一族及門徒等依㆓器量㆒任㆑之」。 二四 小野政孝。

二五 毎年五月の吉日を選び、宮中で五日間(保延三年は五月十七—二十一日)行われた金光明最勝王経の講会。

二六 文書の形式の一。ここでは最勝講の日時と僧名を定めた文書をさす。五月五日前後に決定される例が多い(年中行事秘抄・五月)。

二七 前注の文書の伝達は頭中将が行うのが普通(殿暦・永久三年(一一一五)五月十九日条等)。大夫史の関与は異例である。

上六条 人名の訓み方に関する話題。

二八 一一三七年。 二九 本書の筆録者中原師元。

三〇 藤原篤昌。範綱の男。「篤衡」を「篤昌」と改名したのは長承二年(一一三三)八月以後、保延元年(一一三五)二月以前(中右記)。本条談話時より二年ほど前か。

三一 第六十八代後一条天皇。同天皇の名は敦成(あつひら)。篤衡が同音であることを咎めた発言。令集解四・職員令・治部省「諱。謂、諱避也。言皇祖以下名号、諱而避㆑之也」。

三二 「あつしげ」と訓むも可。要するに、正しい訓み方「あつひら」を知らない人が、それとは違う訓み方をしたのである。

三三 後一条院の母后藤原彰子。母后でも子供の本名を呼ぶ機会はほとんどなかった。

（七）

同日。仰せて云はく、「関白・摂政も無才[一]の人は、□仁之時忠あり。花[二]山院は惟成《これしげ》[三]をもつて天下《てんが》の政《まつりごと》を行ふといへども、大事ありて御前《ごぜんの》[四]定《さだ》めの時に、諸卿、参入して評定《ひやうじやう》せる間に、公家《くげ》[五]、簾中《れんちゆう》より勅定《ちよくちやう》あり。「下手人」を思ひ誤りて、「てす人[六]」と仰せられければ、大臣・公卿は□[七]を突きて、「帝王[八]は下手人をば手主人と云ふか」とぞ□[九]ける」と。

（八）

同日。仰せて云はく、「諸[一〇]道の人、上古《しやうこ》は衣服を好まず、才芸をもつて先となすなり。光栄《みつよし》[一一]は、上東門院[一二]の御産の日には、鬢《びん》も搔かず、表衣《うへのきぬ》[一三]・指貫《さしぬき》は希有《けう》[一四]にて、平履《ひらぐつ》[一五]を着《は》きて、中門より入りて、直《ただ》ちに階隠《はしがくし》[一六]の間《ま》より□て、御縁[一七]に候ひて、表衣の下には布[一八]の合《あは》せたるを着《ちやく》したり。懐中より虱《しらみ》を取り出でて、高欄《かうらん》の平《ひら》[一九]けたに宛てて、大指《おほゆび》[二〇]して殺しけり。

上七条　花山天皇在位時の政事に関する話題。

一 才能のない人。花山天皇在位時の関白は藤原頼忠（小野宮流。実頼の一男）。先祖の兼家と対立した花山天皇、頼忠、惟成らに対する忠実の評価は冷たい。

二 第六十五代花山天皇。

三 藤原惟成。花山天皇の乳母子。蔵人・民部大輔・権左中弁を兼任、天皇の外戚藤原義懐とともに政務を支えた。

四 天皇の御前で緊急の大事を評定すること。

五 天皇をさす。

六 底本「思誤テ爪人」の「爪」の原姿は「ス」の変体仮名で、「てすにん（手主人）」の意か。つまり天皇は「げすにん（下手人）」をかく誤られたのであろう。

七 諸本欠字。欠字は「脇」か。

八 天皇は「下手人」のことを「手主人」というのか。

九 諸本欠字。欠字は「嘲」か。公卿たちの言動は花山天皇に対する底意地の悪さを示す。

上八条　賀茂光栄の逸話。摂関家のために尽くした有能の士の話として、前話とは対照的。続古事談五・16は本条に依拠。

一〇 それぞれの道の専門家。

一一 賀茂光栄。著名な陰陽師。

一二 一条天皇中宮藤原彰子。光栄は敦成親王（後一条天皇）誕生の日（寛弘五年（一〇〇八）九月十一日）に召されて「哺乳丼雑事等日時」を占った（御産部類記（図書寮叢刊所収）上・不知記・当日条）。当時光栄は七十歳の老齢。なお翌年の敦良親王（後朱雀天皇）誕生時には光栄の出席を示す史料は未見。

一三 →上3注七。

一四 程度の甚だしいこと。ここでは、くたびれて擦り切れたりしていること。

一五 浅沓（あさぐつ）の爪先の袋がごく狭く簡略なもの。平沓（ひらぐつ）。

一六 寝殿の南正面の階段にさしかけられた屋根のあるところ。日隠しの間。東山御文庫本「至階隠間天」。続古事談「ハシガクシノ間ヨリノボリテ」。

一七 縁側。簀子。

一八 布の襖。絹製ではない粗末な袷または綿入れの衣。東山御文庫本「布乃合タルヲ」により「ル」を補。

一九 高欄の中ほどに手すりと平行に横に渡した木。

[二一]この旨、[二二]故宇治殿の語り仰せらる」と。

（九）

[二三]保延三年十一月十四日。[二四]大殿の下《もと》に参る。御物語の次《ついで》に、仰せて云はく、「[二五]宇治殿、平等院を建立して後、御庄々をもつて寄進せらるる日、[二六]名□来の[二七]本様《ほんやう》を少々づつ[二八]砂《いさご》を立てたる様に[二九]中持《なかもち》の蓋に立てて、小さき札を作りて、[三〇]その所の米と書きて、立てて御覧じけるに、河内国の[三一]玉櫛《たまくし》の御庄の米ぞ第一にて、神妙のものにはありける」と。

（一〇）

同月廿五日。同じく仰せて云はく[三二]大将殿御座《おはしま》す、「[三三]大臣の大将の、[三四]夜の行幸に供奉《ぐぶ》するはやさしき事なり。[三五]半舌《はんした》の鐙《あぶみ》に乗るなり。[三六]馬副《うまぞひ》は[三七]打《うち》衣《ぎぬ》を着《ちゃく》せず、[三八]張衣《はりぎぬ》の[三九]さやさやとする着して、御随身、[四〇]陸梁《りくりやう》の馬に乗りて供奉するなり。[四一]故殿の仰せて、「雨夜の行幸に、随身は、陸梁の馬に乗りたるがいみじきなり。笠・弓・手綱《たづな》・鞭《むち》・松明《たいまつ》、この五つの物

二〇 親指。二一 底本欠字。東山御文庫本「此旨」により補。二二 藤原頼通。寛弘五年には頼通は十六歳。本条の光栄の姿は頼通の若い眼に焼き付けられた記憶である。古事談はこの文言を削除しているが、忠実はこの文言に格別の重みを持たせていたはずである。

上九条　頼通が各荘園の米を検分した話。前条に続いて頼通の逸話。豊明節会を翌々日(十六日)に控えた季節にふさわしい話題である。続古事談二・48は本条に依拠。

二三 一一三七年。二四 藤原忠実。

二五 永承七年(一〇五二)藤原頼通は宇治の別業を仏寺とし、平等院と号した。翌年同院内に鳳凰堂を供養。

二六 底本「名□来」。原姿は「各庄米」か。続古事談「庄園ヨセラレケルトキ、所々ノコメヲ、スコシヅツ、ヒツノフタニ、スナゴノヤウニマキナラベテ」。

二七 用例の少ない語であるが、ここでは「見本」の意であろう。即ち、各荘園の米の見本の意。

二八 砂を盛った(山の)ように。

二九 長持。長櫃。三〇 どこそこの米と書いて。

三一 大阪府東大阪市と八尾市に跨がる玉串川沿いの地域にあった、平等院領中最大の荘園。

上一〇条　大臣大将の夜行幸供奉に関する話題。頼長の同席する場で語った、頼長の職責(大臣大将)に直接関係する話題である。

三二 藤原頼長。忠実の二男。三三 大臣と大将を兼任する者。頼長はこの時、内大臣右大将。

三四 本条に近くは中右記・保延三年九月十三日、二十三日条に夜行幸の記事がある。三五 足を置く舌の部分が短い鐙。

三六 乗馬に付き添う従者。右脇について馬の口取りをする。

三七 のりをつけ砧で打ってつやを出した衣。

三八 底本「帳衣」を訂。張衣は、板に張ってつやを出し、ぴんとさせた布で仕立てた衣。

三九 さやさやと衣擦れの音がするのを着て。

四〇 陸梁は、ほしいままに躍りまわり、暴れまわること。元気のよい馬。四一 藤原師実。忠実の祖父。

を二つの手してあつかふ、いみじき事なり」とこそ仰せ事ありしか。而《しか》るに、近年は昼の行幸にだにも随身は弓を持たず。奇怪なり」と。

（一一）

同日。[一]内大臣殿 頼長 の[二]大殿に申さしめ御《おは》して云はく、「[三]大臣の大将は、[四]老懸《おいかけ》は[五]随身せざる由《よし》仰せ事候ふに、当時、[六]左府 花園 は[七]平胡籙《ひらやなぐひ》に付けられたり。而《しか》るに、[八]権大納言 雅定《まささだ》 に尋ねたるところ、申して云はく、「全《もは》らしかるべからず。但し、老懸を着《ちゃく》する儀の只一事あるなり」とぞ申し候ふは、如何」と。

御返答に云はく、「大臣の大将は、[九]雷鳴《かみなり》の陣に平胡籙を負ふといへども、老懸の事は[一〇]一切知らざるなり。老懸を着する礼のあるらん。凡《おほよ》そ覚えざる事なり」と。

[一一]当時、内大臣殿の仰せて云はく、「大臣の大将は、行幸の供奉に平胡籙に老懸を具すべからざるなり」と。これ、[一二]朝隆《あさたか》記を見るに、[一三]知足院殿の仰せし由《よし》を記す。「[一四]九条入道殿・[一五]故殿は懸けられ

上一一条　前条に続いて大臣大将に関連する話題で、頼長との間に交わされた質疑応答。桃花蘂葉・衛府具足事に関係記事がある。一 藤原頼長。忠実の二男。二 忠実。三 →上10注三三。四 緌。武官の冠の付属具。五 老懸はつけないとお聞きしていましたが。満佐須計装束抄二「おひかけをかくる事は、このゑづかさ、ゑふのかみ、大将常のことなり。大臣の大将はかけず。行幸にもけにも、ひらやなぐゐにかけてもたせけり」。六 源有仁。本条談話時、左大臣左大将。七 形の平らな胡籙。行幸等の儀式の時、近衛の武官・随身等が帯びた。但し大臣大将は弓箭も帯びないのが普通のようである。北山抄八・大将要抄「大臣大将者、雖二行幸時一、不レ帯二弓箭一〈但近衛等、持二弓箭一相従〉」。八 源雅定。本条談話時には権大納言。九 雷鳴の激しい時、臨時に設けられる警固の陣。清涼殿には近衛の大・中・少将以下が弓箭を帯びて伺候し、紫宸殿には兵衛府が詰めて鳴弦を行った。一〇 以下は雅定の説に一目を置いた発言とおぼしいが、北山抄によれば、大臣大将は雷鳴の陣には、弓箭は帯びるが緌(おいかけ)は着けないのが普通。北山抄九・雷鳴陣「雷電日、若其声盛、則蔵人奉レ仰、仰下可二陣立一之由上〈大雷及二三度一者、不レ待二宣旨一。但入二秋節一之後、必待二宣旨一陣レ之〉。即垂二廂御簾一。先大将参上〈大臣之大将此日帯二弓箭一、但巻レ纓、不レ着レ緌〉、左候二孫廂額南間一、右候二南第二間一」。一一 以下は本文の上の余白に記された首書(かしらがき)。内大臣は頼長。一二 藤原朝隆の日記、朝隆卿記。冷朝記、朝記とも。歴代残闕日記に逸文を所収。朝隆は為房の六男。母は藤原忠通の乳母讃岐宣旨。高陽院(泰子)別当。権中納言。一三 藤原忠実。一四 藤原師輔。九条流の祖。一五 藤原師実。忠実の祖父。

上一二条　列見・定考の上卿の出入りする門についての話題。前条に続いて頼長との質疑応答。一六 藤原頼長。一七 毎年二月十一日、六位以下の官人のう

了《をは》んぬ。しかれども我が御時には一向に止められ了んぬ」と。

（一二）

また、[16]内大臣殿の申さしめ給ひて云はく、「[17]列見《れつけん》・[18]定考《こうじよう》の[19]上卿《しやうけい》は、[20]待賢門《たいけんもん》より出入すべき由、[21]権大納言雅の申し候ふ。而《しか》るに、[22]右大臣宗忠《むねただ》は「[23]郁芳門《いくはうもん》より出づべし」と云々。而るに、権大納言の申して云はく、「郁芳門は[24]大炊寮《おほひれう》に御米を運上せる間、[25]雑車《ざふしや》済々《せいせい》たり。よりて、上卿は用ゐるべからざる路なり」と云々。かつは[26]故太政大臣の説なり」と。

仰せて云はく、「列見・定考の事、[27]委《くはし》くは覚えず」と。

（一三）

[28]当時の大殿の[29]童御名《わらはみな》は[30]牛若君なり。[31]京極大殿の御記に云はく、「正月一日。衣冠を着《ちやく》す。人々[32]餅《もちひ》を頂く事あり。先づ[33]寛子同々、次に□[34]、次に[35]牛丸。牛丸は名也」と。

ち昇進候補者を太政官に列立させて検閲する儀式。
一八 毎年八月十一日、太政官において六位以下の官人の加階・昇任を決定する儀式。但しこの年は定考は行われなかった。中右記・保延三年(一一三七)閏九月一日条「今年無二考定一。希代之例也」。
一九 朝廷で公事を執行する際の首席者。列見・定考の場合、普通は中納言。
二〇 大内裏外郭東面の北から数えて三番目の門。中御門。
二一 源雅定。前条にも登場している。→上11注八。
二二 藤原宗忠。宗俊の一男。中右記の著者。
二三 大内裏外郭東面の北から数えて四番目(最も南)の門。大炊御門。入ってすぐ北側に大炊寮がある。
二四 宮内省に属し、諸国より運上の舂米・雑穀、諸司の食料などを司った。延喜式四十一・弾正台「運二大膳職雑物、大炊寮米幷雑穀一自二郁芳門一」。 二五 多く盛んなさま。
二六 源雅定の父雅実。忠実の室師子の兄。
二七 忠実は判断を保留しているが、中右記所見の列見・定考の諸例では、ごく少数の例外を除き上卿は郁芳門から入って官東門に至っているが、台記には逆に待賢門から出入りした例が多く見られる。

上一三条　忠実の幼名の話題。本条は談話者を明示していない。頼長であろうか。
二八 現在の大殿。藤原忠実をさす。師実(故大殿・京極大殿)と区別してかく云う。 二九 幼名。
三〇 「牛若君」は後文にみえる「牛丸」の尊敬表現。忠実の幼名が「牛丸」であったことは、後二条師通記・永保三年(一〇八三)三月七日条等で確認できる。
三一 師実の日記。京極関白記、師実公記、京極殿記とも。
三二 戴餅(いただきもちい)。元旦もしくは正月の吉日に、幼児の頭に餅を戴かせて前途を祝う儀式。
三三 未詳。師実の姉の四条宮寛子(師実より六歳、忠実より四十二歳年上)ではあり得まい。底本の本文に問題があるらしく、他本は多く読解不能の文字を記す。
三四 欠字に当てるべき文字未詳。 三五 →注三〇。

（一四）

[一]保延三年十二月七日。[二]大殿に祇候《しこう》す。御物語の次《ついで》に、仰せられて云はく、「[三]御堂と[四]帥《そち》内大臣と同車にて[五]一条摂政の許《もと》に向はしむる間[六]一条摂政は御堂のをやこにして御《おは》するなり、[七]逸物《いちもつ》の牛の、辻の[八]かいたをりなど、[九]あがきなどして、いみじかりければ、御堂の仰せられて云はく、「この牛こそ尤《もと》も逸物なれ。何所《いづく》に候ひしぞ」と仰せられければ、「この牛は[一〇]祇園《ぎをん》に[一一]誦経《ずきやう》したりけるを求め得たるなり」と答へられければ、「かかる事承らじ」とて、[一二]御指貫《さしぬき》の左右をとりて、沓《くつ》も着かずして躍《をど》り下り御《おは》して、人の門の[一三]唐居敷《からゐしき》に立ち御したりければ、[一四]にがりてこそ坐《おは》しけれ。しかれば、吾は人の旧《ふる》き牛馬などは一切取らざるなり」と。

（一五）

同四年正月廿六日。[一五]大宮大夫師頼《もろより》[一六]大殿に参入して、[一七]師能《もろよし》の五位の蔵人恐悦の由《よし》を申さる。

上一四条　道長が祇園の誦経料の牛の牽く車に乗らなかった話。古事談二・5は本条に依拠。十訓抄一・37、古今著聞集二十・679に同話がある。一一三七年。
二 藤原忠実。三 藤原道長。四 藤原伊周。道隆の二男。
五 藤原伊尹。伊尹が薨じたのは、道長が七歳、伊周が出生する前の年であるから、本条は史実ではあり得ない。「一条左大臣」(源雅信。道長の室倫子の父)であるとすれば、伊周とも年代的に矛盾しない。→注六。
六 道長の叔父伊尹が薨じた時、道長は七歳。→上1注八。ともに「一条」を称した摂政(伊尹)と左大臣(雅信)との取り違えで(師元の聞き違いか)、本来は道長が岳父(倫子の父)雅信のもとに赴く途中の事件か。古事談「一条摂政殿御堂養父云々」。七 特に優れたもの。いちもち。
八 「掻き撓り」の音便で、辻の曲がり角。
九 「あがく(足掻く)」は、(馬や牛が)足で地面を掻いて力強く進む意。牛の逸物があがいて進む例は、平家物語八・猫間にも見える。
一〇 祇園社。京都市東山区に八坂神社として現存。
一一 誦経料として奉納したのを。
一二 指貫の左右両側を摘まみ上げて。足さばきを軽快にして動作を俊敏に行うための用意。
一三 門の柱の下に敷きつめた石畳。
一四 いやな顔をして。不快を表して。

上一五条　子息師能の慶申に来た源師頼と忠実との間で交わされた禁色についての質疑応答。
一五 源師頼。俊房の男。この時、七十一歳。一六 藤原忠実。
一七 源師頼の男。本条の四日前(正月二十二日)に五位蔵人に補せられた(蔵人補任)。師頼はその謝礼のために忠実邸を訪れたのである。
一八 蔵人にゆるされた麹塵袍または青色袍。餝抄上・袍「青色。…蔵人被レ聴二禁色一之時、先着二御衣等一」。助無智秘抄・青色ヲキザル事「凡蔵人青色ヲキルコヽロ、御衣ヲタマハル心也」。一九 (蔵人を介して)天皇に願い出る。
二〇 初めて禁色を着る時にはしかるべき人の装束を借用す

申されて云はく、「[一八]禁色《きんじき》は誰人に申すべきや」と。仰せて云はく、「[一九]主上に申すべし。[二〇]先例は、元服の日には五位の蔵人に[二一]表衣《うへのきぬ》を乞ひて着《ちゃく》し、四位の時には蔵人頭に乞ひて着する、普通の□[二二]なり。近代はしからざるか。諸事は近き例を用ゐるべき由、[二三]故殿は仰せられき」と。

（一六）

同月廿八日。[二四]知信《とものぶ》・[二五]朝隆《あさたか》・[二六]信俊《さねとし》等、御前に祗候《しこう》す。□の次《ついで》に仰せられて云はく、「[二七]東三条をば□[二八]所と云へども、[二九]故殿は御元服の後、件《くだん》の所において生長す。[三〇]東蔵人所の宅をもつて[三一]御所となし、[三二]布障子《ぬのさうじ》の上《かみ》を御所となす。[三三]伊与簾《いよす》を懸けて、以□、[三四]中納言に任ぜられて後、[三五]東の対に渡御して、[三六]御簾《みす》を懸けらるるなり」と。

（一七）

[三七]朝隆《あさたか》の申して云はく、「[三八]東三条の[三九]角振《つのふり》・隼《はやぶさ》明神は、帝王 名は覚えず

るのが例。侍中群要「初著二禁色一時、申二可レ然人御下襲表袴一著。近代下レ冠云々」。助無智秘抄・宿装束「禁色ヲユルサレテ著トキハ、シカルベキ人ノ御装束ヲ申ス。半臂、下襲、表袴等也。此外ハ私ニ用意ス」。二一 ↓上3注七。
二二 底本欠字。東山御文庫本「普通之例也」により補う。
二三 師実。

上一六条　東三条殿の東蔵人所で成長した師実の話。上48の前半と話題が共通する。以下、20条まで東三条殿・春日神社・触穢等に関する話題が互いに連関しつつ続いている。二四 平知信。忠実の家司。
二五 藤原朝隆。母讃岐宣旨は忠通の乳母。この時、五位蔵人(蔵人補任)。二六 清原信俊。大外記。下20にも登場。
二七 東三条殿。二条南町西の南北二町を占めた大邸宅。平安後期には藤原摂関家の儀礼の場、晴れの本邸であった。
二八 諸本欠字。摂関家にとって非常に縁起のよい、それだけに忌避すべきことも多い邸宅の意であろう。殿暦・永久元年(一一一三)九月二十五日「中納言(忠通)日来依二服薬一有二他所一〈但馬乳母所也〉。服薬了今日来。抑東三条ハ極吉所也。仍不浄事有二其憚一故也」。
二九 師実の元服は天喜元年(一〇五三)四月二十一日。十二歳。
三〇 正しくは「東蔵人所の廊」(上48により確認できる)。東三条殿の東対の南西、東中門の北東に位置した殿舎。東侍廊。西二間と中央三間は殿上として用いられた。三一 居室。
三二 布で張った襖障子。東侍廊では西二間と中央三間を区切るように設置されていた。その上手は中央三間をさす。
三三 素朴な風情のあるものとされた。
三四 師実の任権中納言は天喜四年(一〇五六)十月二十九日。十五歳。三五 東蔵人所から東対に居室を移した。
三六 伊予簾ではない普通の簾。質的レベルアップといえる。

上一七条　前条に続いて東三条殿に関係する話題。同邸に祀られる角振・隼明神について語る。
三七 藤原朝隆。↓上16注二五。三八 ↓上16注二七。
三九 東三条殿の西北隅に祀られていた角振・隼明神。兵範記・仁平二年(一一五二)十一月十五日条に両社の指図がある。

の[一]御後霊なり、[二]聖人はまた後身なりと。件の事は実《まこと》なるか」と。

仰せて云はく、「知ろし食《め》さざる事なり。[三]隼明神は春日《かすが》の王子なり。

また、[四]尾州熱田《あつた》の御坐《おはしま》すなり」と。

（一八）

[五]また、仰せて云はく、「触穢《しよくゑ》は、昔は強《あなが》ちには憚られざりしなり。而《しか》るに、[六]後朱雀院の御時より、強ちには禁中には憚らるるなり。東宮にて[七]久しく御坐《おはしま》す間、御願ありしか。

また、帝王は[八]斎月《いみづき》の中に、[九]九月・十一月を専《もは》ら憚るなり。而るに、[一〇]上東門院の入内《じゆだい》は十一月一日なり。[一一]主上契斎の儀なきか。また、[一二]御堂はいとしも穢《けがれ》をば[一三]忌ましめ御《おは》さざるか。[一四]一条院の縁の下に卅日の穢ある内に、上東門院の入内の事をば[一五]定められたるなり」と。

（一九）

また、仰せて云はく、「[一六]宇治殿の大臣の後、[一七]春日の御社に参詣の日、

一 御霊に同じか。上49には角明神にミサキの霊異があったことを語る。 二 「聖人」は未詳。「隼」の草体の誤写か。後身は御霊に同じ。即ち、角振は帝王の御霊であり、隼もまた(帝王の)御霊である意か。→上69注一一。

三 隼明神は奈良の春日神社の内院、本殿の後に祀られている。春日大明神垂迹小社記「内殿、後、梅本明神、亦者海本トモ申ス。其北、栗辛明神、所謂隼明神」。なお角振明神は同社の中院に祀られている。同上小社記「中殿乾方脇戸本。椿本明神。亦角振明神是也」。

四 尾張の熱田明神。東山御文庫本「尾州勢田」。

上一八条 上16・17の禁忌・祭神の話題に関連して触穢について語る。前半は下45の末尾、後半は上36と一部話題が共通する。

五 底本欠字。東山御文庫本「亦仰云触穢ハ」により補。

六 底本欠字。東山御文庫本「後朱雀院御時より」により補。後朱雀院の御代を「物忌くすしき時代」と回顧する姿勢は下1や下45でも顕著。年中行事秘抄(一条兼良)・六月「十一日以前重軽服人及僧尼不レ可二参内一事。此事起レ自二後朱雀院御時一云々。見二江帥記一」。

七 底本欠字。東山御文庫本「久御坐之間」により補。後朱雀院は足掛け二十年間東宮だった。 八 忌み清まわるべき月。

九 上36「伊勢斎中ニ九月十一月為重也」と同意。

一〇 一条天皇中宮藤原彰子。その入内は長保元年(九九九)十一月一日。 一一 底本「ヒ上」を訂。 一二 彰子の父道長。

一三 底本「不令忘御歟」を訂。

一四 一条南、大宮東。長保元年(九九九)六月の内裏焼亡以後、里内裏となっていた。小右記・同年九月八日「大内有二死穢一〈或云、左府宿所板敷下有二死童一、太奇事也者〉」。日本紀略・同日「自二今日一有二卅箇日之穢一」。

一五 底本欠字。東山御文庫本「をば被定たる也」により補。御堂関白記・同年九月二十五日「定二初入内事一」。九月八日に発生した死穢(三十日間)の期間内である。

上一九条 頼通の春日詣に関連する話題。二月三日に予定された頼長の任大臣後初の春日詣に触発された

出立《いでたち》の所に渡御せず。よりて、宇治殿の社に参る日、すなはち神宝など具して参入し給ふ。しかるべからざるか。しかしてその儀あるなり」と。

（二〇）

氏[一八]神の祭日の神馬《じんめ》等の事、大[一九]殿は、僧の文を御覧ぜず。また、仏物をご覧ぜず。また、御拝の御装束は、衣冠《いくわん》に[二〇]笏を把《と》り、御指貫は薄[二一]色なり 保延四年三[二二]月三日春日祭の間の事なり。

（二一）

保[二三]延四年四月七日。夜、宇[二四]治殿において、仰せられて云はく、「仁《にん》[二五]海《がい》僧正は鳥[二六]を食ひける人なり。房に住みける僧の雀《すずめ》をえもいはず取りけるなり。件《くだん》の雀をはらはら[二七]とあぶりて、粥漬《かゆづけ》[二八]のあは[二九]せには用ゐけるなり。しかりといへども、験《しるし》ある人にてありけり。仁海は大[三〇]師の御影《みえい》に違《たが》はず」と云々。

話題か。
一六 頼通は長和六年(一〇一七)三月十六日任内大臣。翌寛仁二年三月二十二日に春日詣(小右記)。氏長者の春日詣の先例とされた(春日詣部類記)。
一七 以下、底本の欠字を東山御文庫本「参二詣春日御社一之日、御堂不レ渡二御出立所一。仍宇治殿参社日、便参二入給神宝など具シテ一。不レ可レ然歟。然而有二其儀一也」により補塡して訓む。道長が出立の所に来なかったため、頼通が神宝等を持参して道長に見せた。妥当な行為とはいえないが、行われたのは事実であると語る。御堂関白記・寛仁二年三月二十日、二十二日条参照。

上二〇条　前条に続き春日社に関連する話題。
一八 藤原氏の氏神。春日神社。
一九 以下、底本の欠字を東山御文庫本「大殿不レ御二覧僧文一。又不レ御二覧仏物一。」により補。神事であるから仏教に関連する物は見ない。春日詣部類記・仁平元年(一一五一)八月七日「東三条依レ為二神宝所一、僧尼重軽服不レ可レ入二門内一。仍他所拝レ之」。
二〇 東山御文庫本「袍笏」。
二一 底本欠字。東山御文庫本「御指貫薄色也」により補。
二二 諸本とも「三月」とあるが、史実は二月。十三代要略・保延四年「二月三日、内大臣為二行祭事一、参二向春日社一」。

上二一条　仁海をめぐる逸話。この日高野山で行われた大師の正影供が発話の契機となったか。前半は古事談三・70に引用される他、十訓七・11にも簡単な言及がある。後半は古事談三・69に引用、弘鑁口説等に同話がある。後拾遺往生伝上3の末尾、元亨釈書十・釈成典、真言伝六・成典等には、人物が入れ替わって仁海が成典を拝した話がある。
二三 一一三八年。
二四 宇治小松殿。宇治にあった忠実の邸宅。
二五 真言宗の高僧。祈雨に効験著しく雨僧正と称せられた。
二六 食鳥は破戒。
二七 物の焼けてはねる音。
二八 底本「湯績」を訂。飯に湯をかけたもの。湯漬け。
二九 副食物。おかず。
三〇 弘法大師の画像とそっくりである。

「仁海《にんがい》の許《もと》に、[一]成典《じやうてん》僧正の[二]束帯《そくたい》を着《ちやく》して向かひたりければ、房の人ら思ひ懸けざる事なりと思ひて、仁海に告げければ、「この僧正、夢見てけり」と云ひて、また、束帯を着して出で逢ひたりければ、成典、地に下りて再拝して、座に昇りて、申して云はく、「大師の尊貌を礼《らい》し奉らむと欲《ねが》ふ心、すでに多年に及べり。而るに、去んぬる夜の夢に、大師を礼し奉らむと欲はば仁海を見るべき由、その告げあり。よりて参入したるなり」」と云々。

（二二）

[三]保延四年四月十七日。[四]大殿 東三条 に参る。召しによりて[五]御所に参る。[六]御書 内大臣殿へ御返事なり を下し給ふ。仰せて云はく、「[七]読みて申すべし」てへり。状に云はく、「[八]今日賀茂に[九]奉幣《ほうへい》し、[一〇]明くる日祭なり。賀茂の奉幣の日の事、沐浴せざる以前は常の衣を着《ちやく》す。沐浴の後は[一一]湯《ゆ》帷《かたびら》を着しながら清き莚に居《ゐ》る もしくは畳かてへり。束帯《そくたい》して奉幣の後、常の衣《きぬ》を着す。[一二]僧尼・重軽服《ちうきやうぶく》の人[一三]任は忌む。また、[一四]今明《こんみやう》は房内のこと

一 真言宗の高僧。後朱雀天皇の護持僧。権僧正。仁海より三歳年下。東寺では仁海に次ぐ地位にあった。この説話には(a)仁海が成典を拝する話と(b)成典が仁海を拝する話との二系列がある。目上の僧が目下の僧を拝する意外性からみると(a)が原型、(b)は本条を起点とする異伝というべきか。醍醐寺蔵「伝法灌頂師資相承血脈」も、成典について「大師後身云々」と注記している。
二 ここでは僧侶の最高の礼装の意。古事談「着法服テ」。

上二二条　賀茂祭前日、賀茂奉幣に関して頼長への返書を示しつつ、師元に口伝の家習を教示している。

三 一一三八年。
四 藤原忠実邸(東三条殿)。
五 「御前」に同じ。
六 忠実の書状。内大臣頼長への返書。
七 読んで意見を述べよ。師元に意見の具申を求めた発言。
八 底本欠字。東山御文庫本「今日賀茂奉幣」により補う。本条が語られた十七日は賀茂祭の前日。
九 官幣ではなく、私の奉幣をさす。賀茂祭の勅使は中少将。頼長は当時すでに大将。勅使にはならない。一方関白の賀茂詣は祭の前日に行い、私に奉幣するのが普通。
一〇 奉幣の翌日が祭というわけだ。本条は明日に迫った賀茂祭を発話の契機としているが、頼長はこの日実際に奉幣したわけではない。忠実が教示しているのは一般論としての諸注意。
一一 沐浴の時に着る単衣(ひとえ)。
一二 延喜式三・神祇・臨時祭「凡祈年賀茂月次神嘗新嘗等前後散斎之日、僧尼及重服奪レ情従レ公之輩不レ得三参二入内裏一。雖二軽服人一致斎幷散斎之日、不レ得二参入一」。
一三 底本「重軽服人任者忌之」。「人任」は「任人」と同意か。↓上30注二六。「重軽服の人の任者は忌む」とも訓める。
一四 当日(私奉幣の日)と翌日(賀茂祭の日)は房事をしない。

をせず。明後日還る日は諸事を憚らず。摂政・関白は、斎[15]王の本[16]院に帰らざる以前は、なほ忌む」と云々。「これは書[17]き置かずといへども家の習ひなり。故[18]殿の仰せ事なり」と。

（二三）

保[19]延四・十一・十。内[20]大臣殿の御[21]着座の事を仰せらるる次《ついで》に、仰せて云はく、「大臣の着座は如何。久[22]しく絶えたりといへども、任大臣の後、三[23]年の内に必ず遂ぐべき由《よし》存ぜしむる由《よし》示さる。よりて、営み立つるなり」と。

予申して云はく、「大[24]入道殿の御着座の後、その例候はざるか。就中《なかんづく》、内[25]大臣の着座は見えず候ふは如何」と。

仰せて云はく、「九[26]条殿は職《しき》[27]の曹司《ざうし》より着座せらる。前駆《ぜんく》八人なり。九条殿の事をば、家[28]には作法などをば規模となすといへども、前[29]途なかりし人にて御坐《おはしま》すれば、その例をば強《あなが》ちに用ゐざるなり」と。

一五 賀茂神社に奉仕した未婚の内親王または女王。斎院。
一六 斎王の居館である斎院。斎王は祭の翌日帰館する。
一七 文書にはしていないが。
一八 藤原師実。忠実の祖父。

上二三条 来る十一月二十三日に予定された頼長の着座に関連して、内大臣着座の先例を語る。
一九 一一三八年。
二〇 藤原頼長。忠実の二男。
二一 任官後、威儀を正して官庁・外記庁の座に着く儀式。着座の次第は、参議要抄下・初任事に詳しい。頼長は保延二年(一一三六)十二月九日任内大臣。同四年(一一三八)十一月二十三日着座。
二二 道長以後、着座の儀式は任中納言時に行い、任大臣時には行わないのが慣例となっていた。兵範記・仁平三年(一一五三)五月十一日条(この日、頼長任左大臣の着座)「御堂以後無二着座一。…御堂以下七代、中納言時着座。其後昇進無二着座習一。而今左府保延二年着座、同四年内大臣着座、今相并三度被レ行了、希代例也」。
二三 前項に引用した兵範記の同日条末尾に列挙された過去の例を見ると、皆三年以内に行われている。
二四 藤原兼家。兼家は天元元年(九七八)任右大臣。同二年着座。
二五 兼家は大納言から右大臣に昇進。内大臣にはならなかった。
二六 藤原師輔。師輔は天暦元年(九四七)四月任右大臣。同年五月着座。
二七 中宮職の曹司。大臣・公卿の控室として用いられた。
二八 わが摂関家では作法などについては(九条殿を)規範としているが。規模は、模範、手本の意。
二九 底本欠字。東山御文庫本「無前途人」により補。師輔は右大臣、正二位で早世したため、いわゆる「一の人」にはなっていない。摂関家の前例をいう場合、それが微妙にひっかかる問題であった。→下24注五。

(二四)

また、仰せて云はく、「およそ着座[一]は、吉事の中に、他の事に似ず相ひ構ふる事なり。しのびやかに[二]吉時をもつて着座するなり。慶《よろこ》び[三]申しなどの様に兼日《けんじつ》[四]にののしることにてはあらぬなり」と。

(二五)

また、仰せて云はく、「大臣・納言着座[五]の時、[六]その畳は別の事、しかるべからざる事なり。半帖《はんでふ》[七]を用ゐる時は、大臣は両面[八]なり」と。

(二六)

保延[九]五年四月一日。仰せて云はく、「およそ物忌《ものいみ》の時、[一〇]内裏に火事ある時は、その残りの物忌は沙汰なき由《よし》、故院[一一]の仰せられしなり」と。

(二七)

上二四条　前条に続き、着座の話題。　一 →上23注二一。
二 着座が忍びやかに用意され実行されることは、殿暦・天永三年(一一一三)二月十四－十九日条(藤原忠通、任中納言着座)等から確認できる。
三 任官された者がお礼を申し述べる儀式。
四 前もって。あらかじめ。
上二五条　前条に続き、着座が話題。　五 →上23注二一。
六 倚子の上に敷く物は、特別のことはない。普通の敷物で構わない。　七 一畳の半分の大きさの敷物。
八 縁に両面錦を付けた敷物。両面縁。
上二六条　物忌と内裏の火事に関わる話題。本条談話当日は賀茂祭の物忌の開始日、また前年には内裏焼亡が続いたこと等に触発された話題か。
九 一一三九年。四月一日は賀茂祭のための物忌の開始日。→上36注一六。また前年には二月二十四日二条内裏焼亡、三月五日京都大火、十一月二十四日土御門内裏焼亡と、火事が続いていた。
一〇 物忌の期間中に内裏に火事があった場合、それ以後、残りの忌には服する必要がない。中右記・寛治八年(一〇九四)十月二十四日条に実例がみえる。　一一 白河院。
上二七条　狐と閻魔天供に関わる話題。美福門院得子の安産祈願の閻魔天法が発話の契機か。忠実と狐または荼枳尼信仰との関係の深さを示す話は、富家語191、古今著聞集六・265にもみえる。
一二 保延五年(一一三九)五月十四日の夜半、美福門院の安産祈願のため閻魔天法が修せられた(阿娑縛抄・閻魔天)。やや後年になるが、台記・天養二年(一一四五)六月八日条には忠実自身が等身の閻魔天像を造立供養した記事がみえる。
一三 閻魔王の別称。密教では護世八方天、十二天の一つとして天部に列する。閻魔天供は同天とその眷属に延寿・除災・追福等を祈る法。台密では冥道供という。

[一二]同五月。仰せて云はく、「吾、若かりし時は狐狩などしき。而《しか》るに、[一三]炎魔《えんま》天《てん》に奉仕の後は、一切停止《ちやうじ》し了《をは》んぬ。狐は炎魔天の御[一四]眷属《けんぞく》なり。人の家に狐の鳴けば、食物《じきもつ》を[一五]一前《ひとまへ》、美麗に調へて、清浄《しやうじやう》の僧[一六]折敷《をしき》に居《す》うべし、[一七]屋の上などに置きて食はしめつれば、その[一八]後は鳴かざるなり」と。

（二八）

[一九]同七月十日。夜、仰せて云はく、「[二〇]陽成院は[二一]昭宣公の妹の子なり。而《しか》るに、ものに狂はせ給ふ時に、[二二]不便《ふびん》なるによりて、親王の許《もと》に昭宣公行き向かひつつ事の体《てい》を見るに、他の親王たちは衣装の迷ひ、或ひは[二三]円座《ゑんざ》を取りて走りくるめきけるに、[二四]小松帝の御許に参入して坐《おは》しければ、破れ損じたる御簾《みす》の内に、縁《ふち》破れたる畳の上に坐して、[二五]本鳥《もとどり》を二俣《ふたまた》に取りて、[二六]傾動なくて坐しければ、「この人こそ帝位には即《つ》き給ふべかりけれ」とて、御輿《みこし》を寄せたりければ、「[二七]鳳輦《ほうれん》にこそ乗らめ」とて、[二八]葱花《そうくわ》には乗り給はざりけり」と。

一四 底本「券属」を訂。覚禅抄、阿娑縛抄ともに閻魔天の眷属の一つに荼枳尼天をあげる。荼枳尼天は狐の精とされた。
一五 一人前。
一六 片木(へぎ)を四方に折り廻して作った角盆。杉その他の香木で作り食物を載せる。古今著聞集六・265では、人に憑いた狐が白米と打鮑を折敷に据えて供せられている。
一七 今昔物語集二十六・17では「屋の檐(のき)」に現れた狐が芋粥を供せられている。
一八 底本欠字。東山御文庫本「其後ハ不鳴也」により補う。

上二八条　陽成天皇の退位と光孝天皇の即位に関わる逸話。古事談一・5は本条に依拠。玉葉・承安二年(一一七二)十一月二十日条、世継物語52に同話がある。美福門院所生の皇子の立太子に対する批判が発話の契機か。

一九 本条は、保延五年(一一三九)七月十六日に予定された美福門院所生の鳥羽院第八皇子(五月十八日誕生。近衛天皇)への親王宣下と、続いて予想される立太子に対する批判を込めた話題である。池上洵一「説話の生成と伝承―世間話について―」(『説話の講座(1) 説話とは何か』勉誠社)参照。
二〇 陽成天皇。元慶八年(八八四)乱行により廃せられた。時に十七歳。その母藤原高子は良房女、基経妹。
二一 藤原基経。時に関白太政大臣。
二二 不都合なので。
二三 藁・菅・藺草などを丸く平たく編んだ敷物。座布団の類。
二四 光孝天皇の異称。時康親王。時に五十五歳。その邸宅小松殿は大炊御門北、町東にあった。
二五 本鳥(髻)は頭上に束ねた髪。髻を二俣に結うのは帝王の髪形。禁秘抄上・御装束事「御本鳥ハ紫ノ糸也。本鳥ヲトリテ、サキヲ二ツニ結分也。是非二臣下ノ作法一、帝位ノ御作法也。略之時ハ又只ナルモ有、非レ憚。可レ然之時必可二結分一。尋常ニモ結分也」。
二六 心が落ちついて悠揚迫らないこと。
二七 屋根の上に鳳凰の飾りを付けた輦。天皇の乗物。
二八 屋根の上に葱坊主形の珠を付けた輦。皇后・中宮・東宮の乗物。天皇は略式に用いる。

（二九）

[一]六年七月四日。御前に候ふ。仰せて云はく、「吾は、若かりし時に、[二]文《ふみ》の事の[三]大切なるによりて、[四]法輪寺に参りて、申して云はく、「[五]寿《いのち》を少《すこ》し召して、文の事を援《たす》け給ふべき」の由《よし》、申し請《こ》ひき。この事を後日、[六]外舅《ぐわいきう》[七]大納言宗俊《むねとし》并びに[八]民部卿名は仰せられず。経信《つねのぶ》かに語り示ししところ、答へて云はく、「およそ[九]候ふべからざる事なり。[一〇]御堂も、[一一]宇治殿も、[一二]大殿も、[一三]才学は人に勝《まさ》りてやは御坐《おはしま》せし。されどもやむごとなき人にてこそおはしませ。[一四]早く申し直《なほ》さしめ給ふべきなり」と。よりて、参入して申し直し了《をは》んぬ。また、阿闍梨[一五]名は忘れ了んぬをもつて申し直し了んぬ。よりて、学問の志は切《せち》なりといへども、この事を思ふによりて、[一六]強《あなが》ちにも沙汰せざりき。寿《いのち》においては、[一七]父并びに祖父には勝ち申し了んぬ」と。

（三〇）

上二九条　去る六月五日准三宮の宣旨を得、位人臣を極めた忠実が、充足感とともに回顧する前半生。

一 保延六年(一一四〇)。 二 文の道。漢詩漢文の学問。
三 大事に思ったので。「たいせち」とも。
四 京都市西京区嵐山に現存。行基が創建、空海の弟子道昌が再興したと伝える。本尊虚空蔵菩薩は求聞持法の呪力を介して智慧を授ける菩薩として信仰された。法輪寺は虚空蔵信仰を代表する寺院。
五 寿命を少し縮めて。 六 母の兄弟。
七 藤原宗俊。中御門家の祖。忠実の母全子の兄。
八 忠実幼少時の民部卿には全子の父藤原俊家(忠実出生以前―三歳)と源経信(忠実四―十七歳)がいるが、忠実の年齢からみて経信の可能性が大。
九 とんでもないこと。妥当でないこと。
一〇 藤原道長。 一一 藤原頼通。道長の一男。
一二 ここでは忠実の祖父藤原師実(京極大殿)をさす。
一三 才学は人に勝れておられたわけではない。けれども高貴なお方でいらっしゃった。
一四 底本「是」。東山御文庫本「早」により訂。
一五 忠実は阿闍梨の名を語ったのだが師元が失念した旨の注記。 一六 強いて勉強することもなく過ごしてきたのだ。
一七 忠実の父師通は三十八歳、祖父師実は六十歳で薨。本条談話時、忠実は六十三歳。

上三〇条　准三后をめぐる話題。前条に関連した話題だが、直接的な発話の契機は、去る七月一日に上表した准三宮辞退か。

一八 三宮(太皇太后・皇太后・皇后)に准じて年官・年爵を給与されること。准三后。樫山和民「准三宮について」(『書陵部紀要』三六)参照。忠実はこの年六月五日に年官・年爵と准三宮の宣旨を受け、七月一日に上表したが不許。同月十三日に再度上表して勅許を得た(本朝続文粋四・辞准后表(敦光))。 一九 受けるのは恐れ多い。辞退すべきである。
二〇 藤原頼通。 二一 底本「間」。諸本「旨」により訂。

また、「准[一八]三宮の事をば恐[一九]れある由《よし》、宇[二〇]治殿の仰せられし旨[二一]、故[二二]殿の御記に見えたり」と。

師[二三]元申して云はく、「御[二四]堂・宇治殿は御表[二五]ありといへども、遥かに許されず。しかれば任人《にんじん》[二六]・御封戸《ふど》の事、如何」と。

仰せて云はく、「恩[二七]許せずといへども、任人・封戸の事は一[二八]切に沙汰せざるなり」と。

また、「身[二九]に毛ある人、すなはち才はあるなり。近くは我が子ども関[三〇]白殿も毛の勝《まさ》る人なり」と。

（三一）

正月元日の四方拝[三一]の事。

大[三二]殿の仰せて云はく、「晦日《みそか》[三三]は、頭《かしら》を洗ひ沐浴して後は、魚を食はず、女を犯さず。また、故[三四]殿の仰せて云はく、「老いたる者は衣冠を着《ちゃく》して、居[三五]ながら奉拝するなり」」と。

二一　藤原師実の日記。上13の「京極大殿御記」に同じ。
二二　底本「師光」。諸本「師元」により訂。本書の筆録者中原師元。
二三　道長は長和三年（一〇一四）准三后。度々上表したが勅許がなく、寛仁三年（一〇一九）出家後も元の如く准三后を賜った。頼通は治暦三年（一〇六七）准三后。再度上表して勅許を得た（公卿補任）。
二五　表は、臣下から天皇に奉る文書。ここでは准三宮の辞退を奏上する文書をさす。
二六　天皇から与えられていた随身等の従者と食封。上表後、勅許されるまでの間、これらをどうするかと尋ねている。公卿補任・保延六年・藤忠実「六月五日勅、宜三年官年爵一准二三宮一。又食邑三千戸、以二内舎人二人左右近衛各六人一為二随身兵仗一。并給二帯仗資人三十人一。如二忠仁公故事一者」。
二七　天皇の聴許。勅許。
二八　（勅許がなくても）一切関知するつもりはない。それらを保有するつもりは始めからないのだ。
二九　毛深い人には才がある。話題の転換が唐突だが、ここでまた前条の才学に話が戻ったのであろう。
三〇　藤原忠通。

上三一条　元旦の四方拝について述べる。
三一　元旦の朝、属星を唱え、天地四方を拝する儀式。ここは関白が自邸で行うそれをさす。江家次第二十・関白四方拝「追儺後御湯殿。鶏鳴出御〈御装束如レ式。位袍。庶人卯時〉。端レ笏北向、称二属星名字一七遍。…次再拝、呪曰、賊冦之中過度我身、毒魔之中過度我身、毒気之中過度我身、…万病除癒、所欲随心、急急如律令。次北向再二拝天一〈庶人乾向〉。次西北向再二拝地一〈庶人坤向〉。次東向再拝。次南向再拝。次西向再拝。次北向再拝」。
三二　忠実をさす。　三三　ここでは大晦日をさす。
三四　藤原師実。忠実の祖父。台記・久安三年（一一四七）正月一日「天晴。鶏鳴四方拝。依レ病乍レ居拝。禅閤仰曰、老人布袴居拝。今日准レ彼、乍レ居拝。但束帯」。
三五　座ったまま奉拝する。

（二二）

[一]保延六年九月廿九日。[二]大殿の仰せて云はく、「[三]出家の事すでにもつて[四]一定《いちぢやう》なり。但し、[五]先祖の経歴の事、もし漏脱あるか、如何」。

[六]予の申して云はく、「[七]御堂・宇治殿・京極大殿の[八]御昇晋《しようしん》、[九]当時また一事も相ひ違《たが》はず候ふ。[一〇]大臣の大将・氏長者・摂政・関白、[一一]牛車《ぎつしや》・輦《れん》車《しや》・[一二]中重《なかのへ》の輦車、[一三]上臈の大臣を超えて上に列し給ふ、[一四]随身・内弁・[一五]官《くわん》奏《そう》・[一六]執筆《しゆひつ》の納言・[一七]騎馬の御物詣・[一八]准三宮等、皆朝恩を蒙《かうぶ》らしめ御《おは》し了《をは》んぬ。[一九]御出家の後こそ、大入道殿・御堂、元のごとく准三宮の宣旨は候へ。また、[二〇]鷹司殿、准三宮こそは候へ」と。

仰せて云はく、「[二一]妻の事は別の事なり。また、出家の後の准后、[二二]尤《もと》もしかるべからざる事なり。但し、我は[二三]直衣《なほし》の布袴《ほうこ》といふ事をせざりつる。しかるごとき装束は、[二四]その事に遇はざる時は、せでもあるなり」と。

上二二条　十月二日に予定された出家を前にして、功なり名遂げた忠実の自己点検。古事談二・18は本条に依拠。装束抄・直衣ノ衣袴は「大外記師元抄」として本条の末尾を引用。

一 一一四〇年。 二 藤原忠実。 三 忠実はこの年十月二日平等院で出家（百錬抄）。 四 確かだ。間違いない。 五 先祖の経歴に比べて自分がし残していることがあるか。 六 筆録者中原師元をさす。 七 藤原道長・頼通・師実。 八 御昇進に同じ。 九 現在（の殿）。即ち忠実をさす。 一〇 忠実は康和元年（一〇九九）氏長者、同二年右大臣兼左大将、長治二年（一一〇五）関白、嘉承二年（一一〇七）摂政。 一一 忠実は嘉承二年（一一〇七）牛車、保延六年（一一四〇）に中重輦車を聴許された。 一二 底本「中京」を訂。宮中の中重（なかのへ）の諸門（建礼門等）を輦車で出入りすることの許可。 一三 忠実は康和二年（一一〇〇）任右大臣。先任の内大臣源雅実の上に列すべしとの宣旨を賜った。 一四 忠実は康和四年（一一〇二）に随身を賜り、康和三年（一一〇一）には初めて元日節会の内弁を勤めた。 一五 太政官を代表して一の大臣が天皇に奏上し、裁可を仰ぐ儀式。主に不堪佃田奏。 一六 叙位・除目を主宰し記録する役。忠実は長治二年（一一〇五）に初めて勤めた。 一七 忠実は嘉保二年（一〇九五）左大将として石清水行幸及び賀茂行幸に騎馬で供奉した。 一八 →上30注一八。 一九（在俗時の事跡に遺漏はないが）御出家後のことでは、大入道様（兼家）と御堂様（道長）は、在俗時と同様に准三宮の宣旨を蒙っておいでです。兼家は永祚二年（九九〇）五月出家して同月に、道長は寛仁三年（一〇一九）三月に出家して五月に准三宮の宣旨を受けた。 二〇 道長の室源倫子。長和五年（一〇一六）六月十日道長とともに准三宮。出家後の准三宮については未詳。 二一 妻のことは別問題だ。 二二 全く感心しない。自分は受ける気はない。 二三 装束抄・直衣ノ布袴「直衣ニ下襲、指貫、剣、笏等ヲ用ユルヲ直衣ノ布袴ト云也。布袴ヨリハ邂逅ノ事ト見エ侍

(三二二)

[二五]保延六年十月廿五日。[二六]関白殿、[二七]宇治殿に参らしめ御《おは》して、[二八]正親町殿《おほぎまちどの》の[二九]御装束の事、[三〇]清高《きよたか》をもつて申さしめ御す次《ついで》に、[三一]大殿の仰せて云はく、「庇《ひさし》に立つる物の具の事は、定まりたる礼なし。只所の便宜《びんぎ》に随ふ。

また、庇の調度の後には[三二]四尺屛風を立つるなり。而《しか》るに、今度は屛風を儲けず、[三三]突立障子《ついたてさうじ》を用ゐるべきなり。これ[三四]一つの様《やう》なり。

また、[三五]家にあるところの調度には[三六]冠筥《かうぶりばこ》あり。件《くだん》の冠筥は、[三七]故四条宮の仰せには、「[三八]我、調度を立て居《す》うる時には、冠筥は内の方に取り隠しき」と。これ、[三九]尋常の礼なり。而《しか》るに、今度は殿の作り様も[四〇]頗《すこぶ》る[四一]うるはしからず、小格子なり。しかれば、件の冠筥はなほ□[四二]べきなり。[四三]居《す》うべきは、御厨子《みづし》の際《きは》に居うべきなり。

また、[四四]今度、院方の御所の調度は、厨子以下一同ならず、皆別々の絵様《ゑやう》なり。これまた一説なり。

また、[四五]信範《のぶのり》の[四六]指図《さしづ》に、一双《いつさう》の厨子を中□[四七]あけて立つ。もし中をあ

ル」。同書・摂家「凡直衣布袴ハ其日第一ノ公卿ノ取意也。下臈トシテハ斟酌アルベキヨシ、家ノ記ニ見エタリ」。
二四 そういう機会に出逢わなかったら、しなくてもよい。
上三二三条 待賢門院璋子の三条烏丸殿から正親町殿への遷御を直前にして、室礼等につき忠通との間に交わされた質疑応答。
二五 一一四〇年。 二六 藤原忠通。忠実の一男。 二七 忠実の邸宅。宇治小松殿。 二八 正親町北、西洞院東一町(拾芥抄)。
二九 ここでは、移徙に際して邸内に据える調度類の意。
三〇 藤原清隆。その室家子は忠実の異母弟家政の女。鳥羽院の近臣で、当時は待賢門院別当兼東宮亮。
三一 忠実をさす。 三二 高さ四尺の屛風。
三三 衝立(ついたて)。満佐須計装束抄一・母屋庇調度事「四尺の屛風をもやのはしらのきはよりはしざまにきやうだいなどのうしろまでたつべし。…から絵のもたつることあれども、つねはやまと絵なり。この屛風たつる所についたてさうじをたつる事あり。…東三条にありしは、さが野にかりせし少将をぞかゝれたりし。これをたつることまれの事なり」。
三四 一つの様式。 三五 藤原摂関家に伝わる調度品の中には。
三六 冠を入れておく箱。冠桶。
三七 後冷泉天皇皇后藤原寛子。頼通の女。師実の同母姉。
三八 私が(移徙の)調度を据えた時には。 三九 普通の礼法。
四〇 底本欠字。一部残存する字画から「頗」と推定。
四一 このたびは御殿の造作も略式で小格子である。下20「うるはしき作り」の反対。
四二 底本の欠字は「居」か。 四三 冠筥の置き方は。
四四 このたびの院方の御所(正親町殿)の(御移徙に際しての)調度品は、厨子以下皆意匠がバラバラである。そういう揃え方もまた一説であり、間違いとはいえない。
四五 平信範。知範の二男。前々年まで修理亮、前年まで六位蔵人だったが従五位下に叙せられ退任(蔵人補任)。
四六 図面。見取り図。
四七 底本の欠字は「を」か。一対の厨子を間を空けて置いてあるが、もしやそれで正しいと思っているのか。

けて立つと知りたるか。甚だ見苦しき事なり。ひ[一]しとさしよせて立つるなり」と。

予、[二]御前に祇候《しこう》す。よりて聞くところなり。

（三四）

[三]同廿七日。正親町殿《おほぎまちどの》に渡御の時、件《くだん》の冠筥《かうぶりばこ》を立てられ了《をは》んぬ。

（三五）

[四]保延六年十二月□[五]日。大殿[六]の御前に祇候《しこう》す。仰せて云はく、「伊勢を拝み奉る事を先年親仲《ちかなか》[七]朝臣の家に問ひしに、申して云はく、「再拝[八]両段幷びに八度なり」と云々。よりて、年来《としごろ》この儀を用ゐ了《をは》んぬ」と。

（三六）

[九]永治二年二月十七日。入道殿[一〇]、故殿[一一]の仰せを仰せて云はく、「伊勢[一二]の斎《いみ》の中に、九月[一三]・十一月を重きとなすなり」と。

一　ぴたりと寄せ合って立てるべきである。
二　筆録者中原師元。忠実の御前に祇候していたので、忠実・忠通父子の会話を聞いたのである。
上三四条　前条の話題が後日いかに実行されたかを記す。談話ではなく筆録者の注記。
三　保延六年(一一四〇)十月二十七日。この日待賢門院璋子が三条烏丸殿から正親町殿に遷御したと思われるが、史料では未確認。
上三五条　伊勢大神宮の拝礼の仕方をのべる。
四　一一四〇年。
五　底本欠字。　六　忠実をさす。
七　大中臣親仲。神祇権大副。この年九月二十九日に卒(大中臣系図)。
八　両段再拝(再拝を前後二度行う、最も丁寧な拝礼)して、かつ八度拝を行う。大神宮儀式解「八度拝は前後すべて八度拝奉る也。その時は必手をうつべし。其さまは両段両拝して手八度づつ二度拍〈合十六〉、膝退して又両段両拝、手始の如く拍、これ普通の八度拝のさま也」。
上三六条　神事と忌みについて述べる。二月十七日は祈年穀奉幣の当日。伊勢・賀茂等二十二社に奉幣使が立つ。それに触発された話題か。本条の前半は中外抄上18と、後半は同じく上64と話題が共通する。
九　一一四二年。前条との間に空白の一年(永治元年)がある。
一〇　忠実をさす。　一一　忠実の祖父師実。
一二　伊勢大神宮に関連した潔斎。禁秘抄・神事次第にいう「伊勢事」と同意とすれば、祈年祭、祈年穀奉幣、神今食、伊勢例幣、新嘗祭、内侍所御神楽をさす。
一三　九月十一日伊勢例幣、十一月中卯日新嘗祭(または大嘗祭)。師遠年中行事・九月「十一日以前、僧尼重軽服人不㆑参内㆒事〈此事起㆑自㆓後朱雀院御時㆒。見㆓江記㆒〉」。同書・十一月「新嘗会以前、僧尼重軽服人不㆓参内㆒事〈近代例〉」。
一四　賀茂祭は四月中酉日。
一五　四月八日(釈尊降誕の日)に修する法会。北山抄六・御灌仏事「若会㆓神事㆒停止」。江家次第六・御灌仏事「若当㆓神事㆒

また、仰せて云はく、「[一四]賀茂祭以前の神事は、[一五]灌仏《くわんぶつ》ある年は[一六]九日より忌む。灌仏なき年は朔日《ついたち》より忌む。而《しか》るに、[一七]白河院の仰せて云はく、「灌仏の有無によらず、ただ九日より忌む」」と。

（三七）

[一八]同年四月九日。仰せて云はく、「故[一九]匡房《まさふさ》はやむごとなき才人たりといへども、管絃は吉く知らざりき。我、[二〇]朝覲《てうきん》行幸の時に、「[二一]太平楽の[二二]佐良居《さらゐ》突仕《つきつかまつ》れ」と仰せ了《をは》んぬるに、匡房の云はく、「太平楽にはなし。[二三]賀殿《かてん》にこそ佐良居突はあれ」と云へり。尤《もと》も奇怪なり」と。

（三八）

[二四]同廿九日。仰す、「[二五]春日の神馬《じんめ》は[二六]一疋もしくは四疋引く。[二七]近代は、若宮副へし[二八]め給へば、五疋なり。二疋・三疋は引かざるなり」と。

停止。当㆓杜本・当麻・大神祭等使立日㆒者、或有㆓明日可㆑立仰㆒、猶被㆑行㆑之」。
一六 禁秘抄上・神事次第「賀茂祭〈自㆓一日㆒神事。有㆓灌仏㆒年自㆓九日㆒神事。是被㆑用例也〉」。
一七 殿暦・天仁二年(一一〇九)四月五日条「早旦参院。参内。侍宿。抑常習八日当㆓神事年㆒、従㆓朔日㆒被㆑用㆓神事㆒。而院(白河院)仰云、故院〈後三条院〉被㆑仰云、雖㆘無㆓灌仏㆒年㆖〈是神事に当年事也〉、猶八日までは非㆓神事㆒」。

上三七条　匡房には管弦の知識が欠けていた旨を述べる。管弦に造詣の深い忠実らしい談話。

一八 永治二年(一一四二)。一九 大江匡房。→下2注六。
二〇 天皇が太上天皇または皇太后に拝謁するための行幸。
二一 底本「大平楽」を訂。舞楽の一。唐楽に属し、舞人は四人。甲冑姿で桙を持って勇壮に舞う。
二二 更居突。雅楽の「賀殿」の急と「太平楽」の急にあった舞の秘手。一者が舞い、御前を過ぎるとき膝を突く(雑秘別録)。深沢徹「芸能史上の大江匡房」(『解釈と鑑賞』平成七年十月号)参照。二三 舞楽の一。新曲。舞人は四人。遣唐使藤原貞敏が琵琶を用いて習い伝えたという。

上三八条　春日に奉納する神馬の数について述べる。忠実は五月四日には春日社参詣、五日には東大寺で受戒を予定していた。

二四 永治二年(一一四二)四月。
二五 春日神社に奉納する馬。
二六 一疋の例は殿暦・康和二年(一一〇〇)十一月二十七日条、四疋の例は儀式一・春日祭儀にみえる。
二七 最近は若宮の分を一疋添えるので五疋である。若宮は春日神社の別宮。保延元年(一一三五)創祀。翌年から若宮祭を創始。忠通の御願とされたが、後には「おん祭り」として大和一国の大祭に発展した。社殿は本社の東南方にあり、本社第三殿の祭神天児屋根命の御子神を祀る。
二八 底本欠字。東山御文庫本「若宮令引給」により「令」を補ってかく訓む。

(三九)

また、仰せて云はく、「[一]法興院は名所[二]なり。而《しか》るに、[三]泰山府君《たいさんぶくん》渡らしめ給へば、[四]おぼろけの人は輒《たやす》く参入すべからず。

[五]京極殿はまた名所なり。而るに、[六]神鏡件《くだん》の所において焼けしめ給ふ。件の所は[七]詳かならざるなり。よりて、土に降りては打ち任せても遊ばざるなり。但し、我は童稚の時に地に下りて遊ぶといえども、全《もは》ら[八]別の恐れなかりき」と。

(四〇)

また、仰せて云はく、「[九]立文《たてぶみ》は、人の吉く知らざる事なり。[一〇]奉書の様は、二枚を重ねて書きて、二枚を[一一]礼紙《らいし》にて、また一枚をもつて礼紙となし、二枚をもつて[一二]立紙《たてがみ》にするなり。これはうるはしき事なり。次に、[一三]略の定めは、二枚に書きて、一枚をもつて礼紙となして、二枚をもつて立紙にはするなり。[一四]五月五日、御受戒の時の立文は、[一五]この定《ちやう》な

上三九条　法興院・京極殿をめぐる神異。

一 正暦元年(九九〇)出家した藤原兼家が別邸を寺としたのに始まる寺院。拾芥抄は「二条北、京極東一町」とするが、京都坊目誌以来の通説はさらに一町東側に比定。 二 由緒ある名高い所(悪い意味では、いわく付きの所)。 三 道教で冥界の支配者。仏教と習合して閻魔王の侍者とも十王の一ともいわれ、比叡山の赤山明神の祭神。延命・除魔・栄達の祈願の対象。殿暦や台記にはしばしば泰山府君祭が記録されている。速水侑『平安貴族社会と仏教』参照。 四 並大抵の人。特別でない人。 五 土御門南、京極西。道長時代には鷹司小路を含む二町の大邸宅。後朱雀・後冷泉天皇の里内裏。土御門殿。 六 長暦四年(一〇四〇)九月九日子刻に京極院焼亡。内侍所の神鏡(三種神器の一)が灰燼に帰した。春記・同日条「内侍所神鏡不レ能レ奉レ出。已在二灰燼中一。悲歎之甚、未レ知レ所レ為。…漸令レ掃二却恢火一、奉二堀求一之間、先得二御辛櫃金物一。以レ之知二其所一。仍奉レ求間、僅奉三堀二得御体一〈焼残五六寸許〉」。 七 底本「不詳」。「不祥」の誤記の可能性も。 八 特別の恐れ。祟りなど。

上四〇条　来る五月五日に予定された受戒に関連して立文の作法を語る。

九 立紙に書いた書状。一枚の紙を折らずに横長のまま用いた書状で、切紙や折紙に対していう。 一〇 底本「泰書」を訂。ここでは天皇・院に進上する書状の意か。桃花蘂葉・進二禁裏仙洞一書状幷請文事〈当家口伝〉に説く「以二二枚一〈裏紙如レ常〉書レ之。以二二枚一為二礼紙一、其文又加二礼紙一枚一。以二二枚一為二立紙一」は、本条の所説と一致する。 一一 書状などの上に巻く白紙。かけがみ。 一二 書札礼・立紙事「尋常消息加レ之。雖下無二内外一之人上、刷レ之儀又如レ此」。 一三 前文の「うるはしき事」(本式)に対して略式の礼。 一四 康治元年(一一四二)五月五日、忠実は鳥羽法皇とともに東大寺で受戒(台記)。本朝世紀・同日条「是日、法皇幷入道大相国於二東大寺一登壇受戒。去二日、法皇従二白河殿一御二幸宇治小松殿一。入道相国本自坐二此所一、有二御儲事一。四日

り」と。

（四一）

また、仰せて云はく、「[一六]故殿は[一七]泉殿に御幸ありし時、[一八]直衣《なほし》にて御馬を給はりて、[一九]拝し了《をは》んぬ。[二〇]大入道殿の例なり。また、我も[二一]富家《ふけ》に御幸ありし時、かくのごとくせるなり。[二二]貞信公の御記に、[二三]布衣《ほうい》にて[二四]笏を把《と》る由《よし》見えたり」と。[二五]予はいまだ見得ざるなり。

（四二）

[二六]康治元年六月十六日。仰せて云はく、「[二七]神社に御祈りの時の精進は、同日に始めける第一の社の例によるなり。[二八]仮令《たとひ》、伊勢以下の時は、伊勢によりて事を用ゐ、石清水以下の時は、精進にてあるなり」と。

（四三）

[二九]同十三日。仰せて云はく、「[三〇]重服《ぢうぶく》の帯は、藁《わら》を用ゐる。[三一]軽服《きやうぶく》の時の

御進発。…抑入道相国依二行歩不予一、蒙二法皇勅許一、先登壇、奉レ待二法皇一。然者於二登壇以前一作法者二度行レ之、登壇以後同時行レ之」。同月十二日二人は比叡山でも登壇受戒した（台記）（本朝世紀）。 一五 この方式である。

上四一条　自邸に御幸を迎えた時の服装を述べる。発話の契機は五月二十三日の鳥羽院の宇治御幸か（六月二十八日にもあった）。世俗浅深秘抄上51は本条に依拠。

一六 忠実の祖父師実。 一七 師実の別業。宇治市宇治の小字戸ノ内に比定されている。白河院の泉殿御幸は、寛治元年（一〇八七）五月十九—二十一日。

一八 為房卿記・寛治元年（一〇八七）五月二十一日条「次院給二御衣於摂政一。殿下給レ之。例退二下庭中一給レ之間、自レ院又給二細馬二疋一。殿下乍下懸二御衣一給上、執二第一御馬綱末一、一拝入御」。 一九 拝舞。禄を賜って謝意を表す礼。

二〇 藤原兼家。永延二年（九八八）十月二十七日摂政兼家の新造二条京極邸に円融院が御幸（紀略）。世俗浅深秘抄は「法成寺入道関白」即ち道長と解しているが、従えない。

二一 忠実の別業。宇治市五ケ庄の宇治川畔に比定されている。永久三年（一一一五）九月二十一日白河院が富家殿に御幸。当時忠実は関白。殿暦・同日条に「上達部・右大臣已下直衣、殿上人布衣」云々の記事がある。 二二 藤原忠平の日記、貞信公記。 二三 狩衣に同じ。直衣よりさらに略装。

二四 装束抄・笏「直衣ヲ着用スル時、事ニヨリテ持レ之也」。

二五 筆録者中原師元。

上四二条　神社に祈る時の精進の有無について述べる。直接的な発話の契機は未詳だが、六月は神事の多い月。中外抄下4、富家語63、89に同類の話題がみえる。

二六 一一四二年。 二七 （複数の）神社に祈る場合、精進すべきか否かは、同日に始める神社の最上位の例に従う。

二八 仮に伊勢以下の諸社に奉幣するとすれば、伊勢に従って魚食可。石清水以下の場合は精進（石清水は浄食の神）。

上四三条　喪服の帯について述べる。この年六月三日に忠実の女（頼長の異母姉妹）が死去（台記・六月七日条）。それに触発された話題か。

帯は、布を用ゐ了《をは》んぬ」と。

（四四）

また、仰せて云はく、「天の方は乾《いぬゐ》[一]なり。地は坤《ひつじさる》[二]なり」と。

（四五）

[三]同年十月十三日。[四]入道殿仰せて云はく、「楚鞦《すはゑしりがい》[五]は様《やう》ある□[六]六位用ゐる。[七]また、吾れらが様なる者も物詣[八]などには用ゐるなり。近くは、[九]故殿の長谷寺詣には楚鞦を用ゐしめ給へるなり」と。

（四六）

また、仰せて云はく、「物忌《ものいみ》の時に、軒に生ひたるしのぶ草[一〇]をさす事なり。近代の人したらば、定めて咲《わら》はむか。されども定まりたる事なり」と。

二九 日付が前条より若く、順序が逆転している。三〇 重い喪。長秋記・元永二年（一一一九）十二月二十四日条には「麻布御帯一筋〈上巻レ紙〉」、玉葉・養和元年（一一八一）十二月十八日条には「着二素服一〈重服帯麻縄、紙ヲ巻也〉。…軽服帯麻布、布巻レ紙也。其色雖レ黒、用二軽服帯一、四条宮御時、知足院殿例也」。但し、餝抄中・帯などでは、喪服には牛角または犀角の帯（即ち革帯）と説く。三一 軽い喪。

上四四条 天地の方位について述べる。

一 北西。富家語160に「乾ハ天位也」と説く。中右記・大治四年（一一二九）七月二十七日条「御錫紵事、相二尋陰陽頭家栄一之処、示送云、択下申可レ着二御錫紵一日時上、今月十五日辛卯、時戌、可レ向二御乾方一」によれば、喪服を着する日時や方角には定式があったらしく、本条の話題も服喪をめぐって前条に連関か。

二 南西。

上四五条 楚鞦について述べる。世俗浅深秘抄上52は一部本条に依拠。同書上88にも関連記事がある。

三 康治元年（一一四二）。四 藤原忠実。五 赤革鞦の代用とした楊梅（やまもも）皮染めの苧鞦。楚（すはえ）。若枝の意）の訓みを生かして、かく訓んだが、助無智秘抄・行幸には「ソシリガヒ」と仮名書きした例が見える。六 諸本欠字。世俗浅深秘抄上52「楚鞦ハ或官用レ之。故唐鞍ニ用レ之」。同書上88「楚鞦ハ尋常ニハ依二官々一用レ之。然而主人用レ之。上皇之高野詣之時、有二騎馬一ニ用レ之」。七 底本「又又」の一字は衍字とみて削除。八 世俗浅深秘抄上52「又宿老人内々用レ之。京極関白参二長谷寺一時用レ之」。九 師実の長谷寺詣は寛治三年（一〇八九）十月十三日（中右記）。

上四六条 物忌にさす忍草について述べる。富家語5および158と話題が共通する。

一〇 のきしのぶ。河海抄・帚木「昔は忍草に物忌をかきてみすにもつけ冠にもさしける也。是は忍草の一名ことなし草といふにつきて用レ之。無事のよし也云々」。中島和歌子

（四七）

[一一]また、仰せて云はく、「人は[一二]物を食《じき》する様《やう》を知らざるなり。就中《なかんづく》、[一三]汁に食する菜《な》はその物、[一四]冷《つめた》き汁に食する菜はその物、[一五]箸にて食する物はその物、[一六]手にて食する物はその物と、皆差別あり。而《しか》るに、近代の人全《もは》らこれを知らず」と。

（四八）

[一七]康治元年十月廿三日。未明、召しありて御前に参入す 時に[一八]宇治殿なり。語り御《おは》して云はく、「[一九]故大殿は、[二〇]東三条の[二一]東蔵人所の障子《さうじ》の上《かみ》を御所にして御坐《おはしま》したるなり。[二二]三位の後は、御簾《みす》をぞ懸けられたりける。納言の時は、対に遷《うつ》り居《ゐ》さしめ給ふか。而《しか》るに、[二三]蔵人所の御所に御坐しける時、早旦、[二四]宇治殿の渡御の間、故[二五]清□定康《さだやす》、[二六]冠者《くわんじや》にて箒《ははき》を取りて出で来たりてありければ、「誰そ」と問ひ給ひければ、大殿のからうと申さしめ御《おは》しければ、「[二七]大外記・大夫の史の一族、箒を取るべ

「忍ぶ草の物忌札」（『語学文学』〈北海道教育大〉三四）参照。

上四七条　ものの食べ方について述べる。それぞれのものの食べ方については、富家語17、142、212、239の各条で具体的に語られている。

一一　東山御文庫本には前条と本条の間に、「又云、東三条へ僧来皆是天狗也。〈此事春日社縁起有之〉」という一文がある。上49参照。

一二　物の食べ方。物を食べる作法。

一三　ここでは温汁（熱汁）をさす。普通の汁物。厨事類記「温汁。蚫汁、鳥臛、鯛汁等也。汁ベチノサラニモリテ、追物ニ居クハヘテ供レ之云々」。

一四　寒汁とも。冷たい汁物。現在のあえ物に近い食品。

一五　富家語17「シルタリタル物ヲ箸ニテ食也」。

一六　富家語17「食菓物時、多ハ手ニテ食也」。同書212、239も参照。

上四八条　東三条殿に関連する話題。前半は上16と話題が共通する。

一七　一一四二年。

一八　忠実の宇治の邸宅。宇治小松邸。

一九　忠実の祖父師実。

二〇　↓上16注二七。

二一　↓上16注三〇。

二二　上16には、東蔵人所では伊予簾をかけ、任中納言の後、東対に移って御簾をかけたとある。師実は天喜三年（一〇五五）叙従三位。同四年（一〇五六）任権中納言。

二三　前項の経歴からみて天喜三年（一〇五五）以前をさす。

二四　宇治殿（頼通）がおいでになったので。

二五　底本の欠字は「原」か。清原定康は定滋の男。大外記。

二六　家来の若侍。天喜三年の時点で定康は十四歳（師実より二歳上）。

二七　大外記は外記局の、大夫史は弁官局の実務を掌握。平安後期には大外記は中原・清原氏、大夫史は小槻氏が世襲し、中流貴族ではあるが専門的実務官僚として重きをなした。

からず」とぞ仰せ事ありける」と。

（四九）

また、仰せて云はく、「[一]一日《ひとひ》比《ごろ》、我、[二]東三条殿において[三]真言法を其僧[四]名字は予忘れ了《をは》んぬに受く。その僧の傍に、また僧たち四、五人居《ゐ》たり。而《しか》るに、件《くだん》の僧たちの唇に[五]鳥啄《くちばし》あり。我、思ふ様《やう》は、これは[六]天狗にこそありけれ。争《いか》でか東三条殿の内にさる者は居住せん。「[七]角《つの》明神は御座《おはしま》さざるか」と云ひしかば、春日の神主[八]時盛、同じく舎弟の僧[九]経詮ら、我が傍に出で来たる。また、白き[一〇]上下《かみしも》の装束着《ちゃく》したる[一一]下家司《しもけいし》程の者、二人出で来たる間、件の法師ばらは悉《ことごと》く逃げ去り了《をは》んぬ。隼明神は春日の[一二]任者《にんじゃ》なり」と。

その[一三]廿一日、角明神社に奉幣ならびに御供の事あり。[一四]御先《みさき》の沙汰なり。もしこの事[一五]賽《かへりまうし》せらるるか。

（五〇）

上四九条　東三条殿に現れた天狗が退散させられた話。同邸をめぐる話題として前条と連関。春日権現験記絵四に同話、多聞院日記・天文十一年（一五四二）七月一日条に類話がある。　一 先日。　二 →上16注二七。

三 春日権現験記絵は夢の中の出来事とする。

四 同様の注記は上78、80等にみえる。忠実は僧の名を語ったのだが、筆録者の師元が失念した意の注記。

五 くちばし。和名抄「觜〈久知波之〉、鳥喙也」。

六 底本「天駒」を訂。　七 隼明神とともに東三条殿の西北隅に祀られていた神。角振明神（→上17注三）に同じ。

八 春日神社の神主大中臣時盛。経元の男。本条が語られた康治元年（一一四二）には四十六歳。

九 伝未詳。この人物は春日権現験記絵には登場しない。

一〇 上衣と袴が同じ地質・色目・文様からなる水干・直垂の類をいう。　一一 家司の中で下級の者。四位五位の者を上家司というのに対してそれ以下の者をいう。

一二 従者・眷属として仕える者。上17「隼明神は春日王子也」。春日権現験記絵「つのふりはやぶさの明神は春日の御眷属にておはします也」。

一三 康治元年（一一四二）十月二十一日、即ち本条談話時の三日前のことか。但し史実は確認できない。

一四 ミサキ神の霊異があったために行ったことである。ミサキ神は冥界にあって、子孫が非常のことに遭遇したとき出現し加護する祖霊神。ここでは春日のミサキ神が忠実の危機を救ったことをいう。ミサキ神は一種の怨霊性をもつ験力の強い神で、一面では恐ろしい神であった。多聞院日記は「此宮ハ角振ノ明神トテ名誉ノワヽシキ神也」と、皇居での類似事件を記し、栄花物語七・とりべ野は「この三条院の隅の神の祟といふ事さへ出で来て」と、東三条院詮子の病悩と薨去を記す。

一五 訓みは名義抄による。受けた神助に報謝する意。

上五〇条　手を洗う方向に関する話題。富家語151と話題が共通する。

一六 一一四二年。この年十一月六日覚法法親王が生母師子

康治元年[一六]十一月十日。この間、理趣三昧[一七]《りしゅざんまい》の事によりて仁和寺[一八]に御坐《おはしま》す。仰せて云はく、「北[一九]向きにて手を洗ふは福の付くなり。『御[二〇]堂は慮外に他方に向きて洗はしめ御《おは》しける時も、思しめし出でては、所の濡るるも知ろしめさず、左右[二一]《さう》なく向かはしめ給ひけり』と宇治殿[二二]は語らしめ給ひき」とぞ故[二三]四条宮は仰せ事ありし」と。

（五一）

康治[二四]二年四月十八日。夜、為義[二五]《ためよし》参入す。条々の仰せ、師元[二六]《もろもと》申し[二七]次ぎし了《をは》んぬ。

その次《ついで》に仰せて云はく、「為義のごときは、強《あなが》[二八]ちに廷尉《ていゐ》に執すべからざるなり。天下の固めにて候へば、時々出で来りて受領などに任ずべきなり。

頼信[二九]《よりのぶ》、「子三人あり。太郎頼義[三〇]《よりよし》をば武者に仕ひ御《おは》せ。頼清[三一]《よりきよ》をば蔵人[三二]に成し給へ。三郎字《あざな》[三三]をとはの入道は不[三四]用の者にて候ふ」由《よし》、宇[三五]治殿に申し了んぬ。申し請《こ》ふごとく、頼義をば武者に仕へしめ御して、貞任[三六]《さだたふ》・

のために一切経を供養。忠実と師子は仁和寺に赴いていた(台記)。師子は忠実との結婚以前に白河院の子覚法を生んだ(諸門跡譜)。 一七 礼懺のため理趣経を読誦する法会。
一八 京都市左京区御室に現存。真言宗。代々法親王が入住。
一九 富家語151「北向テ洗手ハ福粧也」。禁秘抄上・清涼殿・御手水間「凡主上御座不レ可レ向レ西之由存二江記一。御手水可レ向レ北也」は本条の所説と一致。但し、九条殿遺戒には「先起称二属星名号一七遍。…次取二楊枝一。向レ西洗レ手」とあり、西に向いて手を洗うよう指示している。
二〇 藤原道長。 二一 ためらわず。 二二 藤原頼通。
二三 後冷泉天皇皇后藤原寛子。頼通の女。師実の同母姉。

上五一条　源頼信の三人の男子をめぐる話題。当時進行しつつあった為義の頼長への臣従の話が発話の契機か。末尾の義家の逸話は続古事談五・48に同話がある。
二四 一一四三年。この年六月三十日、為義は頼長に正式に臣従した。台記・同日条「戌刻。為義〈武士在レ共〉未レ称レ臣二于余一、以レ臣二于禅閤一所二備具一也。帰レ家仰二為義一云〈以二季通朝臣一伝レ之〉、今日吉日也。以レ之可レ用二初参一。更不レ可二初参一者。為義曰唯」。本条談話当時この話が進みつつあり、為義が任官を請願していたか。
二五 源為義。頼長に臣従。保元の乱(一一五六)で敗死。
二六 中原師元。中外抄の筆録者。 二七 取次ぎ役をした。
二八 強いて廷尉として任用する必要はない。廷尉は検非違使を兼ねる衛門尉。為義は保延二年(一一三六)左衛門尉を辞任して後、本条談話時まで約七年間無官。為義が還任したのは本条から三年後の久安二年(一一四六)(本朝世紀)。
二九 源頼信。 三〇 頼信の一男頼義。
三一 頼信の二男頼清。摂関家の侍別当。
三二 (摂関家の)蔵人として使っていただきたい。
三三 底本「ヲトロ」を訂。「ロ」と「ハ」の字体類似に因る誤写。頼信の三男頼季。号乙葉三郎。後に出家して法名行増。
三四 役立たずの者。 三五 藤原頼通。
三六 前九年の役。陸奥において安倍頼良(頼時)とその子貞任・宗任らが起こした反乱。

宗任《むねたふ》を打ちに遣はし、頼清をば蔵人になし給ふ。三郎をば不用の者と申ける気《け》にや、[一]叙用せしめ給はざりけり。
[二]義家《よしいへ》はいみじかりける者にこそありけれ。[三]山の大衆《だいしゆ》の起こりたりける時に、衣冠をして内に参じたりけるには、衣冠の[四]はこえの上に胡簶《やなぐひ》の緒をわたして負ひたりければ、[五]吉くしたりとて、時の人ののしりけり」と。

（五二）

康治二年五月四日。御前に祗候《しこう》す。仰せて云はく、「[六]東三条の角《つの》[七]明神には[八]出来の[九]魚味を[一〇]供御《くご》などに用ゐるべからずして、[一一]私用に宛つべき物の[一二]上分《じやうぶん》をば必ず進上するなり。この事をば物に書き付けむと思しめすに、未だ書き付けざるなり。件《くだん》の神は験御《しるしおは》すなり。[一三]御社の板敷をば寝殿の板敷よりは高く敷かしめたるなり。我、祈り申して云はく、「この家より后の出で立つを見候はばや」と申したりしに、先には[一四]皇太后宮の出で立たしめ給ふ。次には[一五]高陽院《かやのゐん》の出で立たしめ御《おは》し了《をは》ん

一 任用。
二 源義家。頼義の一男。号八幡太郎。
三 比叡山の衆徒が蜂起した時。永保元年(一〇八一)十月十四日の石清水行幸をさす。これより前、比叡山・園城寺の僧兵が合戦、九月十五日には園城寺が焼かれていた。
四 衣冠・束帯の上着である袍の腰の後の袋状になったところ。
五 続古事談「ミル人イミジキトホメケル」。但し行幸に武士が供奉したのはこの時が最初であり、当時の公家日記には強い違和感の表明が見られる(帥記)(水左記)(為房卿記)。

上五二条　東三条殿の屋敷神をめぐる話題。
六 →上16注二七。七 →上49注七。

八 同時代には用例の乏しい語だが、ありあわせ、間に合わせの意か。
九 魚。魚料理。
一〇 底本「魚味乃」とあるが、諸本「乃」を欠く。これに従う。
一一 個人的に用いるもの。ここでは自分用の食物。即ち一家の主人が食するための物。
一二 上等な部分。よいところ(日葡)。古今著聞集十六・551「上分仏にまいらせんとて、かねうちならし」。
一三 同社の床の高さに言及した史料は未見。むしろ本条こそ高さを示す貴重な史料といえよう。
一四 底本「皇大后」を訂。皇嘉門院藤原聖子。忠通の女。崇徳天皇中宮。大治五年(一一三〇)二月二十一日立后(中右記)。
一五 高陽院藤原泰子。忠実の女。鳥羽院皇后。長承三年(一一三四)三月十九日立后(中右記)。

上五三条　更衣をめぐる諸知識を述べる。約一か月前にあった更衣についての師元の質問が契機となって話題が発展したもの。古事談二・17は本条第一、二、三段に依拠。後照念院装束抄・打下襲事および剣足緒事は本条第五段、夏冬白重事は第三、四段に依拠。餝抄上・白重、

ぬ」と。

（五三）

康治二年五月七日。御前に祗候《しこう》す。雑事《ざふじ》を仰せらるる比《ころ》、言上《ごんじやう》[一六]して云はく、「陰陽師道言《みちとき》[一七]、四月二日[一八]に冬の束帯を着《ちやく》したる由《よし》、承り候ふは、如何」と。

仰せて云はく、「急速の召しあらば、衣装の夏冬を論ずべからざるなり。御堂[一九]の不例[二〇]に御坐《おはしま》したる十月一日[二一]に、宇治殿[二二]は夏の直衣《なほし》のなえたるにて参入せしめ御しけり。二条殿[二三]は冬の直衣にて参入せしめ給ひければ、「不例の人の傍にかくて見ゆる白物《しれもの》[二四]やある」とぞ仰せ事ありける。件《くだん》の例をもつて、我も堀川院[二五]の不例に御座《おはしま》せし時、四月一日[二六]に冬の直衣にて参入したりしかども、故院[二七]はともかくも仰せられず、また、他の人も云ふ事なかりき。我が前駆などぞ奇《あや》[二八]し気《げ》に思ひたりし。

また、御堂、四月一日に白重《しろがさね》[二九]をおかせ給ひて、極熱《ごくねち》の時には取り出だして着せしめ御しけり。凡《おほよ》そ白重は、老たる者[三〇]の、とおもふ時に着

同裏書は、本条第三段と話題が共通。富家語46および169にも同一の話題がある。
一六 発言者は中原師元。
一七 賀茂道言。通平の男。陰陽頭。本条談話時より約三十年前に没している。
一八 更衣の翌日。本来は夏の衣装を着るべき日である。
一九 藤原道長。
二〇 病気。
二一 更衣の当日。本来は冬の衣装を着るべき日である。万寿四年(一〇二七)のことか。小右記・同年十月五日「禅閤御病危急」。十月一日には既に病篤かったと思われ、同年十二月四日に薨去。
二二 藤原頼通。道長の一男。
二三 藤原教通。頼通の弟。
二四 愚か者。
二五 堀河院。第七十三代天皇。
二六 嘉承二年(一一〇七)のことか。堀河天皇はこの年七月十九日崩御。四月一日には既に病床にあったか。
二七 白河院。第七十二代天皇。堀河天皇の父。
二八 不審そうだった。
二九 装束抄「白重。裏表共ニ白シ。更衣ノ日上下着スル。宿老ハ更衣ナラヌ日モ着ル。又極熱ノ時モ是ヲ着スト見エタリ」。餝抄上・白重「或人記曰、康和二年七月一日新所旬。此日左大臣〈俊房〉着㆓白重㆒云々。今日予着㆑之如何申㆓禅閤㆒。仰曰、老人苦熱之比着㆓白重㆒。因㆑之彼大臣被㆑着歟云々。何可㆑着乎。仍今日余着㆓打下重㆒」。同上書・首書「金剛勝院供養日〈康治二年六(八歟)月六日〉顕頼卿着㆓用之㆒。次日宇治左府被㆑語㆓申禅閤㆒〈知足院殿〉。ソレハ何様ニシテ令㆑着ケルニカ、白重ハ冬着㆑之。夏ハ四月朔日ノ白重ヲ置テ、定ナドノ有夜、熱時着㆑之。又老者ノ刷之時着也。秋中間着㆓白重㆒何故哉云々。師元暦記所㆑注如㆑此候。随㆓覚悟㆒令㆓注申㆒候」。
三〇 後照念院装束抄・夏冬白重事「知足院殿ノ仰云〈中外抄〉…白重ハ老者トオモフ時着也」。

するなり。件の時は、ただの[一]綾を白くて着するなり。また上袴《うへのはかま》[二]・冠《かうぶり》なども有文《うもん》[三]なり。

また、殿上人なども、一日《ついたち》[四]には出仕せずして次の日より出仕する人は、白重をば着すれども、冠・表袴《うへのはかま》[五]などは例のを着すべきなり。近くは我も当初《そのかみ》[六]さぞしたりし。

また、桜の下襲《したがさね》[七]を着せる時は、剣《つるぎ》[八]の緒は、我等は青革を用ゐる。他の人は紫革を用ゐるなり。但し、桜の下襲に紫革の事のあるなり。

また、昔は、節会《せちゑ》とて、上達部《かんだちめ》は虫指[九]したる表衣《うへのきぬ》を着してこそは参入しけれ」と。

（五四）

また、仰せて云はく、「仏事には、辛未《かのとひつじ》[一〇]の日は、故殿[一一]は用ゐしめ御《おは》しき。我れは用ゐざるなり。庚午《かのえうま》[一二]の日は一切用ゐず。円宗寺[一三]の名は、本は円明寺なり。故宇治殿[一四]の仰せて云はく、「円明寺は松崎寺[一五]の名なり。同じく[一六]は庚午の日にぞ供養せらるべし」と仰せられければ、天下

一 普通の綾。 二 「表袴」に同じ。
三 文様（模様）があるもの。有紋。
四 更衣の日である四月一日に出仕しないで、次の日（二日）に出仕する人は。 五 大口の袴の上に着用する袴。
六 字類抄「当初　ソノカミ」。時の推移に関係なく、今話題にしていることが起こったその時点をいう。即ち、近くは自分も二日から出仕した時そのようにした。
七 下襲は、束帯の時、袍・半臂の下に着る衣。背後の裾を長くして袍の下に出す。桜は襲の色目で、表白、裏濃蘇芳。桜下襲には青革装束の剣を着すべきことは、富家語46にも説く。 八 太刀を吊る帯取（おびとり）。
九 虫の食った（古い）表衣の意か。

上五四条　仏事を忌む日の干支についての話題。五月五日から円宗寺で八講が行われていた。古事談五・48は本条に依拠。下3と話題が共通する。
一〇 富家語40「辛未の日は、女子ある人、仏事を行はずといふ説あるなり」。なお来る五月十四日は庚午、十五日は辛未で、法皇の御逆修の結願が予定されていた（本朝世紀）。
一一 忠実の祖父師実。 一二 →注一〇。
一三 京都市右京区仁和寺の南にあった後三条天皇の御願寺。初め円明寺の名で延久二年（一〇七〇）十二月二十六日落慶供養（扶桑略記）。翌年六月円宗寺に改名（百錬抄）。
一四 藤原頼通。 一五 京都市左京区松ケ崎堀町にあった寺。正暦三年（九九二）六月八日庚午、源保光が創建（日本紀略）。後に歓喜寺と改名、さらに妙泉寺と改めた。同地の涌泉寺が法灯を継ぐ。古事談「山崎寺」。山崎にも同名の寺があったため、顕兼は「松崎」を「山崎」の誤記と判断したか。伊東玉美『院政期説話集の研究』参照。
一六 円明寺（松崎寺）の供養は庚午の日（→注一五）。どうせなら寺名だけでなく供養の日の干支まで同じにせよの意。庚午は仏事を忌むべき日と考えられていた。小右記・長元四年（一〇三一）九月二十五日条「廿五日庚午、於二石清水宮一被レ修二仏事一。庚午有レ忌、臨二暁更一被レ修レ之。辛未・大禍日者、両日不快之日也云々。古者庚午・大禍等不二殊忌一。故保光卿、

さわぎて円宗寺とは改められ了《をは》んぬ」と。

（五五）

一七康治二年六月日。御前に祗候《しこう》せし次《ついで》に、仰せて云はく、「一八相撲節《すまひのせち》、極熱《ごくねち》の時には、一九耳桶《みみをけ》とて、二〇足桶《あしをけ》の、二一はなぐりをばせで、二二足をやがて高くさし通したるに、水を入れて地にそそくなり」と。

（五六）

二三康治二年七月廿七日。仰せて云はく、「我は年の高くなりて、さらに二四面《おもて》の色のわろくなるなり」と。

二五聞覚《もんがく》の申して云はく、「人の面の色の赤きはわろき事に候ふ」と。

仰せて云はく、「二六御堂は、二七紅《べに》を付けたる様に二八御顔さきは御《おは》しければども、めでたく御坐《おはしま》す。また、二九一条殿の御前は、御顔前《かほさき》は紅付けたる様に御せども、御寿《いのち》長し。また、三〇故左府の母なりし尼君も長寿の人なり。それもさぞ三一坐しける」と。

庚午日供㆓養松崎寺㆒之後、子孫連々不㆑到。蓋是庚午日徴歟。世之所㆑云非㆑無㆓其験㆒。挙㆑世大忌避耳」。

上五五条　相撲節に関する話題。近づく相撲節の季節(七月)が発話の契機か。但し相撲節は保安以後三十余年間行われず、忠実はその貴重な経験者であった。中外抄上84にも相撲節の話題がある。　一七 一一四三年。

一八 毎年七月に全国から強力の士を集め、宮中で相撲を取らせて天覧する行事。相撲節は保安以来中断しており、復活したのは保元三年(一一五八)。百錬抄・同年六月二十九日条「相撲節。保安以来不㆑被㆑行。経㆓卅余年㆒所㆓興行㆒也」。

一九 底本「耳朽」を訂。相撲場に撒く水を入れた桶。足の上方が桶の両側に耳のように突き出ている。塵袋・耳桶「相撲節ノトキ、モシ雨ヒサシクフラズシテ、庭ノカハキタルニ、灰ノタツガワロケレバ、水ヲ沙ニ散ス。ソノトキ水イル丶ヲケトカヤ。足桶、長櫃等ノ足ハ半ヨリ下ニツケテ、ソレヨリハナグリヲカクルヲ、コレハ足ノカシラヲ、ヲケノハタヨリサシアゲテ、ヒラニツクリテ、其レニアフゴイル丶アナヲアケテ、サシツラヌキテ、ニナヘバ別ノハナグリハイラズ。両方ヨリサシ出タル、二ノ耳ノ如ナレバ、ミ丶ヲケト云フ」。　二〇 底が地面から持ち上がるように側に足を付けた桶。　二一 牛の鼻輪。ここでは、桶に付ける環状の金具をいう。　二二 足をそのまま上に突き出して。

上五六条　前月来病床にあった忠実が祈禱僧に対して語った、人の顔色に関する話題。

二三 一一四三年。忠実は六月以来瘧(おこり)を病み、平等院の勝豪・聞覚らに祈禱させていた(台記・同年七月六日条)。

二四 顔色。　二五 平等院の僧。永久四年(一一一六)十月東三条邸で修神供(殿暦)、久安四年(一一四八)十二月に修薬師法(台記)など、忠実の信任が篤かった。　二六 藤原道長。

二七 頬紅。　二八 顔の突出した部分。鼻や頬など。

二九 藤原全子。忠実の母。本条談話時には八十四歳。

三〇 故左府は左大臣藤原家忠。師通の異母弟。保延二年(一一三六)薨。その母は源頼国女。大治四年(一一二九)卒。八十九歳(中右記)。　三一 諸本「御座」または「御坐」。

（五七）

また、御前において、[一]泰憲卿《やすのりきやう》の暦記《りやつき》正本を披《ひ》らき見しめ御《おは》すに、「権中納言師ー」[二]大殿と注したり。仰せて云はく、「泰憲は[三]ぶわいの者なり。[四]泰通《やすみち》の子なり。[五]宇治殿、多年召し仕ふ。而《しか》るに、一度も[六]定文《さだめぶみ》を書かず。泰憲申して云はく、「定文を書かしめざるは、尤《もと》も心を得ず」と。仰せて云はく、「それこそ[七]吉《よ》く知つたれ。さる[八]無拝《ぶわい》の者に物云ひ懸くるに、[九]をしをしならば、[一〇]頸突などいはば、彼がために[一一]不便《ふびん》なり」と仰せられければ、申して云はく、「[一二]そはさかし」とぞ申ける」と。

（五八）

康治二年八月一日。御前に祗候《しこう》す。御物語の次《ついで》に、仰せられて云はく、「琵琶はめでたけれども袋に入るるに、[一三]玄上《げんじやう》は[一四]本《もと》より袋に入れざるなり。而《しか》るに、[一五]後朱雀院の御時に、袋に入れられたりければ、[一六]宇治殿の御覧じて、「[一七]あれは争《いか》でか」と仰せられければ、袋を取り[一八]寄せら

上五七条　藤原泰憲をめぐる話題。発話の契機は忠実が披見していた泰憲の日記。

一 藤原泰憲の日記の原本。泰憲は泰通の二男。権中納言。承暦五年（一〇八一）薨。七十五歳。

二 「大殿」は上の「師ー」についての注記。京極大殿、即ち藤原師実をさす。つまり泰憲の日記には師実の上の一字「師」が書いてあった。忠実はそれを無礼と咎めている。師実は天喜四年（一〇五六）から康平元年（一〇五八）まで権中納言。ここは天喜四年十月二十九日の任権中納言の時の記事をいうか（当時、師実は十五歳。泰憲は五十歳で右中弁）。

三 後文には「無拝」と表記するが「無愛」の意か。無愛は、興ざめなこと、不都合なこと。

四 藤原泰通。東宮亮。播磨守。 五 藤原頼通。

六 書き方に一定の決まりのある文書。議事の決定書や判決文など。陣の定文を書く難しさを語る話が続古事談二・14（50）にみえる。

七 底本「吉シタレ」は「よく知ったれ」の促音不表記。それはよく知ったうえで書かせないでいるのだ。

八 「無愛」を「ブワイ」と発音、「ブハイ」と意識してかく表記したか。→注三。 九 底本「をし〳〵ならハ」。文意未詳。

一〇 頸突きは、叱責する意。古今著聞集十八・628「くびつかれ頭かゝへていでしかど」。

一一 気の毒だ。 一二 それは賢い判断です。

上五八条　琵琶の袋について述べる。

一三 琵琶の宝物。胡琴教録下・琵琶宝物「師説云、玄上は、紫檀のひたこう、はらは塩地を三ツ継合也。覆手の上に無レ甲てひらき也。くび殊の外にそりて、柱ひきゝ也。転手すへふくらにて、見めわろきなり」。

一四 禁秘抄上・玄上「累代宝物也。置二中殿御厨子一。…昔無レ覆。自二近頃一有二沙汰一。有二覆幷台一〈紫唐綾無紋也。台摺レ貝〉」。胡琴教録下・治琵琶「白河院仰云、比巴は袋にいるべからず。しろきちりのほそらかなるがゐたるをのごふが、つやはいできたるなり」。

一五 忠実は後朱雀院時代に始まる物忌くすしき風習に対し

れ了《をは》んぬ。また、宝物[一九]の袋は、えぞいはぬ錦などを袋に用ゐるべきに、下品《げぼん》の生絹《すずし》[二〇]を袋[二一]を縫ひて入れたるなり」と。

（五九）

康治[二二]二年九月十一日。御前に祗候《しこう》す。仰せて云はく、「今度の南京《なんきやう》[二三]の御堂《みだう》の供養の庭[二四]、狭し。見物の輩《ともがら》、定めて□[二五]か。東の方の築垣《ついがき》[二六]を壊《こぼ》[二七]ちて、小松のごときを殖《う》ゑむと欲《おも》ふは、如何。これ、先例なきにあらず。法成寺[二八]の供養の時[二九]、御堂[三〇]は大垣[三一]を壊ちて、榻《しぢ》[三二]などの高さに地を残してありければ、見物車の轅《ながえ》[三三]かけたりけり。その後、大垣を築かると云々。今度はかの例に准《なずら》ふべし」と。

（六〇）

康治二年九月十五日。暁、寅《とら》[三四]の刻、召しによりて御前に祗候《しこう》す。仰せて云はく、「去んぬる夕《ゆふべ》、下女《しもをんな》[三五] 紺の小袖を着《ちやく》したり 来たりて云はく、「十禅師[三六]の示現」と称して、示せる事あり。但し、委《くは》しくは聞かず。

て、しばしば違和感を表明している。上18、下1、45など参照。 一六 藤原頼通。
一七 「争」の訓みは、字類抄「イカテカ、イックソ」に拠る。あれはどうしてか。
一八 底本・諸本とも「取寄」だが、「取棄」が正か。
一九 花鳥余情十三「琵琶の袋はおもて錦、裏は唐綾などにて、双六の調度袋のやうに、尻の方をまろにして、伏せ組みは薄ひらといふ組を縫い目ばかりに押すといへり」。
二〇 練ってない絹で織った布。 二一 「袋に縫ひて」と同意。

上五九条 近日に予定された南都興福寺の御堂供養の設営についての指示。 二二 一一四三年。
二三 奈良の興福寺内に建立した高陽院泰子御願の御堂の供養。台記・康治二年九月十七日条によれば十月に予定されていたが、実際には十二月十八日に行われた（台記）（本朝世紀）。
二四 場所の意。 二五 底本欠字。相当語句未詳。
二六 土塀。名義抄「築垣 ツイカキ、ツイヒチ」。
二七 こわして。底本「壊之」。諸本「壊て」。
二八 藤原道長が建立した大寺院。近衛北、京極東にあった。
二九 治安二年（一〇二二）七月十四日の法成寺金堂供養。寺の東側の築垣を壊し、貴人の車を立て並べた（栄花物語・音楽）。
三〇 藤原道長。 三一 外がこいの垣。総がこい。
三二 牛車から牛を取り放した時、轅（ながえ）の軛（くびき）をもたせかける台。
三三 牛車の車の軸につけて前に長く出した二本の棒。先端に軛（くびき）をつけて牛に引かせる。

上六〇条 前日に来た下女の夢告をめぐる顚末記。最終段は大鏡・兼家伝、今昔物語集三十一・26に同話がある。
三四 午前四時頃。深夜呼び出されていることに注意。
三五 身分の低い女。下衆女。
三六 日吉山王七社の一。樹下神社。二宮（東大宮）の傍に社殿がある。祭神は天児屋根命、即ち春日神社に祀られる藤原氏の祖先神（日吉山王新記）（七社略記）。

今朝、重ねて問ふべし」と。

一上座良俊《りやうしゆん》をもって問ふに、帰参して申して云はく、「『我は巫女《みこ》なり。二日吉にて子《ね》三の日の潔斎して候ふ。而《しか》るに、先度《せんど》四の夢に云はく、十禅師の宝前より若くうつくしき僧二人五 金の杖六に挿《さしはさ》七みたり、指し出でて示して云はく、八『宇治殿に参るべし』とて、毛付《けづけ》九を納め了《をは》んぬ。其の時はなほ信ぜず。一〇次の度《たび》、また、夢に云はく、『今に一一宇治殿に参らざるは尤《もと》も奇怪なり。一二この定《ちやう》に仰せらるる事承《う》け引かずは、早や上らむ。一三御中違ひぬ。退出すべし』と。なほ、参入するあたはず。また、一日《ひとひ》一四比《ごろ》、夢に云はく、『なほ宇治殿に参るべきなり。申すべき様《やう》は、未だ六十年の寿《いのち》は持たしめ給ふべし。世の中は今は殿ぞかし』てへり。三度に及ぶによりて参れるところなり」」と。

仰せて云はく、「この事、如何。毛付、心を得ず。また、未だ六十年とは、如何」と。

一五師元《もろもと》申して云はく、「去んぬる年、一六日吉の御正体を造り奉る。その時、一七競馬《くらべうま》十番、一八経形 羅の表紙、水精の軸 を進《たてまつ》る。果して件《くだん》の事なり。

一 天台宗寺門派の僧。平等院の上座。忠実の信任が篤かった。

二 日吉は師通(忠実の父)を祟り殺したとの噂があり、忠実にとっては特別の意味を持つ神社であった。↓上62注一〇。

三 如何なる意味の潔斎か、未詳。あるいは日吉中七社の一つ王子宮(産屋社)の末社、子(の)(ね)神社(鼠禿倉)に関係するか。耀天記・鼠禿倉事「樹下僧円宝房ト云シ者アリキ。彼禿倉ノ別当也。代々相伝歟。彼僧云、鼠禿倉ト申ハ、以外僻事也、子ノ日神ト云也」。源平盛衰記十・頼豪成レ鼠事には、頼豪の祈禱によって皇子(母は師実養女賢子)が誕生したのに、園城寺に戒壇建立の聴許を得られなかったため、頼豪は恨んで鼠となり皇子を取り殺した。その鼠を祭ったのが鼠の宝倉であると語る。

四 前の時の夢。最初の夢。

五 十禅師の本地、地蔵菩薩の化現であることを示す。日吉山王新記「十禅師…本地〈異説多端〉一云地蔵。恵心云、十禅師者、天地経緯之神明、衆生気命之冥道矣。口決云、在レ天名二虚空蔵一、在レ地名二地蔵一、故天地経緯之神明云也矣」。

六 杖は、文挟(ふみばさみ)の杖。貴人に文書を差し出す時に用いた長さ五尺ほどの杖。文書を挟む先端の金具が黄金だったというのだろう。

七 訓みは字類抄「サシハサム」に拠る。挟んでいたのは「毛付」(↓注九)である。

八 宇治小松殿。宇治にあった忠実の邸宅。↓上65注二四。

九 陸奥国などの牧場から馬を奉るとき、毛色を書き留めて進上した文書。

一〇 次の時。二度目の夢。

一一 今まで宇治殿に参上せずにいるのは、まことにけしからぬ。

一二 こういう具合に。こんな調子で。

一三 底本「早上御中違可退出」。一応かく訓んだが、文意はなお不明確。

一四 先日。三度目の夢。

一五 中原師元。中外抄の筆録者。

一六 百錬抄・保延六年(一一四〇)三月二十八日「日吉二宮十禅師宝殿炎上」。耀天記36「保延六年四月□日、二宮并十禅師宝殿焼失畢〈従二二宮御供所一出火〉、近江国司奉レ勅、造二御宝殿并御供所一、八月御遷宮。其後、宇治入道大相国依二御託宣一、始被レ造二門楼一畢。其後公家被レ造二回廊一」。この時、御正体(御神体)も造立したか。

一七 競馬十番と経巻を奉納

また、六十年は尤も神妙《しんべう》なる事なり。件《くだん》の女、虚言を吐くといへども、しかるべし」と云々。

「吉《よ》き事を申し出でたるはまた別の事なり。「[一九]天に口なし。人《にん》をもつて言ふ」とは、これなり。早く物を給ふべし」と。

[二〇]布二[二一]段《たん》・[二二]八丈絹一疋・[二三]綿十両給はり了んぬ。

仰せて云はく、「[二四]大入道の御時に、巫女のありけるが、物を申しけるに、御意に叶ひければ、後には冠《かうぶり》を着して笏を把《と》りてぞ逢はしめ給ひける」と。

(六一)

康治二年九月廿五日。御前に候ふ。仰せて云はく、「我、先年[二五]故殿の御共に[二六]法輪寺に参りし時、小松の有りしに、馬を打ち寄せて手を懸けむとせしかば、故殿の仰せて云はく、「あれは[二七]鷹司殿の[二八]御葬所なり。そもそも[二九]墓所には御骨を置く所なり。[三〇]所放也。葬所は[三一]烏呼事なり。また骨をば先祖の骨を置く所に置けば、[三二]子孫の繁昌するなり。鷹司殿の

した意か。史料では未確認。前文の「毛付」はこれに関係するか。 一八 底本「給形」に「経敷」と傍書。

一九 天には口がないが、人の口を借りて言わせる。平家物語一・清水寺炎上「天に口なし、にんをもっていはせよと申。平家以外に過分に候あひだ、天の御ぱからひにや」、太平記十八・瓜生挙旗事「天ニ口ナシ、以レ人云シムト無二憚所一笑戯レケレバ」など例が多く、当時諺的に流布していた成句か。早い例は文徳実録・嘉祥三年五月条の「生民之訛言、天仮二其口一」。 二〇 麻・苧などの植物繊維で作った布。

二一 名義抄「段 ムラ」。巻いた布を数える単位。長さは時代と物により異なる。

二二 一疋の長さが八丈の絹布。 二三 絹綿。いわゆる真綿。

二四 藤原兼家。以下の逸話は大鏡・兼家伝、今昔物語集三十一・26に見える「打臥(うちふし)の巫女」の話に同じ。

上六一条　葬所と墓所との相違を説く。

二五 忠実の祖父師実。

二六 京都市西京区嵐山にある。本尊は虚空蔵菩薩。↓上29注四。 二七 道長の室、源倫子。

二八 倫子の葬所は太秦の広隆寺の西北の原。京中より法輪寺に赴く途中に当たる。大鏡五・裏書・倫子「同(天喜元年六月)廿六日葬二広隆寺乾原一」。

二九 葬所と墓所は別で、葬所は葬礼を行い、火葬を行う場所、墓所はひろった骨を納める場所。倫子の墓所は仁和寺の北。定家朝臣記・天喜元年(一〇五三)六月二十二日条「奉レ埋二御骨仁和寺北一云々」。

三〇 未詳。(墓所は葬所とは)離れた場所にある意か。

三一 未詳。葬所にカラスを呼ぶことをいうか。カラスが境界を象徴する動物で祖霊の使いと考えられたことは、黒田日出男『姿としぐさの中世史』「犬と鳥と」参照。

三二 氏の墓所への納骨が子孫繁盛をもたらすとする思想は、すでに小右記・寛仁二年(一〇一八)六月十六日条(故太皇太后藤原遵子の改葬の是非をめぐる議論の一部)「先祖占二木幡山一為二藤氏墓所一。仍奉レ置二一門骨於彼山一、専不レ悪也。藤氏繁盛、帝王国母、于今不レ絶」にみえる。

骨をば雅信《まさのぶ》[一]大臣の骨の所に置きて後、繁昌す」と云々」。

（六二）

康治二年十月十日。夜、数剋御前に候ふ。雑事《ざふじ》を仰せらるる次《ついで》に、仰せて云はく、「吾は、十三の年に、すこぶる道心ありて、時々出家の思ひありき。高野《かうや》[二]に殿[三]の御共に参詣したりしにも、後世《ごせ》[四]の事をぞ申してし。而《しか》るに、廿二の年、故二条殿[五]の御事[六]の後、大殿[七]の歎かしめ御《おは》すを見しに、あはれ、我は彼の人の様[八]になりて、見え[九]奉らばやと思ひて、春日の神[一〇]に寿《いのち》を偏《ひと》へに申して、本意《ほい》を遂げ了《をは》んぬ。かくのごときの間、道心調はず。その後五十[一一]なり」と。

（六三）

康治三年[一二]正月廿八日。御前に祗候《しこう》す。仰せて云はく、「二月四日の祈年祭《としごひのまつり》[一三]は、朔日《ついたち》[一四]より僧尼を忌むは僻事《ひがこと》[一五]なり。二日より忌む 故白川院[一六]の仰せし事なり」と。

一 倫子の父、源雅信。本朝世紀・正暦四年（九九三）七月二十九日条「今日寅時許、前左大臣薨。即日亥剋、奉レ移二仁和寺一」。三僧記類聚九・北院東小山陵事（大日本史料所引）「住玄僧都云、…御室廟西ナル山上大石ソトバ者、一条左大臣〈雅信公〉墓云々」。

上六二条　父師通の早世と祖父師実の悲嘆を見て出家の思いを断った忠実の回想。

二 高野山金剛峰寺。但し忠実が十三歳の年即ち寛治四年（一〇九〇）に高野参詣の史実は未確認。忠実はこの年正月十二日師実とともに比叡山延暦寺に参詣している（中右記）（後二条師通記）。

三 師実。但し師実が高野に参詣したのは承徳三年（一〇九九）正月。

四 （現世での栄達ではなく）後世の菩提を祈った。

五 関白藤原師通。師実の一男。忠実の父。承徳三年（一〇九九）薨。三十八歳。時に忠実二十二歳。六 薨去。逝去。

七 子に先立たれた大殿（師実）が嘆きに沈んでいるのをみて。

八 亡くなった父（師通）のようになって、その姿をお見せしたい。九 底本「みゑ」。

一〇 氏神春日明神に祈るのは当然といえるが、師通の薨去は日吉の祟り（今鏡・藤波の上）（愚管抄四・鳥羽）（平家物語一・願立）と噂され、師実が春日明神になぜ助けてくれなかったかと愁訴した（源平盛衰記四・殿下御母立願事）という伝承もあった。本条を語る忠実の胸中には複雑なものがあったはずである。

一一 あれから五十年経った。本条談話時、忠実は六十六歳。十三歳の時から五十三年の歳月が経過。自らの寿命に対する感慨とそれにつながる若年時の思い出は、上29にも語られている。

上六三条　祈年祭の潔斎について述べる。近づく祈年祭に触発された話題。一二 一一四四年。

一三 毎年二月四日に神祇官および国庁で五穀豊穣を祈願する祭儀。類聚三代格一・祭幷幣事「二月祈年・六十二月々次・十一月新嘗等者、国家之大事也。欲レ令二歳災不レ起、時令

（六四）

同日。仰せて云はく、「[一七]四月は、[一八]灌仏《くわんぶつ》以前には仏事を忌まず。[一九]灌仏なき年は[二〇]朔日《ついたち》より忌むは、普通の事なり。而《しか》るに、[二一]白川院仰せて云はく、「尤《もと》も僻事《ひがこと》なり。灌仏の有無をいはず、八日以後に僧尼を忌む」」と。

（六五）

[二二]天養元年三月三日。[二三]内大臣殿 時に[二四]宇治小松殿に御《おは》す、[二五]予をもつて[二六]入道殿に申さしめて云はく、「今日は恒例の家の[二七]節供《せちく》なり。而《しか》るに、[二八]この殿に祗候《しこう》す。召し寄すべきか。将《はた》また、ただ[二九]京の家において備ふべきか」と。

[三〇]御返事に云はく、「[三一]故殿の御時、内裏に祗候《しこう》せしめ給ひし時、ただ里第において供ふ。我等少年の時、[三二]陪膳のせまほしかりしかば、御坐《おはしまさ》ざる間には、家司《けいし》に示して、相ひ代りて勤めしなり。また、我等も内

順ㇾ度」。

一四 ここでは二月一日をさす。師元年中行事・二月「祈年祭以前、僧尼重軽服人不ㇾ可㆓参内㆒事」。

一五 間違いである。

一六 禁秘抄上・神事次第「二月四日祈年祭〈前後斎。白川院仰也。他説自㆓一日㆒不ㇾ用ㇾ之〉」。

上六四条　前条に続き、神事に先立ち僧尼を禁忌する期間に関する話題。上36と話題が共通する。

一七 四月中酉日に行われる賀茂祭のための潔斎を話題にしている。一八 四月八日(釈尊降誕の日)に修する仏事。

一九 江家次第六・八日御灌仏事「若当㆓神事㆒停止。当㆓杜本当麻大神祭等使立日㆒者、或有㆓明日可ㇾ立仰㆒、猶被ㇾ行ㇾ之」。師元年中行事・四月「八日灌仏事〈若当㆓神事㆒停ㇾ之〉」。

二〇 四月一日。

二一 殿暦によれば、白河院は後三条院の所説としてこの説を語っている。↓上36注一七。

上六五条　節供の当日、節供について頼長の質疑に答える。この談話については台記・天養元年(一一四四)三月三日条に頼長側の記録がある。

二二 一一四四年。二月二十三日に天養と改元。

二三 藤原頼長。忠実の二男。

二四 保延元年(一一三五)忠実が宇治に新造した別業。宇治橋の下手にあったことが台記・天養元年(一一四四)三月二十七、二十八日条からわかる。

二五 筆録者中原師元。頼長は師元を介して忠実に質問したのである。二六 藤原忠実。

二七 節日(元旦、正月十五日、三月三日、五月五日、七月七日、九月九日など)の供御。三月三日は赤飯など。厨事類記・臨時供御「三月三日、御節供、赤御飯、御菜、御菓子八種、各居㆓御台㆒」。

二八 この邸宅。即ち宇治小松殿。

二九 京都の自邸。大炊御門高倉邸をさす。

三〇 忠実からの返事。三一 忠実の祖父師実。

三二 ここでは、節供のお相伴にあずかりたい意。

に候ひし時は、ただ家にて供へ了《をは》んぬ。しかれば、[一]今日は召し寄すべからず。早く京の家に供ふべきなり」と。[二]成憲仰せを奉りて、この旨を[三]京の殿に仰せ遣はし了んぬ。

（六六）

また、この次《ついで》に、[四]入道殿の御方より申さしめ御《おは》して云はく、「[五]去んぬる一日《ついたち》の[六]御《ご》灯《とう》の祓《はらへ》、[七]何様《いかやう》に沙汰せらるるや」と。[八]御返事に云はく、「京において由《よし》の祓を行ひ了《をは》んぬ」と。仰せて云はく、「[九]御障りは何事か。御灯の祓は必ず勤むべき事なり。自らのために祈るなり。[一〇]御堂は[一一]犬の死穢の時も勤めしめ御し了んぬ。その故は、[一二]公家《くげ》の御召しに、穢れの由も召さる。しかれば、私の祓は穢れを忌むべからざる故なり」と。

[一三]申さしめ給ひて云はく、「先年、[一四]摂政殿に尋ね申さしめ候ひしところ、仰せて云はく、「御灯は、我等は必ずしも[一五]河原に出でず。ただ由の祓なり」と。よりて、その旨を守りて、京に候ふ時も、必ずしも河

一 だから今日は(節供を)ここに召し寄せてはならない。台記・天養元年三月三日条「今日節供、可レ持二来宇治一否、申二禅閤一。仰云、故殿籠二給内御物忌一之時、於二里亭一供レ之。然者、於レ京供レ之、有二何事一乎者。仍不レ持二来宇治一」。
二 底本「成憲」。諸本「成兼」「盛兼」等とあるが、「盛憲」が正か。藤原盛憲は盛実の孫。顕憲の男。頼長の母方の従兄弟に当たり、腹心の家司として頼長に近仕した。
三 「京の家」(→上65注一九)に同じ。

上六六条　前条に関連して、去る三月一日の御灯祓についての問答。第一段の一部は富家語4と話題が共通する。

四 忠実の方から頼長にお尋ねがあった。
五 三月一日をさす。
六 御灯は、三月三日・九月三日に北辰(妙見)菩薩に御灯を献じる行事。穢気があればやめて祓を行うが、平安後期には祓(由の祓)を行って済ませるのが普通になっていた。禁秘抄上・神事次第「二季御灯。三九月三日。近代由禊也。〈自二一日一精進。不レ供二魚味一。僧尼服等同二他神事一。御禊後ハ供二魚味一〉」。師遠年中行事・三月「三日　御灯事。起二一日一迄二三日一潔斎。但三日廃務。若御卜不レ合者、有二其由御禊一」。
七 どのように実施なされたのか。 八 頼長からの返事。
九 どんな障りがあったのか。御灯の祓は(由の祓ではなく)必ず(定式通りに)行うべきものだ。 一〇 藤原道長。
一一 この逸話は富家語4にもみえる。御堂関白記・寛弘八年(一〇一一)三月条には、一日に鴨川で祓を行ったが、二日に犬の産のため触穢し、再び鴨川で祓を行った旨が見える。
一二 朝廷から召される時には、穢れの時でも召される。だから(まして)臣下の私的な祓には、穢を忌むべきではないからだ。 一三 発言者は頼長。
一四 藤原忠通。忠実の一男。頼長の異母兄。
一五 鴨川の河原。
一六 まして一日にはこうして宇治小松殿(→上65注二四)に祗候していました。だから京都の家に伝言して、あちらで

原に出でず、或ひは由の祓を行ふ。[一六]いはんや、一日《ついたち》はかくて宇治殿に祗候《しこう》す。よりて、京に仰せ遣はして由の祓を行ひ了んぬ」と。

[一七]重ねて仰せて云はく、「[一八]宇治殿は、[一九]この殿に御坐《おはしま》しし時は、寝殿において河に[二〇]向ひて行ふ。この宇治に御坐す時は、宇治河に御車を引き向けて行ふ。[二一]御烏帽子などにてありけるにや。[二二]上達部《かんだちめ》など参入の時は、車を引き並べて候ひけり。しかれば、尤《もと》もこの[二三]辺《ほとり》にても行はるべかりける事なり。また、今より以後も河原に出でられざる時は、ただ、里第において行はるべきなり」と。蜜かに語り仰せて云はく、「また、[二四]諒闇《りやうあん》の時は、里第においてこの祓を行ふなり」と。

「[二五]由の祓には何事を申すべきや」と。「「[二六]服仮《ぶくか》なれば」とも「[二七]服薬《ぶくやく》なれば」とも申すこそ[二八]謂《いは》れはあれ。身に障りなくて由の祓を行ふは、謂れなき事なり」と。

（六七）

[二九]久安三年七月十九日。[三〇]入道殿の御前に祗候《しこう》す[三一]宇治小松殿。御物語の

由の祓をさせたのです。

一七 御灯重視を力説する忠実のやや癇性的とも思える主張は、頼長の反駁を受けて、以後やや腰砕け的にトーンダウンするが、忠実の発言の裏には去る永久五年(一一一七)の御灯の折の体験があったらしい。田村賢治『言談と説話の研究』四七頁以下参照。 一八 藤原頼通。

一九 どこをさすか不分明。後文の「此宇治ニ御坐時」と対比的な表現とすれば、京都の邸第か。但し「此」で京都をさすのは不審。

二〇 底本「白河」に「向歟」と傍書。東山御文庫本「向河原」。

二一 烏帽子をかぶっておいでだったろうか。本条の翌年、頼長は早速これを実行している。台記・天養二年(一一四五)三月一日条「詣二宇治一、依レ為二路次一、於二九条南河原一、行二御灯祓一、余烏帽、先駆布衣、但陰陽師束帯」。同書・久安六年(一一五〇)三月一日条にも同様の例が見られる。

二二 公卿たちが宇治の頼通邸に来ている時には。

二三 宇治小松殿のあたり。

二四 諒闇は天皇が父母の喪に服する期間。諒闇の年は宮中では御灯、祓ともに停止。公卿は里第で内々に由の祓を行った。中右記・嘉永三年(一一〇八)三月一日条に実例が見られる(前年七月十九日堀河院崩御)。 二五 発言者は頼長。

二六 近親者が死んだ時、一定期間喪に服して家に引きこもること。忌服(きぶく)。即ち、喪中であるからの意。

二七 服薬中であるから。 二八 しかるべき(正当な)理由。

上六七条 閻魔王が比叡山に登る夢を見た話。発話の契機は、当時京中を騒がせていた、祇園祭の闘乱に原因する山門衆徒の蜂起。なお、前条と本条との間には三年を越える空白期間があり、久安元年・二年の談話は全く記されていない。

二九 一一四七年。約一月前の祇園祭の日(六月十五日)、平清盛の郎等が祇園の神人と闘争。神人は負傷、神殿に矢が当たった。このため山門の衆徒は現場にいなかった忠盛をも含めて流罪を要求。本条当時、京都は騒然たる空気に包まれていた(台記)。 三〇 藤原忠実。 三一 →上65注二四。

次《ついで》に、仰せて云はく、「[一]故白河院の御時に、山の大衆《だいしゆ》、[二]祇園《ぎをん》に入り籠りき。而《しか》るに、[三]忠盛《ただもり》・[四]為義《ためよし》を遣はして追ひ出だされ了《をは》んぬ。その時、我が夢に云はく、[五]炎魔《えんま》法王《ほふわう》、[六]天台山に登らしめ給ふてへり。かの時[七]籠居したり。よりて、申し出でざりしなり」と。

(六八)

また、仰せて云はく、「[八]実政《さねまさ》の罪名を定めし時は、[九]鳩、[一〇]廊の辺《ほとり》に居たり」と云々。

(六九)

また、仰せて云はく、「[一一]祇園《ぎをん》天神は何《いか》なる皇《みかど》の後身ぞや」と。[一二]予、申して云はく、「[一三]神農氏《しんのうし》の霊《りやう》か。件《くだん》の帝《みかど》は牛頭《ごづ》なり。但し、故[一四]忠尋《ちゆうじん》僧正の説には、[一五]王子晋《わうじしん》の霊なり」と云々。

仰せて云はく、「神農氏なり。神農氏は[一六]薬師仏と同体なり」と。

一 保安四年(一一二三)七月十八日(白河院政期)、忠盛・為義が祇園社内で山門の大衆と合戦、鎮圧した事件(百錬抄)(平家物語一・内裏炎上)をさす。
二 祇園社。京都市東山区に八坂神社として現存。
三 平忠盛。清盛の父。四 源為義。藤原頼長に臣従。保元の乱に敗れて斬られた。五 閻魔王。六 比叡山をさす。
七 忠実は保安二年(一一二一)正月に上表して関白を辞し、官界から身を引いていた(百錬抄)(公卿補任)。

上六八条　宇佐八幡宮の神罰を語る。神社にからむ闘諍事件として、前条から連想された話題。古事談五・10は本条に依拠。

八 藤原実政。資業の三男。文章博士。後三条・白河二代の侍読。大宰大弐に在任中、宇佐八幡宮の神輿を射た罪を訴えられ、寛治二年(一〇八八)十一月二十九日の陣定で、伊豆国に配流と決した。この時、神霊が現じたことは、中右記・同日条「僉議之間、摂政直廬有㆓光耀㆒。在陣之公卿一両見㆓鬼物之霊㆒」。九 鳩は八幡大菩薩の神使。
一〇 陣定が行われた陣の座(紫宸殿東面北廊)の付近。

上六九条　前々条・前条から続く連想で、祇園社の祭神牛頭天王を話題にする。

一一 祇園社の祭神は牛頭天王といわれ、御霊信仰の対象であったことを踏まえた発言。御霊の意の「後身」の用例は、→上17注二一。一二 中原師元。中外抄の筆録者。
一三 中国古代の伝説的帝王、三皇の一。人身牛頭。一四 大僧正。第四六世天台座主。保延四年(一一三八)没。一五 周の霊王の太子。道士浮丘公と嵩山に登って登仙したという。
一六 祇園感神院の本尊は薬師如来(二十二社註式)。牛頭天王・神農氏・薬師如来は疫病消除の祈禱対象として共通。

上七〇条　前条と同じ祇園社の別の祭神、蛇毒気神をめぐる話題。

一七 牛頭天王とともに祇園社に祀られている神。蛇の毒の神格化。一八 詳しくは存じません。師元が自説を言上するとき枕に置く決まり文句。この定型的謙譲表現の後に、彼の詳しい知識が披瀝される場合が多い。

（七〇）

また、仰せて云はく、「[一七]蛇毒気《じゃどくけ》神《しん》は何《いか》なる神ぞや」と。申して云はく、「[一八]子細を知らず候ふ。但し、[一九]後三条院の御時、[二〇]御体の焼失せし時、[二一]貞例に付して奏して[二二]御形縁を勘《かんが》へられ了《をは》んぬ。その後、造り奉り了んぬ」と。

仰せて云はく、「[二三]件の御体を造りける仏師は、面《おもて》に覆面してぞ造り奉りける。その後、目闇《くら》くなりて、程なく死去し了んぬ」と云々。

（七一）

また、仰せて云はく、「[二四]新羅《しんら》明神は[二五]入定《にふぢやう》の神にて、やむごとなき御神なり。我は[二六]先年所労の時、事の験《しるし》あり。よりて、[二七]在俗の間、奉幣せしなり。また、[二八]宇治殿の御祈りに、[二九]頼豪《らいがう》阿闍梨参入したりければ、[三〇]宝殿の妻戸より衣の袖を指し出だしたりけり。また、[三一]後三条院の事、御最後に、をこたりの文など書かしめ御《おは》す」と云々。

一九 後三条天皇御宇の延久二年（一〇七〇）十月十四日、祇園社が焼亡。神像も焼失（扶桑略記）（日本紀略）。二〇 御神体。神像。二一 未詳。「先例」が正か。二二 底本「形縁」未詳。「形像」が正か。貞例に従い奏して如何なる形像に作るべきか勘申させた意。なお、小朝熊社神鏡沙汰文によれば、延久三年（一〇七一）から五年にかけて、蛇毒気神像を造ることの是非、その形像の如何が大きな問題になったことがわかる。二三 小朝熊社神鏡沙汰文・延久四年（一〇七二）五月十九日条「宣旨云、令二院家如レ本奉一レ造者」。仏師の覆面、死亡などは史書に徴し得ない。

上七一条　新羅明神をめぐる話題。前条に続いて猛威の神の話題だが、新羅明神に祇園と同体説があったことから連想か。続古事談四・6は本条に依拠。

二四 園城寺の新羅善神堂の祭神。唐から帰る円珍を守護し、後に園城寺に祀られて守護神とされた。寺門伝記補録一・太神異称「在二西天一号二摩多羅神一、又現二牛頭天王一」によれば、祇園の祭神と同体と見られていた。二五 園城寺伝記一之二「凡当社明神者、定慧之神。左右手定印ヲ二分。定手ニ錫杖ヲ取、慧手ニ経ヲ持給。定慧不二、止観一体御形也」。二六 天永三年（一一一二）の事件であるらしい。殿暦・同年九月二日条「今日不二出行一。依二服薬一也。女房料二新羅社一依レ有二其告一也」。同月十九日条「裏書、戌剋許自レ内退出。俄奉幣〈園城寺新羅明神也。是先日聊有二其告一。而不レ覚思失。仍急立也。使下レ家自二川原一立也〉。抑此間服薬也。雖レ然有レ所レ思立也」。二七 忠実は保延六年（一一四〇）に出家した。二八 藤原頼通。二九 園城寺の僧。白河天皇の皇子誕生を祈って効あり、同寺に戒壇建立を願ったが聴許を得られず、憤死したと伝える（平家物語三・頼豪）。三〇 神殿。宇治殿の祈りについては未勘だが、衣の袖を見せるのは神の顕現としては普通の形。三一 延久五年（一〇七三）後三条院は病気平癒を祈願して新羅明神に奉幣。座主の任命や戒壇の設立について園城寺の要求を入れなかった咎を謝した（扶桑略記・同年四月二十七日条）（寺門伝記補録二・報酬怨家）。

（七二）

また、仰せて云はく、「故師平[一]《もろひら》には罷《まか》り逢ひしか」と。

申[二]して云はく、「しからず候ふ。師元《もろもと》は師遠《もろとほ》[三]卅有余の子なり。師平は師遠卅[四]三の年に肥後国において死去し了《をは》んぬ」と。

仰せて云はく、「天[五]文の奏、持参せし時に、故[六]殿は必ず必ず逢ひ御《おは》しき。而《しか》るに、我もまた御傍にて見き。髪のとくより薄かりしなり」と。

（七三）

久[七]安三年十一月十五日。御前に祗候《しこう》す。時に御料[八]を聞こしめす。仰せられて云はく、「閑院太政大臣公季[九]《きんすゑ》は、天[一〇]暦の天皇《みかど》の御妹の腹、九[一一]条殿の男《なん》なり。やむ[一二]ごとなき人なり。小[一三]年の比《ころ》、天暦の天皇の御前において飯《いひ》を食《じき》せしめ給ふ時、「え[一四]つつみ食はむ」と申されければ、天皇の仰せて云はく、「我は、さるものは食《じき》せず」とぞ仰せられける。

上七二条　師元の祖父師平の思い出を語る。頃は七月中旬。魂祭りの頃の心情が発話の契機か。後半は下15と話題が共通する。

一 中原師平。師元の祖父。 二 発言者は中原師元。

三 中原師遠。師元の父。師遠は延久二年(一〇七〇)生。師元は天仁二年(一一〇九)生。年齢差は三十九。

四 師平は肥後守在任中の寛治五年(一〇九一)に任国で死去(地下家伝)。師遠が二十二歳の時であり、本条の「卅三之年」は不審。

五 天変を知らせる密奏。一の大臣が必ず目を通すことになっていた(西宮記十五・依天変密奏事)。ことは重大で他見を憚り、緊急を要するため。

六 藤原師実。

上七三条　食事中に思い出された食事に関係する話題。続古事談二・5後半は本条に依拠。

七 一一四七年。 八 御食事中であった。

九 藤原公季。師輔の十一男。

一〇 村上天皇の妹、康子内親王。母は藤原基経の女穏子。

一一 藤原師輔。忠平の二男。九条流の祖。

一二 母方が皇族であることをさす。続古事談「コトニユヽシキシナヨシナリ」。

一三 公季は出生時に母内親王を亡くしたため、幼時は内裏で養育された(大鏡・公季伝)。

一四 荏裹。荏胡麻(えごま)の葉に茄子や瓜の類を包んだ漬物様の食品。延喜式三十三・大膳下・最勝王経斎会供養料、同・仁王経斎会供養料、同書三十九・内膳司・漬年雑菜の項に用例が見える。

一五 晴れの食品ではない意か。続古事談「エツヽミ、ワロキモノニテアルニヤ」。

上七四条　孔雀について論じる。先日崇徳院に献上されて評判だった孔雀に触発された話題。

しかれば、えつつみは脇物[一五]なんどなんめり」と。

（七四）

[一六]久安四年四月十八日。御前に祗候《しこう》す。雑事《ざふじ》を仰せらるる次《ついで》に、仰せて云はく、「孔雀《くじやく》[一七]は何《いか》なる物ぞ」と。

申して云はく、「古[一八]仏は非符瑞図瑞祥志度之本[一九]朝に来たりし時、火事の候ひき。雷《かみなり》[二〇]の声を聞きて孕《はら》む」と。

仰せて云はく、「雷の声を聞きて孕むと申すは、尤《もと》も興あり。故忠《ちう》[二一]尋《じん》座主、示して、「雷するに恐れなき物は三つなり。人界《にんがい》には転輪聖《てんりんじやう》[二二]王《わう》、獣には師子《しし》[二三]、鳥には孔雀なり。雷と孔雀とは一つ物なり」」と。

（七五）

また、仰せて云はく、「鸚鵡《あうむ》の言《ものい》ふ由《よし》聞こしめすに、今[二四]度の鳥は言《ものい》はざるは、如何」と。

申して云はく、「唐人の唐[二五]音の詞《ことば》を唱ふなり。日本の和[二六]名の詞は唱

一六 一一四八年。
一七 台記・久安四年四月五日条「申㆓孔雀於新院(崇徳院)㆒見㆑之。仁和寺法親王(覚法)所㆑献云々。其尾頗似㆓画孔雀㆒。其躰貌、美㆓於去年孔雀㆒」。前年十一月には別の孔雀が渡来していた(台記)。
一八 底本「古仏ハ非符瑞図瑞祥志度之」。文意未詳。孔雀の吉凶を問題にしているのであろう。金剛頂経大瑜伽秘密心地法門義訣「其諸世間以㆓孔雀鳥㆒而為㆓瑞禽㆒。此禽麗状具㆓種々色㆒」。
一九 前回孔雀が日本に来た時には火事があった。長和四年(一〇一五)二月十五日に大宰大監藤原蔵規が宋の周文徳が献じた孔雀等を奉り、十一月十七日に内裏が焼亡(日本紀略)。この史実をさすか。なお、本条が語られる直前の久安四年(一一四八)三月二十九日には祇園社が焼亡。約二か月後の六月二十六日には里内裏土御門殿が焼亡し、本朝世紀・同日条は孔雀と火事との関係をいう師元の予言が的中した旨を記す。師元本人にとっても本条は永く記憶に残る会心の対話であったろう。
二〇 古代インドでは雷鳴轟く雨期に生殖する孔雀は再生ないし豊穣の象徴とされた。日本紀略・長和四年(一〇一五)四月十六日条「異域之鳥(孔雀)忽生㆑卵。時人奇㆑之。或人云、此鳥聞㆓雷声㆒孕、出㆓因縁自然論㆒云々」。倭名抄「孔雀。…此鳥、或以㆓音響㆒相接、或見㆑雄則有㆑子矣」。
二一 →上69注一四。
二二 正義によって世界を治める理想的帝王。
二三 獅子。諸獣の王。

上七五条　前条に関連して、同じく異国から渡来した鸚鵡を話題にする。

二四 前年鳥羽院に孔雀とともに献ぜられた鸚鵡をさす。台記・久安三年(一一四七)十一月十日条「伝聞、摂政献㆓孔雀・鸚鵡於法皇㆒。是西海庄所㆑貢云々」。
二五 中国語。
二六 日本語。

ふべからざるなり」と。

（七六）

また仰せて云はく、「故師遠《もろとほ》[一]の申して云はく、「天変[二]は、重き変の希《ま》れにあるよりは、同じ変の常に示すは、なかなか悪しき事なり。軽《かろ》しとて慢《あなづ》らるる間、事の出で来る故なり」」と。

（七七）

また、云はく、「現存[三]にして忌日《きにち》を修すべからざる様は、如何」と。申す[四]、「逆修《ぎゃくしゅ》[五]せしむるも同じ事に候ふか。李《り》部王記《ほうわうき》[六]のごときは、寛[七]平の法皇、見存《げんそん》[八]の御時に、没後《もつご》の御法事、皆修せられ了《をは》んぬる由《よし》、見えて候ふ」と。

仰せて云はく、「寛平の法事は、只今覚えず。故四条宮[九]は、女人といへども、宇治殿[一〇]・上東門院[一一]に遇《あ》ひ奉れるやむごとなき人なり。而《しか》るに、御見存の時、忌日を修せしめ御《おは》し了んぬ。かの例[一二]を存じて示し合

上七六条　天変に関する話題。前々条に関連か。
一 中原師遠。師元の父。
二 天空に起こる異変。風・雨・雷・日蝕・月蝕・彗星等は凶事の前兆。

上七七条　存命中に行う忌日法要に関する話題。近日予定の鳥羽院の逆修が発話の契機か。
三 存命中に（前もって）忌日法要をしてはいけないというが、どうか。久安四年（一一四八）閏六月十日鳥羽院は八条東洞院第で逆修を行っている（本朝世紀）。その予定を耳にしての発言か。
四 中原師元の答申。
五 逆修は、存命中に死後の冥福を祈って行う法事。存命中に行う忌日法要も逆修も同じことではないか。行ってよいのではないか。
六 醍醐天皇第四皇子重明親王の日記。
七 底本「官平法皇」を訂。第五十九代宇多天皇。醍醐天皇に譲位後、仁和寺で出家、法皇となった。倹約・質素を旨とし、薄葬を指示する遺戒を残した（続古事談一・30）。
八 現存に同じ。生存中に。なお、中右記・天永三年（一一一二）八月十八日条でも寛平法皇の逆修が先例とされている。
九 藤原寛子。頼通の女。師実の同母姉。後冷泉天皇皇后。
一〇 藤原頼通。道長の一男。
一一 藤原彰子。頼通の同母姉。一条天皇中宮。
一二 それらの例を知ったうえで尋ねたのだ。
一三 福岡県太宰府市に現存。天台宗。天智天皇が発願。天平十八年（七四六）創建。日本三戒壇の一。平安後期には東大寺の末寺。

はするところなり」と。

また、「[一三]観世音寺の別当[一四]林実《りんじつ》、[一五]転法輪蔵《てんぼふりんざう》を進上す。[一六]院に進《たてまつ》らんと欲《おも》ふは、如何」と。

[一七]申して云はく、「[一八]法文の中に先にこの物あるか、僧に問はるべきなり」と。

即ち、問はると云々。

[一九]皇覚《くわうがく》、申して云はく、「覚えず候ふ」と。

仰せて云はく、「[二〇]勘《かんが》へ申すべし」と。

（七八）

[二一]久安四年五月廿三日。早旦より巳《み》時に至るまで、御前に祗候《しこう》す。雑《ざふ》事《じ》を仰せらるる次《ついで》に、仰せられて云はく、「[二二]今度の[二三]天王寺詣、旁《かたがた》道心を発《おこ》しき。先づ鳥居の額[二四]の「[二五]当極楽東門中心」を見る。[二六]庭に参りて後は、後世の事の外、全《もは》ら現世の事を思ひ出でず。[二七]悉地《しつち》のしからしむるなり。

一四 琳実。観世音寺別当。久安三年(一一四七)の官宣旨案に名が見える(平安遺文)。
一五 未詳。同名の書は中世聖徳太子伝の一種として伝存するが、舶来の書とすれば別物か。→注一八。密教の転法輪法(怨敵退散・護国安穏の大法)に関係する書であろうか。
一六 鳥羽院。
一七 師元の発言。
一八 仏書の中ですでに知られている書物か否か。太宰府の観世音寺は舶来する多くの仏書の受入口となった。その状況を踏まえて、該書が初渡来の書物か否かを問うように勧めたもの。
一九 忠尋門下の学僧。生没年未詳。台密相生流の祖。五時口決集その他の著者。忠実の信任が厚かった。
二〇 調査して答申せよ。

上七八条 五月中旬、忠実が四天王寺に参詣した時の見聞談。

二一 一一四八年。
二二 五月中旬(十日に出立、十九日宇治小松殿に帰着)忠実は頼長を伴って四天王寺に参詣した。二人の具体的な行動は台記に詳しい。
二三 大阪市天王寺区に現存する四天王寺。聖徳太子が建立。太子信仰の中核的寺院。
二四 底本「額」で意味は通るが、諸本「銘」が正か。
二五 四天王寺の西門の外側にある鳥居の扁額には「釈迦如来転法輪所 当極楽地東門中心」と記されている。鳥居はもと木造。永仁二年(一二九四)に石造となった。
二六 境内に入って後。但し諸本は多く「参進之後」。
二七 普通には三密が相応して成就した悟りの妙果をいうが、ここでは真言行者が仏国に至る過程としての五種悉地のうち、信悉地(行者が修行に入る前に真言の趣旨を信じて業に勤める段階)または入地悉地(修行に入ってまだ初地にいる段階)をさすか。

近年、念仏勧進の上人[一]、老行の貴き[二]を知らずといえども、頗《すこぶ》る沙汰[三]の者なり。但し、その内に貴き事あり。件《くだん》の上人は、先年出雲国に流浪せる間、或る山寺[四]において名は予忘れ了《をは》んぬ[五]、大きなる錫杖《しやくぢやう》を見付く。その後、天王寺に参り候ふに、舎利供養[六]の日なるに、全ら[七]布施なし。よりて、件の錫杖を施入す。件の錫杖は天王寺に二つある錫杖の一つ失せたりしなり。二つある由《よし》[八]、縁記《えんぎ》に見ゆ。而《しか》るに、今出で来たる、説くべからざる事なり。舎利に縁ある由、これをもつて知るべし。天王寺といふ[九]銘あり。よりて、我も今度念仏[一〇]の番に入り了《をは》んぬ」と。

（七九）

同日。仰せて云はく、「人の家に四門[一一]あるは、憚るべきや否《いな》や」と。予申して云はく、「本朝の例は覚えず候ふ。但し、藤氏[一二]の四門は、我朝第一の吉例なり。また、史記[一三]に云はく、「尭《げう》即位して開くに四門をもつてす」と云々。帝王・関白の四門は吉例となすべきか」と。仰せて云はく、「はなはだ興ある事なり。先づ平等院[一四]の経蔵、已《すで》に

一 人々に念仏を勧めて歩く上人。後拾遺往生伝上16に伝がある永暹をさすと思われる。石見の人。初めは出雲の鰐淵寺、後に四天王寺、良峰寺に住む。四天王寺の西門で念仏を唱え、聖徳太子の墓所で入滅した。時に天仁元年(一一〇八)。
二 長年修行の功がどれくらいか知らないが。
三 底本「頗頗」。一字は衍字か。評判の高い者である。
四 鰐淵寺(島根県平田市に現存)をさすか。↓注一。
五 忠実は具体的に名を語ったのだが、筆録者中原師元が失念した旨の注意。
六 台記・久安四年(一一四八)五月十一―十六日条によれば、舎利供養の日には布施をするのが習わしであった。ここでいう「舎利」とは、推古天皇三十一年(六二三)に新羅・任那より渡来した(日本書紀)仏舎利十三粒をさす。四天王寺の金堂に安置され、しばしば舎利会が行われた。
七 (かの上人は)布施するものが何もなかったので。
八 二つあったということは縁記に書いてある。但し、この縁記は未詳。四天王寺御手印縁起など現存の縁起類にはみえない。
九 底本「下」は「ト」が正とみて訂。
一〇 台記・久安四年(一一四八)五月十四日条「及レ昏、渡ニ御出雲聖人念仏所一、令レ逢ニ行法時一給、可レ入ニ念仏衆一之由、有ニ御約一。但今度不ニ令レ入給一」。

上七九条　邸宅の門をめぐる話題。前条の鳥居の額の「極楽東門」から邸宅の門の話が引き出されたか。世俗浅深秘抄上53は本条に依拠。

一一 東西南北の四方の門。寝殿造の邸宅では南門がない例が少なくない。
一二 未詳。藤原氏が四つの門流(北・南・京・式家)から成ることをいうか。
一三 史記・五帝本紀「百官時序、賓ニ於四門一。四門穆穆。諸侯遠方客皆敬」をさすか。尭が舜に四門で諸侯賓客を接待させたところ、みごとにやってのけたという叙述の一部。
一四 平等院の一切経蔵。この経蔵(宝蔵)は、中世には現実の建物であることを超え、この世の真善美なるものを集め

四門なり。宇治殿[一五]、もしこの由《よし》を知ろしめすか」と。

予[一六]申して云はく、「件《くだん》の経蔵、脇門[一七]二つあるは如何。しかれば六門か」と。

仰せて云はく、「脇門は門にあらず。内裏[一八]の上東・上西は門の数に入らず。よりて、額なし。朱雀門[一九]の東西の脇門も、またもつて前に同じ。もつて、平等院の経蔵の脇門は穴[二〇]といふなり」と[二一]。

（八〇）

また、仰せて云はく、「法興院[二二]の馬場は、御堂[二三]の作らしめ給ふなり。馬場の中に柱[二四]ありけり。件《くだん》の柱に随身[二五]名は予忘れ了《をは》んぬ、馬を走り当て、五丈[二六]許《ばか》りにしりぞきて、馬も人も損じ了んぬ。よりて、件の馬場は棄てられ了んぬ。その後、件の随身、上東門院[二七]にて競馬《くらべうま》ありける日、一番[二八]を乗りけるに、匡衡《まさひら》[二九]が家に侍りける老[三〇]いたる尼女房、「今日の馬見む」とて出で立ちける間に、「そもそも、今日の一番は誰が乗るぞ」と云ひければ、「某《なにがし》が乗るべし」と人の云ひければ、「さらば見じ。

る理念上の場所としてイメージを拡大させていった。田中貴子『外法と愛法の中世』参照。

一五 藤原頼通。宇治の別業を寺として平等院を建立。諸堂を整備した。 一六 発言者は中原師元。

一七 経蔵の正門(東門)は三間であった。両側の門が脇門であろう(山槐記・治承三年(一一七九)三月三日条の指図)。清水擴『平安時代仏教建築史の研究』参照。

一八 大内裏の外郭の上東門・上西門。それぞれ東側と西側の最も北側の門で、ともに築地を切り開いただけの土門で屋根や額はなく、大内裏十二門の中には数えられなかった。

一九 朱雀大路の北端に南面して立つ大内裏の正門。東西十五丈六尺、南北四丈六尺、二階建、瓦葺きの大門。その両脇の築地に腋門(幅一丈)があった(大内裏図考証)。

二〇 正式な門ではない出入口を「穴」と称したらしい例が、下47にみえる。

二一 東山御文庫本には、この後さらに「帝王関白四門可為吉例歟。仰云太有奥事也」とある。

上八〇条 法興院をめぐる話題。前条の平等院から法興院の話が喚起されたか。 二二 →上39注一。

二三 藤原道長。道長が馬場を設けた史実については未詳。中外抄下47には道長が「法興院馬場」で公時を競馬に乗せた記事があり、道長の時代に馬場があったのは事実らしい。

二四 どういう柱であったか未詳。柱を取り除けず馬場を廃していることから推すと、建物の構造物の一部か。

二五 →上78注五。

二六 五丈ほど後方に撥ね飛ばされて。

二七 寛弘三年(一〇〇六)九月二十二日上東門第(土御門殿)で行われた臨時競馬をさすか(日本紀略)。

二八 競馬は左右二騎が走って勝負を競う。ふつうは十番ほど行うが、その最初の勝負が「一番」。

二九 大江匡衡。文章博士。一条・三条二代の侍読。

三〇 学者の家に仕えた老尼女房に一言ある話は、江談抄四・61(今昔物語集二十四・27)の大江朝綱の家の老尼の話を思い出させる。

件の随身は、先年に法興院にて、馬の頭《かしら》を柱につかせたりし者ぞかし」と云ひければ、「法興院[一]はいみじき所なり。大饗[二]の日、諸卿拝し了《をは》りて着座の後、東山[三]を見遣《みや》りければ、手に取りたるやうに見えて、鷹飼[四]の雉《きじ》取るまねして参らしめける。いみじき事なり」と云ひけり。
この旨、故殿[五]の仰せ事なり」と。

（八一）

仰せて云はく、「法成寺[六]の阿弥陀堂[七]の九体仏[八]は、宇治殿[九]以下の公達《きんだち》、各《おのおの》[一〇]相ひ分れて造立せしめ了《をは》んぬ。後に小南殿[一一]より予案じて云ふ、寛[一二]仁四年二月廿四日なり、上東門[一三]より運ばれし由、外記日記[一四]に見えたり。御堂[一五]に渡し奉らるるに、車[一六]八両にて四方に布を引き廻らして、雲など書きて、その内に仏を安《やす》んじ奉る。楽人は鼓を打ち、近衛の官人は車を引き、僧は行列す。御堂に居《す》え並べられて後、御堂[一七]の仏子《ぶつし》[一八]康尚《かうじやう》に仰せられて云はく、「直すべき事ありや」と。申して云はく、「直すべき事候ふ」と。麻柱《あななひ》[一九]を構えて後、康尚の云はく、「早く罷《まか》り上れ」と云ひけ

一 以下は発言者がはっきりしない。老尼の発言の続きとみるには「云ひければ」からの続きが不自然。
二 大饗では、まず尊者（主賓）が主人と再拝の後、昇階して着座し、大納言・公卿も続いて順次昇階、着座する。
三 法興院は土御門南、京極東に位置するから、東山方面がさえぎるものなく見渡せる。↓下47注九。
四 大饗では、三献の時、犬飼を連れた鷹飼が柴枝に獲物に見立てた雉を付けて客の前を渡るのが定則。それを東山から獲って来たように演出したのであろう。
五 忠実の祖父師実。

上八一条　法成寺の九体仏について語る。前条の法興院から法成寺の話題が喚起されたか。

六 藤原道長が建立した大寺院。近衛北、京極西にあった。
七 道長が寛仁三年（一〇一九）七月に発願、翌年完成。無量寿院と称した。造営の様子は栄花物語十五・うたがひに詳しい。
八 九体の阿弥陀仏。九品仏。九 藤原頼通。
一〇 小右記・寛仁三年七月十七日条「以㆓受領一人㆒充㆓一間㆒可㆑被㆑造云々」。
一一 道長の邸宅の一。本邸土御門殿の南に設けられた小邸宅であるらしい。
一二 諸記録にこの日の記事を見出せない。この日小南殿から上東門第（土御門殿）に運ばれたというのであろうか。九体仏は最初小南殿に安置されていた。小右記・寛仁三年十二月四日条「入道殿奉㆑造㆓丈六阿弥陀仏九体㆒、暫安㆓置小南㆒。明年三月可㆑被㆑安㆓置新造堂㆒。従㆓小南㆒寅卯間、是王相方也。然而不㆑可㆑被㆑忌㆑之由申了」。
一三 上東門第から寺に搬入したのは寛仁四年（一〇二〇）二月二十七日（左経記）（日本紀略）。
一四 太政官外記庁の官人が職掌上書き記した公日記。しばしば行事等の先例として参考にされ、本朝世紀はこれに基づいて作成されたという。一五 法成寺の無量寿院。
一六 左経記・同日条には「土車上候㆓蓮花座㆒、載㆑仏。有㆓自蓋物㆒。十一両」とある。
一七 道長。底本「御堂被仰〈天〉仏子康尚」。諸本「御堂被仰大

れば、廿許《ばか》りなる法師の、薄色[二〇]の指貫《さしぬき》、桜[二一]のきうたいに、裳《も》[二二]は着《ちやく》して、袈裟《けさ》は懸けざりつる、つちのえ[二三]を持ちて金色の仏の面《おもて》をけづりけり。御堂の康尚に仰せて云はく、「彼は何《いか》なる者ぞ」と。康尚の申して云はく、「康尚の弟子、定朝《ぢやうてう》[二四]なり」と。其の後、おぼえつきて、世の一《いち》[二五]物《もつ》に成りたり」と。

（八二）

また、仰せて云はく、「今度[二六]の御侍読《じどく》は、天道[二七]惟順《これのぶ》[二八]を哀れぶの秋《とき》なり。左右《とかう》あるべからざる事なり。故正家《まさいへ》[二九]は、をそろしかりし者なり。先年[三〇]、興福寺の願文《ぐわんもん》を作りて持て来たる。我、鬢[三一]かきて直衣《なほし》を着《ちやく》し、簾中《れんちゆう》に居て、相ひ逢ひて、願文を読み了《をは》りて後、正家の云はく、「随分[三二]の相人《さうにん》なり。指し出で[三三]御《おは》すべし。相《さう》し奉るべきなり」と。即ち、指し出づるに、つらつらと見て、「いみじくやむごとなく御坐《おはしま》する君なり。今に今に繁昌せしめ御する上、寿命[三四]も長く御坐すべし。かくよく相し奉りつる代《しろ》には、酒を一銚《ひとてう》[三五]

仏子康尚」が正か。 一八 底本「仏子」は「仏師」の意。康尚は平安中期を代表する仏師。 一九 工事用の足場。
二〇 紫の薄い色。装束集成三・薄色指貫「雅抄云、うすいろ、又あさぎもえぎなど□□も、殿上地下の五位、皆きることあり。首書云、…薄色は、つねに、五位六位みなきる物なり」。 二一 薄紅色の裘代（公家の直衣に相当する僧服）。
二二 僧職にある者が腰から下にまとった衣服。
二三 底本「つちのえ」は「つちのみ」が正か。槌と鑿（のみ）。
二四 平安後期最高の仏師。現存する宇治平等院鳳凰堂の本尊阿弥陀如来像の作者。 二五 逸物。傑出して優れた者。

上八二条　五月二十三日に急逝した藤原顕業に関わり想起された話題。古事談六・59は本条の後半に似るが直接関係は疑問。

二六 侍読は天皇（皇太子）に漢籍を講ずる役。前年の久安三年（一一四七）十二月十一日に近衛天皇の御書始があり、侍読の博士には藤原顕業が、尚復には子息の俊経が任じられて、父子で独占の形となり、批判を浴びた（台記）。ところが顕業は本年五月二十三日（本条談話の八日前）に急逝。頼長は顕業の薨去を「蓋鬼神所為也」（台記）と評した。本条はこのような状況下に囁かれた話題である。田中宗博「中外抄試論」（『国文論叢』〈神戸大〉一六）参照。
二七 この「天道」に相当するものを頼長は「鬼神」と称している。→注二六。
二八 大江維順。匡房の男。大学頭。顕業父子の独占により侍読の選にもれた学者である。
二九 藤原正家。文章博士。堀河天皇の侍読。顕業には祖父に当たる。
三〇 康和五年（一一〇三）七月の興福寺供養の時のことか（殿暦）。当時忠実は二十六歳。俊信はその二年後に卒した。
三一 鬢に櫛を入れて。 三二 優れた相人。
三三 お顔を見せてください。相を見てあげましょう。
三四 父師通の早世を経験した忠実にとって、自身の寿命の長短は切実な関心事だった。上62参照。
三五 銚子は、注ぎ口があり長い柄が付いた酒器。

子《し》たべ。また、[一]俊信《としのぶ》を召し仕はしめ給ふべきなり。[二]うるせき儒にて候ふものを。候ふ[三]才も無下《むげ》には候はず。但し、寿《いのち》の候はねば、[四]何事かは候ふべき」と。その後、我、摂政関白、[五]三宮の宣旨、寿七十一になり了んぬ。俊信はまた[六]父より先に死去す。すこぶる相ひ叶ひ了んぬ」と。

（八二）

仰せて云はく、「[七]日記はあまたは無益《むやく》なり。[八]故殿の仰せには「日記多ければ、[九]思ひ交りて失礼をするなり。[一〇]西宮・北山には凡《おほよ》そ作法は[一一]過ぎじ。その外は[一二]家の日記の入るべきなり。この三つの日記だにあらば、凡そ事闕《か》くべからず。他家の日記は全《もは》ら無益なり。その故は、『[一三]摂政関白、主上の御前にて腹鼓《はらつづみ》打つ』と云ふとも、用ゐるべからざる故なり。また、日記は委《くは》しくは書くべからざるなり。[一四]人の失また書くべからず。ただ[一五]公事《くじ》をうるはしく書くべきなり。

さて日記を秘すべからざるなり。[一六]小野宮関白は日記を蜜《かく》すによりて[一七]子孫なし。[一八]九条殿は蜜《かく》さしめざるによりて[一九]ゑせ物なり。その事は[二〇]棄つ

一 藤原俊信。正家の男。顕業の父である。 二 立派な儒者。 三 底本「候候才」。「候」の一字を衍字とみて削除したが、「候漢才」の誤記の可能性も。才能もそう悪くはございません。 四 どうにもなりません。 五 准三宮（→上30注一八）の宣旨。忠実は保延六年（一一四〇）にそれを受けた。 六 俊信は長治二年（一一〇五）卒。五十一歳。父正家は天永二年（一一一一）卒。八十六歳。

上八二条　七 日記について論じる。日記はたくさんは要らない。

八 藤原師実。忠実の祖父。 九 諸説が混交して礼を失することがある。 一〇 有職故実書の西宮記（源高明著。巻数不定）と北山抄（藤原公任著。十巻）。両書に対する高い評価は富家語48にもみえる。 一一 底本「遇」は不審。「過」に訂した。 一二 その家の先祖の日記。ここでは貞信公記以下、藤原摂関家の先祖の日記をさす。 一三 （他家の日記に）もし「摂政関白、主上の御前にて腹鼓打つ」というような思いがけないことが書いてあったとしても、先例として採用できるはずがないからである。 一四 人の失敗を書いてはいけない。中右記・嘉承二年（一一〇七）三月二十九日条が晩年の匡房を「毎二人来逢一、記二録世間雑事一之間、或多二僻事一、或多二人上一」と非難したのと通じる思想。 一五 宮廷行事の次第をきちんと記録すべきである。 一六 藤原実頼。その日記、清慎公記は藤原公任が部類記作成のために切り出したため散佚した（小右記・万寿五年（一〇二八）七月一日条）。 一七 政権は九条流に受け継がれ、小野宮流には高位高官に至った者が少ないことをさす。 一八 藤原師輔。日記は九暦。 一九 底本・諸本とも「ゑせ物」。語義未詳。下13に同語例（似非者の意）があるが、文脈上それとは意味が異なる。ここは「恵世者」が原姿であろうか。 二〇 底本「棄」に「不審」と傍書。諸本は判読不能の文字を記す。 二一 近衛家文書の忠実の旧記目録に見える「九条殿口伝 二巻」をさすか。同書は同家所蔵の九暦記（九暦から忠平の教

る事有りと書かしめ給ひたる故なり。
部類抄[二一]は、いみじき物なり」と。

（八四）

また、仰せて云はく、「相撲《すまひ》[二二]は、今は知る人なし。左近久末《ひきすゑ》[二三]、右近忠清《ただきよ》[二四]、これぞ知りたる者なるか[二五]。授くる時は[二六]、彼をなすべきなり。また、我ぞ知りたる[二七]」と。

（八五）

また、仰せて云はく、「月を賞する夜は灯《ともしび》を消す、定まれる事なり。但し、礼節[二八]の夜は何様《いかやう》なるべきや」と。
申して云はく[二九]、「件《くだん》[三〇]の事は知り給へず候ふ。望月[三一]の駒引き、夜に入る時、なほ主殿寮《とのもれう》の庭燎《にはび》[三二]あり。但し、法興院[三三]の御渡りにぞ、明月によりて灯を消されたる由《よし》、日記[三四]に見えて候へ。件の移徙《わたまし》[三五]は尋常にあらざるか。遊女の参入して唱歌《さうが》、和歌など候ひけり」と。

命を記した箇所を抄出したもの)に同じか(竹内理三「口伝と教命」『律令制と貴族政権』参照)。

上八四条　相撲節を知る者について述べる。上55にも相撲節の話題がある。

二二　相撲節は保安三年(一一二二)を最後に中絶。このころ再興が話題になっていたか。老いたる忠実は相撲節の貴重な経験者であった。なお、この後、保元三年(一一五八)信西が復活させたが安元以後廃絶した。
二三　底本「之末」を訂。大石久末。大石氏は久末の父末行の時、左近衛府の庁頭となり、以後同氏が相伝した。
二四　惟宗忠清。右近衛府の庁頭。
二五　底本「者有歟」は「者ナル歟」が正か。
二六　「投之時可為彼也」は文意未詳。「投」は「授」の誤写とみて訓読を試みた。相撲節を復活するために、その式次第を官人たちに伝授する時には、彼を教授役にすればよいの意か。「為」が「尋」の誤写とすれば、文意はさらに明解になる。
二七　(久末・忠清以外では)自分がよく知っている。

上八五条　明月の夜に灯火を消す話。
二八　儀式や節会の夜はどうするべきか。灯火を消すのかどうか。二九　発言者は中原師元。
三〇　このような謙譲表現を前置きにして、師元の知識の披瀝がなされる場合が多い。→上70注一八。
三一　普通には八月二十三日の信濃国望月牧の貢馬二十疋を見る儀式をいうが、ここでは明月が話題であるから、八月十六日(朱雀院以前は十五日)の信濃国諸牧の駒牽をさすか。
三二　照明のための焚き火。
三三　二条北、京極東にあった藤原兼家の邸宅。永延二年(九八八)九月十六日に新築転居の盛大な宴が行われた。日本紀略・同日条「摂政新造二条京極第、有㆓興宴事㆒。左右大臣以下多以集会。池頭釣台盃酌数廻。東宮大進源頼光率㆓貢駒卅疋㆒。大臣以下預㆑之有㆑差。会者誦㆓詩句㆒、唱㆓歌曲㆒。河陽遊女等群集。…今日之遊、希代之事也」。
三四　未詳。外記日記か。三五　底本「移徙」を訂。移徙は前文の「渡り」と同意。転居(の儀式)。

仰せて云はく、「件の礼は、忽《たちま》ちには覚えず。宇治殿[一]の御元服か着《ちやく》袴《こ》かの間御忘[二]れ、明月によりて庭燎《にはび》を消されたる由、見[三]しところなり」と。

（八六）

久安四年閏六月四日。仰す、「鎮西[四]の毛亀、明日[五]は一定《いちぢやう》御覧ずべきか。かくのごとき瑞《ずゐ》は、一定《いちぢやう》[六]相ひ叶ふか」と。

申[七]して云はく、「乱世に瑞あるは、これ天の吉を教ふなり。聖代に怪あるは、これ天の譴《せ》めを示す。各《おのおの》その事に随ひて、聖徳を施す時[八]、瑞は必ず叶ひ、怪は太《はなは》だ退く。近くは則《すなは》ち白河院の御時、故二品親子[九]の白川堂字《あざな》善勝寺[一〇]に足ある蛇ありと。父の師遠《もろとほ》[一一]、院宣[一二]によりて、注し申さく、「女子[一三]の祥なり。また本朝奇令[一四]の例は最吉となす」由《よし》、申し了《をはん》ぬ。今顕季《あきすゑ》[一五]の孫の時に当たりて、皇后[一六]の出で来たり了んぬ。これ女子の祥の相ひ叶へり」と。

仰せて云はく、「音人《おとんど》[一七]の例は如何」と。

一 頼通の元服は長保五年(一〇〇三)二月二十日(日本紀略)(百錬抄)。明月を愛でるにはやや遅すぎる。着袴(年月未詳)の時であろうか。 二 忠実自身が忘れて思い出せなかった意。 三 文献で見たことがある。

上八六条 翌日鳥羽院に献上予定の毛亀の話から、足蛇の話に及ぶ。ともに瑞兆であり、頼長女多子の入内を望んでいた忠実にとっては切実な意味を持った話題。

四 九州から献上された毛亀。甲羅に毛の生えた亀は瑞兆。台記・久安四年(一一四八)閏六月五日条「為二御使一持二来毛亀一〈西海人所レ貢云々〉。余着二冠直衣一見レ之、甲径三許寸、其上多レ毛〈其毛長殆及二一寸一〉。毛色青」。古今著聞集二十・688にみえ、本朝世紀の同日条にも詳しい。→注六。

五 間違いなく明日(五日)ご覧に入れるべきなのだな。忠実は吉日を選んで亀を頼長に見せ、院に献上しようとしていた。ここは吉日の選定に念を押している場面。

六 確かに実現するのだな。先日鎮西からこの亀が献じられた時、師元は忠実の諮問に「御子孫間、皇后女御、早産二宸宮之主一、遂為二南面之母一之象也」(台記・閏六月五日条)と答えていたが、本朝世紀・同上日条には「法皇内々仰二稽古之輩一、被レ勘二吉凶一、粗申二不快之由一云々。又入道相国(忠実)仰二直講中原師元一被レ勘レ之、申二吉祥之由一」とあり、鳥羽院側の吉凶判断は師元とは違っていた。当時忠実らは頼長女多子の入内を画策しており、この亀の吉凶はその成否に関わる切実な問題であった。

七 発言者は中原師元。 八 底本「絶」を訂。

九 底本「故広親子」の「広」は「二品」の草体の誤写とみて訂。藤原親子は白河院の乳母。藤原顕季の母。従二位。

一〇 底本「宝音勝寺」を訂。親子が晩年尼になって住んだ堂。白河の法勝寺の近所にあり(中右記・寛治七年(一〇九三)十月二十一日条)、後に顕季が善勝寺を建立した。百錬抄・保安三年(一一二二)五月十四日条「故二品親王白川堂〈善勝寺〉前庭、有レ足蛇出来、為レ犬被二喰殺一。上皇仰二敦光・師遠一令レ勘二申子細一」(但し「親王」は「親子」が正。親子は従二位)。

一一 中原師遠。師元の父。 一二 白河院の院宣があったこと

申して云はく、「[一八]児童たりし時、足ある蛇を見たり。余の童は[一九]□由、見しところなり」と。

仰せて云はく、「太《はなは》だ興ある事なり。我、小年の時、蛇の足を見き。[二〇]華山院の[二一]寝殿の東面の南端に[二二]日がくしありき。件《くだん》の所の前に、[二三]仕丁《じちやう》、朝掃《あさぎよめ》の時、蛇を木に懸けて持ち去りし時、[二四]□足ありき。[二五]むかでの足のごとし。而《しか》るに、傍にありし他の人は、さらに見えざる由を申す。還りて我見たる由を云ふをも、時の人信ぜざりき。「かくのごとき事は、[二六]幸ひ人の目に見ゆ」とぞ、時の人云ひけり。今音人の例に相ひ叶ひ了んぬ。尤《もと》も興あり、興あり。我、[二七]寿命七十、関白、摂政、准三宮、子孫繁昌、偏《ひと》へにかの兆《きざし》なるか。また、夢にかくのごとき物を見るは、相ひ叶ふや、如何」と。

[二八]□之、「忽《たちま》ちには覚えず候ふ。但し、[二九]彗星を夢に見たる時、なほ慎みあり。吉祥を夢に見るに、何《いか》で慶《よろこ》びなからむや」と。

仰せて云はく、「[三〇]故顕季《あきすゑ》の語りて、「[三一]我も夢に蛇の足を見たり。いみじき事なり」とぞ云々」と。

は百錬抄に見えるが(→注一〇)、師遠の勘文は記録されていない。 一三 女子に関係のある瑞祥である。
一四 底本「本朝奇令例為最吉由」は難解。本朝奇令(散佚書の名か)では最吉の例としている意か。
一五 いま建立者藤原顕季の孫の代になって。顕季の孫美福門院得子は鳥羽天皇の皇后となり、近衛天皇を生んだ。
一六 底本「皇居」を訂。得子の立后は永治元年(一一四一)。
一七 大江音人。大江氏の祖。
一八 底本「見童」を訂。扶桑略記・元慶元年(八七七)十一月三日条(音人薨伝)「年九歳時、家園有二一蛇一、度二其前一。腹下短足連綴、如二赤色絲一。驚怪呼二他児一令レ視、蛇足隠而不レ見」。続本朝往生伝の音人伝にも同様の逸話がみえる。
一九 底本欠字。欠字は「不見」であろうか。
二〇 花山院。近衛南、東洞院東一町。東一条第とも(拾芥抄)。古くは藤原師輔の邸宅。康平六年(一〇六三)七月三日、師実は花山院を新造して移徙(百錬抄)(類聚雑要抄)。永保二年(一〇八二)四月十三日以後は、師実の同母姉寛子が用い、その後は師実の子家忠が伝領して花山大納言と呼ばれ、子孫は花山院家と呼ばれた。 二一 底本「霞殿」を訂。
二二 階段の上を覆うための屋根。花山院には東対がなかった(太田静六『寝殿造の研究』参照)から、渡殿の代わりに階段が設けられていたか。 二三 雑役に従事する下人。
二四 底本欠字。欠字は「蛇ニ」か。 二五 忠実の見た蛇の足は音人が見た「腹下短足連綴。如二赤色絲一」(注一八)に似る。
二六 幸せな運命に生まれた人にだけ見える。
二七 本条談話時、忠実は七十一歳。父師通の早世を経験した忠実には、自身の長寿がひとしお感慨深かった(上62参照)。「関白摂政」以下は満足すべき生涯の回顧。同様の充足感は上29、32、82にもみえる。
二八 底本「□之」。原姿は「申云」か。発言者は師元。
二九 彗星は凶兆。諸道勘文「抑彗星者希代之変也。天誡之告也。不レ可レ不レ慎」。
三〇 右大臣藤原顕季。白河院の近臣。善勝寺家の祖。→注一〇。 三一 底本「我之」を訂して訓む。

（八七）

また、仰せて云はく、「李《り》部王記《ほうわうき》[一]は、汝見しや、如何」と。

申して云はく、「少々は窺[二]ひ見候ふところなり」と。

仰せて云はく、「東三条[三]は李部王の家なり。而《しか》るに、彼の王の夢に、東三条の南面《みなみおもて》に金鳳《きんほう》[四]来りて舞ふ。よりて、李部王[五]は即位すべきの由を存ぜらるといへども、相ひ叶はず。而《しか》るに、大入道殿[六]伝領せり。その後、一条院[七]鳳輦《ほうれん》[八]に乗りて、西の廊[九]の切間より出でしめ給ひ了《をは》んぬ。この事、他の時[一〇]に相ひ叶へるは、如何」と。

予、申して云はく、「家のために吉き夢なり。人のために吉き夢にはあらざるか」と。

上八七条　東三条殿をめぐって李部王の見た瑞夢について語る。前条と同じく女子に関係した瑞兆の話題である。古事談六・2の後半は本条に依拠。

一 醍醐天皇第四皇子重明親王の日記。

二 底本「規」は「窺」に通じる。

三 東三条殿（→上16注二七）は良房・忠平らを経て兼家に伝領された。同邸を重明親王の旧宅とする説は今昔物語集二十七・6や二中歴、拾芥抄等に見えるが、重明親王の室藤原寛子が忠平の女であったことによる。

四 金色の鳳凰。その家の女子が后妃となり国母となる瑞兆。（春日）古社記「大神宮称、以二我子孫一為二皇位一、以二汝孫一乗二金鳳車一」も同様。

五 李部王は自分が即位できる瑞兆かと思ったが、それは叶わなかった。

六 藤原兼家。

七 一条天皇（懐仁親王）は天元三年（九八〇）東三条殿で出生（栄花物語二・花山たづぬる中納言）。母は兼家の女詮子。

八 底本「風輦」を訂。屋根の上に鳳凰の飾りを付けた輦。天皇の乗物。

九 東三条殿には西対がなく、寝殿の西側の西中門廊から南の釣殿に向かって透廊（西廊）が設けられ、その途中に切長押があって、南庭と外部との通路になっていた。ここでは寝殿の南階から出発した鳳輦がその切長押を通って出たことをいう。

一〇 吉夢が（夢を見た本人ではなく）他人の時に実現したのはどうしたことか。

（中外抄 下）

（一）

[11]久安四年七月一日。召しによりて[12]小松殿に参る。御前において雑事《ざふじ》を仰せらるる次《ついで》に、仰せて云はく、「[13]今年、内裏造作《ざうさく》の事、正堂《しやうだう》・正《しやう》寝《しん》によりて延引すと云々。汝の思ふところは、如何」と。[14]申して云はく、「正堂・正寝は、[15]内相府の尋ね仰せられて曰はく、「愚案するに及ばず、[16]泥捲迷《でいけんまど》ふべし」と。[17]但し、[18]大極殿を作りて正堂となし、紫宸殿をもつて正□[19]となすべきか。但し、[20]忌避せらるべからざる由《よし》、存じ思ひ給へ候ふなり。漢家・本朝、[21]当梁年《たうりやうねん》に造作の例、その数候ふ故《ゆゑ》なり。但し、[22]長久度は、[23]今年材木を採り、明年造宮あるべき由、[24]御前定《ごぜんさだ》めの候ふ [25]本文は委《くは》しきによりて注さず」と。仰せて云はく、「正堂・正寝は、人々の勘《かんが》え申す旨《むね》不同なり。[26]我、

下一条　当梁年に内裏造営の可否を論じる。六月二十六日に焼亡した里内裏土御門烏丸殿の再建に関わる話題。二 一一四八年。
三 忠実の邸宅。宇治小松殿。↓上65注二四。
一三 この年六月二十六日里内裏土御門烏丸殿が焼亡。権天文博士安倍晴道が本年（戊辰）は地梁（↓注二一）の年であり、当梁年には正堂・正寝の上棟立柱を忌むべしとの本文（新撰陰陽書）がある旨を奏上したため、正堂・正寝の何たるかが僉議されたが、結論を得るに至らなかった（本朝世紀・閏六月十五日）（台記・同日）。
一四 発言者は中原師元。一五 内大臣藤原頼長。
一六 泥は、なづむ意。惓は、倦に通じ、倦（う）む意。即ち本条以前に頼長は判断に難渋し結論に迷うとして、師元に尋ねていたのである。一七 以下は師元自身の意見の開陳。
一八 大極殿は大内裏朝堂院の正殿。紫宸殿は内裏の正殿。なお閏六月十五日には、師元の兄師安が、正堂には大極殿、正寝には小安殿（大極殿の北側の建物）を当てるべしと言い、頼長は「以㆓大極殿㆒不㆑可㆑称㆓正堂㆒」と反対している（本朝世紀）。なお、左経記・長元元年（一〇二八）七月十九日条には「凡当梁歳、正寝・正堂上㆑梁竪㆑柱、不㆑利㆓家長㆒、多㆑凶少㆑福」云々の説が議され、「案㆓大極殿体㆒非㆑寝非㆑堂、所謂廟作也」等の意見が出た旨が見える。頼長が難色を示した理由もそれに関係するか。一九 底本破損。欠字は「寝」か。
二〇 当梁年（↓注二一）だからといって正堂・正寝の造営を忌避するべきではない。
二一 建築を忌む年。戊辰・戊戌を天梁、庚辰・庚戌を地梁とする（左経記・長元元年七月十九日条）。久安四年は戊辰。
二二 長暦三年（一〇三九）六月内裏焼亡。翌長久元年は庚辰即ち地梁に当たり、伊勢遷宮の年でもあった。新造内裏は長久二年に完成（扶桑略記）。
二三 当梁年には材木を用意し、造営は翌年にすべき旨。
二四 ↓上7注四。二五 御前定の本文。
二六 自分（忠実）としては、正堂・正寝には寝殿を当てるべきだと思う。

思しめすは、正堂・正寝は寝殿となすべきなり。宗《むね》[一]とあるやと云ふなり。長久[二]に忌まるる事は、後朱雀院[三]の御時は、くすしくして常にさあるなり。今年は造るべからざるか。伊勢造宮[四]の間は造作せずと云々」と。

予申して云はく、「造宮の年に造作を止むべき由、式[五]の文に見えず。よりて、先例は忌まれず候ふ」と。

（二）

また、仰せて云はく、「江師《がうそち》[六]をば見きや」と。

申[七]して云はく、「見ず[八]候ふ」と。

仰せて云はく、「尤《もと》[九]も遺恨なり。故二条殿[一〇]いみじき物[一一]にせさせ給ひき。彼は二条北[一二]、東洞院西にあり。故二条殿は二条南[一三]、東洞院東に御坐《おはしま》す。にくさげにて、衣装もあさましくわろくてぞありきし。故□[一四]殿、我が前に居《す》ゐて、「これ□[一五]一文不通□[一六]術《ずち》なきわざかな」と仰せられしかば、「関白[一七]・摂政は詩作りて無益《むやく》なり。公事《くじ》大切なり。

一 (自分が聞きたいのは、正堂・正寝の何たるかについての意見ではなく)専ら(当梁年に造営した)先例があるかと言っているのだ。

二 長久度に地梁の年を忌避したのは、後朱雀院の御代にはやたらに縁起をかついだからであって、参考にならない。

三 後朱雀院時代を「物忌くすしき」時代として回顧する姿勢は、上18、下45等にもみえる。

四 伊勢造宮の間の内裏造営の可否については従来から議論があった。中右記・永久二年(一一一四)八月五日条「往年伊勢遷宮之間、内裏雖レ有二造営例一、猶於二正遷宮年一者、尤可レ有レ憚也。…堀川院皇居焼亡之時、有二僉議一之日、伊勢内外宮遷宮之間、被レ仰レ作二内裏一、有レ憚由所レ被二沙汰一也。…内外宮遷宮之間、雖レ有二造営先例一、強非二吉例一」。

五 延喜式四・伊勢大神宮の条をさす。

下二条　大江匡房の摂関に漢才無用論。先例・故実が問題になった前条から、故実に明るく自分に日記(先例・故実の資料)を勧めてくれた人物として匡房を思い浮かべたか。中外抄下30の一部と話題が共通する。

六 底本「江師」を訂。大江匡房。平安後期に傑出した漢文学者。後三条・白河・堀河三代の侍読。江談抄の談話者。

七 発言者は中原師元。八 匡房が薨じた時(一一一一)、師元は数え年三歳。会った記憶がないのは当然。

九 それは残念だな。一〇 藤原師通。忠実の父。

一一 すばらしい大学者と認めて敬重なさった。匡房は関白侍読として師通に仕えた。忠実の名も師通が匡房に撰申させたものである(後二条師通記・応徳二年八月二十二日条)。

一二 匡房の家が二条北、東洞院西にあったことは、中右記・永長元年(一〇九六)五月六日条に「江中納言(匡房)宅」が二条北、東洞院東角の橘以綱邸の西隣と記されていることから確認できる。師通邸とは二条東洞院の辻を挟んで向かい合う位置にあった。

一三 もと藤原教通の邸宅、二条殿。師通は全子(忠実の母)とは別の妻(信長の女。教通の孫)からこの家を伝領したらしい。朧谷寿他『平安京の邸第』参照。

[一八]学文《がくもん》せさせ給ふべき様は、紙三十枚を[一九]続けて、[二〇]通国様《みちくにやう》の物を御傍に居《す》ゑて、『只今馳せ参る』など書かしめ給ふべし。また、『今日天晴る。召しによりて参内す』など書かしめ給ふべし。君の知ろしめさざる文字候はば、彼に問はしめ給ふべし。件《くだん》の文二巻、ただ書かしめ給ひなば、[二一]うるせき学生《がくしやう》なり。四、五巻に及びなば、[二二]左右《とかう》あたはざる事なり」と。よりて、かやうにせし程に、日記程なく見てき」と。

（三）

久安四年七月十一日。召しによりて御前に参る。[二三]高野《かうや》の御堂の名、[二四]新しき御堂の名を仰せらる次《ついで》に、[二五]予の申して云はく、「[二六]後三条院は才学の君にて御《おは》しき。かの時、[二七]大二条殿は摂籙《せつろく》、[二八]匡房《まさふさ》卿は五位の蔵人たりき。而《しか》るに、[二九]円宗寺の本の名、円明寺なりしは、如何」と。

仰せて云はく、「[三〇]物はさこそあれ。かくのごとく吉凶は自然《おのずから》出で来たる。また、しかるべき事なり。[三一]宇治殿の御難なり。「[三二]この御願は庚《かのえ》[三三]午《うま》の日にぞ供養せらるべかりける。見れば、[三四]関白は腹黒き人かな。か

一四 底本破損。欠字は「二条」か。
一五 底本破損。欠字は「カ」か。この子は学問嫌いで困ったことだ。 一六 底本破損。欠字は「ナル」か。
一七 関白・摂政は漢詩を作っても無益。朝廷の公事こそが大切です。 一八 公事の学び方を申し上げますと。
一九 貼りついで(巻子にして)。
二〇 大江通国。文章博士。大学頭。摂関家の家司。
二一 並々でない学者。 二二 文句のつけようがありません。

下三条
去る三月忠実が高野山に造立した御堂の名や忠通室が近日供養予定の法性寺新御堂の名から、前条で話題の匡房らが天皇の御願寺の名を付け損なった話に及ぶ。上54、古事談五・48と話題が共通する。

二三 忠実が高野山に造営した金剛心院。この年三月、頼長とともに登山して落慶供養を行った(高野春秋)(台記)。
二四 来る七月十七日に忠通の室が供養する予定の法性寺の新御堂をさす。 二五 発言者は中原師元。
二六 続本朝往生伝・後三条天皇伝「和漢才智誠絶二古今一、雖二耆儒元老一、敢不二抗論一」。
二七 藤原教通。頼通の弟。底本「摂録」を訂。
二八 大江匡房。→下2注六。
二九 仁和寺の南にあった寺。後三条天皇の御願寺。(あれほどの英才が揃っていたのに)御願寺に円明寺という縁起の悪い寺名を付けて非難され、円宗寺と改名せざるを得なかったのは何故か。
三〇 物事はそんなものだ。(どんなに優秀な人材が揃っていても)このように吉凶は自然と生じてくる。
三一 宇治殿(頼通)が御非難になったのだ。
三二 後三条院の御願寺、円明寺をさす。
三三 (こんなに縁起の悪い寺名を付けるのなら)供養も縁起の悪い庚午の日にすればよかった。→上54注一六。
三四 関白(教通)は(凶名であると気付いたであろうに、黙っていたとは)腹黒い人だ。円明寺供養があった延久二年(一〇七〇)の頃、頼通・教通間には関白の継承をめぐる確執があった。頼通の発言にはそれが反映しているか。

くのごとき事を申されで」と仰せられければ、後三条院、大きにはぢさせ給ひて、供養の後に円宗寺とは改められしなり。円明寺は松崎寺の名なり。松崎寺[一]は庚午の日に供養す。不吉[二]の例なり」と。

（四）

久安四年八月五日。仰せて云はく、「同[三]日に神社の精進をするには、上臈《じやうらふ》の社に付くなり。稲荷《いなり》[四]・祇園《ぎをん》[五]同日行幸の時は、先[六]づ稲荷にて魚を供へて、次[七]に祇園にては浄食にて御《おは》すなり。また、白河院の仰せには、「宇[八]佐使《うさつかひ》の間は、帝王浄食にてある□[九]。伊[一〇]勢に幣《ぬさ》を立てらるる時は魚食なり。されば、宇佐使の間は、伊[一一]勢の幣のあれかし、あれかしと思ふなり」」と。

（五）

久安四年八月廿四日・廿五日の両日、宇[一二]治小松殿において、内[一三]大臣殿に見参す。文事を仰せらる漢[一四]家なれば、注さず。その次《ついで》に、仰[一五]せられ

一 松崎(京都市左京区松ケ崎)にあった寺。正式な寺名は円明寺。正暦三年(九九二)六月八日庚午に中納言源保光が供養(日本紀略)。古事談は「山崎寺」とするが、山崎にあったのは同名異寺。→上54注一五。
二 源保光が松崎寺の供養をして後、保光の家と姻戚関係の深かった一条摂政藤原伊尹、その子挙賢・義孝らが相次いで世を去ったことをさす。陰陽略書・択日吉凶「保光中納言、庚午日、供㆓養松崎寺㆒。其後子孫発(夭カ)已多向㆓彼寺㆒。時人験㆑之云々」。中村璋八『日本陰陽道の研究』参照。

下四条　神社の精進について述べる。頼長の女多子の入内祈願に関連した話題か。世俗浅深秘抄上54は本条の前半に依拠。また中外抄上42、富家語63と話題が共通。富家語89にも関連記事がある。

三 同じ日に複数の神社の精進をする場合には、上位の神社の規定に従う。 四 官幣二十一(二二)社中、稲荷は上七社、祇園は下七(八)社に属し、稲荷の方が格上(二十二社註式)。 五 稲荷・祇園への行幸は同日に行われるのが定例。詳細は長秋記・天承元年(一一三一)三月十九日条など参照。 六 稲荷は魚食の神。 七 祇園は浄食の神。富家語89「次幸㆓祇園㆒、於㆑彼御精進也」。 八 天皇即位や国家異変がある時、奉告祈願のため宇佐八幡宮(大分県宇佐市)に奉幣のため派遣される勅使。宇佐は浄食の神。日数は片道二十日余。 九 底本破損。「也」か。 一〇 伊勢大神宮に奉幣する勅使を立てた時。伊勢は宇佐より上位で魚食の神。 一一 伊勢例幣使は毎年九月十一日に発遣。ここは臨時の奉幣使をいうか。

下五条　先日従三位に叙せられた頼長の室幸子と女多子の位記・請印について、頼長と師元の会話。

一二 →上65注二四。 一三 藤原頼長。忠実の二男。
一四 漢学に関する話題であったから、ここには記さない。筆録者の注記。 一五 発言者は頼長。
一六 底本「女房号姫君」の「号」は「与」の誤写とみてかく訓む。頼長室藤原幸子は八月五日、女多子は九日に従三位に叙せられ、両人の位記・請印は二十五日に行われる予定であった(台記別記(婚記)・八月二十五日条)。

て云はく、「明日廿五日、[一六]女房と姫君の三位の[一七]位記、請印《しやういん》、即ち[一八]請《う》けを取るべきなり。大内記[一九]長光《ながみつ》の持て来るべきなり。[二〇]禄《ろく》を給ふべきなり。如何」と。

[二一]予の申して云はく、「件《くだん》の条、未《いま》だ心を得ず。故《ゆゑ》は、[二二]正月の女叙位には、位記、請印の後、[二三]御前に留め、内侍に賦《あた》ふ。[二四]これに就《つ》くに、内記の持て向かふべからざるか。また、[二五]摂政殿の御前の三位の位記は、[二六]故忠頼《ただより》少将の時、[二七]柳筥《やないばこ》に入れて持参せし様《やう》に覚え候ふ。但し、[二八]内親王・女御の御位記は、近衛司の使となり、凡人はしからざるか。如何」と。

仰せて云はく、「[二九]鷹司殿以下、[三〇]三位の位記は[三一]見えず。また、[三二]待賢門院の三位の時は、[三三]故重隆《しげたか》の記に見えず。[三四]皇太后宮の三位の時は、[三五]実光《さねみつ》、奉行すといへども、日記に書かず。[三六]知信《とものぶ》、[三七]見所《けんしよ》にて書きたる日記にも、また見えず。但し、[三八]一条三位の時、[三九]敦光《あつみつ》朝臣、[四〇]大内記として持参の由《よし》、[四一]彼の記に見えたり。[四二]且《かつが》つ[四三]藤納言 故宗忠《むねただ》公 に申し合せたる由、見えたり。よりて、件の例を追うべし。如何」と。

一七 位記は、位を授けられた者に与える文書。請印は(ここでは)従三位の位記に内印(天皇御璽)を押すこと。少納言が奏上して行う。なお、六位以下の位記は上卿の裁可により外印(太政官印)を押す。 一八 受け取る予定である。 一九 藤原長光。大内記は詔勅・宣命の起草や五位以上の位記などを司る。 二〇 祝儀を与えようと思うが、どうか。 二一 中原師元。 二二 江家次第三・女叙位「女叙位〈隔レ年行レ之、式日八日、近代択二吉日一〉」。 二三 印を押した後、天皇の御前に留めて、内侍に手渡す。「賦ふ」は、授与する意。ここでは「付す」と同じく、渡し託す意。 二四 この点から考えると(内侍の手元に残るのだから)内記が持ってきてはいけないのではないか。 二五 忠通の室藤原宗子は大治五年(一一三〇)正月八日従三位に叙せられた(中右記)(長秋記)。 二六 藤原忠頼。師実の孫で忠実の従兄弟。 二七 柳の細枝を編んで作った箱。位記を柳筥に入れることの当否は正月八日の女叙位当日すでに話題になっていた。長秋記・同日条「欲レ奏二叙位一之時、撤二硯雑具一、置二柳筥上方一、以二叙位一盛レ筥云々。此事可レ然哉」。 二八 近衛司(近衛少将)が勅使となって位記を届けるのは内親王や女御の場合であって、(皇族でない)普通人の場合は異なるのでしょうか。どうでしょう。 二九 藤原道長室源倫子。従三位に叙せられたのは長徳四年(九九八)十月二十九日。 三〇 底本は「三」が虫損して「二」の如くみえる。 三一 記録が残っていない。記録に見えない。 三二 待賢門院璋子。従三位に叙せられたのは永久五年(一一一七)十二月一日。 三三 藤原重隆。日記は現存しない。 三四 皇嘉門院聖子。従三位に叙せられたのは大治三年(一一二八)十一月九日。 三五 藤原実光。 三六 平知信。日記は平知信朝臣記。 三七 見証(けんしよう)に同じ。傍で事の成り行きを見ていた人。即ち知信が見証の立場で書いた日記にもやはり見えないの意。 三八 藤原全子。忠実の母。天永三年(一一一二)十二月十日従三位に叙せられた(中右記)。 三九 藤原敦光。 四〇 →注一九。 四一 敦光朝臣記。元永元年条のみ現存(歴代残闕日記)。 四二 とりあえず。さしあたって。 四三 中右記の著者藤原宗忠。

予の申して云はく、「臨時の女位記の様は、只今覚えず。[一]式に、臨時の女位記は内記に賦《あた》ふべき由、見えず候へば、なほ内記の持て来るは心行かず候ふ。如何。敦光は[二]日記の家にあらず。忽《たちま》ちに[三]叙用《じよよう》しがたきか」と。

[四]仰せて云はく、「入道殿に申すべし」と[五]予、御使す。

[六]仰せて云はく、「先例によるべし」てへり。

[七]内大臣殿の仰せて云はく、「しかれば、明□[八]は先づ請印を行はむ。位記を持て参る事は追つて一定《いちぢやう》すべし」と。[九]その旨《むね》尋ね仰せらる。

(六)

また、[一〇]仰せて云はく、「内覧の人と関白と何《いか》なる差別《しやべつ》ありや」と。

[一一]予の申して云はく、「[一二]内覧は宣旨なり。[一三]太政官《だいじやうくわん》の申すところの文、先《ま》づその人に[一四]触《ふ》るべき由《よし》なり。[一五]関白は詔なり。[一六]巨細《こさい》の雑事《ざふじ》をその人に[一七]関白す。しかりといへども、別に差別なきか」と。

仰せて云はく、「[一八]御堂などは、内覧の時、ただ関白のごとし。[一九]我、

一 延喜式十二・内記には「凡節会乃尋常詔旨者、内記預書。〈…正月十四日斎会、四月成選位記、同月任二郡司等一詔旨、内記前一日付二内侍一奏レ之。内侍執奏了、即時返二授内記一〉」云々とあるが、臨時の女叙位のことは見えない。

二 家記と称される父祖代々の日記を継承してきた有職故実に明るい家柄。

三 叙用は、人の言を採用すること。敦光が日記に書いていることを、ただちに先例と見なすわけにはいかない。

四 頼通の発言。入道殿(忠実)のご意見をお聞きしよう。

五 師元が使いとなって頼長の質問を忠実に伝えた。

六 忠実の返事。先例に従うように。 七 頼長。

八 底本破損。欠字は「日」か。では明日はまず請印を行うことにして、位記の持参方法については後で決めよう(とりあえず長光の持参は中止だ)。

九 位記の持参方法については改めて師元に諮問された。結局この位記は一か月後の九月二十五日、幸子には右近少将成雅、多子には左近少将光忠を勅使として届けられた(台記別記(婚記)・同日条)。

下六条 前条に続いて頼長と師元との対話。内覧と関白の職責の異同について論じる。

一〇 発言者は頼長。 一一 中原師元。

一二 内覧は宣旨によって任命される。宣旨は詔勅よりも手続きが簡単。勅旨が蔵人から上卿に伝えられ、外記・弁官を経て文書の形にされる。

一三 太政官が天皇に奏上する文書。

一四 その人(内覧の人)の目に触れさせる。見せる。

一五 関白は詔勅によって任命される。 一六 大小一切の事。

一七 関白は、奏上に関(あず)かり、上奏文を内見した上で天皇に白(もう)し上げる意。

一八 藤原道長。 一九 頼長。 二〇 忠実。

二一 自分(頼長)の考えるところでは、内覧と関白は同じではない。

二二 官中は、太政官の弁官局をさす。官局。

不審なるによりて、入道殿[二〇]に問ひ奉るに、仰せて云はく、「分明《ふんみやう》ならざるなり」と。但し、案[二一]ずるは、一同たるべからざるなり。内覧の人は、官中《くわんちう》[二二]に申すところの文許《ばか》りを計り申すべきなり。細書《さいしよ》[二三]に申す文は知らざるなり。また、巨[二四]細も太政官の申すところにあらざれば知るべからざるなり。関[二五]白は巨細に関白すべしと説あり。よりて、諸司より申上ぐ文皆見るべく、皆沙汰すべきなり」と。

（七）

また、仰[二六]せて云はく、「内[二七]覧の人、大臣たる時、官奏《くわんそう》[二八]に候ふ時、官奏の文は誰[二九]人の内覧すべきや」と。

予[三〇]の申して云はく、「官奏は知[三一]らざる事なり。但し、官奏は、史[三二]、文をもつて右[三三]大弁並びに左大弁に覧《み》[三四]せ、次いで大臣に覧《み》しむ。大[三五]臣見了《をは》りて、仰せて云はく、「内覧せよ」と。弁、内覧して後、御前に参上す。而《しか》るに、内[三六]覧の大臣自《をのずか》ら候はば、文を見て後、内覧の儀なくて参上すべきか」と。

二三 細かな上申書には関与しないのである。
二四 大きな(重要な)文書であろうが細かな文書であろうが、(内覧は)太政官が奏上する文書でなければ関与できない。
二五 関白は大小を問わず全ての文書に目を通し処置すべしとの説がある。だから(太政官以外の)諸司から上奏してくる文書もすべて見てよいし、処置してよいのだ。

下七条　前条に続いて、頼長と師元との対話。官奏と内覧の関係について論じる。

二六 発言者は頼長。二七 内覧の人が大臣でもある場合。
二八 諸国の国政に関する重要文書を太政官が天皇に奏上して勅裁を仰ぐ政務。ここでは本条の談話時(下5からの続きで八月二十四日か)に近い「不堪佃田奏」(九月七日)をさすか。
二九 官奏における奏上者は太政官筆頭の公卿である大臣であり、関白または内覧がいる時には、その内覧を経て奏上された(江家次第九・官奏)。本条の話題は、その奏上の大臣と内覧の大臣とが同一者である場合の処置。
三〇 中原師元。
三一 謙遜の言葉。師元が忠実や頼長の諮問に答える時、まず枕に置く決まり文句。→下8注八。
三二 太政官弁官局の官人。官奏の時には文書を取り次ぐ役。
三三 弁官局の官人の最上首。
三四 底本「譏」は「覧」の誤写とみて訂。
三五 大臣は文書に目を通した後、「内覧せよ」と命ずる。そこで弁は内覧の人の内覧を仰ぎ、しかる後に、その文書を御前に持参して天皇に奉る。師元のこの見解を実証する記事は、本朝世紀・天慶四年(九四一)十一月二十六日条「則差㆓弁史㆒、奉㆑送㆓太政大臣里第㆒。太政大臣召㆓弁於御前㆒、覧㆓件書等㆒。如㆘年来候㆓官奏㆒之儀㆖」や中右記・寛治八年(一〇九四)九月六日条に見られる。
三六 もし内覧の宣旨を受けた大臣がいる場合には、その大臣が文書に目を通した後、内覧の儀は省略して天皇の御前に持参すればよろしいかと存じます。

仰せて云はく、「我[一]、案ずるところもこの定《ぢやう》なり。而るに、大殿[二]、内覧の時、官奏の日、重資《しげすけ》[三]、官奏の文をもつて里第に持参して内覧す。凡[四]そ心を得ず」と。

（八）

また、仰せて[五]云はく、「関白[六]、上臈《じやうらふ》の大臣の上に列するは、何《いか》なる時に宣下《せんげ》せらるべきや」と。

予[七]の申して云はく、「委《くは》[八]しくは知り給へず候ふ。但し、仮令《たとひ》[九]、左右大臣は従一位、関白は正二位の時には、この宣なし。同じき位の時に候ふか」と。

仰せて云はく、「しかなり」と。

仰せて云はく、「その人の上に列せよと云ふ宣旨は常の事なり。その人の下に列せよと云ふ宣旨は、如何」と。

予の申して云はく、「覚[一〇]えず候ふ。但し、宇治殿[一一]、大臣の時、摂政たるによりて、左右大臣の上に列す。而《しか》るに、公季《きんすゑ》[一二]、太政大臣に任じ

一 私(頼長)の考えもその通りなのだ。
二 忠実をさす。忠実は康和元年(一〇九九)八月内覧宣旨。保安元年(一一二〇)十二月内覧停止。
三 底本「重資之以」の「之」は衍字か。主格の「の」とも解せる。源重資は、経成の男。蔵人頭。左大弁。重資が官奏の文書を忠実邸に持参して内覧に供した例は、殿暦・康和二年(一一〇〇)六月十七日、同四年(一一〇三)十月二十九日条等にみえる。
四 まったく納得できない。但し、頼長が生まれたのは保安元年(一一二〇)であるから、直接の見聞ではあり得ない。記録によって得た知識か。

下八条 前条に続き、頼長と師元の対話。関白と大臣の席次について論じる。世俗浅深秘抄上55は本条に依拠。

五 頼長の発言。
六 関白が上位の大臣の上座に着くようにとの宣旨は、どういう場合に下されるのか。
七 中原師元。
八 謙遜の言葉。師元が忠実や頼長の諸問に答える際、まずこの種の謙遜の言葉を述べ、次いで「但し」と前置きしてから、自己の知識を披瀝し意見を述べるのが本書では定式となっている。師元は常に謙譲の態度を示しつつも自己の意見や見解は臆せず主張している。
九 仮に。
一〇 師元の謙遜の言葉。→注八。
一一 藤原頼通。長和六年(一〇一七)三月十六日内大臣頼通(二十六歳)が摂政に任じられた時、左大臣顕光(七十四歳)、右大臣公季(六十一歳)の上位に列したことをいう(御堂関白記)。
一二 藤原公季。治安元年(一〇二一)七月二十五日、右大臣公季は太政大臣に、関白頼通は左大臣に任ぜられた(小右記)。
一三 左経記・治安元年(一〇二一)八月十一日条「大外記文義朝臣云、昨関白殿被レ仰云、可レ列ニ太政大臣下一之由、令レ下ニ宣旨一已了」。太政大臣は宿老の大臣を遇する一種の名誉職であった。
一四 正式な文書。口宣ではなく文書の形式をとった宣旨の意か。
一五 その通りなのだ。

たるに、[一三]太政大臣の下に列する由《よし》、宣旨の候ふも、未《いま》だ[一四]正文《しやうぶん》を見ず」と。

仰せて云はく、「[一五]尤《もと》もしかなり。[一六]法成寺の供養の日、公季は太政大臣にて、随身を賜りて、宇治の上に列せられしなり」と。

（九）

[一七]予の申して云はく、「[一八]御堂の[一九]童随身《わらはずいじん》の事は、如何。[二〇]皇帝記《くわうだいき》に見えたりといへども、[二一]勘書《かんじよ》丼びに日記には見えず候ふ。また、[二二]入道殿に言上《ごんじやう》せしめしところ、知ろしめさず。[二三]所見なき由《よし》、仰せ事候ふ」と。

[二四]仰せて云はく、「件《くだん》の事は、[二五]二条殿の御記《ぎよき》に見えたるなり。[二六]七条の細工を召して雑事《ざふじ》を問はれし時、件の細工の申して云はく、「我は[二七]童《わらは》なつし時、みめよしとて、御堂の召して、童随身に仕へしめ御《おは》しけるなり」と。而《しか》るに、[二八]入道殿に申したるところ、知らざる由仰せられしなり。さりとも、[二九]大二条殿の僻事《ひがごと》を書かしめ御さむやは。但し、御堂に[三〇]文殿《ふどの》御記とて、いみじきものあり。それには件の事見えざるなり。

一六 治安二年（一〇二二）七月十四日の金堂・五大堂の新仏開眼供養をさす。同日太政大臣公季は随身を賜った（法成寺金堂供養記）（小右記）。なお古事談二・93には、信長（教通男）が太政大臣になって関白師実の上に列せんとしたが、師実が一座の宣を受けたため、今は出仕するにあたわずと檳榔毛の車を路上に焼き捨てた話がある。頼長らの関心はこの種の遺恨話とは無縁のところにある。

下九条　前条に続き、頼長と師元との対話。話題は道長の童随身から文殿に及ぶ。童随身は富家語45に関連記事があり、源中最秘抄・澪標には「師元朝臣記云」として本条の抄出とおぼしき記事がある。同書が「仲行記云〈号高家口伝〉」として記す関連記事は富家語45の抄出。

一七 中原師元。　一八 藤原道長。

一九 随身として召し連れる少年。公卿補任・長徳二年（九九六）条「藤道長…八月九日辞二大将一。以二童六人一為二随身一。十月九日停レ童為二左右近衛府生各一人近衛各四人一」。

二〇 未詳。源中最秘抄によれば「皇代記」。

二一 未詳。底本「勘書」は「勅書」が原姿で、勅旨の記録および外記日記の意であろうか。　二二 忠実。

二三 （記録類に）見たことがないとの仰せでした。

二四 発言者は頼長。

二五 藤原教通の日記。後文の「二東御記」に同じ。

二六 平安後期、七条大路と町尻小路の交差点七条町付近には金属工や鋳物師が集住していた。宇治拾遺物語5には七条町の鋳物師の妻に密通した山伏の話がある。

二七 底本「童ナシ時」は「童なりし時」の促音便の表記省略とみる。少年であった時。

二八 ところが、入道殿（忠実）にお尋ねしたところ、知らないとおっしゃるのだ。

二九 それでも大二条殿（教通）が間違ったことをお書きになるとは思えない。

三〇 道長家の文殿衆が記録した日記。殿暦・長治二年（一一〇五）十二月十六日条に見える御堂の「文殿記」と同一書であろう。

何ゆえ文殿御記とは号《なづ》くや」と。

予の申して云はく、「二東御記[一]の文《もん》、今日初めて承る。太《はなは》だ興あり候ふ。但し、日記[二]幷びに柱下類林《ちゅうかるいりん》[三]には見えず。さばかりのこと何《いか》でか注し落とすべけんや。文殿日記[四]と云ふ事は指《さ》[五]して知り候はず。但しまた、文殿[六]は大入道殿[七]・御堂の間に始まり候ふか。外記《げき》日記[八]に云はく、「直講頼隆《ちょくかうよりたか》[九]を大殿[一〇]の文殿に召す。これ、論語の外題《げだい》を書かしめんがためなり」と。また、東三条[一一]の寝殿の北面の西に北さまなるは文殿なりと云々。文殿衆[一二]を五、近辺に御して、日記を書かしめ御すか」と。

（一〇）

久安四年十一月廿四日。仰せて云はく、「四条宮[一三]は、宿曜《すくえう》[一四]を勘《かんが》[一五]へしめ給はず」と。

（一一）

久安四年十二月十四日[一六]。仰せて云はく、「おとなしき人[一七]の小袖[一八]を悉[一九]

一 前出の「二条殿御記」に同じ。教通の日記。二東記。
二 後文に出る「外記日記」をさす。
三 内記の職掌に関する記録を類聚した書。全三百六十巻。藤原敦基編。父明衡が原編とも。第十七帙第三・儲君部の「東宮元服祝文」のみ現存。 四 前出の「文殿御記」をさす。↓下9注三〇。 五 格別には存じません。 六 文庫・書庫の類。宮中では校書殿、院・摂関・寺社などにも設けられ、文書の保管や所領関係の訴訟の裁決に当たった。 七 藤原兼家。 八 太政官外記局において外記が日々の事柄を記録した公日記。外記日次日記。 九 清原頼隆。大外記。直講は、大学寮で博士・助教を助け経書を講授する役。令外官。
一〇 底本「五殿」を訂。五と大の草体の相似による誤写。
一一 東三条殿（↓上16注二七）の北西渡殿（細殿）をさすか。
一二 底本「文殿衆五御近辺」を仮にかく訓んだ。文殿衆（文殿の職員）を五人身辺に侍らせての意か。但し「五」を「置」の誤写とみれば（草体が相似）、「文殿衆を近辺に置き御して」と訓める。なお院の文殿衆は十人であった。橋本義彦『平安貴族社会の研究』参照。

下一〇条　宿曜の話題。中外抄下51の一部と話題が共通する。本条以後、発言者は再び忠実に戻る。

一三 後冷泉天皇皇后藤原寛子。師実の同母姉。
一四 七曜、十二宮、二十八宿と生年月日との関係から人の運命や日々の吉凶を卜知し、星宿を加持して攘災招福を祈る術。宿曜経の所説に拠り、陰陽道と交流して本命星などの星宿信仰に発展した。速見侑『呪術宗教の世界』参照。
一五 考慮されなかった。

下一一条　小袖と単衣について語る。後半の釜供の拝については、中外抄下21に関連する話題がある。

一六 一一四八年。但し、この日には忠実の室（忠通の母）師子が薨去。「上下大哭」（台記）の中で語られた話題としてはやや不審。 一七 年配の落ち着いた人。 一八 袖口を狭くした衣。肌着として用いた。 一九 底本「悉レハ」は文意未詳。「悉」は「着」の誤写か。 二〇 袖口のひろい、裏のない衣。肌着として用いた。 二一 忠実の祖父、師実。 二二 弁官・蔵人

すれば、[二〇]単衣《ひとへぎぬ》を着《ちやく》せず。[二一]故殿など参内せしめ御《おは》す時、小袖を着し御す日は、単衣を着せず。御単衣を着せしめ御す日は、例の小袖を着し給はず。[二二]弁官・職事《しきじ》以下の怱劇《そうげき》に居る人、[二三]をとなしくなりぬれば、[二四]束帯に単衣を着せず」と。

また、仰せて云はく、「[二五]瓮供《ぼんぐ》の拝《はい》は、[二六]必ずしも度《たび》ごとには拝せず。[二七]吉所《きつしよ》に渡る時は拝せず。[二八]服薬《ぶくやく》の時も拝せず」と。

（一二）

また、御物語の次《ついで》に、[二九]故匡房卿□事を仰せ出ださる。[三〇]その次に申して云はく、「[三一]江帥次第《がうそちのしだい》、近年の識者、皆悉《ことごと》くこれを持つ。[三二]而《しか》るに件《くだん》の次第、頗《すこぶ》る僻事《ひがごと》候ふ由《よし》、[三三]御定の候ふ様に承り候ふは如何」と。仰せて云はく、「内弁・官奏《くわんそう》・除目《ぢもく》・叙位《じよゐ》等、委《くはし》くは知らざる人なり。件《くだん》の間の事、定めて僻事《ひがごと》あらむか。但し、[三四]故二条殿の仰せを常に承りたる人なれば、[三五]定めて様《やう》ある事もあらん。その外、常の次第はいみじき物なり。これは[三六]故殿の書かせさせおはしましたるなり。識《し》れる

など忙しい激務に就いている人。二三 歴史的仮名遣いは「おとなし」。前文には正しい仮名遣い例が見える。→注一七。二四 平安後期における貴族の礼装。大口袴・表袴をつけ、上に単衣・衵・下襲・半臂・袍を着て、石帯をしめ、魚袋をさげ、剣を帯び、平緒を垂らし、浅沓をはき、笏をもち、冠をつける。二五 盂蘭盆(七月十四日)に行う拝礼。長櫃の上に蓋を裏返しに置き、その上に瓮(ほとぎ・ぼん)を安置して拝礼して後、その瓮を寺に送る。宮中行事としてのそれは江家次第八・御盆事に詳しく、摂関家で行った実例は殿暦・康和五年(一一〇三)七月十四日条に詳しい。→下21注一九。二六 毎年七月十四日がめぐってくるたび毎に、必ず拝するとは限らない。殿暦によれば、瓮拝実行の記事は康和五年・天仁二年(一一〇九)・天永三年(一一一二)の三例に止まり、日次不レ宜・服薬等の理由で行わなかった記事は九例を数える。二七 縁起のよい場所。東三条邸など。瓮拝は慰霊の行事であるから吉所では遠慮したか。二八 蒜・薤等を服した時には神事・仏事とも避ける。殿暦・嘉承元年七月十四日条「服薬間不レ拝レ瓮」。台記・仁平四年七月十四日条「依レ服レ薤不レ拝レ瓮」。

下一二条　匡房の江家次第について論じる。富家語48と話題が関連する。二九 大江匡房。下の欠字は「ノ」か。三〇 底本破損。残存する字体から「其次」と推定。発言者は中原師元。三一 大江匡房著。全二十一巻(巻十六・二十一を除く十九巻が現存)。平安後期における朝儀・公事の次第の集大成。江家次第、江次第、江中納言次第、江抄とも。三二 底本破損。残存字画を「持此而件」と判読して訓む。三三 (忠実が)御判定を下されたやに伺っておりますが、如何でございましょうか。三四 藤原師通。忠実の父。匡房が毎日のように師通邸に出入りし、高く評価されていた旨が下30にみえる。三五 きっと何か子細があるのだろう。三六 以下は、師通が匡房に書かせたと解するのが従来の説だが、「故殿」は師実をさすのが普通であり、本例だけが例外とは考えにくい。(上述の批評は)師実が(日記などに)お書きになっていることだの意であろう。

者と人の心を見むとて、わろき物とは我はいひたるなり。最も秘事なり」と。

（一三）

[一]久安四年十二月廿九日。仰せて云はく、「「大外記貞親《さだちか》[二]・為長《ためなが》[三]は、ゑ[四]せ物にてありける」とぞ、故殿[五]は仰せられし。就中《なかんづく》、為長は、故殿の陣座《ぢんのざ》[六]に着《ちゃく》して、公卿の散用《さんよう》[七]を問はしめ御《おは》しければ、「その人は物忌み」と申しければ、「支干[八]こそ叶はず」と仰せられければ、「なんなに物忌[九]み」と申しければ、満座の人わらひけり」と。

（一四）

[一〇]久安五年三月五日。朝、御手水《てうづ》の間、御前に祗候《しこう》す。仰せて云はく、[一一]「うがゐする数は知りたりや」と。

[一二]申して云はく、「凡《おほよ》そ知り給へず候ふ」と。

仰せて云はく、「六度するなり。[一三]六根を清むるなり。但し、僧某名[一四]

下一三条　大外記三善為長の失敗譚。

一　一一四八年。この日は大晦日である。

二　中原貞親。師任の男。大外記。師元の直系の先祖ではない（祖父師平の兄に当たる）から、師元も忠実の貞親批判を平静に聞けたであろう。

三　三善為長。算博士雅頼の男。大外記。算博士。

四　いい加減な者。まやかし者。歴史的仮名遣は「えせ者」。

五　藤原師実。忠実の祖父。

六　公卿が着座して政務を評議した左・右近衛の陣。多くは左近衛の陣（紫宸殿東面北廊内の南側）を用いた。

七　散用は、行事において役目を分担すること、部署に配置すること。

八　（物忌にしては）干支が合わないぞ。

九　文意未詳。「をんな（女）に」が原姿であろうか。

下一四条　嗽（うがい）の回数について語る。忠実が朝の手水を使っている時に思い浮かべた話題である。

一〇　一一四九年。

一一　嗽は何度するか知っているか。

一二　発言者は中原師元。

一三　眼・耳・鼻・舌・身・意の六種の根（感覚・知覚器官）。

一四　忠実の語った僧の名を師元が忘れた意の注記。

は忘れ了《をは》んぬの書には、四度とぞ云ひし。この条、如何」と。

予申して云はく、「六根の内、穴は四つなり。目・口・鼻・耳なり。もし一五これに准《なずら》へば、六根の内、四根を清むるか」と。

また、申して云はく、「一六都合六根の日は、耳・口・意の三根なり」と。

仰せて云はく、「一七我は、はやくより六度すれば、今も六度ぞする」と。

（一五）

一八久安五年三月一九□七日、夜に入りて殿に参り、御前に祗候《しこう》す。御物語の次《ついで》に、仰せられて云はく、「二〇天変は、尤《もと》も二一思ある事なり。昔は、「二二大臣・大将慎みあるべし」など、二三公家《くげ》の告げ仰せらる。近来《このごろ》は、全《もは》ら沙汰なし。

二四朱雀院の御時、二五□杷大臣、慎みあるべき由《よし》を仰せらる。而《しか》るに、奏して二六□、「臣、已《すで》に老年なり。しかれば、二七別の慎みあるべからず。若

一五 この点から考えますと、六根の内の四根(即ち四つの穴)を清めるのでしょうか。
一六 底本「都合六根之日ハ」。文意未詳。
一七 (理由は知らないが)自分は以前から六度しているので、今も六度するのだ。

下一五条　天変による大臣慎みの話題。末尾の一節は上72と話題が共通する。今昔物語集二十・43、宇治拾遺物語183の類話は、主人公を枇杷左大将(仲平)と小野宮右大将(実頼)とする。
一八 一一四九年。この年正月二十一日に月が心星を犯す天変があり、三月一日には日食があった。忠実は愛息内大臣頼長の身を案じて以下の談話に及んだか。
一九 底本破損。「三月十七日」か。
二〇 天空に起こる異常。それにより生じる災難。
二一 底本「思」は「恐」が正か。
二二 物忌。謹慎。
二三 天皇。朝廷。
二四 第六十一代朱雀天皇。在位は延長八年(九三〇)―天慶九年(九四六)。
二五 底本破損。欠字は「枇」か。枇杷大臣は藤原仲平。基経の二男。左大将。左大臣。貞信公記・天慶二年(九三九)十二月二十五日条「左丞相(仲平)参二入陣外一、召二祭主頼基一、佐(依カ)二天変一可二慎給一之状、令レ祈二平十二社一。…但明日辰時可二祈申一」の記事は、以下の話に相当するか。宇治拾遺物語「月の大将星を犯すといふ勘文を奉れり」。今昔物語集「朱雀院御代ニ、天慶ノ比、天文博士、月大将ノ星ヲ犯スト云フ勘文奉レバ」。
二六 底本破損。欠字は「云」か。
二七 底本「可有別慎」。「不」が脱落とみて補った。同様の脱落例は下20注九にもみえる。

き[一]大臣こそ慎みは候はめ」と。[二]よりて、[三]恒佐《つねすけ》、枇杷大臣に先んじて薨ず。

また、[四]故殿は、常に、[五]師平《もろひら》の[六]進奏の時は、[七]出でて会はしめ給ひき。また、我も、[八]師遠《もろとほ》に常に出でて会ひき。而るに、[九]この摂政は、全《もは》らこの事なし。[一〇]尤も不便《ふびん》なる事なり」と。

（一六）

久安五年三月廿三日。御前に祗候《しこう》す。[一一]内大臣殿、[一二]中将の慶賀の事を申さしめ給ふ次《ついで》に、[一三]仰せて云はく、「[一四]女院・摂政・貴臣の許《もと》にては、拝《はい》あるべからざる事なり。[一五]重服《ぢうぶく》の人并びに物忌の人の許《もと》にては[一六]拝せざるなり」と。

[一七]内府の申さしめ給ひて云はく、「[一八]服《ぶく》せる者の許に参りて、慶びを申す時には、[一九]申し次ぎの人、慶びの人に向ひて返事を仰すなり。[二〇]尋常の時は御《おは》す所に向ひて聞こしめす由《よし》を仰すなり。また、申し次ぎの人は、拝を受くべき由こそ、[二一]四条大納言の文に見えて候へ」と。

一 今昔物語集、宇治拾遺物語の類話では「大将」の慎み。↓注三。 二 そういって仲平は長生きし、恒佐は早死にしたの意であろうが、かえって仲平は慎まなかった。そのため、表現が舌足らずである。 三 藤原恒佐。右大臣。右大将。朱雀朝の承平八年(九三八)薨。五十九歳。仲平より五歳年下。今昔物語集、宇治拾遺物語の類話では仲平の相手役は二十五歳年下の小野宮右大将即ち藤原実頼である。年齢差の大きい類話の方が本来の形か。恒佐が仲平より先に薨じたのは事実だが、類話では仲平・実頼ともに死なずにすんでいる(実頼は天禄元年(九七〇)薨。七十一歳)。忠実の本話の主題の捉え方は類話とはやや異なることに注意。 四 藤原師実。忠実の祖父。 五 中原師平。師元の祖父。 六 天文密奏。↓上72注五。 七 自ら師平に面会した。天文密奏を尊重したことを示す。 八 中原師遠。師元の父。 九 現在の摂政。忠通をさす。 一〇 全くけしからぬことだ。

下一六条　頼長が一男兼長の慶申を言上し、関連して拝賀の作法に話が及んだもの。

一一 藤原頼長。忠実の二男。 一二 藤原兼長。頼長の一男。右中将兼長(十二歳)は去る三月十五―十七日の除目で播磨権守に兼任され、二十日には正四位下に昇階(延勝寺供養行幸賞)。その慶賀(拝賀)について忠実と話していたのである。餝抄下・文車「久安五四廿或秘記(台記)曰、中将兼長朝臣正下拝賀。中将車去年用㆓常網代㆒。今日始用㆓檜網代㆒〈文同〉。是余(頼長)例也」。 一三 発言者は忠実。 一四 具体的には高陽院泰子・摂政師通・権大納言源雅実を意識した発言。前年(久安四年)十二月二十四日忠実の室源師子が薨去。師子は忠通・泰子の母、雅実の妹。彼らはみな喪中にあった。 一五 重い喪に服している人。 一六 拝舞してはならない。 一七 内大臣頼長。 一八 服喪中の人。 一九 (服喪中の主人には取り次がず)取次ぎの人が(その場で)拝賀に来た人に接見し返礼をする。 二〇 (服喪中でない)普通の時には、取次ぎの人は主人のもとに行って拝賀の趣意を伝え、(また戻ってきて、主人が礼を受けた旨を)伝えるのである。 二一 藤原公任の著書、北山抄をさす。北山抄九・除目奏慶事

（一七）

久安五年七月廿五日。[二二]小松殿に参り、御前に祗候《しこう》す。御物語の次《ついで》に、仰せられて云はく、「[二三]宇治殿は、いみじく[二四]ところせく御坐《おはしま》しける人なり。[二五]小袖をば召さずして、敷物とて[二六]練絹《ねりぎぬ》に綿を入れて御坐《おまし》の上に敷きて、薄衣《うすぎぬ》を十四、五許《ばか》り[二七]着《ちゃく》せしめて、[二八]その御衣《おんぞ》をば下より次第に取りて、火にあぶりて着《ちゃく》し参らせけり。件《くだん》の御衣、歳末には[二九]常に召仕ふ諸大夫などに給はりければ、[三〇]裏は火にこがれて、物[三一]□叶はずぞありける。また、御湯殿にも、[三二]両面なる練絹を敷かしめ給ひたりけり。[三三]四、五度許りぞよかりける。久しく成りければ、替へ替へせさせおはしましけり。やがて[三四]御身も両面の練絹を着し御して、湯は浴《おは》ましめ御しけり。御垢《あか》なども、いとすらせ御さざりけり」と。

（一八）

また、仰せて云はく、「[三五]故殿の[三六]大炊《おほひ》殿《どの》に御坐《おはしま》しし時、[三七]雅忠《まさただ》参らしめ

「諒闇間不₂拝舞₁。仍相対仰₂聞食由₁。重喪人惣不₂奏₁」。

下一七条　「ところせき人」であった宇治殿頼通の逸話。発話の契機は未詳。

二二 宇治小松殿。宇治にあった忠実の邸宅。→上65注二四。
二三 藤原頼通。　二四 神経質で気難しい人。
二五 袖口を狭くした衣。肌着として用いた。
二六 砧で打ち、または灰汁で練って柔軟性と光沢を持たせた絹布。それに綿(生糸の綿、いわゆる真綿)を入れた敷物といえば超豪華。　二七 底本「令着シテ」。「シ」は不要か。
二八 その十四、五枚の薄衣は、下から順番に、取り上げて火にあぶってはお着せ申し上げた。
二九 常時身辺に召し使っている諸大夫などにお与えになった。諸大夫は、摂関・大臣家で家司などを勤める四位・五位の家筋の者。　三〇 裏は火に焼け焦げて。
三一 底本破損。僅かに残る字形から推して「物用ニハ不叶ゾ在ケル」か。物の役には立たなかった意。
三二 表と裏とに模様を織り出した練絹。
三三 一枚の練絹を四、五度ぐらいはお使いになったが、それ以上になると容赦なく取り替えさせなさった。
三四 (御湯殿に敷いただけでなく)御自身も両面の練絹を着て、湯浴みをなさった。(そんなわけで)垢などもろくにおすりにならなかった。

下一八条　医師丹波雅忠に関する思い出。装束を拝領した家司の逸話として、前条から連想された話題か。

三五 藤原師実。　三六 大炊御門南、西洞院東にあった師実の邸宅。　三七 丹波雅忠。典薬頭。名医として名高い。

一 底本「故殿了」の如く読めるが、「故殿ノ」が正。故殿のお下がりの表衣をいただいて。　二 底本「立ワキクモ」。雲立涌(くもたてわき)ともいう。衣服の模様の一。縦の曲線文様のふくらんだ部分に雲形を配したもの。関白の袍に用いる。
三 糊気が抜けたのを着て。　四 指貫は少しましだった。

たりき。その装束は、故殿[一]の御表衣《うへのきぬ》立涌雲《たてわきぐも》[二]を給はりて、なへなへ[三]たりしを着《ちやく》して、指貫《さしぬき》[四]はすこしよかりき。故殿の「あれに身を見せよ」[五]と仰せられしかば、我はわろき[六]小袖を着して見せしかば、腕《かひな》を痛からぬほどに強く四、五度許《ばか》り取りて、「いかにも[七]熱は恐れ御《おは》さざる人なり」と申しき。その後生年七十二[八]、未《いま》だ一度も恐れあらず。風[九]をば怖《をづ》れども、熱はいまだ病まざる者なり」と。

（一九）

[一〇]久安五年十月二日。三位中将[一一]着陣《ちやくぢん》[一二]す。而《しか》るに、束帯の衵《あこめ》[一三]を蘇芳《すはう》[一四]にてあり。

「公卿の着《ちやく》すべからざる色なり。赤き袖を調《ととの》ふべし」と、左大臣殿[一五]、女房に仰せられ了《をは》んぬ。

而《しか》るに、入道殿[一六]の仰せて云はく、「若き公卿は、蘇芳をも萌木《もえぎ》[一七]をも着するなり。尤《もと》も調へ改むべからざるなり。単衣《ひとへのきぬ》[一八]は襲《かさ》ぬべからざるなり。表袴《うへのはかま》の裏赤し。また、大口[一九]も赤し。しかれば、赤き単衣を襲ぬべ

五 あの者に身体を診てもらえ。 六 あまりよくない小袖。
七 熱の病は全く心配のない人です。
八 師実が没したのは忠実二十四歳の正月。従って、忠実がこの診断を受けたのは五十年以上昔のことらしい。 九 風病。風の毒に侵されて起こるとされた病。頭痛や手足の疼痛など、現在の風邪よりやや広い範囲の病気をさすらしい。

下一九条 兼長の着陣の装束をめぐって、頼長の見解に忠実が異論を述べる。後照念院装束抄・束帯下衵事は本条に依拠。 一〇 一一四九年。兼長の着陣は本条から八日後の十月十日に行われた。ここは着陣を前に衣装合わせをしている場面。兵範記・久安五年十月十日条「三位中将殿(兼長)為二明日行幸供奉一今朝出京。又今日令レ着二陣座一給。従二大炊御門高蔵亭一令二出立一給〈左相府(頼長)御重服間、憚二彼御座所一、独自二此亭一令二出立一給也〉。家司尾張守親隆朝臣覧二日時勘文一、奉二行今日事一了。晩頭参内、令レ着二陣座一給云々」。本朝世紀・同日条「今日、左近中将藤兼長卿、叙二三品一之後、初着陣」。 一一 藤原兼長。頼長の一男。この年十二歳。八月二日従三位に叙せられて非参議の公卿となっていた。 一二 公卿が新任・昇任の後に初めて陣の座に着する儀式。西宮記八・新任官叙位人「公卿取二吉日一、着二宜陽殿及陣座一」。 一三 束帯の時、下襲の下、単衣の上に着る衣服。一般には表裏とも紅。納言は薄色、大臣は赤色。老人は白も用いた。
一四 黒味がかった赤色。
一五 頼長。 一六 忠実。 一七 萌黄。うすみどり色。
一八 単衣は袴と襲ねてはならない。袴に対して目立つ配色をしてはならない意か。後照念院装束抄・束帯下衵事には「知足院関白仰云、公卿ハ蘇芳ヲモ萌黄ヲモ着。但濃単衣不レ可レ装」とあり、本条の「襲」が「濃」となっている。
一九 裾口の大きく広い赤色の下袴。 二〇 衵は何色を着てもよいが、単衣は表袴の裏の色(赤)に合わせて赤いのを着るべきだ。単衣は小袖の上、衵の下に着る衣服。

下二〇条 亡き師実と中原師平をめぐる話題。盂蘭盆の頃の先祖を偲ぶ心情が思い出させた話題か。益田

きなり。衵[二〇]は何色をも着せよ。袴の裏に付きて赤き単衣を着すべきなり」と。

（二〇）

久安[二一]六年七月十七日。左[二二]大臣殿、御[二三]前に祗候《しこう》し給ふ。予[二四]同[二五]じく仰せによりて候す。御物語の次《ついで》に、粗《あらあ》[二六]ら文書に及ぶ。故[二七]肥後殿の叙位《じょゐ》[二八]の勘《かん》文《もん》を覧《み》ましめ給□[二九]事、他の事等に付きてなり。

「元日、故[三〇]殿は、西[三一]の対の南西に出で御《おは》して□[三二]予忘れ了《をは》んぬ、長押《なげし》の上《かみ》に御す。家[三三]司、布袴《ほうこ》[三四]にて叙位《じょゐ》の勘文を持て参りたる由《よし》を申す。師《もろ》平《ひら》は勘文を筥《はこ》に入れて、中門の車寄[三五]せの妻戸の外に居《ゐ》て、深く揖《いふ》[三六]して見上ぐ。故殿の目《もく》[三七]せしめ給へば、大音声に唯称《ゐしよう》[三八]して、深く揖して妻戸[三九]を入り、中[四〇]門の廊の東の庇《ひさし》を経て、うるはしき作[四一]りの中門の廊は、内に庇を入れて、対[四二]より差して、高欄をつめたるなり。南[四三]の広庇《ひろびさし》に御坐《おはしま》す間《あひだ》、長押を去ること四尺許《ばか》りに居て深く揖し、長押の上に昇りて膝《しつ》行《かう》し、尻を板敷に付けて、筥を取り直して進上す。その後、膝行して

勝実「古事談鑑賞十」（『解釈と鑑賞』昭和四十一年三月号）参照。師平に関わる話題は、上72にもみえる。二一　一一五〇年。二二　藤原頼長。二三　忠実の御前。二四　中原師元をさす。二五　底本「問」のごとき字体だが「同」に訂して訓む。二六　おおよそのところ、話題が文書のことに及んだ。二七　中原師平。師元の祖父。大外記には康平二年（一〇五九）任。肥後守には寛治五年（一〇九一）任（江記）。同年九月肥後国で卒。七十歳（地下家伝）。当時忠実は十四歳。忠実は少年時代に師平の最晩年の姿を見たのであろう。二八　正月五日に行われる叙位の案文。外記は元日それを摂関の家に持参して認可を受けた。二九　底本破損。欠字は「時」か。三〇　藤原師実。三一　底本「西対南西」。「西対南面」が正か。三条殿（三条南、東洞院東）の西対であろう。この邸宅は寛治六年（一〇九二）三月六日に焼亡した。中右記・同日条「三条殿造畢後、已経二九ケ年一」。師実は寛治二年（一〇八八）元旦、三条殿にいたことを確認できる（後二条師通記・同日条）。三二　底本破損。欠字のうち下の字は「家」のごとく見える。忠実が語った邸宅名を師元が失念した意の注記であろう。三三　家司は師平が叙位の勘文を持参した旨を忠実に報告する。三四　束帯に次ぐ礼装。三五　来客が車を寄せて乗り降りするところ。家の東西の中門の傍にあるのが普通。ここは三条邸の正門である西中門の傍にあったそれであろう。三六　揖は、笏を手にして、上体を前に傾けてする礼。拝に次ぐ敬礼。三七　師実が目で合図なさると。部屋に通すよう（取次ぎの者に）目で合図するのである。三八　貴人の命令を受けた時、「をを」と声高に答えること。称唯。三九　中門の脇に設けられた入口。四〇　この邸宅の中門の廊は母屋と東庇の二間から出来ていたのであろう。それが「うるはしき作り」の所以か。以下「高欄をつめたるなり」までは、本来は細字で書かれるべき注記的な記事。四一　底本「作了」のごとき字体。「作ノ」と訂して訓んだが、「作ナリ」の可能性も。四二　底本「自対差テ」。「自」は破損のため「目」とも読める。四三　故殿は（西対の）南の広庇においでなので。対屋から差し出すように造り設けてあって、高欄が切り詰めてあった。

退き還り、御座の間《ま》の南の縁に居て、尋ね問はしめ給ふ事ある時は、笏《しゃく》を直《ただ》して子細を申す。その後、笏[一]を給はりて、本の道を経て退出せり」と。

予[二]、当職《たうしき》の時、故殿[三]の御共に五条坊門殿[四]に参りて、叙位の勘文を覧《み》しめ給ふ儀を見しに、粗《やや》この儀と相違せるは、所[五]の便宜《びんぎ》か。東三条[六]の儀は、予持参せし時、故殿の御訓《おし》へを蒙り了《をは》んぬ。少分《せうぶん》の相違ありき。予、また信俊真人《さねとしまひと》[七]の東三条において叙位の勘文を覧る儀を見るに、予[八]が家の作法に似ざりき。予が家は予が家の作法をなさざる[九]べからず。

「師平[一〇]は、眉は有る様にて、鬢《びん》の事の外《ほか》になかりし人なり。ことご[一一]としきしはぶきぞせし。態《わざ》とせしにやあらむ。また、拝礼《はいらい》[一二]に立ちて、をきあがりては、笏をもちて表衣《うへのきぬ》の前を頻《しき》りに打ちき。師遠《もろとほ》[一三]は、老いて後には師平にいみじく似き。

「卜串《うらぐし》[一四]は、すかして見る物ぞ[一五]」と、故殿[一六]の教へしめ給ひしかば、奉[一七]幣の行事せし時に、すかして見しかば、人の名の見えしかば、「いかにかくは見ゆるぞ」と大外記定俊《さだとし》[一八]に仰せられしかば、いみじく畏《かしこ》まり申しき」と。

一（師平は）勘文の入った笏を受取り、もと来た通りの経路をたどって退出した。 二 以下は中原師元の注記。自分が現職（大外記）に就任して後。 三 中原師遠。師元の父。大治五年（一一三〇）卒。 四 五条坊門高倉第。藤原忠通（当時、関白左大臣）の居宅。本来は彼の妻宗子の父藤原宗通の邸宅で、大治五年（一一三〇）十月二十七日に焼亡している。師遠は大治四年以後は所労のため出仕していないから（中右記）、師元が供をしたのはそれ以前のことである。 五（邸宅が違うため）場所に応じた仕方なのであろうか。 六 藤原摂関家の本宅、東三条殿に持参した場合の仕方。 七 清原信俊。大外記。清原氏は中原氏と並んで代々外記の家柄。 八 わが中原家の流儀とは違っていた。 九 底本「予家不可為予家之作法」。「可」の下に「不」が脱落しているとみて補。同様の脱落例は、→下15注二七。 一〇 以下は忠実の発言の続き。 一一 仰々しい咳払いをした。 一二 摂関家における正月の拝賀であろう。 一三 中原師遠。師平の子。師元の父。 一四 占部(うらべ)が、占い定めた結果を書き記して厳封したもの。透かして見るのは、文字が透けて見えてはならないので、確かめてみるため。 一五 底本「ヲ」。「ソ」の誤写とみて訂。 一六 師実。 一七 奉幣の儀式の行事官（責任者）を勤めた時に。 一八 清原定俊。信俊の父。大外記。

下二一条　瓫拝における拝礼の回数を論じる。頼長が氏長者的行動の一環として先日行った瓫拝に関連し、前条と同じく盂蘭盆に関わる話題である。下11の末尾にも瓫拝に関係した記事がみえる。

一九 本来は行間に記された見出しが本文に混入したもの。瓫拝は、盂蘭盆の日（七月十四日）に、長櫃の上に蓋を裏返しに置き、その上に瓫(ほとぎ・ぼん)を安置して行う拝礼。そののち瓫は寺に送る。殿暦・康和五年（一一〇三）七月十四日条「北政所御二渡京極殿一。余（忠実）参二御共一。今日日次依レ宜拝レ瓫。余衣冠、於二簾中一拝レ之。先故殿（師実）、次二条殿（師通）、各拝二二度一。瓫具居レ延（莚カ）、職事・非職着二束帯一雑役、

（二一）

[一九]御盆拝《ぼんはい》の事。

[二〇]左府の申さしめ給ひて云はく、「盆の拝は何箇度なるや。某《それがし》は、[二一]一《ひと》日《ひ》は三度合掌して拝し候ひしなり」と。

[二二]仰せて云はく、「我は、[二三]康和四年七月十四日に、始めて[二四]御盆を供《く》じて拝す。拝は二ケ度□、合掌せしや否《いな》や、慥《たしか》には覚悟せず。かの時、定めて所見ありて沙汰せしむるか。一切覚えず」と。

左府の申さしめ給ひて云はく、「[二五]江次第《がうしだい》を勘《かんが》ふるに、拝は三度なり合掌と。但し、[二六]天子の礼か」と。

仰せて云はく、「[二七]もし陵を拝するに准《なづら》ふれば、[二八]再拝両段なり。[二九]もし三宝を拝するに准ふれば、三度なり。この条、如何」と仰せらる。

[三〇]予の申して云はく、「仰せの旨《むね》、[三一]両方已《すで》にその謂《い》はれあり。但し、陵を拝すべくんば、先《ま》づかの陵の方に向かひて拝すべし。[三二]盆に召し向かはしめての拝は、これ三宝の礼に准ふべし。また、[三三]二度して何事か

大殿御盆送二宇治一、二条殿御盆送二木幡一也。…其儀垂レ簾、其中に敷二畳一枚一〈余座二南面一〉。敷二長莚一、其上立二長櫃一、其ふた平かへいて、其上置レ盆。長櫃各四、合八也。拝了各送了。未剋許還二高陽院一」。 二〇 左大臣藤原頼長。

二一 先日。具体的には二日前の七月十五日をさす。台記・十四日条「依二今麻呂喪日一、不レ奉二故尼上盆一」。同・十五日条「巳刻許、拝二故尼上盆一送二宇治新造御堂一」。頼長が拝したのは故尼上(源師子。忠実室。忠通母)の盆。忠実が忠通から氏長者の地位を奪って頼長に与えるのはこの年九月のことだが、この盆拝にはすでに家督の相続者としての自覚が認められる。 二二 発言者は忠実。

二三 一一〇二年。前年の康和三年二月師実が薨じたが(その二年前には師通が薨)、同年の盆拝は日次が悪く行わなかった(殿暦・同年七月十四日条)。康和四年にも盆拝の記事はない。翌康和五年の盆拝は忠実自身が詳細に記録しており(→注一九)、後年にもこの年の儀を先例と考えていたらしい(殿暦・天仁二年(一一〇九)七月十四日条「今日余拝レ盆。其儀如二去康和五儀一」)。忠実が初盆拝はむしろ康和五年が正しく、本条の忠実の発言には一年の記憶のずれがあるか。

二四 底本「供御盆拝拝二ケ度」をかく訓んだが、「拝」の一字は衍字か。 二五 江家次第八・御盆事「次御拝三度〈合掌〉」。

二六 宮中で天皇が行う場合の作法。西宮記四・七月「十四日御盆供。…所雑色運置二御前一。垂二御簾一。長櫃四合、上置レ蓋、以レ盆居レ上。御拝了〈三段〉、撤レ之〈送二先皇御願寺一〉」。また江家次第八・御盆事に詳しい。 二七 もし陵墓を拝むのに準えるなら。 二八 再拝(二度繰り返しての礼拝)を両段(二度)行うこと。 二九 もし仏を拝むのに準えるなら三度である。 三〇 中原師元。 三一 両説とも尤もな理由がある。

三二 盆を霊代(たましろ)と考えて拝礼を行うなら。

三三 二度でも構いません。盂蘭盆は親のために行うものです。人(祖霊)に対してする礼は二度です。だから二度でもよいと思います。盂蘭盆は伝統的な祖霊信仰と仏教儀礼の融合した行事であり、本条の議論は結局そのどちらに重点を置いて考えるかによって生じた見解の相違。

あらむや。盂蘭瓫《うらぼん》は親のためなり。人を拝するは二度なり。よりて、何事かあらむや」と。

(二二)

「[一]行成《ゆきなり》公、ある人、[二]冥官《みやうくわん》の許《もと》にまかりたりければ、「[三]侍従の大納言召せ」と仰せられけるに、ある冥官出で来たりて、「かの人は、世のため人のために、いみじく[四]うるはしき人なり。暫《しばら》くな召しそ」といひけり。しかれば、[五]正直なる人は、冥官の召しも遁《のが》るる事なり。[六]小野宮殿の薨じ給ひたりけるには、京中の諸人、かの人の家の前に集りて、事の外に愁歎しけりと、[七]一条摂政の記に見ゆ」と。

(二三)

[八]立文《たてぶみ》を封ずる事。

「[九]我等は、文をば[一〇]天文の奏の封の様《やう》に、[一一]逆に引き返して封ずるなり。[一二]師任《もろとう》の家は、天文の奏をば引き返して封じ、自余の文をば[一三]巡に封ず」

下二二条　行成の蘇生譚と実頼の薨去譚。盂蘭盆に関連して連想されたか。古事談二・41は本条後半に依拠。また、富家語126の一部には本書二・34は本条前半、同条後半と同一話題がみえる。

一 藤原行成。本条の語り手は忠実であろう。

二 冥土の(閻魔庁の)官人。

三 行成をさす。

四 「うるはし」は、精神や行動がきちんとしている意。古事談「イミジク正直之人也」は、文意をより明確にした表現。

五 まっ直ぐで正しく、うそいつわりのない人。

六 藤原実頼。小野宮流の祖。古事談は実資と解しているが、実資では「一条摂政」と時代が合わない。

七 一条摂政(藤原伊尹)の日記。富家語126では同じ話を「一条殿〈雅信公〉左大臣記ニ被レ書タル」と語っている。忠実の記憶に揺れがあったか。なお、実頼が没した天禄元年(九七〇)には、伊尹・雅信ともに生存中。

下二三条　文書の封じ方と天文奏の見方。

八 本来は行間に記された見出しが本文に混入したもの。→下21注一九。立文は、→上40注九。

九 発言者は忠実。

一〇 天文密奏とも。天変がある時、陰陽寮の天文博士がそれを占い、密封して奏聞する文書。新儀式四・天文密奏事「若有ニ天文変異一、其道博士、幷蒙ニ宣旨一献ニ密奏一者、具勘ニ録其変異一、先触ニ第一大臣一。加レ封返ニ与博士一。博士以レ之参ニ蔵人所一、付ニ蔵人一奏レ之」。西宮記十五・依ニ天変一上ニ密奏一事「天文道、被ニ宣旨一之者注奏事。密封奏ニ覧第一上卿一。上卿見畢、如レ本加レ封返給。即至ニ蔵人所一進奏」。

一一 表側に折り曲げて封じる。富家語87「主上に奏覧の御書を封ずる様は、…封紙をうへさまに打ち返して封ず」。消息耳底秘抄「畏所ヘハ別紙ヲ切テ逆ニ可レ封」。

一二 中原師任。師元の曾祖父。即ち中原家をさす。

一三 普通に(裏側に折り曲げて)封じる。

と。

一四左大臣殿の申さしめ給ひて云はく、「天文の奏は、何《いか》なる様《さま》にして御覧ぜしむるや」と。

「更に別の事なし。一五簾中において覧《み》る時は、御前に直衣《なほし》を置かる。もしくは引き懸けしめ給ふ。一六出でて会はしめ給ふ時は、当時着《ちやく》せしめたる装束にて見る。一七凡《おほよそ》天文の奏は、蔵人も当時着したる装束を改めざるなり」と。

（二一四）

また、仰せて云はく、「我は、一八三昧堂《さんまいだう》を立てむと思ふなり。その願《ぐわん》未《いま》だ遂げず。一九未だその文を見ずといへども、その例を勘《かんが》ふるに、三昧堂を造れる人は、子孫繁昌せるなり。件《くだん》の事、尤《もと》もしかるべき事なり。二〇他の行法《ぎやうぼふ》は自《おのづか》ら断絶ありといへども、三昧においては昼夜不断の事なり。二一九条殿は楞厳院《りやうごんゐん》を立つ。二二御堂は木幡《こはた》の三昧を立つ。二三後三条院は円宗寺を立つ。二四宇治殿は平等院を立つ。よりて、御子孫繁昌せるなり。

一四 藤原頼長。
一五 簾の内側で見る場合（就寝中など）には、夜着のままで直衣を前に置くか羽織るかする。
一六 出て会う場合には、その時着ていた服装のままで見る。緊急を要するからである。
一七 天文奏には博士・蔵人もまた衣装を構うべきでなかったことは、禁秘抄下・天文蜜奏「殊大事変出現之時ハ不レ能レ進レ奏、倒レ衣馳参。夏始着二冬装束一、冬始着二夏装束一、有レ例」、侍中群要七・天文密奏事「天文密奏、御馬走奏、…不三必可二束帯一、雖二布袴一可レ奏也」。

下二一四条　三昧堂について語る。盂蘭盆の季節にふさわしい話題。下50と話題が共通する。
一八 僧が籠もって三昧を修する堂。多くは法華三昧堂。
一九 まだ（経論などの）文書で見たわけではないが、実例を勘案すると。
二〇 他の行法は自然と断絶することもあるが、三昧は昼夜不断に行い続けるのであるから、断絶することはない。
二一 藤原師輔。天暦八年（九五四）比叡山横川に法華三昧堂（楞厳三昧院）を建立して良源に付属（門葉記）。
二二 藤原道長。寛弘二年（一〇〇五）藤原氏一門の埋骨地木幡に三昧堂を建立して御斎会に準じさせた（御堂関白記）（小右記）。この三昧堂に始まる浄妙寺（木幡寺）は室町頃まで存続。
二三 後三条天皇。延久二年（一〇七〇）仁和寺の南に円宗寺（最初の寺名は円明寺）を建立（百錬抄）。上54、下3に関連話題。
二四 藤原頼通。永承七年（一〇五二）宇治別業を仏寺平等院とし、翌年阿弥陀堂（鳳凰堂）を建立（扶桑略記）（定家朝臣記）。

而《しか》るに、我、件の願を遂げざるは遺恨なり。但し、[一]そこたち[二]左大臣殿なり、それを造らるべきなり」と。

左大臣の申さしめ給ひて云はく、「[三]このごろ、某等《それがしら》が造り候はんは、嗚呼《をこ》の事にてこそ候はめ。[四]いまだしく候ふ」と。

仰せて云はく、「九条殿は、[五]一の人にても御坐《おはしま》さずといへども、滅罪のために造らせ給ひ了《をは》んぬ。[六]しかれば、何事あらむや」と。

（二一五）

久安六年七月廿七日。仰せて云はく、「[七]故殿の仰せて云はく、「[八]宇治殿の仰せて云はく、『[九]訴訟の道は、[一〇]左右《さう》の申し状、分明《ふんみやう》ならざる時は、暫《しばら》く事を切るべからざるなり』」」と。

これ、[一一]千覚・[一二]忠玄の論じ申す[一三]鷲峰《じゆぶ》山寺《せんじ》の次《ついで》に、仰せ出ださる。しかれば、[一四]蜜々に[一五]殿下に状を申さしむるなり。

（二一六）

一　そなたたち。　二　藤原頼長。
三　まだ摂政・関白になっていない私のような者が造ったら物笑いでしょう。
四　底本「未坐候」。一応かく訓む。まだ早過ぎる意。
五　朝儀で首席に着く公卿。摂政・関白（または太政大臣）をいう。師輔は右大臣、正二位で薨去したため、所謂「一の人」にはなっていない。
六　だから、そなたが造っても構わないのだ。

下二一五条　訴訟を裁断する時の心得。忠実には身内関係にある僧が係争中の事件に関連して語られた話題。

七　藤原師実。　八　頼通。師実の父。
九　底本「訴詔」。訴訟（を裁判する）に当たっての正しいあり方。
一〇　双方の主張の当否が不明な場合には、裁決を急いではならない。「事を切る」は、物事に決着をつける意。
一一　興福寺の僧。藤原盛実（忠実の家司）の子。即ち頼長の母の異母兄弟。保元の乱で重傷を負った頼長は奈良に逃れ、千覚の房で息を引き取った。千覚は乱に連座して所領を没官された（兵範記・保元元年七月十一日条）。
一二　比叡山延暦寺の僧。藤原実光（忠実の家司）の子。
一三　鷲峰山金胎寺の通称。京都府相楽郡和束町原山の鷲峰山山頂付近にある。現在は真言宗醍醐派。興福寺官務牒疏に「鷲峰山寺。在同郡和束杣荘北側。僧房五十八坊。交衆二十口。承仕十三人」云々とあり、古くは興福寺の末。但し千覚と忠玄が争った事件については未詳。　一四　内密に。
一五　関白（忠通）に裁可は慎重に行うよう申し送った。

下二一六条　上臈の教養について語るが、発話の契機は未詳。続古事談二・51は本条の第二段依拠、古事談六・69は本条の第三段に依拠。

一六　底本は裏文書の墨のため判読困難。「三」のごとく見えるが、話の内容からみると「六」が正。　一七　藤原師実。
一八　年功を積み、地位・身分が高い者。ここでは、摂政・関白・大臣等を意識した発言。
一九　（朝儀など）晴の座においては。

久安□[一六]年八月九日。仰せて云はく、「故殿[一七]の仰せて云はく、「上臈《じやうらふ》[一八]は、晴[一九]にては、全経[二〇]・史文の事を第一の事にて語る」と。日記[二一]の事は強《あなが》ちに云はず。家[二二]の秘たる故なり。

次に、詩歌の事を語る。和歌の事は我より上臈に逢ひて、驕慢の自讃するもあしからず。故[二三]堀川右府は、宇治殿[二四]に逢ひ奉りて、「これは殿はえ知らせたまはじ。頼宗《よりむね》こそ知りて候へ」とて、板敷[二五]を叩たかれけり。しかれば、宇治殿は咲《わら》はせ給ひけり。

次には、弓馬の事をぞ語りける。故殿はままき[二六]などよく射けり。近代の人は全《もは》らしからず。宇治殿は、花形[二七]といふ御馬に乗らせ給ひたりけるに、兼時《かねとき》[二八]といふ随身の、「御馬、腹立仕《ふくりふつかまつ》[二九]り候ひにたり。下《お》りさせおはしませ」とて、他人を乗せて御覧じければ、御馬臥[三〇]まろび、乗る人をくひなどしけり。よりて、御堂[三一]、兼時を召して、纏頭《てんどう》[三二]を給ひけり。

我が許《もと》に、小鞆と云ひし鞆《とも》[三三]の、究竟[三四]の物にて、をとな[三五]どはさせしを、相伝[三六]の物にて持たりしを、当時[三七]高陽院《かやのゐん》の御在所土御《つちみ》門《かど》殿は、基実《もとざね》[三八]の家にてありしに、御坐《おはしま》せしに、焼亡《ぜうまう》[三九]ありてやけにき」と。

二〇 経書や史書に記された故事・先例を第一の話題として。
二一 日記に記された故事・先例は話題にしない。
二二 日記は家の秘伝であるからだ。
二三 藤原頼宗。道長の二男。母は源高明女。栄達においては異母兄頼通に劣ったが、歌人としては声望が高く、当時は藤原公任に次ぐ歌人と讃えられた。歌集に入道右大臣集があり、後拾遺和歌集以下の勅撰集に入集。
二四 藤原頼通。 二五 板を敷いた所。板の間。
二六 「ままきゆみ(真巻弓・細射弓)」に同じ。歩射(かちゆみ)の一種で、的に向かって射る。弾力を加えるため木と竹を張り合わせた伏竹(ふせだけ)の弓を用いた。殿暦・長治二年(一一〇五)三月四日「今日殿上人一両・上達部一両左右相分、有二真々木弓事一」。
二七 古事談「宇治殿ワカク坐ケルトキ、花形トイフ揚馬ヲタテマツリケルヲ」。
二八 尾張兼時。近衛将監。舞人・競馬の名手。
二九 御馬の機嫌が悪うございます。お下りなさいませ。
三〇 倒れ転び乗り手に食いつきなどした。
三一 宇治殿(頼通)の父道長。 三二 褒美を与えた。
三三 弓を射る時、左の手首につける丸い革製の具。弦が手に当たるのを防ぎ、同時に弦の音を高くするために用いる。
三四 最高の物。
三五 底本「をとないさせしを」。「い」は「ハ」が正とみて「音などはさせしを」と解したが、あるいは「を」は「ま」が正で「的など射させしを」か。 三六 代々の家宝。
三七 いま高陽院の御住居になっている土御門殿。高陽院泰子は忠実女。鳥羽上皇皇后。保延七年(一一四一)出家していた。土御門殿は保延六年(一一四〇)に忠実が新造、泰子の御所とした邸宅で、正親町東洞院にあった。下39には「高陽院御所」、下40、41には「高陽院土御門御所」としてみえる。
三八 藤原忠通の一男。基実は久安四年(一一四八)三月九日に「高陽院御所」で着袴している(台記)。
三九 火事があって焼けた。底本「やけにき」の「き」は判読困難。

（二七）

同日。仰せて云はく、「女房の紅《べに》付くる様《やう》は、[一]面《かほ》さきは赤く、めぐりは匂ひざまにうすく付くなり。[二]白物《しろもの》のみを付けて、紅の薄きはわろきなり。近代の女房の化粧《けそう》は、[三]いにしには皆もつて相違す」と。

（二八）

「近代の男装束は[四]希布、奇異也。[五]四袖、[六]四幅《よの》の指貫《さしぬき》、烏帽子の尻の[七]天を指したる、あさましきことなり」と。

（二九）

久安[八]元年八月十一日。朝、御前に候ふ御念誦の間なり。仰せて云はく、「[九]実行《さねゆき》・[一〇]実能《さねよし》は、[一一]同時に大臣たるべし。倩《つらつ》ら思しめすに、[一二]敵《かな》はざることなり。件《くだん》の両人は、[一三]実隆《さねたか》・[一四]通季《みちすゑ》よりも[一五]思ひあがりて、もとよりふるまひしなり。よりて、この幸ひはあるなり。実隆・

下二七条　女性の化粧の時代的変化を語る。
一　頬先(中央)は赤く、周囲は次第に薄くなるように付ける。
二　白粉。おしろい。
三　昔とはすっかり変わってしまった。
下二八条　男性の衣装の変化を論ずる。前条に関連する話題。
四　未詳。「希有」の誤記か。
五　未詳。
六　裾が少し狭く、丈は膝頭までの短い指貫。梁塵秘抄二・雑「此の比京に流行るもの、肩当、腰当、烏帽子止め、襟の竪つ型、錆烏帽子、布打の下の袴、四幅の指貫」。
七　漆で固めた塗烏帽子が流行し、烏帽子の後縁(風合)が上に反り返って突き出た感じになったことをいうか。
下二九条　実行・実能らをめぐる人物評から彼等の祖父公季の逸話に及ぶ。近日に予定された実能の任大臣をめぐって想起された話題。続古事談二・5前半は本条後半に依拠。
八　底本「元年」は「六年」の誤写。以下は藤原公実の子息たちをめぐる人物評。年齢順にいえば実隆・実行・通季・実能であるが、実隆と通季は二十余年前に早世していた。
九　藤原実行。公実の二男。一〇　藤原実能。公実の四男。
一一　八月九日に兼宣があり、来る二十一日に右大臣実行は太政大臣に、大納言実能は内大臣に昇進して、兄弟が大臣に列する予定になっていた。台記・久安六年(一一五〇)八月十日「一家丞相二人、訪㆓之往古㆒、其例希有。非㆓唯君之恩沢㆒、亦是尊閤之所為也」。なお、書札礼の「故実。被㆑下㆓御書㆒請文」には、同年八月九日付の頼長の実行宛書状とその返書を載せる。
一二　やや舌足らずな表現だが、「実行・実能兄弟が大臣に並び立つことは本当なら出来ないことなのだ。それなのに何故出来たかといえば」という文脈で下文につながる。
一三　藤原実隆。公実の一男。一四　藤原通季。公季の三男。
一五　つねに気位を高く持って行動した。

通季は、例の人の様にふるまひき。よりて、これには劣るなり。その中に、実能はこころのよくて、かくは至りたるなり。聟《むこ》[一六]といふとも、我等は腹立《ふくりふ》しなん。左大臣[一七]の事の外《ほか》に悪《あし》くあたりしを、腹立せずして、「今[一八]は我れ、大臣を辞退してなさん」と申したれば、この沙汰は出で来たるなり。

公季《きんすゑ》[一九]太政大臣の[二〇]やむごとなき人にてあるなり。延木《えんぎ》[二一]の孫、円融院[二二]と同じ所にて養はれて生ひ立ちたる人なり。

康子内親王[二三]公季の母には、九条殿[二四]はしのびやかにあはせ給ひたりければ、延木聞き付けて、藤壺[二五]より退出せしめ給ひ了《をは》んぬ。而《しか》る後に、大后《おほきさき》[二六]のいと[二七]をしくせさせ給ひし人なりとて、後に召し寄せて、えもいはずもてなしておはしましけり。

しのびてかよはせ給ひける事をば、延木も誰も知ろしめさざりけり。小野宮殿[二八]許《ばか》りが知らせ給ひたりける。正月[二九]の拝礼《はいらい》に、小野宮殿は一に、九条殿は二に、立たせ給ひたりけり。小野宮殿、九条殿に申させ給ひて云はく、「今日、宮[三〇]の御方康子に拝礼に立たむと思ふに、雪の降り

一六 いくら(実能からみて頼長は)婿だとはいえ、私なら腹を立てるところだ。実能は頼長の室幸子の父。
一七 左大臣(頼長)が格別に冷たく待遇したのに。
一八 (実能が腹を立てなかった結果、頼長が)「今回は自分が大臣を辞退して(実能を大臣に)したい」と申請したので、今回の任大臣のことがあり得たのである。頼長は久安六年四月十二日鳥羽院に書を奉って左大臣を辞し、大納言実能の大臣昇任を懇請した(台記)。この背後には極めて政治的な計算があったと推定されるが、忠実はこれを制止し、結局右大臣実行を太政大臣に、内大臣雅定を右大臣に進めることにより、実能の任内大臣を実現させた。橋本義彦『藤原頼長』(人物叢書)参照。
一九 公季は公実の父。即ち実行・実能たちの祖父に当たる。
二〇 「の」は主語を示す格助詞。
二一 延喜の帝。即ち醍醐天皇。公季の母は醍醐天皇皇女の康子内親王。即ち公季は王孫に当たる。
二二 出生時に母内親王を亡くした公季が親しく村上(醍醐の子、円融の父)の御前にいたことは、上68、大鏡三・公季伝などにみえる。
二三 醍醐天皇皇女。母は中宮藤原基経女、穏子。日本紀略・天徳元年(九五七)六月「六日辛酉。一品康子内親王薨〈醍醐第十四皇女〉。給二賻物一。件薨、胞衣不レ下之故也。於二右大臣坊城第一薨」。 二四 藤原師輔。
二五 内裏の飛香舎の異称。弘徽殿の西、後涼殿の北。康子内親王と師輔の逸話は愚管抄三にも見えるが、そこでは「内親王ニテ弘徽殿ニスヘマイラセラレタリケル也」とある。
二六 醍醐天皇中宮藤原穏子。康子の母。師輔には叔母に当たる。 二七 歴史的仮名遣は「いとほし」。
二八 藤原実頼。師輔の異母兄。
二九 元旦の小朝拝で公卿の列の先頭に実頼が、その次に師輔が立った。江家次第一・小朝拝事「王卿経二明義仙華門一列二立庭中一〈北上西面、参議以上一列、第一人常御座立、若人多時、漸々北進〉」。
三〇 宮様にも拝礼に行こうかと思うが。

て御前[一]のけがれて、え立たじかし」と申させ給ひければ、九条殿は面《おもて》を赤めておはしましけり。

また、九条殿は閑《まら》[二]のおほきにおはしましければ、康子はあはせ給ひたりける時は、天下童談[三]ありけり」と。

（三〇）

また、仰せて云はく、「山階寺《やましなでら》[四]の別当、大衆《だいしゆ》の参入すといへども、補《ふ》せられず。何様《いかやう》[五]に定め申すべきや」と。

予[六]の申して云はく、「別当[七]を補せずして三年に及べるは、天下の大事なり。院は隆覚[八]をなさんと思しめせば、術なき事なり。また、隆覚をば入道殿[九]のなさじと仰せらると天下に披露の由《よし》、一日《ひとひ》[一〇]右府[一一]は申され候ひしか。但し、申さしむべき様[一二]は、「山階寺の大衆の参上して、別当を補すべき由、訴へ申すといへども、裁許せられず[一三]、春日大明神[一四]を勧学院[一五]に渡し奉りて、大衆の空しく罷《まか》り帰り了《をは》んぬるは、尤《もと》も不便《ふびん》に候ふ。上皇[一六]の宿善によりて、天下に摂籙《せつろく》[一七]たり。院のなさんと思しめす

一 御前が汚れているので(庭に)立てないだろうね(師輔の密通を知っていると匂わせた表現)。 二 男性器。

三 他に用例未見。童謡(わざうた)の「童」と同意とすれば、「隠された意味」の意で、風刺の意を籠めた噂話、猥談の類か。

下三〇条　興福寺の別当補任問題から大江匡房の逸話に及ぶ。別当問題は当時興福寺の大衆が強訴し、京中を騒がせていた事件。後半の匡房をめぐる話は下2と話題が共通する。

四 興福寺の別当の件。久安六年(一一五〇)八月五日興福寺衆徒が春日神人とともに神木・鏡を奉じて大挙入京、年来空席になったままの別当を補せらるべしと要求。裁許がないため同月十日神木・鏡を勧学院にふり棄てて去り、大きな問題となっていた(台記)(本朝世紀)(百錬抄)。

五 師元に諮問したのである。→下32注一一。 六 中原師元。

七 保延五年(一一三九)十二月興福寺別当隆覚は衆徒との抗争により停任。代わった覚誉は久安二年(一一四六)十二月に死去。覚晴が久安三年(一一四七)二月に補せられたが同年五月に死去。その後は空席のままであった(興福寺三綱補任)。

八 源顕房の子。保延四年(一一三八)に興福寺別当となったが、同寺の衆徒と対立して合戦。翌年十二月に停任された。鳥羽院はその再任を望んでいた。

九 忠実をさす。忠実は隆覚の再任に反対だった。 一〇 先日。

一一 右大臣藤原実行。公実の二男。三条家の祖。八月二十一日には源雅定が右大臣となるが(→下29注一八)、本条はそれ以前の談話。

一二 以下、師元は院と忠実の意見の対立を知りつつ、まげて院の意向に従うよう説得している。

一三 底本「又被裁許」の「又」は「不」の誤写とみて訂。

一四 藤原氏の氏神。ここではその神木・鏡をさす。本朝世紀・久安六年八月九日条「興福寺衆徒等、留二置春日大明神御鏡於勧学院一、潜逃去了。世莫レ不二驚嘆一。未二曾有一レ例云々」。

一五 藤原氏一門の子弟の大学生のための寄宿給費施設。大学寮の南にあった。

人を補せしめ御《おは》したらむは、春日大明神のなさせ給ふに、おなじことにて候ふべきなり。『天[一八]に替りて官を授く』とは、これなり。夢[一九]に見し事は祈念し候へども、院の御遊免《ゆめ》にも、長者[二〇]の夢にも、寺僧[二一]の夢にも、見る事かたく候ふ」と。かやうに申さしめ御すべきか」と申し了んぬ。

即ち、檀紙《だんし》三枚をもつて、自筆にて御書[二二]を院に進《たてまつ》らしめ給ふべし。その次《ついで》に、大臣[二三]の兼宣のいみじきこと、并びに三位中将[二四]の中納言の中将の事を申し給ひ了んぬ。院[二五]より、「一の人の子ならぬ人は、中納言の中将はなきこと」と申さしめ給ひたりけるにや。師元《もろもと》[二六]、仰せによりて、例を勘《かんが》え申し了んぬ。即ち、檀紙をもつて清書し、御書に籠めて、院に進《たてまつ》らる。

この次に、予の申して云はく、「匡房《まさふさ》[二七]卿をば、堀川院のいみじき者と思しめしたりけるにや候ふらん」と。

仰せて云はく、「堀川院・故殿[二八]などは、いとさまで思しめさざりけるにや。二条殿[二九]のいみじき者に思しめしたりしなり。匡房は小二条[三〇]に

一六 上皇は前世の宿善によって皇位に即いたのであり、藤原氏はそのおかげで天下に摂籙としてあるのです。高天原で皇祖神(アマテラス)が藤原祖神(タケミカヅチ)に、わが子孫は皇位に、汝の子孫は后妃に(その父は摂関に)と約したという、いわゆる「天上の幽契」(春日・古社記)を意識した発言か。

一七 底本「摂録」を訂。

一八 天の意思に代って官を授ける。本朝文粋六・請被特蒙天恩兼任民部大輔闕状(橘直幹)に見える文句。十訓抄十・29、古今著聞集六・141、直幹申文絵詞などに喧伝。

一九 忠実が夢見たこと。即ち覚継の別当補任。覚継は忠実の孫。同人をめぐる話題は下32にも見える。

二〇 氏長者。忠実の一男関白忠通。忠実は忠通と不和。

二一 興福寺の僧たちの希望でもない。

二二 隆覚の別当補任に同意する旨の書簡である。この結果八月十六日隆覚が別当に補せられた(台記)(本朝世紀)。

二三 任大臣の兼宣旨(けんせんじ)。任大臣の日時を勘申するため、前もって任大臣の旨を伝える宣旨。大納言実能は八月九日に任大臣の兼宣旨を賜った(台記)(本朝世紀)。↓下29注一一。 二四 藤原兼長(頼長の一男。当時十三歳。非参議)を中納言兼中将に昇進させて欲しい旨を院に上申した。

二五 院からは「一の人(摂関)の子でなければ無理」との返事であったろうか。この結果、忠実はまだ幼少に過ぎるとして兼長の任中納言の申請を取り止め、参議に任じさせた(台記・十月二十日)。

二六 師元は、忠実の仰せにより、任中納言中将の先例について勘申した。忠実は早速檀紙に清書し、書状の中に籠めて院に進上した。

二七 堀河天皇は大江匡房をすぐれた者としてお認めになったのでしょうか。匡房は堀河朝の権中納言。前段の中納言に関する話題が匡房を連想させたか。

二八 藤原師実。 二九 藤原師通。忠実の父。

三〇 二中歴・名家歴「小二条〈二条北、東洞院西、俊賢卿家、簾中抄云又号二山吹殿一云々〉」。下2にも匡房の家が「二条北、東洞院西」にあった旨がみえる。

ゐたりき。[一]二条殿は二条におはしましかば、日毎《ひごと》に[二]希有のさまして参入して物を申しければ、二条殿は、[三]をしれえほして出で逢はしめ給ひき。我、参詣せし時に、[四]故殿の仰せて云はく、「この男、学問をせぬこそ遺恨なれ」と仰せられしかば、匡房卿の申して云はく、「摂政関白は、必しも[五]漢才《からざえ》候はねども、[六]やまとだましひだにかしこくおはしまさば、天下はまつりごたせ給ひなん。紙を四、五巻続けて、『[七]只今馳せ参らしめ給ふべし』『今日、天晴る』など書かしめ給ふべし。十廿巻だに書かせ給ひなば、[八]学生《がくしやう》にはならせ給ひなん」と申しき。

また、[九]故左府と我、同宿にてありしに、左府の家に帰りていはれしは、「[一〇]関白二条歟[一一]命《おほせ》せられて云はく、『世は無下《むげ》に末になりにけり。[一二]匡房が病ひに、公卿を院も[一三]祈りをせさせ給はねば』と仰せられつるこそ、[一四]謂はれある事と覚え侍りつれ」と、左府の示しき。

また、[一五]堀川院の失せ給ひし時に、[一六]易筮《えきぜい》せさせむとて、内裏に[一七]召したりしに、[一八]三位の局《つぼね》にありしに、我が会はんとて到りしかば、[一九]ゆゆしげにおろおろなる直衣《なほし》きてありき。易筮の事を問ひしかば、「[二〇]もとより

一　拾芥抄中・諸名所部「二条殿。二条南、東洞院東。入道大相国道長造レ之。二条関白伝領」。即ち、匡房邸と師通邸は二条東洞院の辻を隔てて向かい合っていた。
二　下2「衣装もあさましくわろくてぞありきし」。
三　「押し入れ烏帽子して」か。揉(み)(も)烏帽子を着けて。
四　忠実の祖父師実。
五　漢学の才。漢籍に通じ、巧みに漢詩文を作る能力。
六　大和魂。現実に即応して実務を処理できる能力。
七　公家日記の決まり文句である。
八　学者。
九　源俊房。師房の一男。左大臣。忠実は寛治三年(一〇八九)正月二十九日俊房女任子と結婚(後二条師通記)。その後、顕房女師子(泰子・忠通の母)と結婚した。以下の事件は永長二年(一〇九七)正月頃であるらしく(→注一二)、その頃忠実は任子の家(俊房邸)にいたらしい。
一〇　忠実の父師通。関白であったのは寛治八年(一〇九四)三月から承徳三年(一〇九九)六月薨去まで。
一一　底本「歟」の字体不分明。「殿」が正か。
一二　匡房は永長二年(一〇九七)正月二十三日、病により大神宮遷宮の上卿を辞している(中右記)。その時のことか。
一三　病気平癒の祈禱をしないのだから。
一四　道理のあること。もっともなこと。
一五　堀河天皇の崩御は嘉承二年(一一〇七)七月十九日。但し、本条の事件があったのは、その前年であるらしい。殿暦・嘉承元年(一一〇六)正月二十六日「依ニ主上不快一、被レ行ニ易御占一〈西山君快尊占レ之〉。以ニ件御占一、給ニ江中納言匡房一令ニ復推一。申云、宗廟祟云々」。
一六　筮竹を用いてする占い。
一七　匡房を召したのである。
一八　忠実の室源師子の局であろう。師子(当時従三位)は堀河院の生母賢子の妹であるから、院にも親仕していたか。
一九　極端なまでにみすぼらしい直衣。
二〇　もともと私は筮はいたしません。

筮は仕《つかまつ》らざる事なり。[二一]復推《ふくすい》仕《つかまつ》り候はむ。御心地《みここち》は大事に御坐《おはしま》すなり。[二二]山を戴きたる卦《け》に逢はせ給ひて候ふ。人の、山を戴きたらむ許《ばか》り、わびしきことやは候ふべき」と。我の云はく、「今朝は、[二三]御料をよげに聞こしめしたりつるなり」と云ひしかば、匡房の云はく、「病者は、死期《しご》ちかくなりては、物を食ふなり。身に付きたる[二四]冥衆《みやうしゆ》どもの、物をほしがるが候ふなり。[二五]物食ふはなかなか悪《あ》しき事なり」といひき。[二六]案のごとく、その夕べ、崩ぜしめ了《をは》んぬ」と。

（三二一）

[二七]久安六年八月廿日。仰せて云はく、「近日は[二八]小鷹狩《こたかがり》の盛りなり。我、幼少の時に、面白くいみじく覚えし事なり。十三、四歳の程は[二九]さかりに好《この》みき。[三〇]雀鷹《つみ》のありしを手に居《す》えて、[三一]この下の絵林と云ふ所に遊びて、鳥に合せて見る程に、[三二]鳶《とび》の二つ出で来りて、すけ立ちて、事の外《ほか》に高くそりたりしに、鳶近くなりて、[三三]ちがひて飛び下りて、我が笠の上に居《ゐ》たりし。あはれに覚えき。その後、[三四]大納言物語を女房の読みし

二一 覆推。他人が占った後を重ねて占い推考すること。なお、信西にも同様の言動の記録がある。台記・天養二年(一一四五)六月七日(我が病を筮せよとの頼長の命に対して)「嚮昔有㆓夢告㆒。其後盟不㆑成㆑卦。令㆓他人成㆒卦、可㆓復推㆒」。
二二 殿暦(→注一五)によれば、宗廟(皇祖の山陵)の祟りを受けているという卦。
二三 御食事。
二四 冥界の者ども。冥土から迎えにきた鬼たち。
二五 食が進むのはかえって悪いことなのです。
二六 説話として効果的な落ちであるが、殿暦(→注一五)によれば、実際には崩御の前年のことであるらしい。

下三二一条　小鷹狩の思い出話。後半の「大納言物語」の内容は今昔物語集十九・8と共通する。
二七 一一五〇年。
二八 秋に行う鷹狩り。小鷹を使って、うずら・ひばり等の小鳥を主に捕る。
二九 鷹狩に熱中した。
三〇 雀鷹。小型の鷹で、雄を「えっさい」、雌を「つみ」と呼んで、鷹狩りに用いた。
三一 底本「此下絵林ト云所」。所在地未詳。
三二 鳶が二羽現れて加勢して非常に高く舞い上がったが。「すけ立ちて」は、「助く」に接尾辞「だつ」が付いた形か。「逸(そ)る」は、思いがけない方向に飛んでいく意。
三三 鳶と飛び違うように身をかわして下りてきて。
三四 宇治大納言源隆国(一〇七〇年薨)の編と伝える宇治大納言物語(散佚)をさすか。忠実が十三、四歳の頃(一〇九〇年前後)に、同書が女性の読者を持っていたこと(平仮名文か)、今昔と共通する説話を含んでいたこと等々を物語る記事として貴重。

を聞きしかば、[一]鷹を好む者の雉《きじ》に成りて、鷹に恐れたる由《よし》を聞きしかば、朝《あした》に起きて皆放ち了《をは》んぬ。その後は敢《あ》へて好まず」と。

（三二一）

また、仰せて云はく、「[二]覚継法眼の[三]権別当となれるは、[四]長者の子にして、我が孫なればなり。而《しか》るに、[五]三、四度超えらるるは希有の事なり。[六]もし大明神の請《う》けしめ御《おは》さざるか。これ、才学の聞え薄き故なり。また、[七]云ふなる様は、「[八]我は男に成りてあるべき身を、[九]我なり沙汰して法師になしたり」とて、常に[一〇]不請《ふしやう》すなれば、任ぜざるか。[一一]汝が思ふところは、如何」と。

[一二]予の申して云はく、「男にて坐《おは》すとも、[一三]殿の知ろしめさずは、[一四]極みは定めて四位の侍従か。[一五]家隆《いへたか》に勝るべからざるか。僧にてかくまで御坐《おはしま》するは、[一六]御力なり」と。

（三二二）

一 以下の話は今昔物語集十九・8にみえる。鷹狩を好んだ男が夢で雉になり、鷹狩の鷹や犬に妻子を殺され、自分も追い詰められて殺される寸前で目が覚める。男は所業を後悔し、飼っていた鷹や犬を放して出家したという話。

下三二一条　忠実の孫の覚継法眼の人物評。去る十六日にあった隆覚の興福寺別当補任に喚起された話題。下30の前半と深く関わる。

二 藤原忠通の子。興福寺の僧。素行に問題が多く、忠実にとっては不肖の孫。後に恵信と改名。保元二年(一一五七)に興福寺別当となったが、大衆と抗争して停任。配所で没した(興福寺寺務次第)。 三 覚継は保延五年(一一三九)二月十一日興福寺権別当に補せられた(僧綱補任)。

四 藤原氏の長者(忠通)の子で、私(忠実)の孫であるからだ。

五 覚継が権別当に補せられて後、今回の隆覚の補任(→下30(三三七頁)注二二)を含め、別当の交替は三度(覚誉・覚晴・隆覚)あったが、覚継は補任されなかったことをいう(興福寺三綱補任)。 六 もしや春日大明神(藤原氏の氏神)が認めて下さらなかったのであろうか。

七 伝聞の「なり」。覚継が言っているそうだが。

八 (出家ではなく)在家の男性としていることができたのに。

九 (忠実が)自分なりに(思いどおりに、勝手に)処理して、の意か。但し、この用法としては極めて早い例となる。

一〇 不服を言っているそうだから。

一一 師元の意見を諮問している。 一二 中原師元。

一三 殿(忠実)がお構いにならなかったら。

一四 (出世したとしても)きっと四位の侍従どまりでしょう。

一五 藤原家隆。忠実の異母弟。従四位下(正四位下とも)。左京大夫。母の身分が低い(師実家の女房)ため、比較的低い地位に終わった。 一六 忠実の力。

下三二二条　鰯と鯖をめぐる話題。古事談一・69は本条に依拠。 一七 鰯は身体のためには大変よい食物であるが、天皇の食膳には供えない。

一八 「鯖」と同様、卑しき魚ながら高貴の食膳に上った魚に「鰹」がある(徒然草一一九段)。 一九 天皇のお食事。 二〇 第

久安六年十一月十二日。朝、御前に候ふ。物語の次《ついで》に、仰せられて云はく、「[一七]鰯《いわし》は、いみじき薬なれども、公家《くげ》に供《くう》せず。[一八]鯖《さば》は、苟《いや》しき物なりといへども、[一九]供御《くご》に備ふなり。「[二〇]後三条院は、鯖の頭《かしら》に[二一]胡桃《くるみ》をぬりて、あぶりて聞こしめしき」と、[二二]時範《ときのり》は語りき」と。

（三四）

また、仰せて云はく、「[二三]故殿の仰せて云はく、「[二四]宇治殿は、[二五]御門にある人の車などを取りて、乗らしめ給ひて、[二六]御行《あり》きありし時も、[二七]移し馬をば引かせて御坐《おはし》ましき。また、随身は、[二八]上臈《じやうらふ》□[二九]皆悉《みなことごと》くに歩行《かちあり》きして、御共には候ひき。老いたる者などは、御車に[三〇]さかりて、従者に懸りてありき。[三一]近代は下臈《げらふ》・壮年の随身、皆悉く騎馬す。

また、[三二]宇治に入り御《おは》す時、随身は、[三三]直取坂までは歩行《かち》、件《くだん》の所より馬に乗りき。而《しか》るに、近代は、五条東洞院辺において馬に乗る。しかるべからざる事なり。

また、[三四]古《いにしへ》は、[三五]蔵人所に布衣《ほい》の人、[三六]居接《ゐつづ》きてありけり。[三七]公達《きんだち》は[三八]障子《さうじ》の

七十一代後三条天皇。
二一 古事談には一部の伝本を除いて「胡椒」とあるが、くるみを塗ってあぶる調理法があったことは以下の諸例で明らか。厨事類記「零余子焼。…或説、クルミヲツケテアブルベシ」。四条流庖丁書「鳥ノ串焼ノコト。…扨クルミヲネバ〳〵トスリ付テ、カハクホドニ又アブリテ」。天皇が下賤の魚の頭を食したのは質素・倹約の態度というべきか。伊東玉美『院政期説話集の研究』参照。
二二 平時範。定家の男。文章博士。右大弁。上2にも登場している。古事談は「範時」とする。

下三四条　宇治殿の随身・家司たちについて語る。古き良き時代の回顧。古事談二・14は本条最終段に依拠。また、第一段は続古事談二・47は本条第五段に依拠。富家語83と話題が共通する。

二三 藤原師実。忠実の祖父。二四 藤原頼通。師実の父。
二五 富家語83「門外ナル参入ノ人車」。
二六 底本「御行」は「みゆき」とも読めるが、富家語83「御出ニハ」を参考にかく訓む。お出かけの時には。
二七 乗り替え用の馬。二八 年功を積んで（随身として）地位の高い者。二九 底本破損。欠字は「ハ」か。
三〇 離(さか)るは、遠くに離れる意。
三一 最近は（上臈はもちろん）下臈の随身や（老年でなく）壮年の随身までが皆騎乗している。
三二 （京から）宇治の邸にお帰りの際には。
三三 所在地未詳。五条橋を東に渡って伏見街道に出たとすれば、五条橋付近か。五条橋は勧進橋ともいい、平安末には石橋が架けられ、架橋費用として通行料を取っていたらしい。
三四 下27には仮名書き例「いにし」があるが、一応かく訓む。
三五 蔵人の執務する所。ここでは摂関家のそれをさす。
三六 ずらりと居並んでいた。三七 上流貴族の子弟。
三八 障子の上座。東三条殿の場合、東侍廊は布障子で東西に仕切られていた。その上手（西側）をさす。下手（東側）は蔵人所に充てられていた。

上《かみ》に居《ゐ》てありけり。[一]北面と云ふ事はなかりけり。近来《このごろ》北面は出で来たるなり。

[二]食物は三度するなり。[三]昼の御をろしをば[四]透渡殿《すいわたどの》の妻戸の口に持て出でて手を叩けば、六位の[五]職事《しきじ》、参入して、給はりて持て罷《まか》り、蔵人所にて分ちて食すなり。

[六]故清家《きよいへ》が語しは、『[七]範永《のりなが》、[八]勾当《こうたう》に補《ふ》したりける始めに、件の御料を給はりて、持ちて蔵人所に罷る間、透渡殿の磨きたるに踏みすべりて、[九]取り散らしたりける。範永が云ひけるは、〃我、今日、出家をして失せなばや〃といひけり』と。

また、同人の語りて云はく、『御おろし、蔵人所に罷り出だしたりける時は、[一〇]八幡《やはたの》別当清成《せいせい》、参入して、蔵人所の[一一]大盤《だいばん》の上《かみ》の方に居たりけり。手つかみに御おろしをとりて食して、〃日来《ひごろ》は、[一二]御料をわろくして参らせけり。塩をいま少しなくすべきなり〃といひけり。また、御銚子《てうし》に酒を入れて給はりたりければ、よげに飲みけり』と。[一三]近来《このごろ》の八幡別当は全《もは》らしからず」と。

一　ここは院の北面ではなく、摂関家の北面であることに注意。
二　日に三度食事をした。「昼のおろし」を話題にするために必要な説明。九条殿遺誡、西宮記十・侍中事、日中行事などによれば、一日二食が基本。
三　昼食の残り物。
四　両側に壁や戸などの仕切りがない吹き通しの渡り廊。
五　摂関家の蔵人所で別当の下の役。また、侍所の勾当の次の役。
六　藤原清家。範永の男。歌人。中右記では寛治二年(一〇八八)―長承元年(一一三二)の生存が確認できる。
七　藤原範永。中清の男。著名な歌人。晩年に頼通の家司を勤め、延久二年(一〇七〇)頃出家。
八　摂関家の侍所で別当に次ぐ役。
九　底本「折敢」。「取散」と訂して訓む。
一〇　石清水八幡宮の別当清成。元命の男。長元十年(一〇三七)三月から康平五年(一〇六二)四月まで別当職にあり、頼通が関白職にあった期間(一〇一七―一〇六八年)とほぼ重なる。
一一　台盤(食器を盛る盤を載せる台。食卓)の上座の方に。
一二　御料理。なお藤原道長が東宮辞退後の小一条院を厚遇して、院の食膳を自ら台盤所で試食した逸話(大鏡・師尹伝)は、これと同趣といえよう。
一三　本条談話当時(久安六年)別当は任清(光清の子)。

（三三五）

[一四]久安六年十一月廿三日。御前に候ふ。[一五]相命法印同じく候ふ。法印の申して云はく、「[一六]露と云ふ硯《すずり》は[一七]瓦硯か」と。

仰せて云はく、「しかなり。露とは瓦に付きたる名か、不審なり。件《くだん》の硯の足には小萩を蒔《ま》きて、[一八]水精《すいしやう》をもつて露を入れたるなり。もし件に付きたる名か」と。

また、[一九]申されて云はく、「[二〇]故仁豪《にんがう》座主に、相命、[二一]先年向ひて候ひしに、[二二]平の入道 基長《もとなが》候ひき。仁豪に相命を「彼《あれ》は誰人ぞ」と問ひ候ひき。仁豪の答へて云はく、「[二三]故按察《あぜち》の大納言の子なり」と。入道の前に瓦硯の細長なる候ひき。[二四]命に云はく、「これは露が切れなり」と。この旨《むね》は知らしめ給ふか、如何」と。

仰せて云はく、「件の硯は何所《いづく》にか侍るらん」と。

申して云はく、「[二五]仁豪に給はり了《をは》んぬ。[二六]最雲法印の許《もと》などにや候ふらん」と。

下三五条　相命の質疑に答え、硯の名品から能書師房の逸話へと展開する。

一四　一一五〇年。

一五　藤原宗俊の子。母は源俊房の女。中右記の著者中御門宗忠の弟。比叡山の僧。法印。権大僧都。本条当時は法性寺座主。久寿元年(一一五四)に法成寺別当。

一六　硯の名品。江談抄三・73に「高名物」として「硯。露、鶏冠木」、二中歴十三・名物歴に「硯。露」とみえる。続千載集七・物名・かはらすずり・前大納言為氏「露ながら色もかはらずすり衣千ぐさの花のみやぎ野の原」。

一七　本来は中国の古宮殿の瓦を材にして作った硯。後には陶製の硯をもいうようになった。

一八　水晶。消息耳底秘抄・硯事「イカニモ石ノ硯ニハ名アル程ノ物ハナシ。目出硯ハ瓦ニアリ。露ト云宝物モ瓦ナリ。是ハ水ヲ入ネドモ露ノ置ト云ハ僻事也。瓦ノ廻ニ秋ノ花ヲ蒔テ玉ニテ露ヲ入タル也」。

一九　発言者は相命。

二〇　内大臣藤原能長の子。第四十二世天台座主。

二一　以下は、宗俊の没後、基長の生前になされた会話であるから、相命は約五十年前(一〇九七―一一〇七年)を回想していることになる。→注二二。

二二　底本「平入道」。「平」は字体に存疑。「兄」の誤写か。仁豪の兄藤原基長は、内大臣能長の一男。権中納言。承徳二年(一〇九八)五十六歳で出家。嘉承二年(一一〇七)薨。基長と相命の年齢差は約四十歳。老年の基長は若い相命を誰と知らず、弟の仁豪に尋ねたのであろう。

二三　藤原宗俊。俊家の一男。権大納言。基長・仁豪の従兄弟に当たる。

二四　(基長は)相命に向かって言った。

二五　(その硯は基長から)仁豪に与えられました。(今はその弟子の)最雲法印の手元などにあるのでしょうか。

二六　堀河天皇の皇子、最雲法親王。仁豪の弟子。第四十九世天台座主。

また、申されて云はく、「土御門右府[一]の御狩の行幸[二]の和歌の序は、広綱《ひろつな》[三]が書きたると申し候ひしは実《まこと》か、如何」と。

仰せて云はく、「あまた書き損じられて、腹立《ふくりふ》せられて、広綱に「この序清書せよ」とありけれども、遂《つひ》には手づから[四]書かれ了んぬ。高名《かうみやう》[五]の中高と云ふ硯は、件の日、腹立して踏み破られたるなり」と。

申されて云はく、「いかにして、さは候ひけるぞ」と。

仰せて云はく、「書き損じの草《さう》[六]ども、多く積りて硯の上にありけるに、腹立して立ち走りて上を越えらるるに、踏み破られしなり。されども、破れ離れず、ひはれて[七]あるなり」と。

また、申されて云はく、「聟《むこ》[八]の右大将に遅れて後に、手は書かれけるとぞ承り候ふは、如何」と。

仰せて云はく、「件の条は、知り給へず。但し、上東門院[九]の住吉詣[一〇]の序の清書は、学生《がくしやう》[一一]の手なり」と。

(三二六)

一 右大臣源師房。村上源氏。具平親王の一男。その子俊房とともに能書で知られた。夜鶴書札抄・諸寺額書人之事「平等院、宇治殿頼通御願、源右府師房公書之」。

二 承保三年(一〇七六)十月二十四日、白河天皇は嵯峨野・大井川に行幸。船中で歌会があり、右大臣師房が和歌序を製した(扶桑略記)(本朝続文粋十・初冬扈二従行幸一遊二覧大井川一応レ製和歌一首并序)。

三 源師房の養子。実父は若狭守藤原成国。能書。殿暦・康和四年正月二十六日(忠実、故師実のために宇治に法会を修す)「願文作者敦基、清書広綱朝臣」。

四 自分で。

五 硯の名品の名。但し他に用例未見。普通には周囲が低く中央が小高く盛り上がっている意。中高がその硯の形状的特徴を表す名称とすれば、陶硯で墨池が四周にある、いわゆる石渠硯であったろう。

六 草稿。下書き。この和歌序(→注二)は相当の長文であるから、その清書は能書の師房にとっても神経をすり減らす業であったに違いない。

七 割れ目が入って。ひび割れた状態で。源氏物語・真木柱「檜皮色の紙のかさね、ただいささかに書きて、柱のひはれたるはざまに、かうがいの先して、押し入れ給ふ」。

八 藤原通房。頼通の一男。右大将。権大納言。長久五年(一〇四四)二十歳で夭折。その室は源師房の女。後拾遺集十・哀傷(576)、栄花物語・くものふるまひ、今鏡・梅の匂などに師房とその女の悲嘆が語られている。

九 藤原彰子。道長の女。一条天皇中宮。

一〇 上東門院は長元四年(一〇三一)九月二十五日住吉詣に出発(左経記)(小右記)。その帰途、十月二日天の河(大阪府枚方市禁野)において歌を召され、左衛門督源師房は和歌序を製した(栄花物語・殿上の花見)。日本紀略・同年九月二十五日条「上東門院巡二礼石清水八幡宮・四天王寺・住吉社等一。公卿侍臣女房等詠レ歌。左衛門督源朝臣師房作レ序。関白左大臣・内大臣乗レ車扈従」。

一一 見事な筆跡。この住吉詣は通房の薨去より十三年前。

[一二]久安六年十二月廿日。仰せて云はく、「[一三]故一条殿の仰せて云はく、「[一四]寿命を思ふ人は、毎月朔日《ついたち》に精進すべきなり」と。この仰せは、もし[一五]本説《ほんぜつ》に相ひ叶へるか、如何」と。

[一六]申して云はく、「朔日には吉事を奏し、凶事を奏さざる由《よし》、[一七]太政官式に見えたり。しかのみならず、[一八]夏・殷・周の礼・祭神の法、[一九]朔日をもつて最となす。また、[二〇]宇治殿の[二一]金峰山《みたけ》に参らしめ給ひし時は、[二二]朔日に出御《しゆつぎよ》す。[二三]同日に御仏経供養あり。この事によりて御願成就、国土豊《ぶ》饒《ねう》の由《よし》、伝へ承るところなり」と。

仰せて云はく、「しからば、朔日に御精進あるべき由、[二四]院に申さしむるは、如何」と。

「[二五]一条殿の仰せ、定めて思しめすところあらむか。随ひて、また、御寿命九十一、尤《もと》も吉例となすべきか。[二六]申さしめ御さむに、何事か候らはむや」と。

即ち、御書を書きて、朔日に御精進あるべき由、院に申さしめ御《おは》し了《をは》んぬ。

即ち師房は以前から能書であったことをいう。

下二三六条　毎月朔日に精進すべきこと。約一か月前に没した忠実の母全子の思い出に関わる話題。古事談二・15は本条に依拠。全子の話は中外抄上56、下58にもみえる。

一二 一一五〇年。
一三 藤原全子。師通の室。忠実の母。本条談話時から一か月余り前、十一月五日に九十一歳で薨去。古事談は「一条左大臣」(源雅信)と書き換えているが、誤解である。
一四 寿命のことを考える人。長生きを願う人。
一五 根拠となるべき説。典拠。
一六 発言者は中原師元。
一七 延喜式十一・太政官「御本命日〈中宮東宮亦同〉及朔日重日復日亦不レ申二凶事一」。
一八 中国古代(夏・殷・周)の祭神の礼法。
一九 底本「朔月」を訂。月の最初の日。
二〇 藤原頼通。
二一 奈良県吉野郡の吉野山地。山岳信仰の霊地で大峰山を山上、吉野山を山下とし、山中に点在する寺院は金峰山寺と総称。
二二 扶桑略記・永承四年(一〇四九)「七月一日壬辰。関白左大臣藤原朝臣頼通参二詣金峰山一」。
二三 底本「同月」を訂。七月一日。但し同日仏経供養の史実は未確認。
二四 鳥羽院。
二五 以下は師元の発言。一条殿の仰せは、きっと何かお考えがあってのことでしょう。それにまた、その説を唱えた一条殿御自身が九十一歳の長命だったのですから、大変な吉例とするべきでしょう。
二六 院に申し上げて差し支えないのではございませんか。

（三七）

[一]仁平元年三月十日。仰せて云はく、「[二]故清家《きよいへ》の申して云はく、「[三]多武《たふの》峰《みね》の[四]大織冠《たいしよくくわん》の御影《みえい》は、[五]京極大殿に似しめ御《おは》す」」と云々。

（三八）

仁平元年三月廿八日。仰せて云はく、「[六]訴へある時は、[七]宝をもつて人に志す□。その事は[八]古《いにしへ》もありしか。その故は、[九]一条院の御時に、[一〇]御堂の公家《くげ》に申さしめ給ふ事ありける時に、その事の裁許、遅々に及ぶ。[一一]黄に蒔《ま》きたる硯筥《すずりばこ》を取り出でて推《お》し拭ひて、[一二]御乳母の許《もと》に志し遣はしたりければ、其の事即ち裁許あり」と云々。

（三九）

仁平元年六月八日。夜[一三]高陽院《かやのゐん》の御所に御《おは》す。[一四]只今宇治より出御《しゆつぎよ》あり、頭弁《とうのべん》[一五]朝隆《あさたか》並びに[一六]予等、[一七]御縁に候ふ。

下三七条　多武峰の大織冠の御影の話。去る二月二十日多武峰に鳴動等の怪異があり、その吉凶が議されていた。
一　一一五一年。
二　藤原清家。範永の男。歌人。摂関家の家司。彼が語った故事は下34にも記録されている。
三　奈良県桜井市多武峰。藤原鎌足の墓がある。僧定恵が十三重塔を建立。天台宗の寺院（多武峰寺）だったが、現在は談山神社。二月二十日鎌足墓が鳴動・放光したとの報告があり、その吉凶が卜されていた。本朝世紀・仁平元年（一一五一）二月二十六日「今日左大臣（頼長）召二陰陽頭憲栄朝臣、陰陽権助晴道朝臣於里第一、令レ占二多武峰怪異事一。今月廿日戊亥、酉時、御墓山鳴動幷放レ光給事也」。墓の鳴動については、水藤真『中世の葬送・墓制』参照。
四　鎌足（藤原氏の祖）の絵像。五　師実。忠実の祖父。
下三八条　訴えのある時、財宝を贈る話。
六　何かを訴えて裁可を求めている時には、財宝を贈るがよい。
七　底本「以宝志人」の下の二字破損。仮にかく訓む。
八　「古」の訓みは、↓下34注三四。そうした事例は昔もあっただろうか。
九　第六十六代一条天皇。在位は寛和二年（九八六）―寛弘八年（一〇一一）。
一〇　藤原道長が天皇に訴え申し上げたことがあった時に。いかなる事件をさすか未詳。
一一　黄色い蒔絵の硯箱。
一二　天皇の御乳母に贈呈したところ。一条天皇の乳母は源兼澄女。御堂関白記・長和二年（一〇一三）七月二十二日「宮御乳母兼澄朝臣女子〈命婦乳母〉参。是周頼朝臣妾也」。
下三九条　二日前に焼亡した四条内裏について、その予兆と思える鼠・犬の狼藉を語り、後三条院の故事に及ぶ。古事談一・68は本条後半に依拠。
一三　高陽院泰子（忠実女）の御所。正親町東洞院の土御門殿。下26の「高陽院御在所土御門殿」と同じ邸宅。↓下26注三七。

朝隆朝臣の申して云はく、「一八四条内裏は、もつての外に狼藉にて、鼠、一九御帳《みちやう》、二〇壁代《かべしろ》を喰ひ損じ、犬、二一昼御座《ひのおまし》の御剣《つるぎ》の緒を喰ひ切る。大略連日の事なり」と。

仰せて云はく、「御剣の緒を喰ひ切りたる条、極まりなき怪異にこそあなれ。二二沙汰なきか。先例は如何」と、二三予に問ひ仰せらる。

予の申さしめて云はく、「二四御卜《うら》行はるる事は二五覚悟せず。ただ、二六貞信公の御記《ぎよき》にこそ、昼御座の御剣を狐の喰ひて他の殿に持て罷《まか》る由《よし》は見えて候へ」と。

仰せて云はく、「二七通俊《みちとし》・匡房《まさふさ》等の語りて云はく、「二八後三条院は犬を悪《にく》ませ御すなり。一度《ひとたび》『あの犬追へ』と仰せられたりければ、内裏より始めて、京中・諸国皆悉《ことごと》く犬を二九殺害しなどしけるを聞こしめして、後にこそ『させそ』と三〇□仰せられければ、その後はまた、その仰せに随ひ了《をは》んぬ」と。三一昔の帝王は、威のかくのごとく御坐《おはしま》しけるなり」と。

一四 忠実は宇治から到着したばかりだった。
一五 藤原朝隆。為房の六男。母は忠通の乳母、讃岐宣旨。異母兄為隆の養子になった。権中納言。本条当時は蔵人頭兼右大弁(蔵人補任)(公卿補任)。
一六 中原師元。 一七 縁側に祗候していた。
一八 近衛天皇の内裏、四条東洞院殿。四条北、東洞院東にあった。本条談話時より二日前に焼亡。本朝世紀・仁平元年六月六日条「今夜丑尅、四条皇居焼亡〈放火云々。起レ自二関白(忠通)直盧一云々〉。…行二幸八条殿一云々。賢所同奉レ渡二八条殿一。中宮(呈子)渡二御於関白御宿所一〈四条烏丸〉。其後行二啓八条殿一。皇后宮(多子)渡二御於大炊御門御所一」。
一九 御帳台の帳(とばり)。
二〇 母屋と廂の間との境の簾の内側に垂らす帳(とばり)。
二一 昼の御座所(御帳台の前に設けられた天皇の常の御座所)に置かれている御剣。禁腋秘抄・清涼殿「(御帳の)前ニ平敷ノ御座〈雲繝〉二帖、茵ヲ加フ。御座ノ前ノ右ノ方ノ板ニ御硯ノ筥ヲヲク。御剣ハ茵ノ南ニ置」。
二二 (御卜などの)処置はしなかったのか。鼠・犬の狼藉が内裏焼亡の予兆であった可能性を臭わせた発言。
二三 (先例について)師元に尋ねた。
二四 物事の形や現象などを占って神意を問うこと。
二五 覚えていない。記憶しない。
二六 貞信公(藤原忠平)の日記。貞信公記・天慶九年(九四六)五月十八日条「中使公輔将下来狐吹(咋カ)二断御剣緒一怪御占文上。又御修法行、五ケ日吉也者」。
二七 藤原通俊と大江匡房。 二八 第七十一代後三条天皇。
二九 「殺害」の「殺」は底本破損。僅かに残る字画からかく推定する。 三〇 底本破損。欠字は「ト」か。
三一 現今の天皇(近衛)の威の低さに対する慨嘆を込めた発言。但し、近衛天皇の即位には忠通の力が大きく働いていた一方、今回の内裏焼亡は放火とはいえ忠通の直盧からの出火であった。忠通と鋭い対立関係にあった忠実は、一般論としてのみ帝威の低下を嘆いているのではない。田村憲治『言談と説話の研究』参照。

（四〇）

[一]仁平元年七月六日。御前に祗候《しこう》す 高陽院《かやのゐん》[二]の土御門《つちみかど》御所なり。左大臣殿[三]の参らしめ給ふ。御物語の次《ついで》に、仰せて云はく[四]、「白河院、先年に後三条院[五]の御記《ぎょき》を我に下《くだ》し給ひ、仰せて云はく、「部類[六]すべきなり。一本書きて進《たてまつ》るべし」と。よりて、目[七]の前にして、仰せのごとく書きて進《たてまつ》り了《をは》んぬ。帝王の事は件《くだん》の御記に委《くは》しく見えたり。中にも解斎《げさい》[八]の粥の事、委しく見えたり。除目《ぢもく》[九]、叙位《じょゐ》の事は、少々僻事《ひがごと》あり。その由《よし》を故院[一〇]に申し了んぬ。一本書き取らむ[一一]□[一二]思ひしかども、便《びん》なかりしかば書写せず。これ、恐れあるによりてなり」と。

（四一）

[一三]仁平元年七月七日。早旦[一四]、召しによりて御前に参る 時に高陽院《かやのゐん》[一五]の土御《つちみ》門《かど》御所なり。他に人なし。予[一六]、御物忌によりて、一日壱夜参籠す。

仰せて云はく、「高陽院[一七]の本《もと》[一八]の作りは、中嶋[一九]に寝殿を立てて、北対[二〇]

下四〇条　後三条院御記をめぐる話題。一一五一年。

二 高陽院の御所である土御門殿。前条の「高陽院の御所」に同じ。正親町東洞院にあった。→下26注三七。

三 左大臣藤原頼長。忠実の二男。 四 発言者は忠実。

五 後三条天皇の日記、後三条天皇御記。 六 部類をするから一本を書写して提出せよ。 七 院の目の前で。

八 神今食などの神事が行われた翌日、解斎（神事のための物忌を解き平常に復する）の際に天皇が食する固い御粥。江家次第七「解斎事〈謂六月、十二月十一日後暁、十一月中卯日後暁〉。…女房二人供二奉御手水一。…次蔵人供二御粥一〈堅粥也。高盛レ之〉。次又供二和布汁物一」。

九 下12では、大江匡房の江家次第に対しても同様の批判を加えている。忠実は除目・叙位等の知識に関して相当の自負を持っていたらしい。 一〇 白河院。

一一 一本書写して自分のものにしたいとは思ったが、具合が悪くて出来なかった。 一二 底本破損。欠字は「ト」か。

下四一条　大邸宅高陽院の殿舎配置と大饗について語る。

一三 台風が襲来したらしく、この日は豪雨であった。本朝世紀・仁平元年（一一五一）七月「七日乙巳。終日大雨。至レ夜殊甚。…八日丙午。雨止。終日大風。今暁洪水。壊レ山襄レ陵。近年殆無レ比類一云々。宇治橋流了」。 一四 早朝。

一五 →下40注二。 一六 中原師元。忠実が物忌中のため、師元は一昼夜退出せずに伺候していた。

一七 前文の「高陽院の土御門御所」とは異なり、中御門南、堀川東にあった大邸宅「高陽院」をさす。

一八 もとの殿舎配置。忠実は藤原頼通が造営した初期の高陽院と師実が造営し天永三年（一一一二）五月に焼亡した所謂第四期のそれとを特に区別して意識していないように思われる。→注一九。

一九 高陽院は寝殿の周囲に池を廻らした独特の配置で、この形式は平等院鳳凰堂に踏襲された。忠実はこれを中島に寝殿を建てたと見立てている。なお、初期高陽院では、寝殿の南側の池中の島（ふつうにいう中島）には、釣殿が配置

を他所に立てをり。渡殿を作りたりけるなり。大饗[二一]の日、船楽《ふながく》を寝殿の後より東西へまはしたりけるなり。めでたかりけり」と。

（四二）

仁平元年七月[二二]十五日。仰せて云はく、「清水寺[二三]には、不動堂[二四]とて、故殿[二五]の発心地《おこりごこち》[二六]平癒せしめ給ふ堂あり[二七]。また、清水寺は、昔の人の相して云はく、「この所は、いみじき霊験の所なり。但し、住僧はき[二八]たなくや候ふべからん。滝の水の流れ出でたる体《てい》の、開《つび》[二九]より尿《しと》をまり出だせるやうなり」」と。

（四三）

また、仰せて云はく、「故殿[三〇]の御出《ぎょしゅつ》に供奉《ぐぶ》せし犬ありき。名は手長《てをさ》[三一]丸なり。白毛の犬なり。宇治殿[三二]の御時にありける犬は、足長《あしをさ》[三三]丸なり」と云々。

されていたらしい。高陽院の変遷については、朧谷寿『平安京の邸第』、太田静六『寝殿造の研究』参照。
二〇 底本「此対」を訂。中島には寝殿だけがあり、北対は池の対岸にあって、渡殿でつながっていた。
二一 万寿二年（一〇二五）正月二十日関白頼通は高陽院で大饗を行った（左経記）。当日の船楽の記事は未見。長元八年（一〇三五）五月十六日の所謂「賀陽院水画歌合」の時には、歌人らを乗せた船が楽を奏しつつ水路を巡っている。左経記・同日条「三位中将参入、忽為二左念人一向二其所一。左方乗二船二艘一、遊二竜王破一、漸以参入、下二前洲一渡二東橋一着二北座一」。但し以上は忠実出生以前のこと。師実の時代には寛治八年（一〇九四）八月十九日の所謂「高陽院七番歌合」で船楽が奏せられている。中右記・同日条「前池儲二船楽一」。

下四二条　清水寺不動堂で師実の瘧が平癒した話。盂蘭盆の翌日、先祖を偲ぶ心情から想起された話題か。前半は富家語71と話題が共通する。
二二 前日（十四日）忠実は瓫拝を行った（殿暦）。
二三 京都市東山区に現存。初め真言宗だったが後には興福寺に属した。本尊十一面観音。著名な観音霊場。
二四 不動明王を安置する堂。富家語71に「滝下ニ不動堂ニテ」と見え、音羽の滝の下にあったらしい。永万元年（一一六五）叡山僧徒の襲撃を受けて焼失。源平盛衰記一・額打論附山僧焼二清水寺一事「一手は清水清閑両寺の境堀り切て…滝の尾の不動堂より木戸口迄五百余騎にて固めたり」。
二五 藤原師実。後二条師通記・応徳三年（一〇八六）二月十一日条には師実の室源麗子の、同年九月十二日条には師実の清水寺参籠を示す記事がある。ともに夫妻で参籠か。
二六 瘧心地（おこりごこち）。一、二日の間を置いて間欠的に発熱する病気。今のマラリア。二七 底本「ヨリ」は「アリ」の誤記とみて訂。二八 破戒（女犯）。二九 女性の陰部。

下四三条　師実のお供をした犬の話。前条に続いて亡き師実をしのぶ話題。
三〇 藤原師実。三一 訓みは底本の振仮名による。三二 藤原頼通。三三 底本「足長丸丸」。「丸」の一字は衍字か。

（四四）

仁[一]平元年十一月八日。仰せ[二]て云はく、

一、神事[三]の間、守り仏[四]・経をなほ具し奉るべきや否やの事。

仰せて云はく、「賀茂詣の時にも、守り仏は車中に入れて、祇内[五]にこそ取入れず」て[六]へり。

（四五）

一、宍《しし》[七]を食せる者、七日以後に神社に参るや否やの事。

仰せて云はく、「式[八]の文は、七日を限る。異議[九]に及ぶべからざるか。但し、先年、日吉行幸[一〇]の時、この関白[一一]、鹿を食して七日以後に相ひ具[一二]して社頭に宿る。件《くだん》の夜、夢に云はく、「七日過ぎ了《をは》んぬ。憚りあるべからずとい[一三]へども、あまり近くこそ覚ゆれ」と見了んぬ。よりて、騒ぎて俄《にはか》に夜中に六[一四]条右府の宿所に出で了んぬ。しかれば、七日以後も暫《しばら》く忌むべきか。凡《おほよ》そは、神事は、後朱雀院の久[一五]しき東宮にて御願

下四四条　春日祭・賀茂臨時祭等の神事を目前にした時期に語られた、神社参詣と仏・経の忌避をめぐる話題。一　十一月には神事が多い。この日の直後にも十一日に春日祭使の発遣、十二日に春日・平野祭、十六日に大原野祭、二十五日に賀茂臨時祭などが控えていた。二　後文の「仰云」と重複するが、この後に見出しが混入して本文化したため(→注三)「賀茂詣時」以下と分断された形になり、伝写の過程で後文に「仰云」が補われたのであろう。三　この一行は本来は行間に記されていた見出しが本文に混入したもの。→下45注七。四　念持仏。五　神祇の内、即ち神域、境内。六　底本「衣」。「者」(てへり)の誤記とみて訂。

下四五条　前条に続き、神社参詣と食宍の忌避に関わる話題。末尾の後朱雀院の話は上18と話題が共通する。七　本来は行間または欄外に記されていた見出しが本文に混入したもの。底本には下7の行間(欄外)、下21と下23の本文冒頭、下44の本文中に見出しらしきものがある。八　延喜式をさす。但し、食宍による触穢期間は三日説と七日説があり、三日説は延喜式三・臨時祭「凡触二汚悪事一応レ忌者、人死限二卅日一〈自二葬日一始計〉、産七日。六畜死五日、産三日〈鶏非二忌限一〉。其喫レ宍三日〈此官尋常忌レ之。但当二祭時一余司皆忌〉」、年中行事御障子文・雑穢事「喫レ宍及弔レ喪問レ病、忌三日」など。七日説は禁秘抄上・神事次第「鹿食蒜産此三事非二深忌一但近代卅日、如レ式七日也〈蒜無レ忌〉」、拾芥抄下・触穢部・食宍忌事「食二猪鹿一者、忌七日、無二甲乙丙穢一、欲レ拝二神社一不レ可二同家一」など。禁秘抄が「如レ式七日也」としているのは、延喜式にも「七日」とする本があったからか。九　底本「畢議」を訂。

一〇　永久元年(一一一三)十月十一日の日吉行幸。殿暦・同日「日入程着二御社頭一。余依二服薬一〈蒜〉、不レ参二御所一。次第儀如レ常。中納言又服薬、仍有レ宿、二鳥居内也。而依二夢想告一、俄及二暁更一向二別当宿所一〈鶏鳴程也〉」が本条の事件。当時、忠実は摂政太政大臣。忠通は権中納言。検非違使別当(藤原宗忠)の宿所は二の鳥居の外にあったのだろう。一一　現在の関白。藤原忠通。一二　自分(忠実)とともに社頭

などのありけるにや、その時[一六]よりくすしくなりたるなり」と。

（四六）

仁平元年十[一七]一月廿五日。仰[一八]す。今日は臨[一九]時の祭なり。宰[二〇]相中将殿の束帯を着《ちゃく》して御前に参入せる間、御装束を直さしめ給ふ。仰せて云はく、「老いたる人は、装束をすこし高くするなり。壮《さか》りなる人は、さげてするなり」と。

また、俊通[二一]《としみち》をもつて左大臣[二二]殿に申さしめ給ひて云はく、「今日、宣[二三]命をもつて使に給はる儀と覚えしめ給ふか。但し、件《くだん》の儀は、今日はしかるべからざる事は残して、しかるべからん時に行はせしめ給ふべきなり」と。

御返事に云はく、「覚え候ふ。但し、仰せのごとくに、今日は尋[二四]常の儀を用ゐるべきなり」と。

に泊まった。二の鳥居より内側であった。→注一〇。

一三 底本「難」を「雖」に訂して訓む。

一四 六条右府といえば普通は源顕房（女師子は忠実室、忠通母）をさす。但し、顕房は忠通出生の三年前に薨。忠通がその宿所に赴くことは史実としてはありえない。殿暦によれば、忠通が赴いたのは藤原宗忠の宿所（→注一〇）。

一五 後朱雀天皇の東宮期間は足掛け二十年に及んだ。

一六 同様の発言が上18、下1にも見られる。

下四六条　賀茂臨時祭の当日、孫の師長の晴れ姿を見て装束を談じ、頼長には祭の式次第について注意を与えている。

一七 賀茂臨時祭の当日。本朝世紀・仁平元年（一一五一）十一月二十五日条「今日賀茂臨時祭也。左大臣…参議師長等参内」。

一八 仰せの内容が「今日臨時祭也」だけであるのは、落ち着きが悪い。文章が捩じれているか。

一九 賀茂臨時祭。毎年十一月中酉日に行われた賀茂神社の冬祭。勅使が奉幣した。

二〇 藤原師長。頼長の二男。久安五年（一一四九）に元服、この年二月に参議に補せられたばかりの師長（十四歳）は、まだ束帯に慣れていなかった。

二一 藤原俊通。宗輔の一男。

二二 藤原頼長。

二三 宣命を使に下賜する役をするつもりか。賀茂臨時祭の日は、大臣は神前で読み上げる宣命を内記から受け取り、天皇に奏覧して後、勅使に賜ることになっていた。北山抄二・賀茂臨時祭事「御禊訖。上卿参二射場辺一、令レ奏二宣命一、返給、召レ使給レ之」。しかしこの時は、前年十一月九日頼長の祖母（忠実の母）全子が薨じ、本年九月二十二日には木幡への改葬等があったため、頼長は神事の宣命に関わるべきでなかった。四年前の賀茂臨時祭に頼長は前年外祖母が没していたにもかかわらず宣命に関わろうとする失態を演じた。台記・久安三年（一一四七）十一月二十五日「欲レ奏二宣命一、内記曰、左将軍被レ奏了。仍著二殿上一。…今案、余服日数未レ満〈除レ暇〉、欲レ奏二宣命一、大失也」。忠実はその失敗を繰り返さないよう注意したのである。

二四 （四年前のような失敗はしないよう気をつけて）見苦しくないようにするつもりです。

(四七)

[一]仁平元年十二月八日。夜、御前に祗候《しこう》す。御物語に云はく時に宇[二]治小松殿なり、「[三]母屋《もや》の大饗には、[四]鷹飼をもつて見物《みもの》となすなり。鷹を[五]飛ばしむる事は二度なり。一度は殿の[六]幔門《まんもん》を出づる時飛ばしめて、鈴の声を聞かしむるなり。その後、南庭を渡りて[七]床子《さうじ》に居て、酒飲みて後、立ちて歩まむとする時、また飛ばしむるなり。

[八]法興院の大饗には、東の山より狩りて参入しけり。[九]築垣《ついがき》の上より見越して見えけり。件《くだん》の儀にやあらん、[一〇]長元《ちやうげん》の高陽院《かやのゐん》の大饗には、[一一]滝の上の山[一二]穴を鷹飼は出でて渡りける。

[一三]競馬《くらべうま》の日、我が方《かた》の府生、上臈《じやうらふ》と乗る時には、上臈に勝つ時には、[一四]上臈を取り籠めて、大臣の前などの程にては[一五]放ちて先に立つなり。[一六]御堂の御時、[一七]武ある武に[一八]公時《きんとき》を[一九]手番《てつが》はしめ御《おは》しし時、公時かく仕りて、人々誉めののしりけり。

また、御堂、[二〇]早旦に、人々に秘して、[二一]法興院の馬場にて、公時に競

下四七条　正月の大饗における鷹飼から競馬へと話題が展開。第五段の公時と実資をめぐる逸話は、古事談六・68の典拠。小右記・長和二年(一〇一三)九月に話の原点となった事実、江家次第十九・臨時競馬事にはすでに説話化した同話が記録されている。

一 翌年正月二日東三条殿で頼長の臨時客、同二十六日大饗。それらを意識した話題か。 二 →上65注二四。

三 母屋で行われる大臣の大饗。

四 鷹匠。大饗では錦の帽子をかぶり、左手に鷹を置き、右肩に鳥を付けた柴枝を懸けて、南庭を行進する。

五 鷹を飛ばし脚に付けた鈴を鳴らして後、引き据える。

六 鷹飼は寝殿の前庭西側の幔門(幔幕を張った門)から犬飼を連れて登場する。年中行事絵巻にその様が見られる。

七 胡床。鷹飼は南庭東側の立作所で鷹を手渡し、盃を受けて後、東幔門から退場する。 八 →上39注一。

九 築地。法興院は京極東(鴨川辺)にあって、東山方面を見渡すことが出来た。この大饗の年次は未詳だが、上80にも同じ時とおぼしき記述がある。→上80注三。

一〇 長元六年(一〇三三)正月二十一日関白頼通が高陽院で行った大饗(日本紀略)。高陽院は、→下41注一九。その美観は栄花物語・駒競べに詳しい。

一一 高陽院の南池の南側には大きな築山や滝があった(栄花物語・根合せ)。

一二 底本「ウリ」の如き字体に記す。文意未詳。「穴門(築地を切り開けただけの門)」の意とすれば、築山の裏の穴門から邸内に入り、山から出てきたように演出した意か。

一三 競馬は左右二騎が走って勝負を競う。

一四 相手の上臈の馬の進路を妨害して。

一五 (自分の馬を)全速で走らせて先に立つ。

一六 藤原道長。 一七 底本「武ある武ニ」。文意未詳。

一八 下毛野公時。競馬の名手。 一九 勝負させた時。

二〇 早朝。 二一 以下の話は長和二年(一〇一三)九月十三日京極殿の競馬で公時が武文に勝ち、道長が悔しがり実資が喜んだ事件と、同十六日武文に勝った保信に藤原道雅が禄を与

馬に乗らしめ給ひけるに、[二二]実資《さねすけ》の大臣、古き車に乗りて、馬場の末においで密々に神妙と見物し了《をは》んぬ。紅の打衣《うちぎぬ》を車に入れて見られけるに、公時の勝たりけ□に、車より纏頭《てんどう》せられけるに、公時肩に懸けて上りて参入したりければ、御堂、「[二三]いかに」と仰せ事ありければ、[二四]「方《かた》の大将《だいしやう》の、馬場の末にて給ひたるぞ」□申しけり。[二五]武徳殿の[二六]小五月《こさつき》の競馬は、埒《らち》の弘《ひろ》ければ、遠騎《とほのり》なり。しかりといへども、勝負は事の外に早速なり。武徳殿の[二七]打毬《たぎう》の玉は投げ与へ給ふ。[二八]七日の節会《せちゑ》の[二九]下名《おりな》を給はる時の臂は、同じ様にするなり」と。

（四八）

[三〇]仁平元年十二月卅日。御前において時に[三一]土御門《つちみかど》第に御《おは》す、[三二]平緒《ひらを》を撰ばる。[三三]明日幷びに臨時客の間の料なり。その次に、仰せて云はく、[三四]「紫緂《むらさきだん》の平緒は、とく損じて無益《むやく》の物なり。[三五]多くは年若き人用ゐる。公卿もまた用ゐる。[三六]故殿の仰せて云はく、「[三七]踏歌《とふか》の節会《せちゑ》は、自他の節会も、夜に入るなり。件《くだん》の日に紫緂は多くは用ゐるべきなり。[三八]承明門

えた事件（小右記）が、場所と人間関係を変えて説話化したものか。松本昭彦「江家次第の説話的記事をめぐって」（『国語国文』平成八年四月号）。二二 藤原実資。

二三 （その打衣は）どうしたのだ。発言者は道長。

二四 公時は右近衛府生。実資は右大将。二五 大内裏の殿舎の一。東面の宴松原で騎射・競馬等が行われた。

二六 五月二・三日の行事らしいが詳細は未詳。五月五・六日の騎射との関係も未詳。忠実の時代にはすでに中絶していたらしい（本朝月令・五月）（小野宮年中行事・五月）。

二七 五月六日の節会で舞う打毬楽。毬打（ぎつちやう）の様を演じるが、毬は一の上（左大臣）が投入して行われた（西宮記・五月六日）。教訓抄三・打球楽「件ノ玉ハ、一ノ上ノ下シ給ト云々。件ノ玉ニハ、大甘子ヲ紙ニツヽミテ、ナゲクダシ給也。舞終ヌレバ、舞人懐中シテ罷入ナリ。〈是ハ宇治殿御物語也〉」。二八 正月七日に行われる白馬節会。

二九 叙位の時、位階を賜る人の氏名を書いて式部・兵部省の丞に下付する名簿（北山抄一・七日節会及叙位事）。

下四八条 元旦の節会と二日の臨時客に用いる平緒を選びつつ、平緒について談ずる。世俗浅深秘抄上56は本条に依拠。助無智秘抄・七日十六日節会も本条に近い。

三〇 一一五一年の大晦日。三一 →下26注三七。

三二 束帯の時に佩用する剣の緒。平たい組紐で、結び余りを飾りとして前に長く垂らす。三三 翌日は元旦、二日には東三条殿で頼長の臨時客を予定（兵範記）（本朝世紀）。

三四 配色の名。白紫白紫の順に交互に配したもの。

三五 後照念院装束抄・紫緂平緒事「晴時着㆑之。年少之間、雖㆑非㆓指晴㆒常着㆑之」。三六 藤原師実。

三七 男踏歌は平安中期に廃れ、女踏歌のみ行われた。正月十六日に紫宸殿の南庭を舞妓たちが万歳楽や地久楽を歌いながら練り歩く行事。本朝世紀・仁平二年（一一五二）正月十六日「天晴。踏歌節会也。権大納言公教卿、右近中将兼長卿、参議経宗朝臣、雅通朝臣等参入。公教卿為㆓内弁㆒」。

三八 内裏の南正面、建礼門の内側にある門。踏歌節会の時、王卿らはこの門から入場する（江家次第三・踏歌）。

より練り入るに、平緒[一]ありと見ゆるがいみじきなり」と。今は世は術《ずち》なく成□[二]り。物[三]の案内《あない》を知る人さらになし。内大臣[四]の許《もと》より送たりし平緒の筥《はこ》こそ浅猿《あさまし》かりしか。平緒を長帖《ながたたみ》に帖《たた》みて入れたれば、細長にておかしかりき」と。

（四九）

仁平二年正月七日。御前に候ふ正親町殿《おほぎまち》[五]なり。仰せて云はく、「故殿[六]は、凡《おほよ》そ足をば指し出ださせ給はざりき。指貫《さしぬき》を踏みくくみ[七]て御坐《おはしま》しき。正月十四日、修正《しゆじやう》[八]に参らしめ給ひて、帰り御《おは》さしめ給ひしには、御足をさし出だして、ひたはだに[九]沓《くつ》をはきて出でしめ給ひき。「今夜倒れたるは忌むぞ」とて、やはらづつ[一〇]歩ましめ給ひき。しかれば修正の終りの夜は倒るまじきなり」と。

（五〇）

仁[一一]平四年三月十一日。仰せて云はく、「御[一二]堂、木幡《こはた》[一三]の三昧《さんまい》[一四]を始めし

一 平緒が目立ってみえるのが、すばらしいのだ。助無智秘抄・七日十六日節会「公卿・近衛司、元日同事也。十六日ノ節会ゾカナラズ夜ニイルユヘニ、外弁ノ上首ハ、カナラズダンノヒラヲヲサストマウシナラハシタル。承明門ヨリヒキテイルガ、ダンノヒラヲ火ノヒカリニアラハレテイミジキトカヤ」。
二 底本破損。欠字は「タ」または「ケ」か。今は世の中はどうしようもなく（だめに）なってしまった。
三 ものの道理や事情。
四 藤原実能。公実の四男。徳大寺家の祖。当時内大臣。
下四九条　修正会の末日には素足で歩いた師実の故事。世俗浅深秘抄下72は本条に依拠。
五 →上33注二八。
六 藤原師実。
七 「踏みくくむ」は、袴などの裾を足で踏むほどに内側へ押し込み。足が隠れて見えないほど裾長にはく意。
八 修正会。ただし「十四日」が「修正の終りの夜」とすれば、ここでは宮中の御斎会（八―十四日）をさすか。結願の日には内論議がある。
九 素足に沓を履いて。
一〇 少しずつ。ゆっくりと。
下五〇条　木幡の三昧堂供養の時、道長が法螺を吹き鳴らした話。古事談五・45は本条に依拠。
一一 一一五四年。前条と本条の間には、仁平三年を挟んで約二年二か月の空白がある。
一二 藤原道長。以下は寛弘二年（一〇〇五）十月十九日の事件である（御堂関白記・同日条）。
一三 木幡は藤原北家一門の埋骨の地。道長はこの地に三昧堂を建立、この日供養が行われた。
一四 先祖諸霊を供養するための法華三昧（法華懺法）。木幡寺鐘銘並序「爰皇朝親舅左丞相、准下曩祖墓域、多武峰側建二立妙楽寺一、修二常行三昧一之例上、茲山下創二建道場一、修二

め給ひし日、[一五]法螺《ほら》を[一六]禅僧等吹くあたはざりければ、御堂、御手づから取らしめ給ひて吹かしめ給ひけるに、高く鳴りたりければ、時の人、感じてののしりけり」と。

（五一）

同日。仰せて云はく、「古人は[一七]宿曜《すくえう》[一八]は用ゐざるか。[一九]御堂・宇治殿の御宿曜と云ふ文、家には見えざるなり。また、[二〇]四条宮に我申して云はく、「御宿曜や候ひし」と申し上げし時、仰せて云はく、「全《もは》ら知らず。[二一]殿などや御沙汰ありけむ、我は知らず」と仰せられしなり。また、[二二]故一条殿も宿曜の沙汰、全らせさせ給はざりき」と。

（五二）

[二三]仁平四年三月十四日。夜、御前に候ふ[二四]小松殿なり。時に前出羽守[二五]泰盛、御前に候ふ。御物語の次《ついで》に、仰せて云はく、「先年、高野《かうや》の[二六]覚鑁《かくばん》上人をば、[二七]院已下《いげ》殊《こと》に帰依《きえ》す。よりて、我、三条の北、万里《まで》の小路の西、[二八]清隆卿《きよたか》

法花三昧㆒、額曰㆓木幡寺㆒矣」。
一五　ほら貝。
一六　御堂関白記「堂僧」。

下五一条　摂関家では宿曜を用いなかったこと。本条の一部は下10と話題が共通する。
一七　底本虫損のため「ノ」のごとく見えるが、原姿は「ハ」であろう。
一八　二十八宿と七曜による一種の占星術。→下10注一四。
一九　藤原道長・頼通。
二〇　後冷泉天皇皇后寛子。頼通の女。
二一　故殿（藤原師実）。寛子の弟。
二二　藤原全子。忠実の母。

下五二条　鳥羽院の帰依深かった覚鑁の話。近日に予定された鳥羽院主催の御八講から連想された話題か。
二三　一一五四年。七日後の三月二十一日から鳥羽院による故堀河天皇追悼の御八講が予定されていた（兵範記）。
二四　宇治小松殿。→上65注二四。
二五　高階泰盛。重仲の男。二月八日藤原盛方が出羽守に任じられたが（兵範記）、泰盛はその前任者。前司になったばかりであった。
二六　真言宗の高僧。鳥羽院の絶大な帰依を受けたが、後に高野山徒と対立して山を追われ、本条談話時より遥か以前の康治二年（一一四三）に没していた。
二七　鳥羽院は長承元年（一一三二）高野山大伝法院の落慶法要に御幸、紀伊国石手荘などを施入した。
二八　藤原清隆。清隆の室家子は忠実の異母弟家政の女で近衛院の乳母。忠実が覚鑁に会ったのは覚鑁が金剛峰寺座主職を追われる保延元年（一一三五）以前であろう。忠実は当時しばしば清隆邸（三条北、万里小路西）を宿所に利用しており、中右記には大治四年（一一二九）十二月十六日「関白殿渡㆓給清隆三条万利小路宅㆒。是依㆓禁中近々㆒也」以下、長承元年（一一三二）十二月九日条に至るまで同旨の記事が散見する。

の宅に居たりしに、件《くだん》の清隆の家にて見むとて召して、上達部《かんだちめ》[一]の座においてて逢ひたり。暫《しば》し心をしづめて見しに、鳶《とび》[二]の尾羽《をは》挿しけたるにて見えしかば、[三]かかる物にこそありけれとて、その後は召さじと定む。而《しか》るに、遂《つひ》に事[四]ありて高野を払はれ了《をは》んぬ」と。

（五三）

仁平四年三月廿九日。雨降る。御前に祗候《しこう》す。時に仲行《なかゆき》[五]の宇治の宿所に御坐《おはします》す。春日《かすが》[六]の御精進なり。御物語の次《ついで》に、仰せて云はく、「頼義《よりよし》[七]と随身《ずいじん》兼《かね》[八]武《たけ》とは、一つ腹なり。母は[九]宮仕への者なり。件《くだん》の女を頼信《よりのぶ》[一〇]の愛して、頼義を産ましめ了《をは》んぬ。その後、兼武の父、件の女の許《もと》なりける半物《はしたもの》[一一]を愛しけるに、その主の女、[一二]「我にあはせよ」と云ひて、案のごとく婚《とつ》ぎ了んぬ。その後、兼武を生み了んぬ。頼義、後にこの旨を聞きて、[一三]ゆゆしきことなりとて、[一四]七騎の度《たび》乗りたりける大葦毛《おほあしげ》の忌日《きにち》なむどをばしけれども、母の忌日は一切勧修せざりけり。

[一五]義家《よしいへ》の母は、直方《なほかた》の娘なり。[一六]為義《ためよし》の母は、有綱《ありつな》の女なり。已《すで》に[一七]華族《くわぞく》

一 接客用の座。対の南庇など。小泉和子他『絵巻物の建築を読む』（東大出版会）参照。
二 天狗の正体は鳶の姿とされた。上49には嘴のある天狗が登場。宇治拾遺物語32「くそとびの羽折れたる、土に落ちて、まどひふためくを」（天狗の正体）。
三 （院は惑わされたが）自分は正体を見抜いたという自負の気持が籠もる。 四 保延二年（一一三六）金剛峰寺座主を罷免され、同六年（一一四〇）高野山を追われ根来山に移るなどしたこと（高野春秋）を指す。
下五三条　源頼義が母を疎んだ話。古事談四・15は本条に依拠。益田勝実「古事談鑑賞十」（『解釈と鑑賞』昭和四十一年三月号）参照。
五 高階仲行。忠実・頼長・師長の家司。富家語の筆録者。
六 春日参詣のための精進。忠実は四月二日に参詣した。台記・仁平四年（一一五四）四月三日「伝聞、朔日、禅閤下ニ向南京一、用レ船、三長従レ之。二日参ニ御春日社一」。
七 清和源氏。頼信の一男。義家の父。
八 中臣兼武。近友の父。藤原頼通の随身か。続古事談五・34に「中原氏ノ人長、兼武ヨリハジマレル也」とあるのは「中臣氏」の誤記。中右記・寛治七年（一〇九三）十二月十八日「今夜、左近衛将曹中臣近友頓滅。年六十余。故兼武男也。容顔美麗、所能勝レ他、舎人之中英雄者也」。
九 尊卑分脈の源頼義の項には「母修理命婦」とある。世系等未詳。 一〇 清和源氏。満仲の三男。河内源氏の祖。
一一 召使の女。下女。
一二 その主人である女性が（お前の相手の男性を）自分にも逢わせてくれと言って。
一三 甚だしい不快感、嫌悪感を表す。
一四 前九年の役の時の黄海の戦いをさす。官軍は大敗し、義家ら主従七騎は重囲に陥り、義家の乗馬は矢に当たって死んだ（陸奥話記）。「大葦毛」はその馬の名。
一五 源義家。頼義の一男。号八幡太郎。その母は上総介平直方の女。 一六 源為義。その母は大学頭藤原有綱の女。
一七 身分の高い家柄。貴族。

なり」と。

（五四）

[一八]仁平四年四月廿七日。賀茂祭なり。中の酉《とり》の延引せるなり。[一九]入道殿下、去る廿四日より鳥羽の[二〇]清隆《きよたか》卿の宿所に御坐《おはしま》す。[二一]予、今朝参入して、御前に祇候《しこう》せる間、侍《さぶらひ》ども、葵《あふひ》を[二二]鎖《くさ》りて[二三]庇《ひさし》の御簾《みす》に付く。仰せて云はく、「葵は庇に懸くる物にあらず。母屋《もや》に懸くるなり。但し、何事かあらむや。早く庇にも懸くべきなり」と。

（五五）

[二四]仁平四年五月廿一日。仰す 宇治の[二五]成楽院御所なり。「[二六]故殿の仰せて云はく、「[二七]新しき所に初めて移徙《わたまし》の日は、[二八]束帯に赤き[二九]単衣《ひとへぎぬ》、赤き[三〇]大口《おほくち》、女房は紅の袴、全《もは》ら憚らざる事なり」てへり。而《しか》るに、予、近年聞くに、「女房は[三一]濃き袴、男は白き袖なり」と。尤《もと》も心を得ず。しかれば、[三二]鳥羽の御所 御堂の[三三]御所 に[三四]御渡りの日、進上《しんじやう》の御装束は、女房装束は紅の

下五四条　賀茂祭当日、簾に付けた葵を見て、葵の付け方を談ずる。

一八　一一五四年。この年は中酉日(十五日)に行われるべき賀茂祭が触穢のため延引(兵範記)。下酉日(二十七日)に行われた(台記・兵範記)。一九　忠実。

二〇　藤原清隆。→下52注二八。去る二十五日から忠実は不予の院を見舞うため鳥羽に参じ、清隆の直廬を休息所としていた。台記・仁平四年(一一五四)四月二十五日条「昨日法皇不予云々。仍巳刻参二鳥羽一、先レ是、禅閤自二宇治一参御、以二清隆卿直廬一為二休息所一」。二一　中原師元。

二二　互いに繋がり合うようにして。二三　廂の間の御簾。

下五五条　忠実が造進していた鳥羽御堂御所への法皇の遷幸を目前にして、渡徙の故実を語る。世俗浅深秘抄上57は本条の前半に依拠。

二四　一一五四年。

二五　宇治小松殿に同じ。→上65注二四。前年忠実はこの邸宅を頼長に譲与した。台記・仁平三年八月十三日条「禅閤給二成楽院一〈其譲状、親隆朝臣奉レ仰書レ之、禅閤加二御判一〉」。兵範記・仁平三年十一月二十二日「着二御小松殿一〈傍書、成楽院御所〉祗候」。二六　藤原師実。忠実の祖父。

二七　新宅に初めて移る日。特別の儀礼があった。

二八　→下11注二四。二九　→下11注二〇。

三〇　→下19注一九。三一　濃紫色の袴。

三二　鳥羽殿に造営中で、完成間近の新御堂をさす。忠実が造営を奉仕していた。台記・仁平四年(一一五四)七月二十九日「今日、院渡二御鳥羽新造御堂御所一〈御所並釈迦堂、募二播磨重任功一禅閤(忠実)造レ之。阿弥陀堂讃岐守成親(重服)募二還任功一造レ之〉」。

三三　底本「御前」を訂した。台記(前項注に所引)にも「御堂御所」とみえる。

三四　渡徙があったのは仁平四年(一一五四)七月二十九日。兵範記・同日「鳥羽新御堂中御所御渡徙」。台記・同日「伝聞、渡二御新所一之後、禅閤被レ献二紙千帖、布千端、米千斛一。御使仲行」。

袴を用ゐるべきなり」と。
　また、仰せて云はく、「[一]僧家《そうけ》の渡りには、[二]黄牛《あめうじ》を引くべからず、[三]反《へん》閇《ばい》を行ふべからざるか。その故《ゆゑ》は、近く坐《おは》せし[四]仁和寺宮の[五]了の宮の房を渡されけるに、黄牛を引き反閇を勤めき。而るに、[六]程なく入滅せり。よりて、[七]故宮は、その後、度々移徙の時、黄牛を引かず、反閇を行はざりき。[八]我もこの成楽院に渡るに、黄牛を引かず、反閇を行はざりき」と。

（五六）

[九]仁平四年六月四日。御前に祗候《しこう》す。仰せて云はく、「しかるべき人は、夏は[一〇]二倍《ふたへ》織物《おりもの》の[一一]単重《ひとへがさね》を着《ちやく》するなり。仮令《たとひ》女郎花《をみなへし》の綾に別の色の文《もん》を織るなり。近代見る常の綾の単重をば、[一二]物売衣《ものうりぎぬ》とて、しかるべき人は着せざりしなり。[一三]故殿の仰せなり。[一四]四条宮などは着せしめ給はざりしなり」と。

一 出家した者の渡徙には。
二 赤味を帯びた黄色の牛。高級な牛とされる。渡徙の時には黄牛を牽き、陰陽師が反閇を踏むのが普通。鳥羽新堂への御渡徙でも同様に行われた(台記)(兵範記)。
三 天皇や貴人の出行の時、邪気を払い鎮めるために陰陽師が行った独特の足踏み。呪法の一。
四 覚行法親王をさす。白河院第三皇子。中御室。
五 底本「了宮ノ」。誤字があるか。文意未詳。
六 中右記・長治二年(一一〇五)十一月十九日「去夜亥時許、彼仁和寺二品覚行法親王已以入⌐滅于仁和寺新造北院⌐。年卅一」。
七 覚法法親王をさす。白河院第四皇子。高野御室。本条の前年十二月に没。覚法の母師子(源顕房女)は最初院との間に覚法を生み、後に忠実の室となって高陽院・忠通を生んだ。覚法と忠実夫妻は親密な関係にあった。
八 忠実はすでに入道しているので「僧家」の例に従ったのである。

下五六条　暑い季節に語られた、夏の衣服の話題。
九 一一五四年。
一〇 綾織の地紋の上に別の色糸で上紋を浮かして織り出したもの。
一一 単衣(ひとえぎぬ)を二枚重ねて袖口・裾を糊でひねり重ねたもの。上着(うわぎ)の下に着る。夏期の女性の盛装用。単襲(ひとえがさね)。
一二 物売人の衣服。
一三 藤原師実。
一四 藤原寛子。師実の同母姉。後冷泉天皇皇后。

（五七）

[一五]同月十二日。朝、仰せて云はく、「[一六]魔事ある人は、[一七]五大尊を造り奉りて、その[一八]腹の中に[一九]大般若を籠め奉りて祈り奉る時、魔事は去る」と云々。「[二〇]法性寺の[二一]五大堂、[二二]法成寺の五大堂、かくのごとし」と云々。但し、この事を聞くといへども、[二三]右府入道宗忠の説なり。未だ[二四]故殿の仰せは奉らざるなり」と。

（五八）

[二五]仁平四年十一月六日。仰せて云はく、「[二六]寿《よはひ》に代へて人を祈ると云ふは、[二七]我が食物をもつて云ふなり。[二八]故准后の仰せなり。よりて、我は年《とし》来《ごろ》[二九]我が飯の料を相ひ折《さ》きて、[三〇]野以未進賀茂、院を祈り奉るなり」と。

下五七条　魔事の祈禱に関わる話題。
一五　仁平四年（一一五四）六月十二日。この頃法皇不予。六日には鳥羽院で一日大般若及び孔雀経の御読経、八日には頼長が法皇のために等身の薬師像等を供養（台記）。十五日には法皇不予とは別に高陽院で阿弥陀仏・不動尊像の供養が予定されていた（兵範記）。
一六　魔物にとり憑かれた人。呪詛を受けたり物怪にとり憑かれたりした人。
一七　五大明王。不動・降三世・軍荼利・大威徳・金剛夜叉（真言宗）または烏枢沙摩（天台宗）の五明王。壇を設けて調伏などを祈願する五壇法が修せられる。
一八　五大尊像の胎内に。
一九　大般若経。
二〇　九条河原（京都市東山区東福寺付近）にあった寺。延長三年（九二五）に藤原忠平が建立。
二一　五大尊を安置する堂。
二二　→上59注二八。
二三　藤原宗忠。中右記の著者。忠実からは母方の従兄弟にあたる。
二四　故殿（藤原師実）の仰せはお聞きしていない。宗忠の説では完全には信用できないとの気持を表す。

下五八条　忠実の母全子の祥月命日の翌日、母の言葉を思い出して語る。
二五　仁平四年（一一五四）十月二十八日「久寿」と改元（台記）（兵範記）。本条は旧元号のまま記されている。
二六　自分の寿命と引換えに他人の長寿を祈る。
二七　自分の食物を割いて祈ることをいうのだ。
二八　忠実の母、藤原全子。久安六年（一一五〇）正月准三宮。同年十一月五日薨。九十一歳。
二九　自分の食べる飯を割いて。
三〇　一応かく判読したが存疑。文意も未詳。

富《ふ》家《け》語《ご》

山根對助
池上洵一
校注

〔内容〕

『富家語』は平安朝最末期を生きた関白藤原忠実の言談の記録である。筆録者は高階仲行。書名の「富家」は忠実の敬称「富家殿」による。言談の時期は久安七年(一一五一)から応保元年(一一六一)まで、忠実七十四歳から八十四歳まで足掛け十一年にわたる。『中外抄』の言談の時期と僅かに重なり合い、同書の続編的な位置を占めるが、政務に関係する話題が多かった『中外抄』とは異なり、衣食住などの一般的な事項に関する言談が多い。『富家語』の大半は保元の乱(一一五六)以後、忠実が知足院に幽閉されて後の言談であるから、現実と直接的に関わる話題が見られないのは止むを得ないが、反面、公卿の日常生活についての教えは、除目の時の作法や着座の心得からものの食べ方や手を洗う方角に至るまで微細にわたり、様々な俗信の類をも含んで希有の情報を提供している。稀に登場して知足院の静寂を破る基実(忠通の一男)の若さ溢れる言動は、全体的に寂寥の感が漂う作品世界であるだけに、一層印象深いものがある。説話的な記事も少なからずあって『古事談』その他の説話集との関係が注目されるが、言談の日付や場の状況についての記事は乏しい。

〔談話者・筆録者〕

談話者藤原忠実については『中外抄』の項を参照されたい。愛息頼長が保元の乱(一一五六)に敗れて後、忠実は知足院に幽閉されたが、『富家語』は冒頭の十二条以外はすべて幽閉以後、失意の最晩年の言談である。

筆録者高階仲行は仲範の男。仲行は若くから忠実・頼長に近習し、彼らの一家に密着して生きた家司であった。実務官僚としての存在も大きかった『中外抄』の筆録者中原師元とは生き方が異なる。それだけに保元の乱後も忠実の側にあってよく仕え、晩年には出家して、治承三年(一一七九)五十九歳で没した。

〔諸本〕

三条西公条書写の三条西家旧蔵本(益田勝実氏所蔵)を底本とした。全本系の現存諸本はすべてこの本を祖としている。

久[一]安

正月

（一）

海浦《かいふ》[二]の御厨子《みづし》は、これ、九[三]条殿の御物《ぎよぶつ》なり。御元服の時、立てらるるところなり。

（二）

十[四]日。左相府、内[五]覧の宣旨を下さる。三[六]ケ日以後、御慶《よろこ》[七]び申し以前に御念誦[八]あり。この事、[九]慥《たしか》には覚えず。悔し。定めて仰せあるか。

一、障子《しやうじ》[一〇]の上《かみ》に撥足《ばちあし》[一一]の大盤を立つべきや否やの事。

仰せて云はく、「摂[一二]政以後の事なり。立つべからず」てへり。

一、対の南面《おもて》の公卿の座の末に紫縁の畳を敷く 殿上人の座なり、これ、

一 以下の各条は内容から見て久安七年(一一五一)の言談と思われる。同年は正月二十六日、仁平と改元。
　第一条　摂関家伝来の厨子について語る。前年(久安六年(一一五〇))九月二十六日頼長を氏長者として後、初めての正月を迎えての言談。
二 底本「海浜」を訂。海浦の御厨子は、藤原摂関家に伝来の厨子。忠実・忠通とも元服の時に立てている。殿暦・嘉承二年(一一〇七)四月二十六日条(忠通元服)「曹司調度〈海浦、九条殿、一具也〉余(忠実)元服時立レ之」。朱器台盤等とともに頼長に渡された家宝の一か。三 藤原師輔。九条流の祖。
　第二条　内覧の宣下と慶申・室礼に関する心得。頼長の質疑に対する答えであろう。
四 久安七年(一一五一)正月十日。この日左大臣頼長は院から内覧の宣旨を受けた(本朝世紀)。五 内覧を許す旨の宣旨。摂関以外でこれを受けた者は摂関に準じる待遇を受ける。六 ここでは、内覧の宣下を受けて三日を経て後、慶申を行うより前の意。即ち正月十三—十五日の間をさす。
七 底本「蒙申」を訂。慶申は任官・叙位等の礼を奏上する儀式。頼長の内覧慶申は正月十六日。八 心に念じ、口に仏名や経文を唱えること。頼長は前年十二月十六—二十二日頃から不動・愛染など各種の祈禱を依頼し、正月十日の宣下後に結願。同十五日には所求成就の祈禱をしていた四天王寺の僧に禄を賜っている(台記)。九 筆録者高階仲行の感懐。この件について忠実公の仰せがあったと思うが、正確には覚えていない。残念だ。一〇 室内の仕切りに立てる建具。ついたての類。満佐須計装束抄一・母屋廂の調度たつる事「この屛風たつる所に衝立障子をたつる事あり。…東三条にありしは、嵯峨野に狩りせし少将をぞかゝれたりし。これをたつることまれの事なり」。一一 脚が撥(ちば)の形をした台盤。満佐須計装束抄一・大饗の事「内覧の家に母屋の大饗を朱器の大饗と名付けてせらるる事あり。…尊者以下の上達部にちいさき大ばんをすえて、合子の様々なるにて饗をすえるなり。…その大ばんの撥足の下にわたりて国の絹を油単にしたるをつけて、大ばんごとの足の下に敷き

日来《ひごろ》の例なり。内覧の□[一]何。

仰せて云はく、「なほ、[二]もとの如く敷くべきなり。[三]摂政関白以後に[四]長押《なげし》の下に殿上人の座は敷くなり」てへり。

（三）

[五]十五日。[六]左府、[七]藤氏長者以後、[八]朱器の[九]御節供《せちく》、朔日《ついたち》に[一〇]着せしめ給ふ。而《しか》るに、内覧の後、[一一]今日、日次《ひなみ》快《よろ》しからず。如何。

仰せて云はく、「[一二]以後の吉日に、衣冠・[一三]薄色の指貫《さしぬき》を着して、必ず[一四]着せしめ給ふべきなり」てへり。

[一五]九月

（四）

[一六]左府の申し給ひて云はく、「[一七]皇后宮、御服薬《ぶくやく》[一八]蒜《ひる》の間、[一九]御灯《ごとう》の御祓《はらへ》は如何」と。

まはしたり」。 三 摂政に任じられて後にすること。

一 底本「虫損・・」と割注。欠字は「後如」か。 二 これまで同様に。 三 摂政・関白に任じられて後に。 四 長押の下手。東三条殿の大饗では殿上人座は細殿（西北渡廊）に設けられた。摂政忠実が行った永久四年（一一六）正月の大饗の指図（類聚雑要抄一所収）には「殿上人座紫端四帖ヲ敷テ机廿、前ニ行立レ之。南北行也。長押母屋際御簾懸テ上タリ」と記す。頼長の大饗の例は台記・仁平二年（一一五三）正月二十七日条参照。

第三条　朱器の節供について頼長の質問に答える。これも内覧宣下に関連する話題。 五 久安七年（一一五一）正月十五日。 六 左大臣藤原頼長。 七 本朝世紀・久安六年九月二十六日条「今夜、宇治入道相国（忠実）丼左大臣（頼長）被レ渡ニ東三条ニ、即以ニ左大臣ニ可レ為ニ藤氏長者ニ之由、被ニ定行ニ。称ニ摂政（忠通）譲給ニ、被レ渡ニ朱器大盤及氏印ニ」。 八 藤原摂関家に伝来の重器。藤原冬嗣の御物で、氏長者の標識とされ、これを使用出来るのが氏長者の特権。 九 節日に供える供御（元旦の膳、正月十五日の粥、三月三日の草餅、五月五日の粽など）。頼長は氏長者就任後最初の朱器の節供を元旦に行っている。台記・久安七年（一一五一）正月一日条「朱器節供事〈初度〉」。 一〇 底本「令著給」。置かしめ給ふと同意か。 一一 今日は日柄が良くないが、どうしたらよいか。この日は内覧宣下（正月十日）後、最初の節供の日である。頼長は結局（朱器を用いない）常の節供を行った（台記）。 一二 （今日は仕方がないから）以後の節日の日柄のよい日に。 一三 薄紫または二藍《ふたあい》の薄い色。 一四 →注一〇。 一五 仁平元年（一一五一）九月。この年正月、久安から仁平に改元。

第四条　御灯祓について頼長の質問に答える。関連する話題が中外抄上66の一部に見える。

一六 左大臣藤原頼長。 一七 頼長の養女多子。近衛天皇皇后。久安六年（一一五〇）正月十日入内、同年三月十四日立后。 一八 ノビル・ニンニクなどの総称。風病の薬とされた。臭気が強いため、穢気を心配したのである。 一九 御灯は、例年

仰せて云はく、「御服薬の時は、由《よし》[二〇]の御祓を行はるるなり。憚りあるべからず。御堂[二一]は、犬の死穢《しゑ》の間に、御灯の御祓を行はれけりと聞[二二]こしめすところなり」と。

[二三]仁平三年

(五)

仰せて云はく、「若き公達《きんだち》のやさしきが、物忌の日、屋[二四]の簷《のき》にをいたる忍草《しのぶぐさ》[二五]の葉を冠に挿すなり。その草は、やますげ[二六]の様なる草なり。挿す所は、例の物忌[二七]を挿す定《ぢやう》[二八]なり。長さ一寸ばかりにて挿すなり。これ、極めたる秘説なり」てへり。

(六)

[二九]四月下旬、殿中に穢気《ゑげ》出で来たる 左府の姫君の事なり。穢気に依りて御書を進《たてまつ》らしめ給はざる由《よし》、[三〇]院に申さしめ給ふ。

三月と九月の三日に北辰星(妙見)に御灯を奉り息災を祈る行事。一日に可否を卜し、穢気があれば御灯を止めて祓(由の祓)が行われる(江家次第六・御灯)。中宮(皇后)も同様に行った(延喜式十三・中宮式)。平安後期には由の祓ですませることが多くなっていたが、中外抄上66で忠実は頼長に厳しく実行を命じている。 二〇 御灯を奉らざる由に行う祓。→注一九。 二一 御堂関白藤原道長。道長が犬の死穢の間に御灯の祓をした逸話は、中外抄上66でも語られている。なお、中右記・保延三年(一一三七)二月三十日条には「旧記云」として同様の逸話を記す。 二二 忠実の自尊表現とも解せるが、筆録者高階仲行の敬意の反映と見るべきか。 二三 一一五三年。前条(仁平元年九月)と次条の間には、仁平二年をはさんで一年以上の空白の期間がある。

第五条 物忌の日、冠に挿す忍草について語る。富家語158、中外抄上46と話題が共通する。 二四 家の軒に生えている。 二五 シノブ・ノキシノブの類。岩石や樹皮の表面、古びた軒端や門などに生える。 二六 ヤブラン(藪蘭)の古名。麦門冬。山菅(明月記・建保元年四月十四日条)(本朝和名)。 二七 物忌の札。物忌の時の印として柳の木の札に「物忌」と書いて冠や簾につける。河海抄二・帚木「昔は忍草に物忌をかきて、みすにもつけ冠にもさしける也。是は忍草の一名ことなし草といふにつきて用レ之。…此忍草は裏のしろくてみじかき草なり。軒端などに常におふる草也」。 二八 「定」は、その通りの定式を踏んでいることを表す語。ふつうの物忌の札を挿すのと同じように挿すのだ。

第六条 突発した死穢と御書をめぐって院と交わした問答。世俗浅深秘抄上84は本条に依拠。 二九 仁平三年(一一五三)四月二十七日、頼長の姫君が急死した。姫君は死亡寸前に搬出されたため、宇治小松殿が触穢したか否かは微妙な問題だったが、忠実は慎重を期し、触穢の旨を院に告げたのである。兵範記・同日条「今朝自二宇治一使者来語云、夜前左大臣殿姫君頓死〈播磨局養女。生年十四。実母故民部大夫為宗娘、皇嘉門院女房八重垣也〉…件姫高陽院内侍養

その御返事に云はく、「軸[一]を立てて筥《はこ》に入れたる文を憚るところなり。ただの御書[二]は全らその憚りなし」てへり。

その後、御書せらるるなり。

（七）

仰せて云はく、「貞信公[三]の仰せには、「山吹[四]の衣《きぬ》をば出ださず[五]」」と云々。

（八）

久寿二年[六]正月十七日、左大臣殿[七]の大饗の次《ついで》に、仰せて云はく、「故[八]大殿の仰せて云はく、「晴には紫緂《むらさきだん》[九]の平緒《ひらを》[一〇]を用ゐるべきなり。誠に美[一一]云、はればれしき物なり」と仰せありき。宇治殿[一二]は、紺地の平緒を好ましめ給ひけり。度々の大饗に定めて用ゐしめ給へるか。御記[一三]を御覧ずべきなり。今度[一四]紺地何事あらんや。今度は金樋[一五]の韋手《あしで》[一六]の御剣に、紺地の韋手[一七]の御平緒を用ゐしめ給ふべきなり」てへり。

育也」。本朝世紀・同年五月三日条「今日左大臣始出仕。…去月廿七日女子〈落胤〉逝去。不レ被レ憚歟」。三〇 鳥羽院。

一 軸装して箱に入れた文。世俗浅深秘抄上84「有ニ穢気一所、不レ入レ筥。若鐵軸ニ不レ立ハ、雖ニ神事中一不レ憚レ之。是故実也」。二 普通の御書なら全く憚らない。

第七条　出衣に関する話題。富家語167と話題が共通。世俗浅深秘抄上85は本条に依拠。

三 藤原忠平。四 胡曹抄・衣色事「花山吹〈只山吹歟。面薄朽葉、裏黄〉。裏山吹〈面黄、裏紅〉」。西三条装束抄・衣色「花山吹〈面薄朽葉、裏黄。自レ冬至レ春〉。裏山吹〈面黄、裏紅。春冬多着レ之〉」。五 出衣にしない。

第八条　頼長の大饗の直前、平緒について語る。

六 一一五五年。久寿元年(仁平四年)の記事は抜けていることになる。七 左大臣藤原頼長の大饗は正月十九日に予定されたが、豪雨のため二十一日に延期して実行された(兵範記)。八 忠実の祖父、師実。九 配色の名。白紫白紫の順に交互に配したもの。一〇 束帯の時佩用する剣の緒。平たい組紐で、緒の結び余りを前に長く垂らした。一一 底本「誠美云」。「誠」は磨滅して「成」のごとく見える。「云」は「シク」または「々」が正か。美々しは、華やかで目立つ意。一二 藤原頼通。一三 頼通の日記であろうが現存しない。故大殿(師実)の日記とすれば京極関白記をさす。一四 (だから)今度の大饗にも紺地を用いて構わないのだ。一五 樋は、刀身に刻んである細長い溝。後照念院装束抄・剣緒革随ニ平緒色一取替事「京極大殿黒樋剣事」。一六 底本「革手」を訂。鞘に韋手の模様の蒔絵や螺鈿等を施した剣。餝抄中「韋手剣、執柄家被レ用ニ吉事一」。一七 底本「革手御平紺」を訂。後照念院装束抄・紺地事「常時用レ之。仰云、韋手平緒ハ紺地也。…韋手剣一具物也。着陣之時多用レ之」。餝抄中・紺地〈剣装束藍皮〉「古人多繡ニ祝物一。…執柄家繡韋手平緒、多慶賀時用レ之。…見ニ宇治記一、御堂入道平緒云々。定繡ニ祝言歌情一歟」。

（九）

[一八]久寿三年正月、仰せて云はく、「[一九]故殿の仰せて云はく「[二〇]四方拝は、老いたる者は衣冠を着して[二一]居ながら拝す」と。

去年十二月十六日に[二二]高陽院《かやのゐん》崩じ給ふ。朔日《ついたち》の[二三]御薬・[二四]御鏡の事を[二五]左大臣殿に申し合はしめ給ふところ、御返事に云はく、「[二六]経頼記《つねよりき》に云はく、『[二七]御堂の[二八]葬家《さうか》にて御《おは》しけるに、[二九]宇治殿の仰せて云はく、喪家《さうか》には薬の事なし』」てへり。よりて、今日、[三〇]入道殿に御薬を供《くう》せざるなり」と。

去年、宇治の[三一]良俊の房に渡御《とぎよ》せるなり。[三二]御着服《ちやくぶく》の後なり。左府の御鏡・御薬は常のごとし 去月晦《みそか》、宇治の[三三]下官《げくわん》の宿所に渡御す。[三四]触穢《しよくゑ》せしめ給へるなり。

（一〇）

仰せて云はく、「伝へ聞く、[三五]中納言殿仰《あふぎ》、[三六]宰相の時、御前の初めて院に参らしめ給ふ日、「[三七]宰相の北の方たりといえども、北の方の[三八]女房は[三九]車副《くるまぞひ》二人[四〇]張る、常の例《ためし》なり」てへれば、二人を用ゐらる」と云々。

第九条　前年末に忠実女高陽院泰子が崩御。喪中の元旦行事に関して頼長と交わした問答。

一八 一一五六年。　一九 藤原師実。忠実の祖父。　二〇 元旦の寅刻、属星の名字を唱え、天地・四方等を拝する儀式。ここでは、摂関家でのそれをさす(江家次第二十・関白四方拝)。　二一 すわったまま。　二二 藤原忠実の女泰子。鳥羽上皇皇后。久寿二年十二月十六日崩御。六十一歳(山槐記)。　二三 元旦、四方拝の後に行う薬酒を飲む儀式。　二四 餅鏡(もちいかがみ)。四方拝の後、飾り据えてある丸餅を眺める儀式。　二五 左大臣藤原頼長に忠実が問い合わせたところ。　二六 源経頼の日記、左経記。　二七 藤原道長。　二八 「喪家」に同じ。服喪中の家。　二九 藤原頼通。　三〇 忠実。　三一 平等院の僧。忠実の信任が厚かった。　三二 服喪(触穢)して後。台記・久寿二年(一一五五)十二月二十一日条「払暁、禅閤渡二御宇治一云々」。同月二十三日条「参二宇治一。禅閤御二法橋良俊房一。依レ召参二御前一。平明退二下仲行直廬一」。　三三 筆録者高階仲行の直廬。　三四 頼長自身は触穢中にもかかわらず鏡・薬の儀を行った旨の注記。なお忠通は四方拝を止めている。兵範記・久寿三年(一一五六)正月一日条「関白殿(忠通)無二四方拝一。依二高陽院御服日数一也。…内裏四方拝、供薬…節会如レ常。…春宮供二御薬一。中宮皇后宮無二其儀一歟」。

第一〇条　車副の人数について、忠輔の逸話。

三五 権中納言藤原忠輔。「仰中納言」の異名があったことは江談抄三・15、今昔物語集二八・22にみえ、「あふぎ」の訓みは栄花物語・はつはな「あふぎの中納言」に拠る。　三六 忠輔の参議在任は長徳二年(九九六)七月―寛弘二年(一〇〇五)六月。　三七 参議の車副は一人が通例。西宮記十九・車「車副、太上天皇八人、親王六人、太政大臣六人、大臣四人、納言二人、参議一人」。門室有職抄「車副事。院十二人〈或八人〉。関白八人〈或六人〉。親王同。大臣六人〈或四人〉。大納言四人〈或二人〉。中納言二人。宰相・三位各一人」。　三八 台記・保延二年十二月九日条に内大臣(頼長)の室の車に車副二人を付けた例がみえる。参議の室の例は未勘。　三九 牛車の左右に供奉する者。　四〇 付ける。

（一一）

仰せて云はく、「[一]上臈《じやうらふ》は[二]黄生《きすずし》の[三]下袴《したのはかま》は着用せしめず。[四]故伏見修理大夫俊綱《としつな》朝臣は、後冷泉院の御時、[五]四条宮の御《おは》すに、衣冠に黄生の衣《きぬ》幷びに同じき下袴を着したりければ、「主上の御覧じて、『[六]松の苔と覚ゆ』とこそ勅定ありしか」と、四条宮の語らしめ給ひき。また、[七]故殿は、[八]祭の帰《かへ》さの日、[九]故二条大宮の斎院にて御坐《おはしま》す時、人々を引率《ひきゐ》て、年ごとに参らしめ給ひしに、[一〇]二位大納言黄生《きすずし》の衣を着したるに、頻《しきり》に[一一]御平給《へいきう》ありき」と。

（一二）

仰せて云はく、「赤色の[一二]下簾《したすだれ》は[一三]網代車《あじろぐるま》には懸けず。[一四]檳榔《びんらう》には[一五]青簾は常に懸くるところなり。[一六]大宮右大臣は、[一七]大臣の後も檳榔に好みて青簾を懸けられしなり。下簾は車に随ふべき簾てへるなり」と。

第一一条　上臈は黄生の下袴を着用せず。富家語226および231に関連する話題がある。

一 地位・身分の高い人。貴公子。 二 黄生絹。練らない生糸で織った軽くて薄い絹布で黄色のもの。世俗浅深秘抄下77「黄生下袴。宿老之人着レ之。浅位人不レ可レ然歟」。 三 指貫などの下にはく、肌着としての袴。 四 橘俊綱。藤原頼通の男だが橘俊遠の養子となった。師実や四条宮寛子の同母兄。 五 藤原寛子。頼通の女。師実の姉。後冷泉天皇皇后。 六 サルオガセの古名。霧のよくかかる深山の樹木の幹や枝から糸状によく分れ垂れ下がって生える。松蘿。色は淡黄緑色。 七 藤原師実。 八 賀茂祭の翌日、斎王が上社から紫野の斎院に帰る日。 九 底本「二条太宮」。令子内親王。白河天皇皇女。母は中宮藤原賢子(師実の養女)。斎院在任は寛治三年(一〇八九)―康和元年(一〇九九)。 一〇 師実の縁者で二位大納言が極位極官を示すとすれば、師実の三男、経実か。令子の斎院在任時には二十代で参議。 一一 非難・嘲笑の意。主格は二条大宮。底本「ヘイキフ」と振仮名。字類抄「平給ヘイキウ」。この語の用例・意味については、田中裕「後鳥羽院御口伝の執筆時期」(『語文』〈阪大〉三五輯)、同「後鳥羽院御口伝管見」(『天理図書館善本叢書』月報三四)参照。

第一二条　車の下簾について論じる。富家語244と話題が共通。世俗浅深秘抄上86後半は本条に依拠。

一二 牛車の簾の内側に懸けて垂らす絹布。 一三 車の屋形と両脇に網代を張った牛車。四・五位は常用、大臣・納言などは略儀や遠出の際に用いる。檳榔毛より格式の低い車。 一四 檳榔毛車。ビロウ(ヤシ科の亜熱帯性喬木)の葉を細く割いて屋形と両脇に張った牛車。上皇・親王・大臣以下、公卿・女官・僧侶などが常用。 一五 牛車にかける、青糸で編んだ簾。 一六 藤原俊家。娘の全子は師通の室、忠実の母。
一七 大臣になって後も。
一八 一一五七年。忠実八十歳。前年の七月、鳥羽院の崩御を機に、保元の乱が勃発。頼長は敗死した。忠通の尽力により配流を免れた忠実は以後知足院に幽閉の日々を送る。第12条と第13条の間で忠実の境遇は急転したのである。

保元二年[一八]

（一三）

仰せて云はく、「[一九]臨時客の日、[二〇]入道殿、[二一]主人にて御坐《おはしま》す時、[二二]桜の御[二三]下襲《したがさね》を着せしめ給ふ日、[二四]半臂《はんぴ》を着せしめ給はず」と。これ、桜の下襲には黒き半臂を着さざる由《よし》、[二五]御暦に見えたり。今案ずるに、桜の下襲《したがさね》には同じ色の半臂をば着さざる事か。

（一四）

仰せて云はく、「[二六]臨時客などに着せるところの[二七]下襲《したがさね》をばうち置きて、[二八]御斎会《ごさいゑ》の初日に着せしむるは常の事なり」と。

（一五）

仰せて云はく、「[二九]故殿、長谷寺詣には、[三〇]沃懸地《いかけぢ》に[三一]黄伏輪《きふくりん》の御鞍[三二]二つ

第一三条　臨時客の日の下襲と半臂。正月早々の談話か。世俗浅深秘抄上87、後照念院装束抄・打下襲事は本条に依拠。一九 ↓204注二九。但し、保元二年は諒闇のため臨時客は行われなかった。二〇 忠実をさす。筆録者高階仲行が忠実の自称を尊敬表現で記したもの。↓73注三。世俗浅深秘抄は「宇治関白」とし、後照念院装束抄は本条の表現「入道殿」を踏襲。二一 臨時客の主催者。二二 桜襲。襲の色目。餝抄上・下襲色之事「桜。三月晴多着二用之一。白桜、桜萠黄、樺桜等也。白桜歳中正二三月或用レ之」。装束抄「桜。表白、裏葡萄染。春三ケ月ノ間晴ニ着ル」。↓46注一八。二三 ↓46注七。二四 ↓241注二。二五 忠実の日記、殿暦をさす。但し、同書・永久四年(一一六)正月二日条「今日臨時客也。…今日予着二桜下襲一。…予今日不レ着二半臂一〈着二桜下襲一時、着二黒半臂一也〉」の割注は本条の所説と逆。「不着黒半臂也」の「不」が脱落か。世俗浅深秘抄は京極関白記(師実の日記)と解しているが、従わない。

第一四条　御斎会の下襲について語る。前条から連想された話題か。富家語47の一部と話題が共通。世俗浅深秘抄上89は本条に依拠。二六 ↓204注二九。二七 ↓46注七。世俗浅深秘抄「中古ハ、御斎会初ニ参、可レ然公卿如二臨時客一時、所レ着染装束ヲ打置テ着レ之例也」では、本条の「下襲」が「染装束」になっている。二八 毎年正月八日から七日間、宮中で金光明最勝王経を講説し、国家安寧・五穀豊穣を祈る法会。殿暦・康和五年(一一〇三)正月八日条「天晴、申剋許参二八省一。装束三日のかいねりかさねをきルなり。是前例也。故殿仰也」(康和五年の臨時客は正月三日)。

第一五条　師実の長谷寺詣の時の馬具について語る。世俗浅深秘抄上88に関連記事がある。

二九 藤原師実。長谷寺参詣の年紀は未勘。三〇 漆地の上に金粉(銀粉)をまぶして更に漆を塗り重ね、研ぎ出して金地としたもの。三一 金または金色の金属で縁どりした覆輪。金覆輪。三二 中央を明け左右二枚の由木からなる鞍。由木は居木(いき)の訛。鞍の前輪と後輪を繋いで騎手が腰を乗せる部分。鞍橋(くらぼね)。

由木《ゆき》。件の鞍は左[一]大臣殿に渡さるるなり。木鐙《きあぶみ》[二]・葦鹿《あしか》[三]の切付《きりつけ》・楚鞦《すはゑしりがい》[四]等を用ゐしめ給ふ。これ、違[五]ふ人とてかと存じ思《おぼ》[六]しめすところ、かくのごとく主人の所為なりけり」と。

（一六）

仰せて云はく、「薫物《たきもの》[七]には、干[八]棗の実に伊与簾《いよす》[九]の節《ふし》を相ひ加ふる方《はう》あり」と。

（一七）

仰せて云はく、「菓物《くだもの》[一〇]を食する時、多[一一]くは手にて食するなり。その中に、餅・かき[一二]たる栗など、箸にて食するは見苦しき事なり。汁垂[一三]りたる物を箸にて食するなり。但し、手に取りて食する物は、必ず取りたる所をば食し残すべきなり」と。

（一八）

一 左大臣頼長。 二 木製の鐙。 三 海獣のアシカの革で作った切付(馬の背の上に置く革。その上に鞍を置く。下鞍)。箋注倭名抄「葦鹿。本朝式云、葦鹿皮、阿之賀。見二于陸奥出羽交易雑物中一矣」。拾芥抄中・儀式「乗馬鞍。三位以上竹豹切付、四位豹、五位虎、六位葦鹿」。桃花蘂葉・鞍具足事「下鞍〈水豹、竹豹、小豹〉。切付、同事也」。 四 赤の革鞦の代用とした楊梅皮(ももかわ)染めの苧鞦。助無智秘抄・行幸には「ソシリガヒ葦鹿キツケナリ」と仮名書きの例がある。世俗浅深秘抄上88「楚鞦ハ尋常ニハ依二官々一用レ之。然而又主人用レ之。上皇之高野詣之時有二騎馬一ニ用レ之。…関白長谷詣ナド又用レ之」。 五 (それを見た忠実が、師実とは)違う人かと思っていたところ。 六 筆録者の忠実に対する尊敬表現。

第一六条　薫物の調合について。 七 各種の香木の粉を蜜で練り合わせて作った香。練香。 八 未詳。「莢」はアカザ。但しここでは「棗」の異体字か。干棗(ほしなつめ)は棗の実を干して乾かしたもの。薫集類抄上(古事類苑・遊戯部)「令二人体香一、甘草・瓜子・大棗・松皮已上分レ等、末レ飡服二方寸匕三一也。百日衣服甚香」。 九 伊予の山中に産する篠竹で製した簾。

第一七条　菓物を食するときの心得。富家語239と話題が共通。

一〇 木の実、果実や菓子など、間食品・副食品・酒の肴になるもの。 一一 今川大双紙・食物の式法の事「一、こは飯などくふ様、縦箸すわりたり共、箸にてくふべからず。箸にてすくひて左の手の上に移して、手にてくふべし。さりながら汁候ハヾ、箸にてくふべし」。 一二 削栗子(かいぐり)、即ち搗栗(かちぐり)か。干した栗の実を臼で軽く搗き、殻と渋皮を取ったもの。延喜式七・神祇・践祚大嘗祭「削栗子筥二合。別納二斗」。類聚雑要抄二・五節殿上饗目録・保延元年「次菓子。小餅。唐菓子。枝柿。小柑子。搔栗。野老。椿餅。甘栗」。 一三 汁が垂れている食物。

第一八条　乾煎の食べ方。前条と同じく食礼に関する話題。富家語233と話題が共通する。

仰せて云はく、「[一四]神祭《かみまつり》の[一五]辛《から》いりは、[一六]当時の[一七]上臈《じやうらふ》は[一八]折敷《をしき》ながら食す。その故は、[一九]高く盛りたる物なるを、上に揚げて食せしめば[二〇]散る故なり。また、[二一]実《み》を食するは見苦しからざる事なり」と。

（一九）

仰せて云はく、「騎馬の人は、[二二]晴には前三町許《ばか》りを見遣りたるが吉きなり。歩行《かち》の時は遠く見るはわろし。一丈許りを見るべきなり」と。

（二〇）

仰せて云はく、「[二三]上臈《じやうらふ》は、[二四]侍《さぶらひ》の名を直《ぢき》に其《それ》と召す事はなき事なり。但し、[二五]旧《ふるく》もまた召す事もありけるにや。故[二六]白河院の語らしめ給ひしは、「[二七]大二条の[二八]朝干飯《あさがれひ》にて御前に候ひ給ひて、『[二九]知成《ともなり》』と高声《かうしやう》に召して後に、『[三〇]もつての外の僻事《ひがごと》仕《つかまつ》り候ひにける。頭中将を召さんと思ひ給へる間、家中に常に召し仕ふ侍を召して候ふ。[三一]奇怪第一の事に候ふ』と咲《わら》ひ給ひけり」」と。

一四 神の祭り。祭礼。 一五 乾煎。魚類・豆腐のからなどを水を入れずに煎って味付けした食品。 一六 現在。いま。 一七 地位・身分の高い人。 一八 折敷のまま食べる。折敷は片木(へぎ)を四方に折り廻して作った角盆。 一九 高く盛り上げて据えるものであるから。 二〇 こぼれる。 二一 汁の実。汁物には汁の実は別の器に盛って出した。厨事類記・汁実「今案、汁実盛二于別坏一、可レ居二加之一」。同書・温汁「蚫汁、鳥臛、鯛汁等也。汁実ベチノサラニモリテ、追物ニ居クハヘテ供レ之云々」。台記・仁平二年(一一五二)正月二十六日条「次羞二冷汁雉焼物一盃一、尊者已下史以上、汁膾・実・雉焼物盛二朱合子一」。

第一九条　晴儀の視線のあり方。
二二 晴の儀の際には三町ほど前方を見るのがよい。視線をどこに当てるべきかの発言。結局、騎馬の時は遠方を、徒歩の時は近くを見よ、と説いている。

第二〇条　上臈たる者が侍を召す時の作法を述べる。侍を召すついでの言談。
二三 地位・身分の高い人。 二四 除目の時のことではあるが、次の例が参考になろう。達幸故実抄一・除目事「保元元十二廿五。今日言談之次、少納言信西、被レ示二源宰相一。大臣召二男共一之時、参議必召二伝之一。執筆大臣召二職事之名一之時、参議又召二男共一、仰下召二其人一之由上。是慥所二存知一也」。 二五 名義抄・字類抄「旧 フルシ」。 二六 白河院。応徳三年(一〇八六)譲位後、院政を開始。大治四年(一一二九)崩御まで実権を握った。 二七 大二条関白藤原教通。頼通の弟。 二八 朝餉の間(あさがれいのま)。清涼殿の台盤所の北の部屋。天皇が朝食を召す。禁掖秘抄・清涼殿「朝ガレイハ二間也。…朝干飯ノソバ一間ニ両面三帖ヲ敷。奥ノトリヰ障子ノソバニ御椅子ヲ立。関白ナドマイリタルヲリハ御椅子のソバニ候」。 二九 伴友成をさすか。道長の随身であったことが確認できる(権記(御堂関白記)。後に教通の侍となったか。 三〇 とんでもない間違いを仕出かして仕舞いました。 三一 大変な失礼を致しました。

これ、侍を召す次《ついで》の仰せなり。[一]

（二一）

仰せて云はく、「賀茂[二]はめでたく御坐《おはしま》す神社なり。賀茂の社《やしろ》にて人[三]損なひなどする事、昔よりなしと聞こしめすなり」と。

（二二）

内裏において高松殿[四]。六月[五]御懺法《せんぼふ》[六]行はるる由《よし》、人々の不審を申しし時、仰せには、「禁中において懺法行はるる事、先例[七]ある由、先年聞こしめせるなり」と。

（二三）

仰せて云はく、「勘解由《かげゆ》小路の南、烏丸の西の角は旧《ふる》[八]き所なり。菅[九]原院と号す。別に吉所[一〇]とも悪所[一一]とも聞きたることなし」と。

一 発話の契機を示す記述。

第二一条　賀茂社の話題。賀茂祭の頃（四月）の言談か。二 賀茂神社。賀茂別雷（上賀茂）神社と賀茂御祖（下鴨）神社との総称。保元二年（一一五七）の賀茂祭は四月十四日。兵範記・同日条「雨降。賀茂祭也」。これが本条発話の契機となったか。なお前年の四月十四日には忠実自身が賀茂に詣でている（中右記）。三 競馬での怪我人の有無を念頭に置いた発言か。但し賀茂の競馬は五月五日の行事。↓24注一四。

第二二条　内裏懺法の可否を論じる。この年五月十四日に行われた内裏懺法を前にしての言談か。

四 後白河天皇の里内裏。保元の乱では天皇方の拠点となった。本条から二年後の平治の乱で焼亡する。拾芥抄中・諸名所部「高松殿。姉小路北、西洞院東。高明親王家」。五「六月」には懺法の史実を確認できない。「五月」が正か。兵範記・保元二年（一一五七）五月十四日条「今夕於㆓禁中㆒被㆔始行㆓御懺法㆒。僧八口」。百錬鈔・同日条「於㆓内裏㆒供㆓養七宝御塔㆒。即又行㆓御懺法㆒。希代例也。殊有㆓叡念㆒被㆑行也」。六 法華懺法。七 先例は未詳。後代には後白河院時代の懺法が初例と考えられたようである。忠定卿記・応永十三年（一四〇六）正月二十九日条「自㆓今日㆒於㆓禁裏㆒七箇日被㆑行㆓法花懺法㆒。…凡禁中御懺法事、後白川院御宇於㆓仁寿殿㆒被㆑行㆑之。又建武頃二季彼岸例行給乎。但此等皆密々儀也」。

第二三条　菅原院について述べる。八 古くからの、由緒ある邸宅。「旧」の訓みは、↓20注二五。九 もと菅原是善の邸宅。その子の道真が住んだという伝承もあった。拾芥抄中・諸名所部「菅原院〈勘解由小路南、烏丸西一丁。菅贈太政大臣御所。或云、参議是善家也。当時号㆓歓喜光寺㆒。北野祭日、神氏来㆓此所㆒、取㆓枇杷㆒供㆑神云々〉」。なお、この邸宅には藤原忠通が住んでいたことがある（台記・康治元年（一一四二）三月十三日条）。一〇 縁起のよい邸宅。一一 祟りなどがある不吉な住宅。内記井・鬼殿・山井殿などが悪所として知られる（拾芥抄）。

（二四）

或る人の申して云はく、「諸社行幸には[一二]競馬《くらべうま》あるべし」と云々。仰せて云はく、「この条、[一三]聞こえざる事なり。但し、[一四]賀茂はその理《ことわり》あり。[一五]八幡《やはた》・春日《かすが》は馬場に行幸なきは如何」と云々。

（二五）

仰す、「[一六]按察《あぜち》大納言実季は[一七]若くて薨去し畢《をは》んぬ。件の人、[一八]木津河の渡りより七、八町許《ばか》り上《かみ》に[一九]橋寺を造り、[二〇]丈六《ちやうろく》の[二一]不空羂索《ふくうけんじやく》を安置し供養して、一家の人々こぞりしほどに、堂供養以後[二二]十日を経ずして俄かに薨じ了《をは》んぬ。大臣に任ずべき由《よし》を聞きて、[二三]四条坊門東洞院に[二四]四足《よつあし》立てたりし家なり。その後、[二五]故殿、高野詣《かうやまうで》の[二六]御門出《かどで》に、件の所には渡り給ひて御宿りありき」てへり。

第二四条　諸社行幸と競馬の話題。

一二 →76注一五。 一三 納得できない。 一四 賀茂はその通りだ。賀茂神社では寛治七年(一〇九三)以後、五月五日に競馬を行うのが定式になったという(賀茂大神宮記)。 一五 石清水八幡宮と春日神社。忠実は疑念を表しているが、石清水は中右記・保延二年(一一三六)九月八・九日条、春日は中右記・永長二年(一〇九七)三月二十八日条に行幸の競馬の実例がみえる。

第二五条　藤原実季が橋寺を供養して後、頓死した話。

一六 藤原実季。公成の男。大納言。按察使。 一七 中右記・寛治五年(一〇九一)十二月二十四日条「今夜丑時許、按察大納言実季卿頓滅〈年五十七〉。件人去廿二日、御仏名初夜所レ被二参内一也。去十七日、彼大納言供二養橋寺一。寺在二木津川辺一。依レ為二私領一、申二成院御願寺一。仍諸大夫等、自レ院相催遣レ之。大納言廿四日及二晩頭一、更無二病気一、入レ夜俄有二病気一、不レ経二幾程一已以頓滅。可レ然人未レ聞二此例一」。 一八 奈良街道が木津川を渡る地点。三代実録・貞観十八年(八七六)三月三日条「山城国泉橋寺申牒曰、故僧行基、五畿境内建二立四十九院一、泉橋寺是其一也。泉河渡口、正当二寺門一」によれば、泉橋寺の門前が渡り口であり、本条の記述とは相違する。 一九 京都府相楽郡山城町上狛に現存する泉橋寺。天平年間、行基が泉川(木津川)に架橋した時、供養のために建立したと伝える。実季はこの寺に不空羂索堂を建立したのであろう。道綱母は長谷寺詣の途次、橋寺に宿泊している(蜻蛉日記)。 二〇 身丈一丈六尺の仏像。 二一 台密では六観音の一。手に羂索(網と綱)を持つ。 二二 正確には七日後。→注一七。 二三 中右記・寛治八年(一〇九四)五月十六日条「今夜故按察大納言実季卿四条坊門宅之倉三焼亡」。 二四 四足門。丸い二本の大柱の前後に方形の袖柱を各二本立てた門。大臣の家には四足門を構える。 二五 藤原師実。 二六 底本「出門」を訂。師実は永保元年(一〇八一)二月と承徳三年(一〇九九)二月に高野詣をしているが、門出についての記事は未見。

（二六）

仰せて云はく、「故[一]殿の臨時客[二]に、土[三]御門大臣分明《ふんみやう》ならずの随身敦久《あつひさ》[四]并びに六[五]条右府の前駆盛雅《もりまさ》[六]等を対の南面《おもて》に召して、御衵《あこめ》を賜はる。通《みち》[七]俊《とし》治部卿、その座において云はく、「今日、敦久神妙《しんべう》なり。殿[八]を追却《ついきやく》せられざらましかば、御衣《おんぞ》は給はざらまし」と申されければ、人々咲《わら》はれき」と仰[九]せあり。

（二七）

保[一〇]元三年。公[一一]弘法師の談じて云はく、「京[一二]極殿、堀[一三]川左大臣の大将に任じて参らしめ給へる日、府生《ふしやう》敦久《あつひさ》[一四]を召して御衣《おんぞ》を賜ふ。これ饗応の儀なりと云々。

また花[一五]山左大臣の大将に任じし時、入[一六]道殿時に右大臣・内覧の渡らしめ給ひて還御の時、御送りに門まで参らしめ給ふ。門において彼の大将殿、殿の御随身敦時《あつとき》[一七]を召して御衣を賜ふ」と云々。

第二六条　随身敦久の逸話。続古事談五・41は本条に依拠。古今著聞集三・94に同話がある。

一 忠実の祖父、師実。二 →204注二九。本条の事件は中右記・寛治八年(一〇九四)正月二日条に「爰殿下、左府随身府生下毛野敦久、右府前駆参河権守源盛雅二人、召二南階前一、有二纏頭事一」とみえる。三 寛治八年当時左大臣は源俊房。続古事談「尊者堀川左大臣」も俊房をさす。但し「土御門」はふつう右大臣源師房(俊房の父)の号。「不分明」の注記はこの疑問によるか。四 下毛野敦久。寛治六年(一〇九二)七月二十一日には師実の随身、翌年十二月二十七日には俊房の随身(中右記)。乾克己「続古事談「京極殿大殿臨時客ノ日」の説話をめぐって」(『和洋女子大紀要』七)参照。五 右大臣源顕房。俊房の弟。六 源盛雅。承徳二年(一〇九八)正月九日には忠実の前駆(殿暦)。七 藤原通俊。白河院の近臣。後拾遺和歌集の撰者。八 敦久が師実のもとを追われたのは、この臨時客の日を遡る一年半以内のこと(→注四)。具体的な事情は未詳。九 発言者は忠実。本条の事件があった寛治八年(一〇九四)には十七歳で中納言。遠い日の思い出である。

第二七条　前条と同じく随身敦久に衣を賜った話。

一〇 第13条から第55条までは保元二年の記事のはずであり、本条のみ「保元三年」と特記するのは不審。内容的には前条と密接に関連する話題である。一一 伝未詳。本書において「談云」は他に例のない表現。忠実を介さず公弘から直接聞いた話であろうか。一二 師実。一三 源俊房。一四 下毛野敦久。→26注四。一五 藤原家忠。師実の二男。康和五年(一一〇三)十二月任右大将、兼権大納言(本朝世紀)。一六 藤原忠実。康和五年当時、内覧。右大臣。一七 下毛野敦時。藤原師通・忠実の随身。続古事談五・38参照。

第二八条　石帯について語る。世俗浅深秘抄上90は本条に依拠。

一八 途中で文がねじれ、発言の結びが不分明になっている。一九 束帯の時、袍を束ねる帯。二〇 名目抄・衣服「有文丸鞆帯。無二止事一之時用レ之。无文丸鞆帯、常用レ之」。四位五位装束抄「石帯に、巡方・丸鞆の二様あり。

（二一八）

[一八]仰せて云はく、「桃花の[一九]石帯《しやくたい》[二〇]丸鞆。[二一]花山院播磨守の帯なりと云々。[二二]紫末濃《むらさきすそご》の石なり」、件の帯を御覧ずる次《ついで》に、仰せて云はく、「この帯は[二三]奥《あう》あるものなり。常に用ゐるものには非ず。[二四]曲水宴《ごくすいのえん》に[二五]直衣《なほし》の布袴《ほうこ》に[二六]皆紅《みなぐれない》の衣《きぬ》、同じき[二七]打衣《うちぎぬ》、[二八]えびぞめの[二九]織物の指貫《さしぬき》などに用ゐるところなり」と。

（二一九）

仰せて云はく、「世間を御覧じたるに、いみじと思しめす事は、[三〇]管絃は堀河院の御笛 初句を吹き放ちて次句に移る間、[三一]つれづれならず、不可思議なりき。下臈《げらふ》には、[三二]黒丸が笛。笙《しやう》には[三三]時元《ときもと》。箏《さう》には[三四]故藤大納言。舞人《まひびと》には[三五]左に[三六]光末《みつすゑ》 指し歩みて桙《ほこ》うち振りたりし、不思議なりき。[三七]太平楽などこそいみじかりしか。右の舞人には[三八]節助《ときすけ》。随身には[三九]近友《ちかとも》・[四〇]助友《すけとも》 競馬。医師には[四一]雅忠《まさただ》。陰陽師には[四二]安倍有行《あべのありゆき》。相撲人には[四三]惟助《これすけ》。験者《げんざ》には[四四]増誉《ぞうよ》・[四五]隆明《りゆうみやう》。但し、平等院の[四六]行尊《ぎやうそん》、近くはその験勝れるか。山の座主には[四七]良真《りやうしん》、学生《がくしやう》真言の

但公事によって用る所替りこそ有りけれ。巡方とは方なるをいふ。丸鞆とは縁なるを云。近き比は方円合交て用ゆ」。二一 未詳。藤原忠雅か。忠雅は忠宗の二男で師実の孫。久安三年(一一四七)一月二十四日兼任権播磨守(公卿補任)。本条談話時は参議、二十四歳。二二 紫色で上が薄く下の方に行くほど濃い石。二三 由緒のあるもの。同語例は、↓128注二三。二四 三月三日上巳の節句の行事。中右記・寛治五年(一〇九一)三月十六日条「或人云、曲水宴之時、必用㆓桃花石帯㆒云々」。二五 直衣に下襲・指貫・剣・笏等を用いること。装束抄・摂家「凡直衣布袴ハ其日第一の公卿の取意也」。二六 紅一色の衣。二七 砧で打ってつやを出した衣。二八 葡萄染。やや紅味のある薄紫色。二九 織り模様のある指貫。

第二一九条 忠実の見聞した各界の名人について語る。三〇 堀河院が笛の名手であったことは、教訓抄、続古事談その他の諸書に喧伝。三一 まのびした感じを与えない。三二 伝未詳。中右記・永長元年(一〇九六)三月十七日条「楽人在㆓砌下㆒、時忠、時元、時方、黒丸」。三三 豊原時元。神楽の名手。堀河院の師。三四 藤原宗俊。箏の名手。三五 雅楽は左方(唐楽・林邑楽)と右方(高麗楽・百済楽・新羅楽・渤海楽)に分けて演舞されるが、その左方の舞人。一条朝以来、左舞人は狛氏、右舞人は多氏が相承。三六 狛氏。光季とも表記される。則高の男。三十八年間左方の一者を勤めた名手(体源抄)。三七 雅楽の一。鉾を持って舞う。三八 多氏。節資・時助とも表記される。七年間右方の一者を勤めた名手(体源抄)。三九 中臣氏。白河院の随身。中右記・寛治七年十二月八日条「舎人中英雄者也」。四〇 下毛野氏。乗馬の名手。続古事談五・37に荒馬を乗りこなした話がある。四一 丹波氏。典薬頭。施薬使。続古事談二・12「日本ノ名医雅忠」。四二 時親の男。陰陽博士。同権頭。四三 尾張氏か。相撲の最手(中右記・寛治二年(一〇八八)七月二十七日条)。四四 園城寺長吏。天台座主。四五 園城寺長吏。宇治拾遺物語78は増誉・隆明を「此二人おのおのたうとくて生仏なり」と語る。四六 園城寺長吏。天台座主。古今著聞集二・52に霊験の説話がある。四七 天台座主。応徳三年(一〇

貴き人なり。但し、河流[一]を上《かみ》より行ひたりしぞ人々わらひし。川流をば下《しも》より上さまに行ふ事なり」と。

（三二〇）

仰せて云はく、「笏《しやく》は、横目[二]あるは見苦しき事なり。近来《このごろ》はかくの如き笏見ゆ。希有《けう》の事なり。今案ずるに、古き御笏の上吉と仰せあるは、皆板目《いため》[三]なり。御慶賀[四]の笏・宇治殿[五]の御笏など、皆板目なり。他人の笏も古き物は皆かくの如し」と。

（三二一）

仰せて云はく、「騎馬の日は、最上の剣《つるぎ》・平緒《ひらを》[六]、水精《すいしやう》[七]の柄の剣等は用ゐざる事なり。遠き所の行幸[八]には蒔絵《まきゑ》[九]・螺鈿《らでん》の剣を用ゐるなり。これ木地を損《そこな》ふ故なり」と。

（三二二）

(六)には師実が登山して良真のもとで舎利会を行っている。

一 六字河臨法（怨家呪詛調伏の法）は船上に大壇を設け、本尊は下流に向かって据え、川の下から上へ向かって修する。それを逆の方向に行ったことをいうか。但し、修法の仕方には異説があったらしい。六字河臨法・点瀬事「教王日記云、…流下為二第一一、瀬上サマニ修上也。…自二下瀬一至二上瀬一修レ之也云々。若自レ上至レ下有二流留物一之故云々」。

第三二〇条　笏の目について語る。世俗浅深秘抄上92は本条に依拠。後照念院装束抄・笏事は一部本条に依拠か。

二 木目が真っ直ぐ平行に通った、いわゆる「まさめ」のこと。世俗浅深秘抄上92「以二板目一笏為レ善。近代用二満佐一事僻事也。古最上宝物皆板目也」。

三 木目が平行に通らず、山形や不規則な波形を示しているもの。

四 摂関家に相承し代々拝賀の時に用いた笏。後照念院装束抄・笏事「仰云、慶賀笏〈在二近衛一〉、代々拝賀時用レ之」。桃華蘂葉・笏「拝賀の時は、京極殿の御笏を用ふ。是を慶賀の笏となづく」。

五 未詳。宇治殿頼通の笏か。

第三二一条　騎馬の日の剣についての心得。世俗浅深秘抄上93―94、後照念院装束抄・騎馬日剣平緒事は本条に依拠。兵範記・久安五年（一一四九）十月十一日条に「入道殿仰云、騎馬時者、不レ帯二水精柄剣一」とみえる忠実の発言は本条前半と同様の見解。

六 →46注八。

七 水晶を嵌め込んで装飾した柄（つか）。

八 遠方への行幸に供奉する時には。

九 蒔絵や螺鈿は水晶の柄に比べ傷つき難く脱落の心配がない。

第三二二条　紙の畳み方について語る。

一〇 左右の端をまず折ってから、さらに畳むのである。

仰せて云はく、「紙をたたむ事、[一〇]左右を先《ま》づ折りて、また帖《たた》むなり。[一一]切目を中に帖み入るなり。[一二]除目《ちもく》の文を結ぶ紙捻《かみひねり》も、かくのごとく帖みて後に捻るなり」と。

（三三）

仰せて云はく、「[一三]京極殿の西御堂、供養して後、人々御仏を難じ申し、密々に取り出だし奉りて、御頭《かしら》を取り放ちて直《なほ》し奉らる。もとのごとく居《す》ゑ奉りて後、[一四]連々と凶事・不吉の事出で来たりて、遂《お》ひて[一五]電《いかづち》落ちて、件の御堂焼け了《をは》んぬ。[一六]中宮大夫・[一七]座主等の所行なり」と。

（三四）

仰せて云はく、「笏《しやく》を鼻に当つと云ふは、鼻に当てて、その高さを[一八]寸法にて、[一九]引きのけて持つなり。但し、頗《すこぶ》る高く見ゆるなり。秘説には、[二〇]上の唇に当てて引きのけたるが吉きなり」と。

一一 紙の切目(即ち紙端)を中に畳み込むのだ。
一二 除目の文を結ぶ紙捻(こより)もこのように畳んでから縒るのである。除目抄・筥納「凡四所籍、紙捻ニテ真結ニ鑯ニ結テ切レ之」。中右記・長承二年(一一三三)正月二十一日条「取二掛紙一、巻二大間上一、以二紙捻一固結上引レ墨」。

第三三条　京極殿西御堂の仏像をめぐる話題。

一三 土御門殿に同じ。師実の邸宅。土御門南、京極西(拾芥抄)。
一四 次々と引き続いて。
一五 嘉承二年(一一〇七)の事件。中右記・同年六月二十一日条「申時許雷落二京極殿堂北廊上一、火炎高昇、堂舎焼亡。…北政所御堂、幷南北廊中門、西大門、悉為二煨燼一。但仏許奉レ被二取出一也。件堂前年泰仲朝臣伊与任間所二造営一也。〈裏書云〉先年此京極殿被二造営一時、世間人難云、此地昔後朱雀院御時、為二皇居一間、長久元年九月焼亡之次、内侍所有レ事之処也。其後依レ恐件事不レ被レ仰云々。又造営之後、有二賀茂託宣一之由、頗以風聞。今日為二雷火一遂以焼亡。誠如レ此徴歟。人以為レ恐云々」。
一六 源師忠か。寛治七年(一〇九三)から嘉承元年(一一〇六)まで中宮大夫。
一七 仁源。師実の子。長治二年(一一〇五)から天仁二年(一一〇九)まで天台座主。

第三四条　笏を持つ高さについての心得。富家語141と話題が共通する。

一八 基準としての長さ。ここでは基準となる高さ。
一九 (高さはそのままにして、鼻から前方に)引き離して。
二〇 (鼻の高さを基準にするのが一般の法であるのだが、実は)上唇の高さにするのがよいというのが秘説なのだ。但し朝野群載二一・装束進退伝、江家次第一・元日節会・内弁細記、新任弁官抄・揖事などは、大体口の辺を基準にしており、ここにいう「秘説」の方が一般的であったようだ。

（三五）

仰せて云はく、「除目《ぢもく》[一]の執筆《しゆひつ》の時、外記《げき》[二]を召して硯幷びに墨・筆を給ふには、硯をば檀紙[三]二枚に裹《つつ》みて上下を捻るなり。但し、立文《たてぶみ》[四]には非らで、横に裹む」と。

（三六）

仰せて云はく、「故殿[五]に小鷹狩[六]の料に水干《すいかん》[七]装束を所望せしかば、仰せて云はく、「小鷹狩には水干装束などは着せざる事なり。ただ萩[八]の狩衣に女郎花《をみなへし》[九]の生衣《すずしのきぬ》[一〇]など着して、脱ぎ垂れ[一一]て、随身の水干袴[一二]を取りて着して、駄馬に乗りてする事なり。大鷹狩[一三]にこそ括《くく》り[一四]の水干、末濃《すそご》[一五]の袴など着すれ」と仰せありしなり」と。

（三七）

仰せて云はく、「上臈《じやうらふ》の御本鳥《もとどり》[一六]に参り[一七]勤むる人は、必ず先づ手を洗

第三五条　除目の硯の包み方についての心得。　一 除目を主催し記録する役。関白を除いた第一の大臣が勤める。但し大臣の直廬で行われる除目には参議の大弁が勤めるのが例(羽倉考)。　二 大臣は自邸に外記を呼んで硯と筆を賜る。蟬冕翼抄・春除目「硯墨筆賜二外記一令レ入レ筥事。大臣者召二外記於里第一賜レ之」。　三 まゆみの樹皮で作った上質の紙。　四 紙を縦に使って包むのではなく、横にして包むのだ。

第三六条　小鷹狩の装束について語る。古事談二・16前半、基成朝臣鷹狩記、嵯峨野物語は本条に依拠。　五 藤原師実。忠実の祖父。　六 秋に行う鷹狩。ハイタカなど小型の鷹を用いて小鳥を捕る。　七 水干・袴・衵・単・小袖に烏帽子をつけた装束。水干は狩衣の一種。首紙の紐を懸け綴じとせずに結び合わせるのを特色とする。袴の中に着込めるのを常とした。　八 襲の色目。表紫、裏薄紫。　九 襲の色目。表青、裏黄。　一〇 練っていない生絹で製した衣。　一一 着衣の肩を脱いで片袖を垂して。　一二 狩袴に似た裾の短い括り袴。　一三 冬に行う鷹狩。ワシタカなど大型の鷹を用いて雁・鴨・兎等を捕る。　一四 袖口に括り紐をつけた水干。　一五 上の方を薄く裾の方を濃く染めた袴。

第三七条　上臈の理髪に参仕する際の心得。理髪の話題は富家語177にもみえる。　一六 髻(もとどり)。髪を頭上に集めて束ねたもの。　一七 御髻を結ってさしあげる役を勤める人。禁秘抄上・御装束事「御櫛梳、無レ何人不二奉仕一。典侍若聴レ色上臈也。公卿又可レ然侍臣或奉仕」。　一八 「懸」は「搔」の当て字で、くしけずる意。

第三八条　先年高倉殿の造営を断念した経緯を語る。忠通による同邸の造営(保元三年十月竣工)が話題になっていた頃の談話であろう。

ひ、侍を召して懸《か》[一八]かしむ」と。

（三八）

仰せて云はく、「高倉殿[一九]土御門高倉は、もと業遠《なりとほ》[二〇]の家を宇治殿[二一]に進《たてまつ》りしなり。先年[二二]、この所を造らむと思ひしところ、故白川院の仰せて云はく、「件の所において堀河院の母后[二三]、流産の事ありき。而《しか》るに、六条右府[二四]、頭《かしら》[二五]を掻きて、『あはれこの所は、さ思ひつる所を』と申されけり。何事とは知らず、もし不吉の事あるにや」と仰せありしかば、鴨院《かものゐん》[二六]をば作りしところなり。件の流産の時は、中宮、大殿[二七]の御車檳榔《びんらふ》[二八]に乗りて内を出でしめ給ひしなり。倩《つらつ》ら思しめすに、件の所において、宇治殿の右大将[二九]、もし事ありけるか」と。

（三九）

仰せて云はく、「四条宮[三〇]四条町[三一]、吉町なり。件の所は頼忠《よりただ》[三二]関白の家なり。件の人の姫君に四条宮[三三]と申しし后の家なり。彼の関白は、いみじき人

一九 土御門高倉第。土御門南、高倉西、一町(拾芥抄)。 二〇 高階業遠。筆録者仲行の曾祖父。 二一 高階業遠の没後、藤原道長が購入し(左経記・長和五年(一〇一六)三月二十三日条)、頼通に伝領したのが事実であるらしい。 二二 大治五年(一一三〇)十一月八日に焼亡(百錬抄)。忠実が新造を考えたのはその後であろう。なお、この邸宅は、藤原忠通が保元三年(一一五八)十月二十八日に新造、渡徙している(兵範記)。本条は忠通の新造計画を耳にしての談話と思われる。 二三 白河天皇中宮藤原賢子。師実の養女。但し流産の事実は未詳。 二四 源顕房。堀河院の母后の実父。古事談六・55―57に相人として優れた話がある。 二五 頭を掻くのは残念がる動作。古今著聞集十六・560「此男かしらがきをすれども、さらにえきなし」。 二六 二条南、押小路南。堀河院生所(二中歴)。忠実は祖父師実から伝領し、久安五年(一一四九)鴨院新第を造営、七月二日渡徙、同月十二日法皇の御幸があった(殿暦)。但し、この鴨院についても凶所の噂があった(中右記・大治五年(一一三〇)正月三十日条)。 二七 師実の牛車。 二八 →12注一四。 二九 藤原通房。頼通の嫡男。右大将。長久五年(一〇四四)二十歳で夭折(扶桑略記)(栄花物語・くものふるまひ)。但し薨去の場所は未詳。

第三九条 四条宮の吉所たることを語る。邸第の吉凶が話題で前条と連関している。大鏡・頼忠伝、今昔物語集十九・18には本条の後半に相当する類話がある。 三〇 拾芥抄中・諸名所部「四条宮〈四条南、西洞院東。廉義公家。公任大納言家。紫雲立所也〉」。師実の姉寛子(後冷泉天皇中宮)もここに住んで四条宮と呼ばれた。 三一 四条大路と町小路の交差するところ。四条宮は東は町、西は西洞院、北は四条に面する一町を占めた。 三二 藤原頼忠。実頼の男。関白太政大臣。 三三 藤原遵子。円融天皇皇后。号四条宮。

なり。他の祈りなどは行はれず。旧《ふるく》[一]は季《き》[二]の御読経、内《うち》より始めて大臣・公卿に至る御所行なり。しかるに、件[三]の人、殊に清浄如法《しやうじやうによほふ》[四]に行はれけり」と。

（四〇）

仰せて云はく、「辛未《かのとひつじ》[五]の日は、女子ある人、仏事を行はずといふ説あるなり。しかれども、御堂《みだう》[六]、法成寺《ほふじやうじ》[七]の無量寿院の壇[八]を築く事、件[九]の日を用ゐられしやうに覚ゆるところなり」と。

（四一）

仰せて云はく、「春日《かすが》[一〇]の山中には、白砂の目出たきに竹林[一一]の神妙《しんべう》なるに、金鳳[一二]多くある所あなりと云々。賀茂[一三]の山中には、松竹[一四]の面白きに、目出たき大牛[一五]どもの背に小松[一六]など生ひたる[一七]多くある所あなり」と。

この両条は、「大殿[一八]の御物語なり」と仰せあり。

一 名義抄・字類抄「旧 フルシ」。 二 春秋二季（二月と八月）宮中で大般若経を転読して行う法会。江家次第五・季御読経「春秋二季請二百僧於南殿一書二大般若経一。其内定二御前僧廿口一、於二御殿一読二仁王経一」。 三 四条宮遵子をさす。大鏡や今昔物語集も遵子の事跡として語る。 四 精進潔斎して法式通りに。

第四〇条　辛未の日に仏事を忌むこと。

五 理由は未詳。中外抄上54には「仏事ニハ辛未日ハ故殿ハ令レ用御き。我レハ不レ用也」とある。 六 御堂関白藤原道長。 七 出家した道長が土御門邸の東、鴨川畔（近衛北、京極西）に建立。無量寿院はその中心伽藍の阿弥陀堂で、寛仁四年（一〇二〇）正月上棟、二月築壇。 八 仏像を安置するための壇。 九 実際には丁酉の日に行われている。忠実の記憶違いか。左経記・寛仁四年（一〇二〇）二月十五日条「午後参二中河御堂一、…同レ心合レ力、或持レ土或運レ木、□圷各築二御堂仏壇一」（当日は丁酉）。小右記・目録・同年二月十七日条「入道被レ築二大堂仏壇一事」（当日は己亥）。但し同堂の上棟（正月十九日）と同堂供養前日の試楽（三月二十日）の日は辛未（左経記）。また万寿四年（一〇二七）三月二十七日に尼戒壇を築いているが、当日は戊辰（小右記）（栄花物語・ころものたま）。

第四一条　春日・賀茂の山中の神異について語る。

一〇 春日神社の背後の山。神域。狩猟伐木禁制の地（後日本後紀・承和八年三月条）。 一一 春日権現験記一には、大和国平群郡夜摩郷の竹林殿や藤原吉兼の家の竹林に春日明神が影向した話があり、春日（藤原氏）と竹林の関係の深さを示す。 一二 金色の鳳凰。春日の古社記（神道大系所収）は、天照大神と天児屋根命の所謂「天上の幽契」について「大神宮称ク、以二我孫一為二皇位一、以二汝孫一乗二金鳳車一」と説く。金鳳は女子が后妃となる瑞兆。 一三 上賀茂神社の背後の山。神域。 一四 賀茂別雷神（上賀茂）の父神は松尾神社の神であり（山城国風土記逸文）、賀茂臨時祭では竹

（四二）

仰せて云はく、「[一九]右近の馬場などにて[二〇]馬走りの時は、[二一]随身の袴を借用するは常の事なり。かくのごとき下臈《げらふ》の袴をば着《ちゃく》すといえども、[二二]水《すい》干《かん》をば召し上げず」と。

（四三）

仰せて云はく、「人の宅《いへ》に行きて物食する事は、[二三]妻《め》下臈《げらふ》なる人の許《もと》にて食《く》はせぬ事なり。但し、[二四]品妻といへども[二五]我が家に置きて我沙汰するは言はれぬことなり。[二六]次なる妻にあつかはるる所にて、しかるべからず」てへり。

（四四）

仰せて云はく、「[二七]貞信公は、[二八]大臣の後に検非違使別当と云ふ人あり。大将も兼ね給ふと云ふ事もあり。させる所見なきか。[二九]公卿補任を見る

枝をかざしに付ける。また、都良香の富士山記に「亦其頂上、匝レ池生レ竹、青紺柔輭」とある如く、竹の持つ聖地としてのイメージが注目される。一五 真言伝六・成典伝「（成典）賀茂社ニシテ孔雀経ヲ転読スルニ、下巻ノ牛頭山王ノ句ヲ読ムニ、後ロノ山ニ大ニ牛ノホユル声アリ」は、ここにいう大牛と関係があるか。一六 小松は長寿の瑞兆。正月上子日には小松を引いて遊ぶ。一七 底本「ヲヒタル」。歴史的仮名遣「をふ」は「終ふ」だが、ここは「生（お）ひたる」の意か。なお「負ふ」も「おふ」である。一八 藤原師実。

第四二条　騎射に着用する袴についての心得。古事談二・16後半は本条に依拠。
一九 右近衛府の馬場。右京の一条大宮の北（今の北野天満宮の東南）にあった。二〇 五月初旬の騎射（右近馬場では五月四日に右近衛府の荒手結、六日に真手結が行われた）等をさす。二一 唯心院装束抄「随身装束着用、…袴〈左近衛方蘇芳或二藍、右近衛方朽葉或ハ萌木〉」。二二 →36注七。

第四三条　人の家での食事に関する心得。
二三（正妻でない）格の低い妻のところでは人に馳走せぬものだ。二四 底本「品妻」。未詳。凡（ぼん）なる妻の意か。二五 自分の家に住まわせていて、自分が差配して馳走するのであればかまわない。二六 正妻でない妻が差配している所では、いけないということだ。

第四四条　忠平の事跡に関する話題。基実の任大臣（保元二年八月十九日）に関連して想起された話題か。
二七 藤原忠平。基経の男。関白。太政大臣。二八 忠平が任大臣後に検非違使別当になった事実はない。任大臣後も大将を兼ねたのは事実。即ち、延喜八年（九〇八）参議のとき任検非違使別当。同十一年大納言のとき止使別当。延喜十四年（九一四）左大将のとき任右大臣。延長二年（九二四）転左大臣。同八年に止左大将、任摂政・左大臣（公卿補任）二九 公卿の氏名・官歴を年代順に記した書。

べき事なり」と。

（四五）

仰せて云はく、「御堂[一]は童随身《わらはずいじん》[二]四人[三]を仕《つか》[四]はしめ給ふと云々。しかれども所見なきか。真実には随身を辞せしめ給ひて後、中隔《なかへだて》[五]の内に人の従者を入れられざる時、童部《わらはべ》よかりなんとて、童部を御共に相ひ具せしめ給ふなり。これを童随身と云ひしなり。日記[六]にも補任にも見えざる事なり」と。

（四六）

仰せて云はく、「『桜[七]の下襲《したがさね》には紺地の平緒《ひらを》[八]、剣《つるぎ》[九]は青革の装束を用ゐるなり』と故殿[一〇]の仰せありき。土御門殿[一一]の記には『桜の下襲には紫《むらさき》[一二]緂《だん》の平緒、同じ[一三]革の剣装束を用ゐるなり』と故堀川左府[一四]の申されき」と。

故殿は、晴の時は赤色の表衣《うへのきぬ》[一五]を着し御《おは》す。その時は桜の下襲を着し

第四五条　道長の童随身に関する話題。中外抄下9に関連記事がある。また、源中最秘抄上・澪標には「仲行記云〈号高家口伝〉」として本条を引用。

一 藤原道長。 二 随身として召し連れる少年。 三 公卿補任によれば六人。同書長徳二年（九九六）条「藤道長。…八月九日辞二大将一、以二童六人一為二随身一。十月九日停レ童、為二左右近衛府生各一人近衛各四人一。内覧、童随身六人給レ之、九条右大臣例云々」。源氏物語・澪標「河原の大臣の御例をまねびて、童随身をたまはりたまひける」。源中最秘抄上・澪標「御堂殿童随身事。長徳二年辞二大将一。同三年給二童随身六人一」。 四 底本「之仕給」。「令仕給」の誤写とみて訂。 五 ここでは「中重（なかのえ）」の意。内裏を囲む築地（建礼門・春華門・修明門・建春門・宜秋門・朔平門・式乾門がある）。それに囲まれた内部。源中最秘抄・澪標「仲行記云〈号高家口伝〉、御堂殿童随身、真実には令レ辞給て後に、中垣之内に人の従者を不レ被レ入時、わらはべよかりなんとて、御供に童部を具せしめ給也。其を人、わらは随身といひしなりと云々」。 六 中外抄下9では、二条殿御記にみえると説く。公卿補任・長徳二年（九九六）条に関係記事がみえる。→注三。

第四六条　桜下襲について論じる。世俗浅深秘抄上95―96、後照念院装束抄・打下襲事は本条に依拠。中外抄上53と部分的に話題が共通する。

七 桜は、襲の色目。表白瑩。裏葡萄染（胡曹抄）。下襲は、束帯の時、袍・半臂の下に着る衣。背後の裾を長くして袍の下に出す。 八 束帯の時、佩用する剣の緒。平たい組紐で結び余りを前に長く垂らした。 九 剣の帯取（太刀を平緒につなぐ二本の革緒）が青色のもの。名目抄「紫革装束ニハ用二紫緂平緒一、藍革ノ時ニハ用二紺地平緒一、故実也」。装束抄・平緒「紺地〈剣装束藍革〉」。 一〇 藤原師実。 一一 右大臣源師房の日記、土右記（土御門右府記・土記）。 一二 底本「紫淡」を訂。以下同様。紫緂は、→8注九。 一三 同じ色（紫緂）の革の帯取。 一四 左大臣源俊房。師房の一男。 一五 袍。束帯の時の上着。世俗浅深秘抄上96「雖レ着二桜下襲一、着二紫

給ひ、紫緂の平緒、同じ革の剣装束を用ゐしめ給ふなり。しかれば、桜の下襲を着すといへども、表衣の色に随ひて、緂《だん》の平緒、紫の革装束を用ゐるなり。

およそ織物の[一六]染下襲《そめしたがさね》には同じ色の[一七]半臂《はんぴ》を着するなり。[一八]桜・柳の下襲の綾なるには[一九]黒き半臂を着するなり。[二〇]火色重《ひいろがさね》もまた黒き半臂を着用するなり。但し、主上こそ綾の下襲に同じ半臂は着し御《おは》すれ」と。

或る人の申して云はく、「[二一]近来《このごろ》の主上は、桜の下襲に黒き半臂をば着し御す。堀川院は同じ色の半臂を着さしめ給ふ」と。

「[二二]黒き半臂の事は知[二三]ろしめさず。また、御[二四]一家には非ずと云ふなり。下襲は織物などならぬは着し御さず。但し、桜・柳は着せしむてへるなり」と。

（四七）

仰せて云はく、「[二五]後二条殿は[二六]内大臣の時、[二七]臨時客に[二八]紅梅の[二九]下襲《したがさね》を着し給ふ。件の日の[三〇]半臂《はんぴ》は慥《たし》かには覚えず。推察するに、定めて黒き半臂

表衣二日、付二袍色一、紫之剣装束平緒ヲ用ハ定例也」。一六 装束管見十二・染下襲の事「この染と云は、常の下襲も春冬は裏は染めたり、夏秋はひとへなればもはら染るを、其事にはあらで、常ならず染たる心ばへにて、風流の染下襲といひたるを、ことそぎて染下襲とは云成べし」。胡曹抄・夏冬下襲色事「染下襲。織物浮文堅文任レ意。其文未レ定、或又二重織物、唐織物、唐綾、浮線綾等用レ之」。一七 →241注二一。一八 襲の色目。装束抄・柳「表白、裏青。冬ヨリ春マデ着ル」。一九 底本「墨半臂」を訂。黒色の半臂。桃花蘂葉「或抄云、…又着二織物下襲一時、用二同色半臂一〈襴緒。皆織物也〉、不レ要二黒半臂一」。二〇 襲の色目。表裏とも紅。装束抄・火色「裏表共ニ打。臨時客・賭弓・御賀ナドノ極テ晴ニ、無二止事一人是ヲ着ス」。→65注一一。二一 最近の天皇。後白河天皇をさす。二二 以下は忠実の発言。（主上の）黒半臂については是非を知らない。二三 筆録者の忠実に対する敬意を反映した表現。二四（天皇はいさ知らず）わが摂関家ではいけないというのだ。忠実は富家語13においても桜下襲に黒半臂を着てはならないと力説している。

第四七条　前条に続き下襲の着用作法をめぐる話題。世俗浅深秘抄上97—98は本条に依拠。富家語14と話題が共通する。

二五 藤原師通。忠実の父。二六 永保三年（一〇八三）任内大臣。嘉保二年（一〇九五）蒙関白詔（関白内大臣となる）。承徳三年（一〇九九）薨。二七 →204注二九。師通は寛治八年（一〇九四）の臨時客に紅梅下襲を着ている。中右記・同年正月二日条「殿下有二臨時客一。…〈殿下、左府（白重）、右府（梅下襲）、内府（モエギノ平緒、紅梅下襲）〉」。二八 襲の色目。表白、裏蘇芳。餝抄・紅梅「正二三月、晴着レ之。或年中十一十二月着レ之。付二蘇芳打裏一之時、称二紅梅一也」。二九 →46注七。三〇 →241注二一。

か。分明《ふんみやう》ならず。また、桜萌黄[一]は春深[二]正月か、かの桜の下重《したがさね》は春浅三月許《ばか》り着するところなり。また、染下襲《そめしたがさね》[三]は若き時の事なり。また、その中の[四]□日に着するなり。朝覲《てうきん》[五]行幸・臨時客[六]などに着したる織物の下襲は、なよやかなるを、御斎会《ごさいゑ》[七]に参る時、着用するは常の事なり。

故源中納言国信《くにのぶ》[八]の子皇后宮権亮顕国《あきくに》[九]を、仲実《なかざね》[一〇]朝臣聟《むこ》にてありしにこそ、桜の下襲[一一]に梅の半臂[一二]を着せしめたりとて、泰仲《やすなか》[一三]朝臣事の外《ほか》に咲《わら》はれしなり。「おほよそ年高き人は紺地の平緒《ひらを》[一四]、若き人は緂[一五]の平緒はなやかにてよし」と故殿[一六]の仰せありしなり」と。

（四八）

仰せて云はく、「作法[一七]は、西宮[一八]幷びに四条大納言の書、委細なり。その中、四条大納言の書をば、故殿[一九]事の外《ほか》にめでたがらせ給ひき。その故は、大二条殿[二〇]を聟《むこ》に取りて、九条殿[二一]の御記を引きて作りたる書なり。しかれば、この家[二二]に尤も相ひ叶へるなり。江次第[二三]は、後二条殿[二四]の

一 襲の色目。胡曹抄・桜萌木「表萌木、裏花田、有㆓中倍㆒」。餝抄・桜「三月晴多着㆓用之㆒。白桜・桜萌木・樺桜等也。…予歓喜寿院供養〈三月。于時三位中将〉、着㆓桜萌木下重㆒。浮織物。面萌木桜ノチリ〳〵。裏花田打。有㆓中陪㆒」。 二 未詳。下文の「春浅」も未詳。むしろ浅・深が逆のように思われる。 三 ↓46注一六。 四 底本破損。 五 天皇が太上天皇または皇太后に拝謁するための行幸。 六 ↓204注二九。 七 ↓14注二八。 八 源国信。顕房の男。堀河院歌壇の中心的歌人。 九 源顕国。国信の男。皇后宮権亮。 一〇 藤原仲実。歌人。師実・師通の家司。 一一 ↓46注七。 一二 襲の色目。表白、裏蘇芳。自㆑冬至㆑春（胡曹抄）。世俗浅深秘抄上98「桜下襲ニ梅半臂着事、頗見苦事也。少将顕国、仲実公之為㆑聟、如㆑此着㆑之。時人咲㆑之云々」。 一三 高階泰仲。成経の男。蔵人。伊予守。その女は源国信の妾、顕国の母。即ち泰仲は顕国の母方の祖父に当たる。 一四 ↓46注八。 一五 ↓8注九。 一六 藤原師実。第8条にも故大殿（師実）の言として同様の説を語る。

第四八条　西宮記・北山抄・江家次第について論じる。古事談二・19は本条に依拠。

一七 朝儀、典礼や政務、行事等の儀式次第や装束その他についての規範。 一八 西宮左大臣源高明の西宮記と四条大納言藤原公任の北山抄。中外抄上83参照。 一九 殿暦（師実の日記）・嘉承二年（一一〇七）十二月一日条には鳥羽天皇即位の作法を記して「如㆓北山抄㆒」と割注。北山抄重視の態度が伺える。 二〇 藤原教通。公任の女は教通の室、信長・信家・静覚・歓子（冷泉院皇后）等の母。 二一 九条殿（師輔）の日記、九暦。 二二 藤原摂関家。 二三 大江匡房の江家次第。 二四 藤原師通。忠実の父。師通が匡房を重用したことは中外抄下2にもみえる。 二五 才気に任せて物事を判断しているばかりで、小賢しい誤りが交じっている。篠原昭二「大江匡房論序説」（『国語と国文学』昭和三十九年四月号）参照。

第四九条　伊勢奉幣の上卿の作法を説く。伊勢例幣（九月十一日）の頃の言談か。

料に匡房《まさふさ》卿の作れる所なり。神妙《しんべう》の物なりと云々。但し、二五さとく物を見る許《ばか》りにて、さかしき僻事《ひがごと》等相ひ交はれり」と云々。

（四九）

仰せて云はく、「二六伊勢の幣《みてぐら》の二七上卿《しやうけい》として、二八宣命を下す時、二九この御一家の人は三〇八省の廊の柱の外を往反《わうばん》するなり」と。

（五〇）

仰せて云はく、「三一上臈《じやうらふ》に成りて、三二上卿《しやうけい》たる時、三三軒廊《こんらう》の三四西の第一間より出づる事あり。三五常の人は皆東の二間より出入するなり。三六大内などはこの次第いよいよ相ひ叶ふか。三七里内《さとだい》は便《びん》に随ふべき由《よし》、三八九条殿も三九書き置かしめ給ひけり」と。

（五一）

仰せて云はく、「四〇別当の事、四一故春宮大夫公実《きんざね》は四二重代《ぢうだい》の上、四三殊に沙汰

二六　伊勢例幣。毎年九月十一日、朝廷から伊勢神宮に勅使を遣わして奉幣する、その儀式。　二七　朝廷で公事を執行する際の首席者。　二八　上卿は八省院(朝堂院)において勅使に宣命を賜る(江家次第十二・伊勢公卿勅使)。　二九　藤原摂関家の人。　三〇　八省院の廊の柱の外側を往復する。長治二年(一一〇五)には忠実自身が上卿としてこの通りの行動をしている。殿暦・同年八月十三日条「着二北廊一。…余起レ座経二廊柱之外一、着二東廊座一。…中臣・斎部等進取二幣物一退出了、余取二宣旨一小居よりて授二内府一。…余経二本通一着二北廊座一」。

第五〇条　軒廊のどの柱間から出るべきかを論じる。前条に続いて上卿の作法に関する話題。十月八日の新造大内裏への遷幸に伴い、正式な内裏での諸儀のあり方が話題になっていた頃の言談か。　三一　地位・身分の高い人。　三二　→49注二七。　三三　紫宸殿の東南の階段の下から宜陽殿にわたる回廊。　三四　江次第鈔一・元日宴会・出自軒廊東二間「天永三年十一月十六日師時記云、日来殿仰云、一位大臣出二入軒廊一間一、次々人不二一位一者出二入自二二間一者」。　三五　北山抄一・元日宴会事「大臣起レ座、微音称唯、出レ自二軒廊東第二間一〈近代云々。清慎公出レ自二第一間一、九条大臣出二第二間一者。而彼御記、不レ見下用二一間一之事上。廉義公被レ記下出二入自二二間一之由上。豈乖二先公之教一、用二他家之説一乎〉」。　三六　正式な内裏ではこの作法がいよいよ適合するか。保元二年(一一五七)十月八日、後白河天皇は東三条殿より新造の大内裏に遷幸(兵範記)。本条はその後まもない頃の談話か。　三七　里内裏ではその邸第の便宜に従う。　三八　師輔。九条流の祖。　三九　後二条師通記・寛治七年(一〇九三)正月五日条(この日、叙位)「余起レ座出レ自二南戸一、経二壁後一就二弓場一〈於二里内裏一可レ随二便宜一、九条殿記見也〉」を参考にすれば、九暦か。但し九暦の現存部分には見えない。

第五一条　検非違使別当の装束について語る。富家語221と話題が共通する。

四〇　検非違使別当。検非違使庁の長官。　四一　藤原公実。　四二　公実の家では、実成―公成―実季―公実と四代にわたり検非違使別当に就任している。　四三　特によく研究して。

を致し、よく子細を知られたる人なり。「指貫は[一]寸法も短く、[二]表衣《うへのきぬ》・狩衣の袖も狭く用ゐるなり」と申されき」と。

（五二）

仰せて云はく、「[三]節会《せちゑ》の[四]内弁の[五]謝座拝に[六]立付、[七]下襲《したがさね》の尻を短く成す[八]事あり。その条、[九]皆人短きか。但し、[一〇]短く成す所のある、[一一]また人知らざる歟」と。

（五三）

仰せて云はく、「[一二]饗座には、着座の時、[一三]もとより饗近く居《ゐ》るなり。遠く居て食せむとて[一四]居寄《ゐよ》るは見苦しき事なり。

また、[一五]飯《いひ》をば汁には一度に多くは漬けず、少々づつ食するに随ひて漬くるなり。[一六]かねて飯を箸にて摧《くだ》きて少しを漬くるなり。その故は、[一七]搔き取りたる跡の[一八]□しげなるは故実なり。

また、[一九]膾は汁の後には食せず。

一 検非違使別当という職掌柄、装束を軽快に行動できるよう調えるのであろう。 二 袍。束帯の時の上着。

第五二条 前条と同様、丈を短く着る装束の話題。江次第鈔一・元日宴会は本条に依拠。内弁の下襲の尻の話題は富家語88にもみえる。 三 保元二年(一一五七)十月二十二日の造内裏節会が発話の契機か。兵範記・同日条「今日造内裏勧賞叙位幷節会也」。 四 →160注一。 五 →72注三〇。 六 未詳。「立止」または「立時」が正か。謝座が終わると軒廊の東二間に戻り、そこに立ち留って下襲の尻を一尺短くする(引き上げる)。本条談話時から十五年前、この説を頼長が実行している。台記・永治二年(一一四二)正月十六日条(この日、踏歌節会)「謝座了。帰ニ入軒廊東二間一留立〈同間〉、引ニ下重尻一尺許一〈引ニ上帯上一也〉。…是引レ尻事秘説也。中古以来、無下為ニ此事一之人上。余今夜始為ニ此事一。先年禅閤仰云、余奉ニ仕内弁一之時、欲レ為ニ此事一。然而不レ為空過了」。 七 下襲の裾。後に長く引く。 八 ここでは作法の意。 九 誰もが(始めから)短くしているようだな。 一〇 (始めは長くして、途中で)短くする場所があるということ。 一一 底本「又」。「ヲ」が正か。

第五三条 饗宴の席での食事の作法。富家語142に関連記事がある。 一二 饗宴の座においては。 一三 最初から膳の近くに座る。 一四 いざり寄る。 一五 饗宴で飯と汁が出た時には、飯の内側(右側とも)に箸を立て、外側に匙を立てて、その匙で汁器に漬けて食べる(箸と匙の順序には異説がある)。また、中座する時には箸を抜いて匙を立てたままにし、中途で退席する時には箸・匙とも抜いて席を立つのが作法とされた。妙音院相国白馬節会次第「御箸鳴後、王卿先取レ箸、立ニ飯内方一。次取レ匕立ニ飯外方一畢。即取ニ汁器一漬レ飯食レ之〈食了立ニ箸於飯一〉」。世俗立要集・ワタイリ可レ食事「飯ヲ汁ニツケズ、サキニ汁ノミヲ食、汁ヲスル事ハマサナキ事ナリ」。 一六 前もって。 一七 匙ですくい取ったあと。 一八 底本は判読不能の文字を記して「本ノマヽ」と傍書。群書類従本「召之ケレバ」。 一九 富家語142にも「(飯を)汁ニ漬テ後ハ一切不レ食レ膾」とみえる。 大臣大饗晴には遠く居《す》へたる物を腕《かいな》を延べて挟むは見苦しき事なり」と。

（五四）

仰せて云はく、「五節《ごせち》の[二〇]帳代《ちやうだい》の試《こころみ》の夜、主上は[二一]深き御沓《くつ》を[二二]着し御《おは》すなり。大内の定まりたる事なり。但し、[二三]堀川院は深き御沓を六借《むつか》らせ給ひて、着し御さざる時もありき。[二四]代始め・[二五]新造の大内にては尤《もと》も着し御すべき事なり。[二六]今夜《こよひ》は[二七]殿上人に相ひ交り御する故に、[二八]殿上人も古《いにしへ》は皆深沓《ふかぐつ》を着せるなり。御装束もその体《てい》なり。また、関白以下の公卿は皆[二九]浅沓《あさぐつ》なり」と。

（五五）

或る人の申して云はく、「五節《ごせち》に、清涼殿の[三〇]壺々に[三一]打橋《うちはし》を渡す事、[三二]萩の戸より渡す由《よし》、[三三]為隆《ためたか》の康和記に見えたり。しかるに、[三四]殿下の仰せて云はく、「これ、僻事《ひがごと》なり。[三五]昆明池《こんめいち》の障子《しやうじ》の下の階《はし》より渡すべきなり」てへり。よりて、[三六]寅の日、渡し直し了《をは》んぬ」と。

では、三献の後に飯が出、南庭を鸕飼が渡り、楽人が参入して後、汁物(冷汁膾)が供され、四献には熱汁が出る(北山抄)(江家次第)。倉林正次『饗宴の研究(儀礼篇)』参照。

第五四条　五節の帳台試の日の履物について語る。帳台試当日(十一月十五日)の言談。

二〇 十一月中の丑の日の夜。天皇が直衣・指貫姿で常寧殿で五節の舞を見る。 二一 ふかぐつ。革製黒漆塗の筒の長い沓。 二二 履く意の「着」は第77条にも例がみえる。 二三 堀河院は御深沓を気持悪がってお履きにならない時もあった。深沓の定例は当時すでに崩れつつあったらしく、雲図抄、年中行事装束抄等は深沓・浅沓の両例ありと説く。蓬萊抄・中丑日夜帳台試事「主上渡二御帳台一。御直衣織物、御指貫浅沓也。或召二深沓一云々」。 二四 天皇が践祚して最初の五節。 二五 新造の内裏。去る十月八日に新造内裏に遷幸したばかりであった。↓50注三六。 二六 帳代試当日(保元二年十一月十五日)であることを示す。この日は右大臣基通(忠通の男。忠実の孫)が舞姫を出していた。↓注二〇。 二七 天皇が殿上人と同席なさるので。 二八 蓬萊抄・中丑日夜帳台試事「殿上人引レ群行向。…又必可レ著二深沓一云々。是旧例也。而近代令下多用二浅履一狭中指貫之稜上頗不レ穏事也」。 二九 あさぐつ。公卿・殿上人が指貫着用の時に用いた沓。

第五五条　清涼殿の打橋の渡し方について論じる。五節が終わった後の言談。 三〇 清涼殿の周囲の庭。

三一 建物と建物との間に架け渡す臨時の板橋。江家次第十・五節帳台試「自二清涼殿東廂北階下一到二承香殿坤角一、仮作二長橋一」。 三二 清涼殿の夜御殿の北側の部屋。雲図抄・卯日童御覧事「童女参上長橋当二于承香殿南、簀子西一、向二朧戸一構レ之。件橋到二于萩戸前一也」。 三三 藤原為隆の日記、永昌記。但し康和年間で現存するのは元年正月の極く少量の逸文のみ。 三四 関白忠通をさす。 三五 清涼殿の孫庇(萩の戸よりやや南)に置いてあった衝立。 三六 寅の日には御前試があり、主上が清涼殿に出御する。本条が寅の日(保元二年十一月十六日)以後の言談であることを示す文言。

一仰せて云はく、「関白の仰せは、吉き説なり」と。
この事、二右大臣殿、五節を献ぜしめ給ひ、三仲行《なかゆき》、前駆をなして帰り参りし時、御尋ねありし次《ついで》に、仰せられし所なり。四今年、主上は浅き御沓《くつ》なり。

五保元三年

（五六）

仰せて云はく、「六練る事は大事なり。七大殿は二、三度許《ばか》りこそ練らしめ給ひけれ。八法勝寺の九僧御読経の時にこそ練らしめ給ひけれ。練りは笏《しゃく》を引きて装束もさやさやと鳴る事なり。一〇臂《ひぢ》をあらして笏をとるなり。一一後朱雀院の御即位の日、一二大二条殿、一三内弁にて、一四如法《にょほふ》に練らしめ給ひけり。一五玉冠《ぎょくくわん》・玉佩《ぎょくはい》の一六火打《ひうち》の様なる物どもの、一七ちちりうりうと鳴るほどに練らしめ給ひけるを、一八宇治殿、大極殿の一九辰巳《たつみ》の角《すみ》の壇上に御覧じて、二〇「あれは狛人《こまうど》に見せばや」と仰せられけり。吉く御坐《おはしま》しけるにこそと

一 発言者は忠実。 二 保元二年の五節には右大臣基実(忠通の子)が舞姫を出していた(兵範記)。 三 筆録者高階仲行が右大臣基実の姫君(五節の舞姫)の前駆を勤めて忠実のところに帰参した時。保元の乱以前には仲行は忠実と頼長の連絡係的存在であったが、乱後、忠実が幽閉の身となってからは忠実と忠通の連絡係的な役割を持たされていた。この時は晴儀であるため特に前駆を勤めたのであろう。仲行のこうした活動のおかげで忠実は間接的ながら外界との接触を持つことが出来たのである。 四 以下は前条(第54条)を承けた文言。筆録者仲行の注記。

五 一一五八年。忠実八十一歳。
　第五六条　練歩について論じる。古事談一・48は本条に依拠。元日節会に関連する話題。

六 晴れの儀式で、ゆっくりと練り歩くこと。ねり。練歩。作法故実・練歩事「其身体不レ動不レ傾。腰不レ動、剣尻不レ動、両足間不レ広、手持様張レ肱抜レ笏也。張レ肱者、以レ肱与レ肩為二平等一〈口伝〉。抜レ笏者、以レ肱張レ如二尋常持一レ笏。則笏之首高故、笏之持二中間一。以レ之謂レ抜レ笏也。所詮笏首自二目上一不レ可レ高故也」。 七 藤原師実。 八 白河院が岡崎に建立した大寺院。 九 「千僧御読経」の「千」が脱落か。法勝寺の千僧御読経は、中右記・天承二年(一一三二)正月二十一日条「於二法勝寺一被レ行二千僧御読経一。但是毎年例事也」等、何度か記録に見えるが、師実の練歩については未詳。 一〇 「あらして」は、肱を張ることをいうか。→注六。 一一 長元九年(一〇三六)七月十日(帝王編年記)(皇代記)。 一二 藤原教通。この時、内大臣。四十一歳。 一三 →160注一。即位式の内弁は竜尾壇の上、大極殿の南東の幄内の兀子に着席する(北山抄五)。 一四 定められた方式通りに。 一五 礼装の時に付ける冠と、膝に当たって音が出るように腰に垂らす装身具。 一六 玉佩に付けた火打ち金の形の金属。山槐記・永万元年(一一六五)七月二十五日(六条天皇即位当日)条「着二礼服一次第。…次付玉佩。〈…(頭書)首有二金物一、大略似レ幡、中央夫火打放二左右四筋一有二水精露一〉」。 一七 チリンチリンと鳴るほ

覚ゆるなり」と。

（五七）

仰せて云はく、「[二一]除目《ぢもく》の執筆《しゆひつ》は、[二二]常に暇《いとま》あるやうにて[二三]正笏《しやうしやく》する、吉き説なり。[二四]怱々《そうそう》げなるは悪しき事なり。[二五]当夜に成すべき申し文、下すべき勘文《かんもん》、[二六]明くる夜に成すべき文など、よく調べしたたむる、第一の事なり」と。

（五八）

仰せて云はく、「[二七]出居《いでゐ》に畳を敷くやうは、対の南廂の一間に奥に寄せて、[二八]高麗一枚を敷く [二九]その対座はなし。次の間より[三〇]外座に敷く。[三一]その末に必ず紫縁《むらさきべり》一帖を敷くなり。これ、[三二]常の事なり 大臣・公卿、この定《ぢやう》に存ずべきなり。

但し、[三三]一の人に成りて後、殿上人の座を[三四]長押《なげし》の下に敷く時は、上達部《かんだちめ》の座の末に紫は敷かざるなり。[三五]只なる大臣以下《いげ》はしかるべき事并び

ど。なお、保元三年の元日節会に藤原公教が玉佩を鳴らして練歩しており、本条の発話の契機となった可能性が大。作法故実・浅履練之事「頼業真人記云、保元三条内大臣(公教)先進二左足一次進二右足一玉佩有レ声云々。定而以レ声可レ知程歟。礼服之時也」。一八 藤原頼通。教通の兄。当時関白左大臣。

一九 南東の隅。二〇 古事談「アハレ」。狛人は高麗人の意だが、源氏物語・桐壺に登場する高麗(まこ)の相人と同様、実際には渤海人を意識した表現。同じ中国文化圏の国の人に見せて誇りたい意。渤海人の来訪が絶えた後は、一種の定型句になっていたらしい。

第五七条 除目の執筆の作法を語る。正月八日に行われた除目に関連して想起された話題か。

二一 →35注一。二二 ゆったりと余裕のある様子。二三 笏を両手で身体の中央に持ち、威儀を正す。二四 余裕がなさそうなのはいけない。二五 申し文(任官・叙位などを朝廷に申請した文書)のうち、その夜のうちに任官を決定すべきもの。二六 翌日の夜に任官を決定する予定の文書。除目は多く夜に行われる。

第五八条 饗宴の座の設営(畳の敷き方)について語る。兼実の元服(正月二十五日)に関連する話題か。

二七 寝殿造で対屋の庇の間に設ける客間。二八 高麗縁の畳。親王や公卿の座に用いる。二九 その対座(向かい合わせの席)は設けない。三〇 二列に座席を設ける場合、母屋側を奥座、庭側を外座という。三一 その末席に必ず紫縁の畳を敷く。三二 (摂関でない人が)普通に行うことだ。三三 摂政・関白に就任して後。三四 母屋と廂とを区切る長押の下手(廂間側)。即ち、殿上人座を公卿座(長押の下)に続けて敷く場合には、の意。三五 (摂関でない)普通の大臣以下は。

に[一]臨時客など[二]には、公卿の座の末に殿上人の座を敷くなり。その時は[三]勧盃《けんぱい》は[四]別になし。[五]執政の後、殿上人の座を[六]広庇《ひろびさし》に敷く時は、別に勧盃あるなり。

但し、[七]高陽院《かやのゐん》の対は、[八]南庇に公卿、同じき東庇に更に折れて殿上人の座を敷く。その時は[九]別に勧盃なし。公卿の座に盃を下さるなり。蔵人頭に饗応ある時は、召して公卿の座の末に着く、常の事なり」と。

（五九）

或る人の申して云はく、「[一〇]蘇芳《すはう》の[一一]下襲《したがさね》を着せる時、[一二]表衣《うへのきぬ》の裏に紫を用ゐる由《よし》、書に或いは云ふ、如何」と。

仰せて云はく、「表衣の裏は、ただ[一三]常に用ゐるごときを紫と云ふなり。蘇芳の下襲とは、古《いにしへ》は、[一四]打下襲《うちしたがさね》よりは赤気あるを着用するなり。[一五]面《おもて》は白張《しらはり》にて瑩《みが》きたるなり。常の打下襲と同じ体《てい》の物なり」と。

（六〇）

一 しかるべき饗宴(大饗)や臨時客などには公卿座に続けて殿上人の座を敷く。 二 底本「臨時客ナ」の下の文字破損。「ト」を補。 三 饗宴において、尊者が主人の盃を受けた後、盃を第一の人から順次末座の人まで進める儀。 四 公卿とは別に、殿上人に盃を下すことはない。 五 摂政就任後。 六 寝殿造の母屋の外、簀子縁に面した細長い部屋。臨時客は広庇で行われる。 七 高陽院(→135注五)の対屋で大饗や臨時客を行う場合には。高陽院の造営は数次に及んだが、師実が寛治三年(一〇八九)に造営した第四次のそれが忠実に引き継がれた。朧谷寿他編『平安京の邸第』参照。 八 高陽院では寛治七年(一〇九三)二月二十三、四日、立后の大饗が対の南庇を公卿座、東庇を殿上人座として催された(後二条師通記)。天永二年正月二日には同様の配置で臨時客を行い、献杯は「毎度及㆓殿上人座㆒」(殿暦)。 九 公卿とは別に殿上人へ献盃を行うことはない。公卿座に盃を下すのである。

第五九条　蘇芳下襲についての問答。

一〇 餝抄上・下襲色事「蘇芳。四季着㆑之無㆑難。但夏生綾也。若薄物」。 一一 →46注七。 一二 衣冠束帯の時の上着。袍。 一三 普段用いているのを紫といっているのだ(特別の色のことではない)。 一四 砧で打ち、または板引きして艶を出した下襲。桃花蘂葉・下襲「下襲は蘇芳の打下襲といふ物なり。本は打べきを、近代は板引にする也。すはうの色をも紫のごとくふしかねにてそむ。いはれぬ事なれど、ひさしくさたしつけたり」。 一五 表は白張(糊で張り砧で打って光沢を出した白絹)で、貝殻で瑩(がみ)いて艶を出したものである。胡曹抄・夏冬下襲事「打下襲。〈表裏引倍木也。面白ミガキ也。公卿及禁色人ハ綾、非㆓禁色㆒人ハ平絹也〉。蘇芳。〈面白瑩、裏濃打、公卿禁色人、常所㆓着用㆒也。又主上モ着給〉」。

第六〇条　正月二十二日の内宴に着すべき装束について、忠通の質問に答える。

一六 関白藤原忠通。 一七 忠通は当時六十二歳。 一八 内宴は、正月二十一日または中子日に天皇が仁寿殿に出御して行われる内々の宴。長元以後断絶、久しぶりに復活することに

[一六]関白殿の申さしめ給ひて云はく、「[一七]年六十有余、[一八]今度の内宴に赤色の袍《はう》を着する事、[一九]極めて見苦しく覚え候ふ」てへり。仰せて云はく、「赤色の袍は、[二〇]年高く成らしめ給ふには依るべからず。かくのごときの時は赤色の[二一]闕腋《けつてき》の袍を着し、他の公卿は皆[二二]青色を着するやうに覚えしめ給ふ。闕腋は人の[二三]つきむ時の事なり。[二四]老若にも依るべからざる事なり」と。

（六一）

仰せて云はく、「[二五]主上、[二六]解斎《げさい》の[二七]御粥《かゆ》を供ふる時には、[二八]御尻切《しきれ》を召すなり」と。

（六二）

仰せて云はく、「[二九]立后《りつこう》の時、后宮《きさいのみや》、[三〇]倚子《いし》に着し給ふ時、[三一]出でしめ給ふ道あり。日記にも書けるか。但し、この一両代の后《きさき》は恐れを成して、その儀なき由《よし》聞こし食《め》すなり。寝殿の母屋の□[三二]と御帳《みちやう》との間に、[三三]師《し》

なっていた。兵範記・保元三年正月二十二日条「被レ行二内宴一。長元以後中絶云々」。年中行事抄・内宴事「長元以後、絶不レ被レ行。保元三年、平治元年等又行レ之」。一九（年齢不相応で）見苦しく思われる。二〇 高齢だから着る着ないというものではない。二一 襴がなく両腋の下を縫わずに開けてある袍。西宮記二・内宴「主上出御〈近代赤色闕腋御袍、着レ靴之〉。…王卿以下着座〈…大臣北面、第一人或着二赤色一〉」。二二 北山抄三・内宴事「此日王卿等着二青白橡闕腋袍一。…第一人或着二赤白橡一」。二三 つきむ（拒む）は、断る、拒む、辞退するの意。ここでは衣服が窮屈な場合をいうか。用例は、↓158注二五、↓173注一七。二四 老若で左右されることではない。忠通は結局忠実の意見に従ったようである。兵範記・保元三年正月二十二日条「殿下御装束、丸文綾赤色御袍〈闕腋〉…右大臣殿、青色闕腋御袍…中納言中将、毎事同前」。

第六一条　解斎の時の履物について語る。中外抄下40の一部に関連記事がある。

二五「主上」は「御尻切を召すなり」の主格。「解斎の御粥を供す」のは蔵人。中外抄下40参照。二六 神事の斎戒を解く儀式。神今食・新嘗祭の後朝、即ち六月十二日の朝と十一月中卯日に行う。手水を使い、藺履（ついぐ）で歩き、蔵人が供する御粥（堅粥）と和布汁物を召す（江家次第七・解斎事）。二七 底本は「本」と傍書するが、本文の文字は一部破損のため判読不能。「粥」が正とみて訂。二八 底に革を張った草履。但し、江家次第七・解斎事「置二藺沓一足一〈無二裏皮一。近代以二藁尻切一置レ之〉」によれば、藺沓（藺草で編んだ裏なし草履）が本来で、尻切を履くのは近代の作法。

第六二条　立后の儀に関する話題。世俗浅深秘抄上100は本条に依拠。立后（二月三日）前後の言談か。

二九 皇后を冊立する儀式。紫宸殿に天皇が出御し、宣命使が南庭で諸臣の居並ぶ前で立后の宣命を読む。保元三年（一一五八）二月三日鳥羽天皇皇女統子内親王が立后（兵範記）。三〇 江家次第十七・立后事「皇后著二御倚子一〈白織物御唐衣、白羅御裳、御挿鞋、先レ是上二御髪一〉、公卿参入列立再拝」。

子形《しがた》立てたる所を通らせ給ふなり。さて[一]昼御座《ひのおまし》の倚子には着し給ふなり。

また、公卿の拝の時、倚子を下りしめ給ふ説こそあれ。[二]郁芳門院《いくはうもんゐん》は、立后の日、[三]御脚《あし》相ひ叶はず御《おは》して、[四]白河院幷びに故殿に懸らしめ給ひて数剋ありしか」てへり。

（六三）

仰せて云はく、「[五]諸社に奉幣《ほうへい》の時は、[六]その日の上首《じやうしゆ》の神、魚を召すには、[七]幣人同じく魚を食す。[八]精進の神上首たるには、精進するなり。[九]次々の神は沙汰に及ばざるなり」と。

（六四）

仰せて云はく、「[一〇]奉幣《ほうへい》は、[一一]廿一社に幣《ぬさ》を立つる日を以て吉日となすなり」と。

一二 （倚子に着くために）お出ましになる（定まった）道筋がある。 一三 底本破損。 一四 禁秘抄上・清涼殿「師子。狛犬。〈在二帳前南北一。左獅子〉」。

一 立后の時には昼御座（御帳の前）に倚子を立てる。 二 媞子内親王。白河天皇皇女。母は中宮賢子（師実養女）。堀河准母。立后は寛治五年（一〇九一）正月二十二日。 三 お足の具合が悪くて。中右記・寛治五年正月二十二日条「申剋許、公卿引被レ参レ宮〈二条西洞院、引二屏幔一有二出立儀一〉。先令下権亮仲実朝臣啓中可二拝礼一候由上了。自二東御門一列二立前庭一〈公卿一列、殿上人一列、以二貫首一為レ先〉。欲レ拝之処、暫無二其告一、経二時剋一〈是宮御装束了。令レ着二御倚子一給間也〉。頃而関白殿下令二気色一給、群臣拝舞」。 四 白河院は郁芳門院の父親。故殿（師実）は郁芳門院の外祖父。

第六三条　諸社奉幣の時の精進について語る。富家語89および中外抄上37、下4に関連する話題がある。 五 春日祭（二月五日）の頃の言談か。 六 （同じ日に）複数の神社に奉幣する場合には。 七 底本「弊人」を訂。奉幣人の意か。 八 魚鳥等を召さない神。石清水・宇佐・春日・祇園など。反対に魚を召す神は、伊勢・稲荷・賀茂・貴船など。 九 第二位以下の神が魚食・精進のいずれであるかは問題にしなくてよい。

第六四条　前条に続いて奉幣の話題。 一〇 畿内の有力な二十一社。即ち、伊勢・石清水・賀茂・松尾・平野・稲荷・春日・大神・大倭・石上・広瀬・大原野・吉田・住吉・日吉・広田・梅宮・祇園・北野・丹生・貴船。毎年二月・七月に祈年穀奉幣が行われた。 一一 廿一社奉幣の期日は一定せず、吉日を選んで行われた。

第六五条　火色下襲について。世俗浅深秘抄上99、後照念院装束抄・火色皆練下襲事は本条に依拠。 一二 襲の色目。表裏とも紅。表と裏が打ち物か張り物か、中倍の有無等をめぐって、火色と搔練との区別に異説があった（装束集成四・火色皆練下襲差別事）。本条は異説対立

（六五）

仰せて云はく、「[一二]火色の下襲《したがさね》の裏は、[一三]ただ張りたる物なり」と。

（六六）

仰せて云はく、「[一四]宇治殿の不例に御《おは》しし時、連日悪日なり。よりて、夜半他所に渡御せるに、即ち御平癒ありき。御堂の御時の事なり」と。

（六七）

仰せて云はく、「叙位《じょゐ》には、[一五]尻付《しづけ》は[一六]常にあらぬ事なり。[一七]頼義《よりよし》、[一八]貞任《さだとう》を打ちし度《たび》の勧賞にこそ、[一九]大殿、「[二〇]俘囚を随へたる賞」と付けしめ給ひたれ」と。

（六八）

仰せて云はく、「[二一]朱雀院□[二二]、[二三]前朱雀院の御所なり。[二四]柏殿《かへどの》とて柏木《かへのき》を

の状況を踏まえ、忠実の見解を示したもの。一三（砧で打って光沢を出したものではなく）ただ糊を付けてこわく張っただけのものだ。餝抄上・下襲色之事「火色。…或秘記曰、左大将火色下重面裏打之。右大将裏張之、合付二中陪一。火色下重者、裏可レ張。入道殿被レ仰曰、有二打事一云々。但僻事也」。助無智秘抄・三日臨時客は、火色下襲は表・裏とも打ち物、中倍ありとする。

第六六条　頼通の病気に関わる話題。一四 御堂関白記と小右記の長和四年（一〇一五）十二月十二―十四日条にみえる頼通の大病をさすか。小右記は故帥（伊周）の霊、栄花物語・玉の村菊は故中務宮（具平親王）の霊の仕業とする。

第六七条　叙位の尻付について語る。富家語230と話題が共通する。三月一日に行われた春日行幸勧賞の叙位が発話の契機か。

一五 任官または叙位に当たって、人名の後に細字で書かれる前官位や任官・叙位の理由となった履歴・功労等についての注。一六 いつも付けるものではない。一七 源頼義。前九年役平定の賞として、康平六年（一〇六三）二月二十七日、正四位下に叙し、伊勢守に任じられた（百錬抄）（扶桑略記）。一八 安倍貞任。奥州の俘囚の長頼良の男。一九 藤原師実。当時内大臣、左大将。二〇 俘囚の反乱を平定した賞。

第六八条　忠実が石清水臨時祭の舞人を勤めた幼き日の思い出。石清水臨時祭（三月二十二日）の頃の言談か。

二一 三条北、朱雀西の四町を占めた広大な邸宅。歴代（宇多・醍醐・朱雀）の後院（天皇の譲位後の御所）となった。二二 底本破損。欠字は「ハ」か。二三 朱雀天皇。後朱雀天皇と区別してかくいう。二四 柏梁殿ともいう。朱雀院の中の東北の一郭にある殿舎で、村上天皇の母后藤原穏子など、多く太后の居所として用いられた。

もつて造りたる屋ありき。朱格子の赤きを懸けたりき。[一]八幡《やはた》の臨時祭の舞人して[二]帰立《かへりだち》の日、着せしめ給ひき。[三]大殿以下《いげ》、皆渡り給ひき。人々皆[四]破子《わりご》をこそ献ぜられしか。[五]左右大臣なども仰せあり」と。

（六九）

仰せて云はく、「[六]相撲節《すまひのせち》は極《いみじ》く熱き。[七]次の日、また両三召し合はせられて当つれ。[八]六借《むづかし》きに、楽屋によく調へたる笙を吹き、よきものの[九]盤渉調《ばんしきでう》に音《ね》を吹き出でたるこそ、[一〇]涼しく冴え、めでたくて汗も入る心地すれ」と。

笙吹き[一一]利秋《としあき》時元《ときもと》の孫、時秋《ときあき》の子を[一二]御前に召して、笛ども試《こころ》みしめ給ひて、吹かしむる事なり。[一三]師子丸許《ばか》りを吹かしめて、もし[一四]聞きさとむる人やあると試みあるべき由《よし》仰せありといへども、重ねて仰せて云はく、[一五]「近くは覚えしめ御《おは》さず。なかなか笙のために由《よし》なし。太政大臣[一六]宗輔《むねすけ》など許《ばか》りや聞きさとめむ」と仰せ事ありしなり。[一七]利秋にすこぶる御感あり。

一 忠実は元服直後（十一歳）の寛治二年（一〇八八）三月二十三日、石清水八幡宮の臨時祭で舞人を勤めた。本条は七十年前の思い出である（後二条師通記）（寛治二年記）（栄花物語・紫野）。 二 奉幣使の一行が宮中に帰って再び歌舞を奏し、宴を賜わること。寛治二年の還立は十一月二十四日、朱雀院で行われた。寛治二年記「廿四日辛未、天晴、巳刻参二朱雀院一。以二柏殿一為二使宿所一」。 三 藤原師実。 四 破籠。寛治二年記「左右両相府被レ献二檜破子一。殿下出二御客第方一、上達部座定、羞レ饌、盃酌数巡、鴛鴦淵酔」。 五 左大臣源俊房。右大臣源顕房。

第六九条 相撲節と笙について語る。この年六月、三十余年ぶりに復活した相撲節を前にしての言談か。 六 相撲節に関係した話題は中外抄上55にもみえる。相撲節は保安三年（一一二二）を最後に中絶、本条が語られた保元三年（一一五八）に三十六年ぶりに復活した。忠実はそれに関連して壮年期に経験した相撲節の思い出を語ったか。百錬抄・保元三年六月二十九日条「相撲節、保安以来不レ被レ行、経二卅余年一所二興行一也。七八月共為二御忌月一。仍今月行レ之」。 七 「相撲召合」の翌日に行われる「抜出」を指す。兵範記・同年六月二十八日条参照。なお兵範記・同年六月二十二―二十八日条「左右先両三人出二合之一。於二前庭一各決二勝負一。此間各出二合二三十人一、所謂追相撲是也」。 八 （暑くて）うっとうしいが。 九 雅楽で、盤渉（洋楽のロ）を主音とする調子。冬の調子で軽い音調。 一〇 （その音が）涼しく冴えて、すばらしくて汗も引く心地がするものだ。 一一 豊原利秋。保元三年には三十歳代の後半か。 一二 忠実の御前。忠実の音楽的才能とその活動については、磯水絵「知足院関白の音楽活動について」（『二松学舎大学人文論叢』三一―三七号）。 一三 笙の名器。体源抄四・笙・古今名物「古今名物次第不同歟。故幸秋自筆撰レ之者。…師子丸〈当家〉」。 一四 用例の少ない語だが、悟・覚をマ行下二段に活用させた語で、聞いて悟る、聞いて感づくの意か。もしや（その音が師子丸であると）聞き分ける人があるかと試してみるように仰せになったが。 一五 近頃は（聞き分けられる人が）いるとも思えない。

（七〇）

仰せて云はく、「こ[一八]の御一家には、女房の庚申《かうしん》[一九]は止《や》められ畢《をは》んぬ。[二〇]大入道殿の姫君、庚申の夜、脇足に寄り懸[二一]りて死なしめ給へる故なり」と。

（七一）

仰せて云はく、「清水寺[二二]には、京極大殿[二三]幷びに北政所[二四]、度々《どど》御参籠[二五]あり。滝[二六]の下に不動堂にて御発心地《おこりごこち》[二七]平癒し給へる由《よし》、聞こしめすところなり」と。

（七二）

仰せて云はく、「内弁《ないべん》[二八]、軒廊《こんらう》[二九]の二間において謝座《しやざ》[三〇]するには、西[三一]に向きて揖《いふ》[三二]して、左足を立てながら右足を少し逃[三三]がして、乾《いぬゐ》[三四]に向きて拝するなり。但し、御一家[三五]にさせ給ふ事なり。乾は天[三六]の方□。近く天子を

(そんな中で吹くのは)かえって笛に失礼かもしれぬ。 一六 藤原宗輔。宗俊の男。姉の全子は忠実の母。管弦の道に傑出。忠実の箏の師(古今著聞集)。 一七 (忠実は)利秋に対してすこぶる御感服であった。

第七〇条　摂関家の女性は庚申をしない由縁。本条の語る事件は栄花物語二・花山たづぬる中納言に詳述。古事談六・6、世俗浅深秘抄上101は本条に依拠。 一八 藤原摂関家。 一九 庚申の夜に徹夜で遊びながら寝ないで過ごすこと。この夜寝ると、人の体内に住む三尸虫が天に上って、その人の悪事を天帝に告げるとされた。庚申待ち。 二〇 大入道は藤原兼家。その女超子は冷泉天皇女御。贈皇后。三条天皇母。 二一 小右記・天元五年(九八二)正月二十八日条「今朝女院(超子)頓滅云々」(二十七日が庚申)。栄花物語二・花山たづぬる中納言に詳しい。これとは別に、応徳元年(一〇八四)九月二十二日己未(庚申の前日)に没した賢子(師実の養女。白河中宮。堀河母)についても、庚申の夜に「月しばらく隠る」という不吉な題を詠んで後、急死したとの説が流布していた(俊頼髄脳)。

第七一条　師実夫妻の清水寺参籠について語る。中外抄下42前半は本条と話題が共通する。 二二 京都東山に現存。本尊十一面観音。著名な観音霊場。 二三 藤原師実。 二四 源麗子。師実の室。師通の母。 二五 後二条師通記・応徳三年(一〇八六)二月十一日条には麗子の、同年九月十二日条には師実の清水寺参籠の記事がある。ともに夫妻で参籠か。 二六 清水寺境内の音羽の滝。不動堂は現存せず。源平盛衰記二・額打論附山僧焼清水寺幷会稽山事「一手は清水清閑寺の境堀り切て…滝の尾の不動堂より木戸口まで五百余騎にて固めたり」。 二七 瘧(おこり)心地。今のマラリア。中外抄下42によれば、瘧を患ったのは師実。

第七二条　謝座における揖の仕方を論じる。富家語160と話題が共通する。江次第鈔一・元日宴会は本条の一部に依拠。 二八 →160注一。 二九 →50注三三。 三〇 朝廷で賜宴の際、群臣が謝意を表すため庭中で行った拝礼の儀式。 三一 北山抄一・元日宴会「大臣起レ座、微音称唯、出レ自二軒廊

拝するに依りて、乾をば拝し奉るなり。他家の人のこの説を見習ひてかくのごとく拝する、尤も見苦しき事なり。他人は拝も揖も乾に向きてするなり。七八尺許《ばか》り軒廊の砌《みぎり》[一]を出でよと云へども、一丈余り出でたるが吉きなり」と。

（七三）

仰せて云はく、「高倉の北政所《きたのまんどころ》[二]中務宮の御娘、入道殿[三]幼少の御時、二条殿[四]の御共に参らしめ給ひけるには、廂《ひさし》の御簾《みす》を垂れ、副へて几帳《きちやう》を立てて、その中に女房[五]御坐《おはしま》しき。御対面あり。御飯《いひ》はなくて、羹《あつもの》[六]の御菜《な》一高坏《ひとたかつき》、御菓子[七]一高坏、二本にて御酒《みき》を参らせられき。上臈《じやうらふ》女房、御陪膳《ばいぜん》をなしき」と。

（七四）

仰せて云はく、「赤毛と物に書きたるは、栗毛[八]なり」と。

東第二間㆒、斜行到㆓左仗南頭㆒、西面再拝、左廻参㆑上着㆑座」。江家次第一・元日宴会「内弁起㆑座、微音称唯、経㆓宜陽殿壇上㆒北行、出㆑自㆓軒廊東第二間㆒、斜行到㆓左近陣南頭㆒、謝座再拝。〈顔乾向、先一揖、次再拝、次一揖、右廻経㆓軒廊并東階等㆒、入㆑自㆓廂南一間、母屋東第一間㆒、西進計㆓座程㆒着㆑之〉」。三二 揖は、笏を手にして、上体を傾けてする礼。拝に次ぐ敬礼。三三 足を後方へそらし伸ばして。三四 乾は北西。広雅・釈語一「乾、君也」。易経・説卦「乾、以君㆑之」。三五 藤原摂関家。三六 底本「天方□近」。但し「方」「近」は残画から推定。

一 底本「出与」。「与」は万葉仮名の「よ」か。

第七三条　幼年のころ隆姫に会った思い出。

二 藤原頼通の室、隆姫。具平親王の女。三 忠実の自称を筆録者が書き換えたもの。本書の「入道殿」はすべて「忠実」をさす。四 忠実の父師通。本書では教通は「大二条殿」、師通は「二条殿」または「後二条殿」と区別されている。五 簾の中にいたのは九十一歳の隆姫。隆姫は寛治元年(一〇八七)忠実が十歳の時に九十三歳で薨。忠実はその二年前、父に連れられて隆姫邸に年賀に参上した。忠実は七十三年前の記憶を語っている。後二条師通記・応徳二年(一〇八五)正月二日条「参㆓殿下㆒、与㆓小児(忠実)㆒同車参㆓四宮(寛子)㆒、次参㆓高倉宮(隆姫)㆒、還参㆑殿、其後参内」。大日本古記録は、この高倉宮を祐子内親王と解しているが、従えない。同内親王はこの前後「一宮」と記されるのが普通。六 魚鳥の肉や野菜を熱く煮た吸い物。七 酒の肴の総称。

第七四条　馬の毛色を語る。八月十三日新関白基実に忠通が馬を贈ったことに関連する話題か。

八 馬の毛色で、地肌が赤黒く、たてがみと尾が赤茶色を帯びているもの。忠通は自分が家督を相続した時(保安二年)忠実から馬を贈られた先例に基づき、去る十一日氏長者・関白等を譲った基実に対し、十三日栗毛を含む四頭の馬を贈った。兵範記・保元三年(一一五八)八月十三日条「御馬四疋

（七五）

仰せて云はく、「[九]和琴《わごん》の[一〇]頭《かしら》に錦を押すは[一一]、[一二]日本に織りたる錦を押すなり。これ、和琴は大和琴《やまとごと》とて[一三]唐物《からもの》に非ざる故なり。[一四]案内《あない》を知らざる人、唐の錦を押す、甚だ見苦しき事なり」と。

（七六）

仰せて云はく、「[一五]競馬《くらべうま》の鞭には、[一六]糸に[一七]白き籐《とう》を弘《ひろ》く巻きたる。一説に、「[一八]上手《うはて》の馬の進む時、[一九]我が馬を懸けて、鞭にて打てば、彼の鞭の籐に[二〇]驚きて走り進まぬなり」」と云々。

（七七）

仰せて云はく、「[二一]故大宮大臣殿、「雪の事の外《ほか》に降りたる日、衣冠に[二二]薄色の指貫《さしぬき》、[二三]白き堅文《かたもん》の織物の[二四]袿《うちぎ》を出だして、[二五]深沓《ふかぐつ》を着して参内せられければ、[二六]後冷泉院、いみじく御感ありき」と語り申さしめ給ひけ

〈栗毛二疋、青鵲駮鹿毛〉」。

第七五条　和琴に押す錦について語る。富家語98の末尾と話題が共通。

九　わが国古来の六弦の琴。　一〇　演奏者から見て琴の右側。楽家録七・和琴「錦皮。是弭頭之辺。以レ錦張レ之処也」。同書七・和琴図「錦皮者非レ皮、用レ錦。長二寸四分。横随二槽横一」。　一一　張りつける。　一二　日本で織った錦。国産の錦。　一三　中国の物。舶来品。　一四　事情。道理。

第七六条　競馬の鞭について語る。

一五　競馬は、二騎一番となって行い、単純な速度の優劣ではなく、定められた範囲内でいかに相手の馬や乗尻(騎手)の邪魔をして先着するかが見どころ。　一六　底本「糸」に「本」と傍書。「竹」が正か。　一七　漆を塗らず生地のままの籐。　一八　競馬では、一騎が先発し一騎が追走する。上手(うわて)の馬は、儲馬(もうけのうま)即ち先行馬をさす。　一九　自分の馬を追いかけさせて。　二〇　相手の馬が驚いて。競馬では相手の馬の邪魔をすることも重要な技術。江家次第十九・臨時競馬事「凡競馬者出之後有二百術一。況未レ出之間哉。或以レ鞭指二馬腹一、又指レ尻。然而敢不レ打二敵馬面一、以レ鞭遮二敵馬面或轡一、敵馬取レ轡之時、或引廻、自引覆以レ取二外方轡一為レ吉」。

第七七条　俊家の雪の日の装束に後三条院が感銘した話。白色を話題にする点で前条に繋がる。

二一　藤原俊家。忠実の母方の祖父。永保二年(一〇八二)忠実が五歳の時に薨じているから、本条は俊家から直接聞いた話ではないらしい。　二二　→3注一三。白い雪景色にふさわしい白い出袿の風雅さと、深沓の実用性との相関が、院の感動を呼んだのであろう。　二三　固紋。糸を浮かさず固くしめて織り出した織物。織物は、織って模様を出した絹織物の称。　二四　出袿(いだしうちぎ)にして。袿の前身を指貫に着籠めず、裾を袍の欄の下からのぞかせる。　二五　→54注二一。　二六　後冷泉院は装束に関して一流の鑑識眼をもつ人として評価されていたらしい。富家語11参照。

り」と。

（七八）

仰せて云はく、「円融院[一]か一条院かの御時、朱雀院[二]において、有心《うしん》[三]衆と無心衆と相ひ分ちて、無心の党、競馬《くらべうま》[四]の装束して馬場にうち出でたりければ、有心の輩《ともがら》、座を起ちて埒《らち》[五]の際《きは》に皆寄りて、有心の座の人々、皆うてて[六]術なかりけり」と。

（七九）

仰せて云はく、「堀河院[七]の御時、殿上人[八]の競馬《くらべうま》には、左は打毬楽《たぎうらく》[九]の装束、右は狛桙《こまぼこ》[一〇]の装束を召して着せらる。偏《ひと》へに競馬[一一]の装束をば用ゐられざるなり」と。

（八〇）

仰せて云はく、「除目《ぢもく》[一二]の執筆《しゆひつ》の秘事[一三]には、遷官[一四]は薄墨[一五]に書くなり。

第七八条　無心衆が競馬の装束をした話。前話とは装束の話題で連関している。

一 円融天皇の在位は安和二年(九六九)―永観二年(九八四)、一条天皇の在位は寛和二年(九八六)―寛弘八年(一〇一一)。
二 →68注二一。
三 有心は、伝統的な優雅を解する心があること。無心は、その反対。有心衆と無心衆とに分かれて争う風は、延喜十六年(九一六)七月七日庚申亭子院殿上人歌合に始まるか。和歌合抄目録註、顕昭古今序注はこの歌合を有心無心歌合とする。明月記・建暦二年(一二一二)十二月十日条参照。
四 競馬の乗尻(騎手)の装束。地下の武官の当色(とうじき)とする唐様の裲襠。
五 馬場の周囲の柵。
六 底本「ウテ□無術カ□ケリ」。破損文字は「ゝ」と「リ」と推定して補。「うてる」は圧倒される、負ける意の動詞。

第七九条　前条に続いて競馬装束に関わる話題。古事談一・84は本条に依拠。

七 堀河天皇の在位は、応徳三年(一〇八六)～嘉承二年(一一〇七)。
八 殿上人が行う競馬。毎年五月六日の武徳殿の騎射の後に行われる群臣の競馬をいうか(延喜式四十八・馬寮・同月六日競馬幷騎射式)。九 雅楽の曲名。左方、唐楽。裲襠装束に巻纓。毬杖(ぎっちょう)を持って舞う。一〇 雅楽の曲名。右方、高麗楽。裲襠装束に巻纓。長い棹を持って舞う。打毬楽の装束に似るが色が違う。一一 教訓抄三・打球楽には「被レ行二小五月節会一時者、競馬装束ノ舞人四十人立テ、木ノサキノカヾマレルヲモチテ、玉ヲ係。件ノ玉ハ、一ノ上ノ下シ給ト云々」とあり、武徳殿の騎射の後、競馬装束(唐様の裲襠)で打毬楽(打球楽)を舞う旨を説く。

第八〇条　除目の執筆の秘事を語る。富家語249に関連記事がある。保元三年八月には数回の除目があった。

一二 →35注一。一三 奥義。肝要な心得。一四 別の官への転任。転補。一五 江家次第四・除目執筆事「磨レ墨事〈除目薄墨、叙位濃墨云々。一度磨レ之。不二再磨一。凡為レ令二水皆為一レ墨久磨レ之〉」。除目抄・入眼夜事「江談中云、口伝云、除目清

これ、遷官は大事にて、削[一六]り下り見せしむべからざる故なり」と。

（八一）

仰せて云はく、「奏[一七]書には判[一八]を加へず、その名を書くなり。受[一九]領の申し文には判を加へ、反[二〇]給の名を書かしむるなり」と。

（八二）

仰せて云はく、「垂[二一]水《たるみ》の御牧《みまき》は、天[二二]暦の御領なり」と。

（八三）

仰せて云はく、「宇[二三]治殿の御出《ぎょしゅつ》[二四]には、門[二五]外なる参入の人の車などにて御出御《ぎょしゅつぎょ》ありといへども、随[二六]身移[二七]し馬に乗りて胡簶《やなぐひ》[二八]を帯びて必ず候ひけり」と。

書、宰相墨様不レ黒可レ書。有二誤書直之時一、薄墨ニ書也云々」(現存江談抄諸本には見えず)。一六 一度書いた官を削って(訂正して)低い官に任じたのを見られてはならないからだ。

第八一条　奏書・申文に対する署名の仕方。

一七 天皇に上奏する文書。一八 花押を書かないで名前を書く。兵範記・保元三年(一一五八)十二月十八日条(関白基実初度上表)「御覧之後、加二御名一〈月日下一所也〉」。一九 受領が任官を望んで提出する文書。二〇 未詳。「班給」の意か。

第八二条　垂水の御牧の由来。

二一 摂津国豊島・島本郡、現在の大阪府茨木・吹田・豊中・箕面市域にまたがって存在した摂関家領の牧。東牧と西牧に分かれ、東牧は康治二年(一一四三)頃年貢分の一部を春日社に寄進、西牧は寿永二年(一一八三)同様に春日社に寄進された(春日社文書)。二二 天暦(九四七―九五七)は村上天皇の治世。垂水牧はもと東国からの貢進馬を馬寮や摂関家から預かる飼養牧であった。西宮記・恒例三・駒牽次「同(天暦)三年十廿三、於二仁寿殿一、覧二後院利山荻(萩)原御馬一、近衛府分取、遣二給当時親王等一、遣二給垂水御牧一」。頼通の時代に摂関家領となったらしい。

第八三条　頼通の御出に随身が必ず供奉した話。馬の話題で前条と連関。

二三 藤原頼通。二四 お出かけ。二五 頼通邸を訪れた人が乗ってきて、門の外に置いてある車。二六 貴人の警護を役とする近衛舎人。摂関には十人の舎人が付いた。二七 乗り換え用の馬。二八 矢を盛って背負う具。宇治殿自身は気軽に外出したが、警備はきちんとなされていた意。

（八四）

仰せて云はく、「[一]しかるべき人の車より下《お》るる時は、車中においてまづ[二]表袴《うへのはかま》を引き下げ、[三]表衣《うへのきぬ》の襴《らん》を引きならしなどして下るる、故実なり。しかるに、[四]故六条右府、[五]臨時客の尊者の時、[六]その事しからざる間、[七]表袴の居《ゐ》上げられて、尤も見苦[八]□えき」と。

（八五）

仰せて云はく、「[九]着座の故実は、わが着すべき[一〇]倚子《いし》には、下《しも》より寄りて着さしめ、座を立つ時は、上《かみ》の倚子の間を経て出づるなり。これ[一一]昇進すべき由《よし》を祝ふことなり」と。

（八六）

仰せて云はく、「[一二]主上の毎日の御拝《ごはい》は、[一三]寅の刻とは鶏鳴《けいめい》の鐘を打つ事なり。[一四]必ずしも御湯殿はなし。鶏鳴の鐘を打ちて後に女犯《にょぼん》せしめ給

第八四条　牛車から降りる時の心得。

一 しかるべき身分の人が牛車から降りる際には。二 束帯の時、大口の袴の上に着用する袴。三 表衣の裾に付けた横ぎれ。四 源顕房。師実の室麗子の兄。五 臨時客（→204注二九）の主賓で、最上席に座る人。六 そのことを実行されなかったので。七（車中で付いた座りぐせのために）表袴が引きつって。八 底本破損。「ア」に似た字体の一部が残る。「見苦（しく）見えき」か。

第八五条　着座の故実を語る。

九 公式の席で定められた席に威儀を正して着く儀式。一〇 倚子に着く時には下手から近づいて着き、立つ時には上手の倚子との間を通って出る。江家次第十八・外記政「上卿入二庁後中戸一〈大臣用二東戸一、参議用二西戸一〉着レ座〈従二座下方一着レ之〉。自余次第着畢」。達幸故実抄一・節会事・著二殿上人床子一儀事「参議著二床子一之時、第一人自二下手一進二立前方一著レ之。下臈来之時居レ上。次等着レ之。着定之後、上臈有二可レ立事一者、自二座上手一退出」。一一 昇進の予祝の意味があるのだ。

第八六条　主上の毎日の御拝について語る。十月十四日に東三条殿行幸、十一月十九日内裏還御まで同邸が御所となった。その間の言談か。

一二 天皇が毎朝、清涼殿の石灰壇で、神宮、内侍所以下を拝む儀。一三 寅刻というのは鶏鳴の鐘を打つ時刻のことだ。鶏鳴は一番鶏が鳴く頃。通常は丑刻をさす。易林本節用集「夜半子、鶏鳴丑、平旦寅、日出卯」。宮中では陰陽寮が鐘と鼓を打って時刻を知らせた。延喜式十六・陰陽寮「諸時撃鼓。子午各九下、丑未八下、寅申七下、卯酉六下、辰戌五下、巳亥四下。並平声。鐘依二刻数一」。一四 必ずしも沐浴するとは限らない。

ひぬれば、御拝はなし」と。

（八七）

仰せて云はく、「[一五]主上に奏覧の御書を封ずる様は、まづ[一六]裏紙《うらかみ》ありて[一七]続きたる文には、端に裏紙を一枚重ね、[一八]その上にまた紙二枚を巻き、その上にまた紙一枚を巻きて封ず。封は紙を[一九]うへさまに打ち返して封ず。封の上には[二〇]片名《かたな》の[二一]上の文字を書き、次に紙二枚を以て[二二]立文《たてふみ》にす。上下を結ぶ。[二三]院にもこの定《ちやう》にて進《たてまつ》らしめし時もありき」と。

（八八）

仰せて云はく、「[二四]内弁《ないべん》を勤仕《ごんし》せる時、[二五]下襲《したがさね》の尻を左右を[二六]帯《おび》しより下さまへ深く折りて、[二七]丈《たけ》に当たるほどまで折りつけつれば、下襲の尻、裏ざまにまくりて、[二八]こはくなりて返らぬなり。これ口伝なり。また[二九]練りて立つ所には、[三〇]直ぐに行きて、[三一]木折《きをり》に立ち廻りて帰り入る時、下襲の尻、返るなり。しかれば、直ぐに行きて、[三二]立つ所近くなりて、すこ

第八七条　主上に奏覧する御書の封じ方。富家語162と話題が共通。十二月十八日の関白基実の初度上表に関連した言談か。

一五 底本「主上」の二字、破損。残存字画からかく判読する。天皇に奏覧する御書の封の仕方。一六 本紙の裏に添えてある紙。一七 数枚続いている文の場合には。一八 その上に礼紙二枚を重ねて巻き、さらに一枚を巻いて封をする。富家語162参照。関白基実の初度上表ではこの通りに実行されている。兵範記・保元三年(一一五八)十二月十八日条「御表清書了。…次壇紙一枚為二裏紙一〈端一枚乎令二巻重一給也〉、又二枚為二懸紙一、其上一枚令レ巻給、次入レ筥」。一九 表側に折り返して封をする。中外抄下・三「我等は、文をば天文の奏の封の様に、逆に引き返して封ずるなり」。二〇 二字で成り立っている名の一方の字。二一 底本「書片名上ノ文字ノ次二」は文意通じ難い。「文字ヲ」と訂してかく訓む。二二 書状の形式の一。包紙で縦に包み、余った上下をひねる。二三 院にもこの様式で御書を差し上げたこともあった。

第八八条　内弁勤仕の時の下襲の尻についての心得。富家語160に関連記事がある。江次第鈔一・元日節会は本条に依拠。

二四 →160注一。二五 下襲の端。下襲の後に引く部分。二六「帯し」は「帯しばり」の略。腰骨の上の、帯をしめると当たるところ。弱腰。下襲の尻の左右を弱腰のところから下(裏)側に深く折り込んで。二七 身長と同じくらいまで(つまり地面に触れるあたりまで)折り込むと。二八 堅く(捲れにくく)なって、裏返しにならない。二九 練歩。元日の節会の内弁は、軒廊から出て左近の陣の南に進み立ち、西向きに一揖、乾(北西)向きに謝座(二拝)、また一揖して帰り入る。→56注六。三〇 真っ直ぐ(練って)行って。三一 木折は、無骨なこと。ここでは、鋭角的に向きを変えることをいう。急に方向転換すると後に引いている下襲が廻りきれず、端が裏返しになる。三二 立ち止まる地点の近くになると、大きく円を描くように歩くのである。

ぶる廻《めぐ》るやうに円《まどか》に歩行するなり。一しかれば、下襲の尻、かねて心を得て返らぬなり」と。

（八九）

仰せて云はく、「諸社の行幸に、稲荷・祇園は二同日なり。三まづ稲荷に幸す。かの社においては魚を供《くう》ず。次に祇園に幸す。彼《かしこ》においては御精進なり」と。

四平治元年

（九〇）

仰せて云はく、「五東三条の六釜は、七故殿の仰せて云はく、「八様《やう》ある釜なり。九下﨟《げらふ》の御湯して浴み、手など洗ひつれば、その所腫れなどするなり」」と。

一 そうすれば、前もって下襲の端が心得て（自分の背後によく回り込んで）、裏返しにならないのである。

第八九条　稲荷・祇園行幸について語る。中外抄下4と話題が共通。富家語63と中外抄上42にも関連する話題がある。世俗浅深秘抄上102は本条に依拠。

二 稲荷・祇園両社への行幸は同日に行われる。延久四年（一〇七二）三月二十六日を初例とし、承暦元年（一〇七七）十二月一日、永久元年（一一一三）十一月二十六日、天承元年（一一三一）三月十九日、応保二年（一一六二）八月二十日に例がある。三 まず稲荷にて魚を供へて、次に祇園にては浄食にて御すなり」。

四 一一五九年。四月二十日改元。忠実八十二歳。

第九〇条　東三条殿の釜の神秘について語る。

五 東三条殿。もと藤原良房の邸宅。基経・忠平らを経、兼家の時に拡張して二条南、西洞院東に南北二町を占める大邸宅となった。以後、藤原氏長者に伝領され、平安後期には特別の格式を持つ晴れの邸宅とされた。六 湯立てや湯浄めなど釜は神事と関係が深く、神聖で神秘な器物であった。七 忠実の祖父、師実。八 子細。わけ。九 下﨟がこの釜の湯で湯浴みしたり、手などを洗ったりすると。

第九一条　大嘗会における主上の御手水等について語る。十一月の大嘗会を意識した言談か。

一〇 前年八月、二条天皇の践祚があり、この年十一月には大嘗会が予定されていた。一一 大嘗会では天皇は大嘗宮の正殿（悠紀・主基殿）において神座と対した御座に着き、陪

（九一）

仰せて云はく、「主上、[10]大嘗会《だいじやうゑ》に[11]神の御陪膳《ばいぜん》を勤仕《ごんし》せしめ給ふ事、[12]神今食《じんこんじき》に[13]中院に行幸の時と同じ事なり。[14]いかの甲を御手洗《みたらし》に用ゐて御手水のあるなり。[15]竹箸せしめ給ふなり。[16]近来《このごろ》案内知りたる[17]釆女《うねめ》は誰人なりや。[18]安芸と云ふ釆女こそ[19]重代《ぢうだい》の者にて相ひ知りたりしか。件の者は死去せるか」と。

（九二）

仰せて云はく、「[20]直衣《なほし》の文《もん》に[21]二部《ふたへ》織物《おりもの》を居《す》ゑる事、故殿、[22]納言にて五節《ごせち》を献ぜしめ給ひし時、[23]上東門院より新しき御装束を調へらる。件の御直衣は、[24]地は白き織物に、紅梅の散りたる文を居《す》ゑられたる二部織物なり」と。

膳を勤める。一二 六月・十二月の十一日、月次祭の夜、天照大神を中和院の神嘉院に勧請し、天皇が陪膳を勤める儀式。新嘗祭に似るが旧穀を供するのが異なる。一三 内裏の西南の一郭。中和院、神今食院ともいう。正殿は神嘉院。一四 甲烏賊の甲の粉末であろう。江家次第十五・大嘗会・卯日「主殿寮供㆓御湯㆒〈用㆓東戸㆒〉。奉㆓仕御湯殿㆒之人〈殿上四位一人、六位一人、並触㆓山陰卿子孫之人㆒〉於㆓女官幄㆒、可㆑解㆓改装束㆒、而於㆓釜殿㆒脱㆑之人有㆑之云々。…承保供㆓御河薬㆒〈入㆓土器㆒居㆓折敷㆒〉」の「御河薬」がこれに当たるか。延喜式三十七・典薬寮・諸国進年料雑薬の条には、摂津・播磨・備前国に「烏賊骨」が見える。粉末は眼病・婦人病・火傷などの薬用(本草綱目)。一五 底本「令竹着」を訂。大嘗会の神饌にはピンセット状に曲げた竹の箸を供える。江記・天仁元年(一一〇八)十一月二十一日条(大嘗会)「一人執㆓御箸筥㆒〈…屈㆑竹以㆑絲結㆑之〉」。一六 以下の文脈は、忠実が現在の釆女について仲行に尋ね、仲行の答えを待たず、重ねて釆女安芸の存否を尋ねたもの。一七 宮中で飲膳等のことに従事した女官。大嘗会で天皇が神饌を供する時には釆女が介添えした。一八 康治元年大嘗会記に「陪膳釆女」として名がみえる。伝は未詳。一九 先祖から代々受け継いでその職にある者。

第九二条　直衣の紋様の二部織物について。十一月の五節に関わって想起された話題か。世俗浅深秘抄上74は本条に依拠。

二〇 直衣の紋様に二部織物を用いること。世俗浅深秘抄上74「直衣ニ有㆓別文㆒事、有㆓先例㆒」。二一 綾織の地紋様の上に別の色糸で上紋(うわもん)を浮かして織り出したもの。二二 師実は天喜四年(一〇五六)十月任権中納言。兼中納言。翌年五節の舞姫を献上した。定家朝臣記・天喜五年(一〇五七)十一月条「十七日。…五節参〈中納言中将殿(師実)〉…。二十日。節会。…納言殿(師実)五節、乍㆓四箇日㆒改㆓着装束㆒」。栄花物語・根合わせ参照。二三 一条天皇中宮藤原彰子。二四 綾織の白い地紋様に紅梅が散っている紋様を別糸で織り重ねた二重織物。

（九三）

或る人の申して云はく、「[一]関白殿、[二]新御前 忠隆女《ただたかのむすめ》□□[三]。[四]東三条に渡らるの御方には、[五]女郎花《をみなへし》の[六]綾の単《ひとへ》を着《ちやく》し給ふ」と云々。

仰せて云はく、「未だ聞き及ばざる事なり」と。

（九四）

仰せて云はく、「主上は[七]小口の御袴ばかりを着《ちやく》し御《おは》す。[八]近来《このごろ》はしからざる事か。[九]堀川院は、[一〇]ままきを好ませ給ふ時、着せしめ給ふ。その体《てい》、紅梅の頗《すこぶ》る濃き様なるを、[一一]くくり指したるなり。[一二]指貫《さしぬき》の様に後腰《うしろごし》を差[一三]すなり。[一四]三つ重ねたる御衣《おんぞ》をば、二領をば御袴の内に着し籠《こ》め御して、今一領をば出だしてさげ、直衣《なほし》に重ぬるなり。冬は練[一五]りたり。夏は生[一六]《すずし》か」と。

（九五）

第九三条　新関白基実の衣装につき、質疑に答える。
一　藤原基実。忠通の一男。当時十七歳。
二　従三位藤原忠隆の女。翌年基通を生んだ。
三　底本破損。
四　→90注五。
五　普通は襲の色目（表は経糸が青、緯糸が黄、裏は青）をいうが、ここでは、女郎花の模様の意か。
六　綾織りの単衣（表着の下に着る裏のない衣）。

第九四条　小口の袴をめぐる話題。
七　裾にくくりのある紅色の袴。西宮記十九・衣「小口袴。冬時主上着レ之。深紅入レ綿〈或打レ之〉」。大槐秘抄「君は、…御まりあそばすときは、こぐちの御はかまといふ物をめしてあそばすに候。こぐちの御はかまは、こあふひのあやの紅の御はかまにくくりをさゝれたるに候」。
八　当今は二条天皇。
九　堀河天皇。
一〇　木と竹をはり合わせて作った弓。それを用いて的を射る遊び。
一一　括り差し。裾にある穴に通した紐を括り寄せて結ぶ。餝抄上・指貫腹白事「少年之時、括ノ組ヲク、リサシノ中央之程ニツイトヲシテ、マヘニ腹白ヲ括也」。
一二　後紐が付いている。
一三　底本「差」。「着」が正か。
一四　三枚着重ねた着物は二枚は袴の中に着込め、一枚は外に出して下げて、直衣と重ねる。
一五　練絹(ねりぎぬ)。練ってやわらかくした絹。
一六　生絹(すずし)。練っていない絹。ごわごわした感じで、主として夏の衣料用。

第九五条　袴の着し方を述べる。前条に続き袴に関連した話題。世俗浅深秘抄上75は本条に依拠。
一七　特別の作法があるわけではない。

仰せて云はく、「着袴《ちゃくと》は別[17]の儀なし。一度に両足を指し入るるなり。袴を取り寄せて穴[18]をあけて、括[19]《くくり》もと押しくたして足を指し入るるなり」と。

（九六）

仰せて云はく、「東洞院西、六角南の一[20]丁は、六[21]角斎宮の御坐《おはしま》しし所なり。件の家は伊与守国明[22]《くにあきら》朝臣の家なり。故[23]殿も暫く御坐《おはしま》しき。また、堀[24]川院中宮、御悩の間も、渡らしめ給ひき」と。

（九七）

仰せて云はく、「東[25]三条は、車に乗りて出で入る、若[26]き間はしからざるなり。また、新[27]関白殿の西[28]面《おもて》に御坐《おはしま》すは、しかるべからざるなり。東面に御坐すべきなり」と。

一八 足を通すために大きく裾を広げて穴状にして。
一九 底本「括モトヲシクタシテ」。括り紐のところを押し広げて、紐がゆるんだ状態にして。「押し」の歴史的仮名遣は「おし」。「くたす」は、その機能を役に立たなくする意。

第九六条　六角斎宮邸に関する話題。
二〇 一町(平安京では四十丈四方)。
二一 白河天皇の皇女善子内親王。寛治元年(一〇八七)斎宮卜定。嘉承二年(一一〇七)堀河院崩御により退下。
二二 源国明。藤原師基の男。源俊明の養子。白河院の近臣。国明の邸宅は一時白河上皇の御所になったことがある。
二三 忠実の祖父、師実。
二四 後三条天皇の皇女篤子内親王。堀河天皇中宮。数多くの歌会・歌合を催した。

第九七条　新関白基実の行動の可否を述べる。富家語93と関連する話題。
二五 →90注五。
二六 若いうちは車に乗ったまま出入りしない。
二七 藤原基実。忠通の一男。前年八月十一日に関白。尊卑分脈・基実の項「不ㇾ歴二中納言一自二二位中将一任二大臣一補二関白一例」。本条談話時(平治元年)には十七歳。
二八 西面(西側の部屋)におられるのはよくない。

（九八）

仰せて云はく、「和琴《わごん》[一]は和国《やまとのくに》[二]の物なり。天照大神[三]の天の岩戸《いはと》に籠らしめ給ひける時、神楽《かぐら》を石戸《いはと》の前にてするに、石戸を押し開き御《おは》すに、光のあかくて出で来たるより、ある人々のあかくて[四]、それより「面白し」と云ふ事は出で来たるなりと云々。しかれば、和琴は袋[五]にも頭《かしら》[六]に押す錦にも、唐《から》の錦は用ゐざるなり。唐のも両面[七]と云ふ物などをば用ゐる。案内を知らざる人の唐の錦[八]を用ゐたる、甚だ見苦しき事なり」と。

（九九）

仰せて云はく、「九条殿[九]は、例[一〇]の人の様にふるまはせ給ひけるなり。賀茂祭[一一]の使の出で立つ[一二]所に渡らしめ給ひけるに、御車に蛇の入りたりけるをば、御笠袋[一三]に入れて、祓《はらへ》[一四]を負《お》ほせむとて遣《や》りけるを、道にて蛇逃げにけり。これをもつて案ずるに、かくのごとき怪しき物は、祓を

第九八条　和琴をめぐる話題。「面白し」の語源説話は古語拾遺・神代を初見として、壒嚢鈔五・46（塵添壒嚢鈔八・4）、渓嵐拾葉集六、同書四九その他に喧伝。和琴に押す錦の話題は富家語75にもみえる。世俗浅深秘抄上76は本条に依拠。

一 →75注九。　二 やまとのくに。日本。　三 以下は「面白し」の語源説話。壒嚢鈔五・46「一千ノ神達ヲ集テ音ヲ引、拍子ヲ調テ神歌ヲ唱給ヘバ、天照太神是ニメデサセ給テ、御手ヲ以テ岩戸ヲ細目ニ少シ開テ御顔ヲ差出サセ給ヘバ、世界忽ニ明ニ成キ。サレバ古語ニハ、此時闇晴レテ諸ノ面白ク見シヨリ、面白シト云詞ハ初ルト云リ」。　四 明るく。　五 琴を収納する袋。　六 （琴の）頭に張りつける錦。→75注一〇。　七 表と裏とに模様を織り出したもの。　八 底本「唐紙」を訂。世俗浅深秘抄上76「又頭ヲ押モ不レ用ニ唐錦一、只如ニ両面一ヲ用也。雖レ有ニ此説一、強用ニ唐錦一、有ニ何事一乎」。

第九九条　師輔の豪胆の逸話から祓えの話題に及ぶ。

九 藤原師輔。　一〇 （最高の貴人としてではなく）普通の人のように。　一一 毎年四月中酉日に行われる賀茂神社の祭。葵祭。勅使が立つ。　一二 出立（いでたち）。勅使出発の儀式）が行われる場所。　一三 笠（傘）を入れる袋。　一四 祓を負わせて。底本「オ丶セム」とあるが、仮名遣いは「おほせむ」が正。後文には「オホセテ」とある。「おほす」は、負わせる、受けさせる意。　一五 柱や扉・簾等に付着して菌糸を伸ばす菌類の一種か。不吉なものとされた。明月記・正治二年（一二〇〇）十月十八日条「此宅ニ銀の花といふ物一日比開。依ニ其事一有ニ物忌一。又今日有ニ此事一。所ニ驚恐一也。惣近日怪異多」。同書・建永元年（一二〇六）六月一七日条「今日蓬屋東向妻戸簾冒額絹銀花開。最驚怪。但取ニ件簾一焼了」。壬生家文書・鳥（古事類苑・神祇九所引）「是鴨御祖社司言上、去十一月八日酉時、西宝殿御戸両方扉幷柱等銀花開事也」。壬生家文書の例によりつつ「銀の飾り花が開いた」と解する説があるが、明月記の用例から見て金具類ではあり得ない。　一六 明月記（→注一五）では焼き捨てている。

負ほすべき事なめり。よりて、銀[一五]花など云ふ物にも、祓を負ほせて棄[一六]つるなり」てへり。

（一〇〇）

仰せて云はく、「糸毛車《いとげのくるま》[一七]には、尻[一八]に衣《きぬ》を出ださず。これ、説なり。しかるに、故二[一九]位大納言 経実《つねざね》、女御代《にようごだい》[二〇]の糸毛に衣を出ださる。これ、案[二一]内を知らざる故なり。しかるに、新[二二]大納言 経宗《つねむね》の女子、今[二三]度女御代に召して渡さるるに、先[二四]□となすといへど、已《すで》[二五]に吉例なり。当今《たうぎん》[二六]を生み奉れり。尤も相ひ計らるべき事なり」と。

（一〇一）

或る人申して云はく、「大嘗会《だいじやうゑ》[二七]の御禊《ごけい》に、院[二八]の御桟敷 閑院 に、殿上の座の幄《あく》[二九]幷びに柱松《はしらまつ》[三〇]を立てらる。康[三一]治・久寿にしからざるは如何」と。

仰せて云はく、「白[三二]河院の御時の御見物 堀河院・鳥羽院 には、柱松幷びに殿上人の座の幄、慥《たし》かにありと覚[三三]悟せしめ給ふ」と。

第一〇〇条　糸毛車と出衣をめぐる話題。大嘗会の御禊（十月二十一日）に関連した話題である。世俗浅深秘抄上77は本条に依拠。　一七 車の箱を色染めの糸で飾った牛車。主に女性用。　一八 後には出衣をしない。牛車の後部座席は下座である。　一九 藤原経実。師実の三男。大炊御門家の祖。　二〇 経実の女懿子は保安四年（一一二三）十月十五日、大嘗会の御禊の女御代を勤めた。大嘗会御禊事・崇徳「女御代、右大臣養子〈実大納言経実卿女〉」。　二一 ここでは先例・故実の意。　二二 藤原経宗。経実の四男。母は藤原公実の女公子。保元三年（一一五八）二月任権大納言。東宮権大夫を兼ねたが八月十一日二条天皇の践祚に伴い解任。その縁で女御代を出したか。女御代になったのは経子。大嘗会御禊事・二条「女御代、内大臣猶子〈実大納言経宗卿女〉」。　二三 平治元年（一一五九）十月二十一日の大嘗会御禊をさす。　二四 底本「先」の下、一字分の空白がある。欠字とすれば「例」が想定される。　二五（筋からいえば故実に反したことであったが、結果としては）すでに吉例である。　二六 経実女懿子は後白河天皇女御となり、康治二年（一一四三）六月十七日に第一皇子守仁親王（当今。二条天皇）を産み、同月二十四日に薨（台記）。

第一〇一条　院の御桟敷について述べる。前条に続き大嘗会の御禊に関連した話題。　二七 平治元年（一一五九）十月二十一日大嘗会御禊（大嘗会御禊事・二条）。　二八 後白河院が見物するための桟敷。助無智秘抄・大嘗会御禊日「オリ居ノ御門ハ二条大宮ニ御桟敷ツクリテ御覧ズベシ」。但し閑院第は北は二条大路に面するが、大宮大路との間に堀河院があり、二条大宮の辻には接していない。　二九 柱を立て屋根と周囲とを幕で張った臨時の仮屋。　三〇 下部を地中に埋め、立てて燃やす大きな松明。　三一 康治元年（一一四二）十月二十六日・久寿二年（一一五五）十月二十九日の近衛天皇・後白河天皇の大嘗会御禊をさす（大嘗会御禊事）。　三二 白河院が見物した堀河天皇の大嘗会御禊は寛治元年（一〇八七）十月二十二日（忠実十歳）、鳥羽天皇のそれは天仁元年（一一〇八）十月二十一日（忠実三十一歳）（大嘗会御禊事）。女御代は堀河に

（一〇二）

或る人申して云はく、「[一]宰相俊憲《としのり》卿、[二]同日、[三]面《おもて》は薄物《うすもの》か縠《こめ》か透きたるに、[四]白張《しらば》りて瑩《みが》きたる[五]中倍《なかへ》に、[六]例の濃き打ちたる単《ひとえ》を付けたる下襲《したがさね》を着《ちゃく》せしむは如何」と。

仰せて云はく、「いまだ聞き及ばず。但し、[七]旧《ふるく》こそ[八]青《あを》じといふ物あれ。それは多くは女房など着用せる物なり。件の事などを見及びて着せしむるか」と。

（一〇三）

仰せて云はく、「[九]御堂入道殿、[一〇]内弁《ないべん》を勤仕《ごんし》せしめ給ふとては、[一一]柿ひたしを聞こしめしけり。これ、[一二]舎人《とねり》を召すに[一三]御音《こゑ》を出ださむがためなり」。

（一〇四）

は師実の女子(中右記)、鳥羽には忠実の女泰子が勤めた(殿暦)。三 (忠実が)記憶している。筆録者の敬意をこめた表現。

第一〇二条　俊憲の衣装について論じる。前条と同様、大嘗会の御禊に関連した話題。世俗浅深秘抄上78は本条に依拠。

一 参議藤原俊憲。信憲(信西)の一男。二 大嘗会御禊の当日。↓101注二七。三 薄物か縠か透き通った表地に。薄物は、薄く織った織物。絽、紗の類。縠は、縠紗(こくしゃ)ともいい、ところどころに緯糸を浮かした紗。四 張った上を(貝などで)擦って光沢を出した白い中倍。世俗浅深秘抄上78「古目(めこ)ニテ瑩タル中倍ヲ入テ、裏ハ尋常ニテ」。五 中重。表地と裏地の間に中に挟み込む布。六 普通に用いる、砧で打って光沢を出した濃い紫色の単(ひとえ)、を裏地として付けた下襲。七 名義抄・字類抄「旧 フルシ」。八 襖子。表が布の袷の衣服。綿を入れたものもあり、後世の布子に相当。冬の衣服である。

第一〇三条　道長は内弁勤仕の時、発声のため柿ひたしを飲んだ話。江次第鈔一・元日宴会の一部は本条に依拠。

九 藤原道長。一〇 ↓160注一。一一 干柿を細かく刻んで酒に浸した飲み物。一二 節会では、内弁は長く声を引いて舎人を召す。↓143注二。一三 声がよく出るようにするためである。富家語・一四三には声の出をよくするために「塩を含む」法が見える。

第一〇四条　後三条院の即位式をめぐる話題。前条と同じく内弁に関係する。

一四 太政官庁。即位式は大極殿で行うのが本来だが、後三条天皇の即位式は太政官庁で行われた。本朝世紀・治暦四年(一〇六八)七月二十一日条「廿一日辛卯。晴。天皇於㆓太政官庁㆒有㆓御即位事㆒。御出之□少納言実宗俄所労。仍右少将道時鈴奏。右大臣為㆓内弁㆒」。一五 忠実の祖父、師実。後三条天皇即位の時、内弁を勤めた。一六 ↓160注一。一七 幄

仰せて云はく、「後三条院は官庁[一四]に於いて御即位ありしなり。故殿[一五]の内弁《ないべん》[一六]を勤めしめ給ふに、幄《あく》[一七]の後を経て着せしめ給ふ」と云々。

（一〇五）

仰せて云はく、「世尊寺[一八]は一条摂政[一九]の家なり 九条殿の一男。件の人、見目[二〇]いみじく吉く御坐《おはしま》しけり。細殿[二一]の局《つぼね》に夜行《やぎやう》して、朝ぼらけに出で給ふとて、冠を押入れて出で給ひける、まことに吉く御坐《おはしま》しけり。随身[二二]切り音《こゑ》に先追はせて帰らしめ給ふ、めでたかりけり。

件の家の南庭[二三]に墓のありけるを崩されたりければ、丈《たけ》[二四]八尺なる尼公《あまぎみ》の色々[二五]の衣《きぬ》着したるを掘り出だしたりけるを、人々見驚きけるほどに、風[二六]に随ひて散り失せにけり。その後、摂政も衰へたち、家も褪《あ》せにけりとぞ。

件の世尊寺の南の辺に妙法蓮華寺[二七]といふ所あり。慶円座主《きやうゑんざす》[二八]の房なり。後一条院[二九]、親王の時に、発心地《おこりごこち》[三〇]を煩はしめ給ひければ、御堂[三一]具し奉りて件の房へ渡らしめ給ふに、件の日御平癒。賞を行はるべき由《よし》仰せあ

（→101注二九）の後を通って。北山抄五・即位事「内弁大臣〈着二礼服一〉取二副下名於笏一、入レ自レ昭訓門一、着二幄下兀子一」。後三条天皇の即位は官庁で行われたため、昭訓門（大極殿東面の門）の代わりに幄の後から入場したか。

第一〇五条　世尊寺をめぐる話題。第一段は続古事談二・6に同話、第二段は宇治拾遺物語84に同話がある。

一八 一条北、大宮西。もとは藤原伊尹の桃園第。長徳元年（九九五）伊尹の孫の行成が寺院とし、長保三年（一〇〇一）定額寺となった。一九 藤原伊尹。師輔の一男。摂政・太政大臣。二〇 伊尹が美男であったことは大鏡三・伊尹伝にも見え、宇治拾遺物語51には「御かたちよりはじめ、心もちひなど、めでたく、ざえ・ありさま、まことしくおはしまし、また色めかしく、女をもおほく御覧じ興ぜさせ給ける」と伝える。二一 細殿を区切ってしつらえられた女房の局。続古事談「弘徽殿ノホソドノ、ツボ」。伊尹の「色めかし」い一面を示す逸話。二二 きりごゑ。切声。一声ずつ区切るようにはっきりいう、改まった感じの発声。二三 宇治拾遺物語84「坤（ひつじさる）の角（すみ）に塚のありける。築地をつきいだして、そのすみはしたうづがたにぞ有ける」。坤（西南）は裏鬼門。二四 八尺は約二・四メートル。巨大な身長である。宇治拾遺物語84は大きさには言及していない。二五 柳・桜・山吹・紅梅・萌黄など様々な色目を襲（かさ）ねた衣。二六 宇治拾遺物語84「乾（いぬゐ）の方より風吹ければ、色〳〵なる塵になん成て失にけり」。二七 一条付近、即ち世尊寺の近くにあった寺。慶円の私房か。権記・寛弘五年（一〇〇八）九月二十五日条「此夕女人有二悩気一。疑在二産事一。仍初夜間許、為（迎カ）レ向二慶円僧都一赴二妙法蓮華寺一。而聞レ候レ内之由一、到二一条路辺一、令三左近府生重隣取二案内一」。二八 延暦寺の僧。喜慶の弟子。天台座主。二九 後一条天皇がまだ親王であった時。同帝は寛弘五年（一〇〇八）誕生、長和五年（一〇一六）践祚。即ち、同帝の幼少の頃。三〇 →191注七。三一 藤原道長。後一条天皇の母中宮彰子は道長女。

りといへども、座主平に辞退す。仍《よ》りて阿闍梨[一]を寄せらる」と云々。

（一〇六）

仰せて云はく、「后宮《きさいのみや》は必ず色々[二]の衣《きぬ》を着し給ふなり」と。

（一〇七）

仰せて云はく、「非常の赦[三]は人[四]のために極めたる悦び事なれば、九[五]条殿の御流は、詔書[六]の草《さう》を奏して後、いまだ清書[七]を奏せざる以前に、[八]その由《よし》を召し仰すなり」と。

（一〇八）

仰せて云はく、「賀茂[九]の臨時祭に参入せる公卿は、退出して帰立《かへりだち》[一〇]の御神楽《みかぐら》に装束を改めて参る事は、見苦しき事なり。使《つかひ》[一一]・舞人《まひびと》の帰楽《かへりがく》をば相ひ待ちて、人々遊びて宮[一二]の御方などに祗候《しこう》して、剋限[一三]に参集すべき事なり」と。

一 阿闍梨位を寄進した。なお慶円自身の任阿闍梨は後一条天皇誕生以前の永祚元年（九八九）。座主尋禅の奏による（僧綱補任）。

第一〇六条　后宮の衣装について。前条第二段の「色々の衣」から派生した話題であろう。

二 →105注二五。前条で怪異を示した尼公の衣装が高貴のそれであることを意味する発言。

第一〇七条　非常の赦は早急に告知すべきこと。古事談二・46は本条に依拠。

三 赦の一。宮廷の慶事・凶事や天変地異など特別の折に行われ、除外例を認めず全ての罪を免すもの。

四 赦を受ける人にとっては非常な慶事であるから。

五 九条流。九条殿（藤原師輔）を祖とする有職故実の流派。

六 「非常の赦」を布告する詔書の草案。

七 清書した詔書を奏覧するより前に。

八 （赦の対象者に）赦が行われる旨を伝えるのだ。中右記・保延元年（一一三〇）六月二十八日条「予仰云、公家依レ可二御慎一被レ行二非常赦一、詔書施行以前可レ給二囚人等一。…草奏之後、免給二囚人等一、是家之習也。度々奉二行此事一、毎度如レ此」。

第一〇八条　賀茂臨時祭（十一月）に参入した公卿が還立の神楽を待つ間の心得。

九 毎年十一月下酉日に行われる賀茂神社の祭。

一〇 還立（かえりだち）。夜になってから勅使や舞人が宮中に帰参し、再び神楽を奏すること。賀茂臨時祭の還立の神楽は清涼殿の東庭で行われ、王卿は服装を改めないのが例（西宮記六・賀茂臨時祭）（江家次第十・賀茂臨時祭）（枕草子一三五段）。

一一 社頭に参じた勅使と舞人が戻って来て還立の神楽を始めるのを待って。

一二 皇后・中宮の御前。

一三 賀茂臨時祭の還立は深夜、亥・子刻ごろに行われるのが普通。

（一〇九）

仰せて云はく、「臨[一四]時の除目《ちもく》は、陣[一五]に於いて行はるるなり。公卿の昇進の時はなほ御前にて行はると云々。但し、公卿の昇進なしといへども、御前に於いて行はるる事もあり」と。

永[一六]暦元年

（一一〇）

仰せて云はく、「冷[一七]泉院は紫[一八]宸殿に於いて御即位ありしなり。これ、神妙《しんべう》[一九]の儀なり。主[二〇]上尋常に御坐《おはしま》さざれば、大[二一]極殿に於いてこの事を行はれなば定めて見苦しからむか。仍《よ》りて小[二二]野宮殿沙汰せしめ給ふ。高《かう》[二三]名《みやう》の事なり」と。

第一〇九条　臨時除目を行う場所について語る。世俗浅深秘抄上79は本条に依拠。平治の乱(十二月)に関連する言談か。

一四 定期の春秋の除目以外に行われる除目。平治元年(一一五九)十二月九日平治の乱が勃発。一時政権を掌握した藤原信頼は十四日臨時除目を行った(平治物語上)。それに関係する話題か。忠実らの関心のあり方が注目される。

一五 陣の座。江家次第四・臨時除目「臨時除目、於レ陣清書之儀也」。除目抄「臨時除目、於二御前一被レ行。外記不レ進二続紙御硯等一〈殿上沙汰也〉。上卿給レ之後、於レ陣清書之時、硯紙進レ之」。

一六 一一六〇年。正月十日改元。忠実八十三歳。

第一一〇条　冷泉院の即位をめぐる話題。古事談一・14は本条に依拠。

一七 冷泉天皇の即位は康保四年(九六七)十月十一日。日本紀略・同日条「天皇於二紫宸殿一即位。依二不予一不レ御二大極殿一」。

一八 底本「紫震殿」を訂。

一九 称賛に値すること。

二〇 冷泉天皇は(心身が)普通ではなかったから。

二一 大内裏朝堂院の正殿。

二二 藤原実頼。当時関白太政大臣。

二三 名高いこと。称賛の気持を込めた表現。

第一一一条　平安京の邸第の地相について語る。

一 平安京の家の地相は。北を大路にして南に池があるのがよい。

二 西を晴れとして。西側の門を正門とし、玄関等に相当する部分も西に設けることをいう。

三 夏は南風が多く、南側の大路から塵埃が吹き込むことを

（一一一）

仰せて云はく、「京家[一]の地相は、北を大路にて南に池あるなり。西[二]を晴に造るなり。また南に大路ある家は夏塵《ちり》[三]の入ると云々。東三条[四]・閑院[五]・堀川院[六]・花山院[七]は北地[八]なり」と。

（一一二）

仰せて云はく、「対代《たいしろ》[九]というは、片廂《かたひさし》[一〇]なき対をいうなり」と。

（一一三）

仰せて云はく、「八月には御馬馳《うまはせ》[一一]とて、右近[一二]の馬場にて、近衛司[一三]着して、御馬[一四]を引きて、共に馳せらる。競馬《くらべうま》なり。近衛舎人等、褐《かち》[一五]の衣に水干袴《すいかんばかま》[一六]を着する事なり」と。

（一一四）

いう。
四 二条南、町西。南北二町。→90注五。
五 二条南、西洞院西。一町。→101注二八。
六 二条南、堀川東。南北二町。
七 近衛南、東洞院東。一町。→194注二〇。
八 底本「北地」。「北路」が正か。上記の四邸はいずれも大路を北にしているから、本条に説く地相に叶っている。

第一一二条　対代について語る。邸第に関係する話題で、前条と関連する。九 この語は通常、対屋の代用の建物（渡殿など）の意に解されているが、本条の所説によれば、ある条件（南と北の廂）を備えていない対屋というべきである。東三条邸の寝殿の西側の建物（母屋と北廂のみで南廂がない。従って西対とは呼ばれなかった）のごときが、ここにいう対代の実例であるようだ。一〇 片方にしか廂のない対屋。なお、江家次第二・叙位・摂政時儀「上官等懸二東垣一作二片庇一、以二檜竿一為レ骨、葺レ苫如レ常」の例は明らかに「さしかけ屋根」の意だが、ここでは当たらない。

第一一三条　馬馳の行事と舎人の装束について語る。一一 近衛府や馬寮の官人が馬を走らせる行事。四、五月頃または駒牽（八月）の頃に行った。西宮記九「一、御馬馳事〈近衛府馬寮等、着二馬場一、其日発二歌笛一〉。四五月之比有二此事一〈駒牽比亦有二此事一〉、初度走馬、徒丼島馬、次々競馬〈官人已下騎レ之〉、事訖候奏、馬寮允付二蔵人一奏進〈此日乗尻等見参、次将加レ封令二加置一〉」。一二 →42注一九。一三 近衛府の官人たちが着座して。一四 馬寮の馬。一五 褐（かちん・かち）色の衣。濃紺色の衣。一六 →36注一一。

第一一四条　罪人の首渡しを見なかった話。発話の契機は賊日向通良の首級入京（五月十五日）か。古事談二・13は本条に依拠。一七 誅殺された源義親の首が都大路を引き回された日。天仁元年（一一〇八）正月二十九日（殿暦）（中右記）。一八 藤原師実。一九 安倍貞任。前九年の役で敗死。その首が渡されたのは康平六年（一〇六三）二月二十九日（朝野群載）（扶桑略記）。この年、頼通七十二歳、師実二十二歳。二〇 師実の父、頼通。二一 明文抄一「君子不レ近二刑

仰せて云はく、「義親《よしちか》[一七]の首を渡さるる日、故殿[一八]に、「人々多く見物するに、見るべき」由《よし》、申ししところ、故殿の仰せて云はく、「貞任《さだとう》[一九]の首を渡されし日、この旨を宇治殿[二〇]に申ししところ、仰せて云はく、『死人[二一]の首を見るあたはず』てへり。仍《よ》りて御覧[二二]ぜず」と。また、我[二三]も見ざりき」と。義親[二四]の事、僻事《ひがごと》なり。分明《ふんみやう》ならず。

（一一五）

仰せて云はく、「市《いち》[二五]の政《まつりごと》は、我も一度見き。近[二六]き二条殿の仰せて云はく、「我も一度見物しき」と仰せありて、勧め申さしめ給ひし故なり」と。市の政二年[二七]院の御見物の次《ついで》なり。

（一一六）

仰せて云はく、「御簾《みす》并びに伊与簾《いよす》[二八]を人の出入りする事は、褰《かか》[二九]げてすべきなり。そば[三〇]を引き上ぐるはしかるべからざる事なり。相撲節《すまひのせち》[三一]の日、右[三二]大将障《さは》りの間、宰[三三]相中将国信《くにのぶ》[三四]奏を取りて、御簾のそばを引き上

人一、近二刑人一則軽レ死之道也」（春秋公羊伝・襄公二十九年条）、「刑人不レ在二君側一」（礼記・曲礼）のごとき思想。

二二 主格は師実。 二三 忠実をさす。 二四 師実は義親が討たれるより七年前の康和三年（一一〇一）薨。義親の首をめぐる師実・忠実間の会話はあり得ない。それに気づいた注記か。なお、義親の首の入京より十四年前（忠実十七歳）の寛治八年（一〇九四）三月、源義綱（義家の弟）が出羽の賊平師妙・師季の首を持って入京。また、寛治六年（一〇九二）十一月には仲宗が犯人を捕らえて入京。見物した忠実は「故宇治殿御時、関白殿所レ不レ見也」と師実に叱られ、師通にも非難されている（後二条師通記）。

第一一五条　市政を見た話。罪人見物に関連して前条から連想された話題か。 二五 着鈦の政（ちゃくだのまつりごと）に同じ。毎年五月・十二月に検非違使が東西の市（後には東市のみ）で徒罪の未決囚に刑具である鈦をつけて服役させる儀式（西宮記二一・於市行事）。 二六 後二条殿に同じ。藤原師通。忠実の父。 二七 「二年」が何を意味するか未詳。

第一一六条　垂らした簾の通り方。相撲節（七月）に関連する話題。世俗浅深秘抄上80は本条に依拠。 二八 伊予国に産する篠竹で編んだ簾。 二九 （上に）巻き上げて。まくり上げて。 三〇 端を（横に）引き開けるのは。

三一 相撲節は保元三年（一一五八）に復活したが再び中断、承安四年（一一七四）に行われた後、永く断絶した。本条談話時は中断の時期に当たる。殿暦・康和二年（一一〇〇）七月二十七日条に国信が召合の奏を取り次いだ旨が見える。但し本条のごとき行為は記さず。 三二 国信が宰相中将の期間に右大将であったのは源雅実。忠実の室師子の同母兄。 三三 源国信。顕房の男。国信が参議（宰相）と左中将を兼ねたのは永長二年（一〇九七）正月から康和四年（一一〇二）正月まで（公卿補任）。 三四 相撲の召合の日の朝、右大将は手番（がてつい）を定めて奏上する。江家次第八・相撲召合「早朝大将於二宿所一定二手番一、右近進二擬近奏一〈近例左大将不二必参内一、年預次将為二蔵人一者、便奏レ之。若无者付二蔵人一申二本府白木杖一書二聞字一返給〉」。

げて奏を献ぜられしかば、人々咲《わら》ひき。御簾をば褰げてこそさし入れ」と云々。

（一一七）

仰せて云はく、「[一]京極殿の土[二]御門面《おもて》は通[三]らしめ給はず」と。

（一一八）

仰せて云はく、「[四]獄門の[五]近衛面《おもて》をば通らず。西洞院面は通らしめ給ふなり。但し、[六]させる大殿の仰せぞとは聞こしめさずといへども、もとより通らしめず習ひ給へるなり」と。[七]殿下通り給へる由《よし》、[八]以長《もちなが》不審を申すと云々。

（一一九）

[九]或いは云はく、「[一〇]賀茂行幸 [一一]九月廿七日 に、[一二]右府公能《きんよし》、[一三]下《しも》の御社《やしろ》において西の鳥居より入りて[一四]私に奉幣し、[一五]上の社にも同じく奉幣す」と云々。

第一一七条　京極殿の北面は通行しないこと。
一 土御門南、京極西の二町を占めた邸第。土御門殿、京極土御門殿とも。　二 土御門大路側。即ち京極殿の北側。　三 (忠実は)通行しない。

第一一八条　前条と同じく通行の禁忌に関する話題。
四 左獄。近衛南、西洞院西。　五 左獄の近衛大路側(北側)は通らないが、西洞院大路側(東側)は通る。　六 大殿(師実)の確かな仰せとしては聞いていないが、もともと通らないのが習慣になっているのだ。　七 殿下は摂政関白に対する敬称。永暦元年(一一六〇)には基実が関白。　八 橘以長。宇治拾遺物語72、99には、以長が先例と理屈で藤原頼長をやり込めた話がある。いかにも「不審」を申しそうな人物。なお、中外抄柳原本の奥書には「以右京権大夫以長本書写了」云々とあり、中外抄を所持していたことがわかる。

第一一九条　賀茂行幸に私奉幣は不可の旨を説く。八月二十七日の同社行幸に関連した言談。世俗浅深秘抄上81は本条に依拠。
九 底本「或云」。本書では他に例のない表現。他条では「或人申云」とあるのが普通。ある情報として言うには、の意か。　一〇 山槐記・永暦元年(一一六〇)八月二十七日条「天陰。今日賀茂行幸也。予勤仕舞人」。　一一 「八月」の誤写か。↓注一〇。　一二 藤原公能。この年八月十一日に任右大臣。　一三 下鴨神社。　一四 私人として行う奉幣。行幸の当日に行うのは非常識。但し、公能の私奉幣の事実を証する史料は未見。　一五 上賀茂神社。　一六 ↓100注二一。　一七 上卿も同様である(私奉幣をしてはならない)。なお、この時の上卿は按察大納言藤原重通(山槐記)。

第一二〇条　明堂図をめぐる話題。古事談六・64は本条に依拠。続古事談一・6にも明堂図の話がある。
一八 施薬院は、病者に薬を施し治療する施設。唐橋(九条坊門)南、町尻西にあり、施薬院使(長官)には代々丹波氏が任じられた。　一九 施薬院そのものが九条坊門にあった。　二〇 鍼灸のつぼを図示した人体図。一巻。欽明天皇の時、

仰せて云はく、「[一六]案内を知らざるか。かくのごときの時、私の奉幣は極めて見苦しき事なり。[一七]上卿《しやうけい》も同じ事なり」と。

（一二〇）

仰せて云はく、「[一八]施《せ》薬院《やくゐん》領に[一九]九条なる所に[二〇]明堂図《みやうだうづ》あり。[二一]故殿は御覧じけり。「[二二]我も見候はむ」と申さしめしところ、[二三]雅忠《まさただ》朝臣の云はく、「[二四]件の体《てい》を見る人は必ず目を病む」由《よし》申す。仍《よ》りて見ざりしなり」と。

（一二一）

仰せて云はく、「[二五]前斎宮・斎院の人の妻《め》になり給ふは、先例は子息なし。[二六]藤壺中宮も皇子なし」と。

（一二二）

仰せて云はく、「[二七]鳳輦には殊なる行幸に乗り御《おは》すなり。[二八]春日《かすが》の行幸に必ずしも乗り御《おは》さざるなり」と。

呉人知聡が内外典、薬書等百六十四巻とともに招来したという(新撰姓氏録・左京諸蕃下)。二一 藤原師実。二二 (忠実が)自分も見たいと申し上げたところ。二三 丹波雅忠。典薬頭。施薬使。著名な医師。なお雅忠は寛治二年(一〇八八)忠実十一歳の時に卒しているから(中右記)、本条は忠実の幼時の思い出である。二四 明堂図を神秘化している点に注意。なお続古事談は、雅忠の孫の雅康のとき典薬寮が荒廃して明堂図が万人の目に触れたと語る。

第一二一条　前斎宮・斎院には子息が生まれないこと。斎宮寮除目(九月二日)、斎宮群行(同八日)等に触発された話題か。なお、古事談一・55の末尾は本条に依拠か。

二五 もと斎宮や斎院であった女性が結婚した場合、先例では子息が生まれない。斎宮は伊勢神宮に、斎院は賀茂神社に奉仕する未婚の内親王または女王。二六 後三条天皇皇女、篤子内親王。延久五年(一〇七三)三月斎院に卜定、同年五月父上皇の崩御により退下。寛治七年(一〇九三)堀河天皇の中宮となったが皇子には恵まれなかった。中右記・長治元年(一一〇四)四月十一日条(この日、新造の堀河院に渡徙)に「亥刻寄二御輿〈葱花〉藤壺西細殿前一」とあるのは、中宮が藤壺を居所としていたからだろう。

第一二二条　鳳輦に乗る行幸について。

二七 底本「鳳」の下一字空白。「輦」を補う。屋根の上に金色の鳳凰をつけた輿。即位・大嘗会など、晴れの儀式の行幸に天皇が乗る。二八 春日神社への行幸。先例は、治安元年(一〇二一)十月十四日には鳳輿。小右記・同日条「次寄二御輿一〈鳳輿。失二前例一。須レ供二葱花一。行事大納言不レ仰歟、亦不レ知二前例一□(歟)〉」。実資は葱花輿たるべしと力説するが、天永二年(一一一一)二月十一日行幸は殿暦に「御輿〈鳳輦〉」。保元三年(一一五八)二月二十八日の行幸は兵範記に「御輿」とあって種類を記さない。

（一二三）

仰せて云はく、「立ちながら書を開きて見るには、懸紙《かけがみ》[一]をば二つに押し折りて左手に挿むなり。賭弓《のりゆみ》[二]の奏の時、かくのごとし」と。

応保元年[三]

（一二四）

仰せて云はく、「節会《せちゑ》[四]の外弁《げべん》[五]の上卿《しやうけい》[六]は、紫緂《むらさきだん》[七]の平緒《ひらを》を用ゐたるが吉く見ゆるなり。「夕方[八]遠くて見るに、白み[九]あざやかに見ゆるなり」と[一〇]大殿の仰せありき」と。

（一二五）

仰せて云はく、「上東門院[一一]より四条宮[一二]に童女[一三]故宇治殿の法印[一四]の御母を渡し奉らるるに、衵《あこめ》[一五]の表《うへ》に汗衫《かざみ》[一六]を着したり。四条宮[一七]の仰せて云はく、

第一二三条　立ったまま文書を開けてみる場合の懸紙について。

一 書状などの巻いた上を覆って包む紙。 二 賭弓（賭射。毎年正月十八日に近衛・兵衛の舎人が弓射を試みる儀式。天覧があり、賭物を出される）において、大将が射手の奏名を見る儀。江家次第三・賭射「大将給二弓官人一。挿二矢於腰一取レ奏披二見之一〈此間少将猶持二書杖一〉。挿二於書杖一〈有二懸紙裏紙等一〉。少将退取レ弓立」。

三 一一六一年。九月四日改元。忠実八十四歳。富家語に記された最後の年紀であり、忠実は翌年六月十八日に薨去した。但し、第124条以下の諸条が全て応保元年の談話であるとは思えない。第199条あたりから以後は応保二年の談話か。

第一二四条　節会の外弁の平緒について。踏歌節会（正月十六日）に関わる話題。世俗浅深秘抄上82は本条に依拠。

四 ここでは、正月十六日の踏歌節会（女踏歌）をさす。↓注八。 五 節会等の際、承明門外で儀式をつかさどった公卿。内弁の対。 六 ↓49注二七。 七 ↓8注九。 八 踏歌節会は夜に入るのが例であった。助無智秘抄・七日十六日節会「十六日ノ節会ゾカナラズ夜ニイルユヘニ、外弁ノ上首ハ、カナラズダンノヒラヲヲサストマウシナラハシタル。承明門ヨリヒキテイルガ、ダンノヒラヲ火ノヒカリニアラハレテイミジキトカヤ」。世俗浅深秘抄「就中踏歌節会時、必可レ用レ之。故伝也」。 九 「しらむ」は、白くなる。色が薄くなる。 一〇 藤原師実。

第一二五条　童女の晴れ着を語る。

一一 一条天皇中宮藤原彰子。 一二 後冷泉天皇皇后藤原寛子。 一三 右大弁平定親の女。後、藤原師実との間に永実を産んだ（僧綱補任）。 一四 永実。藤原師実の子。権大僧都。法成寺・平等院検校。号宇治法印。 一五 童女が

「ただ常の衵の袴を着して、その上に汗衫を着せしなり。帯はせず、[一八]尻をば殿上童《てんじやうわらは》[一九]の細長《ほそなが》[二〇]の尻の様に、肩に打ち懸けしなり」とぞ仰せありしなり」と。

（一二六）

仰せて云はく、「[二一]小野宮の室町[二二]面《おもて》には、古き四足門《よつあしもん》[二三]ありき。件の門は常に閉じたりき。これ、[二四]小野宮殿の御坐《おはしま》しける時、件の門に[二五]天神の常に渡御して、終夜《よもすがら》御対面ありし故《ゆゑ》なりと云々。

凡《おほよ》そ小野宮はいみじく御坐《おはしま》しける人にこそ御《おは》すめれ。「薨ぜしめ給ひける時、京中の諸人門前に来たり集りて歎き合ひて挙哀《きよあい》[二六]す」と、[二七]一条殿雅信《まさのぶ》公左大臣記に書かれたる。賢皇の崩じ給ひし時、大極殿の[二八]竜尾壇に諸国の人民参入して、挙哀すとて泣き歎く事のあるなり」てへり。

膚に近く着た衣服。　一六 底本「片衫」を訂。以下同様。童女の上着。後身の尻と前身の左右の裾を長く引くのが特色。汗衫の下には衵を着て表袴《うえのはかま》を着けるのが普通。　一七 童女の正装は例が少ないから、寛子の記憶は一種の規範としての意味を持っただろう。　一八 童女が着ていた汗衫の尻（後に長く引く裾）は。　一九 公卿の子で宮中の作法見習のため、元服前に昇殿を許されて奉仕した少年。　二〇 身幅の狭い細長い着物。殿上童は行動の便から長い裾を肩にかけるようにして着用していたか。

第一二六条　小野宮実頼の逸話を語る。古事談二・38前半は本条前半に依拠。愚管抄三・冷泉に本条後半と同話がある。中外抄下22後半は本条後半と話題が共通。　二一 大炊御門南、烏丸東にあった邸宅。もと惟喬親王の家。藤原実頼が伝領、実資に伝えられた（拾芥抄）。　二二 室町小路に面した（西）側。小野宮邸は西が正門であった。　二三 小右記・長保元年（九九九）十一月一日条「巳刻立㆓小野宮東西門㆒。西四足。賜㆓小禄於工匠等㆒」。　二四 藤原実頼。号小野宮殿。有職の小野宮流の祖。なお古事談は実資と解しているらしいが、実資では後文の一条殿雅信と時代が合わない（雅信の薨時、実資は三十七歳で生存中）。　二五 菅原道真の霊。　二六 葬式や納棺の際に哭泣する中国式の礼。わが国では御大葬の時、八省院朝集堂の前で諸臣がこの礼をとったが（儀式十）、後には行われなくなった。西宮記十二・天皇崩「挙哀事。〈有㆓遺勅㆒停㆑之。仁和天皇崩時、有㆓挙哀㆒〉」。愚管抄三・冷泉「（小野宮の薨時）門外ニアツマレル貴賤上下、挙哀ノ声ヲノズカライデキテカナシミケルコソ、天下ニナゲクベキコトキハマリニケリト人ハ中ケレ」。　二七 源雅信。号一条左大臣。但し中外抄下22では「一条摂政」（藤原伊尹）としている。忠実の記憶に揺れがあったか。　二八 八省院の北端にある壇。壇上中央に大極殿がある。

（一二七）

仰せて云はく、「小野宮殿は、[一]大炊御門面《おほひみかどおもて》[二]には、端板《はたいた》[三]を立てて穴をあけたる所ありけり。それに菓子などを置[四]かせ給ひければ、京童部《きやうわらはべ》[五]集まりて、天下[六]の事を語り申しけり。その中に名事[七]ども聞こしめしけり」と。

（一二八）

三月十五日、仰せて云はく、「大炊御門《おほひみかど》の南、万里小路《までのこうぢ》の東は、高房《たかふさ》[八]朝臣の宅《いへ》なり。件の所に於いて後三条院[九]の誕生せしめ給へるなり。[一〇]かの角《すみ》には小さき社《やしろ》あり。住吉の別宮なり」と。[一一]この次《ついで》に、故[一二]入道の中しし旨を言上《ごんじやう》す。「『入道殿[一三]の御所　堀川左府[一四]の姫君の御産[一五]の時、大北政所《おほきたのまんどころ》[一六]の仰せて云はく、『件の社には必ず御誦経《ずきやう》あるべし』と仰せありしは、様《やう》[一七]ある所か。尤も不審なり」と語[一八]りしところなり」てへり。

第一二七条　前条に続いて小野宮に関わる話題。古事談二・38は本条に依拠。

一 小野宮邸。↓126注二一。 二 大炊御門大路に面した(北)側。 三 板囲い・板塀などに用いる幅広の板。鰭板。その板を用いた板塀があった意。 四 置かせたのは藤原実頼。但し古事談は実資と解しているらしい。↓126注二二。 五 京の市中の(無頼の)若者たち。 六 世間の噂話をした。 七 名案、名説の類か。

第一二八条　高房邸の角に祀られる住吉明神と後三条院・忠通の出生をめぐる話題。

八 源高房。その邸宅は「大炊御門亭」(百錬抄・延久五年(一〇七三)五月七日条)と呼ばれ、行任から高房に伝領されたらしい。↓注九。
九 後三条天皇は長元七年(一〇三四)七月十八日高房の父行任宅で出生。日本紀略・同日条「東宮妃一品内親王産二第二皇孫(尊仁)於春宮亮源行任宅一〈後三条院是也〉」。同天皇が崩御したのも同邸であった(百錬抄)。 一〇 あの邸の隅には。
一一 この機会に。 一二 (筆録者高階仲行の)亡き父(仲範)が言っていたことを思い出して質問した。なお、仲行が父の所説を語ったことは顕昭の古今集註十七にも見える。益田勝実「富家語の研究」(西尾実先生古希記念論文集『中世文学の世界』所収)参照。 一三 忠実の室、源師子。顕房の女。忠通の母。 一四 「堀河左府」は源俊房の号。本書では顕房は「六条右府」と記されるのが普通。この注記は不審。 一五 忠通を出産した時か。 一六 師実の室、源麗子。師房の女。師通の母。 一七 なにか子細のある所でしょうか。 一八 語ったのは仲範。
一九 産婦にとりついている物怪を寄りまし(霊媒)に憑かせたところ。 二〇 住吉明神が現れて(霊媒の口を借りて)お告げになった。 二一 藤原師通。忠実の父。師通は康平五年(一〇六二)九月十一日出生(定家朝臣記)(為房卿記)。
二二 長年の不審が今日解決した。質問者(筆録者)仲行の感

仰せて云はく、「大北政所は件の所に於いて御産あり。[一九]御物気《もののけ》渡されけるに、[二〇]住吉明神の出でしめ給ひて、「恐れあるべからず。男子平産」の由《よし》を示し給けり。案のごとく、[二一]二条殿の誕生せしめ給ひし所なり」と仰せあり。

[二二]多年の不審、今日開き畢《をは》んぬ。尤も[二三]奥ある事なり。

（一二九）

仰せて云はく、「[二四]亀の卜《うら》には、[二五]春日《かすが》の南、室町の西の角《すみ》にます社《やしろ》、[二六]ふとのとの明神といふ。[二七]件の社を念じ奉る」と云々。

また、「伊豆国の大嶋の[二八]卜人《うらびと》は、皆この卜をするなり。[二九]堀河院の御時、件の嶋の[三〇]卜人三人上洛す。召して占い問はるるに、皆各々《おのおの》この事を奉仕す」てへるなり。

（一三〇）

仰せて云はく、「[三一]武則《たけのり》・[三二]公助《きんすけ》という古き随身あり。父子にてありけ

懐。三 深い謂われがあること。由緒があること。同語例は、↓28注二三。

第一二九条　亀卜の話題。屋敷神に関連して前条から連想されたか。古事談六・66は本条に依拠。

二四 亀甲を焼いて現れるひび割れの形状により吉凶を判断する占い。亀卜(きぼく)。二五 この位置は拾芥抄中・諸名所部にいう「小松殿〈大炊御門北、町東、光孝天皇誕生所云云〉」に相当する。社は小松殿(時康親王即ち光孝天皇邸)の屋敷神であろう。二六 底本「フトラト」を訂。太詔戸(ふとのと)明神。延喜式一・四時祭「十一月祭。相嘗祭神七十一座。太詔戸(フトト)社二座〈坐ニ左京二条ニ〉」。日本紀略・承平元年(九三一)六月一日条「奉レ授ニ左京座正四位太詔戸神従三位ニ」。同書・天慶三年(九四〇)七月五日条「奉レ授ニ左京従三位太詔戸神正三位ニ」。二七 宮中で卜占を行う時には、卜庭の神として太詔戸命と櫛真知命(くしまちのみこと)を招禱する。二八 占いをする人。中外抄上78にその例がみえる。「卜」と「下」は誤写されやすい。古事談「伊豆国大島下人」。二九 堀河天皇の在位は応徳三年(一〇八六)—嘉承二年(一一〇七)。三〇 古事談「件島下人」。↓注二八。

第一三〇条　下毛野公助が老父に打たれた話。発話の契機は右近馬場で行われた競馬(七月十三日)か。古事談六・67は本条に依拠。今昔十九・26、十訓抄六・23、古今著聞集八・313の類話は父の名を敦行とする。

三一 秦武則。詳伝未詳。武重、武方、武員等の父(秦氏系図)。今昔等では下毛野敦行・公助父子の話としている。下毛野氏系図には公助について「法興院殿右府生並ニ武則ニ」とあり、武則・公助はともに兼家の随身であった。二中歴・一能歴・近衛舎人にも武則は公助と並んで名が見える。古事談は武則・公助について「何ヲ父、何ヲ子トハ不ニ分明ニ。父子之間也」とする。三二 今昔では敦行の子とするが、下毛野氏系図によれば重行の子。但し、重行の子とするが、重行の父敦行の晩年の子で、重行の養子となった可能性はある。中原俊章『中世公家と地下官人』参照。↓注三一。

るに、[一]右近の馬場にて[二]騎射《うまゆみ》わろく射たりとて、子を勘当して[三]晴にて打ちけるに、逃げ去らずして打たれければ、見る人、「いかに逃げ去らで、かく打たるるぞ」と問ひければ、「年老いたる父の腹立ちて、逃げば追ひて、[四]倒れなむは極めて不便《ふびん》なれば、かくのごとく打たるるなり」と答へければ、世の人いみじく感じて、[五]世のおぼえまさりたりけり」と。

（一三一）

仰せて云はく、「[六]大殿の長谷寺詣の御共に、[七]入道殿候はしめ給ひける御共には、兵衛尉[八]惟家《これいへ》ぞ[九]ただ一人候ひける」と。

（一三二）

仰せて云はく、「[一〇]大殿の[一一]田上《たなかみ》の網代《あじろ》へ渡らせ給ひけるには、[一二]惟家《これいへ》[一三]括《くく》りの水干《すいかん》に[一四]末濃《すそご》の袴を着して、[一五]鷹据《す》えてぞ候ひける」と。

一 右近衛府の馬場。大内裏の北西、一条大路と西大宮大路が出会う地点の北側にあった。応保元年(一一六一)七月十三日に競馬が行われている。本条はそれに関連して語られたか。山槐記・同日条「所衆等招二滝口一於二右近馬場一競馬云々。…見物車馬如レ堋云々」。二 馬に乗って的を射ること。五月五日の節会に武徳殿の馬場で行われるそれが著名。三 晴の場(人々の面前)で。四 底本「倒ナハ」は「倒れなんは」の撥音不表記例とみる。今昔「倒レモコソ仕レ」。五 世評が高まった。

第一三一条 師実の長谷詣の供を惟家が勤めたこと。

六 藤原師実。忠実の祖父。史料に徴し得る師実の長谷寺詣は寛治三年(一〇八九)十月。但し忠実の同行を示す記事は未見。中右記・同年十月十三日条「摂政殿参二詣長谷寺一給。奉レ供二養四天王像一〈去十一日御出門、二日暁出洛〉。是多年之御願。講師隆禅律師。御共人源大納言〈師〉、二位中将〈経〉、三位侍従〈能〉、左馬頭道良、四位少将有家、師仲、有佐、諸大夫七八人許也、是省二略人数一也」。後二条師通記にも記事がある。七 藤原忠実。→注六。八 清和源氏。斉頼の男。左衛門尉。九 師実には同行した公卿がかなりあった(→注六)。供奉した武士に限った発言であろうか。

第一三二条 師実の遠出に惟家が供をした話。前条に連関する話題。

一〇 藤原師実。忠実の祖父。一一 近江国栗太郡田上郷、瀬田川の支流田上川(大戸川)に架設されていた網代。宇治網代とともに朝廷に氷魚を貢進していたが、永久二年(一一一四)九月十五日殺生禁断のため破却された(権記)。一二 →131注八。一三 →36注一四。一四 →36注一五。一五 鷹を肘に止まらせていた。鷹狩のいでたち。

第一三三条 勧修寺縁起として著名な藤原高藤の結婚譚。鷹狩の話題で前条につながる。今昔物語集二一

（一三三）

仰せて云はく、「鷹飼の[一六]右うやは、鷹の[一七]とまふに、[一八]羽先当てじの料なり。[一九]為実《ためざね》・[二〇]範綱《のりつな》等は[二一]鷹飼なり。これ、[二二]高藤《たかふじ》の大臣《おとど》の[二三]流なり。

件《くだん》の高藤大臣は、[二四]延喜の外祖父なり。鷹を使ひて野に出でて、日暮れて家に帰るあたはず。野辺の[二五]小さき屋に宿りして、[二六]極《こう》じて思はれけるに、[二七]家主《いへあるじ》若き[二八]女童《めのわらは》して物を参らせたりければ、大臣これを食《じき》して、件の[二九]童女の[三〇]顔のよかりければ寝給ひにけり。さて、暁出でらるるに、[三一]剣《つるぎ》を志してうち置きて、帰られ畢《をは》んぬ。

[三二]一両年を経て、また鷹飼の次《ついで》に、件の所を[三三]思い出でて、さし入りて見給ひければ、ありし剣はうち置きたりしままにて、よに美しき女子の[三四]三歳許《ばか》りなるありけり。また、ありし女童もこよなくよくなりてぞありける。

件の女子、女御に参りて延喜の聖主を誕生し奉るなり。

件の所は今の[三五]勧修寺、これなり」と。

十二・7、世継物語(小世継)52に同源とおぼしき類話、勧修寺旧記、勧修寺縁起(高藤公絵詞)、勧修寺雑事記等には類話、打聞集24にはごく簡略な類話がある。

一六 右礼で、烏帽子や帽子の先を右に曲げる意か(鷹の止まる左側を広くあけるため)。長秋記・永久元年(一一一三)正月十六日条(この日大饗。鷹飼の身なりについていう)「烏帽子、ウワ(ヤイ)ヲカク。結レ緒〈カタカキ也〉」がその実例。↓172注一四。なお風折烏帽子は、上皇は右に、臣下は左に折るのが普通。 一七 底本「トマフニ」は意味未詳。「トマルニ」が正で、鷹が鷹飼の左手に止まる時に、の意か。 一八 翼の先が当たらないようにするためだ。 一九 藤原為実。永実の男。忠実の家司。 二〇 藤原範綱。永雅の男。忠実の家司。 二一 鷹狩の名人。 二二 藤原高藤。良門の男。内大臣。 二三 鷹狩(鷹飼)の系統、流派の意か。為実・範綱は勧修寺流(高藤の子孫)ではない。 二四 醍醐天皇。同天皇の母は高藤の女胤子(宇多天皇女御)。 二五 底本「小屋」。小さな家。 二六 底本「コウシテ」。極度に困窮して。 二七 家の主人。今昔物語集等によれば、郡司宮道弥益。 二八 少女。弥益は娘(引子)に接待させたのである。 二九 前出の「女童」に同じ。 三〇 底本「カヲ」。歴史的仮名遣は「かほ」。 三一 帯剣を与え置いて。剣は将来の栄華を予祝する如意宝。島内景二『源氏物語の話型学』参照。 三二 今昔物語集「六年許」。 三三 今昔物語集等は、高藤は片時も忘れず思い続けたが会えなかったと語る。忠実の関心は高藤の心情を思いやる方向には展開しない。 三四 前文の「一両年」とやや矛盾するが、一夜の契りで生まれた子であることを示す。この女子は胤子。長じて源定省と結婚。定省が皇族に復し即位(宇多天皇)するに及んで女御となり、所生の皇子は醍醐天皇となる幸運を得た。 三五 京都市山科区勧修寺仁王堂町に現存。真言宗。毎年八月一―四日に同寺で開かれる法華八講は、当時、高藤の家門の人々(勧修寺家)の結集の場として機能していた。橋本義彦『平安貴族社会の研究』参照。

（一三四）

仰せて云はく、「除目《ぢもく》の[一]大間《おほま》に[二]夜封するには、[三]これを汁に濡らして墨を引くなり」と。

（一三五）

仰せて云はく、「[四]賀陽院《かやのゐん》の[五]石は[六]絵阿闍梨の立つるところなり。滝の辺《ほとり》なる大石は、[七]土御門右大臣殿の引かしめ給ふなり。件の石を引く間、人夫一人、[八]石に敷かれて跡形なくなりにけり。滝の南なる次の[九]大石は、[一〇]宇治殿の右大将殿の曳かるるなり。[一一]一家の人々の曳かしめ給ふなり。滝は、[一二]本の滝は[一三]放ちて落ちたり。[一四]またの滝は副ひて落つるなり」と。

（一三六）

「[一五]宇治殿、[一六]賀陽院《かやのゐん》を造作の間、御騎馬にて御覧じ廻《めぐ》りて、還御の後、[一七]御樋殿に渡らしめ給ふ間、顛倒せしめ給ひて、[一八]御心地を損《そこな》はしめ給ひ

第一三四条　除目の大間書の封の仕方。
一 大間書(おおまがき)。除目の時、欠員になっている官職名を一官一行に記し、空欄に新任者の名を記入してゆくようにした文書。長大な巻物。二 除目は多く三日間行うため、各日の夜には巻き納めて封をする。三 大間書は紙捻(こより)で結んで、その上に封印として墨を引く。その紙捻を濡らす意か。江家次第四・除目「大臣巻㆓大間㆒〈加㆓懸紙㆒、加㆑封〉。次結㆓固成文㆒、結之上引㆑墨〈引㆓結目上并成文等㆒也。竪㆓筆端㆒書㆑之。横㆓筆端㆒時不㆑快云々〉」。蟬冕翼抄・紙捻事「封㆓夜大間㆒料。二筋可㆑捻㆑之。但当座強捻㆑之条、有㆓其煩㆒、可㆓遅引㆒也」。

第一三五条　高陽院の庭石をめぐる話題。
四 高陽院。中御門南、堀河東、大炊御門北、西洞院西の二町四方を占めた藤原頼通の大邸宅。頼通が造営した庭園の美は栄花物語二十三・駒競べの行幸や小右記・治安元年(一〇二一)九月二十九日条に詳しい。長暦三年(一〇三九)に焼亡。長久元年(一〇四〇)に再度の修造が行われた。五 庭石。六 延円。藤原義懐の子。号絵阿闍梨。作庭記「延円阿闍梨は石をたつること相伝をえたる人也」。七 源師房。具平親王の男。藤原頼通の養子。但し初度の修造時(一〇二一)には若すぎるか(十四歳)。再度の修造時(一〇四〇)のことと思われる。再度の時には正二位、権大納言(三十一歳)。→注四。
八 石の下敷きになって。九 二番目に大きな石。
一〇 藤原通房。頼通の一男。号宇治大将。長久五年(一〇四四)に二十歳で薨。初度の修造(一〇二一)は通房の出生(一〇二五)以前。再度の修造時(一〇四〇)のことと思われる。再度修造の同邸には東対がなく、山・川・滝が趣を添えていた。朧谷寿『平安京の邸第』参照。一一 作庭記は公卿以下皆が頼通のために名石を探索したと語る。
一二 第一の大きな滝。高陽院の滝は南池の南の山に設けられていた。栄花物語三十六・根あはせ「山はまことの奥山とみえ、滝こぐらき中より落ち」。
一三 作庭記「はなれおちは、水落に一面にかどある石を立て、

けるに、[一九]心誉《しんよ》僧正を召して加持せしめむとて、召しに遣はしたるに、いまだ参らざる前に、女房の局《つぼね》なる小女に物託[二〇]きて、申して云はく、「さしたる事なし。ただ、[二一]きと見付け奉りて、かくのごとく御坐《おはしま》すなり。僧正の参られざる前に、かの人の[二二]護法払へば逃げ候ひ了《をは》んぬ」と云ひて、[二三]さはやかにならしめ給ひにけり。[二四]いみじき験者なり」と。

（一三七）

また、「[二五]心誉《しんよ》僧正、[二六]賀陽院《かやのゐん》にて縁より落ちて絶入せる時、[二七]弟子にて[二八]観修《くわんしゆ》の御坐《おはしま》しける、候ひ逢ひて、耳に[二九]愛染王《あいぜんわう》の小呪を満[三〇]《み》て入れられければ、[三一]さらに別の事なかりけるなり」と。

（一三八）

仰せて云はく、「[三二]故殿なども侍《さぶらひ》をば常にも召し仕はず。[三三]御出《ぎよしゆつ》ありて還御《くわんぎよ》の時、必ず御足を洗はしめ給ひき。その役には[三四]家政《いへまさ》ぞ仕《つかまつ》りし。また、[三五]御樋殿《ひどの》の御共などぞ侍を召し仕ひし」と。

上の水をよどめずして早くあつれば、はなれておつるなり」。一四 第二の滝。作庭記「つたひおちは、石のひだにしたがひておつるなり」。

第一三六条　心誉が頼通を加持した話。高陽院修造に関わる話題として前条に連関。古事談三・56は本条に依拠。宇治拾遺物語9、真言伝六・心誉伝後半に同話。

一五 藤原頼通。

一六 高陽院。↓135注四。心誉の没年（一〇二九）から考えて、初度の修造時（一〇二二）の話である。

一七 便所。一八 気分が悪くなられた。

一九 天台宗の僧。第二十世園城寺長吏。号実相房。験者として知られた。

二〇 底本「詫」は「託」の異体。名義抄によりかく訓む。

二一 ただ（私＝悪霊が）一寸見つめ申し上げたので、こんなになられたのだ。

二二 護法童子。法力のある祈禱者に駆使され、物怪などを退散させる童子姿の仏法守護神。

二三 気分がよくなられた。

二四 すばらしい験者（加持祈禱して効験をあらわす行者）。

第一三七条　観修が心誉を加持した話。前条に連関する話題。

二五 ↓136注一九。二六 高陽院。↓135注四。

二七 観修は心誉よりも二十六歳年上であり、弟子でもない。忠実の記憶違いか。

二八 天台宗の僧。園城寺長吏。験者として知られた。

二九 愛染明王の小呪（心中心呪）。三〇「満てる」は、完結させる意。小呪の全部を耳に入れたところ。

三一 特別の異常は何もなかった。全く無事であった。

第一三八条　師実が常には侍を召し使わなかった話。

三二 藤原師実。三三 外出して帰宅なさった時。

三四 藤原家政。師通の男。忠実の異母弟。

三五 便所の後始末を侍にさせた意。富家語256には侍の役目として湯殿・樋殿・御清目の三事をあげる。

（一三九）

仰せて云はく、「[一]朗詠の秘事には、[二]果ての文字を残してし果つるやうにて、果ての文字をばするなり」と。

（一四〇）

仰せて云はく、「[三]神泉の南面《おもて》には[四]小さき二階の楼ありけり。[五]小野宮殿の[六]方違《かたたが》へか[七]土忌《つちい》みかして、[八]三条大宮の辺《ほとり》に御坐《おはしま》しけるに、天晴れたりけるに、[九]藍摺りの水干袴《すいかんばかま》着したる男の[一〇]烏帽子折りたる、色白く清気《きよげ》なるが、[一一]南面に小野宮殿一人御坐《おはしま》しけるに、指し入りて参りたりければ、「あれは誰人ぞ」と仰せられければ、「[一二]この西の辺に候ふ者なり。[一三]只今他所へ[一四]まかり渡る事候へば、[一五]争《いか》でか近くに御坐《おはしま》すに案内《あない》を申さず候はむ」と申しければ、「[一六]承り畢《をは》んぬ」と御返事して後、[一七]かい消つやうに見えず。怪《あや》しく思しめすほどに、[一八]黒雲出で来りて、[一九]もつての外《ほか》に雷鳴《かみな》りて、神泉の楼を[二〇]蹴破《くゑ》りてぞありける。「[二一]神泉の竜なめり」とぞ

第一三九条　朗詠の秘訣を語る。
一 漢詩文の一節や和歌を節をつけて吟じること。儀式・饗宴・管弦の遊びなどの際に行われた。
二 最後の文字を歌い残したまま終わるようにして。

第一四〇条　神泉苑の竜が実頼に挨拶した話。続古事談二・4は本条に依拠。応保元年(一一六一)六月二十六日から神泉苑で祈雨、七月一、三、四日に大雨が降った(山槐記)。本条はその前後の言談か。
三 神泉苑。大内裏の南東、二条南、大宮西の八町を占めた朝廷の禁園。正殿は乾臨閣。涸れることのない湧泉と池水があり、旱魃の時には祈雨の修法が行われた。 四 神泉苑の南門をさすか。続古事談「二階ノ楼門アリケリ」。 五 藤原実頼。→110注二二。 六 自分の行く方向に天一神がいる場合、前夜に他所に宿り、方向を変えてから行くこと。 七 地神のいる方を犯して工事などをすることを避けること。やむを得ぬときには、いったん方違をして行った。 八 三条大宮は神泉苑の南東の隅にあたる。 九 山藍の葉で模様をすりつけた水干袴(→36注一二)。今昔物語集二十七・23には鬼がこれと同じ装束の男に変じて現れた話がある。
一〇 折り烏帽子。 一一 三条大宮辺のさる邸宅の寝殿の南面。無人の南面に怪が現れる例は、今昔物語集二十四・28など。
一二 三条大宮辺からみると神泉苑は西北にあたる。 一三 只今からよそへ参りますが。 一四 底本「八」。「へ」の誤写とみて訂。 一五 ご近所においでですのに、どうしてご挨拶申し上げずにいられましょう。 一六 承りました。お聞きしました。 一七 掻き消すように姿が見えなくなった。化現の者が姿を消す場面の常套表現。 一八 底本「只」。「思」の誤写とみて訂。 一九 とんでもなく大きな雷鳴がして。 二〇 落雷による破損をいう。水神(竜)が昇天する場合の常套表現。
二一 神泉苑に住む竜。百錬抄・治承元年(一一七七)四月十八日条「未刻暴風。其声如二炎上一。三条大宮人家門多顛倒。件風起二於神泉苑中一云々。或云、善如竜王去二此池一云々」。今昔物語集十九・19、祈雨日記、三宝院伝法血脈等にも類話

仰せられける。[二二]その後、かの楼はなし」と。

（一四一）

仰せて云はく、「[二三]練る事は、両手をもつて笏《しゃく》を取る。[二四]本体《ほんたい》は[二五]笏を鼻の程に当てて引き退《の》くべきなり。而《しか》るに、[二六]それはいたく高ければ、口に当てて引き退くべきなり。前一丈を見て歩むが[二七]頸持《くびもち》はよきなり。老たる者は少し[二八]うるはしく練り、若き人は少し笏を引きて練るなり」と。

（一四二）

仰せて云はく、「食事には、箸は近く取るべからず。少し末つ方に寄せて取るべきなり。[二九]汁を食する事は、[三〇]比目《ひめ》と例の飯《いひ》あるには、[三一]比目を冷汁に漬けて食し、例の飯をば熱汁に漬くべきなり。[三二]ひとつひとつあるには沙汰に及ぶべからず。[三三]汁に漬けて後は一切膾《なます》を食せず。[三四]凡《おほよ》そ膾としも云はず、生物《なまもの》を云うなり」と。

がある。二二 続古事談「其後、此門ハ無ナリ。元杲僧都、請雨経法ヲコナヒケル時、此門ハヤブレタリト云伝タル、コノ時ニヤ」。日本紀略・天禄三年(九七二)六月二十八日条「神泉苑御修法結願之間、無レ風件院南門顚倒了。大雨降。有二効験一。給二度者一」。元杲大僧都自伝「天禄三年。四海亢旱。…雷音忽発。南門震倒。雷走雨灑。朝市驚異、田野歓抃」。

第一四一条　練歩のときの笏の持ち方。富家語34と話題が共通する。

二三 練歩。→56注六。二四 本来あるべきこと。二五 笏の上端を鼻に当てて、そのままの高さで鼻から離す。→56注六。作法故実・練歩事「練始時、先張レ肱抜レ笏、即自進レ足練始也。自二笏首上一遠見レ前也〈口伝〉」。二六 それではひどく高く見えるので。二七 首のすわり方。頭の姿勢。二八 折り目正しく、きちんと。

第一四二条　食事のときの箸の取り方、汁の食べ方を語る。富家語53および212の一部に関連記事がある。

二九 汁に飯を漬けて食べるのが当時の作法。→53注一五。三〇 底本「皆」。「比目」の誤記と見て訂。比目は姫飯(ひめいい)で、現代の飯と同様、釜で炊いた飯。例の飯(れいのいい)は(当時)普通の飯で、甑(こしき)で蒸した飯。強飯。即ち、姫飯と強飯と両方が出てきた場合には、の意。三一 底本「皆」を訂した。姫飯を冷汁につけて食し、普通の飯(強飯)は温汁に漬けて食するのが作法。三二 姫飯あるいは強飯がそれぞれ別々に出てきた場合には(冷汁・熱汁)どちらでもよい。三三 飯を汁に漬けて食した後は、膾は一切口にしない。富家語53にも同様の説がみえる。三四 およそ膾に限らず、なまもの全般について言っているのだ。

（一四三）

仰せて云はく、「内弁《ないべん》[一]の舎人《とねり》[二]を召すには、口伝に云はく、「密々に前なる塩を取りて含む。これ、音《こゑ》[三]を出ださむ故なり。笏《しやく》[四]を口の上の程に当てて召すべきなり。これ、声を散らしめざるためなり。笏を両手に取るべきなり。前後[五]両音の間、三気を置くなり」」と。

（一四四）

仰せて云はく、「笏《しやく》は、居《ゐ》[六]てただある時は、片手などに取るなり。また、手[七]も出だすは苦しかるべからず。職事《しきじ》[八]なむどの仰せ下すには、両手に笏を取り、この事を承るべし」と。

（一四五）

仰せて云はく、「臨時祭[九]に、挿頭花《かざし》[一〇]を取りては御前[一一]を過ぐる間、両手に取る。事々[一二]しく頭には非ず、ただうち取りたり。しかれども、両

第一四三条　内弁が舎人を召すときの秘訣。江次第鈔一・元日宴会の一部は本条に依拠。富家語103と話題が関連する。

一 →160注一。　二 節会では内弁は長く声を引いて舎人を召す。世俗浅深秘抄末尾の「菩提院入道関白説々」の条「内弁音曲間事。舎人已下皆声引様之註レ之。トネリ。先、ト長シ。ネ短シ。リ一々長シ。トネリ三文字、初ニ無文字ヲ詳令レ聞。只ト文字ノ同声ニ語也。リ文字末下サマニ頗微々也。然而又非レ銷。二音之間三息也。少有レ程ハ無レ難事也云々」。　三 声がよく出るようにするためである。　四 江次第鈔一・元日宴会「凡笏以レ頭当二口程一頗僻持レ之也」の注「知足院仰云、笏当二口之上程一召也。不レ令レ散レ声之故也」。　五 「とーね」と「りー」の間に三呼吸を置く。→注二。

第一四四条　笏の持ち方の話題。前条と連関する。

六 （何もしないで）ただ座っている時には、片手に持っていてかまわない。　七 手を出していてもかまわない。朝野群載二一・装束進退伝「取レ笏之後、不レ顕二両手一。先左手之上覆二其袖之端一、側レ掌隔レ袖把レ笏。次以二右袖之端一入二左袖之内一各相叉之後、取二定笏一了」。　八 蔵人などが（上卿の）指示を伝える際には。

第一四五条　賀茂臨時祭の挿頭花の取り方を語る。

九 毎年十一月下酉日に行われる賀茂臨時祭。→108注九。　一〇 冠につける草木の花や枝、造花など。賀茂臨時祭では竹枝（一条朝以前は花）を挿頭とする。竹枝に変わった経緯については、古事談一・30、十訓抄上20その他に藤原実方の逸話が伝わる。　一一 臨時祭の当日、天皇は清涼殿に出御、祭使たちはその東庭に列座、清涼殿の南東に設けられた長橋の西妻で蔵人が公卿らに挿頭花を渡す。公卿らは御前を通ってそれを祭使に渡す。江家次第十・賀茂臨時祭「次立二挿頭花一〈結レ藁為レ台差レ之。蔵人取レ之。立二長橋馬道西妻一〉。…次賜二挿頭花一。五位蔵人賦レ之。公卿并侍臣取レ之、来二座前一賜レ之。次使已下退出〈自レ下退出〉」。　一二 底本「事〱非頭只打取タリ」は文意未詳。「頭」が「取」の誤写とすれば（草体がやや似る）、仰々しく取るのではな

手に取るべきなり。頗《すこぶ》る[一三]丑寅の方[一四]大内の儀に向きて笏《しやく》を[一五]抜くべきなり。[一六]遅《すす》む時に[一七]御前の方に向くべきなり」てへり。

（一四六）

仰せて云はく、「指貫《さしぬき》を沓《くつ》に[一八]踏みくくむは、[一九]大指許《ばか》り出だして踏みくくむべきが、[二〇]股立《ももだち》の縫目を取るべし。また、取りては必ず開くべきなり。[二一]少し上げて指貫は取るなり。[二二]直衣《なほし》の前を引き違へてあるべし。角《かど》を重ねたるは極めて非礼なり。[二三]衣《きぬ》を出す時、出衣《いだしぎぬ》よりは内を取るは[二四]□人のするなり。若き人は[二五]出衣を前に曳きまはして曳き上ぐべし。[二六]指貫は古《いにしへ》は蔵人、五位も踏みくくみてありしなり。[二七]近代はしからず。不可思議なり」と。

（一四七）

仰せて云はく、「[二八]束帯の尻は、[二九]平緒《ひらを》の[三〇]下の縁《へり》に当てて候ふべきなり。小《ちい》さきがよき事にてあるなり。袖は腋《わき》の方に曳きまはしたるやうにて、

く、ただ普通に取る意。 一三 北東に向いて(天皇の御座所から身を背けることになる)。 一四 正式な内裏での作法(里内裏では建物の配置上、異なる場合がある)。 一五 笏の下端ではなく、すこし上を持って、笏を少し低くすること。 一六 底本「遅時」。挿頭花を受け取って祭使のところに進む時。「還時」の誤記の可能性もある。 一七 天皇の御座所(清涼殿)の方角。即ち西北方。

第一四六条　指貫の踏みくくみ方を語る。 一八 踏み包む。長い袴の類に足先を包みこむ。 一九 親指。 二〇 底本「脱断」。「股断(ももだち)」の誤写と見て訂。股立(袴の左右両端のあきを上端で縫いとめたところ)の縫い目のところを取る(つまみ上げてはさむ)意か。 二一 (股立ちを)少し上げて指貫のそばを取るのである。 二二 (その場合)直衣の前(の左右の角)を交差させなければならない(即ち、角が二つ見える状態でなければならない)角が重なっているのは礼を失したことなのだ。満佐須計装束抄「きぬをいだすことは、きぬさしぬきをきたるうへに、わたいりたるきぬにても、うちきぬにてもをきて、うらうへのつまを、さしぬきのまへよりまへによくひきちがへて、おびをするなり」。 二三 出衣(後身は指貫の後腰に着こめ、前身は着こめず指貫の上に出して、直衣の襴の先に覗かせる)をする時。 二四 底本は判読不能の文字を記し「本」と傍書。 二五 出衣を前に引き回して(おいてから、股立ちをとって)引き上げるがよい。 二六 指貫は昔は蔵人や五位も足先を包み込んでいたものだ。 二七 最近はそうではない。解せないことだ。

第一四七条　束帯の尻と平緒について語る。後照念院装束抄・装束着様事は本条の冒頭に依拠。 二八「下襲の尻」に同じか。→88注二五。 二九 束帯の時、剣を着装するための平たい組紐の緒。結び余りを装飾として前に長く垂らす。 三〇 底本「下ノヘリ」。垂らした平緒の下端。後照念院装束抄・装束着様事「知足院殿仰云、束帯尻ハ平緒の下縁に宛て可レ作。小ガ吉也」。

袖口は広きがよく見ゆるなり。平緒は下﨟《げらふ》[一]の間は下四寸許《ばか》り置きてあるべし。上﨟《じやうらふ》[二]になりぬれば二寸許《ばか》りあるべし。故京極大殿[三]はいみじく長くせさせ給ひしなり。「若くよりそれは宇治殿[四]に衣文《えもん》[五][六]とかく仰せられけるに、平緒[七]の下げは直さしめ給はず。それを☐[八]して、かくのごとくあるなり」と大殿の仰せられしなり」と。

（一四八）

仰せて云はく、「我、風ふくれ[九]出づる病ひの年来《としごろ》あるを、故殿[一〇]の仰せて云はく、「神妙《しんべう》[一一]なり。鷹司殿[一二]も風ふくれ常に出ださしめ給ふに、百、九十まで御《おは》ししなり」」てへり。

（一四九）

仰せて云はく、「宇治殿[一三]、内[一四]の御宿所《とのゐどころ》に御座《おはしま》す時、御前[一五]より下り御《おは》して、物[一六]を参らせするて、御陪膳《ばいぜん》[一七]のなかりければ、殿上人[一八]の送り置き参らせて帰りたりけるを召しけれども、遅く[一九]参りけるに腹立《ふくりふ》して、

一 身分が低いうちは、垂らした平緒の下端は袍の裾から四寸ぐらい離れているのがよい。
二 上﨟になると(長くして)二寸ぐらいにするのがよい。
三 藤原師実。忠実の祖父。後文の「大殿」も同じ。
四 藤原頼通。師実の父。
五 仕立や着こなしなど衣服に関係する事柄。
六 あれこれと(うるさく)仰せになったが。
七 平緒の下げ具合についてはお直しにならなかった。
八 底本「信」に似た字体だが判読不能。「本」と傍書がある。

第一四八条　「風ふくれ」病について語る。
九 首筋の腫れる病としては所謂ふくれ病(おたふくかぜ)があるが、免疫性の病であって「年来」あるいは「常に」症状が出るわけではない。ここではそれ以外の、リンパ腺等の腫れる病をさすか。
一〇 藤原師実。忠実の祖父。
一一 ここでは、結構なこと。喜ぶに値すること。
一二 源倫子。藤原道長の室。頼通・教通・彰子等の母。師実が十四歳の時に九十歳で薨じた。

第一四九条　滑稽な行動で頼通の立腹を鎮めた者の話。
一三 藤原頼通。
一四 大臣・納言・蔵人頭・近衛大将などが禁中で宿直するところ。直廬(ちよくろ)。
一五 天皇の御前から退下してきて。
一六 食物を運んできて御膳に並べて。
一七 陪膳の者がいなかったので。陪膳は、貴人の食事に給仕として伺候すること。またその人。
一八 御膳を運んで置いて帰った殿上人を召し出したが。
一九 なかなか来ないのに腹を立てて。
二〇 どんと。ばたんと。
二一 少しおどけ心のある者。
二二 冠の纓を上げて。巻纓にして。
二三 紙捻(こびねり)を懸け緒にして。

物をはく[二〇]と踏み鳴らさせ給ひたりけり。人ども恐れをなしたるに、す[二一]こし猿楽気《さるがうげ》ある者にて、冠[二二]の纓《えい》をうち上げて紙[二三]して懸けて、希衣帯[二四]して、衣[二五]冠の腋帯にして出で来て、「希有《けう》[二六]の」と云ひて、拾[二七]ひ取りけるに、御[二八]腹居《ゐ》て、咲《わら》ひ給ひにけり」と。

（一五〇）

仰せて云はく、「陪膳《ばいぜん》[二九]は公達《きんだち》のうち[三〇]任せてすれども、諸[三一]家へ行きたるや落ちぶれぬるには、きたなき事なり。諸[三二]大夫の四位以上なるや、またお[三三]となしきなどは常の事なり。さ[三四]ならねどもまた清むる事は諸大夫も蔵人経ぬ者もするなり。兵庫助[三五]すけしげといふ者は、御陪膳の人候はざる時は、宇[三六]治殿の御料は取り居《す》ゑなどしけり。これ、王[三七]孫なり」と云々。

（一五一）

仰せて云はく、「故四[三八]条宮の仰せて云はく、「宇[三九]治殿の仰せて云はく、

二四 底本「希衣帯」。未詳。富家語168に同語例がある。絺布(ほそぬの)の帯であろうか。
二五 衣冠は束帯の略装であり、衣冠による参内は許されないが、焼亡などの非常の際には、衣冠姿で参内するのが故実であった。また衣冠の折には文武官とも垂纓であったが、非常の際には巻纓とした。つまりこの男は非常事の際の服装で現れたのである。
二六 希有は、滅多にないこと。とんでもないことでございまして、の意か。
二七 頼通が立腹の余り投げ散らした膳部を拾ったのであろう。
二八 腹立ちがおさまって。貴人の立腹・興奮を部下の滑稽な行動で鎮めた例としては、大鏡二・時平伝に、時平の頑固な態度を史の某がわざと厳粛を装った上で放屁し、笑わせてなだめた話がある。

第一五〇条 陪膳について語る。前条に関連する話題。
二九 →149注一七。
三〇 任せきりで(自由に)しているが。
三一 (養子などで)他家に行った者や零落してしまった者にさせるのは、汚いことである。
三二 摂関・大臣家の家司などとして仕えた四位・五位の家筋の者。
三三 年配でものの心得のある者などがするのは普通のことである。
三四 そうでない者でもそれを片づけることは。
三五 未詳。源資重か。
三六 頼通の御膳。
三七 皇室の血筋を引く者。源氏など。

第一五一条 道長は常に北に向いて手水を使った話。中外抄上50と話題が共通する。
三八 藤原寛子。頼通女。後冷泉天皇皇后。
三九 藤原頼通。

『[一]故御堂は他方にて[二]御手水《てうず》ありとも、思ひ出でて俄《にはか》に[三]北に向きて御手は洗ひ給ひけり。これ、北を向きて手を洗ふは[四]福粧なり。御堂仰せられけるは、吾、若かりし折、貧しかりしがわびしかりしかば、かく福を好むなりとぞ仰せられし』と。しかれば、御堂は[五]軽々《きやうぎやう》におはしましけるにや。宇治殿はさもおはしまさざりける」と。この事ども語り仰せて、[六]いみじげに思《おぼ》し食《め》したり。

（一五二）

仰せて云はく、「[七]先の一条院の御時、[八]勝岡といふ相撲《すまひ》と、[九]はじかみ丸といふ者と合ひて取りけるに、はじかみを勝岡が[一〇]橘の樹に[一一]押しつけて擦りければ、[一二]ありありて、[一三]はくと勝岡を踏み[一四]倒したりける、[一五]いみじかりけり」と。

（一五三）

仰せて云はく、「[一六]九条殿は御[一七]長《たけ》高かに御坐《おはしま》しければ、御装束[一八]なえら

一 藤原道長。
二 手や顔を洗い清める水。また、洗い清めること。
三 北を向いて手を洗うことは、中外抄上50に「北向きにて手を洗ふは福の付くなり」。禁秘抄上・御手水間「御手水可レ向レ北也」とみえる。
四 福をもたらす行為の意か。
五 （言動が身分や体面にふさわしくなく）軽々しいさま。
六 （忠実は）感慨無量の様子であった。

第一五二条　相撲の名勝負の話。「イミジ」の感想で前条と相関する。古今著聞集二十・373に同源らしい話がある。

七 一条朝は寛和二年（九八六）—寛弘八年（一〇一一）。本条は承暦二年（一〇七八）生まれの忠実の直接経験ではあり得ない。故殿（師実）の出生よりも前であるから、前条に続いて宇治殿頼通の仰せを伝えているのであろうか。なお、古今著聞集の類話には「後一条院の御時の事にや」とある。
八 底本「勝思」を訂。「思」と「岡」「岳」は草体が似る。以下同様。勝岡（勝岳）は、続本朝往生伝・一条天皇伝に「真上」氏、二中歴・一能歴・相撲に「真甘」氏として見え、江家次第八・相撲内取などに逸話がみえる名手。
九 伝未詳。なお、古今著聞集の類話では、相撲節に右方の勝岳が重義を木に押しつけ、重義が木を踏んで（踏ん張って反動をつけて）勝岳を転がしたとあり、全く同一話型である。但し、重義（茂）も伝未詳。はじかみ丸と同一人か否かも未詳。
一〇 紫宸殿の南庭の右近の橘。天皇は相撲の内取には仁寿殿（御物忌の時は清涼殿）、召合の当日は南殿に出御する（北山抄二・相撲召合）（江家次第八・相撲召合）。
一一 （はじかみ丸の背中を橘樹に）押しつけ擦りつけたところ。
一二 しばらく経って。しばらくこらえて後に。
一三 ばたんと。どしんと。
一四 底本「踏タウシタリケル」。
一五 忠実よりはるか以前の時代の話であるから（→注七）、

かにて御《おは》す。[一九]小野宮殿は長低《たけひ》きに御《おは》しければ、[二〇]物をばこはく着せらる」と云々。

（一五四）

仰せて云はく、「[二一]晴にて物を食するには、大口には食せざるなり」と。

（一五五）

仰せて云はく、「[二二]人の陪膳《ばいぜん》は先《ま》づその前に居《ゐ》て、[二三]手長《てなが》の持て来たるを取り次ぐなり」と。

（一五六）

仰せて云はく、「[二四]車の後に乗るは、[二五]束帯の時は[二六]先に乗る人は車の右[二七]に居て左に向かひ、[二八]次の人は左に乗りて右に向かふ。但し、帯剣の人は、[二九]前の人頗《すこぶ》る角《かど》を向きて乗り、後の人は剣を解きて乗る。[三〇]子孫等に

「いみじかりけり」は伝承的感想。

第一五三条　師輔と実頼の装束の違いを語る。好敵手の話という点では前条に通じる。

一六 藤原師輔。忠平の二男。九条流の祖。はるか前代の人物であり、前条同様これも忠実の直接経験ではありえない話である。

一七 背丈が高くていらっしゃったので。

一八 底本「ナエラカニテ」。糊のぬけた柔らかな装束を着ておられた。

一九 藤原実頼。忠平の一男。小野宮流の祖。

二〇 よく糊のきいた装束を着ておられた。

第一五四条　晴れの席での食事の心得。

二一 晴の席でものを食べる時には。

第一五五条　陪膳を勤めるときの心得。食事の話題で前条と関連する。

二二 人の陪膳を勤めるには、まずその人の前に座って。

二三 膳部を運ぶ役の人。

第一五六条　束帯・帯剣で牛車に乗るときの心得。富家語164および166に関連記事がある。

二四 牛車は前方が上席。一人で乗る時には前方左側に右向きに、二人以上の場合には前方は右側、後方は左側を上席として、向かい合って座るのが普通。本条は二人が同車する場合の作法について述べる。

二五 束帯姿で乗るときには。

二六 先に乗る人は。牛車には後から乗り前に降りる。従って先に乗る人は前方(上席)に座ることになる。

二七 (前方の)右側に左を向いて座る。→164注三一。

二八 後から乗る人は(後方の)左側に乗って右を向いて座る。

二九 前に乗る人は(帯剣が車の箱につかえないように)斜め向きに乗り、後から乗る人は剣を解いて乗る。

三〇 藤原摂関家嫡流の者。

至りては、前の人は前に向かひて仁王乗り[一]に乗り、後の人はその後に乗るなり。後の人は剣を解かず。故大殿[二]の御車の後に乗りたりし、悪《あ》しく乗りて御剣を敷き折りたりしかば、「もつての外に貧窮《びんぐう》[三]がたな」と仰せられし。その剣は今にあり」と。

（一五七）

仰せて云はく、「式部卿敦実《あつみ》[四]親王の剣《つるぎ》といふ物を持ちたり[五]。故白川[六]院の召ししかば進《たてまつ》らしめ畢《をは》んぬ。その剣は定めてこれ鳥羽院[七]にあらむか。

件の剣は、延喜の聖[八]の行幸[九]に、件の剣の石突《いしづき》[一〇]を落とさしめ給ひたりければ、「希有《けう》[一一]の事なり。古き物を」とて、大きに歎きて、高き嶺[一二]の上にうち登りて御覧じければ、御犬の件の石突[一三]を食《く》はへて持て参りたると云々。これ、件の剣の高名《かうみやう》[一四]の事なり。

件の剣は雷鳴《かみな》る時には自《おの》づから抜くと云々。しかれども、いまだし[一五]からず。また、故殿[一六]の恐れしめ給ひて抜くべからざる[一七]由《よし》仰せらる。し

一 底本「二王乗」。「仁王立ち」に類似した語で、仁王のごとく堂々と(前を向いて)乗る意か。車は横向きに乗るのが普通の乗り方。

二 祖父師実の車の後部座席に(忠実が)同車した時、乗り方がまずくて、御剣を敷き折ってしまったところ。

三 底本「貧窮カタサ」を訂した。貧窮は、貧しく苦しいこと。ここでは、粗末な刀、ボロ刀の意か。発言者は師実。

第一五七条　敦実親王の剣にまつわる逸話。剣に関わる話題で前条と連関。古事談一・9は本条に依拠するが、叙述の順序を変えている。古今著聞集二十・675は古事談に依拠した同話。

四 宇多天皇の第八皇子。管絃・和歌・蹴鞠等の諸芸に秀でた。

五 「持ちたり」の主格は、語り手の忠実。

六 故白河院がお召しになったので進呈した。主格は忠実。

七 底本「定此鳥羽院ニ有歟」。白河・鳥羽法皇の鳥羽離宮(鳥羽殿)。古事談は「此」に相当する語句を欠く。

八 延喜聖王。醍醐天皇。敦実親王の同母兄である。

九 古事談「延喜野行幸之時」。延長六年(九二八)十二月五日の大原野行幸をさすか。扶桑略記・同日条「行二幸大原野一御鷹飼逍遥云々」。

一〇 底本「石炭」を訂。太刀の鞘尻を包む金具。

一一 大変なことだ。古いものなのに。

一二 古事談「タカキ岡上ニテ」。古今著聞集「たかき塚のうへにうちあがらせ給て」。

一三 底本「石居」を訂。→注一〇。

一四 有名な事件である。

一五 実際に抜けたことはまだない。やや唐突な文言である。古事談では「雷鳴之時ハ自脱云々。京極大殿伝取テ持給タリケルヲ、白川院ノ聞召テ召ケレバ、被レ進之後ニハ自脱事ハナカリケリ」と、筋の通る叙述になっている。

一六 藤原師実。古事談「大殿ハ令レ恐給テ一度モヌカセ給ハザリケルヲ」。

かるに、不審なるに依りて、余[一八]、或る者をもつて抜[一九]きて見せしめしところ、「[二〇]すこし峰の方に寄りて、金《こがね》をもつて[二一]坂上《さかのうへ》の宝剣とあり」とぞ聞くなり」と。

（一五八）

仰せて云はく、「若き人の物忌の日に出仕せんには、[二二]屋の簷《のき》に生ひたる忍草《しのぶぐさ》を、先少しを切りて、[二三]例の物忌を指す所に[二四]指すべきなり。一寸よりは短き程のよろしかるべきか。これ、[二五]つきむ折の事なり」てへり。

（一五九）

仰せて云はく、「[二六]陣の座に着すには、[二七]先づ膝を懸け沓《くつ》を脱ぎて、さらに立ちてわが座の程に到りて居《ゐ》るなり」てへり。

一七 底本「脱」に傍書「抜歟」。「抜」に訂。
一八 談話者藤原忠実の自称。古事談「知足院殿ワカク御坐之トキ、不レ堪ニ不審一、以ニ或者一ヌカセテ御覧ジケレバ」。
一九 底本「脱」に傍書「抜歟」。→注一七。
二〇 少し峰(刀の背)の方によったところに。古事談「頗峰方ニヨリテ」。
二一 底本「サカノウヘノ」と振仮名。古事談「坂上宝剣トイフ銘アリケリ」。古今著聞集「坂上宝剣と蒔たりけり」。

第一五八条 物忌の日に挿す忍草について語る。富家語5、中外抄上46と話題が共通する。
二二 家の軒に生えている忍草(シノブ・ノキシノブの類)。
二三 普通の物忌の札を挿す所。物忌の札は柳の木で作り、冠や簾につける。冠の場合は纓の上。→5注二七。
二四 ここでは規範として指示しているが、実際には知る人の少ない過去の風習となっていたらしい。中外抄上46「近代の人したらば定咲歟。されども定事也」。
二五 つきむ(拒む)は、拒む、断る意。同語例は、→60注二三、173注一七。ここでは、挿しにくい意か。

第一五九条 陣の座に着する時の心得。富家語182に関連記事がある。
二六 公卿が列座して公事を執り行う所。左近衛の陣は紫宸殿東面北廊内の南側、右近衛の陣は校書殿の東庇南半にあった。多くは左近衛を用いた。
二七 まず膝を突いて沓を脱ぎ、また立ち上がって自分の座のそばまで進んで着席するのである。

（一六〇）

仰せて云はく、「節会《せちゑ》の内弁《ないべん》[一]の謝座[二]には、先づ軒廊《こんらう》[三]の東の二間《ふたま》より出でて、頗《すこぶ》[四]る歩みて、よき程[五]より練り出でて、左近の陣[六]の南頭に至りて、胡床《こしやう》[七]と平にて、南に一丈許《ばか》り去りて練り留まり、西に向かひて一[八]揖《いふ》して、右足をきしり[九]と練り廻《めぐ》らして、乾《いぬゐ》[一〇]向きにて再拝するなり。これ、乾[一一]は天の位なり。天を拝するはこれ天子を拝するの義なり。拝し畢《をは》る時には左足を先にし、拝する時には右足を先にす。その後また揖《いふ》す。頗《すこぶ》[一二]る練り出でて、西様《にしざま》にて練り廻《めぐ》りて帰るなり。練り出づる時は南の方へよく練り廻るべし。下襲《したがさね》[一三]のための用意なり」てへり。

（一六一）

仰せて云はく、「食するには、先づ必ず三把《さば》[一四]を取るべきなり。味曾水《みそうず》[一五]にも猶《なほ》少し取るべきなり。薯蕷巻《いもまき》[一六]などをば一つを取りて置くなり」と。

第一六〇条　節会の内弁の練歩の心得。本条の大部分は富家語72および208と、末尾は88と、話題が共通。「乾は天位なり」云々の一節は江次第鈔一・元日宴会に引用されている。
一 即位や種々の節会の時、承明門内で儀式をつかさどる、上席の公卿。二 →72注二〇。三 →50注三三。
四 いささか。少しばかり。五 ほどよいところで練り始めて。練歩については、→56注六。六 北山抄一・元日宴会「出レ自二軒廊東第二間一、斜行到二左仗南頭一〈当二中少将座一、南去六七尺許〉。西面再拝。左〈右一本〉廻参レ上着レ座」。→72注三一。七 交差した脚の上に布帛や革を張った折り畳式の椅子。「平」は56注六所引の作法故実に用例がみえる「平等」と同じく、位置の基準線を示す。八 一度揖して。揖は、笏を手にして、上体を前に傾けてする礼。拝に次ぐ敬礼。九「きしり」は、物がよく当てはまるさまをいう語。きっちりと。富家語72では「左足を立てながら右足を少しにがして乾に向きて拝するなり」と説く。一〇 北西。
一一 中外抄上39「天方ハ乾也。地ハ坤也」。江次第鈔一・元日宴会「知足院関白被レ命云、乾者是天位也。拝天者是拝二天子一之儀也」。
一二 やや。少しばかり。→注四。
一三（後に引いている）下襲の（裾がめくれ返らないようにする）ための心配りである。このことについては富家語88に関連記事がある。

第一六一条　食事の心得。まず三葉を取るべきこと。
一四 散飯（さば）。鬼神・餓鬼・鳥獣などに施すための食物。厨事類記・調備部・御箸匙「銀箸匕。柳木箸匕〈各置二御箸台上一。或置二馬頭盤一〉。今案、銀箸可レ令レ取二御三把一歟。木箸可レ聞二食御飯幷珍美一歟。木匕可レ聞二食御汁漬一歟。可レ尋レ之。…或記云、供二御飯一之時、即以二銀御箸一取二御三把一入レ蓋返レ之。御箸鳴置レ之」。
一五 味噌を加えて煮た雑炊。
一六 薯蕷（やまのいも）と米粉をすり合わせて昆布で巻き、たれ味噌で煮て小口切りにした食品。いもこみ。

（一六二）

仰せて云はく、「帝王[一七]への御書には、請文《うけぶみ》[一八]をば礼紙《らいし》[一九]二枚を重ねてそ[二〇]の上に一枚を巻く。しかれば[二一]、礼紙は二重なり。それを筥《はこ》[二二]に入るるなり。また、立文《たてぶみ》[二三]には二枚をもつて重ねて立文にするなり。また、その[二四]文をば一紙に書きたるには、例の定《ちやう》[二五]にて、表紙《おもてがみ》[二六]一枚を重ぬるなり。数[二七]枚に続けたるには、端[二八]一枚に裏紙《うらかみ》[二九]を巻き重ぬ」てへり。

（一六三）

仰せて云はく、「車中[三〇]にては笏《しやく》を持たず、ただ傍に置くべきなり」てへり。

（一六四）

仰せて云はく、「車[三一]には右に乗りて、剣《つるぎ》[三二]を左方に、柄《つか》を前に、峰《みね》を我が方に置くべきなり。これ[三三]、直衣《なほし》・布衣《ほうい》の事なり」と。

第一六二条　天皇に奏覧する文書についての心得。富家語87に関連記事がある。

一七 天皇に奏覧する文書。

一八 要請・指示を応諾した旨を伝え、履行を請け合う返答書。

一九 書状の文言を書いた紙に重ねて添える白紙。

二〇 (礼紙二枚を重ねて巻いた上に)さらに一枚を重ねて巻く。→87注一八。

二一 だから、礼紙は二重に巻いたことになる。

二二 文箱(ふばこ)。

二三 書状の形式の一。包紙で縦に包み、余った上下をひねる。

二四 その(帝王への)御書が一枚の紙に書かれている場合には。

二五 いつもの決まりとして。定例として。

二六 申文(もうしぶみ)や書状を巻いた上にかけて包む紙。

二七 前文の「一枚に書きたる」ではない場合をいう。この場合のことは富家語87に詳しい。

二八 (何枚か続けて書いた文書の)最後の一枚。

二九 本紙の裏に添える紙。

第一六三条　車中では笏を持たないこと。

三〇 牛車の車中では笏を持たない。

第一六四条　車中での剣の置き方。車中での心得を説く点で前条と関連する話題。富家語156および166に関連記事がある。

三一 牛車の席次等については、→156注二四。帯剣の時には、剣を左側に置くために、自分は右側に座る。

三二 剣を自分の左側にして、柄を前に、峰を自分の側に向けて置くべきである。柄は、刀剣などの手で握る部分。峰は、刀の背の部分。帯剣して乗車する際に配慮すべき諸点については、富家語156に詳しい。

三三 これは直衣・布衣姿のときのことである。直衣は貴族の平服(直衣宣下を受けた上流貴族は直衣姿で参内することができた)。布衣は狩衣に同じ。直衣より略装。なお、束帯姿の時のことは、富家語166参照。

（一六五）

仰せて云はく、「[一]御前にて食するには、粥《かゆ》をも酒の類をも[二]自《みづか》ら入れて食す。[三]我が家などでは、陪膳《ばいぜん》に取らせて入れしめて食するなり」てへり。

（一六六）

仰せて云はく、「[四]束帯しては、車には[五]向かひて乗るべきなり。[六]直衣《なほし》にても帯剣の時は、[七]その定《ぢやう》に乗るべきか」てへり。

（一六七）

仰せて云はく、「[八]貞信公の流は、[九]款冬《やまぶき》の[一〇]衣《きぬ》を出ださず。[一一]下襲《したがさね》は[一二]裏山吹にて[一三]予も着したり」と。

（一六八）

第一六五条　御前での食事の心得。
一 天皇(院)の御前で食事をする時には。
二 自分で器に入れて飲食する。
三 底本「我家ナトテハ」。自分の家では、陪膳の者に器を渡し、入れさせて食べる。陪膳は、貴人の食事に給仕として祗候する者。

第一六六条　束帯で乗車するときの心得。富家語156および164に関連記事がある。
四 (正装である)束帯の時には。
五 前向きに。車は横向きに乗るのが普通だが、ここでは正面(進行方向)に向かって乗るべしと説いているのであろう。所謂「仁王乗り」に同じか。↓156注一。
六 (略装である)直衣の場合であっても、帯剣している時には。↓164注三二。
七 その通りに(前向きに)。

第一六七条　款冬の衣をめぐる話題。富家語7、世俗浅深秘抄上85と話題が共通する。
八 藤原忠平。基経の四男。兄時平の薨後、摂関政治の中枢に座した。その有職故実の知識は子息の実頼(小野宮流)と師輔(九条流)に分かれて受け継がれた。
九 ↓7注四。　一〇 出衣にしない。
一一 束帯の時、袍・半臂の下に着る衣。背後の裾を長くして袍の下に出す。
一二 襲の色目。面黄、裏紅。後照念院装束抄「下襲ノ色事。花山吹〈自二正月一至二三月一〉。裏山吹〈同〉。夏冬下襲色事。花山吹〈面薄朽葉、裏黄色。自レ冬至レ春〉。裏山吹〈面黄、裏紅〉」。
一三 自分(忠実)も着たことがある。

第一六八条　希衣の帯について。
一四 底本「希衣帯」。未詳。富家語149に同語例が見える。↓149注二四。

第一六九条　白重の着用に関する心得。中外抄上53の一部、餝抄上・白重の一部は本条第一段と話題が共通。後照念院装束抄・白重時剣緒平緒事は本条第三段に依

仰せて云はく、「殿上人以下は、晴に[一四]希衣帯を着するなり」と。

（一六九）

仰せて云はく、「[一五]白重《しらがさね》の事、[一六]御堂は[一七]四月朔《ついたち》に着せしめ給ひし白重を畳みて置きて、六、七月許《ばか》りの極熱《ごくねち》の比《ころ》に着せしめ給ひて[一八]陣の座などに御坐《おはしま》しけり。[一九]冷気《すずしげ》にて優美なりと云々。[二〇]刀禰《とね》・上達部《かんだちめ》の宿老なる、四月朔《ついたち》に[二一]染重《そめがさね》を着す。[二二]通俊《みちとし》・[二三]匡房《まさふさ》等が白重を着せる事、見ざりきと云々。[二四]をとなしき人などは、[二五]有文《うもん》の冠に[二六]堅文《かたもん》の表袴《うへのはかま》を着す。[二七]二条殿もとな[二八]りては、さて御坐《おはしま》せしなり。若き齢《よはひ》の人は[二九]うち任せて[三〇]無文の冠に[三一]瑩《みが》きたる表袴《うへのはかま》・[三二]平絹《ひらぎぬ》なり。凡《おほよ》そ白重を着するには紺地の[三三]平緒《ひらを》、[三四]青革の蒔《まき》絵《ゑ》の剣《つるぎ》を着するなり」と。

（一七〇）

仰せて云はく、「[三五]京極殿は中二日ありて[三六]湯を召す」と。

拠か。

一五 装束抄・白重「裏表共ニ白シ。更衣ノ日上下着スル。宿老ハ更衣ナラヌ日モ着ル。又極熱ノ時モ是ヲ着スト見エタリ」。

一六 藤原道長。 一七 四月一日。更衣の日。

一八 ↓159注二六。 一九 涼しそうで。

二〇 主典《さかん》以上の官人の総称。

二一 白重ではない染色した下襲。次将装束抄・白重事「四月十月朔日出仕之人着レ之。…仮令随二可レ然事一、着二尋常装束一日必可レ改歟。…雖レ夜有二行幸一者、必着二染重一歟」。

二二 藤原通俊。 二三 大江匡房。

二四 大人しき人の意。歴史的仮名遣は「おとなしき人」。後文の「若き齢の人」に対して、年配の人。

二五 裂地《きれじ》の羅に文様を織りだした冠。

二六 糸を浮かさず固くしめて文様を織り出した表袴（束帯の時、大口の袴の上に着用する）。

二七 藤原師通。忠実の父。

二八 底本「トナリテハ」。中外抄上53の「とおもふ時」と同様の表現法で、「（おとなしき人）となってからは」の意であろう。

二九 ありふれた。変哲のない。 三〇 文様のない（無地の）冠。

三一 瑩いた（貝などで擦って光沢を出した）表袴。

三二 平織りの絹布。模様のない絹。へいけん。

三三 ↓46注八。

三四 青革（の帯取の革緒）をつけた蒔絵の剣。↓46注九。

第一七〇条　師実の養生を語る。話題が二つに分かれ、言談の時を異にするかと思われるが、しばらく一条として扱う。

三五 藤原師実。忠実の祖父。

三六 ここでは、薬湯、煎じ薬の意。

仰せて云はく、「[一]大殿は韮《にら》[二]を二坏《ふたつき》[三]など召ししなり」と。

（一七一）

仰せて云はく、「御堂[四]は直衣《なほし》[五]の布袴《ほうこ》にて、紅梅[六]の織物の直衣に、紫[七]の織物の指貫、皆練重《かいねりがさね》[八]を着せしめ給ひてぞ、つき混ぜ給ひける」と。

予[九]の申して云はく、「時に御年齢[一〇]は如何」と。

仰せて云はく、「三十許《ばか》りとぞ推し量る。但し、一定《いちぢやう》[一一]は知らず」と。

（一七二）

仰せて云はく、「昔の人は烏帽子[一二]を塗らず。しかれば[一三]、なえて、う[一四]やかきたるも、かかぬも、垂り下《さ》[一五]がてぞありける。前様《まへさま》[一六]によ」と。

（一七三）

仰せて云はく、「少しつきむ[一七]折は、烏帽子の後[一八]をうち入るるやうにするなり」と。

一 これも師実をさす。 二 ユリ科の多年草。葉は肉質で細長く強い臭気がある。食用・薬用として栽培された。

三 坏(き)は、飲食物を盛る、ふっくり丸味のある器。

第一七一条　道長の装束をめぐる言談。松殿装束抄(装束集成所引)は本条に依拠。

四 藤原道長。

五 直衣に下襲・指貫・剣・笏等を用いること。→28注二五。

六 縦糸が紫、横糸が紅色。若年者が着用する。装束集成五・紅梅織直衣「松殿装束抄云、法成寺関白直衣布袴、紅梅織物直衣、紫織物指貫、皆練着レ之。寛弘四年二月五日、法成寺関白左府、行二曲水宴一、主人着二桃花直衣、柳色指貫、山吹出袙一。永久三年十一月十四日、五節童御覧日、法性寺関白紅梅浮文直衣、萌木ノ指貫皆紅衣」。 七 餝抄上・紫指貫着用事「或書曰、紫奴袴ハ及レ廿者不レ可レ着」。

八 表裏とも紅色で打物の下襲。掻練襲。似た配色に火色襲があり、区別が問題になっていたことは、→65注一二。

九 筆録者高階仲行をさす。

一〇 道長の年齢についての質問。忠実の語る道長の服装が若年者のそれであるため、仲行は不審に思ったのだろう。

一一 正確には知らない。道長の逸話は忠実にとっても伝聞でしかあり得ない。

第一七二条　烏帽子の時代的変化を語る。

一二 烏帽子に漆を塗らなかった。

一三 だから萎えて。

一四 正装の烏帽子も略装の烏帽子も、みな垂れ下がっていた。「うやかく(礼かく)」は、うやうやしくする、畏まる意。後に「礼烏帽子(うやえぼし)」は、漆で黒く塗り固めて「立て烏帽子」と呼ばれた。

一五 底本「タリサカテソ」。「垂り下がって」の促音不表記例。

一六 前に向かってだよ。

第一七三条　烏帽子の被り方。前条と相関する話題。

一七 「つきむ(拒む)」は、こばむ、断る意。(烏帽子がきつくて)かぶりにくい時は。同語例は、→60注二三、→158注二五。

（一七四）

仰せて云はく、「騎馬[一九]に弓箭を帯する事、汝等は随身[二〇]などに持たしめて何事あらむや。自余[二一]の近衛司等は必ず持つべし」と。

（一七五）

仰せて云はく、「出居《いでゐ》[二二]にて装束を着して、車を中門廊[二四]の妻戸に寄せて乗る」と。

（一七六）

仰せて云はく、「相撲《すまひ》[二五]の内取《うちどり》[二六]には、大将[二七]・中納言の中将・宰相の中将等、共に候ふ」と。

（一七七）

仰せて云はく、「随身[二八]を理髪装束に勤仕《ごんし》せしむる時は、如法《にょほふ》[二九]の家に

一八 烏帽子の後頭部は風口(かざぐち)といい、先をすぼませてある。

第一七四条 弓矢を携えて騎馬で供奉するときの心得。貴人に供奉する場合についての話題であろう。

一九 騎馬で弓矢を携えること。

二〇 筆録者高階仲行をさす。

二一 随身などに持たせて構わない。

二二 その他の、近衛府の官人などは、必ず(自分で)持つべきだ。

第一七五条 装束して乗車するときの心得。

二三 多く廂の間の明るいところに設けてあった客間。

二四 中門につながる廊。東三条殿を例にとると、寝殿の西側に南北に長い西中門廊があり、その両端に妻戸が設けられていた。南端の妻戸は西中門に面しており、同邸の玄関というべき出入口になっていた。

第一七六条 相撲の内取について語る。

二五 相撲節は長い中断の後、保元三年(一一五八)復活したが、その後再び中断していた。本条談話時はその中断の時期に当たる。↓116注三一。

二六 御前の内取。相撲節会(召合)に先立ち、仁寿殿の東庭(物忌の時には清涼殿)で行われる相撲の下稽古。後には多く物忌の儀を用いて清涼殿東庭で行われた(江家次第八・相撲召仰)。

二七 相撲節は近衛府が担当する行事。近衛大・中・少将の出席が要請される。江家次第八・相撲召合・内取御装束「長橋内敷㆓黄端帖二行㆒、為㆓相撲人座㆒。大将若宰相中将候㆓殿上㆒、下﨟少将相副」。

第一七七条 貴人の装束・理髪に勤仕するときの心得。理髪の話題は富家語37にもみえる。

二八 随身に(貴人の)髪や装束を整えさせる時には。

二九 定式通りに造られた家では。

は、透渡殿《すいわたどの》[一]の所に格子[二]四間を鉤《つ》りて、その所をもつて出居《いでゐ》[三]となす。しかるに、随身は中間[四]に於いて剣・矢を解きて、弓を☐[五]して、中門の北[六]の入りたる所に立てて、中門の廊より縁に昇りて、縁を経[七]て参じて勤仕《ごんし》す」と。

（一七八）

仰せて云はく、「直衣《なほし》[八]の時の着座の作法は、高欄《かうらん》[九]の際《きは》の座には、座[一〇]の前より進み寄りて、直衣[一一]の前を頗《すこぶ》る違へて、膝[一二]を突きて、くるりと居廻《ゐめぐ》りて着するなり。座の上に登りて立ち[一三]廻りて居るは極めて見苦しき事なり」と。

（一七九）

仰せて云はく、「御前[一四]などにては、扇[一五]を取り出だすべからず。但し、極熱《ごくねち》の比《ころ》、窃《ひそか》に取り出でて傍を向きては自《おの》[一六]づから開き仕ふ事もあれども、また、懐中に納むべし」てへるなり。

一 両側に壁がなく、欄干をつけた廊下。透廊(すいろう)。東三条殿の場合は、寝殿の西に透渡殿がある。
二 格子は、細い角材を縦横に組んで柱と柱との間にかけた建具。一間ごとに上下二枚を取り付け、上を外側に釣り上げて、窓のように用いた。
三 通常は庇の間に設ける客間。ここでは、透渡殿に臨時のそれを設ける意。
四 底本「中間」。「中門」が正か。中門は、邸宅の玄関。東三条殿では西中門。→175注二四。
五 底本「屷」のごとき字体に「本」と傍書。「弢」(字類抄「はづす」と訓む)、「弨」(名義抄・字類抄「はづす」と訓む)、「弛」などが想定される場面。
六 東三条殿では、西中門の北側に西中門廊への出入口(妻戸)がある。→175注二四。
七 低位の者が邸宅の奥へ上がる場合、中門の妻戸から縁伝いに歩いて奥に至ったことは、中外抄下20に例がみえる。

第一七八条　直衣で着座するときの心得。富家語182に関連する話題がある。

八 貴族の平服。但し、直衣宣下を受けた者は直衣姿で参内を許された。
九 高欄(寝殿造の簀子のふちに回してある欄干)のそばに設けられた座に着く時は。高欄の際の座の様子は、駒競行幸絵詞や年中行事絵巻・大饗の画面に詳細(但し、束帯姿)。
一〇 座の前方から自分の着座すべき場所に近づいて。
一一 直衣の前を少しずらして(直衣の向きを変えるようにして)。「頗る」は、少し、やや の意。
一二 膝を突いてくるりと回転して着座するのである。
一三 座上に立って向きを変えて座るのは。

第一七九条　扇についての心得。

一四 天皇(院)などの御前では。
一五 通常は檜(ひ)扇をいうが、ここでは夏用の蝙蝠(かわほり)扇をさすか。扇子(せんす)。夏扇。
一六 自然に。わざとらしくなく。

（一八〇）

仰せて云はく、「[一七]精進の時、[一八]念珠《ねんじゅ》を持ちて[一九]何事かあらむや。但し、若き人の[二〇]強《あなが》ちに取り出だし、高声《かうしやう》に阿弥陀仏を申さむ事、見苦しき事なり」と。

（一八一）

仰せて云はく、「[二一]摂政関白の初めて[二二]唐車《からぐるま》に乗りし事、何時《いつ》と慥《たしか》には覚えず。久しくなりたる事か」と。

（一八二）

仰せて云はく、「[二三]束帯の時の着座の作法は、前を[二四]攬《と》りて、[二五]先づ膝を突きて居《ゐ》るなり」と。

第一八〇条　念珠についての心得。　一七 精進潔斎している時。
一八 底本「念殊」を訂。数珠。
一九 構わない。許される。
二〇 これ見よがしに取り出して、大きな声で念仏を唱えるのは見苦しいことだ。

第一八一条　摂関の唐車乗用の久しきこと。　二一 摂関が唐車に乗るようになった起源。
二二 牛車の一。屋根を唐庇に作り檳榔（びろう）の葉で葺いた大型の車。上皇・皇后・東宮・親王・摂関などの晴儀の乗用。最も格式の高い車。蛙抄・車輿「唐庇車、号二唐車一、是也。太上天皇乗二御之一、女院乗用有レ例、摂関臣晴日又乗二用之一、大臣等不レ乗二用之一」。

第一八二条　束帯で着座するときの心得。富家語178に関連する話題がある。
二三 貴族の礼装。大口袴・表袴をつけ、上に単衣・衵・下襲・半臂・袍を着て、石帯をしめ、魚袋をさげ、剣を帯び、平緒を垂らし、浅沓をはき、笏をもち、冠をつける。
二四 底本「攪」（乱す、かき回す意）。「攬」（とる、とりもつ意）の異体字または誤写とみて訂。名義抄は攪・攬とも「トル」と訓む。富家語178の「直衣の前を頗る違えて」と同様、衣装の歪みを防ぐ気配り。
二五 まず膝を突いて、それから座る。↓178注一二。

（一八三）

仰せて云はく、「[一]神璽《しんじ》はこれ筥《はこ》の内に納めたる印なり。[二]宝剣は平緒《ひらを》を付く。[三]その平緒の中に鎰《かぎ》を納め、[四]筥には納めずと云々。件の鎰は[五]関白本門の鎰か。献ぜしむる御体《てい》か」と。

問ふ、「開くる事あるか」と。

仰せて云はく、「一切開けず。[六]陽成院璽《じ》の筥《はこ》を開けしめ給ふに、その中より白雲起《た》つ。時に、天皇恐じ怖れてうち棄てしめ給ひ、[七]木氏の内侍を召してからげさせらると云々。件の木氏の内侍は[八]筥をからぐる者なり。近来《このごろ》はなし。また、[九]剣《つるぎ》を抜かしめ給ふ時、[一〇]夜御殿《よるのおとど》の傍の塗籠《ぬりごめ》の中、[一一]ひらひらとひらめきければ、恐れて、[一二]はくとうち棄て給ひければ、[一三]はたと鳴りて[一四]自《おの》づからさされけりと云々。その後は聞かず」と。

[一五]仰せて云はく、「[一六]固関《こげん》と云ひし様に覚ゆるなり」てへり。

（一八四）

第一八三条　三種の神器の神璽と宝剣に関わる話題。古事談一・4は本条に依拠。江談抄二・3（前田本86）には冷泉院が神璽の緒を解こうとした類話、続古事談一・2には冷泉院が神璽の筥を開け、宝剣を抜こうとした類話がある。また神璽の筥の鎰については江談抄二・36（前田本84）に関連記事がある。

一 三種の神器の一。八坂瓊曲玉。禁秘抄・宝剣神璽「神璽自二神代一于レ今不レ替。寿永ニ自二海底一求出。上以二青色ノ絹ヲ一裹レ之ヲ。以二紫糸ヲ一結レ之ヲ如レ網ノ。内侍持レ之ヲ間、下ノ緒指入ル程緩也」。二 三種の神器の一。草薙剣。この剣は、壇の浦の合戦の時、海底に沈んで失われた。三 宝剣の平緒（組紐）の中に神璽の筥の鎰が巻き込めてあるという所説は、江談抄（前田本84）「又或説云、神璽筥鎰、纏二宝剣之組一纏籠之由、見二延木御日記一。秘事也」に近い。四 神璽を納めた箱。延木（延喜）御日記は醍醐天皇の御記。花園院御記・応長二年（一三一二）正月一日条「件筥後方、蓋ニ鎰有レ二、筥ニ壺有レ二、前方壺有レ三、此三壺以二一緒一融シテ結レ之。件壺只如二辛櫃後一、件緒紫固組也」。五 底本「関白本門鎰」。「門」に「本」と傍書。文意未詳。「開日本国鎰歟」とし下文の「令献御躰歟」を欠く伝本があるが、原姿とは考え難い。六 陽成天皇。奇行・乱行が絶えず、関白藤原基経により退位させられた。七 紀氏の内侍。続古事談「紀氏ノ内侍モトノゴトクカラゲケリ」。朝野群載五・朝儀の永承二年（一〇四七）の内侍所の上日表に「正六位上紀朝臣忠子」の名がみえる。花園院御記・応長二年（一三一二）二月十八日条「未刻関白参内。中刻於二朝餉一結二璽筥一〈結緒裹絹等改弊無レ極。仍改レ之。内蔵寮進レ之〉。中納言典侍蔭子奉レ裹給」も注目されるが、蔭子の氏は未詳。八 神璽の箱の平緒を縛るのを役とする者。九 前出の宝剣に同じ。→注二。一〇 神璽と宝剣は清涼殿の夜御殿に安置されていた。夜御殿は東西は壁、南北に妻戸がある塗籠状の部屋。禁秘抄上・夜御殿「四方ニ有二妻戸一、南ハ大妻戸一間也。帳同二清涼殿一〈東枕〉。畳ノ御座敷也。御枕ニ有二二階一、奉レ安二御

仰せて云はく、「故[一七]信雅《のぶまさ》朝臣は面《おもて》[一八]は美《よ》くて後《うしろ》は頗《すこぶ》る劣れり。男は[一九]成《なり》雅《まさ》朝臣なり。[二〇]成雅は面は[二一]劣りて後の[二二]厳親《げんしん》に勝《まさ》るなり。これに[二三]因りて甚だ[二四]幸ひするなり」てへり。

（一八五）

仰せて云はく、「[二五]春日《かすが》の奉幣は、[二六]まづ一日に幣《ぬさ》を立つるなり。精進は[二七]暁の鐘報より始む。鐘以前は諸事を憚らず。当日は湯浴みて後に奉幣するなり」と。

問ふ、「髪を洗ひ、また髪を梳《くしけづ》るべきや」と。

仰せて云はく、「物詣には洗ふべし。但し、古人は必ずしも洗はず。しかれども、吾《われ》は必ず洗ふ。[二八]奉幣には洗ふべからず。梳る事はあるべからず。[二九]洗ひつは洗ひ、洗はざるは、ただ本の定《ちやう》にてあるなり。[三〇]梳る事はなし」てへるなり。

問ふ、「[三一]御祭の日、精進すべきや」。

仰せて云はく、「当日は神事たるべし。但し、[三二]奉幣以後は、本の物

剣神璽ヲ一〈皆有レ覆。蘇芳也。御剣東南〉」。
二 ぴかぴかと光ったので。 三 ばたんと。
一三 ぱちんと。かたんと。 一四 自然に鞘におさまった。
一五 底本は、この一文は改行しないが前文とはやや間隔を置いて記している。「固関」の訓み方を述べた独立条として扱うことも可能かと思われるが、ここでは前文に続くものとして解釈した。↓注一六。
一六 底本「コクヱン」と振仮名。歴史的仮名遣は「こげん」。(陽成院の奇行に対する処置としては)固関が行われたように覚えている。固関は、朝廷の吉凶や内乱の時、勅命によって諸国の関を固め守らせること。

第一八四条　男色の相手、信雅・成雅父子に対する批評。
一七 源信雅。村上源氏。顕房の男。
一八 顔は美しいが後がよくない。「後」云々は男色に関係する発言。 一九 その子息は成雅である。 二〇 源成雅。信雅の男。保元の乱で越後に配流。 二一 これも男色に関係する発言。 二二 父親。厳父。 二三 底本「固之」を訂。
二四 成雅は忠実・頼長に男色の相手として寵愛された(今鏡・武蔵野の草)。五味文彦『院政期社会の研究』参照。

第一八五条　春日の奉幣に関する質疑応答。応保元年(一一六一)十二月九日関白基実が春日詣(山槐記)。これに触発された言談か。
二五 春日神社への奉幣。
二六 まず一日のうちに奉幣するものなのだ。春日神社には奉幣使が京都を出発したその日のうちに奈良に着いて奉幣する。丑の刻頃に出発して申刻頃に着き、奉幣するのが通例。 二七 鶏鳴の鐘をさすか。↓86注一三。この鐘が鳴ってから精進を始める。それ以前は何事も憚らないでよい。
二八 奉幣の時には髪を洗ってはいけない。梳ってもいけない。 二九 「洗ひつべきは」の意。洗ってよい時(物詣)には洗ってよいし、そうでない時(奉幣)には洗わない。その区別はもとからの定まりなのだ。
三〇 (いずれにせよ)梳ることはしない。 三一 春日祭の日。
三二 奉幣して後はもとの服装に戻ってよい。

どもをうち着て、ただおほよその神事にてあるなり」と。

(一八六)

仰せて云はく、「直衣《なほし》を着して笏《しやく》を持つ時は、揖《いふ》すべからず」と。

(一八七)

仰せて云はく、「直衣《なほし》のはこえに懐紙《ふところがみ》を入るる事、入れたらんも悪しかるまじけれども、故殿は、「はこえに入るるは憎き事なり」と仰せらる。堀川左大臣は、「はこえに入るるはいたき事なり」とて、入るべき由《よし》頻《しき》りに申さる。しかれども、いまだ入れざるなり」と。

問ふ、「若き人は入るるか、はた、老いたる者の所為か」と。

仰せて云はく、「若き人などの、よきほどなるが入れたるこそよけれ」と。

(一八八)

一 一般の神事と同様であるのだ。

第一八六条 直衣では揖をしないこと。

二 雑袍聴許の公卿は直衣姿で参内することを許されたが、元来直衣は略装であるから、正式な礼である揖とはそぐわない。

第一八七条 直衣のはこえに懐紙を入れることの是非を論じる。

三 底本「ハコエ」。歴史的仮名遣は「はこへ」。直衣の裾をたくし上げて折りからげ、袋状にした部分。蓮阿口伝抄・直衣着次第「ハコヒノ作様、下ヲ上ヘ、人ノ下クチビルノヤウニシテ、マタ上ヨリクチビルノヤウニ下ヘキスベシ。…ハコヒノ下ヲ帯ノ下ヘ引タルハ、ハコヒノサキハネテヨシ。縫目ニカドナクテマロヤカニハスベシ。腋ノシハヨク入ベシ」。

四 たたんで懐に入れておいて、鼻紙にしたり歌を書き記したりする紙。畳紙(たとうがみ)。

五 藤原師実。忠実の祖父

六 憎らしいこと。感心しないこと。

七 源俊房。師実の室麗子の兄。

八 感に耐えないこと。見事なこと。

九 (忠実自身は)まだ入れたことがない。

仰せて云はく、「[一〇]率川祭《いざかはのまつり》の日は精進すべし。但し、衣《きぬ》[一一]は例の時のを着して何事あらんや」と。

（一八九）

左[一二]大臣殿の祗候《しこう》せられて云[一三]はく、大炊御門《おほひみかど》[一四]に付き、また、倉の事を申さしめ給ふ。

しかるに、仰[一五]せて云はく、「件の倉は見らるるか」と。

左府申さしめ給ひて云はく、「[一六]よく見給ふるは。件の亭に居住せる時は、常に見候ひき。[一七]他所に居て後は、一年に一度など罷《まか》り向かひ候ふなり」と。

仰せて云はく、「古《いにしへ》は倉に入りて見などする事全《もは》ら侍らざりき。故[一八]大殿、「某《それがし》こそ倉に入りたりけれ」など仰せられて咲《わら》ひ給ひし事なり」と。

第一八八条　率川祭の日は精進すべきこと。

一〇 奈良の率川神社の祭。二月と十一月の上酉日に行われる。いずれも春日祭の前日に当たる。北山抄一・二月「上酉日率川祭〈付二春日祭幣使一〉」、同書二・十一月「上酉日率川祭事〈用二春日祭明日一〉」。

一一 衣服は普段のを着ていて差し支えない。

第一八九条　貴人は倉に入らず。大炊御門高倉殿の倉をめぐる基実との会話。

一二 藤原基実。忠通の一男で、忠実の孫。前年の永暦元年(一一六〇)八月、十八歳で任左大臣。

一三 途中で話法が変わり、文がねじれている。

一四 大炊御門高倉殿。大炊御門北、高倉東。基実の邸宅。保元の乱以前は頼長の邸宅。永暦元年(一一六〇)十月頃から里内裏となっていた(橋本義彦『平安貴族』里内裏沿革考)。

一五 そこの倉に入って見られたのか。大炊御門高倉殿には頼長の文倉(書庫)があった。忠実の心中は複雑であったろう。

一六 よく見ておりますよ。

一七 よそへ転居して後は。

一八 故大殿(師実)は「誰某は倉に入った」等と仰せられてお笑いになった。倉に入るのを忌避していたことを示す。但し、貴人が蔵に入った例としては、鳥羽院の宇治経蔵(宝蔵)見物が著名。忠実は忠通・頼長・家成らと供をしている(中右記・長承元年(一一三二)九月二十四―二十六日条)。それから後、同経蔵が「宇治の宝蔵」として神秘化の一途を辿ったことは、田中貴子『外法と愛法の中世』参照。

（一九〇）

仰せて云はく、「故堀[一]河院はいみじく御《おは》せし人なり。有賢《ありかた》[二]・家俊《いへとし》[三]を左・右京権大夫になしなどして、道[四]のためにめでたく御《おは》せし事なり。また、彼[五]の家の事をよく知ろしめす。管絃は左右《とかう》[六]に及ばずめでたく御《おは》せし帝王なり」と。

（一九一）

仰せて云はく、「吾《われ》、発心地《おこりごこち》[七]して少し宜《よろ》しくなりたりし時、小[八]さき狐のうつくしげなるが肩の上にありと見ゆ。また、背に大きなる狐は[九]ひかかる。また、我が目の下《もと》[一〇]も狐の目の様になりて覚えしかば、人ど[一一]もしばしあきれて、後には咲《わら》ひなどしき。その後は見えず。また別に[一二]祈られざりき」と。

（一九二）

第一九〇条　管絃の道に理解深かりし堀河院の思い出。応保元年（一一六一）十二月十日の臨時の御遊（山槐記）に触発された言談か。

一 堀河天皇。一般に平安末・中世の伝承において堀河院は芸道の理解者として高く評価されるが、自身が管絃に優れた忠実にとっては、とくにその感が深かったに違いない。

二 源有賢。宇多源氏。左京権太夫。父政長は堀河院の笛の師（続古事談一・20）。保延三年（一一三七）六月二十三日の臨時御遊では有賢が拍子を取った（御遊抄）。

三 源家俊。醍醐源氏。家賢の男。堀河天皇に近侍し、音楽に優れた。右京権大夫。続古事談五・33には、内侍所の御神楽の時、堀河天皇の御前で家俊が本拍子を勤めた話がある。

四 管絃の道。

五 管絃の家柄であることをよく御理解なさっていた。中右記・永長二年（一〇九七）閏正月四日条（この日卒去した有賢父政長に対する評）「伝二累代之業一、長二管絃之道一。寛治元年以来為二当時御師一、当レ近二竜顔一」。

六 あれこれ言うまでもなく。文句なしに。

第一九一条　忠実に狐が憑いた話。

七 一、二日の間を置いて間歇的に発熱する病気。瘧病（わらわやみ）。今のマラリア。

八 愛らしい小狐。狐を「うつくし」と見るのは狐に対する親近感の表れ。忠実の狐に対する関心の深さは中外抄上27にも見られ、狐は閻魔天の眷属と説く。また古今著聞集六・265には、忠実が荼枳尼（狐）の法を行った時の不思議（福天神）についての話があり、人に憑く狐に対する忠実の深い関心と信仰を物語る。

九 這いかかる。おぶさるようにする。

一〇 目許（めもと）の意であろう。目つき。

一一 人々は暫くは唖然として。

一二 （狐が見えたからといって）特に祈禱などはしなかった。

第一九二条　頼通が平田荘の絹を重用した話。

一三 藤原頼通。

一四 大和国城下郡、今の奈良県磯城郡田原本町平田付近にあった荘園。藤原摂関家の渡領。

一五 ここでは、大口袴（おおくちのはかま）についての発言か。張大口または前張大口をさす。ともに精好（せいごう）。縦糸・横糸とも

仰せて云はく、「宇治殿[一三]は平田庄[一四]の絹して張袴《はりばかま》[一五]にも生《すずし》[一六]のにも用ゐし
め給ふ。定れる事なり。下袴《したのはかま》[一七]も平田庄の絹を以つて用ゐる」てへるな
り。

（一九三）

仰せて云はく、「御遊の具[一八]を持参する時は、先づ笛の筥《はこ》、次に絃を
持参す」と。
仰せて云はく、「笏《しゃく》を突く時は、笏[一九]の下を突くなり」と。

（一九四）

仰せて云はく、「花山院[二〇]は、堀川院の兄一宮[二一]、寝殿[二二]に於いて事あり。
その後、いまだ造り改めず[二三]。尤も禁忌あり[二四]。仍りて内裏にならざる《よ》[二五]か。
広庇《ひろびさし》[二六]に向かひたる妻戸より出で[二七]給ふ」と云々。

に練り糸で織った厚手の絹)で仕立てた袴。餝抄上・大口「紅生平絹。或紅張衣〈但近代不レ用レ之〉。宿老之人或白生張袴」。一六 生絹(すずし。練っていない生糸)で仕立てた袴。薄くて軽い。一七 表袴の下にはく大口と同様に、指貫の下にはく袴。

第一九三条 管絃の具と笏について語る。話題が二つに分かれ、別の日の言談かと思われるが、一行に記す底本に従い、しばらく一条として扱う。一八 管絃の遊びの道具。楽器。一九 この通りの姿勢の人物が年中行事絵巻一・舞御覧や同書二・関白賀茂詣の画面に見られる。

第一九四条 花山院第の凶事と禁忌を語る。二〇 近衛南、東洞院東の一町を占めた邸宅。花山院の仙洞御所。その後、師実が伝領して造営。四条宮寛子(師実の姉。後冷泉天皇皇后)の御所となり、後には家忠が伝領して花山院家の祖となった。二一 白河院の一宮、敦文親王。母は師実女(実父顕房)中宮賢子。堀河院の兄宮。二二 寝殿で崩御された。水左記・承保四年(一〇七七)八月二十五日条「今上一宮於二華山院一近日令レ煩給。是御皰瘡後痢病云々」以下、病状次第に悪化し、同年九月六日四歳で崩御。師実ら一門にとっては掌中の珠を失ったに等しい痛恨事であった。本朝皇胤紹運録には「依二頼豪阿闍梨悪霊一也」とある。二三 古事談六・9は、花山院は京極大殿(師実)が伝領、いまに焼けぬ所と語る。吉部秘訓抄・建久二年(一一九一)三月二十八日条「経房記云、…花山院、元是彼法皇御所。…而堀河院御兄宮於二此亭一薨去。依二此事一無二御居住一、舎屋破壊」。池上洵一編『島原松平文庫蔵古事談抜書の研究』第一三五段注解(田中宗博担当)参照。二四 まさに忌むべき不吉な邸宅だ。二五 だから里内裏にもならなかったのだろう。二六 寝殿造の母屋の外、簀子に面した細長い部屋。花山院第は西対に南広庇があり、西中門廊がその広庇に接するところに妻戸があった。西中門(玄関)からはやや離れた位置にある。二七 遺体を搬出した。

（一九五）

仰せて云はく、「亀居《ききよ》[一]といふは、両膝を突きて足の平《ひら》[二]をば開きて居《ゐ》るなり。きびすなどには尻のかかる様もあるらん。この居様《ゐやう》[三]極めたる大事なり。深沓《ふかぐつ》[四]の靴《くわ》など着しては居[五]るべきやうもなき事なり。官奏[六]の時も、居るには、大内[七]は左を晴にして、左足は前にうるはしく置きて、[八]右足をばにがして居て、そのにが[九]したる方の足の方に文は開くなり。里内《さとだい》[一〇]は右を晴にすれば、また同じ事なり[一一]。口伝あるべし」と。

（一九六）

仰せて云はく、「如表物[一二]は日記[一三]を置く御厨子なり。これ、定れる事なり。清涼殿[一四]の南の方なる厨子の事なり」と。

（一九七）

仰せて云はく、「唐《から》[一五]装束には、冬は唐綾[一六]の表衣《うへのきぬ》[一七]、同じき表袴《うへのはかま》[一八]・下《した》[一九]

第一九五条　跪居の仕方を述べる。　一 底本「亀居」。「跪居（ききよ）」の当て字。跪居は、両膝をついて、つま先を立て、踵の上に尻を置く姿勢。ひざまづき。　二 足の裏。　三 座り方。　四 革製黒漆塗の筒の長い沓。筒の縁に染革をめぐらす。西宮記十九・沓「深沓。上下共用レ之。公卿尋常政、着二外記庁一着用〈初着レ靴〉」。　五 すわれそうにもない。　六 官の奏。不勘田奏が主。太政官から天皇に奏上して裁可を請う儀式。　七 正式の内裏では左方を上手（かみて）として、左足は前にきちんと置いて。　八 右足を後にそらしのばすようにして。「足をにがす」例は、富家語72および208にも見える。　九 そらした足の方（右）に文を開く。江家次第九・官奏・摂政時官奏「取レ文、膝行下如レ初、右廻行レ東左廻着座。置レ文之後刷二衣袖一、開二懸紙一、押二文於右方一。先取二一枚一当レ胸、次当二右腋一開レ之」。　一〇 里内裏では右方を上手（かみて）とするので。　一一 （左右反転させて）同様に考えればよい。

第一九六条　日記の御厨子について語る。　一二 底本「如表物」は未詳。「置物」の誤写か。置物の御厨子は、物を置く厨子棚。　一三 いわゆる「二代御記」（醍醐天皇御記と村上天皇御記）をさす。清涼殿の日記御厨子に置かれていた。→注一二。　一四 清涼殿の母屋の南、殿上間との境の壁に沿って据えられた黒漆の厨子二脚。禁秘抄上・清涼殿「日記御厨子二脚。〈近代不レ納二二代御記一。只雑文書等及女嬬坏指油。不可説次第也〉」。禁腋秘抄・清涼殿「南ノカベニノベテ日記の御厨子〈戸扉鎖アリ〉二脚立タリ」。

第一九七条　唐装束について語る。後照念院装束抄・唐装束事は本条に依拠。　一五 唐綾・唐絹・唐織物で作った装束。晴れの装束。　一六 中国製の綾。模様を浮織してある。からのあや。　一七 →51注二。　一八 →84注二。　一九 →46注七。　二〇 中国製の絹。　二一 →241注二。　二二 大口袴。裾口の大きく広い下袴。表袴襲《がさね》、唐絹[二〇]の半臂《はんぴ》[二一]など着するなり。大口[二二]・衵《あこめ》[二三]・単衣《ひとへぎぬ》[二四]等はしからず[二五]。夏は唐絹の表衣、同じき半臂・下襲、唐綾の表袴等を着するなり。単《ひとへ》[二六]・帷《かたびら》・大口に於いてはし[二七]からざるなり」と。

（一九八）

また、仰せて云はく、「余は唐《から》[二八]装束に指懸《さしかけ》[二九]を着す」と。

[三〇]予の申して云はく、「指懸は四位已下《いげ》の着する由《よし》、西宮記[三一]に見え候ふ。公卿は如何」と。

仰せて云はく、「必ずしもしからず。予も且《しば》らく着す。公卿の用ゐて何事あらむや」と。

仰せて云はく、「鼻切沓《はなきれぐつ》[三二]は上下[三三]通用するところなり。これ、常[三四]の沓の名なり」と。

（一九九）

仰せて云はく、「四方拝[三五]の時、南庭に畳一帖を舗《し》き、四角《よすみ》[三六]に三毬打《さぎちやう》[三七]

の下に着る。二三 下襲の下、単衣の上に着る衣。二四 表着の下に着る裏のない一重の衣。二五 そうではない。唐綾または唐絹でなくてもよい。大口・衵・単衣は下着であるから「唐」には拘束されないのであろうか。二六 単は、絹地の裏を付けない衣、布製の裏のない一重の衣の総称。二七 →注二五。

第一九八条　前条の唐装束の話を承けて、話題は履物に及ぶ。

二八 →197注一五。二九 底本「サシカケ」と振仮名。中右記・長治元年（一一〇四）八月六日条「今日右大臣殿唐装束〈紗表衣、黄浮綾下襲、…〉、羅冠沓〈指懸〉」にみえる「羅冠沓」のことであろう。三〇 筆録者高階仲行をさす。三一 西宮左大臣源高明の著した有職故実書。西宮記十七・沓「指懸、四位已下着レ之」。三二 鼻先の低い沓。西宮記十七・沓「鼻切、四位五位上官着二用之一」。近代公卿及二六位一任レ意着用、未レ知二可否一」。餝抄中・履「鼻切沓〈或云二雁鼻一〉。臨時之祭、若諸社行幸御幸、舞人試楽日、或用二此沓一也」。三三 身分に関係なく、上下ともに用いる。三四 普通に履く沓。

第一九九条　摂関の四方拝について語る。応保二年（一一六二）元旦前後の言談か。

三五 ここでは天皇の行う四方拝ではなく、摂関のそれをさす。江家次第一・四方拝「庶人儀〈卯時前庭敷レ座云々〉。北向拝二属星一。向レ乾拝レ天。向レ坤拝レ地。次四方〈自レ子、終レ酉〉。次大将軍・天一・太白、以上再拝〈…〉。次氏神〈両段再拝〉・竈神、可レ加二先聖・先師〈再拝〉・墳墓〈両段再拝〉一」。なお同書二十・関白四方拝の項を参照。三六 四隅。三七 底本「三毬打」。三毬杖・左義長なども書く。正月の火祭り行事。宮中では清涼殿東庭で十五・十八日に行われた。ここでは、その時のように青竹を束ねて立てて、灯を挙げることをいう。徒然草一八〇段参照。

をもつて灯《ともしび》を挙げ、[一]座に於いて、彼此《かれこれ》に向かひて拝するなり。四方を拝するには[二]東より始むなり。[三]神并びに陵を拝すといへども、猶《な》ほ剣《つるぎ》を解かず。

[四]女神の社の社頭に向かへる時は剣を解く。[五]家に於いて奉幣の時には解かず。定まりたる例なり」と。

（二〇〇）

仰せて云はく、「[六]四方拝の時、[七]歳下《さいげ》食《じき》に当たらば、[八]前夜浄衣《じやうえ》を着して[九]寝殿に付き、[一〇]後朝に拝す。また、[一一]晦日《みそか》の下《げ》食《じき》たらば、朔日《ついたち》に湯殿」と。

（二〇一）

仰せて云はく、「[一二]四方拝の時は、[一三]束帯に帯剣して笏《しやく》を持つ」と。

（二〇二）

一 庭に敷いた畳一帖の上で、あちらこちらに向いて拝礼するのだ。「御座三所」（江家次第一・四方拝）を設ける天皇とは異なる点に注意。 二 江家次第二十・関白四方拝によれば東南西北の順に再拝する。同書一・四方拝の「四方〈自レ子、終レ酉〉」も同意。↓199注三五。 三 江家次第にいう「氏神・竈神」と「墳墓」を拝する時のことであろう。↓199注三五。

四 以下、解剣をめぐる話題となる。祭神が女神である神社に参拝した時には。 五 家にいて奉幣する時には解かない。

第二〇〇条　前条に続いて摂関の四方拝の話題。

六 前条と同様、ここでは摂関の行う四方拝をさす。↓199注三五。 七 陰陽道で、天狗星の精が下って食を求めるとされる日。その日を下食日（げじきにち）または歳下食（さいげじき）という。六十日に一度あって沐浴・理髪・種蒔・植物の移植等に凶の日とされる。 八 前夜（大晦日）のうちに浄衣を着て。

九 寝殿に行って待機していて。

一〇 翌朝（元旦の朝）四方拝を行う。

一一 底本「毎日」を訂。もし大晦日が下食に当たっていたら、元日になってから沐浴する。↓201注一二。

第二〇一条　前条に続き摂関の四方拝の話題。内容的には前々条と連関する。

一二 ここでは摂関の四方拝をさす。↓199注三五。江家次第二十・関白四方拝「追儺後御湯殿。鶏鳴出御〈御装束如レ式。位袍。庶人卯時〉。端レ笏北向称二属星名字一。七遍」云々。

一三 ↓182注二三。

第二〇二条　東三条殿における公卿座等の設営について語る。正月の大饗に関連する言談か。

一四 ↓90注五。

一五 西を上座（かみざ）とする時には。

一六 東三条殿の寝殿と西中門とをつなぐ西北渡殿の別名。上官座廊。母屋と北庇から成る渡殿で、ここではその母屋をさす。

一七 底本「北廟」を訂。上官廊の北庇。

一八 上官廊の西には西中門廊があり、その南端の妻戸が東

仰せて云はく、「[一四]東三条は、[一五]西をもつて晴となす時は、[一六]上官《じやうくわん》の廊をもつて公卿の座となし、その[一七]北廂《ひさし》に紫縁の畳を敷きて殿上人の座となし、[一八]中門の廊の南の妻戸に[一九]年中行事の障子《しやうじ》を立てて、その北に[二〇]切台盤《きりだいばん》を立つ」と。

（二〇三）

仰せて云はく、「[二一]東三条の西面《おもて》の公卿の座は、[二二]東の障子《しやうじ》の前に障子を[二三]属《つら》ね、中央に[二四]主人の座を舗《し》く西に面す。件の間の西の柱より[二五]帖を舗《し》きて公卿の座となし[二六]東を上《かみ》に対座す、[二七]細殿をもつて出居《いでゐ》に用ゐるなり」と。

（二〇四）

仰せて云はく、「[二八]西面《おもて》において[二九]臨時客を行ふ時は、[三〇]寝殿の西廂《ひさし》をもつて公卿の座となし、南をもつて上《かみ》となすなり」と。

三条邸の玄関であった。
一九 年中の公事の名目を両面に書いた衝立障子。清涼殿のそれが有名だが、摂関大臣家の邸宅にも同様の屏風が立てられていた。台記・久安三年(一一四七)七月二十六日条に実例がみえる。
二〇 台盤の甲板の長さを普通の半分にしたもの。二つ合わせて普通の台盤の大きさにして使用する。

第二〇三条 東三条殿の公卿座の設営。前条と連関する話題。
二一 →90注五。以下は、東三条殿の西面を用いた大饗の席次について述べる。具体的には寝殿の南庇西第一―五間と西庇が公卿の座となった。太田静六『寝殿造の研究』参照。
二二 東三条殿の寝殿の母屋の東は塗籠になっていた。その塗籠との境界線で南庇は障子(東の障子)で仕切られていた。
二三 「属」は、連ねる意。
二四 尊者(主賓)の座。東障子の前に西向きに設けられた。
二五 「畳(じょう)」と同意か。「たたみ」は、敷物の総称。
二六 東(尊者に近い方)を上座とし、対面して二列に座る。
二七 東三条殿の細殿は寝殿の西庇の北側にあり、殿上人・蔵人の座となった。

第二〇四条 東三条殿における臨時客の設営。これも前条と連関。富家語247に関連記事がある。
二八 東三条殿(→90注五)の西面をさす。
二九 摂関家で正月(主として二日)に親王・公卿たちを饗応する儀。大饗に比べて略式。平安中期以後は大饗より臨時客が多くなった。但し、初任大臣の時には臨時客ではなく大饗を行うのが普通だった。倉林正次『饗宴の研究(儀礼篇)』参照。江次第鈔二・大臣家大饗「臨時客者、大饗以前先行レ之。蓋不レ及二請客一而不時客来之由也。故号二臨時客一。不レ用二机・台盤一、用二折敷・高坏一也」云々。
三〇 寝殿の(母屋ではなく)西庇を公卿の座とし、南を上座とする。江次第鈔二・大臣家大饗「初任大饗可二於レ庇行一レ之。毎年大饗於二母屋一行レ之。…臨時客又於レ庇行レ之」。

(二〇五)

仰せて云はく、「寝殿[一]の南廂《ひさし》において臨時客[二]の事あり」と。

(二〇六)

仰せて云はく、「鍋・楾《はんざふ》[三]の蓋は仰《あふの》[四]けて置く。私[五]筥・桶の蓋はうつふせて置く」と。

(二〇七)

仰せて云はく、「節会《せちゑ》[六]の一上《いちのかみ》にあらざる内弁《ないべん》は、先づ奥[七]の座に着す。職事《しきじ》[八]の来りて仰す[九]時に、少し[一〇]居直りて笏《しゃく》を取り、気色《けしき》す。職事の宣仁[一一]門に於いて後、座を起ちて、端の座に移り着すなり。沓《くつ》[一二]を着する時には片膝を突く」と。

(二〇八)

第二〇五条　前条の補足的話題。これも東三条殿に関わる言談。富家語247に関連記事がある。
一 前条の所説に対して、例外もあることを述べる。東三条殿(→90注五)の寝殿の南廂。本来なら正式な大饗が行われる場所。→204注三〇。
二 東三条殿で行われた臨時客の実例は、→204注二九。

第二〇六条　器物の蓋の置き方を語る。
三 湯や水をものにつぐ器。
四 仰向けて。裏返しにして。
五 「私」は未詳。誤記か。はこ・おけの蓋はうつ伏せて置く。

第二〇七条　一の上でない者が節会の内弁を勤めるときの心得。元日節会に関連して想起された話題か。
六 節会の内弁を、一の上(左大臣)でない者(右大臣など)が勤める場合には。内弁は、節会などの時、承明門内で儀式を司る上席の公卿。
七 北側の座。内座。ここでは陣の座のそれをさす。江家次第一・元日宴会「内弁着二宜陽殿兀子一〈先於二陣座後一着レ靴之後、聞二近仗警声一自二壇上一南行着レ之〉」。本条は、内弁が宜陽殿の兀子に着く以前の、陣の座における待機の仕方について述べたもの。
八 蔵人の異称。
九 天皇の出御が近い旨を告げる時。
一〇 少し居ずまいを正して笏を取り直し、威儀を正した態度で答える。
一一 蔵人が宣仁門に行って後、内弁は座を立って端座に移る。宣仁門は、紫宸殿と宜陽殿とを繋ぐ軒廊(陣の座)の宜陽殿側の口にある門。端座は、南側の座。外座。
一二 注七の江家次第に見える「着レ靴」をさす。

第二〇八条　節会の内弁の練歩の心得。前条に連関する話題。富家語72、88、160に関連記事がある。
一三 →207注六。　一四 →72注三〇。

仰せて云はく、「[一三]内弁《ないべん》謝座[一四]の時、まづ[一五]西に向かひて[一六]一揖《いふ》し、次に右足を一足[一七]きしりと[一八]にがせば、[一九]乾《いぬゐ》に向かひて再拝し、その後、乾に向かひながら一揖して三足計《ばか》り前へ[二〇]練り出でて巡りて還《かへ》るなり。それ、[二一]裾に意を用ゐるためなり。右足を先にすべし」と。

（二〇九）

仰せて云はく、「何方《いづかた》をもつて枕となすべきやの事は、[二二]指せる方なし。但し、天子は[二三]東をもつて跡とせざるなり。[二四]これ、伊勢大神宮の御方なり。また、[二五]南殿は南枕、清涼殿は東枕。[二六]所の便《びん》によりて用ゐるところなり。[二七]余は西枕にてあるなり。これ、[二八]南は春日《かすが》明神、北は[二九]北斗七星、西は極楽の故なり」と。

また、仰せて云はく、「[三〇]本より人の舗《し》きたる寝座《ねざ》を足にて舗き直さむなど云ふは見苦しき事なり。[三一]ただ跡にせじと思ふ方を、うちすぢかひて臥すなり。計るべきなり」と。

一五 節会においては、内弁はまず宜陽殿の兀子を立って壇上を北に行き、軒廊の東第二間から庭に出て、謝座再拝を行う。即ち本条は時間的にいえば前条の次にくる場面を話題にしている。江家次第一・元日節会「内弁起ㇾ座、微音称唯、経二宜陽殿壇上一北行、出ㇾ自二軒廊東第二間一、斜行到二左近陣南頭一〈当二将座一南去七尺、西出六寸〉、謝座再拝〈頗乾向、先一揖、次再拝、次一揖、右廻経二乾廊井東階等一入ㇾ自二廂南一間、母屋東第一間一、西進計二座程一着ㇾ之〉」云々。
一六 →160注八。 一七 きっちりと。→160注九。
一八 「にがす」は、足を後方へそらしのばす意。→72注三二。
一九 北西。 二〇 練歩。→56注六。
二一 （後に引いている下襲の）裾がめくれ返らないように心配りをする。なるべく大きく円を描くように方向転換することをいう。→88注一。

第二〇九条　どの方角を枕として寝るべきかを論じる。
二二 特に決まった方角はない。
二三 東に足を向けて寝ない。
二四 底本「足」に傍書「是歟」。「是」に訂して訓む。（東は）伊勢神宮（皇室の祖先神）のある方角だからだ。
二五 紫宸殿の別称。
二六 それぞれの場所の便宜に応じて。
二七 自分は西枕で寝ている（即ち、東に足を向けている）。
二八 南は春日神社（藤原氏の氏神）の方角。
二九 北斗七星は、本命星（ほんみょうしょう。生年によってその人の一生の運命を支配する星）として信仰された。速水侑『呪術宗教の世界』参照。
三〇 もともと人が敷いている寝床（の方向）を足でなおしなどするのは見苦しいことだ。
三一 （寝座の方向はそのままで）ただ（自分が）足を向けたくない方向とは食い違うように（すこし体の方向を変えて）寝る意。

（二一〇）

仰せて云はく、「[一]荷前《のさき》の時は剣《つるぎ》を解かず。但し、[二]いまだ日記には見ず。[三]故殿の仰せなり」と。

（二一一）

仰せて云はく、「[四]四方拝の呪文の事は、居ながら申して云はく、「[五]過《くわ》度《ど》我《が》身《しん》」など称《とな》ふ。これをもつて思ふに、[六]対馬《つしま》の読みか」と。

（二一二）

仰せて云はく、「[七]膳を羞《すす》むる事は、先《ま》づ高く[八]盛り着けたる塩等を居《す》ゑて持て来たる。[九]飯《いひ》は後に居《す》うるなり。

また、[一〇]汁に各《おのおの》菜を具して持て来たらば、それを食するなり。此《こ》れ彼《か》れ食し交《ま》ずべからず。俗家にては[一一]冷汁を先とすべし。僧房にては[一二]温汁なり。もし[一三]比目《ひめ》を持て来たらば、比目《ひめ》を冷汁に漬け、[一四]例の飯を温汁

第二一〇条　荷前の使について語る。

一　年末に諸国から貢進された初穂を諸陵などに奉るため使者を派遣する儀式（江家次第十一・荷前事）。
二　まだ（先人の）日記では確認していない。
三　藤原師実。忠実の祖父。

第二一一条　摂関の四方拝の呪文について。富家語199、200に連関する話題。

四　ここでは関白の四方拝をさす。→199注三五。
五　摂関の四方拝の時、唱える呪文。江家次第二十・関白四方拝「次再拝呪曰、賊寇之中、過度我身。毒魔之中、過度我身。毒気之中、過度我身。毀厄之中、過度我身。五鬼六害之中、過度我身。五兵口舌之中、過度我身。厭魅呪詛之中、過度我身。万病除愈、所欲随心、急々如律令」。
六　対馬音（つしまおん）。平安時代、呉音の通俗的呼称。「過度我身」の呉音は「クヮ・ド・ガ・シン」。

第二一二条　膳部の出し方と食べるときの心得。第二段は富家語142と話題が共通する。第五段は富家語17、239に関連記事がある。

七　膳部の出し方。
八　高く（山形に）盛りつけた塩。類聚雑要抄一「永久三年七月廿一日戊子関白右大臣殿（忠実）東三条移御」の饗宴図によれば、最初に塩・酒・醬・酢と箸・匙を据えた台が出、次いで中盤（第二台）に高く盛った飯（強飯）が出ている。
九　飯は後から据える。
一〇　類聚雑要抄一の饗宴図（→注八）によれば、第三台には鯉味噌寒汁・蚫熱汁と鯉膾・鯛膾その他が置かれている。
一一　寒汁とも。冷たい汁物。現在のあえ物に近い食品。
一二　熱汁（あつじる）。現在の吸い物に相当する。
一三　姫飯（ひめいい）。現在普通の飯。
一四　当時普通の飯、即ち強飯（こわいい）。おこわ。→142注三〇。

に一五漬くなり。

　また、晴には遠くの物を一六及びて夾《はさ》む事あるべからざるなり。土器《かはらけ》は箸をもつて曳き寄すべからず。また、一七物かく事あるべからず。汁を食し畢《をは》りて後、また飯を少し入る。また、箸に飯のつかば、一八引くべし。飯を口してのごふ事あるべからず。

　また、一九物食《く》ひわろしと云ふは、これ、食すまじき所にて物を食するを謂ふなり。また、二〇食に取りて物食《く》ひわろきは、これ、かくの如き事を知らずして、見苦しげに食するを謂ふなり。

　二一菓《くだもの》は、二二君の御前にては、実《さね》などは二三懐紙《ふところがみ》に入るるなり。吐き散らすことなかれ。梨・柿等の類は手をもつて食す。二四手に取りたる所は食し残して二五箸の土器《かはらけ》に置くべきなり。二六さながらくと食すべからざるなり。二七かくの如き物は箸をもつて食すべからず。二八交菓《まぜくだもの》は箸をもつて食せず」と。

一五 飯は汁に漬けて食べるのが当時の作法。姫飯は冷汁、強飯は熱汁に漬ける説は富家語142にもみえる。
一六 及び腰になって。
一七 食物を口にかき込むこと。
一八 箸を引いて飯を取るがよい。口で(箸を舐めるようにして)取ってはならない。
一九 (一般に)「もの食ひわろし」というのは、食べるべきでない所で食べることをいうのだ。
二〇 (場所ではなく)食べ方について「もの食ひわろし」というのは、上述の作法を知らないで無作法に食べることをいうのだ。古事談抄(日本古典文学影印叢刊)14には「イミジキ物食上手」の用例がある。
二一 果実を食べる場合には。
二二 主君(天皇・院)の御前。
二三 畳んで懐中に入れておく紙。鼻紙や歌などを書くのに用いた。畳紙(たとうがみ)。
二四 手で持った部分は。
二五 底本「箸土器」。訓み方は未詳だが、仮にかく訓む。箸を置く土器。箸台。類聚雑要抄一の饗宴図(→注八)では、箸・匙は小さな土器に載せてある。箸・匙と隣り合わせに土器を置いている場合(永久四年母屋大饗)もあるが、この箸置きの土器(小皿)が「箸土器」であろう。
二六 そのまま全部食べてはいけない。
二七 梨・柿の類。
二八 底本「京菓」を訂。「京」と「交」は草体が似る。交菓物(まぜくだもの)。さまざまな菓物をとりあわせたもの。交菓物には最初から箸がついてこない。→239注一一。

（二一三）

仰せて云はく、「[一]諸大夫を召して管絃に加ふる時は、[二]晴の儀には召人《めしうど》の座に着すべきか。また、ある時は[三]透渡殿《すいわたどの》の高欄《かうらん》の外に居るなり」と。

（二一四）

仰せて云はく、「[四]除目《ぢもく》・叙位の時、関白は簀子《すのこ》を経て長押《なげし》に昇り進みて、座の後より円座《ゑんざ》に着するなり」と。

（二一五）

仰せて云はく、「[五]更衣《ころもがへ》の事は、公卿は四月一日必ず衣を更《か》ふ。但し、[六]若き人は指貫《さしぬき》許りは着し改めざる事もあるなり。しかれども、大略は着し改むべきなり。[七]帷《かたびら》は五月などの暑気の比《ころ》着するなり。それ以前は[八]一重《ひとへ》を着すべきなり。また、[九]おとななどになりぬれば、[一〇]身の透きて見

第二一三条　管絃に召された諸大夫の座について語る。応保二年(一一六二)正月十日の東三条殿行幸での管絃の遊びに触発された話題か(御遊抄・朝覲行幸)。

一　摂関・諸大臣家の家司などとして仕えた四位・五位の家筋の者。

二　(通常殿上で勤めている者であっても)晴れの儀式の時には(庭先の)召人の座に着席すべきであろうか。定家朝臣記・康平三年(一〇六〇)七月十七日条(この日、師実の任内大臣大饗)「此間、召人五人着レ座〈六位衛府尉、縁取紫端帖二枚敷二南階西掖砌下一〉」。

三　両側に壁や戸を入れないで、開け放しのままにした渡廊。ここでは東三条殿の寝殿西側のそれをさすか。

第二一四条　除目・叙位の際の関白の着座について語る。これ以後、除目に関連する話題が断続的に続く。

四　除目・叙位はともに清涼殿の広庇で行う。関白は殿上の間で待機し、簀子を経て広庇に入り、母屋との境の長押の側(即ち、昼の御座に出御された天皇の傍)の円座に着席する。江家次第二・叙位「大臣先一一参上。〈先レ是、関白先被レ候二殿上一。仍以次大臣暫候二殿上一、関白著二御前座一之後、一一参上。〔経二簀子一着二西面一〕〉」。同四・除目「大臣経二簀子敷一着二円座一」。なお雲図抄・正月、年中行事絵巻十二等参照。

第二一五条　更衣について語る。第二段に関連する話題が富家語220にみえる。

五　四月一日に冬着から夏着に、十月一日に夏着から冬着に着替えること。御簾や御帳などのしつらいも改める。

六　公卿の指貫は冬は練(ねり)、夏は生(すず)。年少の公卿は夏・冬の指貫を着交ぜることがあった。餝抄上・夏冬指貫更衣事「自二十月維摩会比一至二四月御禊前一用二練指貫一。自二四月御禊日一至二十月維摩会比一生指貫。〈若五節着二夏衣一之輩、相待不二冬衣一〉」。同上・壮年公卿冬指貫夏指貫着交事「冬指貫、年少公卿与二夏指貫一着交常事也。宿老之人者不レ及二沙汰一、着二冬指貫一者也」。

ゆるも見苦しければ、単《ひとへ》を帷にも重ねて着するなり。故宇[一一]治殿ははら[一二]はらと張りたる合はせの衣《きぬ》の綿も入れざるに、帷を重ねて着し御《おは》しきと云々。また、奴袴[一三]《ぬばかま》は、故[一四]殿しばしば夏冬ともに着し交ぜ給ふ」と。

（二一六）

仰せて云はく、「長絹[一五]《ちやうけん》の狩衣は、我等[一六]はうち[一七]任せては着せず。但し、余は当初[一八]《そのかみ》一両度求め得たるに随ひて着しき」と。

（二一七）

仰せて云はく、「後涼殿[一九]《こうらうでん》の置[二〇]物の御厨子並びに管絃の具の事は、件の御厨子は四階なり。最上階には置かず。次の階には笛の筥[二一] 横笛・狛[二二]《こま》笛《ぶえ》・笙《しやう》・篳篥《ひちりき》を納む。或ひは尺八を納むる時あり ・比巴《びは》[二三] 玄上 を置く。次の階には箏[二四]《さう》を置く。次の階には和琴[二五]《わごん》 鈴鹿[二六] を置く」と。

七 帷は、布製の裏のない一重の衣。
八 単は、絹地の裏を付けない衣の総称。
九 年配者。 一〇 身体が透けて見えるのも見苦しいので。
一一 藤原頼通。師実の父。 一二 パリパリに張った給の衣。
一三 指貫に同じ。 一四 忠実の祖父、師実。

第二一六条　長絹の狩衣の着用について語る。

一五 長絹（織り丈の長い絹布）で仕立てた狩衣。満佐須計装束抄三・長絹の狩衣「おとなしき人のきるものなり。よりくゝりをさしてきるなり。又そだいぶ（諸大夫）もさしてきる人あり。まことしくおとなしくて、きる人はくゝりさゝでたもとぬひこしてもきるなり」。
一六 自分たちのように高位の者は。 一七 普通には着ない。
一八 その昔。過去。字類抄「当初 ソノカミ」。

第二一七条　置物の御厨子について語る。

一九 清涼殿の西にある殿舎。清涼殿に付随した建物で女御などの居所。但し、下文から見て「清涼殿」が正か。→注二〇。
二〇 置物の御厨子とそれに置いてある楽器についていうと。清涼殿の母屋の西側に置かれていた置物厨子について述べたものか。禁秘抄上・清涼殿「置物ノ御厨子二脚。〈上玄上、中鈴鹿、下笛筥。蒔二海部一。小水竜又笛二。〔狛犬〕。狛子四〉」。
二一 笛を入れた筥。
二二 高麗笛。雅楽の高麗楽に用いる横笛。
二三 さまざまな伝説に包まれた琵琶の名器。江談抄三・58、今昔物語集二十四・24など参照。禁秘抄上・玄上「歴代ノ宝物也。置二中殿ノ御厨子一。根源ノ様人不レ知レ之」。
二四 中国から伝来した十三弦の琴。
二五 日本古来の六弦の琴。神楽・東遊等に用いられた。
二六 和琴の名器。江談抄三・56「和琴ハ鈴鹿。是ハ累代帝皇渡物也」。禁秘抄上・鈴鹿「与二玄上一同、累代ノ宝物也。但毎年御神楽二万人用レ之ヲ。子細不レ及二玄上一」云々。

（二一八）

仰せて云はく、「除目《ぢもく》の時、[一]執筆《しゆひつ》の[二]円座《ゑんざ》に着するに、[三]端《はた》反りて滑りぬべくは、頗《すこぶ》る手を懸けて居《ゐ》るなり。また、[四]厚き円座の重きにてあらば、手を懸くべからず。かくのごとき時は用意すべし」と。

（二一九）

仰せて云はく、「[五]紫苑《しをん》色の指貫《さしぬき》は、若き人、九月許《ばか》りに、[六]夏直衣《なつなほし》の一重《ひとへ》の衣《きぬ》に着すなり。尤も優なる事なり」と。

（二二〇）

仰せて云はく、「[七]帷《かたびら》に重ぬるは、老いたる者并びに検非違使別当は、[八]張りたる単《ひとへ》をもつて重ね、他の公卿の[九]おとなしきは、[一〇]張りたる裏面《うらおもて》の衣をもつて重ねて着するなり」と。

第二一八条　除目の執筆が円座に着する際の心得。
一　→35注一。
二　藁を縄にない、渦に巻いて平たく組んだ敷物。
三（円座の）端が反り返って滑りそうな場合には、一寸手をかけて坐るのだ。江家次第四・除目「着座事。…着㆓円座㆒時、故二条大関白頗懸㆓手於円座㆒。若依㆓無㆑心居時円座動去㆒歟」。
四　厚くて重い円座の場合には手をかけられないが、そういう時には（滑らないように）注意するがよい。

第二一九条　紫苑色の指貫の着用法。
五　うす紫色の指貫。餝抄上・奴袴「紫苑色指貫。或人書曰、九月九日以後〈或説、必不㆑待㆓九日㆒、有㆓可㆑然晴時㆒着㆑之〉、晦以前、着㆓紫苑色指貫㆒之人、着㆓練指貫㆒。件指貫、古人紫苑色、面薄色青裏着㆑之。…秋中不㆑着㆓此色㆒之人、尤過㆓十月上旬㆒可㆑着㆓冬指貫㆒歟」。
六　夏用の直衣。二藍（ふたあい）色または縹（はなだ）色の紗地または縠地の直衣。装束抄・直衣「夏秋ハ裏ナシ。薄物。文三重多須岐。或ハ弱年ノ人ハ二藍、次第ニ濃花田ヨリ薄花田、後ハ大略白キガゴトシ。…土御門大納言抄曰、直衣ハ禁色ヲ聴人、夏大文ノ薄物。冬浮線綾、然ラザル人ハ夏ハ縠、冬ハ志々羅ノ綾ト云々」。

第二二〇条　帷の重ね方。富家語215と話題が関連する。
七　帷（布製の裏のない一重の衣。装束の下に着る）に重ねて着る衣は。富家語215と同様、夏の服装に関する話題である。三条家装束抄・帷事「常袖白き布の大帷なり。冬時不㆑用㆑之。壮年の人なれども五六月張単に重て用㆑之。又単計に重て用㆑之。又七夕帷とて帷計をも用るなり。是は中年以後老人事也。香帷老者用㆑之。多五月事也。近代経㆓検非違使別当㆒人の外不㆑用㆑之」。
八　板に張ってつやを出し、ぴんとさせた布で仕立てた単（絹地の裏を付けない衣）。
九　年配者。
一〇　裏表とも張った袷の衣。富家語215には宇治殿頼通が「張りたる合はせの衣」を着た旨がみえる。

（二二一）

仰せて云はく、「[一一]検非違使別当は[一二]奴袴《ぬばかま》も[一三]少し短く、袖も少し狭く着すなり。[一四]事うるはしき事にこそありぬれ。近来《このごろ》はさもなきか」と。

（二二二）

仰せて云はく、「[一五]御硯を賜りて書かしむる時は、[一六]諸大夫等は必ず筥《はこ》を返し置きて、硯を取り出だして書かる」と。

「[一七]我等は如何」と。

仰せて云はく、「院の御所などにて、[一八]さやにもしたらむは[一九]何事あらむや」と。

（二二三）

仰せて云はく、「除目《ぢもく》の[二〇]大間《おほま》を[二一]縿《く》る事は、[二二]旧記に云はく、「[二三]二尺五六寸許《ばか》り」と云々。しかれども、それは寸法長し。仍《よ》りて[二四]二尺三寸許《ばか》り縿

第二二一条　検非違使別当の装束について語る。別当の装束の話題で前条と連関している。富家語51と話題が共通する。

一一 検非違使庁の長官。　一二 指貫に同じ。　一三 職掌柄、行動が軽快に出来るようにとの配慮であろう。　一四 それが折り目正しい礼儀であった。

第二二二条　硯を賜って書くときの作法。

一五（主君が）御硯を賜って何かを書かせる時には。　一六（書くように命じられた）諸大夫（→213注一）は、必ず硯箱を返して置いて、硯を取り出して書く。　一七 底本「紙等」を訂。筆録者高階仲行の質問。　一八 底本「サヤニモ」。「さやうにも」に同じ。　一九 何事でもない。問題はない。

第二二三条　除目の大間書の縿り方。富家語228と話題が関連する。

二〇 大間書（おおまがき）。除目の時、用いる文書。任官すべき闕官を書き連ねてあり、任官者の名を書き入れる。　二一「縿（く）る」は、折り畳む意。大間は長大な巻物であるから、最初に全部解き放って折り畳んでおく。以下はその作法について述べる。江家次第四・除目「大臣置レ笏取二大間一〈取二懸紙一細巻レ之、置二硯筥硯下方一〉、開レ之縿二置座右一〈長二尺五六寸計縿置、奥二三枚許不二縿畢一、堅巻為二軸代一、於レ事有レ便云々。四条大納言説、可レ帖二笏長一云々。是蔵人差油等雑役、近参時以二中文懸紙一枚一引掩、仍不レ広有レ便云々。然而宇治殿幷源相府説猶用二此程一云々〉」。　二二 古い記録、日記。　二三 除目抄・縿二大間一寸法事「長二尺六寸。一人御一家、宇治殿幷土御門右大臣殿用二此説一云々」。江家次第の所説も同様。↓注二一。　二四 忠実自身は二尺三寸に縿っている。殿暦・長治二年（一一〇五）正月二十五日条（この日、忠実が初めて除目執筆）「スコシ戌亥ニ向テ縿二大間一如レ常。長二尺三寸許歟。但本書云、二尺五六寸許云々」。

るべきか。[一]板二枚に少し余る程に置くべきなり。[二]その奥の三枚は固く巻きて大間の下に[三]指《さ》しかふなり。端一枚などの程を書く時は、あるいは板に置きながら書き、あるいはその枚許《ひらばか》り持ち上げて書くなり」と。

（二二四）

仰せて云はく、「[四]除目《ぢもく》の硯は[五]唐硯なり。[六]先年執筆《しゆひつ》の時、唐硯等を出ださる。[七]御覧を経たるところ、故殿の用ゐらるべき由《よし》を仰せらるる硯を、その後用ゐるところなり。筆は[八]白管《ひやくくわん》を用ゐるべし。[九]斑管《はんくわん》等は見苦しき故なり。[一〇]墨塗りて仕様を見るべきなり」と。

（二二五）

仰せて云はく、「[一一]関白の大臣を召す詞《ことば》に云はく、「左の大末不《おほいまふ》知《ち》支《き》美《み》」と召すなり」と。

（二二六）

一 除目が行われる清涼殿の広庇の板敷の板の幅をさす。除目抄・縿大間寸法事「縿大間事、其広有説々。…四条大納言説、笏ノ長サニ可帖也。…或人曰、清涼殿板ノ広サニ帖之云々」。二 大間の最後の（最も奥の）三枚は（縿らずに）固く巻いて、縿った大間書の下に。三 底本「指カフ」。さしあてがう意か。富家語228では同一の動作を「押カフ」と表現している。→228注二八。

第二二四条 除目の筆・墨について。前条に続き除目に関連する話題。

四 除目で使用する硯。五 中国から舶来した硯。江家次第四・除目「硯〈不用唐硯〉」とは意見が異なる。除目抄・執筆問事「保延二十二廿一、大殿仰云、我家習ニハ執筆時、外記ノ下給硯ノ定テ有也〈被仰師元〉」。六 先年自分（忠実）が除目の執筆（→35注一）を勤めた時。殿暦と永昌記の長治二年（一一〇五）正月二十五日条に詳しいが、唐硯の記事は見えない。七 故殿（師実）に見ていただいたところ。八 軸が無地の筆。江家次第四・除目「執筆以私硯墨筆〈故実件筆可用白管〉」。除目抄「筆二管。〈白管。抜笠入之。…保延五五廿。為大殿〈知足院殿〉御使参大宮大夫〈師頼〉亭。雑談次、命云、執筆用何色管筆哉。師元申云、委不知給。但師遠申候。用白管筆也。命云、用白管筆事尤有興。見日記之〉」。九 斑竹の軸。江家次第四・除目「筆〈不用丹管斑竹等〉」。一〇 筆に墨を含ませて具合を見るべきである。殿暦・長治二年（一一〇五）正月二十五日条「墨スリテ筆をぬライテ置筆台」。

第二二五条 関白が大臣を召すときの言葉について。前条に続き、これも除目に関連する話題か。

一一 除目の時、関白が執筆の大臣を召す時のことをいうか。江家次第四・除目「主上引寄御簾覧公卿座定否、次被仰云、此方尓(コナタニ)。上臈大臣微音称唯起…。次大臣又仰云、若右乃於保伊万不地君(ミギノヲホイマフチキミ)、或加等(タチ)字。大臣経簀子敷著円座畢」。玉葉・安元二年（一一七六）正月二十八日条に除目の開始に当たって関白が執筆の大臣を召した実例

仰せて云はく、「[12]黄生《きすずし》の袴は、[13]しかるべき人、件の物を着せるは見苦しきことなり」と。

（二二七）

仰せて云はく、「車を人に[14]借《か》す事は、[15]初任の公卿等の車を申す時、[16]給ふは常の事なり。また、[17]受領の下向の時もまた同じ。[18]ただ、さることは覚悟せず。但し、乞ふ人には[19]給ひて何事あらむや」と。

（二二八）

仰せて云はく、「[20]大間を縿《く》るには、[21]頗《すこぶ》る乾《いぬゐ》に向かひて縿る。一説に、「左手をもつて取り重ねて[22]一度に押しつくるなり」と云々。右手は[23]大指をもつて押し推《お》すなり。[24]雎羽《めんどりば》にてはあるべからず。[25]直《す》ぐに折るべきなり。[26]奥二、三枚許《ばか》りは縿らず。[27]持ちながら固くなして[28]押しかふなり」と。

が見える。

第二二六条　黄生の袴について。富家語11、231と話題が共通、関連する。世俗浅深秘抄下77は本条に依拠。

一二 →11注二。　一三 富家語11「上臈は黄生の下袴は着用せしめず」と同様の見解。

第二二七条　初任の公卿に対する車の貸与について。これも除目に関連する話題である。

一四 ここでは「貸」と同意。　一五 始めて公卿に昇任した人などが車の借用を申し入れてきた時。参議初任の時は摂政・関白に檳榔毛車を申し受けるのが慣例。参議要抄下・臨時・初任事「申二慶賀一事。…申二表衣於執柄一。又借二有文帯一〈已上置二宿所一〉。又申二檳榔毛於執柄一」。伊東玉美『院政期説話集の研究』参照。　一六 貸与するのは普通のことだ。　一七 受領が任国に下向する時。　一八 但し、実例は記憶していない。　一九 貸与して構わない。

第二二八条　除目の大間書の縿り方。前条に続き除目に関連する話題。富家語223と話題が関連する。

二〇 除目の大間書を折り畳むには。→223注二〇。　二一（身体を）やや西北（右手）に向けて。殿暦・長治二年（一一〇五）正月二十五日条「スコシ戌亥ニ向テ縿二大間一如レ常」。江家次第四・除目「端レ笏候二気色一〈縿二大間一時、身向レ西腰已上向二右方一縿レ之。又左手不レ越レ右、々手不レ越レ左、任人亦同〉」。　二二（一折づつ作っていくのではなく）全部重ねて一気に折って作る。　二三 親指。　二四 底本「メントリハ」と振仮名。「めとりば」ともいう。左を上に、右を下にして物を重ねること。除目抄「或人曰、縿二帖大間一事、メトリ羽ニ可レ帖。是披見ニ有レ便也。然而殿下并土御門右大臣御説不レ然。不二参差一シテ可レ帖云々」。　二五（雎羽ではなく）正しい折り方で。直線的に真っ直ぐの意にも解せる。→223注二。　二六（大間の巻物の）奥（最後）の二、三枚は折らない。　二七 持ったまま堅く巻いて。　二八 底本「押カフ」。強く押し当てる。押え込む。富家語223では同一の動作を「指カフ」と表現している。

（二二九）

仰せて云はく、「任人《にんじん》[一]を書く時には、あるいは下に置きて書き、あるいは持て上げて書き、あるいは巻きて書く。書き了《をは》り[二]ては必ず筆[三]を置くなり。おほよそ除目《ぢもく》は、官の次第[四]をよく覚えて早々[五]に書くなり。とくりかうくり[六]するは見苦しき事なり。練習[七]すべき事なり」と。

（二三〇）

仰せて云はく、「尻付《しづけ》[八]は、大略[九]古記を見るべきなり。間《まま》[一〇]当時出で来る事もあり。頼義《よりよし》[一一]を伊与守に任じ□[一二]時、公卿等議して、『俘囚[一三]を討ちたる賞』とぞ書きける。しかるごとき事、臨時[一四]に定めて書くべきてへるか」と。

（二三一）

仰せて云はく、「生《すずし》[一五]の下袴《したのはかま》は、時[一六]にも着して憚りあるべからず。土[一七]

第二二九条　任人の書き方。本条も除目に関連する話題。
一　任人は、任じられた人の意。除目で任官された人の名を書く時は。蟬冕翼抄「凡経㆓一人㆒間作法事。…四、染㆑筆書㆓付大間㆒。五、置㆑筆。六、取㆓揚大間㆒読㆓上任人㆒」。
二　書き終わると必ず筆を置く。このことは蟬冕翼抄に見える。→注一。
三　底本「必如下置之」。「下」に傍書「筆歟」。「筆」を「如下」の二字に誤写したものとみて訂。
四　大間に記載されている官の順序。神祇官に始まり馬寮で終わる。蟬冕翼抄「執筆兼日用意雑事。…官次第暗誦事」。
五　さっさと。とどこおりなく。
六　ああでもない、こうでもないと、要領を得ないで滞るのは見苦しい。
七　よく学んで熟達するがよい。

第二三〇条　尻付の書き方。本条も除目に関連する話題である。富家語67と話題が共通する。
八　任官または叙位の際、人名の後に細字で書かれる前官位や任官・叙位の理由となった履歴・功労等についての注。
九　（尻付の書き方については）大略、古い記録や日記を見習えばよい。
一〇　往々にして、前例にないことが突発することがある。
一一　源頼義。前九年の役の功として康平六年（一〇六三）二月二十七日、叙正四位下、任伊予守（扶桑略記）（百錬抄）。
一二　底本破損。欠字は「タル」か。
一三　富家語67には「俘囚を随へたる賞」とある。→67注二〇。
一四　（状況に応じて）その時々に定めて書くべきである。

第二三一条　生の下袴について。富家語11、226と話題が関連する。
一五　生絹の下袴（肌着としての袴）。
一六　底本「時ニモ」。文意が通じにくい。「晴ニモ」が正か。
一七　源師房。右大臣。忠実の室師子の祖父。

御門右大臣は常に着しき」と云々。

（二三二）

仰せて云はく、「節会《せちゑ》の飲酒の儀は、片手に花垸[一八]を持ち、片手に盃を取り上げて飲む。あるいは花垸[一九]ながら持て上げて飲む」と。

（二三三）

仰せて云はく、「辛煮《からに》[二〇]は折敷《をしき》[二一]に居《す》ゑながら食する物なり。高く大きに盛る。仍《よ》りて、召す[二二]に散り落ちざるなり」と。

（二三四）

仰せて云はく、「五月雨《さみだれ》[二三]の比《ころ》、丁字《ちやうじ》[二四]色の帷《かたびら》[二五]に色濃き[二六]直衣《なほし》、瑠璃色[二七]の指貫《さしぬき》を着して、丁字香[二八]発起《ほつき》して、与母読たる[二九]は、尤も優なる事なり。丁字色とは濃き香を重ねたるなり[三〇]」と。

第二三二条　節会での飲酒の作法。
一八 底本「花」。「尻」が正か。草体が似る。「垸」は土器の碗の意で、尻垸《しりわん》は、盃を置く台。茶托のようなもの。尻居《しりすゑ》ともいう。厨事類記「御酒盞〈在レ盞。尻垸〉」。公宣卿白馬節会次第「勧盃不レ擬二次人一、自二座下一取レ盃、加二尻居一。異謝酒時〈左手持二尻居一、右手取レ盃〉」。但し、同様の器物を「花垸」と記した例が、陽照院儀同蹈歌節会次第に見える。
一九 花垸（尻垸）ごと持ち上げて飲む。

第二三三条　辛煮の食べ方。富家語18と話題が共通する。
二〇 「辛煎《からいり》」のことか。辛煎は、魚類・豆腐のからなどを水に入れずに煎って味を付けた食品。
二一 折敷に載せたまま食べる物。折敷は、片木《へぎ》を四方に折り廻して作った角盆。富家語18では辛煎について同様の食べ方を説く。↓18注一五。
二二 そうして食べれば、こぼれ落ちることがない。

第二三四条　丁字色の帷について語る。夏の季節感を感じさせる。応保二年（一一六二）夏の言談か。
二三 五月に降る長雨。いまの梅雨にあたる。
二四 底本「丁子」。丁字の煮汁で染めた、薄赤に黄を帯びた色で、やや濃いもの。やや黒い香染めの色。
二五 帷は、布製の裏のない一重の衣。装束集成五・香直衣「或記云、四日癸酉。晴。入レ夜仲基入道来談二古事一。知足院殿仰、着二直衣一、以二丁字一染タル香帷着レ之」。
二六 濃い紫色の直衣。
二七 ↓237注六。
二八 丁字香の匂いが起こり漂って。丁字香は、丁字のつぼみから作った香料。
二九 底本「与母読タルハ」。文意未詳。あるいは「多田読《ただよみ》タルハ」が原姿で、「ただよふ」が「ただよぶ・ただよむ」と転訛し、誤写されたのであろうか。
三〇 濃い香色（薄赤くて黄味を帯びた色。香染めの色）を重ねたものである。

（二三五）

仰せて云はく、「かいねり[一]重ねには、紺地の平緒《ひらを》[二]并びに青革[三]装束の剣《つるぎ》を用ゐるべきなり」と。

（二三六）

仰せて云はく、「雁被[四]は、右の袂を縫ひふたぐなり。左は縫ふべからず。これ、弓[五]を射む時の料なり。また、老いたる者はあるいは左右ながら縫ふ。また、若き人はあるいは左右ながら縫はざる事なり」と。

（二三七）

仰せて云はく、「瑠璃色[六]の指貫《さしぬき》は多く薄物[七]を用ゐるなり。その色は浅黄《あさぎ》[八]の濃きなり」と。

（二三八）

第二三五条　かいねり襲について。後照念院装束抄・火色皆練下襲事は本条に依拠。

一 表裏とも紅色で打物の下襲。搔練襲。↓171注八。助無智秘抄・三日臨時客「尊者ニ大将ナドムカハンニハ、カイネリノ下ガサネヲキル。…カイネリニハ、コンヂノ平緒モクルシカラズ。ムラサキダンノ平緒ヲササヌコト故実ニ申」。

二 束帯の時に佩用する剣の緒。平たい組紐で、緒の結び余りを前に長く垂らした。

三 剣の帯取(太刀を平緒につなぐ二本の革緒)が青色のもの。↓46注九。

第二三六条　雁被について。

四 「雁衣」に同じく、狩衣(かりぎぬ)のことか。

五 年中行事絵巻では、賭弓(のりゆみ)や射遺(いのこし)の射手は、狩衣姿で左の二の腕を剝き出しにして弓を引いている。

第二三七条　瑠璃色の指貫について。夏らしい話題。餝抄上・瑠璃色指貫「仁安三四廿六殿記曰、大夫殿〈久我〉教命曰、浅黄指貫、五月以後可レ着〈言二瑠璃色一〉。或書曰、極熱之比、着二瑠璃色指貫一、近代雖レ属二冬気一不レ憚。猶似レ不レ知二故実一歟」。装束抄・瑠璃色之指貫「極熱ノ比着用ス。然ニ冬ニ至トイヘドモ是ヲ着ル。故実ヲ知ザルニ似タリト云々」。

七 羅や紗など極く薄い絹織物。

八 浅葱色。薄い藍色。

第二三八条　染装束について。

九 下襲や表袴等の地質・色目・文様等には規定があったが、特別の晴の日の装いとして文様等を織り出さず恒例とは違った色に染め上げた装束。一日晴(いちにちばれ)の装束の一。助無智装束抄・朝覲行幸「大将・宰相・中将、若三位中将ナドハ、殊ナルハレニ、染装束ヲスベシ。…顕職ニヰヌ人ハ、ソメ装束ハミグルシカルベシ」。

一〇 (時節に合うよう)よく気を配るがよい。

仰せて云はく、「[九]染装束《そめしやうぞく》は時節に随ひて用ゐるなり。[一〇]よく用意すべし」と。

（二三九）

仰せて云はく、「[一一]交菓物《まぜくだもの》は、もとより[一二]箸を具せず。しかれば、[一三]手をもつて食するなり。また、[一四]自《おのづか》ら汁なる物などあらば、それをば食せざるなり」と。

（二四〇）

仰せて云はく、「[一五]表衣《うへのきぬ》の[一六]文の[一七]立涌雲《たてわきぐも》は、[一八]宇治殿の着し給ひけるとて、その後、[一九]一の人の着するなり。しかるに、吾《われ》は件の文を[二〇]関白に譲りて後、〔[二一]初めて[二二]出雲を着せるなり」と。

[二三]申して云はく、「件の立涌雲は、宇治殿〕の初めて着し給ふか」と。

仰せて云はく、「[二四]その事は知らず。先例などをもつて着せしめ給へるか」と。

第二三九条　交菓物の食べ方を語る。富家語17および212末尾と話題が共通する。

一一　さまざまな菓物をとりあわせたもの。いろいろな間食用の食物。

一二　もともと箸を用意しない。富家語212「交菓は箸をもつて食せず」。

一三　手で食べる。↓17注一一。

一四　底本「自シルナル物」。汁が出ているもの。富家語17の「シルタリタル物」に同じ。

第二四〇条　表衣の雲立涌文について。後照念院装束抄・沸雲幷鶴浮線テウノ袍事は本条に依拠。

一五　衣冠束帯の時の上着。袍。　一六　文様。

一七　雲立涌（くもたてわき）。一対の波形の曲線の間に雲の模様を入れたもの。関白の袍の文様。装束集成二・雲立涌「或記云、袍文雲立涌〈夏冬に用レ之なり。右着二雲立涌一冬用レ之。浮線綾用レ之〉、親王、摂政、関白着レ之。又奴袴用レ之。装束図譜云、袍紋、雲立涌、摂関被レ着レ之。上皇、親王モ着御。此袍ハ冬被レ用、近代雖猶被レ着」。

一八　藤原頼通。　一九　摂政・関白。

二〇　藤原基実をさす。忠通の一男。忠実の孫。

二一　以下、底本・諸本とも本文に欠脱があり、文意が通じ難い。本条を引用した後照念院装束抄の本文「知足院殿仰云、立沸雲袍、宇治殿召シケルトテ、一ノ人着レ之。我譲二関白一之後、初〔出雲ヲ着也。申テ云、件ノ立沸雲ハ、宇治殿初〕而召候歟。仰云、其ハイカヾ有ケン。先例ナドヲ以令レ着御歟」を参考にすると、底本には〔　〕内の文字が脱落しており、「初」の字の目移りに原因する誤写らしい。ここでは同装束抄により〔　〕内の文字を補って訓むことにした。

二二　「立涌雲」とは別の文様らしいが、未詳。

二三　発言者は高階仲行。その立涌雲の文様は宇治殿が最初に着用なさったのですか。

二四　それは知らない。先例などがあって着用されたのではないか。

（二四一）

仰せて云はく、「皆練重《かいねりがさね》[一]には必ず黒の半臂《はんぴ》[二]を用ゐるなり。表袴《うへのはかま》[三]は多く織物[四]を用ゐる。但し、浮文《うきもん》[五]・菱形[六]・丸文[七]などのよろしきか」と。

（二四二）

仰せて云はく、「節会《せちゑ》の内弁《ないべん》[八]などは、故殿[九]の仰せて云はく、「[一〇]よく覚えたる事なれども、『これが次には何事ぞ』な□人に云ふがよきなり。諸事もその心を得るべし」てへるなり」と。

仰せて云はく、「封[一一]じたる文《ふみ》の上に名を書く事は、真[一二]に書く」と。

（二四三）

仰せて云はく、「降雨の時の御幸[一三]などに、公卿は前駆[一四]に笠を指さしめて、あるいは手うち懸けなどすべきなり。また、尼[一五]かくしなどしてもありなむ」と。

第二四一条　皆練襲には黒半臂を着用すべきこと。後照念院装束抄・火色練下襲事は本条に依拠。

一 掻練襲。→171注八。 二 束帯の時、袍と下襲との間に着る短い装飾的な衣。欠腋の袍の時には横から見え、薄い袍の時には透けて見える。

三 束帯の時、大口の袴の上に着用する袴。

四 織って模様を出した絹織物。

五 綾の地の上に糸を浮きだすように織り出した模様。

六 菱形の模様。 七 丸形の模様。

第二四二条　節会の内弁の心得と封書の名の書き方を語る。各々独立した話題かと思われるが、底本は改行していない。

八 →207注六。 九 忠実の祖父、師実。

一〇 （式次第を）よく知っていても、この次にはどうするのかと人に問うのがよい。論語・八佾篇「子入二大廟一、毎レ事問」に通じる教訓。

一一 糊で封をした手紙。封文（ふうじぶみ）。 一二 楷書で書く。

第二四三条　降雨の御幸供奉の心得と烏帽子の話題。各々独立した話題かと思われるが、底本は改行していない。

一三 院・法皇・女院などの外出。 一四 前駆の者に笠（長柄の傘）をさし掛けさせて。西宮記八・行幸「雨降者、五位已上着二市女笠・雨衣一」。於二途中一雨降者、次将奉レ勅令レ戴レ簦」。羽林要秘抄・行幸雑例条々・雨儀条々「於二途中一降雨之時、左右次将各一人〈近例多用二下臈一〉供二雨皮一、次将一人差二覆笠一」。 一五 底本「尼カクシナトシテ」。「尼」に「本」と傍書。このままでは文意未詳。「ク」は「ハ」の誤写で、「雨皮（あまかわ）しなどして」の意か。雨皮は、牛車、輿などにかける雨覆い。生絹または紙に油を塗って作った。使用法については世俗浅深秘抄上24に詳しい。 一六 烏帽子。正装の冠に対して略装用。西宮記十七・冠「烏帽子。太上天皇或晴時着レ之。自余公卿已下褻時所レ用也」。 一七 烏帽子の額に当たる部分。

仰せて云はく、「烏帽[一六]の額[一七]は細く打つべきか」と。

(二四四)

仰せて云はく、「車の下簾[一八]《したすだれ》は、紫の簾には蘇芳[一九]《すはう》の下簾を用ゐるべし。青簾[二〇]《あをすだれ》には同じ色の下簾を用ゐるべし。檳榔[二一]《びんらう》にも青簾を懸くるなり。大[二二]宮右府は常に懸けたりき。網代[二三]《あじろ》は皆青簾を用ゐる」と。

(二四五)

仰せて云はく、「物見[二四]に簾を懸くる事は、僧綱[二五]《そうがう》の老たる者の懸く。俗[二六]はいまだ聞かず」と。

仰せて云はく、「網代[二七]《あじろ》車に下簾[二八]《したすだれ》を懸くるは常の事なり」と。

(二四六)

仰せて云はく、「納言[二九]の網代[三〇]《あじろ》車に乗る時は、車副[三一]《くるまぞひ》二人をもつて師綱[三二]《もろつな》を張らしむ」てへるなり。

餝抄中・烏帽「額打様、随二人面一可レ有二用意一。只以レ不レ属レ目為レ善也」。

第二四四条　牛車の下簾について。富家語12と話題が共通する。世俗浅深秘抄上86前半は本条に依拠。

一八 牛車の簾の内側に懸けて垂らす絹布。一九 蘇芳の煎汁で染めた色。黒みがかった紅色。二〇 牛車にかける、青糸で編んだ簾。二一 檳榔毛の車。→12注一四。二二 藤原俊家。女の全子は師通の室、忠実の母。二三 網代車。車の屋形と両脇に網代を張った牛車。四・五位は常用、大臣・納言・大将などは略儀や遠出の際に用いる。檳榔毛より格式が低く構造も簡単。

第二四五条　車の物見の簾と網代車の下簾について。前条と連関した話題。各々独立した話題かと思われるが、底本は改行していない。

二四 牛車の両側の立て板にある窓。二五 僧尼を統括する最高の僧官。僧正・僧都・律師の総称。二六 俗人については未だ聞いたことがない。二七 →244注二三。二八 →244注一八。

第二四六条　車副について。網代車に関する話題で前条に連関する。

二九 大納言・中納言の総称。三〇 →244注二三。三一 牛車の左右に供奉する者。乗る人の資格によって人数・服装が異なる。三条中山口伝一甲・出行事・車副「太政大臣六人。左右内四人。儀同三司之時、可具四人歟二人歟有レ議。猶被レ具二四人一」。なお、納言の車副は二人であった。台記・保延二年(一一三六)十二月九日条(この日、頼長は大納言から内大臣に昇進)「予問云、車副四人ありや。申二候之由一。予仰可二警蹕一之由。元二人車副。為二上臈一、在二屋形口一。令レ参二加車副一。又張レ綱」。三二 底本「師綱」は「諸綱」の当て字。二本の綱。牛の鼻輪に繋ぐ綱は、普通は一本で一人の牛飼童が持って御するが、上臈になるとそれが左右二本になり、車副(童)も両側につく。

（二四七）

仰せて云はく、「東三条[一]に於いて臨時客[二]を行ふには、東の対[三]に於いて行ふ。また、寝殿[四]の南面《おもて》に於いて行ひ、西庇《ひさし》に於いて行ふ。故宇治殿[五]の西庇に於いて行はしめ給ふ時は、南を上《かみ》[六]に対し、庇《ひさし》[七]の間の東に御簾を垂れ、布袴《ほうこ》[八]を着して簾中に御坐《おはしま》[九]し、第二間[一〇]より屏風を立てて、例のごとく装束す。南庭に於いて拝礼《はいらい》し畢《をは》りて、透廊《すいらう》[一一]の西より昇りて着座す」と云々。

（二四八）

仰せて云はく、「主人[一二]の下り立つ時、大饗などに、日隠《ひがくし》[一三]の間の溝を埋むるなり。大饗にあらずといへども、下り立つ日の定まりたる例か」と。

（二四九）

第二四七条　東三条殿における臨時客の心得。富家語204、205に関連記事がある。

一 東三条殿。藤原摂関家の晴れの邸宅。↓90注五。

二 摂関・大臣家で年始に大臣以下の上達部を招いて行った饗宴。大饗に比べて略式かつ私的な性格をもつ。

三 東三条殿の東対で行われた臨時客の実例としては、寛治八年(一〇九四)正月二日(中右記)、永万二年(一一六六)正月二日(兵範記)などがある。

四 同邸寝殿の南面で行われた臨時客の実例としては、永久六年(一一一八)正月二日、元永三年(一一二〇)正月二日(ともに中右記)などがある。後者について中右記・同日条には「今日有二臨時客一也。寝殿南庇西五間被レ儲二其座一〈東二間西向戸西面、并西渡殿西対代廊東南西、女房打二出色々衣一〉」とある。

五 藤原頼通。

六 底本「南上対庇間東御簾垂之」。文意を取り難いが一応かく訓む。南を上座として対座する意であろうか(西庇であるから南北に長く二列に対座する)。

七 庇間の東側、即ち西庇と母屋との間に御簾をかけて。

八 袍に下襲・指貫を着用すること。束帯に次ぐ礼装。

九 底本「御生」を訂。

一〇 南から第二間に屏風を立てて、普通の臨時客と同じようにしつらえる。

一一 透渡殿。両側に壁がなく、欄干などを付けた渡り廊。東三条第では寝殿の西南隅から西に延びる透廊があり、その西端は階段になっていた。太田静六『寝殿造の研究』参照。

第二四八条　大饗等のとき溝を埋めること。前条と同じく饗宴に関連する話題。

一二 その家の主人が庭に下り立つ予定になっている時、即ち大饗などの時に。大饗の時、主人は庭に下りて尊者(主賓)を迎える。江家次第二・大臣大饗「尊者…入レ自二中門一進出二庭中一。先レ是、主人降レ自二南階一、当二座下方一立」。

一三 階隠(はしがくし)に同じ。寝殿の南面の階段を覆うべくさし出した屋根の部分。ここでは、その軒先の庭の溝をさす。

仰せて云はく、「[一四]叙位・除目《ぢもく》の執筆《しゆひつ》[一五]の墨を摺る事は、[一六]叙位の薄くば文字を摩る故なり。除目の濃くばこれ文字の句に懸くる故なり」と。

（二五〇）

[一七]左府の申し給ひて云はく、「人のために忠節を致す事は無益《むやく》の事なり。おほよそそれが顕[一八]はるる事もなきなり」と。

仰せて云はく、「恩報を求めて忠節を致さば、[一九]さらに報禄あるべからず。ただ空[二〇]しく忠を尽くすなり。しからば、自然《じねん》にその禄を蒙らむか。[二一]これ、予のなすところなり」と。

（二五一）

[二二]同じく云はく、「[二三]大将にあらざる納言の網代《あじろ》[二四]車に乗りたる時、師綱《もろつな》[二五]を張るべきか」と。

仰せて云はく、「[二六]納言は師綱を張るべき職なり。然れば則ち網代車に乗るといへども、何ぞその職に乖《そむ》くべけむや」と。

第二四九条　叙位・除目のときの墨のすり方について。正月の公事に関する話題として前条から連関。

一四 叙位は五位以上の位を授ける正月の公事。除目は官職を任命する公事。主として地方官を任命する県召除目は正月に行われる。

一五 →35注一。

一六 （叙位の墨は濃く、除目の墨は薄く磨ることになっている。理由は）もし叙位の墨が薄ければ、文字が磨り消されるからである。またもし除目の墨が濃ければ、書き入れた文字が大間書の文句に重なって読めなくなるからである。江家次第四・叙位「次染筆先書ㇾ位〈於㆓叙位㆒者濃墨書ㇾ之〉」。同書四・除目「磨ㇾ墨事〈除目薄ㇾ墨、叙位濃ㇾ墨云々。一度磨ㇾ之不㆓再磨㆒。凡為ㇾ令㆓水皆為㆒ㇾ墨久磨ㇾ之〉」。

第二五〇条　忠節をめぐって基実との対話。

一七 藤原基実。忠通の一男。忠実の孫。以下はいかにも若者らしい発言である。

一八 その効果が表れることはない。

一九 底本「更可有報禄」。「更」の下に「不」を補って訓んだ。「不」の脱落例は中外抄下15、下20等にもみえる。

二〇 （反対給付など期待せずに）虚心に忠を尽くすべきである。

二一 これが自分（忠実）のしてきたことである。

第二五一条　車礼に関する質疑応答。前条と同じく基実との対話。富家語246と話題が共通する。

二二 発言者は藤原基実。

二三 大将を兼任しない納言。

二四 →244注二三。

二五 「諸綱」の当て字。→246注二二。

二六 納言が諸綱を張るべき職であることは、→246注二九。

（二五二）

[一]同じく云はく、「[二]大将にあらざる納言の[三]網代《あじろ》車は、[四]下簾《したすだれ》を懸くべきか」と。

仰せて云はく、「納言は下簾を懸くべき職なり。[五]網代車といへども懸くるに何の難あらむや。[六]先達のなすところ幷びに予のなすところなり。慥《たし》かには覚えざれども、理《ことはり》の到るところかくのごとし」てへり。

（二五三）

仰せて云はく、「「物を食して後、袖などをもつて口を拭《のご》ふは、[七]つきなき事なり」と[八]故殿の仰せられしなり」と。

（二五四）

仰せて云はく、「瓜を食するには、[九]端をば食せず。これ、多く食せりと見せしめざるための由《よし》なり。[一〇]かれこれ食交ぜして、いまだ食せざ

第二五二条　前条と同じく車礼に関して基実との間に交わされた質疑応答。
一　発言者は藤原基実。
二　→251注二三。
三　→244注二三。
四　牛車の簾の内側に懸けて垂らす絹布。
五　（略式の車である）網代車であっても。三条中山口伝一甲・出行事・車「毛車。束帯或直衣時乗㆑之。納言以上懸㆓下簾㆒。参議不㆑懸㆑之。…千加倍物見車〈網代車号〉。褻時乗㆑之。下簾或懸㆑之、或不㆑懸」。
六　先人がしてきたことであり、自分（忠実）もしてきたことである。（その根拠について）はっきりとは記憶しないが、理屈から言えばこういうことになる。

第二五三条　食礼に関する話題。
七　底本「無着事」。似つかわしくない、不都合なこと。
八　藤原師実。忠実の祖父。

第二五四条　瓜の食べ方。前条と同じく食礼に関する話題。
九　端は食べ残すようにする。端（皮の部分）が薄くなるまで食べてはならない。
一〇　底本「彼此食交ノ」。「ノ」は「メ（シテの合字）」の誤写とみて訂。（瓜以外の食品と）あれこれ合わせて食べる場合で、まだ瓜には手を着けていない時は。
一一　底本「以箸之瓜彼食之」とし、上の「之」に傍書「立歟」。「以箸立瓜後食之」に訂して訓んだ。まず箸を瓜に立てて後に食べる。

る間は、箸[一一]をもつて瓜に立てて後に食す。祓[一二]えなり」と。

（二二五五）

仰せて云はく、「故[一三]殿の仰せて云はく、「夏の比《ころ》、宇[一四]治殿に参じて、瓜を賜はり、暑[一五]気によりて甚だ多く食しき。宇治殿先々《さきざき》[一六]は何となくふすべ、勘当がちにてありしに、御気色《けしき》よくて御頭《かしら》[一七]を擡《もた》げて御覧じて、『よく食したり』と仰せられる」てへり。また、宇治殿は瓜を御料[一八]となさず」と云々。

（二二五六）

仰せて云はく、「侍《さぶらひ》[一九]は湯殿[二〇]・樋殿[二一]・御清目《きよめ》[二二]、以上三事は必ず勤仕《ごんし》す。御所といへども憚りなきてへるなり。御[二三]堂の侍も召し仕へしか」と。

（二二五七）

仰せて云はく、「先年、世[二四]間皆病ひの時、衆人病に伏す。しかるに、

一二 （箸を立てるのは）祓えである。撰集抄八・103には、瓜中の毒気（蛇）を祈禱により制した話があり、古今著聞集七・295には、安倍晴明が瓜に針を立てて中にいた蛇を殺した話がある。特に後者は本条の所説に関連するか。

第二二五五条 頼通の前で瓜を食べた話。前条に続いて瓜の話題。

一三 藤原師実。忠実の祖父。
一四 藤原頼通。師実の父。
一五 暑かったのでたくさん食べた。
一六 それまでは何となく機嫌が悪くお腹立ちがちだったが。
一七 頭を起こして（上を向いて）。機嫌がよくなって。
一八 （宇治殿自身は）瓜を食べなかった。

第二二五六条 侍の者が勤仕すべきこと。
一九 貴人の家に仕える者。
二〇 浴室。
二一 便所。
二二 掃除。
二三 藤原道長。頼通の父。

第二二五七条 師実が釜殿に湯をかけさせた話。召し使う者・湯殿に関わる話題として前条に連関する。
二四 世間で病気が蔓延したとき。師実が関白の時代には、承暦元年（一〇七七）の疱瘡流行（百錬抄）、寛治七年（一〇九三）冬の疱瘡流行（中右記）などがあり、引退後には長治二年（一一〇五）四月、疫病により死者が道路に溢れる（中右記）等の事件があった。

故殿[一]召しによりて参内し給ひし時、釜殿《かなへどの》[二]をもつて背[三]を探らしめ、殿下[四]に御湯を懸けしめ給ふと云々。此の事信じられず。これ、家綱《いへつな》[五]の説なり。故殿の仰せにはあらざるなり」と。

（二五八）

仰せて云はく、「車[六]の簾を褰《かか》ぐる事は、殿上人[七]・諸大夫の上臈《じやうらふ》持ち上ぐべし。但し、人[八]なきに至りては沙汰の限りにあらず」と。

一 藤原師実。忠実の祖父。
二 貴人の邸宅や宮中の湯殿。ここでは、そこに勤仕する人をさす。
三 背中を調べさせ。疱瘡に罹っていないかどうかを見させたのであろう。
四 関白(師実)の背中に湯をかけさせた。
五 師実の同母兄で藤原経家の養子になった家綱(定綱)か。

第二五八条　車の簾をかかげる話。これも召し使う者に関連する言談。

六 摂関・大臣が乗車する時、誰が簾をかかげるかという話題。
七 殿上人か諸大夫(摂関・大臣家の家司などを勤める四・五位の家筋の者)のうち上級の者が持ち上げるべきである。三条中山口伝一甲・乗車儀事「褰レ簾人、子息役レ之。若無二子息一、前駆上臈役レ之」。蛙抄・車輿・車簾間事「前簾ハ、乗用之後、手自巻レ之〈用二上革一〉、上下常法也。仍於二門下途中等一下車之時、無二其役人一〈自レ前下車之故也〉。輦二中門廊等一之時、自二後方一下。仍簾役人、必可レ有レ之〈乗スル時ハ、中門廊モ門下モ皆自レ後乗。仍役人可レ入也〉」。
八 (上記のような)適当な人がいない場合には、それ以外の者でもかまわない。

原文

江談抄　四三五
中外抄　五四九
富家語　五七三

江談抄　第一

公　事

1 依無中納言例不行叙位事
2 惟成弁任意行叙位事
3 内宴始事
4 八十嶋祭日可避主上御衰日事
5 同祭日被避儲宮御衰日例
6 仁王最勝講并臨時御読経仏具居様事
7 石清水臨時祭始事
8 賀茂祭放免着綾羅事
9 最勝講始事
10 相撲節賜禄公卿起
11 五節始事
12 同時滝口殊饗応事
13 賀茂臨時祭始事
14 仏名有出居否事
15 幼主御書始事
16 御馬御覧日馬助以上可参上事
17 神泉苑修請雨経法事
18 陰陽師吉平三勤五竜祭事
19 延喜聖主臨時奉幣日風気俄止事
20 花山院御即位後太宰府不帯兵仗事
21 警蹕事
22 殿上陪膳番三番准三壺事
23 殿上陪膳番起事
24 同葛野童絶了事
25 紫宸[2]殿南庭橘桜両樹事
26 安嘉門額霊踏伏事
27 大内門等額書人々事

摂関家事

28 摂政関白賀茂詣共公卿并子息大臣事
29 殿下騎馬事
30 大嘗会御禊日殿下乗車供奉事
31 大入道殿夢想事
32 大入道殿令譲中中関白給事
33 町尻殿御悩事
34 藤氏献策始事

仏神事

35 熊野三所本縁事

36 源頼国熊野詣事
37 聖廟御忌日音楽可停止彼廟社事
38 紀家参長谷寺事
39 興福寺諸堂安置諸仏事
40 藤氏々寺事
41 聖徳太子御剣銘四字事
42 弘法大師如意宝珠瘞[3]納札銘事
43 弘法大師十人弟子事
44 増賀聖慈[4]恵僧都慶前駆事
45 教円座主誦唯識論事
46 玄賓律師辞退事
47 同大僧都辞退事
48 亡考道心事
49 時棟不読経事

1例（本）―ナシ　2宸（柳）―震　3瘞（群）―瘞　4慈恵（本）―恵心

江談抄　第一

公　事

1 依無中納言例[1]不行叙位事[2]

被命云、延長末、貞信公以小野宮殿加級事被申延喜聖主。々上不具許。其後叙位日、貞信公称所労不令参。爾時只一人也。召大納言道明卿、又称所労不被参。依無中納言例、叙位停止。明日節会、道明卿参上。主上被仰云、去夜称所労不参。今日参仕如何。可弁申。道明退出之時歎曰、道明乎有私ト思食ニコソ有ケレ。此外無所言。還家之後、有所労不参。遂以薨逝。

1例（群）―ナシ　2事（群）―例

2 惟成弁任意行叙位事

又云、花山院御即位之日、於大極殿高座上、未剋限フレ[1]先、令犯馬内侍給之間、惟成弁驚玉佩幷御冠鈴声、称鈴奏、持参叙位申文。天皇以御手令帰給之間、任意行叙位云々。

1レ（古）―シ

3 内宴始事

又被命云、内宴始者、嵯峨天皇之時始也。弘仁四年癸巳之歳。翫桜花之序。野相公書之云々。題善相公進之。

4 八十嶋祭日可避主上御衰日事

又云、八十嶋祭者多以酉日為使立并行祭日。若日次不宜之時雖不行之、使立[1]并行祭日之間、必[2]一日用酉日。而延喜聖主十四[3]歳之時、被立件使。酉日[4]御衰日也。主上廿二歳、仍以酉日為御衰日。依然又避之。

1立（群）―ナシ　2必（水）―廿　3四（群）―三　4日御衰日也（群）―時

5 同祭日猶被避儲宮御衰日例

又云、延久之時、雖不当主上御衰日、以当儲宮御衰日又避之。

6 仁王最勝講并臨時御読経仏具居様事

又云、禁中仁王講最勝講并臨時御読経、又御仏名等仏具置様并居様、皆以不同也、講莚者多自御読経、々々々多自仏名云々。

7 石清水臨時祭始事

又云、蔵人式云、石清水臨時祭者、安和□年三月中午日所被始祭也。使大入道之。舞人装束下襲桜色之。非常宰相江銅臭[1]、不次納言。

1臭（水）―自死

8 賀茂祭放免着綾羅事

被命云、放免賀茂祭着綾羅事、被知哉如何。答云、由緒雖尋未弁。被命云、賀茂祭日、於桟敷、隆家卿問斉信卿云、放免着用綾羅錦繍服、為検非違使共人何故乎。戸部答云、非人之故不憚禁忌也。公任卿云、然者雖致放火殺害、不可加禁遏歟。他罪科者皆加刑罰。於着美服条有指証文歟。斉信卿答云、贓物所出来物ヲ染摺成文衣袴等、件日掲焉之故所令着用歟。四条大納言頗被甘心云々。

9 最勝講被始行事

又被談云、最勝講ハ一条院御時被始行也。長保四年五月七日以後被行者也。三条院御時不被行歟。

10 相撲節日賜禄公卿起

11 浄御原天皇始五節事

又云、清原天皇之時、五節始之天智歟。於吉野川鼓琴、天女下降、出前庭詠歌云々。仍以其例始之。天女歌云、

ヲトメコカヲ[1]トメサヒス[2]モカラタマヲヲトメサヒスモソノカラタマヲト云々。

1ヲ（群）―オ　2ス（群）―シ

12 五節時滝口殊饗応事

又問云、五節時、滝口殊令饗応事何故。被命云、無指例。只周防守通宗通俊兄也献五節之時、相語滝口等、以美麗装束各令与也云々。為仕五節之役也。

13 賀茂臨時祭始事

又云、亭子院時、賀茂臨時祭始事。村上之時、主殿寮下部令問先朝作法事。

14 仏名有出居否事

仏名之時有出居否事、先年故資仲与資綱卿被論云。是普通之事、何及争論哉。又立磬之事、故経信卿与隆俊卿有相論。彼時未一決云々。

15 幼主御書始事

被談云、幼主書始ハ是待十二月庚寅日被始事也。無件日年者不被行。

16 御馬御覧日馬助以上可参上事

往代御馬御覧之日、馬助以上参上云々。又被命云、忠文民部卿為助之時、延喜聖主御馬御覧之日、参入自[1]滝口陣方祇候東庭于時北下也。要駕御馬二疋、忽以相沛艾、無人頼[2]副。忠文自進出之取放之。事畢退出之間、寮御馬部宿老者一人偸語云、阿波礼葉江奈幾与加奈。先朝乃御時奈良末之加波云々。主上聞食此事令恥給云々。

1自(水)―日　2頼(前)―範

17 神泉苑修請雨経法事

又云、神泉苑修請雨経法四箇度。人々、大僧都空海、一七ケ日不雨降。延二ケ日。九ケ日竜破神泉苑上天。即降雨天下潤沢。陰陽師滋岳川人懃五竜祭。今度殊同成精之度云々。又云、大僧都元杲[1]、一七ケ日雨不降。延二ケ日。至于九日雨降。又云、小僧都元真、一七ケ日雨不降。延二ケ日遂不降。仍隠居鎮西安楽寺云々。又云、阿闍梨仁海、寛仁二[2]年六月四日始。五ケ日之間雨降。可任律師之状、蒙宣旨、八月十一日任権律師。

1杲(古)―果　2二(群)―□

18 陰陽師安倍吉平三懃五竜祭云々。

19 延喜聖主臨時奉幣出御間事

或人語云、延喜聖主、臨時奉幣之日、出御南殿。先是有風気。把笏着靴、欲奉拝之間、風弥猛、御屏風殆可顚倒。被仰云、阿奈美久留志乃風也。奉拝神之時ﾆ何有兹風哉。即剋風気俄止。御起伏之間、御髻委地。自靴後見。甚以長久御ケルニコソアメレ云々。宇治殿所被仰[1]也。

1仰(群)―仰御所

20 華山院御即位之後太宰府不帯兵仗事

又被命云、花山院御即位之後十日、大宰府帯兵仗之者無一人。是皇化無程遠及之験也。

21 警蹕事

或人云、警蹕問云、天子用之見文選、私行之時、何用此哉。答云、公卿皆隠、公達隠也。秘事云々。又云、警蹕者、文選云、出警入蹕。是天皇迎[1]送事歟。近衛司誡諸人之義也。卿相公達私行之時、誡諸人者、卿相者皆隠、公達者隠也云々。此事都督之説也。

1迎送(群)—近辺

22 殿上陪膳番三番准三壺事

又被命云、殿上陪膳番定事、花山院御宇時始也。時人可結六番之由定申也。而惟成弁議云、負三壺巨鼇結四番准拠。件無極家誓可為四番者。尚可結三番也。詳見漢書。時棟知此事。又殿上簡三番也。見文選巨鼇之文之故也。

23 殿上陪膳番起

24 殿上葛野童絶了事

25 紫宸[1]殿南庭橘桜両樹事

内裏紫宸殿南庭桜樹橘樹者旧跡也。件橘樹地者、昔遷都以前橘本大夫宅也。枝条不改、及天徳之末云々。又川勝旧宅者。但是ハ或人説也。

1宸(柳)—震

26 安嘉門額霊踏伏事

入道師談曰、安嘉門額者、髪逆尓[1]生之童乃着靴沓之体也。昔渡行件門前之者、時々依被踏伏、窃人登行摺損中央之。

1尓生之(群)—尓之生

27 大内門等額等書人々事[1]

余問云、件額等誰人手跡乎。答云、南面者弘法大師、東面者嵯峨帝、北面者橘逸勢云々。就中、皇嘉門額殊有霊害人之由、見秘説云々。又大極殿額者敏行中将手跡也。但火災以前誰人書乎。

1事(群)—ナシ

摂関家事

28 摂政関白賀茂詣共公卿幷子息大臣事

摂政関白賀茂詣共公卿幷子息大臣、御前弁少納言、後検非違使等令供奉、始於何世乎。此事不載指日記如何。江左大丞云、天慶以往、凡無父子共大臣之例見九条殿記之。而貞信公《忠平》御時、小野宮九条殿両府被候御共。[2]但彼時必四月御祭之間不被参詣也云々。源[3]右相府被仰云、大入道殿《兼家》御摂録之間、子姪大臣大納言以下一族之人多以在朝也。仍始自彼時歟。又御後[4]有御武者五六人許。而近代以検非違使被具歟。小野宮殿者、大臣之時、祭日早旦被参詣、還向之次、於一条大宮若堀川之辺、立車見物。前駆纔十余人歟。強不被好過差。以件前駆人々差遣祭。渡内侍前駆料也。其以前引率公卿被参事不聞歟。但子姪人々、各々為我志被参詣之時、同クハ御共ニトテ被参也云々。非定例。只各用意也云々。行成卿ナト幼少之時、祭日被参於社頭、前駆廿余人、僕従等者美服云々。大略各々被参詣歟。治部卿伊房云、宇治殿乃少将ニテ御坐之時、堀川大臣顕光賀茂詣令前駆給云々。宇治殿摂録之時、堀川大臣為上卿有陣定。内覧文遅来、経数剋。語傍人云、為我前駆之人也云々。又宇治殿仰云、一ノ人有障不参之時、二ノ人必被参詣ケリ。近代無殊事也。又是当時前駆難参来上、可如二舞之故停止歟。治部卿伊房云、九条殿御遺誡云、為我後人者、賀茂春日御祭日必可参詣社頭也。但於春日者路遠有煩、可参大原野也者。而参大原野已以断絶也。件事極秘事、不載流布世間之遺誡。若件事在別御記。又故宇治殿御時、以殿上人為舞人、令参詣賀茂給二ケ度也。後一条院《敦成》御時一度、後冷泉院《親仁》御宇之時一度。件度内大臣以下至中納言資平卿乗車、兼頼卿以下至非参議三位皆騎馬。件日儀式異於例年。下御社馬場西辺立檜皮葺舎一宇為御在所、有上達部饗事。先着祓殿、御禊之後、着件御所、差使奉幣、不令参社内給。上社祓儀同前歟。又上達部騎馬前駆、始于大入道[5]殿御時也。小一条大将不知内議、被参会御出立所。俄有可扈従之儀被借馬。是被謀也。雖腹立、怒被供奉云々。一条殿御摂録之間無件儀。賢主臨国、諸事皆決於聖意之故也。延久年中二三年間也[6]而任宇治殿御時例可行之由、殿下所被仰也。先人被申云、先参御内裏、依御気色可及披露也。不然者、自称有障歟。殿下不令承諾給。命旨已出。人々遍聞天気不快、不遂件事。取嗤於路人給也。為仲云、二条殿御時、上達部不被皆参。時人謂乖先例。宇治[7]殿聞食此由、被仰云、賀茂詣日、上達部必皆不参来。故御堂御時、有不参人々。[8]時光中納言ナトハ参御堂[9]出立所、出御之後、立車見物。被仰云、彼尹丸為舞人、装束如何美也ヤト被仰シカハ、時光ハ美麗ニ候ナトコソハ被戯仰ラレケレ。非子姪之人、必不扈従先例也。我摂録初度、故殿ノ差遣別使、被仰云、関白物詣之日、無別障、必可被来訪之由、被催仰之故、人々不辞退。何況一族之人乎。自爾以降為流例也。非親昵人者、雖来不共、何難之有哉云々。又子息大臣被参仕事、大入道殿御時内大臣道隆、入道殿御時内大臣宇治殿。宇治殿御摂関之間、久絶無件事。至康平四年、又有件儀。内大臣師[10]実又左右内府并北政所被参事始自故大殿御時也。

1共(前)—共無　2但(群)—親但　3右(柳)—左　4有(前)—号
5殿(群)—ナシ　6而(前)—而共後　7殿(柳)—ナシ　8時(柳)—時々　9出(柳)—ナシ　10実(群)—1

29 殿下騎馬事

被命云、後一条院御宇之間、行幸之日殿下騎馬令供奉御輿之後給也。

30 大嘗会御禊日殿下乗車供奉事

後朱雀院大嘗会御禊之日、始乗[1]御車令供奉給也。其後為常例。

1乗(柳)—於

31 大入道殿夢想事

大入道殿兼家為納言之時、夢過合坂関ニ、雪降関路悉白ト令見給天、大令驚天雪ハ凶夢也ト思天、召夢解欲令謝[1]令語給ニ、夢解申云、此御夢極吉想也。慥以不可有恐。其故ハ人必可令進斑牛。即人令進斑牛。夢解預纏頭也[2]。大江匡衡令参、此由有御物語。匡衡大驚テ、纏頭可召返。合坂ノ関ハ関白ノ関字也。雪者白字也。必可令到関白。大令感給フ。其明年ニ令蒙関白宣旨給也。

1謝(群)—謝合テ　2也(柳)—之

32 大入道殿令譲中関白給事

大入道殿臨終召有国曰、子息之中以誰人可譲摂録乎。有国申云、令執権者町尻殿歟云々。是道兼之事也云々。又令問惟仲。々々申云、如此事可有次第之理也。又令問大夫史国平。々々申旨同惟仲。依二人之説、遂被譲中関白道隆。関白摂録之後、被仰云、我以長嫡当此仁。是理運之事也。何足[1]喜悦。只以可報有国為悦耳云々。故無幾程及除名、父子被奪官云々。

1足(群)—是

33 町尻殿御悩事

町尻殿道兼所悩危急之時、有国令申云、書譲状可被譲所職於入道殿者、粟田殿被命云、関白者非書譲状之事云々。

34 藤氏献策始事

藤氏献策始ハ佐世也。昭宣公家司ニテ被家起ニ、天神モ被引縁テ令座給ケレトモ[1]、時ノ儒者等皆悉不用ケレハ、昭宣公被歎息テ切々被請云々。予問云、以何故不請哉。答云、其事有理。紀家良香等云、藤ニ麻[2]幾多天良礼那波、我等カ流ハ不成立シ、不然トモ[3]藤氏ハ無止流ナレハ可昇進也ト云々。雖然遂以献策。問頭儒良香也。献策之日ハ昭宣公敷荒薦下庭、令申請天道給云々。

1トモ(神)—ハ　2麻(群)—庶　3モ(意)—ナシ

仏神事

35 熊野三所本縁事

又問云、熊野三所本縁如何。被答云、熊野三所伊勢太神宮御身云々。本宮并新宮大神宮也。那智荒祭。又太神宮救世観音御変身云々。此事民部卿俊明所被談也云々。

36 源頼国熊野詣事

又被談云、源頼国ハ高名逸物也。而服者仁天[1]参詣熊野山之処、還向之時、能々物凶也云々。

1天（柳）—主

37 聖廟御忌日音楽可停止彼廟社事

経信帥常被示云、聖廟御忌日音楽ハ彼廟社ニハ可停止事也。菅家御作ニ、仲秋翫月之遊、避家忌以長廃[1]之句、九日菊酒飲序ニ令作給也。然者音楽事可無歟云々。倩案此事難計也。神慮之趣暗以難測也云々。

1廃（群）—忌

38 紀家参長谷寺事

被命云、紀家為望大納言、参長谷寺祈請。夢有人、告曰、他国ニ可遣文章人云々。得此告之後、不歴幾程逝去云々。

39 興福寺諸堂安置諸仏事

又云、興福寺内被置仏者、金堂置釈迦仏并脇士薬王薬上観音二体弥勒浄土。講堂置阿弥陀仏観音虚空蔵。南円堂置[1]不空羂索并四天王。牓前西金堂置釈迦仏并十一面観音。東金堂置薬師如来十二大将日光月光。北円堂置弥勒四天阿難迦葉。食堂置千手観音。

1置（群）—ナシ

40 藤氏々寺事

又云、藤氏人々被始事、自古尚在。大職冠建興福寺、法華寺、施薬院。淡海公建佐保殿。閑院大臣立勧学院、始南円堂。忠仁公始長講会。昭宣公点木幡墓。房前宰相手自作南円堂不空羂索并四天王。貞信公立法性寺。九条右府建楞厳院。大入道殿[1]建法興院。中関白建積善寺。入道殿造木幡塔三昧堂[2]、建法成寺。宇治殿建平等院。

1殿（群）—ナシ　2堂（群）—ナシ

41 聖徳太子御剣銘四字事

丙毛槐林 吉切槐林。是切守屋ノ大臣ノ頸也[1]。

1也（群）—｜也

42 弘法大師如意宝珠瘞[1]納札銘事

又云、弘法大師如意宝珠瘞納札銘云、宇一山精進峰竹目々底土心水道場、此文未読云々。

1瘞（群）—瘗

43 弘法大師十人弟子事

又云、弘法大師十人弟子、其五人伝門徒、五人立門徒。真済僧正伝高尾、真雅僧正伝貞観寺、実恵僧都伝[1]東[2]寺、真然僧[3]正伝高野、真如親王伝超証寺云々。

1伝(柳)―ナシ　2東(意)―東大　3僧正(柳)―ナシ

44 増賀聖慈[1]恵僧都慶前駆事

1慈恵(群)―恵心

45 教円座主誦唯識論事

教円座主暗誦唯識論十巻之間、自誦[1]始第一次第十巻ノ時、住房松樹下、春日大明神令舞給事侍リ。尤憐有興事也。

1誦(群)―調

46 玄賓律師辞退事

又云、弘仁五年玄賓初任律師。辞退歌云、三輪川ノ清キ流ニ洗テシ衣袖ハ更不穢ケカレシ云々。

47 同大僧都辞退事

又云、辞大僧都歌云、外国ハ山水清シ事多キ君カ都ハ不住ナリケリ。又云、去洛陽赴他国間、道ニ来会女人、脱衣奉之侍[1]シニ、歌云、三輪川ノ渚ノ清キ唐衣クルト思ナエツトヲモハシ。

1侍シニ(板)―ニ得之

48 亡考道心事

被命云、亡考者道心者也。毎日念誦読経敢以不懈。雖然自不然。彼ハ道心堅固事非他事。吉々有仮歟。又者頗可謂信心。常ニ頸紙不差水干[1]ノ如法師衣ナル、結紐ニテ五十許[2]ツラヌキタル珠誦ヲ持テ、不論精進、雖食葷腥、以先師助給ト云為其口実。或又常披累代之文書、修理其朽損、皆悉捺印、重之無極。或人問云、何故如此ナルト問ケレハ、弊身ハ江家ノ文預也トソ被命ケルト云々。

1干(群)―旱　2許(神)―所

49 時棟不読経事

又被命云、時棟者全以不読経。只理趣分許受習清範也。観音ヲハ観°音°ト読也。補怛羅山《ホタラセン》ノ観音ト云ハ常事也云々。

江談抄　第二

雑　事

1 天安皇帝有[1]譲宝位于惟喬親王之[2]志事
2 陽成院被飼三十疋御馬事
3 冷泉天皇欲解開御璽結緒給事
4 円融院末朝政乱事
5 華山院出禁中被向花山事
6 花山院御時被禁女房以下袴事
7 済時卿女参三条院事
8 堀川院崩御運叶天度[3]事
9 上東門院御帳中犬出来事
10 九条殿燧火[4]事
11 小野宮叙二位事
12 小野宮右府嘲範国五位蔵人事
13 惟仲中納言申請文事
14 惟成弁失錯事
15 公方違式違勅論事
16 外記日記図書寮紙工等盗取間師任自然書取[5]事
17 音人卿為別当時長岡獄移洛陽事
18 六壬占天番廿八宿可在天[6]而在地番不審事
19 大外記師遠諸道兼学事
20 助教広人兼学諸道習諸舞長工巧事
21 天暦皇帝問手跡於道風事
22 道風朝綱手跡相論事
23 兼明佐理行成等同手書事
24 積善作衛玠能書事
25 平中納言時望相一条左大臣事
26 平家自往昔為相人事
27 行成大納言雖為堅固物忌依召参内事
28 延喜之比以束帯一具経両三年事
29 小野宮殿不被渡蔵人頭事
30 四条中納言嘲弼君顕定事
31 範国恐懼事
32 実資公任俊賢行成等被問公事其作法各異事
33 諸屏風等有其員事
34 可然人着袴奴袴不着事
35 善男坐事承伏事
36 御剣鞘巻付何物哉事
37 貞信公与道明有意趣歟事
38 古人名唐名相通名等事
39 古人名并法名事

40 経頼卿死去事
41 英明乗檳榔車事
42 忠文被聴昇殿事
43 忠文炎暑之時不出仕事
44 元方為大将軍事
45 人家階隠事
46 喫鹿宍人当日不可参内裏事
47 呪師猿楽物[7]瑩始事

1有(本)—ナシ　2之志(本)—ナシ　3度(本)—慶　4火(本)—火学　5取(本)—取問　6天(本)—ナシ　7物(本)—於

江談抄　第二

雑　事

1 天安皇帝有譲位于惟喬親王之[1]志事

被命云、天安皇帝有譲宝位于惟喬親王之志。太政大臣忠仁公惣摂天下政為第一臣。憚思不出自口之間、漸経数月云々。或祈請于神祇、又修秘法祈于仏力。真済僧正者為小野親王祈師、真雅僧都者為東宮護持僧云々。各専祈念、互令相猜云々。

1之志(群)—ナシ

2 陽成院、被飼卅疋御馬事

又云、陽成院、御所立御厩、常被飼卅疋御馬。号北辺院。

3 冷泉天皇欲解開御璽結緒給事

故小野宮右大臣語云、冷泉院御在位之時、大入道殿兼家[1]忽有参内之意。仍俄単騎馳参、尋御在所於女房。々々云[2]、御夜御殿、只今令解開御璽結緒給者。乍驚排闥参入。如女房言解筥緒給之間也。因奪取如本結之云々。

1家(柳)—ナシ　2云(群)—ナシ

4 円融院末朝政乱事

円融院末、朝政甚乱。寛和二年之間、天下政忽反[1]淳素。多是惟成之力云々。天下于今受其賚云々。

1反(群)—及

5 華山院出禁中被向華山事

被命云、粟田関白扈従花山院、出禁中被向花山之時、大入道殿以平維敏為止出家之使。時人見維敏之気色以為、万人[1]不敵云々。

1不(柳)—之

6 花山院御時被禁女房以下袴事

又云、花山院御時、被禁女房幷下女等袴、一裳袴被免云々。

7 済時卿女参三条院事

為仲云、済時卿女被参三条院東宮之時之日夕、大将参大入道殿被申云、被下輦車宣旨哉。件事欲蒙莫[1]大恩。返答云[2]、ナトカハ可有恩許之事也。欲奏達云々。大将不堪感悦起坐拝舞退出。及入内之剋限、雖相待宣旨、已以無音。敷筵道被参入也。時人密号紅梅大将。又彼大将家前庭有紅梅。便称空拝云々。

1莫大恩(群)―英火自　2云(前)―云々

8 堀河院崩御運叶天度[1]事

被談云、堀[2]川院崩給事、大略御運叶天度[1]歟。近代帝王及廿余年給宝位希代事也。御宿曜過畢。而御宝位運久之故、于今令持給也云々。予問云、御算尽者、御宝位豈久哉、如何。被談云、此事尤興然也。但彦祚初謁宿曜事相語之日、帝王御運者漢家本朝共異於凡人也。其故寿命百歳宝位五十年帝王可在ニ、至六十算云々。令即位給ハ百歳寿所残四十年、五十宝祚所期四十年也。仍五十年宝位今十年可欠。然而自六十一年即位、猶伝[3]五十年位給也。仍算ハ百十年ニ延引、而至百歳之時有大病也。其心ヲ不得信宿曜期算通位者、今十年不持即算又尽乎。位五十年位不避ハ亦令持位延齢也。然而帝王之位荒涼不可避。又帝王ハ位ハ強ク算ハ弱事也。因之異于凡人ト云也。凡人ハ不然、以官位有鬼瞰ハ辞職延齢宿曜秘説也。皆有其理[4]云々。此事秘事也。披露無由匡房欲隠居、足下令仕朝ハ亦可預朝議之人也。可得其心也云々。

1度(柳)―慶　2堀(柳)―掘　3伝(群)―転　4理(柳)―程

9 上東門院御帳内犬出来事

上東門院為一条院女御之時、帳中ニ犬子不慮之外入テアリ。見付大奇[1]恐テハ被申入道殿道長[2]。入道殿召匡衡[3]テ密々令語此事給ニ、匡衡申云、極御慶賀也ト申ニ、入道殿何故哉ト被仰ニ、匡衡申テ云、皇子可令出来給之徴也。犬字ハ是点ヲ大字ノ下ニ付ハ太ノ[4]字也、上付レハ天ノ字也。以之謂之、皇子可出来給。サテ[5]立太子、必至天子給歟。入道殿大令感給之間、有御懐妊。令奉産後朱雀院天皇也。此事秘事也。退席之後匡衡私ニ令勘件字天令伝家也云々。

1奇(群)―弄　2長(群)―｜　3衡(柳)―衡卿　4ノ字(群)―子　5サテ(群)―テハ

10 九条殿燧火[1]事

1火(群)―火学

11 小野宮叙二位事

12 小野宮右府嘲範国五位蔵人事　範国自甲斐前司補五位蔵人事極僻事也。
故小野宮右府被参陣。件日範国自甲斐前司補五位蔵人之日也。右府不被甘心、則成嘲被問人云、甲斐前司ニハ誰カ罷成タル云々。宇治殿聞食此事被仰云、以大臣以上之身居陣座、被嘲朝議事不可然云々。則被勘発、以経頼為勘発使云々。其時蔵人頭ハ経輔也。仍被示彼頭。随申其由也。宇治殿被咎仰。後日右府怨経輔云々。

13 惟仲中納言申請文事
惟仲中納言為肥後守之時、有申請之文文名可尋、忘却了。於陣献上卿。々々者一条左大臣雅信也。上卿被難此文。惟仲以為恨之。上卿被命云、此文者於陣難之、於里第許之文也。是先例也。惟仲為恥云々。

14 惟成弁失錯事
又云、有国為蔵人頭之時、以瓜[1]三駄解文、取違申文、下陣座之間、惟成弁乍知失錯読申上卿云々。

1 瓜(水)—依

15 公方違式違勅論事
問、公方違式違勅之論其義如何。答云、天暦御時、諸国受領不済率分之輩、勘公文之時、勘会諸司文書、加署判之者、可勘其罪状之由、被問公方。々々勘云、当違式云々。被仰云、事出自勅語、然則可違勅。公方不可然之由執申。爰以文範令問之間、問云、破勅語之起請、皆可称違式之者、何故格条中注云、若違此格者、課以違勅之罪。公方答云、以此文案之、格条事偏皆可謂違勅者、何更今始有違勅之詞矣。格条事不可必称違勅之故、新立違勅之文。々範又難云、格条立違勅文之条[1]、陳状然者、今[2]条称曰、論以違勅之罪。此条如何。公方無所陳之旨。遂依此過及左遷。公方卒後、子允亮思其父之恥、研精此事七八年許、遂相具文書、向文範亭、欲討論之処、文範命云、令問給之聖主モ不御坐、公方モ其身不存、僕モ又老タリ。是討論以無益也云々。允亮懐文書還畢。問此論如私曲相須歟。被答云、私曲相須者、及諸道之沙汰矣。違勅者只公方一身也。

1 条(水)—異　2 今(水)—今令

16 外記日記図書寮紙工等漸々盗取間師任自然書取事
被談云、外記日記一筆書取人者孝言也。近代希有事也。依大夫外記之懇切也。一生中之間、常ニ紙ヲ巻テ以牛飼小舎人童等令持[1]云々。予問云、外記日次日記又誰人之持哉。被答云、日次日記持人粗所聞也、但皆悉令持人稀也。師遠祖父師任大外記之間、皆悉所書取也。師任書取之後、外記日記等為図書寮紙工漸々被盗取也。事発天被尋日記本在故師平許。希代之事也。帝王之運未尽之所致也。若師任当初不書取者、一本日記定絶失ナマシ。皆悉持人稀之故也。奉為国家サハカリ致忠者ナレハ、子孫ハ不絶繁昌也。此師[2]任師平殊有寛仁之心、強無貪欲云々。師遠相継不失一事継其跡。又希有之事也。当時之一物也。

1持(群)—打　2師(群)—外

17 音人卿為別当時長岡獄移洛陽事

被談云、匡房仕帝王至納言ハ、始祖音人卿為検非違使別当之時、奉為国家能致忠之故、必仕帝王也云々。予問云、其由緒如何。被答云、音人為検非違使別当之以前、獄所在長岡京。件所ニテ獄所極以荒涼囚人動逃去。仍音人改立此獄門之後、無逃刑人。還又重[1]恩也。修善根之人与饗饌称施饗、是彼時始也。仍音人最後被談ケルハ、我子孫ハ依国家致忠必仕帝王至大位ヘキ也。但刑人其罪尤重之者、此依囚獄門無輒逃之者。又路次往行之者、動与食物、依別法之目[2]不能輒入獄門。依其報定子孫少アラム云々。此事尤理也。仍匡房[3]モ為靭負佐之時、為追其蹤、路頭夜行事稠以所申置也。奉為国家為致忠也。仍後三条院御時、全以無強盗之聞。又於身学天令抜群ハ、先考雖為無才、能伝家之文書条々為書写被加之所致也。先考ハ以明障子立四面、其中曝涼家文書、皆悉捺印、又損失之処ニハ必尋求其本、被共継也、常ニハ我是江家ノ文預也トソ被申侍シ。以青侍四人置件障子之中、一人ニハ続飯ヲ令糊、一人ニハ令披文、一人ニハ令継立、一人ニハ令書継、如此送年月、後代物語也。不可被披露歟。

1重(柳)—有　2目(柳)—因　3房(群)—ノ

18 六壬占天番廿八宿可在天[1]而在地番不審事

被命云、陰陽家事心被得如何。答云、於書籍者、大略随分雖歴覧、不能委学、此間逢陰陽博士宗憲、占事少々所学請候也云々。被命云、占事尤可被知事也。但番事能被学哉、番ニハ不審事在之也。天番可在廿八宿、在地番。地番可在十二神、在天番、如何。此事可被学也云々。

1天(群)—ナシ

19 大外記師遠諸道兼学事

被命云、大外記師遠諸道兼学者歟。今世尤物也。能達者不劣中古之博士歟。

20 助教広人兼学諸道習[1]諸舞長工巧事

助教広人者是能読左伝兼学諸道習諸舞長於工巧。時人無失歟。但一目[2]亡精、一眼誠明。高村カ文章博士対策判ニ預天、多科病累処落第。而弘仁皇帝命被置及第之時、高村窃云、一目亡人何識我策哉。広人聞之云、以一目見汝書、尚不足可見。何況両眼共存時乎。以此等例思之、紀伝明経者共以可広学也云々。

1習諸(柳)—諸習　2目亡(群)—日モ

21 天暦皇帝問手跡於道風事

天暦皇帝召[1]道風朝臣勅云、我朝上手誰人之哉。申云、空海[2]敏行。時人難云、於大師御名可奏音読也。敏行ヲハ猶止志由岐止奈牟可奏云々。

1召(柳)―古　2海(柳)―｜

22 道風朝綱手跡相論事

天暦御時、野道風与江朝綱常成手書相論之時、両人議曰、給主上御判互可決勝劣云々。仍申請御判之処、主上被仰云、朝綱ヵ書劣於道風事、譬如道風劣朝綱之才云々。

23 兼明佐理行成等同手書事

兼明佐理行成三人等同之手書也。各皆様少相乖也。後人難決殿最歟。故源右相府曰、行成卿世人謂劣於道風歟。信者佐理兼明等止奈牟世人称ケル。

24 積善作衛玠能書事

積善作衛玠家風ハ、衛玠能書之義有所見歟如何。答、衛玠能書也。故称家風歟。分明不被告。

25 平中納言時望相一条左大臣雅信事

故右大弁時範談云、一条左大臣年少之時、故平中納言時望到。其父式部卿敦実親王召出雅信、令時望相之。時望相云、必至従一位左大臣歟。下官子孫若有申触事者、可有必挙用之也。数刻感歎云々。時望卒後、一条左大臣感彼知己之言、惟仲肥後之公文間、殊施芳心。惟仲者是時望孫、珍材男云々。是語故平宰相之説也。彼家伝語之由、時範所談也。

26 平家自往昔為相人事

又平家自往昔累代伝相人之事。又惟仲中納言、其母讃岐国人也。珍材為讃岐介之時所生子也。而去任之後尋来。珍材召入相之云々。汝必至大納言歟。但依貪心頗有其妨、可慎之也云々。後果至中納言為太宰帥。件[1]時宇佐宮第三宝殿付封之。依件事被停任之、是往年先親[2]所伝語也云々。

1件(柳)―仲　2親(群)―規

27 行成大納言雖為堅固物忌依召参内事

又云、行成大納言為蔵人頭之時、依堅固物忌籠居[1]里亭之間、自禁中称大切事有召。令参上時、於殿上俄心神失度。乍恐参清涼殿。主上先識其気色、揚音タソアレハト被仰。即応御音称朝成。留御簾限、行成入御前免此難云々。是則行成祖父一条大将与朝成、大納言依為敵人欲陵云々。

1居(群)―居々

28 延喜之比以束帯一具経両三年事

又談云、延喜之比、上達部時服不好美麗。朱雀院御時、或[1]公卿遣消息於内裏女房許令奏云、先朝恩賜御下[2]襲、年月推移、処々破損。御下襲一領可被申下者。大略調束帯一具、両三年之間、節会公政之庭着用歟。何況近代之例、諸国受領不済封物、無頼公卿可類桑下之人云々。

1或（群）―式云　2下（前）―ナシ

29 小野宮殿不被渡蔵人頭事

又被命云、英明少年相戯[1]狎凌小野宮殿。以此故不被渡蔵人頭云々。

1戯狎凌（水）―献押綾

30 四条中納言嘲弼君顕定事

又四条中納言為蔵人頭之時、嘲弼君顕定。詐以虚誕、為宇治殿仰其[1]中言。宇治殿聞食被勘発定頼云、摂政関白ナトハ人ノ嘲哢スル者ニモ非ス。依此事半年許蟄居云々。顕定宇治殿方人也云々。定頼二条殿方人也。故有意緒歟。古今蔵人頭久被処勘[2]事之例云々。

1其中言（水）―某申云　2勘（水）―勘例

31 範国恐懼事

又範国為五位蔵人有奉行事。小野宮右府為上卿被候陣。下中文之時、弼君顕定於南殿東妻被[1]出于陰根。範国不堪遂以笑。右府不被知案内、大以咎及奏達。範国依此事恐懼。

1被出（群）―於

32 実資公任俊賢行成等被問公事其作法各異事

又被命云、資業談云、実資公任俊賢行成四人為御使向彼亭。被問公事之時、其作法各異。右府者[1]日記中可備[2]証文処被取出。俊賢者先見日記畢識覚被陳之。公任者只被申可依執政申之由。四人之体皆以不同也云々。

又被命云、此人々皆雖達朝議、於被造式目、多公任被作献。人其人、家其家之[3]故也。但自作法進退劣自其所知云々。

1者（群）―者取出　2備（水）―停　3之故（水）―令封

33 諸御屏風等有其員事

又云、諸御屏風等有其数。所謂漢書、打毬、坤元録、変相[1]図、賢聖、山水等御屏風等之類是也。随時立之。委事見装束司記文歟。

1相（群）―天

34 可然人着袴奴袴不着事

戸部卿曰、故右大将御童稚之時、着袴之日夕、従上東門院被奉御装束一襲兼日依被申請也。不被副進奴袴。時人或称令忘却給之由、或[1]重申可被申請之由。殿下無返答不審。剋限之至矣、不着用給。其後院聞食此旨、仰云、宜人者着袴之時不着奴袴也。近代人々不知案内歟。于時近[2]習上達部殿上人非参議等、識者済々焉。何[3]不伝聞哉。尤恥辱多乎。資業章信不知此旨。猶以不及古賢也云々。

1重(群)―童　2習(群)―曾　3何(群)―仍

35 善男坐事承伏事

善男坐事之日、大納言南淵年[1]名参議菅原是善[2]卿等、奉勅於勘解由使局推問之。更不承伏、即詐令人謂云、息男佐[3]已以承伏畢。何独不然。善男聞之、口惜男カナト云天承伏。又法隆寺僧善愷訴[4]之時、左大弁正躬王等訴[4]善男之十弊。善男又[5]陳正躬等之廿[6]奸曰、群蚊成雷之日、善男死国之時也。

1年(柳)―魚　2善(柳)―|　3佐(群)―佐世　4訴(群)―訢　5又(前)―各　6廿(水)―少

36 御剣鞘巻付何物哉事

又談曰、御剣鞘有五六寸許物巻付。人不知何物事。資仲卿自撰進之[1]四巻云[2]、故大納言教命云、予昔三条院御宇時為殿上人。参内自無名門。主上御于殿上御倚子。予謹跪候地上。仰云、可昇候小板敷者、随[3]仰祗候小板敷。仰云、御剣鞘有被纏付之物。是何物哉、汝有所聞乎者、予奏云、至愚之身難知如此事者。又仰云、猶可申者、奏云、不承慥説、但或人申云、若是御辛櫃[4]鎰歟者、天気有感。後日景理朝臣相語云、主上仰云、我問秘事、衆人不知。而資平之所申已相叶。尤所感也者。抑件鎰事、右丞相仰也。又在清慎公御口伝。又江左大丞説云、神璽筥鎰纏宝剣之組纏籠之由、見延喜御日記。是秘事也。非普通御記。在秘御記云々。

1之(群)―元　2云(前)―云々　3随仰祗候小板敷(前)―ナシ　4櫃(柳)―樌

37 貞信公与道明有意趣歟事

又被命云、貞信公弱年為右大臣。于時道明一大納言。此時貞信公辞退、不令任左大臣。道明薨之後、不歴幾程被任左大臣、定方任右大臣。若有意趣歟。

38 古人名唐名相通名等事

又云、古人名、唐名相通名等。三善清行居逸[1]。嶋田[2]忠臣達音。紀長谷雄発超。源順真琰。慶保胤定沢、法名心覚。江挙周達[3]幸。藤明衡安蘭。江匡房満昌[4]。

1居逸(群)―ナシ　2嶋田忠(柳)―内大　3達(柳)―ナシ　4昌(水)―呂

39 古人名并法名事

又云、古人名不被読并法名等。定基江家、法名寂照、参川入道是也[1]。唐号円通[2]。遍昭僧正良峰宗貞。能因橘永愷。今毛人大師。愛発。朝成。惟成法名悟妙。華山院法名入覚。義懐中納言法名悟真。大入道殿法名如実。仲平静覚。道長行観[3]、又改行覚。高光少将如覚[4]道号寂真。内相藤押勝仲麿、号恵美大臣。又云、藤慶者[5]道明大納言字云々[6]。藤文者在衡字云々。

藤賢者有国字云々。式大者惟成字云々。

1也（柳）―ナシ　2通（柳）―遍　3観（群）―覿　4道（群）―氏文
5者（柳）―有　6云々（群）―之ｌ

40 経頼卿死去事

[1]又被命云、経頼卿蒙宇治殿御勘責之後、不歴幾程有病死去云々。

1又（群）―又云

41 英明乗檳榔車事

又被命云、英明昔乗檳榔車被参法性寺御国忌。公卿多以参会[1]。朝成卿云、公卿車之外有檳榔車。誰人車哉。英明被答云、下官車也。若被咎仰者、不可乗檳榔車之由、有所見者欲承云々。件法式無所見云々。

1会（柳）―命

42 忠文被聴昇殿事

又被命云、忠文為近衛司、有聴昇殿之仰。然而不承仰云々。毎陣直夜、遣取寮御馬一疋立枕辺、常語云、聞馬食秣不眠之計云々。

43 忠文炎暑之時不出仕事

又、忠文秋冬者勤陣直。夙夜匪懈怠、炎暑之時、請暇向宇治別業以避暑為事。或時被髪浴宇治河云々。

44 元方為大将軍事

又被命云、天慶征討使之時、朝議以堪其事欲以元方為大将軍。元方聞之云[1]、大将軍所言、一事以上国家莫不被用。若被拝大将軍者、必請貞信公子息一人為副将軍云々。因茲寝此議云々。

1云（柳）―云々

45 人家階隠事

人家階隠者元者不同事也。其起被知哉如何。答云、不知。被命云、荷前行幸之日、天皇自五条皇后御在所出御、為輦御輿、有新議[1]造階隠[2]也。仍階隠出[3]於此時也。

1議（群）―儀　2隠（柳）―藪　3出於（類）―於出

46 喫鹿宍人当日不可参内裏事

又被命云、喫宍当日、不可参内裏之由見于年中行事障子。而元三之間、供御薬御歯固、鹿一盛猪一盛供也。近代以雉[1]盛之也。而元三日之間、臣下雖喫宍不可忌歟。将主上一人雖食給、不可有忌歟云々。但愚案思者、昔人食鹿殊不忌憚歟。上古明王常膳用鹿宍。又稠[2]人広座大饗用件物云[3]々。若起請以後有此制歟。件起請何時ト慥不覚。又年中行事障子被始立之時、不知何世、可検見也。

1雉（柳）―難　2稠（群）―調　3云（群）―々

47 呪師猿楽物[1]瑩始事

又呪師猿楽等[2]物瑩始事。後三条院令供養円宗寺給之時、舞装束為人之抧、俊綱朝臣始構出事也云々。

1物（群）―於　2等（柳）―畢

江談抄　第三

雑　事

1 吉備大臣入唐間[1]事
2 吉備大臣昇進次第
3 安倍仲麿読歌事
4 花山院御轅[2]乗犬馳町事
5 清和天皇先身為僧事
6 菅家本土師氏也子孫雖多官位不至事
7 伴大納言本縁事
8 勘解由相公者伴大納言後身也事
9 梨本院為仁明天皇々居事
10 花山法皇以西塔奥院為禅居事
11 河原院者左大臣融家也云々
12 緒嗣大臣家在瓦坂辺事
13 仲平大臣事
14 藤隆方所能事
15 入道中納言顕基被談事
16 忠輔卿号仰中納言事大将事
17 惟成弁号田ナキ弁事
18 源道済号船路君事
19 称藤隆光号大法会師子事
20 勘解由相公暗打事
21 以英雄之人称右流左死事
22 忠文民部卿好鷹事
23 大納言道明到市買物事
24 致忠買石事
25 橘則光搦盗事
26 保輔為強盗主事
27 善相公与紀納言口論事
28 菅根与菅家不快事
29 菅家被打菅根頬事
30 勘解由相公与惟仲成怨事
31 有国以名簿与惟成事
32 融大臣霊抱寛平法皇御腰事
33 公忠弁忽頓滅蘇生俄参内事
34 佐理生霊悩行成事
35 小蔵親王生霊煩佐理事
36 熒惑星射備後守致忠事
37 陰陽師弓削是雄朱雀門遇神事
38 野篁幷高藤卿遇百鬼夜行事
39 野篁為閻魔庁第二冥官事

40 都督為熒惑精事
41 郭公為鶯子事
42 嵯峨天皇御時落書多々事
43 波斯国語事[3]
44 松浦廟事
45 古塔銘[4]
46 畳上下事
47 名物事
48 笛事[5]
49 横笛事
50 葉二為高名笛事
51 穴貴為高名笛事
52 小蚶絵笛被求出事
53 博雅三位吹横笛事
54 笙事
55 不々替為高名笙事
56 琵琶事
57 玄象牧馬本縁事
58 朱雀門鬼盗取玄上事
59 井手愛宮伝得事
60 小螺鈿事
61 元興寺琵琶事
62 小琵琶事
63 博雅三位習琵琶事
64 和琴
65 鈴鹿河霧事
66 箏
67 三鼓
68 左右大鼓分前事
69 帯
70 剣
71 壺切者為張良剣事
72 壺切事
73 硯
74 高名馬名等
75 近衛舎人得名輩
76 一双随身等
77 随身者公家宝也事

1 間(本)―門　2 轅(柳)―表　3 波斯国語事(柳)―ナシ　4 古塔銘(柳)―ナシ　5 笛事(柳)―ナシ

江談抄　第三

雑事

1 吉備入唐間事

吉備大臣入唐習道之間、諸道芸能博達聡恵也。唐土人頗有恥気。密相議云、我等不安事也。不可劣先普通事。令登日本国使到来楼弖令居。此事委不可令聞カ。又件楼ニ宿人多是難存。然只先登楼可試之。偏殺左ハ不忠也。帰ハ又無由。留天居ハ為我等頗有恥ナント。令居楼之間、及深更風吹雨降鬼物伺来。吉備作隠身之封不見鬼天、吉備云、何物乎。我是日本国王使也。王事靡盬[1]。鬼何伺ヤト云ニ、鬼云、尤為悦。我モ日本国遣唐使也。欲言談承ト云ニ、吉備云様、然ハ早入レ。然停鬼形相可来也ト云ニ随天鬼帰入天着衣冠出来ルニ相謁ニ、鬼先云、我是遣唐使也。我子孫安倍[2]氏侍ヤ。此事欲聞、于今不叶也。我ハ大臣ニテ来テ侍シニ、被登此楼テ不与食物シテ餓死シ也。其後鬼物ト成ル。登此楼人ニ無害心トモ自然ニ得害。如此相逢テ欲問本朝事ニ不答シテ死也。逢中貴下ニ所悦也。我子孫官位侍リヤ。吉備答、某人々々官位次第子孫之様七八許令語、聞テ大感云、成悦聞此事至極也。此恩ニ貴下ニ此国事皆悉語申サント思也。吉備大感悦、尤大切也ト云々。天明鬼退帰畢。其朝開楼食物持来ルニ不得鬼害存命。唐人見之弥感云、希有事也ト云思ニ、其夕又鬼来テ云、此国ニ議事アリ。日本使才能奇異也。令読書テ欲笑其誤云々。吉備云、何書乎、鬼云、此朝極難読古書也。号文選トテ一部卅巻、諸家集ノ神妙ノ物ヲ所撰集也ト云々。其時吉備云、此書ヲ聞テ令伝説哉如何。鬼云、我ハ不叶、貴下ヲ具申[3]、彼沙汰ノ所ニテ[4]為令聞ト如何。閉楼タリ。争カ可被出ヤトト云ニ、鬼[5]云、我ハ有飛行自在之術、到天聞ト思ト云天、出自楼戸隙相共到文選講所。於帝王宮、終夜率三十人儒士、終夜令講聞天、吉備聞之共帰楼。鬼云、令聞得哉如何。吉備云、聞畢。若旧暦十余巻被求与乎ト云ニ、鬼受約、与暦十巻即持来。吉備得之、文選上帙一巻ヲ端々ヲ三四枚ツヽ令書天持ルニ、歴一両日天誦[6]ヲ皆悉ニ成。侍者シテ食物荷セテ文選ヲシテ令送楼ニ、儒者一人為勅使欲試尓、文選ノ端破ッヽ、楼中ニ破散置。使唐人来者見之天各怪天云、此書ハ又ヤ侍ト乞ニ、多也ト云テ[7]令与ニ、勅使驚天此由ヲ申帝王ニ、此書又本朝尓有歟ト被問ニ、出来天[8]已経年序。号文選天人皆為口実ト誦者也ト申ニ、唐人云、此土在之也[9]ト云尓、吉備見合ト云テ乞請取卅巻天令書取、令渡日本也。[10]又聞天[11]云、唐人議云、才ハ有トモ芸ハ必モアラシ、以囲碁テ欲試ト云テ、以白石ヲハ擬日本、以黒石ハ擬唐土ニテ、以此勝負殺日本国[12]客様ヲ欲謀。鬼又聞天令告吉備。吉備令問聞囲碁有様テ、就列楼計組入三百六十目ヲ計、別天指聖目、一夜之間案持了之間、唐土囲碁上手等撰定、集テ令打ニ、持ニテ打無勝負之時、吉備偸盗唐方黒石一飲了[13]。欲決勝負之間唐負了。唐人等云、希有事也ト。極テ怪ト云テ、計石尓黒石不足。仍課卜[14]筮占フニ之、盗テ飲トニ云。推之大尓争尓在腹中ニ。然者瀉薬ヲ服セシメントテ令服呵梨勒丸、以止封不瀉之、遂勝了。仍唐人大怒テ不与食之間、鬼物毎夜与食、已及数月也。然又鬼来云、今度有議事、我力不及。高名智徳行密法僧[15]宝志尓令課天、鬼物若霊人告カトテ令結界天、文ヲ作テ貴下ニ読セントニ云事アリ。力モ不及トニ云ニ、吉備術尽テ居之間、如案下楼、於帝王前令読ニ其文、吉備目暗テ、凡見此書字不見。向本朝方、暫訴申本朝仏神神者住吉大明神、仏者長谷寺観音也、目頗明シテ文字許リ見ニ無可読連様ニ、蛛一俄落来テ于文上[16]天イヲヒキテツヽクルヲミテ読了。仍帝王幷作者モ弥大驚テ、如元令登楼弖、偏不与食物欲絶命。自今以後不可開楼トニ云々。鬼物聞之告吉備。々々尤悲事也。若此土ニ歴百年タル双六筒[17]簺盤侍ラハ欲申請トニ云尓、鬼云、在之トニ云テ令求与。又筒蠹盤楓。簺ヲ置杯[18]上覆筒ニ、唐土ノ日月被封テ二三日許不現シテ、上従帝王下至諸人、唐土大驚騒叫喚無隙動天地。令占之、[19]術道者令封[20]隠之由推之。指方角ニ当吉備居住楼。被問吉備尓答云、我ハ不知。若我ヲ強ク依被冤陵、一日祈念日本仏神、自有感応歟。可被還我於本朝者、日月何不現歟トニ云尓、可令帰朝也。早可開トニ云。仍取筒ハ日月共現。為之吉備仍被帰也云々。江帥云、此事我慥委ハ雖無見書、故孝親朝臣之従先祖語伝之由被語也。又非無其謂。太略粗書ニモ有所見歟。我朝高名只在吉備大臣。文選囲碁野馬台、此大臣徳也。

1盬(群)—監　2倍(群)—陪　3申(群)—申テハ　4為(群)—ハ

5鬼(群)—吉備　6誦(群)—儒　7テ(群)—ニ　8天(柳)—之　9也(群)—ヤ　10也(群)—也トテ　11云(群)—去　12客(群)—害　13了(柳)—領了　14卜(群)—ト　15宝志尓(群)—尓宝志　16天イ(柳)—天封イ　17筒(柳)—同　18杯(群)—杵　19術(柳)—術也　20封(柳)—対

2 吉備大臣昇進次第

吉備者右衛士少尉下道朝臣国勝子也本姓下道。天平宝字八年九月十一日叙従三位勲二等。即任参議中衛大将。天平七年四月入唐留学生。授正六位下、拝大学助元従八位下。献百五十[1]巻雑書色々弓箭具等。色目在続[2]日本紀第十二巻。八[3]年正月辛丑叙従五位下。高野天皇師之授之。九年二月戊子従五位下。十二月丙寅加従五位上。依賞中宮職官人、以真備為亮[4]也。及漢書。恩寵甚深、賜姓吉備朝臣。累遷、七歳中至従四位上右京大夫兼右衛士督。十一年為大宰少弐。天平宝字二年左降筑前、後為肥前守。四年為入唐副使。六年六月正四位下、任大宰大弐兼造東大寺長官或不歴参議也。天平神護二年正月八日任中[5]納言、同三月十六日任大納言、同十月廿日任右大臣。大将如元年七十四。神護慶雲三年二月癸卯天皇幸大臣亭、授従二位。是日幸芳慶也。為造東大寺長官。宝亀元年十月止中衛大将。同二年三月致仕年七十九。十月二日薨。又説十月廿二日薨年八十一。国史云八十三云々。生年甲午也。帰朝年紀可尋。

1十巻(群)—年差　2続(群)—ナシ　3八年(群)—ナシ　4亮(柳)—高　5中(柳)—ナシ

3 安倍仲麿読歌事

霊亀二年為遣唐使、仲麿渡唐之後不帰朝。於漢家楼上餓死。吉備大臣之後渡唐之時、見鬼形、与吉備大臣言談相教唐土事。仲麿不帰朝人也。読歌雖不可有禁忌、尚不快歟、如何。師清手返也。

アマノハラフリサケミレハカスカナルミカサノヤマニイテシ月カモ

件歌ハ仲丸読歌ト覚候。遣唐使ニヤマカリタリシ。唐ニテ読歟如何。何事ニマカリタリシソ、可有禁忌之事歟。永久四年三月或人問師遠。

4 花山院御轅[1]乗犬馳町事

1轅（柳）—袁

5 清和天皇先身為僧事

又被命云、清和太上天皇先身為僧。件僧望内供奉十禅師。深草天皇欲令補之。而善男奏以停之。件僧発悪心、奉読法華経三千部。願云、以千部功力当生宜為帝王。以千部功力為善男可成其妨。以残千部功力当蕩妄執可離苦得道。此僧命終無幾程、清和天皇誕生。雖為[1]童稚之齢、依先世之宿縁、触事令悪於善男。々々見其気色語得修験之僧令修如意輪法。仍則成寵。然而宿業之所答、坐事至罪云々。

1為（群）—有

6 菅家本土師氏也。子孫雖多官位不至事

被談云、菅家人ハ子孫多シテ官位不至。有其故。菅家本姓者土師氏也。河内国土師寺是其先祖氏寺也。而帝王葬斂陵墓、必以人令埋事アリ。漢土之法也。我朝又以可然也。而件土師氏以土人替之。見格文。仍為万民雖施[1]其生恩、奉為国家不忠也。仍人多官少也云々。又被命云、高名秘事者尚侍也。

1施（柳）—絶

7 伴大納言本縁事

被談云、伴大納言者先祖被知乎。答云、伴ノ氏文大略見候歟。被談云、氏文[1]ニハ違事ヲ伝聞侍ル也。伴大納言ハ本者佐渡国百姓也。彼国郡司ニ従テソ侍ケル。其ニ彼国ニテ善男夢ニ見様、西ノ大寺ト東大寺トニ跨天立タリツト見テ、妻ノ女ニ語此由ヲ。妻云、ミルトコロノ夢ハ胯[2]コソハサカレメト合ルニ[3]、善男驚テ、無由事ヲ語リヌト恐思テ、主ノ郡司ノ宅ニ行向ニ、件郡司極タル相人ニテアリケルカ、年来ハサシモアラテ、俄ニ夢ノ後朝行タルニ、取円座テ出向テ事外ニ饗応シテ召昇セケレハ、善男成怪テ又恐ル、様、我ヲスカシテ此女ノ云ツルヤウニ無由事ニ付テ跨[4]サカムトスルニヤト思程ニ、郡司談云、汝ハ高名高相夢見テケリ、然ヲ無由人ニ語ケレハ、必大位ニ至ルトモ、定其徴故ニ不慮之外事出来テ坐事歟ト云ケリ。

然間善男付縁テ京上リシテアリケル程ニ、七年ト云ニ大納言ニ至ニケル程ニ、彼夢合タル徴ニテ配流伊豆国云々。此事祖父所被伝語也。又其後ニ広俊父ノ俊貞モ彼国ノ住人語リシナリトテ語リキト云々。

1ニハ(柳)—モ　2コソハサカレメ(神)—ヲコハサカレヌ　3ニ(證注)—ナシ　4サカ(群)—カ、

8 勘解由相公者伴大納言後身也事

勘解由相公者是伴大納言之後身也。伊豆国留伴大納言影。件影与有国容貌敢以不違。又善男臨終云、当生必今一度為奉公之身云々。

9 梨本院為仁明天皇居事

又云、梨本院者在左近府西也。仁明天皇居也云々。見実録云々。

10 花山法皇以西塔奥院為禅居事

11 河原院者左大臣融家也云々

12 緒嗣大臣家在瓦坂辺事

緒嗣大臣家在法住寺北辺瓦坂東。仍号山本大臣也。故治部卿大納言被命云、公卿記ニハ在法性寺巽、今ノ観音寺是也云々。

13 仲平大臣事

治部卿伊房談云、仲平大臣者富饒人也。枇杷殿一町内四分之一立住[1]屋、残皆立倉庫。珍宝玩好不可勝計云々。

1住(群)—柱

14 藤隆方所能事

藤隆方於殿上計其所能十八箇。碁為数。人頗嘲之。

15 入道中納言顕基被談事

又被命云、入道中納言顕基常被談云、無咎天被流罪テ配所ニテ月ヲ見ハヤ云々。

16 忠輔卿号仰中納言事大将事

又被命云、忠輔中納言者世人号仰中納言也。小一条大将済時遇之云、只今天ニ[1]何事カ侍ト云ニ、忠輔云、大将ヲ犯セル星コソハ現ヌ[2]レト云々。不経幾程済時薨云々。

1ニ(群)—テ　2ヌ(群)—ス

17 惟成弁号田ナキ弁事

又云、称惟成弁号田ナキ弁、初令刈禁内裏之田[1]并西京朱雀門京中等田之故也。

1田(柳)—内

18 源道済号船路君事
源道済為蔵人之時、号藤原頼貞荒武蔵是也称船路君云々。此人不腹立之時、甚以優也。而性甚悪人也。仍不可向之。船路者天気和順之日甚以優也。風波悪之時人不可堪之。故称船路君。

19 称藤隆光号大法会師子事
又称藤原隆光号大法会獅子者、其体極有威儀無心情故称也。

20 勘解由相公暗打事
勘解由相公、昔有可被暗打之儀。有国聞之、偸於暗処持油立、偸以其油欲灑打人之直衣袖、明旦見知其人以油為験云々。

21 以英雄之人称右流左死事
世以英雄之人称右流左死四字皆呉音。其詞有由緒。昔菅家為右府、時平為左府。共人望也。其後右府有事被流[1]、左府薨逝。故時人称有人望之者、号右流左死云々。

1 被流(柳)—ナシ

22 忠文民部卿好鷹事
忠文民部卿好鷹。重明親王為乞其鷹向宇治宅。忠文以鷹与親王。々々臂之還、於路遇鳥。此鷹頗以凡也。親王則自路帰、返与鷹忠文。々々更取出他鷹云、此鷹欲令献上、恐不為其用。則与之。李部王得之還。於路遇鳥放之、鷹入雲去。此鷹五十丈之内得鳥必撃之云々。頗知主之凡飛去歟。

23 大納言道明到市買物事
又被命云、往代人多到市自買物。道明与妻同車到市買物。市中有一嫗。見大納言妻曰、君必為大納言妻。次見道明曰、此人之力歟云々。

24 致忠買石事
又被命云、備後守致忠元方男買閑院為家。欲施泉石之風流、未能得立石。則以金一両買石一。件事風聞洛中。以件事為業之者伝聞此事争運載奇巌怪石、以到其家欲売。爰致忠答云、今者不買云々。売石之人則抛門前云々。然後撰其有風流者立之云々。

25 橘則光搦盗事
又被命云、橘則光於斉信大納言宅自搦盗。勇力軼人云々。

26 保輔為強盗主事
被命云、致忠男保輔保昌兄也是強盗主也。事発[1]覚繋獄之後、致忠到獄、召出其身、以己膚触其身云々。

1 発(水)—発与

27 善相公与紀納言口論事

又被談云、善相公与紀納言口論之時、善相公云、無才博士ハ和奴志ヨリ始也ト云ケ利。于時紀家秀才也云々。以之思之、善家無止者也。孝言聞之、竜乃咋合ハクヒフセラレタルニワロカラス。他獣ハ不倚付者也云々。

28 菅根与菅家不快事

被命云、菅根与菅家不快。菅家令坐事之日、寛平上皇為申停止此事令参。菅根不通仰、皆以遏絶之。是菅根計也。

29 菅家被打菅根頬事

菅根無止者也。雖然殿上庚申夜、天神ニ頬ヲ被打也云々。

30 勘解相公与惟仲成怨事

有国与惟仲成怨隙之本縁ハ、有国為石[1]見前司、惟仲為肥後前司、奉幣使之間論云々。

1石(水)—召

31 有国以名簿与惟成事

有国以名簿与於惟成。々々[1]驚曰、藤賢式太往日一双也。何敢以如此。有国答云、入一人之跨、欲超万人之首。

1々々(柳)—人

32 融大臣霊抱寛平法皇御腰事

資仲卿曰、寛平法皇与京極御休所同車渡御川原院、観覧山川形勢。入夜月明。令取下御車畳為御座、与御休所令行房内之事。殿中塗籠有人、開戸出来。法皇令問給。対云、融候。欲賜御休所。法皇答云、汝在生之時為臣下。我為主上。何猥出此言哉。可退帰者、霊物乍恐抱法皇御腰。御休所半死失顔色。御前駆等皆候中門外、御声不可達。只牛童頗近侍。召件童召人々輦御車、令扶乗御休所。顔色無色不能起立。令扶乗還御、召浄蔵大法師令加持。纔以蘇生云々。法皇依先世業行為日本国王、雖去宝位、神祇奉守護、追退融霊了。其戸面有打物跡。守護神令追入之跡也。又或人云、法皇御簾中、融霊参居檻辺云々。

33 公忠弁忽頓滅蘇生俄参内事

公忠弁俄頓滅、歴両三日蘇生。告家中云、令我参内。家人不信以為狂言、依事甚懇切、被相扶参内。参自滝口戸方申事由。延喜聖主驚躁令謁給。奏云、初頓滅之剋、不覚而到冥官。門前有一人。長一丈余、衣紫袍捧金書札訴云、延喜主所為尤不安者。堂上有紆[1]朱紫者卅許輩。其中第二座者咲云、延喜帝頗以荒涼也。若有改元歟云々。事了如夢忽蘇生。因之忽改元延長云々。次談話及古事。

1紆(柳)—行

34 佐理生霊悩行成事
前奥州云、佐理卿平生時、行成卿可書進某所額之由蒙勅命。不被奏先達候之由、欲書進之間、佐理生霊来而悩行成、及数日而痛悩云々。予謁主殿頭公経之次、語此事。公経答云、佐理存生之間、按察大納言未曾一度不被書額歟云々。

35 小蔵親王生霊煩佐理事
前中書王隠遁之間、佐理度々依勅宣、被書無止之勅書等。然間、依小蔵親王生霊、常以煩給、是奥州僻事也云々。

36 熒惑星射備後守致忠事
又被命云、備後守致忠天暦御時為蔵人。召天文博士保憲有召仰事。致忠為御使往反之間、粗知天文事。後於厠向人陳[1]天文事。忽有射之者。矢中柱。致忠驚云、尤理也。於厠談天文。故熒惑星射吾也。今年有木星之助。故中柱云々。

1 陳(前)—於陳

37 陰陽師弓削是雄於朱雀門遇神事

38 野篁并高藤卿遇百鬼夜行事
又云、野篁并高藤卿中納言中将之時、於朱雀門前遇百鬼夜行之時、高藤下自車。夜行鬼神等見高藤称尊勝陀羅尼云々。高藤不知、其衣中ニ乳母籠尊勝陀羅尼之故云々。野篁其時奉為高藤致芳意令遇鬼神云々。

39 野篁為閻魔庁第二冥官事
其後経五六ケ日、篁参結政剋限、於陽明門前為高藤卿被切車簾鞦等云々。于時篁左中弁也。即篁参高藤父冬嗣亭、令申子細之間、高藤俄以頓滅云々。篁即以高藤手引発。仍蘇生。高藤下庭拝篁云、不覚俄到閻魔庁。此弁被坐第二冥官云々。仍拝之也云々。

40 都督為熒惑精事
匡房ヲハ世人有謂云々。可聞事侍也。先年陰陽道僧都慶増来云、世間人、殿ヲハ熒惑精ト申也。然者閻魔庁乃訴[1]仕ラントテ来也云々。聞此事以来、乍身モ事外也ト思給也。唐大宗時ニソ熒惑精ハ燕趙ノ間山ニ降タリケル。李淳風ト云者、熒惑ノ精降ヌト云ケレハ、大宗遣人令見ニ、白頭ノ翁アリ云々。又李淳風モ熒惑精也。如此ノ精皆有ル事也云々。

1 訴(水)—訴仁

41 郭公為鶯子事
戸部卿談曰、郭公者非真也。負沓手タル鳥ノ呼云、保止々岐爪、々々々々々云[1]也。真実郭公鳥者、隠居於卯花垣云、コト／＼之止云也。又万葉集云、藍縷鳥者鶯子也。昔人宅之樹蔭ニ造[2]巣生子。漸生長之比、近臨見之、自鶯頗大鳥。羽毛漸具テ舐其羽。即奇思之間、ホト、キスト鳴去了云々。

1云(群)—本云　2巣(柳)—ナシ

42 嵯峨天皇御時落書多々事

嵯峨天皇之時、無悪善ト云落書、世間尓多々也。篁読云、無悪サカナクハ善ヨカリナマシ読云々。天皇聞之給天、篁所為也ト被仰天蒙罪トスル之処、篁申云、更不可候事也。才学之道、然者自今以後可絶ト申云々。天皇尤以道理也。然者此文可読ト被仰令書給。

一伏三仰不来待書暗降雨慕漏寝《ツキヨニハコヌヒトマタルカキクモリアメモフラナンコヒツヽモネン》　如此読云々

十廿卅　五十。落書事。

海岸香。在怨落書也。

二冂口月八三。中トホセ。市中用小斗。

欲唐ノケサウ文。谷傍有欠欲日本返事。木頭切月中破不用

粟天八一泥加[1]故都。

或[2]人云為市々々有砂々々。又左縄足出　志女砥与布《シメトヨフ》。

1故(前)—坂　2人云(水)—令

43 波斯国語

一サヽカ　二止ア　三ア加　四ナムハ　五利摩　六ナム　七免九　八玄

美[1]羅　九左伊美[1]羅　十沙羅盧　廿止ア盧　卅アカ不盧　卌肥波不盧　百

サ々羅止　千サ々保両。

1羅(群)—罪

44 松浦廟事　件二宮者綱時大臣也。

45 古塔銘事

又云、古塔銘云、粟天八一《ステヽノヤツナリ》　此文未被読云々。件塔在所可尋也云々。

46 畳上下事

又被談云、知畳上下天可敷事也。面ノ莚ヲ裏ニ折返天閉付タルヲ上ト知也。不折天只付ヲ下ㇾ可敷也云々。

47 名物

被命云、高名物等被知[1]哉如何。

1哉(群)—ナシ

48 笛

大水竜、小水竜、青竹、葉二、柯亭、讃岐、中管、釘打、庭筠《クキン》。

49 横笛事

横笛者大水竜、小水竜。天暦御時宝物也。

50 葉二為高名笛事
又被命云、葉二者高名横笛也。号朱雀門之鬼笛是也。浄蔵聖人吹笛、深更渡朱雀門、鬼大声感之。自爾此笛乎給件聖人云々。其後次第伝之在入道殿。後一条院御在位之時、以蔵人某召此笛。蔵人不知笛名、只はふたつ参らせさせ給へと申ニ、入道殿、何事モ可承仁歯二こそえかくましけれ。若此葉二笛歟ト天令進給云々。

51 穴貴為高名笛事
又被命云、穴貴《アナタフト》ト云笛ハ高名笛也。雖然損失之。式部卿宮吹此笛給之時、御衣上雪降懸リタリケルヲ打払之間、折了云々。

52 小蚶絵笛被求出事
又被命云、小蚶絵ハ高名笛也。一条院御時、此笛[1]失了。仍旁被祈請之間、五七日許御湯殿下ニ在之。見付之御覧スルニ、空以朽了。仍少々切之。其後尚其音美也云々。

1 笛(柳)―ナシ

53 博雅三位吹横笛事
被談云、博雅三位ノ横笛吹ニ鬼ノ吹落ルト。被知哉如何。答曰、慮外承知候也。

54 笙
大《ヲ》蚶《ホキ》界絵、小々々々、雲和、法花寺、不不替《イナカヘシ》、小笙。

55 不々替為高名笙事
又被命云、不々替是笙名也。唐人売之。千石ニ買ト云ニ、伊奈加倍志砥云介礼波、以之為名云々。

56 琵琶
玄象、牧馬、井手、渭橋為尭、木絵《モクエ》、元興寺、小琵琶、無名。

57 玄象牧馬本縁事
予問、玄象牧馬元者何時琵琶哉。被[1]答云、玄象牧馬者延喜聖主御琵琶歟。件御時、琵琶上手玄上《ハルカミ》ト云モノアリ云々。予又問云、然者依件名令付歟。被命云、委不覚也。

1 被(神)―無

58 朱雀門鬼盗取玄上事
玄上昔失了。不知在所。仍公家為求得件琵琶、被修法二七日之間ニ、従朱雀門楼上[1]頸ニ付縄天漸降云々。是則朱雀門鬼盗取也。而依修法之力所顕也云々。

1 上(柳)―上仁

59 井手琵琶名愛宮伝得事

琵琶者[1]井手ト云琵琶高名物也。延喜孫ニ天十五宮子尓愛宮ト中人ノ琵琶。伝今在宇治宝蔵。渭橋又高名琵琶也。三条式部卿宝物也。

1 者(柳)―ヲ

60 小螺鈿事

小螺鈿高倉宮琵琶也。木絵琵琶又在殿下。元興寺一名ハ被切琵琶後冷泉院御宝物也。元ハ元興寺ノ財也。而後冷泉院春宮之時、件寺別当為宛寺修理令売ヲ、以納殿金、後朱雀院之令買献給也云々。今[1]伝在殿下。無名ト云高名琵琶ヲ上東門院ハ宝物ニテ令持給之間ニ、済政三位ノ三条亭令御坐之間、焼亡ニ焼了云々。

1 今(柳)―令

61 元興寺琵琶事

元興寺ト云琵琶ハ名物也。為修造[1]仁遣保仲許之間、念珠匠[2]盗取切尻了。仍号切琵琶。後冷泉院宝物也。

1 造(群)―道　2 匠(前)―道

62 小琵琶事

小琵琶高名之物也。小[1]琵琶ハ後冷泉院御宝物也。件琵琶者音甚細カリケレハ、大ナル過ナリトテ、宇治殿当時上手等召集、可鐫[2]腹之由被仰。為恐霊物、召有行被ト筮。々々可也。

1 「小琵琶」以下は底本は59「井手愛宮伝得事」の「三条式部卿宝物也」の次にある。頭注に「イ小琵琶一本ニ別ニアケテ書之也」とあり、本条の「小琵琶高名之物也」のあとに「在前」とある。　2 鐫(水)―觿

63 博雅三位習琵琶事

博雅三位会坂目暗ニ琵琶習ハ被知乎如何。答曰、不知。談曰、尤有興事也。博雅高名管絃ノ人ニテ、イミシク道ヲ重ク求ルニ、会坂目暗琵琶最上之由風[1]聞[2]世上ニ。人々雖令請習、更以不得。又住所極以トコロセクテ、行向人少々尓、博雅先以下人内々ニイハスルヤウ、ナトカクテ不思懸所ニハ住スルソ。京都尓居テ過キヨカシトスカスニ、目暗詠歌曰、

世ノ中ハトテモカクテモスクシテンミヤモワラヤモハテシナケレハ

ト詠テ不答。使者以此由云尓、博雅思様、此目暗命在旦暮。我モ寿不知ネトモ、尚流泉啄木ト云曲ハ此目暗ノミコソ伝ナレ。相構テ聞弾欲伝之処、三ケ年間、夜々向会坂目暗許、窃立聞宅頭ニ、更以不弾。三年ト云八月十五夜、ヲロウワクモリタルニ風少シ吹ニ、博雅思様、アハレ今夜ハ有興夜カナ。会坂目暗、流泉啄木ナトハ今夜カ弾ラント思テ、琵琶譜ヲ具シテ向会坂ニ、如案琵琶ヲ鳴ラシムル程ニ、盤渉調ニ鳴ス。博雅聞テ尤有興。啄木ハ是盤渉調也。今夜此絃鳴。定テ欲弾カト思テウレシク思間、目暗独遣心テ、人モナキニ詠歌曰、

アフサカノ関ノ嵐ノハケシキニシヒテソヰタル世ヲスクストテ
ト詠テ鳴絃ニ、博雅流[3]涙テ啼泣ス。好道アハレナリト思ニ、目暗
独又云、アハレ有興夜カナ。若我ナラヌスキ者ヤ[4]今夜世間ニアラ
ムナ。今夜心得タラン人ノ来遊セヨカシ。物語セント独云ヲ聞テ、
博雅出音云、博雅コソ参タレト云ケレハ、目暗云、タレニカヲハ
スルト問ニ、然也ト答。目暗ヲトニ聞ケレハ、感シテ物語シテ遣
心令伝件曲云々。博雅依不随身琵琶、只以譜伝請帰云々。諸道之
好者只可如此也。近代作法誠以不可有。サレハコソ上手ハ諸道ニ
アレ近代ニ無事也。誠以アハレナリト被談ニ、又問云、件曲近代
アリヤ。被答曰、不[5]然。又問云。件目暗名如何。被答云、慥不覚。
但千歳ト云カヤト云々。又問云。横笛ハ博雅極天候モノカ。被答云、
第一也、無競[6]者。皇[7]代団乱旋ヲ第一ノ曲ニ用也。伝者少。件人所
伝也。

1由(柳)—生　2聞(柳)—ナシ　3流(神)—ナシ　4ヤ(神)—ナシ
5不然…候モノカ。被答云(神)—ナシ　6競(神)—竟　7皇(神)—ナシ

64 和琴

井上、鈴鹿、朽目、河霧、斉院、宇多法師。

65 鈴鹿河霧事

和琴ハ鈴鹿。是ハ累代帝王渡物也。河霧故上東門院ニ渡テ令持給

之時、故大臣殿任右大臣令初参給引出物ニ被献。仍在殿下。宇多
法師寛平法皇御和琴也。御遊之時、先御多良之ト召云々。

66 箏

大螺鈿、小々々、秋風。

67 三鼓

黒筒、神明寺、号神明黒筒。

68 左右大鼓分前事

又被命云、大鼓乃左右ヲ知事ハ、左ニハ鞆絵乃数三筋也。又筒モ
赤ク色採也。右ハ鞆絵乃数二筋、又筒モ青色採也。

69 帯

唐雁、落花形、垂無、鵝形、雲形、鶴通天、鴦通天。
帯ハ唐雁、落花形、共在御堂宝蔵。

70 剣

壺切。

71 壺切者為張良剣事

又被命云、壺切ハ昔名将剣也。張良剣云々。雄剣ト云僻事也云々。

資仲所説也。

72 壺切事

剣ハ壺切。但壺切焼亡歟。未詳。件剣ハ累代東宮渡物也。而後三条院東宮之時、廿三年之間、入道殿不令献給云々。其故ハ藤氏腹東宮之宝物ナレハ何此東宮可令得給乎云々。仍後三条院被仰之様、壺切我持テ無益也。更ニホシカラスト被仰ケリ。サテ遂ニ御即位ノ後コソ被進ケレ。是皆古人[1]所伝談也云々。

1人（神）―今

73 硯

露、鶏冠木。

74 高名馬名等

赤六、穂坂十七栗毛、恋地、烏子、尾白、榛原、翡翠、若菜、別栗毛、御坂、近江栗毛、三日月、本白、和琴、宇都浜、穂檀糟毛、鳥形、花形、光[1]、野口、宮橋、前黒糟毛、後黒糟毛、望月、宮城、野王[2]、尾花、日差、蝶額、大甘子、小々々、白絃、夏[3]引。

1光（神）―兄　2王（神）―里　3夏（神）―憂

75 近衛舎人得名輩

尾張安居童名安居、不改用訓云々。六人部助利、尾張兼[1]時、山広景、播磨武仲、播磨定正、茨田助平、下野重行、土師武利、清井正武。

1兼（神）―宣

76 一双随身等

村上御時、兼時、重行、安信、武文。円融院御時、安近、武文。一条院御時、正近、公忠。後朱雀院御時、近俊、助友。後冷泉院御時、近重、助友。

77 随身者公家宝也事

故帥大納言常談云、随身ハ公家之宝也。三条院御時正近ナトカ様者可有難云々。一生之間不負競馬云々。自余宝物者[1]注別紙云々。

1者（群）―々

江談抄　第四

1 蘭省花時錦帳下　廬山雨夜草庵中　白
古人伝云、此句文集第一句云々。故源右府仰云、不避三連之句也。難為規模云々。

2 苑花如雪同随輦　宮月似眉伴直廬　白
此詩文集中在両所云々。在天宝楽叟長韻詩。又在四韻詩云々。

3 鳳池後面新秋月　竜闕前頭薄暮山　白　同斐李文拝綸[1]閣詩
此詩可尋之。文集歟。洛中集歟。見巻集云々。或名紫金集。
1 綸(群)―論

4 酔中賞翫欲其奈　未得将心地忍之　内宴、翫半開花　延喜御製
故老云、此落句下七字、講師読師諸儒味不諧於叡情。被仰其由。儒者恐。

5 閉閣唯聞朝暮鼓　登楼遥望往来船　行幸河陽館　弘仁御製
故賢相伝云、白氏文集一本詩渡来在御所。尤被秘蔵、人敢無見。此句在彼集。叡覧之後、即行幸此観、有此御製也。召小野篁令見、即奏曰、以遥為空弥可美者。天皇大驚勅曰、此句楽天句也。試汝也。本空字也。今汝[1]詩情与楽天同也者。文場故事尤在此事。仍書之。
1 汝(群)―見

6 迸笋纔抽鳴鳳管　蟠根猶点臥竜文
清涼秋月曾承露　和暖春天始掃雲　禁庭被種竹、偶述鄙懐[1]呈諸好事　中書王
故老伝云、延長末、移立清涼殿於醍醐寺、更又改作、如本種竹也云々。
1 懐(意)―ナシ

7 白雲似帯囲山腰　青苔如衣負巌背　在中詩[1]
こけころもきたるいはほはまひろけてきぬきぬやまのおひする
はなそ　女房
1 詩(柳)―将

8 年々別思驚秋雁　夜々幽声到暁鶏　擣衣詩　後中書王
後中書王文藻、此詩以後万人歎伏云々。

9 雲衣范叔羈中贈　風櫓瀟湘浪上舟　賓鴻是故人　同人作[1]
古人云、范叔与瀟湘[2]所謂双声側対也。以蕭[3]相[4]対范叔歟云々。
又云、作秋雁数行書詩之時、以言匡衡共詠此句云々。

1人作（群）—人為人作歟　2瀟（柳）—蕭　3相（朗詠注）—湘　4対（柳）—ナシ

10 鹿鳴猿叫孤雲惨　葉落泉飛片月残　秋声多在山　同人

此詩、六条宮有雄張之御気色。而覧以言衆籟暁興林頂老之句、大令歎息妬気給云々。

11 離家三四月　落涙百千行　万事皆如夢　時々仰彼蒼
雁足粘将疑繋帛　烏頭点着憶帰家　菅家

此句謫居春雪絶句也。而天暦之時、於比良宮御託[1]宣有之。志於我之者可詠此等句。

1託（意）—詫

12 家門一閉幾風煙　筆硯抛来九十年
毎仰蒼穹思故事　朝々暮々涙漣々　天満天神　正暦二年御託[1]宣

1託（群）—詫

13 落花狼藉[1]風狂後　啼鳥竜鐘雨打時　朝綱　送残春

楊巨源詩、有狼藉[1]竜鐘為対之詩云々。

1藉（群）—籍

14 天山不弁何年雪　合浦応迷旧日珠　禁庭翫月

故老伝云、講詩之間、読師早置他詩。延喜聖主抑而不令読、再三誦此句。作者不堪感、叩膝高感曰、アハレ聖主哉々々々、時人咲之。

15 金波巻霧毎相思　不似涼風八月時　天徳三年八月十三日内裏詩合、与月有秋期

右方作者直幹。或人密云、江納言維時欲評定此等詩。仍左方雁納言令作云々。

16 汶陽篁篠遥分韻　巴峡流[1]泉近報声　同詩合、秋声脆管絃
銀字吹時鸞発響　玉徽弾処鳳和鳴
感[2]成一曲羌人念　夢断三更叔夜情[3]
孤竹当唇秋月落[4]　孫桐[5]応指暁風軽

右方作者。或人曰、欲評定此詩者江納言維時者、右方人密属納言令作。占[6]手絶句与此最手一[7]韻云々。

1流（柳）—泳　2感（柳）—戯　3情（柳）—清　4落（闘詩行事略記）—色　5桐（柳）—相　6占（柳）—古　7一（柳）—六

17 青嵐漫触粧猶重　皓月高和影不沈　省試御題、山明望松雪　菅在明

古人曰、評定以前、延喜聖主詠此句弾御琴。諸儒伝承令及第。

18 着野展鋪紅錦繍　当天遊織碧羅綾　内宴、春生　野相公

洗開蟄戸雪翻雨　投[1]出蟠竜水破氷

古老相伝、昔我朝伝聞唐有白楽天巧文。楽天又聞日本有小野篁能詩。待依常[2]嗣来唐之日。所謂望海楼為篁所作也。篁副使入唐之時、与大使有論不進発。会昌五年冬、楽天亡而後年也文集渡来。中有篁所作相同之句三矣。野草芳菲紅錦地、遊糸繚乱碧羅天、野蕨人拳手、江[3]蘆錐脱嚢、元和小臣白楽天、観舞聞歌知楽意等句也。天下珍重篁者也。

1投(群)―抆　2常嗣(群)―京朝　3江(柳)―紅

19 五嶺蒼々雲往来　但憐大庾万株梅　天暦十年内裏御屏風詩　菅三品

広州山中嶺有五。其一在大庾。嶺上多梅樹。南枝先花開。此御屏風詩題目[1]者、左大弁大江朝綱奉勅自坤元録中撰進。三人作詩。即朝綱、文章博士橘直幹、大内記菅原文時也。参議大江維時蒙詔評定。采女正巨勢公忠画、左衛門佐小野道風書。並当時秀才也。惣八帖廿首。三人作六十首。選定江十首、橘二首、菅八首。作者瀝思不如此詩。或人云、紀在昌不入作。内心窃為歎云々。

1題目(群)―影日

20 気霽風梳新柳髪　氷消波洗旧苔鬚[1]　内宴、春暖　都良香

故老伝云、彼此騎馬人、月夜過羅城門誦此句。楼上有声曰、阿波礼云々。文之神妙自感鬼神也。

1鬚(柳)―髯

21 周墻壁立猿空叫　連洞門深鳥不驚

延喜二年十月六日、於大内有此試。召秀才進士等。博文于時秀才也。此句有叡感。爰及第者二人。博文、藤諸蔭也。博文補蔵人所雑色。諸蔭亦[1]候同所。惣参者[2]十人、不参者三人。挙直朝臣云、彼時博文者只候於所。以諸蔭被[3]補雑色也。口伝云、延喜聖主勅曰、博文詩[4]得作文体。然者諸蔭詩者毎句上字用逸人名。才有余力也。以之為優矣。仍抽被補雑色云々。

1亦候(群)―之作　2者(柳)―ナシ　3被(柳)―彼　4詩(群)―諸

22 自有都良香不尽　後来賓館又相尋　鴻臚館南門　都良香

故老伝云、裴感此句尤甚。但作者定改姓名問、凡時人大感云々。

23 与君後会応無定　従此懸望[1]北海風　送裴大使帰　都在中

故老曰、在中任[2]越前掾、於彼州与裴結交。臨別呈詩。裴大感。但不蒙勅命任意寄詩之由、朝家可被召問。然而裴有感聞被寛宥云々。

1望(柳)―□　2任(群)―在

24 暗作野人天与性　自古狂官世呼名　酬惟[1]十四　野相公

故老伝云、野相公為人不羈好直。世妬其賢呼為野狂。是則篁
[2]字音狂字音也云々。仍作此句。

1十四（意）―古　2字（群）―宮

25 河畔青袍雖可愛　小臣衣上太無心　正月漏叙位之年内宴、雪尽草牙生　菅淳茂

依此句叙位臨時。

26 悲尽河陽離父昔　楽余仁寿侍臣今

淳茂昔与先君謫行之日、為公使被駆。路宿[1]于河陽駅、一宿之後分去。暁遥拝談遂不再逢。今侍仁寿殿、下至恩勅命預栄級。悲至□[2]飛、当時涕涙一似故云々。

1宿（群）―家　2□（群）―ナシ

27 悲倍夜蛬鳴砌夕　涙催黄葉落庭晨　箕裘欲絶家三代　水菽難酬母七旬　秋懐　藤後生

此詩経天覧、蒙方略宣旨云々。

28 双涙幾揮巾上雨　二毛多鋪鏡中霜　藤行葛[1]　述懐

右兵衛督忠君[2]為五位蔵人之時、以此詩入[3]天覧。有哀憐、蒙登省宣旨。

1葛（柳）―篤　2君（意）―臣　3入（柳）―令

29 酔望西山仙駕遠　微臣涙落旧恩衣　内宴　昭宣公

公家伝文云、元慶四年正月廿日侍宴座、謂左右曰、前陪太上皇命此宴。今日所着太上皇脱下御衣也。此日応製詩末句及[1]之。満座感動、或有拭涙者。于時太上皇御水尾山寺。

1及（群）―者

30 且飲且醒憂未忘　会稽山雪満頭新　賦消酒雪中天　越前掾菅斯宣

是詩山城守雅規所作与也。満座褒賞。斯宣悲泣。人悉解頤。斯宣于時七十。

31 莫言撫養猶如子　此字反音是息[1]郎　題家南階下忽生桑樹　江相公

時人美之。妬能者曰[2]、先思此句被栽之。相公聞咲之。

1息（群）―恩　2曰（意）―自

32 百里嵩車長可轄　五官掾火遂無燃　省試、御題、旻天降豊沢　大江如鏡

或人云、可[1]為佳句[2]。天皇頻誦[3]之。世以奇之。但依他句字誤落第。本作不轄。江相公改換長可轄。高成悉為人作云々。

1可（群）―勿　2句（柳）―ナシ　3誦（柳）―涌

33 三千世界眼前尽　十二因縁心裏空　晩夏参竹生嶋述懐　都良香

故老伝云、下七字作者難思得。嶋主弁財天告教之。

34 巫巌泉咽渓猿叫　胡塞笳寒牧馬鳴　駅[1]馬閣声相応　菅雅熙
竹露松風幽独思　瑶箏玉瑟宴遊情
題者菅李部。此日貫首上卿橘大納言好古再三朗詠誦[2]曰、腸断々々[3]。但牧馬者定是文馬也者。言及天聴、叡感専[4]深。
1駅馬（群）―釈善閑易　2誦（群）―諫　3々（柳）―云　4専（柳）―恵

35 鶏漸散間秋色少　鯉常趨処晩声微　於菅師匠旧亭、賦一葉落庭　保胤
故老云、文時没後於旧亭所作也。故有其心。

36 蘭蕙苑嵐摧紫後　蓬莱洞月照霜中　花寒菊点叢　菅三品
香依徳暖鑪煙散　影為恩深□砌融
故老云、此詩深可案云々。

37 楊貴妃帰唐帝思　李夫人去漢皇情　対雨恋月
故老云、数年作設而待八月十五夜雨。参六条宮所作也云々。

38 瑶池便是尋常号　此夜清明玉不如　月影満秋池
故老云、淳茂此詩於河原院講。上皇被仰云、此夜所恨者先公不見之云々。北野御事歟。

39 詞託[1]微波雖且遣　心期片月欲為媒　代牛女待夜
古人伝云、此度文時与輔昭、父子相論詩云々。
1託（柳）―詫

40 蒼苔路滑僧帰寺　紅葉声乾鹿在林
本作之。滑字或人訓云、狎。不可然云々。

41 胡角一声霜後夢　漢宮万里月前腸　王昭君　朝綱
霜字此韻要須字也。然而犯大韻作之。

42 班姫裁扇応誇尚　列子懸車不往還　清風何処隠[1]　保胤
本上句庶人展簟宜相待云々。而後中書王被改作云々。
1隠（柳）―徳

43 山投燧燧秋雲晴　海恩波[1]瀾暁月涼
此詩源為憲為[2]人作也。後聞一条院令感給、称自作云々。
1波（水）―ナシ　2為（水）―ナシ

44 為深為浅風声暗[1]　何紫何紅露影秋　夜蘭不弁色　以言
古人云、満座相感云[2]、文集態も有ケルハト云々。
1暗（柳）―晴　2云（柳）―之

45 抜提河浪応虚妄[1]　耆闍崛雲不去来　常住此説法　以言
或人云、此句文之神妙者也。

1妄(柳)—忌

46 以仏神通争酌尽　歴僧祇劫欲朝宗　弘誓深如海　以言
此句酌字夕作甚[1]大書[2]之。朝宗為対之也。寂心上人見之感歎、頗有妬気。

1甚(水)—基　2書(水)—君

47 仁寿殿中謁聖人　残桜景暮哭慇懃
水成巴字初三日　源起周年後幾霜
此詩作詩旧者也。凡篤茂作詩哀歟。於弟子習其体、増其風心者也云々。

48 春娃眠足鶯衾重　老将腰疲鳳剣垂
此詩題、弱柳不勝鶯云々。匡衡朝臣聞此題謂以言之、作上句七字。下七字可継云々。以言次其末。二人共感歎、各終一篇。故件句共在二人集。

49 竜宮浪動群魚従　鳳羽雲興百鳥鳴　以言
題松為衆木長。此句古人号大似物。或人云、此句不甘心。然入本朝秀句如何。

50 他[1]時縦酔鶯花下　近日那離獣炭辺
獣炭羊琇[2]所作也。

1他(朗詠注)—多　2琇(柳)—誘

51 外物独醒松澗色　余波合力錦江声　山水唯紅葉　以言
故橘工部孝親被語云、少年向江博士宅。匡衡博士云、此句冠筥書[1]之曰、以言詩可謂日新。

1書(柳)—見

52 九枝灯尽唯期暁　一葉舟飛不待秋　於鴻臚館餞[1]北[2]客　菅庶幾
此句下句作之、不能作上句。語合於朝綱、々々被諫曰、可作灯之由。仍所作。

1餞(柳)—銭　2北(朗詠注)—紀

53 蘇州舫故竜頭暗　王尹橋傾雁歯斜　問江南物　白

54 江従巴峡初成字　猿過巫陽始断腸　白　送蕭処士遊黔南
件詩、天暦御時、朝綱文時依勅撰進文集第一詩。共[1]不相議献此四韻云々。申云、至一[2]句者雖有勝、以備四韻体所進也云々。

1共(群)—其　2一(群)—ナシ

55 三五夜中新月色　二千里外故人心　白　八月十五夜禁中対月寄元九
新月、人以為、微月初生也。斉信公任被相論、以此詩為証。
夕見東方之月也。

56 蝸牛角上争何事　石火光中寄此身
此詩、自往古、有読説云々。

57 可憐九月初三夜　露似真珠月似弓　暮江吟　白
古人伝云、憐字訓楽也。避禁諱之時、可用件訓。

58 不是花中偏愛菊　此花開後更無花　元　菊[1]花
隠君子鼓琴時、元稹霊託人称曰、件詩開尽也。後字不可然。或謂、嵯峨隠君子吟此詩弾琴、従[2]天如糸者下来云、我自愛此句之貴。其霊依有宿執[3]、聞[4]琴不堪其感。

1菊(柳)—有　2従(柳)—徒　3執(柳)—ナシ　4聞(柳)—ナシ

59 蛍火乱飛秋已近　辰星早没夜初長　元　夜坐
辰星古来難義也。但見漢書、師[1]曰、仲月之星也。今過五月当六月故云々。

1師(柳)—出

60 四五朶山粧雨色　両三行雁点雲秋　杜荀鶴　淮陽道中詠
古来難義也。但大略見古集、以蓮[1]喩山也。呂栄望花山詩云、花岳陰森秀色濃、削成三朶碧芙蓉[2]。張方古女几山詩云、空唱香几在山上、碧玉蓮花数朶高云々。

1蓮(柳)—蓬　2芙蓉(柳)—英

61 聖皇自在長生殿　不向蓬莱王母家　楊衡　上春詞
蓬莱王母家二所歟。

62 再三憐汝非他意　天宝遺民見漸稀　白　贈康叟
再度三度之三可用去声。而用平声。

63 踏沙披練立清秋　月上長安百尺楼　文集　八月十五夜詩
此詩、朝綱卒去之後送数年。於相公二条京極梅園旧亭、八月十五夜、時之好士有□[1]輩。翫月到彼梅園旧亭。有老比丘尼一人。出来天問云、誰人令遊給哉。故宰相殿之人遺唯尼一人也。彼家奴其員死亡、尼亦[2]不知明旦云々。好事人々弥以感歎或泣。然間、尼公、抑月ハ上[3]長安ノ百尺楼詩、不似往日相公之詠、月ニトコソ被詠シカ。今夜[4]也。月ニヨリテ上百尺楼也。月ハナニシニ楼ニハ可登ソト云ニ、人々皆信伏問尼。答云、故宰相殿ノ物張ナリ。仍人々各給纏頭、終夜語[5]了。相公之風詠珍重云々。

1□(群)—ナシ　2亦(柳)—忽　3上(柳)—ナシ　4今夜(柳)—只

石　5語（柳）―読

64 逐夜光多呉苑月[1]　毎朝声少漢林風　秋葉随日落詩　後中書王

漢林事、人々伊鬱曰、若漢之上林苑[2]。離合任意也云々。宮以詞林被証。人々歎伏。以言云、此句雖佳句、於中書王御詩、不如八葉風声承祖業、一枝月桂[3]作孫謀句云々。

1呉苑月…後中書王（群）―ナシ　2苑（柳）―ナシ　3桂（柳）―稚

65 忽驚朝使排荊棘　官品高加感拝成
雖悦仁恩覃邃窟　但羞存没左遷名

被示贈左大臣宣命勅使詩　正暦四年

被贈太政大臣之後託[1]宣　正暦五年四月

昨為北闕蒙悲士　今作西都雪恥尸
生恨死歓其我奈　今須望足護皇基
吾希段干木　優息[2]藩魏君　吾希魯仲連　談咲却秦軍

此詩、天満天神為令詠之人、毎日七度令護ト誓給之詩也。

1託（柳）―詫　2息（群）―恩

66 東行西行雲眇々　二月三月日遅々　菅家後集　読楽天北窓三友詩

此詩、及後代、菅家人室家令参北野令詠之間、天神令教テ曰、トサマニユキカウサマニユキクモハル〳〵キサラキヤヨヒヒウラ〳〵ト可詠云々。

67 点着雌黄天有意　款冬誤綻暮春風　題[1]不詳、作者不知。或云、清慎公小野宮宴。無今作者云々。

大隅守清原為信云、故親父典薬頭真人相談云、昔中書大王為大納言之時、詣彼大王第。地富風流、天縦煙霞。当青陽之時、暮見黄花盛開。于時、大王憑欄干吟詠此句者。某人於朱雀院所作也。見其気色、称[2]誉作者也。爰父真人縦容言、款冬和名山不々支、見於本草、其花冬開、今以款冬為山吹名誤也、於是中書大王感悟云、若於学者不可言詩矣。

1題不詳…無今作者―底本、本文化　2称（柳）―採

68 誰知秋昔為情盛　三五晴天徹夜遊　月影泛秋池　江相公　亭

古人相伝、昔有凶人。告相公曰、江納言常曰、相公巧詩於才浅也。相公聞之、亭子院詩席、江納言必為講師。相公作此句、誤欲令読、而如作者心講之。相公大感。昔猶夜、為猶教也。

69 含雨嶺松天更霽　焼秋林葉火還寒　延喜御屏風詩、幽居秋晩[1]　江相公

奏此詩等。宣旨、還寒等音、同音如何。

1晩（群）―暁

70 巌前木落商風冷　浪上花開楚水清　天暦御屏風詩　菅三品
青草旧名遺岸色　黄軒古楽寄湖声

彼時聞者伝、作者以此句不入為愁。判者聞之曰、黄帝張楽於洞庭之野。尤是強文第一。専非詩。作者聞之弥久愁。後代臨終常吐怨詞云々。又故大府卿江匡衡云、坤元録屛風洞庭詩云黄軒古楽之句、維時難云、如荘子成英疏[1]之、天地之間有洞庭之野。非大湖之洞庭云々、此難頗強難歟。文章有所許歟。或人問云、件事以[2]其詞非詩詞為難歟。被答曰、此為憲案僻事。注千載佳句注也。非件義。只非大湖之洞庭之義也。

1疏（水）―落　2以（群）―似

71 裴文籍後聞君久　菅礼部孤見我新　逢渤海裴大使有感　淳茂

故老曰、裴公吟此句泣血云々。裴璆者裴逖子也。逖以文籍少監入朝。菅相公以礼部侍郎贈答、有此句。

72 此花不是人間種　瓊樹枝頭第二花　暮春於孫王書亭賦花　江相公

此花不是人間種　再養平台一片霞　名花[1]在閑軒　菅三品　同題

伝聞、于時相公為文章博士、吏部為秀才。作同七字、其下句意[2]各異。江作二郎意、菅作親王子被親養。王[3]孫桃園源納言。其後養者十二親王。時人難詳下七字勝劣。于今為美談。又云、朝綱被称云、後代人以予幷文時為一双歟。

1名花（柳）―ナシ　2意（群）―三品　3王（類）―已

73 長沙鵩翅凶何急[1]　大沛[2]竜鱗怒不深　内宴、有勅初賜芳緋、不堪感涙、伏抽中懐敬上員外納言。

献此詩後、夢家君仰云、汝淳茂何喜乎。覚後数日病悩。

1何（意）―行　2沛（柳）―漢

74 欲識滔々流出処　南陽平氏[1]是清源　賦置酒如淮　江相公

北堂感讃州平刺[2]史贈物作也。此詩注云、坤元録云、淮水出南陽平氏県。故云、刺史者平中興也。為讃岐守之時、招秀才以下学生以上於本堂、羞膳領紙。相公為秀才。作此句。中興朝臣感此句同車帰宅、授女子云々。

1氏（柳）―民　2刺（柳）―判

75 今宵奉詔歓無極　建礼門前儛踏人

宗岡秋津久住大学、不趨時世。延喜十七年十一月四日奉試日及第。同月十三日外記日記云、秋津久住学館、年齢已積。頻逢数年之課試、常歎一身之落第。今年適逢天統之聞、忽預及第之列云々。故老伝云、昔有老生。拝舞大庭。青衫映月、白髪戴霜。夜行宿衛奇而問之、老生無答、只詠此句、吟詠之趣無知。仍召其身、参蔵人所。侍之人驚尋由緒。事及天聴、問其姓名。勅云、今日依勅及第文章生秋津。深感天恩、窃拝紫庭也。

76 寒瀬帯風薫更遠　夕陽焼浪気還長　菊潭水自香　淳茂

右承句[1]、詞意清新、能伝家様。可謂拾虬竜之片甲、得鳳凰之一毛者也。延喜聖主、依太上法皇詔、令評定宴詩、令奏給。御書、某言[2]。右近権中将衆樹朝臣、持[3]菊潭水自香応製詩示之、兼伝詔[4]旨、評定此詩篇可否。臣素[5]無別涇[6]渭之清濁。何足知詩語[7]之識議。一臨藻鑑、推辞露胆。而天旨重降、無地逃命。忘其妄動、叙彼[8]優劣。抑詩雖挙篇、要在被煩辞。故摘一両句、次第高下而已。無可無不可者、猶[9]反覆不注勒之。某謹言[10]。

1承句(群)—烝　2某言(群)—其令　3持(群)—至持　4詔(柳)—洛　5素(柳)—業　6涇渭(柳)—注謂　7語(柳)—流　8彼(柳)—皮　9猶(群)—於　10言(柳)—之

77
涯頭百味非自擣　浪上栴檀不待焚
右辞[1]句雖滞[2]、思風間発。或興味雖老、言泉流利。採彼補此、各有作者之旨。

1辞(柳)—舞　2滞(群)—沛

78
近臨十二因縁水　多勝三千世界花　紅桜花下作、応太上法皇製　江相公
故老伝云、講此詩之間、満座感歎。江相公独不許。法皇問。奏云、十二因縁是煩悩也。不図禅定法皇蓋煩悩水。衆人忽驚。

79
見如氷雪鰒如桐　侍女伝従黼帳中　贈納言
寛平二年四月一日、依例[1]賜群臣飲。別勅掌[2]侍藤原宜子頒[3]賜御扇。以詩取恩[4]。

1例賜(群)—別贈　2掌侍(群)—輩伝　3頒(柳)—預　4恩(群)—思

80
真図対我無詩興　恨写衣冠不写情　像真　菅贈大[1]相国
見渤海裴大使真[2]図有感云々。

1大(柳)—太　2真図(柳)—二二

81
郷涙数行征戍客　棹歌一曲釣漁翁　山川千里月　保胤
入詩境之由[1]、彼[2]師匠菅三品示給。一曲字人々難之。作者云、河千里一曲云々。

1由(柳)—曲　2彼(群)—後

82
陶門跡絶春朝雨　燕寝色衰秋夜霜　閑中日月長　以言
燕寝造化云々。今案、許渾贈殷尭藩詩有可准之事。

83
一行斜雁雲端滅　二月余花野外飛　春日眺望
或人云、依閏二月許、作二月余云々。而見正筆草無閏月事。又或人云、孝言佐国二月余花説相論云々。

84
万里東来何再日　一生西望是長襟
或人云、此句詩之本様云々。可被案之。

85 蒼波路遠雲千里　白霧山深鳥一声
裔然入唐、以件句称己作。以雲為霞、以鳥為虫。唐人称云、可謂佳句。恐可作雲鳥。

86 山腰帰雁斜牽帯　水面新虹未展巾
於後入道殿、被賦秋雁数行書[1]詩。匡衡以言二人終夜並[2]詠此句云々。

1書(證注)—云　2並(柳)—其

87 多見栽花悦目儔　先時予養待開遊
待開遊末生等伊鬱。然者以文集待[1]我遊可為証。予養見後漢書帝紀云々。

1待(群)—詩

88 花色如蒸粟　俗呼為女郎　順
或云、近日以粟為栗。可怪之。検文選注木名也云々。

89 文峰案轡白駒影　詞海艤舟紅葉声　秋[1]未出詩境　以言
以言初作駒過影葉落声云々。六条宮見草、被書白字要之由。仍改作云々。以言与斉名被相試日承作云々。斉名常[2]以為愁。称曰、最手[3]片廻何謀計[4]云々。斉名臨終宮被訪[5]。報命、恩旨恐悚千廻。但白字事不忘却云々。又大府卿談曰、件題斉名作、霜花後乗詞林裏、風葉前駆筆駅程。至于下[6]七字、風之駆葉渉前駆之義尤有興、霜花後乗甚以無由。彼時[7]、斉名云、以言詩白駒之白字、六条宮不令直者、劣於我詩マシ[8]。而件詩、雖不直紅白二字、案艤両字吉尽[9]題意、未出之心籠此義之中。然則可謂勝斉名霜花之句歟云々。或人問云、但不直白[10]字者、駒過景葉落声三[11]字読甚以砕歟。答云、無白字者非読砕。上句無秋心歟。白駒者秋也。白字直千金也。

1秋(群)—慎字。秋　2常(柳)—掌　3手(柳)—于　4計(柳)—許　5訪(群)—議　6下(水)—ナシ　7時(水)—□　8シ(意)—シク　9尽(水)—ナシ　10白(水)—ナシ　11三(水)—二

90 林霧校声鶯不老　岸風論力柳猶強
輔昭称云、強字誠[1]強也。文時被称可案由。数刻[2]案後、申無可改字由。文時曰、予無計所案也。

1誠(群)—ナシ　2刻(朗詠注)—知

91 人煙一穂秋村僻　猿叫三声暁峡深
人煙近代忌之不作。

92 帰嵩鶴舞日高見　飲渭竜昇雲不残　晴後山川清　以言
件以言詩、被講之時、以言即為講師。読件句之時、帰嵩二字、

飲渭二字、音連読之。若[1]有其由歟云々。為憲朝臣同在其座。件朝臣毎文場所随身之囊名曰土囊。此入抄等之器也。聞講此詩、不堪情感、入頭於囊而涕涙数[2]行。時人或感或笑云々。慶滋為政同在此座。後日難曰、此詩犯忌諱。竜昇字尤可避之。是黄帝登遐事也云々。以言聞之微咲不敢陳一言。大略不足言歟。

1若(群)—君　2数(群)—ナシ

93 摩訶迦葉行中得　妙法蓮花偈裏求　保胤

[1]志楽於静処詩也。或人難云、此句有何秀発入本朝佳句哉。上句迦葉行者若是頭陀歟。上句有常行頭陀事之心。下句甚以荒涼也。何句非法華経一偈矣。大府卿答云、所思如此。但其対頗優故歟。

1志(水)—者

94 真如珠上塵厭礼　忍辱衣中石結縁　以言

我不敢軽於汝等。或人問曰、上句其義如何。大府卿答云、真如珠者不軽大士、塵颰陀婆羅等歟。真如仏性理之上煩悩之客塵積、忌厭其礼之心歟。此詩上句為髣髴。作者之心如何。

95 山雨鐘鳴荒巷暮　野風花落遠村春　帥殿

此詩帥殿与斉信眺望詩也。荒巷暮三字、長国深以感之。此事存夢想云々。

96 瑶池偸感仙遊趣　還賞[1]林宗伴李膺　橘倚平[2]

此詩省試詩也。[3]題飛葉共舟軽。勒澄[4]陵氷[5]膺。[6]倚平為祈登省事、[7]毎日夜々参詣清水寺之間、於宝前有夢想。示云、今度登省ハ李膺可[8]煩云々。其事更以不得心之間、勒韻之中有膺字。其時得夢想之心。作叶官韻。不作李膺[9]之輩不登省。仍倚平及第云々。是則観音之霊験也。

1賞(柳)—実　2平(柳)—尹　3題(群)—ナシ　4澄(群)—證　5氷(柳)—水　6倚(柳)—停　7毎(柳)—哀　8可(群)—子可　9膺(群)—々々々膺

97 邴原資叔済　雲鶴誉居多　雲中白鶴、羅字、限[1]八十字　三善豊山　第八句

以叔済之字誤従升[2]、仍不第。省試詩。

1限(柳)—浪　2升(意)—叔

98 逐舞生[1]羅襪　驚歌起画[2]梁　詠塵、六[3]韻為限[4]、第四句、任博士　菅清岡[5]

清岡家伝云、於大学庁試之。及第者清岡善主也。是則叔父与姪也。世以為栄[6]。

1生(柳)—坐　2画(柳)—尽　3六(古)—真　4限(柳)—浪　5清岡(群)—ナシ　6栄(柳)—榮

99 鷹鳩不変三春眼　鹿馬可迷二世情　以言

此句、依恨暗漢雲之子細、叡感之余、擬補蔵人。雖然、入道殿幷殿上人不承引之故不補。仍為放言所作也。其時殿上人諺曰、湯気欲上云々。本姓弓削ナレハ也。

100 機縁更尽今帰去　七十三年在世間

此詩、大江斉光卒去之後、良源僧正夢所見也。

101 昔契蓬萊宮裏月　今遊極楽界中風

此詩、義孝少将卒去之後、賀縁阿闍梨夢見少将、有歓楽之気色。阿闍梨云、君ハ何心地喜ケニテハ被坐。母君ノ被恋慕ニハトイヘハ、少将詠曰、

しくれとはちゝのこの葉そちりまかふなにふるさとの袂ぬるらんと詠後又詠此詩。

102 荒村桃李猶応愛　何況瓊林華[1]苑春

橘広相九歳昇殿詩、暮春云々。童名文人云々。

1華（柳）—葉

103 低翅沙鷗潮落暁　乱糸野馬草深春　菅家

此詩題云、蘭気入軽風之詩也。鶴間雲三字有古集云々。元稹詩有那将薤上露待[1]鶴辺雲云々。又有他古集中鶴間雲三字。

1待（柳）—ナシ

104 一条露白庭間草　三尺煙青瓦上松　以言　栖霞寺、無[1]題詩

庭間草三字已非詩詞。甚以凡鄙之由、儀同三司被命云[2]、以言雖詩匠、都無古集体[3]。是則此詩心歟。

1無（水）—云　2云（水）—云々　3体（水）—時

105 朝隠山雲緗帙[1]巻　暮過林雀注文加　秋雁数行書　以言

此詩当座人云、半難半誉[2]。明衡不請。豈遠空雁通[3]過林雀哉。

1帙（柳）—皓　2誉（水）—答　3通（水）—退

106 碧玉装箏[1]斜立柱　青苔色紙数行書　菅家

題、天浄識賓鴻胸句也。統理平疑之。見唐韻注。不出三史十三経之中云々。

1箏（柳）—筝

107 都府楼纔看瓦色　観音寺只聴鐘声　菅家[1]

此詩於鎮府不出門胸句也。其時儒者云、此詩、文集香炉峰雪撥簾看之句にはまさ[2]さまに被作云々。

1家（群）—ナシ　2さ（柳）—ら

108 書窓有巻相収拾　詔紙無文未奉行　保胤

収拾ハ唱和集ニツムク。不叶此処義。

109 桃李不言春幾暮　煙霞無跡昔誰栖　文時

桃李不言、煙霞無跡、乃為対句。在淳茂願文。古人[1]必同[2]事不避[3]歟。

1人(群)―文　2同(群)―何　3避(群)―違

110 三巴峡月雲収白　七里灘波葉落紅　藤為時

此詩田家秋詩也。以言見此詩云、白字可習置処云々。

111 鄽県村閭皆潤屋　陶家児子不垂堂　菊散一叢金

善相公初作鄽県村閭皆富貨云々。心存可有褒誉之由。而菅家只美紀納言廉士路裏句、不被感此詩。宴罷退出時、相公不散欝結、於建春門見尋[1]菅家。仰云、富貨字恨不作潤屋。相公改作云々。

1尋(群)―参

112 佳辰令月歓無極　万歳千秋楽未央　謝偃　雑言詩

此詩踏歌詩也。古塔瓦銘有万歳千秋楽未央字。今[1]案、件文見集神州三宝感通録上。件録云、仁寿二年正月、復分布舎利五十三州、至四月八日、同年時下。其州如左云々。其中梨州塔地下瓦文千秋楽云々。件録唐麟徳元年終南山釈氏所撰也。

1今(柳)―令

113 青山有雪諳松性　碧落無雲称鶴心　許渾　寄殷尭藩

許渾詩多一体也。詩後、文時謂之許渾作。但至此句、体[1]頗異他詩云々。

1体(意)―皮

114 一樽酒尽青山暮　千里書廻碧樹秋　許渾　郡園秋日寄洛中友

此句許渾集在両三所。寄洛中友人、又送元書上人帰蘇州。

115 漁舟火影寒焼浪　駅路鈴声夜過山　杜荀鶴　宿臨江[1]駅詩

古人語云、忠文民部卿為大将軍下向之時、宿駿河国清見関。軍監清原滋藤夜詠此句。将軍拭涙云。

1江駅詩(柳)―ナシ

116 三千仙人誰得聴　含元殿角管絃声　章孝標

此詩意人難得。及第日、報破東平詩也。

117 蛇驚剣影便逃死　馬悪衣香欲嚙人　都良香　代渤海客[1]寄上左親衛[2]源中将

魏文帝時、朱[3]建平相馬事也。

1客(證注)―ナシ　2衛(證注)―ナシ　3朱(柳)―末

118 北斗星前横旅雁　南楼月下擣寒衣　劉元淑　薄命論

此詩劉元淑詩也。而朗詠集中云白。

119 雖愁夕霧埋人枕　猶愛朝雲[1]出馬鞍　山名也。青山[2]馬鞍雲云々。

1雲（柳）―雪　2山（柳）―ナシ

120 死[1]是老閑生也得　擬将何事奈余何　元　放言

1死（千載佳句）―怨

121 黄壌誰知我　白頭猶憶君　五言　白

此詩題元小尹詩二首。同引[1]。六十、又五十一。

1同（群）―内

122 若非宋玉粧重下　疑是襄王夢不長　花落鳳台春　江相公

吹乱綺窓風色脆　灑来珠[1]砌雨声香

故老曰、相公常称此句之美也。

1珠（柳）―昧

蒼苔路滑僧帰寺　紅葉声乾鹿在林

就本作之。滑字或人訓云狎。不可然云々。

123 和風暁扇恐吹尽[1]　清景夜明須静看　知房

又被命云、去春呈[2]月前惜桜花之作。前美州知房[3]被贈一句。此句如何。僕答云、若夜惜[4]衰紅把[5]燭看之詩様歟。被答云、近之[6]。

此詩天仁三年事也。

1尽（柳）―書　2呈月前惜（水）―月老情　3房（柳）―床　4惜（文集）―ナシ　5把（群）―抱　6之（水）―々

124 遊子三年塵土面　長安万里月花西　季仲

僕問云、去年前帥季仲自常州被送詩畢。此句如何。遊子者其義[1]無由。加之面字如何。文集云、遊子塵土顔。若模此句歟如何。白氏文集云、万巻図書天禄上、一条風景月花西。是則呈集賢閣之一句也。天禄者閣名、月花者門名。彼閣在件月華之西歟。非桂月之西。此詩甚以奇異也。又江都督被咲云々。

1義（群）―儀

125 古渡南横迷遠水　秋山西繞似屏風　江佐国

又被命云、一昨日江都督被申云、江佐国淳和院眺望詩上句無其謂。予所案得、寒樹東□応障日。此句今案如何云々。但東字下字未思得[1]。障子者本障日也。然則其対可謂叶。美州聞之被談曰、橘孝親作内秘菩薩行詩云、潔清丹地珠長琢、十四秋天月暫陰之句、上七字不似下七字。明衡云、試求之未得云々。而先年都督被案云、上句何無此哉云々。仍問其句、被答云、清涼夏水蓮猶嬾。此句[2]如何云々。僕申云、然則似斉名詩歟。件詩云、眼蓮豈養清涼水。面[3]月長留[4]十五天之句。彼詩若為避此句、強求上句歟。仍有甘心之気歟。

1得(水)―ナシ　2句(柳)―ナシ　3面(柳)―西　4留(柳)―ナシ

江談抄　第五

詩　事

1 文集中他人詩作入事
2 文集無同詩哉事
3 文集常所作炙手事
4 斉名不点元稹集事
5 王勃元稹集事
6 糸類[1]字出元稹集事
7 白行[2]簡作賦事
8 古集体或有対或不対事
9 古集幷本朝諸家集等事
10 王勃八歳秀句事
11 焼秋林葉火還寒句事
12 菅家御文章事
13 六条宮御草事
14 菅家九日群臣賜菊花御読様事
15 菅家御作為元稹之詩体事
16 菅家御草事
17 菅[3]家御草事
18 後中書王以酒為家御作事
19 世尊大恩詩読様事
20 天浄識賓雁詩事
21 資忠簟為夏施詩事
22 文章博士実範長楽寺詩事
23 月明水竹[4]間詩腰句事
24 日本紀[5]撰者事
25 扶桑集被撰年紀事
26 本朝麗藻文選少帖東宮切韻撰者事
27 新撰本朝詞林詩事
28 粟田障子坤元録詩撰者事
29 扶桑集順作多事
30 朗詠集相如作多入事
31 四韻法不用同字長韻詩不避事
32 匡衡詩用波浪濤是置同義字例事
33 以両音字用平声作之詩憚哉事
34 両音字通用事
35 随音変訓字事
36 丼[6]丼字和名事
37 簫字近代人詩不作件字事
38 卝[7]字事
39 杣字事

40 美材書文集御屏風事
41 四条大納言野行幸屏風詩事
42 鷹司殿屏風詩事
43 鷹司殿屏風斉信端午詩事
44 清行才菅家嘲給事
45 斉信常庶幾帥殿公任事
46 輔尹挙直一双者也事
47 順在列保胤以言等勝劣事
48 時綱長国勝劣事
49 本朝詩可習文時之体事
50 父子共相伝文章事
51 維時中納言夢才学事
52 夢為憲文章事
53 成忠卿高才人也事
54 斉名者正通弟子事
55 道済為以言弟子事
56 文章諍論和漢共有事
57 村上御製与文時三位勝劣事
58 斉信文章帥殿被許事
59 公任斉信為詩敵事
60 為憲孝道秀句事
61 勘解相公誹謗保胤事
62 匡衡以言斉名文体各異事
63 広相七日中見一切経凡書籍皆横見事
64 広相任左衛門尉是善卿不被許事
65 隠君子事
66 匡衡献策之時一日告題事
67 源英明作文時卿難事
68 源為憲作文時卿難事
69 以言難斉名詩事
70 左府与土御門右府詩事
71 源中将師時亭文会篤昌事
72 秀才国成来談敦信亭事
73 都督自讃事
74 都[8]督自讃事

1 類(本)—額　2 行箇(本)—箇行　3 菅家御草事(本)—ナシ　4 竹間(本)—箇　5 紀(本)—記　6 丼丼(本)—井井　7 吽(本)—呼　8 都督自讃事(本)—ナシ

イ本云 此書異本有六巻、然而其書分此第四巻以為五巻、以第五巻為六巻、則今与此本条箇全無異矣。

江談抄　第五

詩　事

1 文集中他人詩作入事

被命云、文集中ニ他人詩作[1]入被知乎。答云、不知、何作乎。被命云、第六帙中李紳[2]作詩也。其詩如何。被命云、長添[3]鴻宝集、無離小乗経云々。鴻宝集トハ云ハ大乗経ヲ云也。因茲、文集ヲハ古人モ大乗経之次、小乗経[4]之上トソ云ケル。故橘孝親ハ常信之、敢以不忽諸。凡反古ナトニモ敢鼻カマヌ人也云々。

1詩作(柳)―作　2紳(神)―沖　3添(神)―縿　4経(柳)―教

2 文集無同詩哉事

又被命云、文集無同詩也。僕答云、苑花如雪随行輦、宮月似眉伴直廬。此詩在天宝楽叟長韻詩、又在四韻詩。又云、一以老年涙、泣灑故人文。又哭晦叔[1]、唯[2]将両眼涙、一灑秋風襟云々。僕曰[3]、許渾集、一樽酒尽青山暮、千里書廻碧樹秋之句、在三ケ所。帥[4]被答云、然也。僕問云、文集、放々竜々在牛角、雷撃竜来牛狂死、其義如何。帥被答云、件事見旌[5]異記。不具記。

1叔(柳)―殊　2唯将両眼涙一灑秋風襟(柳)―以々々涙灑祖風体
3曰許渾(柳)―同諍浄　4帥被(柳)―被帥　5旌(水)―強

3 文集常所作炙手事

又問云、文集常所作炙手其義如何。被答云、淮南子事。不具記。

4 斉名不点元稹集事

又被命云、一条院以元稹集下巻斉名可点進之由被仰之。雖然辞遁云々。

5 王勃元稹集事

又被命云、注王勃集、注杜工部集等、所尋取也。元稹集度々雖誂唐人、不求得云々。

6 糸纇[1]字出元稹集事

予談云、菅家御作者類元稹集之由、先日有仰。其言誠而有験。菅家御草云、低翅沙鷗潮落暁、乱糸野馬草深春。元稹詩[2]云、擺塵野馬春無暖、拍水沙鷗湿翅低。此両句実以相類焉。予又云、善家柳詩有糸纇[1]字。元稹詩云、春柳黄纇[1]。是亦出自彼集。被答云、両家甚以有興云々。又善家内宴何処春先到詩、柳眼新結糸纇[1]出、梅房欲拆玉瑕成。

1纇(證注)―額　2詩云(水)―詩

7 白行[1]簡作賦事

予問云、白行簡作賦中ニ、以何可勝乎。被答云、望夫化為石賦第一也。抑白行簡ハ被知乎、何流乎云々。答云、不知。被命云、居易之弟也。サテ賦ハ行簡勝云々。答云、然者何世人以行簡集強不規模乎云々。被命云、詩者尚居易勝也。行簡不可敵。兄弟五人也。其中ニ有敏仲云々。

1行簡（柳）―簡行

8 古集体或有対或不対事

古集体、或有対、或有不対、如何。被命云、是方干者欠脣者也。盧照隣者悪疾人也。李白者謫仙也。或人問云、以李白号謫仙人之由見文集。是謂文章之体譬謫仙歟、又実以金骨之類歟。被答云、実謫仙也。

1欠（群）―喭

9 古集并本朝諸家集等事

問云、古集并本朝諸家集等之中、称人之処、如称十一十二之類、其義如何。帥答云、件事見以言集雑筆之中。以言対唐人問此事、答云、立人子孫之処、譬有一人。件人有子三人。始自嫡子次第称一二三。次嫡子有子五人。自嫡孫次第称四五六七八。次二男有子四人。自其嫡子次第称九十十一十二。次三男有子三人。自其嫡子次第称十三十四十五。次嫡孫有子二人。称十六十七。次称庶之子。如此次第称之、限以卌九、不及五十。又或説、只以嫡男称十一、以二男称十二。至于十字者、只以加之云々。然則於廿卅、其義如何。此説頗無所拠。以言集可引見之。

1次（群）―歟

10 王勃八歳秀句事

又被命云、王勃八歳所作秀句アリ云々。不覚。

11 焼秋林葉火還寒句事

又焼秋林葉火還寒云句、准的華光焰々火焼春之句也。問云、当簾柳色両家春之句也。

12 菅家御文章事

被命云、菅家御作之中ニハ尚匡房不知事多云々。被答云、尤理也。匡房不知事ハ注別紙。然者御所学之才智、令習給文章、天ニ令受給也。不可申左右。居易ヲモ楽府採詩官断作損也。有失錯之由被仰ケリト云々。令知其甲乙給尤希夷也。然者居易ノ楽府上下作、為諷諭詩官之事也。然作損如何。

13 六条宮御草事

又被命云、秋声多在山詩、六条宮御作。鹿鳴猿叫之句、有雄張之御気色。而覧以言衆籟暁興之句、大令歎息妬忌給。件詩胸句又以神妙、一首之秀句也。

14 菅家観[1]九日群臣賜菊花御詩[2]読様事

菅家観九日群臣賜菊花御作云、術中彭祖九重門。其読様如何。帥被答云、古今件句有読様云々。術乃[3]中ハ彭祖ナリ九重ノ門ト可読云々。問、次句鶏雛不老仙人曙々字如何。云、若署[4]字歟。官署之義也。仙官義也。鶏雛其義如何。件事雖側見髄不覚。被答云、以菊合薬、如碁子服之。若不信者、与鶏雛令[5]食之。至老不死見菊花方云々。

帥被命云、件詩次句、非租[6]五柳暁雲孫、此事非心之所及。予答云、禁囲之仙菊繁華、勝昔時五柳東籬之閑寂之心歟。又被命云、租[6]字読如何、未覚事云々。又被命云、件詩落句如何。予答云、件落句黎収読様ハ如何。件事見文選舞賦歟如何。不被答。

1 観(柳)―ナシ　2 詩(柳)―ナシ　3 乃(柳)―ヲ　4 署(柳)―暑
5 令(水)―合　6 租(意)―祖

15 菅家御作為元稹之詩体事

又被命云、菅家御作者元稹之詩体也。古人又云、如此。帥、菅家御作者非心之攸及。

16 菅家御草事

又被命云、菅[1]三品云、菅家御草者如削亀甲其上加綵鏤。非心力之所及。紀家作者如削檜木加磨瑩。何物可用之。尤可庶幾云々。然則況於区々之末学、其自豈楽云々。

問、菅家御作者眼不及、文集者眼及。是何故哉。寄其時代、寄其文章、此等庶幾歟。帥云、依人也。紀家者同時也。然而不似耳。若是殊有幽玄之道歟。

1 菅(群)―菅家

17 菅家御草事

又被命云、菅家云、温庭筠詩体優善也。

18 後中書王以酒為家御作事

後中書王以酒為家御作云、杜康昔構容[1]人息。下三字之読如何。帥被答云、人ノ息ヲ[2]入ト可読云々。未詳覚。出何書乎云々。

1 容(群)―客　2 ヲ(群)―キ

19 世尊大恩詩読様事

又世尊大恩詩作、重々千雲嵩嶺重、深々納日海潮[1]ヨリモ深。如此可読云々。近代人不知其説。

1 潮ヨリモ深如此(群)―潮深如此ヨリモ

20 天浄識賓雁詩事

天浄識賓雁詩、頻寒着三字ハ不被読。何等書文哉。凡如此之類尤多。僕貢士[1]答云、千載佳句詩云雁着行之着字雁義頗近之歟。被命、此義者公謂叶、彼詩者不叶云々。此事前濃州知房同不[2]審之云々。

1士(群)―七　2不(水)―ナシ

21 資忠簞為夏施[1]詩事

又云、菅資忠簞為夏施詩、以玄[2]紀之紀用平声。与礼記説相違云々。

1施(水)―弛　2玄紀(水)―言記

22 文章博士実範長楽寺詩事

又被命云、故文章博士実範長楽寺松柏山寒枝不長句之詩[1]云白駒。々々可尋。注書云、見盧照隣集。主人被感云々。予云、盧照隣集往年所一見也。件集有泥人事如何。師被答云、若早天用[2]之事歟。僕曰、不、冡[3]墓詩也。詳不被答。

1詩(柳)―日序詩　2用(水)―田　3冡(水)―家

23 月明水竹[1]間詩腰句事

又被命云、予近曾於右金吾亭作月明水竹[1]間詩。腰句陸張池白両家秋ト云句白字、江都督被命云、可改冷字歟云々。藤原為時詩、三巴峡月雲収白之句、以言云、白字可習置処。此句白字甚以優也云々。又以言詩、桂花秋白之句白字亦得其体焉。此外[2]可学之。但余事也云々。

1竹間(古)―簡　2外(水)―然

24 日本紀撰者事

被談云、日本紀[1]被見哉。答云、少々見之未及広。抑日本紀誰人所撰哉。被答云、日本紀者舎人親王撰也。又続日本紀者左大弁菅野真道撰也。依其功給免田卅町。三代実録者昭[2]宣公被撰也。文徳実録者都良香所撰也。序者菅丞相也云々。

1紀(柳)―記　2昭(柳)―照

25 扶桑集被撰年紀事

又云、扶桑集長徳年中所撰也云々。時歴九代歟。今上之時也。

26 本朝麗藻文選少帖東宮切韻撰者事

又云、本朝麗藻者高積善所撰也。橘贈納言文選少帖所抄也云々。又東宮切韻者菅家主刑部尚書集十三家切韻、為一家之作者。著述之日、聖廟執筆令滞綴給云々。

27 新撰本朝詞林詩事

為憲所撰本朝詞林在故二条関白殿。件[1]書令諸家集為憲撰[2]給。世間流[3]布披露本甚以省略也。保胤正道等集詩二百余首、今所書入也。有国集故広綱所集不幾云々。

1件(證注)―以件　2撰給(柳)―ナシ　3流布(柳)―依

28 粟田障子坤元録詩撰者事

又被申云、粟田障子詩輔正卿撰之。坤元録詩維時卿撰。然則作者与判者各互有長短、随其巧也。粟田詩、以言以帥殿方人不被入之。怨言云、雖坤元録絶句一首者何不罷入哉云々。故文章博士実範後伝聞此事、不被許此言[1]云々。

1言(水)―書

29 扶桑集順作多事

又云、扶桑集中順作尤多。時人難之。問、順序多自紀家序如何。帥答云、花光浮水上序順序也。専不可入也。而斉名以其為祖師[1]多入之由、時人難之。

1師(柳)―帥

30 朗詠集相如作多入事

又四条大納言者高相如之弟子也。仍撰朗詠集之時、多入相如作。所謂蜀茶漸忘浮花味、井樵蘇往反之句、有何秀発乎。

31 四韻法不用同字長韻詩不避事

又云、四韻法不用同字、長韻之詩強不避之。江以言円成寺当座詩、第二上句云、郷園[1]迢遰令雲隔。第五下句云、初逢雲洞薜蘿僧。是則雲字両所。第二下句云、林草凋残被雪凌。又第七上句云、泉戸[2]草残寒雪圧云。草字両所。又第三上句云、風凋寒時斟緑桂。又第六上句云、風情忽発吟[3]猶苦。風字両所。如風月字之類必避之。然以言用之。此詩已在本朝麗藻云々。

1園(柳)―国　2戸(水)―声　3吟(證注)―冷

32 匡衡詩用波浪濤是置同義字例事

又匡衡朝臣所引[1]省[2]試詩、置句用波浪濤。是置同義字之例也。又保胤者四五朶対風煙行、江以言者蓬莱洞対十二楼。皆詩人之秀句也。

1引(水)―列　2省(柳)―者

33 以両音字用平声作之詩憚哉事

予又問曰、以両音字用平声作之詩、猶可憚作[1]哉。被命云、不[2]可憚。天神御作、鶴飛千里未離地之句、坐在炉辺手不亀之句離字亀字、毛詩荘子之文両字他声也。尚不憚被用平声。又朝綱登省詩、以両音字用平声之時、評定諸儒於仗座欲落第尓、朝綱傍尓立詠云、鶴飛千里未離地ト音ニ頌ケリ。諸儒尚不聞入之処、朝綱云、菅丞相ノ被仰之事モ聞テ侍也ト云ケルヲ延喜聖主聞食テ、彼ハ有謂。可及第也ト被仰下也。然者不可憚歟。

1作(群)―候　2不可(柳)―可

34 両音字通用事

僕又問云、明衡詩車漸帷裳漸字如何。漸台同[1]霑義也。而用他声如何。被答云、漸台之義猶以平声也。然則明衡失也。但両音字有通用之例。文章之所許也。随時可斟酌歟。菅家御作云、鶴飛千里未離地。離字用平声。此其[2]例也。又坐在炉辺手不亀。此詩用脂之韻。如荘子者非莫真臻韻、又用去声也。僕問云、用脂之由、東宮切韻諸家釈中有一説歟。被答、然也。僕問云、古賢之所尚、雖仰取信、世説一巻私記者、紀家善家相共被釈累代難義之書也。

1同霑(水)—月露　2其(柳)—甚

35 随音変訓字事

又或人云、随音変訓之字、不労其音用之事、文章之一体。古人之所伝也。

36 丼[1]丼字和名事

被命云、延喜御時、渤海国使二人来朝。其牒状尓丼[2]丼此両字各為使二人姓名。紀家見之、雖未知文字、呼云、井木《セイホク》ノツフリ丸、井《セイ》石《セキ》ノサフリ丸参レト喚、各応令参云々。異国作字也。以当時会釈読之。可謂神妙者也。異国者聞而感之云々。

1丼丼(群)—井井　2丼丼(神)—井井

37 籣字近代人詩不作件字事

又云、籣字、近代人詩ニ不作云々。明衡并範綱作此字。件人以後、強以不作云々。或人秘抄中有之。

38 吽[1]字事

予問云、吽[2]、此字如何。被答云、件字[3]塚古文字也。々々々々二万六千六百六[4]十日砥読云々。以竿位令読歟。時博士読之云々。人之寿命日数云々。

1吽(證注)—呯　2吽(水)—呯　3字(群)—事　4六十(水)—十

39 杣字事

又問云、杣字誠本朝作字歟如何。被命云、杣字本朝山田福吉所作也。榊字又見日本紀[1]云々。

1紀(柳)—記

40 美材書文集御屏風事

又云、小野美材内裏文集御屏風書了。奥書大原居易昔詩聖、小野美材今草神云々。

41 四条大納言野行幸屏風詩事

近曾謁美乃前司知房之次被談云、四条大納言野行幸屏風詩、徳照飛沈雲夢月之句下三字、本者霊囿月ト被作タリ、後被改雲夢。

42 鷹司殿屏風詩事

又被命云、鷹司殿屏風詩、斉信卿被撰之。斉信頗多被入資業詩。花塘宴詩、色糸[1]句撰入之。義忠聞之申宇治殿云々。糸字他声也。非平声。可謂僻事。詩者俊遠保昌之可作也。資業依当任受領、其

詩被多入云々。戸部納言聞此事。勘文集詩被献之。声々麗句敲寒玉、句々妍詞綴色糸云々。宇治殿聞食此事被勘仰義忠。々々蟄居。及明年三月不被免之。則付女房献和歌云々。アヲヤキノイロノ糸[1]ニテムスヒテシヨレハホトケテ春ソクレヌル。依此歌被免云々。

1 糸(柳)―綵

43 鷹司殿屏風斉信端午詩事

鷹司殿屏風詩斉信端午詩[1]、片月鳴絃士卒喧之句、道済在筑前[2]国伝聞之、此句者勝徳照飛沈之句。件句者雖秀句、村濃ク糸ノ染[3]違タル様也云々。又帥被示云、雲夢之字平声歟。文選有両音歟。

1 詩(柳)―ナシ　2 前(水)―後　3 染(柳)―談

44 清行才菅家嘲給事

善相公者巨勢文雄弟子也。文雄薦清行状云、清行才名超越於時輩云々。菅家令嘲此事、則改超越為愚魯字。又被問広相。云、不[1]詳不詳云々。菅家令怨之、為先君是善也門人、於事無芳意云々。

1 不詳(群)―詳

45 斉信常庶幾帥殿公任事

又被命云、斉信常庶幾帥殿公任、又感歎中務宮、斉信常被称云、帥殿文章被許云々。其年歯已以等輩也。以彼人許給為面目、豈不甚哉。

46 輔尹挙直一双者也事

又被命云、輔尹挙直一双者也。匡衡送書於[1]行成大納言許云、為憲為時孝道敦信挙直輔尹、此六人者越於凡位者也。故其身貧云々。統理平高五常工詩者也云々、又云[2]紀家深被感五常。又先年見菅三品自筆被書統理平集。所好[3]事不嫌善悪歟。将又先達歟。

1 於(柳)―於于　2 云(意)―云々々々々々々々　3 好(群)―妨

47 順在列保胤以言等勝劣事

問、順在列[1]勝負如何。帥答云、順勝。問、順保胤勝劣如何。帥答、保胤勝。問、順以言如何。帥答曰、以言勝歟。但故人孝親朝臣或以順為勝。予倫不甘心耳。夜蘭不弁色題、以言作云、為深為浅風声暗、満座相感云、文集態毛志計留波云々。

1 列(柳)―烈

48 時綱長国勝劣事

問云、時綱与長国如何。帥答云、長国勝歟。明衡談云、長国ニ被仰ハ不可為恨云々。

49 本朝詩可習文時之体事

本朝集中ニハ於詩者可習文時之体也云々。文時モ文章好マム者可見我草云々。此草以往、雖賢才廻風情尚以荒強也云々。又六条宮

保胤ニ詩ハ伊加々可作ト阿利介留毛、文芥集ヲ保胤ニ[1]令問給ヘト
ソ云ケル。於筆者不然歟。

1ニ（群）―ナシ

50 父子共相伝文章事

問云、古今父子相伝文章者希歟。帥答云、良香子在中、菅家御子淳茂、文時子輔昭、村上御子六条宮、此外無之云々。

51 維時中納言夢才学事

維時中納言日記中書云、菅家夢中令告云、汝才学漸勝朝綱之由所記云々。雖然於文章非敵歟。

52 夢為憲文章事

橘孝親父名可尋求可為師匠之者、祈請其先祖建学館院之者名可尋。夢中告云、文章者可習為憲者、為憲聞之称雄云々。

53 成忠卿高才人也事

又云、成忠者高才人也。儀同三司御亭闘文集二帙詩与六帙詩之日[1]、二帙詩最初出天宮閣早春之詩。成忠難之云々。天宮閣者寺[2]也。何最初出此詩成忠卿有相論之詞。以其同事量[3]、彼人才智者也云々。

1日（群）―曰　2寺（水）―与　3量（水）―是

54 斉名者正通弟子事

問云、斉名者誰人弟子哉。帥云、橘正通之弟子也。正通者順之弟子。問、以何知之。帥云、為憲集云、順以家集不付一弟子正通付我者。以之知之云々。

55 道済為以言弟子事

道済者以言弟子也。昔請詩於以言[1]。々々於稠人称之曰[2]、彼風情日新、遂時人以為一双云々。問、以言者誰人弟子。答、篤茂之弟子也。

1以言（柳）―改　2曰（柳）―由

56 文章諍論和漢共有事

雖賢人君子モ文道之諍論和漢共有事也。宋明帝与鮑明遠争文章之[1]間、明帝其性甚以凶悪也。仍鮑明遠殺モソスルトテ故ニ作損ス。時人曰、文衰タリ云。隋煬帝与薛[2]道衡争文章之間、薛[2]道衡遂被殺了云々。

1之間（柳）―云問　2薛（柳）―薩

57 村上御製与文時三位勝負事

又被談云、村上御時、宮鶯囀暁光題詩ニ、召文時三品被講ニ[1]、其間物語被知乎如何。答云、不知。被語云、尤有興事也。件日、村上与文時相互ニ相論日也。件[2]御製云、露濃緩語園花底、月落高歌

御柳陰ト令作給ヲ[3]、文時、西楼月落花間曲、中殿灯残竹裏音ト作タリケレハ、主上聞食テ、我コソ此題ハ作抜シタレト思ニ、文時詩又以神妙也ト被仰天、召文時近於御前テ[4]、無偏頗我カ詩事無憚申難有無ト被仰ニ[5]、文時申云、御製神妙侍。但下七字ハ文時詩ニモマサラセタマヒタリ。御柳陰ナレハ宮ト思エ候ニ、上句ハイツコニ宮ノ心ハ令作御ニカ候ラム。園ハ宮ニノミヤハ[6]可候ト申ニ、村上被仰様ハ、足下ハ不知ヌカ、其園ハ我カ園ソカシト被仰尓、文時申云、然コソ侍ナレ。上林苑ノ心ニコソ侍ナレ。雖然イカヽ侍ヘカラ[7]ムト申尓、尤有謂ト被仰ニ、一問答云、又有興仰事アリト云テ、サコソハ侍ナントト申テ退座ニ、主上又被仰様、然者我カ詩ト足下ノ詩ト勝劣如何。慥可差申ト被仰ニ、文時申云、御製ハ令勝給。尤神妙也ト申尓、主上被仰之様、ヨモ不然シ[8]、慥尚可申也ト被仰テ、召蔵人頭テ被仰之様、若文時不申此詩勝劣、依実不令申者、自今以後文時申事不可奏達我ニト被仰ヲ聞テ、文時申云、実ニハ御製与文時詩ト対座ニ御座ト申ニ、実ニ可立誓言ト被仰ニ、又申云、実ニハ文時詩ハ今一膝居上テ侍ト申天逃去了。主上令感歎給、滞泣給云々。

1ニ(神)―云　**2**御(神)―ナシ　**3**ヲ(神)―ト　**4**テ(神)―ニテ
5ニ(神)―レ　**6**ノ(神)―ソ　**7**ラ(神)―ナシ　**8**シ(神)―之

58 斉信文章師殿被許事

又云、斉信如何。被答云、小松雄君者若斉信歟。云、斉信自称云[1]、師殿以文章被許給云々。儀同三司者、是論其年歯、斉信之後進等輩也。而以彼人被許為面目。豈不甚乎。

1云(群)―之

59 公任斉信為詩敵事

又師殿常示云、公任斉信可謂詩敵。若譬相撲者、公任雖善擲不可仆[1]斉信云々。

1仆(水)―打

60 為憲孝道秀句事

為憲文章劣於為時孝道云々。就之言之、孝道秀句只三也。巫陽有月猿三叫、晋嶺無雲雁一行之句、明妃有涙之句、樹応子熟之句等也。為憲者有其員。

61 勘解相公誹謗保胤事

勘解相公常誹謗保胤云々。守庚申序云、夫庚申者古人守之今人守之。勘解相公嘲之云、古之人守リ今人守ト可読ト云々。又以書籍不審事問保胤、々々常称有々ト。仍勘解相公為試保胤、作虚本文問之、又称有々。仍嘲号有々主。保胤伝聞之[1]作長句云、蔵人所粥焼唇、平雑色之恨難忘、金吾殿杖砕骨、藤勾当之恩難報云々。此事皆有由緒。彼人瑕瑾云々。古人皆以如此、保胤雖仕仏、人之性被軽慢者、其憤不堪者歟云々。

1之（群）—云

62 匡衡以言斉名文体各異事

予又問云、匡衡以言斉名三人文体各異。而共得其佳境。被答云、斉名偏持古集於其心腹、敢無新意。文々句々皆採摭古詞。故其体有風騒之体。至其不得之日亦不驚目。無新意之故也。予申云、斉名作非詩、雑筆ﾓ猶採古集潤色之。誠而有験。千載佳句詩云、江都謳謡[1]謗杜母、洛城歓会憶車公。斉名採此句、餞序云、海沂[2]之政頼[3]王祥而縦康、洛城之遊憶車公而豈忘。此其有験也。又被命云、以言文体与之相違。所作之詩、任意恣詞、都無轡策。其体実新、其興弥多。至于不得之日者、非後学之可法。則一代之尤物也。汗収赤騮溝之句不可及者也。源起周年後幾霜之句是也。以言於弟子習其体、増其風心者也。

1謡謗杜（古）—詩松　2沂（證注）—訴　3頼（水）—類

63 広相七日中見一切経凡書籍皆横見事

又云、広相献策之時、七日之中見一切経。凡書籍皆横見之。雖如此、抜萃之性尚有備忘却之事。故何者、先年見唐年号寄韻之書、是広相之所抄也云々。件書注付年号難等。所謂大象者渉大人象之義、隆化[1]者似降[2]死之体。或人問云、大象者後周年号、隆化[1]者北斉年号、件年号北斉被滅周歟。又魏時有正始年号。或人云、正字者一止也。詳[3]不覚所出書。又唐高宗時有通[4]乾年号。反音不吉也。仍改之。此事見唐書。

1化（柳）—紀　2降（水）—ナシ　3詳（群）—祥　4通（水）—道

64 広相任左衛門尉是善卿不被許事

又云、広相任左衛門尉。是善卿不被許此事云々。菅家献策之時来省門。彼時強不籠小屋、只徘徊省門。広相着毛沓到此処、徴事之処々相共披勘之、有一事不通。広相策馬到嵯峨之隠君子之許問之云々。

65 隠君子事

問云、隠君子名如何。被答云[1]、淳歟。字不被談[2]、可見本。嵯峨源氏之類歟。策林判問[3]諸儒論尤可見物也。是善与音人相論事、尤有興云々。亦云、良香者文章之道可謂受之天。々々々々可尋。謂学之、又慈父宜伝愛[4]子。此句尤珍重也云々。

1云（群）—之　2談（水）—読　3問（意）—間　4愛（水）—受

66 匡衡献策之時一日告題事

又帥被命云、匡衡献策之時、文時前一日被告題。匡衡参文時亭、期日今明也、題如何ト問之処、文時、足下為被好婚姻、自所好寿考也云々。即帰了。当日早旦、被告徴事云々。大公望之逢周文、渭浜之波畳面。菅三品見之云、面畳渭浜之波、眉低商山[1]之月ト[2]可作ト被直云々。此事又叶区々之短慮。有興々々。

1商(柳)—高　2ト(群)—ハ

67 源英明作文時卿難事
又被命云、源英明池冷水無三伏夏之句、文時卿云、水冷池無三伏夏、風高松有一声秋ト可作云々。

68 源為憲作文時卿難事
又源為憲、鶴閑翅刷之句、文時卿云、翅閑鶴刷千年雪、眉老僧垂八字霜ト可作云々。

69 以言難斉名詩事
又被命云、斉名作行色花飛岐路月之句語、以言云、月夜見花哉如何。

70 左府与土御門右府詩事
問、左府与土御門右府、詩如何。帥被答云、源右府勝歟。予云、於才学者然也。非同年之論。詩者左府御作者有古[1]人之流。頗非凡流。問、源右府秀句何句哉。帥殿被答云、楼台美[2]麗、并漆[3]匣鏡明云句也。予云、左府者曲水宴落句非凡流。人間此会応[4]希有、花前主客備三台云々。頗被服膺之気也。

1古(柳)—故　2美(柳)—差　3漆(柳)—□　4応(柳)—席

71 源中将師時亭文会篤昌事
被命云、文場何等事侍哉。答云、指事不候。一日コソ源中将師時亭文会候シカ。被答云、昨日進士篤昌所来談也。人々詩大略聞之。貴下詩篤昌頗不受歟。答云、尤理也。又篤昌詩希有也。坐人々被申候如何。被命云、然也。不足言者歟。事外ニ英雄之詞ヲコソ称シ侍シカ。文場気色如何。答云、傍若無人也。奇怪第一事不可過之。奴袴事可有制止事也。被命云、立英雄尤理也。宝志野馬台讖ニ、天[1]命在三公、百王流畢[2]竭、猿犬称英雄ト見タリ。王法衰微、憲章不被許之徴也。予答云、件讖何事起乎。被命云、未被知歟如何。答云、不知候。被命云、件讖者是我朝衰相ヲ寄テ候也。依之将来[3]テ号讖書也。仍為之日本国云[4]野馬台也。又渡本朝有由緒事也。

1天命在(群)—ナシ　2畢(柳)—ナシ　3来(柳)—事　4云(柳)—ナシ

72 秀才国成来談敦信亭事
敦信為山城前司之時、秀才国成時来彼亭談文事。国成帰之後、敦信常言云、秀才ハ与幾者加奈。耆薬加加々良麻志加波砥云。称耆薬明衡是也。

73 都督自讃事
被命云、倩案物[1]情、云官爵云福禄、皆以文道之徳所経也。何況才芸名誉殆過於中古之人所思給也。雖似自讃又非無謂。於寿命者及

七十事、近代之難有之事也。非短寿之類[2]。顔回至聖僅三十歟。仍世間事全無所思シ。只所遺恨ハ不歴蔵人頭ト子孫ヵ和呂クテヤミヌルトナリ。足下ナトノ様ナル子孫アラマシカハ、何事ヲカ思侍ラマシ。家之[3]文書、道之秘事、皆以欲煙滅也。就中史書全経秘説徒ニテ欲滅也。無委授之人。貴下ニ少々欲語申。如何。答云、生中之慶何以如之乎。被答云、史記爛脱ハ只三巻也。本紀第一、第四、第五伝也。後漢書ニハ廿八将論也。共有注、有別紙[4]。被談云、菅三品所被作老閑行、能被心得如何。答云、未得心。但粗依先父之談説、纔置文字之様所承知也。自昼夜各一字、可至数十廿之字歟云々。被談云、然也。譬如扇本末也。件行ハ文時乃三ケ年之間、時而不懈所案作也。草之後先令見順許之処、順見之、一夜之中令和令送文時許云々。文時大令歎[5]示給不覚人之由。時人又以難之傾之。其故ハ不体凡、只無念也、又無其憚。一々遺恨也。又[6]被談云、文時モ頗順ヲハ不受ケル歟。順所作河原院賦ヲ文時見天云、文体無過失歟。但賦体ニハアラス。自中間之奥ハ已非賦之文章。ナニワサシタルソト被云ケル。サ天此賦我見ト[7]順ニハ不令聞トソ被云ケル。

1物情（神）—情云　2類（神）—難　3之（柳）—々　4共有注有別紙—底本、本文化　5歎（神）—欲　6又（神）—其又　7ト（神）—トナ

74 都督[1]自讃事

都督又云、取身自讃有十余。其中、八歳通史記。四歳読書。十六歳作秋日閑居賦。其一句云、李広漢室之飛将也、卜宅於隴山、范蠡越国之賢相也、避禄於湖水云々。明衡朝臣深以感之。又落葉埋泉石詩、羊子碑文嵐裏[2]隠、淮南薬色浪中深云々。安楽寺御殿鳴序一句曰、尭女廟荒、春竹染一掬之涙、徐君墓古、秋松懸三尺之霜、雖垂異代之名、皆非同日之論云々。又云、自高麗申医師返牒云、双魚猶難達鳳池之月[3]、扁鵲何入[4]鶏林之雲。是則承暦四年事也。其後赴鎮西之日、宋朝賈人云、宋天子有鍾愛[5]賞翫之句、以百金換一篇之句也。

1都督自讃事（柳）—ナシ、前項ニ続ク　2裏（群）—被　3月（群）—浪　4入（柳）—不入　5愛（柳）—ナシ

享禄元年臘月十日夜於灯下頃刻馳筆了申請　禁裏御本写之
文字謬繁多重以他本可校合者也

江談抄　第六

長句事

1 暁入梁王之苑　雪満群山　夜登庾公之楼　月明千里　白賦　買嵩
検秋賦、登字作帰字。雪満群山是文選文也。

2 樵蘇往反　杖穿朱買臣之衣　隠逸優遊　履踏葛稚川之薬　長和寺落葉山中路序　高相如
以紅葉為薬例。紅宮。履字或作屐。文選之意也。

3 新豊酒色　清冷於鸚鵡盃之中　長楽歌声　幽咽於鳳凰管之裏　送友人帰大梁賦
非送友人帰大梁。其意見於賦中。

4 菓則上林苑之所献　含自消　酒是下若村之所伝　傾甚美　晴[1]添草樹色
含消梨是梨名也。

1 晴(群)—清

5 泰山不譲土壌　故能成其高　河海不厭細流　故能成其深　漢書文選、高作大、厭作択、下成字

6 佳人尽飾於晨粧　魏宮鐘動　遊子猶行於残月　函谷鶏鳴
以言朝臣称云、函谷鶏鳴四字、可謂絶妙。

7 春過夏闌　袁司徒之家雪応路達　旦南暮北　鄭大尉之渓風被人知　右大臣新任職第三表　菅三品
時人称云、恨不奉見於先朝申[1]天暦。

1 申天暦—底本、本文化

8 隴山雲暗　李将軍之在家　穎水浪閑　蔡征虜之未仕　清慎公辞大将状　文時
或人夢、行役神依此句不弘於文時家云々。

9 王子晋之昇仙　後人立祠於維嶺之月　羊大傅之早世　行客墜涙於峴山之雲　相規
件句、後人於安楽寺月夜窃見之、有直衣人被詠云々。若天神令感給歟云々。

10 昇殿者是象外之選也　俗骨不可以踏蓬莱之雲　尚書亦天下之望也　庸才不可以攀[1]台閣之月
直幹請任民部少輔申文。件申文、天暦帝令置御書机給云々。

1攀(群)―挙

11 前途程遠　馳思於雁山之暮雲　後会期遥　霑纓於鴻臚之暁涙
於鴻臚館餞北客詩序　後江相公

此句、渤海之人流涙叩胸。後経数年、問此朝人曰、江朝綱至三公位乎。答云、未也。渤海人云、知日本国非用賢才之国云々。

12 楊岐路滑　我之送人多年　李門波高　人之送我何日　別路花飛色詩序

前中書王見此句被称云、以言平同也云々。自[1]此才名初聴。

1自此才名初聴―底本は句題の続きに小字で注す

13 谷水洗花　汲下流而得上寿者三十余家　地血和味　飡日精而駐年顔[1]者五百箇歳　群臣賜菊花序　紀納言

高五常序有似此序之作。古人伝云、五常作後、納[2]言被称曰[3]、余頗改作此序、可到佳境。仍[4]作此序云々。

1顔(和)―規　2納(朗詠注)―以　3曰(朗詠注)―自　4仍作(朗詠注)―以仍

14 瑩日瑩風　高低千顆万顆之玉　染枝染浪[1]　表裏一入再入之紅
花光浮水上詩序　三品

此序冷泉院花宴也。序遅無極。主上欲還御。而依聞序首留給。万葉仙宮百花一洞也云々。

1浪(和)―根

15 昔忉利天之安居九十日　刻赤栴檀而模尊容、今跋提河之滅度二千年　瑩紫磨金而礼両足、匡衡

此句、仁康上人入唐之時、為母於六波羅密寺供養仏経之願文也。講筵参会貴賤済々焉。講畢、集会人皆悉令散之間、保胤入道猶留、到俗客座、叩匡衡背云、弼殿筆リケリ云々。于時匡衡弾正弼也。在此講席之故也。又入道陳云、依如是不出文場也。見此句作骨心有攀縁。且為菩提之妨[1]云々。

1妨(群)―坊

16 願[1]廻翔於蓬島　霞袂未遇矣　思控御於茅山、霜毛徒老焉

藤雅材、依此句俄補蔵人云々。

1願(群)―顧

17 聚丹蛍而積功　雖仰尭日之南明　問青鳥而記事　恨暗漢雲之子細

依此句擬補蔵人。雖然入道殿幷殿上人不承引之故不補。

18 虚弓難避　未抛疑於上弦之月懸　奔箭易迷　猶成誤於下流之水

急

懸急字不可有由、文時心中思之。卅年後、案得可有由称云、我減於朝綱卅年云々。

19 漢皓避秦之朝　望礙孤峰之月　陶朱辞越之暮　眼混五湖之煙
視雲知隠賦　以言

後中書王称云、件賦、以言為物上手、以望夫化為石賦為規模所作歟。至于体者不知云々。

20 蕭会稽之過古廟　託締異代之交　張僕射之重新才　推為忘年之友　香乱難識詩序、後江相公

蕭允過呉札廟[1]、張纘結江総交[2]、並見陳書[3]。

1廟(群)―広　2総交(群)―物吏　3書(群)―云

21 漢高三尺之剣　居制諸侯　張良一巻之書　立登師傅

件句雅材冊文也。調和歌舞、非後漢書句。

22 仁流秋津洲之外　恵茂筑波山之陰　古今序　淑望

日本国体如秋津虫臀呫[1]也云々。

1呫(群)―ナシ

23 梁元昔遊　春王之月漸落　周穆新会　西母之雲欲帰　鳥声韻管絃
序　文時作

後中書王被難云、既而下無小句有此句。文時之忽忙也。又故源右府命云、梁元者雖不吉之帝作之取一端也。春王台也。梁元所作也。

24 花明上苑　軽軒馳九陌之塵　猿叫空山　斜月瑩千巌之路　閑賦
張賛

軽軒馳与閑義異。可深案云々。或人云、有閑人聞奔車也云々。

25 栄路遥兮頭已斑　生涯暮兮跡将隠　侍大王万歳之風月　向後未必可知　橘正通[1]　梅近夜香多

此句七条宮宴序自謙句也。満座人無不拭涙。其後長去不知所之。或人云、復高麗国得仙云々。

1橘正通　梅近夜香多―底本、本文化

26 昼夜八十之火　仮唱於鶴林之煙　東方五百之塵　長懸於鷲峰之月　以言

此句月ニ懸リト可読歟。月ヲ懸リト可読歟。答詳不被示。此句非優美、唯恐人也。

27 漢四皓雖出　応曜独留於淮陽之雲　尭三徴不来　許由長棲於潁水之月　後入道殿御表　匡衡

応曜栖淮陽之句、斉名疑之。此事見唐韻[1]注。不出三史十三経云々。

1韻(水)—昫

28 秦皇泰山之雨　風消黄雀之跡　周穆長坂之雲　汗収赤騮之溝

松声当夏寒[1]

以言作也。

1松声当夏寒—底本、本文化

29 臨白首而始知　恨隔[1]面於鼇波万里之外　仰玄蹤而遥契　願促膝於竜華三会之朝　天台座主覚慶遣唐返牒

1隔(新)—陽

30 唐人感兎裘賦事

一物集ハ渡唐書也。唐人見兎裘賦云、此賦ハ此国ニモ往代人ノ作タリセハ、文選ニハ入ナマシト云々。尤神妙事歟。

31 順序王朗八葉之孫句事

問云、順序王朗八葉之孫誰事。不詳覚云々。次談話及古事。

32 菅家御序秀勝事

帥、於序者毎読無不腸断。称栢梁兮擬蘭亭、同華林兮種拱木之句、幷秋水何処見序、風月同天、閑忙異他之句、幷花時天似[1]酔序、思魏文而翫風流之句、催粧序、内則綺羅脂粉、又風月鶯[2]花之句等染心肝者也。又被談云、菅家御作、見自余時輩是鴻儒之句天、善相公ハ清行候[3]モノヲ伊加仁加久波被仰仁加砥天ト云々。僕又云、宮人入夜殿上挙灯者例也之句、神也又妙歟。

1似(群)—ナシ　2鶯(水)—学　3候(群)—作

33 在昌万八千年之声塵事

在昌序云、万八千年之声塵。其心如何。答云、分明不覚。下句七十二代軌躅者、封泰山之者七十二君歟。其次云、在昌漏[1]坤元録屏風詩愁歎之間、既以病悩死去云々。

1漏(水)—ナシ

34 菅三品尚歯会序事

又云、菅三品尚歯会序、猶已衰齢之句、無力而有余情。如美女之病也。

35 匡衡菊花映宮殿序事

瑶池賦詩　遥往来春霄之月　汾水奏楽　漫遊吟秋風之波

匡衡序云、瑶池賦詩、往来於春霄之月。春霄事有所見哉。被答云、可見穆天子伝。件書六巻書也。立四時。然則春字有所拠歟云々。

36 斉名序事
又被示云、斉名、僕夫待巷、鶏籠之山欲暁之句僕夫是前書儒林伝文云々。

37 以言序破題無秀句事
又被命云、匡衡常談云、以言序、破題句無秀句云々。此事誠以然焉。匡衡序者破題多秀句。如[1]班婕妤団雪之扇、代岸風長忘之句、幷酔卿氏之国、四時独誇温和之天之句等也。

1如(水)—少

38 斉名勧学会序事
斉名勧学会序、非独東山勧学会、終為記風煙泉石之地之句、為憲云、不可有此句云々。然者此序弥以優美歟云々。

39 斉名摂念山林序秀逸事
斉名摂念山林序秀逸者也。保胤聚沙為仏塔不可敵之。以言数度勧学会序又以不敵。

40 以言古廟春方暮序事
以言古廟春方暮序終句、一生只楽道腴[1]、万事皆任廟意之句、為憲云、不可有此句。又云、以言古廟序、廟字甚多之由、時人難之。件序有廟字七八ケ所云々。

1腴(水)—膄

41 高積善於式部卿宮作序自謙事
又云、高積善於式部卿宮敦康[1]作序。自謙句云、海西白茅[2]之秋、独[3]為外[4]家夙[5]夜之遺老。時人嘲哢其為外戚云々。

1康(水)—慶　2白茅(水)—自弟　3独(水)—猶　4外(水)—非
5夙(水)—風

42 江都督安楽寺序間事
又問云、江都督於西府安楽寺令作内宴序之時、御殿戸鳴之由風聞。件事実否未決如何。被答云、件事都督被談云[1]、内宴作序之時、御辺如有人詠其中句。府官等所見聞也。然而件夜依属終有事疑。後日曲水宴序披講之時、御殿戸有声。満座府官僚下不遺一人皆以聞之。僕又問[2]之、件声何許哉。被答云、如雷、無事疑。又書件序之時、夢中有人、告云、此序中有失誤。可直。夜夢忽驚。反覆見件序、有柳中之景已暮、花前之飲欲止之句。柳中秋事也。非春時。則覚悟直云々。

1云(群)—之　2問(水)—聞

43 都督表事
又都督被命云、表今両三度欲作。々草猶多。而年已老矣。病焉。

露命欲消云々。問云、所作儲句何等句哉。被答云、在朝又在野、霖雨入殷丁之夢。釣人不釣魚、七十遇文王之畋。此句未出。遺恨云々。

44 匡衡天台返牒事

匡衡天台返牒終句、願促膝於竜華三会之暁句、為憲云、不可有此句者、以言謂之、為憲能知文章者歟。但空也聖人誄[1]甚見苦物也。非誄[2]、是之伝也。口遊亦有二失。一者以朔望弦晦為廿四気。一者晋[3]朝七賢加山簡是也。

1誄（水）―ナシ　2誄（水）―誅　3晋朝（群）―音朔

45 聖廟西府祭文上天事

聖廟昔於西府造無罪之祭文、於山山名可尋訴、祭文漸々飛上天云々。

46 田村麿卿伝事

又云、田村麿卿伝者弘仁御製也。其一句云、張将軍之武略、当案轡前駆。蕭相国之奇謀、宜執鞭後乗云々。神之神妙也。

47 左府和歌序事

左府竹題和歌序[1]可謂優美。但改黄帝々尭為炎帝々魁者、弥善歟。是文選成文也。予云、黄帝々尭者今少許和歌序ト覚候歟。帥被命云、尚下句ニ赤人々丸ト我始テ作ラム日ハ尚片方ハ健可作也。

1序（群）―ナシ

48 匡衡願文中秀句事

又被命云、以言問匡衡云、尊下願文中、秀句何句哉。匡衡則詠古剣在窓、撫秋水而拭涙之句。以言再三以詠、不陳感否云々。

49 仁和寺五大堂願文事

又被命云、院仁和寺五大堂之御願文、是則老耄之身所思得之句。須臾忘却。仍思得之時、且以所進覧也云々。其願文云、自伏羲四十万年、訪之漢朝未有。自神武七十二代、聞之我朝未聞。是則奉誉後三条院之句也云々。伏羲[1]四十万年。荘子文也云々。次及近代願文事。江都督曰、故中宮御願文云、蕙質秋馨。咲瓊芝於西晋之風。此句尤為珍。瓊芝者楊皇后字歟。答云、然。楊駿之女。又問云、同願文云、闇野之石、斜谷之鈴。此義如何。答云、闇野之石者漢帝恋李夫人、刻闇野之石彼形。石答云、我有毒。不可令近云々。斜谷之鈴者玄宗幸蜀之時、聴斜谷鈴声思貴妃。夜雨聴猿腸断声猿字可改鈴字。件事昔所披見也云々。僕問云[2]、然者文集僻事歟。又伝写之誤歟。詳不答。所見書可尋記。忘却畢。又問云、昭陽殿翫花之戸、芳塵凝兮不払。此句所銘肝葉也。被答云、実以神妙之句也。況吟有自不堪之気。又被命云、故女御殿願文云、昭陽殿美人就香煙兮再見、玄都館之瘦[3]馬[4]可尋。此句汝知否。玄都館瘦馬、其意如何。被答云、有仙人呈詩於件館云々。件詩中有山下鬼瘦馬羅巾[5]玉等之義。詩不覚、可尋記。山下鬼者嵬字是馬嵬[6]也。羅巾[5]者貴妃以羅巾[5]自縊。花玉者環是貴妃少名也。所見書忘却。可尋云々。是江都督所被談也。

1羲（水）―犠　2云（水）―ナシ　3瘦（水）―疲　4可尋此句汝知否玄都館瘦馬（水）―ナシ　5巾（水）―中　6馬（水）―ナシ

50 寛平法皇受周易於愛成事

被命云、周易被見哉如何。答云、少々所一見也。周易上古人以誰説被用哉。被命云、善淵愛成能読之云々。永貞弟也。寛平法皇者受読周易於愛成給云々。竟宴之日叙位云々。

51 周易読様事

又云、周易云、参天両地《カタキナシカタキアリ》、一陰《ナク》ニモ一陽《ナク》ニモ、履校足ヲ[1]滅趾入足、此読秘事也云々。如料《ナツクル》藤《トラヲ》々神。又云、筆執論有百廿様云々。

1校足ヲ（水）―提足テ

52

抱[1]朴子文云、文章与栄耀如十尺与一丈事云々。又云、学積成聖、水積及淵云々。又云、王昭君有子。号知牙[2]師。匈奴子也云々。又云、雖[3]云書籍盈腹之士、難追文章従手之生。

1底本、「抱朴子…一丈事云々」を表題とする　2牙（水）―才　3雖（群）―難

53 三史文選師説漸絶事

三史文選師説漸絶、詞華翰藻人以不重之句、菅宣義見之云、文道宗匠足下一人歟。宣義ヵ無ラム之時、可被書之句也ト云。匡衡答云、足下達令生レハ巨曾漸トハ書ト云々。

54 文選三都賦事

又問云、文選三都賦序云、楊雄賦甘泉、陳玉樹青葱云々。則所賦[1]無実也。而坤元録云、甘泉宮有玉樹。楊雄所賦是也。其義如何。被答云、此書籍相違事耳[2]。但玉樹者何乎。僕答云、不知。被[3]命云、玉樹者槐也。江家私記也。

1賦（水）―ナシ　2耳（群）―甘　3被（水）―彼

55 文選所言麝食柏而馨李善為難義事

文選所言、麝食柏而馨、李善以為難義。而件書引集注本草文明件事。以之謂之、両家博覧殆勝李善歟。而件書中有号太傅越之処。雖区々末学、明所見得也。被答云、応声対之、是東海王越歟。僕答云、然也。倩案此事、可謂神速之至。其次被命云、善家有被不審事。春秋後語文、予見得此事云々。

56 高祖母劉媼々字事

都督被命云、史記并漢書高祖母劉媼々非媼字。是温字也。其事有

証験。昔有王生者。読前書難高祖云、起自布衣、提三尺剣取天下。雖其賢、不改其母名媼字。可謂愚。是則媼字訓与嫗通之故也。其後夢中見高祖。々々忽率[1]数人責王生云、汝不見泗水亭碑哉。媼是僻字也。温字也。汝読僻字書、猥誹謗先王。其罪甚多。則命従者縛王生。父太[2]公贖[3]之。既頃之夢覚。汗浹背。

1率(群)—卒　2太(水)—大　3贖(群)—読

57 和帝景帝光武紀等有読消処事

後漢書和帝紀読消処有一行。史記景帝紀太上皇后崩五字読消。又後漢書光武紀代祖光武皇帝代字可読世音之云々。予案之、尤有理。而俗人無読此音之者。雖普通事不知之歟。

58 張車子富可見文選思玄賦事

予問云、丹波殿御作詩中、司馬遷才雖漸進、張車子富未平均。張車子事見集注文選思玄賦之中。第一有興事也。漢土有無術貧人不注其名歟。清貧之中無比之者也。司命司禄之神見之成憐之様、此人之貧前生之果報也。雖欲与無其種子。然者只車子ト云人ハ未生者也。其福巨多也。先以件車子福暫借ト云テ、司命司禄以夢想令告天云、汝無福種子。仍以未生車子云人福暫令借与也。過今何年車子可生。其時必可返与福也ト云テ令与之間、俄不慮之外、一天之人令与財物。已成富人、過件年限之間、此カ[1]思様、此福主可生之年今年也。取モソ被返ルトテ、運財物偸去其土、移異国恐思之間、常只恐尓、従者之中一人妊者アリテ、於旅行之共生産。此者如此之物中ニヤ生タルトテ、件従者等之中、子産者ヤアルト問ニ、候ト云。問云、名何名ソト問ニ、昨日産テ候ヘハ幾程ニ可名乎ト云。然者サテモイカテ名ハナカルヘキソト云ニ、母云、如此令旅立。然者無宅テ令積財物給車ノ轅ノ中ニテ生也。仍欲名車子也云ニ、財主出来ト云、俄逃去畢[2]云々。

1カ(群)—ハ　2畢(群)—乎

59 類[1]聚国史五十四。安康天皇三年、天皇為眉輪王《マヒワノ》殺。大泊瀬天皇。坂[2]合黒彦《ノ》皇子深恐《テ》所疑《ニ》窃語眉輪《ノ》王《ニ》。遂共《ニ》得《テ》レ間《ヒマヲ》而出逃《テ》入円《ツフラノ》大臣宅《ニ》一。天皇使々《ヲ》乞之。大臣以レ使《マタシテ》報《ヲカヘリコト申テ》曰、蓋聞、人臣《ノキミ》有《トキハ》事逃《テ》入王室《キミノミヤニ》。未見君王隠《ノカクル、》匿臣舎《ヲハヤツコノヤニ》。方今坂合黒彦皇子与眉輪王、深恃《テ》臣《カ》心《ヲ》来《レリ》臣之舎《イヘニ》。誰《イカ、》忍送《テリマツランヤ》歟。由是、天皇復益興レ兵《ヲ》囲大臣宅《ヲ》一。大臣出立《イテタシテ》於庭《ニ》一、索《コフ》レ脚帯《アユヒタ》《アシユイ》。時大臣《ニ》妻《ノ》持来脚帯《テ》、愴《ヲ》《カナシヒ》矣傷《コヽロ》懐《ヤフレテ》而歌《テ》曰、オミノコハタエノハカマヲナヽヘヲシニハニタヽシテアユ[3]比ナタスモ。大臣装束《ヨソヒコト》已畢《ニテ》、進《マヲス、ンテ》軍門《ミカトニ》跪拝《ヲカミテ》曰、臣雖レ被戮《ツミセラルト》、莫《ケン》敢聴《テシムルコトヲ、ンコトヲ》命《ノ》。古人有云、匹夫《イヤシヒト》之志難《モシトイヘル》レ可レ奪《コト》、方属《アタレリ》乎臣《ニ》一。伏願《テハ》、大王《キミ》、奉献臣女韓媛《テカムカラヲ》与葛城宅七区《ノイナ、トコロ》、請《ウケタマハラン》以贖《アカハンコトヲ》罪。天皇不《テ》レ許、縦《タマハハナ》レ火燔《ヲタマフ》レ宅《ヲ》。於是大臣与黒彦皇子《ノ》眉輪王倶被《ニ》レ燔《レヌ》死《コロサ》。推古天皇卅四年夏五月戊子朔、大臣薨。仍葬于桃[4]原墓。大臣則稲[5]目宿禰之子也。性有武略、亦[6]有弁才。以恭敬三宝、

家於飛鳥川之傍。乃庭[7]中開小池。仍興小嶋於池中。故時人曰嶋大臣。

1底本、「類聚国史五十四」を表題とする　2合(群)—今　3ユ(群)—ヲ　4桃(群)—枇　5稲目(群)—福因　6亦(群)—只　7庭(群)—廁

60 師平焼新国史事新国史失事

61 遊子為黄帝子事

遊子有二説。一者黄帝子也。黄帝子有四十人。其最末子好旅行之遊、敢以不留宮中、於旅遊之路死去云々。其欲死之時、誓云、我常好[1]旅行之遊。若如我有好旅行之者、必成守護神、擁護其身ト誓、成道祖神ト令護旅行之人。此事見集注文選祖席之所也。餞送之起此之縁也。予又問云、此事尤有興。祖餞両字訓読[2]如何。被命云、両字共ムク也。旅行之人尓令酌酒テ令饗尓、以其上分道祖神尓ムケテ令祈付旅行也。仍号祖席云々。予又問云、其今一説如何。被命云、件一人遊子ハ只遊子トテサルモノアル歟。ソレモ見事侍也。不詳。

1好(群)—ナシ　2読(群)—談

62 首陽二子事

先年、木工助敦隆カ来タリシニ、言談之次、首陽ノ二子何カ廉ナル事勝タルト問シニ、答フル[1]様、伯夷叔斉ハ孤竹ノ二子也トソ知テ候。其廉勝劣不知云々。未見其廉歟。如何。伯夷勝歟。天為[2]試其廉、白鹿二令与之。叔斉不堪飢、心中欲食此鹿之処、鹿知其心、俄去了也云々。

1フ(群)—ス　2為(柳)—為為

63 称雲直或夢沢号楚雲事

又云、雲夢者称雲直或夢沢、号楚雲云々。瑶池在周。故為周瑶。柏梁在漢。故呼漢柏。松江在呉。称呉松。雲夢在楚。故作楚雲[1]也。

1雲(群)—夢

64 華騮者為赤馬事

故土御門右[1]府御亭作文、紅葉詩序[2]作云、嵐似華騮周坂暁。注書云、驊騮者赤馬也。見穆天子伝云々。右府御覧其注、被借召件書云々。

1右(群)—左　2序(水)—席

65 駱賓王事

又云、駱賓王為徐敬業作檄云、一坏之土未乾、六尺之孤何在。則天皇后云、不挙如此人宰相之誤也。又被命云、駱賓王以帝宮篇為第一秀句。其句云不覚。

66 豊山鐘事

予問云、風聞遠[1]及霜鐘動。其意如何。被答云、霜鐘者豊鐘也。山[2]南子云々。件書常所披露巻無之云々。与山相聞也。

1遠(水)―達　2山与(水)―焉

1慥(群)―慥

67 三遅因縁事

三遅　酒式[1]云、一遅不得通、二遅須間架均[2]アヒタカマヒトシウスヘシ　アヒタカヘヒトシウスヘシ、三遅不得悠々、犯者罰一盃云々。

1式(水)―或　2均(群)―匀

68 又打酒格帰田抄事

鼠尾[1]―其酒尽。故成鼠尾[2]。

連珠・―・―・―・シ其酒差多。故連珠。注也。

瀝滴[3]・・・・・ラ余沢未断。故命瀝滴。注也。

又云、平索着[4]清云々。仮令応酒[5]顧唱曰平声。把盞曰索[6]。然[7]後待順手之和右。手把盞者即左傍人宜曰[8]着。飲畢無滴[3]亦曰[8]清云々。

1―其(證注)―其―者　2尾(水)―尾事　3滴(水)―酒　4着(水)―日　5酒(水)―滴　6索(群)―素　7然(水)―ナシ　8曰(水)―日

69 波母山事

又都督於西府所作詩序、波母之山、其義如何。事雖側見、慥[1]不覚云々。被答云、波母山謂日出国也トソ都督ハ被談レシト被答。見淮

70 護塔鳥事

僕又問云、護塔鳥如何。被答云、見内伝博[1]要。具不記。

1博(水)―ナシ

71 擬作起事

又被談云、擬作之起天神始被作儲。可有之由也云々。

72 連句 七言

尾払樹間黄牛背　手打門前白雁声

73 五言

二藍経一夏菅　朽葉幾廻秋紀

泡垂観薬口泰能　貧負泰能肩斉名

芸閣二貞序公任卿　蘭台八座賢惟貞

何能才子何人斉信卿、明法生為親称何能也　茂才是茂才

朝器非朝器秀才　小松僧沸湯

深草人為器匡衡　乗馬二分人

負牛一屋具　二三両月鶯明衡

千六百年鶴時棟

□□□□□　扇亦貢士腰
人曰山城介孝言　世称水駅官佐国
家々懸孔子　処々呼彭侯
文武両家姓隆兼　江平一士名
貫月査浮海時棟　宣風坊在京明衡

享禄三十一八日終書功了　未能校合他日可校之

右一部六巻以称名院右禅府御自筆之本書写之畢
此中第六巻異本無之
享保廿年九月廿九日

前権大納言藤公福

(中外抄　上)

1 保延三年正月五日。参太政下召御前。被仰叙位間事、其次仰云、宣命使ハタヒコトニ有揖、大略朝賀之ヲソリ了様ナル事也、御堂ハ件事ヲ一条摂政ニ令習給。其後我等一家不沙汰、但有指南ハ今始令勤尤安事也。其中ニ不審事有リ、昇階有音、此事無術云々。

2 同二月八日。参大殿召御前。被仰雑事之後仰云、布袴ハやさしき事也。但夏ハ不着半臂也。而故時範着之、雖嗜日記又不習伝也、時人咲也。

3 同日。仰云、出衣ハ又人の体の吉見ユル事也。而近代人ハ出衣ヲみせへりなとのやうに表衣直衣なとのうしろより出たる也。是不知案内也。後ハみえすして左右の妻の四五寸も六七寸も出也。

4 同三月廿日。参大殿。仰云、帝王一人ハ以慈悲心可治国也。故殿仰云、上東門院の被仰けるとて、先一条院ハ寒夜にはわさと御ひたゝれを推脱て御坐けれハ、女院ナトカクテハト令申給けれハ、日本国之人民乃寒かる覧に、吾カクテあたゝかにてたのしく寝たるか不便なれハとそ被仰ける。

5 又仰云、大外記□孫乃打替ツヽ可有也。他人□不可叶。又五位史ハ政重之後一人也。故政孝ハ五位史時ニ、最勝講立紙ヲ吾許ヘ持来不可説事也。

6 保延三年六月十二日。被仰雑事之後、師元申云、篤昌改篤衡了。件名同後一条院御名歟。件条尤不審候。仰云、件御名ハ敦成也。人の敦成と後ニ申ケレハ、上東門院ハアツヒラトコソ聞シカト被仰ケル。

7 同日。仰云、関白、摂政も無才之人ハ□仁之時有忠。花山院ハ以惟成雖行天下政、有大事御前定時ニ諸卿参入評定間ニ、公家自簾中有勅定。下手人ヲ思誤テス人ト被仰ケレハ、大臣、公卿ハ□ヲ突《ツキ》テ、帝王ハ下手人ヲハ手主人と云カトソ□ケル。

8 同日。仰云、諸道之人上古不好衣服、以才芸為先也。光栄ハ上東門院御産日ハ、鬢モ不搔、表衣、指貫ハ希有にて、着平履テ入自中門、直ニ□階隠間テ、候御縁テ、表衣の下ニハ布ノ合タ□ヲ着タリ。自懐中虱ヲ取出テ高欄ノ平ケタニ宛テ、大指して殺ケリ。□旨故宇治殿被語仰。

9 保延三年十一月十四日。参大殿下。御物語之次仰云、宇治殿建立平等院之後、以御庄々被寄進之日、名□来ノ本様ヲ少々ツヽ砂

立タル様ニ中持ノ蓋ニ立テ、作小札テ、其所の米と書テ立テ御覧シケルニ、河内国の玉櫛御庄の米ソ第一にて神妙者ニハ有ける。

10同月廿五日。同仰云大将殿御座、大臣大将の夜の行幸ニ供奉スルハやさしき事也。半舌の鐙ニ乗也。馬副ハ打衣不着、帳衣のさや〳〵とする着して、御随身乗陸梁馬テ供奉スルナリ。故殿の仰テ、雨夜の行幸ニ随身ハ乗陸梁馬タルカいみしき也。笠、弓、手綱、鞭、松明、此五物二手シテあつかふ、いみしき事也とこそ仰事アリシカ。而近年ハ昼行幸ニたにも随身ハ弓不持、奇怪也。

11同日。内大臣殿頼長令中大殿御云、大臣大将ハ老懸ハ不随身之由仰事候ニ、当時左府花園ハ平胡籙ニ被付たり。而尋権大納言雅定処、申云、全不可然。但着老懸之儀の只一事有也トソ申候如何。御返答云、大臣大将雷鳴陣ニ雖負平胡籙、老懸事一切不知也。着老懸之礼のあるらん、凡不覚事也。

〔首書〕

当時内大臣殿仰云、大臣大将行幸供奉、平胡籙不可具老懸也。是見朝隆記、知足院殿仰之由記之。

九条入道殿、故殿被懸了。然而我御時一向被止了。

12又、内大臣殿令申給云、列見、定考の上卿ハ、自待賢門可出入之由、権大納言雅申候。而右大臣宗忠ハ自郁芳門可出云々。而権大納言申云、郁芳門ハ大炊寮ニ運上御米之間、雑車済々。仍上卿ハ不可用之路云々。且故太政大臣説也。仰云、列見定考事委不覚。

13当時大殿童御名ハ牛若君也。京極大殿御記云、正月一日、着衣冠、有人々頂餅事。先寛子同々、次□、次牛丸、々々ハ名也。

14保延三年十二月七日。祗候大殿。御物語之次、被仰云、御堂与帥内大臣同車にて令向一条摂政許一条摂政ハ御堂のをやこにして御するなり之間、逸物之牛の辻のかいたをりなとあかきなとしていみしかりけれハ、御堂被仰云、此牛こそ尤逸物なれ。何所ニ候しそと被仰けれハ、此牛ハ祇園ニ誦経したりけるを求得たる也と被答けれハ、かゝる事不承しとて御指貫の左右をとりて不着沓して躍下御テ、人の門の唐居敷に立御たりけれハ、にかりてこそ被坐けれ。然者吾ハ人の旧牛馬なとハ一切不取也。

15同四年正月廿六日。大宮大夫師頼参入大殿、被申師能五位蔵人恐悦之由。被申云、禁色可申誰人哉。仰云、可申主上、先例元服日ハ乞五位蔵人表衣天着之、四位時ニハ乞蔵人頭着之、普通□也。近代不然歟。諸事ハ可用近例之由、故殿被仰き。

16同月廿八日。知信、朝隆、信俊等祗候御前、□次被仰云、東三条ヲハ□所と云共、故殿ハ御元服之後於件所生長、以東蔵人所宅為御所、布障子上ヲ為御所。伊与簾ヲ懸テ、以□、任中納言後、渡御東対、被懸御簾也。

17 朝隆申云、東三条の角振隼明神ハ、帝王名不覚御後霊也。聖人は又後身也。件事実歟。仰云、不知食事也。隼明神者春日王子也。又尾州熱田の御坐也。

18 □穢ハ昔ハ強不被憚也。而後朱雀□より強ニハ禁中ニハ被憚也。東宮にて□御□間有御願歟。又帝王ハ斎月中ニ九月、十一月専憚也。而上東門院入内ハ十一月一日。匕上無契斎之儀歟。又御堂ハいとしも穢をハ不令忘御歟。一条院の縁下ニ有卅日穢之内ニ上東門院入内事□被定たる也。

19 又仰云、宇治殿の大臣後参詣春日御□不渡御出立所。仍宇治殿参社日、便参入□宝なと具シテ、不可□有其儀也。

20 氏神祭日神馬等事□不御覧僧□。又入□覧仏物、又御拝御装束衣冠把笏御指貫□也保延四年三月三日春日祭間事也。

21 保延四年四月七日。夜於宇治殿被仰云、仁海僧正ハ食鳥人也。房ニ住ける僧の雀をえもいはす取ける也。件雀をはら〳〵とあふりて、粥績のあはせにハ用ける也。雖然有験人にて有けり。仁海ハ大師の御影不違云々。仁海許ニ成典僧正の着束帯て向たりけれハ、房人等不思懸事也と思て仁海ニ告けれハ、此僧正夢見テけりと云て、又着束帯て出逢たりけれハ、成典下地て再拝して昇座て申云、大師尊貌を欲奉礼之心已及多年。而去夜夢欲奉礼大師はゝ可見仁海之由、有其告。仍参入也云々。

22 保延四年四月十七日。参大殿東三条。依召参御所。下給御書内大臣殿御返事。仰云、可読申者。状云、□賀茂奉幣明日祭也。賀茂奉幣日事不沐浴以前ハ着常衣。沐浴之後ハ乍着湯帷居清莚若畳歟者。束帯して奉幣後着常衣、僧尼重軽服人任者忌之。又今明不房内、明後日還日不憚諸事。摂政関白ハ斎王不帰本院之以前ハ尚忌之云々。此ハ雖不書置家習也。故殿仰事也。

23 保延四、十一、十。被仰内大臣殿御着座事之次仰云、大臣着座如何。久雖絶、任大臣後三年内必可遂之由令存由被示。仍営立也。予申云、大入道殿御着座之後、其例不候歟。就中内大臣着座不見候如何。仰云、九条殿自職曹司被着座。前駆八人也。九条殿事をハ家にハ作法なとをハ雖為規模とも無前□にて御坐すれハ、其例をハ強不用也。

24 又仰云、凡着座ハ吉事の中に不似他事相構事也。しのひやかに以吉時着座也。慶申なとの様兼日にのゝしることにてハあらぬ也。

25 又仰云、大臣、納言着座之時、其畳別事不可然之事也。用半帖之時ハ大臣両面也。

26 保延五年四月一日。仰云、凡物忌之時、内裏有火事之時ハ其残物忌ハ無沙汰之由、故院被仰之也。

27 同五月。仰云、吾若かりし時ハ狐狩なとしき。而炎魔天ニ奉仕之後ハ一切停止了。狐ハ炎魔天の御眷属也。人家ニ狐鳴ハ食物を一前美麗調テ清浄僧可居折敷屋上なとに置テ令食つれハ、其後□不鳴也。

28 同七月十日。夜、仰云、陽成院ハ昭宣公之妹子也。而物にくるハせ給時に、依不便、親王の許に昭宣公行向つゝ見事体、他親王たちハ衣装之迷、或取円座走くるめきけるに、小松帝御許に参入して坐けれハ、破損之御簾の内ニ縁破たる畳の上に坐して、本鳥二俣ニ取て無傾動て坐しけれハ、此人こそ帝位ニハ即給へかりけれとて、御輿を寄たりけれハ、鳳輦にこそのらめとて、葱花ニハ不乗給さりけり。

29 六年七月四日。候御前。仰云、吾ハ若かりし時ニ文事依大切テ参法輪寺申云、寿を小召テ、文の事を可援給之由、申請之。此事ヲ後日外舅大納言宗俊并民部卿名不被仰経信歟語示之処、答云、凡不可候事也。御堂も宇治殿も大殿も才学ハ勝人てやハ御坐せし。されとも無止人にてこそをハしませ。是可令申直給也。仍参入して申直了。又以阿闍梨名忘了申直了。仍学問志ハ雖切依思此事テ強ニも不沙汰き。於寿者父并祖父ニハ勝申了。

30 又准三宮事ヲハ有恐由宇治殿被仰之間、見故殿御記。師光申云、御堂、宇治殿雖有御表遂不被許。然任人御封戸事如何。仰云、雖不恩許任人封戸事ハ一切ニ不沙汰也。又身ニ有毛人乃才ハ有也。近クハ我子共関白殿も勝毛之人也。

31 正月元日四方拝事

大殿仰云、晦日洗頭沐浴之後ハ不魚食不女犯。又故殿仰云、老者ハ着衣冠、乍居奉拝也。

32 保延六年九月廿九日。大殿仰云、出家事已以一定也。但先祖経歴事若有漏脱歟如何。予申云、御堂、宇治殿、京極大殿御昇晋、当時又一事不相違候。大臣大将、氏長者、摂政、関白、牛車、輦車、中京輦車、超上臈、大臣列上給。随身、内弁、官奏執筆納言、騎馬御物詣、准三宮等、皆令蒙朝恩御了。御出家後こそ大入道殿、御堂如元准三宮宣旨ハ候へ。又鷹司殿、准三宮こそハ候へ。仰云、

妻事ハ別事也。又出家之後准后尤不可然事也。但我ハ直衣布袴と云事ヲせさりつる。如然之装束ハ其事ニ不遇時ハ勢テもある也。

33保延六年十月廿五日。関白殿令参宇治殿御、正親町殿御装束事以清高令申御之次、大殿仰云、庇ニ立物具事ハ無定礼。只随所便宜。又庇調度ノ後ニハ立四尺屏風也。而今度ハ不儲屏風、可用突立障子也。是一様也。又家ニ所有之調度ニハ有冠筥。件冠筥ハ故四条宮仰ニハ我立居時ニハ調度、冠筥内方ニ取隠。是尋常礼也。而今度ハ殿作様も□うるハしからす小格子也。然者件冠筥ハ尚可□也。可居ハ御厨子乃際《キハ》に可居也。又今度院方御所調度ハ厨子以下不一同皆別々絵様也。是又一説也。又信範指図一双厨子ヲ中□あけて立之。若中をあけて立と知歟。甚見苦事也。ひしとさしよせて立也。予祗候御前、仍所聞也。

34同廿七日。正親町殿渡御之時、件冠筥被立了。

35保延六年十二月□日。祗候大殿御前。仰云、奉拝伊勢事を先年問親仲朝臣之家申云、再拝両段幷八度云々。仍年来用此儀了。

36永治二年二月十七日。入道殿仰故殿仰云、伊勢斎中ニ以九月、十一月為重也。又仰云、賀茂祭以前神事ハ有灌仏年ハ自九日忌之。無灌仏年ハ自朔日忌之。而白河院仰云、不依灌仏有無只自九日忌之。

37同年四月九日。仰云、故匡房ハ雖為無止才人管絃ハ吉不知リキ。我朝覲行幸之時ニ大平楽佐良居突仕レト仰了、匡房云、大平楽ニハ無之。賀殿ニこそ佐良居突ハ有レト云之。尤奇怪也。

38同廿九日。仰春日神馬ハ一疋若四疋引之。近代ハ若宮□副給ハ五疋也。二疋、三疋ハ不引也。

39又仰云、法興院ハ名所也。而泰山府君令渡給ハおほろけの人ハ輙不可参入。

京極殿ハ又名所なり。而神鏡於件所令焼給。件所不詳なり。仍土ニ降テハ打任ても不遊なり。但我ハ童稚之時ニ下地天雖遊全無別恐。

40又仰云、立文ハ人の吉不知事也。奏書様ハ二枚を重テ書テ二枚を礼紙にて、又以一枚為為礼紙以二枚立紙する也。此ハうるハしき事也。次略定ハ二枚書テ以一枚為礼紙シテ、以二枚立紙にハするなり。五月五日、御受戒之時立文此定也。

41又仰云、故殿ハ御幸泉殿時、直衣ニテ給御馬拝了。大入道殿例也。又我も御幸富家之時如此也。貞信公御記、布衣ニテ把笏由見之。予ハ未見得也。

42 康治元年六月十六日。仰云、神社御祈時精進ハ、同日始ケル第一社ノ例ニ依なり。仮令伊勢以下時ハ依伊勢用事、石清水以下時ハ精進ニテ有也。

43 同十三日。仰云、重服帯ハ用藁。軽服時帯ハ用布了。

44 又仰云、天方ハ乾也。地ハ坤也。

45 同年十月十三日。入道殿仰云、楚鞦ハ有様□六位用之。又又吾レラカ様ナル者も物詣なとにハ用也。近ハ故殿の長谷寺詣ニハ令用楚鞦給也。

46 又仰云、物忌時ニのきにをひたるしのふ草をさす事也。近代の人したらは定咲歟。されとも定事也。

47 又仰云、人々ハ食物様を不知也。就中汁ニ食菜ハ其物、冷汁ニ食菜ハ其物、箸ニテ食物ハ其物、手ニテ食する物ハ其物、皆有差別。而近代之人全不知之。

48 康治元年十月廿三日。未明召参入御前于時宇治殿。御語云、故大殿ハ東三条の東蔵人所の障子上を御所テ御坐たる也。三位之後ハ御簾をそ被懸たりける。納言時ハ対ニ令遷居給歟。而蔵人所御所ニ御坐ケル時、早旦宇治殿渡御之間、故清□定康冠者にて取笏テ出来てありけれハ、誰そと問給けれハ、大殿かう／＼と令申御けれハ、大外記大夫史一族不可取笏とそ仰事在ける。

49 又仰云、一日比、我於東三条殿受真言法於其僧名字予忘了。其僧傍又僧達四五人居たり。而件僧達の唇ニ鳥啄あり。我思様ハ此ハ天駒にこそありけれ。争か東三条殿内ニさる物ハ居住せん。角明神ハ不御座さるかと云シかは、春日神主時盛、同舎弟僧経詮等我傍ニ出来、又白上下装束着たる下家司程の者二人出来之間、件法師原悉逃去了。隼明神ハ春日任者也。其廿一日、角明神社奉幣幷有御供事、御先沙汰也。若此事被賽歟。

50 康治元年十一月十日。此間依理趣三昧事御坐仁和寺。仰云、北向にて手を洗は福の付也。御堂慮外ニ他方ニ向テ令洗御ける時も、思食出テハ所のぬるゝも不知食ス、無左右令向給けりと宇治殿ハ令語給ひきとそ故四条宮ハ仰事ありし。

51 康治二年四月十八日。夜為義参入。条々仰師元申次了。其次仰云、如為義ハ強不可執廷尉也。天下之固ニテ候ヘハ、時々出来テ受領ナトニ可任也。頼信子三人、太郎頼義をハ武者ニ仕御せ。頼清をハ蔵人ニ成給。三郎字ヲトロノ入道不用者テ候之由申宇治殿了。如申請頼義をハ武者ニ令仕御テ、貞任、宗任ヲ打遣、頼清をハ蔵人ニ成給。三郎をハ不用者申ける気にや不令叙用給さりけり。義家ハいみしかりける物にこそ有けれ。山大衆のをこりたりける時に、衣冠をして内ニ参したりけるにハ、衣冠のはこえの上に胡録の緒をわたして負たりけれハ、吉したりとて時人のゝしりけり。

52康治二年五月四日。祇候御前。仰云、東三条角明神にハ出来魚味乃供御なとに不可用して、私用可宛物上分をハ必進上也。此事をハ物に書付ムト思食ニ未書付也。件神ハ験御也。御社板敷をは寝殿の板敷よりハ高ク令敷たるなり。我祈申云、此家ヨリ后ノ出立を見候ハヤと申たりしに、先ニハ皇大后宮令出立給。次にハ高陽院令出立御了。

53康治二年五月七日。祇候御前。被仰雑事之比言上云、陰陽師道言、四月二日着冬束帯由承候如何。仰云、有急速召者衣装不可論夏冬也。御堂の不例ニ御坐したる十月一日、宇治殿ハ夏直衣のなえたるにて令参入御けり。二条殿ハ冬直衣にて令参入給けれハ、不例人ノ傍にかくて見ゆる白物や有ルトソ仰事ありける。以件例我も堀川院不例ニ御座せし時、四月一日冬直衣にて参入したりしかとも、故院ともかくも不被仰、又他人も無云事。我前駆なとそ奇気ニ思たりし。又御堂、四月一日白重ヲおかせたまひて、極熱之時にハとりいたして令着御けり。凡白重は老者のとおもふ時に着也。件時ハ只綾ヲ白くて着するなり。又上袴、冠なとも有文也。又殿上人なとも一日不出仕シテ次日より出仕する人ハ白重をハ着すれとも、冠、表袴なとハ例のを可着也。近ハ我も当初さそしたりし。又桜下襲着時ハ剣ノ緒ハ我等ハ用青革、他人ハ用紫革也。但桜ノ下襲ニ紫革事の有なり。又昔ハ節会とて上達部ハ虫指たる表衣を着してこそハ参入しけれ。

54又仰云、仏事ニハ辛未日ハ故殿ハ令用御き。我レハ不用也。庚午日ハ一切不用。円宗寺名ハ本ハ円明寺也。故宇治殿仰云、円明寺ハ松崎寺名也。同クハ庚午日そ可被供養ト被仰けれハ、天下さわきて円宗寺とハ被改了。

55康治二年六月日。祇候御前之次、仰云、相撲節極熱之時にハ、耳朽とて足桶はなくりをはせて、足をやかて高さしとをしたるに、入水テ地ニそゝくなり。

56康治二年七月廿七日。仰云、我ハ年の高成さらに面ノ色のわろくなるなり。聞覚申云、人ノ面の色ノ赤ハわろき事ニ候。仰云、御堂ハへニを付たる様ニ御かほさきは御けれとも、めてたく御坐ス。又一条殿御前ハ御顔《カヲ》前ハ免《ヘニ》ニ付たる様ニ御せとも御寿長。又故左府母なりし尼君長寿人也。其もさそ坐ける。

57又於御前令披見泰憲卿暦記正本御ニ、注権中納言大殿。仰云、泰憲ハふわいの者也。泰通子也。宇治殿多年召仕。而一度不書定文。泰憲申云、不令書定文尤不得心。仰云、ソレコソ吉シタレ。さる無拝《わいの》者ニ物云懸ニ、をし〳〵ならハ頸突なといはゝ、為彼不便也と被仰けれハ、申云、そはさかしとそ申ける。

58康治二年八月一日。祗候御前。御物語之次被仰云、琵琶ハめてたけれとも袋ニ入るゝニ、玄上ハ自本不入袋也。而後朱雀院御時ニ被入袋たりけれハ、宇治殿御覧して、あれハ争と仰られけれハ、被取寄袋了。又宝物袋ハえそいはぬ錦なとを袋可用ニ、下品生絹を縫袋ヲ入たるなり。

59康治二年九月十一日。祗候御前。仰云、今度南京御堂供養庭狭、見物輩定□歟。東方築垣を壊之、如小松欲殖、如何。是、非無先例。法成寺供養時、御堂ハ大垣を壊之、榻《シチ》なとの高ニ地を残して有けれハ、見物車ノ轅かけたりけり。其後被築大垣云々。今度可准彼例。

60康治二年九月十五日。暁寅刻、依召祗候御前。仰云、去夕下女着紺小袖来云、称十禅師示現有示事。但委不聞。今朝重可問。以上座良俊問之帰参申云、我巫女也。日吉子日潔斎して候。而先度夢云、自十禅師宝前若うつくしき僧二人挿金杖指出テ示云、可参宇治殿毛付納了。其時尚不信。次度又夢云、于今不参宇治殿尤奇怪也。此定ニ被仰事不承引ハ、早上。御中違。可退出。尚不能参入。又一日比夢云、尚可参宇治殿也。可申之様ハ未六十年寿ハ可令持給。世中ハ今ハ殿ソカシ者。依及三度所参也。仰云、此事如何、毛付不得心。又未六十年如何。師元申云、去年日吉御正体奉造。其時競馬十番給形羅表紙水精軸被進之。果件事也。又六十年尤神妙事也。件女雖吐虚言可然云々。吉事を申出又別事也。天無口。以人言是也。早可給物也。布二段、八丈絹一疋、綿十両給了。仰云、大入道御時ニ巫女ノ有ケルカ、物を申けるに叶御意けれハ、後ニハ着冠して把笏てそ令逢給ける。

61康治二年九月廿五日。候御前。仰云、我先年故殿御共ニ参法輪寺之時、小松ノ有リシニ、馬を打寄テ手ヲ懸ムトセシカハ、故殿仰云、あれハ鷹司殿の御葬所なり。抑墓所にハ御骨を置所也。所放也。葬所ハ烏呼事也。又骨をハ先祖ノ骨置所ニ置ケハ子孫ノ繁昌也。鷹司殿の骨をハ雅信大臣ノ骨ノ所ニ置後繁昌云々。

62康治二年十月十日。夜数刻候御前。被仰雑事之次、仰云、吾十三ノ年ニ頗有道心テ時々出家之思有リキ。高野ニ殿御共ニ参詣シタリシニモ、後世事をそ申テシ。而廿二の年故二条殿御事之後、大殿ノ令歎御を見シニ、あはれ我ハ彼人様ニ成てみゐたてまつらハやと思て、春日神ニ寿を偏申テ遂本意了。如此之間、道心不調。其後五十。

63康治三年正月廿八日。祇候御前。仰云、二月四日祈年祭者自朔日忌僧尼僻事也。自二日忌之故白川院仰事也。

64同日。仰云、四月灌仏以前不忌仏事。無灌仏之年自朔日忌之普通事也。而白川院仰云、尤僻事也。不言灌仏有無八日以後忌僧尼。

65天養元年三月三日。内大臣殿于時御宇治小松殿以予令申入道殿云、今日恒例家節供也。而祇候此殿。可召寄歟。将又只於京家可備歟。御返事云、故殿御時令祇候内裏給之時、只於里第供之。我等少年之時陪膳のせまほしかりしかは、不御坐之間ニハ示家司テ相代テ勤也。又我等も内ニ候ヒシ時ハ、只家にて供了。然者今日不可召寄。早可供京家也。成憲奉仰、此旨仰遣京殿了。

66又此次ニ自入道殿御方令申御云、去一日御灯祓何様被沙汰哉。御返事云、於京行由祓了。仰云、御障何事哉。御灯祓ハ必可勤事也。為自祈也。御堂ハ犬死穢時令勤御了。其故ハ公家御召ニ穢由被召。然者私祓不可忌穢之故也。令申給云、先年令尋申摂政殿候之処、仰云、御灯ハ我等不必出河原、只由祓也。仍守其旨テ京ニ候時も、不必出河原、或行由祓。況哉一日ハかくて祇候宇治殿。仍仰遣京テ行由祓了。重仰云、宇治殿ハ此殿ニ御坐之時ハ於寝殿白河テ行之。此宇治ニ御坐時ハ宇治河ニ引向御車テ行之。御烏帽子ナトニテありけるにや。上達部ナト参入之時ハ引並車テ候けり。然者尤於此辺にても可被行也。又自今以後も不被出河原之時ハ只於里第可被行カリケル事也。蜜語仰云、又諒闇時ハ於里第行此祓也。由祓ニハ何事を可申哉。服仮ナレハトモ服薬ナレハトモ申こそ有謂レ。無身障テ行由祓無謂事也。

67久安三年七月十九日。祇候入道殿御前宇治小松殿。御物語之次仰云、故白河院御時ニ、山大衆入籠祇園。而遣忠盛、為義被追出了。其時我夢云、炎魔法王令登天台山給者。彼時籠居。仍不申出也。

68又仰云、実政罪名定時ハ鳩居廊辺云々。

69又仰云、祇園天神ハ何皇ノ後身哉。予申云、神農氏之霊歟。件帝ハ牛頭也。但故忠尋僧正説ニハ王子晋之霊云々。仰云、神農氏也、神農氏ハ薬師仏同体也。

70又仰云、蛇毒気神ハ何神哉。申云、不知子細候。但後三条院御時、御体焼失之時付貞例奏被勘御形縁了。其後奉造了。仰云、件御体造ける仏師ハ面ニ覆面してそ奉造ける。其後目闇ナリテ無程死去了云々。

71又仰云、新羅明神ハ入定神にて無止御神也。我者先年所労時有事験。仍在俗之間奉幣也。又宇治殿御祈ニ頼豪阿闍梨参入タリケレハ、自宝殿妻戸衣袖指出たりけり。又後三条院事御最後ニをこたりの文ナト令書御云々。

72又仰云、故師平ニハ罷逢歟。申云、不然候。師元ハ師遠卅有余之子也。師平ハ師遠卅三乃年於肥後国死去了。仰云、天文奏持参之時ニ故殿必々逢御。而我又御傍にて見き。鬢のとくより薄かりしなり。

73久安三年十一月十五日。祗候御前。于時聞食御料。被仰云、閑院太政大臣公季者天暦天皇御妹腹九条殿男也。無止人也。小年之比於天暦天皇御前令食飯給時、エツヽミクハムト被申けれハ、天皇仰云、我ハさるものハ不食とそ被仰ける。然者エツヽミハ脇物なんとなんめり。

74久安四年四月十八日。祗候御前。被仰雑事之次仰云、孔雀ハ何ナル物ソ。申云、古仏ハ非符瑞図瑞祥志度之来本朝時火事候。聞雷声孕。仰云、聞雷声孕申尤有興。故忠尋座主示之、為雷無恐之物ハ三也。人界ニハ転輪聖王、獣にハ師子、鳥ニハ孔雀也。雷与孔雀一物也。

75又仰云、鸚鵡言由聞食今度鳥不言如何。申云、唐人の唐音の詞を唱也。日本和名詞不可唱也。

76又仰云、故師遠申云、天変ハ重変ノ希ニ有よりハ、同変ノ常ニ示ハ中〳〵悪事也。軽トテ被慢之間事出来故也。

77又云、現存不可修忌日様如何。申令逆修同事候歟。如李部王記ハ官平法皇見存御時ニ、没後の御法事皆被修了由見て候。仰云、寛平法事只今不覚。故四条宮ハ雖女人奉遇宇治殿上東門院無止人也。而御見存時令修忌日御了。存彼例所示合也。又観世音寺別当林実進上転法輪蔵。欲進院如何。申云、法文中先有此物哉可被問僧。即被問云々。皇覚申云、不覚候。仰云、可勘申。

78久安四年五月廿三日。自早旦至于巳時、祗候御前。被仰雑事之次被仰云、今度天王寺詣旁発道心。先見鳥居額当極楽東門中心。参庭之後々世事外、全不思出現世事。悉地之令然也。近年念仏勧進上人、雖不知老行之貴、頗頗沙汰者也。但其内有貴事。件上人先年流浪出雲国之間、於或山寺名予忘了見付大錫杖。其後参候于天王寺、舎利供養日全無布施。仍施入件錫杖。件錫杖者天王寺ニ二在ル錫杖の一失也。二有之由見縁記。而今出来、不可説事也。有縁舎利之由以之可知。天王寺下云銘アリ、仍我モ今度入念仏番了。

79同日仰云、人家有四門、可憚否哉。予申云、本朝例不覚候。但藤氏四門我朝第一吉例也。又史記云、尭即位開四門以之云々。帝王、関白四門可為吉例歟。仰云、太有興事也。先平等院経蔵已四門也。宇治殿若知食此由歟。予申云、件経蔵有脇門二如何。然者六門歟。仰云、脇門は非門。内裏上東、上西不入門数。仍無額。朱雀門東西脇門、又以同前。以、平等院経蔵脇門は云穴也。

80又仰云、法興院馬場ハ御堂令作給也。馬場ノ中ニ柱ありけり。件柱ニ随身名予忘了馬を走当て五丈許ニしりそきて馬も人も損了。仍件馬場被棄了。其後件随身上東門院有競馬ケル日、一番ヲ乗けるに、匡衡か家ニ侍ける老尼女房、今日の馬見トテ出立ける間ニ、抑今日の一番ハ誰か乗そと云けれハ、某か可乗ト人の云けれハ、然者不見。件随身ハ先年ニ法興院ニテ馬頭柱ニつかせたりし物そかしと云けれハ、法興院ハいみしき所なり。大饗日諸卿拝了着座之後東山を見遣けれハ、手ニ取たるやうニ見テ、鷹飼の雉取まねして令参ける。いみしき事なりと云けり。此旨故殿仰事也。

81仰云、法成寺阿弥陀堂九体仏ハ、宇治殿以下公達各相分テ令造立了。後自小南殿予案云、寛仁四年二月廿四日自上東門被運之由見外記日記。被奉渡御堂車八両四方ニ布を引廻テ雲なと書テ其内ニ仏を奉安、楽人打鼓近衛官人引車、僧行列。被居並御堂之後、御堂被仰テ仏子康尚云、有可直事哉。申云、可直事候。構麻柱之後康尚云、早罷上ト云けれハ、廿許ナル法師の薄色指貫桜きうたいに裳ハ着て、袈裟ハ不懸さりつる、つちのえを持て金色仏面をけつりけり。御堂仰康尚云、彼ハ何者そ。康尚申云、康尚弟子定朝也。其後おほえつきて世の一物に成たり。

82又仰云、今度御侍読ハ天道哀惟順之秋也。不可有左右事也。故正家ハをそろしかりし者也。先年作興福寺願文持来。我鬢かきて着直衣、居簾中相逢願文読了之後、正家云、随分相人也。可指出御。可奉相也。即指出つら〳〵と見テ、いみしく無止御坐する君也。今に〳〵可令繁昌御上、寿命も長御坐。かくよく奉相つる代ニハ酒を一銚子たへ。又可令召仕俊信給也。うるせき儒候物を。候候才も無下ニハ不候。但寿の不候はねハ何事かは可候。其後我摂政関白三宮宣旨寿七十一ニ成了。俊信又先父死去。頗相叶了。

83仰云、日記ハあまたハ無益也。故殿仰ニハ日記多レハ、思交テ失礼をするなり。西宮、北山ニハ凡作法ハ不遇。其外家の日記の可入也。此三の日記たに有ハ凡不可事闕、他家日記ハ全無益也。其故ハ摂政関白主上の御前にて腹鼓打と云とも不可用之故也。又日記ハ委ハ不可書也。人之失又不可書。只公事をうるハしく可書也。さて日記を不可秘也。小野宮関白ハ依蜜日記無子孫。九条殿ハ依不令蜜日記ゑせ物也。其事ハ棄事有と令書給たる故也。部類抄ハいみしき物也。

84又仰云、相撲ハ今ハ無知人。左近之末、右近忠清これそ知たる者有歟。投之時可為彼也。又我□知たる。

85又仰云、賞月夜ハ消灯定事也。但礼節夜可何様哉。申云、件事不知給候。望月駒引入夜之時、猶有主殿寮庭燎。但法興院御渡にそ依明月被消灯之由見日記候へ。件移徒ハ非尋常歟。遊女参入唱歌和歌なと候けり。仰云、件礼忽不覚。宇治殿御元服歟着袴歟之間御忘、依明月被消庭燎之由所見也。

86久安四年閏六月四日。仰鎮西毛亀明日一定可御覧歟。如此瑞一定相叶歟。申云、乱世有瑞、是天之教吉也。聖代有怪、是天之示譴。各随其事、絶聖徳之時瑞必叶怪太退。近則白河院御時、故広親子白川堂宝音勝寺有足蛇。父師遠依院宣、注申、女子之祥也。又本朝奇令例為最吉由申了。今当顕季孫時皇居出来了。是女子之祥相叶。仰云、音人例如何。申云、為見童時見有足蛇。余童□之由所見也。仰云、太有興事也。我小年時見蛇足。華山院ノ霞殿ノ東面の南端ニ日かくしありき。件所ノ前ニ仕丁朝掃時、蛇ヲ木ニ懸テ持去之時、□有足。ムカテノ足のことし。而有傍他人更不見之由申。還テ我見由を云をも時人不信き。如此事ハ幸人目ニ見トソ時人云之。今音人例相叶了。尤有興〱。我寿命七十、関白摂政准三宮子孫繁昌偏彼兆也歟。又夢ニ見如此物ハ相叶哉如何。□之忽不覚候。但彗星を見夢時、尚有慎。吉祥を夢見、何無慶哉。仰云、故顕季語我之夢ニ見蛇ノ足タリ。いミしき事なりとそ云々。

87又仰云、李部王記汝見哉如何。申云、少々所規見候也。仰云、東三条ハ李部王家也。而彼王夢ニ東三条の南面ニ金鳳来舞。仍李部王雖被存可即位由不相叶。而大入道殿伝領、其後一条院乗風輦、西廊の切間より令出給了。此事他時相叶如何。予申云、為家吉夢也。非為人吉夢歟。

中外抄上

健保二年正月書写校了

大外記師元朝臣注付知足院殿仰也。以三位入道顕兼本書了。最秘書也。此書世間希歟。

彼家外令来見候進被書置了。　中宮小進橘以経

以右京権大夫以長本書写了。

弘長三年七月廿七日　（花押）

奥書以経筆也

右以或家古巻令家人書写了
可秘焉
寛政九年正月三日

正二位藤（花押）

（中外抄　下）

1 久安四年七月一日。依召参小松殿。於御前被仰雑事次仰云、今年内裏造作事、依正堂、正寝延引云々。汝所思如何。申云、正堂、正寝内相府被尋仰曰、愚案不及泥捲可迷。但作大極殿為正堂、以紫宸殿可為正□歟。但不可被忌避之由、存思給候也。漢家、本朝当梁年造作例其数候之故也。但長久度今年採材木、明年可有造宮之由、御前定候本文依委不注。仰云、正堂、正寝人々勘申旨不同。我思食ハ正堂、正寝可為寝殿也。宗トアルヤト云也。長久ニ被忌事ハ後朱雀院御時ハ、クスシクシテ常ニサアルナリ。今年不可被造歟。伊勢造宮之間不造作云々。予申云、造宮年可止造作之由、不見式文。仍先例不被忌候。

2 又仰云、江師ヲハ見きや。申云、不見候。仰云、尤遺恨也。故二条殿いみしき物ニせさせ給き。彼ハ二条北、東洞院西ニあり。故二条殿、二条南、東洞院東ニ御坐ス。ニクサケニテ衣装もあさましくわろくてそありきし。故□殿、我カ前ニ居テ、これ□一文不通□、無術ワサカナト被仰しかは、関白摂政ハ詩作テ無益也。公事大切也。学文せさせ給へき様ハ、紙三十枚ヲ続テ、通国様の物ヲ御傍ニ居テ、只今馳参ナト可令書給。又今日天晴。依召参内なと可令書給。君不知食文字候はゝ、可令問彼給。件文二巻、タ、令書給ナハ、うるせき学生也。四五巻ニ及なハ、不能左右事也。仍かやうニせし程ニ、日記無程見てき。

3 久安四年七月十一日。依召参御前。被仰高野御堂名、新御堂名之次予申云、後三条院ハ才学君御。彼時大二条殿摂録、匡房卿為五位蔵人。而円宗寺本名為円明寺如何。仰云、物ハサコソアレ。如此吉凶自然出来。又可然事也。宇治殿御難也。此御願ハ庚午日ソ可被供養カリケル。見ハ関白ハ腹黒人カナ。如此事を不被申ト被仰けれは、後三条院大ニハチサセ給て、供養之後ニ円宗寺トハ被改也。円明寺ハ松崎寺名也。松崎寺庚午日供養。不吉例也。

4 久安四年八月五日。仰云、同日神社ノ精進をするには、上臈社ニ付也。稲荷、祇園、同日行幸之時ハ、先稲荷にて魚ヲ供テ、次祇園にてハ浄食にて御也。又白河院仰ニハ、宇佐使ノ間ハ、帝王浄食にて有ル□、伊勢幣を被立時ハ魚食ナリ。されハ宇佐使間ハ伊勢幣の有レカシ〳〵ト思ナリ。

5 久安四年八月廿四日、廿五日両日、於宇治小松殿見参内大臣殿、文事被仰 漢家不注。其次被仰云、明日廿五日、女房号姫君三位位記請印、即可請取也。大内記長光可持来也。可給禄也。如何。予申云、件条未得心。故ハ、正月女叙位々記請印之後留御前内侍賦之。就之内記不可持向歟。又摂政殿御前三位々記、故忠頼少将時、入柳筥持参之様覚候。但内親王、女御々位記、近衛司為使、凡人不然歟。如何。仰云、鷹司殿以下三位々記不見。又待賢門院三位時、故重隆記ニ不見。皇太后宮三位時、実光雖奉行不書日記。知信見所にて書日記。又不見。但一条三位時、敦光朝臣為大内記持参由見彼記。且申合藤納言故宗忠公由見之。仍可追件例、如何。予申云、臨時女位記様ハ只今不覚。式ニ臨時女位記ハ内記可賦由不見候ハ、尚内記持来不心行候。如何。敦光非日記家、忽難叙用歟。仰云、可申入道殿予御使。仰云、可依先例者。内大臣殿仰云、然ハ明□先行請印。位記持参事ハ追可一定。其旨尋被仰。

6 又仰云、内覧人与関白有何差別哉。予申云、内覧ハ宣旨也。太政官所申文、先可触其人由也。関白ハ詔也。巨細雑事関白其人雖然別無差別歟。仰云、御堂ナトハ内覧之時、只如関白、我依不審奉問入道殿、仰云、不分明也。但案スルハ不可一同也。内覧人ハ官中所申文許を可計申也。細書ニ申ス文ハ不知也。又巨細も非太政官所申ハ不可知也。関白ハ巨細可関白ト有説。仍自諸司申上文皆可見。皆可沙汰也。

7 又仰云、内覧人為大臣時、候官奏時官奏文可内覧誰人哉。予申云、官奏不知事也。但官奏史以文譏右大弁幷左大弁、次覧大臣。々々見了、仰云、内覧。弁内覧之後、参上御前。而内覧大臣自候者、見文之後、無内覧儀可参上歟。仰云、我所案此定ナリ。

而大殿内覧時、官奏日、重資之以官奏文持参里第内覧。凡不得心。

8又仰云、関白列上臈大臣上。何ナル時ニ可被宣下哉。予申云、委不知給候。但仮令左右大臣ハ従一位、関白者正二位時者、無此宣。同位時候歟。仰云、然ナリ。仰云、其人乃上ニ列せよと云宣旨ハ常事也。其人ノ下列せよと云宣旨如何。予申云、不覚候。但宇治殿大臣時、依摂政列左右大臣上、而公季任太政大臣、列太政大臣下由宣旨候も未見正文。仰云、尤然ナリ。法成寺供養日、公季ハ太政大臣ニテ賜随身テ宇治之上被列也。

9予申云、御堂童随身事如何。雖見皇帝記、不見勘書并日記候。又令言上入道殿之処、不知食。無所見由仰事候。仰云、件事ハ二条殿御記ニ見タルナリ。七条ノ細工ヲ召テ被問雑事時、件細工申云、我ハ童ナシ時ミメヨシトテ、御堂ノ召シテ童随身ニ令仕御ケルナリ。而申入道殿之処、不知之由被仰也。サリトモ大二条殿僻事令書御ヤハ。但御堂ニ文殿御記トテイミシキモノアリ。其レニハ件事不見也。何故文殿御記トハ号哉。予申云、二東御記文今日初承。太有興候。但不見日記并柱下類林。さはかりのこと何可注落哉。文殿日記ト云事指テ不知候。但又文殿大入道殿、御堂之間ニ始候歟。外記日記云、直講頼隆召五殿文殿。是為令書論語外題也。又東三条寝殿北面西ニ北さまなるは文殿云々。文殿衆を五御近辺令書日記御歟。

10久安四年十一月廿四日。仰云、四条宮ハ不令勘宿曜給。

11久安四年十二月十四日。仰云、おとなしき人の小袖ヲ悉レハ、不着単衣。故殿など令参内御時、着御小袖日ハ不着単衣。令着御々単衣日、不着例小袖給。弁官職事以下居忽劇人をとなしくなりぬれハ、束帯不着単衣。

又仰云、瓮供拝ハ必毎度ニハ不拝。渡吉所時不拝。服薬時不拝。

12又御物語次ニ被仰出故匡房卿□事。□□ニ申云、江帥次第、近年識者皆悉持此。□次第頗僻事候由、御定候様ニ承候。如何。仰云、内弁官奏除目叙位等委不知人也。□間事定有僻事歟。但故二条殿仰を常ニ承タル人ナレハ、定様アル事もあらん。其外常ノ次第ハイミシキ物ナリ。これは故殿ノかゝせさせおはしましたるなり。識者と人の心を見トテ、わろき物とハ我ハいひたるなり。最秘事也。

13久安四年十二月廿九日。仰云、大外記貞親、為長ハゐせ物ニテ在けるとそ、故殿ハ被仰し。就中為長ハ故殿ノ着陣座テ令問公卿散用御けれは、其人ハ物忌ト申けれハ、支干コソ不叶ト被仰けれハ、なんなに物忌ト申けれハ、満座人わらひけり。

14久安五年三月五日。朝御手水間祗候御前。仰云、ウカキスル数ハ知たりや。申云、凡不知給候。仰云、六度スル也。清六根也。但僧某名忘了。書ハ四度トソ云シ。此条如何。予申云、六根之内穴四也。目口鼻耳也。若准之六根之内、清四根歟。又申云、都合六根之日ハ耳口意三根也。仰云、我ハはやくより六度すれハ、今六度ソスル。

15久安五年三月□七日。入夜参殿、祗候御前。御物語之次被仰云、天変者尤有恐事也。昔ハ大臣大将可有慎ナト公家被告仰。近来全無沙汰、朱雀院御時□杷大臣可有慎由被仰而奏□、臣已老年也。然者可有別慎。若大臣コソ慎ハ候メ。仍恒佐先枇杷大臣薨。又故殿ハ常ニ師平進奏之時ハ令出会給き。又我も師遠ニ常ニ出会キ。而此摂政全無此事。尤不便事也。

16久安五年三月廿三日。祗候御前。内大臣殿令申中将慶賀事給之次仰云、女院、摂政、貴臣許にては不可有拝事也。重服人幷物忌人許ニテハ不拝也。内府令申給云、参服者許申慶之時、申次之人向慶人て仰返事也。尋常時ハ向御所て仰聞食之由也。又申次人ハ可受拝由こそ、見四条大納言文テ候へ。

17久安五年七月廿五日。参小松殿、祗候御前。御物語次被仰云、宇治殿ハいみしくところせく御坐シケル人也。小袖をハ不召して、敷物トテ練絹ニ綿を入て敷御坐之上、薄衣を十四五許令着シテ、其御衣をハ自下次第ニ取テ、火ニアフリテキセマイラセケリ。件御衣歳末には常召仕諸大夫なとに給けれは、裏ハ火ニコカレテ物□ソ在ける。又御湯殿ニも両面なる練絹を令敷給タリケリ。四五度許ソよかりける。久ク成けれハ、かへ〳〵せさせおはしましけり。やかて御身も両面練絹を着御て、湯ハ令浴御けり。御あかなともいとすらせ御さりけり。

18又仰云、故殿御坐大炊殿之時、雅忠令参たりき。其装束ハ故殿了御表衣立ワキクモを給て、なへ〳〵たりしを着て、指貫ハすこしよかりき。故殿のあれニ身見せよと被仰カハ、我ハわろき小袖を着て見せしかハ、かゐなをいたからぬほとにつよく四五度許取て、イカニモ熱ハ恐不御人也と申き。其後生年七十二、未有一度恐。風をハをつれとも、熱ハいまたやまさる者也。

19久安五年十月二日。三位中将着陣。而束帯衵ヲ蘇芳ニテ有リ。公卿不可着之色也。赤袖ヲ可調ト左大臣殿女房ニ被仰了。而入道殿仰云、若公卿ハ蘇芳ヲモ萌木ヲモ着也。尤不可調改也。単衣ハ不可襲也。表袴ノ裏赤。又大口赤。然者可襲赤単衣也。衵ハ何色ヲモ着せよ。付袴裏ヲ可着赤単衣也。

20久安六年七月十七日。左大臣殿之祗候御前給。予問依仰候。御

物語之次粗及文書。故肥後殿令覧叙位勘文給□事付他事等。元日故殿ハ出御西対南西□予忘了御長押上。家司布袴申持参叙位勘文之由。師平勘文ヲ筥ニ入テ、居中門車寄妻戸之外深揖見上。故殿令目給、大音声唯称、深揖入妻戸、経中門廊東庇、ウルワシキ作了中門廊ハ内ニ庇ヲ入、自対差テ、高欄ヲツめたる也。南広庇御坐之間、去長押四尺許居テ深揖昇長押上テ、膝行尻ヲ板敷ニ付テ、取直筥進上。其後膝行シテ退還、居御座間南縁。有令尋問給事之時、直笏申子細。其後給筥経本道退出。予当職之時故殿御共参五条坊門殿、見令覧叙位勘文給之儀、粗相違、此儀所之便宜歟。東三条儀、予持参之時、蒙故殿御訓了。有少分之相違、予又信俊真人於東三条見覧叙位勘文之儀、不似予家之作法。予家不可為予家之作法。師平ハ眉ハ有様ニテ、鬢ノ事外ニなかりし人也。事ことしきシハフキソせし。態トセシニヤアラム。又拝礼ニ立テヲキアカリテハ笏ヲモチテ表衣ノ前ヲ頻ニ打キ、師遠ハ老後ニハ師平ニイミシク似キ。ト串ハスカシテ見物ヲト故殿ノ令教給しかは、奉幣行事セシ時ニスカシテ見かは、人ノ名ノ見シカハ、イカニカクハ見ルソト、大外記定俊ニ被仰シカハ、イミシク畏申キ。

21 御瓫拝事

左府令申給云、瓫拝ハ何箇度哉。某一日ハ三度合掌シテ拝候也。仰云、我康和四年七月十四日、始供御瓫拝、拝二ケ度□合掌否慥不覚悟。彼時定所見アリテ令沙汰歟。一切不覚。左府令申給云、勘江次第拝三度也合掌。但天子之礼歟。仰云、若准拝陵者、再拝両段、若准拝三宝者三度也。此条如何と被仰。予申云、仰旨両方已有其謂。但可拝陵者、先向彼陵方可拝。令召向瓫拝是可准三宝礼。又二度有何事哉。盂蘭瓫ハ為親也。拝人ハ二度也。仍何事哉。

22 行成公、或人冥官許ニまかりたりけれは、侍従大納言召せと被仰ケルニ、或冥官出来テ、彼人ハ為世為人ニいみしくうるはしき人也。暫なめしそといひけり。然者正直なる人、冥官の召も遁事也。小野宮殿薨給たりけるには、京中諸人、彼人家前ニ集テ事外ニ愁歎しけりと見一条摂政記。

23 立文ヲ封事

我等文ヲハ天文奏封之様ニ、逆ニ引返テ封也。師任家天文奏ヲハ引返封。自余文ヲハ巡ニ封之。左大臣殿令申給云、天文奏何様シテ令御覧哉。更無別事。於簾中覧之時ハ、御前ニ直衣ヲ被置。若ハ令引懸給。令出会給之時ハ、当時令着装束ニテ見之。凡天文奏蔵人モ当時着装束ヲ不改也。

24 又仰云、我ハ三昧堂ヲ立ムト思ナリ。其願未遂。雖未見其文、勘其例ニ造三昧堂人子孫繁昌也。件事尤可然事也。他行法自雖有断絶、於三昧者昼夜不断事也。九条殿立楞厳院、御堂立木幡三昧、

後三条院立円宗寺、宇治殿立平等院。仍御子孫繁昌也。而我不遂件願遺恨也。但ソコタチ左大臣殿也、其可被造也。左大臣令申給云、このころ某等か造候はんハ、嗚呼事ニテコソ候メ。未坐候。仰云、九条殿ハ一人ニテモ雖不御坐、為滅罪令造給了。然者有何事哉。

25久安六年七月廿七日。仰云、故殿仰云、宇治殿仰云、訴詔之道、左右申状、不分明之時ハ暫事ヲ不可切也。是千覚忠玄論申鷲峰山寺次ニ被仰出。然蜜々令申殿下状也。

26久安□年八月九日。仰云、故殿仰云、上臈ハ晴ニテハ全経史文事第一事ニテ語之。日記事ハ強ニ不云。家之秘之故也。次詩歌事語之。和歌事ハ自我上臈ニ逢テ、矯慢之自讃スルモあしからす。故堀川右府宇治殿ニ奉逢テ、これハ殿ハえしらせたまはし。頼宗こそ知て候へとて板敷ヲたゝかれけり。然者宇治殿ハ咲せ給けり。次ニハ弓馬事ヲソ語ける。故殿ハ□きなとよくいけり。近代人全不然。宇治殿花形ト云御馬ニ乗せ給たりけるニ、兼時と云随身ノ御馬、腹立仕候ニタリ。おりさせおはしませ、他人ヲのせて御覧しけれは、御馬臥まろひ乗人をくひなとしけり。仍御堂召兼時、纏頭ヲ給けり。我許ニ小鞆ト云シ鞆ノ究竟物ニテをとなといさせしを、相伝の物にて持タリシヲ、当時高陽院御在所、土御門殿、基実家ニテアリシニ御坐せシニ、焼亡アリテやけに□。

27同日。仰云、女房のヘニつくる様ハ、面サキハ赤ク、めくりはにほひさまにうすく付也。白物のみを付テ、ヘニのうすきハわろきなり。近代女房けさうは、いにしには皆以相違。

28近代男装束希布奇異也。四袖、四幅指貫、烏帽子尻天ヲ指タル、あさましき事也。

29久安元年八月十一日。朝候御前御念誦之間也。仰云、実行・実能同時可為大臣。倩思食ニ不敵事也。件両人ハ実隆、通季よりも思あかりて、本自ふるまひしなり。仍此幸ハ有ナリ。実隆、通季ハ例の人の様ニふるまひき。仍これにハ劣也。其中ニ実能はこゝろのよくて、かくハいたりたるなり。聟といふとも、我等ハ腹立しなん。左大臣の事外ニ悪クあたりしを、不腹立して、今ハ我大臣を辞退してなさんと申たれハ、此沙汰ハ出来也。公季太政大臣の無止人ニテあるなり。延木孫、円融院同所ニテ養レテおひたちたる人なり。康子内親王公季母ニハ、九条殿ハしのびやかにあはせ給たりけれハ、延木聞付テ、藤壺より令退出給了。而後ニ大后のいとをしくせさせ給し人なりとて、後ニ召寄て、えもいはすもてなしておはしましけり。しのひてかよはせ給ける事をハ、延木もたれも不知食さりけり。小野宮殿許かしらせ給たりける。正月拝礼ニ、小野宮殿一ニ、九条殿二ニたゝせ給たりけり。小野宮殿、九条殿ニ申せ給テ云、今日宮御方康子拝礼ニ立トおもふニ、雪の降テ御前のけかれてえたゝしかしとまうさせ給けれハ、九条殿面ヲあかめておはしましけり。又九条殿ハ閑のおほきにおハしましけれハ、康子ハあハせ給たりける時ハ天下童談ありけり。

30 又仰云、山階寺別当、大衆雖参入不被補。何様可定申哉。予申云、別当不補及三年者、天下大事也。院ハ隆覚ヲなさんと思食ハ、無術事也。又隆覚ヲハ入道殿のなさしと被仰と天下ニ披露之由、一日右府ハ被申候しか。但可令申之様ハ、山階寺大衆参上可補別当之由、雖訴申又被裁許。春日大明神奉渡勧学院、大衆空罷帰了、尤不便候。上皇依宿善摂録天下。院のなさんと思食人を令補御タラムハ、春日大明神のなさせ給、おなしことにて可候也。替天授官是也。夢見事は祈念し候とも、院の御遊免にも、長者夢ニも、寺僧夢ニモ、見事かたく候。かやうニ令申御へきかと申了。即以檀紙三枚自筆御書ヲ可令進院給。其次ニ大臣兼宣のいみしきこと并三位中将の中納言中将事を申給了。自院一人子ならぬ人ハ、中納言中将はなきことゝ令申給たりけるにや。師元依仰勘申例了。即以檀紙清書、籠御書被進院。此次予申云、匡房卿をハ堀川院いみしき物と思食たりけるにや候らん。仰云、堀川院、故殿なとは、いとさまても思食さりけるにや。二条殿のいみしき物思食たりしなり。匡房者小二条ニゐたりき。二条殿ハ二条ニおはしましゝかハ、毎日ニ希有のさまして参入して物を申けれハ、二条殿ハをしれえほし□て令出逢給き。我参詣之時ニ故殿仰云、此男学問ヲせぬこそ遺恨なれと被仰しかハ、匡房卿申云、摂政関白必しも漢才不候ねとも、やまとたましひたにかしこくおはしまさは、天下ハまつりこたせ給なん。紙を四五巻続テ只今可令馳参給、今日天晴なと令書可給。十廿巻たにかゝせ給、なそ学生にハならせ給なんと申き。又故左府と我同宿ニテありしに左府家に帰テいはれしは、関白二条□被命云、世ハ無下ニ末ニなりニけり。匡房か病ニ公卿を院もいのりをせさせ給はねはと被仰つるこそ、有謂事と覚侍つれと左府示き。又堀川院のうせ給しときに、易筮せさせむとて、内裏ニ召たりしニ、三位局ニ有しニ、我かあはんとていたりしかハ、ゆゝしけにおろ〱なる直衣きてありき。易筮事問しかハ、本自筮ハ不仕事也。復推仕候。御心地ハ大事御坐也。山ヲ載たる卦ニ令逢給テ候人の、山ヲ戴タラム許わひしきことやハ候へき。我云、今朝御料をよけニ聞食タリツルナリト云しかハ、匡房云、病者ハ死期ちかくなりてハ物を食ナリ。身付タル冥衆ともの、物ヲほしかる□候也。物食ハ中〱悪事也トいひき。如案其夕令崩了。

31 久安六年八月廿日。仰云、近日小鷹狩之盛也。我幼少時ニ面白いみしく覚えし事也。十三四歳程は、さかりに好きツミノアリシヲテニスヘテ、此下絵林ト云所ニ遊テ鳥ニ合テ見程ニ鳶ノ二出来テすけ立て、事外ニ高クソリタリシニ、鳶近ナリテチカヒテ飛下テ、我笠上ニ居タリシ。あはれニ覚キ。其後、大納言物語を女房の読シヲ聞シカハ、鷹好者雉ニ成テ、鷹ニ恐タル由ヲ聞シカハ、朝ニ起皆放了。其後敢不好。

32 又仰云、覚継法眼為権別当、為長者子、為我孫。而三四度被超希有事也。若大明神不令請御歟。是才学之聞薄之故也。又云ナル様ハ、我ハ男ニ成テ可有之身を、我ナリ沙汰して法師ニ成タリトテ常ニ不請スナレハ不任歟。汝所思如何。予申云、男ニテ坐ストモ殿不知食者、極定四位侍従歟。家隆ニ不可勝歟。僧ニテかくまて御坐するは御力ナリ。

33 久安六年十一月十二日。朝候御前。物語次被仰云、鰯ハいみしき薬なれとも不供公家。鯖ハ雖為苟物備供御也。後三条院ハ鯖頭ニ胡桃ヲぬりてあふりて聞食キト時範ハ語キ。

34 又仰云。故殿仰云、宇治殿ハ御門ニ有人の車なとを取て令乗給テ、御行ありし時も移馬をハ引せて御坐シキ。又随身ハ上﨟□皆悉ニ歩行して御共ニハ候キ。老者なとハ御車にさかりて、従者ニ懸テありき。近代は下﨟壮年随身皆悉騎馬。又入御宇治之時、随身は直取坂まては歩行、自件所乗馬。而近代於五条東洞院辺乗馬不可然事也。又古ハ蔵人所ニ布衣人居接テ有ケリ。公達ハ障子上ニ居テ有ケリ。北面ト云事ハなかりけり。近来北面ハ出来也。食物ハ三度するなり。昼御をろしをハ透渡殿ノ妻戸口ニ持出テ手ヲ

タ、ケハ、六位職事参入給テ持罷、蔵人所て分テ食也。故清家か語シハ、範永補勾当タリケル始ニ、給件御料ヲ、持罷蔵人所之間、透渡殿の磨たるにふみすへりて折敢タリケル。範永か云ケルは、我今日出家をしてうせなはやといひけり。又同人語云、御おろし罷出蔵人所たりける時ハ、八幡別当清成参入して、蔵人所大盤ノ上ノ方ニ居タリケリ。手ツカミニ御おろしをとりて食て、日来ハ御料をわろくしてまいらせけり。塩をいますこしなくすへき也といひけり。又御銚子ニ酒ヲ入テ給タリケレハ、よけに飲ケリ。近来八幡別当全不然。

35 久安六年十一月廿三日。候御前。相命法印同候。法印申云、露ト云硯ハ瓦硯歟。仰云、然ナリ。露トハ瓦ニ付タル名カ、不審也。件硯ノ足ニハ小萩ヲ蒔テ、以水精露ヲ入タルナリ。若付件タル名歟。又被申云、故仁豪座主ニ相命先年向天候ひしニ、平入道基長候ひき。仁豪に相命ヲ彼誰人ソト問候ひき。仁豪答云、故按察大納言子也。入道前ニ瓦硯細長なる候ひき。命云、是ハ露カ切也。此旨ハ令知給歟。如何。仰云、件硯何所ニカ侍覧。申云、仁豪ニ給了。最雲法印許なとにや候らん。

又被申云、土御門右府ノ御狩ノ行幸和歌序ハ広綱カ書タルト申候ひしは実歟、如何。仰云、あまた被書損て被腹立て広綱ニ此序清書せよとありけれとも、遂ニハ手被書了。高名ノ中高ト云硯は、件日腹立して被踏破たるなり。被申云、いかにしてさは候けるそ。

仰云、書損の草トモ多積天硯の上ニ有ケルニ、腹立天立走上ヲ被越ニ被踏破ナリ。されとも不破離ひはれてあるなり。又被申云、聟右大将ニをくれて後ニ手ハ被書けるとそ承候、如何。仰云、件条不知給。但上東門院、住吉詣序ノ清書ハ学生手ナリ。

36 久安六年十二月廿日。仰云、故一条殿仰云、思寿命人ハ、毎月朔日ニ可精進也。此仰若相叶本説歟、如何。申云、朔日奏吉事不奏凶事由見太政官式。加之夏殷周之礼、祭神之法、以朔月為最。又宇治殿令参金峰山給之時朔日出御。同月御仏経供養。依此事御願成就、国土豊饒之由所伝承也。仰云、然は可有朔日御精進之由令申院。如何。一条殿仰定有所思食歟。随又御寿命九十一、尤可為吉例歟。令申御何事候哉。即書御書、可有朔日御精進之由、令申院御了。

37 仁平元年三月十日。仰云、故清家申云、多武峰大織冠御影ハ、京極大殿ニ令似御云々。

38 仁平元年三月廿八日。仰云、有訴之時、以宝志人□其事ハ古モ有歟。其故ハ一条院御時ニ御堂公家ニ令申給事在ケル時ニ、其事裁許及遅々。黄ニ蒔タル硯筥ヲ取出テ推拭テ、御乳母許ニ志遣たりけれハ、其事即裁許云々。

39 仁平元年六月八日。夜御高陽院御所。只今自宇治出御、頭弁朝隆幷予等候御縁。朝隆朝臣申云、四条内裏以外ニ狼藉ニテ鼠喰損御帳壁代。犬喰切昼御座御剣緒、大略連日事也。仰云、喰切御剣緒之条、無極怪異ニコソアナレ。無沙汰歟。先例如何ト被問仰予。々令申云、御ト被行事ハ不覚悟。唯貞信公御記ニコソ、昼御座御剣ヲ狐喰テ持罷他殿之由ハ見テ候へ。仰云、通俊、匡房等語云、後三条院ハ犬ヲ令悪御也。一度あの犬追ト被仰タリケレハ、自内裏リ始テ、京中、諸国皆悉犬ヲ□害しなとしけるを聞食テ、後ニこそさなせそ□被仰けれハ、其後又随其仰了。昔帝王ハ威乃如此御坐しけるなり。

40 仁平元年七月六日。祗候御前高陽院土御門御所。左大臣殿令参給。御物語之次仰云、白河院先年ニ後三条院の御記ヲ我ニ下給、仰云、可部類也。一本可書進。仍メノマヘニシテ如仰書進了。帝王事ハ件御記委見タリ。中ニモ解斎粥事委見タリ。除目叙位事ハ少々僻事アリ。其由故院ニ申了。一本書取□思シカトモ、無便カリシカハ不書写。是依有恐也。

41 仁平元年七月七日。早旦依召参御前于時高陽院土御門御所、無他人。予依御物忌一日壱夜参籠。仰云、高陽院ノ本ノ作は、中嶋ニ立寝殿テ此対ヲ他所ニ立テヲリ。渡殿ヲツクリタリケルナリ。大饗日、船楽ヲ寝殿ノ後ヨリ東西へま□したりけるなり。めてたかりけり。

42 仁平元年七月十五日。仰云、清水寺ニハ不動堂トテ故殿ノ発心地令平懲給堂ヨリ。又清水寺昔之人相云、此所はいみしき霊験之所也。但住僧ハきたなくや候へからん。滝ノ水ノ流出タル体ノ開ヨリしとをまりいたせる様也。

43 又仰云、故殿御出ニ供奉せし犬アリキ。名ハ手長丸《テヲサ》也。白毛犬也。宇治殿御時ニありける犬ハ、足長丸《アシヲサ》丸云々。

44 仁平元年十一月八日。仰云、

一、神事間、守仏、経尚可奉具否事。

仰云、賀茂詣時ニモ、守仏ハ車中ニ入テ、祇内ニコソ不取入衣。

45 一、食宍者七日以後参神社否事。

仰云、式文限七日、不可及畢議歟。但先年日吉行幸時、此関白食鹿、七日以後相具宿社頭。件夜夢云、過七日了。難不可有憚。アマリ近コソ覚レト見了。仍さはきて俄ニ夜中ニ出六条右府宿所了。然者七日以後も暫可忌歟。凡ハ神事ハ後朱雀院ノ久キ東宮ニテ御願なとの在けるにや、自其時くすしくなりたる也。

46 仁平元年十一月廿五日。仰、今日臨時祭也。宰相中将殿着束帯天参入御前之間、令直御装束給。仰云、老タル人ハ、装束ヲすこし高する也。壮ナル人ハサケテスル也。又以俊通令申左大臣殿給云、今日以宣命給使儀令覚給歟。但件儀今日ハ不可然さる事ハのこして、可然覧時ニ可令行給也。御返事云、覚候。但如仰ニ今日ハ尋常儀ヲ可用也。

47 仁平元年十二月八日。夜祇候御前。御物語云于時宇治小松殿、母屋大饗ニハ以鷹飼為見物也。鷹ヲ令飛事ハ二度也。一度ハ殿出幔門之時、令飛天鈴声ヲ令聞也。其後渡南庭天居床子テ、酒飲之後立テ欲歩之時、又令飛也。法興院大饗ニハ、東山ヨリ狩テ参入しけり。自築垣上見越テ見えけり。件儀にや有らん。長元ノ高陽院大饗ニハ、滝上ノ山穴ヲ鷹飼ハ出天渡ける。競馬日我方ノ府生、上臈ト乗時には、上臈ニ勝時ニハ上臈ヲ取籠テ、大臣ノ前ナトノ程ニてハ放テ先ニ立ナリ。御堂御時武ある武ニ公時ヲ令手番御之時、公時かく仕テ、人々誉メのゝしりけり。又御堂早旦ニ人々ニ秘テ、法興院馬場にて公時ニ令乗競馬給ケルニ、実資大臣乗古車テ於馬場末蜜々見物神妙了。紅ノ打衣ヲ車入テ被見けるに公時勝たりけ□ニ、自車被纏頭けるに、公時肩ニ懸テ上テ参入したりけれは御堂いかにと仰事ありけれハ、方ノ大将の馬場末にて給たるそ□申ケリ。武徳殿小五月競馬ハ埒ノ弘ケレハ、遠騎也。雖然勝負ハ事外ニ早速也。武徳殿打毬玉ハ投給与。七日節会下名給時ノ臂ハ同様ニする也。

48 仁平元年十二月卅日。於御前于時御土御門第、被撰平緒。明日幷臨時客間料也。其次仰云、紫淡平緒ハとく損シテ無益物也。多ハ年若人用之。公卿も又用之。故殿仰云、踏歌節会ハ、自他節会モ夜ニ入ナリ。件日紫淡ハ多ハ可用也。自承明門練入ニ、平緒有ト見ルカいみしき也。今ハ世ハ無術成□リ。物案内ヲ知人更無之。自内大臣許送タリシ平緒宮コソ、浅猿かりしか。平緒ヲ長帖ニ帖テ入たれは、細長ニテおかしかりき。

49 仁平二年正月七日。候御前正親町殿。仰云、故殿ハ凡足ヲハ指出せ給はさりき。指貫ヲ踏くゝみて御坐き。正月十四日修正ニ令参給て令帰御給しには、御足を指出てひたはたに沓ヲはきて令出給き。今夜たふれたるハ忌ソトテやはらつゝ令歩給き。然は修正ノ終の夜はたふるましきなり。

50 仁平四年三月十一日。仰云、御堂令始木幡三昧給之日、法螺ヲ禅僧等不能吹ケレハ、御堂御手ツカラ令取給ヒテ令吹給ケルニ、高なりたりけれは、時人感してのゝしりけり。

51 同日。仰云、古人ノ宿曜ハ不用歟。御堂、宇治殿ノ御宿曜ト云文家ニハ不見也。又四条宮ニ我申云、御宿曜や候ひしと申上之時仰云、全不知。殿なとや御沙汰アリケム、我は不知ト被仰しなり。又故一条殿も宿曜の沙汰、全せさせ給はさりき。

52 仁平四年三月十四日。夜候御前小松殿于時前出羽守泰盛候御前。御物語之次仰云、先年高野覚鑁上人ヲハ院已下殊帰依。仍我三条北万里ノ小路乃西、清隆卿宅ニ居タリシニ、件清隆家ニて見ムトテ召テ於上達部座逢之。暫心をしつめて見しニ、とひの尾羽さしけたるにて見えしかハ、かゝる物にこそありけれとて其後ハ不召定。而遂有事て被払高野了。

53 仁平四年三月廿九日。雨降。祗候御前于時御坐仲行宇治宿所。春日御精進。御物語之次仰云、頼義与随身兼武トハ一腹也。母宮仕者也。件女ヲ頼信愛之、令産頼義了。其後兼武父件女ノ許なりける半物ヲ愛ケルニ、ソノ主ノ女、我ニあはせよと云テ如案婚了。其後生兼武了。頼義後ニ聞此旨テゆゝしきことなりとて、七騎の度乗タリケル大葦毛忌日ナムトヲハシケレトモ、母忌日ハ一切不勧修さりけり。義家母者直方娘也。為義母ハ有綱女也。已華族也。

54 仁平四年四月廿七日。賀茂祭也。中西延引。入道殿下自去廿四日御坐鳥羽清隆卿宿所。予今朝参入祗候御前間、侍共葵ヲくさりて付庇御簾。仰云、葵は庇ニ非懸之物、母屋ニ懸也。但何事有乎。早庇ニモ可懸也。

55 仁平四年五月廿一日。仰宇治成楽院御所。故殿仰云、新所初移徙

日、束帯ニ赤単衣赤大口、女房ハ紅袴全不憚事也者。而予近年聞之ニ、女房濃袴、男ハ白袖。尤不得心。然ハ鳥羽御所御堂御前御渡日、進上御装束、女房装束可用紅袴也。又仰云、僧家渡ニハ不可引黄牛。不可行反閇歟。其故ハ近坐せし仁和寺宮ノ了宮ノ房被渡けるに、引黄牛勤反閇。而無程入滅。仍故宮其後度々移徒之時、不引黄牛不行反閇。我も此成楽院渡ニ、不引黄牛不行反閇。

56仁平四年六月四日。祗候御前。仰云、可然人ハ夏ハ二倍織物ノ単重ヲ着也。仮令ハ女郎花綾ニ別色ノ文ヲ織也。近代見ル常ノ綾ノ単重ヲハ物売衣トテ可然之人ハ不着也。故殿仰也。四条宮なとハ不令着給也。

57同月十二日。朝仰云、魔事有ル人ハ奉造五大尊、其腹中ニ大般若ヲ奉籠テ奉祈之時、魔事去云々。法性寺五大堂、法成寺五大堂如此云々。但此事雖聞、右府入道宗忠之説未奉故殿仰也。

58仁平四年十一月六日。仰云、寿ニ代《カヘ》テ人ヲ祈ト云ハ、以我食物テ云ナリ。故准后仰ナリ。仍我ハ年来相折我飯料、野以未進賀茂奉祈院ナリ。

入道殿下仰等随覚悟注之。子孫深可秘之師元所注也。

建暦二年十月五日於有馬温泉書進之

業信

本奥書云

余借三条三位顕兼本写之加校了。在判親経卿判也

比校了(花押)

秘
富家語

久安

正月

1 海浜御厨子是九条殿御物也。御元服時所被立也。

2 十日、左相府被下内覧宣旨、三ケ日以後御蒙中以前御念誦。此事慥不覚、悔。定仰歟。

一、障子之上可立撥足大盤否事。仰云、摂政以後事也。不可立者。

一、対南面公卿座末敷紫縁畳殿上人座也、是日来例也。内覧□何。仰云、猶如本可敷也。摂政関白以後長押下ニ殿上人座ハ敷也者。

3 十五日、左府藤氏長者以後、朱器御節供朔日令著給。而内覧之後、今日々次不快、如何。仰云、以後吉日著衣冠薄色指貫必可令著給也者。

九月

4 左府申給云、皇后宮御服薬蒜間、御灯御祓如何。仰云、御服薬時被行由御祓也。不可有憚。御堂犬死穢間、御灯御祓被行ケリト所聞食也。

仁平三年

5 仰云、若公達ノヤサシキカ、物忌ノ日、屋ノ簷ニヲイタル忍草ノ葉ヲ冠ニ挿也。其草ハヤマスケノ様ナル草也。指所ハ例物忌挿定也。長一寸許ニテ挿也。是極秘説也者。

6 四月下旬、殿中穢気出来左府姫君事也。依穢気不令進御書給之由院令申給。其御返事云、軸立入筥文ヲ所憚也。只御書全無其憚者。其後被御書也。

7 仰云、貞信公仰ニハ山吹衣ヲハ不出云々。

8 久寿二年正月十七日、左大臣殿大饗之次、仰云、故大殿仰云、晴ニハ可用紫淡平緒也、成美云はれ〳〵しき物也ト有仰キ。宇治殿ハ紺地平緒ヲ令好給ケリ。度々大饗ニ定令用給歟。可御覧御記也。今度紺地有何事哉。今度ハ金樋ノ革手御剣ニ紺地革手御平紺ヲ可令用給也者。

9 久寿三年正月仰云、故殿仰云、四方拝、老者ハ著衣冠乍居拝之。去年十二月十六日高陽院崩給。朔日御薬御鏡事令申合左大臣殿給之処、御返事云、経頼記云、御堂御葬家、宇治殿仰云、喪家ニハ無薬事者。仍今日不供入道殿御薬也。去年渡御宇治良俊房也。御著服後也。左府御鏡御薬如常。去月晦、渡御宇治下官宿所、令触穢給也。

10 仰云、伝聞中納言殿仰宰相時、御前初令参院給日、雖為宰相、北方女房ハ車副二人張常例也。者、被用二人云々。

11仰云、上﨟ハ黄生下袴ハ不令著用。故伏見修理大夫俊綱朝臣、後冷泉院御時、四条宮御ニ、衣冠ニ黄生衣并同下袴ヲ著タリケレハ、主上御覧シテ、松茸ト覚トコソ有勅定シカト、四条宮令語給キ。又故殿祭帰日、故二条太宮斎院ニテ御坐時、引率人々毎年ニ令参給シニ、二位大納言著黄生衣頻御平給《ヘイキフ》有キ。

12仰云、赤色下簾ハ網代車ニハ不懸之。檳榔ニハ青簾ハ常所懸也。大宮右大臣ハ、大臣之後モ檳榔ニ好テ被懸青簾也。下簾ハ可随車簾者也。

保元二年

13仰云、臨時客日、入道殿主人ニテ御坐時、令著桜御下襲給日、不令著半臂給。是桜下襲ニハ不著黒半臂之由、見御暦。今案、桜下襲ニハ同色半臂ヲハ不著事歟。

14仰云、臨時客ナトニ所著下襲ヲハ打置テ、御斎会初日令著常事也。

15仰云、故殿長谷寺詣、沃懸地黄伏輪御鞍二由木。件鞍被渡左大臣殿也。木鐙韋鹿切付楚鞦等令用給。是違人トテカト存思食之処、如此主人之所為也ケリ。

16仰云、薫物ニハ、干棗実伊与簾節《フシ》相加ル方有。

17仰云、食菓物時、多ハ手ニテ食也。其中餅カキタル栗ナト箸ニテ食スルハ見苦事也。シルタリタル物ヲ箸ニテ食也。但取手テ食スル物ハ必取所ヲハ食残ヘキナリ。

18仰云、神祭ノ辛イリハ、当時ノ上﨟ハ乍折敷食之。其故ハ、高盛物ナルヲ上揚テ令食ハ散故也。又ミヲ食スルハ不見苦事也。

19仰云、騎馬人、晴ニハ前三町許ヲ見遣タル吉也。歩行時ハ遠ク見ハワロシ。一丈許ヲ可見也。

20仰云、上﨟ハ侍ノ名ヲ直ニ其ト召事ハ無事也。但旧モ又召事モアリケルニヤ。故白河院令語給シハ、大二条ノ朝干飯ニテ候御前給テ、知成ト高声ニ召テ後ニ、以外僻事仕候ニケル、頭中将ヲ召サント思給之間、家中ニ常召仕侍ヲ召テ候、奇怪第一事候ト咲給ケリ。是召侍之次仰也。

21仰云、賀茂ハメテタク御坐神社也。賀茂社ニテ人損ナトスル事、自昔無ト聞食也。

22於内裏高松殿六月被行御懺法之由、人〱不審申時、仰ニハ於禁中被行懺法事有先例之由、先年聞食也。

23仰云、勘解由小路南烏丸西角ハ旧所也。号菅原院。別ニ吉所トモ悪所トモ無聞事。

24或人申云、諸社行幸可有競馬云々。仰云、此条不聞事也。但賀茂ハ有其理。八幡春日馬場ニ無行幸如何云々。

25仰、按察大納言実季若クテ薨去畢。件人、木津河ノ渡ヨリ七八町許上ニ造橋寺、安置丈六不空羂索供養シテ、一家人々コソリシホトニ、堂供養以後不経十日俄薨了。可任大臣之由聞、于四条坊門東洞院ニ四足立タリシ家也。其後、故殿、高野詣御出門ニ、件所ニハ渡給テ有御宿者。

26 仰云、故殿臨時客、土御門大臣不分明随身敦久并六条右府前駆盛雅等ヲ召対南面、賜御衵。通俊治部卿於其座云、今日敦久神妙也、殿ヲ追却セラレサラマシカハ御衣ハ不給マシ、ト被申ケレハ、人々被咲キ、ト有仰。

27 保元三年。公弘法師談云、京極殿、堀川左大臣任大将令参給日、召府生敦久賜御衣。是饗応儀云々。又花山左大臣任大将時、入道殿于時右大臣内覧令渡給還御之時、御送ニ門マテ令参給。於門彼大将殿召殿御随身敦時賜御衣云々。

28 仰云、桃花石帯丸鞆花山院播磨守帯云々。紫末濃石也。御覧件帯之次、仰云、此帯有興者也。常ニ非用物。曲水宴ニ直衣布袴ニ皆紅衣同打衣エヒソメノ織物指貫ナトニ所用也。

29 仰云、世間ヲ御覧シタルニイミシト思食事ハ、管絃ハ堀河院御笛初句ヲ吹放テ、次句ニ移之間、ツレ〳〵ナラス不可思儀也キ。下﨟ニハ黒丸カ笛、笙ニハ時元、箏ニハ故藤大納言、舞人ニハ左ニ光末、指歩テ桙打振タリシ、不思儀也キ。太平楽ナトコソイミシカリシカ。右舞人ニハ節助、随身ニハ近友助友競馬、医師ニハ雅忠、陰陽師ニハ安倍有行、相撲人ニハ惟助、験者ニハ増誉・隆明、但平等院行尊、近ハ其験勝歟。山座主ニハ良真、学生真言貴人也。但河流ヲ上ヨリ行タリシソ人〳〵ワラヒシ。川流ヲハ下ヨリ上サマニ行事也。

30 仰云、笏ハ横目アルハ見苦事也。近来如此笏見ユ希有事也。今案、古御笏之上吉ト有仰ハ皆板目也。御慶賀笏宇治殿御笏ナト皆板目也。他人笏モ古物ハ皆如此。

31 仰云、騎馬日ハ最上剣平緒水精柄剣等不用事也。遠所行幸ニハ蒔絵螺鈿剣ヲ用也。是木地損故也。

32 仰云、紙ヲタヽム事、左右ヲ先折テ又帖也。切目ヲ中ニ帖入也。除目文結紙捻モ、如此帖テ後ニ捻也。

33 仰云、京極殿西御堂供養後、人〳〵御仏ヲ難申、密々ニ奉取出テ、御頭ヲ取放テ被奉直。如本奉居之後、連々凶事不吉事出来テ、逐電落テ件御堂焼了。中宮大夫座主等所行也。

34 仰云、笏ヲ鼻ニ当ト云ハ、鼻ニ当テ其高ヲ寸法ニテ引ノケテ持也。但頗高ク見ユル也。秘説ニハ、上ノ唇ニ当テ引ノケタルカ吉也。

35 仰云、除目執筆時、召外記硯并墨筆ヲ給ニハ、硯ヲハ檀紙二枚ニ裹テ上下ヲ捻也。但非立文、横ニ裹之。

36 仰云、故殿ニ小鷹狩料ニ水干装束ヲ所望セシカハ、仰云、小鷹狩ニハ水干装束ナトハ不著事也。只萩狩衣ニ女郎花ノ生衣ナト著シテ、ヌキタレテ、随身ノ水干袴ヲ取テ著シテ、駄馬ニ乗テスル事也。大鷹狩ニコソ括ノ水干末濃袴ナト著スレト有仰シ也。

37 仰云、上﨟御本鳥ニ参勤人、必先洗手、召侍テ令懸之。

38 仰云、高倉殿土御門高倉、本業遠家ヲ進宇治殿也。先年此所ヲ造ラムト思之処、故白川院仰云、於件所堀河院母后有流産事キ、而六条右府頭ヲカキテ、アハレ此所ハサ思ツル所ヲト被申ケリ、何事トハ不知。若不吉事有ニヤト仰アリシカハ、鴨院ヲハ所作也。件流産時ハ、中宮乗大殿御車檳榔令出内給也。倩思食ニ於件所宇治殿右大将若有事ケル歟。

39仰云、四条宮四条町吉町也。件所ハ頼忠関白家也。件人姫君ニ四条宮ト申后家也。彼関白イミシキ人也。他祈ナトハ不被行。旧ハ季御読経始自内至于大臣公卿御所行也。而件人殊清浄如法ニ被行ケリ。

40仰云、辛未日ハ有女子人不行仏事ト云説有也。然而御堂法成寺無量寿院壇築事、被用件日之様所覚也。

41仰云、春日山中ニハ白砂ノ目出タキニ竹林ノ神妙ナルニ金鳳多有所有云々。賀茂山中ニハ松竹ノ面白ニ、目出キ大牛トモノ背ニ小松ナトヲヒタル多有所アナリ。

此両条大殿御物語ト有仰。

42仰云、右近馬場ナトニテ馬走時ハ、随身袴ヲ借用常事也。如此下﨟ノ袴ヲハ雖著水干ヲハ不召上。

43仰云、人ノ宅ニ行テ物食事ハ、妻下﨟ナル人許ニテクハセヌ事也。但雖品妻我家ニ置テ我沙汰スルハイハレヌ事也。次ナル妻ニアツカハル丶所ニテ不可然者。

44仰云、貞信公ハ大臣後検非違使別当ト云人有リ。大将モ兼給ト云事モ有リ。無指所見歟。可見公卿補任事也。

45仰云、御堂童随身四人之仕給云々。然而無所見歟。真実ニハ令辞随身給之後、中隔ノ内ニ人従者ヲ不被入之時、童部ヨカリナントテ、童部ヲ御共ニ令相具給也。是ヲ童随身ト云也。日記ニモ補任ニモ不見事也。

46仰云、桜下襲ニハ紺地平緒剣青革装束ヲ用也ト故殿有仰キ。土御門殿記ニハ桜下襲ハ紫淡平緒同革剣装束ヲ用也ト故堀川左府被申キ。故殿、晴時ハ赤色表衣ヲ著御、其時ハ著桜下襲給、紫淡平緒同革剣装束令用給也。然者、雖著桜下襲、随表衣色テ淡平緒紫革装束ヲ用也。凡織物染下襲ニハ同色半臂ヲ著也。桜柳下襲ノ綾ナルニハ著墨半臂也。火色重又著用黒半臂也。但主上コソ綾下襲ニ同半臂ハ著御スレ。或人申云、近来主上桜下襲ニ著御黒半臂ハ堀川院令著同色半臂給。黒半臂事不知食。又御一家ニハ非云也。下襲ハ織物ナトナラヌハ不著御。但桜柳令著者也。

47仰云、後二条殿内大臣時臨時客著紅梅下襲給。件日半臂慥不覚。推察定黒半臂歟。不分明。又桜萌黄ハ春深正月歟、彼桜下重ハ春浅三月許所著也。又染下襲ハ若時事也。又其中ノ□日著也。朝覲行幸臨時客ナトニ著タル織物下襲ハ、ナヨヤカナルヲ参御斎会時著用常事也。故源中納言国信子皇后宮権亮顕国ヲ仲実朝臣聟ニテアリシニコソ、桜下襲ニ梅半臂ヲ令著タリトテ、泰仲朝臣事外所咲也。凡年高人紺地平緒、若人ハ絲平緒ハナヤカニテヨシト故殿有仰シナリ。

48仰云、作法ハ西宮并四条大納言書委細也。其中四条大納言書ヲハ故殿事外ニメテタカラセ給キ。其故ハ大二条殿ヲ聟ニ取テ九条殿御記ヲ引テ作タル書也。然者此家ニ尤相叶也。江次第後二条殿料ニ匡房卿所作也。神妙物云々。但サトク物ヲ見許ニテサカシキ僻事等相交云々。

49仰云、為伊勢幣上卿下宣命時、此御一家人八省廊柱外ヲ往反也。

50仰云、上臈ニ成テ為上卿時、出自軒廊西第一間事有リ。常人皆自東二間出入也。大内ナトハ此次第弥相叶歟。里内可随便之由、九条殿モ令書置給ケリ。

51仰云、別当事、故春宮大夫公実、重代之上殊致沙汰能被知子細人也。指貫寸法モ短ク表衣狩衣ノ袖モ狭用也ト被申キ。

52仰云、節会内弁謝座拝ニ立付下襲尻ヲ短ク成事有リ。其条皆人短歟。但短成所ノアル又人不知歟。

53仰云、饗座ニハ、著座時自本饗近ク居也。遠ク居テ食セムトテ居寄ハ見苦事也。又飯ヲハ汁ニハ一度ニ多ハ不漬、少々ツヽ、随食テ漬也。兼テ飯ヲ箸ニテ摧テ少ヲ漬也。其故ハカキトリタルアトノ□シケナルハ故実也。又膾ハ汁後ハ不食。晴ニハ遠ク居タル物ヲカイナヲ延テハサムハ見苦事也。

54仰云、五節帳代試夜主上著御深御沓也。大内定事也。但堀川院深御沓ヲ令六借給テ不著御時モアリキ。代始新造大内尤可著御事也。今夜ハ相交殿上人御スル故ニ、殿上人モ古ハ皆著深沓也。御装束モ其体也。又関白以下公卿皆浅沓也。

55或人申云、五節ニ清涼殿壺々渡打橋事、自萩戸渡之由、見為隆康和記。而殿下仰云、是僻事也。自昆明池障子下階可渡也者。仍寅日渡直了云々、仰云、関白仰吉説也。此事右大臣殿令献五節給、仲行為前駆帰参之時、有御尋之次所被仰也。今年主上浅御沓也。

保元三年

56仰云、練事ハ大事也。大殿二三度許コソ令練給ケレ。法勝寺僧御読経時コソ令練給ケレ。練ハ笏引テ装束モサヤ〱トナル事也。臂ヲアラシテ取笏也。後朱雀院御即位日、大二条殿内弁ニテ如法ニ令練給ケリ。玉冠玉佩火打ノ様ナル物トモノ、チヽリウ〱ト鳴ホトニ令練給ケルヲ、宇治殿大極殿辰巳角壇上ニ御覧シテ、アレハ狛人ニミセハヤト被仰ケリ。吉御坐シケルニコソト覚也。

57仰云、除目執筆ハ常有暇ヤウニテ正笏スル吉説也。怱々気ナル悪事也。当夜ニ可成申文可下勘文明夜可成文ナト能調シタヽムル第一事也。

58仰云、出居畳敷様ハ対南廂ノ一間ニ寄奥テ高麗一枚敷之無其対座。次間ヨリ外座ニ敷之。其末ニ必敷紫縁一帖也。是常事也大臣公卿此定可存也。但一人ニ成テ後、殿上人座敷長押下時ハ上達部座末ニ紫ハ不敷也。只大臣以下可然事。并臨時客ナ□ニハ公卿座末ニ敷殿上人座也。其時ハ勧盃別ニ無。執政後殿上人座敷広庇時別ニ有勧盃也。但賀陽院対ハ南庇公卿、同東庇ニ更折テ敷殿上人座、其時ハ無別勧盃。公卿座盃ヲ被下也。蔵人頭有饗応時召著公卿座末常事也。

59或人申云、著蘇芳下襲時表衣裏用紫之由、書或云、如何。仰云、

表衣裏ハ只如常用ヲ紫ト云也。蘇芳下襲トハ古ハ打下襲ヨリハ赤気アルヲ著用スル也。面ハ白張テ瑩タル也、常打下襲同体物也。

60 関白殿令申給云、年六十有余今度内宴ニ著赤色袍事、極見苦覚候者。仰云、赤色袍ハ年高ク令成給ニハ不可依。如此時著赤色闕腋袍、他公卿皆著青色ヤウニ令覚給。闕腋ハ人ノツキム時事也。老若ニモ不可依事也。

61 仰云、主上供解斎御□時召御尻切也。

62 仰云、立后時后宮著倚子給時、令出給道アリ。日記ニモ書歟。但此一両代后ハ成恐無其儀之由所聞食也。寝殿母屋□与御帳之間ニ師子形立タル所ヲトヲラセ給也。サテ昼御座ノ倚子ニハ著給也。又公卿ノ拝之時、倚子ヲ令下給説コソアレ。郁芳門院立后日、御脚不相叶御テ白河院并故殿ニ令懸給テ数剋アリシカ者。

63 仰云、諸社奉幣時、其日上首神魚ヲ召ニハ、弊人同魚ヲ食ス。精進神為上首ニハ精進也。次々神ハ不及沙汰也。

64 仰云、奉幣ハ廿一社幣以立日為吉日也。

65 仰云、火色下襲ノ裏ハ只張タル物也。

66 仰云、宇治殿御不例時連日悪日也。仍夜半渡御他所、即御平愈。御堂御時事也。

67 仰云、叙位ニハ尻付常ニアラヌ事ナリ。頼義貞任打度勧賞ニコソ大殿俘囚ヲ随ル賞ト令付給タレ。

68 仰云、朱雀院□前朱雀院御所也。柏殿トテ以柏木造屋アリキ。大殿朱格子ノ赤ヲ懸タリキ。八幡臨時祭舞人シテ帰立日令著給キ。大殿以下皆渡給キ。人〱皆破子ヲコソ被献シカ。左右大臣ナトモ仰アリ。

69 仰云、相撲節極熱キ。次日又両三被召合テアツレ。六借キニ、楽屋ニ能ク調タル笙ヲフキ、ヨキモノヽ盤渉調ニネヲ吹出タルコソスヽシクサエ、メテタクテ汗モ入心地スレ。笙吹利秋時元孫時秋子召御前笛トモ令試給令吹事也。師子丸許令吹テ若聞サトムル人ヤ有ト可有試之由雖有仰、重仰云、近不令覚御。中〱為笙無由、太政大臣宗輔ナト許ヤ聞サトメムト有仰事也。利秋頻有御感。

70 仰云、此御一家ニハ女房庚申被止畢。大入道殿姫君庚申夜脇足ニ寄懸テ令死給故也。

71 仰云、清水寺ニハ京極大殿并北政所度々有御参籠、滝下ニ不動堂ニテ御発心地平愈給之由所聞食也。

72 仰云、内弁於軒廊二間謝座スルニハ、向西テ揖シテ左足ヲ乍立右足ヲ少ニカシテ向乾テ拝也。但御一家ニサセ給事也。乾ハ天方□。近依拝天子乾ヲハ奉拝也。他家人見習此説如此拝スル尤見苦事也。他人ハ拝モ揖モ向乾テスル也。七八尺許軒廊砌ヲ出与ト云トモ一丈余イテタル吉也。

73 仰云、高倉北政所中務宮御娘、入道殿幼少御時、二条殿御共ニ令参給ケルニハ垂廂御簾ヲ副テ立几帳テ其中ニ女房御坐シキ。御対面、御飯ハ無テ饗御菜一高坏御菓子一高坏二本ニテ御酒ヲマイラセラレキ。上臈女房為御陪膳。

74 仰云、赤毛ト物ニ書ハ栗毛也。
75 仰云、和琴ノ頭ニ錦ヲ押ハ日本ニ織タル錦ヲ押也。是和琴ハ大和琴トテ非唐物故也。不知案内人唐錦ヲ押、甚見苦事也。
76 仰云、競馬鞭ニハ糸ニ白籐ヲ弘巻タル。一説上手ノ馬ノ進ム時、我馬ヲ懸テ鞭ニテ打ハ彼鞭ノ籐ニ驚テ走ス、マヌ也ト云々。
77 仰云、故大宮大臣殿雪事外降日、衣冠ニ薄色指貫白堅文織物袙出テ着深沓被参内ケレハ、後冷泉院イミシク有御感キト令語申給ケリ。
78 仰云、円融院歟一条院歟御時、於朱雀院有心衆無心衆相分テ無心党競馬装束シテ馬場ニ打出タリケレハ、有心輩起座テ埒ノキハニ皆ヨリテ、有心座人〱皆ウテ□無術カ□ケリ。
79 仰云、堀河院御時、殿上人競馬ニハ左ハ打毬楽装束、右ハ狛桙ノ装束ヲ召テ被著、偏競馬装束ヲハ不被用也。
80 仰云、除目執筆秘事ニハ遷官ハ薄墨ニ書也。是遷官ハ大事ニテケツオリ不可令見故也。
81 仰云、奏書ニハ不加判。其名ヲ書也。受領中文ニハ加判反給名ヲ令書也。
82 仰云、垂水御牧ハ天暦御領也。
83 仰云、宇治殿御出ニハ門外ナル参入ノ人車ナトニテ雖有御出御、随身乗移馬テ帯胡籙テ必候ケリ。
84 仰云、可然人下自車時ハ於車中先表袴引サケ表衣襴引ナラシナトシテ下ル□故実也。而故六条右府臨時客尊者之時、其事不然之間、表袴被居上テ尤見苦□エキ。
85 仰云、著座故実ハ、我可著倚子ニハ下ヨリ寄テ令著、座ヲ立時ハ上ノ倚子ノ間ヲ経テ出也。是可昇進由ヲ祝事也。
86 仰云、主上毎日御拝ハ寅刻トハ鶏鳴鐘打事也。必無御湯殿。鶏鳴鐘打後ニ令女犯給ヌレハ無御拝。
87 仰云、主上ニ奏覧御書封スル様ハ、先有裏紙続タル文ニハ端ニ裏紙ヲ一枚重之其上又紙二枚ヲ巻、其上ニ又紙一枚巻テ封之。封紙ヲウヘサマニ打返テ封之。封ノ上ニハ書片名上ノ文字ノ次ニ以紙二枚立文ニス。上下結之。院ニモ此定ニテ令進時モアリキ。
88 仰云、内弁勤仕時、下襲尻ヲ左右ヲ帯シヨリ下サマヘ深折テ、タケニアタル程マテ折ツケツレハ、下襲尻裏サマニマクリテ、コハクナリテカヘラヌ也。是口伝也。又練テ立所ニハスクニ行テ、木折ニ立廻テ帰入時、下襲尻カヘル也。然者スクニ行テ立所近ナリテ、頗廻ヤウニ円ニ歩行也。然者下襲尻兼テ得心テカヘラヌナリ。
89 仰云、諸社行幸ニ稲荷祇園同日也。先幸稲荷、於彼社供魚、次幸祇園、於彼御精進也。

平治元年

90 仰云、東三条ノ釜ハ故殿仰云、有様釜也。下﨟ノ御湯シテアミ、手ナト洗ツレハ其所腫ナトスル也。
91 仰云、主上大嘗会ニ神御陪膳令勤仕給事、神今食中院行幸之時

同事也。イカノ甲ヲ用御手洗御手水ノアル也。令竹著給也。近来案内知タル釆女誰人哉。安芸ト云釆女コソ重代者ニテ相知タリシカ、件者死去歟。

92 仰云、直衣ノ文ニ居二部織物事、故殿納言ニテ五節令献給時、自上東門院被調新御装束。件御直衣地白織物ニ紅梅ノ散タル文ヲ被居二部織物也。

93 或人申云、関白殿於新御前忠隆女□□被渡東三条御方ニハ女郎花ノ綾単ヲ著給云々。仰云、未聞及事也。

94 仰云、主上著御小口御袴斗。近来不然事歟。堀川院マヽキヲ令好給時令著給、其体紅梅ノ頗濃様ナルヲクヽリ指タル也。指貫ノ様ニ後腰ヲ差也。三ツ重タル御衣ヲハ二領ヲハ御袴ノ内ニ著シ籠御、今一領ヲハ出テサケ直衣ニ重ヌル也。冬ハ練タリ。夏ハ生歟。

95 仰云、著袴ハ無別儀。一度ニ両足ヲ指入也。袴ヲ取寄テ穴ヲアケテ括モトヲシクタシテ足ヲ指入也。

96 仰云、東洞院西六角南一丁ハ六角斎宮御坐所也。件家ハ伊与守国明朝臣家也。故殿モ蹔御坐。又堀川院中宮御悩間モ令渡給キ。

97 仰云、東三条ハ乗車テ出入若間不然也。又新関白殿西面御坐不可然。東面ニ可御坐也。

98 仰云、和琴ハ和国物也。天照大神ノアマノイハトニ令籠給時、神楽ヲ石戸前ニテ□スルニ、石戸ヲ押開御スニ光ノ赤クテイテキタルヨリ、アル人〳〵ノアカクテ、ソレヨリ面白シト云事ハイテキタル也云々。然者和琴ハ袋ニモ頭ニ押ス錦モ不用唐錦也。唐ノモ両面ト云物ナトヲハ用之。不知案内人用唐紙甚見苦事也。

99 仰云、九条殿ハ例人ノ様ニフルマハセ給ケル也。賀茂祭ノ使出立所ニ令渡給ケルニ、御車ニ蛇ノ入タリケルヲハ御笠袋ニ入テ祓オヽセムトテ遣ケルヲ、道ニテ蛇ニケニケリ。以之案之、如此怪物ハ祓ヲオヽスヘキ事ナメリ。仍銀花ナト云物ニモ祓ヲオホセテ棄也者。

100 仰云、糸毛車ニハ尻ニ不出衣是説也。而故二位大納言経実、女御代糸毛ニ被出衣、是不知案内故也。然而新大納言経宗女子、今度召女御代被渡雖為先□已吉例也。当今ヲ奉生。尤可被相計事也。

101 或人申云、大嘗会御禊院御桟敷閑院、殿上座幄并被立柱松、康治久寿不然如何。仰云、白川院御時御見物堀川院鳥羽院柱松并殿上人座幄慥有ト令覚悟給。

102 或人申云、宰相俊憲卿、同日面ハ薄物歟縠歟透タルニ白張テ瑩タル中倍例濃打単付タル下襲ヲ令著、如何。仰云、未聞及。但旧コソ青シト云物アレ。ソレハ多ハ女房ナト著用物也、件事ナトヲ見及テ令著歟。

103 仰云、御堂入道殿内弁ヲ令勤仕給トテハ柿ヒタシヲ聞食ケリ。是召舎人ニ為出御音也。

104 仰云、後三条院於官庁有御即位也。故殿令勤内弁給経幄後令著給云々。

105 仰云、世尊寺ハ一条摂政家也九条殿一男。件人見目イミシク吉御坐シケリ。細殿局ニ夜行シテ朝ホラケニ出給トテ冠押入テ出給ケル、実ニ吉御坐シケリ。随身切音ニサキヲハセテ令帰給メテタカリケリ。件家南庭ニ墓ノアリケルヲクツサレタリケレハ、タケ八尺ナル尼公ノ色〳〵衣著タルヲ掘出タリケルヲ人〳〵見驚ケルホトニ、随風テ散失ニケリ。其後摂政モ衰ヘタチ家モアセニケリトソ。件世尊寺南辺ニ妙法蓮華寺ト云所アリ。慶円座主房也。後一条院親王時発心地令煩給ケレハ、御堂奉具テ件房ヘ令渡給、件日御平愈。可被行賞之由雖有仰、座主平辞退。仍被寄阿闍梨云々。

106仰云、后宮ハ必色〳〵衣ヲ著給也。

107仰云、非常赦ハ為人極悦事ナレハ、九条殿御流ハ奏詔書草後未奏清書以前ニ召仰其由也。

108仰云、賀茂臨時祭ニ参入公卿ハ退出シテ帰立御神楽ニ改装束参事ハ見苦事也。使舞人帰楽ヲハ相待テ人〳〵遊テ宮御方ナトニ祗候シテ、剋限ニ可参集事ナリ。

109仰云、臨時除目ハ於陣被行也。公卿昇進時ハ猶御前被行之云々。但雖無公卿昇進於御前被行事モアリ。

永暦元年

110仰云、冷泉院ハ於紫震殿有御即位也。是神妙儀也。主上不尋常御坐於大極殿被行此事ハ定見苦歟。仍小野宮殿令沙汰給高名事也。

111仰云、京家地相ハ北ヲ大路ニテ南ニ有池也。西ヲ晴ニ造也。又南ニ有大路家ハ夏塵入云々。東三条閑院堀川院花山院北地也。

112仰云、対代ト云ハ無片廂対ヲ云也。

113仰云、八月ニハ御馬馳トテ、右近馬場ニテ近衛司著テ引御馬共ニ被馳競馬也。近衛舎人等褐衣著水干袴事ナリ。

114仰云、被渡義親首日、故殿ニ人々多見物可見之由申之処、故殿仰云、貞任首被渡日此旨ヲ申宇治殿之処、仰云、死人首不能見者。仍不御覧。又我モ不見キ。義親事僻事也。不分明。

115仰云、市政我モ一度見キ。近二条殿仰云、我モ一度見物シキト有仰テ令申勧給故也。市政二年院御見物之次也。

116仰云、御簾幷伊与簾ヲ人出入事ハ褰テスヘキ也。ソハヲ引アクルハ不可然事也。相撲節日右大将障之間、宰相中将国信取奏御簾ノソハヲ引アケテ奏ヲ被献シカハ、人〳〵咲キ。御簾ヲハ褰テコソ指入レ云々。

117仰云、京極殿土御門面ハ不令通給。

118仰云、獄門近衛面ヲハ不通。西洞院面ハ令通給也。但指大殿仰ソトハ雖不聞食、本自不令通習給也。殿下通給之由、以長不審申云々。

119或云、賀茂行幸九月廿七日、右府公能於下御社入自西鳥居私奉幣、上社同奉幣云々。
仰云、不知案内歟。如此時私奉幣極見苦事也。上卿同事也。

120仰云、施薬院領ニ九条ナル所ニ有明堂図。故殿ハ御覧シケリ。我モ見候ハムト令申之処、雅忠朝臣云、見件体人ハ必目ヲ病之由申。仍不見也。

121 仰云、前斎宮斎院人妻ニ成給ハ先例無子息。藤壺中宮モ無皇子。
122 仰云、鳳□ニハ殊ナル行幸ニ乗御也。春日行幸ニ必不乗御也。
123 仰云、乍立開見書ニハ懸紙ヲハ二に押折テ左手ニ挿也。賭弓奏時如此。

応保元年

124 仰云、節会外弁上卿ハ用紫淡平緒吉見也。夕方遠クテ見ニ白ミアサヤカニ見也ト大殿有仰キ。
125 仰云、自上東門院被奉渡四条宮童女故宇治殿法印御母衵ノ表□片衫ヲ著タリ。四条宮仰云、只常衵袴ヲ著シテ其上著片衫也。帯ハセス尻ヲハ殿上童ノ細長ノ尻ノ様ニ肩ニ打懸也トソ有仰也。
126 仰云、小野宮室町面ニハ古四足門アリキ。件門ハ常ニ閉タリキ。是小野宮殿御坐時、件門天神常渡御終夜御対面故云々。凡小野宮ハイミシク御坐シケル人ニコソ御メレ。令薨給時、京中諸人門前ニ来集テ歎合テ挙哀スト一条殿雅信公□左大臣記ニ被書タル。賢皇ノ崩給時、大極殿竜尾壇ニ諸国人民参入シテ挙哀ストテ泣歎事ノ有也者。
127 仰云、小野宮殿ハ大炊御門面ニハ波多板ヲ立テ穴ヲアケタル所アリケリ。ソレニ菓子ナトヲオカセ給ケレハ、京童部集テ天下事ヲ語申ケリ、其中名事共聞食ケリ。
128 三月十五日、仰云、大炊御門南万里小路東ハ高房朝臣宅也。於件所後三条院令誕生給也。彼角ニハ有小社。住吉別宮也。此次故入道申旨ヲ言上。入道殿御所堀川左府姫君御産時大北政所仰云、件社ニハ必可有御誦経ト仰アリシハ有様所歟。尤不審也ト所語也者。仰云、大北政所於件所御産。御物気被渡ケルニ住吉明神令出給テ、不可有恐男子平産之由示給ケリ。如案、二条殿令誕生給所也ト有仰。多年不審、今日開畢。尤有奥事也。
129 仰云、亀卜ニハ春日南室町西ノ角ニ坐ス社、フトラトノ明神ト云件社ヲ奉念云々。
又伊豆国大嶋卜人ハ皆此卜ヲスル也。堀河院御時、件嶋卜人三人上洛ス。召テ被占問、皆各奉仕此事者也。
130 仰云、武則公助ト云有古随身。父子ニテアリケルニ、右近馬場ニテ騎射ワロク射タリトテ、子ヲ勘当シテ晴ニ打ケルニ逃去スシテ被打ケレハ、見人イカニ不逃去カク被打ソト問ケレハ、年老タル父ノ腹立テ、ニケハ追テ倒ナハ極不便ナレハ如此被打也ト答ケレハ、世人イミシク感テ世ノオホエマサリタリケリ。
131 仰云、大殿長谷寺詣御共ニ入道殿令候給ケル御共ニハ、兵衛尉惟家ソ只一人候ケル。
132 仰云、大殿田上網代ヘ令渡給ケルニハ、惟家栝水干末濃袴ヲ著テ鷹スエテソ候ケル。
133 仰云、鷹飼ノ右ウヤハ鷹ノトマフニ羽サキアテシノ料也。為実範綱等鷹飼也。是高藤大臣ノ流也。件高藤大臣ハ延喜外祖父也。鷹ヲツカヒテ出野テ、日クレテ不能帰家、野辺小屋ニ宿シテコウシテオモハレケルニ、家主若キ女童シテ物ヲマイラセタリケレハ、大臣食之テ件童女ノカヲノヨカリケレハネタマヒニケリ。サテ暁被出ニ剣ヲ志テ打置テ被帰畢。経一両年又鷹飼之次ニ件所ヲ思出テ指入テ見給ケレハ、アリシ剣打置タリシマヽニテ、ヨニウツクシキ女子ノ三歳許ナルアリケリ、又アリシ女童モコヨナクヨクナリテソアリケル。件女子女御ニ参テ、奉誕生延喜聖主也。件所ハ今ノ勧修寺是也。

134 仰云、除目大間二夜封スルニハ是ヲシルニヌラシテ墨ヲ引也。

135 仰云、賀陽院ノ石ハ絵阿闍梨所立也。滝辺ナル大石ハ土御門右大臣殿令引給也。件石引間人夫一人、石ニ被敷無跡形ナリニケリ。滝ノ南ナル次大石ハ宇治殿右大将殿被曳也。一家人々令曳給也。滝ハ本滝ハ放テ落タリ。又滝ハ副テ落也。

136 宇治殿賀陽院造作之間、御騎馬御覧廻テ、還御後令渡御樋殿給間、令顚倒給テ御心地令損給ケルニ、心誉僧正召テ令加持トテ、召ニ遣タルニ未参之前ニ女房局ナル小女ニ物託テ申云、無指事。只キト奉見付テ如此御坐也。僧正不被参之前ニ彼人護法払ヘハ逃候了ト云テ、サハヤカニ令成給ニケリ、イミシキ験者也。

137 又、心誉僧正賀陽院ニテ縁ヨリ落テ絶入時、弟子ニテ観修御坐シケル候逢テ、耳ニ愛染王小呪ヲ被満入ケレハ更無別事ナリ。

138 仰云、故殿ナトモ侍ヲハ常ニ不召仕。有御出テ還御時必御足ヲ令洗給キ。其役ニハ家政ソ仕シ。又御樋殿御共ナトソ侍ヲ召仕シ。

139 仰云、朗詠秘事ニハハテノ文字ヲノコシテシハツルヤウニテ、ハテノ文字ヲハスル也。

140 仰云、神泉南面ニハ小二階楼有ケリ。小野宮殿方違歟土忌歟シテ三条大宮辺ニ御坐シケルニ、天晴タリケルニ藍摺水干袴著タル男ノ烏帽子折タル色白ク清気ナルカ、南面ニ小野宮殿一人御坐シケルニ指入テ参タリケレハ、アレハ誰人ソト被仰ケレハ、此西辺ニ候者也。只今他所ハ罷渡事候ヘハ、争近御坐、不申案内候ハムト申ケレハ、承畢ト御返事後、カイケツヤウニ不見。怪只食ケルホトニ黒雲出来テ、以外ニ雷鳴テ神泉楼ヲクヱ破テソアリケル。神泉ノ竜ナメリトソ被仰ケル。其後無彼楼。

141 仰云、練事以両手取笏、本体ハ笏ハ当鼻程テ可引ノク也。而其ハイタク高ケレハ口ニ当テ引ノクヘキナリ。前一丈ヲ見テアユムカ頸モチハヨキ也。老者ハ少ウルハシク練、若キ人ハ少笏ヲ引テ練也。

142 仰云、食事ニハ箸ハ近ク不可取。少末方ニヨセテ可取也。食汁事、皆例飯有ニハ皆冷汁ニ漬テ食之、例飯ヲハ熱汁ニ可漬也。ヒトツ〳〵有ニハ不可及沙汰。汁ニ漬テ後ハ一切不食膾。凡膾トシモ不云生物ヲ云也。

143 仰云、内弁召舎人ニハ、口伝云、密々ニ前ナル取塩テ含之。是音出サム故也。笏ヲ口上程ニアテ、可召也。是為不令散声也。笏ヲ両手ニ可取也。前後両音之間三気置也。

144 仰云、笏ハ居テ只有時ハ片手ナトニ取也。又手モ出者不可有。苦。職事ナムトノ仰下ニハ両手ニ取笏可承此事。

145 仰云、臨時祭取挿頭花テハ過御前之間、両手取之。事〳〵非頭只打取タリ。然而両手可取也。頗向丑寅方大内儀可抜笏ナリ。遅時可向御前方也者。

146仰云、指貫沓ニフミクヽムハ大指許出テ踏クヽムヘキカ脱断ノ縫目ヲ可取。又取テハ必可開也。スコシ上テ指貫ハ取也。直衣ノ前ヲ引チカヘテ可有。角ヲ重ハ極非礼也。衣出時出衣ヨリハ内ヲ取ハ□人為也。若人出衣ヲ前ニ曳マハシテ可曳上。指貫古ハ蔵人五位モ踏クヽミテ有也。近代不然、不可思義。

147仰云、束帯ノ尻ハ平緒ノ下ノヘリニ当テ可候。チイサキカ吉事ニテ有也。袖ハ腋方曳マハシタル様ニテ袖口ハ広カ吉見也、平緒ハ下臈之間ハ下四寸許置テ可有。上臈ニ成ヌレハ二寸許可有。故京極大殿極長セサセ給也。ワカクヨリソレハ宇治殿ニ衣文トカク被仰ケルニ、平緒ノサケハ不令直給□其如此有也ト大殿被仰也。

148仰云、我風フクレ出病年来アルヲ、故殿仰云、神妙也。鷹司殿風フクレ常令出給百九十マテ御也者。

149仰云、宇治殿内御宿所ニ御座時、自御前下御テ物ヲマイラセスヱテ御陪膳ノナカリケレハ、殿上人送ヲキマイラセテ帰タリケルヲ召ケレトモ、オソク参ケルニ腹立テ、物ヲハクトフミナラサセ給タリケリ。人トモ成恐タルニ、小猿楽気有モノニテ、冠ノ纓ヲ打上テ紙シテ懸テ希衣帯シテ衣冠ノ腋帯ニシテイテキテ、希有ノト云テ拾取ケルニ、御腹ヰテ咲給ニケリ。

150仰云、陪膳ハ公達打任テスレトモ諸家ヘ行ヤ落フレヌルニハキタナキ事也。諸大夫ノ四位以上ナルヤ、又オトナシキナトハ常事也。サナラネトモ又清事之ハ諸大夫モ蔵人ヘヌモノモスル也。兵庫助スケシケト云者ハ御陪膳人不候時ハ宇治殿御料ハ取居ナトシケリ。是王孫云々。

151仰云、故四条宮仰云、宇治殿仰云、故御堂ハ他方ニテ有御手水トモ思出テ俄ニ北ニ向テ御手ハ洗給ケリ。是北向テ洗手ハ福粧也。御堂被仰ケルハ、吾若カリシヲリ貧カリシカワヒシカリシカハ、カク好福也トソ被仰シ。然者御堂ハ軽々ニオハシマシケルニヤ。宇治殿ハサモオハシマサヽリケル。此事共語仰テイミシケニ思食タリ。

152仰云、先一条院御時、勝思ト云相撲トハシカミ丸ト云モノト合テ取ケルニ、ハシカミヲ勝思カ橘樹ニオシツケテスリケレハ、アリ〳〵テハクト勝思ヲ踏タウシタリケルイミシカリケリ。

153仰云、九条殿ハ御長高御坐シケレハ、御装束ナヱラカニテ御。小野宮殿長ヒキニ御ケレハ物ヲハコハク被著云々。

154仰云、晴ニテ食物スルニハ大口ニハ不食也。

155仰云、人陪膳ハ先居其前テ手長ノ持来ヲ取次也。

156仰云、車ノ後ニ乗ハ、束帯時ハ先乗人車右ニ居テ左ニ向、次人乗左右ニ向フ。但帯剣人ハ前人頗向角乗、後人解剣乗之。至于子孫等ハ前人ハ向前テ二王乗ニ乗、後人其後ニ乗也。後人不解剣。故大殿御車後ニ乗タリシアシク乗テ御剣ヲシキ折タリシカハ、以外ニ貧窮カタサト被仰シ。其剣ハ于今アリ。

157仰云、式部卿敦実親王剣ト云物持タリ。故白川院召シカハ令進畢。其剣定此鳥羽院ニ有歟。件剣ハ、延喜聖行幸ニ件剣石炭ヲ令落給タリケレハ、希有事也、古物ヲトテ大歎テ高嶺上ニ打登テ御覧ケレハ御犬ノ件石居ヲ食ヘテ持参云々。是件剣ノ高名事也。件剣雷鳴時ハ自抜云々。然而未然。又故殿令恐給不可脱之由被仰、而依不審余以或者令脱見之処、小峰之方寄テ以金坂上《サカノウヘノ》宝剣トソキクヘノ也。

158仰云、若キ人物忌日出仕センニハ、屋ノ簷ニ生タル忍草ヲサキ少ヲ切テ、例ノ物忌指所ニ可指也。一寸ヨリハ短程可宜歟。是ツキムオリノ事也者。

159仰云、著陣座ニハ先懸膝脱沓テ、更立到我座程居也者。

160仰云、節会内弁謝座ニハ先出自軒廊東二間頗歩テ自吉程練出テ、至左近陣南頭テ与胡床平ニテ南去一許丈練留、西向テ一揖シテ右足ヲキシリト練廻テ乾向ニテ再拝也。是乾ハ天位也。拝天ハ是拝天子義也。拝畢時先左足、拝時ニハ先右足、其後又揖。頗練出、西様ニテ練廻テ帰也。練出時南方ヘ吉可練廻為下襲用意也者。

161仰云、食ニハ先必可取三把也。味曾水ニモ猶少可取也。著預巻ナトヲハ一ヲ取テ置也。

162仰云、帝王御書請文ヲハ礼紙二枚ヲ重テ其上ニ一枚ヲ巻、然者礼紙二重也。其ヲ入筥也。又立文ニハ以二枚重テ立文ニスル也。又其文ヲハ一紙ニ書タルニハ例定テ表紙一枚ヲ重也。数枚続タルニハ端一枚ニ裏紙ヲ巻重者。

163仰云、車中ニテハ不持笏、只可置傍也者。

164仰云、車ニハ右乗テ、剣ヲ左方ニ柄ヲ前ニミネヲ我方ニ可置也。是直衣布衣事ナリ。

165仰云、於御前食ニハ粥ヲモ酒ノ類ヲモ自入テ食。我家ナトテハ陪膳ニトラセテ令入食之也者。

166仰云、束帯シテハ車ニハ向テ可乗也。直衣ニテモ帯剣時ハ其定ニ可乗歟者。

167仰云、貞信公之流ハ款冬衣不出。下襲ハ裏山吹ニテ予モ著タリ。

168仰云、殿上人以下ハ晴ニ希衣帯著也。

169仰云、白重事御堂四月朔ニ令著給白重ヲ畳置テ、六七月許極熱比ニ令著給テ陣座ナトニ御坐ケリ。冷気ニテ優美也云々。刀禰上達部ノ宿老ナル四月朔著染重。通俊匡房等カ著白重事不見キ云々。ヲトナシキ人ナトハ有文冠ニ堅文表袴著之。二条殿モトナリテハサテ御坐セシナリ。若齢人ハ打任テ無文冠ニ瑩表袴平絹、凡著白重スルニハ著紺地平緒青革蒔絵剣也。

170仰云、京極殿ハ中二日有テ湯ヲ召ス。仰云、大殿ハ薤ヲ二坏ナトメシヽ也。

171仰云、御堂ハ直衣布袴ニテ紅梅織物、直衣ニ紫織物、指貫皆練重令著給テソツキマセ給ケル。予申云、于時御年齢如何。仰云、卅許トソオシハカル。但不知一定。

172仰云、昔人ハ烏帽子不塗。然者ナエテウヤカキタルモカヽヌモタリサカテソアリケルマヘサマニヨ。

173仰云、スコシツキムオリハ烏帽子ノ後ヲ打入ルヤウニスル也。

174仰云、騎馬帯弓箭事、汝等ハ随身ナトニ令持有何事哉。自余近衛司等ハ必可持之。

175仰云、出居ニテ著装束テ寄車於中門廊妻戸乗之。

176仰云、相撲内取大将中納言中将宰相中将等共候。

177仰云、随身理髪装束令勤仕時、如法家ニハ透渡殿ノ所ニ格子四間鉤テ以其所為出居、而随身於中間解剣矢テ弓ヲ⧄中門北ノ入タル所ニ立テ、自中門廊縁昇テ経縁テ参シテ勤仕之。

178仰云、直衣時着座作法、高欄ノ際ノ座ニハ自座前進寄テ直衣前ヲ頗チカヘテ、突膝テクルリト居廻テ著也、座ノウヘニ登テ立廻テ居ハ極見苦事也。

179仰云、御前ナトニテハ不可取出扇、但極熱之比、窃取出テ向傍テハ自開仕事モアレトモ、又可納懐中者也。

180仰云、精進時持念殊何事有哉。但若人強取出高声阿弥陀仏申事見苦事也。

181仰云、摂政関白初乗唐車事、何時ト慥不覚、久成事歟。

182仰云、束帯時著座作法、前ヲ攬テ先膝ヲ突テ居也。

183仰云、神璽ハ是筥内納印也。宝剣ハ付平緒。其平緒中納鎰、不納筥云々。件鎰関白本門鎰歟。令献御体歟。問有開事歟。仰云、一切不開之。陽成院令開璽筥給、自其中白雲起。時ニ天皇恐怖令打棄給、召木氏内侍カラケサセラル云々。件木氏内侍筥カラクル者也。近来無之。又令抜剣給時、夜御殿ノ傍塗籠中ヒラ〳〵トヒラメキケレハ、恐テハクト打棄給ケレハ、ハタト鳴テ自サヽレケリ云々、其後不聞。仰云、固関《コクエン》ト云様覚也者。

184仰云、故信雅朝臣ハ面美而後頗劣。男成雅朝臣。成雅ハ面劣後ノ勝厳親也。固之甚幸也者。

185仰云、春日奉幣先一日立幣也。精進者従暁鐘報始之。鐘以前諸事不憚。当日湯浴後奉幣也。問、洗髪又可梳髪哉。仰云、物詣ハ可洗。但古人不必洗。然而吾ハ必洗之。奉幣ニハ不可洗梳事ハ不可有。洗ツハ洗不洗ハ只本定ニテ有也。梳事ハ無者也。問、御祭日可精進哉。仰云、当日可為神事。但奉幣以後本物共打著テ只凡神事ニテ有也。

186仰云、著直衣持笏時不可揖。

187仰云、直衣ノハコエニ入懐紙事、入タランモアシカルマシケレトモ、故殿ハハコエニ入ハニクキ事也ト被仰。堀川左大臣ハハコエニ入ハイタキ事也トテ可入ヨシ頻被申。然而未入也。問、若人入之歟、将老者所為歟。仰云、ワカキ人ナトノヨキホトナルカ入タルコソヨケレ。

188仰云、率川祭日可精進。但衣ハ例時著何事有哉。

189左大臣殿被祗候云、付大炊御門又倉事令申給。而仰云、件倉ハ被見歟。左府令申給云、吉見給ハ居住件亭時ハ常見候キ。居他所後ハ一年一度ナト罷向候也。仰云、古ハ入倉テ見ナトスル事全不侍。故大殿某コソ倉ニ入タリケレナト被仰テ咲給シ事也。

190仰云、故堀河院イミシク御人也。有賢家俊左右京権大夫ニ成ナトシテ為道メテタク御事也。又彼家事吉知食。管絃ハ不及左右メテタク御セシ帝王也。

191仰云、吾発心地シテ少宜成タリシ時、小狐ノウツクシケナルカ肩ノ上ニ有ト見、又背ニ大狐ハヒカヽル、又我目ノ下モ狐目様ニ成テ覚シカハ、人共シハシアキレテ後ニハ咲ナトシキ。其後不見。又別ニ祈ラレサリキ。

192 仰云、宇治殿ハ平田庄絹シテ張袴ニモ生ノニモ令用給。定事也。下袴以平田庄絹用者也。

193 仰云、持参御遊具時、先笛筥、次持参絃。仰云、笏ヲ突時ハ笏ノ下ヲ突也。

194 仰云、花山院ハ堀川院兄一宮、於寝殿有事。其後未造改。尤有禁忌、仍内裏ニナラサル歟。広庇ニ向タル妻戸ヨリ出給云々。

195 仰云、亀居ト云ハ両膝突テ足ノヒラヲハ開テ居也。キヒスナトニハ尻カヽル様モ有覧、此居様極大事也。深沓靴ナト著シテハ可居様モ無事也。官奏時モ居ニハ大内ハ左ヲ晴ニシテ、左足ハ前ニウルハシク置テ、右足ヲハニカシテ居テ、其ニカシタル方ノ足ノ方ニ文ハ開也。里内ハ右ヲ晴ニスレハ又同事也。可有口伝。

196 仰云、如表物ハ置日記御厨子也。是定事也。清涼殿南方ナル厨子事也。

197 仰云、唐装束ニハ、冬ハ唐綾表衣同表袴下襲唐絹半臂ナト着也。大口袙単衣等ハ不然。夏ハ唐絹表衣同半臂下襲唐綾表袴等著之也。於単帷大口者不然也。

198 又仰云、余者著唐装束指懸《サシカケ》。予申云、指懸ハ四位已下著之由西宮記見候、公卿如何。仰云、不必然。予且著之。公卿用之何事有哉。仰云、鼻切《ハナキレ》沓上下所通用也。是常沓名也。

199 仰云、四方拝時南庭鋪畳一帖、四角以三毬打挙灯於一座向彼此拝也。拝四方ニハ始自東也。雖拝神并陵猶不解剣。女神社向社頭時解剣。於家奉幣時不解之。定例也。

200 仰云、四方拝時当歳下食ハ前夜著浄衣付寝殿後朝拝之。又毎日為下食ハ朔日湯殿。

201 仰云、四方拝時束帯々剣持笏。

202 仰云、東三条以西為晴時、以上官廊為公卿座、其北廂敷紫縁畳為殿上人座、中門廊南妻戸立年中行事障子、其北立切台盤。

203 仰云、東三条西面公卿座、東障子前属障子中央鋪主人座西面、件間西柱ヨリ鋪帖為公卿座東上対座、以細殿用出居也。

204 仰云、於西面行臨時客時、以寝殿西廂為公卿座、以南為上也。

205 仰云、於寝殿南廂有臨時客事。

206 仰云、鍋椋ノ蓋ハ仰テ置之。私筥桶ノ蓋ハウツフセテ置。

207 仰云、節会非一上内弁ハ先著奥座。職事来仰時少居直テ取笏気色。職事於宣仁門後起座移著端座也。著沓時突片膝。

208 仰云、内弁謝座時、先向西一揖、次右足ヲ一足キシリトニカセハ、向乾再拝、其後乍向乾一揖シテ三足許前ヘ練出巡還也。其為用意裾也。可先右足。

209 仰云、以何方可為枕哉事、無指方。但天子ハ以東不跡。足伊勢大神宮御方也。又南殿ハ南枕、清涼殿ハ東枕、依所便所用也。余ハ西枕ニテ有也。是南春日明神、北ハ北斗七星、西ハ極楽之故也。又仰云、自本人ノ鋪タル寝座ヲ足鋪直サムナトト云ハ見苦事也。只跡ニセシト思方ヲウチスチカヒテ臥也。可計也。

210 仰云、荷前時ハ不解剣。但未見日記。故殿仰也。

211 仰云、四方拝呪文事、乍居中云、過度《クハト》我身《カシン》ナト称、以之思之対馬之読歟。

212 仰云、羞膳事、先高盛著塩等居テ持来。飯後ニ居也。又汁ニ各具菜持来其ヲ食也。此彼不可食交。俗家ハ可先冷汁。僧房温汁也。若比目持来ハ比[1]目ヲ冷汁ニ漬、例飯ヲ温汁ニ漬也。又晴ニハ遠物及テ夾事不可有也。土器以箸不可曳寄。又物カク事不可有。汁食畢後、又飯少入之。又箸ニ飯ツカハ可引飯。口シテノコフ事不可有。又物食ワロシト云ハ是食マシキ所ニテ物食ヲ謂也。又食ニ取テ物食ワロキハ是如此事不知シテ見苦シケニ食ヲ謂也。菓ハ君御前ニテハ実ナトハ入懐紙也。無吐散。梨柿等類以手食之。手ニ取タル所ハ食残シテ可置箸土器也。サナカラクト不可食也。如此物以箸不可食。京菓ハ以箸不食。

1比(陵)

213 仰云、諸大夫召加管絃時、晴儀ニハ可著召人之座歟。又或時ハ透渡殿高欄ノ外ニ居ナリ。

214 仰云、除目叙位時、関白経竇子昇進長押、自座後著円座也。

215 仰云、更衣事公卿四月一日必更衣。但若人指貫許ハ不著改事モ有ナリ。然而大略ハ可著改也。帷ハ五月ナトノ暑気比著之。其以前ハ一重可著也。又オトナヽトニ成ヌレハ身ノ透テ見ユルモ見苦ケレハ、単ヲ帷ニモ重テ著也。故宇治殿ハハラ〳〵ト張タル合ノ衣ノ綿モ不入ニ帷ヲ重テ著御云々。又奴袴ハ故殿シハシハ夏冬共著交給。

216 仰云、長絹狩衣ハ我等打任テ不著。但余当初一両度随求得著之。

217 仰云、後涼殿置物御厨子並管絃具事、件御厨子四階也。最上階不置、次階置笛筥横笛狛笛笙篳篥納之。或尺八有納時。比巴玄上、次階置箏、次階置和琴鈴鹿。

218 仰云、除目時執筆着円座、ハタソリテスヘリヌヘクハ、頗懸手居也。又厚円座オモキニテアラハ不可懸手。如此時可用意。

219 仰云、紫菀色指貫ハ若人九月許ニ夏直衣一重衣著也。尤優事也。

220 仰云、帷重ハ老者幷検非違使別当以張単重之。他公卿オトナシキハ以張裏面衣重之著也。

221 仰云、検非違使別当ハ奴袴モ少短、袖モ少狭ク著也。事ウルハシキ事ニコソ有ヌレ。近来ハサモナキ歟。

222 仰云、賜御硯令書時ハ諸大夫等必返置筥、取出硯被書之。我等如何。仰云、院御所ナトニテサヤニモシタラムハ有何事乎。

223 仰云、縿除目大間事、旧記云、二尺五六寸許云々。然而其寸法長。仍二尺三寸許可縿歟。板二枚ニ少余程ニ可置也。其奥三枚固巻テ大間ノ下ニ指カフ也。端一枚ナトノ程書時ハ或乍置板書之。或其枚許持上テ書之也。

224 仰云、除目硯ハ唐硯也。先年執筆時唐硯等被出。経御覧之処、故殿可被用之由被仰硯ヲ其後所用也。筆ハ可用白管、斑管等ハ見苦故也。墨塗テ仕様可見也。

225 仰云、関白召大臣詞云、左ノ大《オホイ》末不知支美ト召ナリ。

226 仰云、黄生袴可然人著件物ハ見苦事也。

227 仰云、借車於人事ハ、初任公卿等申車時給之常事也。又受領下向之時又同。只サルコトハ不覚悟。但乞人ニハ給之、有何事乎。
228 仰云、縿大間ニハ頗向乾縿之。一説以左手取重テ一度押ツクル也云々。右手ハ以大指押推也。雌羽《メントリハ》不可有。直可折之也。奥二三枚許不縿之乍持固成テ押カフ也。
229 仰云、書任人時或下置書之、或持上書之、或巻書之。書了必如下置之。凡除目ハ官次第ヲ吉覚テ早々書也。トクリカウクリスル見苦事也。可練習事也。
230 仰云、尻付大略可見古記也。間当時出来事モ有。頼義任伊与守□時、公卿等議之テ、討俘囚賞トソ書ケル。如然事、臨時可定書者歟。
231 仰云、生下袴ハ時ニモ著之不可有憚。土御門右大臣常著之云々。
232 仰云、節会飲酒儀片手ニ持花垸、片手ニ取上盃飲之。或乍花垸持上テ飲之。
233 仰云、辛煮ハ乍居折敷食物也。高大ニ盛之。仍召不散落也。
234 仰云、五月雨之比、丁子色帷ニ色濃直衣瑠璃色指貫著テ、丁子香発起シテ与母読タルハ尤優事也。丁子色トハ濃香重也。
235 仰云、カイネリ重ニハ可用紺地平緒幷青革装束剣也。
236 仰云、雁被ハ右タモトヲ縫フタク也。左ハ不可縫。是射弓時ノ料也。又老者ハ或乍左右縫之。又若人ハ或乍左右不縫事也。
237 仰云、瑠璃色指貫多用薄物也。其色浅黄ノ濃也。
238 仰云、染装束随時節用之也。吉可用意。

239 仰云、交菓物ハ元自不具箸、然者以手食之也。又自シルナル物ナト有ハ其ヲハ不食也。
240 仰云、表衣文立涌雲ハ宇治殿著給ケルトテ其後一ノ人著之也。而吾件文関白ニ譲後初テ著給歟。仰云、其事不知先例ナトヲ以テ令著給歟。
241 仰云、皆練重ニハ必用黒半臂也。表袴ハ多用織物、但浮文菱形丸文等宜歟。
242 仰云、節会内弁ナトハ故殿仰云、吉覚事ナレトモコレカ次ニハ何事ソナ□人ニ云カ吉也。諸事可得其心者也。仰云、封文ノ上ニ書名事真書之。
243 仰云、降雨時御幸ナトニ公卿ハ前駆ニ笠ヲ令指テ或手打懸ナト可為也。又尻カクシナトシテモアリナム。仰云、烏帽額ハ細可打歟。
244 仰云、車下簾紫簾ニハ可用蘇芳下簾。青簾ニハ可用同色下簾。檳榔ニモ青簾ヲ懸也。大宮右府常懸之。網代皆用青簾。
245 仰云、物見ニ懸簾事、僧綱老者懸之、俗ハ未聞。仰云、網代車ニ懸下簾常事也。
246 仰云、納言乗網代車時、以車副二人令張師網者也。
247 仰云、於東三条行臨時客於東対行之。又於寝殿南面行之、於西庇行之。故宇治殿於西庇令行給時、南上対庇間東御簾垂之、著布袴御坐簾中自第二間立屏風如例装束。於南庭拝礼畢、昇自透廊西著座云々。
248 仰云、主人下立時大饗ナトニ日隠間ノ溝ウムル也。雖非大饗下立日定例歟。
249 仰云、叙位除目執筆摺墨事、叙位薄文字ヲ摩故也。除目濃是文字懸句故也。
250 左府申給云、為人致忠節事無益事也。凡其カアラハル、事モ無也。仰云、求恩報致忠節者、更可有報禄。只空尽忠也。然者自然蒙其禄歟、是予所為也。
251 同云、非大将納言乗網代車時、可張師綱歟。仰云、納言可張師綱之職也。然則雖乗網代車何可乖其職哉。
252 同云、非大将納言網代車可懸下簾哉。仰云、納言可懸下簾之職也。雖網代車懸之有何難哉。先達所為幷予所為。憶不覚理之所至如此者。
253 仰云、食物後以袖等ロノコフハ無著事也ト故殿被仰也。
254 仰云、食瓜ニハ不食端、是為不令見多食之由也。彼此食交ノ未食之間者以箸之瓜彼食了。祕也。
255 仰云、故殿仰云、夏比参宇治殿賜瓜依暑気甚多食之。宇治殿先々ハ何トナクフスヘ勘当カチニテ有シニ、御気色吉テ御頭ヲ擡テ御覧、吉食タリト被仰者。又宇治殿ハ瓜不成御料云々。
256 仰云、侍ハ湯殿樋殿御清目以上三事必勤仕之。雖御所無憚者也。御堂侍モ召仕之歟。
257 仰云、先年世間皆病時衆人病伏、而故殿依召参内給時、以釜殿令探背殿下令懸御湯給云々。此事不被信。是家綱説也。非故殿仰也。
258 仰云、褰車簾事ハ殿上人諸大夫上﨟可持上。但至無人非沙汰限。

承元五年五月下旬書写之富家御談仲行所注置云々□[1]
弘安十一年三月廿二日一見了　権中納言兼基 判
以禁裏御本書写了度々加愚見者也　師重 判
正和二年十月七日静見了以行法之隙披俗塵□益者歟
同三年四月晦日法然之余養□性了□ 判
同五年五月六日加一見了 判
享禄二年九月五日以　禁裏御本令書写了
大宰権帥 書判

1 此□松殿御八(陵)

解説

『江談抄』解説

後藤昭雄

一

『江談抄』は大江匡房(一〇四一-一一一一)の言談を藤原実兼(一〇八五-一一一二)が筆録したものである。その論拠となるのは『今鏡』「敷島の打聞」の記述である。

菩提樹院といふ山寺にある僧房の池の蓮に鳥の子を生みたりけるをとりて籠に入れて飼ひけるほどに、鶩の籠より入りてものくくめなどしければ、鶩の子なりけりと知りにけれど、子は大きにて親にも似ざりければ、あやしく思ひけるほどに、子のやうやう大人しくなりて時鳥《ほととぎす》なりければ、昔より言ひ伝へたる古き事誠なりと思ひて、ある人の詠みける、……万葉集の長歌の中に、鶩の卵《かひこ》の中のほととぎすなど言ひて、この事侍なるを、いと興ある事にも侍るかな。蔵人実兼ときこえし人の、匡房の中納言の物語り書ける書に、中頃の人、この事見あらはしたる事など書きて侍るとかや。

ここにいう「この事見あらはしたる事」は『江談抄』の巻三・41「郭公は鶩の子為る事」に該当する。すなわち

「匡房の中納言の物語り書ける書」は『江談抄』である。

このことはすでに早く黒川春村の『碩鼠漫筆』に述べられていたが、近頃、これを補強することとして、『江談抄』の中に、筆録者実兼と『江談抄』とを直接結びつける記述のあることが指摘された(小峯和明「江談抄の語り」『伝承文学研究』27号、甲田利雄『校本江談抄とその研究』下巻)。それは巻五・71「源中将師時亭の文会の篤昌の事」で、源師時亭で行われた詩会に篤昌と「貴下」が参加していたことが知られるが、この文会に当たると考えられるのが師時の日記『長秋記』天永二年(一一一一)六月二十日条に記載された八条亭での詩合である(本書脚注参照)。そこには蔵人実兼が当日の記録者を、また篤昌が左方の講師を勤めたことが記されている。これを考え合わせると、『江談抄』で当日のことを話題にする匡房が、実兼に「貴下」と呼びかけていると考えられるのである。

なお、次の例も、筆録者を実兼と考えることによって初めて納得のいく解釈ができるように思われる。巻五・22。

また命せられて云はく、「故文章博士実範の「長楽寺」の「松柏山寒うして枝長からず」の句の詩に「白駒」と云ふ。

言談の途中までであるが、匡房の話の要点は「白駒」という語の典拠にある。一見、この語は実範の「長楽寺」詩にあるように思われるがそうではない。「白駒」の語は、同じ題で作られた匡房の詩に用いられているのである。舌足らずであるが、匡房がいおうとすることは、実範が「長楽寺」の題で「松柏山寒うして」という句を作った、その時の私の詩に「白駒」という語を用いているが、というのである。なぜこのような持って廻った言い方を匡房はしたのか。それはおそらく実範が実兼の祖父だからである。「そうそう、あなたのお祖父さんがあの句を作った、その時の私の詩の……」というニュアンスである。言談の相手が実兼であって初めてこの語り出しは意味を持つ。

藤原実兼は南家実範の孫、季綱の二男。母は藤原通宗の女。文章生から方略試に及第。鳥羽天皇に東宮時より近侍し、康和五年(一一〇三)東宮昇殿を許され、その即位に伴って、天仁元年に非蔵人となり、一﨟の蔵人に至ったが、天永三年(一一一二)すなわち匡房の死の翌年、四月二日、二十八歳で急死した。そのことを記した『中右記』には、「件人頗有㆓才智㆒。一見一聞之事不㆓忘却㆒。仍才芸超㆓年歯㆒」と評している。その詩文として、『本朝小序集』に和歌序二首、『本朝無題詩』『朝野群載』に詩四首、『和漢兼作集』『擲金抄』に摘句三首が残るが、『擲金抄』に採録された摘句は『江談抄』を考えるうえでも注目されるものである。

　　　故大府卿の宅に過きる
　故園桃李看無益　故園の桃李看るに益なし
　情在旧遊不在花　情は旧遊に在りて花に在らず

大府卿は大蔵卿の唐名。『江談抄』でもそう呼ばれているように匡房であるに違いない。没後、その旧宅を訪れた時の詠作であるが、「旧遊」という。『江談抄』を離れて、実兼と匡房との交渉をもの語る貴重な資料である。

この実兼を相手に匡房は言談を行ったのであるが、その理由、すなわち『江談抄』成立の契機を語るものが『江談抄』自身の中に含まれている。巻五・73「都督自讃の事」である。

私は文道の徳に依って、官位も幸せもそして七十歳という長命も手に入れることができて、不満はないのだが、なお二つだけ残念に思うことがあるとして、次のようにいう。

　ただ遺恨とするところは、蔵人頭を歴ざると子孫がわろくてやみぬるとなり。足下などのやうなる子孫あらましかば、何事をか思ひ侍らまし。家の文書、道の秘事、皆もつて煙滅せんとするなり。就中に史書、全経の秘説も徒にて滅びんとするなり。委ね授くる人なし。貴下に少々語り申さんと欲ふ。いかん。

托すに足る子を持ち得なかった無念さ、大江家の学統の存続に対する強い危惧から、若い俊才に向かって言談をなすこととなったことを語っている。実兼は「生中の慶び、何をもつて如《し》かんや」と答えるが、それを受けて匡房は、『史記』『後漢書』の爛脱のこと、ついで菅原文時の「老閑行」のこと、と話を始めるのである。

同様の匡房の発言は巻二・8「堀川院崩じたまひ、御運は天度に叶ふ事」にも見える。

……。この事秘事なり。披露するは由なし。匡房は隠居せんと欲ふ。足下朝に仕へしめば、また朝議に預るべき人なり。その心を得べきなりと云々。

ここでも引退を覚悟する年齢に当たって、将来を嘱望する実兼に「秘事」を語り継ぐのだ、と述べている。実兼を相手になぜ言談をするのか、匡房は同様の言及を二度行っているわけで、ここに『江談抄』成立に至る重要な契機があったことは間違いない。

しかしまた、これですべてが説明できるかというと、『江談抄』の世界はもっと広範囲に及んでいると考えられる。前述のような明確な意志のもとになされた言談と共に、一方には、日常的な、もっとゆるやかな談話の場があり、そこでは文事、世事に相亘る言談がなされたと考えられる。『江談抄』はそうしたものも含んでいる。

なお、少数ながら、匡房以外の人物の言談が混在している。四・125、五・23、六・42、六・69の四条であるが、「また命せられて云はく、「一昨日、江都督申されて云はく……」」のように、いずれもその言談の中に匡房の談話が引用されていて、第三者が介在しているのは明白である。しかしまたこれらはいずれも匡房の話の又聞きであり、間接的ながら、やはり匡房の言談ということになる。

二

『江談抄』のテキストは、本書がその系列に属する類聚本系と、より古い形態を持つ古本系とに大別される。

古本系で最も書写年時の古いものは神田本(神田喜一郎氏旧蔵。高山寺伝来。京都国立博物館保管)で、本文の途中に「永久二年(一一一四)十一月十九日夜、対□随此送事」「永久三年四月夜半之」「永久三年八月十三日、随書得写之」の三条の書写識語がある。匡房の没後わずか三、四年の書写であり、本文も問答の形式を最もよく残している。五十条が残る。

次いでは一般に「水言鈔」(「水言」は「江談」の省筆)と呼ばれている醍醐寺三宝院本で「建久九年(一一九八)正月五日、於上醍醐覚洞院、閑居之間、念誦読経之隙、加一見了、同事所々多載也如何。沙門成賢」の奥書があり、また表紙に「勤息勝賢之」の書入がある。ここに見える勝賢および成賢はそれぞれ筆録者である実兼の孫、曾孫に当たる人物で、その伝来の確かさ、また古本系のなかでは最も多い二百五十六条を存することから尊重されている。

前田本(前田育徳会尊経閣文庫本)は「寛元三年(一二四五)丁巳七月十九日、於鎌倉甘縄辺書写了」の奥書をもつ。本文の上では水言鈔と近い関係にあるが、詩文に関する言談を欠き、公事、故実関係の言談のみを抄出したものと考えられている。八十七条を存する。

これら古本系の本を内容によって分類、配列し直したものが類聚本であるが、その実態については、水言鈔系統の本を主とし、神田本系統の本を従として類聚本が作られたと考えられる(篠原昭二「類聚本『江談抄』の編纂資料について」『中世文学の研究』)。

類聚本は六巻。巻一—公事、摂関家事、仏神事。巻二、巻三—雑事。巻四は表題を欠くが、詩事、巻五—詩事。巻六—長句事。

類聚本は古本系の本を再編して成ったものであるが、類聚本には古本系諸本には見出せない記事がかなり含まれている。類聚本は本書によれば四百四十五条の記事があるが、そのうちおよそ百七十条、三分の一強が古本系にはない。そうしてそれは巻四と巻六に集中していて、この二巻が別の資料を用いたことを推測させるのであるが、黒田彰「江談抄と朗詠江注」(『中世説話の文学史的環境』)はその編纂資料が『和漢朗詠集』の古写本に書き入れられた注記、いわゆる「朗詠江注」であることを明らかにした。

黒田氏が指摘したのは巻四で45条、巻六で20条で、なお半数を残しているが、類聚本が編纂されるに当たって詩文関係記事の資料となったものの一つが朗詠注であったことが解明された。

三

類聚本は古本系と比較すると大きく変貌している。まず、しばしば指摘されているが、神田本に最も顕著であった問答形式を示す語句を多く削除している。

また、巻四の各条の形式は古本系とは大きく違ったものとなっている。巻四は本書に見るように、いずれも初めに詩句を掲げ、その後にこれにまつわる記事を記す形式を持つが、古本系では詩句は言談の中に引用される形である。

類聚本編纂の過程で増補されたものも多かったはずで、その最大のものが前述の巻四、巻六の朗詠注だったわけであるが、一条ながら、別の意味で注目すべきものとして巻三・3がある。安倍仲麻呂が在唐中に詠んだ「天の原」の歌をめぐっての談話であるが、最後に「永久四年三月、ある人師遠に問へり」の一文がある。永久四年(一一一六)は匡房そして実兼も没した後のことで、当然のこととしてこの言談には両者は関わりがない。増補されたことの明白な一条である。

類聚本では、談話の配置換えだけでなく、本文の書き換えも行われている。例えば、四・93では「ある人」の論難に対して匡房が答えるというかたちになっているが、水言鈔(68)にはこれが「予」(実兼)とある。この「予」から「ある人」への書き換えは話者の特定には関心を持たなかった類聚本編者による所為と解される(池上洵一「『江談抄』の小宇宙」『国文学解釈と鑑賞』60巻10号)。次の四・94の「ある人」についても全く同様の事情を考えることができるのであるが、これらが示すように、類聚本は、古本系が有していた言談の場の記述を消滅させ、話の連環を切断している場合が少なくない。

六・31の末尾に「次いで談話は古事に及ぶ」、また、六・49「仁和寺の五大堂の願文の事」の途中に「次いで近代の願文の事に及ぶ」という繋ぎの一文が置かれているが、これらは水言鈔における談話の配列においては意味を持つが、類聚本では無意味なものとなっている。

さらに話の解読を阻害している場合もある。六・55。

文選に言ふところの「麝は柏を食らひて馨し」を李善もつて難義と為す。しかるに件の書は集注本草の文を引きて、件の事を明らかにす。これをもつて謂はば、両家の博覧殆と李善に勝るか。

「件の書」とは何なのか、また「両家」とは誰々なのか。この一条のみでは解決できない。では前の54条を参照して読み解くことができるのか。そこには「件の書」に該当しそうなものとして「坤元録」は出てくるが、「両家」に当たる人物は見出せない。実はこれは類聚本では解決できないのであり、水言鈔を援用して初めて理解が可能なのである。そこではこの55条は五・34条に続く。これを承けて初めて「件の書」とは34条の末尾に出てくる「世説一巻私記」であり、「両家」とは「紀家、善家」、紀長谷雄と三善清行であると知ることができる。水言鈔では五・34―六・55と続いているので、話の理解に何の差し障りもなかったが、類聚本は五・34はその主題が一字両音の字についてであることから、類似の主題である33条の次に置き、六・55は『文選』の措辞に関する話題で始まることから、「三都賦」の語彙に関する話である54条の次に置いたのである。表面的な類聚作業が破綻を来したのである。

四

類聚本は古本系と比較すると言談の本来のかたちを解体させている。これまで多くそのことが述べられてきた。前節に見たようにそれは確かである。

では解体再編されて変貌を遂げた類聚本はどのように読むことができるのだろうか。一例をあげて、その作業を試みてみよう。巻五の63条から68条までを取り上げる。まず63条である。

また云はく、「広相、献策の時に、七日の中に一切経を見る。およそ書籍は皆横さまに見る。かくのごとしといへども、抜萃の性、なほ忘却の事に備ふること有り。故何となれば、先年、唐年号寄韻の書を見るに、これ広相の抄づるところなりと云々。件の書は年号の難等を注し付したり。いはゆる大象は大人象の義に渉り、隆化は降死の体に似たり。

九世紀後半に活躍した文人の一人橘広相についての言談である。広相が献策に際してわずか七日のうちに一切経を電覧したということから話が始まるが、広相はそうした大雑把ともいえる書籍の見方をする一方で、几帳面な側面も兼ね具えていて、それを示すのが、彼の手になる「唐年号寄韻の書」であるという。そこから話は年号の難へと移っていく。次に64条。

また云はく、「広相左衛門尉に任ぜらる。是善卿この事を許されずと云々。菅家献策の時、省の門に来たる。かの時、強ちに小屋に籠らず、ただ省の門を徘徊す。広相毛沓を着きてこの処に到り、徴事の処々を相共に抜きて勘ふるに、一事通ぜざる有り。広相馬を策ちて嵯峨の隠君子の許に到りて問へり」と云々。

話は再び広相に戻る。一つは彼が左衛門尉に任官したことを師の菅原是善が認めようとしなかったということ。次いで、広相が是善の子の道真の献策の場にやってきて援助をしたということである。これは、是善は広相の武官への任官を喜ばなかったけれども、道真の献策の時には、広相が衛門尉であったからこそ、馬を馳せて嵯峨の隠君子に尋ねることができたのだ、という話の筋であろう。次いで65条。

問ひて云はく、「隠君子の名はいかん」と。答へられて云はく、「淳か。字談られず。本を見るべし。嵯峨源氏の類か。策林判問の諸儒の論は、尤も見るべきものなり。是善と音人の相論の事、尤も興有り」と云々。また云はく、「良香は、文章の道、天に受けたりと謂ふべし。「天に受けたり」尋ぬべし。学ぶを謂ひて、また「慈父よろしく愛子に伝ふべし」と。この句尤も珍重なり」と云々。

ここには三つの話題があるが、最初の隠君子の名のことは、いうまでもなく、64条の終わりを受けての実兼の質問である。次の策林判問の諸儒の論は、64条で道真の献策を語ったことからの連想であろう。さらに都良香のことへと話が及ぶのは、彼が道真の献策の時の問者であったからである。次いで66条。

また師命せられて云はく、「匡衡献策の時に、文時、前の一日に題を告げらる。匡衡、文時の亭に参り、「期日は今明なり。題はいかん」と問ひしところ、文時、「足下、ために婚姻を好まるるも、自ら好むところは寿考なり」と云々。すなわち帰り了んぬ。当日の早旦、徴事を告げらると云々。「大公望が周文に逢へる、渭浜の波面に畳めり」。菅三品見て云はく、『面は渭浜の波を畳み、眉は商山の月を低れたり』と作るべし」と直さると云々。この事、また区々の短慮に叶へり。興有り、興有り」と。

ここでは、これまでの広相、道真、良香らよりおよそ一世紀後の大江匡衡に関する談話へと移っているが、献策にまつわる話題という点で前条と繫がっている。ここでも二つのことが語られる。後半の「大公望が周文に逢へる」以下は、一見唐突であるが、これはこの時の匡衡の対策文の一部であって、これについて、問頭博士であった文時がかくあるべしと修正した文句を示したというのである。匡房はこのことを語ったうえで、文時の修正に全面的に賛意を示している。かくて次の67・68条が語られることになる。

また命せられて云はく、「源英明の「池冷しくしては水三伏の夏なし」の句、文時卿云はく、『水冷しくしては池三伏の夏なし、風高くしては松一声の秋有り』と作るべし」と云々。

また「源為憲の「鶴閑かにして翅刷ふ」の句、文時卿云はく、『翅閑かにしては鶴千年の雪を刷ふ、眉老いては僧八字の霜を垂る』と作るべし」と云々。

ここでは話題は献策からはすっかりそれて、匡衡の対策中の文に対して行ったと同様の発想に基づく修正を、文時が源英明および為憲の詩句に対して求めたという話である。その点で前条と関連を保っている。

巻五の63条から68条はこのように読むことができる。

以上の言談が古本系の本ではどのようになっているのか。これらの話は水言鈔にのみ存する。次のような相違がある。

一、水言鈔では63条の前に五・44条があり、一続きのものとなっている。類聚本では63条で話題が転換して新たに広相について語り始めたというかたちになっているが、水言鈔では道真の周辺の文人たちに関する話題の中で広相にも言及し、それが63条へ繋がっていくことになっている。

二、65条の次に五・46条の後半、ついで四・70条がある。五・46は三統理平と高丘五常が詩人として優れていたという話、また四・70は坤元録屏風詩のことで、文時の詩に大江維時が難癖をつけたという話である。

三、66条の次には五・53条、高階成忠の高才のことがある。

四、67条・68条はまったく別の箇所に、本書の六・60「師平焼二新国史一事」と三・42「嵯峨天皇御時落書多々事」に挟まれるかたちである。

以上のような水言鈔の配列を前述の類聚本と比較してみると、一については、水言鈔の方が広相が話題となる必然性があるが、二以下については、水言鈔では話の文脈を捉えることができない。二については、65、五・46、四・70にいずれも文時が登場するが、そうした〈人〉を媒介としての繋がりを想定するよりも、前述のような「献策」という〈事〉による展開として読む方がはるかに面白い。また四については、水言鈔ではまったく脈絡をたどることができない。

このように類聚本は古本系の本とは異なる言談の場を作り上げている。そこでは、読者はその論理のもとで作品を読むことを求められている。

五

底本は国文学研究資料館史料館蔵の三条西家旧蔵本である。三条西家文書中の一冊。縦29・6センチメートル、横21・4センチメートル。袋綴一冊。墨付八十八丁、前後に一枚ずつの遊紙がある。一丁表に「三條西」の楕円形朱印を捺す。

次の書写識語がある。一つに巻五の末尾に、

享禄元年臘月十日夜、於灯下頃刻馳筆了、申請　禁裏御本写之、文字謬繁多、重以他本可校合者也

とある。享禄元年は一五二八年。また巻六の末尾に、

享禄三十一八日終書功了、未能校合、他日可校之

右一部六巻（此中第六巻異本無之）以称名院右禅府御自筆之本書写之畢

享保廿年九月廿九日　　前権大納言藤公福

とある。称名院右禅府は三条西公枝（一四八七―一五六三）。公福はその系流に属し、実教の子。すなわち本書は三条西公枝自筆本に拠って、享保二十年（一七三五）に書写されたものである。

享禄三年書写の識語は柳原本と同じく、また巻五の享禄元年書写の識語は柳原本では「異本云」として書き入れられている。

この識語が示すように、底本の三条西家本は柳原本と近縁の関係にあり、両本が持つかなりの異本注記もその多く

がそれぞれの本文に合致するのであるが、両本が全く同一であるわけではもちろんない。その主な相違点は、一つに巻五の目録の有無である。三条西家本にはこれがあるが、柳原本にはない。また巻一の37条と38条の間に位置して、柳原本には「経信北野前不ㇾ下事」の一条がある。ただし表題のみで本文を欠いている。なお古本系にはその本文が存する。

併せて、三条西家本と流布本である群書類従本との異同の主な点を述べておこう。

一つに巻五・55条が群書類従本では二条となる。談話の後半の「以言は誰人の弟子なりや」以下が独立した一条となる。

その二に、巻六・29条(「天台座主覚慶遣唐返牒」からの引用)が群書類従本にはない。本条は摘句の引用のみで記事がないが、同じ巻六の44条「匡衡の天台返牒の事」の本文を引掲したものである。

脚注執筆に当たっては故大曾根章介氏のノートを借覧することができた。大曾根京子夫人のご配慮に厚くお礼申し上げる。

『中外抄』『富家語』解説

池上洵一

一　はじめに

『中外抄』『富家語』は、白河・鳥羽院政期を藤原摂関家の代表者として生き抜き、愛息頼長が保元の乱に倒れて後は知足院に幽閉の日々を送った元関白藤原忠実の言談の記録である。筆録者は『中外抄』は中原師元、『富家語』は高階仲行であった。

両書の内容を一言に纏めていうなら、口伝・教命の類といえようか。口伝と教命の別は必ずしも明確でないが、口伝は暇々に口頭で行われる知識の伝授、教命は折々の儀式や神仏事に際して下される教令である(竹内理三「口伝と教命――公卿学の系譜――」(『律令制と貴族政権・第Ⅱ部』所収)。いずれにせよ、父祖の伝えた儀礼・作法の先例故実を大切に継承し、自身も実地に多年修練を積んできた名家の老識者が、後進の者に口授する公卿学の奥義といえよう。

伝授されるのは条文的に決定された規則ではない。先人が伝承と経験によって作り上げてきた一種の標準型である。

文書としての規定があるわけではないが、そうするのが由緒正しく理にかなっていると認められている規範であって、いわば行動の秘訣である。

従って、箇条書き的に知識を伝授して済むことではなく、特定の儀式や状況の中での先人の言動や逸話を語って、後人として心すべき作法や心構えを伝えることもあり得る。題材的にはそこに説話との接点が生まれ、そこでの発話の契機、話題の選択や連関のあり方は、説話が口語られる「場」の実態を解明するための手掛かりとして貴重である。このため、両書に対しては、これまで多く説話研究の側から関心を寄せられてきた。本大系本もまたその系譜に属する。けれども両書の存在意義はもちろんそれには止まらない。説話に関係するのは一部の条に過ぎず、多くの条の内容はむしろ公卿として生きるための心得・秘訣の類であって、有職故実研究においては殊更重要な資料となろうし、衣食住の細部にわたる論説は生活史的にも貴重であり、御灯・盂蘭盆その他の儀礼や習俗に関わる記述は民俗学的な見地からも注目すべき点が少なくない。また、忠実たちが直面していた事件の裏面をうかがい、人間関係の綾を読み取るための資料としても見逃し難い。本大系本を足場として両書が各方面で見直され、多角的に活用されるようになることを期待している。

まず両書の伝存状況について略述する。

『中外抄』は上巻と下巻とが別々に分れて伝存する。上巻の現存諸本はいずれも弘長三年(一二六三)書写の三条西家旧蔵本(現所蔵者未詳)を祖とするが、すべて巻首に欠落がある。本大系本が底本とした宮内庁書陵部本もその一つである。ところが、京都御所東山御文庫に「富家語抜書」の首題で所蔵される一本は、実は『中外抄』の抄出本であって、他の伝本とは系統を異にし、他本にはない巻首を持つため、これによって四か条の記事を補うことが出来る。但し抄本である同本の巻首をもって原姿とは言い切れず、なお若干の欠脱記事が残っている可能性はある。下巻は尊経閣文庫所蔵の「久安四年記」と称される建暦二年(一二一二)書写の一本以外に古伝本はない。本大系本はこれを底本とした。続群書類従本はこの本の転写本に拠ったと見られる。

上巻(東山御文庫本の巻首)の記事は保延三年(一一三七)正月五日に始まり、下巻は仁平四年(一一五四)十一月六日の記事に終わっている。即ち『中外抄』は忠実六十歳から七十七歳まで、足掛け十八年間の言談の記録である。

『富家語』は全一巻。伝本は全本系・抄本系・略本系・抄略合綴本に分類されるが、全本系の現存諸本は全て享禄二年(一五二九)三条西公条書写の三条西家旧蔵本(益田勝実氏所蔵)を祖としている。本大系本はこれを底本とした。

『富家語』の記事は久安七年(一一五一)正月から応保元年(一一六一)に至る。忠実七十四歳から八十四歳まで、足掛け十一年間の言談であるが、応保元年の記事は他の年と比べて不均衡に多く、言談の内容から見ても翌年の言談を含んでいる可能性がある。但し、忠実が没したのは応保二年(一一六二)六月であるから、いずれにせよ『富家語』は忠実最晩年の言談の記録というべきである。

二　藤原忠実とその時代

藤原忠実は承暦二年(一〇七八)十二月関白師実の嫡男師通の一男として生まれた。母は藤原俊家の女全子である。摂関家の嫡男として将来を約束された忠実は、寛治五年(一〇九一)十四歳で従三位、翌年権中納言、永長二年(一〇九七)権大納言と順調に昇進したが、承徳三年(一〇九九)父の関白師通が急死したため、二十二歳で内覧、氏長者となり、翌年には右大臣に進んだ。忠実を養子にするなど背後で支えてくれたのは祖父の師実だったが、その師実も康和三年(一一〇一)に没し、忠実は若くして摂関家の命運を担う立場に立った。

時は白河院の院政期であった。忠実は長治二年(一一〇五)堀河天皇の関白となり、鳥羽天皇の代にも摂政、関白として重きをなしたが、摂関家の勢力維持に努める忠実とこれを排除しようと図る院との関係は次第に悪化の途をたどり、忠実が院の意に逆らって女泰子(高陽院)の入内を辞退(拒否)したのを怒った院は、保安元年(一一二〇)忠実の内覧を停止、忠実は上表を余儀なくされた。

院は忠実に代えてその一男忠通を関白に任じ、忠実は宇治に籠居した。しかし、大治四年(一一二九)に白河院が崩御して鳥羽院政が始まると形勢が逆転、再び出仕した忠実は天承二年(一一三二)内覧の宣旨を賜った。このため忠通の関白は有名無実となり、父子の対立は次第に深刻化する。忠実は女泰子を院の後宮に入れて皇后とするなど政治力を強化する一方、忠通の異母弟頼長を偏愛した。頼長はその強烈な性格と父の後ろ楯によって権勢を強める。忠実は久安六年(一一五〇)元服直後の近衛天皇の後宮に頼長の養女多子を入れる一方、忠通に対しては頼長へ摂政職を譲渡せよと迫る。忠通が拒否すると、忠実はこれを不孝として義絶、朱器台盤を奪取して頼長を氏長者とし、院に要請して頼長に内覧の宣旨を賜った。

ところが、久寿元年(一一五五)近衛天皇が夭折すると、再度形勢が逆転する。天皇の崩御は忠実・頼長父子の呪詛によるとの噂が立ち、もともと忠通に同情的だった天皇の母后美福門院得子の恨みや院の不興を買って、父子はたちまち権勢を失う。鳥羽院の崩御を機に頼長は保元の乱(一一五六)を惹起させるがあえなく敗死、忠通の計らいにより辛うじて配流を免れた忠実は京都北郊の知足院に幽閉され、応保二年(一一六二)六月、八十五歳を一期として波瀾の生涯を閉じるまで逼塞を余儀なくされた。

『中外抄』『富家語』の言談の時期を上述のごとき忠実の経歴に当てはめてみると、『中外抄』(一一三七〜五四年)は得意の絶頂期に当たり、『富家語』(一一五一〜六一年)は失意の最晩年に当たる。同じ忠実の言談とはいえ、『中外抄』の話題は眼前に生起する社会的現実に生々しく関わって変化に富み、話し手も聞き手も精気に満ちて感じられるのに、『富家語』は現実との関わりが希薄で、非政治的な一般的常識としての衣食住関係の話題に終始し、全体的に寂莫の気が漂っているように感じられる。後述のごとく筆録者の記述態度も相異するが、基本的には忠実をめぐる状況の変化が大きく原因していると見るべきだろう。

ところで、両書に共通するのは、忠実の言談における祖父師実の存在の大きさと父師通の影の薄さである。忠実の言談において行動の規範、判断の根拠として提示されるのは専ら「故殿」の言動である。両書とも「故殿」を誰と直接に指示する文言はないが、師実をさしていることは次の諸点からみて明らかである。

『中外抄』上巻第八三条には「故殿」が「西宮・北山には凡そ作法は過ぎじ」と語った旨が見えるが、大江匡房を重用し、忠実の名字まで選ばせた師通がこのような発言をするはずはない。また下巻第一二条では大江匡房の『江家次第』を評して「匡房は内弁・官奏・除目・叙位はよく知らないようだ。それにしても彼は「故二条殿」の仰せを常に承っていたから何か子細があるのだろう。その他の常の次第は優れている。このことは「故殿」が書き残しておられる」云々と語っているが、ここでは「故二条殿」(師通)と「故殿」(師実)とをはっきり使い分けている。忠実が師実を「故殿」と呼んだ例は、彼の日記『殿暦』でも確認できるのであって、たとえば、彼が初めて牛車に乗って参内した元永元年(一一一八)十一月二十五日条には、

「余着二束帯・打下襲一。自余如レ常。剣・平（緒脱カ）御堂御物也。永保二年正月十一日、故殿始駕二牛車一令三参一内給時令レ着給也。付二彼例一今日余着レ之。〈略〉宇治殿・故殿皆於二御年四十一一令レ駕二牛車一給。就二彼例一余乗レ之」

と記すが、永保二年（一〇八二）に四十一歳で牛車の宣旨を受けたのは師実である（師通は当時二十一歳）。

また、忠実が初めて唐車で賀茂社に参詣した天仁二年（一一〇九）八月十七日条には、

「今度始乗二唐車一。是依二院仰一始用也。件車去月従レ院下給也。宇治殿・故大殿始乗二唐車一給年皆四十余、五十許也。仍雖レ恐思一、依二院仰一無二左右一乗レ之」

とあるが、ここにいう「故大殿」も師実であって、三十八歳で没した師通ではありえない。この他『中外抄』『富家語』においては、師実は「故殿・故大殿・大殿」、師通は「故二条殿・後二条殿」と完全に使い分けられているようであり、紛れるところはない。

忠実の父師通は師実に先立って早世した。三十八歳という年齢は伝統の重みをずしりと伝える口伝や教命を残すにはまだ早過ぎたというべきだろうし、もともと師通と忠実とは年齢差が十六しかない父子であったから、若い父親が祖父をさしおいて一再ならず教命したとは考え難い忠実が祖父より先に没した父の所説をより尊重したとも考え難いだろう。幼時から祖父師実にかわいがられ、物詣等にもしばしば同行した忠実にとっては、むしろ師実の所説こそが、親しく教命を授けられた機会も多く、内容も豊富で、尊重し保持すべき家伝であったに違いない。

師実は父の宇治殿頼通の言行についてもよく記憶し、しばしば話題にしたらしい。頼通は王朝の盛時つまりは摂関家の盛時を体現して生きた偉大な先祖である。忠実が師実の姉四条宮寛子の談話にしばしば言及しているのも同様の理由による。寛子は後冷泉天皇の皇后、男子には恵まれなかったが、大治二年（一一二七）に没するまで九十二歳の長命を

保った。忠実にとって彼女の記憶は、たとえ断片的なそれであっても、自分が経験できなかった王朝盛時を直接体験した者の証言として、尊重するに値したのである。

一方、父師通の早世は忠実に様々な形で精神的後遺症を残した。師通の死には不吉な噂が付きまとっていた。ことは嘉保二年(一〇九五)美濃守源義綱が任国で新立の荘園を廃止しようとして山門の僧を殺した事件に始まる。山門の大衆が日吉の神輿を奉じて朝廷に強訴したところ、時の関白師通は断固阻止を命じて容赦なく矢を放たせ、数人の僧徒が射殺されたのである。師通の急死はその三年後であった。『今鏡』(巻四・藤波の上)、『愚管抄』(巻四・鳥羽)、『平家物語』(巻一・願立)などはこれを山門の呪詛、日吉の神威の結果するところと説き、『源平盛衰記』(巻四・殿下御母立願事)は師実が氏神の春日明神になぜ助けてくれなかったのかと泣訴したと伝えている。忠実はこうした噂が世間で取り沙汰されていることを知っていただろう。

『中外抄』『富家語』を通して見る忠実の周辺には、泰山府君や閻魔天から天狗や狐の類に至るまで多種多様の信仰、縁起かつぎの類が渦巻いていた。それは時代の風潮でもあったろうが、父の命を神の祟りに奪われた忠実の心の傷の深さでもあったろう。春日明神や角振・隼明神の神威をしばしば話題にしているのも、単に自らの氏神や屋敷神であるからだけではなく、父祖の事例を顧みて、これらの神の助けを切実に希求し、神威の実在を確認したい思いの表れであるだろう。『中外抄』上巻第六〇条には日吉の巫女が十禅師の託宣と称して来宅した一件を記すが、四部合戦状本『平家物語』は師通呪詛の舞台は他ならぬ十禅師社であったと伝えている。もし忠実がこの噂を知っていたとすれば、その心中は察するに余りある。

一方また、師通に先立たれた師実の悲嘆と落胆は、忠実の生き方をも規制した。『中外抄』には、若いころ寿命に代えて祈った才学への思いを周囲の説得で諦めたと語る上巻第二九条、師通を失って悲嘆に暮れる師実の姿を見て幼時からの出家への思いを断ち切り、父に代わって政治に生きようと春日に長寿を祈ったと語る同第六二条など、父の死が自身の寿命に対する深いこだわりとなって作用したことを物語る諸条がある。功なり名遂げて後、出家を目前にしての回想であるから、自らを美化して語っているのは確かだろうが、忠実にとって父の早世と自己の寿命への希求とは常に相関するものとして自覚されていたのである。祖父よりも長生き出来たと繰り返して感慨を漏らす忠実は、おそらく人生の節目ごとに、ここまではひとまず死なずにきたと吐息するような思いを繰り返しながら生きてきたに違いない。いわゆる養生法に属する話題が多いのもこのことと関係しているだろう。

三　『中外抄』の世界

『中外抄』の筆録者中原師元は大外記師遠の三男として天仁二年(一一〇九)に生まれた。その家は代々大外記を勤める家柄であった。『地下家伝』は師元の経歴について、保安二年(一一二一)十二月二十日に権少外記から少外記に転じた旨を記し、続いて「同月日、転大外記」と記すが、『外記補任』にはこの年代の記事が現存しないため確認できない。ともあれ『中右記』天治二年(一一二五)正月六日条には「大外記師元」とあるから、それ以前に大外記となったのは確かである。師元は以後、直講・助教などを兼任し、保元二年(一一五七)掃部頭に任じられて大外記を辞している。『外記補任』の現存部分では永暦元年(一一六〇)大外記となり、永万二年(一一六六)正月までその職にあった旨を記すが、『地下家伝』によればこれは「再任」である。いずれにせよ『中外抄』の言談当時、師元はすでに大外記として職務に熟達した実務官僚であった。

『地下家伝』には「大治三年(一一二八)十二月二十四日、依レ召参二殿下一補二家司一」とある。「殿下」は摂政・関白の敬称であるから、大治三年当時の摂政である忠通の家司になったと読めるが、『中外抄』における師元はむしろ忠実と深い信頼関係で結ばれており、この「殿下」は「前殿下」つまり前関白の忠実をさしているのではないかと思われる。

『地下家伝』にはまた「永暦元年(一一六〇)七月十四日、補二関白家家司一」ともあって、忠実が幽閉されて後は忠通の子の関白基実の家司になったらしい。官人としての師元はむしろ基実に仕えて後に恵まれたというべく、但馬権守・越前権守を兼任し、穀倉院別当・大炊頭・出羽守を歴任するなどして、正四位上に至り、承安五年(一一七五)五月二十日、六十七歳の生涯を閉じた。

『中外抄』における師元は、忠実の言談の聞き手として受身に終始しているわけではなく、忠実の質疑や諮問に応じて意見を具申し、忠実が聞き手にまわっている場面が少なくない。忠実の質疑が多く先例を尋ねる形になっているのは、外記という職務上師元が先例に詳しかったからであるが、それも師元が信頼して心を許せる家司であったればこそであって、一見何気ない会話に見えても実は忠実の切実な思いが籠もっている場合が多い。たとえば、上巻第七四条の孔雀の話題は院への孔雀献上の可否に関わり、それはまた同第八六条の毛亀の話題にも連動して、当時忠実らが懸命に画策していた頼長の養女多子の入内の成否を占うものでもあった。先例は眼前の現実に対する切実な判断材料に他ならなかったのである。

下巻第一条の正堂正寝の話題は朝議紛糾して結論を得ない内裏再建問題について先例を聞きつつ意見を求めた例であり、下巻第三〇条の興福寺別当補任問題のごときは直截に師元の意見具申を求めた例であって、師元は臆せず直言している。この当時、忠実が推す孫の覚継の補任は絶望的な状況にあったから、忠実はこれまでの自説を撤回するために最後のひと押しの役を師元に求めた感がある。師元もそれを知って忠実に翻意をうながす発言をしたと思われるが、忠実は同第三二条でも「汝が思ふところは如何」と意見を求めているなど、師元に対する信頼の深さが印象的である。

『中外抄』の世界を彩る人物としては、頼長も忘れがたい。彼独特の合理主義と先鋭な論理性はここにも如実に表れ、忠実の教命・口伝を尊重して受けながらも、納得できなければ反論し、時には文献を引きなどして論理的に問い詰める姿が印象に残る。御灯の祓えについて、いささか感情的に実行厳守を命じる忠実に対して、理屈で反論してたじろがせた上巻第六六条や、盂蘭盆の「瓫」の拝礼回数について、忠実の説に『江家次第』を引いて疑念を表明し、ついには師元が両説ともにいわれありと取りなしてその場を納めた下巻第二一条などからは、頼長の人間像が生き生きと伝わってくる。もともと盂蘭盆は伝統的祖霊信仰と仏教とが習合した宗教儀礼であるから、神式に再拝するか仏式に三拝するか、彼らもいずれを是とは決し難かったらしく、そうした事実を示す資料としてだけでも注目に値するが、それを論じる忠実や頼長、師元たちの息づかいまでが聞こえてくるところに、単なる資料集には終わらない『中外抄』の魅力がある。

また、下巻第五条から第九条にかけては女叙位の位記請印の手続き、内覧と関白の職務内容等を論じて頼長と師元との対談が続くが、論理のための論理を弄ぶ気のある頼長の発言を真正面から受け止め、師元も明晰な論理で答弁する。言葉が交わされるごとに議論が深まっていく彼らの会話は、彼ら自身にとっても爽快であったに違いなく、師元の実力の程をも示すみごとな一節である。

当然のことながら、師元はこれらの対話を速記録的にその場でメモしたわけではない。おそらく記憶が薄れないうちに日記などに記録したものを、後日に抄出したり整理したりして成ったのが『中外抄』なのだろう。

『餝抄』巻上「白重」の首書に、

「金剛勝院供養日〈康治二年六月六日〉顕頼卿着㆓用之㆒。次日宇治左府被㆑語㆓中禅閤〈知足院殿〉㆒、ソレハ何様ニシテ令㆑着ケルニカ。白重ハ冬着㆑之。夏ハ四月朔日ノ白重ヲ置テ、定ナドノ有夜、熱時着㆑之。又老者ノ刷之時着也。秋中間着㆓白重㆒何故哉云々。師元暦記所㆑注如㆑此候。随㆓覚悟㆒令㆓注申㆒候」。

とあるのを見ると、師元の「暦記」には下襲の色目をめぐる頼長と忠実の問答が記録されていたらしい。「暦記」は「日次記」の意であろうから師元の日記をさすかと思われるが、残念ながら現存する彼の日記は残簡(「歴代残闕日記」所収『大外記中原師元記』)に過ぎないから確かめるすべがない。

白重の話題は『中外抄』上巻第五三条に康治二年(一一四三)五月七日の言談として見え、日付がちょうど一か月ずれているので『餝抄』にいう「六月」は「五月」の誤写かとも疑えるが、『中外抄』の同条には顕頼も頼長も登場せず、内容にも若干の相異があるので、「暦記」は『中外抄』をさすとも言い難い。問題の解明はなお今後の課題とせざるをえないが、『中外抄』に散見する「名は予忘れ了んぬ」(上巻第七八条)等の注記はおそらく整理と成形を加える過程で加えた文言であろうから、いずれにせよ『中外抄』の記述が後日の整理と成形を経ていることは否定できない。つまり、論理的で簡潔な中にも臨場感あふれる『中外抄』の文章表現は、実務官僚として鍛え上げられた師元の筆力の賜物と言ってよさそうである。

四　『富家語』の世界

『富家語』の筆録者高階仲行は仲範の男として保安二年(一一二一)に生まれた。父仲範は大膳大夫、正四位下に至っている。仲行は保延元年(一一三五)には頼長の前駆を勤め、永治元年(一一四一)には高陽院の蔵人を勤めるなど若くより忠実・頼長に近習した。『本朝世紀』久安三年(一一四七)十一月四日条には「新任蔵人」として名が見えるが、同月十四日条には従五位下に叙せられた記事があり、「元蔵人。左兵衛少尉。前太皇大后宮保延五年未給」と割注がある。六位蔵人になったがその直後に五位に昇階したため退任したのである。前太皇大后即ち四条宮寛子の御給による叙位であった。仲行の一門には蔵人に任ぜられた者が多い。仲行は近々五位に叙せられると知りつつ、経歴に蔵人の名を飾らせてもらったのだろう。翌久安四年には頼長の家司、同五年には師長の家司となった。師長は頼長の男、幼時より忠実の養子とし成長した。その母は忠実の寵臣源信雅の女で、高陽院泰子近習の女房であった。つまり仲行は忠実・泰子・頼長・師長たちの一家に密着して生きる家司だったのである。

保元の乱(一一五六)は仲行にも大きな打撃だったが、彼は忠実が知足院に幽閉された後も変わらず近侍し、知足院に外界の空気を伝えるパイプ役になった。忠実の最期を見送った時には四十一歳になっていたが、その後出家して、晩年は四天王寺またはその周辺に居住したらしい。中山忠親の日記『山槐記』治承三年(一一七九)六月十一日条には「仲行入道」が五十九歳で入滅したことを記して、

「蔵人大夫。従上五位□知足院殿□□者也」

と注記している。破損箇所には「故」「近習」とでもあったのだろうか。「従上五位」とあるから、上述の久安三年の叙位の後に一階だけ昇進したようだが詳細は不明である。地位には恵まれず、文字通り忠実のためにささげた一生であったようだ。

『富家語』は久安七年(一一五一)左大臣頼長が氏長者になって初めての正月を迎え、内覧の宣旨を受ける前後の得意の場面から始まるが、第一二条と第一三条との間で保元の乱が起こった。つまり『富家語』の世界は、ほとんど全てが忠実が知足院に幽閉されて後の時代に属する。『富家語』の言談が非政治的で一般的な公卿学としての有職故実や衣食住に関係する話題に偏っているのは、老残の敗者として現実との交渉を断ち切られた忠実の言談の現実であったろうが、もし世事を論評するようなことがあったとしても、仲行は公表を憚らねばならなかっただろう。

この問題に関して注目されるのは、『富家語』における「或る人」の役割である。『富家語』には言談の日付や場の状況の記述が少ないだけでなく、質疑や会話など文面に仲行が出てくる機会も少なく、その存在感の希薄さは『中外抄』における師元の存在の確かさとは対蹠的でさえある。ところが、その中にあって「或る人申して云はく」として記された質疑だけは積極的で、しかも話題は微妙に現実に関わっているように見える。

「或る人」の質疑は、知足院の外で現に行われている儀式や事例に関連して、忠実の見解を尋ねる形のものが多い。「或る人」は、第四六条では忠実が下襲と半臂を論じて主上のそれに話が及んだ時、堀河院の服装はそうだったが近来の主上はそうではないと告げているので、宮中の事情にも通じていたらしく、第九三条では関白基実の新御前の方での服装を報告しているから摂関家方の情報にも通じていたように見える。「或る人」は外の世界で見た現実に疑問を感じて質問している例が多く、第一〇一条では大嘗会の御禊の院の桟敷の設営が康治・久寿の時とは違うと不審を漏らし、第一〇二条では御禊の日の俊憲の服装に不審を唱える。第一一九条では賀茂行幸に右大臣公能が私奉幣したと告げて、忠実の批判の言葉を引き出している。話題は有職故実であっても、いま外の世界にあって権勢を握っている者の行為に関係しているのである。

「或る人」の正体を示すかと思われるのは第五五条であって、ここでは五節の時に清涼殿の壺々に渡す打橋について、関白忠通の指示が為隆の康和記(藤原為隆の日記『永昌記』の康和年間の記事)とは違うと告げているが、文末には、右大臣基実(忠通の一男)が五節の舞姫を献じ、仲行が前駆を勤めて帰参した時の言談であることを明らかにしている。仲行はこの時宮中の様子を見て帰って来たはずである。「或る人」が仲行その人である可能性を強く示唆する記事である。先述のごとく仲行は短期間とはいえ蔵人を勤めたし、忠実が幽閉されて後は忠通との連絡係を勤めて、摂関家の事情にも一応通じていたと思われる。わざわざ韜晦するほどの話題ではないと言えば言えようが、微妙な時期における微妙な立場が彼に必要以上の慎重な態度をとらせたとも言えそうである。仲行が自分の名を表に出して質疑している例は第一二八条に見えるが、大炊御門高倉邸の屋敷神についての慇懃な質疑であって、亡父が抱いていた不審が今日こそ明かされたと静かな感動の辞を記している。師元とは違ってスケールは小さいが、いかにも実直に生きた人であったことを思わせる一条である。

激変した忠実の立場と仲行の慎重な筆録態度が相乗して、『富家語』における忠実の言談には老残の寂寥が漂う。そこに一陣の風を巻き起こしてくれたのは、孫の基実であった。父忠通の後ろ楯を得て僅か十六歳で関白となった基実は、忠実の前でも自由奔放にふるまう。第一八九条では「大炊御門高倉邸の倉には何度も入ったことがある」と得意気に揚言する。忠実は「古人は倉には入らなかったものだ」と答えているが、心中は穏やかではなかっただろう。

大炊御門高倉邸といえば、もとは頼長の居宅、その西北隅には頼長が心血を注いで完成させた文倉(書庫)があったのである。第二五〇条では、基実は「人に忠節を尽くしても仕方がない。報われるとは限らないからだ」とうそぶく。恵まれた少年らしい思い上がった発言だが、忠実はそんな孫をたしなめながらも、生気ほとばしる姿をまぶしく眺める他なかった。世代交代は世の定めとは言いながら、実は基実にも残された命は短かった。基実は忠実が没して四年後に二十四歳で逝ったのである。

五　おわりに

忠実の晩年は貴族社会の晩年でもあった。彼が懸命に伝えようとした「故殿」師実の教命は遠い過去、古きよき時代の思い出となり果てようとしていた。忠実がしばしば漏らしている「近代」「近来」への違和感は、いつの世にも年老いた者が等しく共有する感覚には違いないが、大きな時代の変転が日常的な衣食住の営みの隅々まで及びつつあったことを示してもいる。追懐に生きる晩年の忠実の身辺から、ふと周囲の現実に目を転じてみれば、彼が没した応保二年(一一六二)朝廷では平清盛が正三位権中納言の地位にあって同年八月には従二位に昇進、その子重盛も翌年正月には従三位非参議となるなど、平家の台頭はすでに著しかった。この前後、清盛は福原に近い輪田の泊に経島を築造しようと苦心していた。すでに『平家物語』の時代が始まっていたのである。

まもなく有職故実書の類が続出するようになるのも、正統的な貴族文化の喪失が危惧される時代であればこその現象であった。師実や寛子の所説や記憶に直に接した経験に基づき、宮廷儀礼はもとより衣食住の伝統文化の細部に至るまで詳細に説き明かす『中外抄』『富家語』は、鎌倉時代に入って出現する有職故実書にとって好個の依拠資料となった。後鳥羽院の『世俗浅深秘抄』、鷹司冬平の『後照念院装束抄』等には両書との直接関係を明白に指摘できる。また、口伝・教命に含まれる説話的記事は、説話集にとっても貴重な素材である。『中外抄』『富家語』からそれらを抄出し、説話集の説話としてみごとに再生させたのは源顕兼の『古事談』であった。撰者未詳の『続古事談』にも両書を利用または参照した形跡があるが、王朝説話の中継基地として説話集の歴史に大きな役割を果たした『古事談』がこの場合にも有力な仲介者となって、両書の説話は広く中世文学の共有財産として受け継がれていったのである。

しかしながら、有職故実の世界においても、説話の世界においても、利用者・仲介者としての故実書や説話集が表に立つばかりで、根本資料としての両書の存在は、ともすれば霞みがちであったことを否定できない。説話研究の側面からこの状況を打ち破って両書に独特の意義を認め、表舞台に引き出したのは益田勝実氏の記念碑的な研究「抄録の文芸(古事談鑑賞)」(『国文学解釈と鑑賞』昭和四十一年二月号〜四月号連載)であった。爾来諸本研究や部分的な読解の試みは行われてきたが、全巻にわたる訓み下しと注解は本大系本が初めての試みである。これまでどの学問分野からも距離を置いて見られていた感のある両書が本格的に読み直される機縁となることを切望している。

新日本古典文学大系 32
江談抄 中外抄 富家語

1997 年 6 月 27 日　第 1 刷発行
2008 年 6 月 25 日　第 3 刷発行
2016 年 1 月 13 日　オンデマンド版発行

校注者　後藤昭雄《ごとうあきお》　池上洵一《いけがみじゅんいち》　山根《やまね》對助《たいすけ》

発行者　岡 本 厚

発行所　株式会社 岩波書店
〒 101-8002 東京都千代田区一ツ橋 2-5-5
電話案内 03-5210-4000
http://www.iwanami.co.jp/

印刷／製本・法令印刷

ISBN 978-4-00-730349-4　　Printed in Japan

索　　　引

『江談抄』人名索引 ……………………………………………… 2
『中外抄』『富家語』人名索引 …………………………… 23

『江談抄』人名索引

1) この索引は『江談抄』に登場する人物について，簡単な解説を付して，該当する巻と条番号を示したものである.

2) 引用された詩文中の人名は対象にしていない.

3) 項目の表示は，原則として本名(天皇，皇帝は追号)により，慣用的な読みに従った(ただし，女性名は音読による). 別称などは必要に応じて参照項目を立てた.

4) 項目の読みは現代仮名遣いとし，五十音順に配列した.

5) 巻，条番号は 4-1 のように示した. 巻 4 の第 1 条を表す.

6) 項目の表示と本文中の表示とが異なる例を含む場合は，巻，条番号の前に本文中の表示を(　)内に掲げた.

7) 依拠資料の名は，特別の場合を除き，省略した.　　　　(後藤昭雄)

あ

愛宮《あいのみや》　→明子《めいし》

顕定《あきさだ》　村上源氏. ?-治安 3 年(1023). 為平親王の子. 従四位上，弾正大弼，民部大輔. 2-30, 31.

秋津《あきつ》　宗岡氏. 未詳. 大学寮に入学，数年に亘る落第の後，延喜 17 年(917)文章生試に及第する. 4-75.

章信《あきのぶ》　藤原氏. 生没年未詳，知章の子. 正四位下，宮内卿. 2-34.

明衡《あきひら》　藤原氏. 永祚元年(989)?-治暦 2 年(1066). 式家敦信の子. 従四位下，文章博士. 平安後期の代表的文人で，院政期文壇における藤原式家隆盛の基礎を築いた. 編著として『本朝文粋』『明衡往来』『本朝秀句』(散佚)などがある. 2-38, 4-105, 125, 5-34, 37, 48, 72, 74, 6-73, (安蘭) 2-38, (耆薬) 5-72.

顕房《あきふさ》　村上源氏. 長暦元年(1037)-寛治 8 年(1094). 師房の子，俊房の弟. 従一位，右大臣. (右府) 1-28.

顕光《あきみつ》　藤原氏. 天慶 7 年(944)-治安元年(1021). 兼通の子. 従一位，左大臣. (堀川大臣) 1-28.

顕基《あきもと》　醍醐源氏. 寛弘 8 年(1011)-永承 2 年(1047). 俊賢の子，隆国の兄. 従三位，権中納言に至ったが，後一条天皇の死に伴って出家した. 『続本朝往生伝』に伝がある. 3-15.

朝綱《あさつな》　大江氏. 仁和 2 年(886)-天徳元年(957). 玉淵の子. 左少弁，文章博士などを経て，正四位下，参議. 村上朝の代表的文人. 『本朝文粋』『扶桑集』ほかに詩文がある. 2-22, 4-13, 19, 41, 52, 54, 63, 72, 5-33, 51, 6-11, 18, (江 相 公) 4-31, 32, 68, 69, 72, 74, 78, 122, (後江相公) 6-11, 20.

朝成《あさひら》　藤原氏. 延喜 17 年(917)-天延 2 年(974). 定方の子. 蔵人頭(大納言とも)任官を藤原伊尹に妨げられて悪霊となったという. 従三位，中納言. 2-27, 39, 41.

按察大納言《あぜちだいなごん》　→行成《ゆきなり》

淳茂《あつしげ》　菅原氏. ?-延長 4 年(926). 道真の子. 昌泰 4 年(926)，父の事に連座して左遷された. 大学頭，右中弁などを経て，正五位下，文章博士. 『本朝文粋』『扶桑集』ほかに詩文がある. 4-25, 26, 38, 71, 73, 76, 109, 5-50.

篤茂《あつしげ》　藤原氏. 生没年未詳. 遂業の子. 天暦年中(947-957)に省試に及第. 少内記，加賀介，図書頭などを歴任. 従五位上. 善秀才宅詩合に判者となる. 『本朝文粋』『和漢朗詠集』ほかに詩文がある. 4-47, 5-55.

敦隆《あつたか》　藤原氏. ?-保安元年(1120). もと橘氏か. 橘俊清の子. 木工助. 『類聚古集』を編纂した. 『和歌類林』の著もあったが散佚. 『朝野群載』に詩文がある. 6-62.

敦信《あつのぶ》　藤原氏. 生没年未詳. 式家合茂の子，明衡の父. 文章生出身. 肥後，山城の守. 藤原頼通の侍読. 晩年，不遇を嘆いて出家した. 『本朝麗藻』に詩がある. 5-46, 72.

篤昌《あつまさ》　藤原氏. 生没年未詳. 範綱の子. のち篤衡と改名. 文章生出身. 従五位下，伊予守. 『宇治拾遺物語』4-10 の「民部大夫篤昌」，『古今著聞集』十六・575 の「敦正」も同一人物

か．敦正は源有仁の学問の師とある．　5–71.

敦実親王《あつみしんのう》　寛平5年(893)–康保4年(967)．宇多天皇皇子．一品，式部卿．　2–25.

敦康親王《あつやすしんのう》　長保元年(999)–寛仁2年(1018)．一条天皇第一皇子．母は藤原道隆の女定子．ために道長の権勢の前に皇太子に立つことができなかった．大宰帥，式部卿，一品．(式部卿宮) 6–41.

在明《ありあきら》　→名明《なあきら》

有国《ありくに》　藤原氏．天慶6年(943)–寛弘8年(1011)．輔道の子．字は藤賢．文章生出身．永祚元年(989)勘解由長官，藤原兼家，道長の家司を勤めた．従二位，参議．漢詩文の才にすぐれ，家集『勘解由相公集』(散佚)があった．1–32, 33, 2–14, 39, 3–30, 31,（勘解相公・勘解由相公）3–8, 20, 5–61,（藤賢）2–39, 3–31.

在列《ありつら》　橘氏．?–天暦7年(953)?．秘樹の子．大学に学ぶが，三十歳でようやく文章生となる．転じて官途に就くが，不遇を歎いて，天慶7年(944)，出家して延暦寺に入る．法名尊敬．詩文集『沙門敬公集』があったが，散佚．『本朝文粋』『扶桑集』に詩文がある．また「尊敬記」が伝存する．　5–47.

在中《ありなか》　都氏．生没年未詳．良香の子．越前権掾．『本朝文粋』『和漢朗詠集』『新撰朗詠集』に詩文がある．　4–7, 23, 5–50.

在衡《ありひら》　藤原氏．寛平4年(892)–天禄元年(970)．山蔭の孫，有頼の養子．文章生出身．従二位，左大臣．　2–39,（藤文）2–39.

在昌《ありまさ》　紀氏．生没年未詳．長谷雄の孫，淑信の子．従四位上，式部大輔．『本朝文粋』『扶桑集』ほかに詩文がある．　4–19, 6–33.

有行《ありゆき》　安倍氏．生没年未詳．吉平の孫，時親の子．康平3年(1060)の頃，陰陽助．『二中歴』一能歴・陰陽師に名が見える．『富家語』29参照．　3–62.

粟田関白《あわたかんぱく》　→道兼《みちかね》

粟田殿《あわたどの》　→道兼《みちかね》

安蘭《あんらん》　→明衡《あきひら》

い

惟十四《いじゅうし》　→春道《はるみち》

一条左大臣《いちじょうさだいじん》　→雅信《まさのぶ》

一条大将《いちじょうだいしょう》　→伊尹《これまさ》

一条天皇《いちじょうてんのう》　天元3年(980)–寛弘8年(1011)．円融天皇皇子．母は藤原兼家の女詮子．在位，寛和2年(986)–寛弘8年．その治世は道長を中心とした藤原氏の全盛時代．詩文を愛好し，作品が伝存する．匡房はその治世を多方面に人材の輩出した時代と述べている〔続本朝往生伝〕．（一条院）1–9, 2–9, 3–52, 76, 4–43, 5–4,（主上）2–27.

今毛人《いまえひす》　佐伯氏．養老3年(719)–延暦9年(790)．人足の子．造東大寺司長官，大宰帥などを経歴し，正三位，参議．　2–39.

殷尭藩《いんぎょうはん》　780–855 ?．元和9年(814)進士．長楽(山西省)の令，侍御史となる．　4–82.

隠君子《いんくんし》　未詳．5–65脚注参照．　4–58, 5–65,（嵯峨隠君子）4–58, 5–64.

う・え

右金吾《うきんご》　未詳．　5–23脚注参照．　5–23.

宇治殿《うじどの》　→頼通《よりみち》

宇多天皇《うだてんのう》　貞観9年(867)–承平元年(931)．光孝天皇皇子．母は班子女王．仁和3年(887)に即位，藤原基経の死後は菅原道真らを重用して律令制の再編に努めた．寛平9年(897)，醍醐天皇に譲位，出家した．詩文を愛好し，在位中また譲位後を通じて，しばしば詩宴を主催した．（寛平上皇・寛平法皇）3–28, 32, 65, 6–50,（上皇）4–38,（太上法皇）4–76, 78,（亭子院）1–13.

馬内侍《うまのないし》　生没年未詳．天暦初年(947–)頃の生まれか．源時明の女．円融天皇中宮の媓子，選子内親王，東三条院詮子，中宮定子らに仕えた．中古三十六歌仙の一人で，家集『馬内侍集』がある．　1–2.

衛玠《えいかい》　286–312．晋の人．『蒙求』に「衛玠羊車」と見え，容姿端正で有名であった．祖父の瓘，父の恒は能筆で知られた．　2–24.

恵美大臣《えみのおとど》　→仲麿《なかまろ》

延喜聖主《えんぎのせいしゅ》　→醍醐天皇《だいごてんのう》

円通《えんつう》　→定基《さだもと》

円融天皇《えんゆうてんのう》　天徳3年(959)–正暦2年(991)．村上天皇皇子．母は藤原師輔の女安子．在位，安和2年(969)–永観2年(984)．譲位ののち出家，円融院で風雅な生活を送った．（円融院）2–4, 3–76.

お

王生《おうせい》　未詳．　6–56.

王勃《おうぼつ》　649–676．初唐の詩人．字は子安．早熟の天才で，楊炯，盧照隣，駱賓王と共に四傑と称された．『王子安集』16巻がある．『日

本国見在書目録』に「王勃集三十巻」とあり，正倉院に奈良朝期書写の詩序集が伝存する． 5-10.

小蔵親王《おぐらしんのう》 →兼明親王《かねあきらしんのう》

押勝《おしかつ》 →仲麿《なかまろ》

緒嗣《おつぐ》 藤原氏．宝亀5年(774)-承和10年(843)．桓武天皇擁立に功のあった式家百川の子．そのために若くして昇進し，桓武朝から仁明朝に至る五代に亘って有能な実務官僚として活躍し，後年は朝廷の首座として重きをなした．正二位，左大臣． 3-12,（山本大臣）3-12.

音人《おとんど》 大江氏．弘仁2年(811)-元慶元年(877)．本姓は大枝．本主の子(阿保親王の子とも)．従三位，参議，左衛門督．『続本朝往生伝』に伝がある． 2-17, 5-65.

小野親王《おのしんのう》 →惟喬親王《これたかしんのう》

小野宮右府《おののみやうふ》 →実資《さねすけ》

小野宮右大臣《おののみやうだいじん》 →実資《さねすけ》

小野宮殿《おののみやどの》 →実頼《さねより》

温庭筠《おんていいん》 812?-873?．字は飛卿．晩唐の代表的詩人として李商隠と並び称される．歌行体の詩と詞を得意とした．『温飛卿集』7巻がある．『和漢朗詠集』に3首入集し，匡房の「詩境記」に名が記されている． 5-17.

か

賀縁《がえん》 生没年未詳．藤原為任の子の雅縁か．長徳年中(995-998)三井寺に入り，竜華院を創始した．阿闍梨．説教に秀でた〔二中歴・名人歴〕． 4-101.

覚慶《かくきょう》 延長5年(927)-長和3年(1014)．俗姓平氏．伊望の孫，善理の子．良源の弟子．大僧正，天台座主． 6-29.

勘解相公《かげしょうこう》 →有国《ありくに》

景理《かげまさ》 大江氏．生没年未詳．通理の子．三条朝で蔵人，従四位下，右中弁． 2-36.

勘解由相公《かげゆしょうこう》 →有国《ありくに》

花山天皇《かざんてんのう》 安和元年(968)-寛弘5年(1008)．冷泉天皇皇子．永観2年(984)即位，わずか2年の在位で，寛和2年(986)，藤原兼家の計略によって出家，退位した．（花山院）1-2, 20, 22, 2-5, 6, 39, 3-4,（花山法皇）3-10,（入覚）2-39.

五常《かずつね》 高丘氏．生没年未詳．天安元年(857)文章得業生．左少史，外記，筑後，紀伊の介などを経て，寛平9年(897)大学助となる．従五位下．『本朝文粋』『扶桑集』『類聚句題抄』ほかに詩文がある． 5-46, 6-13.

兼明親王《かねあきらしんのう》 延喜14年(914)-永延元年(987)．醍醐天皇皇子．臣籍に降下し，従二位，左大臣に至ったが，藤原兼通の計略により親王に復し，二品中務卿に遷る．その後，小倉の山荘で自適の生活を送った．代表的な皇室詩人で，能書家．『本朝文粋』『扶桑集』ほかに詩文がある． 2-23,（小蔵親王）3-35,（前中書王）3-35, 6-12,（中書王・中書大王）4-6, 42, 67.

兼家《かねいえ》 藤原氏．延長7年(929)-正暦元年(990)．師輔の子．従一位，摂政，関白，太政大臣．花山天皇の退位を謀り，外孫の一条天皇を即位させて，藤原氏全盛への道を開いた．（大入道）1-7, 28, 31, 32, 40, 2-3, 5, 7, 39,（如実）2-39.

兼時《かねとき》 尾張氏．生没年未詳．ただし『御堂関白記』寛弘7年(1010)4月24日に「年老いて気色本の如くあらず」とある．安居の子．左近将曹を経て左近将監となる．『続本朝往生伝』の一条天皇伝に当代の代表的な近衛としてあげる．騎馬に長じ，人長の役に堪能で，神楽の名手．『小右記』『権記』『紫式部日記』『今昔物語集』等に見える． 3-75, 76.

兼頼《かねより》 藤原氏．長和3年(1014)-康平6年(1063)．道長の孫，頼宗の子．正二位，権中納言． 1-28.

何能《かのう》 →為親《ためちか》

鎌足《かまたり》 中臣氏．推古22年(614)-天智8年(669)．御食子の子．中大兄皇子と結んで蘇我氏を倒し，律令体制の確立に尽力した．臨終に当たって，大織冠の位と藤原朝臣の姓を与えられた．藤原氏の祖．（大織冠）1-40.

川勝《かわかつ》 秦氏．生没年未詳．推古天皇の時代から大化頃にかけての秦氏の族長で，聖徳太子の側近．広隆寺を創建した． 1-25.

川人《かわひと》 滋岳氏．?-貞観16年(874)．本姓は刀岐直．斉衡元年(854)，滋岳朝臣と改姓．従五位上，陰陽頭，陰陽博士．『世要動静経』『指掌宿曜経』『滋川新術遁甲書』などの著があった． 1-17.

閑院大臣《かんいんのおとど》 →冬嗣《ふゆつぐ》

顔回《がんかい》 春秋時代魯の人．字は子淵．孔子の弟子の中で最も優れ，徳行第一にあげられたが，孔子に先立って死んだ． 5-73.

菅家《かんけ》 →道真《みちざね》

菅三品《かんさんぼん》 →文時《ふみとき》
菅相公《かんしょうこう》 →道真《みちざね》
菅丞相《かんじょうしょう》 →道真《みちざね》
菅贈大相国《かんぞうだいしょうこく》 →道真《みちざね》
漢帝《かんてい》 →武帝《ぶてい》
寛平上皇《かんぴょうじょうこう》 →宇多天皇《うだてんのう》
寛平法皇《かんぴょうほうおう》 →宇多天皇《うだてんのう》
菅李部《かんりほう》 →文時《ふみとき》

き

紀家《きけ》 →長谷雄《はせお》

季札《きさつ》 春秋時代の呉王寿夢の子．延陵に封じられた．季札が徐の国を通ったとき，徐君が自分の剣を欲しがっているのを知ったが，任務のうえで譲ることができず，帰途これを贈ろうとしたが，徐君がすでに死んでいたので，剣をその墓に掛けて帰ったという故事で知られる． (呉札) 6-20.

宜子《ぎし》 藤原氏．未詳．寛平 2 年(890) 4 月の頃，掌侍に在官． 4-79.

橘工部《きつこうぶ》 →孝親《たかちか》
橘贈納言《きつぞうなごん》 →広相《ひろみ》
儀同三司《ぎどうさんし》 →伊周《これちか》
紀納言《きなごん》 →長谷雄《はせお》
吉備大臣《きびのおとど》 →真備《まきび》
耆薬《きやく》 →明衡《あきひら》
居逸《きょいつ》 →清行《きよゆき》

教円《きょうえん》 天元 2 年(979)-永承 2 年(1047)．俗姓藤原氏．孝忠の子．法印，大僧都．28 代天台座主． 1-45

行覚《ぎょうかく》 →道長《みちなが》
行観《ぎょうかん》 →道長《みちなが》
京極御休所《きょうごくみやすんどころ》 →褒子《ほうし》

慶増《きょうぞう》 寛仁元年(1017)-嘉承 2 年(1107)．生年は寛仁 4 年(1020)とする説もある．俗姓藤原氏．周頼の子．天台宗延暦寺の僧．権大僧都．陰陽道に長じた． 3-40.

清岡《きよおか》 菅原氏．生没年未詳．古人の子，清公の兄弟． 4-98.

許渾《きょこん》 791-854．晩唐の詩人．丹陽(江蘇省)の人．太和 6 年(832)進士．地方の長官を歴任し，晩年は郷里に隠棲した．『丁卯集』2 巻がある．『和漢朗詠集』に白居易，元稹に次ぐ作品が入集する．匡房の「詩境記」に名が記されている． 4-82, 113, 114.

清原天皇《きよみはらてんのう》 →天武天皇《てんむてんのう》

清行《きよゆき》 三善氏．承和 13 年(846)-延喜 18 年(918)．氏吉の子．大学寮に学び，巨勢文雄に師事する．大内記，文章博士，式部大輔などを経て，参議，宮内卿．善相公と称される．道真，長谷雄と共に寛平・延喜期を代表する文人． 2-38, 5-44, 6-32, (居逸) 2-38, (善家) 5-6, 34, 6-55, (善相公) 1-3, 3-27, 4-111, 5-44, 6-32.

公方《きんかた》 惟宗氏．生没年未詳．直本の子．明法博士，大判事，勘解由次官などを歴任し，明法家として活躍した．天徳 2 年(958)の違式違勅の相論で，左遷された．『本朝月令』を編纂． 2-15.

公忠[1]《きんただ》 光孝源氏．寛平元年(889)-天暦 2 年(948)．光孝天皇の孫，国紀の子．蔵人，山城守，右大弁などを歴任，従四位下．和歌に長じ，三十六歌仙の一人．家集『公忠集』がある． 3-33.

公忠[2]《きんただ》 下毛野氏．生没年未詳．右近衛府生．『江家次第』十九，『御堂関白記』『小右記』に見える．粗暴な性格で，「濫行張本」「天下凶悪者」と評されている． 3-76.

公忠[3]《きんただ》 巨勢氏．生没年未詳．金岡の子．『二中歴』一能歴・絵師に名が見える． 4-19.

公経《きんつね》 藤原氏．?-承徳 3 年(1099)．南家成尹の子，重尹の養子となる．文章生出身．少納言，主殿頭，河内守などを歴任．従四位上．能書家． 3-34.

公任《きんとう》 藤原氏．康保 3 年(966)-長久 2 年(1041)．頼忠の子．正二位，権大納言．一条朝の四納言の一人で，故実典礼に通じ，『北山抄』の著がある．また漢詩文，和歌に長じ，『和漢朗詠集』を編纂した． 1-8, 2-32, 4-55, 5-45, 59, 6-73, (四条大納言) 1-8, 5-30, 41.

く

空海《くうかい》 宝亀 5 年(774)-承和 2 年(835)．俗姓佐伯氏．田公の子．真言宗の開祖．書にすぐれ，いわゆる三筆の一人．漢詩文の作も多く，詩文集『遍照発揮性霊集』10 巻がある． 1-17, 2-21, (弘法大師) 1-27, 42, 43.

九条右府《くじょううふ》 →師輔《もろすけ》
九条殿《くじょうどの》 →師輔《もろすけ》

国勝《くにかつ》 下道氏．生没年未詳．吉備真備の父．右衛士少尉．岡山県圀勝寺の骨蔵器の銘に，和銅元年(708) 11 月，圀勝と国依の兄弟が母の遺骨を収めたと記されている． 3-2.

国成《くになり》 藤原氏．生没年未詳．則友の子．長

和4年(1015)の頃，文章得業生．文章博士，式部大輔，美作守などを歴任．正四位上．『本朝続文粋』『中右記部類紙背漢詩』ほかに詩文がある．　5-72.

国平《くにひら》　多米氏．生没年未詳．一条朝において左大史，和泉守，また道長の家司．『二中歴』に「良吏」として見え，『御堂関白記』『日本紀略』『類聚符宣抄』『官職秘抄』等に名が現れる．　1-32.

け

源右相府《げんうしょうふ》　→師房《もろふさ》

源右府《げんうふ》　→師房《もろふさ》

元杲《げんごう》　延喜11年(911)-長徳元年(995)．俗姓藤原氏．晨省の子．小野・広沢2流の事相を学び，真言密教に通じた．東寺長者，権大僧都．自伝が現存する．　1-17.

賢子《けんし》　天喜5年(1057)-応徳元年(1084)．源顕房の女で，藤原師実の養女となる．東宮であった白河天皇のもとに入内し，即位に伴って中宮となる．（故中宮）6-49.

元真《げんしん》　延喜19年(919)-寛弘5年(1008)．俗姓菅原氏．文時の子．元杲の弟子か．権少僧都に任じられるが，辞して大宰府に赴き，その地で没した．　1-17.

元稹《げんしん》　779-831．中唐の詩人．字は微之．白居易ときわめて親しく，また詩風も相似し，元白と並称される．『元氏長慶集』60巻がある．日本へは白居易の詩文と共に平安朝初期に将来され，愛好された．　5-6, 15,（元）4-58, 59, 103, 120.

彦祚《げんそ》　生没年未詳．宿曜師で仁統の弟子〔二中歴〕．　2-8.

玄宗《げんそう》　685-762．唐の第六代皇帝，李隆基．睿宗の子．初めは治政に努めて開元の治と称される時代を出現させたが，後年，楊貴妃を寵愛して政治を怠り，安禄山の乱を招き蜀へ逃れた．　6-49.

玄賓《げんびん》　?-弘仁9年(818)．俗姓弓削氏．法相宗．興福寺宣教の弟子．名利を避け，同族の道鏡が称徳天皇に寵愛されたことを嫌って山中で修行したが，桓武天皇，平城上皇の治病に召し出された．嵯峨天皇の尊崇を受け，親書，詩，綿などをしばしば贈られた．　1-46.

こ

小一条大将《こいちじょうだいしょう》　→済時《なりとき》

後一条天皇《ごいちじょうてんのう》　寛弘5年(1008)-長元9年(1036)．一条天皇皇子．母は藤原道長の女彰子．在位，長和5年(1016)-長元9年．（後一条院）1-28, 29, 3-50.

孝謙天皇《こうけんてんのう》　養老2年(718)-宝亀元年(770)．聖武天皇皇女．母は光明皇后．在位，天平勝宝元年(749)-天平宝字2年(758)．のち重祚して称徳天皇となる．在位，天平宝字8年(764)-宝亀元年(770)．（高野天皇）3-2.

江左大丞《ごうさだいじょう》　→斉光《なりみつ》

江相公《ごうしょうこう》　→朝綱《あさつな》

高祖《こうそ》　前256-195．漢の第一代の皇帝．劉邦．沛(江蘇省)の人．秦の二世皇帝の時，反乱を起こして秦を破り，のち項羽を破って天下を統一した．在位，前206-195．　6-56.

高宗《こうそう》　唐の第三代皇帝．李治．太宗の子．在位，649-683．　5-63.

江総《こうそう》　518-590．紑の子．梁，陳，隋に仕え，隋では上開府となる．詩人としても優れる．6-20.

黄帝《こうてい》　中国の伝説上の帝王．五帝の一人．少典氏の子．軒轅氏ともいう．蚩尤を討って帝王となる．文字，音楽，医薬などを創始したとされる．　4-70, 92, 6-61.

江納言《ごうなごん》　→維時《これとき》

弘仁皇帝《こうにんこうてい》　→嵯峨天皇《さがてんのう》

江博士《ごうはかせ》　→匡衡《まさひら》

弘法大師《こうぼうだいし》　→空海《くうかい》

空也《こうや》　延喜3年(903)-天禄3年(972)．世系未詳．諸国を遊歴して済民のために社会的事業を行ない，また阿弥陀の名号を唱えて洛中を巡り，民衆を教化した．六波羅蜜寺を建立．6-44.

後江相公《ごごうしょうこう》　→朝綱《あさつな》

呉札《ごさつ》　→季札《きさつ》

後三条天皇《ごさんじょうてんのう》　長元7年(1034)-延久5年(1073)．後朱雀天皇皇子．母は三条天皇の皇女禎子内親王で，藤原摂関家と血縁がない．在位，治暦4年(1068)-延久4年．匡房は『続本朝往生伝』の伝で，その治世を仁明天皇，醍醐天皇の時代に並ぶ聖代と賛えている．（後三条院）2-17, 47, 3-72, 6-49.

五条皇后《ごじょうのきさき》　→順子《じゅんし》

悟真《ごしん》　→義懐《よしちか》

後朱雀天皇《ごすざくてんのう》　寛弘6年(1009)-寛徳2年(1045)．一条天皇皇子．母は藤原道長の女彰子．在位，長元9年(1036)-寛徳2年．（後

朱雀院) 1–30, 2–9, 3–60, 76.

後中書王《ごちゅうしょおう》 →具平親王《ともひらしんのう》

小松雄君《こまつおぎみ》 →斉信《ただのぶ》

悟妙《ごみょう》 →惟成《これしげ》

後冷泉天皇《ごれいぜいてんのう》 万寿 2 年(1025)–治暦 4 年(1068). 後朱雀天皇皇子. 母は藤原道長の女嬉子. 在位, 寛徳 2 年(1045)–治暦 4 年. (後冷泉院) 1–28, 3–60, 61, 62, 76.

是雄《これお》 弓削氏. 生没年未詳. 貞観から寛平にかけて史料に所見がある. 安人の子. もと播磨国の人. 陰陽頭, 従五位下. 3–37.

惟貞《これさだ》 藤原氏. 生没年未詳. 佐世の孫, 文行の子. 寛和 2 年(986)対策及第. 内記, 勘解由次官, 遠江守, 尾張守などを歴任. 『小右記』長元 4 年(1031) 9 月 29 日に四位として見える. 『本朝文粋』に策文がある. 6–73.

惟成《これしげ》 藤原氏. ?–永祚元年(989). 雅材の子. 花山天皇の時, 蔵人, 権左中弁の身分ながら, 外戚の義懐を補佐して活躍したが, 寛和 2 年(986), 天皇と共に出家した. 1–2, 22, 2–4, 14, 39, 3–17, 31, (悟妙) 2–39, (式大) 2–39, 3–31.

惟喬親王《これたかしんのう》 承和 11 年(844)–寛平 9 年(897). 文徳天皇第一皇子. 母は紀名虎の女静子. 紀氏を母とするため, 藤原氏への憚りによって皇太子とならず, 大宰帥. 弾正尹などを歴任して, 出家, 小野に隠棲した. 2–1, (小野親王) 2–1.

伊周《これちか》 藤原氏. 天延 2 年(974)–寛弘 7 年(1010). 道隆の子. 母は高階成忠の女貴子. 内大臣にまで進んだが, 長徳 2 年(996)大宰権帥に左遷された. 許されて復帰した時, 大臣の下, 大納言の上に列せられて儀同三司と称した. 正二位. 『本朝文粋』『本朝麗藻』ほかに詩文がある. (帥殿) 4–95, 5–28, 45, 58, 59. (儀同三司) 4–104, 5–53, 58.

維時《これとき》 大江氏. 仁和 4 年(888)–応和 3 年(963). 千古の子. 従三位, 中納言. 村上朝の代表的文人で, 『千載佳句』, 『日観集』(散佚)を編纂した. 『本朝文粋』『天徳闘詩行事略記』ほかに詩文がある. 4–15, 16, 19, 70, 5–28, 51. (江納言) 4–68.

維敏《これとし》 平氏. 生没年未詳. 貞盛の子. 従五位下, 陸奥守. 2–5.

惟仲《これなか》 平氏. 天慶 7 年(944)–寛弘 2 年(1005). 珍材の子. 文章生出身. 天元 4 年, 肥後守. 弁官に在った時, 有国と共に藤原兼家の信任を得た. 従二位, 中納言. 大宰権帥となり, その地で没した. 1–32, 2–13, 25, 26, 3–30.

斯宣《これのぶ》 未詳. 菅原斯宗か. 生没年未詳. 道真の孫, 景鑑の子. 少監物. 4–30.

惟熙《これひろ》 菅原氏. 生没年未詳. 文時の子. 『日本紀略』応和 2 年(962) 6 月 17 日に文章生として見える. 左衛門尉, 諸陵助. 『扶桑集』の詩人〔二中歴・詩人歴〕. (雅熙)4–34.

伊房《これふさ》 藤原氏. 長元 3 年(1030)–嘉保 3 年(1096). 行成の孫, 行経の子. 永保 2 年(1082)から寛治 2 年(1088)まで治部卿. 正二位, 権中納言. 世尊寺流の能書. (治部卿) 1–28, 3–13.

伊尹《これまさ》 藤原氏. 延長 2 年(924)–天禄 3 年(972). 師輔の子. 正二位, 摂政, 太政大臣. 一条摂政と呼ばれる. (一条大将) 2–27.

是善《これよし》 菅原氏. 弘仁 3 年(812)–元慶 4 年(880). 清公の子, 道真の父. 儒家としての顕職を歴て, 従三位, 参議. 学統をよく承け継ぎ, 儒門における菅家の発展に力を尽くした. 2–35, 5–44, 64, 65, (刑部尚書) 5–26, (先君) 5–44.

さ

嵯峨天皇《さがてんのう》 延暦 5 年(786)–承和 9 年(842). 桓武天皇皇子. 母は藤原乙牟漏. 在位, 大同 4 年(809)–弘仁 14 年(823). 中国文化を積極的に受容し, 勅撰詩集を編纂させ, 平安朝における最初の漢文学隆盛期を出現させた. 1–3, 3–42, (弘仁・弘仁皇帝) 2–20, 4–5, 6–46, (嵯峨帝) 1–27.

嵯峨隠君子《さがのいんくんし》 →隠君子《いんくんし》

福吉《さきよし》 山田氏. 未詳. 弘仁 14 年(823)修理算師として功程式を作る〔和名抄〕. 5–39.

定方《さだかた》 藤原氏. 貞観 15 年(873)–承平 2 年(932). 高藤の子. 従二位, 右大臣. 2–37.

定正《さだまさ》 播磨氏. 生没年未詳. 武仲の子, 保信・安高の父. 貞理, 貞正とも. 右近番長を経て, 右近将監, 検非違使尉. 『村上御記』『小右記』に康保 2 年(965)から寛和元年(985)に至る記事が見える. 3–75.

定基《さだもと》 大江氏. ?–長元 7 年(1034). 斉光の子. 文章生出身. 従五位下, 参河守に至り, 永延 2 年(989)出家, 長保 2 年(1000)入宋し, その地で没した. 『続本朝往生伝』に伝がある. 2–39, (円通) 2–39, (寂照) 2–39, (参川入道) 2

-39.

貞保親王《さだやすしんのう》 貞観 12 年(870)-延長 2 年(924). 清和天皇皇子. 二品式部卿. 南宮, 桂親王と称する. 管絃に長じ,『新撰横笛譜』を撰した. (式部卿宮) 3-51.

定頼《さだより》 藤原氏. 長徳元年(995)-寛徳 2 年(1045). 公任の子. 正二位, 権中納言. 歌人として中古三十六歌仙の一人. 2-30, (四条中納言) 2-30.

実資《さねすけ》 藤原氏. 天徳元年(957)-寛徳 3 年(1046). 斉敏の子, 祖父実頼の養子となる. 従一位, 右大臣. 日記『小右記』がある. 2-32, (右丞相) 2-36, (小野宮右大臣・小野宮右府) 2-3, 12, 31.

実範《さねのり》 藤原氏. 生没年未詳. 南家能通の子, 実兼の祖父. 従四位上, 文章博士, 大学頭. 『本朝続文粋』『本朝無題詩』『中右記部類紙背漢詩集』ほかに詩文があり, 長元 2 年(1029)から康平 5 年(1062)に至る作が知られる. 5-22, 28.

実頼《さねより》 藤原氏. 昌泰 3 年(900)-天禄元年(970). 忠平の子, 師輔の兄. 従一位, 関白, 太政大臣. 死後清慎公と贈名された. 小野宮殿と称され, 小野宮流の祖となる. (小野宮・小野宮殿) 1-1, 28, 2-11, 29, (清慎公) 2-36, 4-67, 6-8.

山簡《さんかん》 253-312. 晋の人. 竹林の七賢の一人である山濤の子. 尚書左僕射, 征南将軍となった. 6-44.

三条式部卿《さんじようしきぶきよう》 3-59.

三条天皇《さんじようてんのう》 貞元元年(976)-寛仁元年(1017). 冷泉天皇皇子. 母は藤原兼家の女超子. 在位, 寛弘 8 年(1011)-長和 5 年(1016). 藤原道長の圧迫と眼病により退位を余儀なくされた. (三条院) 1-9, 2-7, 36, 3-77.

し

慈恵僧都《じえそうず》 →良源《りようげん》

式大《しきだい》 →惟成《これしげ》

重明親王《しげあきらしんのう》 延喜 6 年(906)-天暦 8 年(954). 醍醐天皇皇子. 二品, 式部卿. 日記『李部王記』がある. 3-22, (李部王) 3-22.

成衡《しげひら》 大江氏. 生没年未詳. 挙周の子, 匡房の父. 文章生となり, 対策及第. 従四位上, 信濃守, 大学頭. (先考) 2-17, (先親) 2-26, (亡考) 1-48.

滋藤《しげふじ》 清原氏. 生没年未詳. 陸奥軍監として平将門の討伐に参加した. 『扶桑集』『和漢朗詠集』に詩がある. 4-115.

重行《しげゆき》 下毛野氏. 生没年未詳. 敦行の子. 右近将監. 『続本朝往生伝』の一条天皇伝に当代の代表的な近衛としてあげる. 『小右記』に名が見える. 3-75, 76.

四条大納言《しじようだいなごん》 →公任《きんとう》

四条中納言《しじようちゆうなごん》 →定頼《さだより》

順《したごう》 嵯峨源氏. 延喜 11 年(911)-永観元年(983). 挙の子. 文章生出身. 従五位上, 能登守に至る. 和漢兼作の詩人で,『和名類聚抄』を編纂し, 多数の詩文が伝存する. 歌人としては三十六歌仙,『後撰和歌集』の撰者の一人. 2-38, 4-88, 5-29, 47, 54, 73, 6-31, (真玦) 2-38.

実恵《じつえ》 延暦 5 年(786)-承和 14 年(847). 俗姓佐伯氏. 空海に師事して, 高野山の開創に努力した. 承和 3 年, 空海の後を承けて東寺長者となる. 少僧都. 1-43.

司馬越《しばえつ》 ?-311. 西晋の人. 高密王司馬泰の子. 西晋末の混乱の中で活躍し, 東海王に封ぜられ, 恵帝の時, 太傅となった. (東海王越) 6-55.

謝偃《しやえん》 初め隋に仕え, 唐の貞観の初め, 対策及第. 弘文館学士となる. 『日本国見在書目録』に「謝偃集七」と見える. 4-112.

寂照《じやくしよう》 →定基《さだもと》

寂心《じやくしん》 →保胤《やすたね》

寂真《じやくしん》 →高光《たかみつ》

十五宮《じゆうごのみや》 →盛明親王《もりあきらしんのう》

十二親王《じゆうにしんのう》 →行明親王《ゆきあきらしんのう》

叔斉《しゆくせい》 殷末周初の人. 孤竹君の子, 伯夷の弟. 6-62.

朱建平《しゆけんへい》 魏の文帝のもとで五官将となる. 相術に長じた. 4-117.

順子《じゆんし》 大同 4 年(809)-貞観 13 年(871). 藤原冬嗣の女. 皇太子であった仁明天皇のもとに入内, 道康親王を生む. その即位(文徳天皇)に伴い, 東五条院に住む. (五条皇后) 2-45.

蕭允《しよういん》 蘭陵(江蘇省)の人. 介の子. 初め梁に, のち陳に仕えた. 6-20.

静覚《じようかく》 →仲平《なかひら》

章孝標《しようこうひよう》 785-?. 元和 14 年(819)進士. 秘書正字, 大理評事となる. 『千載佳句』に 34 首,『和漢朗詠集』に 7 首が入集する. 『通憲入道蔵書目録』に「章孝標集一巻」と見える.

匡房の「詩境記」に名が記される． 4-116.

彰子《しょうし》 永延2年(988)-承保元年(1074)．藤原道長の女．一条天皇の中宮，後一条天皇・後朱雀天皇の母．万寿3年(1026)，出家して上東門院の称を与えられる．（上東門院）2-9, 34, 3-60, 65.

昭宣公《しょうせんこう》 →基経《もとつね》

浄蔵《じょうぞう》 寛平3年(891)-康保元年(964)．俗姓三善氏．清行の子．比叡山に登り，密教，悉曇を学ぶ．管絃，天文，芸能など諸道に長じていたが，殊に祈禱にすぐれた法力を示した．『大法師浄蔵伝』があり，『拾遺往生伝』にも詳細な伝がある． 3-32, 50.

上東門院《じょうとうもんいん》 →彰子《しょうし》

聖徳太子《しょうとくたいし》 敏達3年(574)-推古30年(622)．用明天皇の皇子．用明2年(587)，天皇没後の皇位をめぐって蘇我，物部両氏が争ったとき，蘇我馬子の陣営に加わって戦ったという．推古天皇の皇太子，摂政となる． 1-41.

徐敬業《じょけいぎょう》 唐の人．李敬業ともいう．684年，則天武后の専横に反対して揚州で兵を挙げたが，失敗して部下に殺された． 6-65.

白河天皇《しらかわてんのう》 天喜元年(1053)-大治4年(1129)．後三条天皇皇子．母は藤原公成の女茂子．在位，延久4年(1072)-応徳3年(1086)．譲位後，院政を始め，43年間に及ぶ．仏教に深く傾倒し，多くの寺院を造営した．（院）6-49,（儲宮）1-5.

真雅《しんが》 延暦20年(801)-元慶3年(879)．俗姓佐伯氏．空海の弟．空海に師事する．藤原良房の要請を受けて，女明子のために修法し，皇子(のちの清和天皇)が誕生したことから良房と清和天皇の信任を得た．東寺長者，僧正，貞観寺座主などを歴任． 1-43, 2-1.

心覚《しんかく》 →保胤《やすたね》

真玦《しんきょう》 →順《したごう》

真済《しんぜい》 延暦19年(800)-貞観2年(860)．俗姓紀氏．御園の子．空海に師事し，天長9年(832)，神護寺を付嘱されて運営に尽力した．のち文徳天皇の護持僧を勤める．空海の漢詩文を集めて『遍照発揮性霊集』を編纂した．東寺長者，僧正． 1-43, 2-1.

真然《しんぜん》 ?-寛平3年(891)．俗姓佐伯氏．空海の甥．承和元年(834)，空海から高野山を付嘱され，空海の没後はその造営に尽力した．東寺長者，僧正． 1-43.

真如《しんにょ》 延暦18年(799)-貞観7年(865)．俗名は高岳親王．平城天皇皇子．嵯峨天皇の即位に伴い皇太子となるが，弘仁元年(810)の薬子の変に坐して廃された．出家して空海の弟子となる．貞観4年入唐し，さらにインドに渡ろうとして，途中で病死した． 1-43.

す

季綱《すえつな》 藤原氏．生没年未詳．実範の子，実兼の父．三河，越前，越後などの守を歴任，従四位上．天喜4年(1056)の殿上詩合に参加．承徳3年(1099)-康和4年(1102)の間に没する．『本朝続文粋』『本朝無題詩』『中右記部類紙背漢詩集』ほかに詩文がある．（先父）5-73.

季仲《すえなか》 藤原氏．永承元年(1046)-元永2年(1119)．経季の子．正二位，権中納言，大宰帥に至ったが，日吉社と争いを起こし，長治2年(1105)，周防国，ついで常陸国に配流され，その地で没した．『本朝続文粋』『中右記部類紙背漢詩集』ほかに詩文がある． 4-124.

菅根《すがね》 藤原氏．斉衡2年(855)-延喜8年(908)．良尚の子．文章生出身．文章博士，左中弁，式部大輔などを歴任，醍醐天皇の侍読を勤めた．従四位上，参議． 3-28, 29.

輔昭《すけあきら》 菅原氏．天慶9年(946)?-天元5年(982)．文時の子，惟煕の兄弟．従五位下，大内記．『本朝文粋』『類聚句題抄』『和漢朗詠集』ほかに詩文がある． 4-39, 90, 5-50.

佐国《すけくに》 大江氏．生没年未詳．長元7年(1034)から応徳3年(1086)まで史料に所見がある．通直の子．従五位上，掃部頭．『本朝続文粋』『本朝無題詩』『中右記部類紙背漢詩集』ほかに詩文がある． 4-83, 125, 6-73.

資忠《すけただ》 菅原氏．?-永延元年(987)．雅規の子．従四位下，右中弁．『粟田左府尚歯会詩』『類聚句題抄』に詩がある． 5-21.

輔尹《すけただ》 藤原氏．生没年未詳．南家興方の子で，懐忠の養子となる．従四位下，大和守．『本朝麗藻』『和漢兼作集』に詩があり，また歌人として家集『輔尹集』がある． 5-46.

資綱《すけつな》 醍醐源氏．寛仁4年(1020)-永保2年(1082)．顕基の子．正二位，中納言． 1-14.

助利《すけとし》 六人部氏．未詳．3-75脚注参照． 3-75.

助友《すけとも》 下毛野氏．生没年未詳．右近府生，右近将曹．競馬で秦近重と競ったことが『江

家次第』十九，『康平記』康平 4 年(1061)4 月 11 日，『古今著聞集』十五・482 に見える． 3–76.

資仲《すけなか》 藤原氏．治安元年(1021)–寛治元年(1087)．資平の子．正二位，権中納言，大宰権帥．応徳元年(1084)，出家． 1–14, 2–36, 3–32, 71,(入道帥) 1–26.

資業《すけなり》 藤原氏．永延 2 年(988)–延久 2 年(1070)．有国の子．東宮学士，文章博士，式部大輔などを歴任，従三位．『類聚句題抄』『和漢兼作集』ほかに詩がある． 2–32, 34, 5–42.

相規《すけのり》 光孝源氏．生没年未詳．清平の子．大学寮に入学，また菅家廊下に学ぶ．天徳 3 年(959)の内裏詩合に参加，時に民部大丞．山城，摂津の守となる．従五位上．『本朝文粋』『類聚句題抄』ほかに詩文がある． 6–9.

資平《すけひら》 藤原氏．寛和 2 年(986)–治暦 3 年(1067)．懐平の子，叔父実資の養子となる．正二位，大納言． 1–28,(故大納言) 2–36.

助平《すけひら》 茨田氏．生没年未詳．佐平，相平とも．『江家次第』十九，『九条殿記』天慶 7 年(944) 5 月 6 日，『日本紀略』応和 3 年(963) 5 月 15 日の，いずれも競馬の記事に見える． 3–75.

佐理《すけまさ》 藤原氏．天慶 7 年(944)–長徳 4 年(998)．実頼の孫，敦敏の子．正三位，参議．能書家でいわゆる三蹟の一人． 2–23, 3–34, 35.

輔正《すけまさ》 菅原氏．延長 3 年(925)–寛弘 6 年(1009)．在躬の子．儒職の顕官を歴任し，正三位，参議に至る．『本朝文粋』『本朝麗藻』『粟田左府尚歯会詩』ほかに詩文がある． 5–28.

相如《すけゆき》 高丘氏．生没年未詳．五常の孫〔『水言鈔』目次〕．文章生出身．詩文の才によって天徳・応和(957–964)の頃慶滋保胤と並称された．善秀才宅詩合，粟田左府尚歯会に参加．少内記，外記を経て，正暦 3 年(992)飛騨守．『本朝文粋』『類聚句題抄』ほかに詩文がある． 5–30, 6–2.

佐世《すけよ》 藤原氏．承和 14 年(847)–寛平 9 年(897)．菅雄の子．妻は道真の女．大学寮に学び，菅原是善に師事する．大学頭，式部少輔などを歴任，藤原基経の家司を勤める．従四位下，陸奥守．『日本国見在書目録』を編纂した． 1–34.

朱雀天皇《すざくてんのう》 延長元年(923)–天暦 6 年(952)．醍醐天皇皇子．母は藤原基経の女穏子．在位，延長 8 年(930)–天慶 9 年(946)．(朱雀院) 2–28.

せ

娍子《せいし》 天禄 3 年(972)–万寿 2 年(1025)．藤原済時の女．正暦 2 年(991)，東宮(のちの三条天皇)に入内した．宣耀殿女御．(済時卿女) 2–7.

清慎公《せいしんこう》 →実頼《さねより》

清範《せいはん》 応和 2 年(962)–長保元年(999)．俗姓大和氏．法相宗．興福寺の守朝に師事する．説経の名手．権律師． 1–49.

聖廟《せいびょう》 →道真《みちざね》

清和天皇《せいわてんのう》 嘉祥 3 年(850)–元慶 4 年(880)．文徳天皇第八皇子．母は藤原良房の女明子．生後 8 ケ月で三人の兄を超えて皇太子に立てられ，天安 2 年(858) 9 歳で即位．貞観 18 年(876)譲位，のち出家した． 3–5,(清和太上天皇) 3–5,(太上皇) 4–29,(東宮) 2–1.

薛道衡《せつどうこう》 540–609．北斉，北周，ついで隋に仕え，煬帝に重んじられたが，のち自殺させられた． 5–56.

前奥州《ぜんおうしゅう》 →為仲《ためなか》

善愷《ぜんがい》 生没年未詳．法隆寺の僧．承和 12 年(845)，檀越の登美直名の不法を太政官に告訴した． 2–35.

善家《ぜんけ》 →清行《きよゆき》

善相公《ぜんしょうこう》 →清行《きよゆき》

前中書王《ぜんちゅうしょおう》 →兼明親王《かねあきらしんのう》

そ

増賀《ぞうが》 延喜 17 年(917)–長保 5 年(1003)．俗姓橘氏，恒平の子．比叡山に登って良源の弟子となる．名利を避けて，奇行をなし，多武峰に隠棲した．『続本朝往生伝』に入る． 1–44.

則天武后《そくてんぶこう》 624–705．唐の高宗の皇后．姓は武氏．初め太宗の才人．高宗の死後，中宗，睿宗を相次いで即位させ，政治を専断した．690 年，睿宗を退位させ，自ら帝位に即き，国号を周と改めた．在位十六年．(則天皇后) 6–65.

帥殿《そちどの》 →伊周《これちか》

た

太公《たいこう》 漢の高祖劉邦の父． 6–56.

醍醐天皇《だいごてんのう》 仁和元年(885)–延長 8 年(930).

宇多天皇皇子．母は藤原高藤の女胤子．在位，寛平9年(897)-延長8年．後代その治世は聖代と称された．（延喜）2-36, 3-49, 4-4,（延喜聖主）1-1, 4, 16, 19, 3-33, 57, 4-14, 17, 21, 76, 5-33.

大織冠《たいしょくかん》　→鎌足《かまたり》

大宗《たいそう》　589-649．唐の第二代皇帝．李世民．李淵の子．父を助けて国家統一を成しとげ，唐王朝を確立した．在位，626-649．『貞観政要』『帝範』の著がある．　3-40.

泰能《たいのう》　未詳．　6-73.

隆家《たかいえ》　藤原氏．天元2年(979)-長久5年(1044)．道隆の子，伊周の弟．正二位，中納言．1-8.

隆方《たかかた》　藤原氏．長和3年(1014)-承暦2年(1078)．隆光の子．右中弁，但馬守，中宮権大進などを歴任，正四位上．　3-14.

隆兼《たかかね》　大江氏．?-康和4年(1102)．匡房の子．文章得業生から対策及第．蔵人，兵部少輔などを経て従四位上，式部少輔．父に先立って没した．『本朝続文粋』『本朝無題詩』ほかに詩文がある．　6-73.

高倉宮《たかくらのみや》　→祐子内親王《ゆうしないしんのう》

挙周《たかちか》　大江氏．?-永承元年(1046)．匡衡の子で，匡房の祖父．母は赤染衛門．東宮学士，式部権大輔等を歴任して，正四位下．　2-38,（祖父）3-7,（達幸）2-38.

孝親《たかちか》　橘氏．生没年未詳．匡房の外祖父．長元6年(1033)の頃，大内記，ついで民部少輔となり，長暦2年(1038)，文章博士となる．永承5年(1050)の頃，従四位下，宮内大輔．『中右記部類紙背漢詩集』『教家摘句』『行成詩稿』ほかに詩がある．　3-1, 4-125, 5-1, 47, 52,（橘工部）4-51.

孝言《たかとき》　惟宗氏．長和4年(1012)頃の生まれ．文章得業生を経て，大学頭，掃部頭，伊賀守などを歴任，従四位上．八十余歳で没する．匡房は「暮年詩記」で佐国と共に「後進の領袖」と並称する．『本朝無題詩』『中右記部類紙背漢詩集』ほかに入集．

2-16, 3-27の孝言は別人である可能性が高い．2-16の孝言は話の内容から外記であると考えられ，3-27も『今昔物語集』二十四・25の同話では「其時ニ亦□ノ孝言ト云フ大外記有ケリ」とあるが，惟宗孝言は外記になっていない．しかし孝言という名の外記の存在も確認できない．　2-16, 3-27, 4-83, 6-73.

隆俊《たかとし》　醍醐源氏．万寿2年(1025)-承保2年(1075)．隆国の子．正二位，権中納言．　1-14.

挙直《たかなお》　藤原氏．生没年未詳．諸蔭の孫，利博の子．寛弘4年(1007)の『世俗諺文』序に「参州前刺史」と見える．従五位下．『類聚句題抄』に詩がある．　4-21, 5-46.

高野天皇《たかのてんのう》　→孝謙天皇《こうけんてんのう》

高藤《たかふじ》　藤原氏．承和5年(838)-昌泰3年(900)．良門の子．女の胤子が生んだ醍醐天皇の即位により官位が進み，正三位，内大臣に至る．勧修寺流の祖．　3-38, 39.

孝道《たかみち》　清和源氏．?-寛弘7年(1010)?．元亮の子で，満仲，頼光の養子となる．正五位下，越前守．『本朝麗藻』『類聚句題抄』に詩がある．5-46, 60.

高光《たかみつ》　藤原氏．天慶3年(940)?-正暦5年(994)?．師輔の子．従四位下，右近衛少将に至り，応和元年(961)，突然出家し，多武峰に住した．和歌に長じ，三十六歌仙の一人．家集『高光集』がある．　2-39,（寂真）2-39,（如覚）2-39.

隆光《たかみつ》　藤原氏．天延2年(974)-?．宣孝の子．蔵人，諸国の守，皇后大進，左京大夫などを歴任．　3-19.

高村《たかむら》　未詳．小野篁か．　2-20.

篁《たかむら》　小野氏．延暦21年(802)-仁寿2年(852)．岑守の子．承和の遣唐使の副使に任ぜられたが，大使と争い，職を辞して遣唐使を風刺したため左遷された．従三位，参議．和漢兼作の詩人で，白居易の詩文の最初の受容者の一人．　3-39, 42, 4-5, 18, 24,（野篁）3-38, 39,（野相公）1-3,　4-18, 24.

武利《たけとし》　土師氏．未詳．『二中歴』一能歴・近衛舎人に「近利〈下野．江談云，土師武利〉」とある．　3-75.

武仲《たけなか》　播磨氏．生没年未詳．定正(貞理)の父．延喜18年(918)10月19日，北野での遊猟に鷹飼の一人となる〔西宮記十七・野行幸〕．3-75.

武文《たけふみ》　物部氏．生没年未詳．『江家次第』十九，『続本朝往生伝』一条天皇伝に見え，三条殿(藤原頼忠)の随身．『御堂関白記』『小右記』に右近将曹，左近将監の多武文が見えるが同一人物か．　3-76.

忠臣《ただおみ》　島田氏．天長5年(828)-寛平4年(892)．大学寮に学び，菅原是善に師事する．

従五位上，伊勢介に至る．女の宣来子は菅原道真の妻．家集『田氏家集』が現存する．　2-38, (達音) 2-38.

忠君《ただきみ》　藤原氏．?-安和元年(968)．師輔の子．正四位下，右兵衛督．　4-28.

忠実《ただざね》　藤原氏．承暦 2 年(1078)-応保 2 年(1162)．師通の子，祖父師実の養子となる．従一位，摂政，関白，太政大臣．日記『殿暦』があり，言談の筆録が『中外抄』『富家語』．(殿下) 3-60, 65.

忠輔《ただすけ》　藤原氏．天慶 7 年(944)-長和 2 年(1013)．国光の子．正三位，権中納言．　3-16.

斉名《ただな》　紀氏．天徳元年(957)-長保元年(999)．本姓は田口氏．大学寮に学び，橘正通に師事した．大内記．『扶桑集』の編者．『本朝文粋』『類聚句題抄』ほかに詩文がある．　4-89, 125, 5-4, 29, 54, 62, 69, 6-27, 36, 38, 39, 73.

斉信《ただのぶ》　藤原氏．康保 4 年(967)-長元 8 年(1035)．為光の子．正二位，大納言となり，万寿 5 年(1028)，民部卿を兼ねる．一条朝の四納言の一人で，当代に輩出した漢詩文に堪能な公卿の一人．　1-8, 3-25, 4-55, 95, 5-42, 43, 45, 58, 59, 6-73, (戸部) 1-8, (戸部納言) 5-42, (小松雄君) 5-58.

忠平《ただひら》　藤原氏．元慶 4 年(880)-天暦 3 年(949)．基経の子．従一位，関白，太政大臣．死後貞信公と贈名された．(貞信公) 1-1, 28, 40, 2-37, 44.

忠文《ただふみ》　藤原氏．貞観 15 年(873)-天暦元年(947)．枝良の子．平将門の乱の時，征東大将軍となる．正四位下，参議，民部卿．　1-16, 2-42, 43, 3-22, 4-115.

尹丸《ただまる》　未詳．　1-28.

橘本大夫《たちばなのもとたいふ》　未詳．　1-25.

達音《たつおん》　→忠臣《ただおみ》

達幸《たつこう》　→挙周《たかちか》

田村麿《たむらまろ》　坂上氏．天平宝字 2 年(758)-弘仁 2 年(811)．苅田麻呂の子．桓武朝の重要政策であった蝦夷征討に功績があった．正三位，大納言，右近衛大将．　6-46.

為親《ためちか》　明法生とあることから，『御堂関白記』寛弘元年(1004)9 月 14 日，同 2 年 12 月 21 日に右大史，左大史として見える内蔵為親か．『小右記』『権記』『本朝世紀』にも前後する時期に史として見える．　6-73.

為時《ためとき》　藤原氏．生没年未詳．雅正の子，紫式部の父．正五位下，越後守．長和 5 年(1016)出家．『本朝麗藻』『類聚句題抄』ほかに詩がある．　4-110, 5-23, 46, 60.

為仲《ためなか》　橘氏．?-応徳 2 年(1085)．義通の子．正四位下，陸奥守，太皇大后宮亮．歌人として家集がある．　1-28, 2-7, (奥州・前奥州) 3-34, 35.

為信《ためのぶ》　清原氏．天暦元年(947)-長和 4 年(1015)．蔵人，大隅守．長和 3 年 2 月 26 日，大隅守の任を終えて上京する〔小右記〕．　4-67.

為憲《ためのり》　光孝源氏．天慶 4 年(941)-寛弘 8 年(1011)．忠幹の子．大学寮に学び，源順に師事する．蔵人，式部丞などを経て，諸国の守を歴任，従五位下．『口遊』『三宝絵』『世俗諺文』の編著がある．『本朝文粋』『本朝麗藻』ほかに多数の詩文がある．　4-43, 70, 92, 5-27, 46, 52, 60, 68, 6-38, 40, 44.

為政《ためまさ》　慶滋氏．生没年未詳．長徳 4 年(998)から長元 2 年(1029)まで資料に所見がある．保章の子，保胤の甥．従四位上，文章博士，式部少輔．『本朝続文粋』『本朝麗藻』『類聚句題抄』ほかに詩文がある．　4-92.

淡海公《たんかいこう》　→不比等《ふひと》

丹波殿《たんばどの》　→匡衡《まさひら》

ち

近重《ちかしげ》　秦氏．生没年未詳．「助友《すけとも》」の項参照．　3-76.

近俊《ちかとし》　秦氏．生没年未詳．近年，近利，親利とも．近衛番長．『江家次第』十九，『小右記』『御堂関白記』『左経記』に見える．　3-76.

愛成《ちかなり》　善淵氏．天長 9 年(832)-?．本姓六人部氏．大外記，助教，大学博士などを歴任，従五位上．『文徳実録』の編纂に参加した．6-50.

親信《ちかのぶ》　平氏．天慶 8 年(945)-寛仁元年(1017)．従二位，参議．(平宰相) 2-25.

千歳《ちとせ》　逢坂山に住む盲人．琵琶の名手．源博雅に秘曲を伝授した．　3-63.

中書王《ちゅうしょおう》　→兼明親王《かねあきらしんのう》

中書大王《ちゅうしょだいおう》　→兼明親王《かねあきらしんのう》

忠仁公《ちゅうじんこう》　→良房《よしふさ》

張鑽《ちょうさん》　498-548．正しくは張纘．梁代，范陽の人．尚書僕射．死後，開府，儀同三司を追贈された．　6-20.

張贊《ちょうさん》　未詳．　6-24.

奝然《ちょうねん》　天慶元年(938)-長和 5 年(1016)．俗姓は藤原氏．東大寺に学ぶ．永観元年(983)

に入宋し，一切経や釈迦の彫像などを将来した．のち東大寺別当となる． 4–85.

張方古《ちようほうこ》 未詳． 4–60.

張良《ちようりよう》 ?–前 168． 字(あざな)は子房．先祖は韓の宰相であったが，韓が秦に亡ぼされたので，始皇帝を暗殺しようとして失敗し，隠れ住んでいた時，老人から太公望の兵書を与えられた．のち漢の高祖に従って功績があり，留侯に封じられた． 3–71.

つ

土御門右府《つちみかどうふ》 →師房《もろふさ》

綱時《つなとき》 未詳． 3–44.

経輔《つねすけ》 藤原氏．寛弘 3 年(1006)–永保元年(1081)．隆家の子．正二位，権大納言． 2–12.

常嗣《つねつぐ》 藤原氏．延暦 15 年(796)–承和 7 年(840)．葛野麻呂の子．従三位，参議，左大弁．承和元年，遣唐大使に任ぜられ，二度の失敗の後，同 5 年入唐．『経国集』に詩がある． 4–18.

経任《つねとう》 藤原氏．長保 2 年(1000)–治暦 2 年(1066)．斉信の子．永承 2 年(1047)，治部卿となり，康平 8 年(1065)権大納言，正二位．(故治部卿大納言) 3–12.

経信《つねのぶ》 宇多源氏．長和 5 年(1016)–永長 2 年(1097)．道方の子．承暦 5 年(1081)，民部卿，寛治 8 年(1094)，大宰権帥に任ぜられ，赴任してその地で没した．正二位，大納言．多才で詩文，和歌，音楽など諸道に通じた． 1–14, 37, (戸部卿) 2–34, 3–41, (帥大納言) 3–77.

経頼《つねより》 宇多源氏．寛和 2 年(986)–長暦 3 年(1039)．扶義の子．正三位，参議，右兵衛督．日記『左経記』がある． 2–12, 40.

て

亭子院《ていじいん》 →宇多天皇《うだてんのう》

貞信公《ていしんこう》 →忠平《ただひら》

定沢《ていたく》 →保胤《やすたね》

天安皇帝《てんあんこうてい》 →文徳天皇《もんとくてんのう》

天神《てんじん》 →道真《みちざね》

天満天神《てんまんてんじん》 →道真《みちざね》

天武天皇《てんむてんのう》 ?–天武 15 年(686)．舒明天皇皇子．天智天皇の弟．在位，673–686．天智の没後，壬申の乱に勝利を得て即位し，律令体制の確立を推進した． (清原天皇) 1–11.

天暦皇帝《てんりやくこうてい》 →村上天皇《むらかみてんのう》

天暦帝《てんりやくてい》 →村上天皇《むらかみてんのう》

と

東海王越《とうかいおうえつ》 →司馬越《しばえつ》

藤慶《とうけい》 →道明《みちあきら》

藤賢《とうけん》 →有国《ありくに》

道子《どうし》 長久 3 年(1042)–長承元年(1132)．藤原能長の女．東宮であった白河天皇のもとに入内，御息所となり，即位ののち，女御となる． (故女御殿) 6–49.

藤文《とうぶん》 →在衡《ありひら》

融《とおる》 源氏．弘仁 13 年(822)–寛平 7 年(895)．嵯峨天皇皇子．臣籍に降下して源姓を与えられた．従一位，左大臣．宏壮な邸宅河原院を営んだ． 3–11, 32.

時綱《ときつな》 光孝源氏．生没年未詳．信忠の子．長久 4 年(1043)の頃，文章生．従五位上，肥後守．寛治 2 年(1088)事に坐して安房に配流された．『時綱草』1 巻〔本朝書籍目録〕は散佚．『本朝無題詩』『中右記部類紙背漢詩集』ほかに詩がある． 5–48.

時範《ときのり》 平氏．天喜 2 年(1054)–天仁 2 年(1109)．定家の子．正四位下，右大弁． 2–25.

時平《ときひら》 藤原氏．貞観 13 年(871)–延喜 9 年(909)．基経の子．正二位，左大臣． 3–21.

時光《ときみつ》 藤原氏．天暦元年(947)–長和 4 年(1015)．兼通の子，道長の従兄弟．従二位，中納言． 1–28.

時棟《ときむね》 大江氏．生没年未詳であるが，天喜 5 年(1057)の詩に「七十年余」という〔擲金抄〕．系譜未詳．幼時，道長が路上で拾い，匡衡に養わせたという〔十訓抄〕．文章生を経て，出羽，出雲，河内などの守を歴任した．『本朝続文粋』『中右記部類紙背漢詩集』ほかに詩文がある． 1–22, 49, 6–73.

時望《ときもち》 平氏．元慶元年(877)–承平 8 年(938)．惟範の子．従三位，中納言． (平中納言) 2–25.

俊明《としあき》 醍醐源氏．寛徳元年(1044)–永久 2 年(1114)．隆国の子．正二位，大納言，民部卿．(民部卿) 1–35.

俊賢《としかた》 醍醐源氏．天徳 4 年(960)–万寿 4 年(1027)．高明の子．正二位，権大納言．一条朝の四納言の一人．『本朝麗藻』に詩がある． 2–32.

俊貞《としさだ》 未詳．一説に『宇治拾遺物語』序の俊貞と同一人物で，藤原知通の養子． 3–7.

俊綱《としつな》 藤原氏. 長元元年(1028)–寛治 8 年(1094). 頼通の子. 正四位上, 修理大夫. 伏見に邸宅を構え, 風流な生活を送った. 『作庭記』の著者という. 2–47.

俊遠《としとお》 橘氏. 生没年未詳. 長徳元年(995)から万寿 2 年(1025)まで史料に所見がある. 俊済の子. 肥後, 周防, 讃岐などの守, 東宮亮を歴任, 従四位下. 一時頼通の子俊綱を養子にした. 5–42.

年名《とした》 南淵氏. 大同 2 年(807)–貞観 19 年(877). 本姓坂田氏. 永河の子. 文章生出身. 従三位, 大納言. 『貞観格式』『日本文徳天皇実録』の編纂に参与し, 貞観期の実務官僚として活躍した. 2–35.

俊房《としふさ》 村上源氏. 長元 8 年(1035)–保安 2 年(1121). 師房の子. 従一位, 左大臣. 漢詩文をよくし, 『本朝続文粋』『中右記部類紙背漢詩集』ほかに詩文がある. (左府) 1–28, 5–70, 6–47.

敏行《としゆき》 藤原氏. ?–延喜元年(901). 同 7 年没とする説もある. 南家富士麿の子. 寛平 5 年, 権左中将. 従四位上, 右兵衛督に至る. 能書家. 歌人としてもすぐれ, 三十六歌仙の一人で, 家集『敏行集』がある. 1–27, 2–21.

杜荀鶴《とじゅんかく》 846–904. 晩唐の詩人. のち後梁に仕え, 翰林学士となる. 『唐風集』がある. 『和漢朗詠集』に 4 首が引かれ, 匡房の「詩境記」に名が記されている. 『通憲入道蔵書目録』に「杜荀鶴一巻」とある. 4–60, 115.

舎人親王《とねりしんのう》 天武天皇 5 年(676)–天平 7 年(735). 天武天皇皇子. 母は新田部皇女. 淳仁天皇の父. 養老の頃には皇室の長老格となり, 知太政官事として国政に参与した. 一品. 5–24.

具平親王《ともひらしんのう》 応和 4 年(964)–寛弘 6 年(1009). 村上天皇皇子. 二品, 中務卿. 兼明親王に対比して後中書王(中書王は中務卿の唐名)と称される. 慶滋保胤に師事して学び, 詩文学問にすぐれた才能を発揮した. 編著『弘決外典鈔』があり, 『本朝文粋』『本朝麗藻』ほかに多くの詩文がある. (後中書王) 4–8, 9, 64, 5–18, 6–19, 23, (七条宮) 6–25, (中務宮) 5–45, (六条宮) 4–10, 37, 89, 5–13, 49, 50.

知房《ともふさ》 藤原氏. 永承元年(1046)–天永 3 年(1112). もと醍醐源氏良宗の子で, 藤原信長の養子となる. 正五位下, 美濃守. 『本朝無題詩』『中右記部類紙背漢詩集』に詩がある. 4–123, 5–20, 41, (美州) 4–125.

豊山《とよたか》 三善氏. 未詳. 4–97.

な

名明《なあきら》 菅野氏. 生没年未詳. 『天徳三年闘詩行事略記』『二中歴』詩人歴に「勘解由次官菅野名明」と見える. 『扶桑集』の詩人であったが, その詩は散佚し, 『類聚句題抄』『和漢朗詠集』『新撰朗詠集』『擲金抄』に詩がある. (在明) 4–17.

直幹《なおもと》 橘氏. 生没年未詳. 承平 7 年(937)から康保 3 年(966)まで史料に所見がある. 長盛の子. 従四位下, 式部大輔. 『本朝文粋』『天徳三年闘詩行事略記』『類聚句題抄』ほかに詩文がある. 4–15, 19, 6–10.

中興《なかき》 平氏. ?–延長 8 年(930). 桓武平氏季長の子. のち光孝平氏忠望王の子となる. 文章生を経て, 内記となり, 遠江, 讃岐などの守を歴任し, 正五位下, 左衛門権佐. 『古今集』『後撰集』に入集する. 4–74, (讃州平刺史) 4–74.

長国《ながくに》 中原氏. ?–天喜 2 年(1054). 重頼の子. 大学寮に学び, 大江匡衡に師事した. 外記, 大隈守, 肥前守などを歴任. 『新撰朗詠集』『中右記部類紙背漢詩集』ほかに詩がある. 4–95, 5–48.

永貞《ながさだ》 善淵氏. 弘仁 4 年(813)–仁和元年(885). もとの姓名は六人部福貞. 助教, 大学博士, 正五位下. 6–50.

中庸《なかつね》 伴氏. 生没年未詳. 善男の子. 天安 2 年(858), 右衛門佐. 貞観 8 年(866), 応天門に放火したという罪で隠岐に流される. (息男佐) 2–35.

中関白《なかのかんぱく》 →道隆《みちたか》

仲平《なかひら》 藤原氏. 貞観 17 年(875)–天慶 8 年(945). 基経の子. 正二位, 左大臣. 2–39, 3–13, (静覚) 2–39.

仲麻呂[1]《なかまろ》 藤原氏. 慶雲 3 年(706)–天平宝字 8 年(764). 南家武智麻呂の子. 孝謙天皇の寵愛を得て政権を確立し, 淳仁天皇の治世には大保(右大臣)となり, 氏姓に恵美を加え, 名を押勝と与えられた. のち反乱を起こして殺された. 2–39, (恵美大臣) 2–39, (押勝) 2–39.

仲麻呂[2]《なかまろ》 阿倍氏. 文武 2 年(698)–宝亀元年(770). 船守の子. 養老元年(717), 遣唐使に従って入唐, 太学で学んだ後, 官職に就く.

天平勝宝5年，遣唐使と共に帰国の途中に遭難し，再び唐に戻り，朝廷に仕えて，その地に没した．王維，李白らと交遊があった． 3-3.

永愷《ながやす》 →能因《のういん》

成忠《なりただ》 高階氏．延長元年(923)-長徳4年(998)．良臣の子．文章得業生から対策及第．大内記，東宮学士，式部大輔などを歴任，従二位．女の貴子が藤原道隆の妻となり，中宮定子，伊周，隆家を生む． 5-53.

済時《なりとき》 藤原氏．天慶4年(941)-長徳元年(995)．師尹の子．正二位，大納言，左大将． 2-7, 3-16,（小一条大将）1-28, 3-16.

済時卿女《なりとききようのむすめ》 →娍子《せいし》

済政《なりまさ》 宇多源氏．?-長久2年(1041)．時中の子．諸国の守を歴任．従四位下．死後，従三位を贈られた．管絃，郢曲，鞠などに長じた． 3-60.

斉光《なりみつ》 大江氏．承平4年(934)-永延元年(987)．維時の子．正三位，参議，左大弁． 4-100,（江左大丞）1-28, 2-36.

に

二条関白殿《にじようかんぱくどの》 →師通《もろみち》

二条殿《にじようどの》 →教通《のりみち》

入覚《にゆうかく》 →花山天皇《かざんてんのう》

如覚《によかく》 →高光《たかみつ》

如実《によじつ》 →兼家《かねいえ》

仁海《にんがい》 天暦8年(954)-永承元年(1046)．元杲の弟子．山城の小野に曼荼羅寺を建立し，真言密教の広布に勤め，東密小野流の祖となる．たびたび請雨経法を修して効験があり，雨僧正と称された． 1-17.

仁康《にんこう》 生没年未詳．源融の子という説〔帝王編年記ほか〕は疑問．良源の弟子．正暦2年(991)河原院で釈迦像を供養し，長保2年(1000)これを広幡院に移した． 6-15.

仁明天皇《にんみようてんのう》 弘仁元年(810)-嘉祥3年(850)．嵯峨天皇皇子．母は橘清友の女嘉智子．在位，天長10年(833)-嘉祥3年． 3-9,（深草天皇）3-5.

の

能因《のういん》 永延2年(988)-?．俗名橘永愷．元愷の子．文章生となるが，長和初年(1012-)，出家する．歌人として活躍し，『能因集』『玄々集』『能因歌枕』などが現存する． 2-39,（橘永愷）2-39.

後生《のちおう》 藤原氏．『北山抄』『日本紀略』等は俊生．延喜9年(909)-天禄元年(970)．佐世の孫，文貞の子．従四位上，文章博士．『本朝文粋』『類聚句題抄』ほかに詩文がある． 4-27.

宣義《のぶよし》 菅原氏．?-長和6年(1017)．文時の孫，惟熙の子．大内記，東宮学士，文章博士などを歴任，正四位下．『本朝麗藻』『類聚句題抄』ほかに詩がある． 6-53.

範国《のりくに》 平氏．生没年未詳．行義の子．五位蔵人，甲斐，美作，伊予などの守を歴て，正四位下，右衛門権佐． 2-12, 31.

義忠《のりただ》 藤原氏．寛弘元年(1004)-長久2年(1041)．式家為文の子．後朱雀天皇の東宮学士，侍読，文章博士，権左中弁などを歴任．吉野川で水死．従三位，参議を追贈される．『本朝続文粋』『中右記部類紙背漢詩集』『類聚句題抄』ほかに詩文がある． 5-42.

範綱《のりつな》 藤原氏．生没年未詳．篤茂の孫，光業の子．康平4年(1061)の頃，学生．延久3年(1071)3月の勧学会に参加，記者となる．康和元年(1099)正月，下総守となる．従五位下．『中右記部類紙背漢詩集』に詩がある． 5-37.

教通《のりみち》 藤原氏．長徳2年(996)-承保2年(1075)．道長の子，頼通の弟．頼通の後を継いで関白となり，従一位，太政大臣．（二条殿）1-28, 2-30.

則光《のりみつ》 橘氏．康保2年(965)生，没年未詳．敏政の子．清少納言の夫．蔵人，能登，土佐，陸奥の守などを歴任．従四位上． 3-25.

は

裴璆《はいきゆう》 渤海の人．裴頲(はいてい)の子．延喜8年(908)大使として来朝，時に文籍院少監．のち同19年に，また延長7年(929)には渤海を滅ぼした東丹国使として来朝した． 4-71,（裴大使）4-23.

裴遡《はいさく》 →裴頲《はいてい》

買嵩《ばいすう》 未詳．賈嵩の誤りか．賈嵩は唐代の詩人で，『文苑英華』などに作品が見える． 6-1.

裴大使《はいたいし》 →裴璆《はいきゆう》 →裴頲《はいてい》

裴頲《はいてい》 渤海の人．元慶6年(882)大使として来朝．時に文籍院少監．（裴遡）4-71.（裴大使）4-80.

伯夷《はくい》 殷末周初の人．孤竹君の長子．叔斉の兄． 6-62.

白居易《はくきょい》 772-846．中唐の詩人．字は楽天．先祖は太原の人．進士に及第し，翰林学士，左拾遺などを経て，一時江州司馬に左遷されたが，のち地方長官を歴任し，刑部尚書に至る．『白氏文集』71 巻がある．その詩文は平安朝初期に日本に将来され，大きな影響を与えた． (居易) 5-7, 12, 40, (白) 4-1, 2, 3, 53, 54, 55, 57, 62, 118, 121, (白楽天) 4-18, (楽天) 3-5.

白行簡《はくこうかん》 775-826．白居易の弟．元和 2 年(807)，進士に及第．左拾遺，主客郎中などを歴任．伝奇『李娃伝』『三夢記』の作がある． 5-7.

白敏中《はくびんちゅう》 白居易の従父弟．長慶(821-)の初め進士に及第．翰林学士，節度使，中書令などを歴任，太子太師に至る． 5-7.

長谷雄《はせお》 紀氏．承和 12 年(845)-延喜 12 年(912)．貞範の子．大学寮に学び，道真に師事する．文章博士，式部大輔，左大弁等を経て，従三位，中納言．寛平・延喜期を代表する文人．家集『紀家集』が残巻として伝存する． 2-38, (紀) 6-73, (紀家) 1-34, 38, 5-16, 29, 34, 36, 46, (紀納言) 3-27, 4-111, 6-13, (発超) 2-38.

発超《はっちょう》 →長谷雄《はせお》

逸勢《はやなり》 橘氏．?-承和 9 年(842)．入居の子．延暦の遣唐使に従って入唐，従五位下，但馬権守．承和の変に坐して捕えられ，伊豆に流される途中で没した．能書家で，いわゆる三筆の一人． 1-27.

玄上《はるかみ》 藤原氏．斉衡 3 年(856)-承平 3 年(933)．南家諸葛の子．従三位，参議．琵琶の名手． 3-57.

春道《はるみち》 惟良氏．生没年未詳．承和 4 年(837)伊勢介，同 11 年，従五位上．『扶桑集』に小野篁との唱和詩があり，二人の文学的親交がうかがわれ，その詩には白居易詩の影響が顕著である．白居易，元稹ら新来の文学の最も早い時期の受容者．『経国集』『和漢朗詠集』にも入集． (惟十四) 4-24.

伴大納言《ばんだいなごん》 →善男《よしお》

ひ

広景《ひろかげ》 山氏．未詳． 3-75.

広綱《ひろつな》 藤原氏．生没年未詳．正家の子．承暦 3 年(1079)に対策，蔵人となり，寛治元年(1087)の頃，勘解由次官に在官．『本朝続文粋』『中右記部類紙背漢詩集』『教家摘句』に詩文がある． 5-27.

広俊《ひろとし》 中原広俊か．生没年未詳．『中右記部類紙背漢詩集』に天永 2 年(1111) 11 月の詠詩がある．日向守．『本朝無題詩』に多数の詩が入集する． 3-7.

広人《ひろひと》 未詳．宗人の誤りか．2-20 脚注参照．また広公の誤りとすれば，直道氏．『続日本後紀』承和 5 年(838) 6 月 26 日に助教として見える． 2-20.

博文《ひろふみ》 藤原氏．?-延長 7 年(929)．貞幹の子．大内記，東宮学士，文章博士などを歴任，従四位下．『本朝文粋』『扶桑集』『類聚句題抄』に詩文がある． 4-21.

博雅《ひろまさ》 醍醐源氏．延喜 18 年(918)-天元 3 年(980)．克明親王の子．従三位，非参議，皇太后宮権大夫．管絃の名手． 3-53, 63.

広相《ひろみ》 橘氏．承和 4 年(837)-寛平 2 年(890)．名は初め博覧．峰範の子．東宮学士，式部大輔，文章博士などを歴任し，正四位上，参議．従三位，中納言を追贈される．多岐に亘る著作があったが，ほとんどが散佚し，『本朝文粋』『和漢朗詠集』ほかにわずかに詩文が残る． 4-102, 5-44, 63, 64, (橘贈納言) 5-26, (贈納言) 4-79.

ふ

深草天皇《ふかくさてんのう》 →仁明天皇《にんみょうてんのう》

英明《ふさあきら》 源氏．?-天慶 2 年(939)．宇多天皇皇子斉世親王の子．母は菅原道真女．従四位，左近衛中将．『本朝文粋』『扶桑集』ほかに詩文がある． 2-29, 41, 5-67.

房前《ふささき》 藤原氏．天武 10 年(681)-天平 9 年(737)．不比等の子．正三位，参議．太政大臣を追贈された．北家の祖． 1-40.

武帝《ぶてい》 前 156-87．漢の第七代の皇帝．劉徹．景帝の子．在位，前 141-87． (漢帝) 6-49.

不比等《ふひと》 藤原氏．斉明 5 年(659)-養老 4 年(720)．鎌足の子．大宝律令の制定，平城遷都を推進し，天皇家と結びついて藤原氏興隆の基礎を築いた．正二位，右大臣．死後淡海公を追称された． (淡海公) 1-40.

文雄《ふみお》 巨勢氏．天長元年(824)-寛平 4 年(892)．本姓味酒首．大学寮に学んで大江音人に師事し，対策及第．大内記，文章博士，

右中弁などを歴任，従四位下.　5–44.

文時《ふみとき》　菅原氏．昌泰 2 年(899)–天元 4 年(981)．道真の孫，高視の子．4 歳で祖父の左遷に遭い一家離散し，苦労を重ね，44 歳で対策に及第．文章博士，式部大輔などを歴任，83 歳にしてようやく従三位に昇ったが，その年没した．村上朝の代表的文人．『本朝文粋』『扶桑集』ほかに多くの詩文がある．　4–19, 35, 39, 54, 72, 90, 109, 113, 5–49, 50, 57, 66, 67, 68, 73, 6–8, 18, 23, (菅三品) 4–19, 36, 70, 72, 81, 5–16, 46, 73, 6–7, 34, (菅李部) 4–34, (三品) 6–14.

文範《ふみのり》　藤原氏．延喜 9 年(909)–長徳 2 年(996)．元名の子．従二位，中納言，民部卿．2–15.

冬嗣《ふゆつぐ》　藤原氏．宝亀 6 年(775)–天長 3 年(826)．内麻呂の子．嵯峨天皇の信任を得て，創設された蔵人所の頭となる．弘仁期(810–824)における格式，正史，勅撰詩集の編纂を推進し，また天皇家との結びつきを深めて，藤原北家興隆の基礎を築いた．　3–39, (閑院大臣) 1–40.

文帝[1]《ぶんてい》　187–226．魏の曹丕．武帝(曹操)の子．220 年，後漢の献帝を廃して帝位に即く．4–117.

文帝[2]《ぶんてい》　407–453．南朝宋の第三代皇帝．劉義隆．武帝の子．在位 424–453．(明帝) 5–56.

へ・ほ

平宰相《へいさいしょう》　→親信《ちかのぶ》

平中納言《へいちゅうなごん》　→時望《ときもち》

遍昭《へんじょう》　弘仁 6 年(816)–寛平 2 年(890)．俗名良岑宗貞．安世の子．仁明天皇に左近衛少将，蔵人頭として近侍し，嘉祥 3 年(850)，天皇の死に会い，出家した．歌人として知られ，六歌仙の一人．　2–39, (良峰宗貞) 2–39.

方干《ほうかん》　809–873 ?．唐の詩人．大中年間(847–859)に進士に推薦されたが及第せず，鑑湖(浙江省)のほとりに隠棲した．　5–8.

宝志《ほうし》　418–514．宝誌，保誌とも．梁の禅僧．奇行が多く大衆を惑わす者として投獄されたが，神異を現すことも多く，梁武帝に尊崇された．日本では観音の化身，また讖記の作者とされた．　3–1, 5–71.

褒子《ほうし》　生没年未詳．藤原時平の女．宇多上皇に仕え，三親王を生む．宇多の没後，出家．(京極御休所) 3–32.

鮑明遠《ほうめいえん》　405 ?–466．南朝宋の詩人．名は照，明遠は字．宋の文帝のとき，中書舎人となり，のち臨海王に仕えて参軍となる．謝霊運と並び称せられ，『鮑参軍集』10 巻がある．　5–56.

堀河天皇《ほりかわてんのう》　承暦 3 年(1079)–嘉承 2 年(1107)．白河天皇皇子．母は藤原師実の女賢子．在位，応徳 3 年(1086)–嘉承 2 年．その治世は匡房の後半生に当たる．(堀河院) 2–8.

堀川大臣《ほりかわのおとど》　→顕光《あきみつ》

ま

真備《まきび》　吉備氏．持統 9 年(695)–宝亀 6 年(775)．本書 3–2 参照．　3–2, (吉備) 3–1, 2, 3, (吉備大臣) 3–1, 2, 3.

雅材《まさき》　藤原氏．生没年未詳．経臣の子，惟成の父．天暦 9 年(955)文章生．蔵人，式部少丞，右少弁などを歴任，従五位上．『本朝文粋』『粟田左府尚歯会詩』『類聚句題抄』ほかに詩文がある．　6–16, 21.

允亮《まさすけ》　惟宗氏．生没年未詳．公方の孫．明法道の学者．勘解由次官，明法博士等を歴任，従四位下．『政事要略』を編纂した．　2–15.

正武《まさたけ》　清井氏．生没年未詳．右近府生．『小右記』『御堂関白記』に長和 2 年(1013)から寛仁 4 年(1020)に至る記事が見える．　3–75.

正近《まさちか》　秦氏．生没年未詳．『江家次第』十九に見え，『御堂関白記』寛仁元年(1017) 9 月 23 日に石清水の競馬に出場したことが見える．　3–76, 77.

雅信《まさのぶ》　宇多源氏．延喜 20 年(920)–正暦 4 年(993)．敦実親王の子．従一位，左大臣．(一条左大臣) 2–13, 25, (右大臣) 6–7.

雅規《まさのり》　菅原氏．道真の孫，高視の子．『尊卑分脈』に天元 2 年(979)，61 歳で没とあるが，高視の死後の生まれとなり，不審．文章博士，左少弁，山城守などを歴任．『本朝文粋』『扶桑集』ほかに詩文がある．　4–30.

匡衡《まさひら》　大江氏．天暦 6 年(952)–寛弘 9 年(1012)．重光の子，匡房の曾祖父．文章博士，式部大輔等を経て，正四位下，侍従，丹波守．一条朝期の代表的な文人学者で，家集『江吏部集』がある．また歌人として中古三十六歌仙の一人．　1–31, 2–9, 4–9, 48, 51, 70, 86, 5–32, 46, 62, 66, 6–15, 27, 35, 37, 44, 48, 53, 73, (江博士) 4–51, (丹波殿) 6–58, (弼殿) 6–15.

理平《まさひら》　三統氏．仁寿3年(853)–延長4年(926)．大学寮に学び，少外記，大内記，文章博士，式部大輔などを歴任，従四位下．『日本三代実録』『延喜格』『延喜式』の編纂に参加した．『本朝文粋』『雑言奉和』ほかに詩文がある．　4–106, 5–46.

雅熙《まさひろ》　→惟熙《これひろ》

正躬王《まさみおう》　延暦18年(799)–貞観5年(863)．桓武天皇皇子万多親王の子．文章生出身．承和9年(842)，従四位上，左大弁．実務官僚として活躍したが，同13年の善愷訴訟事件に際して，違法があったとして罪を問われ失脚した．　2–35.

正通《まさみち》　橘氏．生没年未詳．実利の子．大学寮に学び，源順に師事．加賀掾，宮内少丞などを歴任，具平親王の侍読を勤めた．不遇で晩年高麗へ渡ったという話が伝えられる〔本朝神仙伝〕．『本朝文粋』『善秀才宅詩合』『類聚句題抄』ほかに詩文がある．　5–27, 54, 6–25.

町尻殿《まちじりどの》　→道兼《みちかね》

真道《まみち》　菅野氏．天平13年(741)–弘仁5年(814)．百済系渡来氏族で，初め津連．桓武・平城朝に実務官僚として活躍し，従三位，参議．　5–24.

満昌《まんしょう》　2–38.

み

参川入道《みかわにゅうどう》　→定基《さだもと》

道明《みちあきら》　藤原氏．斉衡3年(856)–延喜20年(920)．南家保蔭の子．文章生出身．正三位，大納言，民部卿．　1–1, 2–37, 39, 3–23,（員外納言）4–73,（藤慶）2–39.

道風《みちかぜ》　小野氏．寛平6年(894)–康保3年(966)．葛絃の子．正四位下，内蔵権頭．能書家で，いわゆる三蹟の一人．　2–21, 22, 23, 4–19.

道兼《みちかね》　藤原氏．天徳4年(960)–長徳元年(995)．兼家の子，道隆の弟．道隆の後をついで関白となるが，わずか7日で病死した．（粟田関白・粟田殿）1–33, 2–5,（町尻殿）1–32, 33.

道真《みちざね》　菅原氏．承和12年(845)–延喜3年(903)．是善の子．文章博士，讃岐守，蔵人頭等を歴任し，宇多天皇の恩顧を得て，儒家としては異例の従二位，右大臣に至るが，延喜元年(901)，大宰権帥に左遷され，その地に没した．天暦年間(947–957)，その霊を北野に祀り，天満天神と称する．『菅家文草』『菅家後集』が現存する．（家君）4–73,（菅）6–73,（菅家）1–37, 3–21, 28, 29, 4–11, 103, 106, 107, 111, 5–6, 12, 14, 15, 16, 17, 26, 34, 44, 50, 51, 64, 6–32,（菅相公）4–71,（菅丞相）5–24, 33,（菅贈大相国）4–80,（聖廟）1–37, 5–26, 6–45,（先君・先公）4–26, 38,（天神）1–34, 3–29, 4–66, 6–9, 71,（天満天神）4–12, 65.

道隆《みちたか》　藤原氏．天暦7年(953)–長徳元年(995)．兼家の子．従一位，摂政，関白．　1–28, 32,（中関白）1–32, 40.

通俊《みちとし》　藤原氏．永承2年(1047)–承徳3年(1099)．経平の子，通宗の弟．従二位，権中納言．白河天皇の側近として，匡房と並び称された．歌人として活躍し，『後拾遺集』の撰者となる．　1–12.

道長《みちなが》　藤原氏．康保3年(966)–万寿4年(1027)．兼家の子．従一位，摂政，太政大臣．寛仁3年(1019)出家．（行寛）2–39,（行観）2–39,（故殿）1–28,（入道殿）1–33, 40, 2–9, 3–50, 4–99, 6–17,（後入道殿）6–27,（御堂）1–28, 3–69.

道済《みちなり》　光孝源氏．?–寛仁3年(1019)．方国の子．文章生出身．蔵人，式部丞などを経て，筑前守，大宰少弐となり，その地で没した．和漢兼作の詩人で，『本朝麗藻』『類聚句題抄』ほかに入集し，歌人としては中古三十六歌仙の一人．家集『道済集』がある．　3–18, 5–43, 55.

通房《みちふさ》　藤原氏．万寿2年(1025)–長久5年(1044)．頼通の子．正二位，権大納言，右近衛大将．（故右大将）2–34.

通宗《みちむね》　藤原氏．?–応徳元年(1084)．経平の子，通俊の兄．正四位下，右兵衛佐，周防，能登，若狭等の守を歴任．　1–12.

御堂《みどう》　→道長《みちなが》

む・め

宗貞《むねさだ》　→遍昭《へんじょう》

致忠《むねただ》　藤原氏．生没年未詳．元方の子，保輔，保昌の父．天暦2年(948)の頃，学生．蔵人，備後守，右京大夫，陸奥守などを歴任，従四位下．　3–24, 26, 36.

宗憲《むねのり》　賀茂氏．生没年未詳．成平の子．陰陽師で，従四位下，陰陽頭．『殿暦』『永昌記』に名が見える．　2–18.

村上天皇《むらかみてんのう》　延長4年(926)–康保4年(967)．

醍醐天皇皇子．母は藤原基経の女穏子．在位，天慶 9 年(946)–康保 4 年．後代その治世は醍醐朝と共に聖代と称された．詩文を好み，漢文学の隆盛期を出現させ，自らも文才にすぐれ，作品が伝存する．（村上）1–13, 3–76, 5–50, 57,（主上）1–4, 2–22, 6–14,（先朝）6–7,（天皇）4–32,（天暦・天暦皇帝・天暦帝）2–15, 21, 6–10.

明子《めいし》 ?–永承 4 年(1049)．源高明の女．5, 6 歳の頃，安和 2 年(969)父の左遷により，叔父盛明親王の養女となる．のち東三条院詮子に養育され，藤原道長の妻となる．高松殿と称された．治安元年(1021)の頃，出家．（愛宮）3–59.

明帝《めいてい》 →文帝《ぶんてい》

も

以言《もちとき》 大江氏．天暦 9 年(955)–寛弘 7 年(1010)．仲宣の子．初め弓削氏を称し，のち大江氏に戻る．大学寮に学び，藤原篤茂に師事した．官途に就いた当初は中関白家方に密着して活動し，一時，左遷された．のち一条朝の代表的文人の一人として活躍し，従四位下，式部権大輔．『本朝文粋』『本朝麗藻』ほかに多数の詩文がある． 4–9, 10, 44, 45, 46, 48, 49, 51, 64, 82, 86, 89, 92, 94, 99, 104, 105, 110, 5–9, 13, 23, 28, 31, 32, 47, 55, 62, 69, 6–6, 12, 19, 26, 28, 37, 39, 40, 44, 48.

元方《もとかた》 藤原氏．仁和 4 年(888)–天暦 7 年(953)．菅根の子．正三位，大納言，民部卿．村上天皇に入内した女の生んだ皇子の立太子を期待したが実現せず，怨霊になったという．2–44, 3–24.

基経《もとつね》 藤原氏．承和 3 年(836)–寛平 3 年(891)．長良の子，叔父良房の養子となる．従一位，関白，太政大臣．昭宣公と贈名される．（昭宣公）1–34, 40, 4–29, 5–24.

桃園源納言《ももぞののげんなごん》 →保光《やすみつ》

盛明親王《もりあきらしんのう》 延長 6 年(928)–寛和 2 年(986)．醍醐天皇第十五皇子．四品，上野大守．（十五宮）3–59.

守屋《もりや》 物部氏．?–用明 2 年(587)．尾輿の子．蘇我馬子と対立し，用明天皇の没後，穴穂部皇子を位に即けようと謀って，馬子らに攻められ殺された． 1–41.

積善《もりよし》 高階氏．生没年未詳．長和 3 年(1014)頃没か．成忠の子で，中関白家の外戚の一人．正四位下，左少弁．『本朝麗藻』を編纂，『本朝文粋』『本朝麗藻』ほかに詩文がある．2–24, 5–26, 6–41.

諸蔭《もろかげ》 藤原氏．生没年未詳．従五位下，式部少輔．『扶桑集』『類聚句題抄』に詩がある．4–21.

衆樹《もろき》 良岑氏．貞観 4 年(862)–延喜 20 年(920)．安世の孫，晨直の子．従四位上，参議，治部卿．延喜 11 年正月 23 日，右近衛権中将となる． 4–76.

師清《もろきよ》 中原氏．寛治 4 年(1090)–長承元年(1132)．師遠の子．直講，少外記，従五位上．3–3.

師実《もろざね》 藤原氏．長久 3 年(1042)–康和 3 年(1101)．頼通の子．従一位，摂政，関白，太政大臣． 1–28,（故大臣）3–65,（内大臣）1–28.

師輔《もろすけ》 藤原氏．延喜 8 年(908)–天徳 4 年(960)．忠平の子，実頼の弟．正二位，右大臣．日記『九暦』がある．（九条殿）1–28, 2–10,（九条右府）1–40.

庶幾《もろちか》 菅原氏．生没年未詳．道真の孫，高視の子．大監物，大学助，従五位下．『類聚句題抄』『新撰朗詠集』ほかに詩がある． 4–52.

師任《もろとう》 中原氏．永観元年(983)–天喜 4 年(1056)．致時の子．大外記，安芸守，主計頭などを歴任，従四位下． 2–16.

師遠《もろとお》 中原氏．延久 2 年(1070)–大治 5 年(1130)．師平の子．大外記，主計頭，明法博士などを歴任，正五位上．『師遠年中行事』がある． 2–16, 19, 3–3.

師時《もろとき》 村上源氏．承暦元年(1077)–保延 2 年(1136)．具平親王の孫である俊房の子．正三位，権中納言．日記『長秋記』がある．『和漢兼作集』に詩があり，また『金葉集』以下に入集する．（源中将）5–71.

師平《もろひら》 中原氏．治安 2 年(1022)–寛治 5 年(1091)．師任の子．大外記，明経博士，主税頭などを歴任，従四位下．『中外抄』上 72 参照． 2–16, 6–60.

師房《もろふさ》 源氏．寛弘 5 年(1008)–承保 4 年(1077)．村上天皇の孫，具平親王の子．従一位，右大臣．村上源氏の祖．漢詩文をよくし，『本朝続文粋』『中右記部類紙背漢詩集』ほかに詩文がある．（源右相府）1–28, 2–23,（源右府）4–1, 5–70, 6–23,（土御門右府）5–70, 6–64.

師通《もろみち》 藤原氏．康平 5 年(1062)–承徳 3 年(1099)．頼通の孫，師実の子．母は源麗子．従一位，関白，内大臣．日記『後二条師通記』が現存する． (内府) 1–28, (二条関白殿) 5–27.

文徳天皇《もんとくてんのう》 天長 4 年(827)–天安 2 年(858)．仁明天皇皇子．母は藤原冬嗣の女順子．承和の変により，皇太子に立った．在位，嘉祥 3 年(850)–天安 2 年． (天安皇帝) 2–1.

や

野篁《やこう》 →篁《たかむら》

野相公《やしょうこう》 →篁《たかむら》

安居《やすい》 尾張氏．生没年未詳．遠望の子．兼国，兼時の父．承平 7 年(937) 8 月 15 日，駒引に勤仕，時に左近番長〔九条殿記〕．応和 3 年(963) 5 月 14 日，村上天皇の朱雀院行幸に舞人を勤める〔日本紀略〕．この時，左近将監〔西宮記三裏書〕． 3–75.

保輔《やすすけ》 藤原氏．?–永延 2 年(988)．致忠の子．右京亮，右兵衛尉などを歴任，正五位下に至ったが，強盗の張本となり，捕えられて獄死した． 3–26.

保胤《やすたね》 慶滋氏．?–長保 4 年(1002)．長徳 3 年(997)没とする説もある．本姓賀茂氏．忠行の子．賀茂氏は陰陽道を家業とするが，保胤は大学寮に学び，菅原文時に師事する．文人官僚として進むが，寛和 2 年(986)出家．『日本往生極楽記』を編纂した．『続本朝往生伝』に伝がある． 2–38, 4–35, 42, 81, 93, 108, 5–27, 32, 47, 49, 61, 6–15, 39, (寂心) 4–46, (心覚) 2–38, (定沢) 2–38.

安近《やすちか》 未詳． 3–76.

保仲《やすなか》 藤原氏．生没年未詳．式家至道の子，伯父弘道(951–1008)の養子となる．従五位下，宮内少輔． 3–61.

安信《やすのぶ》 播磨氏．天暦 9 年(955)–長和 4 年(1015)．定正の子．保信，安延とも．右近将監．競馬の名手で，長和 2 年正月の叙位の時，その伎倆を惜しまれて，将監巡爵を与えられなかった．『続本朝往生伝』の一条天皇伝に当代の代表的な近衛としてあげる． 3–76.

保憲《やすのり》 賀茂氏．延喜 17 年(917)–貞元 2 年(977)．忠行の子．天文博士，主計頭，陰陽頭などを歴任，従四位上．編著『暦林』10 巻があった〔本朝書籍目録〕． 3–36.

保昌《やすまさ》 藤原氏．天徳 2 年(958)–長元 9 年(1036)．致忠の子．和泉式部の夫．大和，丹後，摂津の守，左馬頭などを歴任，また道長の家司を勤めた．従四位下． 3–26, 5–42.

保光《やすみつ》 醍醐源氏．延長 2 年(924)–長徳元年(995)．醍醐天皇の孫，代明親王の第二子．大学寮に学び，弁官，式部大輔などを経て，従二位，中納言． (桃園源納言) 4–72.

山本大臣《やまもとのおとど》 →緒嗣《おつぐ》

ゆ

祐子内親王《ゆうしないしんのう》 長暦 2 年(1038)–長治 2 年(1105)．後朱雀天皇皇女．母は敦康親王の女嫄子． (高倉宮) 3–60.

如鏡《ゆきあきら》 大江氏．生没年未詳．清忠の子．文章生出身．安房守． 4–32.

行明親王《ゆきあきらしんのう》 延長 3 年(925)–天暦 2 年(948)．宇多天皇皇子．母は藤原時平の女褒子．宇多の出家後の誕生であったので醍醐天皇の養子となり，第十二親王．四品，上総太守． (十二親王) 4–72.

行成《ゆきなり》 藤原氏．天禄 3 年(972)–万寿 4 年(1027)．義孝の子．正二位，権大納言．一条朝の四納言の一人で，政務に通じた．当代に輩出した漢詩文に堪能な公卿の一人．また書家として優れ，世尊寺流の祖となる．日記『権記』が現存する． 1–28, 2–23, 27, 32, 3–34, 5–46, (按察納言) 3–34.

行葛《ゆきふじ》 藤原氏．生没年未詳．式家忠邦の子．大学寮に学ぶ．天暦 5 年(951)–天徳 5 年(961)の間，学生として史料に所見．応和 3 年(963) 3 月の善秀才宅詩合に内記として見える．従五位下に至る．『本朝文粋』『類聚句題抄』に詩文がある． 4–28.

よ

楊貴妃《ようきひ》 719–756．唐の玄宗の寵姫．名は玉環，号は太真．初め玄宗の子寿王の妃となったが，のち玄宗に召され，貴妃となる．安禄山の乱を避けて，玄宗に従って蜀に逃れる途中，馬嵬(陝西省)で殺された． (貴妃) 6–49.

楊巨源《ようきょげん》 中唐の詩人．789 年進士．国子司業となる． 4–13.

楊衡《ようこう》 唐の詩人．安禄山の乱を避けて廬山に隠れたが，のち仕えて大理評事となる． 4–61.

楊皇后《ようこうごう》 西晋の武帝の皇后．楊文宗の娘．名は艶，字は瓊芝． 6–49.

楊駿《ようしゅん》 西晋の人．娘(名は芝，字は季蘭)が武帝の皇后となると，車騎将軍となり，臨晋侯に封ぜられたが，恵帝の時になって，賈皇后に忌まれ殺された． 6-49.

陽成天皇《ようぜいてんのう》 貞観10年(868)-天暦3年(949)．清和天皇皇子．母は藤原長良の女高子．在位，貞観18年(876)-元慶8年(884)．奇矯な行動が多かったので，藤原基経によって廃された．(陽成院) 2-2.

煬帝《ようだい》 569-618．隋の第二代皇帝．楊広．文帝の子．在位，604-618．統一を達成したが，豪奢を好み，大規模な土木工事を行って民衆の反感を買い，部下に殺された． 5-56.

楊雄《ようゆう》 前53-後18．漢の学者，文人．蜀の成都の人．字は子雲．文章家として名高く，初め「甘泉賦」「羽猟賦」「長楊賦」などの賦を作ったが，のち『易』に倣った『太玄経』，『論語』に倣った『法言』などを著した． 6-54.

善男《よしお》 伴氏．弘仁2年(811)-貞観10年(868)．国道の子．正三位，大納言，民部卿．貞観8年，応天門が焼失した事件で，放火の犯人として断罪され，伊豆国へ流罪となった．2-35, 3-5, (伴大納言) 3-7, 8.

良香《よしか》 都氏．承和元年(834)-元慶3年(879)．貞継の子．初め言道，貞観14年(872)，良香に改める．文章得業生を経て，対策及第．大内記，文章博士などを歴任，従五位下．家集『都氏文集』6巻のうち3巻が現存する． 1-34, 4-20, 22, 33, 117, 5-24, 50, 65.

珍材《よしき》 平氏．生没年未詳．時望の子，惟仲の父．従四位上，美作守． 2-25, 26.

美材《よしき》 小野氏．?-延喜2年(902)．篁の孫，俊生の子．仁和2年(886)文章得業生．従五位下，大内記．能書家．『本朝文粋』『雑言奉和』ほかに詩文がある．また『古今集』『後撰集』に入集する． 5-40.

義孝《よしたか》 藤原氏．天暦8年(954)-天延2年(974)．伊尹の子．母は代明親王の女恵子女王．若くして正五位下，右近衛少将で流行病に罹って没した．歌人として『藤原義孝集』がある．『二中歴』詩人歴に名があげられている．4-101.

義懐《よしちか》 藤原氏．天徳元年(957)-寛弘5年(1008)．伊尹の子．花山朝において，権中納言ながら，外戚として，朝政の中心にあったが，寛和2年(986)，花山天皇と共に出家した．2-39, (悟真) 2-39.

愛発《よしちか》 藤原氏．延暦6年(787)-承和10年(843)．内麻呂の子．正三位，大納言に至ったが，承和の変に坐して失脚した． 2-39.

善主《よしぬし》 菅原氏．延暦21年(802)-仁寿2年(852)．清公の子．文章生出身．従五位下，勘解由次官． 4-98.

吉平《よしひら》 安部氏．生没年未詳．陰陽師として著名な晴明の子．従四位上，主計頭，陰陽博士． 1-18.

良房《よしふさ》 藤原氏．延暦23年(804)-貞観14年(872)．冬嗣の子．従一位，摂政，太政大臣．女明子が文徳天皇の后となり，惟仁親王(のち清和天皇)を生む． (忠仁公) 1-40, 2-1.

好古《よしふる》 橘氏．寛平5年(893)-天禄3年(972)．公材の子．文章生出身．正三位，大納言に至る．『扶桑集』の詩人〔二中歴・詩人歴〕． 4-34.

淑望《よしもち》 紀氏．?-延喜19年(919)．長谷雄の子．延喜元年(901)対策及第．民部大丞，勘解由次官，大学頭などを歴任，従五位上．『扶桑集』の詩人〔二中歴・詩人歴〕．『古今集』真名序の作者． 6-22.

頼国《よりくに》 源氏．?-天喜6年(1058)．頼光の子．諸国の国司を歴任し，正四位下，左馬権頭，内蔵頭． 1-36.

頼貞《よりさだ》 醍醐源氏．生没年未詳．泰清の子．従五位下，武蔵守． 3-18.

倚平《よりひら》 橘氏．生没年未詳．是輔の子．康保2年(965)に文章生試に及第，天元5年(982)以前に没する．従五位下，日向守．『本朝文粋』『善秀才宅詩合』ほかに詩文がある． 4-96.

頼通《よりみち》 藤原氏．正暦3年(992)-延久6年(1074)．道長の子．後一条，後朱雀，後冷泉の三代に亘って摂政関白の地位にあった．従一位，太政大臣．宇治に平等院を建立，宇治殿と称された． (宇治殿) 1-19, 28, 40, 2-12, 30, 40, 3-62, 5-42, (殿下) 2-34, (入道殿) 3-72.

ら・り

楽天《らくてん》 →白居易《はくきょい》

駱賓王《らくひんおう》 640?-684．初唐の詩人．王勃，楊炯，盧照隣と共に四傑と称された．『駱丞集』10巻がある． 6-65.

李淳風《りじゅんぷう》 602-670．唐の天文学者．官は太史令に至る．渾天儀を造り，麟徳暦を撰定した． 3-40.

李紳《りしん》 ?-846．806年進士．翰林学士，中書

舎人などを歴任，尚書右僕射，門下侍郎に至る．白居易，元稹と親しかった． 5-1.

李善《りぜん》 ?-689．初唐の学者．『文選注』60巻を著した． 6-55.

李白《りはく》 701-762．字は太白．蜀(四川省)の人．杜甫と並び称される詩人．『李太白文集』30巻がある． 5-8.

李夫人《りふじん》 漢の武帝の寵姫．李延年の妹．武帝は死んだ夫人を追慕して，方士に命じて夫人の魂を招いたという．白居易の新楽府「李夫人」はこれを詠む． 6-49.

劉媼《りゅうおう》 漢の高祖劉邦の母． 6-56.

劉元淑《りゅうげんしゅく》 唐代の詩人．伝未詳． 4-118.

良源《りょうげん》 延喜12年(912)-永観3年(985)．俗姓木津氏．比叡山で天台教学を学ぶ．天台座主，大僧正． 4-100,(慈恵僧都) 1-44.

呂栄《りょえい》 未詳． 4-60.

れ・ろ

麗子《れいし》 長久元年(1040)-永久2年(1114)．源師房の女で俊房・顕房の妹．藤原師実の妻となり，師通を生む．従一位．京極北政所と号した． (北政所) 1-28.

冷泉天皇《れいぜいてんのう》 天暦4年(950)-寛弘8年(1011)．村上天皇皇子．母は藤原師輔の女安子．在位，康保4年(967)-安和2年(969)．奇矯な行動が多く，わずか3年で譲位した． 2-3, (冷泉院) 2-3.

六条宮《ろくじょうのみや》 →具平親王《ともひらしんのう》

盧照隣《ろしょうりん》 637-689?．初唐の詩人．長く病気に苦しみ，官を辞して養生に務めたが，ついには潁水に身を投げて自殺した．王勃，楊炯，駱賓王と共に四傑と称された． 5-8.

『中外抄』『富家語』人名索引

1) この索引は『中外抄』および『富家語』に登場する人物について，簡単な解説を付し，該当する作品名と巻・条番号を示したものである．

2) 神仏名は採録の対象にしていない．

3) 項目の表示は原則として本名(天皇は追号)により，慣用的な訓みに従った(ただし女性の名は音読による)．院号・通称などは必要に応じて参照項目を立てた．

4) 項目の訓みは現代仮名遣いとし，五十音順に配列した．

5) 作品名は，『中外抄』は「中」，『富家語』は「富」で示した．

6) 巻・条番号は，『中外抄』については巻・条，『富家語』については条のみを記した(たとえば「中上 35」は『中外抄』上巻第 35 条を，「富 125」は『富家語』第 125 条を表す)．

7) 本文中の表示が索引項目の表示と異なる場合には，巻・条番号の前に本文中の表示を（　）内に掲げ，検索の便を図った．

8) 依拠資料の名は，原則として省略した．　　(池上洵一)

あ

安芸《あき》　采女の名．系譜・生没年等は未詳．『康治元年大嘗会記』(群書類従・公事部)には，康治元年(1142)年 11 月の大嘗会に際して藤原頼長が送った質問状に対する「陪膳采女安芸」の返書が見える．知識と経験を尊重された古参の采女で，この時すでに相当の老齢であったと思われる．　富 91.

顕国《あきくに》　村上源氏．保安 2 年(1121)卒．39 歳．権中納言源国信の男．母は高階泰仲の女．左少将．皇后宮権亮．歌人．父国信とともに堀河院歌壇で活躍．藤原忠通主催の歌合にも出詠．従四位．　富 47.

顕季《あきすえ》　藤原氏．保安 4 年(1123)薨．69 歳．東宮大進藤原隆経の男〔公卿補任〕．実父は隆経の子師隆とも〔尊卑分脈〕．母は大舎人頭藤原親国の女親子(白河院乳母)．後に実季の猶子になった．歌人．善勝寺家の祖．白河院の近臣として知られ，その孫(長実女)美福門院得子は鳥羽天皇皇后，近衛天皇の母．讃岐・丹波・尾張・伊予・播磨・美作の守を歴任．大宰大弐．東宮亮．正三位．　中上 86.

顕房《あきふさ》　村上源氏．寛治 8 年(1094)薨．58 歳．右大臣源師房の二男．母は御堂関白藤原道長の女尊子．妹の麗子は師実の室で師通の母，娘の師子は忠実の室で忠通の母．右大臣．右大将．中院家の祖．号六条右府．従一位．(六条右府)中下 45, 富 26, 38, 84.（右大臣）富 68.

朝隆《あさたか》　藤原氏．平治元年(1159)薨．63 歳．参議藤原為房の六男．母は法橋隆尊の女(藤原忠通の乳母，讃岐宣旨)．異母兄為隆の養子になった．権中納言．号冷泉中納言．正三位．能書．高陽院(泰子)別当等を勤めた．中上 11, 16, 17, 中下 39.

敦時《あつとき》　下毛野氏．生没年未詳．近衛番長．左近衛府生．寛治 4 年(1090)藤原師通の随身に召され，同 8 年(1094)忠実の任左大将とともに忠実の随身となった〔中右記〕．康和 4 年(1102)には府生として散所を預かっている〔殿暦〕．乗馬の名手であった話が『続古事談』五・38 に見える．　富 27.

敦久《あつひさ》　下毛野氏．生没年未詳．下毛野公久の男〔下毛野氏系図〕．敦武の父．寛治 6 年(1092) 10 月には藤原師実の随身．同 7 年 12 月 27 日に左大臣源俊房の随身となって右近衛府生から左近衛府生に転じた旨がみえ，同 8 年正月にも俊房の随身として名がみえる〔中右記〕．　富 26, 27.

篤衡《あつひら》　→篤昌《あつまさ》

敦文親王《あつふみしんのう》　承暦元年(1077)崩．4 歳．白河天皇の第一皇子．母は師実の女(実父は源顕房)中宮賢子．『本朝皇胤紹運録』は夭折の原因を「依頼豪阿闍梨悪霊也」と記す．無品．(堀川院兄一宮)富 194.

篤昌《あつまさ》　藤原氏．生没年未詳．下総守藤原範綱の男．『尊卑分脈』には篤昌について「本篤衡」と注記するが，正しくは篤昌が篤衡と改名．『中右記』には長承2年(1133)8月2日まで「篤昌」，保延元年(1135)2月26日以後は「篤衡」と表記．この間に改名か．文章生．伊予守．従五位下．　中上6.

敦実親王《あつみしんのう》　康保4年(967)薨．75歳．宇多天皇の第八皇子．母は藤原高藤の女胤子．醍醐天皇の同母弟．藤原時平の女を室とし，左大臣源雅信らを儲けた．式部卿．管弦•和歌•蹴鞠等諸芸の名手として知られた．天暦4年(950)出家．法名覚真．号八条宮•仁和寺宮．一品．　富157.

敦光《あつみつ》　藤原氏式家．天養元年(1144)卒．82歳．文章博士藤原明衡の男．母は安房守平実基の女．『中右記』には康和4年(1102)11月25日から元永元年(1118)1月19日まで大内記として登場．『本朝新修往生伝』に伝がある往生人．文章博士．大学頭．右京大夫．式部大輔．正四位下．　中下5.

有賢《ありかた》　宇多源氏．保延5年(1139)薨．70歳．父の刑部卿政長は堀河院の笛の師．母は中納言藤原経季の女〔中右記〕．源頼光の女とも〔公卿補任〕．阿波•但馬•三河等の守．左少将．宮内卿．左京権大夫．笛•和琴の名手．笙•今様にも優れた．従三位．　富190.

有綱女《ありつなのむすめ》　藤原氏．生没年未詳．父の藤原有綱は実綱の男で，永保2年(1082)卒．中宮亮．文章博士．大学頭．正四位下．その女は源義家の室．義国の母〔尊卑分脈〕．『中外抄』下•53では為義の母は有綱女と語っているが，為義は義親の男，父の没後に祖父義家の養子となって家督を相続した．有綱女をめぐる人間関係についてはなお検討の余地がある．中下53.

有仁《ありひと》　後三条源氏．久安3年(1147)薨．45歳．輔仁親王の男．母は大納言源師忠の女．白河院の養子．長承2年(1133)源の姓を賜る．左大将．左大臣．号花園左大臣．従一位．(左府〈花園〉)中上11.

有行《ありゆき》　安倍氏．生没年未詳(『尊卑分脈』には56歳)．陰陽博士安倍時親の男．主税頭．陰陽博士．陰陽権頭．従四位下．『江談抄』三•62に藤原頼通の命で琵琶の名器「小琵琶」の腹をえぐることの可否を占った旨がみえる．富29.

い

家隆《いえたか》　藤原氏．天治2年(1125)卒．年齢未詳．関白藤原師通の男．母は平貞経の女．忠実の異母弟だが，母の出自の低さ(師実家の女房)ゆえ，比較的低い地位に終わった．左京大夫．太皇太后宮権大夫．少納言．従四位下(正四位下とも)．　中下32.

家忠《いえただ》　藤原氏．保延2年(1136)薨．75歳．京極関白藤原師実の二男．母は美濃守源頼国の女．左大臣．左大将．従一位．花山院家の祖．　(故左府)中上56.(花山左大臣)富27.

家綱《いえつな》　藤原氏．『尊卑分脈』摂家相続孫に「家綱」，同•実頼孫および『愚管抄』四には「定綱」とある．寛治6年(1092)卒．年齢未詳．宇治関白藤原頼通の一男．母は藤原頼成の女祇子(進命婦)．師実の同母兄．藤原経家の養子となった．播磨守．正四位上．　富257.

家俊《いえとし》　醍醐源氏．生没年未詳．権中納言源家賢の男．顕基の曾孫に当たる．陸奥守．右京権大夫．堀河院に近侍，管弦の道に優れた．『続古事談』五•33(152)には，内侍所の御神楽の時，院の御前で本調子を吹いた話がある．なお『中右記』嘉承2年(1107)8月23日条に「左」京権大夫とあるのは「右」の誤記．当時左京権大夫には源有賢が在任中．嘉承2年12月1日条と天永2年(1111)10月5日条には「右」京権大夫とある．従四位下．　富190.

家政《いえまさ》　藤原氏．永久3年(1115)薨．36歳．後二条関白藤原師通の二男．母は但馬守藤原良綱の女．忠実の異母弟．参議．左中将．正三位．号三条悪宰相．室町•法性寺家の祖．富138.

郁芳門院《いくほうもんいん》　→媞子内親王《だいしないしんのう》

一条院《いちじょういん》　第66代天皇．寛弘8年(1011)崩．32歳．在位は寛和2年(986)—寛弘8年(1011)．円融天皇の第一皇子．母は藤原兼家の女詮子．　(一条院)中上87,中下38,富78.(先一条院)中上4,富152.

一条摂政《いちじょうせっしょう》　→伊尹《これまさ》

一条殿《いちじょうどの》　→全子《ぜんし》

う

宇治殿《うじどの》　→頼通《よりみち》

宇治殿法印《うじどののほういん》　→永実《えいじつ》

牛丸《うしまろ》　→忠実《ただざね》

牛若君《うしわかぎみ》　→忠実《ただざね》

宇多天皇《うだてんのう》　第59代天皇．承平元年(931)崩．65歳．在位は仁和3年(887)―寛平9年(897)．光孝天皇の第七皇子．母は班子女王．昌泰2年(899)出家して仁和寺に移り，亭子院と号した．　(寛平法皇)中上77.

え

絵阿闍梨《えあじゃり》　→延円《えんえん》

永実《えいじつ》　大治元年(1126)没．61歳．父は京極関白藤原師実．母は右大弁定親の女．天台宗寺門派の僧．権大僧都．一身阿闍梨．法成寺・平等院検校．号宇治法印．　(宇治殿法印)富125.

永暹《えいせん》　天仁元年(1108)没．年齢未詳．石見の人．初めは出雲の鰐淵寺，後には四天王寺，良峰寺に住した．四天王寺の西門で念仏を唱え，聖徳太子の墓所で入滅した〔後拾遺往生伝上・16〕．　(念仏勧進上人)中上78.

延円《えんえん》　長暦4年(1040)没．年齢未詳．父は権中納言藤原義懐．母は備中守藤原為雅の女．天台宗寺門派の僧．阿闍梨．絵師．号絵阿闍梨．花山院崩御の折には義懐らとともに入棺に奉仕した〔権記〕．『大鏡』伊尹伝に「絵阿闍梨」として名がみえる．　(絵阿闍梨)富135.

延喜聖主《えんぎのせいしゅ》　→醍醐天皇《だいごてんのう》

延喜聖《えんぎのひじり》　→醍醐天皇《だいごてんのう》

円融院《えんゆういん》　第64代天皇．正暦2年(991)崩．33歳．在位は安和2年(969)―永観2年(984)．村上天皇の第五皇子．母は右大臣藤原師輔女安子．寛和元年(985)病気により出家．法名金剛法．　中下29, 富78.

お

王子晋《おうじしん》　生没年未詳．周の霊王の太子．名は晋．字は子喬．また，名は喬，字は子晋とも．笙を好み，道士浮丘公と嵩山に登って後に登仙したと伝える〔列仙伝〕〔捜神記〕．中上69.

大二条《おおにじょう》　→教通《のりみち》

大二条殿《おおにじょうどの》　→教通《のりみち》

大宮右大臣《おおみやのうだいじん》　→俊家《としいえ》

大宮右府《おおみやのうふ》　→俊家《としいえ》

大宮大臣《おおみやのおとど》　→俊家《としいえ》

ヲトハノ入道《おとわのにゅうどう》　→頼季《よりすえ》

音人《おとんど》　大江氏．元慶元年(877)薨．67歳．備中権介大枝本主の男．大枝を大江と改め，大江氏の祖となった．菅原清公に学び諸学に精通，本朝秀才のはじめといわれる．清和天皇の侍読．『群籍要覧』『弘帝範』(ともに散佚)等の著者．また，都良香らとともに『日本文徳天皇実録』，菅原是善とともに『貞観格式』の撰者．大内記．美濃・丹波・播磨・近江等の守を歴任．参議．左大弁．号江相公．従三位．中上86.

小野宮関白《おののみやかんぱく》　→実頼《さねより》

小野宮殿《おののみやどの》　→実頼《さねより》

穏子《おんし》　藤原氏．天暦8年(954)崩．70歳．摂政関白藤原基経の女．母は人康親王の女．醍醐天皇中宮．朱雀・村上両天皇と康子内親王の母．　(大后)中下29.

か

覚行法親王《かくぎょうほっしんのう》　長治2年(1105)没．31歳．白河天皇の第三皇子．母は大宰大弐藤原経平の女経子(白河天皇典侍)．大御室性信入道親王の弟子．康和元年(1099)に親王の宣下を受け，最初の法親王となった．円宗寺・法勝寺検校．尊勝寺長吏．仁和寺第三代門跡．号中御室．仁和寺北院で没．二品．　(仁和寺宮)中下55.

覚継《かくけい》　承安元年(1171)没．また嘉応2年(1170)没とも．57歳．父は関白藤原忠通．母は陸奥守藤原基信の女．忠実の孫にあたる法相宗の僧．保元2年(1157)に興福寺別当．恵信と改名．別当在任中，衆徒の訴えにより解任され，伊豆国に配流．帰京することなく没した．大僧正〔興福寺寺務次第〕．　中下32.

覚鑁《かくばん》　康治2年(1143)没．49歳．真言宗の僧．覚法・聖恵両法親王に認められ，鳥羽院の帰依を得て，高野山に伝法会を再興．長承元年(1132)大伝法院の落慶法要には鳥羽院の御幸を仰いだが，後に高野山徒と対立．保延元年(1135)には金剛峰寺座主職を辞し，同6年には根来山に移った．　中下52.

覚法法親王《かくほうほっしんのう》　仁平3年(1153)没．63(62とも)歳．白河天皇の第四皇子．母は右大臣源顕房の女師子．師子は白河院との間に覚法を生んで後，忠実の室となって高陽院泰子・忠通を生んだ．中御室覚行法親王の弟子．東寺一長者．仁和寺第四代門跡．事相に長じ仁和御流の祖．康治元年(1142)東大寺戒壇院で鳥羽上皇・忠実に授戒．高野御室．二品〔兵範記〕〔本朝世紀〕．　(故宮)中下55.

花山院《かさんいん》　第65代花山天皇．寛弘5年(10

08)崩．41 歳．在位は永観 2 年(984)—寛和 2 年(986)．冷泉天皇の第一皇子．母は摂政藤原伊尹の女懐子．外戚の藤原義懐・惟成を重用し，荘園整理などの政策を試みたが，寛和 2 年兼家に謀られて出家，退位した．家集に『花山院集』がある．　中上 7.

花山左大臣《かさんのさだいじん》　→家忠《いえただ》

勝岡《かつおか》　底本「勝思」は「勝岡」の誤記とみる．真上氏〔続本朝往生伝・一条天皇〕，真甘氏〔二中暦〕，また紀氏〔新猿楽記〕ともいう．生没年未詳．一条朝の著名な相撲人．『古今著聞集』二十・373 には重義と，『江家次第』八・相撲召仰には恒昌と勝負した時の逸話がみえる．富 152.

兼家《かねいえ》　藤原氏．正暦元年(990)薨．62 歳．右大臣藤原師輔の三男．母は武蔵守藤原経邦の女盛子．摂政．関白．太政大臣．准三宮．室藤原中正の女時姫との間に道隆・兼通・道長・超子・詮子，藤原倫寧の女との間に道綱などの子女がある．兄兼通と権力を争い，陰謀により花山天皇を出家，退位させ，詮子所生の一条天皇を即位させるなどして政権を掌握．摂関家九条流の勢力を確定させた．忠実にとっては尊崇すべき祖先の一人．東三条第・二条京極第に住したが，後者は兼家の出家とともに法興院となった．従一位．　(大入道殿)中上 23, 32, 41, 60, 87, 中下 9.

兼武《かねたけ》　中臣氏．生没年未詳．中臣近友の父．『続古事談』五・34 に藤原頼通の命により人長に奉仕した旨がみえる(但し同書は「中臣宗武」と誤記)．　中下 53.

兼時《かねとき》　尾張氏．生没年未詳．近衛将監尾張安居の男．近衛将監．舞人・競馬の名手として知られた．『続本朝往生伝』一条天皇条に「天下一物」として名がみえ，『江家次第』十九・臨時競馬事その他，説話集に多く逸話が伝わる．　中下 26.

兼長《かねなが》　藤原氏．保元 3 年(1158)薨．21 歳．左大臣藤原頼長の一男．母は権中納言源師俊の女(藤原忠実室源師子の女房)．皇后宮大夫．右大将．権中納言．保元の乱に連座して出雲国に配流．配所で薨じた．正二位．　(中将)中下 16．(三位中将)中下 19, 30.

鎌足《かまたり》　藤原氏．天智天皇 8 年(669)薨．56 歳．小徳中臣御食子の男．母は大伴夫人．もとは中臣鎌子と称した．中大兄皇子(天智天皇)とともに蘇我入鹿を討って大化の改新を成らしめ，大織冠と大臣(おおおみ)の位と藤原の姓を賜与された．藤原氏の祖．　(大織冠)中下 37.

高陽院《かやのいん》　→泰子《たいし》

閑院太政大臣《かんいんのだいじょうだいじん》　→公季《きんすえ》

寛子《かんし》　藤原氏．大治 2 年(1127)薨．92 歳．関白藤原頼通の女．母は藤原祇子(因幡守頼成女か)．師実の同母姉．永承 5 年(1050)後冷泉天皇の女御として入内．翌年皇后となったが，治暦 4 年(1068)歓子(教通の女)の入内により中宮となる．白河・堀河・鳥羽朝を皇太后・太皇太后として生き，崇徳朝の大治 2 年に薨．号四条宮．晩年は宇治に御堂(法定院)を建てて住んだ．摂関家の盛時を経験し，宇治殿頼通の言動も親しく見聞した彼女の見解は，九条流の有職故実に関する生きた情報として，忠実にとって大きな指針となった．(四条宮)中上 33, 50, 77, 中下 10, 51, 56, 富 11, 125, 151.

観修《かんしゅ》　「勧修」とも書く．寛弘 5 年(1008)没．64 歳〔権記〕．左京の人．紀氏．天台宗の僧．静祐・余慶の弟子．大僧正．第 13・15 世園城寺長吏．木幡浄妙寺検校．藤原道長のあつい帰依を受けた．号長谷僧正・木幡大僧正．諡号智静．　富 137.

寛平法皇《かんぴようほうおう》　→宇多天皇《うだてんのう》

き

清家《きよいえ》　藤原氏．生没年未詳．摂津守藤原範永の男．母は但馬守藤原能通の女．伊賀・相模・加賀守．皇太后宮(藤原寛子)権大進．歌人．従四位上．　中下 34, 37.

慶円《きようえん》　寛仁 3 年(1019)没．76 歳〔小右記〕．74 歳とも〔天台座主記〕．父については尾張守藤原連貞，大納言藤原道明，播磨守藤原尹文の三説があり，確定できない．比叡山の僧．喜慶の弟子．大僧正．第 24 世天台座主．号三昧院座主．　富 105.

京極殿《きようごくどの》　→師実《もろざね》

京極大殿《きようごくのおおとの》　→師実《もろざね》

経詮《きようせん》　伝未詳．春日の神主時盛の舎弟の僧と語られているが，系図・記録に徴し得ない．中上 49.

行尊《ぎようそん》　保延元年(1135)没．81 歳．父は参議源基平．天台宗寺門派の僧．明尊・覚円の弟子．大僧正．熊野・大峰・高野等で修行．鳥羽院の護持僧．園城寺長吏．四天王寺別当．保安 4 年(1123)第 44 世天台座主となったが，

山門の反対によりただちに辞任．歌人．家集に『行尊大僧正集』がある．　富 29.

清高《きよたか》　→清隆《きよたか》

清隆《きよたか》　藤原氏．応保 2 年(1162)薨．72 歳．因幡守藤原隆時の男．母は紀伊守藤原貞職の女．権中納言．その室藤原家子は忠実の異母弟家政の女．白河・鳥羽院の近臣で，鳥羽院および待賢門院(璋子)・美福門院(得子)の別当．久寿 2 年(1155)出家．正二位．　(清高)中上 33.（清隆)中下 52, 54.

公実《きんざね》　藤原氏．嘉承 2 年(1107)薨．55 歳．大納言藤原実季の一男．母は大弐藤原経平の女．権大納言．東宮大夫．正二位．　(春宮大夫〈公実〉)富 51.

公季《きんすえ》　藤原氏．長元 2 年(1029)薨．73 歳．右大臣藤原師輔の十一男．母は醍醐天皇の皇女康子内親王．太政大臣．号閑院太政大臣．閑院流の祖．幼時父母を亡くして，姉の村上天皇皇后安子に養育され，皇子に等しい待遇を受けた．その間の逸話は『大鏡』に詳しい．従一位．諡仁義公．　中上 73, 中下 8, 29.

公助《きんすけ》　下毛野氏．生没年未詳．下毛野重行の男〔下毛野氏系図〕．但し『今昔物語集』十九・26 は敦行(重行の父)の男とする．天元 5 年(982)に府生〔小右記〕．寛弘 5 年(1008)に右近将曹〔御堂関白記〕．長和 2 年(1013)将監，同 6 年年預〔小右記〕．『二中歴』一能歴・近衛舎人に秦武則と並んで名がみえる．　富 130.

公任《きんとう》　藤原氏．長久 2 年(1041)薨．76 歳．関白太政大臣頼忠の一男．母は代明親王の女厳子．権大納言．漢詩・管絃・和歌の所謂三船の才を称えられ，中古三十六歌仙の一人．『拾遺抄』『和漢朗詠集』等の撰者．『新撰髄脳』『北山抄』等の著者．正二位．　(四条大納言)中下 16.

公時《きんとき》　下毛野氏．生没年未詳．下毛野公友の男．尾張兼時の外孫．播磨保信から競馬の秘術を伝授されたという〔江家次第十九・臨時競馬事〕．　中下 47.

公能《きんよし》　藤原氏．永暦 2 年(1161)薨．47 歳．左大臣藤原実能の一男．母は権中納言藤原顕隆の女．右大臣．右大将．正二位．　富 119.

く

空海《くうかい》　承和 2 年(835)没．62 歳．讃岐の人．佐伯氏．延喜 23 年(804)入唐，恵果から密教の嫡流を受けた．翌々年帰国．東寺を賜って真言道場とし，弘仁 7 年(816)高野山に金剛峰寺を建立．真言宗の開祖．諡号弘法大師．(大師)中上 21.

九条殿《くじょうどの》　→師輔《もろすけ》

九条入道殿《くじょうにゅうどうどの》　→師輔《もろすけ》

国明《くにあき》　藤原氏．長治 2 年(1105)卒．42 歳〔中右記〕．右中弁藤原師基の男．母は備前守源定良の女．源俊明の養子となる．内蔵頭．伊予守．正四位上．　富 96.

国信《くにのぶ》　村上源氏．天永 2 年(1111)薨．46 歳．左大臣源顕房の男．母は藤原良任の女．女の信子(基実母)と俊子(基房母)はともに藤原忠通の室．権中納言．堀河院の近臣で同院歌壇の指導者的存在．『金葉集』以下に 37 首入集．号坊城中納言．正二位．　富 47, 116.

黒丸《くろまろ》　伝未詳．『中右記』嘉保 3 年(1096) 3 月 17 日条に楽人として名がみえる．同書の長承元年(1132) 9 月 26 日条には高麗笛の名品として「黒丸」が見えるが，ここは人名か．富 29.

け

経子《けいし》　藤原氏．生没年未詳．左大臣藤原経宗の女．平治元年(1159)二条天皇の大嘗会の御禊に，内大臣藤原公教の猶子として女御代を勤めた〔大嘗会御禊事〕．父経宗は当時大納言．　(新大納言〈経宗〉女子)富 100.

賢子《けんし》　藤原氏．応徳元年(1084)崩．28 歳．京極関白藤原師実の養女．実父は右大臣源顕房．母は権中納言源隆俊の女隆子(式部命婦)．白河天皇中宮．堀河天皇・媞子内親王(郁芳門院)等の母．　(堀河院母后)富 38.

こ

後一条院《ごいちじょういん》　第 68 代天皇．長元 9 年(1036)崩．29 歳．在位は長和 5 年(1016)―長元 9 年(1036)．一条天皇の第二皇子．母は藤原道長の女彰子．　中上 6, 富 105.

皇覚《こうがく》　生没年未詳．天台宗の僧．恵心流の忠尋の弟子．椙生流の祖となった．妻帯しており法系上の後継者範源は彼の子という．藤原忠実の信任厚く，宇治成楽院御堂供養や平等院一切経会，高陽院泰子の葬送などに中枢的な役割を果たした〔台記〕〔兵範記〕．忠実に近侍して天台の止観を教授したともいう〔今鏡〕．号椙生坊法橋．『本懐鈔』『五時口訣』等の著者．　中上 77.

公弘《こうこう》　伝未詳.　富 27.

光孝天皇《こうこうてんのう》　第 58 代天皇. 仁和 3 年(887)崩. 58 歳. 在位は元慶 8 年(884)—仁和 3 年. 仁明天皇の第三皇子. 母は藤原総継の女沢子. 陽成天皇に代わり, 藤原基経に迎えられて践祚した.　(小松帝)中上 28.

幸子《こうし》　藤原氏. 久寿 2 年(1155)没. 44 歳. 内大臣実能の女. 藤原頼長の室. 久安 4 年(1148)従三位に叙せられた. 頼長より 8 歳年上で所生の子はなかった. 頼長が養女とした多子は幸子の弟公能の女である.　(女房)中下 5.

康子内親王《こうしないしんのう》　天暦 11 年(957)薨. 29 歳. 醍醐天皇の皇女. 母は中宮藤原穏子(基経女). 藤原師輔の室. 公季・深覚の母. 一品. 准三宮.　(康子内親王)中下 29. (天暦天皇御妹)中上 73.

康尚《こうじょう》　平安中期最高の仏師. 世系等未詳. 藤原道長の信任を得て, 多くの仏像を造立. 寛仁 4 年(1020)には関寺の弥勒仏像, 翌年には弟子の定朝とともに法成寺阿弥陀堂(無量寿院)の九体仏を造った.　中上 81.

江帥《ごうのそち》　→匡房《まさふさ》

後三条院《ごさんじょういん》　第 71 代天皇. 延久 5 年(1073)崩. 40 歳. 在位は治暦 4 年(1068)—延久 4 年. 後朱雀天皇の第二皇子. 母は陽明門院禎子内親王. 藤原氏の後見がないため東宮時代には冷遇を受け, 即位後は天皇親政に努めた. 中上 70, 71, 中下 3, 24, 33, 39, 富 128.

後朱雀院《ごすざくいん》　第 69 代天皇. 寛徳 2 年(1045)崩. 37 歳. 在位は長元 9 年(1036)—寛徳 2 年. 一条天皇の第三皇子. 母は上東門院藤原彰子. 立太子後, 践祚するまで足掛け 20 年間東宮の地位にあった.　中上 18, 58, 中下 1, 45, 富 56.

後二条殿《ごにじょうどの》　→師通《もろみち》

小松帝《こまつのみかど》　→光孝天皇《こうこうてんのう》

惟家《これいえ》　清和源氏. 生没年未詳. 左衛門尉源斉頼の男. 蔵人. 左兵衛尉. 号善積. 富 131, 132.

後冷泉院《ごれいぜいいん》　第 70 代天皇. 治暦 4 年(1068)崩. 44 歳. 在位は寛徳 2 年(1045)—治暦 4 年(1068). 後朱雀天皇の第一皇子. 母は藤原道長の女嬉子. 在位期間を通じて政権は関白藤原頼通の手中にあった. 皇后寛子(四条宮)は頼通の女で師実の同母姉.　富 11, 77.

惟成《これしげ》　藤原氏. 永祚元年(989)没. 47(37 とも)歳〔蔵人補任〕. 右少弁藤原雅材の男. 母は摂津守藤原中正の女. 花山天皇の乳母子で, 東宮学士. 花山朝には五位蔵人・権左中弁・左衛門権佐を兼務して, 天皇の外舅藤原義懐とともに政務を執った. 寛和 2 年(986)天皇の出家に殉じて出家. 法名悟妙, 後に寂空. 中上 7.

惟助《これすけ》　尾張氏か. 生没年未詳. 相撲人. 寛治 2 年(1088)の相撲節に右最手〔中右記〕. 氏は未詳だが『後二条師通記』寛治 7 年(1093) 8 月 8 日条で尾張惟遠が惟助の子と称していることから, 尾張氏と推定する.　富 29.

伊周《これちか》　藤原氏. 寛弘 7 年(1010)薨. 37 歳. 関白藤原道隆の二男. 母は式部大輔高階成忠の女貴子. 内大臣. 父の薨後, 道長と権力を争って敗れ, 長徳 2 年(996)花山院を射た嫌疑等により大宰権帥に左遷. 翌年召還されたが, 以後は失意のうちに過ごした. 正三位. (帥内大臣)中上 14.

維順《これのぶ》　大江氏. 生没年未詳. 大江匡房の男. 本名匡時. 大江家学を継ぎ, 子孫の維光・匡範・広元らに伝えた. 肥後守. 大学頭. 式部権大輔. 正四位下.　中上 82.

伊尹《これまさ》　藤原氏. 天禄 3 年(972)薨. 49 歳. 右大臣藤原師輔の一男. 母は武蔵守藤原経邦の女盛子. 摂政. 太政大臣. 号一条摂政. 正二位. 諡謙徳公. 歌集に『一条摂政御集』がある. なお,『中外抄』上・1, 14 の「一条摂政」は「一条左大臣」(源雅信)とあるべきところ. 混乱があるらしい.　(一条摂政)中上 1, 14, 中下 22, 富 105.

さ

最雲《さいうん》　最雲法親王. 応保 2 年(1162)没. 59 歳. 堀河天皇の皇子. 母は伊勢守藤原時綱の女. 仁豪の弟子. 権僧正. 第 49 世天台座主. 法務. 梶井. 僧綱に任じられて後, 親王の宣旨を蒙った初例. 無品.　中下 35.

先一条院《さきのいちじょういん》　→一条院《いちじょういん》

前朱雀院《さきのすざくいん》　→朱雀院《すざくいん》

貞親《さだちか》　中原氏. 生没年未詳. 大外記中原師任の男. 大外記. 弟の師平を養子としたが, 長久 3 年(1042)殿上論議で貞親が座主博士となり, 師平が問者となった際, 父子の憚りがあるとして宣旨により養子関係を解消した〔地下家伝・中原師元の項〕. 正五位下. 中下 13.

貞任《さだとう》　安倍氏．康平5年(1062)没．34(44とも)歳．陸奥国奥六郡の俘囚長安倍頼良(後に頼時と改名)の男．号厨川二郎．前九年の役において，父が戦死して後，弟宗任とともに源頼義の征討軍と勇敢に戦ったが，厨川柵で戦傷，捕えられて死んだ．　中上51, 富67, 114.

定俊《さだとし》　清原氏．生没年未詳．大外記清原定隆の男．信俊の父．博士．大外記．越中守．従四位下．　中下20.

定康《さだやす》　清原氏．天永4年(1113)卒．72歳．大外記清原定滋の男．河内守．大外記．弾正忠．従四位下．　中上48.

実季《さねすえ》　藤原氏．寛治5年(1091)薨．57歳．権中納言藤原公成の男．母は淡路守藤原定佐の女．大納言．按察使．東宮大夫．寛治5年12月17日に橘寺を供養したが，同月24日の夜に頓死した〔中右記〕．正二位．　(按察使大納言〈実季〉)富25.

実資《さねすけ》　藤原氏．永承元年(1046)薨．90歳．参議藤原斉敏の三男．母は播磨守藤原尹文の女．祖父実頼の養子．右大臣．有職故実の小野宮流を継承し，全盛時の道長(九条流)に対する唯一の批判者であった．日記『小右記』の著者．従一位．　中下47.

実隆《さねたか》　藤原氏．大治2年(1127)薨．49歳．権大納言藤原公実の一男．母は美濃守藤原基貞の女．中納言．正三位．　中下29.

信俊《さねとし》　清原氏．久安元年(1145)卒．69歳．大外記清原定俊の男．大外記．肥後守．『本朝世紀』久安元年10月15日条に「博士清原信俊真人依病出家〈六十九．十月二日逝去〉」．正五位下(従四位下とも)．名の訓みは『尊卑分脈』に従う．　中上16, 中下20.

実政《さねまさ》　藤原氏．寛治7年(1093)薨．75歳．式部大輔藤原資業の三男．母は加賀守源重文の女．文章博士．後三条・白河二代の侍読．大宰大弐．参議．寛治2年(1088)宇佐八幡宮の訴えにより伊豆国に配流．途中近江国で出家，配所で薨じた．従二位．　中上68.

実光《さねみつ》　藤原氏．久安3年(1147)薨．79歳．右中弁藤原有信の一男．母は参議藤原実政の女．文章博士．鳥羽・崇徳二代の侍読．大宰権帥．権中納言．号日野帥．歌人．従二位．天養元年(1144)出家，法名西寂．　中下5.

実行《さねゆき》　藤原氏．応保2年(1162)薨．83歳．権大納言藤原公実の二男．母は美濃守藤原基貞の女．太政大臣．号八条入道相国．また号三条．三条家の祖．歌人．従一位．永暦元年(1160)出家，法名蓮覚．　(実行)中下29. (右府)中下30.

実能《さねよし》　藤原氏．保元2年(1157)薨．62歳．権大納言藤原公実の四男．母は藤原隆方の女光子(堀河・鳥羽天皇の乳母)．左大臣．久安3年(1147)徳大寺を建立．号徳大寺左大臣．徳大寺家の祖．歌人．従一位．　(実能)中下29. (内大臣)中下48.

実頼《さねより》　藤原氏．天禄元年(970)薨．71歳．関白藤原忠平の一男．母は宇多天皇の皇女源順子．摂政．関白．太政大臣．従一位．諡清慎公．邸宅・所領は養子実資に伝領された．有職故実の小野宮流の祖．　(小野宮関白)中上83. (小野宮殿)中下22, 29, 富110, 126, 140, 153.

し

重明親王《しげあきらしんのう》　天暦8年(945)薨．49歳．醍醐天皇の第四皇子．母は大納言源昇の女．式部卿．日記に『李部王記』がある．二品．(李部王)中上87.

重資《しげすけ》　醍醐源氏．保安3年(1122)薨．78歳．権中納言源経成の男．母は東宮亮藤原泰通の女．蔵人頭．左大弁．大宰権帥．権中納言．従二位．　中下7.

重隆《しげたか》　藤原氏．元永元年(1118)卒．43歳．参議藤原為房の男．母は美濃守源頼国の女．中宮権大進．右衛門佐．故実書『蓬萊抄』『雲図抄』の著者．正五位下．　中下5.

師子《しし》　村上源氏．久安4年(1148)薨．79歳〔台記〕．右大臣源顕房の二女．母は権中納言源隆俊の女隆子．白河天皇中宮(堀河院の生母)賢子の同母妹．初め上東門院の女房．白河天皇の子を懐妊した後に藤原忠実の室となって覚法法親王を生み，忠実の子の忠通，泰子を生んだ．従一位．長承3年(1134)出家．なお『富家語』128の「入道殿御所」の注記「堀川左府姫君」は不審．顕房は「六条右府」．「堀川左府」は顕房の兄俊房の号．　(三位)中下30. (入道殿御所〈堀河左府姫君〉)富128.

四条宮《しじようのみや》　→寛子《かんし》

四条宮《しじようのみや》　→遵子《じゅんし》

四条宮童女《しじようのみやのめのわらわ》　平氏．生没年未詳．右大弁平定親の女〔尊卑分脈〕．治暦3年(1067)頃，藤原師実の子永実(宇治法印)を生んだ．〔僧

綱補任〕 富 125.

遵子《じゅんし》 藤原氏. 寛仁元年(1017)崩. 61 歳. 関白藤原頼忠の女. 母は代明親王の女, 厳子女王. 公任の同母姉に当たる. 円融天皇の皇后. 号四条宮. (四条宮)富 39.

彰子《しょうし》 藤原氏. 承保元年(1074)崩. 87 歳. 御堂関白藤原道長の女. 母は左大臣源雅信の女倫子. 一条天皇の中宮. 後一条・後朱雀両天皇の母. 万寿 3 年(1026)出家. 法名清浄覚. 万寿 3 年院号宣下. 上東門院. その崩御は忠実の出生より四年前であった. (上東門院)中上 4, 6, 8, 18, 77, 中下 35, 富 92, 125.

璋子《しょうし》 藤原氏. 久安元年(1145)崩. 45 歳. 権大納言藤原公実の女. 母は備中守藤原隆方の女光子(堀河・鳥羽二代の乳母). 鳥羽天皇の中宮. 崇徳・後白河両天皇の母. 天治元年(1124)院号宣下. 待賢門院. (待賢門院)中下 5.

昭宣公《しょうせんこう》 →基経《もとつね》

定朝《じょうちょう》 天喜 5 年(1057)没. 年齢未詳. 仏師康尚の弟子. 実の子とも. 平安後期最高の仏師で,『中外抄』上・81 に語られる法成寺阿弥陀堂(無量寿院)の本尊を始めとして, 同寺金堂・五大堂などの仏像を造立. 晩年の傑作宇治平等院鳳凰堂の阿弥陀像は, 現存する唯一の遺例. 中上 81.

成典《じょうてん》 長久 5 年(1044)没. 86 歳. 真言宗の僧. 成印の弟子. 権僧正. 治安 3 年(1023)東寺三長者となり, 3 歳年上の仁海に次ぐ地位にあったが, 仁海に先立って没. 号円堂僧正〔東寺長者補任〕. 中上 21.

上東門院《じょうとうもんいん》 →彰子《しょうし》

白河院《しらかわいん》 第 72 代白河天皇. 大治 4 年(1129)崩. 77 歳. 在位は延久 4 年(1072)—応徳 3 年(1086). 後三条天皇の第一皇子. 母は権中納言藤原公成の女茂子. 応徳 3 年(1086)院政を開始, 堀河・鳥羽・崇徳の三代四十三年間にわたって実権を握った. 嘉保 3 年(1096)出家して法皇. 村上源氏と受領層の勢力を登用, 北面の武士を設置するなど, 摂関家に対抗. 藤原忠実との関係も対立的で, 院の養女待賢門院璋子(藤原公実の女. 実父は院か. 後に鳥羽天皇の中宮となった)を忠通の室にしたいと望んだが, 忠実は辞退. 院はまた忠実の女泰子を鳥羽天皇の後宮に入れるよう希望したが, 忠実はこれも辞退. これに対して院は保安元年(1120)忠実から内覧の権を奪い, 翌年には忠通を関白にした. このため忠実は宇治に籠居. 両者の対立関係は院の崩御まで続いた. (白河院)中上 36, 67, 86, 中下 4, 40, 富 20, 62. (白川院)中上 63, 64, 富 38, 101, 157. (故院)中上 26, 53, 中下 40.

親子《しんし》 藤原氏. 寛治 7 年(1093)薨. 73 歳〔中右記・寛治 7 年 10 月 21 日条〕. 大舎人頭藤原親国の女. 美濃守藤原隆経の室. 顕季の母. 白河院の乳母であったため恩顧を受け, 従二位に叙せられた. 落飾の後は法勝寺の東南に堂舎を建立して住み, 幾度か院の御幸を受けた. 後に顕季がその地に善勝寺を建立した. 中上 86.

神農氏《しんのうし》 中国の伝説的帝王, 三皇の一. 人身牛首で, 人民に初めて耕作を教え, 医薬を初めて作ったとされる. 炎帝. 中上 69.

心誉《しんよ》 長元 2 年(1029)没. 59 歳. 父は右衛門佐藤原重輔. 右大臣顕忠の孫. 天台宗寺門派の僧. 穆算僧都入室. 最初延暦寺の証誉に師事したが, 後に智証門徒となり慶祚に三部大法を受けた. 権僧正. 第 20 世園城寺長吏. 法成寺執務. 号実相房. 験者として知られた. 富 136, 137.

す

スケシゲ《すけしげ》 伝未詳. 頼通の家司か. 富 150.

助友《すけとも》 下毛野氏. 生没年未詳. 藤原頼通の随身で, 乗馬の名手.『続古事談』五・37(156)や『古今著聞集』十五・482 に乗馬への執心を示す説話があり,『江談抄』三・76 には後朱雀院時代の「一双随身」として近利と併挙されている. 富 29.

朱雀院《すざくいん》 第 61 代天皇. 天暦 6 年(952)崩. 30 歳. 在位は延長 8 年(930)—天慶 9 年(946). 醍醐天皇の第十一皇子. 母は藤原基経の女穏子. (朱雀院)中下 15. (前朱雀院)富 68.

せ

聖子《せいし》 藤原氏. 養和元年(1181)崩. 60 歳. 関白藤原忠通の女. 母は権大納言藤原宗通の女宗子. 崇徳天皇中宮. 近衛天皇准母. 久安 6 年(1150)院号宣下. 皇嘉門院. 保元元年(1156)出家. 従三位. (皇太后宮)中上 52, 中下 5.

清成《せいせい》 治暦 3 年(1067)没. 58 歳. 石清水別当元命の二男. 母は鎮西松浦殿. 石清水八幡

宮の社僧．法印．木幡の定基大僧都に学ぶ．万寿 2 年(1025)修理別当．長元 10 年(1037)元命の譲を受け権別当を経ずして補別当．康平 5 年(1062)辞任して補検校〔石清水祠官系図〕〔宮寺縁事抄〕．　中下 34.

千覚《せんがく》　没年未詳．土佐守藤原盛実の男．興福寺の僧．権律師．保延元年(1135)に 35 歳で維摩会の竪義を勤めている．頼長の母方の叔父(母の兄)に当たり，保元の乱(1156)で負傷した頼長は奈良に逃れて千覚の房で息を引き取った．千覚も乱に連座したとして所領を没官された〔兵範記〕．　中下 25.

全子《ぜんし》　藤原氏．久安 6 年(1150) 11 月 5 日薨．91 歳．右大臣藤原俊家の女．師通の室．忠実の母．従三位〔中右記〕〔台記〕．　(一条殿御前)中上 56．(一条)中下 5．(故一条殿)中下 36, 51．(故准后)中下 58.

善子内親王《ぜんしないしんのう》　長承元年(1132)薨．56 歳．白河天皇の皇女．母は藤原能長の女道子．寛治元年(1087)斎宮に卜定．同 3 年群行．嘉承 2 年(1107)堀河天皇の崩御により退下．号六角斎宮．准后．　(六角斎宮)富 96.

そ

宗子《そうし》　藤原氏．久寿 2 年(1155)薨．61 歳〔兵範記〕．権大納言藤原宗通(白河院の寵臣)の女．摂政藤原忠通の室．皇嘉門院聖子の母．准后．従一位．　(摂政殿御前)中下 5.

相命《そうみよう》　永治 2 年(1142)没．59 歳．父は権大納言藤原宗俊．母は左大臣源俊房の女．比叡山の僧．法印．権大僧都．妙香山別当．『中右記』の著者中御門宗忠の異母弟．　中下 35.

増誉《ぞうよ》　永久 4 年(1116)没．85 歳．父は大納言藤原経輔．天台宗寺門派の僧．明尊の弟子．大僧正．四天王寺別当．園城寺長吏．永保元年(1081)第 39 世天台座主となったが，山門の反対により 2 日で辞任．号一乗寺僧正．富 29.

た

待賢門院《たいけんもんいん》　→璋子《しようし》

醍醐天皇《だいごてんのう》　第 60 代天皇．延長 8 年(930)崩．46 歳．在位は寛平 9 年(897)―延長 8 年(930)．宇多天皇の第一皇子．母は内大臣藤原高藤の女胤子．延喜の帝．　(延木)中下 29．(延喜聖主)富 133．(延喜聖)富 157.

泰子《たいし》　藤原氏．久寿 2 年(1155)崩．61 歳．関白忠実の女．母は右大臣源顕房の女師子．初名は勲子．鳥羽上皇の皇后．保延 5 年(1139)院号宣下．高陽院．父忠実の寵愛を受け，正親町東洞院の土御門殿を居所とし，厖大な荘園を伝領した．　(高陽院)中上 52, 中下 26, 富 9.

媞子内親王《だいしないしんのう》　嘉保 3 年(1096)崩．21 歳．白河天皇第一皇女．母は中宮藤原賢子(師実の養女．実父は源顕房)．承暦 2 年(1078)伊勢斎宮に卜定されたが，応徳元年(1084)母后の喪により退下．白河院の寵愛が深く，寛治 5 年(1091)堀河天皇の准母として立后(妻后でなくして后位についた初例)．白河院は彼女の夭折を悲しんで出家した．号六条院．(郁芳門院)富 62.

大織冠《たいしよくかん》　→鎌足《かまたり》

高明《たかあきら》　醍醐源氏．天元 5 年(982)薨．69 歳．醍醐天皇第十皇子．母は右大弁源唱の女周子．延喜 20 年(920)臣籍に降下．室は藤原師輔の女(村上天皇中宮安子の妹)．正二位，左大臣に至ったが，その女が為平親王(村上天皇皇子)の妃となったため藤原氏に警戒され，安和の変(969)により失脚させられた．号西宮左大臣．有職故実に詳しく『西宮記』の著者．(西宮)富 48.

高倉北政所《たかくらのきたのまんどころ》　→隆姫《たかひめ》

鷹司殿《たかつかさどの》　→雅信《まさのぶ》

鷹司殿《たかつかさどの》　→倫子《りんし》

隆姫《たかひめ》　村上源氏．寛治元年(1087)薨．93 歳．中務卿具平親王の女，隆姫女王．母は『小右記』長和 4 年(1015) 11 月 15 日条に「母尼」と見える女性であるが，世系等未詳．弟の師房と同母とすれば為平親王女か．藤原頼通の正室となったが，子供には恵まれなかった．従一位．号高倉北政所．　(高倉北政所)富 73.

高房《たかふさ》　醍醐源氏．承暦元年(1077)卒．年齢未詳．但馬守源行任の男．母は中納言藤原懐平の女．上東門院藤原彰子の乳母子であったという〔栄花物語・根合わせ〕．宮内卿．内蔵頭．但馬守．正四位上．後三条天皇は長元 7 年(1034) 7 月 18 日，当時東宮亮であった源行任の宅(即ち高房宅)で出生〔日本紀略〕．また藤原師通は康平 5 年(1062) 9 月 11 日高房の大炊御門宅で生まれた〔為房卿記〕．富 128.

高藤《たかふじ》　藤原氏．昌泰 3 年(900)薨．63 歳．内舎人藤原良門の二男．母は西市正高田沙弥麿

の女．内大臣．正三位．女の胤子(母は宮道弥益の女列子)は定省王の室．同王が即位して宇多天皇となり，次いで所生の男子(敦仁)が即位して醍醐天皇となるに伴い，急速に昇進した．弥益の女との結婚は鷹狩に纏わる男女の奇縁譚として平安中期以後幅広く伝承され，『勧修寺縁起』の一部としても知られていた．　富 133.

武則《たけのり》　秦氏．生没年未詳．武重・武方・武員らの父〔秦氏系図〕．『下毛野氏系図』には下毛野公助について「法興院殿右府生並武則」とあり，公助とともに藤原兼家の随身であったことがわかる．『二中歴』一能歴・近衛舎人にも公助と並んで名がみえる．　富 130.

多子《たし》　藤原氏．建仁元年(1201)薨．62 歳．左大臣藤原頼長の養女．実父は右大臣藤原公能(頼長の母幸子の弟)．母は権中納言藤原俊忠の女．近衛天皇の皇后．同天皇の崩後，二条天皇に望まれて入内し「二代の后」となったことは『平家物語』に語られて著名．　(姫君)中下 5.（皇后宮)富 4.

忠清《ただきよ》　惟宗氏．生没年未詳．惟宗忠言の男．『本朝世紀』久安 2 年(1146)正月 26 日条に「右近衛将曹」，『長秋記』天永 2 年(1111) 8 月 15 日条に「庁頭」として名が見える．『惟宗系図』によれば，惟宗氏は忠清以後，右近衛府の庁頭を相伝していたらしい．中原俊章『中世公家と地下官人』97 頁以下参照．　中上 84.

忠実《ただざね》　藤原氏．応保 2 年(1162)薨．85 歳．後二条関白藤原師通の一男．母は右大臣藤原俊家の女全子．父が早世したため祖父師実の養子となった．幼名牛若君・牛丸．摂政．関白．太政大臣．保延 6 年(1140)出家．法名円理．女泰子の入内を拒否したため白河院と対立．鳥羽院政下には一男の忠通と反目して二男頼長を偏愛．保元の乱(1156)で頼長が敗死した後は，忠通の力で厳罰を免れ知足院に幽閉．号知足院・富家殿．『中外抄』『富家語』の談話者．朗詠・箏の名手でもあった．従一位．(大殿)中上 2, 4, 9, 11, 13, 14, 15, 20, 31, 32, 33, 35, 57, 中下 7.（入道殿)中上 36, 45, 65, 66, 67, 中下 5, 6, 9, 19, 30, 54, 富 9, 13, 27, 73, 128, 131.(知足院殿)中上 11.（牛若君・牛丸)中上 13.

忠輔《ただすけ》　藤原氏．長和 2 年(1013)薨．70 歳．治部卿藤原国光の二男．母は右馬助藤原有孝の女．東宮学士，大学頭，左中弁等を経て，権中納言．正三位．常に空を見上げて沈思したので「仰中納言」と通称されたことが，『栄花物語』八・はつはな，『江談抄』三・15,『今昔物語集』二十八・22 などに見える．　(中納言〈仰〉)富 10.

忠隆女《ただたかのむすめ》　藤原氏．生没年未詳．従三位藤原忠隆の女．母は民部卿藤原顕頼の女．摂政藤原基実の室となり，基通を生んだ．　(新御前〈忠隆女〉)富 93.

忠平《ただひら》　藤原氏．天暦 3 年(949)薨．70 歳．太政大臣藤原基経の四男．母は人康親王の女．摂政．関白．太政大臣．兄時平の死後，摂関政治の中枢に座し，温厚な人柄で人望を集めた．従一位．諡貞信公．摂関制下の宮廷儀礼は彼の時代に集成され，有職故実として子息の実頼(小野宮流)・師輔(九条流)に伝授され，その子孫たちに継承された．日記『貞信公記』の著者．　(貞信公)富 7, 44, 167.

忠通《ただみち》　藤原氏．長寛 2 年(1164)薨．68 歳．知足院関白藤原忠実の一男．母は右大臣源顕房の女師子．摂政．関白．太政大臣．応保 2 年(1162)出家．法名円観．号法性寺殿．鳥羽院政下，父忠実や父の偏愛する弟頼長と事ごとに対立し，近衛天皇崩後は後白河天皇を擁立．鳥羽院崩後の保元の乱(1156)に同天皇を奉じて勝利して後は父の命を救った．多芸多才で詩歌・書道・箏等に傑出した．従一位．(摂政・摂政殿)中上 66, 中下 15.（殿下)中下 25.(関白・関白殿)中上 30, 33, 中下 45, 富 55, 60.

忠盛《ただもり》　桓武平氏．仁平 3 年(1153)卒．58 歳〔本朝世紀〕．平正盛の男．母は未詳．白河院・鳥羽院の信任を得て昇進，内裏での昇殿を聴許され，美作・播磨・伊勢等の国守を歴任，平氏全盛のための基礎を築いた．刑部卿．正四位上．　中上 67.

忠頼《ただより》　藤原氏．康治 2 年(1143) 12 月 13 日卒．年齢未詳．大納言藤原能実(師実の四男)の男．母は中納言藤原祐家の女．正四位下．『尊卑分脈』は左中将とするが，『本朝世紀』によれば右中将で卒．　中下 5.

為実《ためざね》　藤原氏．『尊卑分脈』は「為真」と表記．生没年未詳．信濃守藤原永実の男．母は上総権介藤原惟輔の女．蔵人．肥前守．忠実の家司で，承徳 2 年(1098) 2 月 9 日父永実とともに忠実の前駆〔殿暦〕，長承 2 年(1133) 2 月 9 日春日祭の上卿頼長に諸大夫として供奉〔中右記〕．その男永清の母は忠実家の女房．従五位下．　富 133.

為隆《ためたか》　藤原氏．大治5年(1130)薨．61歳．参議藤原為房の一男．母は美濃守源頼国の女．左大弁．参議．従三位．藤原師通・忠実父子および忠実室(源師子)の家司として家政を執行，重きをなした．日記『永昌記』の著者．富55.

為長《ためなが》　三善氏．永保元年(1081)卒．75歳〔水左記〕．算博士三善雅頼の男．大外記．算博士．主税権助．また土佐・越前・備後・美濃介等を兼帯．　中下13.

為義《ためよし》　清和源氏．保元元年(1156)卒．61歳．対馬守源義親の四男．左衛門尉．義親が追討されて後は叔父義忠の養子となり，源家の嫡流として活躍．康治2年(1143)には藤原頼長に臣従．久安6年(1150)忠実が忠通から摂関家伝来の朱器・台盤を奪取した時には警護の役を果たした．保元の乱(1156)に為朝らと崇徳院方に加担して敗れ，斬罪に処せられた．号六条判官．　中上51, 67.

ち

近友《ちかとも》　中臣氏．寛治7年(1093)卒．60余歳．中臣兼武の男．左近将曹．白河院の随身．『中右記』の卒伝(寛治7年12月18日)には「今夜左近将曹中臣近友頓滅．年六十余．故兼武男也．容顔美麗．所能勝他．舎人之中英雄者也」とある．　富29.

親仲《ちかなか》　大中臣氏．保延6年(1140)卒．68歳．祭主大中臣親定の男．母は石見守三善章経の女．神祇権大副．『中臣氏系図』に「依目労不達先途 云々」とある．正四位下．　中上35.

知足院《ちそくいん》　→忠実《ただざね》

忠玄《ちゅうげん》　文治元年(1185)没．49歳．父は権中納言藤原実光．比叡山の僧．権律師．仁安3年(1168)7月法勝寺御八講の講師に已講として名が見えるのが文献上の初見〔兵範記〕．養和元年(1181)12月には皇嘉門院の法事に導師を勤めるなど〔玉葉〕，諸記録にその名が散見する．　中下25.

忠尋《ちゅうじん》　保延4年(1138)没．74歳．父は土佐守源忠季．比叡山の僧．覚尋・良祐の弟子．大僧正．大治5年(1130)第46世天台座主となる．天承2年(1132)法成寺塔供養の導師．号東陽房座主．　中上69, 74.

超子《ちょうし》　藤原氏．天元5年(982)薨．年齢未詳．法興院関白藤原兼家の一女．冷泉天皇の女御．三条天皇の母．庚申の夜(正月27日)急逝した〔小右記〕．脇息に寄り掛かったままの頓死で，藤原元方の怨霊の所為と噂された．『栄花物語』二・花山たづぬる中納言に詳しい．(大入道殿姫君)富70.

つ

土御門右大臣《つちみかどのうだいじん》　→師房《もろふさ》

土御門右府《つちみかどのうふ》　→師房《もろふさ》

土御門大臣〈不分明〉《つちみかどのおとど》　→俊房《としふさ》

経実《つねざね》　藤原氏．天承元年(1131)薨．64歳．京極関白藤原師実の三男．母は美濃守藤原基貞の女．大納言．大炊御門家の祖．従二位．資質に問題があったらしく，『中右記』天仁元年(1108)5月20日条では「件卿自本非常第一之人也．全無所能以大飲為業」云々と非難されている．　(二位大納言)富11.(二位大納言〈経実〉)富100.

恒佐《つねすけ》　藤原氏．天慶元年(938)薨．59歳〔公卿補任〕．60歳とも〔尊卑分脈〕．左大臣藤原良世の七男．冬嗣の孫．母は山城介紀豊春の女勢子．右大臣．右大将．号土御門大臣．正三位．　中下15.

経信《つねのぶ》　宇多源氏．永長2年(1097)薨．82歳．権中納言源道方の六男．母は播磨守源国盛の女．民部卿．大納言．大宰権帥．任地の大宰府で薨じた．日記『帥記』の著者．博識多芸，詩歌・管絃・蹴鞠等の諸道に優れ，歌論に『難後拾遺』，漢詩文集に『都督亜相草』等がある．号桂大納言．正二位．　(民部卿)中上29.

経頼《つねより》　宇多源氏．長暦3年(1039)薨．55歳．左大臣源雅信の孫．参議源扶義の二男．母は讃岐守源是輔の女．左大弁．参議．兵部卿．正三位．有職故実に詳しく，『西宮記』勘物を作成．日記『左経記』の著者．　富9.

て

貞信公《ていしんこう》　→忠平《ただひら》

天暦天皇《てんりやくのみかど》　→村上天皇《むらかみてんのう》

天暦天皇御妹《てんりやくのみかどのおほんいもうと》　→康子内親王《こうしないしんのう》

と

時秋《ときあき》　豊原氏．治承3年(1179)に80歳．まもなく没か．豊原時元の男．仁平2年(1152)から保元2年(1157)まで雅楽允．楽所勾当．笙一．篳篥相伝〔豊原系図〕〔楽所補任〕．五位．富69.

節助《ときすけ》　「節資・時助」とも表記される．多氏．

応徳元年(1084)卒．71歳〔体源抄〕．多政方(正方)の男．右近将監．右舞人．7年間右方の一者を勤めた．『二中歴』一能歴・舞人に名がみえ，『続古事談』五・19(139)以下に逸話がみえる．荻美津夫『平安朝音楽制度史』参照．　富29.

時範《ときのり》　桓武平氏．生没年未詳．尾張守平定家の男．母は越中守藤原家任の女．文章博士．右大弁．日記『時範記』の著者．正四位下．　中上2, 中下33.

時元《ときもと》　豊原氏．保安4年(1123)卒．66歳．豊原時光の男．左近将監．笙・神楽の名手．堀河院の師〔豊原系図〕〔楽所補任〕．藤原忠実邸の管絃・神楽にしばしば召されている〔殿暦〕．荻美津夫『平安朝音楽制度史』参照．　富29, 69.

時盛《ときもり》　大中臣氏．治承元年(1177)卒．84歳〔山槐記〕．大中臣経元の男．治部丞．正四位上．春日神社神主．承安5年(1175)の「大中臣時盛春日御社縁起等注進文(春日御社御本地幷御託宣記)」(神道大系・春日所収)の筆者．　中上49.

篤子内親王《とくしないしんのう》　永久2年(1114)崩．55歳〔中右記〕．後三条天皇の皇女．母は権大納言藤原能信の女(実父は藤原公成)茂子．延久5年(1073)賀茂斎院に卜定されたが，まもなく父帝の崩御により退下．寛治5年(1091)入内．堀河天皇の中宮．中宮方の職事として国信・仲実，女房に中宮上総など，優れた歌人を得て内宴グループを形成，多くの歌会・歌合を催した．嘉承2年(1107)出家．　(堀川院中宮)富96.（藤壺中宮)富121.

利秋《としあき》　豊原氏．建暦2年(1212)卒．84歳．豊原時秋の男．時元の孫．右近将曹．笙一〔楽所補任〕．　富69.

俊家《としいえ》　藤原氏．永保2年(1082)薨．64歳．右大臣藤原頼宗の二男．母は藤原伊周の女．右大臣．号大宮右府．正二位．女の全子は藤原師通の室で，忠実の母．　(大宮右大臣)富12.（大宮大臣)富77.（大宮右府)富244.

俊綱《としつな》　橘氏．寛治8年(1094)卒．67歳．関白藤原頼通の男．母は藤原頼成の女祇子(進命婦)．讃岐守橘俊遠の養子になった．丹波・播磨・讃岐等の守を歴任．修理大夫．正四位下．号伏見修理大夫．四条宮寛子・師実らの同母兄で，伏見に豪邸を構え，富裕な風流人であり，歌人でもあった．『作庭記』の著者と推定されている．　富11.

俊信《としのぶ》　藤原氏．長治2年(1105)卒．51歳．右大弁藤原正家の男．母は美濃守藤原良任の女．東宮学士．文章博士．右少弁．正五位下．『後二条師通記』承徳3年(1099)2月26日条に，藤原師通の家司である旨がみえる．　中上82.

俊憲《としのり》　藤原氏南家．仁安2年(1167)薨．46歳．少納言通憲(信西)の一男．母は高階重仲の女．参議．従三位．平治の乱(1159)に連座して越後国に配流．後に阿波国に移された〔山槐記〕．　富102.

俊房《としふさ》　村上源氏．保安2年(1121)薨．87歳．右大臣源師房の一男．母は御堂関白藤原道長の女尊子．左大将．左大臣．従三位．藤原師実の室麗子の兄で，忠実の最初の室任子の父．保安2年5月出家，法名寂俊．11月に薨じた．『後拾遺往生伝』中に伝がある．号堀川左大臣．日記『水左記』の著者．なお『富家語』26の「土御門大臣」は普通は師房(俊房の父)の号．但し史実から見ると俊房〔中右記〕．「不分明」はこの矛盾に気づいたゆえの注記か．　(故左府)中下30.（土御門大臣〈不分明〉)富26.（堀川左大臣)富27, 187.（堀川左府)富46, 128.（左大臣)富68.

俊通《としみち》　藤原氏．没年未詳．太政大臣藤原宗輔の一男．母は備後守橘俊基の女．兵部卿．権中納言．治承2年(1178)51歳で出家．正三位．　中下46.

鳥羽院《とばいん》　第74代鳥羽天皇．保元元年(1156)崩．54歳．在位は嘉承2年(1107)—保安4年(1123)．堀河天皇の第一皇子．母は大納言藤原実季の女苡子．大治4年(1129)白河院の崩御とともに院政を開始，崇徳・近衛・後白河の三代にわたって実権を握った．保延7年(1141)出家．父白河院と対立，同院が崩御するや引退していた藤原忠実を召し出して内覧を復し，関白忠通を有名無実とさせた．忠実は女泰子を鳥羽院に入れ，院は退位後にも関わらず泰子を皇后(高陽院)とするなど優遇したが，後には美福門院得子を寵愛．得子は忠通に同情的であったため，近衛天皇の崩御や後白河天皇の即位をめぐって院と忠実・頼長の仲を冷却させ，院の崩後に保元の乱を惹起させる因を作った．　(鳥羽院)富101, 157.（院)中上77, 中下30, 36, 58, 富6.

知成《ともなり》　→友成《ともなり》

友成《ともなり》　伴氏．詳伝未詳．長徳3年(997)—長和2年(1013)に道長の随身，同年任右官掌．次いで左官掌，厩官人として長元元年(1028)まで名が見える〔権記〕〔御堂関白記〕〔小右記〕．(知成)富20.

知信《とものぶ》　桓武平氏．生没年未詳．東宮亮平経方の男．母は主殿頭藤原雅信の女．中宮大進．出羽守．兵部大輔．従四位上．藤原忠通の家司であった．『平知信日記』の著者．　中上16, 中下5.

な

直方娘《なおかたのむすめ》　桓武平氏．生没年未詳．父上総介平直方は肥前守維時の男．従五位上．娘は源頼義の室．義家の母．　中下53.

仲実《なかざね》　藤原氏．永久6年(1118)卒．62歳．越前守藤原能成の男．母は弾正大弼源則成の女．三河・備中・紀伊・越前守等を歴任．宮内大輔．中宮亮．正四位下．歌人として秀で，『金葉集』以下に入集，『堀河院百首』の主要メンバー．藤原師実・師通父子の家司．　富47.

仲平《なかひら》　藤原氏．天慶8年(945)薨．71歳．藤原基経の二男．母は人康親王の女．左大臣．左大将．号枇杷大臣．正二位．富饒人として知られた．　(枇杷大臣)中下15.

長光《ながみつ》　藤原氏．没年未詳．式部大輔藤原敦光の男．母は神祇大副大中臣輔清の女．『尊卑分脈』には「永光」，『玉葉』には「長光」と表記．陸奥守．大内記．文章博士．正四位下．安元元年(1175) 73歳で出家．法名阿念．藤原忠通の家司．　中下5.

仲行《なかゆき》　高階氏．治承3年(1179)卒．59歳〔山槐記〕．大膳大夫高階仲範の男．母は未詳．阿波権守仲基，蔵人左衛門尉仲国らの父．藤原摂関家の忠実・頼長らに家司として近侍し，保元の乱の後，忠実が知足院に幽閉されて後も，近辺にあって『富家語』の筆録を続けた．長承4年(1135)頼長の前駆〔平知範朝臣記〕，保延7年(1141)高陽院泰子(忠実の女)の蔵人，久安4年(1148)頼長の家司〔台記〕，久安5年師長(頼長の二男)の家司〔兵範記〕などの事跡が知られる．従五位上．晩年は出家して四天王寺に住んでいたらしい．益田勝実「『富家語』の研究」(『中世文学の世界(西尾実先生古希記念論文集)』岩波書店)参照．　(仲行)中下53, 富55．(下官)富9.

業遠《なりとお》　高階氏．寛弘7年(1010)卒．46歳．左衛門権佐高階敏忠の男．丹波守．東宮権亮．従四位下〔権記〕．道長・頼通父子に度々ものを献じて愛顧を得た．『富家語』の筆録者仲行の祖先．　富38.

成憲《なりのり》　→盛憲《もりのり》

成雅《なりまさ》　村上源氏．生没年未詳．皇后宮亮信雅の男．母は備中守高階為家の女．能登守．左中将．式部丞．正四位下．藤原忠実・頼長に男色の相手として寵愛された．『今鏡』七にも「知足院の入道大臣の寵し給ふ人」とある．保元の乱に連座して越後国に配流された〔兵範記〕．　富184.

に

西宮《にしのみや》　→高明《たかあきら》

二条大宮《にじょうおおみや》　→令子内親王《れいしないしんのう》

二条殿《にじょうどの》　→教通《のりみち》

二条殿《にじょうどの》　→師通《もろみち》

仁海《にんがい》　永承元年(1046)没．93歳．父は和泉国の宮道維平(惟平とも)．真言宗の僧．雅真・元杲に師事．僧正．東大寺別当．東寺長者．祈雨の効験著しく，雨僧正と称せられた．仁海自身も「空海の請雨経法の正統を継ぎ，験あらたかなのは師の元杲と我のみ」と豪語したと伝える〔左経記・長元5年6月6日条〕．号小野僧正〔三宝院伝法血脈〕〔醍醐報恩院血脈〕．　中上21.

仁源《にんげん》　天仁2年(1109)没．52歳．比叡山の僧．父は京極関白藤原師実．母は伯耆守源則成の女．仁覚・明快・経暹らに師事．大僧都．第40世天台座主．尊勝寺灌頂大阿闍梨．鳥羽天皇の護持僧．号理智房〔天台座主記〕．(座主)富33.

仁豪《にんごう》　保安2年(1121)没．71歳．父は内大臣藤原能長．母は刑部卿藤原憲方の女．比叡山の僧．明快・良真・安慶に師事．権僧正．天仁3年(1110)第42世天台座主となる．号南勝房座主．　中下35.

仁和寺宮《にんなじのみや》　→覚行法親王《かくぎょうほっしんのう》

ね

念仏勧進上人《ねんぶつかんじんしょうにん》　→永暹《えいせん》

の

信俊《のぶとし》　→信俊《さねとし》

信範《のぶのり》　桓武平氏．没年未詳．出羽守平知信の二男．母は主殿頭藤原惟信の女．権右中弁．

兵部卿．蔵人頭．正三位．安元3年(1177)所労により出家．66歳．　上33.

信雅《のぶまさ》　村上源氏．保延元年(1135)卒．57歳．右大臣源顕房の男．母は美濃守藤原良任の女．左少将．陸奥守．皇后宮亮．正四位下．　富184.

範綱《のりつな》　藤原氏．治承3年(1179)10月ごろ以後卒．年齢未詳．散位従五位下藤原永雅男．母は肥前守藤原成季の女．本名雅清また永綱．忠実の家司．『中右記』には専ら雅清の名で登場．長承3年(1134)2月26日の頼長の任大納言の慶申に諸大夫の一人として供奉している．蔵人．右馬頭．従五位上．永万元年(1165)頃出家．法名西遊．歌人．　富133.

範永《のりなが》　藤原氏．生没年未詳．内匠頭藤原中清の男．母は従三位藤原永頼の女．尾張・但馬・阿波・摂津等の守を歴任．正四位下．晩年には頼通の家司．延久2年(1070)頃出家，号津入道．後期頼通歌壇の重鎮的歌人．『後拾遺集』以下の勅撰集に30首入集．　下34.

教通《のりみち》　藤原氏．承保3年(1076)薨．80歳．御堂関白藤原道長の三男．母は左大臣源雅信の女倫子．関白．太政大臣．号大二条殿．日記『二東記』の著者．従一位．兄頼通から関白を譲られた直後に後冷泉天皇が崩御，後三条天皇が即位．白河天皇の即位とともに関白となったが，摂関家の地位は低下．晩年には頼通との約束により頼通の男師実に関白を譲るよう要求されたが，わが子の信長への委譲を図って対立した．『中外抄』の談話者忠実(師実の孫)からは必ずしも好意的に見られていない．　(二条殿)中上53,中下9.(大二条・大二条殿)中下3,9,富20,48,56.

は

ハジカミ丸《はじかみまろ》　伝未詳．『新猿楽記』「六君夫」の条に，相撲人「紀ノ勝岡」と並んで名がみえる「近江ノ薑(はじかみ)」のことか．但し『富家語』152と同型の『古今著聞集』二十・373では，「勝岳」と取り組んで惜敗した相撲人は「重義(茂イ)」と語られている．　富152.

ひ

肥後殿《ひごどの》　→師平《もろひら》

久末《ひさすえ》　大石氏．生没年未詳．左近衛府庁頭大石末行の男．『兵範記』仁平2年(1152)3月14日条に「左近府庁頭」として名がみえる．『秦氏系図』所収「大石氏系図」によれば，大石氏は末行以後，代々庁頭を相伝している．中原俊章『中世公家と地下官人』98頁以下参照．　中上84.

広綱《ひろつな》　村上源氏．生没年未詳．右大臣源師房の養子．実父は若狭守藤原成国．摂津守．従四位下．　中下35.

枇杷大臣《びわのおとど》　→仲平《なかひら》

ふ

藤壺中宮《ふじつぼのちゅうぐう》　→篤子内親王《とくしないしんのう》

ほ

堀河院《ほりかわいん》　第73代天皇．嘉承2年(1107)崩．29歳．在位は応徳3年(1086)—嘉承2年(1107)．白河天皇の第二皇子．母は藤原師実の養女賢子(実父は源顕房)．父白河院の院政下にあって政治的実権には遠かったが，笛・和歌などの諸芸に卓抜した才能を示し，文化的中枢として敬愛された．　(堀河院)富29,79,129,190.(堀川院)中上53,中下30,富46,54,94,101,194.

堀川院兄一宮《ほりかわいんのあにのいちのみや》　→敦文親王《あつふみしんのう》

堀川院中宮《ほりかわいんのちゅうぐう》　→篤子内親王《とくしないしんのう》

堀河院母后《ほりかわいんのははきさき》　→賢子《けんし》

堀河右府《ほりかわのうふ》　→頼宗《よりむね》

堀川左大臣《ほりかわのさだいじん》　→俊房《としふさ》

堀川左府《ほりかわのさふ》　→俊房《としふさ》

ま

正家《まさいえ》　藤原氏．天永2年(1111)卒．86歳．式部権大輔藤原家経の一男．母は但馬守藤原能通の女．文章博士．堀河院の侍読．右大弁．式部大輔．歌人．『中右記』天永2年10月12日条の卒伝は「此人有才智．従少年誦法華経及数万部，或一日之間常転読五十部云々，心性之敏，以之可知」と称える．正四位下．藤原師通の家司であった．　中上82.

雅定《まささだ》　村上源氏．応保2年(1162)薨．69歳．太政大臣源雅実の二男．母は田上二郎の女(藤原経生の女の郁芳門院女房とも)．左大将．右大臣．号中院右大臣．正二位．仁平4年(1154)出家．法名蓮如．　(権大納言)中上11,12.

雅実《まさざね》　村上源氏．大治2年(1127)薨．69歳．右大臣源顕房の一男．母は権中納言源隆俊の女．藤原忠実の室師子の同母兄．左右大将．

太政大臣．号久我太政大臣．従一位．天治元年(1124)出家．法名蓮覚．　(故太政大臣)中上 12．(右大将)富 116.

政重《まさしげ》　小槻氏．天養元年(1144)卒．52 歳．左大史小槻盛仲の男．保安 3 年(1122)正月任左大史．卒するまで在職〔地下家伝〕．『台記』天養元年 3 月 17 日条に「大夫史政重宿禰卒．行年五十有二．忠直兼備，天命不長．…政重即世，官中可衰淩之故也」とみえ，極めて有能な人物であったらしい．橋本義彦「官務家小槻氏の成立とその性格」(『平安貴族社会の研究』)参照．　中上 5.

政孝《まさたか》　小野氏．生没年未詳．『中右記』寛治 7 年(1093) 2 月 27 日条に「右少史」，同年 10 月 15 日条に「史」として名がみえる．　中上 5.

雅忠《まさただ》　丹波氏．寛治 2 年(1088)卒．68 歳．典薬頭丹波忠明の男．典薬頭．施薬使．主税頭．丹波守．名医として名高く『尊卑分脈』に「日本扁鵲」と．『医略抄』『医心方拾遺』等の著者．正四位下．　中下 18, 富 29, 120.

雅信《まさのぶ》　宇多源氏．正暦 4 年(993)薨．74 歳．一品式部卿敦実親王の三男．母は左大臣藤原時平の女．女の倫子は藤原道長室．左大臣．号一条左大臣•鷹司．従一位．なお『中外抄』上•1, 14 の「一条摂政」(藤原伊尹)は本来「一条左大臣」(源雅信)とあるべきところか．(雅信)中上 61, 富 126．(鷹司殿)富 148.

匡衡《まさひら》　大江氏．長和元年(1012)卒．61 歳．中納言大江維時の孫．式部大輔重光の男．文章博士．一条•三条二代の侍読．式部大輔．尾張•丹後等の守．歌人赤染衛門の夫．漢詩文•和歌ともに優れ，『江吏部集』『匡衡朝臣集』等がある．正四位下．　中上 80.

匡房《まさふさ》　大江氏．天永 2 年(1111)薨．71 歳．大学頭大江成衡の一男．母は宮内大輔橘孝親の女．後三条•白河•堀川三代の侍読．権中納言．大宰権帥．号江帥•江都督•江大府卿．平安後期に傑出した政治家•漢文学者．『江家次第』『本朝続文粋』『江都督願文集』『続本朝往生伝』『本朝神仙伝』『和漢朗詠集江注』等の著者として，あらゆる分野に指導的な役割を果たした．日記『江記』の著者，『江談抄』の談話者(筆録者は藤原実兼)としても知られる．院と密接に繋がる一方，摂関家の師通とも親交を結び，『江家次第』は師通が書かせたという〔中外抄•下 12〕．　(匡房)中上 37, 中下 3, 12, 30, 39, 富 48, 169．(江帥)中下 2.

み

通国《みちくに》　大江氏．天永 3 年(1112)卒．60 歳．掃部頭大江佐国の男．文章博士．伊豆守．大学頭．従五位上．『中右記』天永 3 年(1112) 5 月 22 日条「大学頭通国卒去．年六十．是故佐国長男也．方略□七，経民部丞，任伊豆也」．また『殿暦』康和 4 年 11 月 8 日条に「家司通国」とあり，忠実の家司であったことがわかる．　中下 2.

通季《みちすえ》　藤原氏．大治 3 年(1128)薨．39 歳．権大納言藤原公季の三男．母は藤原隆方の女光子(堀河•鳥羽天皇の乳母)．権中納言．左衛門督．号大宮．正三位．西園寺家の祖．中下 29.

道言《みちとき》　賀茂氏．生没年は未詳だが，天仁元年(1108) 10 月には生存，永久 2 年(1114) 4 月には故人〔中右記〕，この間に卒したらしい．賀茂道平の男．暦博士．主計頭．陰陽頭．『二中歴』一能歴の「陰陽師」の項に名がみえる(但し，同書では守道の子とする)．正四位下．なお，道言の女は藤原行佐の室となって成佐(藤原頼長が師事した学者)を生んでいる．中上 53.

通俊《みちとし》　藤原氏．承徳 3 年(1099)薨．53 歳．大宰大弐藤原経平の二男．実母は筑前守高階成順の女．養母は少納言藤原家業の女．権中納言．歌人．白河天皇の勅により『後拾遺和歌集』を編纂，応徳 3 年(1086)奏覧．院政の期間も白河院の近臣．従二位．　中下 39, 富 26, 169.

道長《みちなが》　藤原氏．万寿 4 年(1027)薨．62 歳．法興院関白藤原兼家の五男．母は摂津守藤原中正の女時姫．摂政．太政大臣．兄道隆の薨後，権力を掌握．女の彰子を一条天皇中宮，妍子を三条天皇中宮とし，彰子は後一条天皇•後朱雀天皇を生んだ．さらに女の威子を後一条天皇の中宮とし，藤原摂関家の比類のない栄華を築いた．また仏教信仰にも熱心で法成寺など諸寺•諸堂の建立に励んだ．その子孫である忠実にとっては尊崇すべき偉大な先祖であった．号御堂関白(但し実際には関白になっていない)．日記『御堂関白記』の著者．従一位．　(御堂)中上 1, 14, 18, 29, 30, 32, 50, 53, 56, 59, 66, 80, 81, 中下 6, 9, 24, 26, 38, 47, 50, 51, 富 4, 9, 40, 45, 66, 105, 151, 169, 171, 256．(御堂入道殿)富 103.

通房《みちふさ》 藤原氏．長久5年(1044)薨．20歳．宇治殿藤原頼通の一男．母は右兵衛督源憲定の女．権大納言．右大将．摂関家の嫡男として道長・頼通らの期待を一身に集め，長暦元年(1037)13歳で従三位，長久3年(1042)18歳で権大納言となるなど急速に昇進したが，惜しくも夭折した．号宇治大将．正二位．(右大将)中下35,富38．(右大将殿)富135．

光末《みつすえ》 「光季」とも表記される．狛氏．天永3年(1112)卒．88歳．左近将監狛則高の子．左近将監．左舞人．従五位下．38年間左方(唐楽・林邑楽)の一者を勤めた〔体源抄〕．荻美津夫『平安朝音楽制度史』参照． 富29．

光栄《みつよし》 賀茂氏．長和4年(1015)卒．77歳．陰陽頭賀茂保憲の男．暦博士．右京権大夫．従四位上．『権記』寛弘8年(1011)5月9日条には「光栄之占，如指掌．可謂神也」，『続本朝往生伝』一条天皇条には「陰陽師則賀茂光栄，安倍晴明(略)天下一物也」と晴明と並び称せられている． 中上8．

御堂《みどう》 →道長《みちなが》

御堂入道殿《みどうにゅうどうどの》 →道長《みちなが》

む

宗輔《むねすけ》 藤原氏．応保2年(1162)薨．86歳．権大納言藤原宗俊の二男．母は左大臣源俊房の女．太政大臣．号京極太政大臣．従一位．蜂を飼い鳥羽殿で院の御感を得た逸話〔古事談〕があり，世に蜂飼大臣とも称された．また，管弦の道に傑出，藤原忠実の箏の師．元永元年(1118)から長承元年(1132)まで楽所別当． 富69．

宗忠《むねただ》 藤原氏．保延7年(1141)薨．80歳．権大納言藤原宗俊の一男．母は式部大輔藤原実綱の女．忠実の母全子は宗忠の叔母にあたる．右大臣．号中御門右大臣．日記『中右記』の著者．従一位． (右大臣)中上12．(藤納言)中下5．(右府入道〈宗忠〉)中下57．

宗任《むねとう》 安倍氏．生没年未詳．陸奥国奥六郡の俘囚長安倍頼良(後に頼時と改名)の男．号鳥海三郎．前九年の役において，父が戦死して後，兄貞任らと源頼義の征討軍に激しく抵抗したが，康平5年(1062)厨川柵の合戦に敗れて投降．同7年伊予国に配流，後に大宰府に移された． 中上51．

宗俊《むねとし》 藤原氏．永長2年(1097)薨．52歳．右大臣藤原俊家の一男．母は大納言源隆国の女．按察使．権大納言．中御門家の祖．正二位．笛・笙・箏・琵琶等の名手．『教訓抄』『古今著聞集』等に多くの逸話を伝える． (宗俊)中上29,(按察大納言)中下35．(藤大納言)富29．

村上天皇《むらかみてんのう》 第62代天皇．康保4年(967)崩．42歳．在位は天慶9年(946)—康保4年(967)．醍醐天皇の第十四皇子．母は藤原基経の女穏子． (天暦天皇)中上73．

も

以長《もちなが》 橘氏．嘉応元年(1169)卒．年齢未詳．信濃守橘広房の男．蔵人．大膳亮．筑後守．従五位上．『宇治拾遺物語』72及び99には彼が先例と理屈で藤原頼長をやり込めた話がある．また，『中外抄』柳原本の奥書によれば，彼は『中外抄』の写本を所持しており，現存本はその孫の以経の所持本． 富118．

基実《もとざね》 藤原氏．永万2年(1166)薨．24歳．摂政関白藤原忠通の男．母は中納言源国信(忠通の母の弟)の女信子．摂政．関白．左大臣．但し実権は父忠通にあった．号六条殿・梅津殿・中殿．近衛家の祖．正二位．夭折したため摂政，氏長者は弟の基房が継いだが，遺領の大部分は室の平清盛女盛子が伝領した．(基実)中下26．(右大臣殿)富55．(左大臣殿)富189．(左府)富189,250．(関白)富240．(関白殿)富93．(新関白殿)富97．(殿下)富118．

基経《もとつね》 藤原氏．寛平3年(891)薨．56歳．権中納言藤原長良の三男．母は藤原総継の女乙春．叔父の太政大臣良房の養子となる．同母妹の高子は清和天皇の女御，陽成天皇の母．摂政．関白．太政大臣．従一位．諡昭宣公．(昭宣公)中上28．

基長《もとなが》 藤原氏．底本は「平入道〈基長〉」と読めるが，「平」の字体には疑問があり，『尊卑分脈』の平氏系図にも基長は見当たらない．もし藤原氏の基長であるとすれば，僧仁豪の異母兄であって，『中外抄』下・35の文脈から考えても蓋然性はきわめて大きい．藤原基長は嘉承2年(1107)薨．65歳．内大臣藤原能長の一男．頼宗の孫．母は播磨守源済政の女．権中納言．歌人．正二位．承徳2年(1098)出家． (平[誤記か]入道〈基長〉)中下35．

盛憲《もりのり》 藤原氏．底本「成憲」．諸本には「盛兼」「成兼」とあるが，ともに未審．「盛憲」が

正か．藤原盛憲は生没年未詳．治部卿藤原盛実の孫．左少弁顕憲の男．少納言．式部丞．正五位下．藤原頼長の母は盛実の女であるから，盛憲は頼長と従兄弟の間柄にあり，腹心の家司として頼長に近仕した．保元の乱の後，佐渡に配流された〔台記〕〔兵範記〕〔保元物語上・左大臣殿上洛の事〕．　（成憲［誤記か］）中上 65.

盛雅《もりまさ》　醍醐源氏．生没年未詳．摂津守盛家の男．三河権守，上総・伊豆守等を歴任〔中右記〕．藤原忠実の家司．承徳 2 年(1098)正月 9 日忠実の前駆を勤めている〔殿暦〕．　富 26.

師実《もろざね》　藤原氏．康和 3 年(1101)薨．60 歳．宇治殿藤原頼通の男．母は播磨守藤原頼成の女祇子(進命婦)．摂政．関白．太政大臣．源師房の女麗子を室とし，顕房の女賢子を養女として白河天皇の中宮とするなど，村上源氏との結合を深めつつ藤原摂関家の勢力維持に努めて，白河院とも協調的な関係を続け，関白職を委譲した子息忠通の急逝後は，その子忠実の庇護者となった．日記『京極関白記』(ほとんど散佚)の著者．号京極殿．従一位．康和 3 年正月出家(法名法覚)，翌月薨．(故殿)中上 4, 10, 11, 15, 16, 22, 30, 31, 36, 41, 45, 53, 54, 61, 65, 72, 80, 83, 中下 11, 12, 13, 15, 18, 20, 25, 26, 30, 34, 42, 43, 48, 49, 55, 56, 57, 富 9, 11, 15, 25, 26, 36, 46, 47, 48, 62, 90, 92, 96, 104, 114, 120, 138, 148, 157, 187, 210, 215, 224, 242, 253, 255, 257.（大殿）中上 29, 48, 57, 62, 富 8, 38, 41, 56, 67, 68, 118, 124, 131, 132, 147, 156, 170, 189.（京極殿）富 27, 170.（京極大殿）中上 13, 32, 中下 37, 富 71, 147.（祖父）中上 29.（権中納師−）中上 57.

師輔《もろすけ》　藤原氏．天徳 4 年(960)薨．53 歳．関白藤原忠平の二男．母は右大臣源能有の女昭子．右大臣．右大将．人望は兄の実頼を凌ぎ，その女安子が村上天皇の中宮となって冷泉天皇を生んだため，外戚としての地位を固めたが，所謂「一の人」には至らぬまま薨じた．有職故実に詳しく実頼の小野宮流に対する九条流の祖．日記『九暦』や『九条年中行事』『九条殿遺誡』の著者．号九条殿．正二位．　（九条殿)中上 23, 73, 83, 中下 24, 29, 富 1, 50, 99, 105, 107, 153.（九条入道殿)中上 11.

師忠《もろただ》　村上源氏．永久 2 年(1114)薨．61 歳．右大臣源師房の四男．母は右大臣藤原頼宗の女．中宮大夫．大納言．正二位．号壬生大納言．　(中宮大夫)富 33.

師任《もろとう》　中原氏．康平 5 年(1062)卒．80 歳．大外記中原致時の男．師平の父．『中外抄』の筆録者師元の曾祖父．天文密奏．大外記．主計頭．安芸守．従四位下．藤原頼通の政所別当を勤めた〔地下家伝〕．　中下 23.

師遠《もろとお》　中原氏．大治 5 年(1130)卒．61 歳．大外記中原師平の男．天文密奏．大外記．主計頭．隠岐守．正五位上．『中外抄』の筆録者師元の父〔中右記〕〔地下家伝〕．　(師遠)中上 72, 76, 86, 中下 15, 20.（故殿)中下 20.

師長《もろなが》　藤原氏．建久 3 年(1192)薨．55 歳．左大臣藤原頼長の二男．母は陸奥守源信雅の女．祖父の関白忠実の養子となった．保元の乱(1156)に連座して土佐国に配流．後に召還された．太政大臣に至ったが，治承元年(1177)後白河院と対立した平清盛のため尾張国に配流．これも召還された．管絃の道に秀で，殊に琵琶と箏に傑出した．著書に『三五要録』『仁智要録』など．号妙音院太政大臣．従一位．(宰相中将)中下 46.

師平《もろひら》　中原氏．寛治 5 年(1091)卒．70 歳．中原師任の男．母は紀数達(遠)の女．『中外抄』の筆録者師元の祖父．天文密奏．大外記．大炊頭．肥後守．従四位下〔地下家伝〕．(師平)中上 72, 中下 15, 20.（肥後殿)中下 20.

師房《もろふさ》　村上源氏．承保 4 年(1077)薨．70 歳．中務卿具平親王の一男．母は式部卿為平親王の女．雑仕女説がある〔古今著聞集・十三〕．右大臣．左大将．従一位．関白藤原頼通の猶子．室は道長の女隆子．道長は当時まだ一人の子もなかった頼通の後継者として師房を厚遇した．その後，頼通に男児(通房)が生まれたため，摂関の相続はならなかったが，政界に重きをなし，村上源氏隆盛の礎となった．また女の麗子は師実の室．摂関家と深く連携し，後三条天皇からも深く信任された．号土御門右大臣．日記『土右記』の著者．歌人．(土御門右府)中下 35.（土御門右大臣)富 135, 231.

師通《もろみち》　藤原氏．承徳 3 年(1099)薨．38 歳．京極関白藤原師実の一男．母は右大臣源俊房の女麗子．関白．内大臣．性剛毅で白河院政には批判的．大江匡房・惟宗孝言などに学び，詩歌・書道・音楽等に秀でた．その夭折は，彼が比叡山の衆徒の強訴を武士に命じて阻止させたため，日吉山王の祟りを受けたとの噂が

流れ，子の忠実の心に大きな傷痕を残した．日記『後二条師通記』の著者．号後二条殿．正二位．　(二条殿)中上 62, 中下 2, 12, 30, 富 73, 115, 128, 169．(後二条殿)富 47, 48．(関白〈二条𠀋〉)中下 30．(父)中上 29．

師元《もろもと》　中原氏．安元元年(1175)卒．67 歳．大外記中原師遠の男．師安の弟．大外記として職務に精励する一方，大治 3 年(1128)には藤原忠実の家司となり，信任を得て忠実の談話(教命・口伝)記録『中外抄』を筆録した．同書の談話は保延 3 年(1137)から久寿元年(1154)まで足掛け 18 年間に及んでいる．保元の乱で忠実が幽閉されて後は忠通の家司となり，但馬・越前権守，出羽守等を歴任した．正四位上〔地下家伝〕〔玉葉〕．　中上 6, 30, 51, 60, 72, 中下 30．

師能《もろよし》　村上源氏．久寿 2 年(1155)卒．享年未詳．大納言源師頼の男．母は若狭守藤原通宗の女．蔵人．左中弁．正四位下〔山槐記〕．中上 15．

師頼《もろより》　村上源氏．保延 5 年(1139)薨．72 歳．左大臣俊房の男．母は美濃守源実基の女．大納言．大江匡房に師事して漢学に通じ，藤原頼長に『漢書』を教授した．号小野宮大納言．正二位．　(大宮大夫〈師頼〉)中上 15．

聞覚《もんかく》　生没年未詳．久寿 2 年(1155) 5 月には故人〔兵範記〕．天台宗寺門派の僧．世系等未詳．宇治平等院の僧．阿闍梨．康治 2 年(1143) 7 月藤原忠実の瘧病平癒の布施を受け，久安 4 年(1148) 12 月には忠実の室師子の病気平癒を祈禱する〔台記〕など，忠実の信任があつかった．　中上 56．

や

泰仲《やすなか》　高階氏．生没年未詳．判官代高階成経の男．延久 5 年(1073)に正六位上の蔵人として名がみえる〔蔵人補任〕．伊予守．正四位下．仲範の父で『富家語』の筆録者高階仲行には祖父に当たる．また，女は権中納言源国信の妾で顕国等の母．　富 47．

泰憲《やすのり》　藤原氏．承暦 5 年(1081)薨．75 歳．東宮亮藤原泰通の二男．母は紀伊守源致時の女隆子(後朱雀天皇乳母)．左大弁．権中納言．正二位．別荘石田殿を献じて園城寺領としたり幼少の師実に名簿を奉るなどして頼通に気に入られた〔古事談〕〔今鏡〕．　中上 57．

泰通《やすみち》　藤原氏．生没年未詳．駿河守藤原惟孝の男．母は兵部大輔紀文実の女．中宮大進．東宮亮．美作・美濃・播磨守．正四位下．藤原道長の家司．　中上 57．

泰盛《やすもり》　高階氏．生没年未詳．高階重仲の男．蔵人．皇后宮権大進．久安年間(1145—51)出羽守に在任．従五位下〔重憲記〕〔本朝世紀〕〔兵範記〕．　中下 52．

ゆ

行成《ゆきなり》　藤原氏．名は「こうぜい」と音読されることが多い．万寿 4 年(1027)薨．56 歳．右少将藤原義孝の一男．摂政伊尹の孫．母は中納言源保光の女．権大納言．幼時父を亡くし，青年期は不遇だったが，長徳元年(995)蔵人頭に抜擢された後，藤原道長の信任を得て順調に昇進．女子は道長の子長家の室となった．一条朝の四納言の一人．また，能書家として知られ，三蹟の一人とされる．日記『権記』の著者．正二位．　中下 22．

よ

陽成院《ようぜいいん》　第 57 代天皇．天暦 3 年(949)崩．82 歳．在位は貞観 18 年(876)—元慶 8 年(884)．清和天皇の第一皇子．母は女御藤原高子(基経の妹)．乱行が絶えず，元慶 8 年 17 歳の時，関白藤原基経によって廃され，陽成院に住んだ．　中上 28, 富 183．

義家《よしいえ》　清和源氏．嘉承元年(1106)卒．68 歳．鎮守府将軍源頼義の一男．母は平直方の女．幼名源太．石清水八幡宮で元服，八幡太郎と号す．左馬権頭．鎮守府将軍．下野・相模・武蔵・陸奥・伊予・河内・信濃守を歴任．正四位下．父頼義とともに前九年の役(1051—62)を平定して武名をあげた．後三年の役(1083—87)では朝廷は私闘とみなして論功を行わなかったため，私財を割いて将士をねぎらい，武士の棟梁としての声価を高め，東国に源氏の基を固めた．　中上 51．

義親《よしちか》　清和源氏．天仁元年(1108)没．年齢未詳．八幡太郎源義家の二男．母は三河守源隆長の女．左衛門尉．従五位上．対馬守在任中人民を殺害し貢物を横領した罪により隠岐に配流されたが，出雲に渡って目代を殺すなど濫妨を繰り返したため追討を蒙り，因幡守平正盛に誅殺された．但し，その後も義親と自称する者が出現するなど，誅殺の真偽についてはとかくの風評があった．　富 114．

頼清《よりきよ》　清和源氏．生没年未詳．鎮守府将軍源頼信の二男．中務少輔．安芸・肥後・陸奥守．従四位下．藤原頼通家の侍所別当を勤めた〔小右記・治安元年(1021) 10 月 10 日条〕．　中上 51.

頼国女《よりくにのむすめ》　清和源氏．大治 4 年(1129)卒．89 歳．父源頼国は頼光の男．美濃守．正四位下．その女はもと四条宮寛子の女房．藤原師実と結婚して左大臣家忠の母．『中右記』大治 4 年正月 30 日条「下人云，一日右相府(家忠)母堂卒去．年八十九．件人頼国朝臣中女．本四条宮女房也．生後宇治殿御子二人也．右府与浄意法眼也．可謂幸女歟」．　(故左府の母なりし尼君)中上 56.

頼季《よりすえ》　清和源氏．生没年未詳．鎮守府将軍源頼信の三男．掃部助．信濃国に住した．号乙葉三郎．従五位下．出家して法名行増．号乙葉入道．『古事談』五・36 に，三井寺が焼き討ちに遭った時，火中から聖経を取り出したと語られている「頼義之舎弟ナル僧」はこの人物か．　(三郎〈ヲトハノ入道〉)中上 51.

頼隆《よりたか》　清原氏．天喜元年(1053)卒．75 歳．右大史清原近澄の男．叔父広澄の養子となった．直講．大外記．主計頭．局務等を歴任．正五位下．　中下 9.

頼忠《よりただ》　藤原氏．永延 3 年(989)薨．66 歳．摂政藤原実頼の二男．母は左大臣藤原時平の女．関白．太政大臣．号三条太政大臣．従一位．諡廉義公．公任らの父．　富 39.

頼長《よりなが》　藤原氏．保元元年(1156)薨．37 歳．富家殿藤原忠実の二男．母は土佐守藤原盛実(忠実の家司)の女．左大臣．若年より抜群の才学を示し，朝儀に精励．頼長に期待した忠実は，忠通から氏長者の地位を剝奪して頼長に与え，関白職の委譲をも要求して，拒否する忠通との対立を深めた．一方，頼長の峻烈に過ぎる性格は次第に廷臣の離反を招き，鳥羽院の崩御を機に保元の乱(1156)を惹起して敗死した．日記『台記』の著者．号宇治左大臣．また悪左府とも．従一位．　(大将殿)中上 10.(内大臣殿)中上 11, 12, 23, 65, 中下 5, 16．(内相府)中下 1．(内府)中下 16．(左相府)富 2.(左大臣殿・左大臣)中下 19, 20, 23, 24, 29, 40, 46, 富 8, 9, 15．(左府)中下 21, 富 3, 4, 9.

頼長女《よりながのむすめ》　左大臣藤原頼長の女(落胤)．母は皇嘉門院聖子の女房八重垣(民部大夫紀為宗の女)．忠実の愛妾播磨局の養女として育てられたが，仁平 3 年(1153) 4 月 29 日，宇治小松殿において忠実とともに田楽を見物して後，急死した．14 歳〔兵範記〕．　(左府姫君)富 6.

頼信《よりのぶ》　清和源氏．永承 3 年(1048)卒．81 歳．鎮守府将軍源満仲の三男．鎮守府将軍．伊勢・河内・甲斐・信濃・美濃・相模・陸奥等の守を歴任．左馬権頭．長元元年(1028)平忠常の乱を平定して威信を高め，河内国古市郡を本拠として河内源氏の基を開いた．最初藤原道兼に，次に道長に，続いて頼通に臣従した．従四位上．　中上 51, 中下 53.

頼通《よりみち》　藤原氏．承保元年(1074)薨．83 歳．御堂関白藤原道長の一男．母は左大臣源雅信の女倫子．摂政．関白．太政大臣．父道長亡き後，後一条・後朱雀・後冷泉朝の関白として摂関家を統括したが，弟教通に関白職を譲った直後に後三条天皇が即位．摂関家は外戚の地位を失い，以後次第に衰運に向かう．永承 7 年(1052)道長から伝領した宇治の別業を寺として平等院と称し，翌年鳳凰堂(阿弥陀堂)を建立．晩年は宇治に住んだ．号宇治殿．従一位．師実の父．忠実にとっては曾祖父にあたる．　(宇治殿)中上 8, 9, 19, 29, 30, 32, 48, 50, 51, 53, 54, 57, 58, 66, 71, 77, 79, 81, 85, 中下 3, 8, 17, 24, 25, 26, 34, 36, 43, 51, 富 8, 9, 38, 56, 66, 83, 114, 135, 136, 147, 149, 150, 151, 192, 215, 240, 247, 255.

頼宗《よりむね》　藤原氏．康平 8 年(1065)薨．73 歳．御堂関白藤原道長の二男．母は源高明の女明子(高松殿)．頼通より 3 歳年下の異母弟．右大将．右大臣．家集に『入道右大臣集』がある．号堀河右大臣．従一位．　(頼宗)中下 26.(堀川右府)中下 26.

頼義《よりよし》　清和源氏．承保 2 年(1075)卒．88 歳．鎮守府将軍源頼信の一男．母は修理命婦．従四位下．鎮守府将軍．左馬助．民部少丞．伊予・河内・伊豆・甲斐・相模・武蔵・下野・陸奥等の守を歴任．前九年の役(1051—62)を鎮圧，東国に源氏の勢力を確立させた．『続本朝往生伝』に伝がある．　中上 51, 中下 53, 富 67, 230.

ら

頼豪《らいごう》　応徳元年(1084)没．81 歳．父は藤原有家．園城寺の僧．心誉に師事．号実相房阿闍梨．白河天皇の皇子誕生を祈って効験を示

し，園城寺に戒壇建立を願ったが，比叡山延暦寺側の反対により勅許を得られなかったため，死後鼠に転生して延暦寺の経巻を喰い破ったと伝える〔寺門伝記補録〕〔平家物語三・頼豪〕． 中上 71.

り

李部王《りほうおう》 →重明親王《しげあきらしんのう》

隆覚《りゅうがく》 保元 3 年(1158)没．84 歳．父は右大臣源顕房．興福寺の僧．法印．権大僧正．保延 4 年(1138)興福寺別当となったが，翌 5 年同寺の衆徒と抗争して停任．久安 6 年(1150)復任．号転経院法印．源氏の出であることが藤原氏側に違和感を呼んだらしく，彼の権別当補任をめぐって『中右記』長承 2 年(1133) 7 月 17 日条は「興福寺之司ハ源氏不成之由云伝也．此僧都源氏也．已例出来了」と記す〔兵範記〕〔興福寺別当次第〕〔古今著聞集〕． 中下 30.

隆明《りゅうみょう》 長治元年(1104)没．84 歳．父は中納言大宰権帥藤原隆家．天台宗寺門派の僧．大僧正．園城寺長吏．号御室戸僧正． 富 29.

良俊《りょうしゅん》 生没年未詳．父は安芸守藤原忠俊．天台宗寺門派の僧．法橋．平等院上座執行．宇治成楽院の供養を勤めるなど，藤原忠実の信任が厚かった〔台記〕〔兵範記〕． 中上 60, 富 9.

良真《りょうしん》 嘉保 3 年(1096)没．75 歳〔天台座主記〕．父は兵部丞源通輔．比叡山の僧．慶命・明快の弟子．大僧正．永保元年(1081)第 36 世天台座主となり，寛治 7 年(1093)辞任．号西京座主．白河院を恨んで死んだ頼豪の怨霊を制し，無事堀河院を誕生させた〔愚管抄・四〕． 富 29.

倫子《りんし》 宇多源氏．天喜元年(1053)薨．90 歳．左大臣源雅信の女．藤原道長の室．頼通・教通・彰子・妍子・威子・嬉子らの母．号鷹司殿．従一位． (鷹司殿)中上 32, 61, 中下 5, 富 148.

琳実《りんじつ》 生没年未詳．筑紫観世音寺の別当．『平安遺文』第 2611 号文書「官宣旨案」(百巻本東大寺文書 40 号．久安 3 年(1147) 5 月 16 日付)に「観世音寺別当大法師琳実」とみえる．(林実)中上 77.

れ

麗子《れいし》 村上源氏．永久 2 年(1114)薨．75 歳．右大臣源師房の四女．母は藤原道長女尊子．俊房・顕房らの妹．権大納言藤原信家の養女となり，藤原師実の室となる．師通の母．従一位． (北政所)富 71．(大北政所)富 128.

令子内親王《れいしないしんのう》 天養元年(1144)崩．67 歳．白河天皇の第三皇女．母は中宮藤原賢子(師実の養女)．寛治 3 年(1089)賀茂斎院卜定．康和元年(1099)病により退下〔賀茂斎院記〕．准三宮．号二条大宮． (二条大宮)富 11.

冷泉院《れいぜいいん》 第 63 代天皇．寛弘 8 年(1011)崩．62 歳．在位は康保 4 年(967)－安和 2 年(969)．村上天皇の第二皇子．母は藤原師輔女安子．皇太子時代から精神不安定．元方の霊の所為と噂された〔栄花物語・月の宴〕．わずか 2 年で退位し，以後の 43 年間は冷泉院に住んだ． 富 110.

ろ

六条右府《ろくじょうのうふ》 →顕房《あきふさ》

六角斎宮《ろっかくのさいぐう》 →善子内親王《ぜんしないしんのう》